CARSTEN JENSEN, geboren 1952, wuchs in Marstal auf der dänischen Insel
Ærø auf. Er ist einer der profiliertesten politischen Journalisten Dänemarks.
Daneben arbeitet er auch als Literaturkritiker und schreibt Bücher.
Mit seinem Bestseller *Wir Ertrunkenen*, seinem dritten Roman,
gelang ihm der internationale Durchbruch. 2009 wurde er mit
dem Olof Palme Preis ausgezeichnet.

Wir Ertrunkenen in der Presse:
»Carsten Jensen hat den Bewohnern seiner Heimatinsel ein
Jahrhundertepos gewidmet – einen dicken Schmöker, der im Kielwasser eines
Melville und Conrad zwischen Südsee, Nordatlantik und Ostsee pendelt
und einen nicht wieder loslässt.«
Ulrich Baron auf spiegel.de

»Dieser Roman hat Geschichte geschrieben –
eine unglaubliche Erfolgsgeschichte!«
ARD, Titel, Thesen, Temperamente

»Carsten Jensen kennt die tausend Anekdoten und Familiengeschichten,
weiß um die tragischen wie faszinierenden Erzählungen, die das Meer in
das uralte Inselstädtchen eingeschrieben hat. Mit Geschick und Fantasie
hat Jensen sie zu einer großen Narration zusammengewoben.«
mare

»Nach 784 Seiten ist man auch als eingefleischte Landratte traurig, wenn man
von den weitgereisten Fischköpfen aus Marstal Abschied nehmen muss.«
Neue Zürcher Zeitung

»Was für ein Buch, was für ein gewaltiges Buch!«
DIE ZEIT

Außerdem von Carsten Jensen lieferbar:
Carsten Jensen, *Der erste Stein*

Carsten Jensen

Wir Ertrunkenen

Roman

Mit einem Nachwort des Autors

Aus dem Dänischen
von Ulrich Sonnenberg

 PENGUIN VERLAG

Die dänische Originalausgabe erschien 2006 unter dem Titel
Vi de druknede bei Gyldendal, Kopenhagen.

Die vorliegende Übersetzung wurde gefördert vom
Danish Arts Council Committee for Literature.

KUNSTRÅDET
Danish Arts Council

Die Arbeit des Übersetzers am vorliegenden Text wurde vom Deutschen
Übersetzerfonds gefördert.

Penguin Random House Verlagsgruppe FSC® N001967

3. Auflage

Umschlag: www.buerosued.de, München, nach einem Entwurf
von Semper Smile, München
Umschlagmotiv: © Ullstein Bild; The Image Bank/Getty Images
Druck und Bindung: CPI books GmbH, Leck
Printed in Germany
ISBN 978-3-328-10264-9
www.penguin-verlag.de

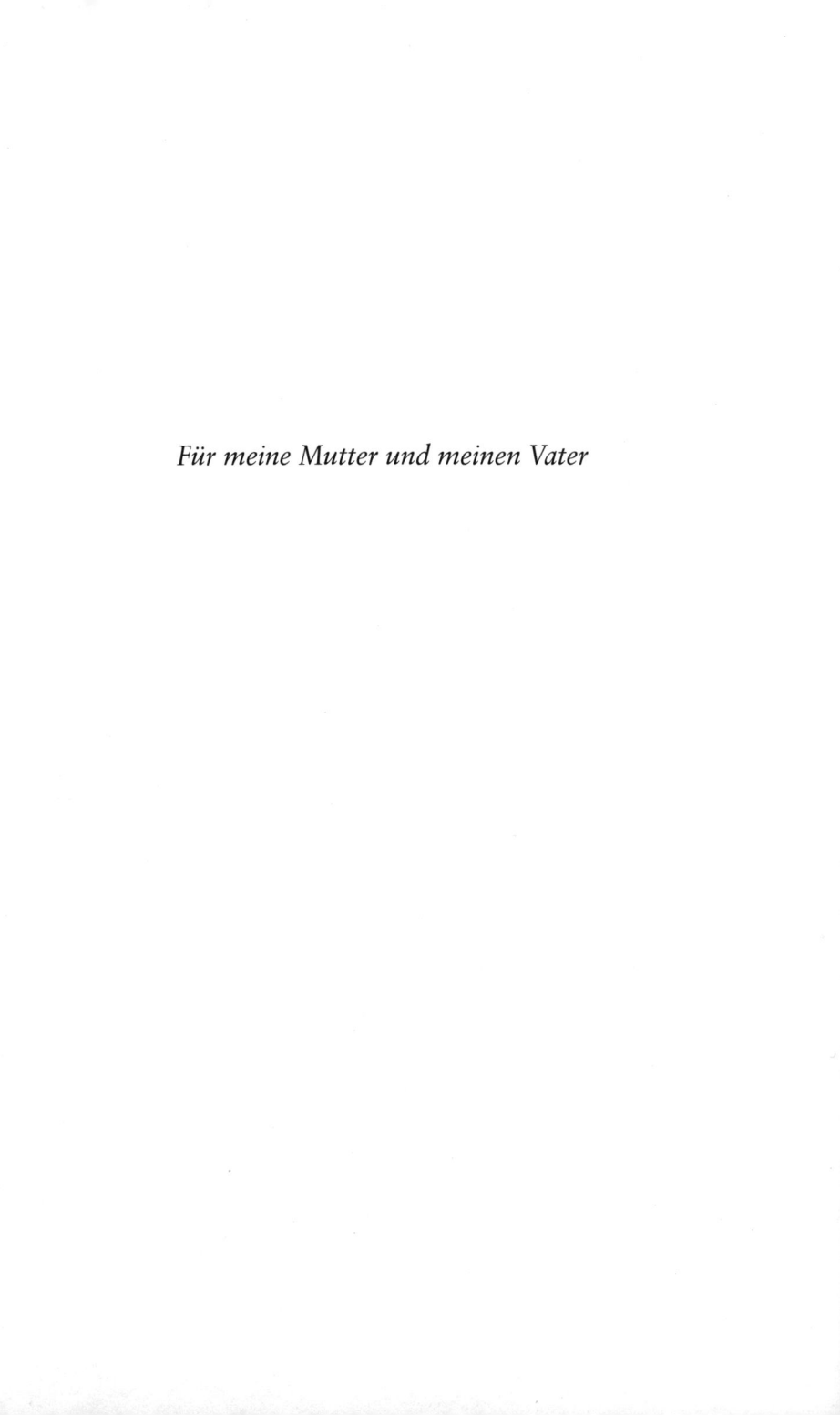

Für meine Mutter und meinen Vater

INHALT

I

DIE STIEFEL

Laurids Madsen war im Himmel gewesen, doch dank seiner Stiefel war er auch wieder heruntergekommen.

Er war nicht bis hoch zum Masttopp geflogen, eher so auf die Höhe der Großrahe eines Vollschiffs. Er hatte am Tor zum Paradies gestanden und den heiligen Petrus gesehen, doch es war nur der Arsch, den der Hüter der Pforte zum Jenseits ihm gezeigt hatte.

Laurids Madsen hätte tot sein sollen. Aber der Tod hatte ihn nicht gewollt, und so wurde er ein anderer.

Bevor Laurids Madsen wegen seines Besuchs im Himmel berühmt wurde, hatte man ihm vorgehalten, eigenhändig einen Krieg angezettelt zu haben. Mit sechs hatte Laurids seinen Vater, Rasmus, ans Meer verloren, und mit vierzehn war er mit der *Anna* aus Marstal in See gestochen. Drei Monate später war die *Anna* in der Ostsee untergegangen. Die Besatzung wurde von einer amerikanischen Brigg gerettet, seither hatte Laurids Madsen von Amerika geträumt.

Mit achtzehn hatte er in Flensburg sein Steuermannspatent bestanden und noch im selben Jahr bei Mandal vor der Küste Norwegens ein zweites Mal Schiffbruch erlitten; dort hatte er in einer kalten Oktobernacht auf einer Schäre gestanden, die von den Wellen überspült wurde, und Ausschau nach Rettung gehalten. Fünf Jahre war er über die Weltmeere gesegelt. Er hatte Kap Hoorn umrundet und in der pechschwarzen Nacht den Schrei des Pinguins gehört. Er hatte Valparaiso gesehen, die Westküste von Amerika und Sydney, wo die Bäume im Winter statt der Blätter die Borke verlieren und die Kängurus umherhüpfen. Er hatte ein Mädchen mit Augen wie Weintrauben getroffen, das auf den Namen

Sally Brown hörte, und wusste von der Foretop Street, La Boca, Barbary Coast und der Tiger Bay zu berichten. Er hatte den Äquator überquert, Neptun gegrüßt und den Stoß gespürt, als das Schiff die Linie kreuzte. Er hatte aus diesem Anlass Salzwasser, Fischöl und Essig getrunken. Er war mit Teer, Lampenruß und Leim getauft und mit einem rostigen Messer mit schartiger Klinge rasiert worden, seine Schnitte hatte man mit Salz und Kalk versorgt. Er hatte die ockerfarbene Wange der pockennarbigen Amphitrite geküsst und die Nase in ihr Riechfläschchen voller abgeschnittener Nägel gesteckt.

Laurids Madsen war weit herumgekommen.

Wie so viele. Doch als Einziger war er mit der fixen Idee heimgekehrt, dass in Marstal alles zu klein und zu eng war, und um das zu beweisen, redete er ständig in einer Sprache, die er «amerikanisch» nannte. Ein Jahr war er auf der Kriegsfregatte *Neversink* gefahren und hatte dabei das fremde Idiom gelernt.

«*Gevin nem belong mi* Laurids Madsen», sagte er.

Er hatte drei Söhne und eine Tochter mit Karoline Grube aus der Nygade. Rasmus, genannt nach Laurids' Vater, Esben und Albert. Das Mädchen hieß Else und war die Älteste. Rasmus, Esben und Else schlugen nach der Mutter; wie sie waren sie nicht sonderlich groß gewachsen und sagten nicht viel. Albert glich seinem Vater. Bereits als Vierjähriger war er ebenso groß wie der drei Jahre ältere Esben. Ständig kullerte er eine englische Kanonenkugel aus Gusseisen umher und versuchte wieder und wieder, sie hochzuheben. Er ging in die Knie und bekam einen verbissenen und stieren Blick, doch noch war sie zu schwer für ihn.

«*Heave away, my jolly boys! Heave away my bullies!*», spornte Laurids ihn an, wenn er die Versuche seines Jüngsten sah.

Die Kugel war 1807 während der englischen Belagerung von Marstal durch das Dach des Hauses in der Korsgade geschlagen. Großmutter hatte sich dermaßen erschrocken, dass sie Laurids mitten auf dem Küchenfußboden zur Welt gebracht hatte. Wenn Albert nicht gerade damit unterwegs war, hatte die Kanonenkugel ihren festen Platz in der Küche: Karoline benutzte sie dort als Stößel, um im Mörser Senf zu mahlen.

«Tja, genauso gut hättest du deine Ankunft auf diese Weise ankündigen können», hatte Rasmus einmal zu Laurids gesagt, «so groß, wie du warst, als du zur Welt kamst. Wenn der Storch dich verloren hätte, wärst du auch wie eine englische Kanonenkugel durchs Dach geschossen.»

«*Finggu*», sagte Laurids und hob den Finger.

Er wollte den Kindern die amerikanische Sprache beibringen.

Fut bedeutete Fuß. Er zeigte auf den Stiefel. *Maus* war der Mund.

Er rieb sich den Bauch, wenn er sich zu Tisch setzte, und bleckte die Zähne.

«*Hanggre.*»

So verstanden alle, dass er Hunger hatte.

Mutter hieß *misis*, Vater *papa tru*. Wenn Laurids nicht da war, sagten sie Mutter und Vater genau wie alle anderen Kinder, mit Ausnahme von Albert. Er war der besondere Liebling seines Vaters.

Für die Kinder gab es viele Bezeichnungen. *Pikinini, bullies* und *hearties.*

«*Laikim tumas*», sagte Laurids zu Karoline und spitzte die Lippen, als wollte er ihr einen Kuss geben.

Erst kicherte sie vor Verlegenheit, dann wurde sie böse.

«Führ dich nicht auf wie ein Narr, Laurids», sagte sie.

*   *   *

Am anderen Ufer der Ostsee kam es in Schleswig-Holstein zum Krieg mit den Deutschen. Man schrieb das Jahr 1848, und der alte Zollamtmann de la Porte erfuhr es als Erster, weil die provisorische Regierung der Aufständischen in Kiel ihm die Proklamation zusammen mit dem Ersuchen schickte, ihnen die Zollkasse auszuhändigen.

Ganz Marstal geriet in Aufruhr, und sofort beschlossen wir einstimmig die Bildung einer Landwehr. An der Spitze stand ein junger Lehrer aus Rise, den wir seither den General nannten. Überall auf den höchsten Punkten der Insel wurden Signalfeuer errichtet; Schwengel, die man an einer langen Stange anbrachte und an deren Ende eine mit altem Tauwerk und Teer gefüllte Tonne hing. Wenn der Feind kam, wurde die brennende Teertonne hochgezogen, um so zu signalisieren, dass der Krieg heransegelte.

Es gab Feuerzeichen auf dem Knasterbjerg und an der Steilküste bei Vejsnæs, und überall patrouillierten Strandwachen und spähten über das Wasser.

Laurids, der ohnehin vor nichts Respekt hatte, war das Kriegsspektakel leid. Eines Abends, als er auf der Heimreise aus der Eckernförder Bucht an Vejsnæs vorbeikam, segelte er dicht auf den Strand zu und brüllte, dass es über das Wasser gellte: «Der Deutsche ist hinter mir her!»

Wenige Minuten später brannte die Tonne auf dem Gipfel des Steilhangs. Dann wurde das Signalfeuer auf dem Knasterbjerg entzündet, und nun sprang das Feuer weiter über die Insel, bis nach Synneshøj, das beinahe zwanzig Kilometer entfernt lag; Ærø stand in Brand wie beim Mittsommernachtsfeuer.

Als die Feuer aufflammten, lag Laurids auf dem Wasser und amüsierte sich köstlich über das gewaltige Durcheinander, das er angerichtet hatte. Doch als er in Marstal anlegte, sah er überall Licht, und obwohl es schon später Abend war, wimmelte es auf den Straßen vor Menschen. Einige riefen unverständliche Befehle, andere weinten und beteten. Eine kampfbereite Gruppe stürmte bereits die Markgade hinauf, bewaffnet mit Sensen, Heugabeln und ein paar Gewehren. Junge Mütter liefen mit ihren schreienden Säuglingen auf dem Arm verschreckt durch die Straßen, überzeugt, dass der Deutsche ihre Nachkommen mit Bajonetten aufspießen würde. Am Brunnen an der Ecke Markgade und Vestergade stand die Frau eines Kapitäns und schimpfte mit ihrer Dienstmagd. Die Frau hatte die Idee, sich vor den Deutschen im Brunnen zu verstecken, und befahl nun dem Mädchen, als Erste in die schwarze Tiefe zu springen.

«Nach Ihnen», sagte das Mädchen.

Wir Männer kommandierten uns ebenfalls herum. Doch es gab einfach zu viele Kapitäne in unserer Stadt, als dass irgendjemand einem anderen gehorchen wollte, und so konnten wir uns lediglich darauf einigen, unter Hersagen vieler Eide feierlich zu schwören, dass wir unser Leben so teuer wie möglich verkaufen würden.

Als der Tumult auf den Pfarrhof in der Kirkestræde bis zu Pastor Zachariassen drang, der an diesem Abend Besuch hatte, fiel eine Dame vor Erschütterung in Ohnmacht, sein zwölfjähriger Sohn Ludvig hingegen griff zu einem Feuerhaken, um das Vaterland gegen den eindringenden Feind zu verteidigen. Daheim bei Lehrer Isager, der auch als Küster tätig war, bereitete sich die ganze Familie auf den bevorstehenden Angriff vor. Alle zwölf Söhne, die zu Hause waren, um den Geburtstag der dicken Frau Isager zu feiern, wurden von ihrer Mutter mit aschegefüllten Tonkrügen ausgestattet und bekamen die Ordre, dem Deutschen die Asche auf den Kopf zu schütten, wenn er sich erlauben sollte, die Küsterwohnung zu stürmen.

An der Spitze der Gruppe, die sich durch die Markgade in Richtung Reeperbahn bewegte, befand sich auch der alte Jeppe, der mit einer Forke fuchtelte und die Deutschen johlend herausforderte; sie sollten nur kommen, wenn sie es wagten. Der kleine Schreiner Laves Petersen musste wieder umkehren. Keck hatte er seine Flinte über der Schulter getragen, und seine Taschen beulten sich vor Kugeln, doch erst während des Eilmarsches bemerkte er, dass er sein Pulver zu Hause vergessen hatte.

An der Marstaler Mühle stand die schwergewichtige Müllerin Madame Weber mit einer Heugabel bereit und verlangte, mit in die Schlacht ziehen zu dürfen, und in der allgemeinen Verwirrung und vielleicht auch, weil sie imponierender daherkam als die meisten von uns Männern, öffneten wir ihr sofort unsere kriegslüsternen Reihen.

Laurids, der ein empfindsames Gemüt hatte, wurde von dem allgemeinen Kampfgeist derart gepackt, dass er nach Hause lief, um eine Waffe zu holen. Karoline und die vier Kinder hatten sich vor Angst unter dem Esstisch der guten Stube versteckt, als er hereinstürmte und munter rief: «Kommt Kinder, jetzt geht's in den Krieg!»

Ein dumpfes Geräusch war zu hören, als Karoline mit dem Kopf an die Unterseite des Esstisches stieß. Mühsam kroch sie unter der Tischdecke hervor und richtete sich zu ihrer vollen Größe auf, wobei sie ihn völlig außer sich anschrie: «Bist du denn ganz von Sinnen, Madsen? Krieg ist nichts für Kinder!»

Rasmus und Esben fingen an, auf und ab zu hüpfen.

«Wir wollen mit! Wir wollen mit!», riefen sie im Chor. «Ach bitte, dürfen wir?»

Und der kleine Albert rollte bereits die Kanonenkugel heran.

«Seid ihr denn alle verrückt geworden?», schrie die Mutter und versetzte dem Nächststehenden eine Ohrfeige. «Seht zu, dass ihr wieder unter den Tisch kommt!»

Laurids lief in die Küche, um sich eine geeignete Waffe zu besorgen, doch er fand nichts Brauchbares.

«Wo ist denn die Bratpfanne?», rief er in die Stube.

«Nicht die», schrie Karoline zurück. «Meine Bratpfanne fasst du nicht an.»

«Na gut, dann nehm ich den Besen», teilte er mit und lief zurück in die Stube. «Jetzt kann sich der Deutsche aber auf etwas gefasst machen.»

Sie hörten, wie die Haustür hinter ihm zufiel.

«Hast du das gehört?», flüsterte Rasmus, der Älteste, Albert zu. «Vater hat nicht mal Amerikanisch geredet.»

«Dieser Verrückte», erklärte die Mutter und schüttelte den Kopf in der Dunkelheit unter dem Esstisch, wohin sie wieder Zuflucht gesucht hatte. «Zieht mit einem Besen in den Krieg.»

Allgemeiner Jubel brach los, als Laurids sich der kampfbereiten Truppe anschloss. Zwar stand er im Ruf, überheblich zu sein, doch er war groß und stark, und es konnte nicht schaden, ihn an der Seite zu haben. Dann fiel unser Blick auf den Besen.

«Hast du keine andere Waffe?»

«Für den Deutschen ist das gut genug», antwortete er und reckte den Besen in die Luft. «Damit fegen wir ihn aus dem Land.»

Wir waren übermütig und lachten über seinen Witz.

«Lasst ein paar Heugabeln zurück», sagte Lars Bødker. «Damit wir die Deutschen hinterher stapeln können, wenn sie alle tot sind.»

Wir kamen hinaus aufs offene Feld. Bis Vejsnæs war es ein Marsch von einer halben Stunde, und wir schritten zügig aus, noch immer mit Angriffslust im Blut. Wir erreichten die Hügel bei Drejet und sahen, wie die Feuer über die Insel flammten, ein Anblick, der unsere Kampfbereitschaft nur noch anstachelte. Dann hörten wir Hufschlag in der Dunkelheit und erstarrten. Nun kam der Feind!

Unsere Hoffnung war, die Deutschen am Strand zu überraschen, aber immerhin hatten wir noch das Terrain auf unserer Seite. Laurids stellte sich mit dem Besen in Kampfpositur, und wir anderen taten es ihm gleich.

«Wartet auf mich!», tönte es hinter uns.

Es war der kleine Schreiner, der uns nachlief, nachdem er zu Hause sein Pulver geholt hatte.

«Psst!», zischten wir. «Der Deutsche ist ganz in der Nähe.»

Die Hufschläge kamen näher, und nun hörten wir, dass es sich um lediglich ein Pferd handelte. Ein Reiter tauchte aus der Dunkelheit auf. Laves Petersen hob seine Flinte und zielte, doch Laurids legte eine Hand auf den Gewehrlauf.

«Das ist Kontrolleur Bülow», sagte er.

Der Kontrolleur saß rittlings auf einem schweißtriefenden Pferd, dessen schwarze Flanken nach dem scharfen Ritt zitterten. Er hob die Hand.

«Geht wieder nach Hause. Es gibt keine Deutschen bei Vejsnæs.»

«Aber die Tonnen brennen doch!», rief Laves.

«Ich habe mit der Strandwache gesprochen», sagte Bülow. «Es war falscher Alarm.»

«Und wir sind aus unseren warmen Betten gejagt worden. Wofür? Für nichts!»

Madame Weber verschränkte die Arme und sah sich mit einem missmutigen Blick unter uns um, als suchte sie jemanden, auf den sie sich nun stürzen konnte, da uns der Feind eine Abfuhr erteilt hatte.

«Wir haben bewiesen, dass wir vorbereitet sind», sagte der Kontrolleur schlichtend, «aber am allerbesten wäre es doch, wenn sie überhaupt nicht kämen.»

Wir brummten zustimmend. Und obwohl wir einsahen, dass der Standpunkt des Kontrolleurs vernünftig war, blieb es doch eine herbe Enttäuschung. Wir waren bereit, dem Deutschen und dem Tod in die Augen zu sehen, und nun war keiner von beiden auf Ærø an Land gegangen.

«Der Deutsche soll sich bloß vorsehen», sagte Lars Bødker.

Wir spürten die Müdigkeit und machten uns auf den Heimweg. Ein kühler Nachtregen fiel, und niemand sagte ein Wort, bis wir die Mühle erreichten, an der sich Madame Weber von unserer niedergeschlagenen

Truppe trennte. Sie baute sich direkt vor uns auf und hielt die Heugabel in der Hand, als präsentierte sie ein Gewehr.

«Ich wüsste nur zu gern», sagte sie mit drohender Stimme, «wer der Spaßvogel war, der ehrbare Leute dazu bringt, mitten in der Nacht ihre Betten zu verlassen, um in den Krieg zu ziehen.»

Wir alle starrten Laurids an, der mit seinem Besen über der Schulter aus unserer Mitte herausragte.

Doch Laurids zog weder den Kopf ein, noch senkte er den Blick. Stattdessen schaute er uns an. Dann lehnte er sich zurück und begann, direkt in den Regen hineinzulachen.

*   *   *

Bald schon wurde es ernst mit dem Krieg. Wir wurden zur Marine eingezogen. Der Kriegsdampfer *Hekla* legte im Nachbarort Ærøskøbing an, um uns abzuholen. In einer Reihe standen wir am Pier und wurden einer nach dem anderen aufgerufen, bevor wir an Bord der Barkasse sprangen, die uns zu dem Dampfer bringen sollte. An jenem Abend im November hatten wir uns um den Krieg betrogen gefühlt, doch nun war die Wartezeit vorbei und der Mut groß.

«Ahoi, hier kommt ein Däne mit Leib und Seele, und der hat einen Seesack dabei!», schrie Claus Jakob Clausen.

Er war ein kleiner, sehniger Mann, der immer damit prahlte, dass ein Tätowierer in Kopenhagen, der auf den Namen Stichel-Frederik hörte, einmal zu ihm gesagt hatte, er habe den härtesten Arm, in den er jemals eine Nadel gestochen hätte. Clausens Vater, Hans Clausen, war wie sein Großvater vor ihm Lotse gewesen. Das war der Weg, den ganz sicher auch Claus Jakob gehen würde, denn in der Nacht vor der Einschiffung hatte er einen Traum gehabt, der ihm verkündete, dass er lebend aus dem Krieg zurückkäme.

In Kopenhagen wurden wir für die Fregatte *Gefion* angemustert. Laurids wurde von uns Übrigen getrennt und kam als Einziger auf das Linienschiff *Christian VIII.*, dessen Großmast so hoch war, dass der Kirchturm von Marstal anderthalbmal in den Abstand zwischen Masttopp und Deck gepasst hätte. Uns wurde schwindlig und wirr, wenn wir den

Kopf in den Nacken legten, doch es war diese Art von Schwindel, die zu Stolz führt, denn wir begriffen, dass wir einberufen waren, um große Taten zu vollbringen.

Laurids blieb zurück und sah uns nach. Die *Christian VIII.* passte zu ihm. Er würde sich an Deck wie zu Hause fühlen, er, der einst ein Jahr auf dem amerikanischen Kriegsschiff *Neversink* gefahren war. Dennoch dachten wir, dass er sich einen Moment lang verlassen gefühlt haben musste, als er uns auf der Gangway der *Gefion* verschwinden sah.

Dann liefen wir aus, um in den Krieg zu ziehen. Palmsonntag segelten wir die Küste von Ærø entlang. Wir sahen die Steilküste bei Vejsnæs, wo Laurids die Insel völlig konfus gemacht hatte mit seinem: «Der Deutsche kommt!» Jetzt kam der Däne, und die Reihe war an den Deutschen, Teertonnen zu entzünden und wie kopflose Hühner umherzurennen.

Wir lagen vor Als und warteten. Am Mittwoch nahmen wir Kurs auf die Eckernförder Bucht und erreichten die Mündung am späten Nachmittag. Auf dem Achterdeck wurden wir zusammengerufen. Wir waren ein bunter Haufen in unseren Friespullovern und Tuchhosen in den unterschiedlichsten Farben, manche blau, andere schwarz oder weiß. Nur das Band mit dem Namen *Gefion* um unsere Mütze und die rot-weiße Kokarde verrieten, dass wir Matrosen auf einem Kriegsschiff des Königs waren. Der Kommandant, der seinen feinsten Uniformmantel mit Epauletten und Säbel trug, hielt eine Rede und forderte uns auf, wie tapfere Burschen zu kämpfen. Er schwang seinen Dreispitz und brachte ein dreifaches Hurra auf den König aus. Wir stimmten ein, so laut wir konnten. Dann befahl er, sämtliche Kanonen abzufeuern, damit wir erfuhren, wie es während eines Gefechts zuging. Niemand von uns hatte je einen Krieg erlebt. Erst donnerte es übers Meer, dann roch es scharf nach Pulver. Es hatte ziemlich aufgefrischt, und der blaue Rauch der Kanonen wurde vom Wind mitgerissen. Einige Minuten war es unmöglich, sich untereinander zu verständigen. Der Lärm der Kanonen hatte uns taub werden lassen.

Wir bildeten nun ein ganzes Geschwader. Zwei Dampfer waren dazugekommen, einen kannten wir seit der Verschiffung aus Ærøskøbing, es war die *Hekla*. Für den nächsten Tag bereiteten wir uns auf die Schlacht vor. In den Batteriedecks wurden die Kanonen klargemacht und Pumpen und Feuerspritzen so aufgestellt, dass sie jederzeit zum Einsatz kommen konnten, sollte an Bord ein Brand ausbrechen. Jede einzelne Kanone bekam ihre Kartätschen und Vollkugeln, die Zündröhrchen packten wir in Kisten. In den letzten Tagen hatten wir alles so oft exerziert, dass wir die zahlreichen Befehle beinahe auswendig dahersagen konnten. Wir waren elf Mann an jeder Kanone, und vom ersten Befehl «Klar überall!», gefolgt von «Wischer und Kartusche!» und «Zündrohr einlegen!» bis endlich zum Befehl zu schießen, rannten wir konfus umher, starr vor Angst, irgendetwas falsch zu machen. Wir waren gewohnt, zu dritt oder zu viert auf unseren kleinen Frachtseglern und Galeassen zu arbeiten, und nun waren wir plötzlich Herren über Leben und Tod.

Allzu oft blieben wir wie gelähmt stehen, wenn der Geschützführer sein «Nach dem Visier ausrichten!» oder «Einrichten!» brüllte. Was, zum Teufel, bedeutete das eigentlich? Jedes Mal, wenn es uns gelang, den verzwickten Weg bis hin zum letzten Befehl fehlerfrei zurückzulegen, wurden wir vom Geschützführer gelobt. Dann brachen wir in ein munteres Hurra! aus, und er schaute erst uns an, dann seine Kanone und schließlich hinunter auf Deck, während er den Kopf schüttelte.

«Ihr Jungspunde», sagte er, «verdammt noch mal, tut bloß euer Bestes!»

Wir wussten nicht so genau, auf wen wir eigentlich schießen sollten. Doch wohl kaum auf die alte Ilse mit der schiefen Hüfte, die Branntweinmutter, die uns im Hafen von Eckernförde den erquickenden Trank verkaufte, wenn wir mit unseren Schuten anlegten. Und auf den Kornhändler Eckhardt, mit dem wir manch guten Handel geschlossen hatten, sicherlich auch nicht. Dann gab es noch den Gastwirt vom Roten Hahn. Er hieß Hansen, ein Name, der ja urdänisch war. Wir hatten ihn nie mit einem Gewehr in der Hand gesehen. Niemand von ihnen war der Deutsche, soweit wir es beurteilen konnten. Aber der König wusste, wer der Deutsche war. Und der Kommandant, der so verwegen Hurra! gebrüllt hatte.

Wir nahmen Kurs auf die Bucht. Die feindlichen Batterien an der Küste fingen an zu donnern, aber wir waren außerhalb ihrer Reichweite, und schon bald wurde es wieder ruhig. Wir bekamen Branntwein anstelle des üblichen Tees. Um neun wurde der Zapfenstreich geblasen, nun war es Zeit, in die Kojen zu kriechen. Sieben Stunden später wurden wir geweckt, es war Gründonnerstag, der 5. April 1849. Wieder erhielten wir Branntwein statt Tee, und auf Deck stand bereits ein Fass Bier. Wir konnten trinken, so viel wir mochten, und unsere Laune war ausgezeichnet, als wir den Anker lichteten und uns der Bucht näherten.

Über die Verpflegung an Bord der Schiffe Ihrer Majestät konnten wir uns nicht beklagen, denn hatten wir daheim für uns zu sorgen, war die Kost mager. Über uns hieß es, bei einem Schiff aus Marstal würden nie Möwen im Kielwasser fliegen, und das hatte schon seine Richtigkeit. Bei uns wurde nichts vergeudet. Hier aber gab es außer Tee und Bier jeden Tag so viel Brot, wie wir nur essen konnten, zum Mittagessen ein Pfund frisches Fleisch oder ein halbes Pfund Speck, Erbsen, Grütze oder Suppe und am Abend vier Lot Butter und dazu einen Schnaps. Daher liebten wir den Krieg, lange bevor wir zum ersten Mal Pulverdampf rochen.

Wir hatten die Eckernförder Bucht erreicht. Das Ufer rückte näher, und die Kanonenstellungen an Land waren jetzt deutlich auszumachen. Kresten Hansen beugte sich hinüber zu Ejnar Jensen und vertraute ihm einmal mehr an, dass er die Schlacht nicht überleben werde.

«Ich hab's gewusst, seit der Deutsche die Zollkasse verlangte. Ich sterbe heute.»

«Einen Scheiß wusstest du», erwiderte Ejnar. «Du hast doch nicht einmal geahnt, dass die Schlacht an Gründonnerstag stattfindet.»

«Doch, das wusste ich schon lange. Die Zeit ist gekommen, da wir erschossen werden!»

«Halt jetzt die Schnauze», sagte Ejnar gereizt. Er hatte sich das Gejammer anhören müssen, seit sie die Hängematten aufgerollt und die Stiefel geschnürt hatten.

Doch Kresten war nicht zu bremsen, sein Atem ging stoßweise, und er legte eine Hand auf den Arm des Freundes.

«Versprich mir, dass du meinen Seesack zurück nach Marstal bringst.»

«Du kannst deinen Plunder selbst nach Hause tragen. Hör jetzt auf, bevor du mir auch noch Angst einjagst.»

Ejnar warf einen beunruhigten Blick auf den Kameraden. Kresten war der Sohn von Kapitän Jochum Hansen, gleichzeitig Aufseher bei der Hafenbehörde, und Kresten hatte große Ähnlichkeit mit seinem Vater, von den Sommersprossen unter dem rotblonden Schopf bis zu seinem etwas einsilbigen Wesen. Noch nie hatten wir ihn in einem so seltsamen Zustand erlebt.

«Hier», sagte Ejnar und reichte ihm einen Krug Bier. «Nimm einen ordentlichen Schluck.»

Er hielt Kresten den Krug an den Mund. Der prustete und verschluckte sich am Bier. Seine Augen wurden glasig. Ejnar klopfte ihm auf den Rücken. Kresten schnappte so keuchend nach Luft, dass ihm das Bier aus den Nasenlöchern schoss.

«Du Fischkopf.» Ejnar lachte. «Wer hängen soll, ersäuft nicht», sagte er. «Fast hättest du dich selbst umgebracht. Du brauchst den Deutschen überhaupt nicht.»

Doch Krestens Blick war noch immer weit weg.

«Die Zeit ist gekommen, da wir erschossen werden», wiederholte er mit dumpfer Stimme.

«Tja, ich werde jedenfalls nicht erschossen.»

Es war Lille Clausen, der sich ins Gespräch einmischte.

«Ich weiß es, weil ich es geträumt habe. Versteht ihr, ich ging den Møllevej hinunter, ich wollte in die Stadt. Zu beiden Seiten stand Militär, bereit zu schießen. Eine Stimme rief: ›Du sollst gehen!‹ Und ich ging. Die Kugeln sausten mir nur so um die Ohren, aber keine traf. Also werde ich heute nicht erschossen. Da bin ich mir sicher.»

Wir hielten Ausschau über die Bucht und die umliegenden Felder, die von einer Schicht Frühjahrsgrün bedeckt waren. In einem kleinen Wald knospender Lindenbäume versteckte sich ein Hof mit Reetdächern, zu dem ein mit Feldsteinen eingefasster Weg führte. Am Rande des Weges stand eine Kuh und graste. Sie hatte uns ihr Hinterteil zugewandt und schlug träge mit dem Schwanz; sie wusste nichts von dem Krieg, der sich draußen auf dem Wasser näherte.

Die Kanonenstellung auf der Landspitze an Steuerbord war nun sehr nahe. Wir sahen den Rauch, bevor wir den Knall über das Wasser rollen hörten wie ein Unwetter, das unversehens aufzog.

Kresten zuckte zusammen.

«Die Zeit ist gekommen», sagte er.

Ein Feuerstrahl schlug steuerbord aus dem Achterdeck der *Christian VIII.* Wir sahen uns ratlos an. War das Schiff getroffen?

Wir waren das Kriegführen nicht gewohnt und wussten nicht, welche Folgen ein Volltreffer haben konnte. Von dem Linienschiff kam keine Reaktion.

«Wieso schießen die nicht zurück?», fragte Ejnar.

«Sie liegen noch nicht querab zur Batterie», stellte Lille Clausen sachkundig fest.

Einen Moment später verkündete eine blaugraue Wolke aus Pulverdampf auf der Steuerbordseite der *Christian VIII.*, dass sie die Salve beantworteten. Die Schlacht war in vollem Gang. Am Strand spritzten Feuer und Erde auf, und kleine Zinnsoldaten liefen durcheinander. Ein ordentlicher Wind blies aus östlicher Richtung, und kurze Zeit später war es an der *Gefion,* eine Breitseite zu liefern. Der Knall der großen Sechzigpfundkanonen ließ das gesamte Schiff erzittern; wir hatten das Gefühl, uns würde das Zwerchfell in die Hose rutschen. Wir pressten die Hände auf die Ohren und schrien in einer Mischung aus Furcht und Erschrecken, wie gelähmt von der Schlagkraft der Kanonen.

Jetzt bekam der Deutsche die volle Breitseite!

Einige Minuten ging es so weiter. Dann hörten die Schüsse der Batterie auf der Landspitze auf. Wir mussten uns auf das Urteilsvermögen unserer Augen verlassen, hören konnten wir nichts. Es sah aus wie eine Wüstenlandschaft. Schutt türmte sich in großen Haufen. Der schwarze Lauf eines Vierundzwanzigpfünders ragte in die Luft, als hätte er ein Erdbeben erlebt. Niemand rührte sich.

In einem stummen Siegestanz schlugen wir uns auf den Rücken. Sogar Kresten sah einen Moment so aus, als würde er seine düsteren Vorahnungen vergessen und sich der Ekstase ergeben: Der Krieg war ein Riesenspaß, ein Branntweinrausch, der direkt ins Blut ging. Nur war dieser Rausch größer und reiner. Als sich der Pulverdampf verzogen hatte, war die Luft vollkommen klar. Nie hatten wir die Welt so deutlich gesehen. Wir schnitten Fratzen wie Neugeborene. Takelage, Masten und Segel wölbten sich über uns wie das Laubwerk eines frisch ausgeschlagenen Buchenwalds. Und über all dem lag ein Glanz, wie wir ihn nie zuvor erlebt hatten.

«Mir wird ganz feierlich zumute», sagte Lille Clausen, als wir Sprache und Gehör wiedergefunden hatten. «Teufel auch, Teufel auch.»

Er konnte gar nicht mehr aufhören zu fluchen.

«Der Teufel soll mich holen, wenn ich so was schon mal gesehen habe.»

Den Kanonendonner hatten wir ja bereits während der Generalprobe am Abend zuvor gehört, aber Zeuge der Wirkung der Kanonen zu sein – das veränderte einen Mann.

«Nun ja», sagte Ejnar nachdenklich, «diese Kanonen, das ist schon etwas anderes als Pastor Zachariassens Predigten. Tja, was sagst du, Kresten?»

Kresten hatte einen geradezu frommen Gesichtsausdruck. «Denkt nur, dass ich so etwas erleben darf», sagte er leise.

«Dann glaubst du also nicht mehr, dass du erschossen wirst?»

«Doch, jetzt weiß ich es. Aber ich habe keine Angst mehr.»

Dies war allerdings noch nicht die Feuertaufe, denn die Sechzigpfundkanonen, die wir zu bedienen hatten, waren auf dem obersten Deck der Backbordseite stationiert, und bald würden wir an die Reihe kommen, spätestens, wenn wir weiter in Richtung Eckernförde segelten, wo zwei zusätzliche Batterien warteten, eine an jedem Ufer der Bucht. Aber mit diesem Gegner brauchte man ja nicht groß zu rechnen. Es war noch nicht einmal acht Uhr morgens und die Schlacht schon halb gewonnen. Wir machten uns Sorgen darüber, dass der Krieg vorbei sein würde, bevor er überhaupt richtig begonnen hatte. Gerade waren wir ein wenig auf den Geschmack gekommen, da hatten wir die Deutschen bereits vor dem Mittagessen geschlagen.

Die *Gefion* erreichte das Ende der Bucht, die nördliche Batterie lag direkt voraus. Bloß zwei Kabellängen waren wir von der südlichen Batterie entfernt, als wir die Marssegel brassten und in den Wind stellten. Den Klüver holten wir ein und ließen backbord den Anker zusammen mit einem Schleppanker fallen, so dass wir die Breitseite ausrichten konnten, denn nun galt es zu schießen. Die *Christian VIII.* machte das Gleiche.

Unser Blut kochte. Wir waren wie Kinder, die ein chinesisches Feuerwerk erleben durften. Jegliche Furcht war verschwunden. Zurück blieb nur die Erwartung. Den bereits errungenen Sieg hatten wir noch nicht verarbeitet, da erwartete uns bereits ein neuer.

Die *Gefion* begann zu schwojen, der Schleppanker hielt nicht. Die Strömung war zu stark, und wir trieben auf die südliche Batterie zu. Wir sahen hinüber zur *Christian VIII*. Auch das große Linienschiff trieb dicht unter der Küste und lag bereits unter intensivem Beschuss. Sie ließen den schweren Anker fallen, um die Abdrift aufzuhalten, und antworteten mit einer gewaltigen Salve, die sich über die gesamte Längsseite vom Vordersteven bis achtern zog. Pulverdampf quoll aus einer Stückpforte nach der anderen, bis er in einer großen, rasch anwachsenden Wolke über die Bucht trieb. Doch die Schüsse lagen zu hoch und schlugen in den Feldern hinter der Batterie ein. Sie hatten keine Zeit gehabt, die Kanonen einzurichten, als sie wider Erwarten auf die Küste zutrieben.

Einen Augenblick später war die Reihe an uns. Wir lagen so dicht vor der Küste, dass wir in Reichweite der Gewehre gerieten. Die Strömung und der Wind spielten weiterhin mit uns. Wir lagen querab in der Bucht, und das bedeutete, dass unsere Breitseiten beide aufs offene Wasser zielten. Nur die vier Achterkanonen hatten eine Chance, das gewaltige Feuer der Batterie zu beantworten.

Der erste Treffer fegte elf Männer vom Achterdeck. Graue Erbsen nannten wir die Kanonenkugeln, doch es war keine Erbse, die hier in einem Hagel aus Holzsplittern auf Deck niederging und Schanzkleid, Stückpforten und Menschen auseinanderriss. Ejnar hatte die Kugel kommen sehen. Er registrierte jeden Meter ihres Flugs, als sie tief übers Deck strich. Einem Mann schlug sie die Beine weg – die Beine flogen in die eine Richtung, der Rest des Mannes in die andere. Sie erwischte eine Schulter und zerschmetterte einen Schädel. Knochensplitter, Blut und Haar klebten daran. Sie hielt auf ihn zu. Ejnar ließ sich hintenüberfallen und sah sie vorbeifliegen. Später sagte er, dass sie seinen Schnürsenkel mitgerissen hätte. So nah war sie ihm gekommen, bevor sie durch das Schanzkleid an Backbord krachte.

Für Ejnar war die Kanonenkugel ein Ungeheuer mit einem eigenen, freien Willen. Es zeigte ihm, was Krieg bedeutete, und das waren keine

Strandbatterien, die in die Luft flogen, und keine Zinnsoldaten auf der Flucht. Ein Drache fauchte heiß auf sein blankes Herz. Zeit zum Nachdenken gab es nicht. Auf Deck herrschte ein einziges Durcheinander. Ein Offizier schrie Ejnar mit wirrem Blick an, er solle zusammen mit dem Steuermann und einem Soldaten zum Mast gehen. Irgendeinen Sinn hatte dieser Befehl nicht, aber Ejnar tat, was ihm befohlen wurde. In diesem Moment brach der Soldat in einer Blutlache zusammen. Es sah aus, als hätte es eine innere Sprengung gegeben. Ein Loch öffnete sich in der Brust, Blut quoll heraus. Ejnar sah, wie ein Auge rot explodierte und die Schädeldecke abgerissen wurde. Es war ein seltsamer Anblick, als die hellrote Gehirnmasse schutzlos vor ihm lag und herausspritzte, als würde jemand mit einer Kelle auf Grütze einschlagen. Ejnar wusste nicht, dass einem Menschen so etwas widerfahren konnte. Dann schoss eine weitere Kanonenkugel heran und riss den Leutnant mit sich. Ejnar wurde gleichzeitig heiß und kalt beim Anblick dieses Weltuntergangs, und vor lauter konfuser Erregung begann seine Nase zu bluten.

Ein anderer Offizier, dem ebenfalls Blut übers Gesicht lief, scheuchte ihn an die Kanone Nr. 7. Ejnar war an der Kanone Nr. 10 eingeteilt, doch die hatte in der Zwischenzeit einen Volltreffer erhalten und stand verkantet in ihrer Stückpforte. Rundum ein Wirrwarr regloser Körper, unter denen das Blut zu einem langsam immer größer werdenden See zusammenfloss. Dünne Ströme von Urin bildeten ein Delta zwischen den Beinen der Toten. Er konnte nicht erkennen, ob Kresten oder Lille Clausen unter ihnen waren. Ein Stück entfernt lag ein abgerissener Fuß. Wie die Toten hatte auch Ejnar das Wasser einfach laufen lassen. Der Kanonendonner hatte ein Erdbeben in seinen Eingeweiden ausgelöst, seine Hosen waren ebenfalls voll. Er wusste, dass Tote im Augenblick des Sterbens ihren Darm entleeren, aber dass so etwas auch den Lebenden passierte, hatte er sich nicht vorstellen können. Der Krieg sollte die Taufe des Mannesalters sein. Diesem Satz misstraute er in dem Moment, in dem er etwas Klebriges seine Schenkel hinunterrinnen spürte. Er fühlte sich halb wie ein Toter, halb wie ein Säugling, doch er begriff sehr schnell, dass er nicht der Einzige war. Ein Gestank wie aus einer umgestürzten Lokustonne trieb über das Deck. Und er kam nicht allein von den Getöteten. Der größte Teil der Kämpfenden hatte besudelte Hinterteile.

Der Geschützführer der Kanone Nr. 7 war noch am Leben. Er blutete aus einer Wunde über der Augenbraue, dort hatte ihn ein herumfliegender Holzsplitter getroffen. Er schrie Ejnar, der nichts hören konnte, irgendetwas zu, aber erst als der Kommandierende auf das Rohr zeigte, begriff er, dass er die Kanone laden sollte. Nur waren seine Arme nicht lang genug, und er musste halb aus der Stückpforte klettern, um die Kugel in den Lauf zu stopfen. Hier war er für die feindliche Batterie ein gut sichtbares, leichtes Ziel. Aber er dachte nur daran, dass eigentlich bald mal jemand mit Branntwein vorbeikommen müsste.

Unterdessen war es der *Gefion* gelungen, sich auf ihre Position in der Bucht zu manövrieren, so dass wir nun mit der Breitseite zur Batterie lagen; doch der Dampfer *Geiser,* der versucht hatte, mit einem Schlepptau zur Hilfe zu kommen, hatte einen Treffer in der Maschine abbekommen und musste den Rückzug antreten. Das Gleiche galt für die *Hekla,* deren Ruder zerschossen war. Der Wind kam direkt aus Osten, und der Verlust der beiden Dampfschiffe, die uns beim Manövrieren hätten unterstützen sollen, bedeutete, dass es uns nicht möglich sein würde zu fliehen, wenn alles schiefging.

Das Kriegsglück schien sich unterdessen zu wenden. Die nördliche Batterie bekam einen Volltreffer nach dem anderen, und am Strand sahen wir die Zinnsoldaten einfach davonrennen. Das war der halbe Sieg! Allerdings blieben ihre Kanonen unversehrt, und neue Soldaten liefen herbei, sie schossen praktisch ohne Unterbrechung zurück. Eine weitere Ration Branntwein wurde ausgeteilt. Der Quartermeister ging mit der Branntweinpütz herum. Wir nahmen den angebotenen Becher mit einer Feierlichkeit entgegen, als wären wir beim Abendmahl und würden aus dem Kelch trinken. Das Fass Bier war glücklicherweise nicht getroffen, wir suchten es häufig auf. Wir fühlten uns einfach verloren. Der ununterbrochene Beschuss und die Zufälligkeit, mit der der Tod unter uns auf Deck erntete, ließ uns merkwürdig müde werden, obwohl die Schlacht noch immer erst wenige Stunden alt war. Ständig rutschten wir in glitschigen Blutlachen aus, und die ganze Zeit hatten wir diese grässlich verstümmelten Leiber vor Augen. Nur die Taubheit, die sich längst als Folge des anhaltenden Kanonendonners eingestellt hatte, verhinderte, dass wir das Schreien der Verwundeten hörten.

Wir wagten kaum, uns umzuschauen, aus Angst, in das Gesicht eines Freundes zu sehen und von einem Blick gefangen zu werden, der um Linderung flehte, aber auch ganz plötzlich in Hass umschlagen konnte – als würden die Verletzten uns, die wir noch auf den Beinen standen, unser Glück vorwerfen und sich nichts mehr wünschen, als ihr Schicksal gegen unseres einzutauschen. Niemand konnte ein tröstendes Wort mit einem anderen wechseln, es wäre ungehört vom Lärm der Kanonen davongetragen worden. Eine Hand auf der Schulter musste reichen. Doch schon jetzt hatte es den Anschein, als würden wir, die wir noch immer unverletzt waren, die Gesellschaft der Privilegierten vorziehen und die Verwundeten meiden, die sicherlich ein wenig mehr Trost verdient hätten. Wir Lebenden verschworen uns gegen die bereits vom Tod Gezeichneten.

Noch einmal luden wir die Kanonen und zielten, wie es die Geschützführer befahlen, doch längst dachten wir nicht mehr an einen Sieg oder eine Niederlage. Wir kämpften hauptsächlich, um den Anblick der Toten zu vermeiden, denn in unseren Köpfen hörten wir eine Frage wie ein Echo auf all dieses Sterben um uns herum: Warum sie? Wieso nicht ich? Doch wir wollten diese Frage nicht hören. Wir wollten überleben und sahen eine Welt, die sich am Ende eines schwarzen Tunnels aus Eisen befand. Wir hatten die begrenzte Sicht des Kanonenrohrs.

Der Branntwein hatte seine segensreiche Wirkung getan. Wir waren betrunken und ergaben uns einer berauschenden Gedankenlosigkeit, deren Ursache Entsetzen war. Wir segelten durch ein schwarzes Meer und hatten nur ein Ziel: nicht hinuntersehen zu müssen und auf Grund zu sinken.

Ejnar kletterte aus der Stückpforte und kroch wieder zurück. Es war ein schöner Frühlingstag, und jedes Mal, wenn er sich im milden Sonnenschein zeigte, erwartete er eine Kugel in der Brust. Er brabbelte ununterbrochen vor sich hin, hatte jedoch keine Ahnung, welche Worte ihm über die Lippen kamen. Gefährlich sah er aus, so ruß- und blutverschmiert wie er war. Seine Nase blutete noch immer, und hin und wieder wischte er sich das Blut mit dem Ärmel aus der unteren Gesichtshälfte. Dann legte er den Kopf in den Nacken und hoffte, so die Blutung stoppen zu können. Und die ganze Zeit hatte er diesen bitteren

Geschmack im Mund. Nur wenn er den Rachen mit Branntwein spülte, verschwand er, aber schon bald schmeckte er ihn erneut. Allmählich verwandelte sich seine Anspannung in Apathie, und seine Bewegungen wurden mechanisch. Er war nicht schlechter dran als wir Übrigen. Auch sein blutiges Äußeres und die besudelten Hosen unterschieden ihn nicht von uns. Niemand von uns hatte überhaupt noch irgendeine Ähnlichkeit mit einem Lebenden, eher mit Wiedergängern aus einer längst geschlagenen Schlacht, mit Toten von einem umgepflügten Schlachtfeld, auf dem wir wochenlang vergessen in strömendem Regen gelegen hatten.

Wir sahen, wie die Männer der nördlichen Batterie schon zum dritten Mal abgelöst wurden. Nicht einer der Schüsse der Zinnsoldaten schien sein Ziel zu verfehlen, und wir hatten den Eindruck, als würden die Batterien auf beiden Seiten der Bucht ihre Feuerkraft nun auf uns konzentrieren.

Um ein Uhr wurde eine Signalflagge im Topp des zusammengeschossenen Riggs der *Gefion* gehisst. Diese Botschaft war an die Leute auf der *Christian VIII.* gerichtet: Wir können nicht mehr. Viele unserer Kanonen waren unbesetzt, und die, die weiterhin schossen, waren sämtlich unterbesetzt. Diejenigen von uns, die sich noch auf den Beinen hielten, arbeiteten inmitten von Leichenbergen und Verwundeten, die in ihrer Verzweiflung nach uns griffen, als wollten sie uns in diesem Brei von Eingeweiden, Blut und entleerten Därmen um Gesellschaft bitten.

Es war ein kodiertes Signal. Der Feind an der Küste der Eckernförder Bucht konnte es nicht verstehen, aber auf der *Christian VIII.* wurde es registriert.

Das Linienschiff hatte noch nicht diese großen Verluste zu verzeichnen. Früh am Morgen war ein Quartermeister aus Nyborg gefallen, seither hatte es zwei Verwundete gegeben, aber dem Schiff waren die großen, vernichtenden Volltreffer erspart geblieben. Kommandant Paludan konstatierte, dass das intensive Bombardement der Batterien vom nördlichen und südlichen Ufer keine großen Schäden angerichtet hatte. Die Schlacht dauerte nun schon über sechs Stunden, und es gab keinerlei Aussicht auf Sieg. Ein Rückzug war indes unmöglich, das war nicht schwer zu erkennen. Die Dampfer *Hekla* und *Geiser* waren außer Gefecht, und der Wind kam uns direkt entgegen. Kapitän Paludan beschloss daher, die Parlamentärsflagge zu hissen. Noch war es keine Kapitulation, nur eine Pause in der Schlacht.

Ein Leutnant wurde mit einem Brief an Land gerudert und kam umgehend mit dem Bescheid zurück, dass innerhalb einer Stunde mit einer Antwort gerechnet werden könne. Das Marssegel und das unterste Rahsegel wurden aufgegeit, die Mannschaft bekam Brot und Bier. Noch herrschte Ordnung an Deck, und obwohl alle taub vom Lärm der Kanonen waren, dachte niemand an Kapitulation. Allenfalls verspürten wir eine unbestimmte Unruhe über den Stand der Schlacht. Die Männer sahen, dass es um die *Gefion* übel stand, aber das blutige Chaos auf unserem Deck hätte ihnen niemand beschreiben können.

Laurids saß mit seinem Brot abseits, er war damit beschäftigt, seinen Hunger zu stillen. Noch kannte er sein Schicksal nicht.

Unterdessen waren Tausende von Menschen aus Eckernförde herbeigeeilt und standen dicht gedrängt an beiden Ufern. Laurids schaute zu ihnen hinüber, während er sein Brot kaute; er sah, dass nicht die Neugierde sie aus der Stadt getrieben hatte. Sie entzündeten große Feuer auf den Feldern und sammelten die Kanonenkugeln ein, die über den Strand verstreut lagen. Dann warfen sie die Eisenkugeln ins Feuer, erhitzten sie, bis sie glutrot waren, und brachten sie zu den Kanonenstellungen. Auf der Landstraße nach Kiel tauchte Landartillerie auf, gezogen von Pferden, und die Soldaten verteilten sich mit ihren Kanonen hinter den Einfriedungen aus Stein, die die umliegenden Felder begrenzten.

Laurids erinnerte sich an die Erzählung seines Vaters über den Krieg gegen die Engländer, damals, als Marstal angegriffen wurde. Zwei englische Fregatten hatten südlich der Stadt geankert. Sie waren gekommen, um Marstals Schiffe zu kapern, von denen ein halbes Hundert im Hafen lag. Drei Barkassen mit bewaffneten Soldaten hatten die Engländer ausgesetzt, doch zusammen mit den Grenadieren der 2. Jyske Kompagni war es den Marstalern gelungen, sie in die Flucht zu schlagen. Die Verteidiger der Stadt hatten ihren Augen kaum getraut, als die Engländer sich zurückzogen.

«Tja, eigentlich habe ich nie verstanden, worum es bei diesem Krieg wirklich ging», hatte sein Vater hinzugefügt, «die Engländer sind doch ausgezeichnete Seeleute. Ich habe nichts an ihnen auszusetzen. Doch für uns ging es bei dem Krieg ums Brot. Wenn sie uns die Schiffe genommen hätten, wären wir am Ende gewesen. Darum haben wir gewonnen. Was hätten wir denn sonst machen sollen?»

Nun saß Laurids auf der *Christian VIII.* unter der Parlamentärsflagge und betrachtete das Gewimmel von Menschen am Ufer. Er war sich nicht sicher, ob er den Krieg besser verstand als sein Vater. Sie kämpften für den Dannebrog gegen die Deutschen, und das sollte ihm eigentlich genügen. Und bis vor einem Moment war es ja auch noch so gewesen. Der Krieg war wie das Leben auf See. Man konnte die Wolken, die Windrichtung und die Strömungsverhältnisse genau beobachten, aber mit Bestimmtheit etwas über das unberechenbare Meer zu wissen war unmöglich. Es ging nur darum, sich einzurichten und lebend nach Hause zu kommen. Der Feind, das waren die Kanonenbatterien der Eckernförder Bucht. Wenn sie zum Verstummen gebracht werden konnten, war der Weg nach Hause offen. So war der Krieg für ihn. Er war kein Patriot, auch nicht das Gegenteil. Er nahm das Leben, wie es kam, und der Horizont, auf den er den Blick gerichtet hielt, war das Gewirr der Mastspitzen, der Mühlenflügel und des Dachreiters auf der Kirche. Es war Marstal, so wie die Stadt sich darbot, wenn wir uns an Bord eines Schiffs von See her näherten. Nun sah er, wie gewöhnliche Menschen in den Krieg zogen, nicht nur Soldaten, sondern Menschen aus der Stadt Eckernförde, einem Ort, den er oft mit seinen Kornlasten angesteuert hatte und aus dem er an jenem Abend gekommen war, als er ganz Ærø auf den Kopf gestellt hatte. Die Bürger aus Eckernförde standen zusammen am Ufer, so wie die Marstaler es einst auch getan hatten. Worum ging es also bei diesem Krieg?

Am Strand wurde ein Boot zu Wasser gelassen. An Bord befand sich der Leutnant der *Christian VIII.*, der zum dritten Mal zu Verhandlungen an Land gewesen war. Jedes Mal war die Schlacht unterbrochen worden. Zweieinhalb Stunden hatte die Waffenruhe jetzt gedauert, es war halb fünf. Etwas Entscheidendes musste passiert sein. Die Matrosen legten sich in die Ruder. Dann brachen die Kanonen am Strand los, ohne jede

Vorwarnung. Noch immer wehte die Parlamentärsflagge am Großtopp, dennoch hatte der Krieg wieder begonnen.

Die Kanonen der *Christian VIII.* beantworteten das Feuer sofort, während die *Gefion,* still wie ein Geisterschiff, versuchte, außer Reichweite der Schüsse zu gelangen. Wir hatten aufgegeben und benötigten unsere letzten Kräfte, um uns am Wurfanker voranzuziehen.

Der Feind änderte seine Taktik. Auf beiden Seiten der Bucht waren nicht mehr wir das Ziel der Batterien, sondern die *Christian VIII.* Sie wollten das große Schiff in Brand stecken. Viele Geschosse, die auf dem Schiff einschlugen, waren rotglühend, nachdem sie den halben Nachmittag in den Feuern auf den Feldern gelegen hatten. Die Bürger von Eckernförde hatten die Zeit gut genutzt.

Plötzlich war das Deck voller Gefallener und Verwundeter. Der Angriff kam vollkommen unerwartet. An mehreren Stellen flammte Feuer auf, und sofort wurden die Pumpen und Feuerspritzen eingesetzt. Der Tod sollte von Deck gespült werden, doch das knisternde Feuer hatte sich bereits festgefressen.

Kommandant Paludan erkannte, dass die Schlacht verloren war. Die *Christian VIII.* schwojte rund, um aus der Schusslinie zu kommen, doch der Wind blies noch immer direkt von vorn, und dem Linienschiff gelang es lediglich, querab zur Strömung zu gelangen; dabei verlor es den Vorteil, den Batterien mit der Breitseite gegenüberzuliegen. Die Deutschen am Strand errieten die Absicht des Kapitäns sofort und zielten auf Segel und Takelage. Sie wollten den Feind am Abzug hindern.

Das Hieven des schweren Ankers erfolgte unter großen Verlusten. Auf dem Vorschiff landeten Brandgeschosse, und zwischen den Beinen der armen Teufel, die am Gangspill arbeiteten, explodierten Granaten. Immer wieder mussten sie nach Ersatzmännern brüllen. Der Entsatz schob die Toten und Verwundeten mit den Stiefeln beiseite. Dann explodierte eine weitere Granate, und von einem der Spillspaken waren nur noch zerfetzte Stumpen geblieben, von den Händen, die ihn gedreht hatten, nur zermalmte Knochen und halbe Finger. Schließlich tauchte der Anker auf und hing mit den triefenden Resten des Meeresgrunds, mit Schlamm und Tang am Bug. Der Preis war das Glück von zehn Familien, Söhne und Väter, die nie wieder nach Hause kamen.

Dann wurden der Klüver vorgeschotet und die Marsschoten durchgeholt. Man setzte die Segel. Laurids war Toppsgast und enterte mit den anderen auf. Er wechselte auf die Rahe. Hier hatte er einen Überblick über den Kampf.

Am Horizont ging die Sonne unter und warf ihr weiches Licht über die Fördelandschaft. Wolkenfetzen breiteten sich fächerförmig über den sich rot färbenden Himmel aus. Nur wenige hundert Meter von der Bucht entfernt war alles friedlich und knospendes Frühjahr, das Ufer jedoch war schwarz von bewaffneten Menschen. Die Artillerie begann im Schutz der Steineinfriedungen zu schießen. In einer unablässigen Kanonade flogen aus der Strandbatterie die Feuerkugeln, und in der Volksmenge legten Tausende gleichzeitig die Büchsen an und zielten.

Laurids hatte südlich von Kap Hoorn während eines wütenden Sturms am äußersten Ende der Rah gehangen, mit Händen, die zu Eisklumpen gefroren waren. Er hatte zurück zum Mast klettern müssen, während er sich mit Armen und Beinen an die Rah klammerte, aber er hatte niemals Angst gehabt. Nun zitterten seine Hände, dass er nicht einmal den einfachsten Knoten lösen konnte.

Segel, Masten und Takelage wurden von den Schüssen zerfetzt. Um ihn herum fiel ein Matrose nach dem anderen von den Masten, den Rahen und aus dem Rigg, getroffen vom speergroßen Splitter eines angeschossenen Mastes, von einer Granate oder einer Feuerkugel; sie schlingerten zwischen nur zur Hälfte gehissten Segeln, Tauwerk und Fallen herab, bis sie tief unten auf Deck aufschlugen oder mit einem Klatschen im Wasser verschwanden. Da gab er auf und sah zu, dass er zurück zum Rigg kam.

Auf Deck herrschte ein immer größer werdendes Chaos. Kein Segel ließ sich noch setzen, die Fallen und Brassen waren zerschossen. Eine Gruppe zerrte am Kreuzsegel und hatte es beinahe schon oben, als die Blöcke und Schoten auf sie herabstürzten; so schwer waren sie, dass sie einen Mann erschlugen, der von ihnen getroffen wurde.

Sämtliche Versuche, die *Christian VIII.* aus der Schusslinie zu bringen, schlugen fehl. Ein geordnetes Setzen der Segel war unmöglich, und der Wind stand direkt auf Land. Es hatte zu einer steifen Brise aufgefrischt, und das mächtige Schiff trieb auf die Küste zu, wo es unmittelbar östlich der südlichen Batterie auf Grund lief. Nun wurde das Feuer auf das

wehrlose Schiff intensiviert. In dieser Position waren nur die Achterkanonen noch einzusetzen, allerdings krängte das Schiff gewaltig, und
nichts wollte mehr an seinem Platz stehen bleiben.

Dann erklang ein Schrei: «Feuer im Schiff!»

Was sie vorher für Feuer gehalten hatten, war im Vergleich hiermit
falscher Alarm gewesen. Unter der inneren Batterie hatte eine glühende
Kugel eingeschlagen und war steuerbords in den Frachtraum gedrungen. Rasch breitete sich das Feuer aus und drohte, die Pulverkammer
in Brand zu stecken. Auch an anderen Stellen brannte es. Die Männer
arbeiteten an den Pumpen, doch vergeblich. Das Feuer hatte die Ober-
hand gewonnen.

Um sechs Uhr wurde die Flagge gestrichen und das Feuer auf der
Christian VIII. eingestellt. Der Beschuss des Schiffs setzte sich allerdings
noch eine Viertelstunde lang fort; dann war der unersättliche Feind endlich mit dem Umfang der Niederlage zufrieden, die er einem Kriegsschiff zugefügt hatte, das nur wenige Stunden zuvor unbezwingbar erschien.

Als Zeichen der Kapitulation wurde Kommandant Paludan an Land
gerudert, und nun sank der Mut der Männer. Sie gaben den Kampf gegen das Feuer auf. Übel riechend und verdreckt standen sie da und ließen den Kopf hängen. Ihre Seemannschaft wurde nicht mehr gebraucht,
und weder mit dem Krieg noch mit einer Niederlage hatten sie irgendwelche Erfahrungen. Sie hatten geglaubt, der Krieg sei ein Fest, doch
nun waren ihre Köpfe mit Ausnahme des Echos der Kanonendonner leer
und ihre Seelen jeglicher Energie beraubt. Anderthalb Stunden hatte der
letzte Teil dieser beschämenden Schlacht gedauert, für sie hätten es aber
auch anderthalb Leben sein können. Sie sahen keinerlei Zukunft mehr,
sie waren vollkommen erschöpft.

Manche setzten sich mitten auf Deck in das Flammenmeer, als wären
die Predigten des Pastors in Erfüllung gegangen und die Verschiffung ins
Höllenfeuer hätte bereits stattgefunden. Andere starrten bloß regungslos vor sich hin. Das Uhrwerk war zerbrochen. Leutnant Ulrik, Leutnant Stjernholm und Leutnant Corfitz rannten herum und schrien sie an.
Wenn die Katastrophe vermieden werden und der Stolz des Vaterlands
nicht in die Luft fliegen sollte, sozusagen als letzter Paukenschlag einer
Schlacht, die ihnen nicht gerade zur Ehre gereichte, dann brauchte man

sie mehr denn je. Doch die Kanonen hatten sie taub werden lassen. Nur auf Stöße und Tritte reagierten sie.

Laurids ließ sich in die achterste Pulverkammer schicken, aber es dauerte eine gewisse Zeit, um all das Pulver ins Meer zu schütten. Sie waren nur zu fünft, und jedes Mal, wenn weitere Männer hinunter in die Kammer gejagt wurden, rannten sie sofort wieder hinauf.

Plötzlich erklang der Schrei: «Alle Mann an Deck!»

Sie wussten sofort, was das bedeutete. Sie sahen sich an, ließen Munition und Pulvertonnen fallen und kletterten hastig die Leiter empor.

Auf Deck liefen Schafe, Kälber, Schweine, Hühner und Enten zwischen den Beinen der entsetzten Seeleute herum. Ein Schwein wühlte mit blutigem Rüssel in den Eingeweiden auf Deck. Hin und wieder schmatzte es irgendetwas in sich hinein.

Jeder lief in eine andere Richtung, alle hatten irgendein nicht aufschiebbares Anliegen. Einige suchten ihre Sachen und den Seesack. Andere krabbelten auf das Schanzkleid, als würden sie ernsthaft erwägen, sich ins kalte Wasser zu stürzen. Keiner dachte an die Verwundeten, die auf Deck im Weg lagen und sich in dem allgemeinen Durcheinander damit abfinden mussten, dass auf ihnen herumgetrampelt wurde. Ihre Schmerzensschreie hörte niemand. Die meisten waren nach den vielen Stunden der intensiven Kanonade noch immer taub.

Laurids lief hinunter ins Lazarett. Er wollte nicht glauben, dass die Verwundeten im Stich gelassen werden sollten. Rauch stieg zwischen den schweren Eichenplanken auf. Er hielt die Hand vor den Mund und tat ein paar Schritte in den völlig verqualmten Raum. Ein Sanitäter mit einem Lappen vor dem Gesicht kam auf ihn zu.

«Kommt jemand?»

Laurids hörte die Worte. Sein Gehör war zurückgekehrt.

«Wir müssen die Verwundeten an Deck bringen! Wir ersticken hier unten!»

«Ich hole Hilfe!», brüllte Laurids.

Auf Deck fand er keinen der Offiziere, die zuvor mit Tritten und den flachen Seiten ihrer Säbelklingen auf die Besatzung losgegangen waren. Er bemerkte einen Auflauf an der Fallreepspforte und lief dorthin. Die Evakuierung war bereits in vollem Gang. Sein Blick fiel auf einige Leutnants, die mit gezogenen Säbeln kämpften, um die Pforte zu erreichen. Der erste Offizier des Schiffs, Kapitän Krieger, stand daneben und betrachtete alles mit einem merkwürdig abwesenden Blick. Unter dem Arm trug er in einem vergoldeten Rahmen das Porträt seiner Frau. Sein Fernrohr hatte er sich über den Rücken gehängt. Als Laurids näher kam, hörte er ihn wieder und wieder dieselben Sätze sagen, wobei er den Arm zu einem Gruß hob, als wollte er diesen verzweifelten Haufen vor sich segnen.

«Ihr habt euch als brave Männer erwiesen, ihr habt eure Pflicht getan, ihr seid alle meine Brüder.»

Niemand nahm Notiz von ihm. Alle hatten den Blick auf den Rücken ihres Vordermanns gerichtet, das wichtigste Hindernis auf dem Weg zur rettenden Fallreepspforte.

Laurids kämpfte sich bis dicht an den Kapitän heran und schrie ihm ins Gesicht: «Die Verwundeten, Kapitän Krieger, die Verwundeten!»

Der Kapitän drehte sich zu ihm um. Sein Blick war noch immer gleich fern. Er legte eine Hand auf Laurids' Schulter, der spürte, wie sie zitterte, die Stimme des Kapitäns jedoch war ruhig, fast schläfrig.

«Mein Bruder, wenn du an Land kommst, musst du mich besuchen, und wir werden uns unterhalten wie Brüder.»

«Den Verwundeten muss geholfen werden!», brüllte Laurids noch einmal. «Das ganze Schiff fliegt bald in die Luft!»

Die Hand des Kapitäns ruhte noch immer auf Laurids' Schulter.

«Ja, die Verwundeten», sagte er in dem gleichen unverändert ruhigen Tonfall, «die Verwundeten sind meine Brüder. Wenn sie an Land sind, werden wir allesamt wie Brüder miteinander sprechen.»

Seine Stimme erstarb in einem Murmeln. Dann begann er seine Epistel aufs Neue.

«Ihr habt euch als brave Männer erwiesen. Ihr habt eure Pflicht getan. Ihr seid alle meine Brüder.»

Laurids ließ ihn stehen und wandte sich einer Gruppe von Männern zu, die sich verbissen kämpfend zur Fallreepspforte vorarbeiteten. Er packte einen von ihnen an der Schulter, dann einen anderen, drehte sie um und schrie seine Botschaft heraus, dass man dringend den Verwundeten helfen müsse. Der Erste reagierte, indem er Laurids mit der Faust aufs Kinn schlug. Der Nächste schüttelte verständnislos den Kopf und riss sich los, um sich mit frischer Energie in den Kampf um die Fallreepspforte zu stürzen.

Unterdessen verlief die Evakuierung jetzt zügiger. Fischerboote stießen vom Ufer in See, um der Besatzung des Kriegsschiffs zu Hilfe zu kommen, das sie noch ein paar Stunden zuvor beschossen hatte. Die Schaluppe des Kapitäns segelte ununterbrochen zwischen Schiff und Strand hin und her. Laurids lehnte sich über die Reling und sah, wie das Feuer aus den achtersten Stückpforten prasselte. In diesem Moment wusste er, dass es nicht mehr lange dauern konnte.

Rauch stand in allen Luken. Das Atmen auf Deck fiel ebenso schwer wie unter Deck. Noch einmal lief er die Leiter zum Lazarett hinunter, doch den Plan, hier durchzukommen, musste er aufgeben. So dicht und erstickend war der Rauch inzwischen, dass er sich nicht vorstellen konnte, dass dort unten noch irgendjemand am Leben war.

«Ist hier jemand?», brüllte er, erhielt aber keine Antwort.

Der Qualm brannte ihm in den Lungen. Er bekam einen Hustenanfall, die Tränen liefen ihm über die Wangen. Dann rannte er zurück auf Deck. Er kniff die brennenden Augen vor Schmerz zusammen und war einen Moment lang blind. Er rutschte auf den von menschlichen Absonderungen und zerfetzten Organen verschmierten Planken aus. Seine Hand steckte in etwas Blutigem, Feuchtem, und sofort kam er wieder auf die Beine, wobei er seine Handfläche entsetzt an der bereits besudelten Hose abwischte. Er ertrug den Gedanken nicht, dass seine Hand das Blut und die Eingeweide eines anderen Menschen berührt haben sollte. Er hatte das Gefühl, ihm würde die Seele verbrannt.

Er taumelte an die Reling, wo der Rauch nicht ganz so dicht war, und versuchte, sein Sehvermögen wiederzuerlangen. In einem Schleier aus Tränen sah er, wie die Schaluppe auf einer Sandbank auf Grund lief. Die Leute mussten ins Wasser springen und an Land waten. Am Ufer standen die feindlichen Soldaten und erwarteten sie. Die Schaluppe kam frei und nahm sofort wieder Kurs auf die *Christian VIII*. Einige Fischerboote hielten sich ganz in der Nähe des Schiffs auf, doch plötzlich legten sie die Ruder aus. Sie ruderten zurück an Land. Auch die Schaluppe kehrte um. Von der Fallreepspforte war ein Schrei des Protestes zu hören.

Laurids trat einen Schritt von der Reling zurück, hinein in die wallenden Rauchwolken.

* * *

«Ich habe Laurids gesehen», behauptete Ejnar danach immer. «Ich schwöre, ich habe ihn gesehen.»

Ejnar stand am Ufer, als die *Christian VIII.* in die Luft flog. Er war mit einer Eskorte von der *Gefion* an Land gebracht worden und wartete nun mit den Überlebenden der Fregatte auf den Abtransport. Der Sieg hatte die deutschen Soldaten überrascht, und zunächst sah es so aus, als wüssten sie nicht, was sie mit uns anfangen sollten. Nach und nach erreichten die Männer der beiden besiegten Kriegsschiffe das Ufer, unsere Zahl wurde ständig größer.

Dann waren vom Wasser her Warnrufe zu hören.

Die meisten von uns hatten mutlos und erschöpft im Sand gesessen und vor sich hin gestarrt, während die Soldaten mit Bajonetten auf uns zielten, die in ihren Händen zitterten. Nun blickten wir auf. Es begann am Heck des Linienschiffs, aus dem eine Feuersäule mit durchdringendem Knall in die Luft schoss. Feuersäule auf Feuersäule brach nun durch das Deck – jedes Mal, wenn eine weitere Pulverkammer sich entzündete. Masten und Rahen sahen von einem Moment auf den anderen aus wie abgebrannte Zündhölzer. Die Segel flatterten als verkohlte Aschefahnen davon. Der große Rumpf aus massivem Eichenholz war nichts als ein Spielzeug in den brutalen Händen des Feuers und der Zerstörung. Doch wir hatten noch nicht das Ende vor Augen. Denn durch die enorme Hitze wurden die Kanonen des verlorenen Schiffs gezündet, die seit dem Augenblick der Kapitulation schussbereit gewartet hatten und nun ihre todbringende Ladung in einer einzigen Salve ans Ufer schickten.

Auf dem überfüllten Strand erhob sich ein Schrei des Entsetzens, als die Kugeln zwischen uns einschlugen. Der Tod unterscheidet nicht. Kriegsgefangene, Soldaten und holsteinische Zivilisten wurden gemeinsam zerschmettert. Vom Himmel regnete es brennende Wrackteile, die überall dort, wo sie niedergingen, Tod und Verderben brachten. In der Stunde des Sieges waren von überall her Klageschreie zu hören. Es war

38

der letzte Gruß des sterbenden Schiffs an Sieger und Besiegte, eine mörderische Breitseite, die keinen Unterschied zwischen Freund und Feind kannte. Mit diesem Feuerkranz auf der Eckernförder Bucht zeigte der Krieg sein wahres Gesicht.

Einen Augenblick sah es so aus, als wären alle am Strand tot.

Überall lagen Menschen. Nicht ein Einziger stand aufrecht. Viele lagen mit dem Gesicht im Sand, die Arme ausgestreckt, als würden sie zu dem Feuer dort draußen auf See beten. Hier und da brannte ein Stück des Wracks im Sand. Dann begannen einige der liegenden Gestalten sich langsam aufzurichten, wobei sie das brennende Schiff ängstlich im Auge behielten. Vom Wasser her hörte man Rufe. Einige Boote, die der Besatzung des Schiffs bei der Rettung geholfen hatten, waren getroffen und brannten. Leutnant Stjernholm hatte sich auf einer Jolle mit vier Mann und der Schiffskasse auf den Weg gemacht, doch das Heck des Rettungsboots wurde weggeschossen, als die *Christian VIII.* explodierte. Die Schiffskasse ging verloren, der Leutnant konnte sich indes an Land retten. Er wurde von einem der Männer aus der Jolle begleitet, als er tropfnass das Ufer erreichte. Die anderen waren ertrunken.

Am Strand herrschte Stille, abgesehen vom leisen Gejammer der Verwundeten und dem Knistern des Feuers in den brennenden Wrackresten, als plötzlich eine laute Stimme über den Strand und das Wasser gellte.

«Ich habe Laurids gesehen! Ich habe Laurids gesehen!»

Wir hoben die Köpfe und schauten uns um. Wir erkannten Ejnars Stimme, und die meisten von uns dachten, dass der arme Kerl den Verstand verloren hätte. Jetzt brach am ganzen Strand Chaos aus. Alle schrien durcheinander. Es schien, als müssten sich die Männer dieses verstörten Haufens beweisen, dass sie noch immer am Leben waren, indem sie so viel Lärm wie möglich machten. In der allgemeinen Verwirrung hätten wir unseren Wächtern durchaus entkommen können, doch wir hatten den Mut verloren und mit ihm auch unsere Tatkraft; wir begnügten uns damit, dankbar zu sein, dass wir noch lebten. Weiter reichten unsere Kräfte nicht.

Sehr viel besser ging es unseren Wächtern allerdings auch nicht. Als sie uns vom Strand führten, geschah dies mit starrer Miene, der man den Tod ansah, dem sie selbst nur mit knapper Not entronnen waren. Es sah nicht aus wie ein organisierter Gefangenenabmarsch, eher nach einer gemeinsamen Flucht vom Schauplatz des Krieges.

Der Tag hatte den Deutschen einen überwältigenden Sieg beschert, doch Triumph war ihren Gesichtern nicht abzulesen. Das Entsetzen über die ungeheuren Kräfte, die der Krieg freisetzte, hatte Sieger und Besiegte vereint.

*   *   *

Wir wurden in die Kirche von Eckernförde gebracht, deren Boden mit Stroh bedeckt war, damit wir uns hinlegen und unseren erschöpften Körpern Ruhe gönnen konnten. Wir alle waren nass bis auf die Haut und zitterten vor Kälte. Der Aprilabend wurde kühl, als die Sonne unterging. Diejenigen unter uns, die ihren Seesack gerettet hatten, begannen ihre Kleider zu wechseln, und den weniger glücklichen Kameraden borgten wir, was ihnen fehlte. Es dauerte nicht lange, bis wir mit Essen versorgt wurden. Jeder bekam eine Ration grobes Brot, Bier und Räucherspeck zugeteilt. Das Essen hatte man bei den Kaufleuten der Stadt gesammelt, denn niemand war davon ausgegangen, dass die Stadt Kriegsgefangene beherbergen musste. Im Gegenteil, alle hatten sich darauf eingestellt, dass in den Straßen von Eckernförde dänische Soldaten patrouillieren würden, noch bevor der Tag zu Ende ging. Doch statt sie zu bewachen, wurden wir nun von den Einwohnern der Stadt bewirtet.

Alte Frauen tauchten in der Kirche auf und boten denen, die Geld hatten, feineres Brot und Branntwein an. Eine von ihnen war Mutter Ilse mit der schiefen Hüfte. Sie strich einem der Gefangenen über die rußgeschwärzte Wange und murmelte dabei: «Du armer Kerl.»

Sie hatte ihn von einem früheren Besuch in der Stadt wiedererkannt. Wir hatten doch so oft Branntwein bei ihr gekauft.

Der Gefangene nahm ihre Hand.

«Nenn mich nicht einen armen Kerl. Ich bin zumindest noch am Leben.»

Es war Ejnar.

In der langen Kampfpause nach dem Hissen der Signalflagge war Ejnar an Deck umhergegangen und hatte nach Kresten gesucht. Unter den Lebenden oder Verwundeten hatte er ihn nicht gefunden. Viele Tote lagen auf dem Bauch und mussten umgedreht werden. Anderen war das Gesicht weggeschossen worden. Unter den Leichen bei der Kanone Nr. 7 befand er sich nicht.

Torvald Bønnelykke, der an einer der anderen Kanonen gestanden hatte, kam auf ihn zu.

«Suchst du nach Kresten?», fragte er.

Er war aus Marstal und hatte sich ebenfalls Krestens düstere Vorahnungen anhören müssen.

«Er liegt da drüben», sagte er und zeigte dorthin. «Du wirst ihn aber nicht erkennen, seinen Kopf hat eine Kanonenkugel erwischt. Ihn werden wir nicht mehr wiedersehen. Ich stand daneben, als es geschah.»

«Dann hat er also doch recht behalten», sagte Ejnar. «Zum Teufel, was für eine Art zu sterben.»

«Tot ist tot», sagte Bønnelykke. «Ich weiß nicht, ob die eine Art besser ist als die andere. Das Resultat ist doch das gleiche.»

«Ich muss seinen Seesack finden. Das habe ich ihm versprochen. Hast du Lille Clausen gesehen?»

Ejnar drehte sich zu Bønnelykke um, der den Kopf schüttelte. Sie suchten und fragten sich durch, aber niemand hatte den kleinen Marstaler gesehen.

Es war ungefähr zehn Uhr abends, und erschöpft bereiteten wir uns auf die Nacht vor, als die Kirchentür aufging und ein weiterer Gefangener hereingeführt wurde. Er war in eine große Decke gehüllt, nieste ununterbrochen und zitterte am ganzen Körper.

«Zum Teufel, wie ich friere», sagte er mit heiserer Stimme. Dann explodierte er in einem weiteren Niesanfall.

«Ja, Augenblick mal, ist das nicht Lille Clausen?»

Ejnar kam auf die Beine und ging auf seinen Freund zu.

«Dann lebst du also.»

«Ja, natürlich lebe ich. Hab ich doch gesagt. Aber mir geht's hundsmiserabel. Ich glaub, ich sterbe stattdessen an Erkältung.»

Erneut nieste er.

Ejnar legte den Arm um ihn und führte ihn zu dem Strohlager, das er sich selbst hergerichtet hatte. Er spürte, wie Lille Clausen unter der Decke zitterte. Auf seinem weißen Gesicht zeigten sich rote Fieberflecken.

«Hast du trockene Sachen?»

«Nein, zum Teufel, ich konnte meinen Seesack nicht mitnehmen.»

«Zieh das hier an. Ich hoffe, du hast nichts dagegen, in Krestens Zeug herumzulaufen?»

«Dann ist er ...»

«Ja, er hatte recht mit seinen Vorahnungen. Aber was war mit dir? Wir haben dich überall gesucht, aber niemand hat dich gesehen. Ich dachte, du auch ...»

«Wer gehängt werden soll, ersäuft nicht. Heißt es nicht so bei uns? Der Herrgott will, dass ich an Erkältung sterbe, nicht im Krieg. Also weißt du, mitten in der Schlacht, da haben sie mich in einem Bootsmannsstuhl die Bordwand heruntergefiert. Ich sollte die Einschusslöcher mit Bleiplatten reparieren. Mich haben sie auch beschossen, diese Satansbraten, aber sie haben mich nicht erwischt.»

«Ich wusste gar nicht, dass du so ein Schwächling bist», sagte Ejnar. «Wirst krank von ein bisschen frischer Luft?»

«Nein, ich wurde glatt vergessen. Ich saß den ganzen Tag mit den Beinen im Wasser. Es war verdammt kalt.»

Lille Clausen nieste wieder.

«Erst als das Schiff evakuiert wurde, gelang es mir, ein Boot anzupreien. Verdammt, ich bin am ganzen Körper blau. Ich konnte nicht mal laufen, als ich an Land kam.»

Er hatte die trockenen Sachen angezogen und begann mit den Armen zu schlagen, um sich warm zu halten. Er sah sich in der Kirche um.

«Haben wir viele Gefallene?»

«Meinst du unter den Marstalern?»

«Ja, wen sollte ich sonst meinen? Die anderen kenne ich nicht.»

«Ich glaube, sieben haben wir verloren.»

«Ist Laurids darunter?»

Ejnar sah auf den Boden. Dann breitete er die Arme aus, als ob er etwas Peinliches zugeben wollte.

«Dazu kann ich nichts sagen.»

«Du meinst doch wohl nicht, dass er abgehauen ist?»

«Nein, abgehauen ist er nicht. Ich sah ihn zum Himmel fahren. Aber ich sah ihn auch wieder herunterkommen.»

Lille Clausen starrte ihn ungläubig an. Dann schüttelte er den Kopf.

«Meine Augen erzählen mir, dass du nichts abbekommen hast», sagte er. «Aber meine Ohren sagen mir, dass dein Verstand Schaden genommen hat.»

Er explodierte in einem weiteren Niesanfall und ließ sich auf das Strohlager fallen. Ejnar setzte sich neben ihn und stierte mit abwesendem Blick vor sich hin. Lille Clausen saß eine Weile steif da und tat so, als wäre er beleidigt. Verstohlen blickte er hinüber zu Ejnar und hoffte, seine Verschlossenheit würde zu irgendeiner Reaktion führen. Doch Ejnar starrte mit dem gleichen fernen Blick weiter vor sich hin. Vielleicht war er tatsächlich wahnsinnig geworden?

«Na, na», tröstete ihn Lille Clausen. «Du wirst sehen, du kommst schon wieder zu Verstand.»

Eine Zeit lang schwieg er. Dann fügte er leise hinzu: «Aber Laurids können wir wohl abschreiben.»

Sie blieben noch ein wenig nebeneinander sitzen. Niemand sagte ein weiteres Wort. Dann legten sie sich hin und fielen erschöpft in den Schlaf.

Um sieben Uhr morgens wurden wir geweckt und mit Brot, Räucherspeck und warmem Bier verköstigt. Eine Stunde später zählte man uns durch. Ein Offizier erschien und bat um unsere Namen und die Namen der Städte, aus denen wir kamen, damit er unseren Familien Bescheid geben konnte. Alle drängten sich um ihn. Eifrig riefen wir unsere Namen, und der Tumult war so groß, dass nur die Hälfte von uns notiert waren, als gegen zehn Uhr der Befehl zum Abmarsch in die Festung von Rendsburg gegeben wurde.

Draußen vor der Kirche mussten wir uns in Reih und Glied aufstellen. Die Stimmung war umgeschlagen. Unsere Wachtposten hatten nun keine Geduld mehr mit ihren geschlagenen Feinden. Viele von uns waren noch halbtaub nach dem Kanonendonner des vorherigen Tages und verstanden nicht jeden Befehl, obwohl man sie uns direkt ins Gesicht brüllte. Wir wurden geschlagen und gestoßen. Die Einwohner der Stadt standen dicht um uns herum und brachen über unsere Demütigung in Hurrarufe aus. Eine Gruppe Matrosen mit Entermessern im Gürtel erging sich in groben Beschimpfungen, die wir zu unserem großen Verdruss unbeantwortet lassen mussten.

Die Landstraße führte am Strand entlang, so dass wir einen letzten Eindruck vom Schauplatz unserer unverständlichen Niederlage bekamen. Das Wrack der *Christian VIII.* trieb schwelend auf dem Wasser. Noch immer stieg Rauch aus dem verkohlten Rumpf. Am Ufer lagen verstreute Reste der Masten und Rahen, die bei der Explosion an Land geschleudert worden waren. Wie Ameisen, die das Skelett eines toten Löwen säubern, waren die Deutschen eifrig damit beschäftigt, die Schiffstrümmer zu bergen, die noch vor einigen Stunden zu einem der stolzesten Schiffe der dänischen Flotte gehört hatten.

Wir kamen an der südlichen Strandbatterie vorbei, mit der wir einen ganzen Tag im Feuerkampf gelegen hatten und die schließlich unser Schicksal besiegelte. Selbst die Unkundigsten unter uns mussten nicht ihre Finger benutzen, um sich die Feuerkraft des Feindes auszurechnen. Vier Kanonen! Das war alles. David hatte gegen Goliath gekämpft, und wir waren Goliath gewesen.

Unterwegs wurden wir von mehreren Fuhrwerken überholt. Es waren die Offiziere der *Christian VIII.* und der *Gefion*, die sich ebenfalls auf dem Weg in die Gefangenschaft nach Rendsburg befanden. Wir salutierten, als sie an uns vorbeifuhren, und die Offiziere grüßten zurück. Dann waren sie in einer Staubwolke verschwunden. Wir hörten das Rumpeln eines weiteren Wagens und Gelächter. Eine Kutsche mit holsteinischen Offizieren passierte uns. Ein Mann ohne Kopfbedeckung ragte zwischen ihnen heraus.

«Der Teufel soll mich holen», sagte Lille Clausen, «das war Laurids!»

«Das habe ich doch gesagt. Er fuhr zum Himmel und kam wieder zurück.»

Über das Gesicht des kleinen Clausen zog sich ein breites Grinsen.

«Ja, aber mir ist es egal, wie er es gemacht hat! Das Wichtigste ist, dass er noch lebt.»

Ein Stück weiter vorn hielt die Kutsche. Die Offiziere stiegen aus und gaben Laurids die Hand. Einer von ihnen steckte ihm eine Branntweinflasche in die Manteltasche. Ein anderer gab ihm ein paar Geldscheine. Dann hoben sie die Hand zum Gruß und verschwanden. Laurids blieb einen Augenblick stehen und schwankte. Lille Clausen rief ihn. Er sah in unsere Richtung und hob unsicher die Hand. Ein Soldat packte ihn am Arm und jagte ihn ins Glied neben die beiden Marstaler.

«Laurids!», entfuhr es Lille Clausen. «Ich dachte, du wärst tot.»

«Das war ich auch», erwiderte Laurids. «Ich habe Petrus' Arsch gesehen.»

«Petrus' Arsch?»

«Ja, er hob seine Kutte und zeigte mir seinen Arsch.»

Laurids fischte die Branntweinflasche aus der Manteltasche und ließ sich die farblose Flüssigkeit in den Mund laufen. Er reichte die Flasche Lille Clausen, der einen ordentlichen Zug nahm, bevor er sie an Ejnar weitergab, der noch immer kein Wort gesagt hatte.

«Versteht ihr», sagte Laurids, «wenn der heilige Petrus einem seinen Arsch zeigt, bedeutet das, dass seine Zeit noch nicht gekommen ist.»

«Und da hast du beschlossen, zur Erde zurückzukehren.»

Es war Ejnar, der endlich das Wort ergriff. Ein verklärtes Strahlen breitete sich über seinem Gesicht aus, und seine Stimme klang erleichtert, als hätte man ihn gerade von einer Anklage freigesprochen.

«Ich habe es gesehen», sagte er. «Du hast an Deck gestanden, als die *Christian VIII.* in die Luft flog. Du wurdest hochgeschleudert, mindestens zehn Meter, und dann kamst du wieder runter und bist auf den Füßen gelandet. Lille Clausen behauptet, ich hätte den Verstand verloren. Aber ich habe es gesehen. Du hast es getan. Stimmt es etwa nicht?»

«Es war heiß wie in der Hölle», sagte Laurids, «aber oben wurde es kühler. Ich sah den Arsch des heiligen Petrus und begriff, dass ich nicht sterben sollte.»

«Aber wie bist du an Land gekommen?», wollte Lille Clausen wissen.

«Ich bin gelaufen», sagte Laurids.

«Du bist gelaufen? Du kannst doch nicht übers Wasser laufen.»

«Ich bin auf dem Grund gegangen.»

Laurids blieb stehen und deutete auf seine Stiefel. Seine Hintermänner stolperten gegen seinen breiten Rücken, es kam Unordnung ins Glied. Ein Soldat rannte herbei und gab Laurids einen Stoß mit dem Gewehrkolben.

Laurids drehte sich um.

«Nun mal sachte, mal sachte», sagte er mit der Überlegenheit eines Betrunkenen und machte eine beschwichtigende Geste. Dann reihte er sich ein und fand den Marschrhythmus wieder.

Der Soldat ging weiterhin neben ihm.

«Es war nicht meine Absicht, dir etwas zu tun», sagte er auf Südjütländisch.

«Schon verziehen», antwortete Laurids.

«Ich habe von dir gehört», sagte der Soldat. «Du warst das doch, der mit der *Christian VIII.* in die Luft geflogen ist und wieder auf den Beinen landete?»

«Ja, das war ich», erwiderte Laurids mit großer Würde und richtete sich auf. «Mit der Hilfe Gottes und meiner Seestiefel landete ich wieder auf den Beinen.»

«Der Seestiefel?»

Nun war Ejnar verwirrt.

«Ja», sagte Laurids in einem Ton, als wollte er einem Kind etwas erklären. «Dank meiner Seestiefel landete ich wieder auf den Beinen. Hast du jemals versucht, meine Seestiefel anzuziehen? Die wiegen so viel wie die Hölle. Niemand kann damit längere Zeit im Himmel bleiben.»

«Genau wie bei der Auferstehung von Jesus», sagte der Soldat.

«Blödsinn», unterbrach ihn Laurids brüsk. «Jesus trug keine Seestiefel.»

«Er hat auch nicht Petrus' Arsch gesehen», fügte Lille Clausen hinzu.

«Genau», sagte Laurids und ließ die Flasche noch einmal kreisen.

Auch der Soldat wurde eingeladen, und nachdem er einen raschen Blick über die Schulter geworfen hatte, nahm er einen Schluck.

Wir marschierten den ganzen Tag, aber mit unserer guten Laune war es bald vorbei. Es waren vier Meilen bis Rendsburg. Die Bauern kamen aus ihren Häusern und gafften. Wir starrten nicht zurück. Der Trotz war verschwunden. Die meisten von uns sahen in den Staub der Landstraße und gingen stumpfsinnig weiter. Eine bleischwere Müdigkeit hatte uns alle ergriffen, aber wir wussten nicht, ob die schmerzenden Füße oder der Kopf die Ursache dafür waren, dass immer mehr von uns resignierten. Wir wurden apathisch und stolperten ineinander wie Betrunkene, obwohl nur Laurids das Privileg der Trunkenheit genoss. Entsprechend unbeteiligt war er auch. Er summte beim Gehen vor sich hin, und obwohl er den Herrn besucht hatte, kamen ihm keine frommen Lieder über die Lippen. Schließlich schwieg er und ging mit einem selbstvergessenen Blick weiter, als würde er nun im Gehen seinen Rausch ausschlafen.

Hin und wieder blieben wir an einem Weiher stehen, um zu trinken. Die Soldaten behielten uns mit gesenkten Bajonetten im Auge, während wir unsere Hüte mit Wasser füllten und herumreichten. Dann marschierten wir weiter. Als wir die Hälfte der Strecke hinter uns hatten, wurden die Wachen abgelöst. Ejnar und Lille Clausen verabschiedeten sich von dem Soldaten. Laurids befand sich in seiner eigenen Welt. Der Soldat schaute ihn sich ein letztes Mal an und wechselte ein paar Worte mit einem preußischen Kameraden, der seinen Platz einnahm. Der blickte skeptisch auf Laurids und schüttelte den Kopf, trotzdem beobachtete er ihn den Rest des Marsches über verstohlen aus den Augenwinkeln.

Gegen Abend, als es bereits dunkel zu werden begann, erreichten wir Rendsburg. Die Nachricht von der Schlacht war uns vorausgeeilt, und die Landstraße und Wälle waren voller Menschen, die sich die Gefangenen ansehen wollten. Wir passierten das Stadttor und eine Brücke, dann ging es durch das innere Tor, bis wir uns in den engen Gassen im Zentrum der Stadt befanden. Tausende waren hier zusammengekommen, und die Soldaten mussten ihre Gewehre einsetzen, um die Neugierigen auf Abstand zu halten und uns einen Durchgang zu verschaffen. Unter den Zuschauern gab es viele hübsche Mädchen, aber es war kein sehr schönes Gefühl, als wir feststellten, dass ihre Blicke mit Verachtung auf uns lagen.

Wir wurden in einer großen alten Kirche einquartiert, in der so viel Stroh auf dem Boden lag, dass es eher nach einer Scheune als nach einem Gotteshaus aussah. Den ganzen Tag über hatten wir nichts gegessen; nun wurden Säcke mit Zwieback und warmes Bier ausgegeben. Der Zwieback trocknete uns den Mund aus, er war mehrere Jahre alt. Das Bier bekam uns allerdings gut, und schon bald lagen wir, verstreut in dem großen Kirchenschiff, in tiefem Schlaf.

Am nächsten Tag, es war der Ostersamstag, nahmen wir den Raum und die Schlafmöglichkeiten in Augenschein, fanden einige Freunde und stellten den Verlust anderer fest. Die Gefangenen kamen sowohl von der *Gefion* als auch von der *Christian VIII.* In der Kirche gab es einige Kammern, die mit Stühlen und Gardinen vor den Fenstern ausgestattet waren. Sie wurden sofort in Beschlag genommen; der Besitz eines solchen Zimmers galt als Privileg. Wir Marstaler hatten uns einen Raum oben im Chor gesichert. Auch die anderen steckten mit denen zusammen, die sie von daheim kannten, hier die aus Ærøskøbing, dort die Lolländer, die Fünen und die Langeländer. Wir bildeten eine ganze Landkarte in der reetgedeckten Kirche.

Disziplin kannten wir nicht. Wir waren zu kurz bei der Marine, um eine andere Ordnung akzeptieren zu können als die, die sich in unserem Kopf befand. Man hatte uns die Kriegsschiffe unter den Füßen in Brand geschossen und uns von unseren eigenen Offizieren getrennt. Es gab nur einen Befehl, dem wir gehorchten, und der kam aus dem Bauch. Wenn morgens die Kirchentür aufging und jedem Mann ein Stück Brot ausgehändigt wurde, gab es einen Ansturm auf die Tür, weil alle nur an ihren eigenen Hunger dachten. Zuletzt schmissen die Soldaten das Brot über unsere Köpfe hinweg, und wir prügelten uns wie wilde Tiere darum.

Ejnar wurde sein Brot aus den Händen gerissen. Lille Clausen bekam einen Tritt vors Schienbein. Nur Laurids stand abseits des ganzen Tumults, als würde er weder Hunger noch Durst kennen. Es waren beschämende Momente, doch die Ordnung, die wir in der Marine exerziert hatten, war vergessen. Nun galt es, eine neue Ordnung zu finden, und ein Handgemenge war ein probates Mittel dafür.

Die nächste Mahlzeit wurde ausgeteilt, als handelte es sich um ein militärisches Manöver. Ein Major und ein Unteroffizier brüllten ihre Befehle. Sie hatten die Bootsmänner der *Gefion* und der *Christian VIII.* mitgebracht, und nun wurden wir jeweils zu acht in die gleichen Gruppen eingeteilt, die wir von den Kriegsschiffen her kannten – es sollte doch ordentlich zugehen, wenn wir Verpflegung bekamen. Wir erhielten einen Löffel und einen Blechnapf und mussten uns am Altar aufstellen. Es war wohl so eine Art Abendmahl, jedenfalls erforderte es unsere ganze Phantasie, um das, was sich in den Blechnäpfen befand, als Mahlzeit zu betrachten. Eine dünne Dörrpflaumensuppe war es, die jeder von uns aus purer Not heraus zu sich nahm. Hinterher legten wir uns ins Stroh, um zu schlafen. Die Lethargie, die am Tag nach der Niederlage über uns gekommen war, hatten wir noch immer nicht überwunden.

Irgendwann am Nachmittag ging die Kirchentür auf, und eine Gruppe Offiziere trat zusammen mit einigen gut gekleideten Männern ein, bei denen es sich um angesehene Bürger aus Rendsburg handeln musste. Bei ihnen befand sich der preußische Soldat, der Laurids auf dem letzten Teil des Marsches so misstrauisch beäugt hatte. Jetzt ging er suchenden Blicks in der Kirche umher, während die Herren an der Tür warteten. Schließlich entdeckte er Laurids; er hatte ihn gesucht. Der Soldat befahl ihm, sich aus dem Stroh zu erheben, und führte ihn zu der wartenden Gesellschaft an der Kirchentür. Die Herren begannen sich mit Laurids zu unterhalten. Es war klar, dass sie ihn nach irgendetwas befragten, und nach einer Weile geschah das Gleiche wie zwei Tage zuvor, als er auf dem Weg nach Rendsburg den Offizieren Lebewohl gesagt hatte. Sie drückten ihm ein paar Geldscheine in die Hand, bevor sie sich mit großer Höflichkeit von ihm verabschiedeten. Einer der gut gekleideten Bürger lüftete sogar förmlich den Hut.

Laurids, der Himmelfahrer, war eine Berühmtheit geworden.

Die Geschichte machte nun auch unter den Gefangenen in der Kirche die Runde. Es gab noch ein paar andere Männer, die gesehen hatten, wie Laurids mitgerissen wurde, als die *Christian VIII.* in die Luft flog, und auf wundersame Weise wieder auf dem brennenden Deck auftauchte, als die Feuersäule zusammengesunken war. Sie hatten geglaubt, sie hätten eine Art Erscheinung gehabt, eine Vision aufgrund der Lebensgefahr im Gefecht und ihrer nervösen Erregung. Bisher hatten sie mit niemandem darüber gesprochen, nun aber traten sie vor und legten Zeugnis davon ab; und rasch scharte sich eine größere Gruppe um Laurids.

Wir wollten wissen, wieso er keine angesengten Kleider oder Haare hätte.

«Ich habe angesengte Stiefel», sagte er und streckte einen Fuß vor, so dass wir den Schuh betrachten konnten.

«Und die Füße?», wollten wir wissen.

«Die stinken», antwortete Laurids.

Ejnar konnte seine Augen nicht von Laurids abwenden. Er sah ihn an, wie man einen Fremden betrachtet. Laurids war für ihn zu einem Fremden geworden. Er behandelte Laurids mit einer linkischen Hochachtung, und es fiel ihm schwer, der alte Ejnar zu sein, wenn er in der Nähe war.

Lille Clausen billigte das Ereignis oder, besser, nun, da Laurids leibhaftig vor ihm stand, billigte er, dass die anderen an seine Himmelfahrt glaubten. Er selbst war von Anfang an skeptisch gewesen. Nun schloss er sich den Gläubigen an, allerdings mehr zum Spaß, eher so, wie man an einem gemeinsamen Scherz teilnimmt. Laurids war in seinen Augen schon immer ein großer Spaßvogel gewesen. Erst hatte er die ganze Insel glauben lassen, dass der Deutsche käme. Und nun ließ er die Deutschen glauben, er sei gen Himmel und wieder zurück gefahren. Lille Clausen staunte und hatte gewaltigen Respekt vor dieser Leistung. Dieser Laurids, der war doch ein Satanskerl!

Während Laurids seine Geschichte erzählte, füllte sich die Kirche mit Händlerinnen. Es waren Frauen, die die Erlaubnis erhalten hatten, jeden Tag mit ihren Körben in die Kirche zu kommen und Kaffee, Kuchen, Kümmelbrot, Eier, Butter, Käse, Hering und Papier zu verkaufen. Die Mannschaft der *Gefion* konnte es sich leisten. Die meisten von uns besaßen noch ihre Seesäcke und Geld, und darüber hinaus hatten die Offiziere die Schiffskasse geöffnet und zwei Speziestaler an jedes Besatzungsmitglied verteilt, bevor sie den Rest des Geldes ins Meer warfen, damit die Deutschen es nicht in die Finger bekamen.

Wir Marstaler gehörten zu den Privilegierten. Wir waren alle zusammen auf der *Gefion* gewesen, abgesehen von Laurids, der von der *Christian VIII.* außer den Kleidern, die er am Leib trug, und seinem Ruf als Himmelsfahrer nichts mitgebracht hatte. Aber seine Taschen waren gefüllt mit Geldstücken, die ihm die neugierigen Deutschen gegeben hatten. Als er sah, dass wir uns versorgt hatten, kaufte er eine Extraportion Proviant und verteilte sie unter den Besatzungsmitgliedern der *Christian VIII.*, die ebenso wie er ohne ihr Eigentum von Bord geflohen waren. Sie nahmen seine Geschenke dankbar entgegen, und diese Geste trug zusätzlich zu seinem Ruhm bei.

Als wir erwachten, war es Ostermorgen. Wir sollten Ostern eingesperrt in einer Kirche zubringen, bekamen aber keinen Pastor zu Gesicht. Wir lagen auf dem Rücken im Stroh und starrten hinauf zur spitzen Wölbung der Decke, die sich über uns erhob. An den Mauern hingen dunkle Gemälde mit schweren Goldrahmen, überall standen geschnitzte Holzfiguren, und von der masthohen Decke hing ein Kronleuchter. Das war etwas anderes als die Kirche in Marstal mit ihren blau gestrichenen Bänken und nüchternen, weiß gekalkten Wänden. Allerdings stand uns der Sinn nicht nach Andacht. Wir lagen im Stroh und gingen auf Stroh, doch im Stroh lebten auch die Tiere auf einem Bauernhof; daher fühlten wir uns wie Schweine in einem Schweinestall, dessen himmelstrebende Wölbung nicht dazu da war, uns auf einen Feiertag einzustimmen, sondern uns zu verspotten und zu erniedrigen. Wir waren Männer der Niederlage, nicht nur unserer Handlungsmöglichkeiten und Freiheit beraubt, sondern – und das war noch schlimmer – auch unseres Stolzes. Wir hatten nicht mit Ehre gekämpft. Später würde man uns bestimmt erzählen, wir hätten es getan, und eines Tages würden wir es selbst glauben, doch noch war die Erinnerung an diesen fürchterlichen Tag in der Eckernförder Bucht viel zu frisch – und sie erzählte uns etwas anderes. Wir hatten kopflos gekämpft, verängstigt, ja betrunken, um die Angst zu dämpfen. Die tüchtigen Seeleute unter uns waren keine geübten Soldaten, und diejenigen, die sich im Militärischen auskannten, hatten nicht die geringste Ahnung von Seefahrt.

Kapitän Krieger war zusammen mit dem Porträt seiner Frau in die Luft geflogen, und der Herr mochte seiner Seele gnädig sein, diesem verwirrten, armen Teufel. Doch Kommandant Paludan war als Erster in die Boote gegangen, um sich an Land in Sicherheit zu bringen. War das eine Handlung, die eines solchen Mannes würdig war und vor der ein ehrlicher Seemann Respekt haben konnte?

Wir saßen in den Strohhaufen und sahen hinauf zu einer Deckenwölbung, die uns als die erbärmlichsten Wesen der Welt zu verspotten schien.

In der Kirche standen an mehreren Stellen Branntweineimer. Bei den Marktfrauen brauchten wir den starken Trank allerdings nicht zu kaufen. Wir bekamen ihn kostenlos, so viel wir wollten. Der deutsche Militärarzt hatte bereits am ersten Tag der Gefangenschaft verfügt, dass Branntwein gut für die Gesundheit sei, und nun gingen wir zu den Eimern wie die Schweine zum Trog. Ja, wir waren Schweine, die sich im Stroh wälzten und schliefen, Schweine, die noch vor Kurzem dem Schlachtermesser entronnen waren; sicher, unser Leben hatten wir, aber Menschen schienen wir nicht mehr zu sein.

Außerdem stanken wir. Unsere Kleider hatten wir während der Schlacht beschmutzt. Wir rochen nach unkontrollierten Darmentleerungen und Angst. Ist es etwa das Geheimnis der Männer im Krieg, dass sie ihre Hosen wie erschrockene Kinder mit dem ein oder anderen vollmachen? Es gab nicht einen unter uns, der nicht Furcht davor hatte, auf See zu sterben, aber niemand hatte jemals die Hosen voll, nur weil ein Sturm Mast und Takelage mitriss oder eine Welle das Schanzkleid zerschlug und über Deck fegte.

Das war der Unterschied. Das Meer respektierte uns als Männer. Das taten die Kanonen nicht.

«Du, Himmelfahrer!», riefen wir Laurids zu und wiesen auf die Kanzel.

«Es ist Ostern. Predige uns, erzähl uns vom Arsch des heiligen Petrus!»

Laurids stolperte hoch zur Kanzel. Er hatte seine Erhabenheit verloren und war wieder besoffen, wie wir anderen auch. Irgendein Masttopp war die Kanzel nicht. Schwindlig wurde ihm trotzdem, als er oben stand. Das lag am Branntwein. Zweimal hatte er Schiffbruch erlitten. Das zweite Mal hatte er eine ganze Nacht lang auf einer flachen Klippe im Meer vor Mandal gestanden, wo sein Schiff untergegangen war. Er hatte Kummer und Entsetzen verspürt. So nah war er dem Tod gewesen. Das Wasser spülte über seine Füße, während er auf Rettung wartete, die bei Tagesanbruch eintraf, als ein Lotsenboot sich näherte und ihm eine Leine zuwarf. Scham hatte er nicht empfunden, denn man musste sich nicht dafür schämen, vom Meer besiegt zu werden.

Ein schlechter Seemann war er nicht. So viel wusste er.

Die Strömung, der Wind und die Dunkelheit waren ungleiche Gegner, während der Schlacht in der Bucht jedoch hatte es keine Bedeutung gehabt, ob er ein guter oder ein schlechter Seemann war. Die Niederlage gegen einen schwächeren Feind hatte ihn zu einem Mann ohne Ehre werden lassen und Kommandant Paludans beschämendes Auftreten ihn mit hinab in die Ehrlosigkeit gezogen.

Er stand auf der Kanzel und hatte nichts zu sagen. Seine Speiseröhre brannte, er beugte sich vor und erbrach sich.

Sein Vorgehen wurde mit Jubel und Klatschsalven begrüßt.

Es war eine Predigt, wie wir sie schätzten.

Den ganzen Tag über war Laurids still. Wieder kamen Offiziere und fremde Bürger, die ihn sehen und von seiner Himmelfahrt hören wollten, doch er blieb in seinem Stroh und drehte ihnen den Rücken zu wie ein Bär in seiner Winterhöhle. Sie boten ihm Geld, aber er ließ sich durch nichts von seiner Unnahbarkeit abbringen; sie mussten wieder gehen. An den folgenden Tagen flaute sein Ruhm ab. Er zerstörte ihn selbst mit seiner Unwilligkeit, obwohl es für ihn ein einträgliches Geschäft hätte werden können, sich herumzeigen zu lassen, Hände zu schütteln und über seine Eindrücke aus dem Jenseits zu berichten. Aber er hatte schlechte Laune und befand sich ganz und gar in den Klauen des Diesseits.

Er lag auf dem Stroh oder ging mit gerunzelter Stirn auf und ab, die Hände über der Brust gefaltet.

«Er denkt», sagte Ejnar voller Ehrfurcht.

Ejnar war das einzig noch verbliebene Mitglied der Gruppe von Anhängern, die zu einer ganzen Gemeinde hätte anwachsen können, wenn Laurids es nur selbst gewollt hätte.

Die Stimmung bei uns Übrigen wurde besser. Wir fanden uns in kleinen Gruppen zusammen, und aus den Ecken der Kirche ertönten Gesang und Musik. Zunächst hatten wir uns nach der Gegend, der Insel oder der Stadt, aus der wir kamen, verteilt. Wir sahen uns fast an, als wären wir Feinde. Doch die Musik vereinte uns wieder. Hier saß ein Inselbewohner neben einem Jütländer, dort ein Lolländer zusammen mit einem Seeländer. Wenn nur die Stimmen zusammenpassten, ertrugen sie den Dialekt des anderen durchaus. Es war allerdings noch immer der Branntweineimer, der unseren Stimmen den Klang gab.

Nach einigen Tagen erhielt Lille Clausen einen Brief von daheim. Seine Mutter schrieb von dem verhängnisvollen Gründonnerstag, an dem die Schlacht stattgefunden hatte. Ejnar und Laurids setzten sich neben ihn ins Stroh, auch Torvald Bønnelykke kam dazu. Wir waren gespannt,

Neuigkeiten von zu Hause zu hören, und Lille Clausen las den Brief mit unsicherer Stimme und langen Pausen laut vor.

Bereits in den Morgenstunden hatten sie in Marstal den Kanonendonner gehört, als hätte die Schlacht direkt vor der Mole stattgefunden und nicht auf der anderen Seite der Ostsee. Vor allem während der Predigt von Pastor Zachariassen in der Kirche sei dieses Dröhnen so heftig gewesen, dass der Boden unter ihren Füßen gebebt hatte. Der Pastor war so ergriffen, dass er weinte.

Gegen Mittag wurde es still. Aber niemand kam wirklich zur Ruhe. Statt nach Hause zu gehen und mittagzuessen, hielten sich die Einwohner in den Straßen auf und diskutierten den Verlauf der Schlacht. Einzelne Kriegskundige wie Schreiner Petersen, der alte Jeppe, ja sogar Madame Weber, allesamt Veteranen der großen Mobilisierungsnacht, als wir glaubten, der Deutsche käme, erklärten mit großer Entschiedenheit, dass es für die Dänen unmöglich übel ausgehen würde. Ein Linienschiff könne niemals von einer Strandbatterie besiegt werden. Die Deutschen hätten die glatte Breitseite abbekommen. Es war die süße Musik des Sieges, der wir den ganzen Tag gelauscht hatten.

Gegen Abend war ein so gewaltiges Dröhnen zu vernehmen gewesen, dass das Steilufer bei Voderup unter dem Druck einstürzte. Es gab wohl niemanden in Marstal, der in dieser Nacht ein Auge zutat, so quälte man sich mit Spekulationen über den Ausgang der Schlacht. Und als die Nachrichten am späten Freitag eintrafen, dessen Stunden so langsam vergingen, wie sie der Erlöser am Kreuz empfunden haben musste, waren die schlimmsten Befürchtungen bestätigt worden.

«Ich war außer mir vor Verzweiflung, obwohl ich dem Herrn hätte vertrauen müssen. Die ganze Nacht habe ich gebetet, damit er seine Hand über dich hält, und er hat meine Gebete erhört, obschon es andere gibt, deren Gebete er nicht hörte. Krestens Mutter läuft mit Tränen in den Augen herum und macht sich Vorwürfe, dass sie ihn nicht zurückgehalten hat. Ich habe ihr gesagt, Kresten hätte seinen eigenen Tod vorausgesagt, und niemand könne seinem Schicksal entgehen, aber sie sagt, Kresten sei übergeschnappt, und es wäre die Pflicht einer Mutter, ihren Sohn vor seiner eigenen Unvernunft zu beschützen, und dann weint sie wieder.»

Lille Clausen las tonlos. Die Anstrengung, die Buchstaben zu deuten, erforderte seine gesamte Aufmerksamkeit; es war ihm einfach nicht möglich, auch noch den Sinn der Worte zu erfassen, die er vorlas.

«Was steht da?», fragte er plötzlich.

Die anderen schauten ihn verblüfft an.

«Aber du bist es doch, der vorliest», sagte Ejnar.

Lille Clausen sah ihn hilflos an, außerstande, sein Dilemma zu erklären.

«Tja, da steht, dass wir verloren haben», sagte Laurids. «Aber das müsste sie uns wahrlich nicht erzählen, verdammt. Und dann steht da, dass Krestens Mutter vor Kummer schier verrückt geworden ist. Und deine Mutter hat für dich gebetet.»

«Mutter hat für mich gebetet?»

Lille Clausen senkte den Blick und fand mit einiger Mühe die Stelle, in der die Mutter ihre schlaflose Nacht beschrieb. Dann las er sie noch einmal, wobei seine Lippen sich lautlos bewegten.

«Lies jetzt weiter», sagte Ejnar ungeduldig. «Was schreibt sie noch?»

Marstal hatte ein königlicher Befehl erreicht, dass unverzüglich sämtliche großen Boote und Fahrzeuge der Marine zu überstellen seien. Sie wurden benötigt, um Truppen über den Großen Belt zu transportieren. Doch obwohl sämtliche Seeleute, die nicht auf See waren, sich in der Schulstube versammelt und den Befehl gehört hatten, gab es niemanden, der sich freiwillig meldete. Dann wurden achtzehn Schiffe zwangsausgehoben, als aber der Tag des Auslaufens kam, waren die Schiffe nirgends zu finden. Von der Kanzel hatte Pastor Zachariassen die Marstaler für ihren Mangel an Opferbereitschaft gescholten, und nun wurde darüber gesprochen, ob die Stadt nicht einen neuen Pastor brauche.

Alles war durcheinandergeraten, es herrschten Krieg und schlimme Zeiten, aber wenn der Herrgott nur seine Hand über Lille Clausen und die übrigen Marstaller hielt, würde es wohl eines Tages ein Ende haben mit dem Elend. Dann würden die Zeiten wieder werden, wie sie einmal waren. Der Brief der Mutter von Lille Clausen endete damit, dass sie ihrem Sohn in der deutschen Gefangenschaft ihre innigsten Gebete und liebevollsten Gedanken schickte, indem sie die Hoffnung ausdrückte, dass er genügend zu essen bekäme und seine Kleider reinlich hielte.

«Mangelnde Opferbereitschaft!», schnaubte Laurids, als Lille Clausen seine Lesung zu Ende gebracht hatte. «Solch ein Pastorenschwengel! Sieben sind tot, und der Rest sitzt in Gefangenschaft. Das Leben geben wir gern, aber das ist ihm nicht genug, diesem Satan. Jetzt will er auch noch unsere Schiffe. Aber die kriegt er nicht. Niemals!»

Die anderen nickten zustimmend.

Wir begannen jeden Tag mit warmem Bier. An einem Tag gab es dünne Dörrpflaumensuppe, am nächsten Erbsen und Fleisch. Es war ein Ritual, nach dem sich unsere Mägen richten mussten. Doch wir hatten unter unseren geizigen Skippern auf See Schlimmeres erlebt und beklagten uns im Grunde nur aus Prinzip. Unsere Messer hatte man uns abgenommen, so dass uns nichts anderes übrig blieb, als das Brot in Stücke zu brechen oder zu reißen und wie die Pferde daran zu knabbern. Eine Stunde am Vormittag und eine Stunde am Nachmittag durften wir auf dem Kirchhof spazieren gehen und Tabak rauchen. Um uns herum standen die Schildwachen mit geladenen Gewehren. Wir konnten die Blicke von den Grabsteinen zu den Bajonetten und wieder zurück schweifen lassen und über den Sinn des Daseins philosophieren, wenn wir Lust dazu hatten. Das war alles an Abwechslung während unserer Gefangenschaft.

* * *

Nach vierzehn Tagen wurden wir um fünf Uhr morgens geweckt und auf den Friedhof beordert. Hier hatten wir uns in Reih und Glied aufzustellen, insgesamt sechshundert Mann. Darunter befanden sich auch die Kadetten, die bisher in einer Reithalle untergebracht waren. Unsere Wächter gingen davon aus, dass wir der Disziplin bedurften, und wer hätte sie uns wohl besser in die Köpfe prügeln können als unsere eigenen Offiziere?

Mit den Seesäcken auf dem Rücken und dem Essnapf unterm Arm marschierten wir aus Rendsburg hinaus. Man brachte uns nach Glücksstadt, wo wir mit dem Dampfzug ankamen und wie in Rendsburg von einer tausendköpfigen Schar Neugieriger empfangen wurden. Der Pulververdreck war abgewaschen. Wir hatten saubere Kleider erhalten und sahen beinahe aus wie gewöhnliche Menschen. Doch mehr noch als unser gefährliches Aussehen war es unsere große Zahl, die die Bewohner der kleinen Stadt beeindruckte.

Wir marschierten hinunter zum Hafen, wo ein Kornlager auf unsere Einquartierung wartete. Es gab einen unteren und einen oberen Dachboden und auf jedem dieser Böden eine separate Kammer. Hier wurden die Kadetten untergebracht. Die Mannschaft schlief in den großen offenen Dachböden aufgereiht auf dem Fußboden, einhundertfünfzig Mann in jeder Reihe. Die Wände des Lagerhauses bildeten das Kopfende, zusammengezimmerte Bretter dienten als Fußende. Wie in Rendsburg bestand unser Lager aus Stroh. Da es hier jedoch auch Tische und Bänke gab, hielten wir all dies für eine Verbesserung. Auch hatten wir einen Hofplatz zu unserer Verfügung. Allerdings befand sich auf der gegenüberliegenden Seite des Platzes ein weiterer Kornspeicher, und die beiden Lagerhäuser waren durch Bretterzäune miteinander verbunden, so dass wir ringsum eingesperrt waren.

Auf dem Platz zwischen den beiden Gebäuden hatte man einen kleinen See angelegt, so dass wir nun ein ganzes Gelände unser Eigen nannten. Ein Bretterzaun war immer noch besser als Bajonette, und der Teich hatte eine anregendere Wirkung auf unsere Phantasie als die Grabsteine in Rendsburg; so fanden wir selbst hier etwas, womit wir uns vergnügen konnten. Wir schnitzten kleine Schiffchen, klebten Stofffetzen an die Masthölzchen und veranstalteten auf der blanken Oberfläche des Weihers Seeschlachten. Die Hälfte der Schiffe war mit dem Dannebrog beflaggt. Die andere Hälfte schien vaterlandslos zu sein, die Schiffe besaßen keine Flagge. Es waren deutsche Aufrührer. Die Ehre, ihnen eine Flagge zu geben, wollten wir ihnen nicht erweisen. Wir inszenierten Seeschlachten und bombardierten die deutsche Flotte mit Steinen. Immer waren die Dänen siegreich, und die dänische Marine erlitt nur dann Verluste, wenn ausnahmsweise ein Stein danebenging.

Zu Hunderten standen wir um den Teich und riefen jedes Mal Hurra!, wenn ein Stein sein Ziel getroffen hatte und eines der Spielzeugschiffe kenterte. Es war die Stunde der Wiedergutmachung.

Nur Laurids drehte uns den Rücken zu, voller Verachtung.

«Ja, zu so etwas taugen wir. Wenn wir doch auch gewinnen würden, wenn es tatsächlich darauf ankommt.»

Laurids verbrachte die meiste Zeit im Stroh und starrte dort aus einem der Fenster, die zur Elbe hinausgingen. Er beobachtete die Schiffe, die auf dem Weg nach Hamburg waren oder von dort kamen. Seine Augen folgten ihnen, so lange er sie erkennen konnte, sein Herz noch länger. Er sehnte sich nach dem Meer.

Nach seiner Himmelfahrt war er ein anderer geworden.

Tagsüber saßen wir in der Sonne. Man hatte uns Bänke auf den Hofplatz gestellt. Einige spielten Karten. Bei einem Matrosen aus Ærøskøbing, Hans Christian Svinding, der des Schreibens kundig war, konnte man nach Diktat Briefe in die Heimat schreiben lassen. Nie sahen wir ihn ohne ein Heft in der Hand und einen forschenden Blick. Er notierte alles. Die meisten starrten jedoch bloß in die Luft, oft schon halb im Branntweinsuff. Abends wurde gesungen und getanzt, dass sich die schweren Bodenplanken bogen. Den größten Lärm aber machten die Kadetten. Sie mischten sich nicht unter die Mannschaft, sondern blieben in ihren Kammern, wo sie hinter verschlossenen Türen saßen und mit ihrem trunkenen Gebrüll sogar die Musik übertönten. Sie waren nichts anderes als Kinder und vertrugen keinen Branntwein. Keiner von ihnen war älter als sechzehn, der jüngste zwölf, die meisten waren erst dreizehn oder vierzehn. Viele von uns hatten Söhne in ihrem Alter oder älter. Und doch waren diese Kadetten unsere Vorgesetzten, obwohl sie nichts konnten und nichts wussten. Wir hatten das Gefühl, als müssten wir vor Schiffsjungen oder Leichtmatrosen strammstehen.

Noch immer wurde über Kommandant Paludans Fahnenflucht in der Stunde der Gefahr gegrübelt. Wieso war unser Kapitän vor allen anderen ins Boot gegangen? Ein Soldat aus Schleswig hatte das Gerücht in Umlauf gesetzt, der Kommandant hätte erklärt, ein deutscher Offizier sei an Bord der *Christian VIII.* gekommen und habe ihm befohlen, das Schiff räumen zu lassen, obwohl die Verwundeten noch nicht an Land waren. Paludan habe tapfer protestiert, doch ihm sei beschieden worden, dass der Beschuss des Schiffs wiederaufgenommen würde, wenn er der Ordre nicht Folge leiste. Allerdings hatte niemand an Bord der *Christian VIII.* einen Offizier gesehen oder gehört, dessen Name angeblich Preuszer gewesen sein soll. Das deutsche Aufständischenheer bestritt jegliche Kenntnis über ihn. Nach Ansicht des Soldaten hatte

Kommandant Paludan den Mann nur erfunden, um seine eigene Feigheit zu kaschieren.

Als Lille Clausen die Geschichte hörte, öffnete er den Mund, um seinen Kommandanten zu verteidigen. Seine Ehre als Däne stand hier auf dem Spiel. Aber er wusste nicht, was er zur Verteidigung vorbringen sollte. Im Grunde genommen glaubte er die Geschichte. Uns hatte ein ehrloser Mann geführt. Auch Ejnar blieb stumm, als er die Geschichte vernahm; vor Scham traten ihm die Tränen in die Augen. Laurids begann zu fluchen, sagte im Übrigen aber auch nichts.

Zu irgendeinem Aufruhr führte Kommandant Paludans Verrat indes nicht, eher zu noch häufigeren Besuchen beim Branntweineimer. Unser Verdruss über die Gefangenschaft wuchs, und der Ton wurde ständig rauer.

Ein Ziel unserer Wut waren die Kadetten. Über ihre Bartlosigkeit waren schon viele Witze gemacht worden, aber immer nur hinter ihrem Rücken. Nun wurden die kleinen Männer ganz offen ersucht, ihre Hosen herunterzulassen, um feststellen zu können, ob sie auch untenherum so bartlos waren.

Der Anführer der Kadetten, ein vierzehnjähriger Bursche, hörte auf den Nachnamen Wedel. Er war der erste Kadett der *Christian VIII.* gewesen, der in die Boote ging, und sein triumphierender Ausdruck, als er in der Schaluppe des Kapitäns einen Platz neben Paludan bekam, einem engen Freund seines Vaters, war unserer Aufmerksamkeit nicht entgangen. Er führte die Saufgelage hinter der geschlossenen Tür an und wurde zum häufigsten Opfer unserer immer dreister werdenden Frotzeleien.

Als Antwort auf eine besonders boshafte Andeutung über die Größe seines Geschlechtsteils gab er einem Matrosen aus Nyborg namens Jørgen Mærke eine schallende Ohrfeige. Er musste sich auf die Zehen stellen, um sein Ziel zu erreichen, was den ganzen Vorgang einigermaßen komisch aussehen ließ. Aber die Ohrfeige saß da, wo sie hinsollte.

Der Matrose stand im ersten Moment vor Verblüffung wie angewurzelt da, dann griff er sich langsam an seine brennende Wange, als wollte er sich überzeugen, dass man ihn tatsächlich geschlagen hatte.

«Stillgestanden, verdammt noch mal!», brüllte der kleine Wedel.

Der Matrose packte ihn an den Schultern und schleuderte ihn zu Boden. Seine schweren Seestiefel nahmen Kurs auf die Rippen des Jungen. Sofort sammelte sich eine Gruppe um die beiden, nicht um dem Jungen zu Hilfe zu kommen, sondern weil es nun endlich eine Gelegenheit gab, der lang zurückgehaltenen Wut freien Lauf zu lassen. Nur Wedels gellender Schrei um Hilfe rettete ihn. Zwei schleswig-holsteinische Soldaten rannten mit aufgepflanzten Bajonetten die Treppe hinauf, doch bevor sie den Jungen erreichten, hatte Laurids den angriffslustigen Haufen zerstreut. Er packte Wedel beim Kragen und hievte ihn auf die Beine, während er mit der freien Hand die unmittelbar Umstehenden auf Abstand hielt.

Wedel schlotterte wie eine Stoffpuppe, vor Schreck versagten ihm die Beine.

«So, und jetzt benehmen sich alle wieder ordentlich», sagte Laurids mit ruhiger Stimme.

Er hatte zu seiner Rolle als Autorität auf Deck zurückgefunden. Der bedrohliche Haufen löste sich auf, und die Soldaten führten den Kadetten fort.

Den ganzen Weg die Treppe hinunter hörten wir Wedel lauthals greinen.

Noch am selben Abend war der kleine Kadett wieder mutig. Hinter verschlossener Tür hielten die Kadetten ein weiteres Saufgelage ab. Irgendwo in einer Ecke des Dachbodens fluchte jemand über den Lärm aus der Kammer der Knaben. Noch war es nicht Zeit zu schlafen, aber alles, was mit den Kadetten zusammenhing, weckte inzwischen unseren Unmut.

Es wurde an die Tür der Kadetten gehämmert und Nachtruhe verlangt. Sofort antwortete eine helle Jungenstimme frech, dass wir das Maul halten sollten.

«– oder wir schneiden dir den Schwanz ab, du Bauerntrampel!»

«Sag das noch mal!», brüllte der Matrose an der Tür.

Ein besoffener Haufen, der auf der Bank an dem schweren Tisch in der Mitte unserer Unterkunft saß, kam auf die Beine. Sie hoben die Bank an und schwenkten sie hin und her, als wollten sie ihr Gewicht prüfen. Dann liefen sie mit der Bank als Rammbock auf den Raum der Kadetten zu und ließen sie mit einem gewaltigen Schlag gegen die Tür krachen. Drinnen wurde es augenblicklich still.

«Na!», rief einer der Männer. «Jetzt seid ihr wohl nicht mehr so vorlaut!»

Die Männer traten zurück, um Anlauf zu nehmen, und stürmten erneut los. Diesmal gab die Tür nach, und sie stolperten in den Raum. Ein Tisch stürzte um, eine Flasche flog auf den Boden, dann begann einer zu schreien. Eine große Gruppe Neugieriger versammelte sich vor der Tür und begann, die Kämpfenden anzufeuern. Ganz hinten in der Gruppe hatten sich Ejnar und Lille Clausen auf die Zehenspitzen gestellt, um etwas von der Prügelei mitzubekommen, aber durch die schmale Türöffnung war nichts zu erkennen.

Vom Lärm alarmiert, tauchten die Soldaten auf. Sie schlugen mit den Gewehrkolben um sich und drangen bis zur Kammer der Kadetten vor, wo sie die Kämpfenden trennten.

Kurz darauf erschien einer nach dem anderen. Die Kadetten mit hängenden Köpfen. Es war nicht zu übersehen, wer am meisten abgekriegt hatte. Wedel blutete aus der Nase. Ein anderer Kadett zeigte sein lädiertes Auge, das bereits zuzuschwellen begann. Ein dritter spuckte einen Zahnstummel aus, als er in der Tür auftauchte. Blut lief ihm über das Kinn.

«Da hat einer seinen Milchzahn verloren!», rief jemand aus der Gruppe.

Kurze Zeit später erschien Kommandant Fleischer, ein massiger Mann mit hoher Stirn und blondem Rosshaar im Nacken. Seine Wangen brannten, und seine Lippen waren feucht. In einem seiner Mundwinkel hing noch Sauce, als käme er gerade von einer Abendgesellschaft und hätte vergessen, sich den Mund abzuwischen.

Er hatte den Rang eines Majors, enttäuschte uns aber sofort mit seinem gemütlichen Ton.

«Aber so geht das doch nicht. Ihr müsst euren Offizieren schon ein wenig Respekt entgegenbringen. Sonst muss ich sehr viel strenger mit euch umgehen, und das würde ich nur sehr ungern tun. Also lasst uns das gemeinsam klären. Ihr werdet ja bald ausgetauscht, daher besteht doch gar kein Anlass, dass wir uns in der Zwischenzeit überwerfen.»

Wir sahen uns an. Das sollte der Feind sein, der Deutsche, der uns das Deck unter den Füßen weggeschossen hatte und uns nun gefangen hielt?

Die nächsten Tage verliefen friedlich. Die Branntweineimer waren stets gefüllt, und wir begannen wieder zu trinken. Jørgen Mærke ließ keine Gelegenheit aus, die Soldaten zu provozieren. Affenärsche nannte er sie, Kuhfladen, Wassernattern, schwanzlose Pygmäen und Halunken. Ständig hatte er einige Männer um sich. Wenn ein Soldat sich näherte, bildeten sie sofort eine schützende Mauer.

Eines Tages wurde es den Soldaten zu viel. Sie hatten ihn im Visier, und zwei Männer kamen auf den Dachboden, um ihn an dem Tisch zu arretieren, an dem er mit seinen Anhängern saß. Der Grund seiner Festnahme wäre Trunkenheit, erklärten sie.

Jørgen Mærkes Männer lachten über die Anklage laut auf und streckten die Arme vor. «Verhaftet uns alle sechshundert.»

Die Soldaten packten Mærke an der Schulter. Doch er hielt sich an der Tischkante fest, wobei er seine üblichen Beleidigungen ausstieß und rasch noch ein paar neue hinzufügte.

Seine Leute sprangen auf und drängten sich an die beiden Soldaten, um sie daran zu hindern, ihre Gewehre einzusetzen. Dann schubsten sie sie in Richtung Treppe. Die Soldaten waren eingeschüchtert und leisteten kaum Widerstand. Einer der beiden taumelte rückwärts die Treppe hinunter. Der andere erhielt einen Stoß und folgte ihm nach. Er fiel und verlor sein Gewehr. Ein paar Stufen weiter unten blieb es liegen.

Die Aufrührer blickten abwechselnd sich und das Gewehr an.

Niemand rührte sich. Es wurde ganz still.

Auf dem Treppenabsatz kam der Soldat wieder auf die Beine. Er war nach dem Sturz so benommen, dass er den Verlust seines Gewehrs gar nicht bemerkte. Er sah hinauf zu den Männern, aber es lag keinerlei Drohung in seinem Blick, nur Verwirrung.

Jørgen Mærke trat einen Schritt vor.

«Böh!», brüllte er und reckte seinen gewaltigen Bart vor, der ihn wie der Wilde Mann aussehen ließ.

Ein Ruck durchfuhr den Soldaten. Er drehte sich um und rannte die Treppe hinunter. Sein Kamerad kam ebenfalls auf die Beine und lief ihm nach. Die Männer lachten und klatschten sich auf die Schenkel. Dann blieben ihre Blicke an dem Gewehr hängen, und sie verstummten.

Es lag so nah vor ihnen, dass sie bloß ein paar Stufen hätten hinuntergehen müssen, um es aufzuheben.

«Nimm mich in die Hände», schien es zu sagen, «schieße, töte, werd wieder ein Mann!»

Sie waren in Trance, während sie der Rede des Gewehrs lauschten.

Einer von ihnen brach die Stille.

«Wir könnten ...», sagte er und ging die Treppe eine Stufe hinunter, als wollte er das Gewehr aufheben.

Er sah auf zu Jørgen Mærke. Er erwartete ein Nicken, eine Aufforderung, einen Befehl: «Ja, tu es!»

Doch Mærkes Blick war leer, und der Mund hinter dem dichten Bart blieb geschlossen.

Der Mann wurde unsicher. Die anderen traten einen Schritt zurück, als ob er nicht mehr länger zu ihnen gehörte. Dann bückte er sich und hob das Gewehr auf. Er sah niemanden an, als er die Treppe hinunterging. Er hielt das Gewehr in seinen ausgestreckten Armen, als wäre es eine Opfergabe, die mit der größten Vorsicht dargeboten werden musste. Als er den untersten Absatz erreichte, stellte er es an die weiß gekalkte Wand. Dann drehte er sich um und ging die Treppe wieder hinauf.

Wir zechten gewaltig an diesem Abend und riefen unzählige Male Hurra. Die Kadetten kamen aus ihrer Kammer und schlossen sich uns an. In diesem Augenblick waren wir alle Brüder.

Die nächsten Tage schnitzten wir noch mehr Schiffe, die wir in See stechen ließen. Wir versahen sie mit kleinen Papierfetzen in den dänischen Farben. Stolz wiegten sie sich in der Entengrütze und erinnerten uns an die Stärke des Vaterlands.

Wir begannen auf dem Hofplatz zu exerzieren und marschierten in geschlossenen Reihen, als würden wir uns auf eine größere Schlacht vorbereiten. Mit drei erhobenen Fingern legten wir einen Eid ab, dass wir niemals weichen und uns schleichen, sondern beharren und Gefahren ertragen würden, lauter geheimnisvolle Formeln, von denen wir selbst kaum ein Wort verstanden. Aber bedrohlich klang es, und so sagten wir die Schwüre mit lauter Stimme mitten auf dem Hofplatz auf.

Am Bretterzaun tauchte hin und wieder ein ängstliches Gesicht auf. Es waren die Bürger von Glückstadt, die uns ausspionierten. Wir führten unsere Komödie zu Ehren dieser Spione auf.

Schon bald verbreitete sich in der kleinen Stadt das Gerücht, dass die dänischen Gefangenen sich auf eine Eroberung der Stadt vorbereiteten. Der Kommandant ließ uns daraufhin wissen, dass es von nun an verboten sei, die Schiffe auf dem Weiher mit dem Dannebrog zu versehen. Die Bürger von Glückstadt ertrugen die Fahne des Feindes nicht länger.

Wir nahmen es als einen Sieg.

Endlich hatte der Deutsche gelernt, uns zu fürchten.

Von dieser Art Sieg gab es in den kommenden Wochen noch einige, und jedes Mal feierten wir sie mit großen Mengen Branntwein.

*   *   *

Unsere Gefangenschaft dauerte bereits über vier Monate, als Ende August ein Austausch mit deutschen Gefangenen beschlossen wurde. Zehn Tage marschierten wir bis Düppel, wo der Austausch stattfinden sollte. Unterwegs erlebten wir eine Reihe von Verzögerungen und Demütigungen, ertrugen jedoch alles mit erhobenem Haupt, denn wir hatten unsere Ehre zurückgewonnen, als wir die Deutschen in Glückstadt erschreckten. Wir sahen die dänischen Schiffe im Hafen von Sønderborg und wussten, nun waren wir frei. Auf dem Dampfschiff *Slesvig,* das uns nach Kopenhagen bringen sollte, erhielten wir weißes Brot und Butter, Branntwein und Bier, so viel wir trinken konnten. Die Nacht verbrachten wir an Deck. Das Schiff stampfte leicht, und die Maschine arbeitete schwer, mit keuchenden Atemzügen. Unruhig bebte das Deck unter unseren Rücken.

Es war eine wolkenlose Nacht, und der Sternenhimmel wölbte sich über uns. Der 21. August 1849 war eine gute Nacht für Sternschnuppen. Der leuchtende Schwarm der Kometen war eine andere Art von Kanonade als die, die uns das Leid der Gefangenschaft eingetragen hatte. Von Laurids war ein tiefer Seufzer zu vernehmen. Es waren die Sterne, die das Gefängnis ihm verwehrt hatte.

Wenn du keinerlei Kennung hast, wenn der Wind, die Strömung und die Wolken dir nichts erzählen, wenn der Sextant über Bord gegangen ist und der Kompass nichts taugt, dann navigierst du nach den Sternen.

Jetzt war er zu Hause.

«Hurra!» war das Wort, das wir in den nächsten Tagen am häufigsten hören sollten. Auf der Ostsee fuhren wir an einem Dampfschiff voll schwedischer Truppen vorbei, und auf Deck der *Slesvig* riefen wir den tapferen Schweden ein dreifaches «Hurra!» zu. Am Zollamt in Kopenhagen empfing uns die Mannschaft der Fregatte *Bellonas* mit einem dreimaligen Hurraruf. Dann war die Reihe an den Offizieren, und auch sie wurden mit einem dreifachen «Hurra!» gefeiert. Kommandant Paludan ging als Erster an Land, so wie damals, als es galt, die Verwundeten an Bord der *Christian VIII.* ihrem Schicksal zu überlassen. Mit seinem Unverstand trug er die Verantwortung für zwei verlorene Schiffe, den Tod von einhundertfünfunddreißig Männern und die Gefangenschaft von weiteren eintausendeinhundert Mann. Und nun wurde er mit Ehrenbezeigungen empfangen. Er war ein Held, wir alle waren Helden. Die Hurrarufe wollten kein Ende nehmen.

Dann ging jeder für sich mit seinem Seesack in die Stadt und suchte sich eine Unterkunft für die Nacht. Schon bald saßen wir auf den Bänken der Wirtshäuser, prosteten uns zu und riefen: «Hurra!» Wir vermissten die Branntweineimer. Hier mussten wir selbst bezahlen, und der Rausch hielt nicht so lange an, wie er sollte.

Am nächsten Tag wurden wir auf den Holm beordert. Der Marineminister hatte verkündet, dass es für die vier Monate Gefangenschaft einen halben Monat Heuer gab. Hinterher mussten wir das Los ziehen. Einige wurden wieder auf die Schiffe der Marine geschickt, während es für die anderen nach Hause ging. Zwei Tage später kamen Laurids, Lille Clausen und Ejnar in Marstal an. In der Kirkestræde hatte man eine Ehrenpforte errichtet, es wurde «Hurra!» für die Heimkehrer gebrüllt und um die Toten getrauert.

Inmitten der Schar, die uns begrüßte, stand ein fürchterlich verunstalteter Mensch. Eines seiner Augen und die rechte Wange fehlten, und der Unterkiefer bohrte sich durch unablässig nässendes Fleisch. Jeder, der ihn sah, wandte den Blick ab, sogar wir, die wir doch an diesem entsetzlichen Tag in der Eckernförder Bucht so viel Schreckliches erlebt hatten.

Erst als er uns begrüßte, erkannten wir ihn an der Stimme.

Es war Kresten.

Ihm war nicht der ganze Kopf abgeschossen worden, wie Torvald Bønnelykke behauptet hatte, nur der halbe. Er hatte bis vor Kurzem in einem Krankenhaus in Deutschland gelegen und war einige Tage vor uns anderen nach Hause geschickt worden. Die Militärärzte hatten versucht, ihn zusammenzuflicken, doch der zerschmetterte Kiefer wollte nicht heilen. Nun wohnte er bei seiner Mutter, deren verloren gegangener Verstand bei ihrem Wiedersehen nicht zurückgekehrt war. Sie fragte auch weiterhin nach ihrem verschwundenen Sohn. Und wenn der arme Kresten beteuerte, er sei es doch, der vor ihr stehe, steckte sie einen Finger in seine hohle Wange, wie der Zweifler Thomas, der seine Hand in die Wunde des Erlösers gesteckt hatte. Aber im Gegensatz zu Thomas wurde sie nicht gläubig, sondern beharrte stattdessen unbarmherzig darauf, dass Kresten so nicht ausgesehen hätte. Und Kresten, der trotz seines entstellten Gesichts Trost und Wiedersehensfreude erwartet hatte, weinte mit dem Auge, das ihm noch geblieben war, und sagte, dass es wohl am besten für alle gewesen wäre, wenn er wirklich, wie von ihm vorausgesagt, den Tod gefunden hätte.

Seinen Ruf als Himmelsfahrer bekam Laurids noch einmal für kurze Zeit zurück. Ejnar hatte diese wunderliche Begebenheit in einem Brief beschrieben. Nun wollten sie es alle aus Laurids' eigenem Mund hören, mit Ausnahme von Karoline, die überzeugt war, dass es sich um eine seiner üblichen Geschichten handelte. Die Kinder stellten sich im Kreis um ihn herum auf und riefen: «*Papa tru,* erzähl, erzähl!»

Albert, der Jüngste, schrie am lautesten. Mit leuchtenden Augen sah er seinen Vater an. Die beiden waren sich wirklich sehr ähnlich.

Doch Laurids schaute sie mit diesem neuen, fremden Blick an, den er aus der Gefangenschaft mitgebracht hatte, als wären es nicht seine eigenen Kinder, ja, als wäre allein der Gedanke, dass er überhaupt Nachkommen in die Welt gesetzt haben sollte, vollkommen undenkbar.

So musste Ejnar erzählen, und er erzählte so gut, dass alle glaubten, er hätte es eine ganze Weile geübt. Das Haus war voller Menschen, die gekommen waren, um Laurids zu sehen. Karoline stand in der Küche, um Wasser für den Kaffee aufzusetzen. Sie wandte uns ihren breiten Rücken zu und lärmte mit den Tassen, wie sie es immer tat, wenn sie wütend auf Laurids war. Doch selbst sie kam schließlich in die Stube, um Ejnar zuzuhören.

«Ja, wir vergessen niemals, dass wir für Dänemarks Ehre gestritten haben», sagte Ejnar.

Wir alle nickten und verspürten in diesem Augenblick ein großes patriotisches Gefühl.

Ejnars nächster Satz verblüffte uns indes.

«Tja, für Dänemarks Ehre», wiederholte er, «aber gefunden haben wir Schande. Mit freudiger Erwartung und unerschrockenem Mut wagten wir unser Leben und unser Blut, um die Ehre unseres Landes zu retten, doch dank eines jämmerlichen Führers verloren wir sie. Wir vergessen niemals, dass wir am Gründonnerstag inmitten von Kugeln, Rauch und Dampf standen und kämpften, fielen und starben; dass wir am Abend wie Sklaven von den Schiffen nach Eckernförde gebracht und in das Haus des Herrn eingesperrt wurden, wo wir ermattet und wie betäubt im Stroh übereinander lagen; dass das Linienschiff *Christian VIII.* in die Luft flog und so viele Unschuldige erstickten; dass wir Karfreitag müde und erschöpft wie die elendigsten Sklaven unter Hohn und Spott nach Rendsburg marschieren mussten und man uns dort wieder in ein Haus Gottes einquartierte und ins Stroh legte; dass wir am Osterfest trockenes Brot essen mussten; dass das Haus des Herrn auf diese Weise zu einem Sklavenhaus wurde, in dem wir Schande und Spott ausgesetzt waren; dass unsere ganze Gefangenschaft eine Kette von langweiligen, traurigen und elenden Tagen war. Das vergesse ich niemals, solange ich lebe.»

«Ich habe Laurids gesehen», fuhr Ejnar fort, «und das wurde meine einzige Hoffnung und mein Trost in der Gefangenschaft. Ich habe Laurids gesehen, wie er mitten vom Deck des brennenden Schiffs zum Himmel fuhr, ganz bis auf die Höhe der Großrahe, und ich habe ihn wieder herunterkommen und auf seinen Füßen landen sehen, und da wusste ich, dass wir unsere Liebsten wiedersehen werden.»

«Ich habe es dir schon einmal gesagt, Ejnar, und ich sage es dir noch mal, es waren die Stiefel.»

Laurids streckte den Fuß vor, so dass wir alle den schweren Seestiefel aus Leder betrachten konnten.

«Es waren die Stiefel, die mich gerettet haben. Das ist die ganze Geschichte.»

«Hast nicht auch den Arsch vom heiligen Petrus gesehen?», fragte der kleine Schreiner Laves Petersen, denn die Geschichte hatte sich bereits herumgesprochen. Lille Clausen hatte den Mund nicht halten können.

«Sicher, ich habe Petrus' Arsch gesehen», erwiderte Laurids.

Doch seine Stimme klang müde und fern, als hätte er bereits alles vergessen. Wir verstanden sofort, dass wir nicht mehr zu hören bekommen würden. Die meisten von uns meinten im Übrigen, dass jeder Mann seine eigene Hölle hätte, genau wie seinen eigenen Himmel, und dass es sein gutes Recht wäre, ihn für sich zu behalten.

Es war nicht zu übersehen, dass Laurids nicht mehr derselbe war. Wir begriffen, dass der Krieg für ihn ein schlimmes Erlebnis gewesen war und er Dinge gesehen hatte, die niemanden guttun, der sie sieht. Aber er hatte bereits zwei Schiffsuntergänge erlebt, ohne dass es den geringsten Eindruck auf ihn gemacht hatte. Lille Clausen sagte, die Seeschlacht wäre wie ein Untergang gewesen, nur schlimmer. Ejnar erzählte uns allerdings, dass Lille Clausen den größten Teil der Schlacht mit den Füßen im Wasser verbracht habe und daher mit einer Erkältung davongekommen sei, während anderen der Kopf abgeschossen wurde.

Da niemand von uns je eine Schlacht erlebt hatte, wussten wir nicht, was wir von Laurids' Benehmen halten sollten, und ließen ihn daher in Ruhe.

Karoline war der Ansicht, dass ihr Ehemann sich an Land eine Lebensaufgabe suchen solle. Dann würden sie und die Kinder ihn häufiger sehen. Sie war besorgt über sein neues Wesen und wollte ihn gern in ihrer Nähe wissen.

Lille Clausen und Ejnar wurden im Laufe des Krieges noch mehrere Male einberufen, kehrten aber immer lebend zurück. Wir wurden es allerdings mit der Zeit leid, Ehrenpforten zu errichten und «Hurra!» zu rufen, und behandelten die Eingezogenen schließlich wie jeden anderen heimkehrenden Seemann.

Auch Laurids wurde einberufen, aber da war er bereits fort. Er war nicht an Land gegangen, wie von Karoline vorgeschlagen, sondern hatte sich auf ebender Elbe nach Hamburg begeben, auf die er während seiner Gefangenschaft in Glückstadt jeden Tag gestarrt hatte. In Hamburg fand er eine Heuer als dritter Steuermann auf einem holländischen Schiff, das mit Emigranten nach Australien wollte. Außer Laurids bestand die Besatzung aus drei Holländern und vierundzwanzig Indonesiern aus Java. Es waren einhundertsechzig Passagiere an Bord, und Laurids hatte die Aufgabe, den Proviant auszuteilen und die Rechnungsbücher zu führen. Nach einer halbjährigen Reise kam das Schiff in Hobart Town im Van Diemens Land an. Laurids musterte ab, und seither gab es niemanden, der von Laurids etwas gehört oder gesehen hatte.

*　*　*

In den ersten beiden Jahren von Laurids' Abwesenheit gab es für Karoline keinen Anlass zur Beunruhigung. Er war schon früher zwei oder drei Jahre fort gewesen, und nicht immer finden Briefe ihren Weg von einem Ende der Erde zum anderen. Die Frauen unter uns, die ja zurückbleiben müssen, leben immer in Ungewissheit. Selbst ein Brief ist kein Beweis, dass sein liebevoller Absender noch am Leben ist. Ein Brief kann monatelang unterwegs gewesen sein. Aber das Meer nimmt ohne Vorwarnung. Doch wir sind so daran gewöhnt, besorgt zu warten und weiterzuleben, dass wir unsere Ungewissheit niemals miteinander teilen. Daher gab es auch niemanden, der Karoline etwas anmerkte, bevor drei Jahre vergangen waren.

Dann stellte ihre Nachbarin in der Korsgade, Dorothea Hermansen, eines Tages die Frage: «Ist es nicht bald Zeit, dass Laurids nach Hause kommt?»

«Doch», antwortete Karoline, mehr sagte sie nicht. Sie wusste, dass eine lange Zeit vergangen war, bevor Dorothea sich entschlossen hatte, diese Frage zu stellen. Und dass sie es nicht getan hatte, ohne zunächst mit den anderen Frauen in der Korsgade zu reden. Die Frage kam der Feststellung gleich, dass Laurids dort draußen bleiben würde.

An diesem Abend weinte Karoline, nachdem die Kinder im Bett waren. Sie hatte schon früher das Gefühl gehabt, weinen zu müssen, aber immer versucht, die Tränen zurückzuhalten. Diesmal gab sie ihnen nach.

Am folgenden Tag versammelten sich die Nachbarinnen in ihrer Stube, um sie zu fragen, ob sie Hilfe brauche.

Nun war Laurids' Fortgang offiziell.

Sie setzten sich, jede mit einer Tasse Kaffee in der Hand, um Karolines Esstisch. Zunächst sprachen sie knapp und pragmatisch mit ihr, um sich einen Überblick über Karolines Situation zu verschaffen: Viel Familie gab es nicht. Fünf Brüder hatte sie bereits ans Meer verloren, und Laurids' Vater war ebenfalls fort. Dann wurden ihre Stimmen sanft, und sie begannen, Laurids' Eigenschaften als Ehemann und Versorger zu loben.

Karoline begann zu weinen. So gegenwärtig war er ihr in diesem Augenblick, in dem die Worte der anderen Frauen ihn wiederauferstehen ließen.

Die Älteste von ihnen, Hansigne Ahrentzen, nahm sie in den Arm und ließ Karolines Tränen auf ihr graues Beiderwandkleid tropfen. Die Frauen blieben, bis sie sich ausgeweint hatte.

Damit war der erste Besuch beendet, der Karoline in ihren neuen Stand als Witwe einführte.

Nun wurde die holländische Reederei um Auskunft gebeten, aber sie hatten kein Schiff verloren, und Laurids fand sich auf keiner Besatzungsliste.

Die Gnade, eine Grabstätte zu besuchen, mit den Kindern dort vor einem Stein, der seinen Namen trägt, über ihn zu sprechen, die Gedanken abzulenken, indem man Unkraut jätet oder sich vielleicht in ein flüsterndes Zwiegespräch mit dem Toten unter der Erde vertieft, wird einer Seemannswitwe nicht gewährt. Sie bekommt ein offizielles Blatt Papier, in dem ihr mitgeteilt wird, dass das Schiff, auf dem ihr Ehemann angeheuert hatte oder dessen Kapitän oder Besitzer er war, «mit Mann und Maus» untergegangen ist. So steht es dort mit einer Nüchternheit, die unbarmherzig und gefühllos kleine und große Lebewesen auf dem Schiff gleichstellt; an dem und dem Tag, an dem und dem Ort, häufig in großen Tiefen, aus der es keine Hoffnung auf Bergung gibt. Die Fische waren die einzigen Zeugen. Dieses Papier kann sie in der Kommodenschublade aufbewahren. Das ist die ganze Beerdigung, die Ertrunkene bekommen.

Vor der Kommode kann sie ihre Andacht halten. Das ist die Grabstätte, die sie zu besuchen hat. Aber zumindest besitzt sie dieses Papier und damit ein Stück Gewissheit; es ist ein Punkt, aber auch ein Beginn. Das Leben ist nicht wie die Bücher. Es gibt niemals einen letzten Schlusspunkt.

Für Karoline war es nicht so. Sie bekam keine offizielle Mitteilung. Laurids war und blieb fort, aber wo und wie er verschwand, konnte ihr niemand sagen. Die Hoffnung kann wie eine Pflanze sein, die sprießt und wächst und den Menschen am Leben erhält, aber auch wie eine Wunde, die nicht heilen will. Karoline fehlte ein Schlusspunkt.

Man sagt über Tote, die nicht in geweihter Erde begraben sind, dass sie zu Wiedergängern werden, und Laurids begann schon bald umzugehen – allerdings nicht auf Erden. Er wurde zu einem Gespenst in Karolines Herzen und ließ sie nicht zur Ruhe kommen; denn er kannte keinen Unterschied zwischen Tag und Nacht, und schließlich erging es Karoline ebenso. Tagsüber, wenn sie sich eigentlich mit praktischen Dingen beschäftigen musste, hatte sie Sehnsucht. Und nachts machte sie sich ganz praktische Sorgen, obwohl sie eigentlich Ruhe suchen oder sich über ihren Verlust ausweinen sollte – man sah es ihr an. Sie wurde schmächtig und grau, als bestünde sie aus dem gleichen Stoff wie das Gespenst in ihrem Herzen.

Nur ihre Hände verloren nie ihre Stärke. Mit ihnen konnte sie Wasser aus dem Brunnen schöpfen und jeden Morgen in der Küche das Feuer schüren, waschen und Kleider stopfen, weben, Brot backen und vier Kinder aufziehen, denen sie Ohrfeigen verpasste, die laut genug schallten, um die Erinnerung an den verschwundenen Laurids wachzuhalten.

DER TAMPEN

Es war unmittelbar nach dem Sommer, die Hitze steckte uns noch in den Knochen, wir sehnten uns ans Wasser und liefen nach der Schule hinunter zum Hafen, um mit einem Kopfsprung hineinzuhechten; manchmal gingen wir auch auf die Halbinsel. Nach dem Schwimmen ließen wir uns im warmen Sand trocknen, wobei wir uns über Lehrer Isager unterhielten. Die Neuen meinten, er sei gar nicht so schlimm. Ein Umdrehen des Ohrs oder ein Schlag auf den Kopf, das fiele doch kaum ins Gewicht. Das passierte doch auch zu Hause.

Aber die Älteren sagten: «Wartet's nur ab. Zurzeit hat er gute Laune.»

«Er hat sehr anständig von meinem Vater gesprochen», sagte Albert.

«Na und, und was hat dein Vater über ihn gesagt?», wollte Niels Peter wissen.

«Er hat gesagt, Isager wäre ein wahrer Teufel mit 'nem Tampen.»

Die Mutter hingegen hatte erklärt, dass man den Schullehrer nicht als Teufel bezeichnen dürfe, und Vater hatte widersprochen: «Ja, du kannst so etwas leicht sagen. Ihr Mädchen habt Isager ja auch nie gehabt.»

Der Gedanke an seinen Vater ließ Tränen in Alberts Augen treten. Er blinzelte und sah auf den Boden. Er hatte das Gefühl, als wäre seine Nase verstopft; mit einer brüsken Handbewegung wischte er sie ab. Wir sahen seine Tränen, aber niemand von uns zog ihn auf. Es gab viele Jungen in unserer Stadt, die ihren Vater ans Meer verloren hatten. Unsere Väter waren häufig weg, aber plötzlich waren sie für immer fort. Das war der ganze Unterschied, ob man einen toten oder einen lebendigen Vater hatte. Kein sonderlich großer Unterschied, aber groß genug, um zu weinen, wenn niemand es sah.

Einer von uns schlug Albert auf die Schulter und sprang auf.

«Wer ist Erster?»

Und dann rannten wir um die Wette und warfen uns ins Wasser.

Jeden Sommer verbrachten wir am Strand mit seinem Saum aus getrocknetem Tang, der unter unseren nackten Füßen knirschte und stach, seinem Teppich aus zerbrochenen Miesmuschelschalen, seinem grünlich schimmernden Sandgrund und seinen wogenden Wäldern aus Blasentang und Seegras unter der Wasseroberfläche.

Mit dreizehn gingen wir zur See. Einige von uns kehrten niemals zurück. Doch jeden Sommer gab es neue Jungen am Strand.

An einem Tag im August lagen wir im warmen Sand auf dem Bauch und schmeckten unsere salzige Haut, die noch immer sommerlich braun war. Wir sprachen über Jens Holgersen Ulfstand, der unter König Hans in einer Seeschlacht die Lübecker besiegt hatte, über Søren Norby, Peder Skram und Herluf Trolle, die alle auf dem Meer gekämpft hatten, in dem wir gerade geschwommen waren. Über Peder Jensen Bredal, der bei Als mit einer Musketenkugel in der Brust fiel, über Christian IV., der an Bord der *Spes* die Hamburger aus Glückstadt vertrieb, einer Stadt, die er selbst hatte bauen lassen und in der unsere Väter später gefangen gehalten worden waren.

Aber darüber sprachen wir nicht.

Am liebsten redeten wir allerdings über Tordenskjold, der eine ganze Nacht vor der Küste von Ærø und Als die *Vita Örn* gejagt hatte, eine schwedische Fregatte mit dreißig Kanonen an Bord, obwohl er selbst auf der *Løvendals Galej* nur über zwanzig verfügte. Wir wussten alles über seine Großtaten bei Dynekilen, Marstrand, Göteborg oder Strömstad, wo so viele seiner tapferen Männer starben, während er stets mit dem Leben davonkam, obwohl er sich selbst nicht schonte.

«Diesmal nicht!», riefen wir und dachten daran, wie ihn am Strand bei Torrekov in Schonen drei schwedische Dragoner umringt hatten und er sich allein durchschlug, um dann mit einem scharf geschliffenen Degen im Mund durch die Brandung zu schwimmen.

Wir dachten daran, wie er fast einen ganzen Tag lang gegen einen englischen Kapitän gekämpft hatte, mit nur einer einzigen Pause zwischen Mitternacht und Morgengrauen, bis er schließlich dem zusammengeschossenen Feind mitteilen ließ, dass ihm das Pulver ausgegangen sei.

Und dann bat er darum, sich ein wenig Pulver leihen zu dürfen, um den Kampf fortzusetzen.

Der englische Kapitän kam mit einem Glas Wein in der Hand an Deck und brachte ein siebenfaches Hurra auf seinen dänischen Gegner aus. Tordenskjold holte sich auch einen Wein, und dann brachen sie in gegenseitige Hurrarufe aus.

Das gefiel uns, aber am besten gefiel uns seine Bemerkung, als in schwerem Wetter der Fockmast der *Løvendals Galej* über Bord ging und er mit seinem «He, es geht doch prächtig!» den Sturm übertönte und seinen Männern neuen Mut gab.

Wir gingen über die Landzunge nach Hause. Auf der anderen Seite lag das Wasser, das wir das kleine Meer nannten. Weit entfernt konnten wir die an den schwarz geteerten Pollern vertäuten Schiffe im Hafen sehen. Es waren ein paar von den alten Beltbooten, zwei Frachtsegler, eine Galeasse und der Gaffelschoner *Johanne Karoline,* den wir normalerweise nur «die Unvergleichliche» nannten. Mit der Kennermiene von Erwachsenen einen Schiffstyp vom anderen zu unterscheiden, dieses Alphabet kannten wir, lange bevor Isager begann, uns die Buchstaben in den Kopf zu prügeln. Wir badeten auch im Hafen und stachelten uns an, immer tiefer zu tauchen, bis hinunter zu den mit Muscheln bewachsenen Kielen der Schiffe. Die Hände voller Muschelschalen, tauchten wir wieder auf.

Hinter dem Hafenpier erhob sich die Stadt, der viereckige Kirchturm mit seinem Dachreiter, dessen schlanke Spitze sich wie ein Mast ohne Segel und Takelage in den Himmel reckte. In diesem Moment fingen die Kirchenglocken ein lang gezogenes Lebewohl zu läuten an. Ein Leichenzug kam die Kirkestræde entlang. Ganz vorn gingen Mädchen, die Blumen auf das Pflaster streuten. Es war die alte Ermine Karlsen aus der Snaregade, die ihren Mann und ihre beiden Söhne überlebt hatte. Ob die Glocken eines Tages auch für uns läuten wurden, wussten wir nicht. Der Tod war uns gewiss, aber ertranken wir im Meer, würden wir niemals zum Friedhof getragen werden.

*　*　*

In der ersten Woche nach den Sommerferien ignorierte uns Lehrer Isager. In seinen Bewegungen und Worten lag eine Art schläfrige Routine, als hätte er, ohne richtig wach zu sein, das Bett verlassen und würde noch immer in den Resten eines angenehmen Traums schweben. Mit Schlafrock und Pantoffeln bekleidet, ging er von der Lehrerwohnung hinüber zur Schule, wobei er die Füße nachzog. In der Gesäßtasche seines Schlafrocks lag der Tampen, zusammengerollt wie eine Kreuzotter, die in der Sonne döst.

Isager war seit achtundzwanzig Jahren Lehrer, und unter unseren Vätern gab es niemanden, der den Biss der Kreuzotter nicht zu spüren bekommen hätte. Viele von uns trugen die Narben noch immer. Sie waren wie eine Tätowierung, die wir bekamen, bevor wir zu Männern wurden.

Das schöne Wetter hielt sich bis in den September, und genauso verhielt es sich mit Isagers Güte. Er fragte uns so gut wie nie ab, schlug uns nur selten und niemals so hart, dass Tränen oder Blut flossen. Der Tampen, der berüchtigte, infame Tampen, blieb in der Gesäßtasche. Er las aus *Balles Lehrbuch* vor und unterschied nicht zwischen denen, die gerade erst eingeschult waren, und denen, die bereits fünf Jahre in der Schule zugebracht hatten. Er las uns aus den ersten drei Kapiteln vor, über Gott und seine Eigenschaften, über Gottes Taten und die menschliche Verderbnis durch die Sünde, doch als er zum vierten Kapitel kam, das von der Erlösung des Menschen durch Jesu Christi Auferstehung handelte, hörte er auf und erklärte, dass wir diese Stelle jetzt nicht zu hören brauchten, da er den Rest des Buchs für ziemlichen Unfug halte.

Stattdessen erzählte er biblische Geschichten, am liebsten die Geschichte von Jakob und seinen zwölf Söhnen, bei der sein Blick jedes Mal weich wurde und er murmelte: «Ich habe doch auch zwölf Söhne, genau wie Jakob.»

Weil wir gut zuhörten, verstanden wir, dass Jakob ein Betrüger war, der seinen eigenen Bruder, Esau mit den behaarten Armen, bestohlen und seinen Vater belogen hatte, den blinden Isaak. Er zeugte Kinder mit vier verschiedenen Frauen, Rahel, Lea, Bilha und Silpa, und wenn die eine ihm keine Kinder gebar, schlief er einfach mit einer anderen. Er prügelte sich mit einem Engel und hinkte nach dieser Schlägerei. Dann wurde er von Gott gesegnet. Es war eine merkwürdige Geschichte, aber das wagten wir Isager nicht zu sagen.

Isager hatte zwei Söhne, Josef und Johan, die noch zur Schule gingen. Aber nur Josef hatte er nach einem der zwölf Söhne Jakobs benannt. Wir erklärten den beiden, dass der Held ihres Vaters ein Lügner sei, ein Dieb und ein Hurenbock. Johan heulte. Das tat er immer, denn Josef schlug ihn jeden Tag. Tränen, so dick wie Wachstropfen, traten aus seinen unnatürlich großen Augen. Josef ballte die Fäuste, gab ihm eine Kopfnuss und erwiderte, ihr Vater sei kein Hurenbock, sondern bloß dumm und versoffen.

So redeten wir nie über unsere Väter. Danach ließen wir Isagers Söhne jedoch in Ruhe.

Mitte September türmten sich die Wolken über der Insel. Der Wind kam aus Osten. Da wussten wir, dass es mit dem schönen Wetter vorbei war. Bald war der ganze Himmel von einer schiefergrauen Schicht überzogen, und Isagers Stahlbrille presste sich gegen die Nasenwurzel. Einige von uns glaubten, dass Isagers Stimmungswechsel vom Wetter abhingen, also war das Erste, was wir jeden Tag auf dem Weg zur Schule taten, einen Blick gen Himmel zu werfen. In den Wolkenformationen suchten wir nach Zeichen. Es war eine unsichere Meteorologie, und selbst deren eifrigste Anhänger mussten einräumen, dass Isager und die Wolken nicht immer übereinstimmten.

An diesem Tag Mitte September taten sie es. Isager hatte den Schlafrock ausgezogen und trug einen schwarzen Leibrock mit Rockschößen, den wir seine «Kampfuniform» nannten. Seine Stiefelabsätze knallten auf das Kopfsteinpflaster, als er den Hofplatz zwischen seiner Amtswohnung und der Schule überquerte. In der rechten Hand hielt er den Tampen einsatzbereit. Er postierte sich am Eingang des Schulgebäudes und versetzte jedem Einzelnen von uns einen Schlag in den Nacken, dass wir über die Türschwelle segelten.

Wir hatten uns in einer Reihe aufzustellen, um die Schläge zu empfangen. Wir waren siebzig Jungen in Isagers Klasse und mussten durch diese Tür, einer nach dem anderen. Unsere Kopfhaut konnten wir gegen Schläge abhärten. Ohnehin waren die Ältesten unter uns Raufereien gewohnt und ertrugen viele Prügel. Doch unsere ängstlichen Herzen konnten wir nicht abhärten. Ein Schlag, der vorhersehbar ist, schmerzt immer mehr als ein unerwarteter.

Die Kleinsten in der Klasse bekamen ein Zucken um den Mund, noch bevor sie Lehrer Isager erreichten. Der Schlag in den Nacken war ihre Taufe.

In der Klasse erwartete sie noch Schlimmeres.

Wir begannen den Unterricht, indem wir *Vergangen ist die dunkle Nacht* anstimmten. Isager sang mit einer blökenden Stimme vor. Eigentlich war er auch Küster, aber er musste den Hilfslehrer Nothkier bezahlen, damit der sonntags in der Kirche sang. Die Gemeindemitglieder hatten geschworen, auf der Stelle die Kirche zu verlassen, sollte Isager den Mund aufmachen und singen. Das war zu viel für seine Eitelkeit gewesen. Aber in der Schule hatten wir keine Wahl, und doch lernten wir, seine Stimme zu schätzen und zu hoffen, dass der schleppende Psalm aus unendlich vielen Versen bestand. Denn solange Isager sang, prügelte er nicht.

Während er sang, schritt er rastlos auf und ab. Er konnte den Psalm auswendig, dennoch hielt er das aufgeschlagene Gesangbuch dicht vor der Nase. Hinter dem Buch glitt sein Raubtierblick hin und her. Als er die letzten Zeilen beendete, «Gott gib uns Glück und guten Rat, sein Gnadenlicht er sende», weinten einige von uns. Der Psalm hatte ihr Weinen übertönt. Nun war es wieder zu hören.

Es war der Schlag in den Nacken, der die Tränen hatte fließen lassen. Und es war der Schrecken, der sie weiterfließen ließ.

Albert stand mit zusammengepresstem Mund da und starrte mit einem grübelnden Blick auf Isagers Brille. Er bekämpfte seinen Schreck mit Konzentration.

Isager bekam einen aufmerksamen Gesichtsausdruck. Wieder schweifte sein Blick suchend umher. Er übertrieb es, als handelte es sich um ein Komödienspiel. Zuerst ging er auf Albert zu und sah ihm direkt ins Gesicht. Albert war einer der Jüngsten, und immer waren es die Kleinen, die Schwierigkeiten machten. Albert blickte starr vor sich hin. Isager ließ ihn in Ruhe und ging weiter.

Wir waren ein großer Haufen. Er nannte uns nie beim Namen, sondern rief uns mit einem «Du da!» oder einem Schlag auf. Sein Tampen kannte uns besser als er.

Es wurde still in der Klasse. Die Weinenden hielten sich die Hand vor den Mund, entsetzt bei dem Gedanken an all das Unglück, das der kleinste Laut über ihren Köpfen auslösen könnte. Dann war irgendwo ein keuchendes Schluchzen zu hören, die Hand vor dem Mund hatte nicht ausgereicht. Durch Isager ging ein Ruck. Er kniff die Augen hinter den Brillengläsern zusammen und ließ den Blick umherschweifen.

«Mund halten!», brüllte er.

«Lehrer Isager», sagte Albert, «es war nicht richtig von Ihnen, uns zu schlagen. Wir haben doch überhaupt nichts getan.»

Isager erbleichte. Sogar seine rote Nase verlor ihre Farbe. Er knöpfte den Leibrock auf. Das war das Zeichen. Den Tampen hatte er die ganze Zeit über festgehalten, das Gesangbuch in der einen Hand, das Werkzeug der Strafe in der anderen. Gerade noch hatte er vom Glück, dem Rat Gottes und dem Licht der Gnade gesungen. Nun war die Zeit der Drohungen gekommen. Er entrollte den Tampen mit einer geübten Bewegung. Wäre es eine Peitsche gewesen, hätte sie geknallt.

«Bei meiner höchsten Ehre, nun sollt ihr eure Strafe empfangen!»

Er atmete bereits schwer. Mit einem Griff am Pullover wurde Albert aus der Bank auf den Boden gezerrt. Ein Griff am Hosenbund und Isager hielt ihn zwischen seinen Beinen fest. Den ganzen langen, leeren Sommer über, in dem lediglich Josef und Johan seine Opfer waren, hatte er seine Kräfte aufgespart. Er besaß die Fertigkeit, die drei Jahrzehnte Übung verleihen, und der Tampen traf mit größtmöglicher Effektivität.

Albert schrie erschrocken auf. Noch nie hatte er das Tau zu spüren bekommen. Laurids hatte selten geschlagen, und von der Mutter gab es meist nur Ohrfeigen. Das kannte er. Nun aber wurde er auf die Knie gezwungen. Er wand sich, um sich aus Isagers Griff zu befreien.

«Nun, aufsässig bist du auch noch», zischte Isager, und mit einem Griff in die Haare riss er ihn auf die Beine. Er sah ihm ins Gesicht.

«Aufsässig», wiederholte er und schlug ihm mit dem Tampen über die Wange.

Dann ging er auf den Nächsten los.

Ganz hinten im Klassenzimmer kletterte eine Gruppe aufs Fensterbrett und bemühte sich, die Fensterhaken zu öffnen. Isager entdeckte es zu spät. Das Fenster stand bereits sperrangelweit offen; die Jungen sprangen in den Hof und liefen zum Tor hinaus. Isager stand da, den Tampen zum Schlag erhoben. Der Junge zwischen seinen Beinen riss sich los und rannte panisch durch die Klasse. Währenddessen bahnte sich Isager den Weg zum anderen Ende des Klassenraums. Er schlug mit dem Tampen nach beiden Seiten.

«Beeilt euch, beeilt euch! Er kommt!», riefen wir warnend.

Noch einer schaffte es, aus dem Fenster zu springen. Dann hatte Isager sie erreicht. Er prügelte auf die Letzten ein, bevor er sie vom Fensterbrett zog. Der Tampen traf uns bald an den Beinen, bald am Rücken, an den Armen oder ins bloße Gesicht. Einer krümmte sich am Boden zusammen, wobei er die Arme über den Kopf hielt. Isager schlug ihn hart auf den Rücken und trat ihn dann in die Seite.

Hans Jørgen bekam den Arm des Lehrers zu fassen. Er war ein großer, kräftiger Bursche, der nächstes Jahr konfirmiert werden sollte.

«Willst du Hand an deinen Lehrer legen, du Lümmel!», brüllte Isager und kämpfte, um sich zu befreien.

Niemand kam Hans Jørgen zu Hilfe. Wir wagten es nicht, obwohl wir genügend gewesen wären, um Isager zu überwältigen. Alle siebzig hätten wir auf ihn springen und ihn mit unserem Gewicht ersticken können. Doch so dachten wir nicht. Er war ja der Lehrer. Die meisten blieben verängstigt auf ihren Plätzen sitzen. Sie wussten, dass sie bald dran waren. Und dennoch rührten sie sich nicht.

Albert ging nah an die Kämpfenden heran. Er taxierte Isager, der ihn nicht bemerkte. Er war zu sehr damit beschäftigt, sich aus Hans Jørgens Griff zu winden. Albert stand da und schaute ihn mit dem gleichen abschätzenden Blick an, mit dem er Isagers Brille betrachtet hatte. Seine Wange war nach dem Schlag mit dem Tampen rot und geschwollen. Plötzlich trat er zu. Er hatte Holzschuhe an und traf Isager am Schienbein. Isager stieß ein Brüllen aus, und Hans Jørgen nutzte die Gelegenheit, um ihm den Arm umzudrehen. Mit einem Aufstöhnen ging der Lehrer in die Knie.

Jetzt hätten wir uns auf ihn stürzen können. Aber ein derartiger Gedanke lag uns fern. Isager war ein Ungeheuer, aber ein Ungeheuer, das nicht getötet werden konnte.

Er kniete am Boden und brüllte wie ein krankes Tier. Wir alle wussten von unseren Kämpfen untereinander, dass dies der Augenblick war, an dem ein Kampf endete. Wenn jemand auf den Knien lag, den Arm auf dem Rücken, forderten wir ihn auf, um sein Leben zu betteln, um Vergebung zu bitten oder sich auf irgendeine andere Weise selbst zu demütigen. Wir konnten uns ja schlecht gegenseitig den Arm brechen, an diesem Punkt war eine Rauferei ganz einfach zu Ende. Doch mit Isager endete es immer unentschieden. Es gab nichts, was wir nicht lieber getan hätten, als ihm seinen verdammten Tampenarm zu brechen. Aber wir konnten es nicht. Unsere Unschlüssigkeit brachte uns um den Sieg. Es gab keinen Erwachsenen unter uns, der hätte sagen können: «Gebt ihm den Rest!» Dann hätten wir es getan. Doch Isager war der Erwachsene, und wir ließen ihn gehen. Nicht einmal eine bescheidene Bitte um Gnade zwangen wir ihm ab.

Hans Jørgen trat einen Schritt zurück. Isager sah ihn nicht an. Er klopfte sich den Staub von den Knien. Dann schnappte er sich den Nächststehenden. Es war Albert, der am selben Tag ein zweites Mal zwischen seine Beine musste. Hans Jørgen wagte er nicht anzufassen.

Isager hatte an diesem Tag noch eine Reihe weiterer Handgemenge zu überstehen. Nicht alle fanden sich mit seinen Grausamkeiten ab, doch die meisten von uns lagen mit zusammengebissenen Zähnen zwischen seinen Beinen und ließen den Tampen über sich ergehen.

Dann trat er schwer atmend ans Katheder. Er bekam kaum noch Luft. Er war kein junger Mann mehr, und siebzig Burschen zu verprügeln war harte Arbeit, aber er hatte es geschafft. Er stützte sich mit der linken Hand aufs Katheder. Den Tampen hielt er noch immer fest in der Hand.

«Ihr unverschämten Lümmel, ihr sollt noch eine Abreibung bekommen», keuchte er.

Aber er war zu müde, seine Drohung in die Tat umzusetzen.

Die Brille saß noch immer auf der Nase. Sogar in dem Gerangel mit den großen Burschen hatte sie ihre Position auf der Nasenwurzel nicht verändert.

Es war Albert, der das Geheimnis der Brille entschlüsselte. Saß sie ganz vorn auf Isagers Nase, würde es ein ruhiger Tag werden, der kleinere und schnell heilende Spuren auf unseren Gesichtern und Händen hinterließ. Balancierte sie in der Mitte der Nase, war nicht abzusehen, wie sich der Tag entwickeln würde. Saß sie aber auf die Nasenwurzel gepresst, würde der Unterricht sich auf die weichsten, empfindlichsten und doch am wenigsten gelehrigen unserer Körperteile konzentrieren, und es war Meister Tampen, der das Pensum des Tages diktierte.

Diese Entdeckung sicherte Albert einen gewissen Ruhm, und wir alle hatten das Gefühl, dass unser neues Wissen ein großer Fortschritt in dem ewigen Krieg gegen Isager bedeutete.

Es war ein Krieg, der seine Spuren hinterließ. Wir hatten nach den Schlägen mit der Linealkante Narben an der Kopfhaut. Wir hatten geschwollene Finger, die kaum eine Schreibfeder halten konnten, weil er uns mit dem Tampen auf die Finger schlug, wenn ihm die Schrift nicht gefiel. Das nannte er Dukaten austeilen, und Dukaten teilte er auch an den Tagen großzügig aus, an denen die Brille ganz vorn auf der Nase saß. Wir hinkten und bluteten, wir waren blau und gelb, voller blutunterlaufener Striemen, und immer tat uns irgendeine exponierte Stelle weh.

Doch das war nicht das Schlimmste, was er uns antat.

Er hinterließ sein Zeichen auf eine andere und furchtbarere Weise: Er brachte uns dazu, ihm ähnlich zu werden.

Wir taten schreckliche Dinge, und wir begriffen es in dem Moment, in dem wir uns um den Beweis unserer Untat versammelten. Es war wie eine Bürde, von der wir uns nicht befreien konnten.

Er pflanzte uns einen nicht zu stillenden Blutdurst ein.

*   *   *

An einem Herbsttag, an dem der Wind die letzten Blätter von den Bäumen riss, standen wir verprügelt und vor Schmerzen stöhnend in der Kirkestræde und suchten nach etwas, um uns abzulenken, als er plötzlich vorbeiwatschelte: Isagers Hund, ein kurzbeiniges, aufgeschwemmtes Wesen von unbestimmbarer Rasse. Sein kurzes Fell war weißgrau. Unten am Bauch sah er rosa wie ein Schwein aus. Wir hatten Karo auf Frau Isagers Arm sitzen sehen. Sie war ebenso feist wie er, mit Augen, die von den Fettmassen der Wangen wie bei einem Chinesen zu Schlitzen zusammengepresst wurden.

Wir wussten nicht viel über sie, obwohl wir sie im Verdacht hatten, die Ursache all unseres Unglücks zu sein. Man erzählte sich, dass sie Isager regelmäßig mit ihren großen Schinkenpranken verprügelte; und es hieß, dass diese Demütigungen seine Brille auf die Nasenwurzel rutschen ließen.

Nun lief der Hund mit einer Miene über die Straße, als wäre er daheim in der Stube, und möglicherweise nahm er es sogar an, denn es gab niemanden unter uns, der ihn schon einmal allein in der Stadt hatte herumlaufen sehen.

«Karo», sagte Hans Jørgen und schnippte mit dem Finger.

Der Hund blieb stehen. Sein Unterkiefer stand vor, die Zunge hing ihm zwischen den Lefzen heraus. Wir spürten, wie in uns die Wut aufstieg. Plötzlich hassten wir ihn. Der fette Lorentz trat nach ihm, aber Hans Jørgen hob die Hand. Dann begann er, den alten Kinderreim zu singen, den wir immer gesungen hatten, als wir noch klein waren, wenn wir eine Schnecke dazu bringen wollten, ihre Fühlhörner auszufahren. Wir fassten uns bei den Händen und tanzten um Karo herum.

«Niels, Niels, Schneckenhorn,
Hier ist ein Mann, der kauft dein Korn,
und kommst du nicht raus,
so wirst du verbrannt.»

Karo hüpfte bellend umher.

«Komm!», rief Hans Jørgen aufmunternd und fing an zu laufen.

Das dicke Vieh watschelte in freudiger Erwartung hinter ihm her. Wir umringten es und liefen die Markgade hinunter. Jeder, der an uns vorbeikam, sah nichts anderes als eine Gruppe rennender Jungen.

Wir überquerten die Vestergade. Vor uns lag die Reeperbahn. Weiter draußen kamen die Felder. Hier strolchten wir herum, wenn wir uns austoben wollten und die Stadt uns zu klein wurde. An den Wegen standen uralte, gestutzte Pappeln, die das Alter hatte bersten lassen. An ihnen markierten wir unser Eigentumsrecht mit Nägeln und Brettern. Wir verwandelten sie in Hütten mit Treppen, Räumen und Decken. Sie waren unsere Burgen, von denen aus wir über die Felder herrschten. Doch wir mussten sie jedes Mal aufs Neue erobern, denn die Bauernjungen glaubten ebenfalls ein Anrecht auf sie zu haben. Sie waren Söhne der Scholle, schwerfällig und mürrisch, und erhoben ein Erstgeburtsrecht auf die ausgedehnten Felder.

Doch wir waren in der Überzahl. Wir kamen nur als Gruppe hierher, stets kampfbereit, und verließen die Felder als Sieger. Sie waren die Eingeborenen, und sie verteidigten ihr Land mit der Verbissenheit von Wilden. Aber wir waren die Stärkeren und erwiesen ihnen keine Gnade.

«Kann er so weit laufen?», fragte Niels Peter.

Der Sabber hing Karo in Fäden aus seiner schwarzen Schnauze, während er mühsam weiterrannte, um mit uns Schritt zu halten. Das war etwas anderes als das Leben als Schoßhund daheim bei der fetten Lehrergemahlin.

«Wenn Lorentz es kann, kann Karo es auch», sagte Josef und schlug Lorentz hart auf die gut gepolsterte Schulter. Lorentz' Kopf war nach dem Lauf rot vor Anstrengung. Er holte mit einem keuchenden Geräusch Atem, Schultern und Brustkasten hoben und senkten sich, als hätte irgendetwas in ihm ein Loch bekommen. Sein Gesicht war in Fett gebettet, und wenn wir ihm kräftig auf die Wange schlugen, wackelte alles so komisch. Nur seine fleischige Nase blieb an ihrem Platz, während die Lippen zitterten. Sein Blick bekam einen Ausdruck, als wollte er für seine beschämende Fülle um Entschuldigung bitten.

«Seht ihn euch an, ist er nicht widerlich!», sagte der kleine Anders und zeigte auf Karo. «Er sabbert ja, pfui!»

«Und Beine hat er wie eine Kommode. Das soll ein Hund sein?»

Karo antwortete mit einem munteren Bellen. Er hatte Gesellschaft und keine Ahnung, was ihn erwartete. Wie sollte es auch, das unschuldige Vieh? Doch unschuldig war Karo in unseren Augen eben nicht. Er war der Hund von Lehrer Isager. Diesem Hass, den wir gegen unseren Plagegeist hegten, konnte sich auch sein Hund nicht entziehen. Während wir neben Karo herliefen, wiesen wir uns auf die zahlreichen Ähnlichkeiten zwischen der hässlichen, flach gedrückten Schnauze und der Erscheinung des Lehrers hin.

«Es fehlt nur die Brille», meinte Albert, und wir anderen lachten.

Wir liefen in Richtung der hohen, lehmigen Steilküste bei Drejet, aber bevor wir dort ankamen, war Karo die Puste ausgegangen. Er war es nicht gewohnt, sich weiter als von seinem Hundekorb zum Futternapf und wieder zurück zu bewegen. Nun machten seine kurzen Kommodenbeine schlapp, und er legte sich sabbernd vor Anstrengung auf den Bauch.

Aber noch durfte er nicht aufgeben.

Was wir vorhatten, konnten wir nicht inmitten der offenen Felder tun.

Hans Jørgen hob ihn auf und hielt ihn im Arm. Karo leckte ihm glücklich übers Gesicht, und Hans Jørgen schnitt eine Grimasse.

«Pfui!», brüllten wir im Chor.

Dann rannten wir weiter. Unsere Erregung stieg. Wir konnten nicht länger warten. Wir liefen den ersten Hügel hinunter, dann den nächsten wieder hinauf, bis an den Rand der Steilküste. Es war eine Stelle, die uns schon immer angezogen hatte. Es war so schwindelerregend tief bis zu dem mit Steinen bedeckten Strand, und das Meer erstreckte sich in alle Richtungen. Für uns war es ein Mysterium, wenn wir auf der Steilküste standen und über das Wasser starrten. Wir wussten, dass es unser eigenes Leben war, das wir vor uns ausgebreitet sahen. Wir kamen häufig hierher und wurden immer still bei diesem Anblick.

Die Steilküste fiel nicht an allen Stellen senkrecht ab. Sie war abschüssig, aber in der fetten lehmigen Erde wuchsen Breitblättriges Knabenkraut, Schafgarbe und Rainfarn. Wir konnten uns über den Rand des Steilhangs in den leeren Raum werfen und fanden einige Meter weiter unten wieder Halt. Hinuntergehen konnten wir nirgends, aber mit Vorsicht ließ sich die Steilküste dennoch besiegen, nicht immer ohne Schrammen, aber um die Lebensgefahr ging es ja, wenn wir dort herumkletterten.

Nun standen wir an der Kante und schauten über die Ostsee. Hans Jørgen hatte noch immer Karo im Arm. Er bellte wieder. Er glaubte sicher, wir wollten ihm die ganze Welt zeigen. Wir hatten nichts verabredet. Das war auch nicht nötig. Wir wussten alle, was passieren sollte.

Hans Jørgen hielt Karo an den Vorderbeinen und schwang ihn vor und zurück. Der Schmerz ließ ihn nach Hans Jørgen schnappen, doch sein massiver Hals war zu kurz. Er biss mit seinen kleinen, gefletschten Zähnen in die Luft, wobei er halb fiepte, halb knurrte. Seine Hinterbeine zappelten in der Luft, als ob sie nach Halt suchten.

«Niels, Niels, Schneckenhorn!», rief Hans Jørgen, und wir stimmten ein.

«Hier ist ein Mann, der kauft dein Korn!»

Hans Jørgen ließ los, und Karo segelte in hohem Bogen dem wolkenbedeckten Herbsthimmel entgegen, um dann sehr tief auf die Steine des Strandes zu fallen. Sein fetter Körper zuckte und wand sich. Es sah so komisch aus. Wir standen ganz am Rand des Steilhangs, um zu sehen, wie er auf dem Strand aufschlug. Zunächst hörten wir nichts. Er lag reglos auf der Seite. Dann kam so etwas wie ein Wimmern, kein Heulen, sondern ein Klagen wie von jemandem, dessen Kräfte erschöpft sind. Langsam drehte Karo sich um, bis er auf dem Bauch lag. Er versuchte, auf die Beine zu kommen, doch vergeblich. Sein Hinterleib bewegte sich nicht. Nur die Vorderbeine krabbelten los. Er versuchte es wieder und wieder, und die ganze Zeit konnten wir ihn hören. Karo klang mehr wie ein Kind als ein Tier, und dieser schneidende, gleichzeitig dünne wie durchdringende Ton war der Auslöser.

In diesem Augenblick starb jäh der Triumph in uns.

Wir sahen uns an. Wir kletterten den Steilhang hinunter, jeder für sich. Wir waren nicht länger eine Gruppe. Die meisten von uns wären am liebsten nach Hause gelaufen und hätten alles über Karo vergessen. Aber Hans Jørgen war der Anführer, also folgten wir ihm. Wir passten nicht besonders gut auf. Der kleine Anders rutschte aus und kullerte mehrere Meter hinunter. Dann schlug er auf einen Stein und kam weinend wieder auf die Beine. Wir waren übel zugerichtet, als wir Karo umringten, der noch immer auf diese unheimliche, kaum auszuhaltende Art jaulte.

Er sah uns an und leckte sich mit seiner kleinen rosafarbenen Stummelzunge die Schnauze. Er sah beinahe heiter aus in diesem Moment, als hätte er uns überhaupt nicht im Verdacht, die Ursache seines Unglücks zu sein, sondern erwartete stattdessen, dass alles wieder gut würde. Er wedelte nicht mit dem Schwanz, aber das lag wohl daran, dass sein Rückgrat gebrochen war.

Wir standen in einem Kreis um ihn herum. Jetzt gab es niemanden mehr, der Lust hatte, nach ihm zu treten. Er sah so unschuldig aus. Er hatte ja auch nichts getan, und nun lag er da und jaulte mit seinem gebrochenen Rückgrat.

Albert hockte sich neben ihn auf die Knie und streichelte ihm über den Kopf.

«Na», sagte er in einem tröstenden Ton, und wir alle hätten ihn gern gestreichelt.

Wenn er in diesem Augenblick doch nur noch einmal versucht hätte, mit dem Stummelschwanz zu wedeln. Aber das tat er nicht, und das würde er auch nie wieder tun. Wir wussten es genau.

Dann stand Hans Jørgen neben Albert.

«Hör auf damit», sagte er und griff nach Alberts Arm, um ihn wegzuziehen.

Albert kam auf die Beine, Hans Jørgen hielt ihn noch immer fest. Er war der Größte von uns und der Redlichste. Er war es, der mutig Einspruch erhob, wenn Isager mit dem Tampen in der Klasse umherging. Es waren immer die Kleinsten, die er verteidigte. Nun stand er mit hängenden Schultern da und war ebenso ratlos wie der Rest von uns.

«Wir können Karo nicht hier liegen lassen», sagte Albert.

«Es hilft aber auch nichts, ihn zu streicheln», entgegnete Hans Jørgen.

«Können wir ihn nicht mit zurück zu Isager nehmen?»

«Zu Isager? Bist du verrückt? Er schlägt uns tot.»

«Ja und, was sollen wir tun?»

Hans Jørgen ließ Albert los und hob unschlüssig die Arme. Dann begann er den Strand abzusuchen.

«Helft mir, einen großen Stein zu finden», sagte er.

Niemand von uns rührte sich. Anders weinte noch immer. Karo war ganz ruhig, als hätten ihn Hans Jørgens Worte nachdenklich gestimmt.

«Hört mal», sagte Albert, «Karo fiept nicht mehr. Vielleicht geht's ihm besser?»

«Karo wird es nicht mehr besser gehen», sagte Hans Jørgen düster, und da begriffen wir, dass es keinen Ausweg gab.

«Ihr könnt ja gehen, wenn ihr wollt», sagte er.

Er hatte einen Stein gefunden und hielt ihn mit beiden Händen.

Wir wären gern gegangen, aber wir konnten nicht. Wir konnten Hans Jørgen nicht verlassen. Als ob wir, jeder für sich, mit Isager allein gelassen würden, wenn wir es taten.

Hans Jørgen kniete vor Karo. Karo sah so erwartungsvoll zu ihm auf, als glaubte er, Hans Jørgen wolle spielen.

«Legt ihn auf die Seite», sagte Hans Jørgen.

Niels Peter fasste den Hund unter seinen haarlosen rosa Bauch und legte ihn auf die Seite. Karo schrie. Er fiepte nicht. Er jaulte nicht. Er schrie. Wir alle waren entsetzt und schrien mit ihm, denn wir hielten es für eine Sünde, dass er so dumm war und nichts von der Welt begriff.

Als wir den Steilhang hinaufkletterten, hatte jeder von uns einen Stein in der Hand. Wir wussten nicht, warum. Wir gingen nach Hause. Wir sprachen kein Wort miteinander, während wir den Stein umklammerten.

Lorentz kam uns keuchend entgegen. Er hatte am ersten Hügel aufgegeben und bemerkte unsere verschlossenen Gesichter.

«Wo ist Karo?»

«Halt's Maul, du fettes Schwein.»

Niels Peter trat auf ihn zu und boxte ihn in den Bauch. Lorentz setzte sich mitten auf den Weg, im Gesicht diesen flehenden Blick, den wir alle hassten. Es war egal, was wir mit ihm machten, er ließ sich alles gefallen.

Wir begegneten zwei Jungen von den Höfen in Midtmarken. Sie stanken nach Kuhstall, und sofort begannen wir, sie zu verfolgen. Wir bewarfen sie mit Steinen, so dass sie heulend die Flucht zu ihren Misthaufen ergriffen. Uns war egal, was sie zu Hause erzählten.

Unsere Stimmung hatte sich nicht gebessert. Es war, als hätte Isager ein weiteres Mal gewonnen.

Unser Hass auf ihn wuchs.

Am nächsten Tag waren wir sicher, dass Isager seine übliche Runde mit dem Tampen gehen würde. Die Brille hatte ihren Platz dicht an der Nasenwurzel. Er durchmaß die Schulstube mit diesen elastischen, federnden Schritten, die wir zu fürchten gelernt hatten. Auch der Tampen schien sein eigenes Leben zu haben. Wir spürten, wie er sich in seiner Hand drehte und wendete, bereit, beim ersten Opfer zuzuschlagen. Wir duckten uns bereits.

Jetzt passierte es. Karo war nicht nach Hause zurückgekehrt. Es musste eine gewaltige Aufregung im Haus des Lehrers gegeben haben, und was immer Isager auch glauben mochte, ob wir nun mit dem Verschwinden des Hundes etwas zu tun hatten oder nicht, er würde es doch an uns auslassen, so wie er es bei allen Widrigkeiten seines Lebens tat.

Isager ging auf und ab, wobei er sein «Lümmel, Lümmel» murmelte. Doch er befahl niemandem, auf dem Boden zu knien.

Dann schlug er ohne Vorwarnung zu. Er ging auf Lorentz los, der an seinem Pult saß und gut zwei Plätze brauchte. Er griff ihn von hinten an, mit einem peitschenden Schlag über seinen breiten Rücken. Dann baute er sich rasch vor dem Pult auf und schlug ihn erst auf die Brust, dann quer übers Gesicht. Vor Schmerzen und Schreck stieß Lorentz einen gellenden Schrei aus. Er schützte sein Gesicht mit seinen massigen Armen.

Isager versuchte, ihm die Arme herunterzureißen, um für den Tampen freie Bahn zu haben. Als das nicht gelang, zerrte er Lorentz auf den Boden. Er fiel mit einem lauten Klatschen aus der Bank, und Isager begann, ihn zu treten. Wir alle hatten schon einmal versucht, Lorentz zu verprügeln, sogar die Kleinsten. Es lag etwas gleichermaßen Einladendes wie Irritierendes in seiner Fettleibigkeit, eine weibliche Weichheit, die uns anzog und gleichzeitig rasend werden ließ. Es war etwas Kleinmädchenhaftes an ihm, ein Verrat an allem, wie ein Junge zu sein hatte. Es hieß, er habe keine Klicker, sein kleiner weißer Mehlwurm sitze einsam mitten zwischen den Fettmassen der Schenkel, und darunter hinge ein leerer Sack. Diese Geschichte machte ihn in unseren Augen zum geborenen Clown. Wir glaubten, das Fett beschütze ihn, und wenn er bei unseren Schlägen jammerte, dachten wir, er würde heulen, weil er ein Schlappschwanz war, nicht weil es wirklich wehtat. Wir schlugen dann umso härter, um so sein Geflenne zu beenden.

Lorentz schlug nie zurück. Er hatte so viel Angst vor unseren Bosheiten, dass er sich alles gefallen ließ, um nur nicht aus unserer Gruppe ausgeschlossen zu werden; und wir nahmen ihn hin, weil wir jemanden brauchten, den wir ungestraft verprügeln konnten. Vielleicht glaubte er, wir würden ihn ertragen. Aber das taten wir nicht. Für uns war er nichts anderes als die Worte, die wir benutzten, wenn wir ihn zu irgendetwas verführten: «Du fettes Schwein.»

Zusammenzuhalten war das Einzige, das Isager uns beigebracht hatte. Niemals hätte er uns dazu gebracht, bei einem Dummejungenstreich den Schuldigen zu verraten. Lieber nahmen wir selbst die Schuld auf uns, als dass wir jemand anderen verrieten. Isager wusste das. Daher hielt er uns alle für gleichermaßen schuldig und prügelte unterschiedslos hart auf uns ein.

Nun lag Lorentz wehrlos am Boden, und Isager trat ihn mit seinen Stiefeln. Lorentz war der Unschuldigste von uns, und doch gab es niemanden, der seine Stimme erhob, um seine Unschuld herauszuschreien.

War es auch unser Zusammenhalt, der uns in diesem Augenblick den Mund halten ließ?

Dann hörten wir das wohlbekannte Schnaufen, das gewöhnlich all unsere Streifzüge begleitete, wenn wir anfingen, ein wenig schneller zu laufen, und der fette Lorentz zurückblieb. Lorentz bekam keine Luft mehr. Er kämpfte, um aufrecht sitzen zu können, und vergaß, sich zu schützen. Isager, der sich bisher damit begnügen musste, seine Stiefel als Waffe einzusetzen, wollte gerade den Tampen gegen das ungeschützte Gesicht und die beinahe weiblichen Fettmassen der Brust einsetzen, als ihn etwas zurückhielt. Lorentz ruderte mit den Armen in der Luft, als würde er sich gegen einen ganz anderen, unsichtbaren Feind verteidigen. Sein Gesicht war blau angelaufen. Die Augen traten aus den Höhlen. Er gurgelte und keuchte. Es sah aus, als würde er erwürgt.

Isager trat unschlüssig einen Schritt zurück. Dann steckte er den Tampen in die Gesäßtasche, als wäre nichts geschehen, und begab sich zum Katheder.

Lorentz hatte sich jetzt aufgesetzt. Seine Schultern hoben und senkten sich qualvoll im Kampf, Luft zu bekommen. Isager beobachtete ihn aus den Augenwinkeln, unternahm aber nichts. Wir konnten ihm ansehen, dass er Angst hatte.

Lorentz saß den Rest der Stunde auf dem Boden. Langsam beruhigte sich sein schwerer Körper, und seine Atemzüge waren nicht mehr so deutlich zu hören. Er war vollkommen mit sich selbst beschäftigt. Seine Augen sahen niemanden. Als die Atmung zu einem ruhigeren Rhythmus fand, schaute er uns an, und wieder schien sein Blick zu fragen, ob er nun endlich einer von uns wäre.

Wir sahen weg. Niemand von uns wollte antworten.

*　　*　　*

Isager hatte dreißig Jahre lang unterrichtet. Vor ihm war ein anderer Lehrer, der Andrésen hieß, einundfünfzig Jahre im Amt gewesen. Doch an ihn konnten sich nur noch die Alten erinnern. Isager war zwei Königen begegnet, zuerst Prinz Christian Frederik, dem späteren Christian VIII. Mit dem Schoner *Delphinen* hatte er an einem Kai im Hafen angelegt, das seither nur die Prinsebro genannt wurde. Dann war er die Markgade bis zur Kirkestræde hinaufspaziert, und daher hieß dieser Teil der Markgade später nur noch Prinsegade. Überall, wo Christian Frederik seine Füße hinsetzte, änderten die Dinge ihren Namen.

Die Mädchen waren weiß gekleidet, und der Pastor hatte eine Ansprache gehalten, doch die Hauptperson des Besuchs war Isager gewesen. Es waren seine Schüler, die der Prinz in Augenschein nehmen wollte.

Zwölf Jahre danach kam noch eine Königliche Hoheit zu Besuch. Es war der spätere Frederik VII. Er tauchte während eines Nordsturms mit der Fähre auf. Wir standen am Kai und diskutierten, wer wohl der Prinz war, als ein Mann mit isländischen Fäustlingen und einer Kappe mit Ohrenklappen an Land sprang und die Trossen festmachte.

«Es ist kalt, Leute», sagte er, und das war der Prinz.

In der Schule sangen wir «Solange wir leben, wollen wir Seeleute sein». Den Text hatte Isager sich ausgedacht. Danach wurden wir abgehört. Mitten in der Prüfung wandte der Prinz sich an seinen Adjutanten und fragte ihn, ob er so schwierige Aufgaben rechnen könne wie die Kinder in Marstal. Der Adjutant verneinte, und der Mann, der eines Tages als Frederik VII. den Thron besteigen sollte, sagte: «Ich auch nicht.»

Die Rechenaufgabe, die die Bewunderung des Kronprinzen hervorgerufen hatte, stand auf Seite 47 von *Cramers Rechenbuch* und lautete folgendermaßen: «Die Erde durchläuft ihre jährliche Bahn, die 129 626 823 geographischen Meilen entspricht, in 365 $^{109}/_{450}$ Tagen. Wenn die Erde sich immer mit derselben Geschwindigkeit bewegt, welche Entfernung legt sie dann in einer Sekunde zurück?»

Das war eine Frage, die durchaus jeden hätte schwindlig werden lassen können, vor allem, da Isager es versäumt hatte, uns zu erklären, dass sich die Erde um die Sonne dreht. Aber die Antwort hatte er uns dafür um so exakter eingeschärft. Sie stand ganz hinten im Rechenbuch. Es waren vier Meilen und dann ein Bruch, den niemand hätte aussprechen können, wäre da nicht der Tampen gewesen. Ein Junge, der auf den Namen Svend hörte, antwortete aus diesem Anlass. Seither hieß er nur noch Sekunden-Svend. Den Bruch nahm er allerdings mit in sein nasses Grab. Dort endete er, im Alter von nur sechzehn Jahren.

Zum Dank für das Kompliment des Prinzen verbeugte sich Isager tief, und Frederik klopfte ihm auf die Schulter. Sekunden-Svend war mitgeteilt worden, dass er mit den Händen auf dem Rücken dazustehen habe, damit Frederik seine zerschlagenen Finger nicht sehen konnte.

Das war die ganze Lektion, die wir bei Isager erhielten: dass der Tampen und das Lineal ausgleichen mussten, wozu der Verstand des Lehrers nicht ausreichte. Sogar mit *Cramers Rechenbuch* in der Hand reichten Isagers Kenntnisse nicht weit. Dafür hatte er seinen Tampen. Wenn wir zählen lernten, dann nur, um die Anzahl der Schläge aufzurechnen, die wir erhielten. Und so standen also unsere großen Brüder vor dem Kronprinzen und rechneten um ihr Leben wie gequälte Papageien.

Später wurde in Marstal die Schule nach diesem ehrenvollen Ereignis benannt.

Frederiksskole hieß sie danach. Doch sie hätte ebenso gut Isagers Schule heißen können. Mit Frederiks Schulterklopfen waren die Schule und damit auch unsere Gliedmaßen zu Isagers persönlichem Eigentum geworden. Vor zwei zukünftigen Königen hatte er sich verbeugt, zwei zukünftige Könige hatten ihm auf die Schulter geklopft, danach war er unantastbar.

Es wurde eine Schulkommission eingerichtet, die aus einem Kaufmann und zwei Kapitänen bestand. Bei ihnen konnten sich unsere Eltern beschweren, wenn wir nach der Begegnung mit Isagers Tampen allzu misshandelt nach Hause kamen. Doch die Mitglieder der Kommission waren einfache Leute und stumm vor Ehrfurcht gegenüber dem gelehrten Schullehrer, der von nicht nur einem, sondern gleich zwei Königen belobigt worden war; und daher gab es niemanden, der mit seinen Beschwerden recht bekam.

Darüber hinaus erinnerten sich alle, wie es zu Zeiten des alten Andrésen gewesen war. Damals gab es dreihundertfünfzig Schüler in der Schule, aber nur zwei Klassen, die jede einhundertfünfundsiebzig Schüler hatte. Für Andrésen war es unmöglich, sich an sämtliche Namen zu erinnern, daher hatte er ihnen Nummern gegeben. Er dirigierte sie mit Hilfe einer Trillerpfeife. Überall in der Schule, die gleichzeitig auch Amtswohnung des Lehrers war, saßen Schüler, auf den Fensterbrettern, in der Küche, ja sogar im Garten. Die Fenster mussten offen stehen, bis die Kälte es nicht mehr zuließ, doch schon lange vorher litten alle wegen des

Zugs unter Erkältung und Bronchitis. Wenn der Winter das Schließen der Fenster erzwang, erstickten sie beinahe aus Mangel an Luft, und jeden Tag kam es vor, dass Kinder ohnmächtig umfielen.

Irgendeine Tafel oder Schreibgeräte gab es nicht. Die Schüler standen vor einer Schale mit Sand und schrieben mit einem Hölzchen. Ihr gesammeltes Wissen begrenzte sich auf in Sand Geschriebenes, das bei dem geringsten Windstoß verweht wurde.

All dies erinnerten die drei Mitglieder der Kommission. Sie blickten auf die neue Schule, die Tintenfässer, die Tafeln und einen Lehrer, der von zwei zukünftigen Königen belobigt worden war, und dachten, dass die Dinge Fortschritte machten. Gegen die Abneigung der Kinder zu lernen gab es nur ein einziges Mittel, und das hieß: mehr Prügel.

Wir beklagten uns im Übrigen selten. Es war ein Teil des Zusammenhalts, den Isager uns beigebracht hatte: Sogar unseren Plagegeist verrieten wir nicht. Wir kamen mit kahlen Stellen nach Hause, an denen uns Isager rasend vor Wut die Haare büschelweise ausgerissen hatte; mit blauen Augen und Fingern, die weder ein Messer noch eine Gabel halten konnten. Wir behaupteten, wir hätten uns geprügelt. Wenn wir gefragt wurden, mit wem, antworteten wir, der Name des Betreffenden wäre Niemand.

Wir schworen, dass Isager seinen Teil bekommen würde, sobald wir erwachsen wären. Wir verstanden das stumme Einverständnis unserer Väter mit den Misshandlungen nicht. Sie wussten doch, wer Niemand war. Sie waren selbst Opfer seines Tampens gewesen. Doch sie waren blind für die Leiden ihrer Kinder.

Die Mütter ahnten, dass irgendetwas nicht in Ordnung war.

Aber der Obrigkeit gegenüber fühlten sie sich stets machtlos. An Stärke fehlte es ihnen nicht, denn es erforderte Stärke, mit so vielen Kindern fertig zu werden, wenn der Mann auf See war. Doch wenn sie zum Pastor oder dem Lehrer kamen, wurden sie unsicher und zweifelten an ihrer eigenen Urteilskraft.

«Bist du sicher, dass es nicht Isager war?», wollten sie wissen.

Und wir nickten. Eigentlich wussten wir nicht so genau, warum wir ihn nicht als Ursache für unsere täglichen Schrammen angaben, sondern uns stattdessen selbst bezichtigten.

«Hm, vielleicht lernst du daraus, dich aus Prügeleien herauszuhalten.»

Und dann bekamen wir eine Ohrfeige.

«Sieh dir deine Schwester an, jeden Tag kommt sie sauber und ordentlich aus der Schule nach Hause.»

Das war richtig. Doch unsere Schwestern unterrichtete der Hilfslehrer Nothkier, und der schlug nicht.

So war Lehrer Isager. Unsichtbar begleitete er uns nach Hause und säte Zwietracht zwischen uns und unsere Mütter und Väter.

* * *

Der Winter kam und damit der Frost. Der Hafen fror zu, wo die Schiffe auflagen, und Eisschollen schoben sich über den Strand. Es gab keine Grenze mehr zwischen der Insel und dem Meer. Das Wasser war verschwunden, und wir wohnten inmitten eines weißen Kontinents, der uns in seiner Unendlichkeit anzog und erschreckte. Wenn wir wollten, konnten wir bis zur Steilküste von Ristinge drüben auf Langeland gehen, quer über die Fahrrinnen und Werder, die wie kleine Hügel aus dem Eis ragten und Schneeverwehungen und Eisschollen um sich sammelten. Es war wild, stürmisch und einsam.

Selbst in unsere Straßen drängte diese neue Landschaft. Der Schnee tanzte in wirbelnden Flocken und wurde für einen Moment zu einem dichten Treiben, dass es von den Masttopps stob und die Landschaft verschwand. Wir mussten hinaus und uns an diesem Tanz beteiligen, mit Schlittschuhen hinunter zum Hafen oder über die Felder zu den Hügeln bei Drejet, um uns mit den Bauernjungen zu prügeln oder mit den Schlitten die Abhänge hinunterzusausen.

Isager stand uns im Weg, aber der Winter war auf unserer Seite. Ohne Kachelofen ließ sich die Kälte im Klassenzimmer nicht ertragen. Ein Kachelofen aber konnte verstopft werden, und wenn der Rauch schließlich den Raum füllte, musste er uns nach Hause schicken.

Dann stand er in der Tür und versetzte uns als Abschiedsgruß einen Schlag in den Nacken.

«Du Lümmel!», sagte er zu jedem Einzelnen.

Er konnte kaum atmen vor Rauch. Die Augen hinter den Brillengläsern waren rot, aber schlagen musste er uns. Wie der Kapitän eines sinkenden Schiffs trat er als Letzter heraus, mit einem fürchterlichen Hustenanfall. So stark war sein Hass auf uns, dass er lieber ersticken wollte, als auch nur auf einen einzigen Schlag zu verzichten.

Nur sonntags konnten wir ohne schmerzende Nacken den Schnee genießen.

Es war Niels Peter, der eines Tages seinen Pullover in das Abzugsrohr des Kachelofens steckte, das er geschickt auseinandergeschraubt hatte. Wie beabsichtigt, begann der Kachelofen zu qualmen, doch dabei blieb es nicht. Auch der Pullover schwelte und stand plötzlich in Flammen. Isager konnte das Feuer umgehend löschen. Wir indes vergaßen den Anblick der Flammen nicht, die einen Moment lang aus dem Ofenrohr loderten. Auch Isager war dabei still geworden.

Wir konnten Isager ausräuchern. Konnten wir noch mehr tun?

An den kalten Winterabenden machte Isager Besuche. Gern hielt er sich bei Kaufmann Christoffer Mathiesen auf, seinem eifrigsten Unterstützer in der Schulkommission. Auch einige andere Bürger saßen dort um den Mahagonitisch, allerdings nicht Pastor Zachariassen. Der Pastor hatte zu Isager kein sonderlich gutes Verhältnis, er war beschämt über den miserablen Unterricht des Lehrers. Mathiesen hingegen fühlte sich geehrt, den gelehrten Mann bewirten zu dürfen, dem zwei zukünftige Könige auf die Schulter geklopft hatten.

«Und wie der König zu mir sagte ...»

Das war Isagers häufigster Beitrag in der Runde. Er trug seinen Leibrock und hatte ein Glas doppelten Rumtoddy vor sich. Mit dem Bericht über sein Treffen mit den Königen Christian und Frederik zeigte er sich erkenntlich für den dampfenden Toddy, den er nie zum Munde führte, ohne ihn als «die beste Medizin gegen die Kälte, die unser Herrgott geschaffen hat» zu bezeichnen.

Wenn der Toddy seine Wirkung tat, begann seine Unterlippe herunterzuhängen. Die Brille glitt in die Position, die Albert als «Schönwetter» beschrieben hatte. Er bekam jetzt einen Gesichtsausdruck, den wir in der Schule nie zu sehen kriegten, nicht leutselig, eher erschlafft.

Als Isager an diesem Abend Mathiesens Haus in der Møllergade verließ, war er unsicher auf den Beinen. Es hatte den ganzen Abend geschneit, und der Schnee lag in Wehen an den Steintreppen und auf der

Straße. In unserer Stadt gab es keine Straßenlaternen, und unter dem wirbelnden Schnee verschwanden die Straßen im Dunkeln. Es herrschte Ostwind, er blies aus dem Hafen direkt in die Møllergade.

Wir sahen sein Gesicht im Licht von Mathiesens Fenster. Der schlaffe Gesichtsausdruck wich einen Augenblick dem wütenden, den wir aus der Schule kannten, wenn eine seiner Strafexpeditionen anstand, und wir erwarteten, sein wütendes «Lümmel» zu hören, das er in den Schneesturm brüllte. Stattdessen ließ er die Unterlippe wieder hängen, und in seinen Blick kehrte die Stumpfheit zurück.

So wurde er in dem Schneetreiben zu einem Schatten.

Wir folgten ihm ein Stück, um sicherzugehen, dass er auf der Kirkestræde nach Hause lief. Er kam nur langsam voran, blieb in den Schneewehen stecken und ruderte mit den Armen. Dadurch hielt er sich wahrscheinlich warm, aber es half ihm nicht viel, um weiterzukommen.

Dort hätten wir ihn schnappen können.

Es waren nur die Ältesten unter uns in dieser Nacht unterwegs. Niels Peter war über die Bodentreppe aus der Hintertür geschlichen, Hans Jørgen hatte etwas von einem Besuch bei einem Kameraden gelogen. Sein Vater war in diesem Winter auf Langfahrt, und seine Mutter behandelte ihn wie einen Erwachsenen. Josef und Johan waren natürlich nicht dabei.

Wir alle wussten, dass uns auf die eine oder andere Weise am kommenden Tag Ärger erwartete. Doch ein Schlag mehr oder weniger bedeutete für uns keinen Unterschied.

Auch Lorentz bat darum, mitkommen zu dürfen. Er stand da und bettelte.

«Och, lasst mich doch», sagte er.

«Hoooo», erwiderten wir und machten Witze über sein Keuchen, wenn er keine Luft mehr bekam. «Wir müssen schnell laufen. Das schaffst du nicht.»

Wenn er uns wirklich so widerlich gewesen wäre, hätten wir ihn mitgenommen. Er ahnte nicht, dass wir ihn an diesem Abend schonten.

Wir warteten auf Isager an der Ecke Kirkestræde und Korsgade. Dann sahen wir ihn, einen Schatten, der langsam inmitten der Schneeflocken größer wurde. Die Dunkelheit schützte uns, aber wir hatten uns dennoch Halstücher vors Gesicht gebunden, so dass nur die Augen zu sehen waren. Unser Atem fühlte sich heiß an hinter der Wolle. Wir waren selbst zu Schatten geworden, ein Wolfsrudel in der Schneenacht.

Wir bombardierten ihn mit Schneebällen. Wir gingen dicht auf ihn zu und warfen hart und präzise. Noch war es nur ein Scherz. Eine Gruppe Jungen, die mit Schnee warfen.

Ein Schneeball riss ihm den Hut vom Kopf. Er taumelte vornüber, um ihn aufzuheben. Da traf ihn ein Schneeball, hart wie Eis und lange gehätschelt von einer heißen und rachsüchtigen Jungenhand, an seinem Ohr, das in der strengen Kälte ohnehin schon gebrannt haben musste. Wir hätten ebenso gut einen Stein werfen können. Er griff sich an den Kopf.

«Lümmel!», schrie er. «Ich kenne euch!»

Er ging einen Schritt vorwärts. Ein Schneeball traf ihn mitten ins Gesicht und nahm ihm die Sicht. Dann bekam der Nacken einen Blattschuss. Er taumelte vor Schmerz und Trunkenheit.

«Lümmel!», brüllte er wieder.

Doch seine Stimme hatte ihre Kraft verloren. Geblieben war lediglich ein Jammern – und Angst.

Genau das wollten wir. Nun war es kein Spaß mehr. Jetzt sollte er uns kennenlernen. Mit jedem Schritt, den er zurückwich, verschwand unsere Furcht. Wir schmeckten unsere wachsende Stärke und bekamen Appetit auf mehr. Außerhalb seiner Schulstube war er nichts, nur ein alter, besoffener Mann, allein in einem Wintersturm. Aber so sahen wir ihn nicht. Wir hatten Satan persönlich gefangen, die Ursache alles Bösen, das uns widerfuhr. Ihm konnten wir keine Gnade erweisen. Sonst würde die Angst nie aufhören. Hans Jørgen hatte Isager damals im Klassenzimmer auf die Knie gezwungen und seinen Arm auf den Rücken gedreht, doch selbst auf Knien hatte seine Macht weiterbestanden, und Hans Jørgen hatte ihn gehen lassen müssen.

Diesmal sollte er nicht entkommen.

Wir zogen uns einen Augenblick zurück. Er wischte sich den Schnee aus den Augen und entdeckte uns nirgendwo. Er glaubte sich gerettet, doch das war unser Plan. Er stapfte weiter durch die Schneewehen, seinen Hut zu suchen, hatte er aufgegeben. Und dann waren wir wieder da, mit neuen Bällen, härter und härter, eigentlich reinste Eisklumpen.

So nah bei ihm konnten wir unser Ziel gar nicht verfehlen. Es schien, als würden wir ihm Ohrfeigen verpassen, erst auf die eine Wange, dann auf die andere. Sein Kopf zuckte hin und her. Nun spürte er unsere Version des Tampens. Nicht einen Laut gaben wir von uns. Er hingegen grunzte und stöhnte. Gern hätten wir ihm jeden einzelnen Knochen seiner widerlichen Visage gebrochen.

Wir hielten mit dem Beschuss inne, weil wir nicht wollten, dass er hier in der Kirkestræde stürzte, wo er gefunden werden konnte, bevor die Kälte unsere Arbeit vollendete.

Wir ließen Isager bis zur Ecke der Nygade kommen, bevor wir ihn erneut umringten. Wir zwangen ihn, die Straße hinunterzuflüchten. Wir wollten ihn in das einsame Gebiet am Hafen treiben, wo nachts nie jemand hinkam. Er war schon fast in der Buegade, schwankend und strauchelnd. Hin und wieder fiel er kopfüber in eine Schneewehe. Dann warteten wir, bis er wieder auf die Beine kam.

Er heulte.

Es war ein schreckliches Geräusch, doch es weckte keinerlei Mitleid in uns. Der Schneesturm dämpfte die Lautstärke, und nur wir konnten das Greinen unseres Plagegeistes hören. Tränen liefen ihm über die Wangen und froren zu Eis. Schnee hing in seinem Backenbart und ließ ihn lang und fransig aussehen. Weinen und Gemurmel. Verfluchte er uns noch immer, oder bettelte er um sein Leben? Wir wussten es nicht, aber es war uns auch egal. Satan befand sich endlich in unserer Hand.

Isager suchte Schutz an einer Hausmauer und stolperte über eine Treppenstufe vor einem der hochragenden Fachwerkhäuser ganz unten in der Nygade. Er fiel auf die vom Schnee halb verborgene Treppe und stützte sich auf die Hände. Hans Jørgen traf ihn mit einem knallharten Schuss auf die Nase. Es war dunkel, aber der Schnee leuchtete, und wir sahen Blut in den Schnee tropfen, erst einen kleinen Fleck, dann einen großen. Er wandte uns seinen Kopf zu und blökte vor Schreck. An einem baumelnden Faden hing ihm dickes Blut aus der Nase.

Hans Jørgen feuerte noch einen Schuss auf ihn ab, traf aber daneben. Der Schneeball donnerte stattdessen gegen die Tür.

Innen wurde Licht angezündet, dessen Schein hinter den Eisblumen auf dem zugefrorenen Fenster flackerte.

«Ist da jemand?»

Wir hörten ein Rumoren in der Diele und suchten das Weite. Durch die Buegade ging Kresten Hansen und schwang in dem Schneegestöber seine Laterne. Der glühende Docht warf einen flackernden Lichtschein über sein entstelltes Gesicht. Er war Nachtwächter geworden, schlief am Tag und ging nachts umher, damit uns der Anblick seines Gesichts erspart blieb. Er sah unheimlich aus. Und doch wich er uns aus, als wir an ihm vorbeistürmten. Er ließ die Lampe in eine Schneewehe fallen, und um uns herum wurde es dunkel.

Am nächsten Tag empfing uns Isager nicht an der Schultür. Wir gingen in den leeren, eiskalten Klassenraum. Niemand sagte etwas, wir waren still. Es war so eigenartig. Wir empfanden keine Erleichterung, konnten uns eine Welt ohne Isager nicht vorstellen. War er tot?

Der Hilfslehrer Nothkier kam herein und erklärte, unser Lehrer sei krank. Es hieß, wir sollten nach Hause gehen und am nächsten Tag wiederkommen.

Am nächsten Tag war das Klassenzimmer leer, aber nun war der Kachelofen angefeuert. Wieder tauchte Nothkier auf, um uns mitzuteilen, dass Isagers Krankheit länger dauern und er in der Zwischenzeit den Unterricht übernehmen werde, allerdings mit einer verminderten Stundenzahl, da er auch nach den Mädchen zu sehen habe.

Nothkier war als Lehrer nicht viel besser als Isager. Auch er hielt sich an *Balles Lehrbuch,* von dem wir nichts verstanden, und an *Cramers Rechenbuch,* von dem er selbst nichts verstand. Aber er schlug uns nicht. Hin und wieder fragte er, ob wir begriffen hätten, was er gerade erklärt hatte. Erleichtert verneinten wir. Er wurde nicht böse, nannte uns nicht «Esel» oder teilte Dukaten aus. Stattdessen begann er von vorn.

Der Schnee blieb liegen, aber wir verstopften weder den Kachelofen, noch schütteten wir Sand in die Tintenfässer. Nur wenige von uns schwänzten. Als wollten wir Nothkier belohnen.

Isager hätte eine Lungenentzündung, hieß es, doch überall in den Wohnungen redeten unsere Eltern darüber, dass er sich im Sturm verirrt habe.

«Bestimmt war er sturzbesoffen», sagten die Männer. Und die Frauen bedeuteten ihnen, ruhig zu sein.

Wir Kinder wussten alle, was passiert war, auch diejenigen unter uns, die nicht dabei gewesen waren. Doch wir redeten nicht darüber, auch nicht untereinander. Wir waren froh, solange sich Isager nicht in der Schule zeigte. An den Tod, den wir ihm zugedacht hatten, verschwendeten wir nicht viele Gedanken. Er war aus den Augen und daher auch aus dem Sinn. Hätte uns jemand gefragt, ob wir uns wirklich seinen Tod wünschten, hätten wir bestimmt geantwortet, es wäre uns egal, solange wir seinen Anblick nicht ertragen mussten.

Es wurde Weihnachten, und es gab Weihnachtsferien. Es kam der Silvestertag. Isager lag noch immer im Bett. Wir ersparten ihm den Unfug, mit dem wir ihn sonst jedes Jahr als Dank für das vergangene Jahr zu Silvester behelligten. Wir rissen nicht den Lattenzaun um seinen Garten nieder. Wir warfen nicht alle vierzig Fenster der Schule ein, und wir schmissen auch unseren Neujahrsgruß nicht durch sein Fenster: einen Tontopf, den wir schon Tage vorher mit Asche und übel riechendem Mist gefüllt hatten.

Nach Neujahr kam Isager zurück, und alles wurde wieder so wie früher.

Seine Haut war weiß wie der Schnee vor der Tür. Sogar seine Nase hatte ihre Farbe verloren. Aber er trug wie immer, wenn er schlechte Laune hatte, seinen schwarzen Leibrock, und die Brille saß fest an der Nasenwurzel. In seiner rechten Hand schwang er den Tampen hin und her, wie eine Kreuzotter, die aus ihrem Winterschlaf erwacht und nun bereit ist zuzustoßen. Wir starrten ihn an, als wäre er von den Toten auferstanden. In unserer Phantasie hatten wir ihn bereits im Grab liegen sehen.

Wir sangen *Vergangen ist die dunkle Nacht,* wie wir es immer getan hatten, doch wir spürten, dass die eigentliche Botschaft des Psalms im Gegenteil seines Textes bestand: Die dunkle Nacht war zurückgekehrt, und es gab einen Wiedergänger unter uns.

Als wir das Lied beendet hatten, ging er direkt zum kleinen Anders und zog ihn am Ohr. Er musste gar nicht mehr tun. Anders kniete gehorsam zwischen den Beinen des Lehrers, und Isager hob den Tampen zum Schlag.

«Die Sünde ist eine Krankheit des Geistes. Daher weckt sie eine innere Unruhe im Geiste», sagte er mit ruhiger Stimme, die uns unheimlich erschien, denn bereits in diesem Stadium seiner Abstrafungen hatte ihn gewöhnlich ein unkontrollierter Zorn gepackt.

«Diese Unruhe nennen wir Gewissen.» Er sah auf. «Versteht ihr?»

Es war ganz still in der Schulstube. Lediglich der Atem des Feuers im Kachelofen war zu hören. Wir nickten.

Isager verrichte sein Werk an Anders und wendete sich dem Nächsten zu. Auch Albert ging gehorsam zwischen den Beinen des Lehrers in die Knie.

«Die Tätigkeit des Gewissens besteht darin zu urteilen und zu bestrafen», sagte Isager und schlug mit dem Tampen, wobei er Albert am Hosenbund festhielt.

Albert zuckte zusammen. Der Schlag hatte unerwartet wehgetan. Sein Hinterteil, das im Lauf des Herbstes abgehärtet worden war, hatte nach der langen Pause die alte Empfindlichkeit wiedererlangt.

«Lieg still», befahl Isager in dem gleichen ruhigen Ton wie zuvor.

Er packte Alberts Hosenbund und fuhr in seinem Redestrom fort.

«Doch was ist die Strafe des Gewissens? Es ist die innere Unzufriedenheit, die ihr empfindet, wenn ihr eine Untat begangen habt. Plagt euch euer Gewissen jetzt? Spürt ihr die Strafe?»

Er hörte auf, Albert zu schlagen, und sah sich in der Schulstube um. Wieder nickten wir.

«Ihr lügt», sagte er, ohne die Stimme zu heben.

Er ging weiter zu seinem nächsten Opfer. Es war Hans Jørgen, und wir glaubten, dass es nun zu dem üblichen Zusammenstoß kommen würde. Doch auch Hans Jørgen kniete nieder, um seine Strafe zu empfangen.

Ohne seinen unerwarteten Triumph zu bemerken, setzte Isager seine Belehrungen fort, während er auf den knienden Hans Jørgen einschlug.

«Ihr kennt die Reue nicht. Und wisst ihr, warum? Weil ihr keine Bestimmung habt. Ihr wisst vielleicht nicht, was eine Bestimmung ist? Es ist Gottes Absicht mit euch. Aber Gott hat keine Absichten mit euch. Ihr habt keinen Verstand, und ihr habt kein Gewissen. Ihr kennt den Unterschied zwischen richtig und falsch nicht.»

Er richtete sich auf und ging weiter durch das Klassenzimmer. Jetzt war Niels Peter an der Reihe. Doch statt auf ihn einzuprügeln, hielt Isager einen Augenblick vor dem gekrümmten Rücken am Boden inne. Er hob den Tampen.

«Seht genau her», sagte er, «das ist euer Gewissen, das Einzige, das ihr jemals bekommen werdet. Nur der Tampen kann euch den Unterschied zwischen Gut und Böse beibringen.»

Dann beugte er sich über Niels Peter.

Als die Schule aus war, liefen wir über die schneebedeckten Felder außerhalb der Stadt. Niemand von uns sagte etwas. Wir suchten nach ein paar Bauernjungen, mit denen wir uns prügeln konnten.

Ab und zu blickten wir verstohlen auf Hans Jørgen. Waren wir von ihm enttäuscht? Alle hatten wir den Rücken vor Isager krumm gemacht. Von ihm hatten wir es jedoch nicht erwartet.

Es war ein trüber Tag, und der Schnee funkelte nicht auf den Flächen mit den bläulichen Schatten, die sich immer zeigten, wenn die Sonne schien. Alles war grau in grau und ebenso nah oder ebenso weit entfernt. Nur die nackten Pappeln vermittelten ein Gefühl von Abstand. Von Menschen keine Spur.

«Hier ist ja niemand», sagte Niels Peter gereizt.

Wieder schauten wir verstohlen auf Hans Jørgen. Er lief ein Stückchen voraus und starrte die ganze Zeit vor sich hin. Plötzlich blieb er stehen und drehte sich zu uns um.

«Glaubt bloß nicht, dass ich vor Isager Angst hatte», sagte er. «Habe ich nämlich nicht.»

Er klang wütend. Wir schwiegen und blickten in den Schnee. Aus dem bedeckten Himmel fiel eine Schneeflocke, dann noch eine. Wir erwarteten, dass er noch mehr sagen würde, aber es kam nichts mehr.

«Und wieso hast du dich schlagen lassen?»

Niels Peter fragte, ohne aufzusehen. Es klang fast, als ob er mit sich selbst redete.

Hans Jørgen zögerte. Er breitete die Arme aus, als würde er eine Erklärung von vornherein für sinnlos halten.

«Ist doch jetzt sowieso egal», entgegnete er.

Albert hob den Blick und blinzelte in die Schneeflocken, die nun dichter fielen.

«Versteh ich nicht», sagte er.

Hans Jørgen zögerte erneut.

«Wir haben ihn nicht erledigt. Und nun ist er zurück und schlimmer denn je zuvor. Das Ganze ist ...»

Wieder breitete er die Arme aus, «... so hoffnungslos.»

«Aber er hat doch geblutet», sagte Albert, der es selbst nicht gesehen hatte, dem Isagers Blutstropfen aber detailliert beschrieben worden waren, als hätte es sich um ein ganzes Gemälde gehandelt.

«Ja», sagte Niels Peter, «er hat geblutet.»

«Na und?»

Hans Jørgen drehte sich um.

Er begann zurück zur Stadt zu gehen Die Schneeflocken fielen jetzt immer dichter. Wir folgten ihm. Zum ersten Mal hatten wir das Gefühl, mit Hans Jørgen nicht einer Meinung zu sein. Stets hatte er uns angeführt. Nun mussten wir uns selbst anführen.

Wir hatten Isagers Hund getötet, doch Isager hatten wir nicht erledigt. Er hatte unsere Väter verprügelt, und er würde auch uns weiterhin prügeln. Wir zählten es an unseren Fingern ab. Sechs Jahre gingen wir zur Schule. Also hatte Albert noch fünfeinhalb Jahre vor sich, Hans Jørgen ein halbes Jahr, und der Rest von uns lag dazwischen. Wenn Isager sechs Jahre unseres Lebens bekam, wie viele Jahre würde es wohl dauern, bis wir ihn vergessen hatten? Es klang wie eine Rechenaufgabe aus *Cramers Rechenbuch*, aber ob sie durch Addition, Subtraktion oder Multiplikation zu lösen war, konnte uns niemand erklären.

Wir hatten Isager in der Winternacht bluten sehen, und der Anblick seines schwarzen Bluts im Schnee hatte uns Hoffnung gegeben. Wir hatten gesehen, wie aus Niels Peters Pullover in der Schulstube die Flammen schlugen, aber den Gedanken an die Bedeutung der Flammen hatten wir noch nicht zu Ende gedacht.

Wir fingen an, die Möglichkeiten des Feuers zu erahnen.

✳   ✳   ✳

Hans Jørgen wurde von Pastor Zachariassen konfirmiert und ging zur See. Nach acht Monaten kam er zusammen mit dem Eis auf dem Wasser zurück. Er hatte seine Heuer gespart und kaufte sich einen hohen Hut, wie ihn die älteren Seeleute trugen.

Wir sagten zu ihm, dass er nun Rache an Isager nehmen könne. Er war erwachsen, und niemand konnte ihm etwas tun. Aber Hans Jørgen erzählte uns, dass sie auf den Schiffen genauso geschlagen würden, dass es keinen Unterschied gebe und er keine Lust habe, ihn zu verprügeln, jetzt, da Isager nicht länger sein Lehrer war. Er hatte ihn auf der Straße getroffen. Isager war stehen geblieben und hatte ihn nach seinem Leben auf See gefragt und sich mit ihm wie mit einem Erwachsenen unterhalten, als hätte Hans Jørgen ihn nie mit einer schmerzhaften Drehung seines Arms auf die Knie gezwungen, als hätte er selbst nie auf dem Boden gelegen und mit dem Tampen Prügel bezogen.

«Tu es für uns», quälte ihn Albert. «Schlag ihn für uns. Du bist so groß und stark. Du bist jetzt stärker als vor einem Jahr. Du schaffst ihn.»

«Ich habe ihn bereits vergessen», sagte Hans Jørgen. «Er interessiert mich nicht.»

«Du bist nur so überheblich, weil du Heuer bekommen hast.»

«Du hörst mir nicht zu.»

Hans Jørgen ging in die Knie, so dass sein Gesicht sich direkt auf der Höhe von Alberts befand.

«Sie prügeln auch auf den Schiffen. Es hört niemals auf. Es geht immer so weiter. Du kannst ebenso gut gleich anfangen, dich damit abzufinden.»

«Das ist nicht gerecht!», sagte Niels Peter wütend.

«Nein», stimmten die anderen zu, «das ist nicht gerecht!»

«Wieso soll jemand wie wir rechnen, lesen oder schreiben lernen?», fragte Hans Jørgen. «Nein, Schläge müssen wir aushalten können, wenn es weitergehen soll. Und was das angeht, bekommen wir nie wieder einen besseren Lehrer als Isager.»

Wir starrten ihn unsicher an. Hielt er uns zum Narren?

«Beklagte sich Tordenskjold, als eine Sturzsee seinen Fockmast mit sich riss? Was sagte er doch gleich stattdessen?»

«He, es geht doch prächtig!», murmelte Niels Peter und senkte den Blick.

«Na siehst du. Es geht doch prächtig! Denkt daran und hört auf, euch zu beklagen.»

«Ich finde, er ist merkwürdig geworden», sagte Albert hinterher.

Wir nickten. Wir fühlten uns verlassener als je zuvor. Hans Jørgen war nicht länger einer von uns. Er war erwachsen und wusste mehr von der Welt. Doch uns gefiel nicht, was er erzählte. Wir beschlossen, ihm nicht zu glauben.

Dennoch schien es, als würden wir uns von Tag zu Tag mehr damit abfinden. Es gab nicht mehr so viele Rangeleien in der Schulstube, wenn Isager mit dem Tampen herumging, und nur wenige sprangen auf die Fensterbretter und versuchten zu entwischen.

Weihnachten kam, und es kam Silvester. Im vergangenen Jahr hatte Isager seine Ruhe gehabt, weil er im Bett lag und mit dem Tod kämpfte; doch er hatte gesiegt, und nun wollten wir wieder unseren gewohnten Spaß haben. Niels Peter hatte die Idee, aber es war ja auch sein Pullover gewesen, der im Feuer verbrannt war, als er ihn dazu benutzte, den Kachelofen zu verstopfen. Wir glaubten, Isager niemals zu entkommen. Doch die Flammen konnten wir nicht vergessen. Wir hatten sie aus dem Kachelofen schlagen sehen und kannten das Feuer gut genug, um zu wissen, dass niemand es aufzuhalten vermochte, wenn es erst einmal ausgebrochen war.

Wie hatte der große Brand 1815 begonnen? Waren Männer nachts mit Fackeln herumgelaufen und hatten Feuer an die Reetdächer gelegt? Nein, eine umgefallene Kerze in einem Haus in der Prinsegade. Mehr war nicht nötig gewesen. Das Feuer sprang von Haus zu Haus. Jedes dritte Haus in der Stadt lag in Schutt und Asche. Den Schein des Brandes hatte man bis nach Odense gesehen.

Alberts Großmutter Kirstine sprach noch immer mit einem Grausen in der Stimme über das Feuer.

«Oma, erzähl uns von dem großen Brand», wurde sie von Albert gedrängt, wenn sie zu Besuch kam und sich an den Kachelofen setzte. Und dann erzählte die Großmutter von der Dienstmagd Barbara Petersdatter, die eines Abends im Oktober in Karlsens Tenne in der Prinsegade mit einem angezündeten Talglicht Flachs gehechelt hatte. Und mittendrin musste sie plötzlich einen Liebesbrief lesen, dieses gedankenlose Flittchen. Sie hatte einen Fehltritt begangen und wollte wissen, was ihr Liebster, der an allem schuld war, dachte. Aber dieses verstörte junge

Ding stieß das Licht um. Das Werg fing Feuer, und der gesamten Stadt erging es schlimmer als ihr.

«Wuussch», sagte die Großmutter und streckte beide Hände in die Luft. Das war das hungrige Feuer, das durch das Strohdach aufstieg. Sie hatte das Feuer gesehen und würde es nie vergessen.

«Betet zu unserem Herrgott, dass ihr niemals das Gleiche erlebt wie wir», sagte sie, nachdem sie ihre Geschichte zu Ende erzählt hatte.

Aber Albert tat das Gegenteil. Er betete zu unserem Herrgott, dass er das Feuer ausbrechen lassen möge.

Es wurde Silvesterabend, und wir aßen unseren gekochten Dorsch mit Senfsauce. Dann rannten wir hinaus in die Dunkelheit des Winterabends. Wir taten, was wir immer taten. Wir hämmerten an Türen und lärmten. Wir rissen Lattenzäune ein und warfen mit Tonkrügen. Wir fingen einen Hund, schlangen ihm ein Tauende um den Leib und hängten ihn mit dem Kopf nach unten an einen Baum, bis das Geheul seinen Besitzer herbeirief, den wir dann mit Tonkrügen bewarfen.

Unter unsere Pullover hatten wir Stroh gestopft. Wir warteten nur darauf, dass es spät genug war, bevor wir Isagers Haus umringten. Es brannte noch Licht. Wir warfen ein paar Tonkrüge durchs Fenster seiner Wohnstube, hörten seine fette Frau aufheulen, und sofort war in der Diele Lärm zu vernehmen.

Isager stand mit einem Stock in der Hand in der Tür.

«Lümmel!», brüllte er.

«Ja, schrei du nur», erwiderten wir und schmissen noch ein paar Tonkrüge in seine Richtung. Einer traf seine Schulter und spritzte seinen ekligen, stinkenden Inhalt über seinen Leibrock. Sein Brüllen wurde durch ein gurgelndes Husten erstickt, das klang, als müsste er sich übergeben. Noch ein Krug flog an ihm vorbei in die Diele. Josef und Johan standen am Fenster und lachten über ihren Vater. Die durften Silvester niemals irgendwelche Streiche spielen. Jetzt bekamen sie ihre Rache. Doch sie wussten nicht, was sie erwartete, denn wir hatten ihnen nichts erzählt.

Wir rannten die Skolegade entlang. Isager setzte uns nach, den Stock zum Schlag erhoben. Auf der Rückseite des Hauses war das Klirren zerborstener Fensterscheiben zu hören. Da wussten wir, dass Niels Peter und Albert das Fenster zur Schlafkammer eingeschlagen hatten und brennendes Stroh hineinwarfen.

Nun ging es los.

«Und kommst du nicht raus, so wirst du verbrannt.»

Wir machten auf der Tværgade kehrt und liefen die Prinsegade zurück. Wir hörten Isager rufen. Wir hatten ihn zum Narren gehalten, waren im Kreis gelaufen und standen nun wieder an der Schule. Wir spürten, dass der Wind aufgefrischt hatte. Am Tag zuvor hatte es Tauwetter gegeben, und der größte Teil des Schnees in den Straßen war bereits geschmolzen. Der milde Westwind befreite uns vom Winter. Der Wind heulte über die Stadt.

Dann loderten die Flammen auf.

Wir hatten auf beiden Seiten des Hauses die Fenster eingeschlagen, und Isager hatte die Tür offen stehen lassen, als er uns nachlief. Nun fuhr der Westwind durch das Haus und blies in das brennende Stroh in der Schlafkammer. Wir hatten noch nie eine Feuersbrunst gesehen und erschauderten bei diesem Anblick. So sah es also aus, das hungrige Feuer. Es war wilder, als wir es uns hatten vorstellen können. Es schlug direkt durch das Dach. Und hinter den zerbrochenen Fensterscheiben loderte es wie tausend Talglichter. Dann brüllte es durch sämtliche Öffnungen.

Isager schrie. Wir sahen seine dicke Gattin aus der Tür taumeln. Auf der Treppe stolperte sie und fiel am Fuß der Treppe auf ihr Hinterteil. Dort blieb sie sitzen, wobei sie laut und jämmerlich wie ein Kind weinte.

Isager rannte zu ihr und prügelte mit dem Stock auf sie ein, als ob sie Schuld an dem Unglück hätte, das sie nun heimsuchte.

Josef und Johan verfolgten das Ganze, als ob es sie nichts anginge. Jørgen Albertsen kam aus dem gegenüberliegenden Haus gerannt.

Wir standen auf der anderen Seite der Kirkestræde. Unsere Gruppe wurde ständig größer. Gern hätten wir laute Hurrarufe ausgestoßen, wussten aber, dass es nicht klug gewesen wäre. Und so flüsterten wir stattdessen den Kinderreim von Niels Schneckenhorn, während wir uns aus den Augenwinkeln ansahen und lachten.

Die Stunde unseres Plagegeistes war gekommen.

Die Erwachsenen liefen mit Wassereimern herbei, die aber nichts ausrichteten. Der Westwind blies zu heftig. Doch der Sturm fuhr nicht nur wie ein Teufel durch Isagers Haus, wo er Gardinen, Teppiche, Möbel und Decken in Brand gesteckt hatte, nein, nun trug er das Feuer weiter. Auf dem Rücken des Westwinds sprangen die Flammen von Isagers auf Dreymanns Haus und von Dreymanns auf das von Kromans.

Der kleine Anders flüsterte den Reim von Niels Schneckenhorn nicht mehr, sondern schrie auf. Es war sein Zuhause, das brannte, und er sah seine Mutter mit einer Suppenterrine aus englischer Fayence im Arm aus dem Haus rennen. Es war das Feinste, was sie besaßen. Bald stand eine Seite der Skolegade in Brand, und es begann wieder zu schneien, allerdings musste es sich um Schnee vom Satan handeln, denn er war schwarz.

Erst an der Ecke zur Tværgade hielt das Feuer inne. Hier war die Reise über die Straße zu weit, und die Häuser gegenüber waren mit Ziegeln gedeckt. Es regnete Glut auf die Pflastersteine, und wer sich auf die Straße wagte, bekam Löcher in die Kleider gebrannt.

Rauch und Flammen stiegen zum Himmel wie der flackernde Schweif eines Feuerdrachens, der sich die ganze Skolegade als Lagerplatz ausgesucht hatte.

Endlich war der Spritzenwagen eingetroffen. Die Pferde wieherten vor Angst. Sie waren kein Feuer gewohnt. Wegen der Hitze konnten sie nicht in die Skolegade hineinfahren, also blieb der Spritzenwagen an der Ecke zur Tværgade stehen und versuchte, das Feuer daran zu hindern, sich weiter in der Stadt auszubreiten. Die Löscharbeiten in der Skolegade wurden ganz aufgegeben. Levin Kroman hatte uns zugebrüllt, dass wir mithelfen sollten. Das taten wir auch. Aber jetzt wurde die Hitze zu stark. Wir kamen nicht mehr in die Nähe der Häuser, sondern drückten uns bloß mit unseren Eimern in den Händen an die Hausmauern der gegenüberliegenden Straßenseite, während wir mit glühenden Augen dieses gewaltige Flammenmeer betrachteten.

Wir dachten überhaupt nicht daran, dass wir selbst die Ursache dieses unfassbaren Geschehens gewesen sein sollten. Das Feuer war die Ursache. Es hatte seine eigene Kraft, sein eigenes selbstverzehrendes Ziel. Mit uns hatte das überhaupt nichts zu tun.

Endlich war sie gekommen, die Stunde unserer Erlösung. Es war all unsere Bitterkeit, all unsere Angst, all der Hass, der zu groß für eine bedrückte Kinderseele war, der diese Flammen nährte, und uns erfüllte eine

Ehrfurcht, als würde das Feuer unser Leben von allem Widerwärtigen und Überflüssigen reinigen. In den Flammen wurden die Häuser in von Ruß geschwärzte Skelette verwandelt. Am Tag darauf würde es traurig und fürchterlich sein, sie anzusehen. An diesem Abend jedoch war es ein wunderbarer Anblick. So empfanden wir es, so und nicht anders. Doch der Westwind ist immer auch ein Vorbote des Regens. Hoch über dem Feuer rissen die dahinjagenden Wolken auf. Ein Sturzregen ergoss sich über die Flammen und machte dem Feuerdrachen und unserer freudigen Erregung ein Ende.

Am folgenden Tag gingen wir umher und schauten uns die Reste der niedergebrannten Häuser an. Die Skolegade war ein riesiger Scheiterhaufen. Die Mauern standen noch, und die Fensteröffnungen starrten uns schwarz an. Die ganze Stadt glotzte zurück. Es war Feiertag. Die Männer trugen Zylinder und standen mit Kennermiene wie Schätzer da, die Brandkatastrophen gewohnt sind, obwohl es bald vierzig Jahre her war, seit sich die letzte ereignet hatte. Die Frauen trugen schwarze Tücher über den Köpfen und jammerten laut, auch diejenigen, die bei dem Brand nichts verloren hatten. Eine Angst hatte sie erfasst wie am Abend zuvor das Feuer die Häuser, die Furcht, alles zu verlieren, Brüder, Väter, Söhne. Eigentlich war es die Angst, die das Meer der Frau eines Seemanns immer einflößt. Doch das Feuer war in diesem Fall barmherziger als das Meer. Niemand war in den Flammen umgekommen.

Wir hörten Frau Isager nach Karo rufen. Sie hatte vergessen, dass der Hund längst fort war. Die anderen Frauen sprachen mit ihr, doch sie schüttelte den Kopf und wiederholte ihr Rufen.

Obwohl weder Hunde- noch Menschenleben zu beklagen waren, hatten die Betroffenen doch all das verloren, was uns im Leben von Nutzen ist, Möbel und Kleider, Erinnerungen und die gesamte Kücheneinrichtung. Bei Familie Albertsen fanden sie einen gusseisernen Topf, der noch brauchbar war, und bei Svane eine Bratpfanne. Der Griff war verbrannt, aber Schreiner Laves Petersen sagte, man könne einen neuen anfertigen.

Das Feuer war ausgebrochen, während wir Isagers Haus mit Tonkrügen bewarfen. Das taten wir jedes Jahr, und jedes Jahr wurden wir dafür bestraft, auch diejenigen von uns, die gar nicht dabei waren. Da wir uns nie gegenseitig verrieten, wurden wir alle als gleichermaßen schuldig betrachtet. Doch in diesem Jahr erfolgte keine Strafe. Im Schein des großen Brandes fielen unsere Tonkrüge nicht ins Gewicht. Sie wurden vergessen und wir mit ihnen.

Isager hatte sich auf der Straße befunden, als der Brand in seinem Haus ausbrach. Er brachte uns mit den Ereignissen nicht in Verbindung. Er nahm uns nicht für voll. Daher glaubte er auch nicht, dass wir zu einer derartigen Untat fähig waren. Er wusste nicht, welche Bosheit er in uns gesät hatte. Seine Dummheit schützte uns.

In den folgenden Tagen wurde uns klar, dass seine fette Frau Schaden an ihrem Verstand genommen hatte. Sie rief auf der Straße auch weiterhin nach Karo. Sie glaubte, er sei aus Angst vor den Flammen davongelaufen, und nun stellte sie jeden Tag einen Futternapf heraus, um ihn aus seinem Versteck zu locken.

«Sie hat sich gebessert», sagte Josef, «sie vergisst, uns zu schlagen.»

✻   ✻   ✻

Die Schule hatten die Flammen nicht erfasst, und Isagers Lehrerwohnung wurde wieder aufgebaut. Es dauerte auch nicht lange, bis in der Skolegade neue Häuser standen. In der Schule blieb alles so, wie es immer gewesen war. Isager hatte im Bett gelegen und mit dem Tod gekämpft. Man hatte ihm sein Haus niedergebrannt. Dahinter standen wir, seine Schüler. Aber er kam auch diesmal zurück. Wir hatten verloren. Es half nichts.

Wieder rechneten wir mit den Fingern. Früher oder später waren wir alt genug, um die Schule zu verlassen. Das war unsere einzige Hoffnung.

Lorentz wurde konfirmiert und kam beim Bäcker in der Tværgade in die Lehre. Er passte gut dorthin, fanden wir, mit seinem fetten, unmännlichen Körper, der mit zunehmendem Alter immer weiblicher wurde. Er hatte sogar Brüste. Josef und Johan hatten ihn einmal mit auf die Halbinsel genommen und ihm befohlen, sich auszuziehen, damit sie überprüfen konnten, wie so ein Weichling aussah. Josef hatte Lorentz festgehalten, der sein wabbelndes Fleisch loszureißen versuchte, während der empfindsame Johan, der bei jeder Gelegenheit dicke Wachstränen vergoss, mit Lorentz Dinge angestellt hatte, nach denen sie uns hinterher beide weise anschauten, als wären sie nun im Besitz eines Geheimnisses, an dem sie uns beteiligen würden, wenn wir ordentlich bettelten. Wir wollten jedoch nichts davon hören. Wir wollten es nicht wissen.

Lorentz ging nachts zum Bäcker in die Tværsgade und knetete Teig. Allerdings hielt er es nur ein paar Monate aus. Er bekam keine Luft in der Nähe des heißen Backofens und des feinen Mehls. Das Mehl würde ihm auf die Lungen schlagen, sagte er. Aber das war Blödsinn, denn fett, wie er war, bekam er ja sowieso keine Luft, und Schuld daran hatten er selbst und seine Mutter. Sie war Witwe und das Einzelkind Lorentz wurde von morgens bis abends gemästet, als wäre er eine Gans, die Weihnachten geschlachtet werden sollte.

Der Bäcker wollte ihn nicht. Lorentz keuchte mit hochgezogenen Schultern und war zu nichts zu gebrauchen. Dann ging er zur See. Er kam gleichzeitig mit dem Winter zurück und präsentierte ein blaues Auge. «Hans Jørgen hatte recht», sagte er. «Sie schlagen an Bord der Schiffe.» Wieder schaute er uns mit diesem Blick an, der fragte: Bin ich jetzt einer von euch?

Wir sahen weg, wie wir es immer taten. Hinterher dachten wir, wenn er die Besatzung der *Anne Marie Elisabeth* auch mit diesem Blick angesehen hatte, würde er es nie schaffen.

Niemand respektiert den Schwachen, wenn er bettelt.

Es gab keinen Hans Jørgen, der sagte: «Was habe ich euch gesagt?», als Lorentz erzählte, dass sie auf den Schiffen prügelten. Hans Jørgen war mit der *Johanne Karoline,* genannt «die Unvergleichliche», untergegangen, als sie an einem Herbsttag im Bottnischen Meerbusen spurlos verschwand.

Das Schicksal, das uns erwartete, hieß Prügel und Tod durch Ertrinken, und doch sehnten wir uns nach dem Meer. Was bedeutete die Kindheit für uns? Wir waren an das Land gebunden und lebten im Schatten von Isagers Tampen. Wie sah das Leben auf See aus? Ein Wort, das wir noch nicht kannten.

Ein Gefühl war tief in uns verwurzelt, dass nichts sich verändern würde, solange wir noch Land unter den Füßen hatten. Isager war immer derselbe. Seine Söhne hassten und fürchteten ihn. Wir hassten und fürchteten ihn. Ob seine Frau ihn hasste und fürchtete, wusste niemand. Allerdings schlug sie ihn nicht mehr. Sie lebte von nun an in ihrer eigenen Welt. Wir hatten ihn seines Hundes beraubt, seines Hauses und des Verstands seiner Frau, doch er blieb unverändert derselbe. Er schlug uns wie gewöhnlich und brachte uns nichts bei. Wir schlugen uns mit ihm wie gewöhnlich und lernten nichts bei ihm.

Wir verfolgten ihn nicht mehr, wenn er an den Winterabenden von dem doppelten Rumtoddy bei Kaufmann Mathiesen nach Hause wanderte. Wir warfen Silvester auch keinen Unrat mehr in seine Wohnstube. Aber wir füllten weiterhin die Tintenfässer mit Sand, verstopften den Kachelofen, sprangen aus dem Fenster, schwänzten und stahlen seine Bücher. Schon bald war Niels Peter so weit, um ihn auf den Boden zu werfen, und eines Tages würde es Albert sein.

Isager war unsterblich.

DAS GESETZ

Wir hatten den Tampen kennengelernt. Nun sollten wir das Meer kennenlernen.

War es wirklich wahr, was Hans Jørgen gesagt hatte, dass sie niemals aufhörten, uns zu schlagen?

Laurids hatte Albert einmal über die Strafen an Bord der Kriegsfregatte *Neversink* erzählt, wo ein Unglücklicher, der sich etwas zuschulden hatte kommen lassen, an den Mast gebunden und ausgepeitscht wurde, bis das Blut spritzte. Sie prügelten sieben Arten von Scheiße aus ihm heraus, hatte Laurids gesagt. Wir verstanden den Ausdruck nicht, und Laurids sagte, es wäre Amerikanisch, *seven kinds of shit*. Und wir dachten, so muss die Welt außerhalb unserer Insel sein. So war das große Amerika. Sie hatten von allem mehr, auch von Scheiße. Wir hatten nie bemerkt, dass aus uns verschiedene Arten von Scheiße kamen. Die Farbe konnte sich verändern. Es konnte mal weicher und mal fester sein, aber Scheiße blieb doch Scheiße. Wir aßen Kabeljau, Makrele und Hering, süße Milchsuppe, Schwartenwurst, Kuttelsuppe und gehackten Kohl, und danach konnte man doch wohl nur auf eine Art scheißen. Das also hatte die Welt mit uns vor. Wir würden etwas anderes zu essen bekommen, Ungeheuer aus der Tiefe, die die Fischer hier niemals an den Haken kriegten, Tintenfische, Haie, die munteren Thunfische, den Flor der farbigen Fische eines Korallenriffs, Früchte, die ein Bauer niemals gesehen hat, Bananen, Apfelsinen, Pfirsiche, Mango und Papaya, das Curry der Inder, die Nudeln der Chinesen, Fliegende Fische in Kokosmilch, Schlangenfleisch und Affenhirn, und wenn sie uns schlugen, würden wir sieben Arten von Scheiße von uns geben.

Damals segelten wir meist mit Korn aus deutschen und russischen Ostseehäfen. Wir liefen Norwegen und Schweden an und kehrten von dort
mit Holz zurück. Nur probierten wir keine fremden Gewürze und lernten weder besondere Fische noch neue Früchte kennen. Erbsen, Grütze,
gesalzener Fisch und Graupensuppe mit Klößen aus Gerstenmehl und
Trockenpflaumen, das war unsere tägliche Kost. Sirup und Essig kam
in all unsere Suppen und Saucen, das Saure zusammen mit dem Süßen.
Allerdings ist das Süße bei einem Leben auf See nur schwer zu finden.
Wenn wir geschlagen wurden, war es noch immer die gleiche Scheiße,
die aus uns herauskam.

Wir sagten unseren Müttern Lebewohl. Unser ganzes Leben waren sie
da gewesen, wahrgenommen hatten wir sie allerdings nie. Sie standen
gebückt über den Waschkesseln oder Töpfen, und ihre Gesichter waren
rot und geschwollen vor Hitze und Feuchtigkeit. Sie hielten alles zusammen, wenn unsere Väter sich auf See befanden. Jeden Abend sanken sie
mit der Stopfnadel in der Hand erschöpft auf der Bank zusammen. Wir
sahen etwas, aber nicht sie. Wir sahen ihre Unermüdlichkeit. Wir sahen
ihre Müdigkeit. Wir fragten sie nie nach etwas. Wir wollten ihnen nicht
zur Last fallen.

So zeigten wir unsere Liebe: durch Schweigen.

Stets hatten sie rote Augen. Morgens, wenn sie uns weckten, lag es am
Rauch des Ofens. Und am Abend, wenn sie uns, noch immer in denselben Kleidern, eine gute Nacht wünschten, war es die Müdigkeit.

Manchmal hatten sie rote Augen, weil sie über jemanden weinten, der
nie wieder nach Hause kam.

Frag uns nach der Farbe der Augen einer Mutter.

«Sie sind nicht braun. Sie sind nicht grün. Sie sind auch nicht blau
oder grau. Sie sind rot.»

So würden wir antworten.

Nun stehen sie am Kai und sagen Lebewohl. Noch immer herrscht
Schweigen zwischen uns. Sie bohren ihre Augen in unsere.

«Komm zurück», sagt ihr Blick.

«Geh nicht von uns», sagen ihre Augen.

Doch wir wollen nicht wiederkommen. Wir wollen hinaus. Wir wollen fort. In diesem Augenblick, wenn wir am Kai stehen und Abschied

nehmen, stechen sie ein Messer in unsere Herzen. Und wenn wir aufbrechen, stechen wir ein Messer in ihre Herzen. So sind wir verbunden. Mit den Wunden, die wir einander zufügen.

Wir hatten zu Hause etwas gelernt. Wir konnten ein Tauende spleißen und Knoten schlagen. Wir konnten ins Rigg entern und hatten keine Angst vor der Höhe der Masten. Wir kannten jeden Winkel auf einem Schiff. Doch wir hatten nur auf dem Deck eines Schiffs im Winterhafen gestanden. Noch wussten wir nicht, wie groß das Meer ist und wie klein uns ein Schiff vorkommen konnte.

Wir begannen als Smutje.

«Hier», sagte der Skipper und gab uns einen mit Grünspan überzogenen Kupfertopf.

Der Topf war die ganze Kombüse. Damals gab es keine Kombüsen an Deck. Wir saßen im Mannschaftslogis vor einem aus Ton gebrannten Ofen, und der Schornstein war ein Rauchfang, den man aus vier Brettern zusammengezimmert und durch ein Loch an Deck gesteckt hatte. Bei Regen spritzte Wasser herunter. Bei Sturm, wenn die Wellen übers Deck rollten, ergossen sich ganze Sturzbäche über uns und löschten das Feuer; dann konnte es sein, dass das Wasser kniehoch in der Kajüte stand. Bei dem kleinsten Wind, wenn das Schiff in der See zu stampfen begann, mussten wir den Topf mit bloßen Händen festhalten, damit er nicht auf den Kajütenboden rutschte. Wir zogen die Ärmel unserer Pullover über die Hände, um uns gegen die Hitze der heißen Griffe zu schützen, und starrten die Graupensuppe mit Augen an, die vom Rauch des Ofens brannten. Nie war jemand mit uns zufrieden. Einen brauchte es, den man treten konnte, und wenn es keinen Hund an Bord gab, waren wir es.

Um vier Uhr morgens wurden wir aus den Kojen gepurrt und hatten zu jeder Tageszeit Kaffee bereitzuhalten. Allenfalls zwischen zwei Bechern fanden wir etwas Zeit zum Dösen. Dann wurden wir mit einem Tritt geweckt: «Was, zum Teufel, sitzt du schon wieder da und schläfst, Bengel!»

Nie durften wir mal für eine Stunde an Land, um uns die Städte anzusehen, in denen wir Ladung aufnahmen oder löschten. Nach einem Jahr auf See hatten wir Trondheim, Stavanger, Kalmar, Varberg, Königsberg, Wismar und Lübeck, Antwerpen, Grimsby und Hull angelaufen. Von Weitem sahen wir Felsküsten, Felder und Wälder, wir sahen Türme und Kirchturmspitzen, doch wir kamen ihnen niemals näher als den Traumbildern der Wolken. Das einzige Stück Land, das wir unter unseren Füßen spürten, war der Kai. Die einzigen Häuser, in die wir traten, waren Lagerhäuser. Die Welt, die uns vertraut wurde, bestand aus dem Deck, der verräucherten Unterkunft und den ständig feuchten Kojen.

Jeden Abend im Hafen mussten wir bis nach Mitternacht auf den Skipper warten, nur um ihm seine Stiefel von den Füßen zu ziehen.

«Bist du da, Junge?», sagte er mit lallender Stimme und setzte sich rotfleckig und schnaufend mit ausgestreckten Beinen auf die Koje.

Erst dann konnten wir schlafen gehen, aber nur, um nur wenige Stunden später wieder geweckt zu werden.

Jeden Winter trafen wir uns wieder, wenn die Schiffe zurück nach Marstal kamen, um auf das Frühjahr und eisfreies Fahrwasser zu warten.

«Könnt ihr euch noch daran erinnern, was Hans Jørgen gesagt hat?», fragte Niels Peter. «Das Wichtigste, was Isager uns beigebracht hätte, wäre, Prügel zu ertragen?»

«Er hätte uns beibringen sollen, wie man sich wach hält», sagte Josef.

Er war Isagers Sohn, hatte aber dennoch angemustert. Johan blieb zu Hause. Er musste sich um die Mutter kümmern, die seit dem Brand in Lumpen gehüllt über die Felder wanderte und nach Karo rief. Er hoffte, er würde Küster werden wie sein Vater.

Wir nickten uns zu. Das war so ungefähr die Summe unserer Erfahrungen aus dem ersten Jahr auf See: Prügel und ewige, durchwachte Nächte.

«Der Kaffee ist ausgegangen», sagte Albert.

Er war ein Jahr auf dem Frachtsegler *Catrine* gefahren.

«Ich habe ein Viertelpfund bekommen. Das hatte für drei Mann sieben Tage zu reichen, und dann verlangte der Skipper noch, dass der Kaffee stark sein solle. Sie haben mich nur beschimpft. Der Kaffee wäre zu schwach, behaupteten sie, aber dann habe ich sie verarscht.»

«Was hast du gemacht?», wollte Niels Peter wissen.

Er war ein Jahr länger auf See als Albert und kämpfte noch immer mit dem Kaffee.

«Ich habe Erbsen geröstet, denn davon gab's immer genug, und sie mit dem Kaffee vermischt. ›Ein ausgezeichneter, starker Kaffee, der einen Mann aufrecht hält‹, sagte der Skipper, aber dann bekam er Bauchschmerzen, und der Bestmann auch. So haben sie es herausgefunden. Ich habe ihnen nie erzählt, dass ich viermal so viele Erbsen wie Kaffee verwendet habe. Aber irgendetwas musste ich doch machen. Statt der Erbsen röstete ich einen Topf voll Roggen. Jetzt werde ich wieder für meinen starken Kaffee gelobt.»

«Es ist immer unsere Schuld», erklärte Josef. «Wenn die Grütze angebrannt ist, die Erbsen nicht weich werden wollen oder das Schwarzbrot schimmlig wird.»

«Der Skipper sagt, wenn ich die Kost verderben lasse, muss ich sie selbst essen. ›Iss das schimmlige Brot‹, sagt er. ›Iss die rohen Erbsen.‹ ›Nein‹, habe ich gesagt, ›ich bin nicht irgendein Schwein, das mit allem Möglichen gefüttert werden kann.‹«

Albert richtete sich auf. Wir sahen ihm an, dass er auf seine Bemerkung stolz war, aber wir wussten auch, dass sie nicht folgenlos geblieben war.

«Und was hat der Skipper gemacht?»

«Ich bekam zwei Tage lang weder Mittagessen noch Abendbrot.»

Lorentz tauchte auf. Johan hielt sich zurück und sah hinunter aufs Pflaster, aber Josef schaute ihn herausfordernd an. Lorentz starrte zurück. Das Kriecherische hatte er abgelegt. Dick war er noch immer, doch in seinem Körper steckte eine Kraft, die wir an ihm nicht kannten. Wir hatten von seinem fetten weißen Körper nie so geträumt, wie man von Frauen träumte, dennoch war uns ein wohliger Schauer über den Rücken hinuntergelaufen, wenn wir auf sein gefügiges Fleisch einschlugen. Nun würden wir uns die Knöchel aufschürfen, wenn wir ihn schlügen.

Er sagte nichts.

Wir wichen einen Schritt zurück. Hatten seine Klicker schließlich doch ihren Platz gefunden, als er das Rigg der *Anne Marie Elisabeth* aufenterte?

Albert fuhr zwei Jahre auf der *Catrine*. Er sah Flekkefjord, Tønsberg, Frederikstad, Göteborg, Riga, Stralsund, Hamburg, Rotterdam, Hartlepool und Kirdcaldy. Und er sah nichts. Dann musterte er ab. Er hatte genug von dem Kupfertopf und dem Kaffeekrieg.

Das Meer war niemals dasselbe, und doch hinterließ es in ihm einen Eindruck von Monotonie. Im Herbst schien es unter der tief hängenden Schicht der Stratuswolken zu gerinnen. Es rollte so zäh wie auslaufendes Quecksilber. Die Temperaturen sanken, und der Winter meldete seine Ankunft. Albert fand sein eigenes Leben in der langsam erstarrenden Oberfläche des Wassers wieder.

Die Wolken wechselten über dem gefrorenen Meer. Aber er kannte sie bereits. Sie waren gut genug fürs Auge, aber nicht für die Seele. Es steckte eine Wissbegier in ihm, die kein Wolkenhimmel befriedigen konnte. Irgendwo auf der Erde musste es ein anderes Licht geben, ein Meer, in dem sich neue Sternbilder spiegelten, einen größeren Mond, eine stärkere Sonne.

Der Kapitän bot ihm an, als Matrose anzumustern.

«Du bist jetzt Seemann», sagte er eines Abends, als Albert ihm aus den Stiefeln half. «Du kannst einen Außenklüver und ein Toppsegel anschlagen. Du kennst den Kompass und kannst ein Boot hart am Wind und vor dem Wind steuern.»

Doch Albert tat, was sein Vater vor ihm getan hatte. Er fuhr nach Hamburg, um ein Schiff zu finden, das ihn weiter hinaus in die Welt bringen konnte.

Er ging auf den Dachboden, bevor er sich auf den Weg machte. Dort standen zwischen Säcken mit Kartoffeln und Korn die Seestiefel seines Vaters. Laurids hatte sie zurückgelassen, als er zum letzten Mal aufgebrochen war. Es schien ein Zeichen gewesen zu sein. Das hatten sie inzwischen begriffen. Wenn der Sturm das Dach knarren ließ und am Giebel rüttelte, glaubte die Mutter zu hören, wie die leeren Stiefel allein dort oben umhergingen. Doch niemand wagte nachzusehen.

Rasmus und Esben hatten die Stiefel nie angefasst. Vielleicht lag es daran, dass sie ihnen unheimlich vorkamen, vielleicht aber auch nur, weil sie nie so groß wurden wie ihr Vater und daher nicht die Füße hatten, um die Stiefel auszufüllen. Nur Albert ähnelte ihm.

Er kam mit den Stiefeln in der Hand die Treppe herunter. Die Holz-
sohlen waren nach Laurids' Himmelfahrt noch immer versengt.

«Was willst du damit?», wollte die Mutter wissen, ihr Blick wurde
unruhig.

Man wusste nicht, ob sie hoffte, dass er sie wegwerfen würde.

«Ich will sie anziehen», erwiderte Albert.

«Das darfst du nicht!»

Sie schlug die Hände vor den Mund, als fürchtete sie ein Unglück,
wenn er sie anzöge. Aberglaube oder Vorahnung. Man konnte es nicht
sagen. Die Angst einer Mutter war es in jedem Fall. Sie ahnte, dass er
dieses Mal weit weg gehen und viele Jahre fortbleiben würde, und das
war für sie gleichbedeutend mit dem Tod.

«Das werde ich jetzt aber», sagte er nur.

Er musste sich bücken, um durch die Tür zu kommen, seine Schultern
füllten den Rahmen aus.

«Du hast Vater versprochen, sie so gut wie neu zu machen», sagte er, als er in Schuhmacher Jakobsens Werkstatt in der Kongegade
stand.

«Das ist zwölf Jahre her. Du erinnerst dich gut», sagte Jakobsen.
«Aber ein Versprechen ist ein Versprechen. Du kannst sie Sonnabend
abholen.»

Sieben Monate war Albert als Matrose an Bord einer Hamburger Brigg,
die nach Westindien segelte. Er sah Palmenstrände und Fliegende Fische. Er sah Menschen, die schwarze und braune Haut hatten. Er sah
ihre verängstigten Blicke und ihre hängenden Schultern, und er wusste,
ohne dass es ihm jemand hätte erklären müssen, dass sie den Tampen
ebenso wie er kennengelernt hatten. Hier waren Männer wie Isager keine Lehrer. Sie waren die Herrscher dieser sonnenbeschienenen Inseln,
auch derjenigen, auf denen Dänisch gesprochen wurde, und sie herrschten mit dem Tampen.

Er trank Kokosmilch und aß Alligatorfleisch, das wie Hühnchen
schmeckte. Er schiss sieben Arten von Scheiße, doch nicht eine davon
wurde aus ihm herausgeprügelt.

Er war entkommen.

«Es hört niemals auf», hatte Hans Jørgen gesagt. Doch es hörte auf.

Wenn man ein siebzehnjähriger Matrose ist, groß und stark genug, um sich verteidigen zu können, dann hört es auf. Er sah die schwarzen und braunen Menschen, die die Brigg beluden und löschten. Sie gehörten nicht sich selbst. Sie waren der Besitz des Tampens, und er dachte, wie es ihm wohl ergehen würde, wenn er einer von ihnen wäre, bis an sein Grab von Schlägen verfolgt. Hätte man ihn schließlich gebrochen? Oder hätte er nach jemandem gesucht, an den er seine Demütigung hätte weitergeben können, nur um sich selbst als Mensch zu fühlen? Hätte er einen Karo zum Totschlagen gefunden, ein Haus zum Niederbrennen, eine Frau, die er in den Wahnsinn trieb?

Wir trafen uns jeden Winter in Marstal und sahen uns an. Wir wurden allmählich zu Männern. Wir bekamen tief liegende Augen. Unsere Backenknochen stachen mehr und mehr hervor, als wären sie geschwollen, als hätten die Schläge, die wir im Lauf der Zeit bekamen, ihre Spuren für immer hinterlassen. Aber unsere Hände wurden größer und die Handflächen härter. Unsere Oberarme schwollen an, und auf den Unterarmen wetteiferten die Sehnen und Adern um ihren Platz unter dem blauen Spinngewebe der Tätowierungen. Wir wuchsen und wurden stark im Trotz gegen den Tampen.

Albert kehrte nicht nach Hause zurück.

Er kam nach Hamburg zurück und brach sofort wieder auf, diesmal nach Südamerika. Bei seiner Rückkehr musterte er in Antwerpen ab und ließ sich von einer Liverpooler Bark anheuern, die nach Cardiff segelte, um Kohle zu laden. Er wollte Englisch lernen.

Als der Bootsmann seine Befehle rief – «*All hands up anchor!*» und «*Heave my hearties, heave hard!*» –, hörte er die Stimme seines Vaters. Sein *papa tru* war ihm wieder nah. Er erinnerte sich an die amerikanischen Ausdrücke, die seine Mutter so irritiert und die Brüder so begeistert hatten.

«*Hanggre*», sagte er in der Messe.

Seine Kameraden schüttelten den Kopf und lachten über ihn.

«*Monki*», sagten sie.

Es dauerte lange, bevor er verstand, dass sein *papa tru* niemals Amerikanisch geredet hatte. Pidgin war der Ersatz der Chinesen und Kanaken für Englisch. Das hatte ihn sein *papa tru* gelehrt, ein Affenenglisch, eine Kannibalensprache.

Albert kreuzte den Äquator und wurde getauft wie sein *papa tru* vor ihm. Er wurde gezwungen, die ockerfarbene Amphitrite zu küssen, aus deren pockennarbigen Wangen spitze Nägel stachen. Er wurde mit Talg und Lampenruß eingeschmiert und von Meerfrauen und Niggerjungen mit dem Kopf unter Wasser gehalten, bis seine Lungen beinahe platzten. Er wurde mit einem rostigen Messer rasiert und bekam Narben, die er seither unter einem Bart verbarg.

Er lernte ein Lied, das er uns viele Jahre lang vorsang. Er sagte immer, es sei das wahrhaftigste Lied, das man über das Meer geschrieben habe.

> «*Shave him and bash him,*
> *Duck him und splash him,*
> *Torture him and smash him*
> *And don't let him go!*»

Er segelte rund um Kap Hoorn. Er hörte in der pechschwarzen Nacht den Schrei des Pinguins und war Vollmatrose. Er lief Callao und die Guanoinsel Lobus Island direkt südlich des Äquators an. Er segelte zurück nach Europa. Er musterte auf einem Dreimast-Nova-Scotia-Vollschiff an und kam nach New York, wo er an Land ging. Nun wollte er an Bord eines amerikanischen Schiffs, auf dem die Heuern hoch waren. Vielleicht war es *papa tru* mit seinen Träumen von Amerika, der ihm einen Streich spielte.

Doch an Bord der Bark *Emma C. Leithfield* sollte er nicht auf seinen *papa tru* treffen, sondern auf Isager und den Tampen, und diesmal musste der Kampf zu Ende gebracht werden.

Später sagte er immer zu uns, dass er niemals den Augenblick vergessen würde, als er an Bord ging.

Wir fragten ihn, ob er denn wirklich nicht gewusst hätte, wie es an Bord amerikanischer Schiffe zuging? Dass es dort häufig zu Meutereien unter der Mannschaft käme, dass ein Steuermann nicht nach seinen seemännischen Fähigkeiten ausgewählt würde, sondern nach seiner Körperkraft und seinen Eigenschaften als Schläger, und dass die Fäuste oder der Revolver häufiger die Befehle erteilten als der Kapitän.

Albert sah weg und schmunzelte, als wüsste er es im Grunde genommen ganz genau und wollte es nur nicht zugeben.

Er sah uns direkt an.

«Nein», sagte er, «ich wusste nicht, dass es so schlimm sein könnte. Es waren zehn Monate in der Hölle. Was die Hölle war, wusste ich bereits. Aber wie man aus der Hölle herausfindet, das war die eine Geschichte, die uns der verdammte Isager nie beigebracht hat.»

✻ ✻ ✻

Siebzehn Mann arbeiteten vor dem Mast auf der *Emma C. Leithfield*, sechs davon kamen aus Skandinavien. Sie waren nach Alberts Ansicht die einzigen ordentlichen Seeleute an Bord. Wir fanden es nicht sonderlich merkwürdig, dass er so dachte. Haben wir doch immer die beste Meinung über unsere eigenen Leute. Er gründete seine Ansicht auf einer einzigen Beobachtung: Sie waren die Einzigen, die sich noch auf den Beinen halten konnten, als sie an Bord gingen.

Ein *runner*-Boot kam längsseits des Schiffs. Ein Haufen stockbesoffener Franzosen wurde von zwei brutal aussehenden *crimps* an Deck gestoßen, Landhaien, die eine Absprache mit einem *boardinghouse* hatten, in dem die Franzosen bereits um ihr letztes Geld erleichtert worden waren. Dann folgten ein paar sturzbetrunkene Italiener und Griechen. Ein drittes Boot brachte volltrunkene Engländer und Waliser. Unter dem Arm trugen sie alle ein kleines Päckchen mit Kleidung. Das war ihre gesamte Ausrüstung. Ihr Haar war nicht geschnitten, ihre Gesichter sahen vernarbt aus. Aus den Taschen ragten halbleere Whiskyflaschen. Sie lallten und brüllten in allen Sprachen, aber sie kamen alle vom selben Ort: Sie waren der Abschaum der Hafenstädte.

Sie schafften es nicht, irgendetwas zu tun. Sie glotzten auf die Ankerkette, als hätten sie keine Ahnung, wo sie hinführte. Sie blickten hinauf in die Takelage und grinsten, da ihnen schwindlig wurde. Dann torkelten sie in ihre Unterkunft und verschwanden über die Leiter. Sie warfen sich auf die Kajütendielen oder in die Kojen und schliefen schnarchend auf den nackten Bodenbrettern ein.

Kapitän Eagleton war ein jüngerer Mann mit einem dichten Backenbart und einem ausweichenden Blick. Es gelang ihm nicht, sich gegenüber dieser verkommenen Mannschaft Respekt zu verschaffen. Das sah Albert sofort. Er bat Albert, ins Mannschaftslogis zu gehen und die halbleeren Whiskyflaschen einzusammeln. Dann befahl er, die Flaschen über Bord zu werfen. Albert schaute auf die Flaschen, die auf dem Wasser schaukelten. Das hätte Eagleton vor den Augen der versammelten Mannschaft tun sollen, dachte er, nicht heimlich, wenn sie ihren Rausch ausschliefen.

Albert bemerkte, dass auf der Back ein großer, solider Sessel festgebolzt stand. Er sah aus wie ein Thron, doch der König war nicht da. Albert glaubte nicht, dass der Stuhl dem Kapitän gehörte. Er hatte genügend Erfahrung mit dem Leben auf See, um zu erkennen, dass Eagleton ein Typ war, der sich vom Deck fernhielt und von der Mannschaft am liebsten isoliert blieb. Konnte es der Stuhl des Steuermanns sein? Die Frage blieb unbeantwortet, denn der Steuermann hatte sich noch nicht blicken lassen.

Aus dem Logis war heftiger Lärm zu hören, und der Kapitän befahl Albert herauszufinden, was dort vor sich ging. Er hörte wütende Rufe von unten aus der Dunkelheit.

«Du hast meinen Whisky gestohlen, du verdammter Hund!», brüllte ein Engländer.

Es wurde auf Italienisch geantwortet, dann in einer Sprache, von der er glaubte, es sei Griechisch. Zwischendurch hörte er Sätze, in denen er zwar einzelne Worte verstand, deren ganzer Sinn sich ihm aber nicht erschloss. Es waren Seeleute, die viele Jahre so eng mit anderen Nationalitäten zusammengelebt hatten, dass sie schließlich die Sprachen miteinander vermischten und wie ein ganzer Turm zu Babel redeten.

Die verschwundenen Whiskyflaschen mussten die Ursache für die Prügelei sein. Albert hörte das Geräusch eines Schlags, dann eines Körpers, der schwer gegen ein Schott knallte. Er sah ein Messer in einer Hand und hörte ein Stöhnen. Die Kämpfer atmeten keuchend und angespannt, im gleichen Rhythmus wie bei einem Shanty, wenn der Anker gelichtet wird. Doch jetzt war es etwas Schwarzes und Erschreckendes, das sie aus einer Tiefe hochzogen, die sie in sich selbst fanden.

Obwohl Albert an Deck in Sicherheit war, trat er ein paar Schritte zurück. Was konnte er in der Dunkelheit dort unten schon ausrichten? Das Kampfgetümmel musste sich erst einmal beruhigen. Er hatte so etwas schon früher erlebt, es endete selten mit einem Toten. Sie würden am nächsten Tag aus der Unterkunft auftauchen, mit rasenden Kopfschmerzen, zerschlagen und voller Schrammen, und dann würden sie stumm, widerwillig und mit geröteten Augen ihre Arbeit beginnen. Heute waren sie Tiere. Morgen würden sie wieder Seemänner sein.

Nicht die Gewalt dort unten im Mannschaftslogis fürchtete Albert in diesem Augenblick, sondern den Mangel an Autorität des Kapitäns.

«Weg da!»

Albert wurde an der Schulter gepackt und resolut zur Seite gestoßen. Vor ihm erhob sich ein Ungeheuer von Mensch. Das Gesicht wurde von einer großen, rot blühenden Nase beherrscht und von sich kreuz und quer darüber ziehenden Narben verunstaltet, als wäre der Kopf ein Kürbis, den jemand mit einem Messer bearbeitet hatte. Die Augen ertranken in Fleischmassen, die Pupillen lagen wie schwarze Steine am Grund eines tiefen Sees. Albert ahnte, dass auch der muskelstrotzende Oberkörper unter dem dreckigen, zerrissenen Hemd von Narben übersät war, die von Messerstichen stammten. Jemand hatte mit einem scharfen Instrument das Herz dieses massigen Menschen gesucht, aber angesichts dieser überwältigenden Menge an Fleisch, Sehnen und Muskeln hätte man ebenso gut mit einem Messer auf eine Dampflokomotive einstechen können.

Albert begriff augenblicklich, wen er vor sich hatte. Das war der Inhaber des Throns, der wahre Herrscher über das Schiff.

Der Steuermann war eingetroffen.

Der Riese sprang mit einem Satz durch den Niedergang ins Mannschaftslogis. Er benutzte nicht die Leiter, sondern ließ seinen enormen Körper einfach zwischen die Kämpfenden fallen. Von unten war ein Schlag und ein Brüllen zu hören. Dann wurde das Kampfgetümmel heftiger. Schmerzensgeheul und Stöhnen vermischten sich, das Geräusch von Schlägen und dann ein Jammern, das man nicht mit Männern bei einer Schlägerei verband.

Es dauerte eine Weile, dann ließ der Lärm nach. Schließlich war nur noch eine Stimme zu hören, von der Albert annahm, dass sie dem Steuermann gehörte.

«Habt ihr genug? Habt ihr genug?»

Ein Gejammer war die einzige Antwort. Dann das Geräusch von ein paar weiteren Schlägen, vielleicht waren es aber auch Tritte, dann senkte sich Stille über die Unterkunft der Besatzung.

Der Steuermann stand schwer atmend in der Türöffnung. Er hatte dort unten in der Dunkelheit die Grundlage für einige weitere Narben gelegt. Er blutete aus einem tiefen Riss über dem Auge, und auch vom Hals rann ihm Blut herab. Er wischte sich mit der Hand über die Stirn und zeigte dabei eine so gleichgültige Miene, als wäre das Blut nur Schweiß, der sich in einer seiner buschigen Augenbrauen verfangen hatte.

Albert hatte sich nicht von der Stelle gerührt, seit der Steuermann im Logis verschwunden war. Nun wurde er zur Seite gefegt, und der blutende Steuermann sah sich prüfend unter dem Rest der Mannschaft um, als überlegte er, mit der Bestrafung fortzufahren, die er in der Kajüte begonnen hatte.

«Der Name ist O'Connor.»

Die Männer auf Deck nickten, als hätte er einen Befehl gegeben.

O'Connor ging zu dem Thronsessel und ließ sich schwer darauf nieder. Er rülpste. Durch das auf der Stirn verschmiert Blut ähnelte er einem heidnischen Götzenbild, das ausschließlich Menschenopfer akzeptierte. Albert glaubte, er werde um Wasser und Seife bitten, um sich damit die Wunden zu säubern, doch O'Connor bat um nichts. Er saß nur da, während das Blut auf Stirn und Hals gerann. Die Narben waren seine Tätowierungen. Nun fügte er dem grausamen Kunstwerk, in das er sein Gesicht und seinen Körper verwandelt hatte, neue Details hinzu.

Dann pfiff er. Ein langhaariges schwarzes Scheusal von Hund, den niemand vorher bemerkt hatte, schlich mit dem lauernden Gang eines Wolfs heran und legte sich ihm zu Füßen. O'Connor zog seinen großkalibrigen Revolver aus der Tasche seiner Nankinghose und begann nachdenklich die Trommel zu drehen.

Am Abend wagte sich Albert in die Mannschaftslogis, aber er kam bald wieder an Deck, um die Nacht dort zu verbringen. Im Schein eines Talglichts hatte er die Männer in merkwürdig verrenkten Stellungen auf dem Boden liegen sehen. Einige saßen mit den Händen am Kopf auf der Schlafbank. Er wusste nicht recht, ob sie schliefen oder nicht. Das Schott war voller Blut, und überall auf dem Boden befand sich Erbrochenes.

Am nächsten Morgen tauchten die Leute aus der Kajüte auf. Alle trugen sie Spuren der Prügelei vom Vortag. Einige hinkten, andere bewegten sich langsam und vorsichtig, als ob sie unter ihrem Pullover irgendetwas verbergen würden, das schmerzte. Ihre Gesichter waren verschwollen, die Augenpartien bunt verfärbt. Einer hatte sich die Nase gebrochen, allerdings deutete deren Form darauf hin, dass dies nicht das erste Mal war. Es waren robuste Männer, die an Schläge und die Nachwirkungen von langen Sauftouren gewöhnt waren. Sie konnten nahezu alles ertragen, ohne sich zu beklagen. Doch sie wiesen einen Gesichtsausdruck auf, der selten bei einem Seemann ist. Sie sahen verschüchtert aus. Vermieden es, sich gegenseitig anzuschauen. Blickten auch nicht auf O'Connor, wenn er seine Befehle brüllte. Sie starrten hinunter auf ihre Hände, oder ihre Blicke verloren sich in der Takelage.

Es gab auf der *Emma C. Leithfield* einen Koch, und das war nicht die Art von Koch, mit der wir auf den Marstaler Frachtseglern fuhren. Wir begriffen es schon, als Albert uns auf diesen Unterschied hinwies. In der Kombüse hatten wir alle ja als große Burschen angefangen, die von der Kunst des Kochens nicht viel mehr verstanden, als im Sturm einen Topf übers Feuer zu halten, dafür zu sorgen, dass es stets heißen Kaffee gab, und ansonsten Männern den Hunger vom Leib zu halten, die ein weitaus größeres Interesse am Füllen ihrer Mägen als an Gaumenfreuden hatten.

Doch genau so war Giovanni nicht. Er war Italiener, und er sorgte dafür, dass es jeden Tag frisch gebackenes Brot und mittags und abends eine warme Mahlzeit gab; darüber hinaus noch *pies* und feine Kuchen, und zwar fürs Vor- und Achterschiff. Wir aßen besser als in den besten *boardinghouses,* ja sogar die Logismutter, Frau Palle in der Kastanienallee in Hamburg, konnte sich mit Giovanni nicht messen.

Die *Emma C. Leithfield* war ein merkwürdiges Schiff. Sie hatte – und darauf konnten sich die Männer trotz aller Sprachunterschiede sehr schnell einigen – den schlimmsten Steuermann und den besten Koch

der amerikanischen Flotte. Die Kombüse war der Himmel, das Deck
die Hölle.

Giovanni war der Letzte, der an Bord kam, und er kam nicht allein.
Er brachte zwei Spanferkel, zehn Hühner und ein kleines Kalb mit. Er
baute ihnen eine Einfriedung auf dem Vordeck und ließ sie dort herumlaufen.

O'Connors Hund wurde unruhig und verließ den Platz zu Füßen seines Herrn, um mit seiner großen offenen Schnauze und hungrigem Blick
auf dem Vordeck herumzustreunen. Giovanni ging direkt auf das Raub-
tier zu, das seine Zähne fletschte und ihn bedrohlich anknurrte. Es war
ganz eindeutig der Ansicht, dass das gesamte Schiff sein Territorium
war.

Giovanni sah dem Hund starr in die Augen. Dann hob er die Hand,
nicht um ihn zu schlagen, sondern eher, um dem unverständigen Tier etwas zu erklären. Es sah aus, als wollte er ihn hypnotisieren. Der Hund
legte sich auf den Bauch. Er fiepte jämmerlich. Dann begann er rück-
wärtszukriechen. Es sah so komisch aus, wie dieses bissige Monster vor
dem kleinen flinken Mann mühsam auf dem Bauch kroch, dass die Matrosen, die den Zwischenfall beobachteten, anfingen zu lachen.

O'Connor sah es auch. Er lachte nicht.

O'Connor aß nicht gemeinsam mit den übrigen Offizieren. Er saß in
seinem Thronsessel und ließ sich das Essen bringen. Das Wetter störte
ihn nicht. Sein Körper war immun gegen alles. Seine Kleidung war stets
dieselbe, nie zog er etwas anderes an. Er trug immer dasselbe zerlumpte
Hemd, das notdürftig von einer Weste ohne Knöpfe und ausgerissenen
Knopflöchern bedeckt war. Nur Schneestürme und Hagelböen vertrieben ihn aus dem Stuhl. Der Jungmann wusste zu berichten, dass er auch
in seiner Kajüte, in der es stank wie in der Höhle eines Raubtiers, in einem festgebolzten Sessel schlief. Der Hund lag auf den Planken zu seinen Füßen. Er war immer auf der Hut. Die Männer erzählten sich über
ihn, dass seine Muskeln sogar im Schlaf angespannt seien.

Als Giovanni ihm am folgenden Tag das Essen brachte, stellte O'Connor den Teller auf das Deck und nicht wie gewöhnlich in seinen Schoß.
Dann gab er dem Hund ein Zeichen, der sich sofort über die sorgfältig

zubereitete Mahlzeit hermachte. Währenddessen wandte O'Connor seinen Blick nicht von Giovanni ab. Giovanni blickte stur zurück. Er hatte vor O'Connor genauso wenig Angst wie vor seinem Hund. Den Hund konnte er mit einer Handbewegung beherrschen. Doch O'Connor befand sich außerhalb seiner Kontrolle, und mit ihm hatte er sich einen Todfeind geschaffen.

Am nächsten Tag brachte Giovanni O'Connor das Essen in einem Futternapf. Er stellte sie zu Füßen des Steuermannes auf Deck.

«Guten Appetit», sagte er, drehte sich um und wollte gehen.

«Wo ist mein Essen?»

O'Connors Stimme klang tief und bedrohlich.

«Dort.»

Giovanni wies auf den Futternapf.

«Beeil dich besser, bevor der Hund es frisst.»

In diesem Augenblick besiegelte er sein Schicksal.

Giovanni war sehr viel mehr als nur ein Koch. Wenn ein Schiff vor New York auf Reede lag, kommen nicht nur Schneider, Schuster, Schlachter, Schiffshändler und Obstverkäufer an Bord, also all diese nützlichen Männer, ohne die kein Schiff auskommt, bevor es in See sticht, sondern auch Hehler, die falsche Goldringe und Taschenuhren feilbieten, die beim ersten Stoß stehen bleiben, Tätowierer mit unsauberen Nadeln, bei denen jede Tätowierung zu nässenden Entzündungen führt, Bettler und Zauberkünstler, Jongleure, Fakire und Wahrsagerinnen, Kuppler, Luden und Diebe. Giovanni sah fast so aus, als gehörte er eher zu letzterer Gruppe als auf die *Emma C. Leithfield*. Er hatte sich ein rotes Halstuch um sein rabenschwarzes Haar gebunden und jonglierte auf Deck mit vier Eiern, die zwischen seinen Händen herumflogen, ohne dass er auch nur ein einziges fallen ließ. Das war sein Entree.

Er war im Zirkus aufgetreten, aber warum er schließlich zur See ging, wusste niemand. Er war Messerwerfer und Jongleur, und es kam vor, dass wir eine Freiwache ausfallen ließen, nur um in der Tür zur Kombüse zu stehen und ihm bei der Arbeit zuzusehen. Er konnte mit drei, vier scharf geschliffenen Messern auf einmal jonglieren. Sie bildeten vor ihm ein drehendes Rad. Er verlor nicht eines, griff nicht daneben und schnitt sich nie.

Wenn es an Deck hieß: «Jetzt deckt Giovanni den Tisch», stürzten die Männer in die Messe, um in der ersten Reihe zu stehen.

Er stellte sich ans Ende des Tisches und deckte auf, ohne sich vom Fleck zu rühren. Die Blechteller flogen durch die Luft, ebenso die Messer und Gabeln, und sie landeten dort, wo sie hingehörten, nebeneinander. Den Zuschauern wurde schwindlig, sie waren begeistert. Niemals zerbrach er etwas. Niemand begriff es.

«Wie machst du das, Giovanni?»

Er schüttelte lächelnd den Kopf. Es gab keine Geheimnisse.

«Es sitzt alles hier.»

Er bewegte die Handgelenke hin und her.

Die Männer blinzelten sich zu. Sie waren stolz auf ihren Koch. Der Whisky war über Bord gegangen. Sie waren auf See. Die Männer fügten sich und verrichteten ihre tägliche Arbeit. Doch es war Giovanni, der sie zu einer Besatzung machte.

Seit New York waren sie vierzehn Tage auf See. Die *Emma C. Leithfield* hatte den Äquator mit Kurs auf Buenos Aires überquert, und die Männer bewunderten wie gewöhnlich Giovanni, als O'Connor plötzlich auftauchte. Giovanni war gerade dabei, den Tisch zu decken. Die Teller navigierten auf dem Weg zu ihrem Bestimmungsort zielgenau durch die Luft, als O'Connor eine Riesenfaust ausstreckte und ein Teller vom Kurs abkam und auf dem Boden landete. Er ging nicht kaputt, das ist so bei Blechtellern, dennoch war der Effekt von O'Connors Sabotageakt größer, als wenn der Teller in tausend Scherben zersprungen wäre.

Giovannis Gesichtsausdruck veränderte sich augenblicklich. Wenn er seine Kunststücke vorführte, war er gleichermaßen konzentriert wie entrückt. Nun wachte er schlagartig auf. Das Selbstvergessene seiner Miene wurde von einer Obacht abgelöst, die die Männer vorher nie gesehen hatten. Als O'Connors Faust auf ihn zuschoss, bewegte er sich mit der gleichen Virtuosität, mit der er mit seinen Messern und Tellern jonglierte. O'Connors Faust, die sein schmales, fein geschnittenes Gesicht zu einer blutigen Masse verwandelt hätte, traf stattdessen mit einem hässlichen, knirschenden Geräusch das Schott. Seine Knöchel waren blutig, als er das Gleichgewicht wiederfand.

Giovanni stand mit konzentriertem Gesichtsausdruck an derselben

Stelle wie zuvor. In seiner Miene war keine Feindseligkeit, keine Angst, weder Zorn noch Panik. Er war ein Zirkusartist, der sich hoch oben unter der Kuppel auf einen schwierigen Sprung ohne Sicherheitsnetz vorbereitete, und als O'Connor noch einmal unbeherrscht zuschlug, duckte Giovanni sich mit der gleichen Präzision wie zuvor weg.

O'Connor taumelte nach vorn, offensichtlich hatte er sein Gleichgewicht verloren. Diejenigen aber, die in diesem Augenblick sein Gesicht sahen, ahnten, dass sich hier noch etwas anderes anbahnte. Seine hässliche Fratze war nicht von der Gewalt unbeherrschter Erregung verzerrt. Seine Augen waren schmale Schlitze inmitten der aufgequollenen, vernarbten Fleischmassen. Sie strahlten eine Kälte und Ruhe aus, die ankündigten, dass der taumelnde Fall nach vorn geplant war.

Giovanni sprang zur Seite, um den fallenden Riesen nicht im Weg zu stehen. Doch statt den Fall mit den Händen abzufangen, streckte O'Connor seinen langen Arm aus, packte den kleinen Italiener und riss ihn mit sich auf die Planken. Die Männer erwarteten, dass O'Connor versuchen würde, sich auf Giovanni zu werfen, um ihn dann zu verprügeln, und schon drängten sie sich um die Kämpfenden, um ihn wegzuzerren. Stattdessen lagen die beiden einen Augenblick regungslos nebeneinander. Dann ertönte ein Schmerzensschrei von Giovanni. Er hielt sich das Handgelenk. Die Hand hing eigenartig schlaff herab. Mit einer raschen Drehung seiner starken Fäuste hatte O'Connor sie ihm gebrochen.

O'Connor kam ruhig auf die Beine. Er stand neben seinem Opfer und sah in die Runde der Männer. Ohne hinunterzuschauen, behielt er sie im Auge, hob seinen Fuß und stampfte mit dem Stiefel fest auf die verletzte Hand. Die Männer hörten, wie die Finger brachen.

Dann verließ er die Messe.

Die Männer wichen ihm aus. Aber hätten sie eines von Giovannis scharfen Messern in den Händen gehabt, sie hätten es in seinem Rücken versenkt, tief genug, dass die Spitze sein verfaultes Herz kitzelte und das Höllenfeuer, das in ihm brannte, für immer ausgelöscht wurde.

Die Mannschaft sammelte sich um Giovanni und half ihm auf die Beine. Tränen liefen ihm über die Wangen. Er weinte nicht vor Schmerz, sondern über seine verlorene Fähigkeit. Sie saß in den gebrochenen Fingern, die sich in unnatürlichen Winkeln spreizten. Die Männer hatten genügend Unglücke an Bord gesehen, um zu wissen, dass er diese Hand niemals wieder benutzen konnte. Noch vor einer Minute war er ein Künstler gewesen. Nun war er gerade noch ein Mann.

Sie brachten ihn zu Kapitän Eagleton. Die Hand wurde verbunden, das würde helfen. Aber selbst ein Arzt hätte sie nicht retten können.

Kapitän Eagleton sah weg, als ginge ihn das alles nichts an.

«O'Connor», sagte er, «tut nichts ohne Grund.»

Das war alles, was bei ihrer Beschwerde herauskam.

Giovanni hatte sie zu einer Besatzung geformt. O'Connor wollte das Gegenteil – er wollte jedem Einzelnen von Angesicht zu Angesicht gegenüberstehen; nicht weil er nicht die Kraft gehabt hätte, mehr als einen von ihnen zu verprügeln, sondern weil ihre Angst vor ihm am größten war, wenn es niemanden gab, mit dem man sie teilen konnte.

Dass O'Connor nichts ohne Grund tat, wie der Kapitän behauptete, war die größte Lüge. Er tat alles ohne Grund. Er schlug, prügelte und brach Knochen nur aus einem Grund: Es bereitete ihm Vergnügen. Er bestrafte sie nicht für etwas, das sie getan hatten. Er spielte mit ihnen, wie ein Gott mit den Gläubigen spielen kann. Den Sinn für ihre Leiden mussten sie selbst herausfinden. Es war seine Unberechenbarkeit, die ihn zu einem Ungeheuer machte. Die dunkle Ursache dafür lag in ihm selbst, in seinem Hass auf alles, was sich an Bord rührte. Sie mussten sich ducken, sich klein und unsichtbar machen, um seiner grundlosen Wut zu entgehen. Doch selbst das half ihnen nicht. Denn er hatte den Blick des Falken für die Maus, die sich im Korn versteckt.

Sie verfügten über kein Versteck. Was ist ein Versteck auch für denjenigen, der sich vor einer Übermacht fürchtet? Der alles richtig machen, dem kleinsten Wink gehorchen will?

«Was hatte Giovanni falsch gemacht, der beste Koch, der je auf einem Schiff gefahren ist, der beste Gaukler, der sein Talent an eine versoffene und abgestumpfte Mannschaft verschleuderte und sie damit alle besser machte, als es unser Herrgott je beabsichtigt hatte? Was hatte er getan, dass er eine zerschmetterte Hand verdiente? Für welches Vergehen war dies die Strafe?», fragte Albert.

Ein Junge mit dem Namen Isaiah musste die Kombüse übernehmen. Er kam aus Amerika und war vierzehn Jahre alt. Seine schwarze Haut hatte einen schimmernden Glanz, als wäre sie ständig feucht. Wenn er früh-morgens anfeuerte, spiegelte sich die Glut des Ofens auf seinen dunklen Wangen. Er tat sein Bestes. Aber jeden Tag frisch gebackenes Brot gab es nun nicht mehr, und auch keine *pies* oder Kuchen.

Giovanni, der einige Tage teilnahmslos im Mannschaftslogis gesessen und im Halbdunkel unablässig seinen weißen Verband angestarrt hatte, ließ sich dennoch nicht unterkriegen. Er erschien wieder an Deck. Er ging wieder in die Kombüse und fing an, Isaiah herumzukommandieren. Erst gab er ihm Anweisungen, dann kam die linke Hand zum Einsatz. Schließlich war er Artist. Die linke Hand war ebenso geschickt wie die rechte. Er war nur noch ein halber Mann, doch selbst als halber Mann gelang ihm mehr als den meisten ganzen Männern. Schon bald segelten die Teller wieder über die Tischplatte. Es steckte Trotz darin, ein gefährliches Spiel. Seine Augen leuchteten. Die Besatzung bewachte ihn, bereit ihn zu verteidigen, obgleich sie mehr Angst hatte als er.

Aber der Falke findet immer eine Gelegenheit.

O'Connor überfiel ihn, als er einen Augenblick allein mit Isaiah war. Die Männer kamen dazu, als sie seinen Schrei hörten. Es war zu spät, O'Connor hatte Giovannis linke Hand gepackt. Ihr sollte es ebenso ergehen wie der rechten. Da griff Giovanni zu einem Messer, doch seine Rechte mit ihrem armseligen Bündel gebrochener Finger war nicht zu gebrauchen, ihr fehlte die alte Kraft und Präzision. Er konnte das Messer kaum festhalten. Er wusste, dass es um sein Leben ging. Ein Kratzer war jedoch alles, was er auf O'Connors Brustkorb auszurichten vermochte.

Dennoch, wie verzweifelt musste er gewesen sein, dass er das Messer auf diese Weise einsetzte? Als die Männer ihn im Mannschaftslogis aufforderten, Rache zu nehmen, und geschworen hatten, dass sie ihn decken, ja sogar die Schuld auf sich nehmen würden, hatte er geantwortet: «Ich bin Messerwerfer, kein Mörder.»

Giovannis Vergeltung waren die Teller, die wieder über den Tisch flogen, und das wiedererwachte Vergnügen der Gaumen. Nun griff er zum Messer, und Isaiah sagte hinterher, dass er Tränen in seinen Augen gesehen hätte, als er mit dem Messer in seiner zertrümmerten Hand dastand. Es schien, als hätte Giovanni in dem Moment, als er ein Messer in die Hand nahm und begann, die plumpe Sprache seines Feindes zu sprechen, seine Ehre verloren.

O'Connor lachte und bot ihm die Brust.

«Komm schon», sagte er.

Giovanni legte das Messer auf den Tisch.

Als die Männer dazukamen, war es zu spät. Der tödliche Schlag war gefallen.

Eingenäht in ein Segeltuch wurde Giovannis verstümmelter Leib noch am gleichen Tag über die Reling geworfen und verschwand im Meer. Kapitän Eagleton war nicht dabei. O'Connor war sein Stellvertreter. Die Männer hatten den Verdacht, dass er nur erschien, um seinen sinnlosen Triumph auszunutzen. Isaiah kam mit einer Schaufel voller Asche aus der Kombüse. Sie musste als Erdbestattung herhalten.

«Von der Erde bist du gekommen, zur Erde wirst du werden», sagte der Küchenjunge und schüttete die Asche über Giovannis Leiche, die in ein Stück Segeltuch genäht auf Deck lag.

In diesem Moment fuhr ein Windstoß in die Asche, und als gäbe es eine rächende Hand, wurde die Asche in O'Connors verunstaltetes Gesicht geblasen, in dessen unzähligen Furchen und Rissen sich der schwarze Ruß festsetzte. Seine Augen brannten und schmerzten. Er brüllte und schlug um sich, als hätte ihn ein realer Feind überfallen. Die Männer liefen auseinander, niemand wollte von seinen wild austeilenden Fäusten getroffen werden. Aus der Entfernung verfolgten sie, wie er seine letzte Blasphemie an dem Toten beging. Fluchend und schreiend hob er Giovannis schmächtigen Körper vom Deck und warf den entseelten Körper über die Bordwand, als wäre er ein Stück Abfall.

Sie hatten am Begräbnis eines Meuterers teilgenommen. So wurde es ihnen von Kapitän Eagleton mitgeteilt.

Doch im Mannschaftslogis planten sie O'Connors Tod.

*　*　*

Alle meldeten sich. Niemand hatte Einwände, wenn es darum ging, O'Connor umzubringen. Nicht alle waren harte Hunde, als sie auf der *Emma C. Leithfield* anmusterten. Aber sie wurden es. Sie waren jeden einzelnen Tag misshandelt worden. Es gab nicht einen unter ihnen, der nicht Spuren von den Fäusten des Steuermanns vorweisen konnte. Sogar die Offiziere schlug er. Der zweite Steuermann, ein Schwede namens Gustafsson, lief mit einem zugeschwollenen Auge herum, und niemand wusste, ob er sein Augenlicht behalten würde.

Es gab keinerlei Recht und Gesetz auf der *Emma C. Leithfield*. Also mussten sie das Gesetz sein. Das war keine Meuterei, das war Gerechtigkeit.

Ihre einzigen Bedenken waren technischer Natur. Wie?

O'Connor war stark, stärker als irgendjemand von ihnen. Das hatten sie gelernt. In einem offenen Kampf konnten sie ihn nicht besiegen, doch der Gedanke an ihre eigene Schwäche steigerte nur ihre Wut.

«Wenn er schläft», sagte ein Grieche, den sie nur unter dem Namen Dimitros kannten.

Könnte das der Moment sein? Sie sahen sich an. Es gab zwei Einwände. Der eine war der geladene Revolver, den O'Connor ständig bei sich trug, der andere der Hund. Wenn der Steuermann in seinem Sessel an Deck schlief, lag er ihm immer zu Füßen. In dem Augenblick, in dem sich jemand näherte, hob er seinen großen schwarzen Kopf und knurrte wachsam. Niemand wusste, wie sie nah genug an O'Connor herankommen sollten, ohne den Hund zu wecken. Ihre Revolte begann zu bröckeln, da niemand an einen guten Ausgang glaubte.

Sie sprachen lange über den Hund. Aber hatten sie wirklich vor ihm Angst? Oder war es der Revolver?

Nein, es war O'Connor.

Er brauchte weder seinen Hund noch seinen Revolver, um ihnen unbezwingbar zu erscheinen. Das, was in seinem vernarbten, kürbisähnlichen Kopf vorging, erschreckte sie. Doch das konnten sie nicht aussprechen. Das war ein unmögliches Geständnis, zumal sie siebzehn gegen einen waren.

Sie saßen sich stumm gegenüber. Einige starrten auf den Tisch, andere auf einen Punkt am Schott.

«Ist es nicht auch falsch, einen anderen Menschen zu töten?»

Es war Albert, der die Stille unterbrochen hatte.

Die anderen sahen auf und blickten ihn an, als hätte er gerade einen Gedanken formuliert, der ihnen nie zuvor gekommen war. Vielleicht war es bei einigen auch tatsächlich der Fall. Niemand wusste sehr viel über die Vergangenheit der anderen. Aber niemand zweifelte daran, dass in einer Hafenstadt oder auf einem Schiff auf hoher See alles passieren konnte. Nicht jedes Mal, wenn ein Mann ertrank, war es ein Unglücksfall, und bestimmt gab es mehr als einen nichtverurteilten Mörder an Bord der *Emma C. Leithfield*.

«Hätte Giovanni sich eine solche Rache gewünscht?», fuhr Albert fort.

«Ist mir egal, was Giovanni sich gewünscht hätte», erwiderte ein walisischer Matrose, der auf den Namen Rhys Llewllyn hörte, und schaute auf seine vor sich gefalteten behaarten Hände.

Er hatte einen blutunterlaufenen Striemen an einer Wange. Es war ein Gruß des Steuermanns, und er träumte davon, ihn zu erwidern.

«Ich denke an mich.»

Er sah vom Tisch auf und in die Runde.

«Ich denke an uns. Es geht um ihn oder uns. Das ist keine Rache. Das ist Überleben.»

Die anderen murmelten beifällig.

«Giovanni hat das Messer gar nicht einsetzen wollen», warf Isaiah ein. «Ich habe gesehen, wie er es wieder weglegte.»

Seine Stimme klang unsicher, und wir hörten, wie er zwischen den Worten Luft holte. Er war erst vierzehn, und es erforderte Mut, in einer Versammlung von Männern das Wort zu ergreifen, die in Rang und Alter alle über ihm standen.

«Erinnert ihr euch, dass er sagte, er wäre Messerwerfer und kein Mörder. Sind wir Mörder?»

«Halt's Maul, du schwarzer Hund!», sagte der Waliser.

«Nein, ich will nicht das Maul halten!»

Die Worte kamen wie ein plötzlicher Ausbruch. Jetzt hatte Isaiah Mut geschöpft. Er hatte bereits gesprochen. Schlimmer konnte es nicht werden.

«Ich werde von ihm genauso verprügelt wie ihr anderen. Ich habe auch das Recht zu sprechen. Aber ich glaube nicht, dass wir ihn totschlagen sollten.»

«Der Junge hat recht», sagte Albert. «Wir sollten nicht so werden wie er. Er wartet nur darauf, dass wir ebenso verzweifelt sind wie Giovanni und zum Messer greifen. Das ist ein Spiel, das er kennt. Das ist es, was er will. Glaubt ihr, er wäre dumm? Er sitzt bestimmt in diesem Moment da und hofft, dass wir planen, ihn umzubringen, denn dann hat er uns. Wollt ihr genauso werden wie er?»

Sie murmelten und schauten wieder auf den Boden. Einige von ihnen wären zweifellos gern genauso geworden wie O'Connor. Aber sie waren es nicht, und so mussten sie einen anderen Weg finden, um der Stärkste zu werden.

«Ich glaube, ich weiß, wie wir ihn besiegen können, aber das erfordert Geduld», sagte Albert und weihte sie dann in seinen Plan ein.

Zunächst verstanden sie nicht, was er meinte.

«Das funktioniert nicht», meinten sie, jeder Einzelne von ihnen, in nahezu ebenso vielen verschiedenen Sprachen. Egal, aus welchem Land sie kamen, sie hatten noch nie erlebt, dass der Gerechtigkeit auf diese Weise Genüge getan wurde. Es war nicht nur ein ungewohnter Gedankengang, es widersprach jeglicher Erfahrung.

«Aber es ist Amerika», wiederholte Albert immer wieder.

«Dies ist ein Schiff», sagten sie. «Und ein Schiff hat seine eigenen Gesetze.»

Doch Albert ließ nicht locker. Er gab nicht auf. Jedes Mal, wenn er einen ihrer Einwände widerlegt hatte, sahen sie seine Überzeugung gestärkt. Wenn er mit seiner Rede am Ende war, schloss er jedes Mal mit derselben Frage.

«Habt ihr vielleicht eine bessere Idee?»

Es gab keine andere, als O'Connor umzubringen, und in ihren Herzen wuchs die Gewissheit, dass dieser Ausweg ausgeschlossen war. Sie hatten nicht den Mut dazu, weder allein noch als Gemeinschaft.

War es das Gewissen, diese merkwürdige, undefinierbare Kraft, diese innere Unruhe mit ihren unbekannten Quellen, durch die sie sich schließlich umstimmen ließen und auf Alberts Vorschlag eingingen? Es war das Gewissen. Und es war Furcht, Schläue und Vorsicht. Es war sogar Gehorsam. Denn so verhalten sich Männer in der Gruppe. Es war all dies gleichzeitig, und es vermischte sich mit dem Gewissen, bis sich das eine nicht mehr vom anderen unterscheiden ließ. «Also nennen wir es der Einfachheit halber Gewissen», sagte Albert, wenn er die Geschichte erzählte.

Sie waren acht Monate unter O'Connor gesegelt, als sie St. Jago in Westindien anliefen, um Zucker für New York zu laden. Sie hätten unterwegs zahlreiche Gelegenheiten gehabt, sich abzusetzen, aber sie taten es nicht. Dann hätte ihr Plan niemals funktioniert, und all ihre Leiden wären vergebens gewesen. In St. Jago stand ihnen die wahre Kraftprobe bevor, und die hatte nichts mit der Kraft ihrer Arme und Hände zu tun. Diese Probe war längst entschieden, und ihre Entscheidung bestätigte sich täglich, wie ihre unzähligen Wunden bewiesen. Doch sie ertrugen es. Und sie schauten O'Connor mit einem immer kühner werdenden Blick an. Sie fanden in ihrer Beharrlichkeit eine Stärke, von der er nichts ahnte.

Die Erfahreneren unter ihnen hatten bereits vermutet, dass Kapitän Eagleton versuchen würde, sie hier loszuwerden. Sie hatten so etwas auf anderen Schiffen erlebt. Wenn eine Reise sich dem Ende zuneigte, behandelten die schlechten Kapitäne die Mannschaft oft so übel, dass die Männer schließlich aufgaben. Immer hatten sie noch Heuer zu bekommen. Aber die verloren sie, wenn sie sich davonmachten – und das war dann der Profit einer Reise.

O'Connor beschnitt ihre Wasserration. Sie schwitzten in der tropischen Hitze. Auch an der Verpflegung wurde gespart. Isaiah hatte in der Zeit, die vergangen war, seit Giovanni in seiner eigenen Kombüse ermordet wurde, ein wenig dazugelernt, doch selbst seine begrenzten Kenntnisse erwiesen sich nun als überflüssig. Drei kleine Schiffszwieback am Tag. Das war die ganze Ration. Sonnabends gab es Reis und ein Stück gesalzenes Fleisch. Ihr Gedärm schrie vor Hunger. O'Connors Hund lebte besser als sie.

Es war ein teuflisch guter Plan. Acht Monate hatten sie mit einem brutalen und bösartigen Gefangenenwärter verbracht. Nun öffnete er ihnen die Zellentür, und sie weigerten sich hinauszugehen. Sie hatten eine Aufgabe, die noch nicht vollendet war. Geflohen wären sie allerdings schon gern, fort von seiner stets bedrohlichen Nähe, fort von ihrem eigenen Entsetzen.

Doch sie flohen nicht, denn sie hatten einen Plan. Sie blieben.

Erschöpft vor Hunger und Durst, hatten sie in der stechenden Tropensonne Deck und Deckhaus mit Sand und Steinen zu schrubben. Sie wurden eine Stunde früher als die Besatzungen anderer Schiffe, die an

St. Jagos Reede vor Anker lagen, aus den Kojen gejagt, und erst lange nachdem die anderen zur Ruhe gekommen waren, bekam die Besatzung der *Emma C. Leithfield* die Erlaubnis, schlafen zu gehen.

Im Schatten eines ausgespannten Segels thronte O'Connor in seinem Sessel, den geladenen Revolver in der Hand und den Riesenhund zu Füßen. Er saß dort nicht, um sie zur Arbeit anzuhalten. Wäre einer auf dem glühend heißen Deck aufgestanden und zum Fallreep gegangen, um an Land zu rudern, hätte er nicht einen Finger gerührt, um ihn zurückzuhalten, sondern in rücksichtslosem Triumph gegrinst und ihm eine glückliche Reise gewünscht.

Washee-washee-Mädchen kamen in ihren Kanus und riefen den Männer Aufmunterndes zu. Sie hatten ihr Haar hochgesteckt, und ihre Schultern in den weiten Kleidern waren nackt.

«Wir kommen jetzt an Bord!»

Der Steuermann erhob sich und drohte ihnen mit dem Revolver.

Es war eine Kraftprobe, bei der sie sich mit jedem Tag, der verging, weiter verbiegen mussten und die sie mehr und mehr zermürbte, schweigsam werden ließ und aushungerte. Doch die Summe dieser täglichen Erniedrigungen war ein Sieg. Sie bemerkten, wie sein Blick auszuweichen begann. Ein Ausdruck der Verwunderung breitete sich auf seinem malträtierten Gesicht aus und störte dessen schläfrige Gelassenheit.

Nach der Ankunft in New York taten die Männer zwei Dinge. Zuerst musterten sie von dem Schiff ab, auf dem sie als Ausgleich zu Misshandlungen und täglichen Demütigungen nichts anderes erlebt hatten als den begrenzten Triumph ihrer Geduld und Ausdauer.

Dann marschierten sie als komplette Gruppe auf das nächste Polizeirevier und zeigten den Steuermann der *Emma C. Leithfield* an.

Das war der Plan. Das war Alberts Idee, die ihnen geholfen hatte durchzuhalten. Sie hatten darüber gesprochen, O'Connor umzubringen, aber irgendetwas, möglicherweise ihre eigene Furcht, hielt sie zurück.

Albert hatte begriffen, dass es an Bord kein Gesetz gab, wenn der Kapitän nicht eingriff, sobald jemand sich auf einem Schiff so verhielt wie der Steuermann. Die Mannschaft konnte nicht das Gesetz sein. Sie hätten meutern können, aber eine Meuterei war ein Notschrei, nicht mehr.

Das Beste aber war, dass sie nicht selbst zu dieser Gesetzlosigkeit beigetragen hatten. Doch ein Gesetz musste es geben. Und wenn es nicht auf dem Schiff zu finden war, dann an Land.

Daher marschierten sie als versammelte Mannschaft aufs Polizeirevier, nicht um Rache an dem Steuermann zu nehmen, sondern um des Gesetzes willen.

Sie erschienen, um nachzufragen, ob es Gerechtigkeit gab.

Und sie bekamen eine Antwort.

Sie gingen die Lower East Side entlang, bis sie das Polizeirevier an der 12. Straße erreichten. Sie blieben dicht beieinander und nahmen den gesamten Bürgersteig in Anspruch. Die Passanten wichen ihnen aus. Sie waren groß gewachsene Männer, breitschultrig und Arbeit gewohnt, doch einen Moment lang schämten sie sich, dass sie mit dem Steuermann nicht selbst fertig geworden waren. Es hatte siebzehn gegen einen gestanden, und dennoch kamen sie hierher, um andere um Gerechtigkeit zu bitten.

War das Gesetz nur die Entschuldigung der Schwachen?

Dann standen sie vor einem hässlichen, schmutzig gelben Gebäude, auf dem ein Schild ankündigte, dass hier das Gesetz zu Hause sei. Als sie eintraten, wussten sie einen Augenblick nicht, auf welche Seite des Gesetzes sie gehörten. Der größte Teil der Verhafteten, die Uniformierte von der Straße hereinzerrten, sahen aus wie sie. Sie gingen auf eine der Theken zu und drückten sich dort unsicher herum. Albert musste schließlich das Wort führen. Er berichtete über den Mord an Giovanni, und der zweite Steuermann aus Schweden zeigte sein zerschlagenes Auge, mit dem er nie wieder sehen würde.

Der Beamte nahm ein Protokoll auf. Eine Veränderung war zu beobachten, als sie ihre Worte auf Papier geschrieben sahen. Sie schauten sich an und richteten sich auf. Sie waren nicht mehr länger ein Haufen unzufriedener Männer, deren Beschwerden nichts anderes bewirkten als Hohnlachen und Schulterzucken.

Dann begleiteten sie zwei Beamte zurück zum Schiff. Der Steuermann saß in seinem Sessel an Deck.

Der Hund lag ihm zu Füßen. Sie wussten, dass der geladene Revolver in seiner Hosentasche wartete. Aber das Gesetz konnte man nicht erschießen. Erschoss man einen Beamten, erschienen zehn an seiner Stelle.

Sie sahen O'Connors Verblüffung. Er starrte die Besatzungsmitglieder der *Emma C. Leithfield* einen nach dem anderen an. Sie senkten ihre Blicke nicht. Erst da begriff er wirklich. Sie hatten das Undenkbare getan. Sie hatten ihn nicht geschlagen. Sie waren nicht zum Gegenangriff übergegangen. Sie hatten nicht versucht, ihn zu ermorden. Das hätte er gebilligt. Das hätte er sich geradezu gewünscht. Das wäre eine Sprache gewesen, die er verstand. Die er selbst sprach. Nun hatten sie auf eine Weise gehandelt, die er nicht verstand, bei der das Recht des Stärkeren nicht galt.

Er zögerte einen Moment, während sein Blick erst die Männer und dann die Beamten taxierte. Nichts in den Gesichtern der Polizisten verriet, was sie beim Anblick dieses Riesen mit dem grotesk vernarbten Gesicht, der zerlumpten Kleidung und der deutlichen Ausbeulung in der Nankinghose empfanden, die auf das Vorhandensein eines Revolvers hinwies. Doch die Männer sahen, wie sie erstarrten und ihre Hände nach den Griffen ihrer Revolver tasteten.

O'Connor sah es auch und bewies dann eine Chuzpe, die die Männer ihm nicht zugetraut hatten. Er fragte die Beamten, was denn das Problem sei. Sie antworteten, es liege eine Anzeige wegen Mordes und gewalttätigen Überfalls vor, die Zeugen würden neben ihnen stehen. Dann erklärten sie ihm seine Rechte und teilten ihm mit, dass er verhaftet sei.

O'Connor lieferte seinen Revolver freiwillig ab. Die Männer sahen, wie er sich bemühte, kleiner zu erscheinen, als er zwischen den beiden Polizisten abgeführt wurde. O'Connor!

Sie sahen sich an.

So stark war das Gesetz, dass es mit einem Fingerschnippen sogar das blutrünstigste Ungeheuer zu einem Lamm werden lassen konnte.

Sie hatten nicht vermutet, dass O'Connor den Gebrauch der Sprache beherrschte. Jedenfalls hatte es nie einen Beleg dafür gegeben, dass er über einen größeren Wortschatz verfügte. Grunzen und Brüllen waren seine bevorzugten Ausdrucksformen. Nun enthüllte er eine ganz neue Seite. Sie hatten Verschlagenheit in seinem Blick aufblitzen sehen, als er verhaftet wurde und sich entschloss, freiwillig mitzugehen. Jetzt erlebten die Männer tatsächlich, welch ein durchtriebener Teufel sich in den ungeheuren Fleischmassen verbarg.

Als vor Gericht die Anklage gegen ihn verlesen wurde, griff er zur Bibel und küsste sie mit einer Inbrunst, von der sie eigentlich geglaubt hatten, sie sei seinen Wutanfällen vorbehalten. Er hob seine Hand und schwor, dass er in seinem ganzen Leben noch nie die Hand an irgendeinen Mann gelegt hätte. Dann fasste er sich mit seinen ungeheuren Pranken an den zerschnittenen Kopf und drehte ihn von einer Seite zur anderen, als wäre sein Hals eine Fassung, von der er den Kopf abschrauben wollte.

«Seht auf dieses Gesicht», rief er aus, «sieht es aus wie das Gesicht eines Gewalttäters?»

Er starrte direkt auf den Richter und sah über die Zuhörer hinweg.

«Ist es so?»

Hätte es nicht diese Androhung von Gewalt gegeben, die in jedem einzelnen seiner stets angespannten Muskeln lauerte, wäre bestimmt mehr als einer unter den Zuhörern in Lachen ausgebrochen. So grotesk war seine Forderung, ihn freizusprechen. Man konnte sich kaum ein Gesicht vorstellen, das mehr zu einem gewissenlosen Gewaltverbrecher passte.

Doch sogar der Richter senkte den Blick, als O'Connor ihn durchdringend anschaute, und den Männern kamen Zweifel, wer denn nun der Stärkere war: das Gesetz oder O'Connor.

Wieder drehte O'Connor seinen Kopf.

«Seht», sagte er, «mein zerstörtes Gesicht. Es gehört einem Menschen, der nicht zurückschlägt, wenn er angegriffen wird. Es gehört einem Menschen, der sogar, wenn er ungerechterweise überfallen wird, auch noch die andere Wange hinhält.»

Er sah direkt auf sie hinunter, und nicht einer von ihnen erwiderte seinen Blick. Er zeigte erst eine seiner vernarbten Wangen, dann die andere.

«Glaubt ihr wirklich, ich würde jemanden so nahe an mich herankommen lassen, wenn mein Blut so böse wäre, wie behauptet wird?»

Er riss sich mit einer dramatischen Bewegung sein zerlumptes Hemd auf, das er noch immer trug, und entblößte seinen von Narben überzogenen Brustkorb.

«Dies …», sagte er, und seine Stimme klang hohl vor Feierlichkeit,

« ... dies ist der Körper eines Märtyrers. Dies ist der Körper des Lammes.»

«Er gewinnt», sagte Gustafsson und kratzte an seinem zerschlagenen Auge, als sie nach der Verhandlung auf der Bank des nächsten Wirtshauses saßen.

«Habt ihr gesehen, welche Angst der Richter vor ihm hatte?»

«Nun ja, aber das Gesetz hat keine Angst vor ihm», wandte Albert ein.

«Was hilft das Gesetz, wenn der Richter klein und schwach und der Verbrecher groß und stark ist?», fragte Rhys Llewllyn.

Albert stand allein mit seinem Glauben an das Gesetz. Sie erschienen Verhandlung um Verhandlung. Einer nach dem anderen wurde als Zeuge einberufen. Unverfroren widersprach O'Connor ihnen jedes Mal und sah dabei den Richter an, der seinen Blick senkte. Ihre Wunden und Schrammen heilten unterdessen. Ihre blauen und gelben Flecken verblassten. Nur das Auge des zweiten Steuermanns war auch weiterhin verloren, doch sogar mit dem blinden Auge wagte er es nicht, den Blick zu erwidern, wenn der Steuermann ihn anstarrte.

Eine neue Heuer konnten sie sich erst suchen, wenn die Gerichtsverhandlungen überstanden waren. Sie wurden unruhig und verloren den Mut. Sie trieben sich in den Wirtshäusern herum und vertranken ihre Ersparnisse.

«Wir hätten ihn nie anzeigen sollen», sagten sie zu Albert.

«Das Gesetz ist stärker als O'Connor», entgegnete er.

«Schau dir den Richter an», entgegneten sie.

Die Männer glaubten nicht an das Gesetz. Albert hatte sie beschwatzt. Bald würde O'Connor wieder frei sein und Rache nehmen. Sie hätten die Niederlage ertragen und nicht das Gesetz um Hilfe anrufen sollen. Das Gesetz hielt doch sowieso immer zu den Stärksten.

«Schaut euch den Richter an», wiederholten sie, «er ist klein und krumm. Er hat keine Haare auf dem Kopf. Er ist nicht viel größer als ein Kind.»

«Ihr sollt ihn nicht anschauen», erwiderte Albert, «ihr sollt ihm zuhören.»

«Na, was habt ihr gehört?», wollte Albert nach der nächsten Verhandlung wissen.

Die Männer murmelten und stierten vor sich hin. Doch, es war richtig. Wenn man ihm zuhörte, machte der Richter einen anderen Eindruck. Er biss sich fest wie eine Bulldogge. Er ließ sich nicht abschütteln, sondern fragte sich weiter bis zum Kern der Sache durch, bis der Hüne die Geduld verlor, mit der Faust auf die Barriere vor sich hämmerte und durch den ganzen Gerichtssaal brüllte: «Ich bin ein Mann des Friedens! Das können alle bezeugen!»

«Bloß die Besatzung der *Emma C. Leithfield* nicht», sagte der Richter und schlug den Blick wieder nieder. Seine Stimme indes war ruhig.

«Es ist das Gesetz, das aus seinem Mund spricht», sagte Albert.

«Ach was, er spricht doch selbst», sagte Rhys Llewellyn, «aber er spricht gut.»

Nach sechzehn Tagen Verhandlung fiel das Urteil. O'Connor wurde zu fünf Jahren Gefängnis wegen Gewaltanwendung und Totschlags verurteilt. Dass der Vorfall in der Kombüse vorsätzlicher Mord gewesen war, konnte nicht bewiesen werden, obwohl niemand daran zweifelte. O'Connor sollte nicht an seinem Hals hängen, bis er tot war. Doch das hatten die Männer auch nicht erwartet. Sie hatten erwartet, dass er freigesprochen würde.

O'Connor brüllte wie ein Tier, als das Urteil verkündet wurde.

«Das hast du nun davon, du Untier!», rief der zweite Steuermann.

Der Richter wandte sich ihm zu und warf ihm einen zornigen Blick zu, den ersten, den sie während der ganzen Verhandlungen gesehen hatten.

Sie beglückwünschten sich, als sie den Gerichtssaal verließen, allerdings empfanden sie eher ein Gefühl der Erleichterung als einen Triumph über die Niederlage ihres Feindes. Als wären sie selbst freigesprochen worden.

«Am Ende bin ich Isager losgeworden», sagte Albert viele Jahre später.

«Über ihn wollen wir doch gar nichts hören», sagten wir. «Sondern über die Stiefel.»

Die Reise

Ich musterte nach Singapur an und von dort zum Van Diemens Land, bis Hobart Town, dem letzten Hafen, in dem mein Vater gesehen worden war. Es war nicht nur der letzte Hafen meines Vaters. Diese Stadt war die Endstation, und war sie es nicht sofort, so wurde sie es doch für jeden, der sich nicht rechtzeitig davonmachte. Wenn ihr euch das Armenhaus in Marstal vorstellt, dann habt ihr Hobart Town.

Es war im Jahr 1862, und ich begegnete einem Mann mit nur einem Auge. Vierzig Jahre lang hatte er keinen einzigen Tag in Freiheit erlebt und jeden einzelnen Peitschenhieb gezählt, den er in seiner Gefangenschaft erhalten hatte. Insgesamt waren es dreitausend gewesen. Nun war er frei, aber mit einem gebrochenen Willen und einem Rücken, der einem Waschbrett glich. Er war nicht der Einzige. Er erzählte seine Geschichte für ein Glas Gin, und er erzählte sie gern zehnmal am Tag. Er hatte vierzig Jahre Enthaltsamkeit nachzuholen. Aber wem sollte er sie erzählen? Hobart Town war voller Abschaum wie ihm, ehemalige Sträflinge, die für ein Glas einen Mord begehen würden.

Die Stadt war eine Strafkolonie gewesen, seit das erste Haus gebaut wurde. Nun sagten sie, es sei eine Stadt freier Männer, doch alle waren entweder ehemalige Strafgefangene oder ehemalige Gefangenenwärter. Es lief auf dasselbe hinaus. Sie waren gewohnt zu schlagen oder geschlagen zu werden. Aber auf die dritte Möglichkeit – mit einem geraden Rücken zu leben – kamen sie nicht. Es gab nicht einen Mann, der mir direkt in die Augen sah. Ihr Blick war auf die Erde vor ihnen geheftet. Wenn sie schließlich aufschauten, dann nur, um die Größe deiner Taschen abzuschätzen und zu überlegen, ob deren Inhalt einen Mord wert war. Man sagte über sie, dass sie bereit wären, einem Känguru sein Junges aus dem Beutel zu stehlen, ihr versteht doch? Kängurus tragen ihre Nachkommen in einem Beutel am Bauch.

Es gab viele alte Männer und nur wenige junge. Jeder, der noch die Kraft dazu hatte oder auch nur einen Rest an Hoffnung, verschwand aus Hobart Town und ging woandershin. Kinder gab es auch, eine Unmenge dreckiger und unerzogener Kinder, aber keine Väter. Die Mütter wurden allerdings in Ruhe gelassen. Man sagt über Strafgefangene, dass sie im Lauf ihrer langen Gefangenschaft den Geschmack an Frauen verlieren und sich nur mit ihresgleichen abgeben. Ob das wahr ist, weiß ich nicht, und ich will es auch gar nicht wissen. Aber eins weiß ich, ich habe meine Heuer an diesen Abschaum verschwendet.

Ich fragte zuerst bei der Polizei und anderen Behörden; sie sagten alle das Gleiche: «Wenn ein Mann sich unsichtbar machen muss und spurlos von der Erdoberfläche verschwinden will, dann wählt er Hobart Town.»

Aber mein *papa tru* hatte keinen Grund, das wusste ich. Sie schüttelten bloß den Kopf und erklärten, dass sie mir nicht helfen könnten.

Dann lief ich auf der Liverpool Street herum. Jeder zweite Pub hieß «Bird-in-hand», ein Spatz in der Hand. Ich verstand es gut. In Hobart Town sangen die Tauben auf dem Dach lauter als alle anderen Vögel, und wenn man nichts anderes hat, an das man glauben kann, dann glaubt man daran, was sich mit den Händen greifen lässt.

Ich gab allen einen Gin aus, die aussahen, als hätten sie eine Geschichte zu erzählen. Und das hatten sie alle. Sie erkundigten sich zunächst nach *papa tru*, nach seinem Aussehen, seiner Größe, der Nationalität. Ja sicher, an ihn erinnerten sie sich gut, und dann kratzten sie sich ihre dünnen, verlausten Haare, dass ihnen die toten Tiere auf die Schulter fielen. Mit einem betrübten Blick saßen sie vor ihren längst geleerten Gläsern und merkten sanftmütig an, dass ein weiteres Glas möglicherweise sehr hilfreich für ihr Erinnerungsvermögen sein könnte. Natürlich, nun erinnerten sie sich ganz deutlich an den großen Dänen mit dem dichten Bart und dem abwesenden Blick. Er ging immer ins «Hope and Anchor» in der Macquerie Street. Und dann hatte er sich anheuern lassen auf der …

Der Name des Schiffs war ihnen entfallen. Sie schickten einen verliebten Blick in Richtung Glas. Wenn es wieder gefüllt war, kam auch ein Name.

Nach ein paar Wochen wusste ich, dass in Hobart Town wohl tausend Laurids Madsen gewesen waren. Mein *papa tru* hatte sich auf tausend Schiffen anheuern lassen und war zu tausend Zielen aufgebrochen. Ich bekam keinen Spatz in die Hand, sondern über tausend Tauben aufs Dach. Laurids Madsen war kein Mann. Er war eine ganze Rasse.

Dennoch ging ich ins «Hope and Anchor» und fragte nach dem Verschwundenen. Ich war so weit gekommen, ich wollte nicht aufgeben. Der Mann an der Bar hieß Anthony Fox und war wie alle ein ehemaliger Sträfling. Aber im Gegensatz zu den Übrigen ging es ihm gut, denn er hatte sich entschlossen, von der Not der anderen zu leben. Er stand hinter einer Theke aus Messing und polierte sie mit einem Lappen, bis sie glänzte. Ich sah mein Gesicht darin, als ich mich vorbeugte, um ihm meine Frage zu stellen, und ich dachte, ob sich darin wohl auch einmal der Bart meines Vaters gespiegelt hatte.

Ich bestellte ein Glas Gin, diesmal für mich, und nannte den Namen meines Vaters. Mehr sagte ich nicht, denn ich hatte meine Lektion gelernt. Ich hätte sagen können, Laurids wäre Hottentotte gewesen, er hätte feuerrote Haare gehabt, die nach allen Seiten abstanden, und drei statt zwei Beine. Sie hätten geantwortet, ach ja, an diesen Dänen könnten sie sich noch gut erinnern. Ich beließ es also bei dem Namen.

Er blieb eine Weile stehen. «Wie war gleich der Name?», fragte er. «Und das Jahr?»

«Fünfzig oder einundfünfzig», antwortete ich.

«Einen Moment.»

Er wies einen Kellner an, seinen Platz hinter der Bar zu übernehmen, und verschwand in einem Hinterzimmer. Dann kam er mit einem großen Buch unter dem Arm zurück.

«Ich erinnere mich nie an ein Gesicht», sagte er, «aber ich erinnere mich an die Schulden.»

Er legte das Buch auf den Tresen und begann darin zu blättern.

«Hier», sagte er triumphierend und schob das Buch zu mir herüber.

«Ich wusste es.»

Er deutete auf einen Namen. «Laurids Madsen» stand da.

Ich kann nicht sagen, dass ich die Unterschrift meines Vaters wieder-erkannte. Als er verschwand, hatte ich noch nicht lesen gelernt, und er war niemand, der überall seinen Namen hinterließ.

«Was ist er schuldig geblieben?», fragte ich.

«Zwei Glas Bier», sagte Anthony Fox.

Ich holte mein Geld heraus und bezahlte.

«Nun sind wir quitt.»

«Erzähl mir nicht, dass du um die halbe Welt gereist bist, nur um Madsens Schulden zu bezahlen?»

Ich schüttelte den Kopf.

«Er ist verschwunden. Ich suche ihn.»

«Seemann oder Strafgefangener?»

«Seemann.»

«Dann ist er wahrscheinlich ertrunken, das ist bei Seeleuten so üblich. Oder durchgebrannt.»

Er breitete die Arme mit einer vagen Bewegung aus, die sowohl den Stillen Ozean mit seinen Zehntausenden von Inseln umfassen konnte als auch den eisbedeckten Pol südlich von uns, auf den noch kein Mensch seinen Fuß gesetzt hat.

«Es ist eine große Welt. Du findest ihn nie.»

«Ich habe seine Schulden gefunden», erwiderte ich.

«Es ist nicht immer so, dass diejenigen, die verschwinden, auch wie-dergefunden werden wollen. Ein Seemann, wo gehört der hin? An Deck? Oder zur Frau Gemahlin und den Kindern? Es kommt vor, dass ihn et-was durcheinanderbringt. Dann fängt er an zu leben, als wäre sein Leben ein Garn, das sich wieder und wieder spinnen lässt. Er ertrinkt zehnmal und taucht zehnmal wieder auf, jedes Mal in den Armen einer neuen Frau. Zu Hause trauern die Hinterbliebenen. Aber er sitzt auf einem an-deren Kontinent an der Wiege und lacht, bis er auch diese Familie leid ist. Glaub mir. Ich hab's schon erlebt.»

«Ich wusste nicht, dass in Hobart Town Weise hinter der Theke stehen.»

Er sah mich grinsend an.

«Du bist der Sohn. Hab ich recht?»

«Ich dachte, du erinnerst dich nie an ein Gesicht. Sehe ich Laurids Madsen ähnlich?»

«Keine Ahnung. Ich erinnere mich nicht an ihn. Aber ich erkenne einen beleidigten Mann, wenn ich ihn sehe. Nur ein Sohn schneidet so ein Gesicht, wenn sein Vater des Betrugs bezichtigt wird.»

Ich drehte mich um und wollte gehen.

«Warte», sagte Anthony Fox, «du bekommst von mir einen Namen.»

«Einen Namen?»

Ich blieb in der Tür stehen.

«Ja, einen Namen. Jack Lewis. Merk dir den Namen.»

«Und wer ist Jack Lewis?»

«Der Mann, mit dem dein Vater ein Bier trank.»

«Und an den Mann erinnerst du dich noch nach zehn Jahren. Er schuldet dir wohl auch noch ein Bier?»

«Er schuldet mir sehr viel mehr als nur ein Bier. Find ihn für mich, und erinnere ihn an seine Schulden.»

Ich ging zurück zum Tresen. Mein Ginglas war erst halb leer und wartete noch auf mich. Fox hatte es nicht weggenommen. Er war sich sicher gewesen, dass er mich zurücklocken würde.

Es war noch früh am Tag, und ich war der einzige Gast im «Hope and Anchor».

«Etwas zu essen?», fragte er.

«Wenn es kein Lamm ist.»

Ich konnte kein Lammfleisch mehr sehen, das einzige Gericht, das sie in Hobart Town kannten.

«Ich habe Wolfsbarsch.»

Wir setzten uns an einen Tisch.

«Es gibt hier eine Menge Platz», sagte er. «Australien ist größer als Europa und wartet noch immer auf seine Einwohner. Und der Pazifik bedeckt die Hälfte des Globus, ich nenne es gewöhnlich das Vaterland der Heimatlosen.»

«Warst du mal Seemann?»

«Ich bin schon alles gewesen, Bauer, Zimmermann, Seemann, Sträfling. Letzteres ist auch ein Beruf. In den Pazifik kommen nur zwei Sorten von Männern: Die einen wollen im Schatten einer Kokospalme liegen und haben keine Lust zu arbeiten, und die anderen folgen dem Strom des Geldes.»

«Dem Strom des Geldes?»

«Jack Lewis gehört zu der zweiten Sorte. Opium aus China, Waffen, Menschenhandel, nenn mir irgendeine Last, die dir einfällt, und mit Last meine ich nichts, das sich wiegen oder messen lässt, sondern eher ein Laster, und Jack Lewis bietet sich gern als dein demütiger Lieferant an. Folgt man dem Strom des Geldes, dann gibt es bestimmte Routen, an die man sich halten muss, und auf einer dieser Routen findest du Jack Lewis.»

«Gib mir den Namen seines Schiffs.»

«*The Flying Scud.* Es gibt allerdings eine Sache, über die du dir im Klaren sein musst, bevor du mit der Suche beginnst. Du musst dich entscheiden, was für ein Mann dein Vater war. War er von der Sorte, die nur eine Kokospalme sucht, in deren Schatten sie den Rest ihres Lebens auf dem Rücken liegend verbringen kann, oder kam er wegen des Reichtums hierher? Wenn er zu der ersten Sorte gehört, findest du ihn nie. Melanesien, Gilbert Island, die Gesellschaftsinseln, die Sandwichinseln, zehn Leben würden nicht ausreichen, um sie alle zu besuchen. In dem anderen Fall allerdings hast du eine Chance. Hierher kommt Jack Lewis nicht. Aber er ist irgendwo da draußen.»

«Und wie finde ich ihn?»

«Jedenfalls in keinem Schiffsregister. Jack Lewis ist der Typ Mann, der kommt und geht, ohne dass irgendeine Behörde ihn sieht. Aber er lebt im Gedächtnis der Menschen, so wie er in meinem lebt.»

«Erzähl mir von den Schulden.»

«Nur meinen Namen. Anthony Fox. Und eine Summe von eintausend Pfund.»

«Eintausend!», entfuhr es mir. «Aber wieso hast du einem berüchtigten Schwindler eintausend Pfund gegeben?»

«Gier ist wohl das richtige Wort, glaube ich», erwiderte Anthony Fox, ohne eine Miene zu verziehen. «Außerdem war ich auch nicht auf rechtmäßige Weise an das Geld gekommen. Es war sozusagen ein Darlehen von einem Gauner an einen anderen. Jetzt wandre ich auf dem schmalen Pfad der Tugend. Allerdings ausschließlich aus Mangel an Mitteln.»

«Es ist eine verkehrte Welt», sagte ich, «die meisten werden zu Dieben aus Not.»

«So war es ursprünglich auch bei mir. Ja, ich wurde sogar zu mehr als nur zu einem Dieb, du darfst raten, wozu. Heute führe ich ein ehrliches Leben. Man hat ein Auge auf einen ehemaligen Sträfling. *The Flying Scud.* Nun hast du nicht nur den Namen eines Mannes. Du hast auch den Namen eines Schiffs.»

«Und wenn ich es finde?»

«Ich garantiere dir nicht, dass du deinen Vater findest. Aber du findest Jack Lewis. Ich habe keine großen Hoffnungen, dass ich mein Geld wiedersehe. Aber nun weißt du, dass Jack Lewis eine vogelfreie Beute ist. Du kannst mit ihm machen, was du willst, und du weißt, dass du meinen Segen dazu hast.»

So unterhielten sich die Männer in Hobart Town, wie ein Gauner mit dem anderen. Ich dachte an die enorme Ausdehnung des Stillen Ozeans, den ich bereits einmal überquert hatte. Wer konnte schon beurteilen, was auf einem Schiff vor sich ging, Tausende von Seemeilen von Land entfernt – oder auf einer Insel, nicht viel größer als ein Schiff.

Das Wort «Freiheit» war ein Begriff, den die Welt vor nicht allzu langer Zeit erst gelernt hatte, und ich hatte weit segeln müssen, um seine Bedeutung zu begreifen. In Hobart Town sah ich, wie die Freiheit von Männern benutzt wurde, die sich an ihre eigene Gier gekettet hatten. Die Freiheit hat tausend Gesichter, aber das Verbrechen auch. Mir wurde schwindlig bei dem Gedanken an all das, wozu ein Mensch fähig ist.

«Honolulu», sagte Anthony Fox. «Ich empfehle dir, deine Suche in Honolulu zu beginnen.»

«Wenn du weißt, wo ich ihn finden kann, wieso fährst du nicht selbst dorthin und holst dir dein Geld?»

«Ich bin ein ehrlicher Mann geworden. Nur die Dummen stehlen von den Reichen. Die Klugen stehlen von den Armen. Das ist in der Regel sogar durch Gesetze geschützt.»

«Aber du bestiehlst doch nicht die Armen?»

«Nein, ich nutze bloß ihre Schwäche aus.»

Er wies auf die Bar mit ihrer Flaschenbatterie.

«Das ist profitabler und mit weniger Risiko verbunden. Die Flasche in der Hand ist besser als das Geld auf der Bank. So denkt der Arme.»

«Ah ja. *Bird-in-hand*, das gilt auch für dich.»

«Das gilt auch für mich.»

Ich stand auf, um zu gehen.

«Einen Augenblick.»

Es war ein Trick, den er anwandte, er hielt seine Informationen bis zum Schluss zurück.

«Es gibt da eine Sache, an die ich mich bei deinem Vater erinnere.»

Ich schaute ihn an. Mein Herz hämmerte in der Brust.

«Er sah aus wie ein Mann, der etwas verloren hatte. Hast du eine Idee, was es gewesen sein kann?»

«Nein», antwortete ich, während mein Herz noch immer klopfte. «Ich war noch ein Kind, als er verschwand.»

Ich ging aus der Tür und hörte Anthony Fox' Stimme ein letztes Mal.

«Du hast vergessen zu bezahlen!», rief er. «Du wirst im Buch eingetragen!»

*   *   *

Ich war heilfroh, aus Hobart Town fortzukommen. Ich hatte mit meiner Schiffskiste als Kopfkissen geschlafen, obwohl es ein Schloss an meiner Zimmertür gab, und mehr als einmal hatte ich in der Dunkelheit um mich schlagen müssen, weil ich ungebetene Gäste bekam.

Dann nahm ich Kurs auf Honolulu. Es dauerte ein Jahr, bis ich dort eintraf. Ich musste mehrmals an- und abmustern. Keine Route führte direkt von Hobart Town nach Hawaii. Unterwegs sah ich viele Dinge. Es gab mehr als einen Strand, an dem ich mich gern niedergelassen hätte. Wenn Anthony Fox recht hatte, als er sagte, es gebe zwei Sorten von Männern, die in den Stillen Ozean kämen, musste ich nun einsehen, dass ich zu der ersten Sorte gehörte, die nur einen Platz im Schatten einer Kokospalme und der Aussicht auf eine blaue Lagune suchten.

Doch ich musste weiter. Ich hatte nur eins im Kopf, den Namen Jack Lewis.

Vierzehn Tage musste ich in Honolulu warten, und wenn ich nicht auf der Jagd nach Jack Lewis gewesen wäre, hätte ich dort das Ende meiner Tage verbracht.

Die Frauen flanierten mit nackten Schultern und roten Kleidern, die ihnen bis zu den Hacken reichten. Und sie wiegten sich auf eine Weise in den Hüften, die die Menschen in Marstal als unanständig bezeichnet hätten. Aber sie lebten unter einem anderen, fruchtbareren Diktat der Natur als dem, das wir hier bei uns kennen.

Die Luft war erfüllt von Parfüm. Erst dachte ich, es seien die Damen, die meine Nasenlöcher reizen wollten, so wie sie auch meine übrigen Sinne reizten. Doch der Duft kam von den Blumen, die überall, vor den Häusern, im Schatten der Bäume und entlang der Wege, wuchsen. Jasmin und Oleander waren die einzigen Pflanzen, deren Namen ich kannte.

Statt Gin gab es hier amerikanischen Brandy, und ich trank meinen Brandy vom Rauschen der Brandung begleitet auf einer schattigen Terrasse, während ich das Leben auf der Promenade vor mir beobachtete.

Die Häuser der Stadt waren weiß und hatten grüne Fensterläden, die Wege waren gerade und breit. Statt auf Pflastersteinen lief ich auf einem Teppich zermahlener Korallen, im Schatten hoher Bäume, deren Blätter so dicht wuchsen, dass keinerlei Sonnenlicht hindurchfiel. Die Männer kleideten sich in den Farben der Stadt, weiße Jacken, Westen und Hosen. Sogar ihre Leinenschuhe waren weiß, sie kreideten sie jeden Morgen. Die Frauen trugen blumenverzierte Zigeunerhüte.

Die Mikronesier, deren Haut hell ist, haben eine Vorliebe für Tätowierungen im Gesicht. Den größten Eindruck auf mich machten allerdings glatzköpfige Männer mit Tonsur, die sich vom Hals an aufwärts hatten tätowieren lassen, so dass ihre Gesichter ganz blau waren. Es sah aus, als ruhte statt eines Kopfes eine dunkle Wolke auf ihren Schultern. Tief in den blauen Schatten blitzte es. Es war das Weiße ihrer Augen, das jedes Mal aufleuchtete, wenn sie blinzelten oder in eine andere Richtung blickten.

Dort lagen sie, an den beiden Enden des Pazifischen Ozeans, Hobart Town und Honolulu, und ich bin niemals in zwei Städten gewesen, die so verschieden waren. Über Jack Lewis hatte ich zuerst in Hobart Town gehört, und es schien, als brächte ich jedes Mal, wenn ich seinen Namen erwähnte, etwas vom Dreck dieser Stadt mit. Die Leute sahen mich auf eine unverschämte Weise von oben bis unten an und vermittelten mir das Gefühl, dass meine Gesellschaft unerwünscht sei.

Einer spuckte auf den Boden und wandte mir dann den Rücken zu. Ich empfand es so, als würde sich ganz Honolulu von mir abwenden.

Ein amerikanischer Missionar sah mich unter seinem breitkrempigen Strohhut teilnahmsvoll an und sagte dann in einem väterlichen Tonfall: «Du bist doch eigentlich ein ehrlicher junger Bursche. Was willst du denn bloß von diesem schrecklichen Mann?»

Ich konnte ihm mein Anliegen nicht erklären und schwieg. Er missverstand mein Schweigen, vermutete, ich hätte etwas zu verbergen, und ging unter Kopfschütteln davon.

Man hätte den Eindruck gewinnen können, ich sei unrein.

Doch schließlich bekam ich die Informationen, die ich wollte. Jack Lewis wurde innerhalb der nächsten Wochen erwartet. Aber es gab einen Preis, den ich für mein Interesse an der Ankunft der *Flying Scud* zu bezahlen hatte. Ich musste meinen Brandy allein trinken.

Die *Flying Scud* ging außerhalb Honolulus vor Anker. Ich stand am Strand, als Jack Lewis von seiner Besatzung, die aus vier Kanaken bestand, alle mit blauen Gesichtstätowierungen, an Land gerudert wurde. Ich bemerkte, dass einem der Kanaken ein Ohr fehlte.

Ich erklärte mir es so, dass Jack Lewis niemandem traute und sich daher nur mit Eingeborenen umgab. Worüber konnte er mit diesen blauen Männern reden? Über nichts, vermutete ich. Sie hatten ihre Ziele im Leben, er hatte seine, und ihre Wege würden sich niemals kreuzen. Es war diese Art von Gesellschaft, die ein Mann vorzog, wenn es galt, ein Geheimnis zu bewahren.

Jack Lewis war ein kleiner, vertrocknet aussehender Mann mit einer vom Passatwind und der hoch stehenden Mittagssonne am Äquator fast mahagonifarben gegerbten Haut. Sein Gesicht war voller Falten, und die Augen lagen tief, wie bei einer alten Meerkatze. Er trug einen verwaschenen Baumwollanzug mit nahezu verblichenen Streifen. Ein Strohhut verbarg sein Gesicht, außer er legte den Kopf in den Nacken, um zu seinem Gesprächspartner aufzuschauen. Dann hatte es den Anschein, als gäbe er eine Audienz.

Auf den ersten Blick wirkte er unauffällig. Er sah überhaupt nicht aus wie ein Kapitän, ein bescheidener Händler vielleicht, und doch hafteten alle möglichen Gerüchte an ihm. Ich hatte bereits gelernt, dass die bloße Erwähnung seines Namens jemanden zu einem Aussätzigen machte.

Seine Männer zogen das Boot auf den Strand. Er stand daneben und starrte in den Sand, als wäre er in Gedanken versunken. Ich ging auf ihn zu und nannte meinen Namen. Er schaute auf. Ich sah ihm ins Gesicht, doch er schien sich nicht an den Namen zu erinnern, und wenn er es tat, zeigte er es nicht.

Dann erwähnte ich Anthony Fox' Namen, und er drehte mir den Rücken zu.

Seine Männer standen abwartend hinter ihm und machten nicht den Eindruck, als hörten sie zu.

«Ich bin nicht gekommen, um sein Geld zu holen», sagte ich. «Ich bin aus einem anderen Grund hier.»

Er wandte sich um und blickte mich an.

«Alle kommen wegen des Geldes. Welches andere Motiv kann ein Mann haben?»

«Ich suche jemanden.»

Er musterte mich mit einem abschätzenden Blick aus seinen engstehenden Affenaugen.

«Madsen», sagte er dann. «Du bist Laurids Madsens Sohn.»

«Ist das so leicht zu erkennen?»

«Das ist so leicht auszurechnen. Nur ein Sohn würde nach einem Mann wie Madsen suchen.»

«Wie muss ich das verstehen?»

Ich machte einen Schritt auf ihn zu. Spürte, wie der Zorn in mir aufwallte, ein Zorn, der sich mit der Furcht über das, was ich zu hören bekommen würde, mischte – und wenn sich Furcht und Zorn mischen, weiß man nie, was geschieht.

Jack Lewis wich nicht zurück. Er starrte mich weiterhin mit seinen unergründlichen Augen an, und ich begriff, dass er ein Mann war, der gelernt hatte, andere allein mit seinem Blick zu beherrschen.

«Hör mal zu», sagte er, «du bist jung. Du suchst nach deinem Vater. Wieso, verstehe ich nicht, aber es ist ja auch nicht meine Sache. Ebenso wenig wie Moral. Ich interessiere mich nicht für Gut oder Böse, und ich verurteile niemanden. Ich interessiere mich nur dafür, ob ein Mann für die Arbeit an Bord taugt.»

«Und das tat mein Vater nicht?»

Noch immer hatte meine Stimme diesen wütenden Klang. Mich trieb eine lächerliche Ehrenrettung meines Vaters. War es nicht ein Verbrecher, der hier stand und sich zum Richter über ihn aufschwang?

«Als ich deinem Vater zum ersten Mal begegnete, erschien er mir ein Mann zu sein, der alles verloren hatte. Diese Art Männer ist in der Regel brauchbar, wenn man Geschäfte wie ich macht. Sie haben keine Illusionen. Sie sind Überlebende, und das Leben hat sie gelehrt, was wirklich zählt: Geld. Ich frage aus Neugier, du brauchst nicht zu antworten. Was hatte er verloren?»

Ich schüttelte den Kopf. «Ich weiß es nicht.»

«Familie? Vermögen? Oder diesen seltsamen Begriff der Ehre?»

«Er hatte meine Mutter. Wir waren drei Brüder und eine Schwester. Er bekam die Arbeit, die er wollte. Er war ein geachteter Seemann.»

Jack Lewis machte eine einladende Handbewegung.

«Wir stehen hier am Strand. Lass uns in die Stadt gehen und etwas trinken.»

Als wir uns ein paar Stunden später trennten, bemerkte ich zu meiner Verblüffung, dass ich Jack Lewis mochte. Er erinnerte mich an Anthony Fox. In Marstal hätte ich ihn bestimmt wie die Pest gemieden, aber man lernt, die merkwürdigsten Menschen zu schätzen, wenn man weit von zu Hause fort ist. Er war ein Mann, der über die Dinge nachgedacht hatte. Er war geradeheraus, und er machte sich nicht besser, als er war.

Er lud mich ein, am nächsten Tag an Bord der *Flying Scud* zu kommen, und ich bedankte mich für die Einladung.

Wir hatten meinen Vater nicht mehr erwähnt.

Das Licht eines *skylight* fiel auf den Tisch von Jack Lewis' niedriger Kajüte. Mitten auf dem Tisch stand der Panzer einer Meeresschildkröte, der mit seltsamen Früchten gefüllt war, die ich nie gesehen hatte, bevor ich nach Hawaii kam. Die Kanaken nennen sie Ananas. Eine Lampe mit Waltran brannte, doch die eigentliche Lichtquelle schienen die Früchte zu sein, die mit ihren goldenen Farben wie ein Teil der Sonne leuchteten.

Am Schott kämpften ein Speer und ein Schild mit zwei goldgerahmten Miniaturporträts um den Platz. Neugierig sah ich sie mir an. Eines zeigte einen beleibten Herrn mit Backenbart und kräftigen Augenbrauen, das andere eine blasse, schwächlich aussehende Frau mit spitzer Nase, die vermutlich seine Gemahlin war.

«Du brauchst sie dir nicht näher anzusehen», erklärte Jack Lewis, «ich habe keine Ahnung, wer die beiden sind. Ich fand sie in einem Schiffswrack und dachte, dass meine Kajüte ein wenig Zierwerk vertragen könnte. Solche Porträts verschaffen einem Mann Respekt. Sie lassen es so aussehen, als hätte ich Ahnen und eine Geschichte. Aber die habe ich nicht, und ich will sie auch nicht haben. Es wäre dumm für einen Mann in meiner Position.»

«Schau ihn dir an», fuhr er fort, «ein kräftiger Mann mit einem großen Appetit aufs Leben. Und dann sie, ein schwächlicher Wurm mit einer Nasenspitze, die vom ewigen Heulen und Klagen bestimmt knallrot war. Viel Spaß hatte er sicherlich nicht mit ihr. Ich schaue sie mir hin und wieder an, weil sie mich daran erinnern, wieso ich hier bin. Nimm dir stattdessen den Stillen Ozean zur Braut. Sie wird für dein Auskommen sorgen und dir allen Spaß verschaffen, den du dir wünschen kannst.»

Ich deutete auf die Wand.

«Und die Waffen?»

«Sind ein Geschenk des Pazifiks. Ein rasches, kleines Gerangel mit Kannibalen auf einer fernen Insel, an der niemand vorbeikommt. Nach so einer Schlacht spürst du, dass du lebst, wenn du über den Strand gehst und dir deine toten Feinde ansiehst. Die Waffen sind meine Trophäen. Sie erinnern mich daran, wo ich hier bin.»

Er öffnete einen Wandschrank und nahm eine Flasche heraus. Sie war von ungewöhnlicher Form, mit einem weißen Inhalt, der wie Dampf oder kochende Milch herumzuwirbeln schien. Ich hatte den Eindruck, dass sich hinter dem Glas etwas Dunkles bewegte.

Jack Lewis schüttelte den Kopf und stellte die Flasche zurück. Er nahm eine andere.

«Scotch?»

Ich nickte. Wir setzten uns einander gegenüber.

«Und mein Vater?»

«Er hatte einen anderen Blick auf die Dinge. Er teilte meinen Sinn für Spaß nicht. Er wollte etwas anderes als ich. Ich weiß nicht, was, aber dann mussten sich unsere Wege trennen.»

Er prostete mir zu, und wir tranken.

«Es war schade», fuhr Jack Lewis fort. «Er hatte es in sich. Er wäre hier draußen gut zurechtgekommen. Ich mochte ihn.»

Er erhob sich und zog den Vorhang zur unteren Koje der Kajüte zur Seite. Er suchte etwas darin, und einen Augenblick später richtete er sich auf. In der Hand hielt er ein Päckchen, das er in einen Beutel eingewickelt hatte, der ehemals weiß, nun aber alt und vergilbt aussah. Er bleckte die Zähne zu einem Grinsen.

«Da wir nun schon auf vertrautem Fuße stehen, möchte ich dir etwas zeigen. Dich sozusagen in das Allerheiligste einladen.»

Er legte das Päckchen auf den Tisch und begann die Schnur um den vergilbten Beutel zu entknoten. Er tat es mit langsamen, sorgfältigen Handgriffen, beinahe so, als handelte es sich um eine Zeremonie, an der teilzunehmen er mich eingeladen hatte. Dann entfernte er mit einem schnellen Ruck den Beutel.

Mir bot sich der abscheulichste Anblick, der sich mir je in meinem Leben offenbart hatte.

Zunächst hätte ich dem, was ich sah, überhaupt keinen Namen geben können. Doch meine Augen waren wohl schneller als mein Gehirn. Noch bevor ich begriff, was da vor mir auf dem Tisch lag, zog sich mein Magen in Krämpfen zusammen, und mein Herz schien still zu stehen. Es war nicht viel größer als eine geballte Faust. Das schmutzige, verräucherte Haar, das einstmals weiß gewesen sein muss, war im Nacken zu einem Zopf geflochten.

Ich hielt mir die Hand vor den Mund und schwankte. Jack Lewis schenkte mir einen anerkennenden Blick, als würde ich mit meiner Reaktion ganz seinen Erwartungen entsprechen.

«Du bist blass geworden», sagte er.

Ich musste mich an der Tischkante festhalten, zog aber die Hand wieder zurück, als hätte mich ein Skorpion gebissen. Das Abscheuliche lag noch immer mitten auf dem Tisch. Ich hatte nur vage Erinnerungen an das Gesicht meines Vaters. Irgendwelche Bilder gab es nicht zu Hause. Jedes Mal, wenn ich versuchte, mir seine Gesichtszüge ins Gedächtnis zu rufen, hatte ich das Gefühl, es sei nur eine Einbildung, die ich vor meinem inneren Auge sah, so wechselhaft und unstet wie die Kumuluswolken am Himmel.

Ein furchtbarer Verdacht stieg in mir auf. Die Worte entfuhren mir mit einem nur halb unterdrückten Stöhnen.

Konnte es sein?

«Mein Vater?», keuchte ich.

Ich hätte nie gedacht, Jack Lewis mit seinem wie aus Holz geschnitzten Gesicht einmal in Lachen ausbrechen zu sehen. Nun zerbrach die Maske, und er lachte. Allerdings war es kein warmes oder herzliches Lachen. Es war so trocken und hart wie seine ganze Erscheinung. Aber er lachte.

«Um Gottes willen», sagte er zwischen zwei Lachanfällen und schnappte nach Luft. «Das ist nicht dein Vater. Was glaubst du denn, wer ich bin?»

Dann begann er wieder zu lachen. Als es schließlich vorbei war, bemerkte er, dass ich mit geballten Fäusten dastand. Mein Entsetzen war in Zorn umgeschlagen.

«Werd nicht gleich böse», meinte er und streckte abwehrend die Hände aus. «Mir geht es doch nur darum, ein wenig zu deiner Bildung beizutragen.»

Er nahm den Kopf vom Tisch.

«Weißt du, wie man so einen Schrumpfkopf macht? Erst musst du ihn skalpieren. Aber nicht so wie die Rothäute in Amerika. Ihnen reichen ja die Kopfhaut und das Haar. Du musst die gesamte Gesichtshaut wegschneiden, sonst kann der Schädel nicht kleiner werden. Dann hängst du ihn zum Trocknen über ein Feuer. Von Ähnlichkeit kann hinterher kaum noch die Rede sein. Große Porträtkunst ist so ein Schrumpfkopf nicht gerade.»

Er hielt den Kopf vor sein Gesicht und betrachtete ihn eingehend. Dann drehte er ihn so, dass ich mich auch daran erfreuen konnte.

«Aber ein bisschen bleibt schon zurück. Ob seine alte Mutter ihn wohl wiedererkennen würde?»

«Es ist ein Weißer», sagte ich.

«Ja, selbstverständlich ist das ein weißer Mann. Glaubst du, ich würde einen Kannibalenschädel aufheben? Nein, der Kopf eines Weißen ist eine große Rarität. Ich musste auf Malaita zehn Gewehre dafür bezahlen. Dort sind alle Kopfjäger. Es war ein guter Handel. Kaum hatte ich die Gewehre geliefert und die Kannibalen in der Kunst des Schießens unterrichtet, richteten sie die Gewehre auf mich. Ich erschoss alle fünf, bevor sie auch nur bis drei zählen konnten, was sie im Übrigen sowieso nicht konnten. Ich war nicht nur der weitaus erfahrenere Schütze, ich hatte auch vergessen, ihnen zu erzählen, dass sie die Gewehre entsichern müssten, bevor sie schossen. Leider kann ich den Schrumpfkopf eines Weißen nicht offen herumliegen lassen. Aber wenn ich allein bin oder, wie jetzt, zusammen mit jemandem, dem ich trauen kann, hole ich ihn heraus und schaue ihn mir an.»

Er legte ihn zurück auf den Tisch. Ich starrte auf die entsetzlich verzerrten Züge. Und doch erkannte ich etwas Menschliches in dem albtraumartigen Äußeren des Schrumpfkopfes, und das war wohl das Schlimmste daran.

«Wenn ich eine Religion habe, dann ist er es. Obwohl er stumm ist, erzählt er mir alles, was ich über das Dasein wissen muss. Schau her! Was sind wir? Eine Trophäe für andere, ein Feind, ja, das auch, aber vor allem eine Handelsware. Es gibt nichts, was man nicht kaufen oder verkaufen kann. Ich bezahlte mit Gewehren. Wäre diesen elenden Kannibalen die Bedeutung des Geldes bekannt gewesen, hätte ich einen passenden Preis gezahlt, und wir hätten diese beklagenswerte Episode mit dem Schusswechsel vermeiden können. Die ich im Übrigen nicht beklage. Auch das war ein Handel. Zu meinem Vorteil. Noch einen Drink?»

Ich wollte eigentlich ablehnen, aber ich hatte das Gefühl, er sei nötig. Wir saßen in Kapitän Jack Lewis' Kajüte und tranken mit einem Schrumpfkopf auf dem Tisch zwischen uns. Ich blickte ihn verstohlen an und begann mich an sein Vorhandensein zu gewöhnen.

«Wer war es?», erkundigte ich mich.

«Wenn ich es wüsste, würde ich es nicht erzählen. Es muss dir reichen, dass ich ihn normalerweise Jim nenne. Schaust du dich manchmal im Spiegel an?»

Jack Lewis' Blick ruhte direkt auf mir.

Wir hatten zu Hause einen kleinen Spiegel, aber der wurde in einer der Schubläden meiner Mutter verwahrt und nicht sonderlich häufig hervorgeholt. Ich hatte mich öfter im Schein einer Fensterscheibe gesehen als vor einem Spiegel gestanden, und auf keinem der Schiffe, mit denen ich gesegelt war, hatte im Mannschaftslogis ein Spiegel gehangen.

«Nicht sonderlich oft», antwortete ich.

Die Frage interessierte mich nicht, und ich verstand nicht, worauf Jack Lewis hinauswollte.

«Das ist vernünftig. Tatsächlich solltest du dich nie im Spiegel betrachten. Der erzählt dir nichts als Lügen. Ein Mann sieht sich selbst im Spiegel und bekommt vollkommen falsche Vorstellungen von sich. Ich rede überhaupt nicht davon, was ein Spiegel mit einer Frau macht. Aber bei einem Mann geht es nicht darum, wie hübsch er ist. Die Eitelkeit des Mannes sitzt nicht im Gesicht, sie sitzt woanders. Durch den Spiegel aber kommt er dennoch auf die Idee, er sei etwas Einzigartiges und würde sich vollkommen von allen anderen unterscheiden. Doch so erscheint es nur ihm selbst. Weißt du, wie wir für andere aussehen, in diesem Spiegel, der hier sitzt?»

Er wies auf seine Augen.

«Ich werde es dir zeigen.»

Er packte Jims Zopf mit seiner klauenähnlichen Hand und schaukelte ihn vor meinen Augen. Ich fuhr erschrocken aus dem Stuhl auf.

Jack Lewis lachte triumphierend.

«Das bist du», sagte er. «So siehst du in meinen Augen aus. Das bin ich. So seh ich in deinen Augen aus. So sehen wir uns gegenseitig. Das ist doch die erste Frage, die wir uns stellen, wenn wir uns gegenüberstehen: Wie kann er mir nützlich sein? Wir alle sind füreinander Schrumpfköpfe.»

Er setzte sich wieder, goss sich noch ein Glas ein und sah mich herausfordernd an.

«Noch einen Drink?»

Ich schüttelte den Kopf. Ich spürte, dass mein einziges Bedürfnis darin bestand, von diesem Mann wegzukommen. Aber das ging nicht. Ich war so weit gereist, um ihn zu finden. Ohne ihn spürte ich meinen *papa tru* niemals auf. Noch hatte ich ihn nicht gefragt, wo er sich befand, doch Jack Lewis kam mir zuvor.

«Ich weiß, wo dein Vater ist», sagte er. «Ich werde dir einen Handel vorschlagen. Ich bringe dich dorthin, aber selbstverständlich ist dafür ein Preis zu zahlen.»

Er blickte auf Jim und lachte erneut.

«So ist das. Etwas für etwas. Ich bin es leid, nur Kanaken in meiner Gesellschaft zu haben, und es fällt mir schwer, eine Mannschaft in meiner eigenen Rasse aufzutreiben. Du wirst mein Steuermann, vermutlich eine Beförderung für einen jungen Mann deines Alters. Eine Heuer bekommst du nicht, dafür aber freie Kost und Logis und die Überfahrt. Und nun kommt das Wichtigste.»

Er hob den Zeigefinger und sah mich mit einem Ernst an, der mir geheuchelt schien. Allerdings kannte ich ihn nicht gut genug, um den Ausdruck seiner Augen zu deuten.

«Ich bin dein Kapitän, und du hast meinen Befehlen zu folgen.»

«Ich folge nur meinem Gewissen.»

«Und was bietet dir dein Gewissen so an?», fragte er in spöttischem Ton.

«Mein Gewissen mischt sich nicht in den Kurs ein, und es interessiert sich auch nicht für die Heuer oder Freiwachen. Ich habe keine Angst, hart zu arbeiten. Allerdings gibt es Dinge, die mir mein Gewissen verbieten zu tun.»

«Wir werden sehen», entgegnete Jack Lewis. «Du hast die Wahl. Dein Vater oder dein Gewissen.»

«Wo ist mein Vater?»

«Das verrate ich nicht. Der Stille Ozean ist groß, und er befindet sich nicht gerade in der Nähe. Der Passat bläst, wie er soll, und ich verspreche dir, keine Umwege zu machen. Na, was ist? Ja oder nein?»

«Ja», antwortete ich.

*   *   *

Vierzehn Tage später brachen wir auf. Der Laderaum war gefüllt. Womit, wusste ich nicht. Kapitän Jack Lewis hielt mich mit Absicht von der Ladung fern.

«Das Übliche», antwortete er auf meine Frage.

Ich wusste, dass es keinen Sinn hatte, weiter in ihn zu dringen.

Die Spottlust kehrte in seinen Blick zurück.

«Denk an dein Gewissen. Was es nicht weiß, macht es nicht heiß.»

Der Kurs ging in Richtung Südwest, aber dadurch wurde ich auch nicht klüger. Hawaii lag im östlichen Teil des Stillen Ozeans, und der Kurs bestätigte nur, was ich bereits geahnt hatte: Dass mein *papa tru* sich dort draußen auf einer der tausend Inseln dieser großen Einöde aus Wasser befand.

Ich stand am Ruder, und wir segelten mit einer leichten Brise. Neben mir stand Jack Lewis. Er war ein Mann des Wortes, und er hatte es ernst gemeint, als er über seine Einsamkeit in Gesellschaft der Kanaken sprach, denn er wich selten von meiner Seite.

«Du weißt es vielleicht nicht», sagte er, «aber du durchkreuzt den Stillen Ozean mit dem falschen Ziel.»

«Was meinst du?», fragte ich.

Er verstand es immer wieder, mich neugierig zu machen, obwohl ich selten mit seiner Philosophie einverstanden war.

«Wenn ich einen jungen Mann wie dich frage, wo er hinwill, weißt du, was du da antworten musst, wenn du ein richtiger junger Mann mit Appetit aufs Leben bist? In die ganze Welt, hast du zu antworten, aufs Meer und all seine Inseln. Ein junger Mann geht zur See, um von seinem Vater fortzukommen. Doch du suchst nach ihm. Das ist der falsche Kurs. Ist es wegen deiner Mutter?»

«Für meine Mutter wäre es am besten, wenn mein Vater tot wäre und es ein Grab gäbe, das sie besuchen könnte. Es täte ihr nicht gut, wenn sie wüsste, dass er noch am Leben ist.»

«Also ist es nicht einmal ein Gefallen, den du ihr tust. Bist du sicher, dass es ein Gefallen ist, den du dir selbst tust?»

«Ich muss die Wahrheit kennen.»

«Was willst du von deinem Vater?»

«Ein Mann braucht einen Maßstab.»

«Einen Maßstab? Dann find einen anderen. Ein Schiff, deine eigenen Handlungen. Lass den Pazifik dein Maßstab sein. Schau dir die Dünung an. Größer wirst du sie nirgendwo finden. Diesen Wellen steht der halbe Globus zur Verfügung, um Anlauf zu nehmen. Du bist jung. Dir gehört der Globus. Sei nicht so besessen von der Vergangenheit.»

Ich antwortete nicht. Was ich von meinem Vater wollte, ging Jack Lewis nichts an. Außerdem hatten wir einen Handel geschlossen. Ich fragte ihn nicht nach seinem Kurs. Also hatte er sich auch nicht in meinen einzumischen.

Ich dachte an meinen *papa tru*. Früher hatte ich mich jeden Tag so nach ihm gesehnt, dass mir das Herz weh tat. Dann wurde ich erwachsen, und Bitterkeit mischte sich in die Sehnsucht. Ich hatte nie daran gezweifelt, dass er noch am Leben war, und ich nahm an, dass er verschwand, weil er verschwinden wollte. Ich musste wissen, warum.

Das war alles.

Welche Art Leben lebte er? Was sollte ich sagen, wenn ich ihm begegnete?

Ich wusste es nicht. Ich hatte keine Rede vorbereitet. Ich musste ihn bloß sehen. Und dann?

Auch darauf konnte ich nicht antworten. Ich wusste nur, dass er zu einem anderen Mann geworden war, während ich ihn suchte, und das war die Wahrheit über ihn. Er war ein Fremder. Vielleicht wollte ich dies nur bestätigt wissen. Ich suchte nach ihm, um von ihm Abschied zu nehmen.

Es war ein Jahr her, seit ich Hobart Town verlassen hatte. Ich hatte den Stillen Ozean überquert, ihn aber nicht wahrgenommen. Jack Lewis hatte recht. Ich hatte den Blick abgewandt. Nun sah ich den Ozean zum ersten Mal. Ich sah seine lange Dünung, die Abgesandten ferner, längst abgeklungener Stürme. Ich sah Delphine springen und Haifischflossen, die das Wasser zerschnitten. Ich sah, wie große Schwärme Thunfisch das Meer zu Schaum aufpeitschten. Aber nur selten entdeckte ich eine Möwe, denn Land war immer weit entfernt. Ich sah den Albatros auf seinen großen Flügen dahingleiten. Er brauchte die Nähe des Landes nicht.

Es hieß über den Stillen Ozean, er sei wie jedes andere Meer, nur größer, aber ich hielt das für Unfug. Es konnte so grau und aufgewühlt sein wie die Nordsee, so ruhig wie das Inselmeer bei Südfünen, doch über keinem anderen Meer habe ich den Himmel so blau und weit erlebt, und obwohl die Erde nicht flach ist und auch keine äußeren Ränder hat, entdeckte ich, dass der Stille Ozean ihre Mitte sein musste.

In klaren Nächten, wenn ich allein am Ruder stand und selbst der ewig philosophierende Jack Lewis sich dem Schlaf ergeben hatte, stellten die Sterne die einzigen Landmarken dar. Ich fühlte mich wie ihr Nachbar, unterwegs in der Mitte des Universums.

Die Kanaken saßen in der Stille und sahen ebenso wie ich hinauf zu den Sternen, und ich wusste, dass sie, dieses seefahrende Volk, das einst nach den fernsten Sonnen des Alls navigiert hatte, sich jetzt genauso zu Hause fühlten wie ich. Auf einmal verstand ich meinen *papa tru*. Es kommt ein Moment im Leben eines Seemanns, dachte ich, an dem er auf festem Grund und Boden nicht mehr länger zu Hause ist; und dann ergibt er sich dem Stillen Ozean, auf dem kein Land das Auge bremst, wo Himmel und Meer sich ineinander spiegeln, bis oben und unten ihre Bedeutung verlieren und die Milchstraße aussieht wie der Schaum einer sich brechenden Welle, wo der Erdball wie ein Schiff inmitten der fallenden und steigenden Brandung des Sternenhimmels rollt und die Sonne nur noch ein kleiner glühender Punkt im Meeresleuchten der nächtlichen See ist.

Ich wurde von Rastlosigkeit und Sehnsucht nach dem Unbekannten erfasst. Es besaß etwas Rücksichtsloses. Vielleicht hatte Jack Lewis dieses Gefühl gemeint, als er von der Abenteuerlust sprach, mit der die Jugend die ganze Welt bereisen soll. Es war eine Mystik, die von der unendlichen Fläche des Stillen Ozeans ausging, und mein *papa tru* musste sie irgendwann einmal gespürt haben. Und wer sie erst einmal gespürt hat, kehrt nie mehr zurück.

Ich erinnerte mich an einen Sommerabend zu Hause am Strand. Der Wind hatte sich gelegt, und das Wasser war ganz ruhig. In der Dämmerung nahmen das Meer und der Himmel die gleiche veilchenblaue Farbe an, und der Horizont verschmolz. Der Strand blieb der einzige Halt für die Augen, und es schien, als wäre der weiße Sand der äußerste Rand der Erde. Genau auf der anderen Seite begann der endlos blaue Himmelsraum. Ich zog mich aus. Als ich den ersten Zug tat, war es, als würde ich hinaus ins Universum schwimmen.

In dieser Nacht auf dem Stillen Ozean hatte ich das gleiche Gefühl.

Die *Flying Scud* roch von vorn bis achtern nach Kopra, aber das war nichts Besonderes. Getrocknete Kokosnüsse waren die wichtigste Handelsware in dieser Gegend. Da ich Jack Lewis' Ruf kannte, kam ich auf den Gedanken, dass der Kopragreruch lediglich etwas anderes überdecken sollte. Es war nicht Kopra, durch die sich Jack Lewis seinen Ruf erworben hatte. Aber was es sein könnte, konnte ich mir nicht vorstellen.

Anthony Fox hatte den Begriff «Menschenhandel» benutzt. Ich erwähnte es Jack Lewis gegenüber, der diesmal nicht in seiner gewohnt direkten Art antwortete.

«Ich tue, was Seeleute tun», sagte er, «ich bringe Dinge an die Stellen, wo sie gebraucht werden. Die Welt ist, wie sie ist. Ich mache sie weder besser noch schlechter.»

«Sklavenhandel?», fragte ich.

«Solltest du es nicht wissen, dann darf ich dich darüber aufklären, dass Sklavenhandel in diesem Teil der Welt verboten ist. Ich bin ein gesetzestreuer Mann.»

Den letzten Satz sagte er mit einem schiefen Lächeln.

«Plantagenarbeiter?», setzte ich meine Fragen fort.

Es war bekannt, dass es einen regen Verkehr von Kanaken gab, die mit Geldversprechen auf die großen Plantagen gelockt wurden, dort aber kein Geld verdienten, sondern in bodenlosen Schulden ertranken. Die Plantagenbesitzer besaßen alles, auch die Häuser, in denen ihre Arbeiter zur Miete wohnten, und die Läden, in denen sie ihre Lebensmittel kauften. Ihr Vertrag war vielleicht auf zwei Jahre begrenzt, doch stattdessen hatten sie am Ende zehn Jahre gearbeitet, bevor sie ohne Geld und ausgemergelt auf die Inseln zurückkehrten, von denen sie irgendwann einmal gekommen waren, wenn sie überhaupt jemals den Weg zurück übers Meer fanden.

Jack Lewis schüttelte den Kopf.

«Ein amüsantes Ratespiel haben wir da begonnen. Aber glaub nicht, dass du von mir eine Antwort erhältst. Du bist kein praktischer Mann. Du hast doch dein empfindsames Gewissen, und wenn man so etwas hat, ist es am besten, taub zu sein.»

Jack Lewis löste mich immer pünktlich um Mitternacht ab, wenn die Hundewache begann. Zuerst wunderte ich mich darüber, doch ich dachte, vielleicht war es eine verborgene Seite von ihm, und er wäre gern allein mit den Sternen.

An einem warmen Abend, an dem die Seile schlapp herunterhingen und die Milchstraße sich in der regungslosen Fläche des Meeres spiegelte, so dass der Unerfahrene glauben mochte, der weiße Sternenschimmer sei Brandung, die sich an einem verborgenen Riff brach, holte ich mein Schlafzeug, um mich auf Deck zu legen.

Jack Lewis' Stimme war scharf, als er mir befahl, wieder zu verschwinden.

«Ein Kanake kann auf Deck schlafen. Für einen weißen Mann gehört sich das nicht.»

Ich blieb unentschlossen stehen, weil ich keine Lust hatte, unter Deck in die stickige Kajüte zu gehen.

«Bleib hier an der frischen Luft.»

Jack Lewis' Stimme wurde versöhnlicher. Ich hörte ihr an, dass er sich gern unterhalten wollte. Ich setzte mich auf die Bordwand. Abgesehen vom Knirschen des Riggs, herrschte absolute Stille.

«Ich habe dich angelogen», sagte Lewis.

Er kicherte in der Dunkelheit in sich hinein.

«Ich weiß genau, wer Jim ist. Aber du würdest mir trotzdem nicht glauben.»

«Komm raus damit. Ich glaube dir. Aber sag mir, warum du mir plötzlich die Wahrheit erzählen willst.»

«Na, dann hab ich wohl deinen Segen. Das ist ja noch mal gut gegangen. Tja, warum ist mir mit einem Mal danach, dir die Wahrheit über Jim zu erzählen? Weil die Geschichte einfach zu gut ist, um nicht darüber zu reden. Das ist doch das Seltsame an einer guten Geschichte. Man hat keine rechte Freude daran, wenn man sie für sich behält. Also hör zu: Jims richtiger Name ist …»

Er machte eine Pause, um die Spannung zu erhöhen, «…James.»

Ich sah ihn enttäuscht an. «Na und?»

Jack Lewis lachte.

«Ich denke, der Nachname wird dir ein wenig mehr sagen als der Vorname. Cook. James Cook.»

Ich rang nach Luft.

«Der James Cook?»

«Ja, der James Cook. Der Kapitän der *Resolution* und der *Discovery*. Der Entdecker der Freundschaftsinseln, der Sandwichinseln und der Gesellschaftsinseln. Der James Cook.»

«Aber das ist unmöglich!»

«Zeig mir doch sein Grab. Erzähl mir, wo liegt er denn begraben?»
Ich schüttelte den Kopf. Ich wusste es nicht.

«James Cook wurde auf Hawaii getötet. In der Kealakekuabucht. Er war ein strenger, aber gerechter Mann. Das muss man sein, wenn man mit den Kanaken umgehen will. Streng. James Cook hat einmal einem Kanaken ein Ohr abgeschnitten, weil er einen Sextanten gestohlen hat.»

Er sah mich prüfend an, um sich zu versichern, dass ich verstanden hatte, was er mir gerade erzählte. Ich hatte es verstanden. Einem seiner eigenen Männer fehlte ein Ohr, und ich war sicher, dass Jack Lewis, was die Behandlung von Kanaken anging, sich James Cook zum Vorbild nahm.

«Auf Hawaii erschoss James Cook einen Häuptling, der versuchte, ihm ein Boot zu stehlen. Tausende von Eingeborenen umringten ihn und seine Männer, aber er wäre schon klargekommen. Die Eingeborenen hielten ihn für ihren verschwundenen Gott Lono, der zurückgekehrt war.

«Er hätte den Häuptling nicht erschießen sollen.»

«Ich dachte mir, dass du das sagen würdest. Doch es verhält sich genau umgekehrt. Es war notwendig, den Häuptling zu erschießen. Cook statuierte ein Exempel. Er zeigte seine Stärke. Seine Dummheit war, dass er auch seine Schwäche zeigte. Die Eingeborenen wagten nicht, ihn anzugreifen, trotz ihrer Überzahl. Aber dann schoss einer von ihnen einen Pfeil ab. Vielleicht war es ein Versehen. Niemand weiß es. Doch der Pfeil traf James Cook. Es war keine sonderlich ernste Wunde, daran ist er nicht gestorben. Er starb, weil er eine Dummheit beging.»

Wieder sah Jack Lewis mich auf diese Weise an, wie er es immer tat, wenn er mich erziehen wollte. Obwohl ich nicht ahnte, worin James Cooks Dummheit bestand, wusste ich, dass nun die eine oder andere zynische Bemerkung über die Erbärmlichkeit der Menschen kommen würde, und ich irrte mich nicht.

«Cook begann zu schreien, als ihn der Pfeil traf. In den Augen der Kanaken war er ein Gott, und Götter empfinden keinen Schmerz. Sein Schrei war das Signal zum Angriff. Fünfzehntausend Mann warfen sich auf ihn und zerrissen ihn buchstäblich in kleine Stücke. Sein Fleisch wurde über dem offenen Feuer gebraten, mit Ausnahme von neun Pfund, die die Eingeborenen zurück zur *Resolution* schickten. Sein Herz wurde an einer Hütte aufgehängt, wo es drei Kinder entdeckten, die es in dem Glauben verspeisten, dass es das Herz eines Hundes sei. Später fanden seine Offiziere ein paar seiner Knochen, die sie im Meer versenkten. Aber sein Kopf wurde nie gefunden.»

«Und wie hast du ihn bekommen?»

«Das war nicht einfach. Die Kanaken behielten das Geheimnis seiner Existenz für sich. Er wurde zu einer Trophäe in ihren Stammeskriegen. Schließlich verschwand Cooks Kopf aus Hawaii und begann, überall im Stillen Ozean aufzutauchen – ungefähr im Kielwasser der Route, die sein Besitzer viele Jahre zuvor bereits zurückgelegt hatte. Irgendwann gab es gerüchteweise nicht weniger als fünf Köpfe im Gebiet des Stillen Ozeans, die alle James Cook gehört haben sollen. Ich allerdings fand den richtigen. Ich hatte meine Informanten, und schließlich spürte ich ihn auf Malaita auf. Der Häuptling, der ihn mir verkaufte, war ein gebildeter Mann, der Englisch sprach und las. Er hatte es bei einem Missionar gelernt, den er später mit großem Appetit verspeiste; jedenfalls hat er es mir so anvertraut. Er wusste genau, wer Cook gewesen ist und wie wertvoll der Kopf war. Im Übrigen hielt er die Kopfjagd keineswegs für barbarisch. ‹Ich habe in eurer Bibel gelesen›, sagte er zu mir. ‹Da gibt es David, einen großen Krieger. Als er Goliath besiegt hat, schnitt er ihm da nicht auch den Kopf ab und zeigte ihn König Saul?›»

Kurz darauf kroch ich unter Deck. Ich fiel in der engen Koje mit ihrer stickigen Luft schon bald in einen unruhigen Schlaf und träumte von Isagers brennendem Haus, damals in der Silvesternacht vor vielen Jahren. Ich stand auf der Straße und schaute in ein Fenster. Im Esszimmer lag Isagers Kopf auf dem Tisch und starrte mich an.

Ich hörte Stimmengemurmel und das Geräusch nackter Füße an Deck, aber ich wusste nicht, ob es sich nicht um einen neuen Traum handelte, der den vorherigen abgelöst hatte.

Ich erwachte mit einem Druck auf der Brust und versuchte, die Träume aus dem Kopf zu verbannen. Dann schwang ich die Beine aus der Koje. Das Schiff ächzte, die Wellen rauschten. Es war nicht mehr windstill. Ich beschloss, an Deck zu gehen, um mir die frische Brise ins Gesicht wehen zu lassen. Die Tür der Kajüte war geschlossen, obwohl kein

Zweifel daran bestand, dass ich sie hatte offen stehen lassen, als ich in die Koje ging. Ich fasste an den Griff, doch die Tür war von außen verschlossen.

Es gab etwas, das ich nicht sehen durfte, und ich glaubte zu wissen, was es war.

Ich hämmerte an die Tür und rief Jack Lewis' Namen, doch es kam keinerlei Reaktion. Aufbrechen konnte ich sie nicht, und nach einiger Zeit gab ich es auf und kehrte in meine Koje zurück, wo ich zu meiner Überraschung wieder einschlief.

Als ich wach wurde, fiel Licht durch die offene Tür. Ich fand Jack Lewis bei einer Tasse Kaffee in seiner Kajüte. Er sah aus, als hätte er mich erwartet, und lächelte breit, als ich durch die Tür trat.

«Kaffee?», fragte er und wies auf den Stuhl gegenüber.

Ich antwortete nicht.

«Wollen wir nun wieder damit anfangen? Mit unseren sokratischen Dialogen über das Wesen des Gewissens? Glaub mir, alles, was ich tue, dient nur dazu, dein vornehmes Gewissen zu schützen.»

«Ein Gewissen, das nicht gebraucht wird, ist kein Gewissen.»

«So philosophisch sind wir schon am frühen Morgen? Es gibt nichts, das einen Mann so nachdenklich werden lässt wie eine verschlossene Tür. Siehst du, wenn du nicht dieses vornehme Gewissen hättest, wäre deine Tür auch nicht abgeschlossen. Aber du bist herzlich willkommen, die Nacht an Deck zu genießen. Du musst nur immer daran denken, dass ich dein Kapitän bin und mein Wort hier an Bord Gesetz ist.»

«Also doch Sklavenhandel? Die *Flying Scud* ist ein *blackbirder?*»

«Es ist absolut kein Sklavenhandel. An Bord der *Flying Scud* gibt es nur freie Männer.»

«Die tagsüber im Laderaum eingesperrt sind?»

«Sie können das Schiff verlassen, wann immer sie wollen. Ich wünsche nur nicht, dass sie inmitten des Ozeans über Bord springen. Dann ertrinken sie. Es gibt kein Land in der Nähe, selbst der beste Schwimmer könnte nichts erreichen. Aber die Kanaken sind abergläubisch, in der Dunkelheit wagen sie nicht herumzuschwimmen. Daher sind sie nachts an Deck sicher.»

Ich verstand überhaupt nichts.

«Das Schiff verlassen, wann sie wollen?»

Meine Stimme war voller Zorn und Misstrauen. Ich spürte, dass Jack Lewis mich zum Narren hielt.

«Ja. Sobald wir Land erreichen, können sie das Schiff als freie Männer verlassen.»

Er stand auf und streckte mit die Hand hin.

«Ich gebe dir mein Wort als Kapitän der *Flying Scud.*»

Ich blieb stehen, ohne seine ausgestreckte Hand zu ergreifen.

«Wenn es freie Männer sind, aus welchem Grund sind sie dann an Bord? Denn einen Grund wird es doch geben?»

«Es gibt bei allen Dingen einen Grund.»

«Deinen oder ihren?»

Ich sah auf den Schrank mit den Winchestergewehren hinter seinem Rücken und wusste, dass er nicht zu antworten brauchte.

An diesem Abend blieb ich am Ruder stehen, als er an Deck kam, um mich abzulösen.

«Ich übernehme die Wachen noch ein paar Stunden», sagte ich.

«Wie du willst.»

Im Mondschein sah seine undurchdringliche Miene mehr denn je aus wie eine Holzmaske.

Die erste Stunde passierte nichts. Die Kanaken der Besatzung schliefen um mich herum auf Deck, denn wieder war es eine warme Nacht. Dann machte Jack Lewis die Runde und weckte sie. Sie kamen ohne Zögern auf die Beine, obwohl es mitten in der Nacht und der Mondschein die einzige Lichtquelle war. Ich sah, dass es sich um Routine handelte. Sie verschwanden in der Kajüte und kehrten mit Wasserkrügen und Schalen mit gekochtem Reis zurück, die sie aufs Deck stellten. Dann begannen sie, die Luken zu öffnen. Ein schwarzes Loch tat sich vor mir an Deck auf, und ich überlegte, ob nun all meine Fragen beantwortet würden. Jetzt sollte ich die freien Männer zu sehen bekommen, die tagsüber im Laderaum eingeschlossen waren.

Einer der Kanaken rief etwas in den Laderaum, und ein Chor von Stimmen antwortete. Einer nach dem anderen kam herauf. Ich versuchte, sie zu zählen, doch in der Dunkelheit fiel es mir schwer. Ich weiß nicht, wie viele es waren, aber ich glaube, es waren ausschließlich Männer. Ihre Haut war schwarz wie eine mondlose Nacht. Ihre Gesichter verbarg der Schatten einer dichten Haarpracht. Im Mondlicht ähnelten sie Negern aus Afrika, doch ich wusste, dass es Melanesier aus dem östlichen Teil des Stillen Ozeans sein mussten, die dunkelste all der Rassen, die über dieses gewaltige Meer verteilt leben. Bei den Weißen waren sie nicht nur als die blutrünstigsten, sondern auch als die eifrigsten aller Kopfjäger berüchtigt.

Jetzt bewegten sie sich friedlich auf Deck, wo sich schon bald ein Leben entfaltete, wie man es vermutlich in jedem Dorf dieser Wilden finden kann. Einige scharten sich um die Schalen mit Reis. Andere tranken aus den Wasserkrügen oder gossen sich das Wasser in die hohlen Handflächen, um sich das Gesicht zu waschen. Ein paar gingen an die Reling, um sich zu erleichtern. Bald saßen sie alle in kleinen Gruppen an Deck, und ein monotones Gemurmel breitete sich aus.

Einer begann zu singen, andere stimmten ein, und es dauerte nicht lange, bis sie alle sangen. Ihr Gesang schien den Stillen Ozean als Partitur zu haben. Er hob und senkte sich mit einer gemächlichen Würde, genau wie die gewaltige Dünung des Ozeans, und wie bei den Wellen schien es, als hätte ihr Gesang weder Anfang noch Ende. Er hörte ebenso abrupt auf, wie er begonnen hatte, ohne einen erkennbaren Anlass, und Schweigen senkte sich wieder über das Deck, während sich die *Flying Scud* auf ein Ziel zubewegte, das nur Jack Lewis kannte.

Ich sah mich nach ihm um. Er lehnte mit einer Winchester im Arm am Deckhaus.

Die Szene wiederholte sich jeden Abend. Die Luken wurden geöffnet, und die schwarzen Schatten, die unter der Bezeichnung «freie Männer» lebten, krochen an Deck und befriedigten ihre täglichen Bedürfnisse. Dann verschwanden sie wieder. Ich wusste nicht, welches Schicksal unseren freien Männern bestimmt war. Allerdings konnte ich mir kaum vorstellen, dass sie etwas Gutes erwartete. Dafür hatte Jack Lewis mich schon zu weit in seine Philosophie eingeweiht.

Wieso stritt er so vehement ab, dass es sich um Sklaven handelte? Ein Heuchler war er doch nicht. Das musste ich ihm zugestehen. Was also mochte der Grund sein?

«Ich sag es dir noch mal, Madsen, ich sage dir, es sind keine Sklaven und auch keine Plantagenarbeiter. Es sind freie Männer wie du und ich.»

Er sagte es eines Tages, als ich einmal mehr nachgebohrt hatte. Dann gab ich es auf, weiter in ihn zu dringen.

Einige Tage später wandte er sich an mich. Ich konnte seinem Gesicht ansehen, dass er eine Überraschung vorbereitet hatte. «Es kann nicht schaden, wenn ich es dir jetzt verrate, Madsen», sagte er. «Wir segeln nach Samoa. Dort ist dein Vater.»

«Dann weiß ich es jetzt», entgegnete ich.

Ich muss gestehen, dass ich nicht das Bedürfnis verspürte, ihm zu danken.

«Was sollte uns daran hindern, uns zu trennen? Jetzt gibt es nichts mehr, das uns noch länger aneinanderbindet.»

Er lachte und breitete die Arme zu einer Umarmung aus.

«Aber natürlich gibt's da noch etwas, mein lieber Junge. Sieh dich um. Das Meer! Das Meer bindet uns zusammen. Wie willst du auf eigene Faust nach Samoa kommen? Schwimmen? Unterwegs auf einer dieser einsamen Inseln aussteigen, die auf keiner Seekarte verzeichnet sind, und auf eine Schiffspassage warten? Nein, du bist an das Schiff hier gebunden. Genau wie die freien Männer im Laderaum.»

Jack Lewis hatte recht. Dass ich nun wusste, wo mein Vater sich befand – ein Wissen, für das ich fürchtete, teuer bezahlen zu müssen, wenn ich es überhaupt je nutzen konnte –, änderte gar nichts.

«Wir unterbrechen unsere Reise noch einmal», fuhr Jack Lewis in dem gleichen triumphierenden Ton wie zuvor fort. «Aber ich bin sicher, dass du nicht das Bedürfnis verspüren wirst, mich verlassen zu wollen.»

«Und wieso nicht?», fragte ich trotzig.

«Nicht so aufsässig, mein Junge. Weil du viel zu klug bist, um deine Tage auf einer menschenleeren Insel zu beenden.»

«Wenn es eine menschenleere Insel ist, was wollen wir dann da?»

«Dasselbe, was ich immer mache, wenn ich irgendwo hinkomme: handeln.»

«Und mit wem, wenn dort niemand lebt?»

«Eine gute Frage, mein Junge, tiefergehend, als du es selbst weißt. Ja, mit wem wohl. Diese Frage kann ich nur mit einer Gegenfrage beantworten. Was ist ein Mensch? Ja, was ist das?»

Er sah mich direkt an. «Kannst du es mir beantworten?»

Jack Lewis lachte auf eine Weise, die signalisierte, dass er an meiner Antwort kein Interesse hatte; unsere Unterhaltung war damit beendet.

*   *   *

Zwei Tage später entdeckten wir die erste Möwe seit drei Wochen. Von Deck aus konnten wir kein Land sehen. Ich holte die Seekarte. Es war keine Insel in der Nähe unserer Position verzeichnet.

Jack Lewis ließ einen Mann die Takelage aufentern. Schon bald hörten wir von oben bestätigende Rufe. Einige Stunden später tauchte eine mit Palmen bekränzte Küstenlinie am Horizont auf.

«Deine menschenleere Insel?», fragte ich Jack Lewis, der neben mir an der Reling stand.

Er nickte, sagte aber kein Wort.

Als wir näher kamen, bemerkte ich, dass bereits ein Schiff vor der Küste lag.

«Sieht aus, als wäre jemand zuerst gekommen.»

Ich deutete auf die Insel.

«Das ist ein Wrack», erklärte Lewis. «Es liegt schon seit vielen Jahren dort auf dem Riff. Es ist die *Morning Star.* Die Porträts der rotnasigen Dame und ihres Mannes aus meiner Kajüte stammen von dort.»

«Und die Mannschaft?», fragte ich.

«Die Mannschaft war lange tot, als ich es fand.»

«Was war passiert?»

Jack Lewis zuckte mit den Achseln.

«Das wissen nur sie selbst, und bekanntlich reden Tote nicht.»

«Meuterei?»

Jack Lewis drehte sich um, um einem der Kanaken einen Befehl zu erteilen. Mir war klar, dass ich nicht mehr von ihm erfahren würde. Aber ich sah ihm an, dass er etwas vor mir verheimlichte.

Wir kreuzten vor dem Riff und suchten nach einer Lücke. Jack Lewis steuerte auf das Wrack zu, und kurz bevor wir es erreichten, öffnete sich ein Loch in der tosenden Brandung. Die Besatzung der *Morning Star* hatte es nur beinahe getroffen und ihren Mangel an Präzision teuer bezahlen müssen. Das Schiff hing auf dem Riff, als wäre es mit großer

Kraft hinaufgeschleudert worden; und seine Lage erklärte auch, warum es aus der Ferne so unbeschädigt erschien, dass ich zunächst gedacht hatte, es liege in der Lagune vor Anker. Es hatte fast keine Krängung, und alle Masten standen noch. Der Name *Morning Star* war nach wie vor auf dem Heck zu lesen. Eine Galionsfigur, die in ein langes weißes Gewand gekleidet war, dessen Bemalung abblätterte, streckte wie um Hilfe rufend die Hände in Richtung Land aus, als wäre sie die einzige Überlebende und für alle Zeiten in der flehentlichen Bitte erstarrt.

Dann befanden wir uns im Windschatten der Lagune, in deren durchsichtigem Wasser die Schatten von Fischen über den Sandboden glitten. Auf der anderen Seite des Riffs, hinter der weißen Brandung, wirkte das Meer tiefblau, als wäre ein Schatten darauf gefallen. Hier leuchtete das Wasser in einer smaragdgrünen Farbe, die es aussehen ließ, als würde der Sandboden eine Energiequelle von der gleichen Kraft wie die Sonne verbergen. Der weiße Strand wurde von wild wucherndem Unterholz begrenzt, das schon bald in Dschungel überging. Ich hatte das Gefühl, als wäre die dichte Vegetation eine Mauer, hinter der Jack Lewis seine Geheimnisse versteckte.

Ich musste mich wohl meinen Betrachtungen hingegeben haben, denn ich hatte überhaupt nicht bemerkt, dass wir den Anker fallen ließen, als Jack Lewis plötzlich neben mir stand. Er hatte ein Fernrohr in der Hand und richtete es mit einer suchenden Bewegung auf den Strand. Ich konnte dort nichts erkennen, aber er stieß ein zufriedenes Grunzen aus.

«Nun ist der Augenblick also gekommen.»

«Welcher Augenblick?»

«Der Augenblick, an dem ich dir demonstrieren werde, dass ich ein Mann bin, der sein Wort hält. Du hast mir nicht geglaubt, als ich sagte, dass die Männer im Laderaum freie Männer und keine Sklaven sind. Nun kannst du selbst urteilen.»

«Du hast ein Gewehr in der Hand.»

«Man muss seine Vorsichtsmaßnahmen treffen. Aber ich habe nicht vor, es zu benutzen.»

Er gab den Kanaken den Befehl, die Luken des Laderaums zu öffnen und sich danach im Mannschaftslogis vor dem Mast unsichtbar zu machen. Sie sahen nicht aus, als würden sie diesen sonderbaren Befehl hinterfragen wollen. Wahrscheinlich nahmen sie nicht zum ersten Mal an dieser Zeremonie teil – oder was immer es auch war, das ich beobachten sollte.

Jack Lewis gab mir ein Zeichen, dass wir uns hinter dem Deckhaus verstecken sollten. Er legte einen Finger an die Lippen, und mir fiel auf, dass er angespannt war und sein Finger auf dem Abzug des Gewehrs ruhte. Wir hörten das Geräusch von Füßen auf Deck sowie Stimmen. Die freien Männer kamen aus dem Laderaum. Mit einer Handbewegung bedeutete mir Jack Lewis, dass ich mich noch immer nicht bewegen dürfe. Wir standen eine Weile da und horchten.

Dann vernahm ich ein Platschen und sah, wie sich auf Jack Lewis' Gesicht ein Lächeln ausbreitete, als ob alles nach einem festgelegten Plan verliefe. Er nickte und lachte mich lautlos an. Ein weiteres Platschen war zu hören, dann noch eines.

Jack Lewis zählte, denn er bewegte die Lippen und krümmte einen Finger nach dem anderen. Als er alle Finger einer Hand viermal gekrümmt hatte und somit bis zur Zahl zwanzig gekommen war, schlug er mir übermütig auf die Schulter.

«Na, mein Junge», sagte er, «irgendwelche Fragen?»

Ich schaute über die Lagune, wo die Männer, die noch bis vor ein paar Minuten im Laderaum eingesperrt gewesen waren, nun auf den Strand zuschwammen. Sie erreichten ihn nahezu gleichzeitig und verschwanden, ohne sich umzusehen, im Dickicht des Waldes.

Ich wusste nicht, was ich sagen sollte, war unsicherer denn je. Jack Lewis betrachtete mich mit schief gelegtem Kopf.

«Sieh hin», sagte er, «freie Männer. Gab es hier etwa jemanden, der sie daran hinderte fortzulaufen?»

«Du bist ein praktischer Mann, Mr. Lewis», sagte ich, «und ich verstehe nicht, warum du diese Männer so viele Wochen durchgefüttert hast, nur um sie dann verschwinden zu sehen. Was bekommst du dafür? Und was sollen die Männer auf einer menschenleeren Insel?»

«Das ist wohl ihre Sache. Ich weiß nicht, was sie hier sollen, und es geht mich auch nichts an. Ich weiß nur, dass ich ihnen die Wahl gelassen habe. Du hast ja mit eigenen Augen gesehen, wie ich befohlen habe, die Luken zu öffnen.»

«Wer würde wohl nicht abhauen, wenn die Alternative wäre, in einem dunklen Loch zu verschmachten. Ist das eine Wahl?»

«Es ist eine Wahl», erwiderte Jack Lewis. «Und ich habe sie ihnen gelassen. Aber nun haben wir genug geredet, wir müssen mit unserer eigentlichen Aufgabe beginnen.»

Er ging zum Logis und rief den Kanaken einen Befehl zu, die sofort an Deck erschienen und anfingen, ein Boot klarzumachen.

«Ich finde, du solltest mit uns kommen. Es wird dir ein lehrreiches Erlebnis sein.»

Er hängte sich zusammen mit einem Pulverhorn und einem Ladestock einen altmodischen Vorderlader über die Schulter. Ich blickte ihn verwundert an. In der Hand hielt er eine Winchester.

«Frag mich nicht», meinte er grinsend. «Ich bin ein abergläubischer Mann. Die alte Büchse ist mein Talisman.»

Zusammen mit zwei Kanaken, die die Ruder bedienten, stieg ich ins Boot. Am Strand war niemand zu sehen, aber wie sollte es auch anders sein bei einer menschenleeren Insel.

Wir zogen das Boot an Land. Jack Lewis schritt den Strand ab, während er in das Walddickicht spähte, als ob er jemanden suchte. Dann winkte er mich zu sich. Hinter einem blühenden Hibiskusbusch fiel mein Blick auf eine Reihe von Kalebassen. Im Sand daneben lag ein Stück Leder, auf dem offenbar kleine Steine angehäufelt waren, aber ich stand zu weit entfernt, um richtig sehen zu können.

Jack Lewis ging auf das Stück Leder zu. Mit Hilfe einer Lederschnur band er es zu einem Säckchen zusammen, während die Kanaken begannen, die Kalebassen zum Boot zu tragen. Man hörte es schwappen, und ich begriff, dass sie mit Wasser gefüllt waren. Jack Lewis wog den Beutel in der Handfläche. Ich hörte ein Rasseln, und wenn sein maskenartiges Gesicht irgendwann einmal imstande gewesen sein sollte, ein Gefühl wie Glück auszudrücken, dann in diesem Augenblick.

Im selben Moment hörten wie einen Schuss über die Insel krachen. Jack Lewis erstarrte.

«Zum Teufel!», entfuhr es ihm. «Zum Teufel, verdammt noch mal!» Er schloss den Lederbeutel und wandte sich zu mir.

«Schnell!», befahl er. «Nimm so viele Kalabassen, wie du tragen kannst!»

Er schrie den Kanaken einen Befehl zu, die sofort begannen, das Boot ins Wasser zu schieben. Während er lief, behielt er den Lederbeutel in der Hand. Ich konnte seiner Miene ansehen, dass er mit unserer überstürzten Flucht eher die Rettung des Beutels als unseres Lebens beabsichtigte. Was auch immer er in den Händen hielt, er hatte seinen vergrabenen Schatz gefunden.

Das Boot befand sich bereits im Wasser. Ich musste bis zu den Schenkeln hinauswaten, bevor ich mich an Bord ziehen konnte. Die Kanaken fingen sofort an zu rudern. Jack Lewis stand mit dem Gewehr in der Hand mitten im Boot. Er zielte aufs Land, dort ertönte ein donnernder Knall. Ich drehte mich um und schaute zurück auf den Strand.

Am Ufer wimmelte es plötzlich von Eingeborenen. Einige trugen Gewehre und antworteten mit einer ganzen Salve. Die Kugeln schlugen um uns herum im Wasser ein. Jack Lewis schoss zurück, und ich stellte fest, dass er ein guter Schütze war. Einer der Eingeborenen lag bereits ausgestreckt im Sand. Nun fiel der nächste.

«Ha», sagt er verächtlich, «zum Glück sind diese Teufel nicht in der Lage zu zielen.»

«Ich dachte, du hast gesagt, die Insel sei unbewohnt.»

«Ich habe nie gesagt, die Insel sei unbewohnt. Ich habe gesagt, dort wohnen keine Menschen. Nenn diese Teufel noch einmal Menschen, und ich befehle dir, ins Wasser zu springen. Dann kannst du dich deinen Artgenossen anschließen, wenn du willst.»

Er sah mich mit einem grimmigen Lächeln an und schoss dann noch einmal. Ein weiterer Eingeborener fiel, doch der Rest setzte unbeeindruckt die Schießerei fort.

«Na, und was wird jetzt?»

Ich schüttelte den Kopf.

«Ich glaube, ich bleibe hier.»

Ich verstand nichts von dem, was ich sah. Wer waren diese Eingeborenen, und wieso schossen sie auf uns? Die freien Männer aus unserem Laderaum konnten es nicht sein. Wo sollten sie Gewehre herbekommen haben? Und die Kalebassen und seltsamen kleinen Steine, die Jack Lewis' Maske vor Glück hatten rissig werden lassen? Was für eine Bedeutung besaßen sie? Einen Handel hatte er es genannt, aber offenbar ein Handel, der fehlgeschlagen war?

Nein, ich verstand nichts. Ich wusste nur, dass mein Herz schlug, wie es noch nie geschlagen hatte, und dass mir diese Minuten im Kugelhagel, in denen ich zur Untätigkeit gezwungen war, weil es nicht mehr Riemen im Boot gab als diejenigen, die die Kanaken bereits in den Händen hielten, wie Stunden oder Tage vorkamen.

Die *Flying Scud*, die wohl ein paar Kabellängen vom Strand entfernt lag, schien nicht näher zu kommen. Glücklicherweise hatten die beiden Kanaken, die auf dem Schiff geblieben waren, gesehen, in welcher Gefahr wir uns befanden, und fingen an, den Anker zu lichten. Aber deshalb wurde die Gefahr für unser Leben nicht geringer. Eine zweite Gruppe Eingeborener hatte ein langes Kanu über den Strand gezogen und zu Wasser gelassen, nicht weit von der Stelle, von der aus die erste Gruppe uns weiterhin unter starken Beschuss nahm, obwohl Jack Lewis' treffsichere Antworten ihre ursprüngliche Anzahl bereits um die Hälfte reduziert hatte und der Strand von Leichen übersät war.

Das Kanu holte rasch auf. Jeder zweite Mann paddelte, während der Rest aufrecht im Kanu stand und schoss. Jack Lewis musste seine Aufmerksamkeit auf zwei Ziele gleichzeitig richten. Als Abschiedsgruß schickte er einen letzten Schuss an den Strand, und ein weiterer Eingeborener sank zu Boden. Dann konzentrierte er sich auf das Kanu, und ich sah ein erstes Besatzungsmitglied seitwärts ins Wasser stürzen, als unser eigenes Boot plötzlich langsamer wurde.

Bisher hatte ich dieses fürchterliche Schauspiel, das sich vor meinen Augen abspielte, in stillem Entsetzen verfolgt. Ich war lediglich ein Zuschauer, und doch wusste ich, dass das Ende dieses Stücks nirgendwo geschrieben stand und es mich, sollte mir das Schicksal ungnädig sein, am Ende das Leben kosten könnte. Jetzt bekam ich plötzlich die Gelegenheit, selbst mitzuspielen, denn einer der Kanaken sank mit einem Schmerzensschrei über dem Ruder zusammen. Er war an der Schulter getroffen. Ich schubste ihn von der Bank, hinunter auf den Boden des Boots, wo er liegen blieb und sich die verletzte Schulter hielt, aus der Blut quoll, das auf seiner dunklen Haut nur als glänzender Strom zu erkennen war.

Ich ruderte, wie ich noch nie zuvor gerudert hatte. All meine düsteren Gedanken verschwanden sofort, als meine Hände endlich etwas zu tun bekamen, und ich spürte, dass ich wieder Einfluss auf mein eigenes Schicksal nehmen konnte. Die Zeit, die einen Augenblick stehen geblieben zu sein schien, setzte sich wieder in Bewegung und die *Flying Scud* kam rasch näher.

Das Großsegel und die Fock waren bereits von den geschickten Händen der Kanaken gesetzt, die Rettung schien in Reichweite, als ich eine Flut von Flüchen aus Jack Lewis' Mund vernahm.

«Das musste jetzt auch noch ... Zum Teufel in der Hölle!»

Ich dachte, eine Kugel hätte ausnahmsweise ihr Ziel verfehlt, als das Schweigen seines Gewehrs mich über die tatsächliche Ursache seiner Verzweiflung belehrte.

Er hatte keine Munition mehr.

Ich schaute auf. Er öffnete den Lederbeutel und begann ihn zu durchwühlen. Dann fischte er einen kleinen Gegenstand heraus und hielt ihn prüfend in das Licht. Die Sonne brach sich in ihm, und ich beobachtete, wie er die Farbe wechselte, von Weiß über Rosa und Lila bis hin zu Blau und zurück – bis er wieder weiß schimmerte, je nachdem, wie Jack Lewis ihn zwischen seinen Fingern drehte.

Es war eine Perle!

Ich kann sagen, es war die schönste Perle, die ich je gesehen habe. Ich hatte nicht viele gesehen, geschweige denn jemals eine in den Fingern gehalten, aber wunderschön war sie. Fasziniert starrte ich sie an. Es war eine Einladung zum Träumen, und trotz der schrecklichen Situation, in der wir uns befanden, nahm ich diese Einladung an und schien mich plötzlich an einem ganz anderen Ort als an Bord eines Boots aufzuhalten, das von blutrünstigen Eingeborenen, die mit kräftigen Paddelschlägen zügig aufholten, verfolgt wurde.

Jäh wurde ich von Jack Lewis aus meinem Tagtraum gerissen. «Pull, zum Teufel, Mann, pull!»

Die Riemen in der Hand hatte ich regungslos dagesessen und auf die Perle gestarrt. Nun sah ich, wie Jack Lewis den alten Vorderlader von der Schulter nahm und Pulver in den Lauf schüttete, bevor er die Perle folgen ließ und das Ganze sorgfältig mit dem Ladestock stopfte. Dann legte er die Büchse, die er seinen Talisman genannt hatte, an und zielte sorgfältig. Noch bevor der Knall verhallt war, fiel einer der Eingebornen hintenüber und verschwand im Wasser, als hätte ihn eine mächtige Hand gestoßen.

«Ich schicke dir eine Rechnung, du Teufel!», schrie Jack Lewis mit wutverzerrtem Gesicht.

Erneut lud er die Büchse. Seine Finger zitterten, als er eine weitere kostbare Perle im Lauf versenkte. Ich traute meinen Ohren nicht, als ich hörte, wie seinen zusammengekniffenen Lippen ein eigenartiger Laut entfuhr. Ich könnte schwören, dass es ein Schluchzen war. Dann knallte die Büchse noch einmal.

Den Kanaken vor mir durchfuhr ein Ruck. Ich dachte, er sei getroffen, aber es war nur sein Ruder, das einen Treffer nahe der Riemendolle abbekommen hatte, und als er wieder anzog, brach es mittendurch. Jetzt gab es nur noch mich am Ruder.

Von den Perlen, Jack Lewis' Treffsicherheit und der Kraft meiner Arme hing unsere Rettung ab. Ich ruderte, bis ich das Gefühl hatte, meine Schultern würden sich aus den Gelenken drehen. Die Verzweiflung muss mir ungeahnte Kräfte verliehen haben, denn der Abstand zu unseren Verfolgern wurde wieder größer. Auch gab es nicht mehr so viele wie zuvor. Mit Kugeln und Perlen hatte Jack Lewis jeden zweiten Mann mit sicherer Hand aus dem Kanu geholt. Ihr Kriegsgeheul klang noch immer bedrohlich, doch es war ein kleinerer Chor, der unseren nahe bevorstehenden Tod besang.

Dann erreichten wir die *Flying Scud*. Ein Fallreep erwartete uns. Ich nahm den verwundeten Kanaken über die Schulter. Sein Gewicht spürte ich kaum. So enterte ich die Schiffsseite auf und schwang mich über die Bordwand, ohne an das Ziel zu denken, das ich in diesem Moment bot. Hinter uns waren mehrere Schüsse zu hören, aber niemand wurde getroffen.

Die Kanaken hatten alles klargemacht. Der Anker hing am Vordersteven, die Segel waren gesetzt, und hätten sie Zugang zur Kajüte des Kapitäns und seinem Waffenschrank gehabt, wären bestimmt auch die Gewehre geladen gewesen, damit er ohne Unterbrechung mit dem Erschießen unserer Verfolger fortfahren konnte. Doch die Gewehre waren ein Tabu.

Kaum standen wir an Deck, lief Jack Lewis in seine Kajüte. Einen Augenblick später kehrte er mit einer Schachtel Patronen und einem neuen Gewehr zurück. Er kniete sich hinter die Bordwand und setzte seine Schießerei mit einem Gesichtsausdruck fort, als ginge es nun nicht mehr darum, einen gefährlichen Verfolger unschädlich zu machen. Es gab eine persönliche Rechnung, die bezahlt werden musste. Für jede kostbare

Perle, die er verloren hatte, mussten die Eingeborenen nicht nur mit einem Leben bezahlen, sondern mit mehreren, und jeder Schuss, der traf, wurde von einem triumphierenden Ausruf begleitet.

«Der ist für dich, du Teufel!»

Er spuckte verächtlich über die Reling.

Ich musste das Ruder übernehmen. In seinem Blutrausch verschwendete der Kapitän keinen Gedanken daran. Es war an mir, uns durch die Lücke des Riffs aus der Lagune zu manövrieren. Dass es mir gelang, hatte nichts mit Seemannschaft zu tun. Es war eine Frage des Windes und der Gezeiten, und beide waren uns gewogen. Es hatte aufgefrischt, und unsere Segel waren straff gebläht, noch bevor die Lagune hinter uns lag. Es herrschte ablaufendes Wasser, und die Strömung floss durch die Öffnung im Riff. Ein Gläubiger hätte von der helfenden Hand Gottes gesprochen, aber da ich nicht glaube, dass der Herrgott, wenn es ihn denn gibt, auf Jack Lewis' Seite gewesen wäre, gebe ich mich damit zufrieden zu behaupten, dass die Naturgesetze in einem glücklichen Moment Wasser und Wind geboten, uns beizustehen.

Aber ein Gefühl, dass uns irgendetwas im letzten Augenblick auf wundersame Weise half, hat mich nie verlassen, obwohl ich nicht weiß, für wen es schlimmer gekommen wäre, wenn der Wind und die Strömung beschlossen hätten, die *Flying Scud* in der Lagune einzuschließen: für uns oder die Eingeborenen. Es waren viele, doch Jack Lewis' Treffsicherheit war mit einem Wort, das seiner Eitelkeit zweifellos geschmeichelt hätte, dämonisch.

In rascher Fahrt schossen wir am Wrack der *Morning Star* vorbei. Jack Lewis legte bei den Eingeborenen eine Pause ein und richtete sein Gewehr auf das Wrack. Es ertönte ein lauter Knall, und ich verfolgte, wie das Gesicht der Galionsfigur am Bug des Schiffs in einer Wolke von Splittern verschwand. Es war eine Wut in ihm, die sich nicht mit dem Blut der Eingeborenen begnügen wollte, und ich spürte, dass die Gefahr noch nicht vorüber war, sondern lediglich ihren Standort gewechselt hatte und sich nun bei uns an Bord befand.

* * *

Wir befanden uns auf hoher See, und es hätte an der Zeit sein können, erleichtert aufzuatmen, wäre da nicht dieser Wahnsinn gewesen, den ich in Jack Lewis' Gesicht gesehen hatte. Er war aus seiner Position an der Bordwand aufgestanden und hatte sein Gewehr beiseite gelegt. Dann begann er an Deck auf und ab zu gehen, während er die ganze Zeit vor sich hin murmelte.

«Alles zerstört ... wer im Namen der Hölle ... könnte ich den verdammten Satan bloß ausfindig machen.»

Er warf mir einen boshaften Blick zu, als würde auch ich eines Verbrechens verdächtigt, von dessen Natur ich nicht einmal eine Ahnung hatte. Seine Pläne, welcher Art auch immer, waren hintertrieben worden. Er schuldete mir eine Erklärung für den Albtraum, den wir gerade erlebt hatten. Mir war allerdings klar, dass jetzt der falsche Zeitpunkt war, ihn danach zu fragen, und dass der richtige sich bestimmt niemals ergeben würde, wenn mir mein Leben lieb war.

Ich beobachtete ihn aus den Augenwinkeln, und nicht ohne eine gewisse Furcht achtete ich auf seine Miene, die den Strom von Verwünschungen begleitete. Daher war ich vollkommen überrascht, als sich auf seinem Gesicht plötzlich ein Lächeln ausbreitete.

«Na, da soll mich doch ...», rief er aus, als hätte er gerade einen lang vermissten Freund entdeckt und wollte ihn mit offenen Armen willkommen heißen.

Ich drehte mich um, um herauszufinden, was seine Aufmerksamkeit erregt hatte, und dort, achteraus, etwa eine halbe Kabellänge entfernt, tanzte das Kanu der Eingeborenen in unserem in der Sonne glitzernden Kielwasser. Ich wollte meinen Augen nicht trauen. Welche Hoffnungen machten sie sich wohl, uns zu besiegen?

Ich sah, wie verbissen sie mit ihren Paddeln arbeiteten. Alle hatten sich hingesetzt, niemand stand mehr, um mit einem Gewehr auf uns zu zielen. Sie waren vielleicht noch zu siebt oder acht und wollten sichergehen, ihr Ziel zu treffen, bevor sie den Kampf wieder aufnahmen. Möglicherweisen planten sie sogar, uns zu entern. Hatten sie denn gar nichts gelernt?

Nicht einen Augenblick fürchtete ich einen Angriff von ihnen. In ihrem naiven Unverstand taten sie mir nur leid. Mir ging durch den Kopf, dass sie ja nicht nur mit dem Tod spielten, nein, sie luden ihn geradezu zu sich ein. Ich erkannte darin einen großen Unterschied und empfand eine maßlose Trauer über ihr Verhalten.

Es waren wahrlich nicht die Eingeborenen und ihr selbstmörderisches Verhalten, die ich fürchtete, sondern Jack Lewis' wiedererwachte Mordlust.

«Welch erfreuliche Überraschung!», rief er aus. «Und ich dachte schon, der Spaß sei vorbei.»

Er nahm sein Gewehr und legte es an die Schulter. Dann setzte er es wieder ab.

«Sie sind zu weit entfernt», sagte er enttäuscht. «Lass sie ein bisschen näher kommen. Geh härter an den Wind.»

«Aber Kapitän», wandte ich ein, «sie haben keine Chance, uns einzuholen. Gab es nicht schon genug Blutvergießen?»

Er musterte mich von oben bis unten.

«Wir werden angegriffen, und wir verteidigen uns. Das ist alles.»

«Aber im Augenblick werden wir nicht angegriffen. Und wenn wir Kurs halten, wird es auch nicht dazu kommen.»

«Geh härter ran!»

Meine Hände am Ruder zögerten noch immer. Er trat dicht an mich heran, die kleinen Augen aufgerissen vor Wut.

«Mr. Madsen, ich bin der Kapitän an Bord der *Flying Scud,* und ich habe Ihnen gerade einen Befehl erteilt. Wenn es dem jungen Herrn nicht behagt zu gehorchen, ist er als Meuterer anzusehen, und mit Meuterern mache ich kurzen Prozess.»

Er hielt mir den Gewehrlauf vors Gesicht, und einen Augenblick starrten wir uns gegenseitig in die Augen. Es war nicht sein Blick und auch nicht die bedrohliche Nähe des Gewehrlaufs, die mich seinem Befehl gehorchen ließ. Die Waffe zitterte in seinen Händen, und ich begriff, dass seine Wut vollkommen außer Kontrolle geraten war, obwohl seine Stimme ruhig blieb. Das Gewehr konnte jeden Moment losgehen. Es war eine Wut, die nicht nur meinem Zögern oder den Eingeborenen galt, die seine Pläne vereitelt hatten. Sein Zorn galt der ganzen Welt, und ob es sich dabei um Eingeborene oder mich handelte, der dafür zu büßen hatte, war ihm egal.

«Jawohl, Kapitän», sagte ich und drehte am Ruder.

Er senkte das Gewehr und ging zurück zum Achtersteven. Das Schiff drosselte seine Fahrt, bis wir ganz ruhig mit schlagenden Segeln in der Brise lagen. Das Kanu der Eingeborenen kam näher. Jack Lewis legte an und erschoss einen nach dem anderen. Bei jedem Treffer gab er ein kleines zufriedenes Grunzen von sich.

Das Kanu wurde weiter in schneller Fahrt gepaddelt. Die Eingeborenen standen nacheinander mit einem Gewehr in der Hand auf, zielten, schossen – und empfingen ihr eigenes Todesurteil.

Schließlich gab es nur noch einen Überlebenden. Er paddelte weiter auf uns zu. Jack Lewis stellte sein Feuer ein. Er dachte nach. Ich sah, dass sein Zorn verraucht war.

«Lass ihn», sagte ich, «jetzt ist es genug.»

Er blickte auf und schenkte mir ein müdes Lächeln. In diesem Moment lag eine seltsame Milde in seiner Miene, wie bei einem erwachenden Kind.

«Du hast recht», sagte er. «Jetzt ist es genug.»

Er stellte sich neben mich.

«Jawohl, Kapitän, korrekter Kurs.»

Der Wind blähte die Segel, und wir nahmen wieder Fahrt auf. Eine ganze Weile sagte niemand von uns ein Wort. Ich war dem Tod entronnen, doch nur, damit derselbe Mann mein Leben bedrohte, der mich kurz zuvor noch gerettet hatte. Nun stand er neben mir und tat so, als wäre überhaupt nichts geschehen.

«Herrliches Wetter», sagte er plötzlich und atmete tief durch. «Seeluft! Es gibt nichts Besseres. Das macht das Leben eines Seemanns lebenswert.»

Von all den Dingen, die ich Jack Lewis in den Monaten, die wir zusammen verbrachten, sagen hörte, war diese alltägliche Bemerkung die rätselhafteste. Ich glaubte nicht eine Sekunde daran, dass er meinte, was er sagte, und doch stimmten mich seine Worte froh. Mir war, als hätte sich das Entsetzen, das ich in den letzten Stunden empfunden hatte, ein wenig abgemildert und wir wären nicht mehr nur ein Kapitän und ein Steuermann auf dem Weg über den Ozean.

«Ja», erwiderte ich, ahmte Jack Lewis nach und atmete ebenfalls tief durch, «Seeluft tut gut.»

Wir wurden in unserem neu erstandenen Idyll von einem der Kanaken unterbrochen, der aufgeregt achteraus zeigte. Da tauchte er wieder auf, der einsame Eingeborene in seinem Kanu, eine schwarze Silhouette gegen das in der Sonne glitzernde Kielwasser. Er war nicht sehr weit entfernt. Wie er es geschafft hatte, uns einzuholen, allein in einem Kanu, das auf weit mehr Paddler ausgelegt war, schien vollkommen unbegreiflich.

Wir beobachteten ihn lange. Der Abstand zwischen uns blieb einigermaßen konstant. Ich blickte Jack Lewis verstohlen an, sagte aber nichts. Ich wartete darauf, dass er wieder zum Gewehr greifen und dem Leben ein Ende bereiten würde, das er in einem Augenblick guten Willens verschont hatte. Er tat jedoch nichts.

Nach einer Weile wandte er sich wieder dem Ruder zu und gab mir den Befehl, den Kurs zu korrigieren. Hin und wieder drehte ich mich um und hielt Ausschau nach achtern. Der Eingeborene war noch immer da. Der Abstand veränderte sich nicht. Er holte nicht zu uns auf, allerdings blieb er auch nicht zurück.

So vergingen einige Stunden. Während ich ihn im Auge behielt, änderte sich meine Meinung über unseren Verfolger. Ich sah einen Menschen allein in einem Kanu auf dem Meer. Er hörte auf, ein Eingeborener zu sein, ein Mitglied eines wilden Stammes, der uns vor nicht allzu langer Zeit angegriffen hatte. Ich wusste nicht mehr, wer er war oder was er von uns wollte, ob er ein Verfolger war oder ein Mensch in Not. Ich sah nur das unendliche Meer und seine verlorene Gestalt mittendrin. Ich spürte, dass er ein Bote sein musste, doch was wollte er uns erzählen?

«Das muss jetzt ein Ende haben», sagte Jack Lewis schließlich.

Mir war klar, dass ich nichts tun konnte.

Er ging zu seinem Gewehr und hob es auf. Ich sah ihm nicht dabei zu, starrte nur auf den einsamen Paddler mitten auf dem Meer, als wollte ich in diesen Minuten, die ihm noch blieben, Abschied von ihm nehmen und dafür sorgen, dass ich ihn nicht vergaß. Meine Erinnerung würde der einzige Grabstein sein, den er bekam.

Er musste gesehen haben, wie Jack Lewis seine Winchester auf ihn richtete, denn plötzlich stand er auf und riss sich sein Gewehr an die Schulter. Jack Lewis' Gewehr entlud sich mit einem Knall, im selben Moment schoss ein Feuerblitz aus der Mündung des Eingeborenengewehres. Sie hatten gleichzeitig gefeuert. Dann stürzte unser Verfolger rückwärts ins Kanu und blieb liegen. Das Kanu drehte im Kielwasser querab und schaukelte auf den Wellen. Der Abstand vergrößerte sich rasch. Das Kanu mit dem Toten würde bald außer Sicht sein.

Ich war so von dem Schicksal des Eingeborenen in Anspruch genommen, dass ich überhaupt nicht bemerkt hatte, was auf Deck der *Flying Scud* vor sich ging. Nun hörte ich ein lautes Stöhnen von Jack Lewis, und als ich mich umdrehte, sah ich ihn ausgestreckt am Boden liegen. Auf seinem Hemd breitete sich ein roter Fleck aus. Auch die Kugel des Eingeborenen hatte ihr Ziel gefunden.

Die Kanaken knieten mit fragendem Gesichtsausdruck um ihren Kapitän, als erwarteten sie einen Befehl. Begriffen sie nicht, dass Jack Lewis hier vor ihren Augen im Sterben lag?

Einen Augenblick kam mir der Gedanke, dass sie ihn möglicherweise für unsterblich hielten, weil seine Handlungen von der gleichen unberechenbaren Grausamkeit bestimmt waren wie die ihrer Götter. Er hatte einem von ihnen ein Ohr abgeschnitten, und ich hatte nie etwas anderes als seinen Befehlston gehört, wenn er sie ansprach. Sie stellten lediglich Figuren in einem Spiel dar, das sie nicht betraf, aber dennoch ihr Leben forderte. Er opferte sie ohne jede Erklärung, warum also sollten sie ihn nicht für einen Gott halten?

Handelte eine Gottheit denn nicht genauso? Mit einer Unergründlichkeit, die von Willkür nicht zu unterscheiden war? Die Gläubigen beteten und opferten vielleicht. Doch bisher hatte noch kein Gläubiger eine Möglichkeit gefunden sicherzustellen, dass seine Gebete in Erfüllung gingen.

Als ich Jack Lewis auf Deck liegen sah und der Blutfleck auf seinem Hemd sich ausbreitete, wurde mir klar, dass er auch für mich zu einem Gott geworden war. Er hatte versprochen, mich zu meinem *papa tru* zu bringen. Stattdessen hatte er mich jedoch auf eine Reise mit einem Laderaum voller Menschen mitgenommen, von denen er behauptete, sie seien frei; bis zu einer unbekannten Insel, auf der ich Zeuge einer rätselhaften Transaktion und eines Massakers geworden war.

Ich segelte mit ihm, um ein Geheimnis zu lüften, doch gefunden hatte ich lediglich ein weiteres.

Ich schien für ihn nur einer mehr von seinen Kanaken zu sein. Aber ich war ein Weißer und der Ansicht, dass er mir eine Lösung des Rätsels schuldete. Nun würde er sterben, und ich wollte eine Erklärung, bevor es zu spät war.

Ich gab einem der Kanaken den Befehl, das Ruder zu übernehmen, und ging zu Jack Lewis. Ich hatte niemals einen Menschen sterben sehen wie mein *papa tru*, der im Krieg gewesen war und erlebt hatte, wie die Menschen um ihn herum zusammengeschossen wurden, während die *Christian VIII.* ihren Untergang erwartete. Ich hatte Männer über Bord gehen und im Meer verschwinden sehen, aber das war etwas anderes. Sie versanken in den Wellen und traten dort, bereits unsichtbar, ihre einsame Reise in die Tiefe an. Sie starben nicht vor den eigenen Augen. Sie verschwanden nur aus dem Blickfeld.

Nun sollte Jack Lewis sterben. Ich war davon überzeugt und begriff, dass er in diesem Augenblick an Deck lag wie die Statue eines Gottes, die man von ihrem Sockel gestürzt hatte. Die Statue würde zerbrechen und ein nackter Mensch zum Vorschein kommen. Er war James Cook in der Kealakekuabucht. Er blutete aus seiner Wunde, und gleich würde er die gleiche Dummheit begehen wie Cook.

Jack Lewis starrte mich an, und ich musste mir eingestehen, dass ich mich geirrt hatte. Jack Lewis war ein gestürzter Gott, aber noch immer ein Gott. Es lag keinerlei Furcht in seinem Blick, und ich wusste nicht, wieso ich geglaubt hatte, dass ich sie darin finden würde. Wieso gab es keine Trauer über all das, wovon er Abschied nehmen musste, oder Ärger über die Ziele, die er trotz allem nicht erreicht hatte? Oder einfach Wut?

Ich hatte gesehen, wie er die Beherrschung verlor, als er gezwungen war, seine kostbaren Perlen anstelle von Kugeln zu benutzen. Würde er nicht so auch seinen Tod sehen? Als die Vergeudung einer Perle?

Ich war jung und hatte nie einen Gedanken an den Tod verschwendet. Sind die Gefühle, die bei dem Sinnieren über den Tod geweckt werden, überhaupt wahre Vorahnungen der tatsächlichen Gefühle, die man hat, wenn es so weit ist?

Nun sollte ich es erleben.

«Hol den Whisky.»

Er musste zwischen den einzelnen Worten schlucken, doch noch immer besaß Jack Lewis' Stimme ihre alte Autorität.

Mit einer kraftlosen Hand klopfte er auf das Deck, als würde er mich auf einen letzten Drink in seine Kajüte einladen.

«Und Jim.»

Ich starrte ihn an.

«Bist du taub?»

Verwirrt schüttelte ich den Kopf und ging in die Kajüte, um seinen Befehl auszuführen. Ich holte den fürchterlichen Kopf aus dem Beutel und stellte ihn neben Jack Lewis. Dann öffnete ich den Whisky und goss einen Schluck in meine Hand. Ich hatte noch nie eine Schusswunde behandelt, hatte aber doch die eine oder andere vage Idee, dass die Wunde mit Alkohol gereinigt werden müsse.

«Was machst du denn da?», knurrte Jack Lewis.

«Ich will die Wunde reinigen.»

«Die Wunde?», stieß er aus. «Es geht nicht um meine Wunde, es geht um mich. Ich bin durstig. Hol zwei Gläser.»

Als ich mit den Gläsern zurückkehrte, starrte Jack Lewis Jim mit einem prüfenden Blick an, als hätte er ihm gerade eine Frage gestellt und wartete nun auf die Antwort.

Die Kanaken standen wie angewurzelt mitten auf Deck. Auch der Rudergänger hatte das Rad verlassen. Ich brüllte einen Befehl, und er kehrte an seinen Platz zurück. Aber er drehte sich ständig um. Es war nicht der sterbende Kapitän, den er mit seinem Blick suchte, sondern der Kopf in dessen Händen.

«Ist das hier vernünftig?», fragte ich Jack Lewis.

«Da hast du dich nicht einzumischen.» Seine Stimme war blanker Hohn. «Natürlich ist es nicht klug, einem Haufen von Kannibalen, deren Blutdurst gerade erst geweckt ist, einen Schrumpfkopf zu zeigen. Aber es dauert nicht mehr lange, bis ich verschwunden bin, und dann ist das dein Problem, nicht meins.»

Es gurgelte in seinem Brustkasten, und er fletschte die Zähne zu einer Grimasse, die vielleicht ein Lächeln darstellen sollte.

«Schenk jetzt die Gläser ein. Dann lass uns auf die weitere Reise anstoßen. Meine führt ins Unbekannte. Dich wird sie zum frischgebackenen Kapitän eines Kannibalenschiffs machen.»

Ich goss ein und reichte ihm den Whisky, aber er hatte nicht mehr die Kraft, das Glas zu heben. Ich musste seinen Kopf stützen und ihm das Glas zum Mund führen. Er leerte den Inhalt mit einem Stöhnen; ob aus Wohlbehagen oder vor Schmerzen, konnte ich nicht sagen.

«Die freien Männer», drängte ich ihn, «du musst mir von den freien Männern erzählen.»

«Die freien Männer waren genau wie Jim hier.»

«Also Handelsware?»

«Ja», antwortete Jack Lewis, und seine Augen bekam einen abwesenden Ausdruck, so als interessierte ihn das Gespräch nicht, als hätte seine Reise ins Unbekannte bereits begonnen.

Ich spürte, dass es schnell gehen musste.

«Aber, worum ging's bei dem Handel?»

«Sandkörner», flüsterte er, «Steinchen. Spielzeug für Kinder.»

Sein Kopf sank zur Seite, und er schloss die Augen, als schliefe er ein. Einen Moment hatte ich Angst, er sei tot. Dann öffnete er die Augen wieder und sah mich an.

«Wir verachten die Eingeborenen, weil sie sich von Glasmurmeln beeindrucken lassen. Ich weiß nicht, was sie über uns denken, wenn wir bereit sind, für ein Sandkorn zu töten, das eine irritierte Muschel in kalkhaltige Absonderungen eingekapselt hat.»

«Welchen Gegenwert hast du für die Perlen geliefert?»

«Ich habe mit den freien Männern gezahlt.»

«Es waren also keine freien Männer. Sie waren deine Gefangenen.»

«Nein», entgegnete Jack Lewis und schüttelte den Kopf, während es erneut in seiner Brust gurgelte. «Du hast es noch immer nicht begriffen. Sie waren nicht meine Gefangenen. Sie waren meine Schüler.»

«Du hast recht. Ich hab's noch immer nicht begriffen. Ich glaube, du bist ein gewaltiger Lügner.»

«Hör zu.»

Jack Lewis lag nach wie vor mit einer Wange auf dem Deck. Er schielte zu mir herauf, und in seinen Augen lag ein ironischer Ausdruck, den ich nur schwer mit einem Sterbenden in Verbindung bringen konnte.

«Die Wilden haben keine Idee der Freiheit. Sie sind frei, wissen es aber nicht. Du musst die Freiheit erst verlieren, bevor du lernst, sie zu schätzen.»

«Und darum hast du sie in den Laderaum gesperrt.»

Jack Lewis schnitt wieder eine Grimasse, aber ob aus Widerwillen über meine Begriffsstutzigkeit oder weil er noch einmal versuchte zu lächeln, war nicht zu erkennen.

«Nein, ich habe sie nicht in den Laderaum gesperrt. Ich überließ sie lediglich ihrer eigenen Furcht. Ich sorgte dafür, dass sie niemals das Tageslicht sahen, und in der Dunkelheit hatten sie dann alle möglichen Vorstellungen über das furchtbare Schicksal, das sie erwartete. Als ich die Luken öffnete und das Tageslicht hineinströmen ließ, war ihre Ausbildung beendet. Sie verstanden sofort, was Freiheit ist, und griffen zu.»

«Und was hat das mit den Perlen zu tun?»

«Die Antwort liegt in der *Morning Star*», erwiderte Jack Lewis. «Die *Morning Star* war ein *blackbirder*, ein Sklavenhändler. Sie strandete, und die Ladung rebellierte, ermordete die Besatzung und begann, die unbewohnte Insel zu kolonisieren. Es waren auch Frauen und Kinder darunter, mit anderen Worten, sie hatten nicht das Gefühl, auf einer einsamen Insel gestrandet zu sein. Sie hatten eine ganz neue Welt geschenkt bekommen, in der sie von vorn anfangen konnten. Es fehlte ihnen bloß eine Sache in ihrem Paradies, und genau hier komme ich ins Bild.»

Sein Miene hellte sich triumphierend auf, und plötzlich verstand ich, warum er mir all dies anvertraute. Er war stolz auf seine Gemeinheiten und ertrug den Gedanken nicht zu sterben, ohne dass er jemanden davon in Kenntnis setzte. Er hatte aus seinem ganzen Leben ein Geheimnis gemacht, und doch brauchte er einen Eingeweihten, der den vollen Umfang eines Verbrechens bezeugen konnte, das er selbst als endgültigen Beweis, ja nicht einmal für seine Gerissenheit ansah, sondern eher für seine eigene einzigartige Einsicht in den menschlichen Charakter.

Er wirkte hässlich in seinem Triumph, und mein Blick suchte James Cook mit seinen aufgetriebenen Nasenlöchern und den zusammengenähten Augenlidern. Ich zog dieses grausam verzerrte Gesicht dem von Jack Lewis vor. Dennoch musste ich meine Fragen fortsetzen, obwohl ich spürte, dass bisweilen auch ein Zuhörer zu einem Mitschuldigen werden kann. Aber ich konnte nicht aufhören. Ich musste das Geheimnis der freien Männer lüften.

«Was war es, was fehlte den Wilden in ihrem Paradies?», fragte ich.

«Kostveränderung», antwortete Jack Lewis, und sein Gesicht verzog sich zu einer schrecklichen Grimasse, von der ich annahm, dass es die Art eines Sterbenden war zu lachen. Einen Moment später ging das Lachen in ein hohles, gurgelndes Husten über. Es klang, als würde er erwürgt, über seine aufgesprungenen, schmalen Lippen sickerte Blut.

Langsam ging mir auf, wovon er sprach. Er schien meinen Abscheu zu bemerken.

«Es sind doch Kannibalen», sagte er in einem belehrenden Ton, als würde er mit einem Kind sprechen.

«Du verkaufst also Menschenfleisch», sagte ich, und mein Blick fiel wieder auf Jim.

«Die Welt ist nicht so einfach», erwiderte Jack Lewis. «Ich verkaufe kein Menschenfleisch. Ich verkaufe die Möglichkeit zu siegen. Das war es, was im Paradies fehlte, ja, in jedem Paradies. Der Fehler liegt in der eigentlichen Konstruktion. Die Schlange ist nicht der Feind. Sie ist nur eine Versuchung. Ich denke an einen richtigen Feind, den man entweder bekämpfen oder dem man sich unterwerfen muss. Ich denke an die Chance, sich selbst im Kampf zu beweisen, um zu siegen oder zu sterben. Das war es, was ich den verdammten Kannibalen gab, nicht eine Schiffsladung Menschenfleisch, sondern eine Chance, ihren Wert zu beweisen. Herrgott. Sie sind Wilde. Sie sind Männer. Sie können nicht leben ohne Kampf. Ich bin einmal im Jahr gekommen. Ich bot den freien Männern eine Möglichkeit zu entkommen, und wer gewinnen würde, wenn sie erst einmal an Land waren, ging mich nichts an.»

Er schwieg, und wieder glaubte ich einen Moment, er sei tot. Er lag mit geschlossenen Augen da.

«Und dann fanden sie einen neuen und besseren Feind», sagte ich laut, ebenso zu mir wie zu ihm.

Jack Lewis schlug die Augen auf und sah mich mit einem vorwurfsvollen Blick an, als hätte ich ihn an etwas Unangenehmes erinnert.

«Irgendein Idiot hat ihnen Gewehre verkauft und mein Geschäft ruiniert», knurrte er und wollte aufs Deck spucken, doch anstelle von Speichel kam Blut.

«Ich habe gute Geschäfte gemacht. Man hätte sie noch jahrelang fortsetzen können. Sie bekamen jemanden, den sie bekämpfen, totschlagen und auffressen konnten. Ich bekam Perlen. Und dann kommt dieser verdammte Satan.»

«Wer?», fragte ich.

«Geht dich nichts an.»

Wieder spuckte Jack Lewis Blut.

«Gib mir noch ein Glas.»

Ich goss sein Glas voll und führte es ihm an die Lippen. Er hustete, der Whisky tropfte ihm von der Unterlippe und vermischte sich mit dem Blut, das ihm nun ununterbrochen aus dem Mund lief. Er seufzte.

«Du bist jetzt der Erbe all dessen hier. Ein Beutel mit Perlen und ein Schiff; ein guter Anfang für einen jungen Seemann. Besser, als du es verdient hast.»

Ich schwieg, wusste nicht, was ich sagen sollte. Ich war nicht erfreut darüber, ein Schiff zu besitzen, das, egal, was sein Eigentümer mir einzureden versuchte, nichts anderes war als ein gemeiner *blackbirder*. Und auch die Perlen wollte ich nicht anrühren. Der rosa Perlmuttschimmer brachte mich auf den Gedanken, dass sie sich nicht um ein Sandkorn gebildet hatten, sondern um geronnenes Blut.

Ich sagte nichts. Obwohl ich keinen Respekt vor Jack Lewis hatte, flößte mir doch das Einschussloch in seiner Brust Respekt ein. Er lag im Sterben, und den Sterbenden schuldet man Respekt.

«Paradies», murmelte er. «Ein komplettes Paradies mit allem, inklusive Feinden, die bereit sind, dich umzubringen.»

Sein Blick wanderte hinüber zu den Kanaken, und er schürzte die Lippen. Zwischen seinen gelben Zähnen sickerte Blut.

«Wenn du ihnen den Rücken zukehrst, werden sie dir im selben Moment ein Messer hineinstechen. Sie sehen mich hier liegen. Sie haben Jim gegrüßt. Wenn sie es nicht schon vorher wussten, so wissen sie es jetzt. Auch der weiße Mann ist sterblich.»

Wieder schloss Jack Lewis die Augen und seufzte. Er bewegte sich nicht. Nach einer Weile wurde mir klar, dass er die Augen nicht mehr öffnen würde. Ich hatte seine letzten warnenden Worte noch im Ohr, aber es gab keine Möglichkeit, vor den Kanaken zu verbergen, dass er tot war.

Ich wollte ihn nicht an Bord behalten und ging hinunter in die Kajüte, um irgendetwas zu holen, in das man ihn einwickeln konnte, bevor er den Wellen übergeben wurde. Ich nahm ein Stück unbenutztes Segeltuch und wickelte ihn darin ein. Sein Hemd war von Blut durchtränkt, aber ich schickte ihn nicht in einem sauberen Hemd über Bord. Ich mochte seinen Körper und das klebrige Blut nicht anfassen. Da lag er, mit einem Tauende verschnürt in einem Segeltuch. Ein Leben war zu Ende gegangen, und, wie mir schien, nicht gerade ein schönes. Obwohl ich nicht viel über Jack Lewis wusste, wusste ich doch genug, um seinen Tod nicht zu beweinen.

Ich rief die Kanaken, und zusammen beförderten wir Jack Lewis über die Seitenreling. Er schaukelte einen Augenblick in unserem Kielwasser. Dann sank er hinab in die Tiefe. Ich entdeckte keine Haie bei der Leiche, bevor sie unterging. Ob er ein Christ gewesen war, wusste ich nicht. Trotzdem faltete ich die Hände. Für ihn waren andere Menschen nicht mehr gewesen als das Fleisch, das auf dem Marmortresen eines Metzgers liegt. Ich erwies ihm die letzte Ehre und betrachtete ihn als eine Art Mensch und nicht nur als ein totes Stück Fleisch, das ich über Bord warf. Ich betete ein Vaterunser.

Ich sprach die Worte auf Dänisch. Die Kanaken standen stumm dabei. Als sie mich die Hände falten sahen, falteten sie ihre auch. Ich nahm es als Zeichen des Respekts, möglicherweise ebenso sehr für mich wie für den Toten. Ich war nun ihr Kapitän. Was sie sonst dachten, war mir nicht klar. Ihre dunklen, blau tätowierten Gesichter verrieten nichts.

War dies der Beginn der Kealakekuabucht? Würde das Schicksal, dem Jack Lewis entkommen war, nun mich ereilen? Würden sie mich in kleine Stücke reißen, mein Herz essen und meinen Kopf über dem Feuer räuchern?

Ich wäre gern in die Kajüte gegangen, um mir über meine Situation Gedanken zu machen, doch ich spürte, dass ich nicht wieder nach oben kommen würde, wenn ich mich erst einmal in ihrer schützenden Dunkelheit befand, aus Furcht, sie könnten draußen vor der Tür mit gezückten Messern auf mich warten.

So übernahm ich das Ruder.

*   *   *

Ich begriff, dass ich zunächst einmal die Angst vor den Kanaken überwinden musste, die Jack Lewis mir so geschickt eingepflanzt hatte. Solange ich diese Furcht in mir hatte, war er noch an Bord und bestimmte über mich. Ich musste meine Befehle erteilen und erwarten können, dass sie ausgeführt wurden. Ich musste in meine Kajüte gehen und wieder herauskommen können, ohne einen Hinterhalt zu befürchten. Und ich musste mich in der sicheren Überzeugung schlafen legen, dass ich auch wieder aufwachen würde.

Kurz gesagt, ich hatte das zu tun, was Männer an Bord von Schiffen schon Tausende von Jahren taten. Ich musste der Kapitän sein. Aber ich war jung und hatte noch nie zuvor das Kommando über ein Schiff gehabt. Ich befand mich allein mit vier Kanaken, von denen einer nicht einsatzfähig war, inmitten des Stillen Ozeans und wusste sehr wenig über das Ziel, das wir anliefen. Außerdem wurde mir klar, dass meine Probleme nicht bewältigt wären, selbst wenn ich die *Flying Scud* sicher in einen Hafen brachte. Wer würde meiner Geschichte glauben?

Ich steckte mitten in meinen Überlegungen, als mein Blick auf Deck fiel. James Cooks Kopf lag noch immer an der Stelle, an der Jack Lewis ihn abgelegt hatte, als er von ihm Abschied nahm. Ich riss mich zusammen und befahl einem der Kanaken mit fester Stimme, das Ruder zu übernehmen. Dann hob ich den Schrumpfkopf auf, trug ihn zurück in die Kajüte und legte ihn in Jack Lewis' Koje.

Ich kann nicht erklären, warum ich den Kopf nicht sofort über Bord warf. Ich wollte ihn weder behalten noch ihn je wieder vor Augen haben, aber irgendetwas hielt mich zurück, als ich über das Meer schaute, in dem sich die Sonne spiegelte. Ich hatte den Kopf für Jack Lewis aus dem Beutel geholt, als er mich bat, einen letzten Blick auf ihn werfen zu dürfen; sein bevorstehender Tod hatte mich mehr beschäftigt als Jim. Ich hatte nicht daran gedacht, dass ich plötzlich die abscheuerregenden Reste von etwas in den Händen hielt, das einmal ein Mensch gewesen war.

Nun fühlte ich die ledrige Haut und das strohtrockene Haar des Kopfes. Die Berührung schien eine Botschaft über den Menschen zu enthalten, der James Cook gewesen war, bevor er in ein Symbol der Barbarei verwandelt wurde. Ich konnte den toten Körper des Kapitäns über die Reling werfen, mit James Cook konnte ich nicht das gleiche tun.

Nicht weil Jack Lewis mir verraten hatte, wer Jim war. Glaubte ich es? Ja und nein. Im Grunde genommen war es auch gleichgültig, ob ich daran glaubte oder nicht. Für mich gab es keine wirkliche Wahrheit. Wenn es James Cook war, müsste der Kopf wohl nach England geschickt werden. Ich wusste nicht, was sie dort mit ihm machen würden. Möglicherweise verschwiegen sie seine Existenz, weil die ganze Geschichte ihnen auf die eine oder andere Art peinlich war. Oder er wurde zeremoniell bestattet. Möglicherweise bekam James Cooks Kopf sogar einen eigenen Sarg. Doch wie oft kann man einen Menschen begraben? Was, wenn eines Tages ein Fuß auftauchte? Musste das ganze Begräbnis dann noch einmal wiederholt werden?

Der Name Jim war mir zunächst wie ein boshafter Witz vorgekommen. Nun war es so, als würde James Cook selbst zu einem Teil des Witzes, und ich dachte, es wäre besser, ihn in Frieden ruhen zu lassen. Allerdings gab es noch den Kopf, das Letzte, was von einem Mann übrig geblieben war, der einen ziemlich furchtbaren Tod erlitten hatte. Ich konnte ihn nicht einfach über Bord werfen wie einen kaputten Gegenstand oder ein Stück Fleisch, das anfing zu stinken.

Das war der Moment, an dem ich den Unterschied zwischen Jack Lewis und mir begriff. Für Lewis war «Jim» der Name eines Schrumpfkopfs, für mich jedoch der Name eines Menschen.

Ich habe seither oft daran gedacht, ob Jim für mich mehr Mensch war, als es die Kanaken je wurden. Durch die blaue Tätowierung, die ihre Gesichtshaut vollständig bedeckte, verlor sich nicht nur jeder individuelle Zug in einem bodenlosen Dunkel. Auch ihre Augen waren mir vollkommen fremd. Ich suchte nach etwas Menschlichem in ihren Blicken, fand es indes nicht. Die Augen stellten einen Teil der Maske dar, als hätte man sie auch auf der Netzhaut tätowiert.

Ich hatte Jack Lewis nie mit ihnen sprechen hören, und mir selbst gelang es auch nicht. Ich gab meine Befehle, sie führten sie aus. Ich verband den verwundeten Kanaken und bemerkte, dass es der war, dem ein Ohr fehlte. Er schaute nicht hin, als ich versuchte, seine Wunde zu reinigen. Er sah mich auch nicht an, als ich ihm den Verband angelegt hatte.

Es gab eine Grenze zwischen uns, die niemals überschritten wurde. Mit der Zeit verschwand jedoch meine Furcht. Das Schiff sagte uns, wer wir waren: Ich war der Kapitän, sie waren die Besatzung, und der Passat, der immer aus der gleichen Richtung kam und immer mit der gleichen Stärke wehte, versicherte uns jeden Tag, dass alles so war, wie es sein sollte.

In dieser Situation begann ich mich auf eine Art und Weise zu verhalten, die ich selbst auch nur als eigenartig bezeichnen kann. Ich sprach mit Jim. Ich ging hinunter in die Kajüte, zündete die Lampe mit Walöl an und nahm ihn aus seinem Beutel. Dann stellte ich ihn auf den Tisch vor mir, und im flackernden Schein der Tranlampe schien es, als würde sein Gesicht einen lauschenden Ausdruck annehmen. Ich spürte, wie er sich hinter den zusammengenähten Lidern konzentrierte. Er sagte nichts. Ich bin froh, dass er es nicht tat. Es wäre der endgültige Beweis gewesen, dass ich den Verstand verloren hatte.

Ich legte den Beutel mit den Perlen vor ihn und nahm eine nach der anderen heraus, um sie ihm zu zeigen. Dann fragte ich ihn, ob ich sie seiner Ansicht nach behalten sollte.

Mein erster Impuls war gewesen, die Perlen Jack Lewis ins Meer hinterherzuwerfen. Ja, es gab Augenblicke, in denen ich bereute, es nicht vor seinen Augen getan zu haben, während er noch atmete. Es wäre eine Art Sieg über ihn und die Niedertracht gewesen, von der er so sicher glaubte, mich damit anstecken zu können.

Ich hatte zu lange gezögert. Eine Gelegenheit folgte der anderen, und nun versteckte ich die Perlen am selben Ort wie Jim. Es würde nicht lange dauern, bis ich sie auf der Brust trug. Dann würde ich sie mit meinem Leben bewachen, und die Kanaken hätten einen guten Grund, es mir zu nehmen. Wieso sollten sie nicht um den Wert der Perlen wissen und sich etwas von all den Dingen wünschen, die man sich für Geld kaufen konnte, vor allem die Freiheit?

Es war mein gesamtes künftiges Leben, das ich in den Händen hielt, wenn ich das Gewicht des gefüllten Beutels spürte. Ich brauchte nicht einmal die *Flying Scud*. Ich könnte mein eigenes Schiff kaufen. Ich könnte mir drei kaufen und Reeder werden, und ein eigenes Haus, vielleicht das große hübsche nach dem Brand wiederaufgebaute Haus in der Øvre Strandstræde, schräg gegenüber vom Pfarrhof. In meiner Phantasie begann ich, dieses Haus mit einer Frau und Kindern zu bevölkern, sogar mit Dienstboten. Ich sah meine zukünftige Frau in einem veilchenblauen Kleid im Garten Rosen pflücken.

Ich breitete diese Phantasien nicht vor Jim aus. Ich machte ihn stattdessen zu meinem Richter. Er sollte für mich Beschlüsse fassen. Es waren nicht die Leiden, die er hatte durchmachen müssen, bevor er als Schrumpfkopf endete, die den Rang rechtfertigten, in den ich ihn erhob. Es war eher sein Schweigen, das mich anzog. Ich konnte ihm jede nur denkbare Antwort in den Mund legen, die ich mir wünschte.

«So, Jim», sagte ich im Halbdunkel der Kajüte, «soll ich die Perlen behalten? Was sagst du?»

Jim sagte nichts. Er sah mich nur mit seinen zusammengenähten Augenlidern an, und ich spürte, dass sich dahinter die Antworten auf all meine Fragen verbargen.

Ich dachte an meinen *papa tru*. Ich hatte ihn nie um einen Rat gebeten, und er hatte mir auch nie einen gegeben. Viel zu früh waren wir getrennt worden. Und nun suchte ich nach ihm. Das war meine Mission im Stillen Ozean: meinen verschwundenen *papa tru* zu finden. Aber was wollte ich von ihm? Ihn um einen guten Rat bitten? Eine unterbrochene Verbindung wiederherstellen? Ich war ein Kind, als ich ihn zum letzten Mal gesehen hatte. Jetzt war ich erwachsen und konnte nicht wieder zum Kind werden. Also, was wollte ich? Ihm zeigen, dass ich nun auf eigenen Beinen stand, auch ohne seine Hilfe? Hatte ich ihn auf der halben Welt gesucht, nur um ihm zu demonstrieren, dass ich durchaus ohne ihn auskommen konnte?

Ich sah ein, dass ich nie länger als bis zu dem Augenblick gedacht hatte, an dem ich ihm Aug' in Aug' gegenüberstehen würde. Ich war ein voll befahrener Seemann. Ich hatte die großen Ozeane überquert, aber in diesem Moment spürte ich, dass ich noch immer ein Neuling in der Welt war – nicht weil ich ihre hektischen, überfüllten Hafenstädte, ihre palmengesäumten Küsten oder ihre windgepeitschten Klippen nicht kennen würde, sondern weil ich noch immer so unendlich wenig über meine eigene Seele wusste. Ich konnte nach der Seekarte navigieren. Ich konnte meine Position mit Hilfe eines Sextanten bestimmen. Ich befand mich an einer unbekannten Stelle im Stillen Ozean auf einem Schiff ohne Kapitän und war noch immer imstande, den Kurs zu finden. Aber ich hatte weder eine Karte über mein eigenes Inneres noch irgendeinen Kurs für mein Leben.

Ich räumte die Flaschen aus Jack Lewis' Schrank und ging an Deck, um sie über Bord zu werfen. Ich öffnete keine von ihnen, bevor ich sie ins

Wasser warf, auch nicht die mystische Flasche mit dem weißen Inhalt, in dem sich hin und wieder der Umriss einer schwarzen Figur erahnen ließ. Ich hatte inzwischen gelernt, dass die Türen, die Jack Lewis mir aufstieß, nur in neue, mit Schrecken gefüllte Räume führten. Ich sah, wie die Flaschen achteraus glitten und zwischen den Wellen verschwanden. Ich wusste, ich hätte stattdessen Jim über Bord werfen sollen. Doch Jim leistete mir auch weiterhin Gesellschaft. Wie die Perlen.

So vergingen die Tage. Ich phantasierte über meine Zukunft. Mal sah ich die Perlen als unerwartete Chance, dann wieder als einen Fluch, der mich, sollte ich sie je verkaufen, an Jack Lewis' Verbrechen mitschuldig werden ließ.

Währenddessen hielten wir auf Samoa zu.

Solange Jim mir nicht antwortete, hatte ich das Gefühl, dass ich noch immer frei und noch nichts entschieden war. Ich hatte die Zeit angehalten und ertappte mich bei dem Wunsch, für immer in dieser ahnungsvollen Traumwelt bleiben zu können, die ich mir in der schummrigen Kajüte zusammen mit Jim erschaffen hatte.

Ich vergaß, wo ich war. Ich lebte in einer Welt, in der sich die Wünsche erfüllten und es nie einen Preis dafür zu zahlen galt.

Die meisten Stunden des Tages verbrachte ich allein, aber die Einsamkeit war keine sonderliche Last. Ich nahm meine Mahlzeiten in der Kajüte ein, während die Kanaken auf Deck aßen. Sie bereiteten das Essen. Es gab Reis und gedünstete Tarowurzeln, und ab und zu warfen sie eine Schnur über Bord und fingen einen Gelbflossen-Thunfisch.

Ich zeigte mich nur auf Deck, um den Kurs zu korrigieren und die Segelführung zu justieren.

Nach einer Woche erstarb der Passat. Er verschwand eines Abends zusammen mit der Sonne, die wie eine rote Kugel hinter dem Horizont versank, während sich ein Wolkenfächer nach allen Seiten ausbreitete.

Ich nahm es als schlechtes Omen und stellte mich auf einen Orkan ein. Doch als der Tag graute, erwartete mich ein ganz anderer Anblick. Eine vollkommene Windstille lag wie eine bleierne Decke über der See. Es war schwülwarm, als wäre ein Gewitter im Anzug. Aber der Himmel sah so blau aus wie eine Gasflamme, und nicht eine bedrohliche Wolke zeigte sich am Horizont.

Ich ging davon aus, dass irgendetwas geschehen würde, doch meine Phantasie reichte nicht weiter als bis zu den gleichen Vorahnungen wie am Abend zuvor. Ich war weiterhin überzeugt, dass ein Orkan heraufzog.

Der Tag verging, und wir kamen nicht von der Stelle. Die Segel hingen schlaff herunter, und wir spannten mittschiffs ein Sonnensegel auf. Ich musste mich für eine Weile von Jim verabschieden. Es war zu warm, um sich in der stinkenden Luft der Kajüte aufzuhalten. An Deck bringen wollte ich ihn nicht. Konnte ich die Perlen unten lassen?

Meine düsteren Vorahnungen aus den dunklen Tagen in der Kajüte bewahrheiteten sich nun. Ich fing an, den Lederbeutel, der meine ganze Zukunft enthielt, unter dem Hemd direkt auf der nackten Brust zu tragen. Aber auch das musste ich aufgeben. Das Hemd klebte mir in der Hitze am Körper. Mir war, als hätte ich eine Gazebinde vor dem Mund, durch die ich nur mit Schwierigkeiten atmen konnte. Schließlich schloss ich die Perlen zusammen mit Jim in der Kajüte ein und lief mit freiem Oberkörper herum. Hin und wieder warf ich die Pütz über die Bordwand und übergoss mich mit lauwarmem Meerwasser, aber weder das Wasser noch der Anbruch der Dunkelheit erlöste mich von der Hitze.

Ich konnte nachts nicht schlafen und ging wieder an Deck. Die Kanaken hatten ihre Hängematten ins Rigg gehängt und unterhielten sich gedämpft. Zum ersten Mal empfand ich die Einsamkeit als Last. Aber ich dachte, es sei ein Zeichen von Schwäche, wenn ich mich ihnen näherte und versuchte, ein Gespräch zu beginnen.

Wir hatten das Ruder festgezurrt. Es gab keinen Kurs zu halten, da wir ohnehin nicht von der Stelle kamen. Keine Meeresströmung nahm uns auf ihren Rücken, um uns irgendwohin zu bringen. Ich sah hinauf in den Nachthimmel. Noch immer zeigten sich keine Wolken, nur das Blinken der Sterne war schwächer als sonst, als hätten sie es aufgegeben, uns etwas signalisieren zu wollen.

Mir wurde klar, wie vollkommen abgeschnitten wir vom Rest der Welt waren. Die *Flying Scud* war ein aus seiner Bahn gerissener Planet, der sich aufmachte, in den dunkelsten Tiefen des Universums zu verschwinden.

Aus einer der Hängematten erklang ein Stöhnen Ich trat einen Schritt näher. An dem Verband um die Schulter erkannte ich den verletzten

Kanaken. Seine Wunde hatte sich in den letzten Tagen gebessert. Bedeutete sein Klagen, dass das Fieber zurückgekehrt war und sich die Wunde entzündet hatte? Ich wusste, wie eine Entzündung aussah, hatte aber keine Ahnung, wie man sie behandeln musste, außer der primitiven Methode, weiterhin Whisky draufzugießen. Es war zu dunkel, um etwas zu unternehmen, und ich beschloss zu warten, bis es Tag wurde.

In dieser Nacht schlief ich nicht. Die Hitze hielt mich wach. Ich war unruhig und gereizt. Aber es lag nicht daran, dass unsere Reise durch die unerwartete Windstille unterbrochen worden war. Ich fühlte mich von etwas weitaus Wichtigerem abgeschnitten: von meinen Träumereien in der Kajüte, mit den Perlen in der Hand und Jim auf dem Tisch vor mir. Nur dort spielte sich mein Leben ab, und von ebendiesem Leben war ich ausgeschlossen.

Am folgenden Tag versorgte ich die Wunde des Kanaken. Auf dem Verband zeigten sich gelbe Flecken. Eiter sickerte aus der Wunde, die sich beinahe geschlossen hatte; nur ihre Ränder waren noch immer rot und geschwollen. Ich säuberte sie so gut wie möglich. Das blaue Gesicht des Kanaken verzog sich nicht, aber jedes Mal, wenn ich die Wunde berührte, zuckte es in seiner Schulter. Dann goss ich Whisky darüber und überließ es seinen Artgenossen, ihm einen sauberen Verband anzulegen.

Ich wusste, dass auch sie sich an der Wunde zu schaffen machten. Sie hatten ihre eigene Medizin, ich mischte mich da nicht ein. Ich zweifelte ohnehin am Sinn meiner eigenen Methode.

Durch die Entzündung drängte sich mir das unheimliche Gefühl auf, die stillstehende Luft um uns herum sei vergiftet. Wir befanden uns mitten auf See, und doch empfand ich es, als wären wir im dichtesten Dschungel, von allen Seiten von verfaulenden Pflanzen und giftigen Ammoniakdünsten umgeben.

Ging es nur mir so, als würde sich eine große Faust auf meine Brust pressen?

Ich betrachtete die Kanaken. Auch ihre Bewegungen schienen langsamer geworden zu sein. Atmeten sie nicht schwer, als würde diese Windstille, die uns an die große Fläche des Meeres nagelte, wie eine unerträgliche Last auf ihrer Brust liegen? Tauchte nicht ein unruhiges Fragen in den dunklen Augen inmitten der blauen Masken auf? Stieg nicht abergläubisches Entsetzen wie Blasen aus einem fauligen Schlammgrund an die Oberfläche und verlangte eine Erklärung für diese unheimliche Windstille? Und würden sie nicht bald eine Antwort auf ihre Fragen bekommen, wenn ihre Blicke auf mich fielen, den Fremden, der nicht hierhergehörte und daher für all das büßen musste, was sich einer vernünftigen Antwort entzog?

Wir legten Schnüre aus, aber kein Fisch biss an. Ich hatte wieder dieses Gefühl, als wäre alles Leben um uns herum erstorben. In der Tiefe des Meeres herrschte eine ebenso große Ruhe wie an seiner Oberfläche. Es war nicht die Angst vor Haien, die mich abhielt, schwimmen zu gehen, sondern das Gefühl, dass das Meer mich in dem Moment, in dem ich mit ihm in Berührung käme, herabziehen würde und ich für immer in seiner Dunkelheit verschwände.

Am vierten Tag verschaffte ich mir einen Überblick über unseren Proviant. Wir hatten noch einen halben Sack mit Tarowurzeln und ein paar Kilo Reis. Ich machte mir keine Sorgen, dass wir hungern müssten. Noch besaß ich Verstand genug, um davon auszugehen, dass das Meer uns irgendwann Zugang zu seinen Reichtümern gewähren würde und ein Thunfisch auf Deck landete.

Unser größtes Problem war das Wasser. Wir hatten uns in der Lagune nicht ausreichend mit neuen Vorräten versorgt. Nun war es so gut wie aufgebraucht. Ein Regenschauer hätte das Problem gelöst, doch der Himmel war gnadenlos blau und ließ keinerlei Hoffnung aufkommen, dass er unseren Durst löschen würde. Ich musste das Wasser rationieren und fürchtete, damit einen Aufstand heraufzubeschwören. Ich beschloss daher, dass wir von nun an unsere Mahlzeiten gemeinsam an Deck einnahmen, damit die Kanaken sahen, dass alle den gleichen Anteil Wasser bekamen.

Wir waren nicht gleichgestellt und sollten es auch nicht sein. Das erforderten die geschriebenen wie die ungeschriebenen Gesetze des Schiffes. Aber wir mussten die gleichen Leiden ertragen. Sonst würden wir sie niemals zusammen durchstehen. Mir wurde allmählich klar, dass diese Windstille für einen frischgebackenen Kapitän eine größere Herausforderung war als jeder Sturm.

Wir warfen jeden Tag unsere Schnüre aus, doch wir fingen nicht einen Fisch. Die Fische schienen unser Schiff zu meiden, und ich sah, wie die Fragezeichen in den Gesichtern der erfahrenen Kanaken, die ihr ganzes Leben in diesen Gewässern zugebracht hatten, größer wurden. Mitten auf dem Meer und kein Fisch, nicht ein einziger!

Hatte uns ein Fluch getroffen?

Nach jeder Mahlzeit teilte ich einen Becher Wasser aus. Wenn ich mich über den Rand des letzten Fasses lehnte, sah ich, dass der Boden näher kam und das Wasser höchstens noch für ein paar Tage reichte. Unsere einzige Hoffnung war, dass der Passat wieder zu wehen begann und mit dem Wind Regen kam.

Am siebten Tag war das Wasser verbraucht. Aus der Hängematte, in der der verwundete Kanake im Fieber lag, klang ein leises Klagen. Für seine aufgesprungenen Lippen gab es nun keine Linderung mehr. Er rollte mit den Augen, als suchte er nach einem Ausweg in der Takelage. Dann fielen ihm die Augen zu, doch sein Jammern hielt an. Es war das einzige Geräusch, das die Stille an Bord durchbrach, gleichermaßen Lebenszeichen und Vorbote des Schicksals, das uns erwartete.

✳   ✳   ✳

Es war der zweite Tag nach der Ausgabe des letzten Wassers. Wir saßen über unsere Tarowurzeln, die wir mit Meerwasser gekocht hatten, als einer der Kanaken plötzlich zum Horizont zeigte. Ich blickte auf und entdeckte eine Wolke. Sie hing niedrig über dem Wasser und bewegte sich seltsam hastig, wie Dampf, der von einem kochenden Topf aufsteigt. Im Gegensatz zum Dampf bewegte sie sich allerdings nicht aufwärts, sondern in alle Richtungen auf einmal, und mir fielen die Schwärme von Staren ein, die sich im Herbst über den Feldern vor Marstal sammelten, um nach Süden zu ziehen. Das Sonnenlicht schimmerte durch die Wolke, die sich langsam näherte, obgleich es noch immer windstill war. Sie schien zu pulsieren, als ob im Inneren eines dicht bewachsenen Waldes ein verborgener Wirbelwind mit dem Laub raschelte.

Dann war die Wolke über uns, und ich dachte noch, es sei tatsächlich wie ein Herbstwald, der seine welken Blätter über uns schüttelte, bevor mir klar wurde, dass es sich nicht um totes Laub, sondern um lebendige Wesen handelte, die um uns aufstiegen und niedersanken, wobei sie mit hauchdünnen und mit Mustern in allen Farben geschmückten Flügeln schlugen. Wir waren mitten in einen ungeheuren Schwarm Schmetterlinge geraten.

Es mussten Millionen sein. Ein Sturm fern der despotischen Windstille, die uns in ihrem Griff hielt, hatte sie von einer Insel gefegt und weit hinaus aufs Meer getragen. Nun suchten sie nach Land und dachten, sie hätten es in unserem vom Tod gezeichneten Schiff gefunden. Erschöpft ließen sie sich überall nieder, im Rigg und auf jedem der unzähligen Taue des Schiffs. Sie landeten übereinander in den schlaff herunterhängenden Segeln, bis sie diese Segel wie einen lustig gefärbten Gobelin bedeckten. Binnen weniger Minuten war das Schiff bis zur Unkenntlichkeit von dieser lebenden, atmenden Masse bedeckt, die sich ermüdet die *Flying Scud* zur Rast ausgesucht hatte.

Auch auf uns stürzten sich die Schmetterlinge, als ob sie nicht unterschieden zwischen totem Holz, Tauwerk, Segeltuch und unserer Haut. Uns wurde klar, dass sie ebenso Durst litten wie wir. Überall stachen sie uns mit ihren kleinen Saugrüsseln, um ein wenig Feuchtigkeit auf unserer schweißnassen Haut zu finden. Es waren keine schmerzhaften Stiche wie bei einer Biene oder ein Brennen wie nach einem Mückenstich. Doch ihr Angriff führte schon bald zu einem unerträglichen Jucken und Kribbeln, das uns schier in den Wahnsinn trieb. Wenn wir einen Moment nicht aufpassten, hockten die Schmetterlinge übereinander auf uns, in der Feuchtigkeit der Mundwinkel und Augen, die wir schließen mussten, um uns zu schützen. Öffneten wir den Mund, um sie mit Wutgebrüll zu verjagen, hingen sie bereits zwischen den Zähnen und saßen dicht gedrängt auf der Zunge, wobei sie mit ihren Flügeln den Gaumen kitzelten.

Geblendet und hustend taumelten wir umher und schlugen in die leere Luft. Die Schmetterlinge betrachteten uns offenbar als ihre letzte Chance. Nichts konnte sie aufhalten. Ohne Zögern flogen sie ihrem Untergang entgegen. Wir erschlugen sie an unserer Wange, an unserer Stirn und an den Augenbrauen. Ich glaube, wir wären letztlich alle wahnsinnig geworden und ins Wasser gesprungen, nur um ihnen zu entrinnen, doch auch das Wasser um das Schiff herum war von Schmetterlingen bedeckt. Die *Flying Scud* stand wie ein Sarg auf einem blumengeschmückten Kirchboden.

Als ich hastig ein Auge öffnete, um zur Reling zu finden, sah ich einen meiner Leidensgenossen, dessen blau tätowiertes Gesicht und Schädel von Schmetterlingen halb bedeckt waren. Ich verlor das Gespür für die Gefahr, in der wir uns befanden, und war hingerissen von dem Anblick, der sich mir bot: der hübsch gerundete blaue Schädel, auf dem zitronengelbe Schmetterlinge sich niedergelassen hatten und mit leicht ausgebreiteten Flügeln flatterten. Die dunklen Augen, die hinter den Fächern der Flügel hervorstarrten.

Im Gegensatz zu mir schien der Kanake ganz ruhig zu sein. Aber ob es nur daran lag, dass er sich resigniert seinem Schicksal überlassen hatte, habe ich nie erfahren. Denn im nächsten Moment traf ein Schwall Wasser mein Gesicht. Einer der Kanaken hatte geistesgegenwärtig eine Schlagpütz ins Wasser gelassen und übergoss nun sich selbst und uns mit Wasser. Sofort folgten wir seinem Beispiel und konnten uns so von den Schmetterlingsschwärmen befreien.

Doch der Kampf war noch nicht vorbei. Noch eine ganze Weile versuchten die Schmetterlinge auf ihrer Jagd nach Feuchtigkeit auf unseren Gesichtern und nackten Oberkörpern zu landen. Schließlich gaben sie auf. Erschöpft setzten wir uns aufs Deck, das aus nichts anderem bestand als einer klebrigen Schicht zertretener und ertrunkener Schmetterlinge. Es schien, als würde alles Lebendige an Bord des Schiffs auf dasselbe warten.

Mein Blick fiel auf die Hängematte mit dem verletzten Kanaken. In seiner Erschöpfung war er wehrlos gewesen. Nun lag er lebendig begraben unter einem vibrierenden Berg flatternder, papierdünner Flügel. Wir rannten mit unseren Eimern zu ihm, übergossen ihn mit Wasser und fegten ganze Hände voller Schmetterlinge fort, nicht ahnend, ob er überhaupt noch am Leben war. Aber er hatte das einzig Richtige getan und sein Gesicht mit den Armen geschützt. So fanden wir ihn. Seine Brust hob und senkte sich. Noch atmete er.

Wir räumten einen Platz für ihn auf Deck frei und legten ihn zwischen uns. Ich holte ein Laken aus der Kajüte und brachte uns anderen Hemden mit. Auf der Leiter, dem Schott und den Planken in dem kleinen Korridor vor der geschlossenen Tür der Kajüte befanden sich Schichten von Schmetterlingen, wie überall auf dem Schiff. Ich musste sie vom Türgriff fegen, um in die Kajüte zu gelangen, und sofort flogen sie vom Schott auf, um mir in den neuen, noch unerforschten Raum zu folgen. Jim lag mitten auf dem Tisch, so, wie ich ihn hinterlassen hatte. Sie ließen sich in seinem weißen Haar nieder, als hielten sie ihn für lebendig. Es schien, als würden sie ihm mit der Schönheit ihrer Flügel huldigen, obwohl er ein Mensch war, der ihnen nichts geben konnte, dafür aber auch nicht unter ihrer aufdringlichen Nähe litt.

Ich ließ Jim liegen und kehrte zurück an Deck, wobei ich mich von einer neuen Schicht Schmetterlinge befreite, die sich in der Kajüte auf meinem Gesicht niedergelassen hatten. Dann saßen wir zusammen und zogen all die Hemden an, die ich aus den Schubläden des Kapitäns und meiner eigenen Schiffskiste geholt hatte.

Wir blieben den Rest des Tages an Deck und schliefen dort in der folgenden Nacht. Die Schmetterlinge bewegten sich nicht mehr. Das Wasser war verbraucht. Auch die Tarowurzeln waren zu Ende.

Alles auf der Welt schien zusammen mit dem Wind verschwunden zu sein. Es gab nur noch uns und eine Million Schmetterlinge. Der Rest war untergegangen. Die See hatte aufgehört zu atmen, und wir ruhten auf ihrer breiten Brust. Bald würden auch unsere Herzen aufhören zu schlagen.

Ich bin nicht abergläubisch, und ich weiß nicht, ob Kanaken es sind. Bestimmt sind sie es, oder besser: Das, was sie Glauben nennen, bezeichnen wir als Aberglaube. Aber ich spürte, dass dieses windstille Meer eine Strafe war, nicht für etwas, das wir getan hatten, nicht für etwas, das Jack Lewis getan hatte, denn wenn es im Jenseits einen Richter gab – woran ich zweifle –, stand Jack Lewis längst vor ihm.

Es war eine Strafe für etwas, das ich getan hatte.

Der Zufall hatte mich zum Kapitän der *Flying Scud* gemacht. Ich war unvorbereitet, und ich war jung. Doch das ist keine Entschuldigung. Ein Kapitän ist ein Kapitän, und ich hatte das Meer enttäuscht.

Ich hatte mit Jim und einem Beutel voller Perlen in der Kajüte gesessen. Ich hatte an mich gedacht und nicht an die Besatzung. Waren die

Kanaken in meinen Gedanken aufgetaucht, dann nur, weil ich fürchtete, sie könnten meinen Plänen im Weg stehen.

Aber was hätte ich denn machen sollen? Ich konnte doch nicht über
den Wind herrschen und ihm befehlen, meine Kommandos zu befolgen.
Wie sollte ich an dieser Windstille schuld sein, die uns wie ein Fluch getroffen hatte?

Ich dachte, ich habe Fieber, es sei der Durst, die drückende Hitze, der
träge Flügelschlag der verendenden Schmetterlinge, der gasblaue Himmel am Tag und die ständig ferneren Sterne in der Nacht, die meinen
Geist verwirrten und meine Gedanken in die falsche Richtung lenkten.
Wer versteht die Natur wirklich? Wieso hört der Wind plötzlich auf
zu wehen?

Vielleicht interessiert sich die Natur überhaupt nicht dafür, ob wir leben oder sterben?

So gesehen ist es viel leichter, sich selbst anzuklagen.

Ich stand auf und ging hinunter in die Kajüte, nahm den Beutel mit den
Perlen und kehrte zurück an Deck, wo ich die Perlen so weit ins Wasser
warf, wie es meine Kräfte zuließen.

Nur so, dachte ich, konnte ich meine Schuld sühnen und mich endlich von Jack Lewis befreien, denn er weilte noch immer an Bord. Ich
reiste mit Schatten. Ich lebte in einer Welt der Wiedergänger, und doch
habe ich bis heute das Gefühl, dass ich vernünftig handelte. Als meine
Hände endlich leer von allem waren, was sie ohnehin nicht hätten besitzen dürfen, und mein Geist befreit von den leichtsinnigen Träumen,
hatte ich das Recht erworben, mich Kapitän zu nennen. Nun kannte ich
die Ehre und einzige Pflicht eines Kapitäns: seine Mannschaft lebend in
den Hafen zu bringen.

Ich hatte all meine Zukunftsträume über Bord geworfen und nur noch
einen einzigen Wunsch: Ich hoffte, dass ein Sturm aufkommen und uns
von dieser Windstille befreien würde, in der wir wie in erstarrter Lava
steckten.

Ich blieb an der Reling stehen und hielt Ausschau über ein Meer, dessen
Oberfläche sich nicht veränderte. Ich drehte mich um und schaute auf
die Kanaken, die zusammengesunken auf Deck saßen. Ihr verwundeter

Kamerad lag ausgestreckt zwischen ihnen. Sie starrten auf ihre Hände und dösten in der drückenden Hitze vor sich hin.

Ob sie mich beobachtet hatten, als ich die Perlen über Bord warf, wusste ich nicht, aber wenn dem so war, werden sie wohl geglaubt haben, dass ich einem Gott opferte, der sich von ihren Göttern nicht sonderlich unterschied.

Doch ich brachte mein Opfer nicht, um mich mit irgendeinem Gott zu versöhnen. Ich brachte ein Opfer für mich selbst und meine Pflicht.

Die Sonne ging unter, wie sie an all den Abenden untergegangen war, an denen die Windstille uns in ihrem Griff hielt. Am ersten Abend hatte ich noch gedacht, sie ähnle einer Kugel auf dem Weg in mein Herz. Nun sah sie noch dunkler aus, rot, nicht wie Blut, sondern wie das Einschussloch, das die Kugel hinterlässt. Die Welt war eine Beute, die ein unbekannter Jäger erlegt hatte.

In der Nacht wurde ich von einem Geräusch geweckt, das ich zunächst für ein Knistern hielt. Noch immer im Halbschlaf, dachte ich, an Bord sei ein Brand ausgebrochen, die Hitze hätte die *Flying Scud* sich selbst entzünden lassen. Dann begriff ich, dass dieses Geräusch, das ich hörte, nicht von trockenem Holz stammte, das von Flammen verzehrt wird. Es war ein hartes Klatschen auf dem Sonnensegel über uns.

Als ich mich halb erhoben hatte, spürte ich einen Windstoß im Gesicht. Es hatte aufgefrischt. Und zusammen mit dem Wind kam der Regen.

Ich stellte mich an die Reling und öffnete den Mund. Die Regentropfen fielen mir schwer und kalt ins Gesicht. Dann schlugen sie gegen meine Schulter und die nackte Brust. Ein Beben schüttelte mich, als würde alles in mir wieder zum Leben erwachen.

Hinter mir nahm ich eine Bewegung wahr, und ich drehte mich um. Die Kanaken kamen zu mir. Zwischen sich trugen sie ihren verwundeten Kameraden. Wir standen nebeneinander an der Reling und ließen uns vom Regen durchnässen.

Ich hatte nie wirklich erfahren, was Durst bedeutete, und ich habe nie wieder eine solche Dankbarkeit empfunden wie damals, als die ersten Tropfen meine Lippen benetzten. Ich schnappte in der Luft nach mehr und vergaß einen Augenblick, wer ich war.

Das Meer begann sich zu bewegen. Die ersten Wellen erhoben sich und schlugen sachte an den Rumpf. Das Schiff reagierte mit einem leichten Schaukeln, als hätte es lange auf eine Einladung gewartet, sich wieder zu bewegen. Die erste Welle brach sich. Eine Schaumkrone leuchtete weiß im Nachtdunkel auf. Das Schonersegel über uns schlug schwer im Wind. Ein Sturm zog heran.

Rasch machten wir das Schiff klar. Das Sonnensegel bog sich unter der Last des Regenwassers, das sich bereits darin gesammelt hatte, und bevor wir es abnahmen, füllten wir damit unsere Tonnen. Der Durst brannte uns nicht mehr im Hals. Wir hatten mehrere Tage nichts gegessen, und während wir das Schiff klarmachten, um den Sturm abzureiten, fiel mir auf, wie geschwächt wir waren. Doch nichts konnte unsere Freude über den Regen und den Wind dämpfen, nicht einmal die Aussicht, dass wir ohne Proviant einen Sturm überstehen sollten.

Jedes Mal, wenn ich meine Befehle durch den aufgekommenen Wind rief, der schon bald zu einem Heulen in der Takelage anschwoll, antworteten die Kanaken mit den einzigen Worten, die ich sie je auf Englisch sagen hörte: «*Aye, aye, Sir!*»
Und jedes Mal hörte es sich an wie ein Chor, der einem Sänger antwortet.

Es klingt seltsam, vielleicht lebensverachtend, wenn ich sage, dass wir dem Sturm mit Jubel entgegensegelten, aber mir fällt kein anderes Wort ein, das die Stimmung, die uns erfasst hatte, besser beschreibt, während wir durchnässt zusahen, wie die Wellen um uns herum anwuchsen, bis große Fahnen von fliegendem Schaum Himmel und Meer zu vereinen schienen.

Wir hatten das Schonersegel doppelt gerefft, doch bald segelten wir nur noch mit der Stagfock, sonst wären Masten und Rigg über Bord gegangen. Ich band mich am Ruder fest. Riesige Wellen brachen sich über uns und fegten auf ihrem Weg vom Bug bis achtern alles vom Schiff, was nicht festgezurrt war. Ich stand dort zwei Tage. Ich hätte mich alle vier Stunden von einem der Kanaken ablösen lassen können, tat es jedoch nicht, weil ich ihnen nicht traute. Aber es gab etwas, das ich mir selbst beweisen musste, und ich glaube, das haben sie verstanden.

Sie hatten an Deck Seile gespannt, an denen sie sich festhalten konnten, wenn sie sich auf dem Schiff bewegen mussten, doch die meiste Zeit zurrten sie sich ebenso fest wie ich. Den Verletzten hatten sie in die Takelage gebunden, außerhalb der Reichweite der Wellen. Ab und zu enterten sie mit einem Becher Wasser zu ihm auf und benetzten seine Lippen. Auch mir brachte einer von ihnen Wasser.

Eine Welle hinterließ einen Thunfisch an Deck. Ich nahm es als ein Zeichen. Vorher hatten die Fische sich ferngehalten. Nun kamen sie zu uns. Die See verschwendete ihre Gaben. Einer der Kanaken warf sich in der kurzen Pause zwischen zwei Sturzseen auf den Fisch und schlitzte ihn mit seinem Messer auf. Er brachte mir ein Stück lebendiges Fleisch, das in meiner Hand noch zuckte.

Mein innerer Jubel hielt in den zwei Tagen, die der Sturm dauerte, unvermindert an, und gestützt von dem Seil hielt ich mich mit dem Ruder in der Hand auf den Beinen. Ich merkte nicht, dass ich müde wurde.

Dann endlich, am dritten Tag, legte sich der Wind. Ich band das Seil los und ließ mich ablösen. Ich schwankte ein wenig auf Deck. Mit einem Schlag überwältigte mich die Müdigkeit. Ich dachte, ich werde ohnmächtig, und musste mich am Ruder festhalten, das ich doch gerade erst losgelassen hatte. Ich starrte hinunter aufs Deck, während ich versuchte, das Gleichgewicht zu halten.

Als ich wieder aufblickte, hatten die Kanaken mich umringt. Der Verwundete war aus dem Rigg geklettert und hielt sich ohne Hilfe auf den Beinen, als hätte ihm der Aufenthalt hoch oben in der Luft gutgetan. Ich streckte die Hand aus. Sie starrten darauf. Dann streckten sie auch ihre aus. Nacheinander drückten wir uns gegenseitig die Hand. Sie schwiegen, kein Lächeln durchbrach die Dunkelheit ihrer Gesichter. Sie gaben mir nur die Hand. Ob es eine Sitte war, die sie von den Weißen gelernt hatten, oder eine auch unter den Eingeborenen übliche Geste, weiß ich nicht. Aber ich wusste, was es in diesem Augenblick bedeutete. Wir hatten einen Pakt besiegelt. Sie waren Seeleute, keine Wilden.

In der Kajüte legte ich mich in Jack Lewis' Koje. Ich spürte, dass ich mir das Recht dazu erworben hatte. Erst am nächsten Morgen entdeckte ich, dass Jim fort war. Ich erinnerte mich, dass ich ihn auf dem Tisch zurückgelassen hatte, aber dort war er nicht. Ich suchte nach ihm in der unteren Koje und dem abgeschlossenen Schrank, aber er war nirgendwo zu finden. Erst als ich meine Suche auf den Kajütendielen fortzusetzen begann, tauchte er wieder auf. Er war in eine Ecke gerollt, und es schien, als würde ihm seine demütige Position auf dem nicht sonderlich sauberen Boden etwas von dem Unheimlichen nehmen, das mich angezogen und gleichzeitig abgestoßen hatte. Ich bürstete ihm den Staub aus den Haaren. Dann steckte ich ihn in den verschlissenen Beutel und schloss ihn im Schrank ein.

Ich dachte nicht einen Moment daran, ihn den gleichen Weg wie die Perlen gehen zu lassen. Er stellte keine Bedrohung mehr dar. Jim war ein Zeuge für die Düsternis in Jack Lewis. Aber ich war dort gewesen und wieder zurückgekehrt.

* * *

Es dauerte eine Woche, bis wir Samoa erreichten. Während all dieser Zeit dachte ich nicht an den Grund meiner Reise. Ich war mit meinen Pflichten als Kapitän beschäftigt. Ich berechnete die Höhe der Sonne, steckte den Kurs ab, achtete auf die Segel und gab meine Befehle. Wir hatten genügend Wasser und lebten von Fisch. Wir begegneten keinen anderen Schiffen, und der Passat blies immer aus derselben Richtung.

Wenn ich am Bug stand und beobachtete, wie das Wasser sich in einer ewigen Welle brach und die weißen Schaumtropfen wie ein Perlencollier, das auf einem Steinboden zerspringt, aufspritzten, dachte ich an Jack Lewis' Worte, dass ein junger Mann der ganzen Welt, dem Meer und allen darin enthaltenen Inseln nachreisen sollte. Doch wenn mein Blick achteraus über den weißen Kielwasserstreifen wanderte, der in der Sonne glitzerte, sah ich, dass er einer Kette glich, und wusste, dass ich in dem Moment, als ich zum Kapitän der *Flying Scud* wurde, frei und gefesselt zugleich war.

Es schien so unendlich groß, das Meer. Es konnte dich überallhin führen, und doch legte es dich in Eisen.

Apias Hafen hat die Form eines Flaschenhalses. Es ist eine große Bucht, bekränzt von zwei Halbinseln. Die westliche heißt Malinuu, die östliche Matautu. Um sie herum liegt das Riff, ungefähr wie die Mole um Marstal. Das Donnern der Brandung ist so laut, dass es Mühe bereitet, an Land ein Gespräch zu führen. Sogar in fünf Kilometern Entfernung, hoch oben in den grünen Bergen, die sich hinter Apia erheben, ist das Brechen der Wellen zu hören. Niemand in Apia würde von einem Rudergänger, der sein Schiff bei dem Versuch verliert, bei Sturm durch die Lücke im Riff zu steuern, behaupten, er sei ein schlechter Seemann, denn die Aufgabe wird als unlösbar erachtet. Stattdessen würde man über seinen Kapitän sagen, dass er entweder unverantwortlich oder unkundig ist, denn jeder weiß, dass das Meer bei einem Sturm ein sichererer Ort ist als eine Bucht, die keinerlei Lee bietet, wenn der Wind direkt darauf steht.

All dies war mir nicht bekannt, als ich über die Seekarte gebeugt in Kapitän Lewis' Kajüte stand. Apia bedeutete lediglich ein Name auf einer Karte. Seit damals habe ich begriffen, dass ein Schiffbruch durchaus kein Unglück sein muss. Selbst wenn ein Schiff untergeht, kann dies die Ehre eines Mannes retten.

Und ich dachte an meine Ehre. Wie sollte ich jemals erklären, wie ich zum Kapitän der *Flying Scud* geworden war? Wer würde meiner Geschichte über die freien Männer im Laderaum, die Kannibalen der *Morning Star*, Jack Lewis' Tod und den Lederbeutel mit den Perlen, den ich über Bord warf, Glauben schenken?

War es nicht einfacher anzunehmen, dass ich Jack Lewis ermordet hatte, um an sein Schiff und seinen Reichtum zu gelangen? Ruhte nicht noch immer ein Fluch auf der *Flying Scud,* und würde Jack Lewis' Schatten mich nicht bis zu dem Augenblick verfolgen, bis ich mich nicht nur von seinen Perlen, sondern auch von seinem Schiff getrennt hatte?

Ich war an die *Flying Scud* gefesselt. Ohne das Schiff kam ich nicht weiter. Jack Lewis und ich waren untrennbar miteinander verbunden. Er hatte den Kurs für mich abgesteckt, und ich musste ihm folgen. Mein Name würde von nun an mit seinem verknüpft sein, ob man mich nun als seinen Mörder oder seinen Mitschuldigen betrachtete.

Ich überlegte, den Kurs zu ändern, aber ich hatte nicht nur die Verantwortung für mich, sondern auch für die Kanaken. Wo sollte ich denn hin? Wir konnten nicht nur von Fisch leben oder darauf vertrauen, dass uns die Wettergötter auch weiterhin mit Wasser versorgten. Es schien, als wäre mein Schicksal vorbestimmt. Flucht war nicht möglich. Ich konnte mich an nichts anderes halten als an meine Verantwortung als Kapitän. Das bedeutete, dass ich das Schiff mit seiner Besatzung sicher führen musste.

Aber ich hatte vergessen, das Meer in meine Berechnungen miteinzubeziehen.

Jeder Seemann kennt dieses bittere Gefühl: Die Küste ist bereits zum Greifen nahe, aber du wirst sie nie erreichen. Gibt es etwas Schlimmeres, als mit Sicht auf Land zu ertrinken? Gibt es einen unter uns, der nicht mindestens einmal von der Angst heimgesucht wurde, mit der rettenden Küste vor Augen den Halt zu verlieren?

Ich stelle mir vor, dass es nur halb so schrecklich ist zu ertrinken, wenn ein graues und aufgewühltes Meer den Horizont nach allen Seiten hin verschwimmen lässt. Am schwersten muss es jedoch sein, wenn ein Blick bricht, der noch auf etwas Geliebtes gerichtet ist, auf eine Hoffnung, eine Hand, die sich nach dir ausstreckt. Sogar der Schrecken braucht Maßstäbe, und ist nicht gerade das Bekannte der Maßstab für das Unbekannte?

Wir hatten Landsicht, als der Sturm aufkam. Samoas grüne Berge waren bereits am Horizont aufgetaucht, als das Unwetter über uns hereinbrach. Als hätte der Sturm hinter der Insel auf der Lauer gelegen und nur auf unsere Ankunft gewartet. Einen ganzen Tag hielten wir durch. Wurden wir auf den Kamm der Wellen geschleudert, die so hoch waren wie ein Berg, konnten wir Samoa sehen. Dann wurde das gesamte Vorschiff unter der nächsten Welle begraben, und wir waren wieder allein mit dem Meer. Wir kamen dem Ziel unserer Reise nicht näher. Allerdings wurden wir auch nicht stärker abgetrieben. Nach einer Sturzsee holte das Schiff über. Wanten und Stag, die nur noch mit Mühe den Mast hielten, gaben mit einem kläglichen Laut nach. Mast und Rigg stürzten herab, und ich fühlte mich, als hätte man mir eines meiner Glieder ausgerissen, das nun nur noch mit den letzten Sehnen und Muskeln am Körper hing.

Und doch glaube ich, dass wir den Sturm hätten abreiten können, denn an Deck fehlt es mir nicht an Selbstvertrauen. Ich sah allerdings ein, dass die wirkliche Gefahr für unser Überleben nicht von dem havarierten Schiff ausging, sondern von unserer eigenen Schwäche. Wir waren durch die Strapazen, die wir in den letzten Wochen durchgemacht hatten, erschöpft und entkräftet. Der Kampf gegen den Sturm war zu ungleich. Wir mussten Land suchen.

Obwohl ich nie zuvor Apia angelaufen war und nichts über die Gefahren wusste, die in dem Versuch lauern, die schmale Lücke im Riff bei Sturm zu überwinden, war mir klar, dass ich uns alle einem großen Risiko aussetzte. Was, wenn wir auf das Riff liefen und untergingen? Unser Beiboot hatten wir während des Kampfes gegen die Eingeborenen in der Lagune der Insel der freien Männer verloren. Sollten wir nun so nah am Ziel den Tod finden?

Ich befahl den Kanaken, den Mast in Stücke zu hacken und die einzelnen Teile mit den Rahen zusammenzubinden, so dass aus den Wrackteilen ein Floß entstand, das uns das letzte Stück in die Bucht von Apia bringen konnte, sollte mein Versuch, durch die Öffnung des Riffs zu gelangen, misslingen. Ich fiel unterdessen vom Wind ab, so dass die *Flying Scud* querab lag. Es stellte ein Manöver dar, das ebenso risikoreich war wie alles andere, was wir unternahmen. Wäre in diesem Moment eine große See über uns hereingebrochen, hätte es den sicheren Untergang bedeutet. Wir wussten alle, dass es um unser Leben ging.

Die Kanaken arbeiteten hart und systematisch mit ihren Äxten, und schon bald lag das Floß festgezurrt auf Deck. Meine Schiffskiste mit den Stiefeln meines Vaters und Jim hatte ich längst gepackt. Ich befahl, sie aufs Floß zu binden. Dann ging ich wieder härter an den Wind und nahm Kurs auf das Riff.

Auf dem Kamm einer Welle erkannte ich Samoa. Der Sturmhimmel über uns hatte eine giftige lila Farbe angenommen, doch die Sonne brach über den smaragdgrünen Bergen durch, die für einen Moment hell aufleuchteten. Dieser Anblick vermittelte mir jedoch keine Hoffnung. Eher hatte ich das Gefühl, dass die Elemente uns und unsere eitlen Wünsche, am Leben zu bleiben, verspotteten.

Ich stand am Ruder und spürte die Macht der See wie nie zuvor. Es ruckte in meinen Händen. Noch einmal maßen das Meer und ich unsere Kräfte. Das Ruder wollte das eine, ich etwas anderes. Der Sturm und die mächtigen Sturzseen trieben uns in eine bestimmte Richtung. Unser Kurs aber war entgegengesetzt. Dann wurde das Schiff von einer gewaltigen Kraft erfasst. Es war die Strömung, die uns direkt in den Flaschenhals des Riffs zog. Sie war gegen den Sturm und die Wellen auf unserer Seite. Erneut zerrte es am Ruder, und ich weiß nicht, ob ich in diesem Moment die Herrschaft über das Ruder oder über mich selbst verlor. Ließ meine Aufmerksamkeit nach? Nahm ich meine Verantwortung nicht ernst? Ich kann die Frage nicht beantworten, weshalb sie mich auch nicht in Ruhe lassen wird.

Eine Sturzsee erfasste uns und schleuderte das Schiff gegen das Riff. Es tat einen gewaltigen Schlag im ganzen Schiff, und der letzte Mast ging über Bord. Ich selbst fand mich mit dem Rücken am Schanzkleid wieder. Meine Schulter und ein Arm taten so weh, dass ich sie für gebrochen hielt. Dann wurde das Schiff von der nächsten Welle durchgerüttelt. Es begann zu kentern, und ich wurde zusammen mit den Wassermassen über Bord gespült, die zurück ins Meer flossen, nachdem sie unser Deck überschwemmt hatten. Ich bekam ein Stück unseres zerstörten Riggs zu fassen und schrie auf vor Schmerz, als es meinen Arm fortzog. Gebrochen konnte er zumindest nicht sein, denn ich hielt mich fest, und das hätte ich mit einem verletzten Arm nicht geschafft. Das Schiff richtete sich nicht wieder auf. Jede neue Welle traf es wie eine Faust mitten in ein wehrloses Gesicht. Alles wurde nach und nach zerschlagen. Schon bald würde nicht einmal mehr ein Wrack als Zeuge unseres Schiffbruchs auf dem Riff zurückbleiben.

Ich kletterte das schräg abfallende Deck hinauf, noch immer mit Hilfe der Takelage, die ich wie eine Strickleiter benutzte. Die Kanaken hatten bereits damit angefangen, die Haltetaue des Floßes zu durchtrennen. Dann glitt es übers Deck und verschwand in der brodelnden See. Die Kanaken sprangen hinterher.

Ich zögerte einen Augenblick, bevor ich mich vom Deck abstieß. In einer einzigen Bewegung brach sich das Meer am Riff und zog mich hinab. Ich spürte, wie die scharfen Korallen meine Füße aufrissen. Dann presste der Druck des Wassers mich wieder nach oben. Ich durchstieß die Wasseroberfläche und entdeckte das Floß nur ein paar Meter entfernt. Bald befanden wir uns in der großen Bucht, doch ich hatte mich verrechnet, wenn ich geglaubt hatte, hier seien wir in Sicherheit. Auch hier war das Meer aufgewühlt. Das Riff unterbrach zwar für einen Moment den Rhythmus der Wellen, aber es hielt ihren Vormarsch nicht auf. Sie türmten sich in der flaschenförmigen Bucht ebenso hoch auf wie davor.

Die notdürftige Verzurrung des Floßes ächzte.

Dennoch empfand ich in diesen bedrohlichen Momenten keine Angst. Im Gegenteil, eine große Erleichterung überkam mich. Ich war die *Flying Scud* losgeworden. Jack Lewis konnte mich nicht mehr verfolgen, wenn ich an Land kam.

Ich vertraute darauf, dass die See alle Spuren der *Flying Scud* beseitigen würde. In Gedanken hatte ich das Schiff, das dort auf dem Riff zu Kleinholz zerschlagen wurde, bereits auf einen neuen und mir doch altbekannten Namen getauft: *Johanne Karoline,* den alten Gaffelschoner aus Marstal, auf dem wir alle einmal zu fahren geträumt hatten und der mit Hans Jørgen im Bottnischen Meerbusen untergegangen war. So würde meine Geschichte lauten, und wer sollte sie schon nachprüfen?

Es war nicht so, dass ich nicht die Verantwortung für meine Taten übernehmen wollte. Aber ich wollte sie nicht für Taten übernehmen, die ich nicht begangen hatte. Es handelte sich darum, Jack Lewis' Namen und das ansteckende Übel, das von ihm ausging, zu vermeiden.

Aber noch klammerten wir uns an das Holzfloß, das unter dem Druck des Wassers bebte. Das Meer gab uns eine Ohrfeige nach der anderen. Die grünen Berge schienen ganz nah, doch nun sahen sie so dunkel wie die Wolken aus. Das Sonnenlicht hatte die giftig violetten Wolkenformationen geschluckt, die gegen die Berghänge schlugen wie die Brandung gegen das Riff. Der Sturm hatte seinen Höhepunkt erreicht, und obwohl die Küste nicht weit entfernt war, bot sie uns keinen Schutz.

Die donnernde Brandung kam rasch näher. Ich stützte mich auf die Ellbogen und sah den weißen Strand nahe vor mir. Es war mir, als befände ich mich auf einer Höhe mit den schwankenden Kronen der Kokospalmen. Ich saß auf dem Dach eines umstürzenden Hauses und erkannte das Vergebliche all meiner Pläne. Dieselbe Welle, die mich auf ihrem Rücken trug, würde mich auch zerschmettern. Schon im nächsten Augenblick würde ich begraben sein unter einem einstürzenden Berg aus Wasser.

Dann brach sich die Welle mit einem Brüllen wie von tausend Wasserfällen. Mit einem plötzlichen Ruck verschwand das Floß unter mir.

Ich befand mich im freien Fall zwischen Himmel und Meer, die unvermittelt ihre Plätze vertauscht hatten.

Ich kann nicht sagen, dass alles schwarz wurde. Eher wirkte alles grün, so wie das tropische Meer. Aber weg war ich, an irgendeinem erinnerungsfernen Ort, wo nichts geschah, bis ich wieder zu mir kam. Ich befand mich in den Armen eines der Kanaken.

Hinter uns brach sich eine weitere gigantische Welle. Wir befanden uns mitten in diesem kochenden Schaum, in den die Kraft der großen Wellen ausläuft, bevor sie sich dem saugenden Sand des Strandes ergeben. Noch hatten wir keinen festen Boden unter den Füßen. Ich stieß auf und keuchte. Das blaue Gesicht meines Retters blieb regungslos, konzentriert auf die Anstrengung, uns sicher die letzten Meter bis zum Ufer zu bringen. Ich erkannte ihn an dem fehlenden Ohr wieder. Es war der verwundete Kanake, den ich selbst die Bordwand hinaufgetragen und seither gepflegt hatte. Nun waren wir quitt.

Dann überspülte uns die nächste Welle. In wilder Panik trat ich um mich und spürte, wie mein Fuß Sand berührte. Ich fand Halt, verlor ihn aber sofort wieder, versuchte, auf allen vieren durch den kochenden Schaum zu krabbeln. Die Brandung hatte sich müde gelaufen, und das Wasser zog sich mit gewaltiger Kraft zurück. Es spritzte mir ins Gesicht und riss Arme und Beine unter mir weg. Ich wurde bereits fortgespült, als der Kanake mich wieder packte. Die letzten Meter ging ich aufrecht, wobei ich mich auf ihn stützte.

Der Strand war menschenleer, als wären wir in eine verlassene Welt gekommen. Ich wollte mich vor Erschöpfung auf den Boden werfen, doch der Sturm traktierte meinen halbnackten Körper mit Sand.

Ich hörte ein Krachen und sah eine Palme umstürzen. Ihre Krone schwankte und landete auf dem Dach einer Hütte, die unter dem plötzlichen Gewicht zusammenbrach.

Hier konnten wir nicht bleiben. Wir mussten weiter landeinwärts, in der Hoffnung, dort Schutz zu finden.

Hinter uns ertönte ein Schrei. Ich drehte mich um und sah zwei Kanaken mit der Brandung kämpfen, bevor sie auf den Strand taumelten. Dann tauchte eine dritte Gestalt auf. Die ganze Besatzung hatte sich an Land retten können. Mit ihren blauen Gesichtern glichen sie in kochendem Schaum geborenen Wassermännern.

Ich empfand eine große Erleichterung. Ich hatte die *Flying Scud* verloren, aber keinen meiner Männer. Sie hatten sich selbst gerettet und mich noch dazu. Mein Verdienst war es also nicht. Aber ich wusste, dass es mir künftig leichter fallen würde, einen Untergang zu ertragen.

Die in der Nähe stehenden Hütten waren alle verlassen. Wir konnten uns kaum auf den Beinen halten, doch wir hatten den Wind im Rücken und wurden laufend und stolpernd vorangetrieben. Bald gaben wir es auf und krochen auf allen vieren weiter. Um uns herum hörten wir das dumpfe Krachen, wenn eine Kokosnuss aufschlug. Die langen, bedrohlich schwankenden Stämme der Palmen ächzten. Ich schaute auf meine Hände und Knie. Sie waren der letzte Kontakt mit der Erde in diesem verrückten Wetter. Ich dachte, am Ende würden wir alle direkt in den unermesslichen Himmelsraum geblasen.

Dann endlich wurden unsere Rufe um Hilfe beantwortet und wir in eine Hütte eingelassen. Es brannte kein Feuer, und die Bewohner hockten stumm und bedrückt da, als könnten sie der Wut des Sturms entkommen, wenn sie sich unsichtbar machten. Das Haus wackelte, und das Dach knarrte gefährlich, aber noch hielt es. Ich fühlte mich zu erschöpft, um daran zu denken, welchen Eindruck ich machte. Ich war ein Schiffbrüchiger, der Schutz suchte – ob ein Weißer oder nicht, war bedeutungslos. Der Sturm hatte uns alle gleich werden lassen.

Nach kurzer Zeit schlief ich ein. Als ich wieder erwachte, herrschte Ruhe. Es war Nacht, und um mich herum hörte ich die Atemzüge von Schlafenden. Ich starrte eine Weile in die Dunkelheit, bevor ich zurück in den Schlummer glitt.

Am nächsten Morgen nahm ich Abschied von den Kanaken. Wir gaben einander die Hand. Es war das zweite und letzte Mal. Mein ohrloser Retter legte seine Hand auf meine Schulter und sah mir in die Augen. Ich erwiderte seinen Blick. Ein Band war zwischen uns geknüpft. Freundschaft konnte man es sicherlich nicht nennen. Wir hatten nie ein Wort miteinander gewechselt.

Nun sprachen sie zu mir. Jeder sagte ein Wort zum Abschied. Ich erinnere mich noch immer daran. *Palea, Koa'a, Kauu.* Das vierte Wort war länger. Ich glaube, es klang wie *Keli'ikea*, aber ich bin nicht sicher. Ich dachte zuerst, die Worte bedeuteten «Lebwohl». Später kam ich auf den Gedanken, dass es vielleicht eher ihre Namen waren, die sie mir genannt hatten.

Ich ging hinunter zum Strand. Die Dünung rollte schwer herein. Doch die Luft war nicht mehr voll fliegendem Schaum. Überall abgebrochene Palmen und Teile von vom Sturm zerstörten Hütten. Ich begriff, wie glücklich wir uns schätzen konnten, dass die Hütte, die wir fanden, dem Sturm getrotzt hatte. Ich ging so nah wie möglich an die Brandung heran und spähte ängstlich über das Chaos, in das der Strand sich verwandelt hatte. Ich fürchtete, Wrackreste der *Flying Scud* zu finden, die die Lüge auffliegen lassen könnten, die ich mir zurechtgelegt hatte. Eine Rah, eine Planke, ein Ruder wären nicht schlimm, doch ein Namensschild würde alles zunichte machen. Meine Augen suchten den Horizont ab. Es gab keine Spur eines Schiffs auf dem Riff. Das Meer hatte die *Flying Scud* zerschmettert. Wo auch immer sich ihre Reste befinden mochten, sie lagen jedenfalls nicht hier am Strand von Apia verstreut.

Meine Schiffskiste war auf dem Holzfloß gewesen. Die Hoffnung, sie wiederzufinden, gab ich ebenfalls auf. Das war der Preis, den ich bezahlen musste, wenn ich nicht länger mit Jack Lewis in Verbindung gebracht werden wollte.

Ich hielt mich im westlichen Teil der Bucht, nahe Malinuu auf. So hatte ich es auf der Karte gesehen. Ich folgte dem Strand in östlicher Richtung, in der Hoffnung, auf ein Gebäude zu stoßen, das auf die Anwesenheit von Weißen hinwies. Bald entdeckte ich hinter den Palmen gemauerte Häuser mit roten Ziegeldächern und ging auf sie zu. Auch über diese wesentlich solideren Häuser war der Sturm nicht spurlos hinweggefegt. An einem Haus war der Giebel eingestürzt. An einem anderen hatte der Wind die Dachziegel weggerissen und nur die nackten Sparren zurückgelassen.

Die Bebauung schien nicht sonderlich dicht zu sein. Die Häuser drängten sich nicht entlang der Straßen, sondern lagen in Palmenhainen verstreut. Der Eindruck von Wohlstand und Ordnung drängte sich mir bei diesen großen, weitläufigen Anwesen mit den weiß gekalkten Mauern, den überdachten Veranden und den breiten Traufen auf, die ihre Bewohner in reichem Maß mit dem Schatten versorgten, nach dem in den von der Sonne ausgedörrten Tropen alle so lechzen. Weiße und Eingeborene arbeiteten geschäftig zusammen. Nach dem Sturm hatten die offensichtlich gut organisierten Aufräumarbeiten schon begonnen.

Ich lief ziellos umher und fühlte mich überflüssig und fremd, und so war es ja auch. Niemand nahm mich zur Kenntnis oder sprach mich an. Ich vermutete, dass sich viele der Menschen hier nur auf der Durchreise befanden. Es waren Händler, Seeleute oder Abenteurer wie ich.

An einem Haus leuchtete mir eine frisch geputzte Messingplatte von der hellen Mauer entgegen. Ich blieb stehen und las die Worte darauf. Ich nahm an, dass sich hinter der Mauer irgendeine Behörde verbarg, an die ich mich mit meinem lügnerischen Bericht über den Verlust der *Johanne Karoline* wenden konnte.

«Deutsche Handels- und Plantagen-Gesellschaft» stand dort.

Ich hatte die Worte gerade gelesen, als ich hinter mir ein Räuspern hörte. Ich drehte mich um.

Ein weiß gekleideter Herr betrachtete mich. Sein Anzug war makellos sauber und gebügelt. In seinem Knopfloch steckte eine frisch gepflückte Hibiskusblüte, als hätte er die vorhergehende Sturmnacht damit verbracht, sich für eine wichtige Verabredung zum Mittagessen fein zu machen. Unter der breiten Hutkrempe sah mich ein Paar heller Augen an, wobei ihr Besitzer die Hand an einen noch nicht sehr dichten Schnurrbart legte, der mit einem imponierenden Schwung zweier Halbbogen zu beiden Seiten seiner sonnenverbrannten, leicht gefurchten Wangen sprießte.

«Der Herr suchen?», fragte er in einem Englisch, dessen Akzent ich sofort als den eines Deutschen erkannte.

Ich antwortete ihm daher auf Deutsch.

«Ich bin dänischer Seemann und gekommen, um den Verlust der *Johanne Karoline* aus Marstal zu melden, die im Sturm auf das Riff vor Apia gelaufen ist. Können Sie mir sagen, ob es hier in der Nähe ein Konsulat oder irgendeine andere Form von Behörde gibt, an die ich mich wenden kann?»

«Ah ja, so, Sie sind Däne. Tja, dann sind wir ja beinahe so etwas wie Landsleute. Ein dänisches Konsulat finden Sie hier selbstverständlich nicht. Und was die Behörden angeht …»

Er zuckte die Achseln, als hätte dieses Wort hier nicht sonderlich viel

Bedeutung. Er ließ seinen Schnurrbart los und blickte einen Moment zu Boden, als suchte er etwas. Währenddessen verschränkte er die Hände auf dem Rücken, und seine Miene bekam einen nachdenklichen Ausdruck.

«Ja, ich bin so eine Art Konsul, ich meine deutscher Konsul. Ich könnte mich am ehesten Ihrer Sache annehmen. Ich hörte wohl, dass ein Schiff auf das Riff gelaufen ist, aber durch den Sturm war es unmöglich, Hilfe zu schicken. Wir hatten genug damit zu tun, unser eigenes Leben zu retten.»

Er streckte die Hand aus: «Heinrich Krebs.»

Ich nannte meinen Namen.

«Madsen? Der Name kommt mir bekannt vor.»

Er nahm den Hut ab und trocknete sich mit einem Taschentuch die Stirn.

«Ja, es liegt an der Hitze. Das Erinnerungsvermögen wird schlechter.»

«Es ist ein Landsmann», sagte ich.

Ich bekam einen trockenen Mund, mein Herz schlug heftig.

«Es hieß, es gebe einen Madsen auf Samoa. Ich würde ihn gern treffen.»

«Ja, das wird sich bestimmt arrangieren lassen. Ich werde mich umhören. Aber ich muss Sie warnen. Nicht immer ist eine Begegnung mit einem Landsmann in diesen Breiten ein erfreuliches Erlebnis.»

Er legte mir die Hand auf die Schulter und sah mich prüfend an. Dann lächelte er.

«Kommen Sie doch mit herein. Sie sehen etwas mitgenommen aus. Aber Sie hatten Glück. Es gibt nicht viele, die einer Begegnung mit dem Riff von Apia lebend entkommen. Wo ist der Rest der Besatzung?»

«Kapitän Hansen schaffte es nicht bis an Land», antwortete ich lapidar, wobei ich einen Anflug von schlechtem Gewissen über meine Lüge empfand.

«Sie haben sicherlich das Bedürfnis nach einem Bad und einem Mittagessen. Den Bericht kann ich ja hinterher aufnehmen.»

Ein eingeborener Diener, wie sein Herr in makelloses Weiß gekleidet, ließ mir ein Bad ein. Ich entledigte mich meiner schmutzigen und zerrissenen Kleidung und betrachtete mich in einem mannshohen Spiegel mit vergoldetem Rahmen. Kein Anblick, der eine so geschmackvolle Fassung verdiente. Ich sah mager und knochig aus, mein Körper war voller blauer Flecken. Auch mein Gesicht verriet, was ich durchgemacht hatte. Es war von nur halb verheilten Wunden verschrammt. Eine verlief quer über die rechte Augenbraue, eine andere zog eine blutrote Linie über meine Wange. Ich glich eher einem verlebten Tagelöhner im Hafen als einem Schiffbrüchigen, und es wunderte mich, dass der Konsul mich nicht gleich fortgejagt hatte.

Ich vermutete, dass mein Bericht über den Schiffbruch lediglich eine Formsache sei. Es würde kein Seeverhör stattfinden, und es würden auch keine offiziellen Stellen hinzugezogen. Ich hätte mich ebenso gut still und leise unter die Einwohner von Apia mischen können. Niemand hätte bemerkt, ob es einen Herumtreiber mehr oder weniger am Strand gab.

Die Lügen, in die ich mich verstrickte, waren überhaupt nicht notwendig. Aber nun hatte ich damit angefangen und konnte ja schlecht einen Rückzieher machen.

Heinrich Krebs war keine wirkliche Bedrohung. Er wirkte eher wie ein Mann, der seine eigene Bedeutsamkeit bestätigt sehen wollte. Es war wohl meine Aufgabe für einen Tag, ihn in der Rolle des Wohltäters auftreten zu lassen und ihm darüber hinaus ein wenig Abwechslung zu verschaffen, da ihm der Orkan anscheinend nicht Unterhaltung genug gewesen war. Ich hatte bei ihm das gleiche Gefühl wie bei den meisten Weißen, denen ich im Gebiet des Stillen Ozeans begegnet war. Hinter ihrer Fassade von Zivilisation und kontrollierter Ordnung verbarg sich immer etwas anderes.

Aber ich interessierte mich nicht für Heinrich Krebs' Geheimnisse. Ich hatte in letzter Zeit Entdeckungen genug gemacht.

Als ich aus dem Bad trat, bemerkte ich, dass man mir auf einem Stuhl einen weißen Anzug zurechtgelegt hatte. Auf dem Boden stand ein Paar weiß gekreideter Segeltuchschuhe. Es musste Heinrich Krebs' eigene Kleidung sein, die er mir lieh. Da ich aber erheblich größer war als er, fiel sowohl die Jacke als auch die Hose zu kurz aus. Das Hemd ließ sich über der Brust nicht zuknöpfen, die Schuhe musste ich stehen lassen. Ich kam barfüßig zum Mittagstisch und sah noch immer aus wie ein Herumtreiber, doch nun wie einer, der das Glück auf seiner Seite hatte.

Das Esszimmer lag im kühlen Schatten. Weiße, bodenlange Gardinen filterten das Licht von außen. Auf einer Damasttischdecke waren Porzellan, Silberbesteck und Kristallgläser arrangiert. Ich hatte schon an vielen Tischen gesessen, aber noch nie an einem, der sich mit dem von Heinrich Krebs messen ließ.

Dann erschien er selbst. Er hatte den Hut abgenommen, sein sandfarbenes Haar stramm zurückgekämmt und mit Pomade in Form gebracht.

Es standen lediglich zwei Gedecke auf dem Tisch.

«Sie leben allein?», fragte ich.

«Ich bin dabei, mich einzurichten. Meine Frau und meine drei Kinder werden später nachkommen.»

Das Essen wurde aufgetragen.

«Eine kleine Überraschung», sagte Heinrich Krebs.

Ungläubig starrte ich auf die Platte, die vor mich hingestellt wurde – und schaute noch einmal. Dann sagte ich den Namen auf Dänisch, da ich die deutsche Bezeichnung für dieses wunderbare Gericht nicht kannte.

«Schweinebraten.»

«Ja, Schweinebraten», wiederholte mein Gastgeber in einer nahezu fehlerfreien Nachahmung meines Dänisch.

«Ich bin in Dänemark gewesen, und mit Schweinefleisch haben Dänen und Deutsche ja ein gemeinsames Leibgericht. Auf die knusprige Speckschwarte, die ihr Dänen, soweit ich weiß, so schätzt, müssen wir allerdings verzichten. Dazu reicht das Talent meines ansonsten ausgezeichneten Kochs leider nicht.»

Krebs setzte sich und beobachtete mich. Er breitete die Arme aus.

«Man kann so vieles mit sich nehmen. Man kann ein Heim wiedererstehen lassen, sich mit den geliebten Gegenständen umgeben, der gleichen Kultur, man kann die altbekannten Autoren lesen, die Gerichte seiner Kindheit essen und seine eigene Sprache sprechen wie im Augenblick. Und doch ist es nicht dasselbe. Es gibt etwas, das man nicht nachmachen kann. Vielleicht ist es sogar dasselbe, was man irgendwann einmal hinter sich lassen wollte. Ja, warum reist man fort? Ich frage es mich häufig selbst. Warum sind Sie hier? Sie haben Schiffbruch erlitten und allerlei Strapazen ausgestanden. Das steht Ihnen ins Gesicht geschrieben. Aber warum?»

«Ich bin Seemann», antwortete ich.

«Ja sicher. Aber warum sind Sie Seemann? Es war ja wohl kaum Gott, der auf Sie deutete und Ihnen befahl, zur See zu gehen? Sie werden es doch selbst so entschieden haben?»

Ich schüttelte den Kopf.

«Mein Vater war Seemann. Meine beiden Brüder sind Seeleute. Meine Schwester ist mit einem Seemann verheiratet. All meine Schulkameraden sind zur See gegangen.»

«War Ihnen die Ostsee nicht groß genug? Den meisten reicht sie doch eigentlich. Wieso der Stille Ozean? Was glauben Sie hier zu finden?»

Mit gefiel Krebs' Neugierde nicht, wenn es denn Neugierde war. Vielleicht hörte er sich auch nur gern reden. Aber er bedrängte mich zu sehr, und ich hatte nicht vor, mich irgendjemandem anzuvertrauen. Ich schaute wieder auf meinen Teller und konzentrierte mich auf das Essen.

«Es schmeckt wirklich sehr gut», sagte ich.

«Ich werde das Kompliment an den Koch weitergeben.»

Ich hörte an seinem Ton, dass er beleidigt war. Ich hatte seine Einladung zur Vertraulichkeit abgewiesen, nun gab es eine Kluft zwischen uns.

«Dieser Madsen», sagte er nach einer Weile, «ist es Familie?»

Ich bereute bereits, dass ich den Namen meines Vaters genannt hatte. Doch die Insel war groß, und ich wollte ihn ja finden.

«Nein», sagte ich. «Keine Familie. Wir stammen nur aus derselben Stadt.»

«Mit demselben Nachnamen?»

«Es gibt in Marstal viele mit demselben Nachnamen. Ich habe seiner Familie versprochen, mich umzuhören, wie es ihm geht, wenn ich schon einmal hier bin.»

«Wenn Sie nun schon einmal hier sind. Wenn Sie zufällig mal gerade an Samoa vorbeikommen.»

Seine Stimme triefte vor Hohn. Er glaubte mir nicht, doch statt es direkt auszusprechen, äffte er mich nach.

Mir war es egal. Ich hatte ein Bad und eine warme Mahlzeit erhalten. Er konnte mich hinauswerfen, wenn es ihm gefiel. Ich würde schon ohne seine Hilfe zurechtkommen. Ich wischte mir den Mund mit der Damastserviette ab.

«Ich danke Ihnen für das Essen», sagte ich mit geheuchelter Höflichkeit.

Ich sah Krebs an, dass er es sich anders überlegte.

«Es gibt noch Nachtisch», sagte er. «Bleiben Sie schon sitzen.»

Auf der Veranda wehten die Jalousien aus dünnen Bambusstangen in einer leichten Brise vom Meer. Hier war es ebenso angenehm wie innerhalb des Hauses, obwohl die Sonne im Zenit stand. Die Eingeborenen waren noch immer eifrig damit beschäftigt, die Verwüstungen des Sturms zu beseitigen. Die Brandung rollte gegen den Strand. Weit draußen sah ich die weiß schäumende Barriere des Riffs, an dem ich am Tag zuvor beinahe mein Leben gelassen hätte.

Krebs fragte nach den Umständen des Schiffbruchs. Ich erwähnte das Floß und Kapitän Hansen, der in der Kajüte verschwunden war, um die Schiffspapiere zu retten, aber nicht wieder auftauchte, als die *Johanne Karoline* ein letztes Mal überholte und eine Welle uns über Bord spülte. Er erkundigte sich nach den Kanaken, und als ich erzählte, dass sie mit mir zusammen das Land erreicht hätten, danach aber verschwanden und ich im Übrigen nichts über sie wüsste, zuckte er mit den Achseln, als wäre es ein nebensächliches Detail.

Er blickte mich an und lächelte wieder dieses Lächeln, dessen Zweideutigkeit ich rasch durchschaut hatte.

«Es ist phantastisch, was eine gute Mahlzeit doch bewirken kann. Sind Sie nicht auch der Ansicht?»

Ich nickte.

«Nehmen Sie nur mich», fuhr er fort. «Gerade ist doch meine Erinnerung zurückgekehrt. Madsen, ja, nun erinnere ich mich. Wenn Sie sich hinreichend ausgeruht fühlen, kann ich Ihnen einen Eingeborenen mitgeben, der Ihnen den Weg zeigt. Dann könnten Sie ihn bereits heute Nachmittag treffen.»

«So kann ich allerdings nicht gehen», wandte ich ein.

Ich hörte die Panik in meiner Stimme.

«Natürlich nicht.» Krebs sprach mit einem Lächeln weiter. «Ich sehe,

Sie sind ein Mann, der auf Formen achtet. Welche Bekleidung würden Sie bevorzugen, wenn Sie diesen – Madsen – treffen?»

«Meine eigene», erwiderte ich.

Mir fiel das Künstliche meiner eigenen Stimme auf, und plötzlich hatte ich das Gefühl, als spielten wir uns eine Komödie vor. Aber um die Wahrheit zu sagen, ich sah nichts Komisches in dieser Komödie. Tatsächlich machte sie mir Angst. Ich hatte Angst, nach all den Jahren meinem *papa tru* gegenüberzustehen, und ich hatte Angst vor Heinrich Krebs, weil er etwas über meinen Vater zu wissen schien, das er nicht verraten wollte. Er hatte meinen Eifer, *papa tru* zu begegnen, gespürt – und meine Angst. Er spielte mit mir, allerdings wusste ich nicht, warum. Was wollte er von mir?

Krebs entschuldigte sich und verließ die Veranda. Ich verbrachte den Rest des Tages damit, den Strand entlangzuwandern und meinen Blick über das Meer schweifen zu lassen, während ich über meine Situation und all das, was ich durchgemacht hatte, nachdachte. Hätte ich mich von *papa tru* fernhalten und die Toten in Frieden ruhen lassen sollen? Hätte ich nicht nach ihm gesucht, wäre er für tot erklärt worden, lediglich einer mehr in der Reihe ertrunkener Väter, Brüder und Onkel.

Was wollte ich von ihm, wenn er so offensichtlich nichts von mir wollte?

Er hätte doch einfach nach Marstal zurückkehren können, aber das hatte er nicht getan. Er hatte uns den Rücken gekehrt. Was sagst du zu einem Vater, der dir seit fünfzehn Jahren den Rücken kehrt? Du piekst ihn mit dem Finger in den Rücken. Und was machst du, wenn er sich umdreht? Knallst du ihm eine?

Gegen Abend kehrte ich in das Haus von Heinrich Krebs zurück. Er hatte mich aufgefordert, bei ihm zu übernachten, und ich war seiner Einladung gefolgt, weil ich nicht am Strand schlafen mochte. Im Esszimmer hatte man für mich gedeckt, Krebs war allerdings nicht da.

Als ich in das Zimmer trat, in dem ich die Nacht verbringen sollte, war mein erster Gedanke, dass es sich um das Zimmer handeln musste, das Krebs für sich und seine Frau eingerichtet hatte, deren Ankunft er so sehnsüchtig erwartete. Als würde man ein Zelt betreten oder sich unter dem Sonnensegel eines Schiffs befinden. Alles war in dem gleichen luftigen Stil eingerichtet wie das Esszimmer. Das Himmelbett war groß genug für zwei oder drei, und ein großer Spiegel gab dem Raum eine besondere Dimension.

Es war der seltsamste Ort, an dem ich je eine Nacht verbracht hatte, und ich zögerte, mich ins Bett zu legen. Der Boden schien mir ein passenderer Platz, allerdings hatte ich noch nie versucht, auf einer Wolke zu schlafen; außerdem hatte ich das Gefühl, es verdient zu haben – nach all dem, was hinter mir lag. Schließlich endete es damit, dass ich in diesem Daunenparadies versank.

Ich erwachte mitten in der Nacht, als irgendjemand sich vorsichtig an der Tür zu schaffen machte. Der Türgriff bewegte sich nach unten, dann wieder nach oben. Kurz darauf hörte ich eine der Dielen auf der Veranda knarren. Dann wurde es still, und ich schlief wieder ein.

Am nächsten Morgen weckte mich ein Klopfen an der Tür. Ich antwortete schlaftrunken. Der Diener stand mit einem Packen ordentlich zusammengelegter Kleider im Arm vor der Tür. In der Hand hielt er ein Paar langschaftige Seestiefel.

«Ihre Kleider, *masta*», sagte er und verschwand wieder.

Ich faltete die Kleidung auseinander und war verblüfft. Es handelte sich um meine Sachen, aber nicht um die, die ich am Vortag getragen hatte. Dies war meine Landgangskleidung: dunkelblaue Jacke und Hose, ein weißes Leinenhemd mit Kragen, graue, selbstgestopfte Wollsocken. Die Stiefel waren die um die halbe Welt geschleppten von *papa tru*. Ich war sicher, dass mein Eigentum verloren gegangen war, als das Floß in der Bucht vor Apia kenterte. Nun hielt ich es in den Händen.

Ich schlüpfte in die Kleider und zog die Stiefel an. Viele Monate hatte ich sie nicht mehr getragen, sie waren schwer und unbequem bei der Hitze. Meine Füße schmerzten. Ich ging ins Esszimmer, wo Heinrich Krebs bereits beim Frühstück saß und auf mich wartete. Er war tadellos gekleidet, hatte eine frische Hibiskusblüte im Knopfloch und pomadisiertes Haar. Auf der Damasttischdecke stand meine Schiffskiste. Mitten in diesem sauberen Raum glich sie einem großen Schimmelfleck. Mein Name stand darauf. Ich hatte ihn selbst daraufgemalt.

«Sie trieb gestern Abend an Land», erklärte Krebs. «Einer meiner Leute hat sie gefunden.»

Ich schwieg.

«Ich gehe davon aus, dass der Schrumpfkopf auch kein Mitglied Ihrer Familie ist?»

«Nein», antwortete ich, «sein Name lautet Jim.»

«Ja, das erklärt doch alles. Stammt er auch aus Marstal?»

Ich schüttelte den Kopf und beschloss, dass es besser war, nicht zu antworten.

«Sie sind ein sehr interessanter junger Mann, Albert Madsen», sagte Krebs und betrachtete mich über den Rand seiner Tasse. «Sehr interessant.»

«Und Sie stöbern im Eigentum anderer Leute herum, ohne um Erlaubnis zu fragen.»

Ich starrte zurück und hielt seinem Blick stand, hoffte, er würde nicht bemerken, wie erregt ich war.

«Wenn man das nicht tut, erfährt man nie etwas», entgegnete er, ohne den Blick abzuwenden.

«Was würden Sie denn so gern wissen?»

«Viele Dinge», erwiderte er. «Sie kriechen hier aus der Brandung wie ein Nöck, ganz allein auf der Welt, mit einer ganz eigenen Geschichte, woher Sie stammen und wer Sie sind. Eine Geschichte, die niemand bestätigen oder widerlegen kann.»

«Mein Name steht auf der Schiffskiste.»

«Eine Schiffskiste, die einen Schrumpfkopf enthält. Von einem weißen Mann.»

Ich griff nach der silbernen Kaffeekanne.

«Das ist eine private Geschichte, die Sie nichts angeht.»

«Es gibt keinen Grund, sich aufzuregen. Sie haben vollkommen recht. Es geht mich nichts an. Im Übrigen kann ich Sie beruhigen, dass Ihr Freund während seines Aufenthalts im Meer keinen Schaden genommen hat. Im Grunde bemerkenswert, finden Sie nicht?»

Krebs rührte mit einem Teelöffel in seinem Kaffee. Ich wurde nicht klug aus ihm. Er spielte mit mir, und das gefiel mir nicht.

Mein Gastgeber legte den Kopf schief und schaute mich prüfend an. Dann begann er unvermutet eine Melodie zu pfeifen, die ich nicht kannte.

«So unnahbar», sagte er gleichsam zu sich selbst. «So jung, so zornig und so ungeheuer unnahbar. Wie traurig.»

Er schüttelte den Kopf und stieß bedauernde Laute aus.

«Tsk, tsk, tsk.»

Dann fuhr er fort. «Das Allermerkwürdigste an Ihnen ist jedoch Ihr Interesse für Ihren Namensvetter. Verstehen Sie, ein Interesse – und ich glaube, das kann ich Ihnen getrost versichern –, das niemand hier in Apia mit Ihnen teilt.»

Er stand unvermittelt auf.

«Na, sehen wir zu, dass wir uns auf den Weg machen.»

Er nickte in Richtung Schiffskiste, die noch immer auf dem Tisch stand.

«Nehmen Sie die lieber mit. Ich gehe davon aus, dass Sie bei Ihrem ...»

Er zögerte und ließ sich dann das Wort auf der Zunge zergehen:

«... Freund wohnen wollen.»

Ich nickte unschlüssig. Auf diesen Gedanken war ich überhaupt noch nicht gekommen. Aber Krebs hatte wohl recht. Ich wollte bei meinem Vater wohnen. Fünfzehn Jahre mit dem Rücken zu mir. Ich piekse ihn in den Rücken, und er dreht sich um und lädt mich ein, bei ihm zu wohnen? Ich spürte, wie meine frühere Angst zurückkehrte. Das Ganze war so wenig durchdacht. Ich hatte wirklich keine Seekarte für diesen Teil der Reise.

Ich stand auf und nahm die Schiffskiste.

«Sie sind hier natürlich jederzeit willkommen, wenn der Aufenthalt bei Ihrem Freund nicht nach Ihrem Geschmack verläuft. Ich wäre sehr glücklich, wenn wir unsere Bekanntschaft fortsetzen könnten.»

Krebs machte eine theatralische Verbeugung und wies mit einer ausladenden Handbewegung auf die Tür.

«Reiten Sie?», fragte Krebs, als wir die Veranda verließen.

Zwei gesattelte Pferde erwarteten uns.

«Ich kann es ja mal versuchen», antwortete ich und steckte einen Fuß mit einer Bewegung in den Steigbügel, von der ich hoffte, sie routiniert aussehen zu lassen. Dann schwang ich mich auf das Pferd. Einen Moment drohte ich, auf der anderen Seite wieder hinabzurutschen. Ich spürte, wie empfindlich und übel zugerichtet ich am ganzen Körper war. Die Schiffskiste zurrte ich am Sattel fest.

«Das geht doch ganz ausgezeichnet», sagte Krebs mit einem kritischen Blick.

Er gab seinem Pferd einen kleinen Hieb mit der Reitpeitsche und ließ es im Schritt gehen. Ich folgte ihm, so gut ich konnte. Ein weiß gekleideter Diener lief neben mir her, vermutlich, um einzugreifen, sollte mein Pferd seinem ungeübten Reiter Schwierigkeiten bereiten.

Wir ritten ein Stück den Strand entlang. Die Brandung dröhnte wie immer. Jegliche Unterhaltung war unmöglich. Dann bogen wir ins Landesinnere ab. Sobald das Tosen des Meeres schwächer wurde, erging sich Krebs in einem langen Redestrom, der erst aufhörte, als wir unseren Bestimmungsort erreichten.

Ich hörte nur halb zu, so sehr war ich mit meinen eigenen Gedanken beschäftigt, doch später erinnerte ich mich an seine Worte und hörte die Warnung, die in ihnen verborgen lag.

«Sehen Sie sich um», sagte er, wies mit seiner Peitsche in verschiedene Richtungen und straffte plötzlich seinen Rücken.

«Wir haben große Pläne mit diesem Ort. Noch besitzen wir nicht so viel Land, aber das wird sich ändern. Kommen Sie in zehn Jahren wieder, dann werden Sie den Unterschied erkennen. Dann wird all dieses heillose Durcheinander, diese Unordnung verschwunden sein.»

Er schnaubte verächtlich, als er diese letzten Worte aussprach, und ich musste an sein Haus denken. Es war zwar leicht und luftig, doch es herrschte auch in einer Weise Ordnung darin, dass nicht nur meine Schiffskiste auf dem Esstisch, sondern auch ich einem Stück Dreck glich, wenn ich am Tisch saß.

Ich folgte mit den Augen der Bewegung seiner Peitsche und dachte zunächst, dass er mit seinen Worten das Chaos meinte, das der Sturm angerichtet hatte. Dann verstand ich, dass er die üppige Natur selbst als Unordnung empfand.

«Gerade Reihen», sagte er. «In zehn Jahren werden hier überall gerade Reihen stehen. Lotrechte Steinmauern, hinter denen Ananas, Kaffeebüsche und Kakaobäume wachsen – in geraden Reihen! Kopraplantagen – aber die Palmen müssen auf Linie stehen! Weideareale, planiert und rechteckig, Kühe, Pferde, Palmenalleen wie Soldaten bei der Parade! Springbrunnen!»

Seine Stimme kippte in ein Stakkato, je weiter die Aufzählung der kommenden Herrlichkeiten voranschritt. Dann hielt er inne und wurde nachdenklich.

«Die Arbeitskräfte müssen wir natürlich importieren. Die Eingeborenen hier sind ja zu nichts nutze.»

«Wieso nicht?», fragte ich, eigentlich nur, um mein Interesse an seiner Konversation zu demonstrieren. Meine Gedanken weilten woanders.

«Nun ja, es ist nicht so, dass sie hier fauler sind als an anderen Orten. Die Eingeborenen sind, wie sie nun einmal sind, und ich könnte einige individuelle Beispiele von Fleiß aufzählen. Aber es hält nicht an.»

Er sah mich an, als wäre er der Meinung, dass seine folgenden Ausführungen von besonderem Interesse für mich sein müssten. Dann fuhr er fort.

«Ihre Familien sind ihr Fluch. Sie sehen die gepflegte Kleidung, die meine Diener tragen. Wenn sie einen Familienbesuch machen, verbiete ich ihnen, sie anzuziehen. Adolf hier, ja, ich gebe ihnen deutsche Namen, der Einfachheit halber ...»

Er deutete auf den Diener, der neben meinem Pferd herlief.

«Adolf bekam die Erlaubnis, in seinen vornehmen Kleidern die Familie zu besuchen. Zurück kam er in Lumpen. Die Familie hatte sich seine Uniform angeeignet. Ich begegne ihnen hin und wieder, wenn sie damit herumstolzieren. Mal ist es ein Vetter, der seine Weste trägt, dann ein Bruder in seiner Jacke; ein Onkel hat sein Hemd, und der Vater läuft in seiner Hose herum, immer nur ein Kleidungsstück auf einmal und sonst nichts weiter. Tja, das ist ein Anblick, nicht wahr, Adolf?»

Er stupste den Diener mit der Peitsche an. Adolf starrte vor sich hin, als hätte er nicht gehört, worüber gesprochen wurde, oder es nicht verstanden. Letzteres war wohl das Wahrscheinlichere.

«Der Samoaner arbeitet nicht», erklärte Krebs, «er macht Besuche. Er ist keine Ameise. Er ist eine Heuschrecke.»

«Eine Heuschrecke?»

«Eine Heuschrecke. Verstehen Sie, wenn ein Samoaner plötzlich wohlhabend wird, ob es nun an seinem Fleiß liegt, was allerdings ziemlich selten ist, oder am Glück, dann kommt sofort seine gesamte Familie zu Besuch. Selbst die entfernteste Verwandtschaft der Sippe erscheint. Ich habe es erlebt. Es kommt vor, dass ein ganzes Dorf auf Wanderschaft ist. Und sie bleiben bei ihm, bis sie ihn vollständig ausgeplündert haben.

Wie ein Schwarm Heuschrecken. Auf Samoa ist das Wort für Besuch und Unglück identisch: *malanga*. Und Sie werden sich die Konsequenzen vorstellen können. Es ist ein System, das den Bettler belohnt und den Fleißigen bestraft. Hart zu arbeiten ist lediglich eine Aufforderung, ausgeplündert zu werden. Sparen ist unmöglich. Was also macht der kluge Mann? Er sorgt dafür, dass er nur das Allernotwendigste verdient, um sich selbst und seinen Nächsten die Mägen füllen zu können. Nicht mehr. Solch einen Mann kann ich nicht gebrauchen. Nein, importierte Arbeitskräfte, alleinstehende Männer ohne große Bedürfnisse und vor allem ohne große Familien.»

Während Krebs redete, hatten wir die letzten Häuser hinter uns gelassen. Nun waren wir umgeben von den Hütten der Eingeborenen. Es gab keinen Weg mehr, und wir mussten ständig Zäunen aus Flechtwerk ausweichen, die kreuz und quer aufgestellt waren. Dahinter lagen schwarze behaarte Schweine und grunzten im Morast. Eine Schar Kinder umkreiste uns, und Adolf stieß einen warnenden Zischlaut aus, als wollte er einen Hund fortjagen. Die Horde wich kreischend zurück, doch bald schon tauchte sie wieder vor uns auf, und jedes Mal, wenn sie zurückkehrte, hatte sich die Zahl johlender Kinder erhöht. Vor den Öffnungen der Hütten standen Frauen und starrten uns an.

«Ja, hier endet Europa», meinte Krebs. «Nun befinden wir uns unter den Wilden.»

Ein Windstoß fuhr durch die hohen Kokospalmen, so dass es in ihren Kronen rauschte. In diesem Moment blickte ich hinauf. Die großen Palmblätter öffneten sich wie Seeanemonen unter Wasser. In einer der Kronen saß ein Mann. Ich sah ihn nur einen Augenblick. Es war ein Weißer mit nacktem Oberkörper und langem grauem Bart. Dann schlossen sich die Palmblätter wieder um ihn, als würde er in dem Baum wohnen und nun seine Tür vor neugierigen Blicken verschließen.

Einen Augenblick zweifelte ich. Am liebsten hätte ich diesen merkwürdigen Anblick ignoriert, der eher in einen Traum als in die reale Welt zu gehören schien.

Krebs hatte es auch gesehen. Er hielt sein Pferd an und wandte sich zu mir.

«Wir sind da», sagte er. «Es ist an der Zeit, dass ich umkehre.»

Er gab mir ein Zeichen, vom Pferd zu steigen. Ich nahm meine Schiffskiste. Er beugte sich vor, um mir die Hand zu geben.

«Ich hoffe, Sie bereuen es nicht. Bei mir sind Sie jederzeit willkommen.»

Er drückte mir die Hand und wendete das Pferd. Dann drehte er sich um und sah mich an. Ein spöttisches Lächeln umspielte seine Lippen.

«Viel Glück mit Ihrem Vater.»

Er gab dem Pferd die Sporen und ritt im Galopp davon.

* * *

Mit der Schiffskiste unterm Arm stand ich da. Die Kinder gafften, doch da ich nicht auf ihr Geschrei reagierte, wurden sie nach und nach still. Sie scharten sich erwartungsvoll um mich. Ihre Neugier war noch nicht befriedigt. Aus den umliegenden Hütten glotzten die Frauen, Männer waren nicht zu sehen.

Ich schaute hinauf in die Palme, wo der Mann, der vielleicht mein *papa tru* war, sich einen Augenblick lang gezeigt hatte.

Ich fühlte mich unwohl, schwitzte in meinen Landgangskleidern und den kniehohen Seestiefeln. Dann schrie ich hinauf in die Palme.

«Laurids!», brüllte ich.

Ich rief nicht *papa tru*. Ich brachte es nicht über mich. Ich fand, es war ohnehin schon alles seltsam genug. Ich wollte nicht auf einer fernen Südseeinsel stehen und in den Himmel nach meinem Vater rufen.

Zunächst geschah nichts.

«Ich habe dich gesehen!», rief ich. «Ich weiß, dass du da bist.»

Ich wurde gereizt. Es war eine Form der Wut, die nicht wusste, was sie mit sich anfangen sollte.

«Komm runter! Du bist doch kein Affe, verdammt noch mal!»

Ich hörte meine eigene Stimme und erschrak. Ich redete mit ihm, als wäre ich der Kapitän der *Flying Scud* und er ein einfacher Kanake.

Es raschelte in der Baumkrone. Dann tauchte ein Mensch zwischen den Palmblättern auf, grobknochig und bärtig, um den Leib hatte er eines dieser bunt gescheckten Kleidungsstücke der Eingeborenen ge-

231

schlungen. Wären da nicht seine hellere Gesichtsfarbe und der graue Bart gewesen, hätte ich ihn für einen der Kanaken gehalten.

Er hielt mit seinen großen Händen den Stamm umfasst. Seine nackten Füße stemmten sich gegen die raue Oberfläche. Es war die Klettertechnik der Eingeborenen und sah beinahe so aus, als würde er den Stamm hinuntergehen. Mit einem Plumps landete er auf dem Boden und stand mir gegenüber.

Er starrte auf meine Füße.

Ich betrachtete sein Gesicht mit dem dichten Bart. Hatte ich einen Augenblick gezweifelt, so schwanden meine Zweifel nun gänzlich. Ich kann nicht sagen, dass ich ihn nach all diesen Jahren wiedererkannte, denn was ist die Erinnerung eines Vierjährigen wert? Aber ich erkannte mich in ihm wieder. Es geschieht nicht oft, dass ich die Gelegenheit hatte, mich in einem Spiegel zu sehen, und wenn mich jemand bäte, mein Aussehen zu beschreiben, würde es mir nicht nur an Worten fehlen, sondern auch am Interesse für die Frage. Nun stand ich meinem Spiegelbild gegenüber. Die Zeit hatte im Gesicht meines Vaters ihre Spuren hinterlassen. Die eingesunkenen Wangen durchzogen tiefe Furchen, und um die Augen breiteten sich Falten wie Vogelspuren in nassem Sand aus. Aber er war ich. Wir waren Vater und Sohn, und ich begriff, woher Heinrich Krebs seine Erkenntnis hernahm. Er hatte einfach nur hingesehen.

Ich wusste nicht, was ich sagen oder tun sollte.

Es war *papa tru,* der das Schweigen brach. Er riss seinen Blick von meinen Füßen los und starrte mich an.

«Ich sehe, dass du mir meine Stiefel bringst.»

«Es sind jetzt meine.»

Ich biss die Zähne zusammen und gab meiner Stimme einen ebenso harten Klang. Er starrte mich noch immer an.

Das Einzige, woran ich dachte, war, dass er verdammt noch mal nicht meine Stiefel bekommen sollte.

Dann sagte er ein paar Worte in der Sprache der Eingeborenen, und drei Jungen, die mich umringten, erhoben sich.

«Begrüß deine Brüder.»

Unter dem Bart schürzte er seine Lippen zu einem vagen Lächeln. Er zeigte nacheinander auf sie.

«Rasmus, Esben.»

Er zögerte bei dem Kleinsten, von dem ich vermutete, dass er in demselben Alter war wie ich, als er uns verlassen hatte.

«Albert», erklärte er dann.

Was er mit den drei Jungen redete, weiß ich nicht. Keiner von ihnen schien nähere Bekanntschaft mit mir machen zu wollen, und er forderte sie auch nicht dazu auf. Sie hockten sich wieder zu den anderen Kindern und fingen sofort an zu kichern.

Im ersten Moment begriff ich nicht, was er gerade gesagt hatte. Er lebte offenbar in einer neuen Familie. Er hatte nicht nur drei Söhne wie in der alten, sondern seine Kinder auch nach uns benannt. Ich hatte das Gefühl, als wäre alles ein Traum, ein dummer und boshafter Traum. Aber dann wurde mir klar, dass dieser Traum viel zu lange gedauert hatte, um ein Traum zu sein. Fünfzehn Jahre. So viele Jahre waren vergangen, seit *papa tru* uns verlassen hatte. Der Traum hatte mein Leben aufgesogen und Tag und Nacht vertauscht, so dass ich nicht länger wusste, wohin ich gehörte, ins Licht oder in die Dunkelheit.

Ich kann nicht sagen, was meine Miene verriet. Ob sie verblüfft wirkte und staunend, ob sie sich verfinsterte oder unverändert blieb. Jedenfalls klang *papa tru*, als handelte es sich bei dem, was er gesagt hatte, um nichts Ungewöhnliches. Aus Stolz reagierte ich genauso. Aber ich spürte, wie der Zorn in mir wuchs, und mir war klar, dass er weiterwachsen würde, bis er sich in etwas anderes, Gefährlicheres verwandelte.

Ich hätte auf dem Absatz kehrtmachen sollen. Dann hätte er hinter mir herrufen und schreien, mich auf Knien bitten können zu bleiben. Er hätte um Verzeihung bitten können für all die Jahre, die vergangen waren und in denen er nicht bei uns war. Aber ich wusste bereits, dass dies nicht passieren würde. Er hatte mich all die Jahre entbehren können, und das Einzige, woran er dachte, als er mich endlich wiedersah, waren seine Stiefel.

Ich blieb, und ich weiß auch, warum. Ich wünschte mir, dass er mich einmal, nur ein einziges Mal, umarmte.

«Nun, lass uns nach Hause gehen und in der Korsgade etwas essen», sagte er.

War er verrückt geworden? Korsgade! Rasmus, Esben – und Albert! Wahrscheinlich gab es irgendwo auch eine Else. Ich glaubte, in einen Abgrund zu starren. Hier unter Palmen hatte mein Vater die Familie wiedererschaffen, der er einst den Rücken kehrte. Möglicherweise hätte ich seinen Verrat ertragen, wenn er ein ganz neues Leben begonnen hätte. Aber so!

Neben mir ging ein kleiner dunkelhäutiger Junge, der mich darstellen sollte. Und was war ich? Nur eine Probe, eine Skizze?

Ich empfand keinerlei Zärtlichkeit für diese Jungen, die hinter *papa tru* herflitzten. Es waren meine Halbbrüder, aber sie bedeuteten mir nichts. Ich spürte nur eine ungeheure Bitterkeit. Nun verstand ich Heinrich Krebs' Warnung, ja, sogar seinen Spott musste ich akzeptieren.

Ich starrte auf den muskulösen Rücken über dem bunten Sarong. Mein Vater! Nein, er war nicht mein Vater. Er war der Vater dieser dunkelhäutigen kleinen Jungen. Zwischen ihm und mir gab es keine Blutsverwandtschaft mehr.

Ich sah den roten Staub unter meinen Füßen, die Hühner, die frei herumliefen, das Flechtwerk der Einfriedungen mit den schwarzen Schweinen dahinter, die luftigen Hütten. Ich hörte das Rauschen der Palmkronen. Einst hatte darin eine Verlockung gelegen. Ich hatte von der Südsee geträumt. Nun war ich hier, wiedervereint mit meinem Vater, doch es war kein Traum, der in Erfüllung ging. Es war eine Hoffnung, die zerbarst. Ich hätte lieber sein Grab als ihn selbst gefunden.

«*Papa tru!*», rief ich ihm von hinten zu.

Er drehte sich nicht einmal um.

«*Papa tru!*», imitierte ich ihn. «Du hast mir doch beigebracht, dich so zu nennen. Weißt du eigentlich, was es bedeutet? *Papa tru* – mein wahrer Vater. Aber was bist du für ein Vater? Ein großer Lügner bist du!»

An dieser Stelle hätte ich umdrehen sollen.

Doch ich ging mit ihm in seine Hütte.

Er rief etwas, und ich verstand, dass er Essen für seinen Gast und sich selbst verlangte. Eine Frau tauchte in der Türöffnung auf. Ich sah sie nicht an. Ob sie mich erkannte, wusste ich nicht. Dann saßen wir dort und warteten. Die Kinder scharten sich um uns.

Laurids starrte wieder auf meine Stiefel.

«Gib sie mir!», sagte er.

«Du bekommst sie nicht!»

All meine Enttäuschung kam in diesen Worten zum Ausdruck.

«Du bekommst sie nicht!», wiederholte ich.

Er sah mich unschlüssig an, als hätte er diese Abfuhr nicht erwartet.

Zum ersten Mal schaute ich ihm in die Augen. Ich sah darin eine seltsame Lethargie, und mir wurde klar, dass er verloren war. Er war nicht mehr länger mein Vater. Aber er war auch nicht mehr Laurids Madsen. Er hatte alles hinter sich gelassen, auch etwas von sich selbst. Ich begriff, dass all die Namen von zu Hause, mit denen er um sich warf, nichts anderes als verzweifelte Versuche darstellten, an etwas festzuhalten, was ihm bereits vor langer Zeit abhanden gekommen war.

Mein Zorn wich dem Entsetzen. Ich wollte aufstehen und gehen. Ich sah mich nach meiner Kiste um, die ich auf den Boden gestellt hatte, aber ich konnte sie nirgends entdecken.

«Die Stiefel», wiederholte Laurids.

Er hatte zu seinem Kommandoton zurückgefunden. Doch ich hatte in seinen Augen etwas anderes gesehen und tat so, als hätte ich nichts gehört, während ich weiter nach meiner Schiffskiste suchte. Die kleinen Jungen hatten sie zu dem Flechtwerk geschafft, das den Schweineauslauf umzäunte, und waren dabei, sie zu öffnen. Sie lachten vor Aufregung. Der Älteste steckte seine Hand hinein und begann, in der Kiste herumzuwühlen.

Dann erstarrte er, saß ganz still. Im selben Augenblick riss er die Augen auf, als hätte er eine Giftschlange erblickt, und stieß ein wildes Geheul aus. Seine Brüder stoben nach allen Seiten davon. Ein Wort, dessen Bedeutung ich nicht kannte, mir aber gut vorstellen konnte, gellte zwischen den Palmen hindurch und über das Dorf.

Auch Laurids erstarrte, und die Lethargie in seinem Blick verwandelte sich in Entsetzen.

Ich kann nicht erklären, warum, aber mir war sofort klar, was in seinem umnebelten Gehirn vorging. Der Junge hatte Jim entdeckt, und Laurids glaubte, ich sei ein rücksichtsloser Mörder, der mit den Köpfen seiner Opfer in einer Kiste umherspazierte. Er glaubte möglicherweise sogar, dass ich gekommen war, um mich zu rächen.

Es war so verrückt, dass ich zu lachen anfing. Ich lachte, weil ich verzweifelt war und sonst wohl wie ein Tier vor Schmerz aufgeheult hätte.

Wie muss mein Gelächter wohl in den Ohren meines Vaters geklungen haben?

Er starrte mich an, vor Angst wie gelähmt. Dann begann er, im Staub rückwärts kriechend, sich von mir zu entfernen. Er war offensichtlich der Ansicht, es sei ein Triumphgelächter, das lediglich den unmittelbar bevorstehenden Racheakt ankündigte. Er zitterte vor Angst.

In der Hitze der Mittagsstunde hatte sein Anblick alle möglichen Gefühle in mir ausgelöst: Angst und Panik, Erstaunen und Zorn. Einen Augenblick war ich sogar versucht gewesen, ihn zu bedauern. Nun schlug mein Mitleid in Verachtung um. Ich erhob mich und ging zu meiner Schiffskiste. Eine teuflische Eingebung brachte mich dazu, Jim an seinem Zopf zu packen und den Schrumpfkopf durch die Luft zu wirbeln. Ich ging einen bedrohlichen Schritt auf den Mann zu, der einmal mein Vater gewesen war.

Papa tru hockte noch immer im Staub. Zwischen seinen Beinen breitete sich ein nasser Fleck im Sand aus. In seiner Angst hatte er die Kontrolle über seine Blase verloren. Seine Kinder drückten sich an ihn. Wäre ich ihrer Sprache mächtig gewesen, hätte ich sie angeschrien, dass von diesem jämmerlichen Vater keine Hilfe zu erwarten sei. In der Türöffnung erschien die Mutter der Kinder. Sie war groß und massig und hatte ihre Augen vor Entsetzen ebenso aufgerissen wie die Kinder.

Ich legte Jim zurück in die Schiffskiste und klemmte sie mir unter den Arm. Ich grüßte mit einem Finger an der Mütze und machte mich auf den Weg. Die ersten Schritte ging ich langsam. Dann begann ich zu laufen. Und während ich lief, merkte ich, wie mir die Tränen über die Wangen liefen.

Die Augen der Eingeborenen verfolgten mich aufmerksam. Ich hatte den Frieden der Mittagsstunde gestört.

Laurids schien beim Anblick meines Rückens seinen Mut wiedergefunden zu haben. Hinter mir hörte ich noch einmal den Klang seiner Stimme.

«Meine Stiefel!», brüllte er.

Ich drehte mich nicht um.

Ich habe meinen Vater nie wiedergesehen.

*   *   *

Ich kam zurück nach Hobart Town, wo diese verfluchte Reise, auf die ich mich niemals hätte begeben sollen, angefangen hatte. Es war kein fröhliches Wiedersehen. Es gab nichts in dieser elenden Stadt, das irgendjemanden zum Frohsinn anstiften konnte. Und doch hatte hier alles begonnen. Und hier sollte auch alles enden. Ich ging ins «Hope and Anchor» und begrüßte Anthony Fox. Als ich ihn verließ, war er gelb und blau. Das war mein Punkt hinter der Geschichte.

Fox freute sich nicht, mich zu sehen, obwohl er tat, was er konnte, um es zu verbergen. Er hatte auch keinen Grund zur Wiedersehensfreude. In seinen Augen musste ich von den Toten auferstanden sein.

Ich war genau wie Anthony Fox. Ich vergaß niemals irgendwelche Schulden. Das sagte ich ihm. Daraufhin verschwand das falsche Willkommensgrinsen aus seinem Gesicht, und er griff zu einem Revolver, den er unter seinem Bartresen aus Messing versteckt hielt, dem elegantesten von ganz Hobart Town. Aber mit diesem Trick hatte ich gerechnet und war schneller als er. Wir landeten im Hinterzimmer. Er teilte gut aus. Aus seiner Zeit als Strafgefangener kannte er viele miese Tricks. Doch ich schlug härter, denn ich war jünger und größer als er. Schließlich streckte ich ihn zu Boden. Dort würde er eine Weile liegen bleiben. Ich schlug noch auf ihn ein, als er bereits aufgegeben hatte. Meine Wut erforderte das.

Als ich ihm auch noch die letzte Rippe gebrochen hatte, sagte ich: «Und dies ist ein Gruß von Jack Lewis.»

Nicht weil ich Jack Lewis etwas schuldig war, sondern weil die Rechnung aufgehen sollte. Wir waren beide Opfer desselben Betrügers geworden. Es war Anthony Fox, der die Gewehre an die Eingeborenen auf Jack Lewis' Insel verkauft hatte, und als er mir seinen Namen nannte, musste er davon ausgegangen sein, dass ich nicht lebend wieder nach Hause zurückkehren würde.

Was sich zwischen ihm und Jack Lewis abgespielt hatte, weiß ich nicht. Es ist mir auch vollkommen egal. Der eine war nicht besser als der andere. Lewis war möglicherweise der Schlimmste, und Fox hatte bestimmt allen Grund für seine Rache.

Aber mit meinem Leben hatte er nur gespielt. Mein Tod war lediglich ein kleiner Sondergewinn in seinem Spiel. Daher gab es eine unbezahlte

Schuldenrechnung zwischen ihm und mir. Aber eigentlich waren es zwei. Denn ich schuldete ihm noch einen Gin von unserer ersten Begegnung, als er mich auf diese Reise schickte, von der er dachte, es würde meine letzte sein. Ich warf ihm die Münze in sein zerschlagenes Gesicht, bevor ich das «Hope and Anchor» verließ.

Irgendwann einmal hatte ich geglaubt, ich würde etwas lernen, wenn ich meinen *papa tru* wiederfände. Doch das tat ich nicht. Ich wurde nicht klüger.

Ich wurde nur härter.

Das Unglück

Es vergingen viele Jahre, bevor wir noch einmal von Laurids Madsen hörten. Albert hatte seiner Mutter nie etwas erzählt, und niemand wird bestreiten wollen, dass es sicher das Barmherzigste war. Sie war bereits tot, als Peter Clausen nach Hause zurückkehrte. Karoline Madsen hat nie erfahren, wie es dem Mann ergangen war, nach dem sie sich so viele Jahre vergeblich gesehnt hatte.

Peter Clausen, der Sohn von Lille Clausen, dem Clausen, der an der Schlacht in der Eckernförder Bucht teilgenommen hatte und zusammen mit Laurids in deutsche Gefangenschaft geriet, war der letzte Marstaller, der Laurids gesehen hatte. Lille Clausen war damals Lotse geworden und hatte sich einen Holzturm auf sein Haus in der Søndergade bauen lassen, damit er sämtliche ein- und auslaufenden Schiffe beobachten konnte, die seine Kenntnisse der lokalen Fahrwasser benötigten.

Peter Clausen kam 1876 nach Samoa. Zusammen mit einem anderen Seemann setzte er sich von seinem Schiff ab und ließ sich mit einem eingeborenen Mädchen ein. Anfangs dachten wir, er lebte auch auf Besuch, von *malanga*. Aber als er Laurids begegnete, erkannte er, wie schief es gehen kann, wenn man sich nicht daran erinnert, wer man ist. Laurids hatte sich nach der Gefangenschaft in Deutschland verändert. Er war im Alter nicht liebenswürdiger geworden, eher noch kantiger; er wurde wunderlich und hatte sich in seine eigene Welt verkrochen, wie auch immer sie gewesen sein mag. Gern sprach er dem lokalen Palmwein zu, und das war auch der Grund, warum er sich so häufig in den Kronen der Kokospalmen aufhielt. Er saß dort mit einer Machete und schnitt den Stamm ein, um den Saft abzuzapfen. Aber es musste heimlich passieren, denn Palmwein war in diesen Jahren auf Samoa verboten. Laurids endete als ein wunderlicher Affe, der weder von seinen eigenen Leuten noch von den Eingeborenen respektiert wurde, mit denen zu leben er sich entschieden hatte.

Peter Clausen beschloss, Händler zu werden. Er baute seine eigene kleine Handelsstation auf und errichtete einen Flaggenmast mit dem Dannebrog davor. Ungefähr zur gleichen Zeit fand er eine eingeborene Frau und zeugte Kinder mit ihr. Er folgte Laurids' Beispiel und gab ihnen dänische Namen; die dänische Sprache lernten sie allerdings nie. So vergingen einige Jahre. Er kam einigermaßen zurecht.

Peter Clausens samoanische Familie sah – wie üblich bei den Eingeborenen – die Handelsstation als eine gemeinsame Einnahmequelle an und siedelte sich wie ein Heuschreckenschwarm auf der Grasfläche davor an. Sie bekamen allerdings etwas zu hören. Wenn es etwas gab, das ein Marstaler von zu Hause mitbrachte, dann war es Sparsamkeit. Er würde sie bei jeder festlichen Gelegenheit bewirten. Das gehörte dazu. Aber nicht im verdammten Alltag. Und dann jagte er sie fort. Wenn sie die Botschaft nicht begriffen hätten, hätte er keine Bedenken gehabt, ihnen mit dem Gewehr zu drohen.

Ihr Problem sei, sagte er, dass sie gar nicht begriffen, was Alltag bedeutete. Sie nahmen alles als Fest und versäumten keine Gelegenheit, sich zu schmücken und zu singen. Alltag war etwas, das man ihnen erst beibringen musste.

Die Frau begehrte auf, aber Peter kam nach seinem Vater und wusste immer seinen Willen durchzusetzen; und schließlich wurde er, so seine Behauptung, von allen respektiert. Er war kein *mata-ainga*, kein schwacher Mann, der seiner Sippe nachgab. Aber er war auch kein *noa*, kein Bettler und Faulpelz.

Dann brach das Jahr 1889 an, das Peter Clausen zu einem großen Mann machen und Laurids wieder zu Verstand kommen lassen sollte.

Es war dieselbe Begebenheit, die das Leben der beiden veränderte.

Zu dieser Zeit gab es nicht nur Deutsche auf Samoa, sondern auch Engländer und Amerikaner. Sie alle erhoben Forderungen auf die Insel. Es endete damit, dass man die Kanaken bei jeder sich bietenden Gelegenheit zu einem Streit untereinander ermunterte und sie mit sämtlichen Waffen versorgte, die sie auf ihren breiten braunen Schultern tragen konnten.

Heinrich Krebs war in der Zwischenzeit ein großer Mann geworden. All seine Pläne hatten sich realisiert. Seine neidischen Konkurrenten sagten über ihn, er sei der einzige Plantagenbesitzer des Stillen Ozeans mit einer eigenen privaten Flotte von Kriegsschiffen. Das Deutsche Reich folgte jedem auch noch so geringen Wink von ihm. Er war Staatsmann und Plantagenbesitzer in einer Person. Auf seinem Grund standen die Kokospalmen wie bei einer Parade, und die Peitsche knallte, als wäre man auf einem Exerzierplatz. Seine Plantage wurde im Volksmund einfach nur «die Gesellschaft» genannt, als gäbe es auf Samoa niemand anders als Heinrich Krebs und seinen Traum von geraden Linien, obwohl in Apia inzwischen ein amerikanisches Konsulat eröffnet worden war und eine englischsprachige Zeitung erschien.

Es sollte zum Krieg kommen. Die Eingeborenen, die wie gesagt über eine Unmenge von Waffen verfügten, schossen ausgesprochen gern, hielten allerdings nicht sonderlich viel davon, zunächst einmal zu zielen, so dass nie wirklich große Verluste zu beklagen waren, wenn sie aufeinander losgingen.

Dann kam der Flaggenkrieg. Die Großmächte pflanzten ihre Fahnen überall auf der Insel auf, wo sie nichts zu suchen hatten. Auf eine britische Flagge wurde ein Schuss abgefeuert, eine amerikanische Flagge steckte man in Brand, und für beide wurden die Deutschen verantwortlich gemacht. Einheimische umzingelten deutsche Truppen, die man an Land abgesetzt hatte; ein halbes Hundert Soldaten wurde getötet. Es hieß, das Haus, in dem sie Widerstand leisteten, hätte hinterher mehr Löcher gehabt als ein Fischernetz. Die Deutschen fielen durch amerikanische Kugeln, die die Briten geliefert hatten, und plötzlich war die Bucht von Apia voller Kriegsschiffe – insgesamt sieben aus drei verschiedenen Nationen. Und alle warteten auf den ersten Schuss.

Doch der erste Schuss fiel nie, und genau das ist die eigentliche Geschichte, berichtete Peter. Das Meer schlug zu, bevor die Kanonen feuern konnten.

Von einem Tag auf den anderen stürzte das Barometer ins Bodenlose. Jeder, der die Bucht von Apia kennt, weiß, was das bedeutet: Es galt, so schnell wie möglich in See zu stechen. Doch die Offiziere auf den Schiffen ahnten nichts. Diese Dummköpfe wollten sich gegenseitig herausfordern und wussten nicht, dass das Meer ihr ärgster Feind war. Der Wind frischte auf, bis es stürmte; die Amerikaner bezeichneten es als *hurricane*. Die Wellen in der Bucht türmten sich so hoch auf, dass sie sogar uns erschrecken würden, die wir doch die Herbststürme über dem Skagerrak oder dem Nordatlantik kennen.

Welch ein Anblick bot sich am Morgen. Drei Kriegsschiffe waren aufs Riff gelaufen, zwei lagen mit blankem Kiel am Strand, und zwei befanden sich auf dem Grund der Bucht. Statt sich gegenseitig Tod und Vernichtung zu bringen, hatte das Meer die Kanonen und Munition gefressen. Überall waren brodelnder Schaum und die nassen Rücken ertrunkener Seeleute zu sehen, die in der Brandung tanzten, bevor sie schließlich an Land gespült wurden.

Die Sonne ging auf, und ihr Strahlenglanz breitete sich über einen Himmel, der von Wolken rein gefegt war. Doch der Strand bot ein anderes Bild.

Die an Land getriebenen Leichen wurden gleichmäßig aufgereiht. Zwischen ihnen gingen die Überlebenden stumm umher, vor Erschöpfung am ganzen Körper zitternd, vielleicht weil ihnen der Schrecken über die Gewalt des Meeres noch in den Gliedern steckte. Es waren Marinesoldaten. Sie waren für eine andere Art von Sieg oder Niederlage bestimmt, für eine andere Art von Tod oder Überleben. Nun erlitten sie das Schicksal, das so oft uns Seeleute ereilt.

Auf den Gang der Geschichte hatten sie keinen Einfluss. Niemand würde sich an sie erinnern. Es waren weder die Amerikaner noch die Engländer oder die Deutschen, die den Krieg um Samoa gewannen. Es war der Stille Ozean.

Laurids schritt die Reihen der durchnässten Leichen, die mit dem Bauch im Sand lagen, ebenfalls ab. Niemand wusste, warum man sie so hingelegt hatte. Vielleicht weil es zu schrecklich gewesen wäre, in die Gesichter so vieler Toten zu blicken. Noch am Tag zuvor waren sie bereit gewesen, aufeinander zu schießen. Nun konnte man nicht mehr erkennen, wer Deutscher, Amerikaner oder Engländer war. Laurids deutete mit dem Finger auf sie, als wollte er sie zählen, und seine Laune schien bei jeder Leiche, an der er vorüberkam, zu steigen.

«Ich sah ihn und dachte mir, nun ist er vollkommen verrückt geworden», berichtete Peter Clausen.

Er hielt sich an diesem Morgen ebenfalls am Strand auf. Er zählte nicht die Toten wie Laurids, sondern die Lebenden. In jedem von ihnen sah er einen zukünftigen Kunden, nun, da die versammelten Schiffe dreier Nationen sich in Wracks verwandelt hatten und ihr Proviant mit einem Teil der Mannschaft verschwunden war.

«Glücklicherweise waren die Überlebenden in der Überzahl», erzählte Peter Clausen.

Uns war nicht klar, ob es seiner Ansicht nach ein Glück für die Menschen oder sein Geschäft war.

Jedenfalls wurde die Katastrophe in der Bucht von Apia zum Wendepunkt für seine Handelsstation.

«Ich weiß nur», sagte Clausen, indem er noch einmal Laurids ansprach, «dass er nun wieder zu Verstand kam, wenn er ihn denn irgendwann einmal verloren haben sollte. Ob er wieder der Alte wurde, weiß ich nicht. Ich weiß nicht, wie er früher gewesen ist. Doch er erschien an meiner Tür und fragte, ob er irgendwie helfen könne. Das war etwas Neues. Früher kam er nur, wenn er etwas benötigte, und er brauchte immer irgendetwas. Aber einer regelmäßigen Arbeit ging er ja nicht nach. Ihr dürft mich nicht missverstehen. Ich habe gern gegeben, wenn ich seinen Wunsch angemessen fand. Für eine Mahlzeit und eine Tasse Kaffee reichte es immer. Wir stammten ja trotz allem beide aus Marstal. Aber ein Umgang, der mir gefiel, war er nun ganz gewiss nicht. Er sagte nicht einmal danke, wenn er mit vollem Bauch wegging. Doch sollte es je einen anderen Laurids gegeben haben, so war es der, den ich traf, als er vom Strand mit den Toten zurückkam. Natürlich erinnerte ich mich daran, dass auch er einmal auf der Seite der Verlierer an einer Seeschlacht teilgenommen hatte und in Gefangenschaft geraten war. Es musste ein ziemlich demütigendes Erlebnis für ihn gewesen sein. Nun sah es so aus, als wäre er auferstanden.»

«Laurids hat den Arsch des heiligen Petrus gesehen. Er flog zum Himmel und stand an der Pforte zum Paradies. Aber er kam wieder zurück, und sein Verstand hatte sicher Schaden genommen. Niemandem tut es gut, auf der Schwelle des Todes zu stehen und dann umzudrehen», sagte Lille Clausen.

«Tja, damit muss ich mich nicht beschäftigen», erwiderte sein Sohn. «Ich habe keine Ahnung, was in Verrückten vorgeht. Jedenfalls wurde er wieder zu einer Art Mensch. Er hatte als Palmweinsäufer unter den Eingeborenen gelebt. Sein Leben war ein ständiges *malanga*. Und von den Weißen auf Samoa wurde er wahrlich nicht sonderlich respektiert. Nun ja, von mir hielten sie auch nicht viel. Ich hatte Kinder mit einer eingeborenen Frau. Obwohl meine Kinder gute dänische Namen trugen, wurden sie Halbblut oder Mischling genannt, und das war nicht eben schmeichelhaft gemeint. Die Engländer sind die Schlimmsten, wenn es um derartige Bezeichnungen geht. Doch jetzt bin ich ein reicher Mann. Ich habe die amerikanische Flotte als Kunde. Mir ist es deshalb egal, wie sie uns nennen. Meine Kinder erben den *shop*, sie werden schon zurechtkommen.

Die Deutschen zogen in diesen Tagen den Kopf ein. Heinrich Krebs wurde ein ruhiger Mann. Es steckte nicht sonderlich viel Bismarck mehr in ihm. Aber Laurids wurde beinahe respektabel. Er stutzte sich den Bart und hörte auf zu trinken. Ich ließ ihn hin und wieder den Laden versorgen.

Er baute sich eine Schmack und nähte selbst die Segel. Wie ein Eingeborener segelte er durch die Brandung und kam mit Fischen nach Hause. Nun war Schluss damit, oben in den Palmwipfeln zu hocken. Ich habe ihn ein einziges Mal gefragt, ob er seine Familie daheim vermissen würde. Es war vielleicht eine dumme Frage. Was ist Familie, wenn man sie wie Laurids vierzig Jahre nicht gesehen hatte?

Er drehte mir den Rücken zu und verschwand mit einem Gesicht wie eine Donnerwolke. Ich dachte, dass er nun wieder mit *malanga* begänne. Aber ein paar Tage später kam er zurück und war noch immer der neue Laurids.

Eines Tages segelte er in seiner Schmack durch das Riff hinaus und kam nicht wieder zurück. Das Boot wurde nie gefunden. Das war das Ende von Laurids, würden die meisten wohl sagen. Ich hatte allerdings den merkwürdigen Gedanken, dass er fortgesegelt sei, um ein neues Leben zu beginnen.»

Albert hatte Peter Clausens Berichten nie Gehör schenken wollen. Wir erzählten es ihm dennoch, als Clausen wieder fort war. Er hörte stumm zu und sagte kein Wort. Dann beugte er sich vor und rieb mit dem Ja-ckenärmel an einem seiner Stiefel.

«Die Stiefel habe ich behalten», sagte er. «Der Rest interessiert mich nicht.»

Er stand auf. Dreißig Jahre nach seinem Besuch in Samoa trug er noch immer dieselben Stiefel.

II

DIE MOLE

Ob Herman Frandsen ein Mörder war, wissen wir nicht.
Wenn er es war, kennen wir den Grund.
Seine Ungeduld ließ ihn zum Mörder werden.

Wir kennen keine einsamen Augenblicke. Immer gibt es irgendwo ein
beobachtendes Auge, ein zuhörendes Ohr. Für jeden Einzelnen von uns
errichtet das Gerede der Leute ein Monument. Noch das unbedachtes-
te Wort zählt ebenso viel wie die längste in der Zeitung abgedruckte
Rede. Ein verstohlener Blick wird sofort erwidert und fällt zurück auf
den heimlichen Betrachter. Ständig geben wir uns neue Namen. Spitznamen sind die wahre Taufe. Durch Spitznamen bekräftigen wir, dass
niemand sich selbst gehört. Nun bist du einer von uns, erklären wir denen, die von uns wiedergetauft werden. Wir wissen mehr über dich als
du selbst. Wir haben dich gesehen, und wir haben mehr gesehen als das,
was sich dir im Spiegel zeigt.

Rasmus Steißtrommler, Katzenquäler, Violinschlächter, Graf von Misthaufen, Schlafkammer-Klaus, Pinkel-Hans, Kamma Sprit – gibt es irgendjemanden unter euch, der glaubt, wir würden eure Geheimnisse
nicht kennen? «Das Fragezeichen», so nennen wir dich, schließlich hat
dein Buckel die Form eines Fragezeichens. «Der Mastknopf», wie könn-
test du auch anders heißen, bei einem so schulterlosen langen Körper
und einem so kleinen Kopf?

Alle in unserer Stadt haben eine Geschichte, aber sie wird nicht von
ihnen selbst erzählt. Es existiert ein Autor mit tausend Augen, tausend
Ohren und fünfhundert Stiften, der sie unablässig notiert.

Und doch gab es eine Zeit, in der niemand sah, was Herman Frandsen tat. Nach diesem kurzen Moment war ein anderer Mensch für immer verschwunden. Im Grunde weiß niemand von uns etwas, es sind lediglich Vermutungen. Letzte Sicherheit werden wir nie erhalten, deshalb müssen wir uns unablässig mit den Dingen beschäftigen, die uns nicht klar sind.

Aber wir kennen sein Motiv. Wir fanden es in uns selbst.

Es geschah 1904 in einer Sommernacht, als Herman zwölf Jahre alt war. Er schlich aus der Haustür der Skippergade. Im Haus konnten wir Geräusche hören. Wie gewöhnlich rumorten seine Mutter Erna und Holger Jepsen flüsternd und seufzend in dem knarrenden Mahagonibett. Herman lief in südliche Richtung, bis er die letzten Häuser hinter sich gelassen hatte. Dann ging er weiter bis zum Strand. Über ihm wurde die Milchstraße angeknipst. Sie hatte denselben Weg wie er. Sie wuchs über den Dächern der Kongegade aus der Nacht und verschwand irgendwo auf der anderen Seite der Halbinsel. Sie hatte weder Anfang noch Ende. In der Unendlichkeit des Universums gibt es keine Richtung, und doch war es uns immer so vorgekommen, als führte die Milchstraße genau wie ein richtiger Weg irgendwohin: übers Meer.

Herman blieb erst stehen, als er das Wasser erreicht hatte. Er zog die Schuhe aus und stand mit den Füßen in der schäumenden Brandung, während er zur Milchstraße hinaufsah, die ihren Weg ohne ihn fortsetzte. Ein Gefühl, das leicht mit Einsamkeit verwechselt werden konnte, überkam ihn. Aber es war nicht dieses Gefühl von Verlassensein, das ein Kind bisweilen empfindet, das seine Eltern verloren hatte. Eher war es wohl dieses Gefühl, das in einem Jungen aufkeimt, wenn andere Jungen, die größer sind als er, sich in ein Abenteuer stürzen, an dem er nicht teilhaben darf. Es schmerzt ihn, und er weiß nicht, dass Ungeduld diesen Schmerz gebiert. Er wünscht sich, auf der Stelle groß zu sein. Ihm wird klar, dass die Kindheit ein unnatürlicher Zustand ist und sich in ihm ein sehr viel größerer Mensch verbirgt, der er noch nicht sein darf und der erst jenseits des Horizonts in Erscheinung treten wird.

Herman erzählte uns nie von dieser Nacht, nicht einem Einzigen von uns.

Doch wir hatten selbst dort gestanden.

Herman hatte seinen Vater früh verloren. Ein Unglück, das viele von uns mit ihm teilten. Doch für Herman hatte der Tod seines Vaters eine besondere Bedeutung. Frederik Frandsen aus der Sølvgade verschwand zusammen mit seinem Schiff *Ofelia* auf einer Neufundlandreise. An Bord waren auch die beiden Brüder Hermans, Morten und Jakob. Es geschah im Jahr 1900, und Herman war acht Jahre alt, als er mit seiner Mutter allein zurückblieb. Erna war eine stattliche Frau, was sowohl ihre Größe als auch ihren Umfang betraf; sie passte zu seinem Vater, der sich bei Türen immer bücken und seitwärts durchschieben musste – nicht nur durch die Tür der bescheidenen Kapitänskajüte an Bord der *Ofelia,* sondern auch daheim in der Sølvgade. Ihr Haus hatte so niedrige Decken, dass die ganze Familie sich nur unter Gottes freiem Himmel zu ihrer vollen Größe aufrichten konnte. Abgesehen von Herman natürlich.

Erna heiratete bald wieder, und diese Heirat trug ihr den etwas unverdienten Ruf ein, hartherzig zu sein, denn wir hätten ebenso gut das Gegenteil behaupten können. Ging sie so schnell eine neue Ehe ein, weil sie nicht die Zeit fand zu trauern oder eher weil ihr Herz so wenig Widerstandskraft gegen die Einsamkeit entwickelte, dass sie Trost suchte, wo sie nur konnte? Ihr neuer Ehemann war der Kapitän der *Tvende Søstre,* Holger Jepsen aus der Skippergade, ein bescheidener Mann, von dem alle dachten, er hätte sich mit seinem Junggesellendasein abgefunden.

Holger Jepsen war klein. Er wirkte drahtig, als wäre sein Skelett mit Hanfseilen umwickelt, und doch machte er einen schmächtigen Eindruck. Er sah beinahe komisch neben der stattlichen Erna aus, an deren Seite er vollkommen verschwand. Nach ihrer Eheschließung hieß er nur noch «der Junge».

Doch Jepsen musste etwas in Erna zum Leben erweckt haben. Plötzlich konnte sie erröten. Es war eine völlig neue Eigenschaft, die nie zuvor jemand an ihr bemerkt hatte. Ihr Schnurrbart verschwand. Immer hatte sie einen deutlichen Schatten auf der Oberlippe gehabt. Niemand wusste, ob das kratzte. Erna war nicht der Typ, der irgendjemanden küsste, auch ihre eigenen Kinder nicht.

Frederik Frandsen war ein ungehobelter Bursche gewesen, und es herrschte allgemeines Einvernehmen darüber, dass die mannhafte, breitschultrige Erna gut zu ihm gepasst hatte. Nun wurde sie geradezu sanft, wenn man sich eine Frau als sanft vorzustellen vermag, die über schaufelgroße Hände verfügte. Es schien, als hätte Jepsen in dem Hünenweib ein kleines Mädchen entdeckt und hervorgelockt, das zu seiner eigenen Körpergröße passte.

Herman gefiel das nicht. Er hatte bereits einen Vater und zwei Brüder verloren, möglicherweise glaubte er, nun auch noch seine Mutter zu verlieren. In Jepsens Haus muss er sich heimatlos gefühlt haben, als wäre er in ein fremdes Land gekommen, in dem eine andere Sprache gesprochen wurde, obwohl Jepsen sich anständig benahm und seinem Stiefsohn schon früh ein kleines Boot schenkte und ihm beibrachte zu wriggen, Segel zu setzen, Knoten zu schlagen und alles Übrige, was er wissen musste, um auf See zurechtzukommen. Doch Jepsen hatte Hermans Ansicht nach eine unverzeihliche Sünde begangen, nämlich Erna zu einem harmlosen Weibsbild gemacht. All das Geschmuse und Händchenhalten sei schlecht für die Gesundheit, erklärte Herman allen, die es hören wollten. Er spielte sich als Ernas rechtmäßiger Besitzer auf, der sein Eigentum in die falschen Hände geraten sah. Wir waren davon überzeugt, dass seiner Meinung nach das Beste an Erna ihr Schnurrbart gewesen war.

Später gab Herman dem Stiefvater die Schuld am Tod seiner Mutter. Erna starb an Blutvergiftung, zwei Tage nachdem sie einen Dorsch ausgenommen hatte. Ein Angelhaken hatte sich in dem weißen Fleisch versteckt und ihr den Mittelfinger aufgerissen. Sie kümmerte sich nicht darum. Sie zog den Haken heraus, ohne auch nur das Gesicht zu verziehen. Das war die alte Erna, wie Herman sie mochte. Aber kurze Zeit später war sie tot, obwohl Jepsen Doktor Kromann geholt hatte, der wie immer tat, was er konnte.

Herman meinte, sie wäre nicht gestorben, wenn sein Vater noch gelebt hätte. Zu Hause in der Sølvgade wäre seine Mutter noch immer die große granitharte Frau, die sie einmal gewesen war, und nicht diese schwatzende, errötende, schnurrbartlose, verliebte Qualle, zu der Jepsen sie degradiert hatte, seit sie in die Skippergade umgezogen waren.

Dass Herman sechs Jahre nach dem Tod seines Vater noch immer «zu Hause in der Sølvgade» sagte, obwohl er den größten Teil seiner Kindheit in der Skippergade gewohnt hatte, hätte seinem Stiefvater möglicherweise eine Warnung sein können.

Erna und Jepsen bekamen keine eigenen Kinder. Wenn wir in munterer Runde in Webers Café saßen, sagten wir immer, es müsse wohl daran liegen, dass Jepsen zu klein war, um zwischen Ernas majestätischen Schenkeln, deren Durchmesser und Länge dem Besanmast der *Tvende Søstre* entsprachen, ganz bis nach oben zu gelangen. Und Jepsen, der weichherziger war, als ihm guttat, entdeckte plötzlich, dass Herman ganz allein auf der Welt war, ohne Mutter, ohne Vater und ohne Brüder. All die Liebe, die er Erna nicht mehr entgegenbringen konnte, schenkte er nun Herman, der, wie er meinte, dringend die liebevolle und lenkende Hand eines Vaters brauchte.

Herman war gegenteiliger Ansicht. Er wollte nichts lieber, als sich seines Stiefvaters entledigen.

Das tat er auch, noch ehe dies irgendjemand erwartete.

Es war die Art, wie es geschah, die unsere Bewunderung, bei den meisten von uns allerdings auch ein seltsames, unbestimmtes Gefühl von Furcht hervorrief.

*   *   *

Als Herman Frandsen konfirmiert wurde, sollte er zur See fahren. Holger Jepsen, der das Beste für den Jungen wollte, beging den Fehler, ihn auf der *Tvende Søstre* anmustern zu lassen, statt ihn auf ein fremdes Schiff zu schicken. An Bord ging es ziemlich rau zu, obwohl es nie zu einer Prügelei kam. Jepsen hatte auf einem Schiffsdeck mehr Autorität als an Land. Obwohl er von kleinem Wuchs war, besaß er ein gewaltiges Organ, und das setzte er ein, wenn er Herman die Webeleinen auf- und abentern ließ und auf die Fußpferde der Rahen kommandierte.

«Trau niemals deinen Füßen», schrie er, wenn der für sein Alter groß gewachsene Herman dort oben hing und wie ein seekranker Gorilla schaukelte.

Die Füße können abrutschen, das Tauwerk reißen, und dann geht es zwanzig Meter abwärts, bevor das Deck oder das Meer dir eine Lektion erteilt, aus der du nichts mehr lernen kannst. Das Meer spuckt dich nicht wieder aus, und das, was von dir übrig ist, wenn du auf Deck aufschlägst, kann man mit einer Schaufel aufkratzen.

Herman sah auf seine Füße. Wenn er ihnen nicht trauen durfte, wem, zum Teufel, sollte er dann trauen? Regungslos verharrte er dort oben, als wäre er ein mechanischer Apparat, den man vergessen hatte aufzuziehen. Es war nicht Schrecken oder Panik, sondern Misstrauen. Er verstand nicht, was Jepsen meinte.

Jepsen musste die Takelage aufentern, um ihn herunterzuholen. Er kletterte auf die Rahe und streckte die Hand aus.

«Komm», sagte er mit sanfter Stimme.

Herman blickte ihn scheel an und packte die Handpferde nur umso fester.

«Du brauchst keine Angst zu haben», sagte Jepsen und legte eine Hand auf Hermans Arm.

Aber Herman hatte keine Angst. Er war einfach starr vor Abneigung.

Jepsen musste ihm einen Finger nach dem anderen aufbiegen. Es war eine Kraftprobe, doch Jepsen hatte viel Kraft in den Fingern.

«So, jetzt gehen wir. Langsam. Einen Schritt nach dem anderen. Eine Hand nach der anderen.»

Er sprach mit Herman wie mit einem Kind, das gehen lernen soll. Herman blickte hinunter aufs Deck. Der Matrose und der Steuermann standen dort und glotzten hinauf. Sie glaubten auch, er hätte Angst.

«Ich schaff es allein. Lass mich», fauchte er.

Jepsen zog sich zurück.

«Denk dran», sagte er. «Halt dich gut mit den Händen fest. Und wenn du die Hände nicht mehr benutzen kannst, dann benutz die Zähne. Und wenn die Zähne versagen, dann setz die Wimpern ein.»

Er lachte Herman aufmunternd zu und zwinkerte mit einem Auge. Herman blickte böse zurück.

Es verging ein Jahr, und wir fragten uns schon, ob es nicht für Herman an der Zeit wäre abzumustern. Zwischen ihm und Jepsen hatte es viel böses Blut gegeben.

Es war ein Tag im Frühjahr, direkt nach Hermans fünfzehntem Geburtstag. Holger Jepsen verließ zusammen mit seinem Stiefsohn den Hafen.

Nur sie beide waren an Bord der *Tvende Søstre*. Sie wollten einen Steuermann und zwei Matrosen abholen, die in Rudkøbing anmustern sollten, bevor das Schiff Kurs Richtung Spanien nahm. Wir fanden es tollkühn, dass Jepsen nur mit einem Schiffsjungen an Bord segelte, auch wenn es bis Rudkøbing nicht sonderlich weit war. Möglicherweise hatte Jepsen den Törn als eine Art Männlichkeitsprobe für den fünfzehnjährigen Jungen angesehen. Vielleicht hatte er aber auch das Gutherzige abgelegt und wollte Herman ein für alle Mal zeigen, wer an Bord zu befehlen hatte.

Eine Männlichkeitsprobe wurde es jedenfalls.

Aber nicht so, wie Jepsen es sich gedacht hatte.

Wir hatten damit gerechnet, die *Tvende Søstre* frühestens in sieben, acht Monaten wiederzusehen, wenn das Schiff von seiner Reise nach Spanien und Neufundland zurückkehrte, um im Hafen zu überwintern. Jepsen und Herman waren früh am Morgen ausgelaufen. Am späten Nachmittag desselben Tages jedoch sahen wir die *Tvende Søstre* mit Kurs auf die Hafeneinfahrt auftauchen. Auf der Dampskibsbro kam es rasch zu einem Auflauf. Was ging da vor? Die Segel waren gesetzt. Es wehte eine frische Brise. Wir erkannten bereits aus weiter Entfernung, dass das Schiff viel zu große Fahrt hatte und beim Einlaufen in den Hafen entweder mit der Mole oder einem der Schiffe havarieren würde, die an den schwarz geteerten Duckdalben im Hafenbecken vertäut lagen.

Es stand jemand am Ruder, aber das war auch das Einzige, was an Bord zu erkennen war. Als die *Tvende Søstre* näher kam, sahen wir, dass der einsame Rudergänger Herman war, bekleidet mit gelbem Ölzeug und einem Südwester.

Einen Augenblick dachten wir, die *Tvende Søstre* würde den Kai rammen. Dann drehte Herman mit einer Bewegung, deren Eleganz nicht zu übersehen war, in letzter Sekunde das Ruder, so dass das Schiff einem Aufprall entging und stattdessen mit nur fünf Zoll Abstand die Hafenmauer entlangglitt, ohne sie jedoch zu berühren. Das Tempo war noch immer hoch und die Gefahr einer Kollision mit den vertäuten Schiffen im Hafeninneren unvermindert.

Wenn die Situation nicht so rätselhaft gewesen wäre, ja offenbar geradezu verzweifelt, hätten wir gedacht, dass der Junge bloß darauf aus war, sich wichtig zu machen.

In diesem Moment schoss eine massige Gestalt aus der Gruppe auf der Dampskibsbro und landete mit einem Satz an Deck der *Tvende Søstre*. Es war Albert Madsen. Er war damals Mitte sechzig, und er tat, was wir, alle deutlich jünger als er, hätten tun sollen. Er hatte erkannt, dass an Bord der *Tvende Søstre* irgendetwas Furchtbares passiert sein musste. Der Schiffsjunge allein an Deck, sämtliche Segel gesetzt, das Schiff auf Kollisionskurs.

Wir standen nur da und gafften, als ginge es hier um eine Wette: Ob er es wohl durch die Hafeneinfahrt schafft?

Albert griff ein. Es war über zehn Jahre her, dass er das letzte Mal ein Schiff geführt hatte. Aber der Kapitän in ihm lebte noch.

Er schritt übers Deck und legte eine Hand auf Hermans Schulter. Herman blickte auf und tat dann etwas, das wir überhaupt nicht verstanden. Er schlug nach Albert. Sie waren ungefähr gleich groß und kräftig gebaut, der für sein Alter erstaunlich groß gewachsene Junge und der alte Mann. Der Junge hatte die Kraft der Jugend, aber Albert Madsen verfügte über die Erfahrung, und seine Antwort kam sofort. Es war seine berühmte Ohrfeige, die schon immer einen ausgewachsenen Mann mehrere Meter über Deck schleudern konnte. So auch dieses Mal.

Kein Wort wurde zwischen ihnen gewechselt. Dazu war keine Zeit. Als Albert zum Ruder griff, betrug der Abstand zur *Eos*, die mitten im Hafen an einer der Duckdalben vertäut lag, nur wenige Meter. Es gelang ihm, das Schiff querab zu bekommen, und als das Heck der *Tvende Søstre* an den Bug der *Eos* prallte, hatte sich die Fahrt so weit verlangsamt, dass kein großer Schaden entstand.

Herman war auf die Beine gekommen. Er hatte den Südwester verloren und hielt sich die brennende Wange. Er starrte Albert an, als hätte der nicht gerade das Schiff vor einer Havarie bewahrt, sondern stattdessen irgendein großartiges Spiel zerstört, das er allein spielen wollte. Herman fühlte sich gedemütigt. Wir alle sahen es, als wir die *Tvende Søstre* am Kai vertäut hatten und die Schäden besichtigten.

Niemand tadelte ihn. Es gab aber auch niemanden, der ihn lobte, obwohl er es wahrscheinlich verdient hätte. Er war erst fünfzehn und hatte allein ein Schiff in den Hafen manövriert. Möglicherweise war dies der

Moment, an dem die Weichen falsch gestellt wurden: mit Alberts Ohrfeige und unserem Schweigen. Vielleicht hatte sich aber auch vor langer Zeit bereits etwas in Hermans Innerem falsch entwickelt. In der Nacht, in der er die Milchstraße betrachtete, hatte er das Schweigen der Sterne missverstanden.

Wir wissen es nicht.

Wir hatten in diesem Augenblick an Wichtigeres zu denken als an die Gefühle eines fünfzehnjährigen Jungen. Ein Schiff war in den Hafen eingelaufen, lediglich mit dem Schiffsjungen an Bord. Wo war der Kapitän? War er in Rudkøbing an Land gegangen, war Herman mit dem Schiff durchgebrannt?

«Was ist mit Jepsen passiert?», fragten wir Herman, der sich die schmerzende Wange rieb.

«Er ist über Bord gefallen.»

Er sprach die Worte mit einer solch abwesenden Miene aus, als müsste er erst einmal überlegen, wer Jepsen überhaupt war.

«Über Bord gefallen? Es fällt doch niemand zwischen Marstal und Rudkøbing über Bord, wenn nicht mehr als eine frische Brise weht.»

«Vielleicht habe ich nicht das richtige Wort verwendet», sagte Herman.

Mit einem Mal fiel uns sein schrecklicher Hochmut auf.

«Ich meine: Er sprang über Bord.»

«Jepsen? Über Bord gesprungen?»

Wir konnten nicht anders, wir mussten Hermans Erklärungen wiederholen, als wären wir ein Schwarm Papageien. So unbegreiflich war das, was er gerade gesagt hatte.

«Ja», antwortete er.

Wir hörten, wie sein Hochmut mit jedem Wort wuchs.

«Er flennte doch ständig wegen Mutter. Schließlich hielt er es einfach nicht mehr aus.»

Wir hätten ihn gern gefragt, ob er nicht auch über Erna geweint hatte, ob ihr Tod nicht auch für ihn ein Verlust war und nicht nur für Jepsen. Aber in diesem Augenblick begriffen wir, dass Herman seine Mutter verloren hatte, als sie Jepsen heiratete, und dass er nichts anderes als Verachtung empfand, wenn er die Verzweiflung seines Stiefvaters über den Tod der Mutter sah – und vielleicht noch das düstere Gefühl, dass die Dinge nun ihren natürlichen Gang gingen und er sich durch die Trauer und Verzweiflung seines Stiefvaters gewissermaßen rechtfertigen konnte. War es Rache? Eine Rache, die sich vollendete, als Jepsen über Bord sprang? Oder – hier zögerten wir und sprachen es niemals laut aus, doch wir alle hatten diesen Gedanken, und wenn in Marstal viele das Gleiche denken, ist es so gut wie ausgesprochen – als Jepsen über Bord befördert wurde.

«Wo sprang Jepsen denn über Bord?», wollten wir wissen.

Wir spürten, dass wir uns bereits von der Wahrheit entfernten, als wir die Frage in dieser Form stellten.

«Weiß ich nicht», antwortete der Bursche frech.

«Du weißt es nicht? Aber das musst du doch wissen. War es an der Untiefe Mørkedybet zwischen den Inseln? Oder kurz vor Strynø? Denk nach. Das ist wichtig.»

«Wieso ist das wichtig?»

Herman sah uns trotzig an.

«Wasser ist Wasser, und ein Ertrunkener ist ein Ertrunkener. Ist doch ganz egal, wo.»

Wir kamen mit ihm nicht weiter.

Früher oder später würde Jepsens Leiche an Land treiben, ans Ufer einer der zahlreichen kleinen Inseln zwischen Ærø und Fünen, auf Strynø, Tåsinge oder an die Küste von Langeland, vielleicht sogar in die Bucht von Lindelse. Sie würde daliegen und im Tang schwappen, halb aufgefressen von Fischen und Krebsen, doch eines würde sie von anderen Wasserleichen unterscheiden: In der Stirn hätte sie ein klaffendes Loch, verursacht von einem Marlspieker, einem halsenden Mastbaum oder einer der vielen anderen Waffen, die sich von jemandem, der einen Mord im Sinn hat, auf einem Schiff finden lassen.

So dachten viele von uns.

Doch Jepsen wurde nicht gefunden. Vielleicht sank er mit einem Stein um den Hals auf Grund und blieb dort unten. Oder seine Leiche trieb mit der Strömung südlich in die Ostsee, bis zum Ende auf großer Fahrt. Wir sahen ihn niemals wieder. Er kam nicht zurück, um Zeugnis abzulegen.

Daher sprachen wir niemals laut aus, was wir dachten, obwohl einige von uns es flüsternd andeuteten: «Ist doch ziemlich eigenartig mit Herman, oder? Und Jepsen – sprang er wirklich über Bord?»

Es wurde einsam um Herman. Er war erst ein Junge von fünfzehn Jahren. Doch er war auch etwas anderes, Unbekanntes. Wir klopften ihm auf die Schulter und lobten ihn schließlich doch, dass er die *Tvende Søstre* sicher zurück nach Marstal gebracht hatte. Das mussten wir tun. Er hatte ja etwas Außerordentliches vollbracht. Es gab keine anderen Jungen in seinem Alter, die dazu in der Lage gewesen wären. Sie wären vor Panik zusammengebrochen oder hätten aufgegeben. Er hatte die Härte, die dazugehörte, um ein guter Seemann zu werden. Doch gerade wegen dieser Härte lobten wir ihn und hielten uns gleichzeitig von ihm fern.

Herman erbte die *Tvende Søstre* und das Haus in der Skippergade. Er war nicht alt genug, um als Eigentümer eines Schiffs oder eines Hauses aufzutreten, daher wurde für die Übergangszeit Jepsens Bruder Hans zu seinem Vormund ernannt. Er fand einen Kapitän und eine Besatzung für die *Tvende Søstre*. Herman verlangte, als Matrose angeheuert zu werden.

Hans Jepsen lehnte ab.

«Du hast nicht genügend Erfahrung», sagte er.

«Zum Teufel noch mal, ich habe dieses Schiff ganz allein gesegelt», brüllte Herman mit rotem Kopf und ging drohend einen Schritt auf Hans zu. Der reagierte, indem er einen ebenso einschüchternden Schritt auf den aufgebrachten Burschen zutrat.

«Du bist nur ein Junge, und als Schiffsjunge kannst du auch mitkommen.»

«Das ist mein Schiff!», brüllte Herman.

Hans Jepsen war viele Jahre als Steuermann gefahren, und aufgeregte Schiffsjungen konnten ihm nicht imponieren, egal, wie groß sie waren und wie laut sie brüllten.

«Mir ist es scheißegal, wem das Schiff gehört», knurrte er auf eine leise, verbissene Art, die sich als weitaus einschüchternder erwies, als irgendein Gebrüll es getan hätte. «Du wirst Matrose, wenn du alt genug bist, du verdammter Rotzbengel.»

Hans Jepsen streckte sein unrasiertes Kinn vor. Er war als junger Mann auf einem amerikanischen Schiff gefahren und hatte viele amerikanische Flüche gelernt. Wollte er jemandem drohen, verwendete er bisweilen Ausdrücke wie «Du bist totes Fleisch, Kamerad» oder «Du bist Geschichte». Wir wussten nie so richtig, was er damit meinte. Aber er knirschte mit den Zähnen, und seine Kiefer fingen heftig an zu mahlen, wenn er in seine ausländischen Verwünschungen verfiel. «*Dead meat*» – und dann war ein unangenehmes Malmen aus seinem Mund zu hören, als ob er gerade eine faserige Menge toten Fleisches zerkleinerte.

Nun starrte er Herman an, und in seinem Mund war das Geräusch mahlender Zähne zu hören.

«Ich weiß nicht, was du mit meinem Bruder angestellt hast, aber wenn du mich auch nur ein einziges Mal schief anguckst, dann kannst du zum Abschied deinen fetten Arsch küssen.»

Herman hatte seinen Stolz. Wenn er auf dem Schiff, das er bereits als sein eigenes ansah, nicht als Matrose mitfahren konnte, wollte er überhaupt nicht mit. Er machte im Hafen die Runde. Aber niemand von uns wollte ihn anheuern, weder als Matrosen noch als irgendetwas anderes. Er ging nach Kopenhagen und fand dort eine Heuer.

Einige Jahre hörten wir nichts von ihm. Dann kehrte er zurück, und alles wurde anders.

*   *   *

Es gibt viele Arten, die Geschichte eines Menschen zu erzählen. Als Albert Madsen mit seinen Aufzeichnungen begann, enthielten sie zu Beginn nicht viel Persönliches. Stattdessen handelten sie von unserer Stadt und ihrer Entwicklung. Er schrieb über die Schule in der Vestergade, dem größten Gebäude der Stadt, über das neue Posthaus in der Havnegade, über die Verbesserung der Straßenbeleuchtung und die Beseitigung der offenen Rinnsteine, über das Straßennetz, das sich in alle Richtungen erweiterte, über die neuen Straßen, die am südwestlichen Rand der Stadt entstanden waren und ihre Namen nach den Seehelden des Landes bekommen hatten – Tordenskjoldsgade, Niels Juelsgade, Willemoesgade, Hvidtfeldtsgade.

Es passiert häufig, dass ein Seemann gefragt wird, warum er an Land geht, und wenn jemand Albert Madsen fragte, antwortete er immer, dass er nicht an Land gegangen sei, sondern lediglich ein kleines Deck mit einem größeren vertauscht habe. Die ganze Welt bewege sich vorwärts wie ein Schiff auf See, und die Insel sei lediglich ein solches Schiff im endlosen Meer der Zeit auf dem Weg in die Zukunft.

Er erinnerte uns stets daran, dass die ersten Einwohner hier keine Inselbewohner waren. Ærø stellte damals lediglich einen Hügel inmitten einer wogenden Landschaft dar. Dann waren die großen Gletscher im Norden abgeschmolzen. Flüsse hatten sich durch das Land gegraben. Die gewaltigen Süßwasserseen im Süden waren größer geworden, hatten sich mit dem zuströmenden Meer verbunden, und der einstige Höhenzug war zu einer Insel geworden.

Was kam zuerst?, fragte Albert. Das Rad oder das Kanu? Was wollten wir am liebsten überwinden? Das Gewicht der Lasten, die wir selbst nicht tragen konnten, oder die Todesfalle des Wassers, die fernen Horizonte des Meeres?

Vom Hafen her waren Möwengeschrei, Hammerschläge aus den Werften und klapperndes Tauwerk, das im Wind schlug, zu hören. Darüber lag das Brausen des Meeres. Es war uns so vertraut, als würde es in unseren Gehörgängen wohnen. Amerika, alle sprachen in diesen Jahren von Amerika, und viele zog es dorthin. Uns zog es auch hinaus, aber nicht fort. Einst hatten wir unsere Häuser so dicht nebeneinander an den Strand gebaut, weil es nirgendwo sonst Platz gab. Die Felder besaßen die Gutsherrn, die Herzöge und Bauern. Wir waren die Übriggebliebenen. Dann richteten wir den Blick aufs Meer. Das Meer war unser Amerika, das sich weiter erstreckte als jede Prärie, ungezähmt wie am ersten Tag der Schöpfung. Niemand besaß es.

Es war ein Orchester, das vor unseren Fenstern jeden Tag die gleiche Melodie spielte. Wir gaben ihr keinen Namen. Aber sie war überall. Sogar im Bett, wenn wir schliefen, träumten wir vom Meer. Nur die Frauen hörten die Melodie nicht. Sie konnten es nicht. Oder sie wollten es nicht. Wenn sie auf der Straße standen, sahen sie nie hinunter zum Hafen. Sie schauten landeinwärts auf die Insel. Sie mussten daheim bleiben und die Lücken schließen, die wir hinterließen. Wir hörten den Gesang der Sirenen, sie verstopften sich die Ohren und beugten sich über den Waschtrog. Sie wurden nicht verbittert, aber hart und pragmatisch.

Was sollte Albert Madsen in der Weltstadt Marstal vermissen? Er konnte sich auf eine Bank am Hafen setzen und mit Christian Aaberg plaudern, der als erster Däne überhaupt Afrika zu Fuß durchquert hatte. Knud Nielsen war gerade nach siebzehn Jahren an der japanischen Küste nach Hause zurückgekehrt. Kap Hoorn war für Seeleute auf der ganzen Welt eine Prüfung des Mannesalters. Die Hälfte der männlichen Bevölkerung der Stadt hatte das gefährliche Kap mit der gleichen Selbstverständlichkeit umrundet, wie sie den Dampfer nach Svendborg nahmen.

Alle Wege und Straßen in Marstal waren Hauptstraßen. Alle führten sie hinunter zum Welthafen. China lag in den Gärten hinter unseren Häusern. Durch die Fenster unserer niedrigen Stuben sahen wir die Küste Marokkos.

Ein paar Querstraßen gab es auch in der Stadt, aber sie waren zu vernachlässigen. Die Tværgade, Kirkestræde und Vestergade liefen nicht auf den Hafen zu, sondern parallel dazu. Wir hatten nicht einmal einen Marktplatz. Aber dann wurden in der Kirkestræde eine Metzgerei eröffnet, ein Haushaltswarenladen, zwei Textilgeschäfte, ein Seifenhaus, eine Sparkasse, eine Uhrmacherwerkstatt und ein Friseursalon. Die Herberge riss man ab. Nun sollten wir wie andere Städte auch einen Marktplatz erhalten. Plötzlich besaßen wir eine Hauptstraße, die in die falsche Richtung lief. Statt zum Hafen zu führen, verlief sie parallel zur Küste und wies in das Herz der Insel. Es war die Straße und der Weg der Frauen, fort vom gefährlichen Meer.

Die Straßen trafen und kreuzten sich. Es gab Straßen der Männer und Straßen der Frauen, zusammen bildeten sie ein Muster. In der Kongegade und der Prinsegade hatten die Schiffsmakler und Reeder ihre Kontore, in der Kirkestræde kauften die Frauen ein. Ein Gleichgewicht begann sich zu verschieben.

Doch anfangs gab es niemanden, der darüber nachdachte oder begriff, welche Konsequenzen sich daraus ergeben konnten.

Die Jahre nach 1890 waren die Blütejahre Marstals. Unsere Flotte wuchs, bis nur die Flotte Kopenhagens sie noch übertraf. Dreihundertsechsundvierzig Schiffe! Es herrschte Hochkonjunktur und Investitionsfieber. Alle wollten Anteile an einem Schiff, selbst die Schiffsjungen und Dienstmädchen. Und wenn ein Schiff von einer Fahrt heimkehrte und für den Winter festmachte, wimmelte es auf der Straße von Kindern, die mit geschlossenen Briefumschlägen herumliefen. Es war der Gewinn, der in beinahe jedes einzelne Haus verteilt wurde.

Ein Schiffsmakler muss wissen, was der Japanisch-Russische Krieg für den Frachtmarkt bedeutet. Er braucht sich nicht für Politik zu interessieren. Aber er muss sich für die finanziellen Verhältnisse seiner Kapitäne interessieren, und daraus folgt das Wissen um die Feindschaft zwischen den Nationen ganz von allein. Er kann in einer Zeitung die Fotografie eines Staatsoberhaupts aufschlagen und liest, wenn er tüchtig genug ist, aus dessen Gesicht seinen künftigen Gewinn heraus. Der Sozialismus interessiert ihn höchstwahrscheinlich nicht. Darauf könnte er einen Eid ablegen. Noch nie hat er einen solch weltfremden Unfug gehört. Doch eines Tages stellt sich die Besatzung in einer Reihe auf und fordert mehr Heuer, und dann muss er seine Nase auch in die gewerkschaftliche Frage und andere sonderbare Ideen über die zukünftige Ordnung der Gesellschaft stecken. Ein Makler muss sich auf dem Laufenden halten: über die Namen fremder Staatsoberhäupter, die aktuellen politischen Strömungen, die Feindschaft zwischen Nationen und Erdbeben in fremden Erdteilen. Er lebt von Kriegen und Katastrophen. Aber vor allem lebt er davon, dass die Welt zu einer großen Baustelle geworden ist. Die moderne Technik verändert alles, und er muss ihre Geheimnisse kennen, die neuesten Erfindungen und Entdeckungen. Salpeter, Dividivi, Sojakuchen, Bauholz zum Abstützen der Bergwerkstollen, Soda, Farbhölzer – für ihn sind das nicht nur Begriffe. Er hat weder Salpeter berührt noch ein Stück Farbholz gesehen. Er weiß nicht, wie Sojakuchen schmeckt, und preist sich möglicherweise aus genau diesem Grund glücklich, aber er ist im Bilde darüber, wozu all das verwendet wird und wo es gebraucht wird. Er kann sich nicht wünschen, dass die Welt stillsteht. Dann müsste er sein Kontor schließen. Ihm ist klar, was es heißt, Seemann zu sein: unentbehrlicher Handlanger in dieser großen Werkstatt, in die die moderne Technik die Welt verwandelt hat.

Einst segelten wir nur mit Korn. Wir kauften es an einem Ort und verkauften es an einem anderen. Nun umschiffen wir die Welt mit Frachträumen voller Waren, deren Namen auszusprechen wir erst lernen müssen und deren Nutzanwendung man uns erklären muss. Unsere eigenen Schiffe wurden für uns zu einer Schule.

Wir fuhren noch immer unter Segeln, wie Seeleute es Tausende von Jahren getan hatten. Doch in unseren Frachträumen lag die Zukunft.

Albert ging an Land, als er zirka fünfzig Jahre alt war. So machten es die meisten von uns. Wenn wir dreißigtausend Kronen gespart hatten, brachten wir sie auf die Sparkasse, wo sie einen jährlichen Zins von vier Prozent einbrachten. Das bedeutete eine monatliche Auszahlung von hundert Kronen. Damit waren wir versorgt. Doch Albert hatte sehr viel mehr verdient, und er legte sein Geld nicht auf der Bank an, sondern in Schiffen. Er wurde Reeder und Schiffsmakler. Es gab viele, die Schiffsanteile kauften; sogar die Bauern in der Inselmitte investierten. Von der Seefahrt verstanden sie nichts, umso nötiger war also ein Reeder, der selbst einmal zur See gefahren war und das Meer kannte. So etwas nannte man einen korrespondierenden Reeder, und Albert wurde ein korrespondierender Reeder wie kein Zweiter. Während seiner zahlreichen Reisen hatte er in Rotterdam die Bekanntschaft eines jüdischen Schneiders gemacht, der an Bord der Schiffe kam und für die Seeleute nähte. Damals waren sie Freunde geworden. Luis Presser war ein tüchtiger Geschäftsmann. Er hatte sich in Le Havre niedergelassen und mit einer Reederei etabliert, die sieben große Barken besaß. Als Heimathafen für seine Schiffe ließ er Marstal eintragen und machte Albert, der gerade an Land gegangen war, zum korrespondierenden Reeder.

In Le Havre hatte Albert sich in Pressers Ehefrau verliebt, die hübsche Chinesin Cheng Sumei. Und sie sich in ihn. Sie hatten sich angesehen und gewusst, dass sie sich zu spät in ihrem Leben begegnet waren. Auf den Resten dessen, was eigentlich eine Liebe hätte sein sollen, bauten sie eine Freundschaft auf. Dann starb Luis Presser unerwartet an Lungenentzündung, und die Witwe übernahm die Reederei, die sie mit noch größerem Erfolg als ihr verstorbener Ehemann weiterführte. Vielleicht war sie auch schon immer die Frau hinter dem Mann gewesen. Nun wurde sie jedenfalls die Frau hinter Albert. Sie gab ihm Ratschläge, als er vom Kapitän der Brigg *Princess* zum Reeder von zehn Schiffen aufstieg.

Ihre Geschäfte waren nach und nach so eng miteinander verknüpft, dass die Reederei in Le Havre sich beinahe nicht mehr von der Reederei in Marstal unterscheiden ließ. Auch in Albert schlummerte ein Talent, Geld zu vermehren. Er hatte einst im Stillen Ozean mit einem Beutel Perlen in der Hand an Deck eines Schiffs gestanden. Die Perlen hätten ihm all seine Wünsche erfüllen können. Aber er hatte sie ins Meer geworfen, weil er spürte, dass diesem Reichtum ein Fluch anhaftete, der auf ihn übergehen konnte. Nun legte die Chinesin ihm einen neuen Beutel Perlen in die ausgestreckte Hand. Und dieses Mal öffnete er ihn.

Ob auch die beiden so eng miteinander verbunden waren wie ihre Reedereien, wissen wir nicht. Das Leben hatte manche Veränderung von ihnen gefordert. Erst hatten sie ihre aufkeimende Liebe begraben müssen und waren stattdessen Freunde geworden, nun stand ihnen die Möglichkeit der Liebe wieder offen. Ergriffen sie die Chance?

Cheng Sumei hatte keine Kinder, sondern sprach immer von den großen, eleganten Barken *Claudia, Suzanne* und *Germaine* als ihren Töchtern. Nun war sie zu alt, um Kinder zu gebären, obwohl man es ihren asiatischen, seltsam alterslosen Zügen nicht ansah. Sie hielten sich öffentlich an der Hand. Sie schliefen wohl auch miteinander, die zierliche Chinesin mit der glatten, polierten Haut, die sich so hübsch über die hohen Wangenknochen spannte, und der große, grobschlächtige Mann, der durchaus allein ein Doppelbett ausfüllen konnte. Aber sie heirateten nicht.

Sie war in Schanghai geboren; ihren Vater und ihre Mutter hatte sie nie kennengelernt. Sie war eine Waise und hatte auf der Straße als Blumenverkäuferin überlebt. Viele von uns waren ihr in Rotterdam begegnet, als Presser noch lebte und an Bord der Schiffe kam, um Maß zu nehmen. Doch auch in Sydney und Bangkok, Bahia und Buenos Aires war sie gesehen worden. In einem Bordell behaupteten manche. Andere wollten sie als Wirtin eines *boardinghouse* erkannt haben. Alle wussten wir ein bisschen. Aber niemand konnte etwas mit Bestimmtheit sagen. Sie hätte neun Leben wie eine Katze haben müssen, wenn sie an all den Orten gewesen wäre, an denen wir sie gesehen haben wollten. Auf jeden Fall war sie ebenso weit herumgekommen wie ein Seemann auf großer Fahrt.

Marstal besuchte sie nie. Albert fuhr nach Le Havre. Eines Tages jedoch reiste er nicht mehr dorthin. Wir dachten, sie hätten sich getrennt.

Doch dann erfuhren wir, dass sie plötzlich gestorben war. Albert erzählte uns nichts. Wir fanden es nach und nach selbst heraus. Wieso hatten sie nicht geheiratet? Wieso hatten sie nicht zusammengelebt? Lag es an Albert, dessen Liebe nicht groß genug war? Oder lag es an ihr? «In der Eile habe ich es vergessen», sagte er, wenn jemand unverfroren genug war, ihn zu fragen, wieso er nie geheiratet habe. Die Antwort brachte uns alle zum Lachen. Dabei sahen wir uns besserwisserisch an. Die Möglichkeit hätte es ja gegeben.

Albert erwarb erst den alten Kaufmannshof, der auf der rechten Seite der Prinsegade lag, wenn man vom Hafen kommt. Dann zog er auf die andere Seite der Straße und ließ ein ganz neues Haus mit einem hohen Wohnzimmer und einer Etage darüber bauen. Es hatte einen großen, nach Osten hinausgehenden Balkon, von dem aus er die Mole und das Inselmeer sehen konnte. Auch gab es einen Erker zur Straße. Auf das kleine Feld über der Eingangstür ließ er seinen Namen mit vergoldeten Buchstaben schreiben. Albert Madsen.

Schräg gegenüber hatte Lorentz Jørgensen sich niedergelassen und als Schiffsreeder etabliert. Viele Jahre makelte er für Albert. Dick und kurzatmig war er gewesen, mit einem ständig bettelnden Blick. Dann hatte das Meer ihn abgehärtet, und wir vergaßen, dass wir früher einmal gedacht hatten, er sei nur ein fetter Halbmann ohne Klicker im Beutel. Aber auch er war nicht auf See geblieben. Er hatte sein Steuermannspatent bestanden und war an Land gegangen. Obwohl er nicht viel von seiner bescheidenen Heuer sparen konnte, hatte er doch Talent genug, um sein Geld zu vermehren. Er kaufte Schiffsanteile, konnte in der Sparkasse gut für sich sprechen, und auch mit Sofus Boye, dem größten Reeder der Stadt, ging er eine Art Partnerschaft ein. Wir nannten ihn Bauern-Sofus, weil er aus Ommel stammte, einem drei Kilometer von Marstal entfernt liegenden Dorf.

Lorentz Jørgensen war noch keine dreißig Jahre alt, als er uns überredete, von Langeland ein Telegrafenkabel legen zu lassen. Er sagte «Weltmarkt» und «Telegraf», zwei Worte, von denen wir im Grunde nicht viel verstanden, und dann verknüpfte er diese beiden Worte in einer Weise, bis wir begriffen, dass der Weltmarkt für uns das Gleiche war wie die

Scholle für den Bauern und dass wir ohne einen Telegrafen nicht mit dem Weltmarkt in Verbindung treten konnten. Vom Staat bekamen wir eine abschlägige Antwort, als wir um Hilfe ansuchten. Also ging Lorentz zur Marstaler Sparkasse und danach zu einer Audienz bei Sofus Boye. Bauern-Sofus war ein bescheidener Mann, der sich – obwohl er die größte Reederei der Insel besaß – noch immer am Fähranleger aufstellen konnte, um ein paar Extraschillinge als Gepäckträger zu verdienen. Irgendwelche Büroangestellte hatte er nicht. Er tippte sich immer mit seinem Zeigefinger an die Stirn und behauptete, er habe alles im Kopf. Doch Bauern-Sofus hörte zu, als Lorentz ihm das sprechende Kabel beschrieb, das sämtliche Entfernungen aufheben konnte.

«Es ist völlig egal, ob du in einer großen oder einer kleinen Stadt lebst. Es ist egal, ob du auf der kleinsten Insel weit draußen im Meer wohnst, Hauptsache, du verfügst über einen Telegrafen, dann bist du der Mittelpunkt der Welt.»

Für die meisten klang so etwas nach Phantasterei, nicht jedoch in den Ohren von Bauern-Sofus, die bei manch anderen Dingen durchaus verstopft sein konnten. Er ging mit Lorentz in die Sparkasse und bat ihn zu wiederholen, was er gerade erzählt hatte.

«Der Mittelpunkt der Welt», sagte Lorentz.

Ein Blick von Bauern-Sofus ließ das Grinsen, das sich über Sparkassendirektor Rudolf Østermanns Gesicht ausbreiten wollte, gefrieren.

Der Direktor war eigentlich ein humoriger Mann, der gerade hatte fragen wollen, ob man denn mittels Telegraf auch mit dem Herrgott in Verbindung treten könne.

Er war seither der Eifrigste der Bekehrten.

«Die Telegrafenstation ist das Herz der Stadt, ein reiner Segen. Sie müsste in der Kirche stehen», erklärte er später immer. Er hatte den Witz, der ihm auf den Lippen gelegen hatte, als Lorentz das erste Mal über den Telegrafen sprach, vollkommen vergessen.

Nachdem erst einmal die Sparkasse und der größte Reeder der Stadt für die Sache eintraten, kamen andere Investoren dazu. Was der Staat uns nicht geben wollte, verschafften wir uns selbst.

Und es war ebenfalls Lorentz, der auf die Idee einer Seeversicherung auf Gegenseitigkeit kam, erst für die kleinen Schiffe und dann, mit unserem allmählich wachsenden Wohlstand, auch für die großen. 1904 bekam die Seeversicherung ihr eigenes Gebäude an der Ecke Skolegade und Havnegade. Es war ein großes, prächtiges rotes Backsteinhaus mit einem Relief an der Fassade, das einen Schoner unter vollen Segeln zeigte. Das Haus hatte die gleiche Funktion wie die Mole. Es beschützte uns.

Es gab nichts, was der Aufmerksamkeit des gründlichen und ideenreichen Lorentz entging. Er wurde Hafenvorsteher und legte die zweihundert Ellen lange Dampskibsbro an, die den Eingang zum Hafen bildete. Den Hafen und die Fahrrinne ließ er von der Reede bis zur Dampskibsbro vertiefen, und auch bei der weiß gekalkten Marstaller Molkerei mit dem hohen Schornstein in der Vestergade war er einer der Mitbegründer. Er schaffte sich ein Pferd an und ritt groß und mächtig durch die Stadt. Die eisenbeschlagenen Hufe des Pferdes klapperten auf dem Kopfsteinpflaster. Lorentz war der eigentliche Bauherr der Stadt, obschon die Mauer, die er um Marstal errichtete, unsichtbar blieb. Es waren all die unvorhersehbaren Unglücksfälle, von denen ein Seemannsleben so bedroht ist, vor denen er uns bewahren wollte.

Lorentz heiratete spät, und doch bekam er mit seiner zwei Jahre älteren Frau Katrine Hermansen noch drei Kinder. Der Älteste emigrierte nach Amerika, den Zweitältesten schickte er in die Lehre als Schifffahrtskaufmann nach England, und die Jüngste, ein Mädchen, blieb zu Hause und heiratete den Segelmacher Møller aus der Nygade. Sie hatten vier Kinder, die jeden Tag im Kontor des Großvaters in der Prinsegade erschienen und ihm mit ihren dünnen, klaren Stimmen etwas vorsangen. Auf dem Schreibtisch lagen Telegramme aus Algier, Antwerpen, Tanger, Bridgewater, Liverpool, Dünkirchen, Riga, Kristiania, Stettin und Lissabon. Auf seine alten Tage war Lorentz wieder so dick geworden wie damals, bevor er zur See ging. Doch nun gab es niemanden mehr, der ihn wegen seines gewaltigen Körperumfangs verspottete. Er saß in seinem drehbaren Kontorstuhl, während er dem Gesang seiner Enkel lauschte, und glich einem dieser feisten, zufriedenen Buddhas, die überall in den chinesischen Tempeln zu finden sind.

Der Friedhof, auf dem Lorentz eines Tages in der Erde liegen sollte, um die Ewigkeit abzuwarten, war wie so vieles andere in Marstal neu angelegt worden. Früher hatten wir uns zwischen der Kirkestræde und der

Vestergade im Schatten der Buchen rund um die Kirche begraben lassen. Nun legten wir einen Friedhof außerhalb der Stadt an. Vom Ommelsvej zog er sich bis hinunter zum Strand, und von dort konnte man über das Inselmeer sehen. Wir pflanzten eine lange Allee von Ebereschen, die mindestens hundert Jahre stehen bleiben sollte. Es gab Platz für viele Tote. Nicht nur dass wir davon ausgingen, dass Marstal auch in Zukunft so viele Einwohner haben würde wie damals. Wahrscheinlich glaubten wir sogar, dass es noch mehr würden. Aber offenbar haben wir auch gehofft, den Tod nicht mehr in fremden Häfen oder auf See zu finden, sondern stattdessen unseren letzten Atemzug in heimatlicher Umgebung zu tun.

Ein Friedhof, der sich langsam füllt, hat eine beruhigende Botschaft: Du wirst an dem Ort sterben, an dem du geboren bist, den du magst und wo du hingehörst. Du wirst deine Kinder aufwachsen sehen. Alt und dick wirst du dasitzen, während deine Enkel für dich singen, und hinter dir verläuft dein Leben wie eine Senke, die am schmalen weißen Rand des Strandes beginnt und in der Aussicht auf das Inselmeer ausläuft.

Jemand von uns gab einmal eine merkwürdige Antwort auf die Frage, warum er nicht aufgegeben hätte, obwohl sein Schiff unterging und er selbst dem Tod geweiht zu sein schien.

Es war Morten Seier. Er fuhr unter Kapitän Anders Kroman als Steuermann auf der *Flora*, und es geschah im Dezember des Jahres 1901. Die *Flora* war von England nach Kiel mit Kohle unterwegs, als der Westwind sich zu einem Sturm auswuchs. Sechs Tage trieben sie in hartem Sturm und Frost, lediglich das dicht gereffte Großsegel und die Stagfock hatten sie gesetzt. Dann entwickelte sich der Sturm zum Orkan und riss das große Rettungsboot, das Kombüsenhaus und das Ruderhaus mit sich. Nur angeleint konnten sie sich an Deck aufhalten, während haushohe Wellen von allen Seiten über sie hereinbrachen. Am zehnten Tag erwischte eine Sturzsee die Takelage, die Last verschob sich, und als die *Flora* sich in dem brodelnden Meer wieder aufrichtete, hatte sie eine böse Schlagseite. Die Masten, die Takelage und sämtliche Aufbauten waren weg, Wrackteile schwammen in den Wellen, das Weiße des Schaums duckte sich unter der Wucht des Orkans.

Die Mannschaft versammelte sich in der Kajüte, und Kapitän Kroman, der als Mann geradeheraus war, erklärte, dass sie nicht erwarten sollten, Heiligabend lebendig zu erleben.

Dann erschütterte eine weitere gewaltige Sturzsee das Schiff. Alle wurden sie gegen das Schott geworfen und waren davon überzeugt, dass die *Flora* gerade ihren Gnadenstoß erhalten hatte. Nun würde sie in den Wellen verschwinden, nun erwartete sie nur noch der kalte Tod durch Ertrinken.

Doch noch immer hielt sich der geschundene Rumpf über Wasser.

Es war Morten Seier, der die rettende Idee hatte. Ihm war klar, dass sie die Ladung über Bord werfen mussten, um das Schiff zu erleichtern, damit das empfindliche Achterschiff ungehindert aus der gefährlichen See auftauchen konnte. Da sie nicht wagten, die Luken zu öffnen – aus Furcht, das Schiff könnte vollaufen –, hackten sie sich stattdessen mit Äxten durch das Schott der Kajüte bis in den Laderaum. Im Lauf der Nacht schleppten sie vierzig Tonnen Kohle heraus. Sie hatten nicht geschlafen, seit das Rigg über Bord gegangen war. Den dritten Tag wach, frierend in dem tosenden Schneesturm, der, ohne schwächer zu werden, über das nackte Schiffsdeck fegte, durchweicht von den eiskalten Wassermassen, die ununterbrochen das Schiff überspülten, löschte die sechs Mann starke Besatzung der *Flora* während einer einzigen Nacht vierzig Tonnen Kohle in Eimern und Säcken und beförderte sie ins Meer. Es waren fast sieben Tonnen oder siebentausend Kilo für jeden.

Hinterher fühlten sie sich wie erschlagen, erzählte Morten Seier, und nach einer Weile fielen alle in einen tiefen Schlaf, die Mannschaft im leeren Laderaum, Kapitän Kroman und Seier in der Kajüte.

Sie erwachten am frühen Morgen des 24. Dezember, der Sturm war abgeflaut. Sie errechneten, dass sie zirka sechzehn Seemeilen von den Orkneyinseln entfernt sein mussten, aber da der Sturm ihr Rettungsboot mit sich gerissen hatte, konnte Land ebenso gut Rettung wie Untergang bedeuten. Sie kamen auf die Idee, die beiden Ankerketten zu verbinden, um im letzten Augenblick eine Abdrift gegen die mörderische Klippenküste zu vermeiden.

Dann endlich kam Hilfe. Ein holländisches Fischerboot tauchte am Horizont auf, und die Besatzung der *Flora* rettete sich an Bord des fremden Schiffs.

«Und wieso hast du ausgehalten?», wollten wir wissen.

Im Grunde war es eine dumme Frage, doch wir fragten trotzdem, obwohl sich jeder denken konnte, was er antworten würde: Morten Seier wollte gern das Haus in der Buegade wiedersehen. Er wollte nicht von seiner Frau Gertrud und seinen Kindern Jens und Ingrid getrennt werden, die ihn genauso brauchten wie er sie. Er wollte Weihnachten zu Hause sein. Er wollte wie jeder Seemann gern Kapitän werden und sein eigenes Schiff führen, bevor er irgendwann an Land ging. Kurz gesagt: Es war zu früh für ihn zu sterben.

Doch Morten Seier antwortete etwas vollkommen anderes. Auf eine dumme Frage gab er eine kluge Antwort.

«Ich hielt aus, weil ich gern auf dem neuen Friedhof begraben werden will», sagte er.

Manch einer wird vielleicht denken, dies sei eine seltsame Antwort. Vielleicht kann sie auch nur ein Seemann verstehen. Doch so verhielt es sich mit unserem neuen Friedhof. Er war eine Hoffnung.

Er war ein Grund, nach Hause zurückzukehren.

Was hätten wir getan, hätte ein Fremder uns erzählt, dass der Friedhof immer halb leer bleiben würde und nur wenige Grabsteine von den hier einmal gelebten Leben berichten sollten. Dass die lange Landstraße mit den Ebereschen unter hoch gewachsenem Gras verschwinden und die Allee, die wir uns gedacht hatten, einem zufällig wuchernden Gehölz gleichen würde, in dem nur ein geübtes Auge den Plan sehen konnte, den es dafür einstmals gab.

Was hätten wir getan, hätte ein Fremder uns erzählt, dass die Kette von Generation zu Generation bräche und uns eines Tages Kräfte herausfordern würden, die stärker waren als das Meer.

Wir hätten ihn ausgelacht, diesen Narr.

*   *   *

Albert glaubte an die Vernunft, doch im Grunde war nicht dies sein wahres Glaubensbekenntnis. Er glaubte nicht an Gott, und er glaubte nicht an den Teufel. Er glaubte ein wenig an das Gute im Menschen, und was das Schlechte anging, so hatte er es selbst an Bord der Schiffe erlebt, auf denen er gesegelt war. Vor allem aber glaubte er an die Einigkeit. Soweit ihm bekannt war, hatten Gläubige normalerweise keinerlei Beleg für die Existenz Gottes. Doch er hatte den Beweis, dass sein Glaube auf einer soliden Wirklichkeit fußte. Jeden Morgen schaute er von seinem Giebelfenster über dem Maklerkontor in der Prinsegade auf diesen Beweis.

Er konnte ihn auch vom Erker des darunter liegenden Kontors aus sehen. Darum hatte er den Erker anbauen lassen. Wenn er die drei Stufen der Steintreppe hinunterging und rechts in die Prinsegade zum Hafen bog, lag der Beweis ausgebreitet vor seinen Augen.

Es war die gewaltige Feldsteinmole, die die Bewohner der Stadt in vierzig Jahren erbaut hatten. Sie stand mitten im Wasser, über tausend Meter lang und vier Meter hoch, gebaut aus Steinen, die jeder für sich einige Tonnen wogen. Klüger als die Ägypter schufen wir unsere Pyramide als eine lange Mauer aus Stein, die nicht die Erinnerung an die Toten bewahren, sondern die Lebenden beschützen sollte. Die Mole war ein Werk Pharaos, sagte Albert zu uns, eines Pharaos, der nicht nur ein Gesicht, sondern viele Gesichter hatte – und zusammen bildeten sie eine Einheit.

Das war Alberts Morgenandacht: der Blick des Seemanns auf den Himmel und seine Wolkenformationen, die voller Botschaften für den Kundigen waren, und dann die Ruhe, die er beim Anblick der Mole empfand. Sie lag da wie eine ruhende Kraft, stärker als das Meer, imstande, den Sturm, der draußen tobte, abzuschwächen und den Schiffen Schutz zu gewähren, der lebende Beweis der Einigkeit. Wir segeln nicht, weil es ein Meer gibt, sondern weil es einen Hafen gibt. Wir suchen nicht unbedingt nach fernen Zielen. Wir suchen vor allem Schutz.

In die Kirche kam er selten. Nur an den Feiertagen und bei besonderen Gelegenheiten. Er ging dorthin, weil auch die Kirche ein Teil der Einigkeit war und er nicht abseits stehen wollte. Besonderen Respekt vor den kirchlichen Ritualen hatte Albert nicht, allerdings war es in der Kirche wie auf einem Schiff. Es gelten gewisse Regeln, und denen haben wir Folge zu leisten, wenn wir erst einmal an Bord sind. Sonst haben wir dort nichts zu suchen.

Verschiedene Pastoren hatten sich bereits über den schlechten Zustand der Kirche beklagt. Doch als Pastor Abildgaard, mit dem Albert eigentlich gut auskam, sich dafür einsetzte, Geld vom Schuletat abzuzweigen, um die Kirche standesgemäßer herzurichten, bekam er eine deutliche Antwort. Bei einer Wahl zwischen der Schule und der Kirche, sagte Albert, würde er sich immer für die Schule entscheiden. Die Schule war die Jugend und die Zukunft, nicht die Kirche. Es sei ihm ein Trost, sagte er, dass die Schule in der Vestergade größer sei als die Kirche. So hatte es in einer Stadt auszusehen, die an die Zukunft glaubt.

«Aber die Moralbegriffe», wandte Abildgaard ein, «wo sollen die Kinder sie denn bekommen, wenn nicht in der Kirche?»

«An Bord der Schiffe», erwiderte Albert lakonisch.

«Etwa in fremden Häfen?», versetzte der Pastor.

Darauf gab Albert keine Antwort.

Was das Leben auf See anging, hatte er keine Illusionen. Er hatte das geächtete Leben eines Schiffsjungen in der Kombüse erlebt, wo man jedermanns Hund war, allerdings nicht mit der Verpflegung eines Hundes. So jedenfalls drückte er es selbst aus. Doch die Zeiten hatten sich geändert und die Verhältnisse an Bord verbessert, sie waren humaner geworden. Die Kinder hatten tüchtigere Lehrer, und auf diese Weise wurden sie auch bessere Kapitäne, wenn es so weit war. Albert glaubte an den Fortschritt. Er glaubte auch an das seemännische Ehrgefühl. Darauf baute die Einigkeit. Auf einem Schiff konnte ein Versagen schicksalsschwere Folgen für alle haben. Das verstanden Seeleute schnell. Für den Pastor waren es die Moralbegriffe, Albert nannte es Ehre. In der Kirche musste man sich gegenüber Gott allein verantworten, auf einem Schiff hatte man die Verantwortung für die anderen. Daher stellte das Schiff einen besseren Lehrplatz dar.

Aber alles stand und fiel mit dem Kapitän. Das war die Lehre, die er aus seinen Erfahrungen gezogen hatte. Der Kapitän wusste, wohin die Dinge an Bord gehörten, jedes einzelne Segel, jedes Tauende, und das Gleiche galt für die Mannschaft. Jeder Einzelne von den Männern hatte einen bestimmten Platz, und wenn der Kapitän das nicht von vornherein klarmachte, klärte die Mannschaft es durch Schlägereien unter sich. Am Boden blieb dann der Schwächste, der aber nicht notwendigerweise der Unfähigste war. Albert hatte es auf der *Emma C. Leithfield* erlebt, als Kapitän Eagleton versagte und O'Connor zum wirklichen

Herrscher des Schiffs wurde. Der Stärkste war nicht immer der Geeignetste. Ein Kapitän musste das menschliche Gemüt ebenso gut kennen wie die Segel seines Schiffs.

Es gab Leute, die ihm davongelaufen waren, aber er hatte es nie für Aufsässigkeit oder den Ausdruck eines schlechten Charakters gehalten, nein, er hatte es immer als Niederlage seiner eigenen Menschenkenntnis empfunden. Er war unaufmerksam gewesen und hatte es nicht verstanden, ihnen den rechten Weg zu weisen. Er glaubte wie gesagt, dass etwas Gutes in allen Menschen steckte. Aber er wusste auch, dass etwas Schlechtes existierte, und seine schlichte Meinung war, dass auch das Böse gezüchtigt und im Zaum gehalten werden konnte.

Einmal, in den achtziger Jahren in Laguna in Mexiko, hatte ein Matrose ihn mit dem Messer bedroht. Als Albert dem tobenden Mann gegenüberstand, der sich in Angriffsposition nach vorn beugte, hatte er nicht einen Moment das Gefühl, dass sein Handeln besonderen Mut oder besondere Kräfte erforderte, obwohl er selbst unbewaffnet war. Es drehte sich nur um eine einzige Sache: dass er sich absolut sicher war in seiner Überzeugung, wer zu bestimmen hatte.

Er hatte die Hand ausgestreckt, als wollte er das Messer ergreifen. Der Matrose hatte verwirrt auf die Hand gestarrt, ohne zu verstehen, was Albert wollte. In diesem Moment schlug Albert ihm mit aller Kraft die geballte Faust ans Kinn. Der Mann stürzte aufs Deck. Albert stellte seinen Stiefel auf dessen Handgelenk und entwand das Messer den Fingern, die sich krampfhaft um den Schaft krallten. Daraufhin hatte er den benommenen Mann auf die Beine gezogen und ungerührt angefangen, ihn zu verprügeln, wobei er es jedoch sorgfältig vermied, auf Stellen zu schlagen, an denen er bleibende Schäden riskiert hätte. Es war gleichermaßen die Vollstreckung einer Strafe wie die Ausübung seiner Autorität und Befugnisse.

Während er zuschlug, war er sich die ganze Zeit über bewusst, dass er nicht als Repräsentant des Guten auftrat, ebenso wenig, wie der Matrose mit dem Messer ein Repräsentant des Bösen war. Es war lediglich eine Frage des Gleichgewichts zwischen unterschiedlichen Kräften. Niemand fährt mit vollen Segeln in einen schweren Sturm. Ein Kapitän setzt nicht auf Konfrontation. Er lässt die Segel reffen und findet einen Ausgleich. Jede wirkliche Ordnung hing vom Gleichgewicht ab, nicht von der Unterdrückung des einen durch den anderen. Daher gab es keine Ordnung, die ein für alle Mal galt.

Einen Augenblick bevor James Cook an der Kealakekua-Küste von Hawaii sein Schicksal in Form eines Keulenschlags in den Nacken und eines Messers in den Hals ereilte, signalisierte er seiner Mannschaft, dass er Hilfe brauche. Doch das Boot, das ihm als Entsatz dienen sollte, wendete, und die Männer, die ihn am Strand gegen die Eingeborenen verteidigen sollten, schmissen ihre Musketen fort und flüchteten in die Brandung. Auf seiner letzten Reise an Bord der *Resolution* hatte James Cook elf seiner siebzehn Matrosen auspeitschen lassen, insgesamt hatte er ihnen zweihundertsechzehn Schläge verpasst. Und als der Augenblick kam, da er ihre Hilfe benötigte, drehten sie ihm ihre vernarbten Rücken zu.

James Cook hatte am falschen Tauende gezogen.

Es gab kilometerlanges Tauwerk auf einem Segelschiff, Dutzende von Blöcken, Hunderte Quadratmeter Segeltuch. Wenn man die Segelstellungen nicht ständig justiert, wird das Schiff ein hilfloses Opfer des Windes. Das Gleiche gilt für das Führen einer Mannschaft. In den Händen des Kapitäns lagen Hunderte unsichtbarer Tauenden, ganz abgesehen von den sichtbaren. Übernahm die Mannschaft die Macht, war es so, als übernähme der Wind die Macht. Dann war es vorbei mit dem Schiff. War der Kapitän aber allmächtig, kam es einer Flaute gleich. Dann rührte sich das Schiff nicht von der Stelle. Er entzog den Männern jegliche Initiative. Sie leisteten nicht mehr ihr Bestes, sondern gingen an alles widerwillig heran. Es war eine Frage der Erfahrung und des Wissens. Vor allem aber war es eine Frage der Autorität.

Als Albert den Matrosen verprügelt hatte und er übel zugerichtet auf Deck lag, reichte er ihm die Hand und half ihm auf die Beine. Dann befahl er dem Schiffsjungen, eine Schüssel mit Wasser zu bringen, damit der Mann sich das Blut aus dem Gesicht waschen konnte. Die Sache war aus der Welt. Der Matrose konnte sich wieder in die Besatzung eingliedern.

Einst hatte Albert selbst Prügel mit dem Tampen bezogen. Er war jedoch kein Isager, der weder strafte noch belohnte, sondern einfach nur zuschlug. Er war kein O'Connor, der seine Position als Entschuldigung für seine mörderischen Neigungen missbrauchte. Er war kein James

Cook, der zur Peitsche greifen musste, um seine wackelnde Autorität zu festigen.

Er war das, was Kapitän Eagleton auf der *Emma C. Leithfield* niemals zu sein vermocht hatte. Und das war kein Gesetz, das hatte ihn das Leben gelehrt.

Es war etwas anderes und viel Komplizierteres. Es war die Balance.

*   *   *

1913 beschloss Albert, seinem Glauben an die Einigkeit ein Denkmal zu errichten. Er stellte sich einen Gedenkstein vor, der nahe der neuen Dampskibsbro aufgestellt werden sollte. Albert hatte bereits einen Stein ausgewählt und kannte seine Geschichte. Der Stein war zirka vier Meter lang, drei Meter breit und zwei Meter hoch. Er lag auf dem Grund der Ostsee vor der Halbinsel und konnte bei stark ablandigem Wind manchmal von Land aus gesehen werden. Im Sommer schwammen die Jungen zu dem Stein und stellten sich darauf. Dann ragten ihre hellen Köpfe gerade über das in der Sonne flirrende Wasser.

Das Lichtspiel der Wellen flackerte über den gewaltigen Buckel, und Albert saß manchmal in seiner Jolle und ließ die Ruder über dem Stein ruhen, während er ihn betrachtete. Sehr solide lag er dort unten im hellgrünen, fließenden Wasser. Aber auch er war einst auf einer Wanderung gewesen und mit dem Eis von Norden gekommen. Nun sollte er noch einmal umgesetzt werden, diesmal an einen bleibenden Ort. Er sollte an die Fertigstellung der Mole, an die Macht des Menschen über die Natur erinnern.

«Einigkeit macht stark» sollte darauf stehen.

Es war eine Inschrift, die Albert sich hatte einfallen lassen.

Während er an einem sonnigen Julitag über der Reling lehnte und hinunter auf das glitzernde Wasser starrte, wurde er von einem gewaltigen Schwindelgefühl erfasst. Es kam ihm vor, als verlöre die Welt all ihre Solidität, als würden nicht einmal mehr die Dinge, an die er glaubte, noch lange bestehen. Er spürte die Existenz anderer Bedrohungen als den Sturm und die Kraft der Wellen – Katastrophen, gegen die selbst die unerschütterliche Feldsteinmauer der Mole keinen Schutz bot. Das Gefühl war so unbestimmt und traumähnlich, dass er glaubte, in der Nachmittagssonne eingeschlafen zu sein. Dann richtete er den Blick auf den Stein unter Wasser. Albert sah den Schatten des Boots und seinen eigenen Schatten auf dessen runzligem Rücken, und langsam tauchte er wieder in die Wirklichkeit ein.

In diesem Moment war ihm die Idee gekommen, urplötzlich, wie ein Wirbelsturm der Inspiration, doch nicht ohne Panik. Es war an der Zeit, Bilanz zu ziehen, eine Bilanz, die nicht groß, stark und unverrückbar genug sein konnte, eine Art Gegengewicht zu seinem Gefühl unterzugehen: der Stein.

Nur wenige Tage später lud Albert zu einem Treffen in den Räumen der Seeversicherung in der Havnegade ein. Dort präsentierte er dem Kreis der Geladenen seine Idee. Der Vorschlag, einen Gedenkstein zu errichten, fand allgemeine Zustimmung, und es wurde ein Komitee gegründet, das die vorbereitenden Arbeiten übernehmen sollte. Noch im selben Jahr, noch vor Einbruch des Herbstes, musste der Stein an seinem Platz stehen.

Eine Woche später besichtigte er zusammen mit den Vorsitzenden der Hafenkommission und der Seeversicherung den Stein. Es wehte eine frische westliche Brise, und der oberste Teil des Steins ragte aus dem Wasser. Die Wellen brachen sich an ihm, als wäre er eine gefährliche Klippe.

Mitte Juli wurden zwei Kranflöße zum Stein befördert, und bereits um zwei Uhr nachmittags war er gehoben und schwamm zwischen den Flößen vertäut. An Bord befanden sich außer Albert und dem Vorsitzenden der Hafenkommission der Hafenmeister, ein Fischer und ein Takler, der auf einer der Werften der Stadt arbeitete. Am Strandufer hatte sich im weißen Sand ein Kreis von Damen mit belegten Broten und Erfrischungen versammelt, die den schwitzenden Männern auf den schaukelnden Flößen in einem Ruderboot gebracht wurden. Als die Flöße die Dampskibsbro erreichten und mit dem festgebundenen Stein in den Hafen einliefen, wurden in den Topps die Flaggen gehisst, und am Kai rief eine große Menschenmenge «Hurra!».

Wir feierten uns selbst, uns selbst und unsere blühende Stadt.

Zwei Tage später wurde der Stein an Land gebracht. Albert telefonierte mit Svendborg und bat um einen Tieflader zum weiteren Transport des Steins. Er traf am folgenden Tag mit der Fähre ein. Viele Menschen waren erschienen, und alle ließen sich freiwillig als Zugtiere einspannen. Der Werftbesitzer stand Seite an Seite mit dem Takler, der Matrose neben dem Reeder, der Kaufmann neben dem Kommis. Sogar der Filialleiter der Sparkasse stand wie ein gedemütigtes Maultier in der Reihe. Schulkinder rannten lärmend umher, bis auch sie ihren Platz fanden. Alte, längst pensionierte Skipper, die Pfeifen noch im Mund, hatten ihr Geplauder auf den Bänken am Hafen unterbrochen, um ebenfalls Hand anzulegen. Nur Josef Isager, der Kongo-Lotse, steckte demonstrativ seine Hände in die Hosentaschen und blickte skeptisch; er war über so etwas erhaben. Auch Lorentz begnügte sich damit zuzusehen, doch er war durch sein Alter und seinen feisten Leib entschuldigt. Anna Egidia Rasmussen, die Witwe des Marinemalers, wurde von dem Lärm angelockt, der bis zu ihr in die Teglgade gedrungen war, und schaute mit ihrem Enkelkind an der Hand zu. An der Seitenlinie des Zugs sprang Anders Nørre, der Dorftrottel, unglaublich aufgeregt hin und her. Mit einer Handbewegung scheuchte Albert ihn zurück in die Gruppe. Als man ihm das Tau über die Schulter legte, wurde er merkwürdig ruhig, ja geradezu selig in sich gekehrt – eine Gemütsverfassung, die er wohl mit dem Rest der Versammlung teilte.

Dann packte Albert selbst ein Tauende und drehte sich mit erhobener Hand zu der Volksmenge um.

«Und nun ziehen wir!», rief er und zerteilte mit einer Handbewegung die Luft.

Das war das Startsignal. Albert legte sein ganzes Gewicht in das Seil. Er war achtundsechzig, doch sein Alter merkte man ihm nicht an. Es schien, als hätte sein kräftiger Körper das ganze Leben auf diesen Moment gewartet, und alles, was er bisher unternommen hatte, wären lediglich Vorbereitungen gewesen. Sein Gesicht glühte in der Sonne, und er verspürte ein Glücksgefühl, das direkt von seinem pulsierenden Blut und der Anspannung der Muskeln ausging.

Der Tieflader setzte sich langsam rumpelnd in Bewegung. Meter für Meter ging es voran. Dann blieb er stecken, der Boden war zu weich. Die Räder versanken unter dem Gewicht des Steins im Schotter und ließen sich nicht mehr bewegen. Sie waren wohl annähernd zweihundert Mann, aber ihre Beine arbeiteten vergeblich. Sie stemmten sich in die Taue, als wollten sie ausprobieren, ob ihr gemeinsames Gewicht das des Steins übertraf. Doch der Stein widerstand ihnen.

Albert richtete sich auf und wandte sich an die Versammlung.

«Kommt schon, Jungs!», rief er und ließ seine Hand noch einmal durch die Luft fahren. «Eins, zwei, drei – und ziehen!»

Der Tieflader blieb stehen.

Irgendwo in dem Menschenmeer begann ein Seemann einen Shanty zu brummen. Andere stimmten mit ein. Schließlich sangen sie alle, sich rhythmisch wiegend, das alte Lied der Arbeit, wie es jahrhundertelang auf See erklungen war. Es half nicht.

Albert rief einen Jungen und bat ihn, zur Navigationsschule in der Tordenskjoldsgade zu laufen und die Schüler um Hilfe zu bitten. Der Junge rannte davon, und es dauerte nicht lange, bis sie die jungen Seeleute in einer geschlossenen Gruppe die Havnegade heraufmarschieren sahen, insgesamt dreißig Mann. Auch sie bekamen das Seil über die Schulter. Sie spannten die Muskeln ihrer Oberarme an und zeigten ihre Tätowierungen.

«Das ist die Jugend und die Zukunft», dachte Albert, «jetzt muss der Stein nachgeben.»

Der Tieflader setzte sich wieder in Bewegung, doch die Räder kreischten protestierend, als würde der Wagen unter dem gewaltigen Gezerre in Stücke gerissen. Eine gefährliche Situation entstand, als sie ein wenig von der Straße abkamen und der Stein wackelte, aber liegen blieb. Wieder wurde der Shanty angestimmt, erst jetzt hörte Albert die Worte:

«I will drink whisky hot and strong.
Whisky, Johnny!
I will drink whisky all day long.
Whisky for me, Johnny!»

Die kleinen Jungen johlten begeistert mit. Ein Versprechen von Männlichkeit lag in den Worten. Die Navigatoren sangen vor. Sie hatten lange genug auf See zugebracht, um sich als voll befahren zu fühlen. Der Song gehörte ihnen. Ihre Jahre auf See bestätigten ihr Eigentumsrecht daran.

Für die Alten war er eine Erinnerung, und Albert wusste, dass es hier nur wenige gab, die nicht irgendwann einmal in ihrem Leben ein Segel gesetzt hatten oder mit einem Ankerspill zu den Tönen des Whiskysongs im Kreis gegangen waren. Es ist die Nationalhymne der Seeleute, dachte Albert. In welcher Sprache der Shanty gesungen wurde, spielte keine Rolle. Der Rhythmus war seine Botschaft, und von den Muskeln ging er ins Herz und erinnerte die Männer daran, was sie konnten; er ließ sie ihre Müdigkeit vergessen und gemeinsam weiterschuften.

«Einigkeit macht stark» sollte auf seinem Stein stehen, aber in einem Moment der Heiterkeit, der bei der anstrengenden Arbeit aufblitzte, wusste er, dass auch *«Whisky, Johnny!»* auf ihm hätte stehen können, wenn es nur nicht so unpassend gewesen wäre. Es war der Gesang der Einigkeit, den er vernahm.

Er reckte sein rotfleckiges, schweißnasses Gesicht in die Sonne und lächelte.

Der Stein hatte sein Ziel erreicht.

Albert hatte im Hotel Ærø viele Bürgerversammlungen über den Gedenkstein oder den Einigkeitsstein, wie er ihn in Gedanken nannte, abgehalten. Er musste schließlich finanziert werden, und das sollte in der gleichen Weise geschehen, wie alles Große und Wesentliche in Marstal finanziert wurde: gemeinschaftlich, durch viele kleine Beiträge. Wenn er am Rednerpult stand und sich warm geredet hatte, vergaß er vor Glück, dass er etwas Wichtiges niemals erklärte. Welchen Anlass gab es eigentlich, gerade jetzt einen Gedenkstein zu errichten? Der fünfundsiebzigste Jahrestag der Grundsteinlegung der Mole fiel exakt in das Jahr der Jahrhundertwende, doch da hatte niemand die Initiative ergriffen. Bis zum hundertsten Jahrestag waren es noch zwölf Jahre. Er konnte nicht damit rechnen, dann noch am Leben zu sein. Einundachtzig Jahre alt wäre er dann, aber er war kein hochmütiger Mensch, der glaubte, ewig zu leben. Warum jetzt? Warum im Jahr 1913?

Glücklicherweise stellte ihm nie jemand diese Frage. Selbstverständlich, sagten alle, als er zum ersten Mal darüber sprach. Einen Gedenkstein brauchte die Stadt, und was war erinnerungswürdiger als die Errichtung der Mole? So entging er den Erklärungen über einen Tag im Juni, an dem ihm auf dem Meer südlich der Halbinsel schwindlig geworden war und er Vorahnungen hatte, deren Bedeutung ihm selbst nicht klar war. So etwas konnte man von einem Rednerpult aus nicht sagen.

Ja, so etwas konnte man jemandem nicht einmal unter vier Augen erzählen, jedenfalls nicht als Begründung, warum man zweihundertdreißig Mann einen vierzehn Tonnen schweren Stein ziehen ließ.

Warum jetzt, warum im Jahr 1913?

Bevor es zu spät ist, bevor wir vergessen, wer wir sind und warum wir das tun, was wir tun.

Zu spät? Was meinst du?

Nein, er konnte die Frage selbst nicht beantworten. Und doch verspürte er eine Ahnung des Untergangs. Um sie zu betäuben, nahm er sich so energisch der Aufgabe an, den Stein zu errichten.

Vom Rednerpult im Festsaal des Hotels Ærø aus rief er wieder und wieder die Tatsachen in Erinnerung. Er beschrieb, wie der Hafen sich früher offen dem Wind aus Norden und Osten präsentiert hatte, ja sogar aus Süden, wo die Landenge, die wir die Halbinsel nannten, häufig vom Meer durchbrochen wurde. Er beschrieb, wie die Schiffe sogar im Winterhafen an Land geschlagen wurden. Schließlich wären sie alle vom Ruin bedroht gewesen, wenn man den Hafen nicht verbessert hätte; und damals war ein Mann vorgetreten – betrachtet ihn ruhig als den eigentlichen Gründer der Stadt, wie wir sie heute kennen, obwohl er nicht an Land, sondern mitten im Wasser baute. Er war der Begründer der Einigkeit, dieser Kraft, der nun ein Gedenkstein errichtet werden soll. Kapitän Rasmus Jepsen war sein Name. Er forderte die Einwohner der Stadt auf, sich mit ihrer Unterschrift zum Molenbau zu verpflichten. Dreihundertneunundfünfzig Personen unterzeichneten, einige für freiwillige Arbeiten, andere für Steinfuhren, wieder andere spendeten einen Geldbetrag. Aber alle gaben etwas, mit Ausnahme von einem, der sich mit der beschämenden Begründung weigerte, dass man allein für sich selbst und nicht für die Nachwelt zu sorgen habe.

«Seinen Namen werde ich aus Rücksicht auf seine noch lebenden Verwandten nicht nennen», erklärte Albert vom Rednerpult aus.

Alle drehten sich um und schauten Kapitän Hans Peter Levinsen an, der hinterher zu den eifrigsten und generösesten Beiträgern des Gedenksteins gehörte, als hätte er nun, nach achtundachtzig Jahren, endlich eine Chance, seine Familie von der Schande reinzuwaschen.

Albert sprach weiter über den Tag, den 28. Januar 1825, den Geburtstag König Frederiks VII., an dem hundert Mann sich unter der Fahne der Einigkeit auf dem Eis versammelten, um das Riesenwerk in Angriff zu nehmen. Sogar die Natur hatte ihnen beigestanden. Wären nicht dieser und auch der nächste Winter Eiswinter gewesen, hätten sie die Steine niemals so verlegen können. Aber es gelang ihnen, und nun stand die Mole wie ein ewiges Zeichen dafür, was Menschenkraft durch Einigkeit und Ausdauer auszurichten vermochte.

«Wenn ihr die Mole seht», sagte Albert und blickte über die Versammlung, «sind es Feldsteine, auf die eure Blicke fallen. Aber vergesst niemals, dass das eigentliche Baumaterial unbeugsamer Wille und kräftige Arme waren.»

Er endete damit, die Anwesenden daran zu erinnern, dass der Wegbereiter Rasmus Jepsen mit dem Ehrenzeichen des Dannebrog-Ordens ausgezeichnet worden war. Seeleute sind, egal, wie ungebärdig und eigenwillig sie sonst auch sein mögen, von Natur aus königstreu und konservativ, und ein solcher Hinweis verfehlte seine Wirkung nicht. Und so brach zu diesem Zeitpunkt seiner Rede auch spontaner Beifall aus. Albert blieb einen Moment stehen und ließ sich als Initiator des Gedenksteins feiern, doch er wusste, dass er dieses Beifalls nicht würdig war, denn alles, was er in diesen hektischen Tagen voller Triumph unternommen hatte, gründete in einer unsicheren seelischen Befindlichkeit, in Erscheinungen, die aus dem gleichen flüchtigen Stoff wie Wolken bestanden.

Am Morgen des 19. Juli kam der Bildhauer Johannes Simonsen mit dem Postdampfschiff aus Svendborg, um den Stein in Augenschein zu nehmen. Er erklärte ihn als ausgezeichnet geeignet für das Vorhaben, und fertigte verschiedene Skizzen an. Und bevor er wieder nach Svendborg zurückkehrte, hinterließ er eine Anweisung, den überwucherten Stein zu säubern. Dieser wurde mit Chlorkalk bestrichen und dann mit verdünnter Salzsäure und Wasser gereinigt. Für das Fundament grub man ein zwei Meter tiefes Loch und füllte es mit Beton auf. Anfang August wurden die Fassung und eine eiserne Umzäunung gegossen. Mitte August setzte man den Stein auf seinen Platz. An dieser Arbeit nahm Albert zusammen mit vielen anderen Mitgliedern des Komitees teil.

Während sie noch mit dem Stein beschäftigt waren, liefen sechs Torpedoboote in den Hafen ein. Die Boote hatten geflaggt. Das Gleiche geschah nun auf den Schiffen im Hafen, und schon bald war der Kai schwarz vor Neugierigen. Es war das erste Mal, dass Kriegsschiffe den Hafen von Marstal anliefen. Das Komitee unterbrach die Arbeiten am Gedenkstein und ging hinunter zur Dampskibsbro, um die Schiffe in Augenschein zu nehmen.

Am selben Abend wurde ein festliches Beisammensein für die Offiziere der Kriegsschiffe im Hotel Ærø arrangiert. Auch Albert nahm an dem Essen teil. Der Anblick der schlanken, stahlgrauen Schiffskörper an der Dampskibsbro hatte ihn merkwürdig unpässlich werden lassen. Er bekam einen Schwindelanfall, der ihn an das Unwohlsein erinnerte, das er bei seiner ersten Besichtigung des Gedenksteins in seiner Jolle südlich des Strandes gehabt hatte. Während des gesamten Abendessens war er merkwürdig abwesend, was von mehreren Anwesenden bemerkt wurde, die seine Zerstreutheit jedoch dem großen Druck zuschrieben, unter dem er im Moment stand, nun, da das Aufstellen des Gedenksteins seine entscheidende Phase erreicht hatte. Mehrfach schien ihm, als wäre die gesamte Gesellschaft draußen auf See an Tischen platziert, die direkt auf dem Wasser schwammen. Die Stühle, auf denen sie saßen, schaukelten mit der Bewegung der Wellen auf und nieder, und in den blaugrauen Tiefen unter sich sah er schwarze Wolken dahinziehen.

Er wurde von einer Stimme in die Wirklichkeit zurückgerufen, die ihn direkt ansprach. Es war der Kommandant der sechs Torpedoboote, Gustav Carstensen, der ihm ein Kompliment machen wollte.

«Ich hörte von dem Gedenkstein, den Sie ja zu verantworten haben. Mir wurde von all den Menschen berichtet, die ihn an seinen Platz gezogen haben. Ja, die Jugend hat Energie. Es geht nur darum, sie zu bündeln. Aber als Kapitän kennen Sie ja die Bedeutung der Disziplin.»

«Ich glaube an das Gleichgewicht der Kräfte und an die Einigkeit», erwiderte Albert.

«Ja, Einigkeit, das ist wichtig», sagte der Kommandant und starrte nachdenklich vor sich hin, als hätte er in Alberts Antwort nur ein Stichwort gefunden, das ihm die Möglichkeit gab, zu seinen eigenen Gedanken zurückzukehren.

«Aber Einigkeit muss geschaffen werden. Daher brauchen wir eine große Sache, die das Volk zusammenschweißt. Im Augenblick kümmert sich doch jeder nur um sich selbst. Seit mehreren Generationen gab es keinen Krieg mehr, der die Jugend einen und zu einem Ziel führen könnte. Was wir brauchen, ist ein Krieg.»

Albert sah mit einem Blick über ihn hinweg, den noch immer der Schwindel trübte.

«In einem Krieg müssen viele ihr Leben lassen, nicht wahr?»

«Tja, natürlich, das gehört zu den Unkosten des Krieges.»

Im Tonfall des Kommandanten lag ein Zögern. Er musterte Albert prüfend. Es schien, als würde der erst jetzt auf seinen Gesprächspartner aufmerksam; der Kommandant überlegte einen Augenblick, ob er ihn falsch eingeschätzt habe.

«Und die Toten bekommen ein Grab und ein Kreuz, nicht wahr?», fuhr Albert unbeirrt fort.

«Sicher, sicher, das versteht sich doch von selbst.»

Es war nun deutlich, dass Carstensen der Ansicht war, das Gespräch geriete auf Abwege.

«Gehen Sie auf den Friedhof, Kommandant Carstensen. Sie werden dort viele Frauen und einige Kinder finden. Sie werden auch den einen oder anderen Bauern finden, einen Kaufmann oder zwei und vielleicht sogar einen Schiffsmakler wie mich. Aber Sie werden nicht sonderlich viele Seeleute finden. Sie blieben dort draußen. Sie bekommen kein Kreuz. Es gibt kein Grab, das die Witwe und die Kinder besuchen können. Sie ertrinken an fernen Orten. Das Meer ist ein Feind, der seinen Gegner nicht respektiert. Wir haben unseren eigenen Krieg hier in Marstal, Kommandant Carstensen, und mit dem haben wir genug.»

Nun wurde ein Toast auf die Flotte ausgebracht, und der Kommandant nutzte die Gelegenheit, sich der Unterhaltung mit Albert zu entziehen, der sich selbst überlassen wieder ins Grübeln verfiel.

In derselben Nacht wurde der Gedenkstein beschädigt. Der Bretterzaun, den man als Schutz aufgestellt hatte, solange Bildhauer Simonsen mit der Inschrift beschäftigt war, wurde von einer Gruppe betrunkener Werftarbeiter eingerissen. Albert erstattete sofort Anzeige bei Polizeimeister Krabbe in Ærøskøbing und erhielt bereits drei Tage später ein Antwortschreiben, in dem der Polizeimeister ihm mitteilte, dass die Täter vom Polizeigericht zu insgesamt dreihundertfünfzehn Kronen Geldstrafe wegen Trunkenheit und Ruhestörung verurteilt worden seien.

Je mehr sich der Tag der Enthüllung des Monuments näherte, desto größer wurde Alberts Unruhe. Glücklicherweise gab es noch sehr viel zu tun. Die Geschichte der Mole hatte er bereits detailliert festgehalten. Nun sorgte er dafür, dass man die Chronik in einem versiegelten Bleirohr in das Fundament des Gedenksteins goss. Dann begann er mit einem Prolog, den er anlässlich der Enthüllung des Steins vorlesen wollte. Er schilderte den Stein, als wäre es ein Mensch mit menschlichen Enttäuschungen und Hoffnungen, und über das Leben schrieb er, es sei ein Ort, «an dem sich Freude, Trauer und fehlgeschlagene Hoffnungen mischen, an dem vorgefertigte Pläne nicht immer zum Ziel führen».

Er hielt inne.

«Aber was schreibst du denn da bloß?», fragte er sich. «Du sollst die Mole und die Einigkeit feiern. Und nun hast du dich mit deiner Schreiberei selbst in Verlegenheit gebracht.»

Er schüttelte den Kopf über sich, bevor er die Lampe am Schreibtisch löschte. Woher kamen diese Zweifel? Er selbst hatte doch keinen Grund, an seinem Lebenswerk zu zweifeln. Die Stadt blühte wie nie zuvor. Um das zu feiern, wurde der Gedenkstein doch errichtet. Es war dieses verdammte Schwindelgefühl, von dem er nun wieder heimgesucht wurde. Gefühle, Schwindel und Erscheinungen. Weiberkram.

Er machte sich fertig, um ins Bett zu gehen. Ob er im Schlaf wohl Ruhe finden würde?

Wütend stampfte er mit dem Fuß auf, als könnte er so die Geister seiner Unruhe verscheuchen. Das fehlte noch, dass er wie ein Kind Angst vor der Nacht hatte.

Endlich brach der Tag an. Es war der 26. September. Hunderte von Menschen waren erschienen, und Albert referierte einmal mehr die Entstehung und Geschichte der Mole. Ein Chor junger Damen sang auf die Melodie eines patriotischen Liedes ein Stück, das er selbst verfasst hatte; es war ihm gelungen, jeglichen Pessimismus aus dem Text zu verbannen.

Er entfernte eine große Dannebrog-Fahne, die man über dem Stein drapiert hatte, und in diesem Augenblick warf die versammelte Menge zahllose Blumenbuketts auf das Denkmal. Der Vorsitzende der Hafenkommission hielt eine Dankesrede, und der Festakt endete mit einem dreifachen «Hurra!» auf König Christian X., dessen Geburtstag an ebendiesem Tag begangen wurde.

Am Abend gab es ein Festbankett für hundert geladene Gäste im Hotel Ærø, darunter Polizeimeister Krabbe aus Ærøskøbing, dessen Frau Alberts Tischdame war. Gereicht wurden Hasenbraten und Kuchen sowie diverse Getränke. Albert hielt die Festrede und forderte die Gesellschaft am Ende auf, sich zu erheben und ein dreifaches «Er lebe hoch!» auf seine Majestät auszurufen und «König Christian stand am hohen Mast» zu singen, worauf er ein Glückwunschtelegramm an den König verlas, das er selbst verfasst hatte, und die Versammelten bat, sich dem Absender anzuschließen. Dann wurde mehrfach auf das Vaterland und die Flagge angestoßen, und diverse Honoratioren der Stadt hielten gegenseitige Grußreden. Um halb zwölf traf ein Dankestelegramm Seiner Majestät ein, danach wurde der Ball eröffnet.

Der Abend verlief für Albert ohne besondere Vorkommnisse. Er war die ganze Zeit über aufmerksam, hatte nicht das Gefühl zu versinken, und es stellten sich auch keine Erscheinungen ein, bei denen er glaubte, dass die Gäste in ihren Festgewändern zusammen mit den reich gedeckten Tischen auf dem Meer schwammen.

Nachdem er als Gastgeber des Abends gegen halb zwei die letzten Gäste verabschiedet hatte, konnte er um die Ecke der Prinsegade biegen und einer traumlosen Nacht zu Hause entgegengehen.

Als er am nächsten Morgen erwachte, ging ihm durch den Kopf, dass er ein Mensch sei, der seinen Seelenfrieden gefunden habe.

Albert Madsen war neunundsechzig Jahre alt und hatte erreicht, was er wollte. Er hatte keine Kinder, und das bedauerte er. Aber in der Stadt, in der er lebte und die er als die seine ansah, ging es noch immer aufwärts. Auf den Werften wurden so viele Schiffe wie nie zuvor gebaut, und die führende Werft der Stadt wollte sich schon bald umstellen und in einen modernen Betrieb verwandeln. Statt auf Holzschiffe wollte man nun auf Stahlschiffe setzen. Im Frühjahr hatte Seine Majestät der König der flaggengeschmückten Stadt einen Besuch abgestattet. Die Flotte war mit sechs Torpedobooten da gewesen. Es gab Pläne für ein neues Posthaus und eine kupferne Kirchturmspitze, die den alten Dachreiter ablösen sollte.

Am Hafen stand der Gedenkstein für die Mole als Beweis dafür, dass die Stadt sich ihrer Geschichte erinnerte und begriff, dass sie in der Schuld früherer Generationen stand. «Einigkeit macht stark» stand auf dem Stein. Es war sein persönliches Glaubensbekenntnis, das der Bildhauer Johannes Simonsen mit peinlich genauen Buchstaben dort eingemeißelt hatte. Nun war es auch das Glaubensbekenntnis der Stadt geworden.

Er wusste, dass die Quelle seines Wohlbefindens nicht nur die geglückte Enthüllung des Gedenksteins und das anschließende Fest war, sondern etwas weit Größeres: die harmonische Übereinstimmung, die er zwischen sich und einer ständig fortschrittlicheren Welt verspürte. Er öffnete das Giebelfenster, und dort lag es vor ihm im sanften Sonnenlicht dieses frühen Septembermorgens: Hinter dem Gitterwerk der Masten breiteten sich die Mole und das Inselmeer aus. Er hörte die Schreie der Möwen, begleitet von Hammerschlägen und dem Kreischen der Sägen aus den Werften der Stadt. In einer Art Triumph wurde ihm klar, dass diese Geräusche im selben Moment in den Hafenstädten aller Kontinente zu hören waren und er sich genau dort befand, auf der ganzen Welt gleichzeitig, in einer großen Einheit.

Später musste er an diesen Tag immer als «Abschluss» denken. Er sprach nie davon, welche Art von Abschluss es war. Der Abschluss seines Leben konnte es nicht gewesen sein, denn er lebte noch einige Jahre. Aber er lebte zusehends in einer Traumwelt und nur zur Hälfte in der Realität; und die Brücke zwischen diesen beiden Welten war eine Brücke voller Schrecken. Durch Träume gelangte er an ein Wissen, das er nicht allein ertragen, aber auch mit niemandem teilen konnte.

Er lebte mehr und mehr in einer von Toten bevölkerten Stadt und wurde zu einem stummen Mitwisser des Todes.

DIE ERSCHEINUNGEN

Worüber schreibt ein Schiffsmakler? Über die auf- und absteigende Konjunktur des Frachtmarktes, über abgewickelte Schiffsladungen, über Schiffe, die nicht nach Hause zurückkehren, über Besatzungen, die gerettet werden, über Versicherungsfragen, über den Gewinn und das Schicksal der Firma.

Albert schrieb in diesen Tagen nicht über seine Maklerfirma oder seine Schiffe auf See. Er schrieb auch nicht über seine Gefühle und nur selten über seine Gedanken. Doch er schrieb durchaus über das, was in seinem Kopf vor sich ging. Hauptsächlich über Dinge, die er nicht verstand.

In seinem Kopf wohnte ein Fremder. Und er schrieb über den Fremden.

Albert schrieb über seine Träume.

Aber nicht über all seine Träume.

Wie die meisten Menschen mit einer praktischen Lebenseinstellung glaubte er, Träume seien die Frucht der Lethargie eines sonst klaren Verstandes; nichts anderes als eine verwirrende Zusammenfassung von zufälligen und halb vergessenen Ereignissen, die möglicherweise einmal einen klaren Sinn ergaben, der inzwischen allerdings in der diffusen Welt der Träume verloren gegangen war. Wie wir anderen konnte auch Albert in vielen seiner Träume keinen Sinn erkennen. Er versuchte es auch nicht.

In einer Dezembernacht im Jahr 1877, als er Kapitän auf der *Princess* gewesen war, hatte er plötzlich im Traum eine Stimme gehört, die ihm zurief, dass er einer Gefahr entgegensteuere. Albert war aus seiner Koje gesprungen, an Deck gerannt und hatte gesehen, dass das Schiff auf eine

große, flache Sandbank zuhielt, an der es unweigerlich Schiffbruch erlitten hätte. Der Traum hatte ihn gewarnt.

Irgendwo in seinem Kopf gab es ein Wissen, von dem er selbst nichts
ahnte. Dort drinnen wohnte ein fremder Gast.

Zwei Jahre später hatte er einen ähnlichen Traum. Er träumte, die
Princess würde in einem schweren Sturm untergehen, doch er beschloss,
nichts zu unternehmen, obwohl er wusste, dass auch dieser Traum eine
Warnung war. Früh am nächsten Morgen lief er in Grangemouth aus.
Draußen vor dem Hafen frischte es zu einem orkanartigen Südwest-
sturm auf. Den ganzen Tag trieb er mit seinem Schiff die Küste entlang,
und schließlich musste er den Anker werfen und die Masten kappen
lassen, um eine Strandung zu vermeiden. Als er sich an das krängende
Deck klammerte und das Rigg über Bord gehen sah, begriff er, dass es
mehr als nur eine Wirklichkeit gab.

Albert verfügte über eine Gabe, die nicht alle besaßen. Und er wusste,
dass er diese Gabe für sich behalten musste. Wir können es in den Aufzeichnungen nachlesen, die er uns zusammen mit anderen Papieren hinterließ. Hier notierte er, dass es ihm hätte schaden können oder zumindest sein Ruf gelitten hätte, wenn die Kunde von seinen Warnträumen
allgemein bekannt geworden wäre.

Wie oft haben wir nicht im Mannschaftslogis gesessen und den Berichten über den Klabautermann gelauscht, der mit weißem Gesicht
und tropfnassem Ölzeug in den Besanwanten hängt; oder über den Flie-
genden Holländer und den Schiffshund, der dort draußen jede Nacht
auf der Suche nach seinem untergegangenen Schiff heult? Auch Albert
hatte als Schiffsjunge mit einer Mischung aus Schreck und Faszination
zugehört, doch im Innern seines Herzens war er skeptisch geblieben.
Jedes übernatürliche Ereignis gründete auf einer natürlichen Ursache;
die Wissenschaft hatte sie nur noch nicht entdeckt. Das war seine Meinung. Wenn wir in der Dämmerung zusammensaßen und genüsslich
seufzten, erklärte er häufig, dass es noch weitaus mehr zwischen Himmel und Erde gebe.

Hätte er damals von seiner Gabe erzählt, in seinen Träumen in die
Zukunft blicken zu können, hätten die meisten von uns ohne Weiteres
akzeptiert, dass er übernatürliche Fähigkeiten besaß. Sein Ruf auf den

Schiffen wäre dadurch gewachsen, möglicherweise sogar seine Autorität, doch es wäre eine mit Furcht vermengte Form der Autorität gewesen, und diese Autorität wollte er nicht. Albert war der Überzeugung, dass die Autorität eines Kapitäns auf dem Vertrauen in sein Wissen basieren solle, nicht auf Hokuspokus.

Es geschah in der Zeit nach der Einweihung des Gedenksteins, dass sich vor Albert ein graues Nichts auftat. Er sah Menschen sterben, die er kannte. Und am Tag darauf entdeckte er, wie sie quicklebendig in den Straßen der Stadt umhergingen. Seine Träume waren rätselhaft. Er kannte den Zeitpunkt der Todesfälle nicht, die sich vor seinem inneren Auge abspielten. Die Umstände waren immer dramatisch und grauenerregend. Er sah, wie Menschen an Deck eines Schiffs erschossen wurden, er sah auf Schiffen Feuer ausbrechen, er sah schwarze Schatten im Meer, und er verstand nichts von dem, was er sah.

Aber er zweifelte nie daran, dass die Träume die Wahrheit erzählten. Er wusste, dass all diese Menschen, die er grüßte, denen er die Hand schüttelte, mit denen er sprach und denen er mehr und mehr aus dem Weg zu gehen versuchte, unter grausamen und unerklärlichen Umständen sterben mussten.

Sie selbst wussten es nicht.

Er bewegte sich in einer Stadt zukünftiger Toter.

* * *

Seinen ersten Traum über die zukünftigen Unglücksfälle hatte Albert in der Nacht vom 27. auf den 28. September 1913.

Er sah ein Schiff und erkannte den Dreimastschoner *Freden* aus Marstal. Dann hörte er einen Schuss. Die Mannschaft kam sofort an Deck. Die Rahen wurden back gebrasst und die Bramsegel abgefiert. Das Schiff stand sofort still. Er sah, dass die Mannschaft daran arbeitete, die Rettungsboote zu Wasser zu lassen. Aus Gründen, die er nicht verstand, schienen sie diesem einen Schuss große Bedeutung beizumessen. Am Schiff war keinerlei Schaden zu entdecken.

Dann ertönten mehrere Schüsse. Einer der Männer griff sich plötzlich an die Schulter, der Arm hing schlaff herunter. Der Kopf eines anderen flog in den Nacken, als hätte ihn eine unsichtbare Hand an den Haaren gezogen. Aus seiner Stirn schoss ein Blutstrahl, er stürzte aufs Deck. Nun waren ununterbrochen Schüsse zu hören. Mehrere Projektile schlugen in das Rettungsboot, und als es die Wasseroberfläche erreichte, begann es Wasser aufzunehmen. Die Besatzung stand bald bis zur Hüfte im Wasser, während sie daran arbeitete, die Lecks abzudichten. Der intensive Beschuss setzte sich fort. Ein Mast nach dem anderen ging über Bord. Dann verschwand das Schiff in der Tiefe.

Das Wetter war stürmisch, mit hohem Seegang, Wolken jagten über den Himmel. Das Rettungsboot lag schwer im Wasser. Die Männer an den Rudern mühten sich verbissen ab. Auf ihren Gesichtern war zunächst das Entsetzen, dann die Erschöpfung abzulesen. Das Licht verschwand. Es wurde dunkel, und eine lange Zeit verging, bis das Licht zurückkam. Er ging davon aus, dass es Nacht geworden war und nun der Morgen graute. Noch immer stürmte es, und die Wellen türmten sich unter den dahinjagenden Wolkenfetzen. Zwei Männer lagen ausgestreckt in der Jolle. Die anderen hoben sie auf und beförderten sie über Bord. Für einen kurzen Moment sah er ein bleiches, im Tod eingefallenes Gesicht. Es war Kapitän Christensen, dem er am Abend zuvor während des Festes für den Gedenkstein zugeprostet hatte.

In der folgenden Nacht sah er den Schoner *H. B. Linnemann* unter der Notflagge liegen. Wie im vorherigen Traum registrierte er, dass die Mannschaft an Deck lief, um das Rettungsboot zu Wasser zu lassen. Wieder hörte er Schüsse und war außerstande, ihren Ursprung zu orten. Er sah den Kapitän des Schiffs, L. C. Hansen, den er sofort wiedererkannte, auf dem Halbdeck direkt unter dem wehenden Dannebrog stehen. Kapitän Hansen ging in die Knie, wobei er die Hände auf einen seiner Schenkel presste, auf dem sich ein großer dunkelroter Fleck ausbreitete. Einen Augenblick später wurde er am Kopf getroffen und war aus dem Kreis der Lebenden getilgt. In rascher Folge wurden weitere drei Besatzungsmitglieder erschossen.

Allmählich verstand er, was er da eigentlich sah: die Brutalität und Unbarmherzigkeit, die unerklärlichen Erschießungen friedlicher Seeleute, das Versenken von Schiffen.

Seine Träume warnten vor einem Krieg.

Er dachte an Kommandant Carstensen: Er sollte seinen Krieg bekommen. Und was würde ihn erwarten? Dunkel ahnte Albert, dass er nicht nur Menschen in seinen Träumen sterben sah. Es war eine ganze Welt, die unterging.

Er konnte sich dieses Gefühl nicht näher erklären, nur, dass es ihn wie ein großer Kummer packte und ihm die Freude an der Aussicht aus dem Giebelfenster nahm. Die Mole, welchen Nutzen hatte sie in einigen Jahren? Sicher, das Meer war ein Krieg, doch nun würde ein anderer Krieg beginnen, ein grausamerer und unbarmherzigerer Krieg, auf den Seemannschaft und Segelführung keine Antworten waren.

Albert hatte nicht die Phantasie oder die politische Einsicht, um sich vorzustellen, wer diesen Krieg führen würde, und seine Träume verrieten es ihm auch nicht. Doch er dachte an die Kriegsschiffe, die er auf See, an die Torpedoboote, die er im Hafen ausgemacht hatte, an die U-Boote, von denen er gelesen, die er aber noch nie gesehen hatte. Mit welcher Schöpfung auf Erden konnte man ein Segelschiff vergleichen? Mit keiner. Es hatte seine eigene, märchenhafte Architektur. Aber die neuen, wasserfähigen Kriegsmaschinen? Waren die plumpen U-Boote nicht nach dem Bild des Hais geschaffen, erinnerten die Torpedoboote nicht an gepanzerte Amphibien? War es nicht so, als sähe die gesamte moderne Kriegsindustrie diese urzeitlichen Ungeheuer als Ideal an, die einst vor Millionen von Jahren die Erde bevölkerten und deren Knochen nun überall auftauchten?

Er hatte genug über die Theorie des Engländers Charles Darwin von der Entwicklung der Arten gehört, um zu wissen, dass das Leben sich vorwärts entwickelte, nicht zurück. Aber strebten die Menschen mit diesen Kriegsmaschinen nicht gerade das Gegenteil an: Versuchten sie nicht gerade, zu den brutalen und primitiven Lebensformen früherer, überwundener Zeiten zurückzufinden?

Zeigten ihm seine Träume nicht eine Zukunft, in der die Menschen in den amphibischen Zustand zurückkehren und zu ihren eigenen ärgsten Feinden werden?

Die Träume hörten nicht auf. Er sah Schoner in Flammen aufgehen. Er sah, wie sie von plötzlichen Explosionen vor dem Bug auseinandergerissen wurden und innerhalb weniger Minuten im Meer verschwanden. Er sah Männer in untergehenden Beibooten treiben. Er sah das Entsetzen in den Gesichtern der Seeleute und hörte ihre Hilferufe, wenn sie in die Tiefe gezogen wurden. Schließlich sah er nur noch das Meer und die Wellen. Lange Zeit schien es, als würde er selbst in ihnen treiben, ganz allein unter einem bedeckten Himmel auf dem eisengrauen Meer. Er dachte, so muss die Welt kurz vor ihrer Erschaffung ausgesehen haben, noch bevor das Leben entstand.

Albert begann, Listen der Schiffe anzulegen, die er in seinen Träumen untergehen sah. Auch die Namen der Toten notierte er, wenn er ein Gesicht erkannte. Er schrieb es auf die linke Seite des Papiers. Die rechte Seite ließ er leer. Sie war reserviert für den Tag, an dem sich seine Träume zu erfüllen begannen. Er benutzte Rechnungsbücher aus dem Maklerkontor und dachte, dass dies die merkwürdigste Buchführung war, die jemals in einem Kontorbuch festgehalten wurde. Und er war der sonderbarste Buchhalter, denn er akzeptierte eine Traumwelt, als besäße sie die gleiche Eindeutigkeit wie die Wirklichkeit.

Albert war ein kräftig gebauter Mann mit einem kurz geschnittenen Vollbart und einer Haarpracht, der das Alter nichts hatte anhaben können. Viele Jahre veränderte er sich nicht. Er strahlte auch weiterhin diese kontrollierte Kraft aus. Er machte ganz sicher keinen jugendlichen Eindruck, eher einen zeitlosen, als lebte er an einem Ort, an dem das Alter seine Diktatur nicht ausübte. Doch in diesen Monaten alterte er sichtlich. Er wusste es selbst, und er wusste auch, dass die Leute darüber redeten. Er pflegte weiterhin seinen Bart und hielt sein kräftiges Haar kurz geschnitten, doch seine breiten Schultern sanken herab, und plötzlich schien er kleiner zu sein. Er blieb häufiger zu Hause und entschuldigte sich nicht, wenn er Einladungen dankend ablehnte. Die Leute sollten denken, was sie wollten. Besonders schwer fiel es ihm, mit den Männern umzugehen, die er auf See hatte sterben sehen. Wie konnten sie ihr Leben so leichtnehmen, wenn sie doch ein so furchtbares Schicksal erwartete?

Wie konnte Kapitän Eriksen ihn in der Prinsegade aufhalten, als er gerade sein Kontor verließ, und über nichts anderes schwatzen als über den Frachtmarkt und den Schlickbagger, der draußen vor dem Hafen lag und die Untiefe Klørdybet vertiefte? Wusste er denn nicht, dass seine Tage gezählt waren?

Kurz angebunden grüßte Albert und verschwand in Richtung Havnegade. Dann bereute er seine brüske Art. Die Leute würden bald anfangen, ihn als sonderbar zu bezeichnen. Was sollte er machen? Eriksen umarmen und über ihn weinen? Ihn warnen? Ja, aber wovor? Vor dem Meer, dem Krieg? «Was für einen Krieg?», würde Eriksen fragen und ihn mit vollem Recht als geistesgestört ansehen.

Eine Bürde war auf seine Schultern geladen worden, die zu tragen er sich nicht eignete. Er war Zuschauer von Unglücksfällen und Katastrophen, von deren Ursache und Art er nicht die geringste Ahnung hatte. Würde es die Sache besser machen, wenn er gläubig wäre? Würde er Trost in Jesus finden? Aber die Menschen brauchten keinen Trost. Sie brauchten Entschlusskraft, und daher waren die Träume wie eine Krankheit. Sie griffen den Kern seines Wesens an. Sie nahmen ihm seine Energie und Willenskraft. Zum ersten Mal in seinem Leben fühlte er sich selbst machtlos, und diese Erfahrung fraß an seiner Seele und raubte ihm die Kraft.

Während der Weihnachtstage frischte es zu einem gewaltigen Schneesturm aus Nordost auf, und das Wasser im Hafen begann zu steigen. Er ging hinunter zum Kai und beobachtete, wie die Mannschaften zusätzliche Trossen und Festmacher anbrachten. Über hundert Schiffe lagen im Hafen, und über der Stadt hing ein Heulkonzert aus den vielen Takelagen, in die der Nordostwind pfiff. Das Klappern und Knallen von Tauwerk, das auf Holz schlägt, war zu hören und das Geräusch der Schiffsrümpfe, die gegeneinander oder an den Kai stießen, bis die Mannschaft die Vertäuung im Griff hatte. Das Wasser stieg weiter, und in der Dämmerung erhoben sich die Schiffe im Schneetreiben wie bedrohliche Schatten immer höher über den Kai – eine Flotte Fliegender Holländer, die sich versammelt hatte, um den Untergang der Stadt anzukündigen. Doch dann hörte das Wasser auf zu steigen. Der einzige Schaden wurde an der Dampskibsbro festgestellt, wo die Wellen die Kopfsteinpflasterung aufgerissen hatten.

In seinen Aufzeichnungen, in denen er weiterhin Buch über die noch Lebenden führte, hielt Albert über die Mole fest, dass «das Riesenwerk der Väter erneut seine Probe bestanden hatte». Er schrieb es aus Trotz, als eine Art Protest gegen all seine Träumereien. Es war die Mole, die verhindert hatte, dass das Wasser weiter anstieg. Doch er wusste genau: Die Zeit der Mole war vorbei. Es würden andere und stärkere Feinde kommen, gegen die uns die Mole nicht schützen konnte.

* * *

Es passierte immer wieder, dass der arme Anders Nørre durch die Straßen der Stadt hastete, verfolgt von einem Haufen johlender Jungen. Er lief mit steifen Schritten, die ständig länger wurden. Fort wollte er, aber Reißaus zu nehmen, wagte er auch nicht. Er hatte wohl Angst, dass eine offensichtliche Flucht etwas Furchtbares bei seinen Verfolgern auslösen konnte. Außerdem gab es keine Hoffnung, einem Haufen Jungs davonzulaufen.

Die Jagd endete jedes Mal auf die gleiche Weise. Anders Nørre wurde gegen eine Hausmauer gedrängt. Dann stand er da und rieb seine Wange an den rauen Steinen und jammerte leise. Oder er verlor die Beherrschung und bekam einen hemmungslosen Wutanfall. Heulend wie ein Tier, wurde er plötzlich selbst zum Verfolger und sprang hinter der Gruppe von Jungen her, die sich unter großem Gelächter und flink wie die Eichhörnchen in alle Richtungen verstreuten.

Meist griffen die Erwachsenen ein, doch nicht immer. Auch sie hatten ihren Spaß daran.

Bei einer derartigen Gelegenheit kam Albert Anders Nørre näher. Anders Nørre war älter als er, doch das Alter hatte bei ihm kaum Spuren hinterlassen, abgesehen von seinem weißen Haar und dem weißen Vollbart. Doch auch diese Kennzeichen des Alters verschafften Anders nicht die Autorität, die Kinder in ihre Schranken zu weisen.

Albert sprang mitten in die Schar, die vom Marktplatz an hinter Nørre her war und ihn durch die Skolegade und Tværgade gejagt hatte, bis er sich schließlich an eine Gartenmauer gegenüber von Webers Café in der Prinsegade presste.

Albert hob seinen Stock, als ob er zuschlagen wollte, und stieß eine Drohung aus. Sofort rannten sie davon.

«Ich begleite dich nach Hause», sagte er zu Anders Nørre.

Nørre stand mit an die Ohren gepressten Händen und zusammengekniffenen Augen da. Nun öffnete er die Augen. Er wohnte etwas außerhalb der Stadt, in einem kleinen Schuppen an der Reeperbahn. Hier saß er den lieben langen Tag und drehte Seile an einem Spinnrad, und wenn es in der Seilerei nichts zu tun gab, war er damit beschäftigt, Kabelgarn zu zupfen. Es war eine trostlose und eintönige Beschäftigung, die er ausgeübt hatte, solange man sich erinnern konnte. Der allgemeinen Meinung nach war er ein Idiot.

Albert fasste Anders Nørre unter den Arm, er kam bereitwillig mit.

«Warst du kürzlich in der Kirche, Anders?», wollte er wissen.

Anders Nørre nickte. «Ich gehe jeden Sonntag dorthin.»

Es gab keine Schwierigkeiten, mit Anders Nørre ein Gespräch zu führen; es war auch nicht mangelndes Ausdrucksvermögen, das ihm den Ruf eingebracht hatte, ein Idiot zu sein. Im Gegenteil, er hatte eine sanfte und angenehme Stimme und drückte sich immer klar und verständlich aus. Es war eher sein starres Gesicht, das außerstande zu sein schien, irgendein Gefühl zu zeigen, und natürlich seine liderliche Lebensweise. Bis zu ihrem Tod hatte er bei seiner Mutter gewohnt, und es hieß, dass er bis weit in sein Erwachsenenalter jede Nacht in ihrem Bett geschlafen hätte. Als sie starb, ließen die Frauen, die die Leiche herrichteten, die Mutter im Bett liegen, da sie erst am folgenden Tag eingesargt werden sollte. Am nächsten Morgen fanden sie Anders Nørre schlafend neben ihr. Als es Zeit war, ins Bett zu gehen, hatte er sich wie gewöhnlich neben seine Mutter gelegt. Bei der Beerdigung zeigte er keinerlei Anzeichen von Trauer.

Das einzige Gefühl, das sich offenbar in ihm regte, war eine überwältigende Beharrlichkeit, wenn man eine derartige Eigenschaft als Gefühl bezeichnen kann. Wurde ihm verboten, oder wurde er daran gehindert, etwas auszuführen, was er sich vorgenommen hatte, sprang er auf und schrie unverständliche Worte, während er mit den Armen fuchtelte, offensichtlich nicht, um zu schlagen, sondern in einer Art Verzweiflung. Dann rannte er aus der Tür seines kleinen Schuppens und verschwand auf den umliegenden Feldern. Er konnte mehrere Tage weg sein, bevor er erschöpft wieder zurückkehrte.

Doch irgendwo steckte auch ein Rest Vernunft in ihm, nicht nur ein bisschen, sondern tatsächlich ziemlich viel; allerdings schien es dafür keine rechte Verwendung zu geben. Nannte man ihm das Alter und das Geburtsdatum eines Mannes, konnte er ohne Weiteres die Anzahl der Tage ausrechnen, die er gelebt hatte, sogar unter Berücksichtigung der Schaltjahre. Irgendwann hatte ihn mal jemand gefragt, wie viele Tage vergangen seien, seit Jesus in der Krippe gelegen habe – die Antwort erfolgte prompt. Wenn er aus der Kirche kam, konnte er wörtlich die Predigt des Pastors wiederholen, zum großen Vergnügen der Seeleute, die am Sonntagvormittag die Bänke am Hafen denen der Kirche vorzogen.

Am ersten Frühlingstag zog er sich Schuhe und Strümpfe aus. Dann ging er barfuß, bis der Winter zurückkehrte. Im Winter wühlte er in Misthaufen und Abfalleimern, um etwas Essbares zu finden. Niemand hätte ihn Hungers sterben lassen, es war eher eine Lebensform, die er vorzog. Daher stand unser Urteil fest: Er ist ein Idiot.

Albert hatte Anders Nørre immer gegrüßt. Daran war nichts Ungewöhnliches. Die Idioten der Stadt waren Allgemeinbesitz. Wir redeten mitleidig und herablassend mit ihnen, duzten sie und schlugen ihnen auf die Schulter. Sie hatten nicht dieselben Rechte.

Albert fuhr mit seiner Befragung über den sonntäglichen Kirchgang fort, und Anders Nørre beantwortete bereitwillig alle Fragen. Seine Stimme verriet nicht einen Augenblick, welche Gedanken oder Gefühle der Gottesdienst in ihm ausgelöst hatte. Eigentlich ein Wunder, dachte Albert, dass seine Stimme trotz ihrer Leblosigkeit so angenehm klingt. Es war wohl nur diese Menschlichkeit in seiner Stimme, die ihn daran hinderte, in Anders Nørre einen Papagei zu sehen, der über ein sehr gut entwickeltes Talent zum mechanischen Auswendiglernen verfügte und über nichts anderes. Auch seine Fähigkeit, schwierige Rechenaufgaben zu lösen, hatte ja etwas Seelenloses. Doch eine Seele musste es irgendwo dort drinnen geben. Davon war Albert überzeugt. Ein vor sich hin dämmernder Menschenverstand, um den sich niemand gekümmert, den niemand gepflegt oder entwickelt hatte, und nun war es wahrscheinlich zu spät.

Anders Nørre hatte den Arm zurückgezogen. Es gab keinen Grund, dass Albert ihn stützte, er war bei dem Angriff der Jungen nicht zu Schaden gekommen. Wenn er verängstigt war, verrieten es seine wie immer starren Gesichtszüge jedenfalls nicht.

Sie gingen über den Marktplatz und durch die Markgade hinaus zur Reeperbahn, bis sie kurz vor den Feldern Anders Nørres Schuppen erreichten. Auf dem letzten Stück des Weges hatte Nørre seinen Begleiter mit einer wörtlichen Wiedergabe von Pastor Abildgaards Sonntagspredigt unterhalten, doch plötzlich erstarrte Albert. Er kam ihm mit einem Mal so vor, als würde sich der Papagei an seiner Seite mit einer dringlichen Botschaft direkt an ihn wenden.

Er blieb stehen und starrte Nørre ins Gesicht. Er schien nichts zu bemerken. Seine Stimme blieb unverändert in der gleichen Tonlage. Ungewöhnlich jedoch waren seine Worte. Konnte es wirklich Pastor Abildgaard sein, der dafür verantwortlich war, oder hatten die Worte einen ganz anderen Ursprung, aber welchen? Nørres Seele, die überraschend erwacht war?

«Du standest in der Kraft deines Lebens», sagte der Mann neben ihm, und gerade weil Nørre niemanden dabei ansah und seine Tonlage sich die ganze Zeit über nicht änderte, schien es, als kämen die Worte von einem anderen Ort, als nähme Nørre in diesem Moment die Würde und Autorität eines Orakels an.

«Du hast gespürt, dass die Welt deine Kraft brauchte, und du hast dich glücklich dabei gefühlt. Aber dann veränderte es sich. Deine Kraft schwand, und die Welt zog sich von dir zurück. Du fühltest dich einsam. Die Welt war wie ein großes Lächeln, das dich lockte und anzog. Aber dann veränderte es sich. Schwere und harte Zeiten kamen, und das Lächeln der Welt verschwand hinter drohenden Wolken. Du lebtest ein Leben voller Liebe. Aber dann veränderte es sich. Dein liebster Schatz wurde dir genommen.»

Albert schluckte. Die Worte berührten ihn auf sonderbare Weise. Als ob jemand ihn direkt ansprach, nur ihn. Er dachte, wo es einen Mund gibt, gibt es auch ein Ohr. Endlich würde er sich der Bürde der Einsamkeit entledigen können. Endlich konnte er das, womit er zurechtkommen musste, teilen. Es stimmte ja jedes Wort, das gesagt wurde. Die Kraft war ihm genommen, das Glück des Lebens, diese Welt, in der er etwas gefunden hatte, das er liebte, in der es an nichts gemangelt hatte. Mit dem Urheber dieser Worte konnte er seine Not teilen. Aber wer war es? Pastor Abildgaard? Er glaubte es einfach nicht. Nørre? Ein noch unmöglicherer Gedanke. Oder ein unbekannter Dritter? Wer sollte das sein?

Einen Augenblick war er vollkommen in Gedanken versunken. Dann hörte er wieder Nørres Stimme. Die sonntägliche Predigt näherte sich ihrem Ende. Es waren die altbekannten Themen, die nun auftauchten, und Sonntag für Sonntag gleich. Gottes Wege, Golgathas Kreuz, Jesu Liebe, und diesen Sonntag wurde das Wort Liebe ein ums andere Mal wiederholt: Jesu Gedanken aus Liebe, Jesu Hilfe aus Liebe, Jesu Auferstehung aus Liebe. Es waren die gleichen Banalitäten, die die Religion immer als Antwort auf die Schwierigkeiten des Lebens anbot. Also schien es doch Abildgaard zu sein.

Einen Augenblick war es dem Pastor gelungen, direkt zu seiner Seele zu sprechen. Aber Albert brauchte die Religion nicht. Er brauchte keinen Trost oder Schmus. Doch hatte er selbst auch keine Worte für das, was er brauchte. Möglicherweise nur eines: ein Ohr, aber nicht das des Pastors.

Was wusste Abildgaard denn über diese Dinge, über die er wohl reden konnte, die er aber nicht kannte: von den Lebenden verstoßen und an einer dunklen und unbekannten Knochenküste angespült zu werden, die von Toten bevölkert ist, zu denen man doch nicht gehört.

Albert schüttelte sich wie ein nasser Hund. Ihm war kalt. Irgendetwas in ihm zitterte. Er trat zusammen mit dem einzigen Bewohner in den Schuppen. Nørre setzte sich sofort aufs Bett und begann, Kabelgarn zu zupfen. Nichts in seiner Miene verriet, ob er seinen Gast willkommen hieß oder es vorgezogen hätte, wenn er wieder verschwand. Da es keine anderen Möbel gab, setzte Albert sich neben ihm aufs Bett. Der Schuppen war nicht geheizt, und möglicherweise war es die Winterkälte, welche die unangenehmsten Gerüche fernhielt, denn appetitlich ging es in dem Schuppen nicht gerade zu.

«Träumst du nie, Anders?»

Albert sah Nørre an und versuchte, seinen Blick zu erhaschen. Er zeigte wie gewöhnlich keinerlei Regung.

Albert beugte sich vor und starrte auf den Boden. Einen Moment schien er Selbstgespräche zu führen. Oder zu dem unsichtbaren Ohr zu sprechen, das er so lange gesucht hatte.

«Siehst du», sagte er, «ich habe ziemlich sonderbare Träume.»

Er spürte die Erleichterung. Es war das erste Mal, dass er jemandem von seinen Träumen erzählte, und er hatte das Gefühl, als würde der Druck in diesem Augenblick nachlassen.

«Ich träume so viel vom Tod. Ich sehe Schiffe untergehen, und Männer werden erschossen und ertrinken. Es sind Menschen hier aus der Stadt, die ich kenne.»

Es erfolgte keinerlei Reaktion. Was hatte er auch erwartet? Es war ja keine Beichte, es sei denn, man hält eine Beichte in die leere Luft oder die blanke Wand für eine Beichte. Wie konnte er auf eine Resonanz von diesem Verrückten hoffen? Er kannte die Antwort gut genug. Weil er sich selbst auf dem Weg in das dunkle Land des Wahnsinns befand, auf einem unbekannten Territorium, in dem die Wahnsinnigen sich mühelos bewegten, in dem er allerdings ein Anfänger war. In gewisser Weise bat er um Hilfe.

Albert wurde vom Schweigen des anderen überwältigt und wusste nicht, wie er weitermachen sollte. Er blickte auf. Es war doch etwas geschehen. Anders Nørres Hände lagen still in seinem Schoss, und in seinem Blick lag ein Glanz, der möglicherweise darauf hinwies, dass es in ihm doch noch etwas anderes gab als nur die mechanischen Lösungen von Rechenaufgaben.

«Hast du auch diese Art von Träumen?»

Er ließ seine Stimme so sanft wie möglich klingen, als er die Frage stellte. Es schien, als versuchte er, Anders Nørres verborgene Seele zu erreichen. Doch er wusste, dass er eigentlich nach seiner eigenen Seele tastete.

Anders Nørre erstarrte. Dann sprang er mit einem Brüllen auf. Die angenehme Stimme war verschwunden. Stattdessen entfuhr ihm ein raues, unartikuliertes Brüllen. Er lief zur Tür und riss sie auf, drehte sich noch einmal um und sah Albert mit aufgerissenen Augen an, bevor er in der Dämmerung verschwand.

Albert blieb auf dem Bett sitzen. Es gab keinen Grund, dem Verschwundenen nachzulaufen. Er wusste, dass Nørre sich auf eine seiner langen Touren über die Felder begeben hatte und erst in einigen Tagen wieder auftauchen würde. Albert konnte sich nicht erheben. Nørres Reaktion hatte ihn gelähmt. So schlecht war es also um ihn bestellt. Sogar ein Idiot fand ihn grauenerregend. Sogar in dem dunklen Land, in dem Anders Nørre sich so sicher bewegte, erschien er wie ein Ungeheuer.

Träumt er so wie ich?, dachte Albert. Oder ist er wie die Tiere, die ein Erdbeben lange vor den Menschen ahnen und in der Nacht, bevor die Erde aufreißt, ängstlich heulen?

*   *   *

Der Ausbruch des Krieges erschien Albert als Erleichterung.

«So kann es gehen», konstatierte er für sich. «Wenn man etwas lange genug fürchtet, kann selbst die Erfüllung der schlimmsten Vorahnungen zu einer Befreiung werden.»

Wie er reagieren würde, wenn die Seeleute der Stadt zu sterben begannen, wusste er nicht. Aber einen Moment lang fühlte er sich weniger einsam. Er konnte nun mit den anderen über den Krieg diskutieren.

Vorläufig erklärte Dänemark sich neutral. Der Kriegsausbruch hatte dennoch Konsequenzen für unsere Stadt. Alle Frachten wurden sofort annulliert, und Marstals Flotte musste bereits im August in den Winterhafen. Es war ein merkwürdiger Anblick, als die Schoner den Hafen mit ihrem Wald aus Masten füllten, während die Sonne noch hoch am Himmel stand und die Kinder sich zwischen den aufgelegten Schiffen im Wasser tummelten. In den vorhergegangenen Jahren war die Konjunktur stetig gestiegen, und die Seeleute der Stadt verfügten nach wie vor über genügend Geld. Das war an den Wirtshäusern zu sehen. Die Unrast über den plötzlichen Müßiggang und die unsicheren Zukunftsperspektiven schlugen sich im Suff nieder.

Im Oktober kam das Angebot der Kornladungen aus norddeutschen Häfen. Aber niemand wagte sich auf See. Die Seeversicherung deckte keine Fälle von Kriegsschäden, und die Deutschen hatten in der gesamten Ostsee schwimmende Minen ausgebracht. Die Anteilseigner mit kleinen Einlagen wollten ihr Geld nicht riskieren.

«Eine einzige gute Sache ist doch an dieser Stadt», schrieb Albert, «dass es hier keine rücksichtslosen Großreeder gibt, die für einen geringen Profit das Leben ihrer Mannschaften aufs Spiel setzen.»

Seine eigenen Schiffe befanden sich bei Ausbruch des Krieges weit von Europa entfernt, und für die Dauer des Krieges beließ er sie auch dort. Die Minengefahr fürchteten alle, denn alle besaßen Schiffsanteile. Auch die Nordsee war voller Minen.

Albert begann sofort, über die von Minen getroffenen Schiffe Buch zu führen. Dank ihrer klugen Vorsicht hatten die Marstaler vorläufig keine Verluste zu beklagen, doch bereits drei Wochen nachdem Deutschland Frankreich den Krieg erklärt hatte, sanken zwei dänische Dampfschiffe, die *Maryland* und die *Chr. Boberg,* in der Nordsee. Nur zwei Tage später lief ein Dampftrawler aus Reykjavik auf eine Mine und explodierte. Am dritten September verschwand ein weiteres dänisches Dampfschiff.

Albert führte seine Listen bis zum Jahresende weiter. Einige Male entdeckte er einen Namen aus seinen Träumen. Für ihn war es immer das gleiche schreckliche Erlebnis. Er war ja dabei gewesen und hatte gesehen, wie es geschah. Die Liste links, die seine nächtlichen Erscheinungen festhielt, war noch immer die längere. Es lag daran, dass der Krieg gerade erst begonnen hatte. Manch einer fabulierte über den raschen Zusammenbruch aller Fronten und das baldige Ende des Krieges, doch er widersprach mit einem Kopfschütteln. Aus guten Gründen konnte er uns gegenüber sein sicheres Nein nicht begründen.

«Es ist auch weiterhin mit sehr viel Tod zu rechnen», sagte er.

Wir hielten diesen unerwarteten Pessimismus bei einem Mann, den wir eigentlich nur mit seinem Glauben an die Zukunft kannten, für ein Zeichen von Altersschwäche. Albert Madsen hatte den Mut verloren.

Also behielt er seine Ansichten für sich.

Zugunsten der notleidenden Bevölkerung von Belgien wurde eine Sammlung veranstaltet. Bereits einige Monate nach seinem Ausbruch war uns der Krieg so fern, dass wir an die Not anderer denken konnten.

Albert ließ sich überreden, in ein Komitee einzutreten, das eine Ausstellung über die Schifffahrtsgeschichte der Stadt vorbereiten sollte. Das Eintrittsgeld wollten wir ohne jeden Abzug nach Belgien schicken.

Es kamen viele Besucher, die Ausstellung war ein Erfolg. Es wurden

alte Trachten aus Ærø gezeigt, kunstfertige Stickerei- und Klöppelarbei-
ten, Kerzenscheren aus Messing und einige mit hübschen Schnitzereien
verzierte Schränke und Sekretäre. Irgendeine Sehnsucht nach vergangenen Zeiten weckten die ausgestellten Gegenstände in uns allerdings
nicht. Eigentlich bewies das alles nur, dass die Gegenwart besser war
und sich alles ständig weiterentwickelte; besonders deutlich wurde dies
in der die Entwicklung der Seefahrt dokumentierenden Abteilung.
«Schaut mal», sagten wir untereinander und zeigten auf das ausge-
stellte Modell eines alten Marstaler Frachtseglers. «Nur vierundzwanzig Registertonnen. Und daneben der Dreimastschoner, der auf Sofus
Boyes Werft gebaut wurde. Er kann fünfhundert Tonnen zuladen – und
ist auch schon wieder fünfundzwanzig Jahre alt.»

Albert interessierte sich am meisten für die Stücke, die die Seeleute
der Stadt aus allen Teilen der Erde mit nach Hause gebracht hatten. Die
Muscheln, der ausgestopfte Kolibri und die große Sammlung von Säge-
zähnen des Sägerochens erinnerten ihn an seine eigene Jugend. Gedan-
kenverloren blieb er jedoch vor der Sammlung des Telegrafisten Olfert
Black stehen – es handelte sich um chinesische Teppiche und Stickereien,
ergänzt durch eine komplette und sehr kostbare Mandarintracht.

«Ja», sagte er zu Pastor Abildgaard. «Der Seemann weiß aus Erfahrung, dass es eigentlich keine Sitten und Gebräuche gibt.

Oder besser, dass es viele Sitten und Gebräuche gibt, nicht nur seine
eigenen. So machen wir das hier, sagt der Bauer auf seinem Erbhof. Nun
ja, so machen die das aber nicht, erklärte der Seemann, denn er hat mehr
gesehen. Der Bauer ist sich selbst Maßstab aller Dinge. Der Seemann be-
greift schnell, dass das für ihn nicht gilt. Jetzt herrscht Weltkrieg, und es
ist noch keine vierzehn Tage her, dass Russland, England und Frankreich
der Türkei den Krieg erklärt haben, weil die Türkei sich mit Deutschland
verbündet hat. Viele hundert Millionen Menschen führen Krieg gegeneinander, aber wird die Welt davon größer – oder kleiner? Die Schiffe
liegen still. Die Seeleute fahren nicht mehr hinaus und kehren auch nicht
mehr mit Berichten über Neues nach Hause zurück. Wir sitzen hier auf
unserer kleinen Insel und werden so dumm wie Bauern.»

«Das dürfen Sie aber nicht sagen. Da tun Sie den Bauern unrecht.»

Der Pastor stammte nicht von der Insel. Er hatte das Interesse des
Zugereisten an lokalen Besonderheiten, die er wahrscheinlich als un-

terhaltsame Kuriosa betrachtete; für diesen Teil der Ausstellung war er verantwortlich. Albert wusste von ihm, dass er an einer Ortsgeschichte der Stadt schrieb; Abildgaard bat ihn gelegentlich um Rat. Sie hatten ein freundschaftliches, wenn auch nicht inniges Verhältnis zueinander, und Albert war schon häufig der Gedanke gekommen, dass der Pastor besser einen ländlichen Pfarrbezirk hätte betreuen sollen als eine Seefahrtsstadt wie Marstal. Der Bauer stand der christlichen Grundanschauung durch seine der Scholle verbundene Lebensweise einfach näher als der Seemann. Zu lernen, den Nacken zu beugen und sich in die Hand des Schicksals zu begeben, war für Bauern nicht schwer. Obwohl der Seemann auch den Launen des Wetters und des Meeres ausgesetzt war, stellte er dennoch auch so etwas wie einen Herausforderer dar, war jemand, der sich widersetzte.

Irgendwelche Spannungen zwischen uns und dem Pastor existierten nicht. Der innerste Kreis der Gemeinde bestand aus alten Frauen, die sich gottergeben durch die Predigten des Pastors schliefen. Aber auch in den äußeren Kreisen gab es keinerlei Anzeichen von Widerspruch. Wir hatten das Gefühl, ein Pastor gehöre dazu, und da Abildgaard nie unsere Lebensweise in Zweifel zog, war das Verhältnis von gegenseitigem Verständnis geprägt.

«Sie dürfen die Bauern wirklich nicht als dumm bezeichnen», fuhr der Pastor fort. «Sie unterstützen doch auch die aufgeklärten Ideen, denen Sie, soweit ich weiß, anhängen. Sehen Sie sich nur die Volkshochschulen an. Die Seeleute dagegen – nun ja, gibt es überhaupt abergläubischere Menschen als sie? Und die neue radikale Zeitung hier im Ort, wie kann es sein, dass es ihr gar nicht gut geht, wenn nun Ihrer Ansicht nach die Seemannszunft so aufgeklärt, ja geradezu international orientiert ist? Und bei den Wahlen – haben Sie denn gar nicht bemerkt, dass die Wähler dieser Stadt durchweg konservativ stimmen? Wie erklären Sie sich das?»

Pastor Abildgaards Tonfall war spöttisch geworden.

«Tja, das liegt am Anteilseigentum», antwortete Albert. «Der Schiffsjunge läuft herum und fühlt sich als Kapitän, bloß weil ihm ein Hundertstel des Schiffs gehört. Und dann glaubt er, die Interessen des Kapitäns vertreten zu müssen.»

«Und, ist es denn falsch?», beharrte der Pastor. «Ihr eigenes Motto, das Sie obendrein in vierzehn Tonnen Granit meißeln ließen und unter Absingen patriotischer Gesänge enthüllten, ist doch, dass Einigkeit stark macht.»

«Ja, dieses Motto war beinahe sozialistisch gemeint.»

Der Pastor irritierte Albert, er wollte ihn provozieren.

«Wo wäre denn diese Stadt, wenn ihre Bürger es nicht verstünden zusammenzustehen? Wir verfügen über die zweitgrößte Flotte des Landes, obwohl die Stadt, was die Einwohnerzahl betrifft, vielleicht auf irgendeinem Platz weit hinten steht. Wir haben eine Seeversicherung auf Gegenseitigkeit, finanziert von den Seeleuten der Stadt. Und wir haben die Mole. Niemand von außerhalb hat sie für uns gebaut. Wir haben es selbst getan. Das kann man durchaus Sozialismus nennen.»

«Davon muss ich in meiner nächsten Sonntagspredigt berichten. Ich muss den erzkonservativen Bürgern dieser Stadt mitteilen, dass sie in Wahrheit Sozialisten sind. Normalerweise halte ich es für unschicklich, wenn in der Kirche gelacht wird. Aber am nächsten Sonntag wird es eine Ausnahme geben.»

Albert spürte, dass er keine gute Figur machte. Aber er wollte nicht aufgeben. Einen Augenblick schien sein alter Kampfgeist wieder zu erwachen.

«Nehmen Sie nur den Seemann», sagte er. «Er heuert auf einem neuen Schiff an. Er ist umgeben von lauter Fremden. Sie stammen nicht nur aus anderen Städten und Landesteilen, häufig auch aus ganz anderen Nationen. Aber er muss lernen, mit ihnen zusammenzuarbeiten. Seine Sprache passt sich an, er lernt nicht nur neue Wörter und andere Grammatiken, er macht auch die Bekanntschaft mit ganz anderen Denkweisen. Er wird eine andere Art von Mensch als derjenige, der sein Leben lang in derselben Ackerfurche pflügt. Und solche Menschen braucht die Welt, keine Nationalisten und Kriegstreiber. Das ist der Kern der seemännischen Lebensweise, von der ich fürchte, dass dieser Krieg sie zerstören wird.»

Der Pastor lachte erneut, bereit zu einer neuen geistreichen Antwort.

«Ja, und dann kommt dieser Internationalist heim nach Marstal, redet marstalerischer als je zuvor und behauptet, dass der Bauer, nur weil er ein paar Flurgrenzen entfernt wohnt, eine fremde Sprache spricht, die niemand versteht, und daher dumm sein muss. Ja, das ist ein richtiger Internationalist, den Sie da erschaffen haben, Kapitän Madsen. Da ziehe ich den Nationalisten vor. Sein Gemeinschaftsgefühl ist doch ein wenig umfassender. Es schließt nämlich oben und unten ein, Bauern und Seemann, Hauptsache sie haben eine gemeinsame Sprache und Geschichte. Und ich sehe auch nicht, dass dieses Gemeinschaftsgefühl in den momentanen unglücklichen Kriegsjahren zerstört wird. Im Gegenteil, ich finde, dass es zunimmt.»

Es verging eine so lange Zeit, bis Albert wieder etwas sagte, dass Pastor Abildgaard mit einem kleinen Triumphgefühl – er tat, was er konnte, um es zu verbergen – annahm, das Gespräch sei beendet. Er machte Anstalten, die Besichtigung der ausgestellten Gegenstände fortzusetzen.

Albert stand mit den Händen auf dem Rücken da und betrachtete mit einem grübelnden Blick seine Schuhspitzen. Dann räusperte er sich.

«In den Jahren vor dem Krieg …», sagte er, als er aufsah und Abildgaards Blick festhielt, «… sind Sie da häufig zur Dampskibsbro gegangen, um die Abfahrt der Fähre zu verfolgen?»

«Ja», antwortete Abildgaard, «das ist ja, mit Verlaub, die einzige Unterhaltung, die die Stadt zu bieten hat, na ja, abgesehen von der Ankunft der Fähre, die die Abfahrt an Spannung sogar noch übertrifft. Natürlich habe ich das getan.»

«Ist Ihnen dabei irgendetwas Besonderes aufgefallen?»

Der Pastor schüttelte den Kopf. «Nichts, woran ich mich erinnere.»

«Die ungewöhnlich große Anzahl Bauern, schwer beladen mit Gepäck.»

«Ich ahne, worauf Sie hinauswollen.»

Abildgaard lächelte entwaffnend, als wüsste er genau, dass er seines kleinen Triumphes von vorhin beraubt würde, als bereitete er sich vor, es wie ein guter Sportsmann zu nehmen.

«Ja, das tun Sie bestimmt. Aber ich werde es trotzdem sagen. Es waren Bauern auf dem Weg nach Amerika. Das geistige und kulturelle Rückgrat des Landes, mit uralten Erbhöfen und einem Land, das ihre Vorväter Hunderte von Jahren hindurch bestellt haben. Und dann lediglich ein treuloses Lebewohl. Während die Seeleute hier aus Marstal, diese wurzellosen, ruhelosen, vaterlandslosen Freibeuter …»

«Das habe ich nie gesagt», unterbrach ihn Abildgaard.

«… diese Schauerleute und Halunken, diese Strolche und halben Verbrecher, Trunkenbolde und Hurenböcke mit einem Mädchen in jedem Hafen, die ein Dänisch sprechen, das so sehr mit Wörtern aus allen

Kontinenten durchsetzt ist, dass nicht einmal ihre eigenen Mütter sie verstehen, mit Armen und Oberkörpern, die ebenso übersät sind von Tätowierungen wie eine Spielkarte mit Herzen, Karos, Schippen oder Kreuzen ...»

«Ich muss protestieren», wandte der Pastor ein. «So habe ich nie über die Seeleute gesprochen. Ich habe großen Respekt vor den Versorgern der Stadt.»

«Dazu haben Sie auch allen Grund. Umso mehr, da Sie noch nie die Seeleute der Stadt in einer Reihe mit Kommoden auf dem Rücken auf der Dampskibsbro haben stehen sehen, um nach Amerika auszuwandern. Es ist gut möglich, dass wir jahrelang unterwegs sind, aber wir kommen wieder nach Hause. Wir bleiben.»

*   *   *

Als es Frühling wurde, leerte sich der Hafen. Man hatte die Versicherung neu geordnet, so dass die Reeder keinen Verlust erlitten, wenn ein Schiff verloren ging. Der Frachtmarkt entwickelte sich von nun an nur in eine Richtung – aufwärts. Wir hatten Fahrten wie nie zuvor, nicht nur nach Norwegen, Westschweden und Island, sondern auch nach Neufundland, Westindien und Venezuela, ja sogar quer durch die Kriegszonen, nach England und in die französischen Kanalhäfen. Alles war wie immer, nur besser. Wir beschwerten uns über die Engländer, die eine Vielzahl lästiger Restriktionen für die Schifffahrt einführten und schamlos Geld für Lotsen und Schlepper forderten. Hier waren die Deutschen weit humaner. In den deutschen Ostseehäfen gab es Lotsen und Schlepphilfe umsonst.

Noch hatte Marstal nicht ein einziges Schiff verloren.

Dann begann der U-Bootkrieg.

Die Meldung über den ersten Verlust traf ein. Es war der Schoner *Salvador*, der am 2. Juni in Flammen aufging, an einem warmen Frühsommertag. Albert notierte es in der rechten Spalte seines Kontorbuchs. Schon bald würde sie sich füllen.

Es waren keine Toten zu beklagen. Die Besatzung kehrte heim und benahm sich, als hätte sie etwas Außerordentliches geleistet. Hoho, sagten sie in den Wirtshäusern der Stadt und auf der Straße, wenn Neugierige sich um sie drängten. Sie konnten sich nicht beklagen. Sicher, sie hatten ein Schiff verloren, aber das U-Boot hatte das Rettungsboot ein Stück abgeschleppt. Der Steuermann, Hans Peter Kroman, hatte eine Pfeife mit Tabak geschenkt bekommen; es war Tabak der Marke «Hamburg», übrigens ein ausgezeichneter Tabak, und Kapitän Jens Olesen Sand zwei Flaschen Cognac für die weitere Reise. Die deutsche U-Bootbesatzung? Feine Leute, ein bisschen blass vielleicht durch den Aufenthalt in der Tiefe, aber ansonsten ordentliche Seemänner.

«Wirklich schade», hatte Sand zu dem deutschen Kapitän gesagt, als sie an Deck des U-Boots standen und zusahen, wie die *Salvador* verbrannte.

«So ist der Krieg», hatte der U-Bootkapitän geantwortet und bedauernd die Achseln gezuckt.

Nein, er war kein Engländer, aber dennoch ein Gentleman. Als die Deutschen die Schleppleine kappten, hatten sie sogar noch höflich gefragt, ob die Besatzung der *Salvador* genügend Proviant an Bord des Rettungsbootes hätte. Sie hatten sich mit der gegenseitigen Versicherung getrennt, die ganze Geschichte nicht persönlich zu nehmen. Der Koch, der seine Mütze verloren hatte, bekam stattdessen einen Südwester. Am Tag darauf wurden sie von einem englischen Trawler aufgefischt, auch sie feine Leute.

Einige Monate später traf die Mitteilung der deutschen Regierung ein, dass das Versenken der *Salvador* unberechtigt erfolgt sei. Sand bekam ein Entschuldigungsschreiben von Kaiser Wilhelm persönlich sowie einen Betrag von siebenundzwanzigtausend Kronen, der der Versicherungssumme entsprach.

Einige Monate später brannte der nächste Schoner. Es war die *Cocos*. Albert konnte seiner rechten Spalte einen weiteren Namen hinzufügen.

Auch diesmal kam die Mannschaft nach Hause und erzählte vom Krieg wie von einem großen Spaß. Das U-Boot hatte die Besatzung zu dem Marstaller Schoner *Karin Bak* gebracht, der sich in der Nähe aufhielt. Die *Karin Bak* kam unbeschadet davon, allerdings hatte Kapitän Albertsen die Schiffbrüchigen an Bord zu nehmen. Dann hatte das U-Boot kehrtgemacht, aber nur, um wieder mit den Kleidern der Besatzung der *Cocos*, die sie in der Eile vergessen hatten, aufzutauchen.

«Tja, bitte, was sagst du nun? Das ist richtige Dienstleistung, wenn die deutschen U-Boote in den Krieg ziehen!»

«Wieso habt ihr sie nicht gefragt, ob sie euch nicht auch noch die Unterhosen waschen, wenn sie schon mal dabei sind?», wollte Ole Mathiesen unter allgemeinem Gelächter wissen.

Über die Telegrammticker kamen die Nachrichten von fürchterlichen Verlusten an allen Fronten. Aber in Marstal beschlossen wir, dass der Krieg ein Fest war.

Albert führte seine Bücher. Es wurde zu einer Art Obsession für ihn. Er hatte das Gefühl, als läge eine Botschaft darin, deren Bedeutung nur noch niemand kannte. Die Zahlen hatten Beweiskraft. Er legte Listen über die Preise der lebensnotwendigen Waren in Marstal an: Schwarzbrot, Butter, Margarine, Eier, Rindfleisch, Speck. Er verfolgte die Heuern der Mannschaften, die Kriegszulagen, die Zulagen für europäische Transporte oder Reisen nach Übersee, die Unfallversicherung bei Tod oder Invalidität. Er beobachtete den Frachtmarkt und die Schiffspreise, die Börsenkurse und die Devisennotierungen.

All dies erledigt ein Schiffsmakler, wenn er seiner Arbeit ordentlich nachgeht. Legt er aber auch lange Listen über von Minen zerstörte Boote an, über Schiffe, die durch Torpedos oder Brand vernichtet wurden, über gefallene Nordschleswiger und die Zahl englischer Verluste am 9. Januar 1916? Vierundzwanzigtausendeinhundertzweiundzwanzig getötete Offiziere und fünfhundertfünfundzwanzigtausenddreihundertfünfundvierzig getötete Unteroffiziere und Gemeine. Unvorstellbare Zahlen, schreibt er, und gerade darum hinterlassen sie keinen Eindruck. Aber warum notiert er sie dann? Wieso nennt er sie immer wieder in den Gesprächen, die er mit uns führt?

Warum hat ein Schiffsmakler und Reeder in einer kleinen Hafenstadt eines neutralen Landes, das nicht am Weltkrieg und – so könnte man sagen – damit in gewisser Weise auch nicht an der Welt teilnimmt, eine rechte und linke Spalte über untergegangene Schiffe, wobei die linke Spalte die Schiffe aufführt, die er im Traum hat untergehen sehen, und die rechte diejenigen, die einige Zeit später tatsächlich draußen im Meer der Realität gesunken sind? Was will er?

Im ersten Kriegsjahr verlor die Stadt sechs Schiffe. Im Jahr darauf nur eines. Bisher war noch niemand umgekommen. Millionen Tote jenseits des Blickfeldes. Doch wir hatten keine Toten im Blick, sondern etwas anderes, leichter zu Erfassendes: Der Frachtmarkt zog an, neu gebaute Schiffe fuhren ihr Startkapital innerhalb eines Jahres wieder ein, die Heuern verdreifachten sich. Bereits 1915 begannen auch die Schiffspreise zu steigen. Sogar ältere Holzschiffe, ramponiert von vielen Jahren auf See, konnten zu Preisen verkauft werden, die doppelt so hoch waren wie in gewöhnlichen Zeiten. Am Ende des Jahres hatten sich die Preise verdreifacht. Und diese Tendenz setzte sich das gesamte folgende Jahr fort. Das berühmteste Schiff der Stadt, die *Agent Petersen*, die 1877 als schnellstes Schiff von Südamerika nach Afrika gesegelt war, wurde auf fünfundzwanzigtausend Kronen geschätzt, aber für neunzigtausend Kronen verkauft.

Marstal begann, seine Flotte zu verlieren, aber nicht an die U-Boote.

Albert hatte seine rechte und seine linke Spalte. Aber er stellte fest, dass es noch eine dritte gab, vor der ihn seine Träume nie gewarnt hatten – und diese dritte Spalte füllte sich am schnellsten. Er legte in seinem Buch eine Liste der verkauften Schiffe an und verfolgte, wie sie die beiden anderen überholte. Diese Liste war undramatisch. Sie registrierte weder Träume noch Tote, doch sie brachte der Stadt einen seltsam hektischen Wohlstand. Plötzlich gab es überall Geld im Überfluss. Die Häuser wurden neu gestrichen und renoviert. Die sonst so bescheiden angezogenen Frauen trugen die ganze Woche ihre Sonntagskleider. Die Kaufleute der Stadt boten neue und teurere Waren an. Die einst so sparsamen Marstaler lebten, als ob es kein Morgen gäbe.

Doch nicht die Todesangst vor dem Krieg war die Ursache dieses Fiebers. Es war der Rausch, der von dem Geld ausging.

*   *   *

Und schließlich kam der Krieg auch nach Marstal, allerdings mit einem anderen Gesicht als dem eines Festes. Endlich, ja, so dachte und schrieb er. Einen Moment schien es, als sollte die Mauer, die Albert von allen anderen trennte, doch noch fallen. Was er wusste, sollten alle wissen. Menschen kamen nicht länger nur in seinen einsamen Träumen um. Auch in der Wirklichkeit wurden sie erschossen, sie ertranken, erfroren oder starben vor Erschöpfung und Durst. Die Überlebenden kehrten nach Hause zurück und berichteten, was er aus seinen Träumen bereits kannte. Andere verschwanden spurlos.

Vom königlichen Gesandten in Berlin traf die Nachricht ein, dass die *Astræa* verschwunden war. Niemand wusste etwas über den Ort und die Umstände. Sieben Besatzungsmitglieder wurden vermisst, unter ihnen zwei Marstaler, Kapitän Abraham Christian Svane und Steuermann Valdemar Holm. Ein Färöer und ein Matrose von den Kapverden waren unter den Übrigen.

Albert hatte sie sterben sehen. Er hatte gesehen, wie sie zwischen herumfliegenden Holzsplittern eines Rettungsbootes, das beschossen wurde, um ihr Leben kämpften. Es war ein ruhiger, bedeckter Tag. Das Meer lag da wie graue Seide. Er hatte gesehen, wie sich das Wasser wieder schloss, als die Lungen dort unter der Oberfläche aufgaben und die letzte Luftblase zerplatzt war.

Deutschland hatte den totalen U-Bootkrieg erklärt. In den vorausgegangenen Jahren verlor Marstal sechs Schiffe, nun waren es innerhalb eines Jahres sechzehn. Allein im April wurden sechs Schiffe versenkt. Im Monat darauf waren es vier. Die Überlebenden kehrten heim, gezeichnet von ihren Erlebnissen, nicht bereit, bei einem zufälligen Trinkgelage im Mittelpunkt der Aufmerksamkeit zu stehen. Hier kam die Besatzung der *Freden*, die mit ansehen musste, wie ihr Kapitän und der Bootsmann vor ihren Augen erschossen wurden; dann trieben sie tagelang in einem lecken Boot umher, während zwei weitere Besatzungsmitglieder starben. Sie blieben zu Hause bei ihren Familien oder bogen unvermittelt in eine Gasse, wenn ein Bekannter ihren Weg kreuzte.

Die *Hydra* verschwand mit sechs Besatzungsmitgliedern an Bord spurlos. Nicht alle stammten aus Marstal, aber für die Stadt war der Verlust spürbar.

Nun taten sich Löcher in der Reihe auf.

*   *   *

Pastor Abildgaard betrat Jørgensens Kolonialwarenhandlung in der Tværgade. Der Eigentümer, dessen voller Name Kresten Minor Jørgensen lautete, war ein ehemaliger Steuermann, der an Land gegangen war und nun das Geschäft in einer Kombination aus Kaufmannsladen und Schiffshandel betrieb. Er stand selbst hinter dem großen Holztresen, ein kleiner, gebückter Mann mit einem kahlen, gleichsam blank polierten Schädel, der an Sommertagen, wenn er in seiner kurzen Khakijacke spazieren ging, die Sonne reflektierte, so dass Passanten die Augen zusammenkneifen mussten.

Als Abildgaard in den Laden trat, schrillte die kleine Glocke über der Tür mit einem lauten, irritierenden Geräusch. Auf einer langen Holzbank rechts neben der Tür saßen ein paar alte Skipper und plauderten.

Worüber sie sich unterhielten, erfuhr Abildgaard nie.

Sowie er die Tür hinter sich geschlossen hatte, herrschte Totenstille.

Totenstille war das richtige Wort. Als hätte der Tod zusammen mit ihm den Laden betreten.

Jørgensen tat einen Schritt hinter den Holztresen. Sein Unterkiefer fiel herunter. Er sperrte die Augen in einer Weise auf, die Abildgaard veranlasste, sich umzudrehen, da er glaubte, der Kaufmann hätte durch die offene Tür irgendetwas Schockierendes auf der Straße gesehen. Die beiden alten Kapitäne schauten abwechselnd den Pastor und den Kaufmann an, als erwarteten sie einen Auftritt von ungeheurer Wichtigkeit.

«Guten Tag», sagte Abildgaard mit unsicherer Stimme, bereits befangen durch die merkwürdig angespannte Atmosphäre.

Jørgensen antwortete nicht.

Abildgaard trat an die Ladentheke, um zu bestellen. Jørgensen ging einen weiteren Schritt zurück und streckte die Hände aus. Sein Mund stand noch immer offen. Er sah aus, als hätte er das Atmen eingestellt. Sie starrten sich an, der Kaufmann offensichtlich kurz vor der Bewusstlosigkeit, der empfindsame Abildgaard im Zustand zunehmender Lähmung.

Die Stille wurde erst unterbrochen, als einer der Skipper von der Bank aus ziemlich weit in eine glänzende Messingschale in der Ecke spuckte. Das Geräusch ließ Jørgensen aus seiner Starre erwachen.

«Nun ja, so sagen Sie es schon, Mensch, sagen Sie es doch!», brach es aus ihm heraus.

«Ein Pfund Kaffee. Aber er soll frisch gemahlen werden», sagte Abildgaard mechanisch, während er wörtlich die Ordre seiner Frau wiederholte, als sie ihn in die Stadt schickte.

Jørgensen schlug die Hände vors Gesicht. Im entfuhr ein merkwürdig prustendes Geräusch, irgendwo zwischen Lachen und Weinen.

«Kaffee, Kaffee, er will einfach nur Kaffee!», kicherte er hinter dem Gitter seiner Hände.

Er fing unkontrolliert an zu lachen. Er ging zur Kaffeemühle und schüttete Bohnen in eine Tüte. Seine Hände zitterten bei seinem Lachanfall, und er verstreute Bohnen über die Theke und den Boden.

Dann wurde er ernst.

«Der Kaffee ist heute gratis, Pastor.»

Abildgaard war inzwischen empört.

«Würde mir jemand freundlichst erklären, was hier eigentlich vor sich geht?», fragte er mit der eisernen Stimme, die er auch immer auf der Kanzel verwendete.

«Es ist nur so, dass Jørgensen glücklich ist», kam es von einem der Skipper auf der Bank hinter ihm.

Abildgaard sah Jørgensen an und legte all seine Autorität in den Blick.

«Wenn das hier irgendein Scherz sein soll, will ich Sie nur wissen lassen, dass ich das überhaupt nicht komisch finde.»

Jørgensen schlug den Blick nieder, während gleichzeitig ein glückliches Lächeln seinen Mund umspielte. Er rieb sich verlegen über seine blanke Glatze, als wollte er sie zu Ehren des Pastors besonders glänzend polieren.

«Nun ja, der Herr Pastor müssen wirklich entschuldigen. Ich dachte doch, Sie kommen wegen Jørgen.»

«Jørgen?»

«Ja, Jørgen, meinem Sohn. Er ist doch Matrose auf der *Maagen*. Na ja, ich hatte schon Angst, dass Sie kommen, um mir zu sagen, dass man das Schiff torpediert hat und Jørgen … Jørgen …»

Er schluckte, als ob die gerade überstandene Angst noch immer in ihm steckte.

«Ja, also, dass Jørgen …» Der Kaufmann räusperte sich. «… untergegangen ist.»

Abildgaard hatte Furcht, sich auf der Straße zu zeigen. Es wurde ihm klar, dass die Menschen glaubten, wann immer er den Pfarrhof in der Kirkestræde verließ, sei er unterwegs, um eine Todesnachricht zu überbringen.

Sein leichtes, unbeschwertes Gemüt ertrug das nicht. Er war zum Boten des Todes geworden, einem schwarzen Raben mit Mühlsteinkragen, eingesperrt in die niedrigen Stuben der Trauer. In langen Atemzügen rang er nach Luft und meinte, er müsse ersticken, obwohl er doch mit den Hinterbliebenen über die Gnade und den Gedanken der Liebe Jesu sprechen sollte, über Jesu Hilfe durch die Liebe, über seine Auferstehung aus Liebe. Doch er sprach die Worte seltsam hilflos und zögernd aus, als wären sie nicht länger eine Antwort auf die Fragen der Trauernden.

Schon früher musste er Familien Trost spenden, die einen Vater oder einen Sohn verloren hatten. Nun war es die Zahl der Toten, die es so unerträglich machte. Sie waren so zahlreich wie ein Starenschwarm, der sich zum großen Vogelzug im Herbst versammelt. Sie hingen über der Stadt wie eine Sturmwolke, die die Sonne verdeckt, und wie ein rußigschwarzer Regen aus zerplatzenden Hoffnungen fiel eine Nachricht nach der anderen über den Tod eines Vaters, eines Bruders oder eines Sohnes auf die Dächer der Stadt.

Pastor Abildgaard wurde scheu und hielt sich am liebsten innerhalb seines Hauses auf, mit Ausnahme der Sonntage, an denen er die hundert Meter zur Kirche gehen musste, und der Begräbnisse. Sie waren glücklicherweise nicht zahlreicher als gewöhnlich. Nach Hause kamen die Toten ja nicht.

Stattdessen ging Anna Egidia Rasmussen, die Witwe des Marinemalers Carl Rasmussen, von dem die Altartafel in der Kirche stammte, mit den Todesnachrichten zu den betroffenen Familien. Seit vielen Jahren war sie die Stuben der Trauer gewohnt und empfand eine gewisse Berechtigung für diese Tätigkeit. Sie hatte ihren Mann verloren, als er unter ungeklärten Umständen während einer Reise nach Grönland über Bord fiel. Seither hatte sie von sieben ihrer acht Kinder Abschied nehmen müssen, die alle im Erwachsenenalter gestorben waren. Nur eine einzige Tochter, Augusta Kathinka, lebte noch, allerdings in Amerika.

Anna Egidia Rasmussen wohnte in der Teglgade, in einem großen Haus mit hohen Fenstern, das ihr Mann entworfen und in dem er auf dem Dachboden sein Atelier gehabt hatte. Im Viertel um die Teglgade war sie den Familien, die von einem Verlust auf See betroffen waren und sich plötzlich von einem Vater, einem Bruder oder Sohn verabschieden mussten, seit vielen Jahren eine große Hilfe und Trost. Sie besaß eine merkwürdige Gabe. Sie konnte vorweinen, wie jemand vorsingen kann. Es war eine Kunst. Ihr Weinen waren keine Gefühle, die sich unkontrolliert in Tränen verwandelten, wie die meisten glaubten. Es war im Gegenteil eine Art Kanalisation der Gefühle, die sie in die richtige Richtung lenkte. Gelassenheit stellte für sie eine Lebensaufgabe dar. Das war wohl auch notwendig bei einem Nervenbündel wie ihrem Mann. Der Maler Carl Rasmussen mit seinem empfindsamen Gemüt konnte verschlossen und grüblerisch sein. Stundenlang hatte er am Strand gestanden und auf das Meer gestarrt, egal, welches Wetter herrschte, gleichgültig gegenüber seiner Gesundheit. Schließlich musste sie ihn nach Hause bringen, steif gefroren und hustend, während er zwischen den Hustenanfällen darum bat, in Ruhe gelassen zu werden. Hinterher lag er vor Fieber glühend im Bett und klapperte mit den Zähnen. Dann war ihre Gelassenheit gefragt, diese Gelassenheit, die der Grund seiner Vorwürfe war, ihr fehle es an Verständnis für seine Natur, und sie wolle seine Begeisterung und Phantasie nicht mit ihm teilen.

Die Witwe wurde in vielen Häusern zum Gast Nummer zwei. Zuerst kam der Tod, dann kam sie. Nicht nur bei den vielen Enkelkindern ihrer eigenen Familie, sondern im ganzen Viertel um die Teglgade wurde sie zur Stütze aller. Wenn jemand starb, holte man sie. Sie kam in ihrem zerschlissenen schwarzen Seidenkleid, setzte sich mitten in die Stube, schickte die Erwachsenen fort und nahm die Kinder bei der Hand. Wurde eine Mutter krank und musste ins Krankenhaus, während der Mann auf See war, nahm sie die Kinder zu sich. Immer wieder wurde sie gebeten, bei einer Taufe das Kind zu halten, als hätte sie die Rolle übernommen, sowohl das Tor ins Leben als auch das aus dem Leben zu bewachen.

«Nun ist auch er an der Knochenküste gestrandet», dachte Albert, als er von Pastor Abildgaards Verfall hörte. «Er wusste so gut darüber zu reden, dass es selbst mich ergriffen hat. Aber er kannte sie nicht. Nun kennt er sie. Und jetzt schweigt er.»

Albert ging in den Pfarrhof und meldete sich zu dem gleichen Dienst wie die Witwe. Er fühlte sich durch seine Träume dazu verpflichtet.

Er wurde in das Studierzimmer des Pastors geleitet. Abildgaard saß am Fenster und starrte in den Garten. Die Blutbuche stand dort draußen, dunkel und düster, als würde sie Frühjahr und Sommer nicht kennen, sondern in einem ewigen Herbst verweilen, an den Batträndern bereits schwarz verbrannt vom Frost. Doch die Rosenbeete, der Stolz von Frau Pastorin, blühten.

Abildgaard erhob sich und gab Albert die Hand. Dann kehrte er an seinen Platz am Fenster zurück. Albert brachte sein Anliegen vor. Lange sagte der Pastor nichts. Er vergrub sein Gesicht in den Händen.

«Es sind die Nerven …», entfuhr es ihm unvermittelt.

Seine schmalen Schultern bebten. Er nahm die Stahlbrille ab und legte sie auf den Schreibtisch vor sich. Dann drückte er die Hände in seine Augenhöhlen wie ein Kind, das sich ganz dem Weinen ergibt; Tränen rollten über seine glatt rasierten Wangen.

«Sie müssen wirklich entschuldigen», stammelte er, «es war nicht meine Absicht …»

Albert stand auf und ging auf den Pastor zu. Er legte ihm die Hand auf die Schulter.

«Da gibt es doch nichts zu entschuldigen.»

Der Pastor ergriff mit beiden Händen Alberts Hand und hielt sie sich an die Stirn, als wollte er einen Schmerz in seinem Kopf lindern.

Sie schwiegen lange, bis Abildgaard sich ausgeweint hatte. Er setzte die Stahlbrille wieder auf die Nase. Albert wollte sich gerade verabschieden, als er auf dem Schreibtisch des Pastors einen schwarzen Gegenstand entdeckte, der ihn an eine Klaue erinnerte. Aber eine Vogelkralle war es nicht. Eher glich sie einer abgehackten Menschenhand mit fünf Fingern und gelblichen, elfenbeinfarbenen Nägeln.

«Was ist denn das?»

«Ja, genau das ist ja so entsetzlich. Ich weiß nicht, was ich machen soll.»

Abildgaard klang, als überkäme ihn ein neuer Weinkrampf.

Albert nahm den Gegenstand und hielt ihn sich vor die Augen.

«Nein. Sie dürfen es nicht anfassen. Es ist so ekelhaft.»

Es war eine Menschenhand. Albert dachte sofort an den Schrumpfkopf. Die Konservierungstechnik war eine andere. Die Hand war höchstwahrscheinlich geräuchert und in der Hitze eines Feuers getrocknet worden.

«Woher stammt die?», fragte er.

«Sie kennen doch Josef Isager. Er wird doch der Kongo-Lotse genannt», antwortete der Pastor.

Albert nickte. Josef Isager war vor vielen Jahren Lotse auf dem Kongo gewesen. Er hatte für den belgischen König Leopold gearbeitet und war mit einer Medaille für treue Dienste nach Hause gekommen. Er sprach nicht gern über seine Jahre dort unten, doch die Nachbarn sagten, dass sie bisweilen mitten in der Nacht von lautem Schreien aufwachen würden. Es war Josef Isager. Eines Nachts hatte er im Schlaf das Fußstück seines Betts zertreten. Es hatte einen gewaltigen Schlag getan, als das große Mahagonibett auseinanderfiel und der ehemalige Lotse auf dem Fußboden landete. Er war aufgesprungen und hatte mit den Möbeln um sich geworfen, als wären es Feinde, mit denen er sich in einem Kampf auf Leben und Tod befand. Das Bettzeug, das in einem unordentlichen Haufen auf der Erde lag, war schweißdurchtränkt. Es sei die Malaria, behauptete er selbst.

Albert, der von der Geschichte des nächtlichen Tumults in Josef Isagers Haus gehört hatte, vertrat eine andere Theorie. Es war nicht die Malaria. Josef Isager quälten Albträume über Afrika.

«Und dann kommt er mit einer abgehackten Hand hierher zu mir. Einer Hand – einer Menschenhand! ‹Was soll ich Ihrer Meinung nach damit tun?›, frage ich ihn, als ich die Fassung wiedergefunden hatte. ‹Geben Sie ihr ein christliches Begräbnis›, sagt er. ‹Wessen Hand ist es?›, will ich wissen. ‹Keine Ahnung›, antwortet er. ‹Irgendein Negerweib. Zum Teufel, Pastor!›, sagt er zu mir. Und dann schaut er mich drohend an. Ich sollte Ihnen so etwas möglicherweise nicht anvertrauen, Kapitän Madsen, aber der Mann war mir wirklich unheimlich.»

Albert nickte. Diesen Eindruck hatte auch er vom Kongo-Lotsen. Josef Isager war ein harter Hund. Aber davon gab es viele. Das Leben hatte ihnen Fußtritte versetzt, und sie hatten zurückgetreten. Er, der Sohn des alten Lehrers Isager, und Albert waren zusammen in die Schule gegangen, und Josef war in dem Krieg zwischen den Jungen und ihrem brutalen Quälgeist gefangen, ohne die Seiten wählen zu können. Egal, auf welche Seite er sich schlug, er war doch ein Verräter. Er hatte seinen Bruder geschlagen, den ewig heulenden Johan. Dann war er zur See gegangen, und niemand wusste, was er dort erlebt hatte. Neue Qualen und neue Opfer, an denen er sich abreagieren konnte, sicher, so wird es gewesen sein. Vielleicht war es ja auch ein Ausweg, hatte Albert gedacht. Schließlich war das Meer diese große Ferne, in der ein Junge die Misshandlungen seiner Kindheit hinter sich lassen und sich selbst neu entdecken konnte.

Wir hatten Josef viele Jahre nicht gesehen. Wir hörten, dass er von Antwerpen aus in den Kongo gegangen war. Er befuhr die großen Flüsse. Dann kehrte er zurück nach Dänemark, kam aber nicht nach Marstal. Er zog wieder hinaus. Afrika war ihm ins Blut übergegangen, wir wussten nicht, warum. Dann endlich kam er zur Ruhe. Er arbeitete als Havarieexperte, zunächst in Kopenhagen, dann in Marstal. Maren Kristine, seine Ehefrau, die er in seiner Jugend geheiratet hatte, stammte hier aus der Stadt. Sie zogen in die Kongegade.

Anfangs sprach er überhaupt nicht über die Jahre in Afrika. Wenn wir ihn fragten, schüttelte er nur abwehrend den Kopf, weil wir ohnehin nicht verstehen würden, wovon er sprach. Eines Tages hatte er Albert gebeten, sich den Schrumpfkopf ansehen zu dürfen. Er hielt James Cook eine Weile in den Händen, während er den Kopf prüfend hin und her drehte und ihn mit Kennermiene betrachtete.

«Tja, so haben wir es nicht gemacht», sagte er.

«Wir?», fragte Albert.

«Ja», erwiderte Josef, ohne sich irritieren zu lassen. «Wir haben sie stattdessen geräuchert.»

Er lachte, aber ob aus Abscheu oder aus Zynismus, vermochte Albert nicht zu sagen.

«Aus dem hier haben sie ja richtig etwas gemacht. Wir sorgten nur dafür, dass sie eintrockneten. Sie sahen aus, als würden sie schlafen. Geschlossene Augen und die Lippen so ein wenig zurückgezogen, dass man einen schmalen, weißen Streifen von den Zähnen sah.»

Er schaute Albert an. Sein Blick war weit weg, als schwelgte er in Erinnerungen.

«Über wen sprichst du?», wollte Albert wissen.

Josefs Aufmerksamkeit kehrte zurück.

«Die Neger, wen sonst?»

In seiner Stimme schwang Enttäuschung mit.

«Wir mussten uns doch Respekt verschaffen. Es war ein belgischer Kapitän. Er benutzte die Negerköpfe als Zierde für sein Blumenbeet. Jeder nach seinem Geschmack.»

Wieder lachte er, und dieses Mal hatte Albert den Eindruck, dass aus Josefs Lachen eine gewisse Verlegenheit herausklang. Albert vermutete, dass nicht die Erwähnung der abgeschlagenen Köpfe diese Verlegenheit hervorrief, sondern Josefs Unsicherheit. Es schien ihm, als hätte Josef ihn für einen Verschworenen gehalten, und müsste nun einsehen, dass er sich geirrt hatte.

Albert starrte seinen alten Schulkameraden an und wusste nicht, was er sagen sollte.

«Ja, jetzt schaust du mich an.»

Josefs Stimme war plötzlich scharf geworden.

«Aber das ist die einzige Sprache, die sie verstehen. Es war nur zu ihrem Besten. Wir hätten sie doch sonst alle erschießen müssen. Arbeiten wollten sie ja nicht. Ausgestreckt in der warmen Sonne liegen wie die Krokodile im Sand, das konnten sie. Stolz und eitel, sicher. Aber ansonsten ganz wie die Tiere.»

«Ich dachte, du hast als Lotse gearbeitet.»

«Ja, Lotse war ich, Hafenkapitän in Boma, *commissaire maritime,* ich brachte die *Lualaba* bis nach Matadi auf einem schmalen und schwierigen Flussarm. Vor mir kamen die Ozeandampfer nur bis Boma. Seit damals fahren sie bis nach Matadi. Ich war der Erste.»

Es lag Stolz in seiner Stimme. Er legte den Kopf in den Nacken und sah Albert in die Augen. Einen Moment wirkte es, als betrachtete er Albert von oben herab, obwohl sie beide saßen und Albert größer war als er. Josef hatte tief liegende Augen, eine vorspringende, gerade Nase und einen Schnurrbart, dessen Spitzen bis über das Kinn reichten. Sein Blick wurde arrogant.

«Ich war der beste Lotse auf dem Kongo. Ich war Hafenkapitän in Boma, ich war alles Mögliche. Aber das war nicht das Entscheidende. Das Wichtigste ist das hier ...»

Er wies mit einem Zeigefinger auf seine Wange.

«Die Hautfarbe. Das ist das Entscheidende. Ich war ein weißer Mann.

Und ich war Herr über Leben und Tod. In Afrika war es heiß wie in der Hölle. Aber das ist nichts gegen das Feuer, das du in dir selbst brennen fühlst. Das ist das Geschenk, das Afrika für dich bereithält. Du lernst endlich deine eigene Stärke kennen. Jeder vierte Mann kehrt nicht zurück. Das Fieber rafft ihn dahin – oder die Schwarzen. Aber das ist das Ganze wert.»

Er beugte sich vor und sah Albert durchdringend an. Aus seinem Blick war die Arroganz verschwunden. Als würde er an Alberts Verständnis appellieren. Seine Stimme bekam etwas Flehendes.

«Ich habe versucht, es Menschen zu erklären, denen ich hier zu Hause begegnet bin. Aber sie verstehen es nicht. Niemand, der es nicht selbst versucht hat, kann es verstehen. Alles, was du vorher erlebt hast – ist nichts. Alles, was danach kommt – nichts. Durchsichtig, Luftspiegelungen. Du nimmst aus dem Kongo eine einzige Sache mit, und das ist nicht der ganze Plunder, den ich daheim herumliegen habe. Wir hatten ein Lied. Nein, ich singe es dir schon nicht vor.»

Er räusperte sich, als wollte er seine Stimme vorbereiten.

«‹Kongo›», deklamierte er. Seine Stimme bebte plötzlich vor Rührung. «‹Sogar der Stärkste hat dort den Mund zu halten und sich zum Sterben niederzulegen. Sogar der Härteste und Wildeste ist schnell bei den Ratten. Denn man stirbt wie die Fliegen im Kongo.›»

Seine Stimme wurde immer eindringlicher, sie klang beinahe rau vor Leidenschaft.

«Aber ich bin nicht gestorben. Ich habe überlebt. Ja, ich habe überlebt ...»

Er schlug mit der flachen Hand hart auf den Tisch.

«Nicht wie hier! Das hier ist doch kein Leben!»

Albert sagte noch immer kein Wort. Er hätte gern weggesehen. Aber sie starrten sich weiterhin an, und Albert erkannte, was in Josefs Blick zu lesen war. Josef hatte gelernt, andere Menschen so anzusehen, wie sonst nur ein Gott schaut. Durfte er Atem holen? Oder verdiente er es zu sterben? Es war dieser Blick, den Josef Isager, Sohn des alten Lehrers Isager, aus dem Kongo mit nach Hause gebracht hatte.

Nun war Josef ein alter Mann, noch immer derselbe, aber alt, und in Afrika brauchten sie Jugend und Kraft. Josef war nach Marstal zurückgekehrt. Hier war er geboren worden. Nun lebte er hier im Exil. Es gab niemanden, der sich der Drohung in seinem Blick beugte, abgesehen von Maren Kristine, die eine schweigsame und zu Tode erschrockene Zeugin seines nächtlichen Rasens war.

«Sagte er, warum er die Hand plötzlich begraben lassen wollte?»

Abildgaard schüttelte den Kopf. «Ich habe ihn gefragt, wie er denn an eine abgehackte Hand gekommen sei. Er meinte, es sei so eine Art Erinnerung, ja, so wie ein Elefantenstoßzahn, ein Halsschmuck oder ein Speer, von solchen Sachen hätte er auch einiges mit nach Hause gebracht. Es sei durchaus normal, erklärte er mir in einem Ton, als würde er über etwas vollkommen Alltägliches sprechen, dass man getöteten Eingeborenen die Hände abhackte. So konnten die belgischen Soldaten beweisen, dass sie keine Patronen vergeudeten. Und bei einer derartigen Gelegenheit sei er in den Besitz der Hand gekommen. Tja, ich wusste nicht, was ich entgegnen sollte.»

Der Pastor sah Albert ratlos an. «Ich wollte die Hand nicht. Aber er ließ sie hier. ‹Sie sind Pastor›, sagte er, ‹die Toten sind Ihr Gebiet.› Ich bringe es nicht fertig, die Hand wegzuwerfen. Aber ich kann sie doch auch nicht in einen Sarg legen und auf dem Friedhof begraben. Es gibt ja nicht einmal einen Namen. Ich weiß mir wirklich keinen Rat.»

«Pastor Abildgaard, Sie sprachen in einer Ihrer Predigten von dem Gefühl, dass die Welt sich zurückzieht und die eigene Kraft gerade in dem Moment schwindet, in dem man sie am allermeisten braucht.»

Abildgaard blickte mit einem überraschten Lächeln auf.

«Waren Sie da, Kapitän Madsen? Ich freue mich sehr, dass Sie sich so an meine Predigten erinnern. Ja, das war eine sehr gelungene Formulierung.»

Eigentlich wollte Albert noch mehr sagen, aber nun verstummte er.

Abildgaard verfiel wieder seiner Verzagtheit.

«Was soll ich nur mit dieser Hand machen?», jammerte er.

Erneut blickte er aus dem Fenster, als fände er im Garten eine Antwort auf seine Frage.

*　　*　　*

Das Geld strömte weiterhin in die Stadt. Der Frachtmarkt entwickelte sich so gut wie nie zuvor. Das Gleiche galt für die Heuern. Und auch bei den Schiffspreisen setzten sich die unglaublichen Steigerungsraten fort. In manchen Straßen wurde in jedem zweiten Haus getrauert. Und doch schienen sich die wenigen noch verschont gebliebenen Familien ihre heitere Stimmung nicht verderben lassen zu wollen. Frauen in neuen Sonntagskleidern bewegten sich zwischen Witwen in Schwarz. Die Fenster der Händler waren dekoriert, als wäre es bereits Weihnachten. Man sah keinen Leichenzug mit Blumen streuenden Mädchen auf dem Weg zum Friedhof. Die toten Seeleute hielten sich höflicherweise zurück und störten nicht. In diesem Sommer hing der in Blüte stehende Holunder schwer über den Straßen.

Jedes Jahr im Frühling, bevor die Flotte den Hafen verließ, roch Marstal nach Teer. Mit Teerpinseln in den Händen bestrichen die Seeleute die Feldsteinsockel ihrer Häuser, als ob diese genau wie der Kiel ihrer Schiffe geteert und für die jährliche Reise vorbereitet werden müssten. An den Giebeln hingen mit schwarzer Farbe bemalte Zahlen aus Schmiedeeisen und erzählten vom Baujahr des Hauses. 1793, 1800, 1825. Wir hätten mit einem Hammer auf die geteerten Sockel einhämmern können, und die Bemalung wäre in Lagen abgeplatzt wie die Jahresringe eines Baums. Aber die Rechnung ging nie auf. Denn es waren nicht die Jahre, die die Teerschichten zählten – es war die Abwesenheit. Nur wenn die Männer zu Hause waren, wurden die Sockel gestrichen.

Nun blieben sie fort, einer nach dem anderen, und die Frauen mussten auch diesen Teil der Männerarbeit übernehmen. Als das Frühjahr kam, sahen wir sie schon bald mit einem Teerpinsel streichen, der so schwarz war wie ihre frisch genähten Witwenkleider.

Muntere junge Steuermannsschüler aus der Navigationsschule kurvten mit dem Fahrrad durch die Stadt und taten so, als würden sie die auf der Straße spielenden Kinder überfahren, die mit vorgetäuschtem Erschrecken reagierten. Die jungen Männer waren auf dem Weg zu ihren Pensionen, um in der Mittagspause etwas Warmes zu sich zu nehmen. Alberts Blick wurde starr beim Anblick des einen oder anderen. Er hatte auch sie gesehen. Die U-Boote lagen dort draußen und warteten auf sie. Sie selbst glaubten, dass Geld und Abenteuer ihre Zukunft seien. Sie hatten das Fieber der Jugend im Blut und fürchteten sich vor nichts. Es war Albert, der ihnen all ihre Ängste abnahm.

Er machte sich seine eigenen Gedanken über den Krieg und seine Ursachen und ging zu dieser Zeit häufiger in die Kirche, allerdings nicht am Sonntag. Die Turmspitze war nahezu fertig. Die neue Verkleidung aus Kupfer wurde angebracht, und im Kirchenschiff dröhnten den ganzen Tag über Hammerschläge. Also kam er erst nach Feierabend. Albert suchte die Ruhe. Hier, hinter den dicken Mauern, in dem kühlen, weißen Raum, in dem es früh dämmerte, als hätte er seinen eigenen Rhythmus im Tagesablauf, hatte er das Gefühl, Zeit zum Denken zu haben.

Er dachte an den Tod. Es gab diejenigen, die sich beklagten, wenn der Tod zu früh kam oder ein Kind holte, eine junge Mutter oder einen Seemann, der eine Familie versorgen musste. Er hatte es nie verstanden. Sicher, es war tragisch für die Hinterbliebenen oder den, der um den größten Teil seines Lebens gebracht wurde. Aber es war nicht ungerecht. Der Tod entzog sich derartigen Kategorien. Es schien ihm, als würden die Hinterbliebenen häufig über den sinnlosen Anklagen des Daseins ihre Trauer vergessen. Es kam ja auch niemand auf die Idee zu behaupten, der Winter sei ungerecht zu den Bäumen und Blumen. Es konnte schon beklommen machen, wenn die Sonne ihr Licht löschte oder ein Schiff durch die Eisschicht eine gefährliche Schlagseite bekam. Aber entrüstet, empört oder zornig sein, nein. Das führte zu nichts. Die Natur war weder gerecht noch ungerecht. Beides war ein Privileg der Menschen.

Albert wusste genau, warum er so empfand. Weil er gleichzeitig an die Vergangenheit und an die Zukunft dachte. Er schenkte nicht dem Einzelnen seine ganze Aufmerksamkeit. Er dachte an die Familie, an das Leben, das sich in Vätern und Söhnen, Müttern und Töchtern fortsetzte, die wiederum zu Vätern und Müttern wurden, die Söhne und Töchter bekamen. Das Leben war wie ein großes marschierendes Heer. Der Tod lief nebenher und griff sich den einen oder anderen heraus, doch das Heer nahm es nicht wahr. Es marschierte weiter, und seine Größe schien sich nicht zu vermindern, im Gegenteil. Es wuchs bis in die Ewigkeit, und daher war auch niemand allein mit dem Tod. Es kam immer jemand nach. Das allein zählte. So war die Kette des Lebens: unzerbrechlich.

Doch dieser Krieg hatte alles verändert. Er konnte am Hafen spazieren gehen und sehen, dass jetzt nur noch wenige Schiffe untätig am Kai oder an den Duckdalben in der Hafeneinfahrt vertäut lagen.

Noch immer gab es Reeder, die kein Leben aufs Spiel setzen wollten. Die meisten jedoch fuhren hinaus. Es gab Minen, und es herrschte totaler U-Bootkrieg. Sie segelten trotzdem. Sechs Schiffe konnten in einem Monat untergehen, vier im nächsten. Nie hatte das Meer größere Opfer gefordert, doch die Reeder und Kapitäne, die ihre Schiffe im Hafen ließen, wenn ein Sturm tobte, schickten sie in das weitaus stürmischere Wetter des Krieges.

Woher kam diese Todesverachtung, dieser vollständige Mangel an Lernbereitschaft, obwohl zehn gesunkene Schiffe und zwei spurlos verschwundene Besatzungen doch eigentlich Lehrgeld genug sein müssten?

In diesem anderthalb Kilometer langen Hafen, den Hunderte von Schiffen füllten, die ins Winterlager gegangen waren, lag unsere Stadt, schaukelte auf dem Wasser und wartete auf das Frühjahr und den Aufbruch. Es war ein Anblick, den niemand wieder so erleben sollte. Eine Kette war zerbrochen.

Wo war all das geblieben, was er Familie und Einigkeit nannte und wofür er erst vier Jahre zuvor einen Stein errichtet hatte? Damals hatte er geglaubt, er würde einen Gedenkstein errichten. Nun erkannte er, dass es ein Grabstein für die Stadt und den Geist war, der sie geschaffen hatte. Zu Hause in seinem Rechnungsbuch fand sich in der dritten Spalte die Erklärung, nicht nur für den Krieg, sondern auch für den Untergang der Stadt: der Profit. Es waren die hohen Preise, die diesen Zustand geschaffen hatten, die hohen Heuern, die Frachten, die sich verzehnfacht hatten, die Schiffspreise. Die Reeder, die genügend Verantwortungsgefühl besaßen, um ihre Schiffe im Hafen liegen zu lassen, mussten zusehen, wie die Mannschaften sich andere Heuern suchten. Sie wollten hinaus, hinaus, um am Fest des Krieges teilzunehmen.

Und dann verkauften wir die Schiffe. Denn welchen Nutzen hatten sie, wenn sie hier lagen, zumal sie zum drei- bis vierfachen Wert verkauft werden konnten? Die Bausumme hatte sich schon in einem Jahr amortisiert; es waren also nicht nur alte, ausgediente Schiffe, die verkauft wurden, sondern auch Schiffe, die frisch vom Stapel gelaufen waren. Alle sprachen wir in frommen Reden über diesen fürchterlichen Krieg und beteuerten, dass es der letzte sein müsse. Und fürchterlich war der Krieg für die Millionen, die auf den Schlachtfeldern fielen. Aber wir, die wir nichts damit zu tun hatten, zogen unseren Vorteil daraus.

Dänemark trat nicht in den Krieg ein und blieb neutral. Aber glaubten wir wirklich, dass wir verschont würden, nur weil auf die Bordwand eine Dannebrogflagge gemalt war? Ein Seemann muss eine gewisse Furchtlosigkeit besitzen. Doch dies war keine Furchtlosigkeit, sondern Gedankenlosigkeit. Marstal lag inmitten einer Kriegszone. Das Festland hatte seine Fronten, aber das Meer wahrlich auch, und die Hälfte aller Seeleute der Stadt befand sich täglich an einer davon.

Was trieb uns? War die Aussicht auf Profit der Herzschlag dieses Krieges? War es die Gier, die Albert nun unverhüllt sah, auch bei Leuten, die er zu kennen glaubte? War er bloß alt geworden und hatte sich etwas Entscheidendes verändert, oder war es schon immer so gewesen, und er hatte es nur nicht erkannt?

Albert fühlte sich plötzlich lächerlich. Hier war er herumgelaufen und halb wahnsinnig geworden wegen ein paar Träumen, die ein so grauenvolles Wissen offenbarten, dass er es nicht wagte, sie anderen mitzuteilen. Und wenn er nun erzählt hätte, was er wusste? Hätten wir ihn nicht einfach ausgelacht, wäre es uns nicht egal gewesen, selbst wenn wir an der Wahrheit seiner Geschichten nicht gezweifelt hätten?

Sterben? Ja, vielleicht.

Der und der, ein Steuermann, ein Matrose, ein Kapitän. Wir würden auf die anderen zeigen. Aber nicht auf uns. Die Gier ließ uns glauben, dass wir unsterblich seien. Dachten wir an den morgigen Tag? An unseren eigenen vielleicht, nicht an den der anderen.

Kapitän Levinsen hatte damals Einwände, als die Mole gebaut werden sollte.

«Man hat allein für sich selbst und nicht für die Nachwelt zu sorgen», hatte er gesagt. Die ganze Stadt hatte sich seither bemüht, diese Worte Lügen zu strafen.

Nun wählten wir ausgerechnet den kurzsichtigen Levinsen zu unserem Vorbild.

*   *   *

Als Herman nach Hause zurückkehrte, hielt er einen Stock aus weißen Knochen in der Hand. Er war aus den Rückenwirbeln eines Hais gefertigt, und Herman war nicht der Erste, der aus Ostindien oder dem Stillen Ozean mit einem derartigen Knochen heimkehrte. Aber er war der Erste, der damit in den Straßen spazieren ging, als wäre es ein Zepter und er selbst ein König. Er ließ den Stock durch die Luft wirbeln, wenn er mit bedeutungsvoller Miene alte Bekannte grüßte.

Mit dem Haifischrückgrat klopfte er auch an die Tür seines Vormunds Hans Jepsen, wobei eine Schar von Jungen respektvoll Abstand hielt und sein Klopfen mit taktfesten Rufen begleitete: «Der Kannibale ist los! Der Kannibale ist los!»

Als Hans die Tür öffnete, hielt ihm Herman sein Seefahrtsbuch unter die Nase. Er war jetzt ein voll befahrener Matrose und wollte beweisen, dass ihm Respekt gebührte. Er grüßte Hans nicht einmal. Er nannte lediglich sein Alter: fünfundzwanzig Jahre. Er stieß die Zahl aus, als wäre es in Wahrheit die Faust, die er gern seinem Vormund mitten ins Gesicht gerammt hätte. Es war Hans Jepsens Absetzung, die er ankündigte. Herman war jetzt mündig und konnte als offizieller Eigner der *Tvende Søstre* und des Hauses in der Skippergade auftreten.

Hans Jepsen machte den Eindruck, als ob er überhaupt nicht zuhörte. Er starrte auf den weißen Stock, mit dem Herman herumfuchtelte.

«Ich sehe, du hast dich auf einen Fresswettbewerb mit den Haien eingelassen», sagte er. «Und du hast gewonnen. Ärgerlich, dass es nicht anders ausgegangen ist.»

Herman ließ den Stock durch die Luft sausen, aber Hans war schneller. Er hatte bereits die Tür zugeschlagen. So hart war der Schlag, dass die Rückenwirbel auseinanderbrachen, als der weiße Stock die grün lackierte Holzfläche traf. Die Schar von Jungen brach in wildes Gelächter aus. Dann rannten sie davon, während sie aufs Neue ihr «Der Kannibale ist los! Der Kannibale ist los!» brüllten.

Nach einer Weile kehrten sie zurück und sammelten die Überreste des Stocks ein, die Herman liegen gelassen hatte. Wieso sie ihn den Kannibalen nannten, wusste niemand. Die Jungen hatten ihre eigenen Gründe. Bestimmt fürchteten sie sich vor ihm, also taten sie, was Jungen immer tun, wenn sie Angst haben: Sie gingen nah heran, zeigten mit dem Finger darauf, gaben ihm einen Spitznamen und betäubten ihre Furcht, indem sie zusammen aus vollem Halse lachten. Die Reste des Rückgrats bewahrten sie in Dosen und Schachteln auf, aus denen sie genommen wurden, um geheimen Ritualen zu dienen. Oder die Jungen verwendeten sie, um ihre Verstecke in den hohlen Pappeln zu verzieren, die die Landstraße außerhalb der Stadt begrenzten.

Eine ganze Woche lang spendierte Herman jeden Tag in Webers Café eine Runde, um seinen neuen Status als vermögender Mann zu feiern. Er hatte aufgedunsene Wangen und einen herausfordernden, kampfeslustigen Blick. Die ganze Zeit taxierte er uns, als wollte er uns einen folgenschweren Treueid abfordern, bei dem wir uns entweder seinen Launen zu unterwerfen oder die Konsequenzen zu tragen hatten. Wie diese Konsequenzen aussahen, konnten wir uns gut vorstellen, wenn wir einen Blick auf seine großen Hände warfen, die er die ganze Zeit nervös zu Fäusten ballte und wieder öffnete. Sie schienen etwas zu vermissen, das sie packen und zerschmettern konnten. Er war seit damals noch größer geworden. Die Schultern wirkten breiter, er hatte beachtliche Oberarme und einen Brustkorb wie die Frontpartie eines Lastwagens, aber auch einen ziemlichen Wanst. Trotz seiner Jugend war er auf dem besten Weg, fett zu werden.

Wir fragten ihn, ob er von Speck-Larsen und Pfannkuchen-Nielsen verpflegt worden sei. Das waren die Orte, an denen wir unser Labskaus oder Bratkartoffeln mit Speck zu uns nahmen, wenn wir in Kopenhagen loszogen, um anzumustern.

«Ich bin Besseres gewohnt», erwiderte Herman.

Auf dem rechten Arm hatte er sich von Tusch-Hans in Nyhavn einen großen Löwen tätowieren lassen, der sich in Angriffsposition duckte. Auf einem Banner darüber standen die Worte «Smart and Poverfull».

Herman spendierte noch eine Runde.

«Zum Teufel noch mal, ihr werdet schon sehen», sagte er.

«Jetzt werdet ihr's sehen!»

Etwas in seinem Tonfall erinnerte uns daran, dass wir möglicherweise das Gleiche zu sehen bekommen sollten, wie es Jepsen damals sah, als er irgendwo zwischen Marstal und Rudkøbing über Bord ging oder sprang – beziehungsweise als dabei nachgeholfen wurde.

Herman schien weit herumgekommen zu sein, wie wir alle, aber er war an einem Ort gewesen, den wir nicht kannten. Es war die Kopenhagener Börse, und er, der ewig misslaunig blickende Bursche, dessen mürrische Art möglicherweise ein Verbrechen kaschierte, blühte nun in einer fremdartigen Beredsamkeit auf, die uns ebenso verdächtig vorkam wie einige Jahre zuvor die Umstände des Todes seines Stiefvaters.

Wir wussten schon, was die Börse war, nämlich ein Ort, an dem sich nur Reiche und Leute, die mit Zahlen umgehen konnten, aufhielten, an dem alles in Geld umgerechnet werden konnte und dieses sich ganz von selbst vermehrte oder weniger wurde, an dem Menschen als Sieger hineingingen und in der nächsten Stunde als Verlierer herauskamen, an dem das Leben in ein und derselben Sekunde himmelhoch jauchzend oder zu Tode betrübt sein konnte. Ja, das verstanden wir. Dass auch wir den Gesetzen unterlagen, die das Geld steuerten, wussten wir, denn eine Frachtrate berechnete sich nicht nur nach dem Gewicht der Fracht und den Seemeilen, sondern richtete sich auch nach Angebot und Nachfrage. Und wussten wir es nicht, so wussten es zumindest Madsen, Boye, Kroman, Grube und die übrigen Schiffsmakler und Reeder aus Marstal. Doch von den Gesetzen, die dieses ganze Tohuwabohu lenkten, verstanden wir nichts, und jeder von uns wusste, dass er größere Chancen hatte, einen Taifun lebend zu überstehen, als aus der Kopenhagener Börse mit gefüllten Taschen zu spazieren. Herman schien die Hälfte der Jahre, die er von uns fort war, in diesem Mahlstrom aus Geld und Wertpapieren zugebracht zu haben, von dem Menschen und Vermögen geschluckt und dann wieder ausgespuckt wurden. «Das neue Amerika» nannte er es.

«Man braucht nicht bis nach Amerika zu fahren, um reich zu werden. Du brauchst nur am Pier von Kopenhagen anzulegen. Sogar die Milchjungen spekulieren an der Börse. An einem Tag Milchjunge, am nächsten Millionär.»

Er sprach mit uns, als könnten wir weder lesen noch rechnen und wären ein Haufen nacktarschiger Neger direkt aus dem Kral. Und er war der Missionar, der uns über das gelobte Land aufklären wollte. Seine Stimme triefte vor nachsichtiger Überlegenheit, die weder zu ihm passte noch uns sonderliches Vergnügen bereitete. Der Steuermann der *Ludvig,* Thorkild Folmer, schob die Unterlippe vor und gab sich trotzig.

«Die Dienstmädchen in Marstal haben auch Schiffsanteile», sagte er, um zu zeigen, dass wir durchaus mithalten konnten.

Herman lachte.

«Ha, ha! Ja, ein Hundertstel. Ein Hundertstel wovon? Was kann denn so ein jämmerlicher Äppelkahn in einer Saison einfahren? Wer kann davon Millionär werden? Ja, ein geiziger Marstaler vielleicht, wenn er zweihundert Jahre alt wird und bis dahin nichts isst oder trinkt.»

Unablässig strömten neue Worte aus seinem Mund. *Marge,* sagte er, *hausse, baisse,* lauter Zauberformeln für den, der die Bedeutung dieser Worte verstand, für uns allerdings reiner, unverständlicher Unfug. Er nannte die Namen seiner Freunde an der Börse, weitblickende Ehrenmänner, ja Wegbereiter des Landes – der Negerklatscher, der Rollende Fußweg, der Zahnzieher, der Rote Jude, die Weiche –, unkonventionelle, impulsive Typen, wie man an ihren Spitznamen erkennen konnte, die sie sich selbst gegeben hatten. Sie nahmen sich eines jeden an, wenn er nur die rechte Denkart besaß und sich wünschte, möglichst schnell reich zu werden. Ob er nun Leichtmatrose war oder Schiffsjunge.

«Ich habe ihnen bloß von meinem Erbe erzählt, da haben sie mir Geld geliehen. Nur wegen meines ehrlichen Gesichts. Mir – einem Schiffsjungen.»

Seine Miene verfinsterte sich einen Augenblick, und er blickte in Webers Café in die Runde.

«Nicht wie gewisse andere.»

Er erinnerte sich durchaus, dass ihn niemand anheuern wollte, weder als Leichtmatrosen noch als Schiffsjungen. Aber an der Börse hatten sie ihn nicht abgewiesen. Den vornehmen Kopenhagener Geldleuten war er gut genug. Sie nahmen ihn in ihren Kreis auf. Wir hatten ihn verstoßen. Aber nun war er zurückgekehrt.

«Ihr werdet schon sehen», erklärte er zum wiederholten Mal und kniff die Augen zu schmalen Schlitzen zusammen.

«Zum Teufel, ihr werdet schon sehen.»

Er trank einen Schluck Bier und spuckte ihn auf den Boden.

«Bier – ha! In Kopenhagen trinkt niemand dieses Gesöff. Dort trinken wir Champagner zum Frühstück!»

Es herrschte Gedränge in Webers Café. Herman war eine Attraktion. Er hatte die Ärmel hochgekrempelt, und wir starrten auf den Löwen an seinem rechten Arm: *«Smart and Poverfull»*. Vielleicht war er ein Mörder oder auch nur ein Narr. Vielleicht war aber auch alles, was er erzählte, wahr, und dann waren wir ein Haufen Narren, und er war wirklich *smart* und *poverfull*. Uns ging es nicht so wie den Jungen, die ihn in den Straßen verfolgten und über jemanden lachten, vor dem sie insgeheim Angst hatten.

Niemand von uns Erwachsenen lachte über Herman. Stattdessen fürchteten wir, lächerlich zu wirken. Wir nickten und bemühten uns, den Eindruck zu erwecken, als würden wir ihn verstehen, während wir unseren Abscheu verbargen. Champagner zum Frühstück! Pfui Teufel! In den offenen Patios der Bordelle von Buenos Aires mit ihren Palmen, Springbrunnen und unanständigen Bildern an den Wänden wurde Champagner serviert. Es war die Brause der leichten Mädchen. Kein Mann trank das freiwillig, nur wenn ihm die Hose zu eng wurde. Es war das notwendige Schmiermittel, um eine *señorita* geneigt zu machen. *«You nice. Please buy vun small bottle champagne.»* Champagner war ein Teil des Tarifs.

Wir sahen die Perlen, die unablässig vom Boden der schlanken Gläser aufstiegen. Sie glichen der letzten Luft, die den Lungen eines Ertrinkenden entweicht.

Wir hätten auf den Boden spucken mögen. Aber wir taten es nicht. Wir tranken unser Bier aus, es schmeckte merkwürdig brav und fad. Herman hielt Hof.

*   *   *

Auf der Dampskibsbro stand eine Gruppe Männer und unterhielt sich im lauen Sommerabend. Wasser und Himmel waren das reinste Pastell, hellblau und rosa, und das Meer lag so still, dass es einem Teppich glich, auf dem wir den ganzen Weg bis hinüber nach Langeland hätten gehen können. Junge und alte Männer standen beieinander. Die jungen sprachen mit einer neuen Unbefangenheit. Sie hatten bisher lediglich ihre Zehenspitzen in das Weltmeer getaucht, fühlten sich aber bereits als voll befahrene Seeleute. Es herrschte Krieg, und sie hatten viel Geld in den Händen. In ihrer Mitte stand ein Fremder und bildete das Zentrum ihrer Aufmerksamkeit.

Herman stand auch dort, sagte diesmal allerdings kein Wort. Er starrte den Fremden unverwandt an, einen großen, kraftvollen Mann mit einem breitkrempigen Strohhut und einem hellen Sommermantel, der locker über seine breiten Schultern hing. Seine Lippen waren voll, und eine rotblonde Haarlocke hing ihm lässig in die Stirn. Wären da nicht die blutunterlaufenen Augen gewesen, hätte er ausgesehen wie ein Urlauber während seines Sommeraufenthalts in der Hafenstadt. Er lächelte ununterbrochen und breitete alle paar Sekunden die Arme aus, wobei sich seine Stimme vor Begeisterung hob. Er war sichtlich zufrieden mit der Aufmerksamkeit, die er bei seinen jungen Zuhörern genoss. Die älteren Skipper hatten sich an den Rand der Gruppe zurückgezogen, und es war nicht erkennbar, ob es an einem instinktiven Widerwillen gegen Herman lag oder daran, dass der Fremde eindeutig Hermans Verbündeter war. Ja, nicht nur seine Konstitution, sondern auch die großsprecherische Art erinnerte an ihn.

Herman hatte einen nie zuvor bei ihm gesehenen Gesichtsausdruck. Es war klar, dass er den Redner bewunderte. Seine Augen hingen nicht nur an dessen Lippen, seine eigenen Lippen begannen sich sogar zu bewegen, als würde er lautlos die Worte des Fremden nachsprechen und sich darauf vorbereiten, sie bei der ersten sich bietenden Gelegenheit zu wiederholen.

Eigentlich war es nicht Hermans Art, zu jemandem aufzusehen. Albert hatte ihn einst vor einer Schiffskollision bewahrt, doch statt Dankbarkeit zu zeigen, hatte die Episode in Herman nur feindselige Gefühle geweckt. Albert hatte ihm eine Ohrfeige verpasst, und Herman trug es ihm nach. Als er Albert sah, der seinen üblichen Abendspaziergang am Hafen unternahm, und ihn aufforderte, sich zu dem Kreis zu gesellen, geschah dies nicht in freundlicher Absicht.

«Guten Abend, Kapitän Madsen», sagte er höflich, und wir wussten sofort, dass seine Selbstbeherrschung ausschließlich an der Anwesenheit des Fremden lag.

«Darf ich Ihnen Ingenieur Henckel vorstellen.»

«Edvard Henckel.»

Der Fremde gab Albert mit einem breiten Lächeln die Hand.

Albert hatte nie Hermans Blick an dem Tag vergessen, an dem er aufs Deck der *De Tvende Søstre* gesprungen war. Er hatte nicht erwartet, dass der Junge so auf ihn losgehen würde. Es war ein unüberlegter Schlag. Albert war es leichtgefallen, ihm auszuweichen, und es war nicht das erste Mal, dass er kurzen Prozess mit einem unfähigen Rudergänger machte, indem er ihm eine Ohrfeige gab. Der Junge konnte in Panik gehandelt haben. Doch sein Blick drückte eine rücksichtslose Wut aus, die Albert überzeugt hatte, dass Herman durchaus imstande war, einen Mord zu begehen. Es war etwas Hartes in ihm. Härte an sich stellte nichts Schlechtes dar. Und doch schien sich in Herman ein Kern zu befinden, der so tot war wie ein versteinerter Baum. Keine Triebe würden in ihm keimen und sein Leben in eine unerwartete Richtung lenken. Es gab keine Kraft zum Wachsen, nur diese Härte.

Albert wusste genau, dass dieser junge Mann ihn als seinen Feind ansah. Es war ein Gefühl, das er nicht erwiderte. Er empfand ein geradezu physisches Unbehagen in Hermans Nähe. Allerdings auch Mitleid. Vor allem aber fühlte er sich alt und resigniert. Er näherte sich dem prahlenden Herman mit dem gleichen Widerwillen, den man einem gefährlichen Tier entgegenbringt, das mit einer blutigen Pfote gefangen in einer Falle sitzt.

Er gab Ingenieur Henckel die Hand und widmete seine Aufmerksamkeit Herman.

«Ich höre, du hast die *Tvende Søstre* verkauft», sagte er. «Es war ein gutes Schiff, eine reine Freude fürs Auge, Zierde und Stolz der Stadt.»

Er ärgerte sich über den feierlichen Ton in seiner Stimme.

«Das mag schon sein», erwiderte Herman, «aber ich habe bei dem Verkauf gut verdient. Das ist das Entscheidende.»

«Ja, vielleicht für einen Geschäftsmann, aber nicht für einen Seemann. Da gibt's doch noch mehr, was uns an unsere Schiffe bindet als nur die Aussicht auf kurzsichtigen Profit.»

«Hören Sie ...»

In der Stimme des jungen Mannes schwang ein Ton von Ungeduld mit, als spräche er mit einem Schwerhörigen.

«Ich hätte die *Tvende Søstre* bis zur Hölle und wieder zurück segeln können, und obwohl sich der Frachtmarkt zuletzt verzehnfacht hat, hätte ich mit der Fracht trotzdem nicht so viel verdient wie mit dem Verkauf.»

«Das ist kurzsichtig gedacht», sagte Albert.

Die beiden waren nun die Hauptpersonen. Die anderen stellten sich im Kreis um sie auf, wie um zwei Duellanten. Ingenieur Henckel hatte die Hände auf den Rücken gelegt. Ein abwartendes Lächeln umspielte seine Lippen.

«Wer sagt denn, dass ich wieder ein Schiff haben will? Ja, Schiffsreeder, das klingt so vornehm. Aber bald ist das vielleicht nur noch ein Titel ohne Bedeutung.»

Albert hörte die Respektlosigkeit im Tonfall des anderen. Stand dieser Emporkömmling nicht hier und erklärte ihm, dass seine Zeit vorbei und seine Erfahrung wertlos sei?

Einen Moment spürte er, wie Zorn in ihm aufstieg. Er musterte den jungen Mann, der mit gespreizten Beinen und einer höhnischen Miene vor ihm stand. Seine Hemdsärmel waren an diesem warmen Sommerabend nachlässig aufgekrempelt, so dass man den Löwen sehen konnte, der sich zum Angriff bereit machte, darüber die Worte «Smart and Poverfull».

«Du hast ja zwei Rechtschreibfehler in deiner Tätowierung.»

Albert bereute es sofort. Er hatte sich vergessen. Es war doch sinnlos zu kontern. Herman war hart, möglicherweise abgestumpft. Seine Härte war ein Zeichen der Zeit. Und er selbst? Seine Zeit war vorbei. Aber die der Stadt auch. Sie begriffen es nur nicht.

Herman trat einen Schritt vor. Seine großen Fäuste waren geballt, aber Henckel legte eine Hand auf Hermans Schulter; er blieb stehen, als hätte man ihm etwas ins Ohr geflüstert.

Albert wollte sich gerade mit einem kurzen Nicken von der Gruppe verabschieden, als der Ingenieur das Wort ergriff.

«An dem, was Sie gerade sagten, ist vieles richtig. Ich gehe gewiss nicht fehl in der Annahme, wenn ich vermute, dass hier ein alter Seemann spricht. Ich selbst bin im Kopenhagener Seemannsviertel Nyboder aufgewachsen, und mein erster Lehrplatz war die Marinewerft. Ich erkenne einen Seemann, wenn ich ihn sehe, und ich weiß, was die Liebe zur See bedeutet.»

Herman erstarrte. Ein gefährliches Funkeln trat in seine Augen, als hätte er das Gefühl, jemand falle ihm in den Rücken, doch Henckel fuhr ungerührt fort.

«Die dänische Seefahrt erlebt ja eine Renaissance. Dank des Krieges befindet sie sich im Aufschwung, und an diesem Aufschwung gilt es festzuhalten.»

Henckel nickte Herman zu.

«Schiffbau! Werften! Das ist es, was das Land benötigt. Nun wird Marstal seine eigene Stahlschiffswerft bekommen. Die Eisenschiffswerft in Kalundborg, Vulcan in Korsør, bei aller Bescheidenheit, dahinter stehe ich. Und nun ist Marstal an der Reihe.

Von Herman habe ich die Idee einer Schiffswerft in Marstal. Er steht bereits als Miteigentümer fest. Ja, er ist wahrscheinlich zu bescheiden, um es selbst zu erwähnen. Doch die ganze beträchtliche Summe, die der Verkauf der *Tvende Søstre* einbrachte, hat er in die neue Stahlschiffswerft investiert. Als Erster. Wir bauen hier die Zukunft der Stadt. Und der dänischen Seefahrt.»

Seine große sommersprossige Hand mit der dichten rotblonden Behaarung schlug Herman vertraulich auf die Schulter.

«Tja, Herman. Marstal hat Grund, stolz auf dich zu sein. Du bist ein wahrer Sohn der Stadt.»

Albert sah von Henckel zu Herman, der friedlich die Hand des Ingenieurs auf seiner Schulter ruhen ließ, und er begriff, dass der Kopenhagener Ingenieur etwas vollbracht hatte, was niemand sonst vermochte: Er hatte Herman gezähmt. Vielleicht hatte er jedes Mal, wenn der Phantast mit seinen hochfliegenden Plänen prahlte, nur genickt, statt den Kopf zu schütteln. Aber Albert spürte noch etwas anderes. Wenn Henckel Hermans Lehrmeister war, dann deshalb, weil er an die Skrupellosigkeit in ihm appellierte. Sie waren aus dem gleichen Holz.

Albert grüßte nachlässig mit dem Stock. Er wollte mit dem Sommerabend allein sein, bevor er nach Hause ins Bett zu seinen quälenden Träumen ging.

Hinter sich hörte er, wie der Ingenieur die Gruppe zu Champagner ins Hotel Ærø einlud. Es erklang vergnügtes Gelächter. Er drehte sich nicht um, sondern ging bis zum Gedenkstein. Plötzlich hatte er das Gefühl, zu lange gelebt zu haben.

Er glaubte weder an Ingenieur Henckels Versprechen noch an Hermans Aufschneidereien. Aber sie gehörten zur Welt der Lebenden. Er gehörte in die der Toten.

*   *   *

Eines Tages saß Albert in der Kirche und sammelte sich. Er hatte eine neue Todesbotschaft zu überbringen, denn Pastor Abildgaard war wieder einmal ausgefallen. Als Kapitän hatte er bisweilen eine traurige Nachricht übermitteln müssen. Da kannte er die Toten und konnte ausführlich über sie reden, er musste nie in Allgemeinplätzen sprechen. Und obwohl er als Kapitän Distanz zur Mannschaft hielt, war er doch Menschenkenner genug, um in jeden Einzelnen von ihnen hineinzusehen und ihnen die rechten Worte mit auf den Weg zu geben, wenn ein Unglück geschehen war. Er wusste, dass das Wort eines Kapitäns viel bedeutete, mehr als das eines Geistlichen. Sicher, der Pastor war näher bei Gott, aber nicht näher an Leben und Tod und der Grenze dazwischen, und darum ging es. Es waren die Worte des Kapitäns, die auf den unsichtbaren Grabsteinen standen, die in der Erinnerung errichtet wurden; und was die Begräbnisse betraf, so war der Pastor in einer Stadt, die von Seeleuten bewohnt wurde, ohnehin immer unterbeschäftigt. Die Seeleute blieben auf See.

Diejenigen, die nun starben, kannte er nicht sonderlich gut, ein bisschen wusste er allerdings immer über sie, denn Marstal war eine kleine Stadt. War es ein junger Mann, dessen Leben der Krieg gefordert hatte, dann kannte er den Vater und konnte sich vieles ausmalen. War es ein älterer Mann, dann kannte er ihn ohnehin, vielleicht hatte er sogar zu seinen eigenen Leute gehört, als er noch zur See fuhr. Inmitten der Leere, die sich bei der Mitteilung eines Todesfalls auftat, bot Albert Nähe und Halt und stand in gewisser Weise dem Tod im Weg. Statt des Todes stand er in der Tür und bewahrte die Hinterbliebenen vor der panischen

Angst. Ihre Klagen verstummten, und sie begannen früher mit der notwendigen Zeit der Trauer, in der sie wieder gesunden konnten.

Ein wenig wusste er ja. In seinen Träumen hatte er oft genug die letzten Augenblicke der Toten erlebt. Er hatte sie mitten in den schäumenden Wellen aufgeben sehen. Er hatte gesehen, wie sie von Kugeln zerfetzt wurden. Er hatte gesehen, wie sie nach Tagen in einem offenen Rettungsboot auf dem winterkalten Meer leblos und mit Erfrierungen im Gesicht über der Ruderbank hingen. Doch das durfte er nicht verraten. Und dennoch sprach er mit einer sonderbaren Sicherheit über die letzten Augenblicke der Toten. Er log, wie nur jemand lügen kann, der die Wahrheit kennt. Er log das Entsetzen und die Schmerzen fort, nicht aber den Tod. Er sprach nicht vom Jenseits, denn er war nicht Pastor Abildgaard, und daher glaubten sie ihm. Er war alt, er hatte immer in der Stadt gelebt, breitschultrig und mit gestutztem Bart. Hier in der Nähe des Todes galt seine Autorität noch immer. Er war der Kapitän. Er saß in ihren Stuben, in die er sonst vermutlich nie gekommen wäre, und sein Besuch gab dem Tod eine Bedeutung, die er sonst wohl nicht gehabt hätte. Er half ihnen, sich gegen das Dunkle zu wehren; sie fühlten sich nicht allein in diesem Augenblick. Und doch saß nicht nur er bei ihnen. Es war die ganze Stadt, die Einigkeit, die Familie, die Vergangenheit und die Zukunft. Der Tod war bereits halb besiegt, das Leben ging schon wieder weiter.

Niemand wollte etwas von Jesus hören, wenn Kapitän Madsen da war. Niemand fragte ihn, wo die Toten sich jetzt befanden und ob es ihnen dort gutging. Denn seine Botschaft war ganz schlicht: So ist es einfach. Er lehrte uns diese große, allumfassende Akzeptanz. Er ließ die Umstände des Lebens direkt zu uns sprechen. Das Meer nimmt uns, aber es hat uns nichts zu erzählen, wenn es sich über unseren Köpfen schließt und die Lungen füllt. Es war vielleicht ein merkwürdiger Trost, aber in seinen Worten spürte man dennoch so etwas wie einen festen Grund, denn so war es immer gewesen, das hatten wir gemeinsam.

Albert erkannte, dass es Hinterbliebene gab, die die Krise nicht ohne den Erlöser bewältigten, sie überließ er Carl Rasmussens Witwe. Er sah ihren Glauben nicht als Zeichen der Schwäche. Er wusste, dass die Menschen viele Arten von Auswegen brauchen. Er selbst hatte keinen. Er wurde von Träumen heimgesucht. Er war einsam und sein Glaube an die Einigkeit zerbrochen. Er hielt sich aufrecht, wenn er die Räume des Todes verließ. In seinem Inneren jedoch war er zusammengesunken.

Er wusste nicht, was er brauchte. Also saß er in der Kirche und sammelte sich. Er sah vor allem auf seine Hände. Hin und wieder schaute er auf zu Rasmussens Altarbild, das Jesus zeigte, wie er den Sturm auf dem See Genezareth besänftigt. Draußen in der Welt raste der Krieg weiter. Es starben mehr Männer als je zuvor, und in seinen Büchern notierte er die Zahlen der Verluste. Manchmal dachte er, er sei ebenso ein Idiot wie Anders Nørre, ein Mann, dessen einziger Strohhalm der Vernunft endlose Zahlenreihen waren, die wie elektrische Blitze durch die dunkle Nacht seines Gemüts fuhren. Was hätte Jesus inmitten eines Weltkriegs getan, in dem ein einzelner Gekreuzigter mit dem Stich einer Lanze in der Seite nicht auffiel, wenn Millionen im Stacheldraht hingen und mit ihren eigenen Eingeweiden in den Händen starben?

Er selbst notierte Zahlen. Konnte man nur so diese unfassbare Vernichtung ertragen? Wenn jemand seine Kontorbücher fand, was würde er wohl denken? Dass ein Idiot sie verfasst hatte?

Er erhob sich aus der harten, blau lackierten Holzbank und schauderte. Es war kalt in dem weiß gekalkten Kirchenraum. In der Hand hielt er ein Telegramm. Es war an die Reederei gerichtet und enthielt die offizielle Mitteilung über den Verlust des Dreimast-Bramsegelschoners *Ruth*. Ort: Atlantik. Auf der Reise zwischen St. John's und Liverpool. Art des Verlustes: Ausbleiben. Wind- und Wetterverhältnisse: unbekannt. Es war ein Rechenexempel mit einem traurigen, wohlbekannten Ergebnis: «Seit der Abfahrt aus Neufundland ist nichts über die *Ruth* bekannt. Vermutet wird ein Untergang mit Mann und Maus.»

Diese dürre Feststellung sollte er in menschliche Sprache übersetzen.

Lauter unbekannte Faktoren: Das Schiff war irgendwo auf dem weiten Atlantik verschwunden. Es konnte innerhalb eines Radius von tausend Seemeilen überall geschehen sein. Ursache: Vereisung, Sturm, eine falsche See, ein plötzlich auftauchendes, gepanzertes Monster aus der Urzeit, das mit Torpedos und einer treffsicheren Unbarmherzigkeit ausgestattet war, als Erinnerung daran, dass der Seemann auch andere Feinde hat als das Meer. Die Summe all dieser Faktoren bedeutete den Tod eines jungen Mannes, sein Fortbleiben für immer. Und Hansigne Koch, eine Seemannswitwe, die zwei Jahre zuvor ihren siebenjährigen Sohn bei einem Unglück im Jollenhafen verloren hatte, musste sich dieser Tatsache stellen.

Das war seine Aufgabe. Er sollte einem Menschen in den Hafen helfen oder zumindest verhindern, dass er in dem Moment, in dem er die Nachricht erfuhr, von der Tiefe verschlungen wurde.

Von seinem Erker aus hatte er Lorentz über die Straße kommen sehen. Er hielt das Telegramm in der Hand. Mit Mühe nahm er auf dem Sofa Platz, nachdem er seinen Mantel im Flur aufgehängt hatte. Die vielen aktiven Jahre hatten ihn ziemlich mitgenommen, er litt wieder unter den Schwächen seiner Kindheit, vor allem der Kurzatmigkeit, insbesondere in den kalten Wintermonaten. Einen Herzanfall hatte er bereits hinter sich. Seine Schultern hoben und senkten sich, und er atmete keuchend, gurgelnd. Es war anstrengend, bei der steifen, mit Schneeregen vermischten Brise über die Straße zu gehen. Lorentz hatte vergessen, seinen Hut aufzusetzen, und die wenigen Haare klebten feucht an seiner Glatze. Das Buddha-Gesicht glühte rot, den unvermeidlichen Stock hatte er mit in die Stube gebracht.

«Diesmal ist es die *Ruth*», sagte er nur.

Lorentz hatte bereits zwei Schiffe verloren, und immer hatte er selbst die Hinterbliebenen unterrichtet. Bestimmt hätte er es auch diesmal getan, doch in seinem Zustand wäre ein Spaziergang durch die Stadt ein Kraftakt gewesen, der ihn letztlich teuer zu stehen kommen konnte. Und er war inzwischen zu alt, um noch auf ein Pferd zu steigen.

«Du hast deinen Hut vergessen», sagte Albert. «Lass mich es übernehmen.»

Albert war die Kirkestræde hochgegangen, um Pastor Abildgaard zu informieren. Dann hatte er sich in die Kirche gesetzt, um sich zu sammeln, wie er es stets tat, und nun stand er vor einer Haustür in der Vinkelstræde. Hansigne Koch öffnete selbst.

«Ich weiß, warum Sie gekommen sind», erklärte sie ruhig, als sie Alberts massive Gestalt vor der Tür sah.

«Es ist Peter.»

Sie sagte den Namen des Sohnes, und in diesem Moment schien sie ein Stromstoß zu durchzucken. Sie wurde blass unter den Augen, und ihre Lippen begannen zu zittern.

«Bleiben Sie nicht da stehen», herrschte sie ihn plötzlich in einem kommandierenden Ton an, und er merkte, wie sie mit ihrer Barschheit versuchte, den Zusammenbruch aufzuhalten. Sie verschwand in die Küche, um Kaffee zu kochen, den jeder Fremde zu trinken hatte, der zu Besuch kam, egal, welch schlechte Neuigkeiten er brachte. Er ging in die gute Stube und setzte sich. Der Kachelofen strahlte keine Wärme aus. Das Zimmer wurde alltags nicht benutzt und war daher nicht geheizt, aber er wusste, dass sie ihm hier den Kaffee servieren wollte. Aus der Küche hörte er das Klappern der Kaffeekanne, das Geräusch eines Streichholzes, das angerissen wurde, dann das Sausen der Gasflamme. Hansigne Koch gab keinen Laut von sich. Wenn sie weinte, tat sie es lautlos.

Sie kam mit den Kaffeetassen herein. Es war englische Fayence, wahrscheinlich hatte es ihr Mann mitgebracht, oder sie hatte es geerbt. Dann begann sie, den Kachelofen anzufeuern. Er bot ihr nicht an zu helfen und schlug auch nicht vor, das Heizen zu lassen oder den Kaffee in einem der warmen Räume des Hauses zu trinken. Es war die tägliche Routine, die in diesem Moment zu Hansigne Kochs Rettungsplanke wurde. Dadurch würde sie auch weiterhin überleben. Der Kaffee bedeutete ein Ritual, so wichtig wie das Begräbnis, das sie ihrem ertrunkenen Sohn nie würde bieten können.

Sie setzte sich ihm gegenüber und schenkte den Kaffee ein. Er erklärte die Umstände des vermuteten Untergangs. Viel gab es ja nicht zu sagen. «Ausgeblieben», also Liverpool nie angelaufen. Es war wichtig, dass sie aus den unklaren Umständen des Verschwindens der *Ruth* keine Hoffnung schöpfte. Sonst würde sie ihren Verlust nie überwinden. Vielleicht tat sie es ohnehin nicht. Aber Hoffnung würde die Zeit nur anhalten, so dass ihre heilende Wirkung nicht einsetzen konnte. Das wusste er.

Er erwähnte den Krieg nicht.

«Glauben Sie, dass es ein U-Boot war?», fragte sie.

Er schüttelte den Kopf. «Das weiß niemand, Frau Koch.»

«Ich bekam vor zwei Tagen einen Brief von ihm, abgeschickt aus St. John's. Er schrieb, es hätten sich so viele abgesetzt. Die *Ægir* könne nicht einmal auslaufen. Von der Besatzung wäre kein Mann mehr da. Auch von der *Nathalia* und der *Bonavista* verschwänden sie. Und die hätten an Bord sogar Schwarzbrot bekommen. Auf der *Ruth* gäbe es nur Zwieback. ‹Hätte ich nur die Brotrinden, die Großvaters Hühner bekommen.› Das schrieb er mir. Oh, ich habe mir immer Sorgen gemacht, ob er auch etwas Ordentliches zu essen kriegt.»

Sie weinte noch immer nicht.

«Eine Mutter hat niemals Ruhe», sagte sie. «Manchmal denke ich, dass ich erst aufhöre, mir Sorgen zu machen, wenn ich tot bin. Ich habe vom ersten Tag an, als er zur See ging, Angst gehabt.»

Sie schwieg.

«Warum muss es so sein? Ständig mit dieser Angst zu leben? Aber ein U-Boot ist das Schlimmste.»

Albert nahm ihre Hand. Es war ein U-Boot. Er hatte es selbst gesehen. Die Besatzung wurde erschossen, noch bevor sie in die Boote kam, danach war das Schiff in Brand gesteckt worden. Er hatte gesehen, wie Peter dabei war, das Rettungsboot klarzumachen. Eine Kugel hatte ihm die Brust aufgerissen, er fiel aufs Deck. Dann enterte die Mannschaft des U-Boots das Schiff und übergoss es mit Petroleum. Das Rigg und die Segel brannten schnell lichterloh. Die *Ruth*, die sich innerhalb eines Augenblicks in einen Scheiterhaufen für die Besatzung verwandelt hatte, verschwand mit einem Brodeln in den Wellen.

Dies war der schwerste Moment für ihn. Er musste sich beherrschen, damit seine Hand, die nun ihre hielt, nicht zu zittern begann, so wie ihre in seiner zitterte. Er war einsam. Seine Einsamkeit bedeutete indes nichts gegen ihre, sie hatte einen Mann und zwei Söhne verloren.

Sie sah ihn direkt an. Noch immer weinte sie nicht. Es war wie eine schreckliche Geduldsprobe, der sie sich selbst unterzog.

«Kapitän Madsen, ich fühle nichts.»

Ihre Stimme klang ungläubig, wie bei einem Unfallopfer, das von der Hüfte abwärts gelähmt ist und plötzlich bemerkt, dass es seine Beine nicht mehr bewegen kann.

«Ich wusste es», sagte sie vor sich hin.

«Was wussten Sie, Frau Koch?» Er sprach mit sanfter Stimme.

«Als Eigil ertrank, wusste ich, dass ich nie wieder weinen würde. Um ihn habe ich mir nie Sorgen gemacht. Was kann einem Kind schon passieren, das draußen beim Spielen ist? Und dann ertrank er im Hafen. Oh, Kapitän Madsen, mein Herz stand still an diesem Tag. Ich glaube, ich zählte die Sekunden, und von meinem Herzen kam keinerlei Antwort, nicht ein Schlag, nicht ein Stoß, überhaupt nichts. Es war vollkommen still in meiner Brust. Peter war zu Hause. Er nahm mich in die Arme und hielt mich an sich gedrückt, so wie ich es mit ihm vor so vielen Jahren getan hatte, als er ein kleines Kind war. ‹Mutter, ich bin so froh, dass ich dich noch habe›, sagte er, und obwohl er mir die Sorgen nicht abnehmen konnte, begann mein Herz doch wieder zu schlagen. Er schrieb mir nie einen Brief, ohne mich zu bitten, Eigil auf dem Friedhof zu grüßen.»

Noch immer flossen keine Tränen.

«Und nun ist er fort», sagte sie. Die Worte kamen stoßweise. «Nun gibt es niemanden mehr, von dem ich Eigil grüßen kann.»

Sie senkte den Kopf. Tränen tropften auf Alberts Hand.

Es verging einige Zeit. Albert schwieg.

«Ja, ich habe also doch noch Tränen», sagte sie schließlich.

Er konnte die Erleichterung in ihrer Stimme hören. Die lange Prüfung war vorbei. Sie konnte wieder etwas empfinden.

«Und Sie haben auch noch etwas anderes», erwiderte Albert. «Sie dürfen nicht vergessen, dass es jemanden gibt, der sie braucht.»

Frau Koch schaute ihn einen Moment verwirrt an. Dann richtete sie sich mit einem Ruck auf, als hätte sie gerade jemand gerufen. Dann stieß sie einen Mädchennamen aus.

«Ida!»

Lorentz hatte Albert über die Familienverhältnisse informiert. Ida war Frau Kochs mittleres Kind, ein elfjähriges Mädchen, das sich an diesem Vormittag in der Schule in der Vestergade befand.

«Ida», wiederholte Frau Koch und stand mit einer geschäftigen Bewegung auf. «Ich muss Ida abholen.»

Sie hatte bereits den Mantel an und stand abmarschbereit im Flur. Albert begleitete sie die Vinkelstræde hinauf bis zur Lærkegade. Er bot ihr an, bis zur Schule mitzukommen, doch sie lehnte es ab.

«Sie haben vorhin etwas Richtiges gesagt, Kapitän Madsen.»

Sie gab ihm zum Abschied die Hand.

«Es gibt immer jemanden, der uns braucht. Manchmal vergessen wir das. Aber vielleicht hält uns ja gerade das am Leben.»

Albert bog in die Nygade und schauderte in dem Schneegestöber, das ihm direkt ins Gesicht wehte. War er selbst nützlich? Gab es jemanden, der ihn brauchte?

Er stapfte irritiert durch den Matsch und wischte sich über das nasse Gesicht.

* * *

Auch die Witwe des Marinemalers kam in die Kirche. Sie saß allein in einer Bank und starrte auf Jesus und die aufgewühlten Wellen. Wahrscheinlich dachte sie an den Erlöser, an ihre Kinder, die sie nacheinander verloren hatte, bis nur noch eines übrig war, vielleicht aber auch an ihren verstorbenen Mann. Wer wusste das schon. Albert hatte die Kirche betreten und sah sie dort sitzen, sie hatte ihm den Rücken zugewandt. Leise war er wieder hinausgegangen, er wollte nicht stören. Er achtete auf die Uhrzeit. Vielleicht hatte sie regelmäßige Gewohnheiten. Er kam von nun an ein wenig früher. Blieb er lange genug sitzen, erschien sie jedes Mal. Sie ging nicht wieder, setzte sich ein Stück von ihm entfernt in die Bank und gab sich ihrer eigenen stillen Andacht hin. Er hörte ihr Kleid rascheln und das Scharren der Schuhe. Nach einer Weile erhob er sich. Sie blickte auf, und er grüßte mit einem kurzen Nicken auf dem Weg nach draußen. Danach kam er jeden Tag zum gleichen Zeitpunkt. Sie tauchte ebenfalls auf. Zwei alte Menschen, die still in einer Kirche saßen, jeder auf seiner Seite.

Nein, Albert war kein Mensch, der wusste, wo er Trost suchen sollte. Er wusste, wie er sich bei anderen nützlich machen konnte. Manchmal sind diese beiden Dinge eins. Doch über seine Qualen konnte er mit keinem Menschen reden, und da er an keinerlei Gott glaubte, bedeutete das, dass es überhaupt keine Möglichkeit gab, darüber zu sprechen. Aber er ging jeden Tag in die Kirche, eine halbe Stunde bevor Anna Egidia Rasmussen erschien, und er blieb dort sitzen, als würde er auf sie warten.

Er kam nicht in das Haus Gottes, um Gott zu finden. Vielleicht kam er, um einen Menschen zu finden?

Eines Tages setzte sie sich neben ihn. Es war ihm nicht klar, ob er darauf gewartet hatte. Er blickte von seinen Händen auf und grüßte sie.

«Nun sitzen Sie schon wieder hier, Kapitän Madsen», sagte sie.

Er nickte und wusste nicht, wie er diese Tätigkeit fortsetzen sollte. Eben war die *Hydra* als vermisst gemeldet worden, und er hatte eine Todesbotschaft zu überbringen. Der Witwe von Kapitän Eli Johannes Rasch. Auch Anna Egidia Rasmussen hatte eine Aufgabe.

«Hat dieser furchtbare Krieg denn niemals ein Ende?», seufzte sie, während sie sich wie gewöhnlich in die Betrachtung der Altartafel ihres verstorbenen Mannes vertiefte.

«Er nimmt kein Ende.»

Albert spürte plötzlich, wie sich Zorn in ihm ausbreitete. Und er tat etwas, was er geschworen hatte, niemals zu tun, wenn er den Hinterbliebenen gegenübersaß.

Er begann, über den Krieg zu sinnieren.

«Er nimmt kein Ende, solange jemand einen Vorteil daraus zieht, wenn er fortgesetzt wird.»

«Wie sollte jemand einen Vorteil aus diesem Grauen und dem Tod ziehen?»

«Gehen Sie durch die Kirkestræde. Schauen Sie sich die Läden an. Die Stadt blüht wie nie zuvor.»

«Das meinen Sie doch nicht im Ernst, Kapitän Madsen, dass die Einwohner einer kleinen Stadt wie Marstal die gewaltigste Kriegsmaschinerie der Geschichte in Betrieb halten? Sehen Sie denn nicht all die Trauer, die dieser Krieg der Stadt gebracht hat? Das müssen Sie doch sehen. Genau wie ich überbringen Sie doch in diesen Zeiten beinahe wöchentlich eine Todesnachricht.»

«Ja, Frau Rasmussen, ich sehe all diese Trauer. Sie sehen sie, und ich sehe sie, weil wir uns in den Kammern des Todes aufhalten. Die anderen stehen vor den Ladenschaufenstern und glotzen. Es liegt in der menschlichen Natur, dass wir am liebsten das Goldene Kalb anbeten, und das ist die wichtigste Ursache für den augenblicklichen Krieg.»

«Ich verstehe nichts von Politik», entgegnete sie und schaute auf den Boden. «Ich bin nur eine alte Frau, die zu lange gelebt hat.»

«Sie sind doch acht Jahre jünger als ich, soweit ich weiß.»

«Ja, das ist sicher richtig. Aber als Witwe ...»

Sie hielt inne, zu verlegen, um fortzufahren.

«Ja», sagte er abwartend.

«Als Witwe hat man nicht länger sein eigenes Leben. Man lebt durch die anderen. Es ist, als gehörte man mit einem Schlag zu den Alten. Ich habe mich alt gefühlt, seit Carl starb, und das ist jetzt bereits vierundzwanzig Jahre her.»

«Ich habe bemerkt, dass Sie häufig hierherkommen. Wahrscheinlich denken Sie an ihn.»

«Ich komme aus dem gleichen Grund wie Sie, Kapitän Madsen. Um an den Erlöser zu denken.»

Sie sah ihn einen Augenblick prüfend an.

«Nun ja, Sie sind doch gläubig, oder?»

«Ich war gläubig», antwortete er, «aber es war nicht der Heiland, an den ich geglaubt habe. Ich glaubte an andere Dinge. Ich glaubte an diese Stadt und die Kräfte, die sie erbaut haben. Ich glaubte an die Einigkeit und die Gemeinschaft der Menschen. Ich glaubte an so viele Dinge, an das Aktive und Strebsame im Leben. Aber ich fürchte, nun bin ich ein Abtrünniger. Auch ich habe das Gefühl, zu lange gelebt zu haben. Ich verstehe diese Welt nicht mehr, die ich um mich herum sehe.»

«Sie klingen wie ein unglücklicher Mensch, Kapitän Madsen. Auch ich verstehe die Welt nicht. Aber das habe ich wohl nie getan. Dennoch glaube ich.»

«Vielleicht glauben Sie ja gerade deshalb.»

«Was meinen Sie?»

«Sie sagen doch selbst, dass Sie die Welt nicht verstehen. Vermutlich müssen Sie daher glauben. Der Glaube ist ja ein Mysterium. Doch er ist kein Mysterium, an dem ich teilhabe. Ich weiß nicht, ob es da eine Grenze in mir gibt.»

Er sah sie fragend an, als ob er eine Antwort erwartete. Er spürte, dass er dabei war, sich an diese Frau auszuliefern. Es erschreckte ihn nicht. Sie hatte so etwas Verständnisvolles und Mildes an sich, und er hatte nichts mehr zu verlieren.

«Ich habe diese Träume», hörte er sich sagen.

Das Bedürfnis, sich anzuvertrauen, war offenkundig.

«Welche Träume?»

Er hielt einen Moment inne. Dann nahm er die Hürde.

«Die ertrunkenen Seeleute», sagte er. «Ich sehe, wie sie ertrinken. Ich sehe sie jede Nacht. Es ist, als wäre ich dabei. Ich sehe es, lange bevor es passiert. Wenn Sie mir nicht glauben, können Sie mich fragen, wer hier in Marstal noch sterben wird. Ich werde Ihnen die Namen von jedem Einzelnen nennen.»

Sie blickte ihn an, als hätte sie nicht verstanden, was er sagte. Er konnte jetzt nicht aufhören.

«Jahrelang bin ich in dieser Stadt wie ein Fremder umhergegangen. Ich fühle mich wie ein Abgesandter des Totenreichs. Der Klabautermann – das bin ich.»

Er unterbrach sich und schaute sie hilfesuchend an. Verstand sie überhaupt, wovon er sprach?

Eine ganze Weile schwieg sie. Dann nahm sie seine Hand.

«Sie müssen sich ja schrecklich fühlen», sagte sie. «Das ist mehr, als ein Mensch ertragen kann.»

Einen Augenblick fürchtete er, dass sie anfangen würde, vom Erlöser zu reden. Aber das tat sie nicht.

«Dann glauben Sie mir also, dass ich diese besonderen Fähigkeiten habe?»

«Wenn Sie es sagen, Kapitän Madsen, dann glaube ich es Ihnen. Ich habe Sie nie für einen Mann gehalten, der sich Phantastereien hingibt und es nötig hat, sich interessant zu machen.»

Er richtete sich auf und breitete verzweifelt die Arme aus.

«Ich habe den Krieg gesehen, Frau Rasmussen. All diese Todesfälle. Ich sitze den Witwen gegenüber und sehe ihre fragenden Blicke. Wie starb mein Erik oder Peter? Ich weiß es. Ich könnte antworten. Und kann es doch nicht. Man fühlt sich so ohnmächtig dabei. Ohnmacht, ja, das ist es, was ich fühle. Ich bin ein Zuschauer in meinen Träumen und im wachen Leben. Tag und Nacht stehe ich Leiden und Trauer gegenüber, und meine eigene Situation ist die ganze Zeit über unverändert. Ich kann einfach nichts tun.»

Ihre Hand lag noch immer in seiner.

Sie blieben noch eine Weile sitzen, ohne etwas zu sagen. Dann zog sie ihre Hand zurück und erhob sich.

«Kommen Sie, Kapitän Madsen, wir müssen nun unsere Besuche machen.»

Auf dem Weg durch die Kirche wandte sie sich an ihn.

345

«Ich glaube an Ihre Träume. Aber ich möchte sie nicht hören. Ich ziehe es vor, in Unwissenheit darüber zu leben, welche Pläne Gott mit uns hat.»

*　*　*

Eine Weile behielten sie ihre Treffen in der Kirche bei. Sie setzten sich nun nebeneinander. Manchmal schwiegen sie und hingen den eigenen Gedanken nach. Meist führten sie aber ein flüsterndes Gespräch. Sie berührten sich nicht. Ihre Hand in seiner war ein Zeichen des Einverständnisses gewesen. Sie musste es nicht wiederholen. Nun hatte er es und wusste es.

Es wurde Dezember, und in der Dämmerung schien sich die feuchte Winterkälte in dem ungeheizten Kirchenraum zu konzentrieren.

«Wir sitzen hier und frieren», sagte sie, «lassen Sie uns zu mir gehen und Kaffee trinken.»

Er sah sich um, als sie in die Stube des Hauses in der Teglgade traten. Einige von Rasmussens Gemälden hingen an der Wand. Albert wusste, dass Anna Egidia Rasmussen die meisten verkauft hatte, einige schien sie also doch behalten zu haben. Eines zeigte das Porträt eines kleinen grönländischen Mädchens. Rasmussen war als einer der ersten dänischen Maler in die Eiseinöde gezogen, doch das Porträt war kein typisches Motiv für ihn. Er beschäftigte sich überwiegend mit dem Meer und den Schiffen, er hatte sich als Marinemaler einen Namen gemacht. Das andere Bild zeigte einen mit einem Umhang bekleideten Mann, der in betender Position im Wüstensand kniete. Im Hintergrund sah man eine Frau und einen Esel. Das Gesicht des Mannes war seltsam undeutlich, als ob das Bild noch nicht fertig wäre oder Rasmussens Fähigkeiten als Porträtmaler nicht ausgereicht hätten.

«Es ist die Flucht aus Ägypten», erklärte die Witwe, die mit der Kaffeekanne hereinkam.

Albert nickte höflich. Das hätte sie ihm nicht zu erklären brauchen. Obwohl er nicht gläubig war, kannte er doch seine Bibel.

«Eigentlich geschah es ja nicht oft, dass er sich von Motiven der Bibel inspirieren ließ. Es war schade. Ich glaube, dass sie ihn zu etwas Neuem hätte anregen können. Aber zuletzt wollte ihm nichts Richtiges mehr gelingen. Jedenfalls war er selbst so unzufrieden, so unzufrieden. Er war ein geplagter Mensch. Sie müssen nicht glauben, dass ich ihn nicht so sehen konnte, wie er tatsächlich war.»

Albert hatte den ein paar Jahre älteren Maler zum ersten Mal getroffen, als er selbst noch ein großer Junge war. Carl Rasmussen hatte damals einen unauslöschlichen Eindruck bei ihm hinterlassen, nicht nur aufgrund seines außergewöhnlichen Zeichentalents, sondern auch wegen seiner eigentümlichen Unschuld. Er stammte aus der Nachbarstadt Ærøskøbing, und als er das erste Mal in Marstal auftauchte, wurde er sofort von einer feindseligen Schar Jungen umringt. Er war ein Fremder, und das sollte er zu spüren bekommen. Doch irgendetwas Unerklärliches hielt sie zurück. Er machte den Eindruck, als wäre er sich überhaupt nicht darüber im Klaren, dass er Gefahr lief, verprügelt zu werden. Stattdessen freundete er sich mit den ungehobelten Burschen an. Einen langen Sommer hatten sie zusammen die Insel erkundet. Carl fertigte, umgeben von einer Schar Bewunderer, seine Skizzen an und las ihnen auch vor. Sie entdeckten in sich einen Hunger nach etwas anderem als der trockenen Paukerei in Isagers Stunden. Albert erinnerte sich noch immer an den Eindruck, den die *Odyssee* mit ihrem Bericht über Telemachos auf ihn gemacht hatte, der zwanzig Jahre auf seinen Vater wartete und nie daran zweifelte, dass er noch lebte. Damals wurde möglicherweise die Richtung seines Lebens bestimmt.

Irgendwann war es zu einer Auseinandersetzung gekommen. Er wusste nicht mehr, worum es ging. Nur dass Carl mit einer blutigen Nase daraus hervorging. Er hatte ihn nicht wiedergesehen, bevor er sich als Erwachsener mit seiner Familie in Marstal niederließ. In der Zwischenzeit war er zu einem bekannten Maler mit gutem Einkommen geworden, das er in die Schiffe der Stadt investierte. Er hatte die Altartafel in der Kirche gemalt und dabei die örtlichen Skipper als Vorbilder für Jesu Apostel verwendet. Jesus selbst war ein Tischler, der gegenüber der Kirche einen heimlichen Ausschank betrieb. Es war eine gewagte Wahl, aber Rasmussen kam damit durch. Die Begeisterung über sein Talent kannte keine Grenzen. Auf eine ganz und gar unbegreifliche Weise arbeitete Carl Rasmussen die Ähnlichkeiten seiner Modelle heraus.

Auch Albert wollte er porträtieren. Albert hatte James Cook herausgeholt und gebeten, mit ihm zusammen abgebildet zu werden. Doch Rasmussen bekam Magenschmerzen beim Anblick des Schrumpfkopfes und musste sich aufs Sofa legen.

Albert hatte immer das Gefühl gehabt, dass der Maler nach Marstal gekommen war, um etwas zu suchen, das er nicht fand. Was es gewesen war, wusste er nicht. Aber es hielt sich das Gerücht, dass es sich bei Rasmussens Tod um Selbstmord gehandelt habe. Das war kein boshaftes Gerede. Das Gerücht fußte auf ganz schlichter Seemannschaft. Denn niemand begriff, wie man bei ruhigem Wetter über Bord eines Schiffs fallen konnte. Carl Rasmussen hatte an Deck gestanden und eben noch gemalt – und im nächsten Moment war er verschwunden.

Anna Egidia Rasmussen schenkte den Kaffee in die blau gemusterten Porzellantassen.

«Nehmen Sie einen Keks.» Sie schob ihm die Schale hinüber. «Ich habe sie selbst gebacken. Nun ja, eigentlich nur wegen der Enkelkinder.» Sie lächelte.

Albert nahm einen Keks und tunkte ihn in den Kaffee.

«Wir hatten viele Diskussionen über seine Malerei», sagte er. «Allerdings nicht über die religiösen Werke.»

«Ja, daran erinnere ich mich gut. Ihrer Meinung nach schränkte er sich zu sehr ein, wenn er nur das Leben hier in der Stadt und auf den umliegenden Insel abbildete. Ich glaube, dass er Ihnen schließlich recht gab.»

«Ich bin ja kein Maler», erklärte Albert, «ich war bestimmt nicht der Richtige, um ihm einen Rat zu erteilen. Ich glaube an den Fortschritt, jedenfalls glaubte ich an ihn. Aber wie malt man den Fortschritt? Darauf weiß ich keine Antwort.»

«Als Dampfer mit rauchendem Schornstein?»

Er hörte die Ironie in ihrer Stimme und lachte.

«Sie haben recht, Frau Rasmussen. Wir Laien sollten uns nicht in das Metier eines Malers einmischen. Irgendwann einmal dachte ich, dass die Mole das Symbol für alles sei, was die Bevölkerung dieser Stadt vermag. Aber eine derartige Menge Steine wäre niemals ein interessantes Motiv gewesen. Und nun muss ich einsehen, dass es eine Sache gibt, gegen die uns die Mole nicht schützen kann, und das ist unsere eigene Gier.

Ja, ich muss zugeben, dass die Art und Weise, wie die Existenzgrundlage der Stadt zunichte gemacht wird, auf mich einen ebenso furchtbaren Eindruck macht wie der Krieg.»

«Sie meinen den Verkauf der Schiffe?»

«Ja, genau. Die Existenzgrundlage der Stadt ist doch das Meer. Wenn wir die Verbindung zum Meer kappen, was soll denn dann aus der Stadt werden? Es scheint, dass die Zeit eine Art Verweichlichung mit sich bringt. Plötzlich ist es nicht mehr fein genug, Seemann zu sein. Die verbesserten Schulbedingungen spielen sicher eine Rolle dabei. Die Kinder haben ein größeres Wissen und sehen plötzlich bessere Möglichkeiten, als zur See zu fahren wie ihre Väter und ihre Großväter vor ihnen. Aber ich glaube auch, dass die Mütter einen gehörigen Anteil an dieser Entwicklung haben. Sie versäumen ja niemals eine Gelegenheit, ihren Söhnen von den vielen harten Reisen zu erzählen, auf die der Vater gehen musste, und von den unzähligen kummervollen Tagen und Stunden voller Unruhe und Sorgen, die sie selbst erlebt hatten, wenn der Vater unterwegs war. Wenn sie dieses Gejammer lange genug hören, verlieren die Jungen die Lust an einem Leben auf See. Und weshalb noch Schiffe halten, wenn der Markt so günstig ist? Es gibt doch ohnehin niemanden, der den Beruf weiter ausüben will.»

«Haben Sie je daran gedacht, wie es ist, Kind eines Seemanns zu sein?»

«Ja, ganz sicher habe ich das. Ich stamme aus einer Seemannsfamilie.»

«Nehmen Sie so einen Burschen, der mit vierzehn zur See geht. Was glauben Sie, wie oft hat er seinen Vater gesehen, wenn er das Elternhaus verlässt?»

Er hörte die Beharrlichkeit in ihrer Stimme und verstand, dass sie keine Frage gestellt hatte. Sie wollte auf einen bestimmten Punkt hinaus, und er hatte ihr einfach zu folgen.

«Ich werde es Ihnen sagen, Kapitän Madsen. Der Vater war wahrscheinlich ungefähr jedes zweite Jahr zu Hause, aber jedes Mal nur ein paar Monate. Wenn der Junge dann als Vierzehnjähriger selbst zur See geht, hat er seinen Vater siebenmal gesehen, insgesamt höchstens anderthalb Jahre. Sie nennen Marstal die Stadt der Seeleute, aber wissen Sie, wie ich die Stadt nenne? Ich nenne sie die Stadt der Ehefrauen. Es sind die Frauen, die sie bewohnen. Die Männer sind hier nur zu Besuch. Haben Sie je in das Gesicht eines kleinen zweijährigen Knirpses gesehen, der an der Hand seines Vaters die Straße entlangstolpert? Er sieht zu seinem Vater auf, und es ist so bedauerlich klar, was in dem kleinen Kopf vor sich geht. Wer ist dieser Mann?, fragt er sich. Und wenn er sich an den Vater, der ihm plötzlich geschenkt wurde, gewöhnt hat, zieht dieser wieder fort. Zwei Jahre später kann sich die ganze Geschichte wiederholen. Jetzt ist der Junge vier Jahre alt. Sogar die liebevollsten Erinnerungen an einen Vater sind verblasst, und auch der Vater muss sich an einen Jungen gewöhnen, den er kaum wiedererkennt. Zwei Jahre sind eine Ewigkeit im Leben eines Kindes, Kapitän Madsen. Was ist das für ein Leben?»

Albert schwieg. Er trank seinen Kaffee und aß noch ein Vanillekränzchen. Sein eigener Vater hatte ihn in einer Weise im Stich gelassen, die er ihm nie verzeihen konnte. Dennoch begriff er, dass er die Abwesenheit der Väter immer als naturgegeben hingenommen hatte, obwohl Männer in anderen Berufen nicht jedes Jahr aufs Neue ihr Heim verließen.

«Ja, was ist das für ein Leben?», wiederholte die Witwe. «Für einen Vater, der seine Kinder kaum kennt, für die Kinder, die vaterlos aufwachsen, obwohl der Vater doch irgendwo dort draußen auf der anderen Seite des Erdballs am Leben ist, für die Mutter, die den größten Teil der Zeit die Verantwortung allein zu tragen hat und darüber hinaus in ständiger Angst vor der Nachricht lebt, dass das Schiff als vermisst gemeldet wird. Sollte sie denn nicht versuchen, ihre Kinder zu überreden, den Seemannsberuf nicht zu ergreifen? Wir haben elektrisches Licht, Telegrafen und kohlebetriebene Dampfer, warum sollen nur die Kinder und die Frauen vom Fortschritt ausgeschlossen bleiben und wie im vorigen Jahrhundert leben? Sie glauben an den Fortschritt, Kapitän Madsen. Wieso können Sie nicht auch diese Entwicklung willkommen heißen? Weil sie die Welt verändert, die Sie so gut kennen? Aber das ist doch, wenn ich es richtig verstanden habe, die Natur des Fortschritts: Die Welt wird dadurch nicht nur ständig besser, sondern sie ist auch nicht mehr wiederzuerkennen.»

Albert war nie Vater geworden. Ein richtiges lebendiges Kind, einen Jungen, der ihn, sobald er zu sprechen gelernt hatte, Vater nannte, hatte er nie auf dem Arm gehalten. Hier konnte er überhaupt nicht mitreden.

Bisweilen hatte er das Gefühl, dass seinem Leben dadurch etwas fehlte, dennoch bereute er es nicht. So war sein Leben eben verlaufen.

Als er an Land ging, war es zu spät. Fünfzig Jahre, das war kein Alter, um eine Familie zu gründen. Wen konnte man auch noch in diesem Alter bekommen, höchstens eine übrig gebliebene Jungfer, womöglich mit einer Behinderung? Eine Witwe, ja sicher, davon gab es genug. Heiratswillig waren sie auch, allerdings eher aus praktischen Gründen. Aber mit ihren vertrockneten Schößen und welken Brüsten waren sie wohl kaum noch imstande, Kinder zu kriegen. Und ein junges Mädchen mit einem alten Stiesel wie ihm zu belasten war ebenfalls nicht sonderlich aussichtsreich.

So redete er manchmal mit uns, in hingeworfenen, etwas verächtlichen Wendungen, die so aufschlussreich sind für jemanden, der zuzuhören versteht.

«Na ja, ich kann da nicht wirklich mitreden. Ich habe ja nie Kinder gehabt», antwortete er der Witwe.

Er nahm noch ein Vanillekränzchen.

«Eigentlich ist es seltsam, denn mich hat die Familie immer sehr beschäftigt. Aber ich habe versäumt, mich um meine eigene Nachkommenschaft zu kümmern.»

«Ich habe es nie verstanden, Kapitän Madsen. Sie hätten heiraten sollen.»

Die Witwe wusste nichts von der Chinesin.

«Trotz meiner langen Reisen?», fragte er ironisch.

«Das sind nun mal die Umstände. Sie hätten sich als Ehemann trotzdem bewährt. Sie besitzen Verantwortungsgefühl und Weitblick. Diese Eigenschaften sind nicht so verbreitet, wie man meinen sollte. Kinder sind ein großes Geschenk. Sie haben es abgelehnt. Das hätten Sie nicht tun sollen.»

«Und das sagen Sie, die doch wieder und wieder erleben musste, wie Ihnen dieses Geschenk genommen wurde?»

Sie senkte den Blick.

«Noch eine Tasse Kaffee?», fragte sie.

Er nickte und spürte, dass er möglicherweise zu weit gegangen war mit der Anspielung auf die vielen Kinder, die sie verloren hatte. Er führte die Porzellantasse zum Mund und musterte sie durch den Dampf des heißen Kaffees.

Sie schaute auf und begegnete seinem Blick.

«Nein, Kapitän Madsen, man bereut kein Kind, nur weil man es wieder verliert. Das ist kein Handel, den man mit dem Leben eingeht, wenn man ein Kind bekommt. Wie ich sagte: Ein Kind ist ein Geschenk. Und das, was in einem bleibt, wenn es fort ist, sind die Erinnerungen an die Jahre, die es leben durfte. Nicht an den Tod.»

Sie hielt inne, und er bemerkte ihre Rührung. Er wollte gern tun, was sie für ihn an dem Tag in der Kirchenbank getan hatte, und seine Hand auf ihre legen. Aber dazu hätte er aufstehen und um den Tisch herumgehen müssen. Er fühlte sich unbeholfen und verlegen, und dann war es zu spät, um irgendetwas zu tun. Er blieb sitzen und schwieg. Man konnte es für Respekt halten, aber er wusste, dass es aus reiner Hilflosigkeit geschah.

«Ich habe gelernt, mich zu fügen.»

Sie sah ihn direkt an.

«Ich glaube, Gott hat eine Meinung zu allem, was geschieht. Würde ich das nicht glauben, hätte ich es nicht durchgestanden. Ich habe meinen Jesus.»

Wieder wusste er nicht, was er sagen sollte. Er spürte die Kluft zwischen ihnen und überlegte, ob ihre so verschiedenen Ansichten möglicherweise etwas mit dem Unterschied zwischen Mann und Frau zu tun hatten. Irgendetwas in ihr war ihm unbegreiflich, und aus eigener Kraft konnte er nicht bis dahin vordringen. Er musste in allem nach dem Sinn suchen, und es regte ihn auf, wenn er ihn nicht fand. Sie war mit dem Leben einverstanden, selbst wenn es sie in seiner härtesten Form traf, dem Tod eines Kindes. Es gab eine Stärke in ihr, die er nicht kannte. Vielleicht hatte er diese Form der Stärke aber auch nie gebraucht, obwohl er doch das Gefühl hatte, dass seine Träume ihm eine unmenschliche Bürde auferlegten. Ihm war immer klar gewesen, dass er Carl Rasmussens Witwe respektierte, nun wurde ihm bewusst, dass er sie auch bewunderte. Gleichzeitig allerdings rebellierte etwas in ihm gegen ihre Sicht des Lebens.

Erneut herrschte Schweigen zwischen ihnen, und wieder war sie es, die es brach.

«Ich habe doch noch immer viele Kinder um mich. Es gibt die Enkel – und dann die Kinder hier im Viertel.»

«Ja, ich weiß, dass Sie einspringen, wenn eine Familie in Not gerät.»

«Ich nehme hin und wieder für eine gewisse Zeit ein Kind bei mir auf. Ich möchte das Gefühl haben, nützlich zu sein. Wenn ich dieses Gefühl der Nützlichkeit nicht hätte, könnte ich nicht leben, glaube ich.» Wieder schaute sie ihm direkt ins Gesicht. «Fühlen Sie sich nützlich, Kapitän Madsen?»

«Nützlich?», wiederholte er. «Ob ich das Gefühl habe, nützlich zu sein? Ich weiß es nicht. Meine Träume kann ich ja niemandem erzählen. Sogar Sie fühlen sich ja abgestoßen ...»

Er schwieg einen Augenblick. Wieder hatte er das Gefühl, zu weit zu gehen. Es war ungerecht, der Witwe etwas vorzuwerfen. Sie hatte ihm zumindest zugehört und war nicht davongelaufen wie der Idiot Anders Nørre. Es sah sie mit einem entschuldigenden Blick an. Ruhig erwiderte sie ihn.

«Vergeben Sie mir», sagte er. «Das war ein ungerechter Vorwurf. Es ist Ihr gutes Recht, sich meine Träume nicht anhören zu wollen. Wer sollte sich auch schon an ihnen erfreuen? Schlimmer ist wohl, dass die Erfahrung eines langen Lebens auf See heutzutage auch niemanden mehr zu interessieren scheint. Ja, ich fühle mich unnütz. Wir sprachen neulich in der Kirche darüber, über das Gefühl, zu lange gelebt zu haben. Wenn man niemandes Freude mehr ist, dann hat man wohl zu lange gelebt.»

«Niemand von uns ist überflüssig, Kapitän Madsen.»

«Nun ja, aber Sie sagten doch selbst ...»

«Ich gebe zu, dass ich hin und wieder ein wenig pessimistisch klinge. Immer wenn ich an diese endlos lange Zeit der Trennung von meinem Carl denke, kommt es schon vor, dass ich das Gefühl habe, schon zu lange am Leben zu sein. Aber wenn man zu lange gelebt hat und dennoch nicht sterben kann, muss man einen Grund finden weiterzuleben. Man ist unnütz, jawohl. Aber immer nur in den eigenen Augen. Es gibt immer jemanden, der einen braucht. Es geht nur darum, ihn zu finden.»

Albert sagte nichts. Fast die gleiche Formulierung hatte er bei Frau Koch benutzt, als er die Mitteilung über den Untergang der *Ruth* überbringen musste. Doch dass die Worte auch für ihn galten, hatte er so nicht empfunden. Er und Anna Egidia waren verschieden. Sie hatten beide ihre eigene Lebensanschauung. Sie hatte ihre Gründe gefunden, um zu leben. Er hatte seine verloren. Seiner Meinung nach war daran nichts zu ändern.

Sie beugte sich zu ihm.

«Sehen Sie», sagte sie, «ich kenne da einen kleinen Jungen in der Snaregade. Er hat gerade seinen Vater verloren. Seinen Großvater hat er nie kennengelernt. Er starb auf See, lange bevor der Junge geboren wurde. Die Männer der übrigen Familie sieht er im Grunde nie, sie sind ja auf See. Die Mutter stammt aus Birkholm, ihre Eltern sind tot, also auch von der Seite gibt es so gut wie keine familiären Bindungen. Meinen Sie nicht, dass so ein kleiner Junge jemanden brauchen könnte, der ihn hin und wieder zu einem Spaziergang an den Hafen mitnimmt, vielleicht sogar mal mit ihm in einer Jolle rudert und ihn so mit dem Meer vertraut macht?»

«Doch, ich denke schon, dass es ihm guttäte», entgegnete er, unsicher, worauf sie hinauswollte.

Anna Egidia lächelte plötzlich. Es war ein hübsches Lächeln, das ihre schmalen, blutleeren Lippen vergessen ließ.

«Und hier haben wir nun Sie, Kapitän Madsen, einen älteren, erfahrenen Seemann, der herumläuft und sich darüber beschwert, dass er zu nichts auf der Welt mehr nütze sei.»

Ihr Tonfall war spöttisch. Sie machte eine Pause und sah ihn herausfordernd an, als erwartete sie eine Antwort.

«Ja, und?», fragte er begriffsstutzig.

«Begreifen Sie denn wirklich nicht, worauf ich hinauswill?»

Ihr eingefallenes Gesicht wurde bei all dem Lächeln beinahe rund. Albert schüttelte den Kopf. Er kam sich jetzt dumm vor. Sie spielte mit ihm.

«Ich stelle mir nur vor, dass Sie der Mann sind, der den kleinen Jungen an die Hand nimmt und in seiner Gig herumrudert.»

«Aber ich kenne die Familie doch gar nicht. Ich kann mich doch nicht einfach so aufdrängen.»

«Ich versichere Ihnen, die Mutter des Jungen wird Sie nicht anmaßend finden. Im Gegenteil, sie wird dankbar sein und sich geehrt fühlen.»

«Ich habe doch überhaupt keine Ahnung, wie man mit Kindern umgeht.»

Er gab seiner Stimme einen schroffen Klang, um seine Unsicherheit zu verbergen. Plötzlich fühlte er sich verraten. Sie hatte ihm eine Falle gestellt, und er war sehenden Auges hineingetappt. In einem schwachen Moment hatte er sich einem anderen Menschen geöffnet, weil ihm die Einsamkeit zu viel geworden war. Er hatte geglaubt, sie seien zwei alte Menschen, die zusammensaßen und sich über ihr Leben unterhielten. Aber sie war eine alte Frau und er ein alter Mann, dadurch unterschied sich ihr Gespräch. Alte Männer unterhielten sich über das Meer und die Schiffe, denn das war ihr Leben, doch er hatte noch ein inneres Leben, das er mit niemandem teilen konnte. Mit ihr hatte er es geteilt, doch hinter der Art, die er für Aufgeschlossenheit hielt, verbarg sich die ganze Zeit eine Absicht. Nun hatte sie die Karten auf den Tisch gelegt. Er war lediglich eine Spielfigur ihrer Samaritertätigkeit.

Es war eigentlich nicht der Junge, den er zurückwies, als er aufstand und sich verabschiedete. Es war sie.

«Wollen Sie denn gar nicht wissen, wie er heißt?», fragte sie, als sie ihn in den Flur begleitete.

«Nein», sagte er, «es interessiert mich nicht.»

DER JUNGE

Am nächsten Tag erschien sie mit einem Jungen an der Hand vor seiner Haustür. Albert stand mitten in der Tür und wusste nicht, was er sagen sollte. Er konnte das Alter des Kindes nicht genau schätzen, aber der Bursche war wohl sechs oder sieben Jahre alt. Er hatte helles Haar und abstehende Ohren, die in der Dezemberkälte feuerrot leuchteten.

«Wollen Sie uns denn nicht hereinbitten, Kapitän Madsen?»

Die Witwe lächelte ihn an. Noch am Vortag hatte er die Art, wie das Lächeln ihr Gesicht aufleuchten und es rund und sanft werden ließ, geliebt, nun glaubte er, dass dieses Lächeln falsch war. Er trat zur Seite und forderte sie mit einer Handbewegung auf einzutreten. Dann half er der Witwe aus dem Mantel. Der Junge zog seinen Mantel selbst aus.

«Sag dem Kapitän guten Tag», sagte die Witwe.

Der Junge streckte die Hand aus und machte eine steife Verbeugung.

«Willst du dem Kapitän nicht deinen Namen verraten?»

«Knud Erik», antwortete der Junge und schaute noch immer verlegen zu Boden. Er war mitten in seiner Verbeugung stecken geblieben.

Irgendetwas an der Verlegenheit des Jungen rührte Albert.

«Wie alt bist du denn?», fragte er ihn.

«Sechs Jahre», antwortete der Junge und wurde rot.

«Bleiben wir doch nicht hier im kalten Flur stehen.»

Er führte sie ins Wohnzimmer und rief seine Haushälterin.

«Kaffee?»

Die Witwe nickte.

«Ja, danke.»

«Und was trinkst du?»

«Ich habe keinen Durst», sagte der Junge und errötete noch mehr.

«Aber einen Keks möchtest du doch bestimmt?»

Der Junge schüttelte den Kopf.

«Nein danke. Ich habe keinen Hunger.»

Er zog die Schultern hoch und versuchte, sich unsichtbar zu machen.

Albert nahm eine hellrote Muschel vom Fensterbrett.

«Hast du schon mal eine so große Muschel gesehen?»

«Wir haben eine zu Hause», sagte der Junge.

«Und wo kommt die her?»

«Vater hat sie mitgebracht.»

Die schmächtigen hochgezogenen Schultern des Jungen sahen aus wie zwei Vogelflügel. Er biss sich auf die Unterlippe und starrte auf den Perserteppich, als wäre er höchst interessiert an dessen verschlungenen Arabesken. Er zitterte ein wenig.

Albert wurde verlegen und warf der Witwe einen Blick zu. Sie schüttelte stumm den Kopf. Er fühlte sich dumm.

«Vielleicht habe ich etwas, was du noch nicht gesehen hast», meinte er, um die Stille zu unterbrechen. «Komm her.»

Er nahm den Jungen bei der Hand und führte ihn nach nebenan in sein Kontor. Im Fenster stand ein Holzmodell der *Princess*. Es war ein großes Modell, über einen Meter lang und beinahe ebenso hoch. Albert trug es vorsichtig ins Wohnzimmer und stellte es dort auf den Boden.

«Ich lasse eigentlich niemanden damit spielen, aber du darfst es, wenn du mir versprichst, vorsichtig zu sein.»

«Ja, natürlich.»

Die Haushälterin kam mit dem Kaffee, und Albert setzte sich der Witwe gegenüber. Der Junge war dabei, den Anker zu untersuchen. Dann drehte er vorsichtig das Ruder. Er schob die *Princess* langsam über den Teppich. Mit beiden Händen am Rumpf, schaukelte er das Schiff von einer Seite zur anderen, wobei er das Geräusch der Wellen und das Sausen des Windes im Rigg nachahmte.

Albert behielt ihn im Auge. Als er bemerkte, dass der Junge ganz in sein Spiel vertieft war, wandte er sich der Witwe zu.

«Ich sagte Ihnen doch, dass ich von Kindern keine Ahnung habe.»

Frau Rasmussen lachte.

«Darüber machen Sie sich mal keine Gedanken. Betrachten Sie ihn bloß als einen von der Mannschaft. Den Jüngsten. Und dann seien Sie Kapitän, so wie Sie es gewohnt sind.»

«Wieso sollte es ihm gefallen, Zeit mit einem so alten Mann wie mir zu verbringen?»

«Es wird ihm gefallen. Für ihn werden Sie der Herrgott persönlich sein. Erzählen Sie ihm einfach von Ihren Reisen und Erlebnissen, und Sie werden in ihm einen Zuhörer finden, wie Sie noch keinen gehabt haben. Und nun hören Sie auf mit all den Einwänden, denn jetzt bekommen Sie keine Komplimente mehr.»

Am nächsten Tag holte er Knud Erik ab. Er wohnte in der Snaregade, im Süden, wie es bei uns heißt. Klara Friis war schwanger, und bis zur Geburt konnte es nicht mehr lange dauern. Ihr Körper wirkte groß und schwer unter dem schwarzen Tuch, das sie sich umgehängt hatte. Er konnte sich nicht erinnern, dass er sie schon irgendwann einmal gesehen hatte, und das überraschte ihn. Marstal war eine kleine Stadt, und obwohl er schon so lange hier lebte, kannte er sie nicht mehr.

Sie lud ihn zum Kaffee ein, aber er lehnte ab. Er mochte niemandem zur Last fallen. Außerdem wollte er es hinter sich bringen. Noch immer hatte er das Gefühl, verführt worden zu sein, und sein Ärger über die Witwe Rasmussen war noch nicht verflogen.

Der Junge lief schweigend neben ihm her. Sie gingen hinunter zum Hafen, es war ein klarer Tag mit weitem Himmel und Sonnenschein. Der Junge trug keine Handschuhe, seine Hände waren rot vor Kälte.

«Was hast du denn mit deinen Handschuhen gemacht.»

«Verloren.»

Sie gingen die Havnegade bis zur Dampskibsbro, standen dort wortlos nebeneinander und schauten über das Wasser. Eine dünne Eisschicht hatte sich im Lauf der Nacht darübergelegt. Die Sonne schlug Funken im Raureif. Albert wusste nicht, was er mit dem Jungen reden sollte. Worüber sprach man mit Kindern? Er spürte, wie der Ärger in ihm wieder aufstieg.

«Komm», sagte er zu dem Jungen, der aussah, als wäre er angesichts des gefrorenen Wassers in Gedanken versunken. Sie gingen weiter den Kai entlang, am Kohlenlager vorbei, hinunter zur Prinsebro.

«Wie ist das, wenn man ertrinkt?», fragte der Junge.

«Man bekommt den Mund voller Wasser, bis man schließlich nicht mehr atmen kann.»

«Bist du schon mal ertrunken?»

«Nein», sagte Albert, «wenn man ertrinkt, stirbt man. Aber ich bin ja noch da.»

«Ertrinken alle am Ende?»

«Die meisten ertrinken nicht.»

«Mein Vater ist ertrunken», sagte der Junge in einem Ton, als lieferte diese Todesart einen Anlass, besonders stolz auf seinen Vater zu sein.

Dann wurde seine Stimme unsicherer.

«Wenn wir ertrinken, kommen wir dann nie wieder zurück?»

«Ja, dann kommen wir nie wieder zurück.»

«Meine Mutter sagt, Vater ist zu einem Engel geworden.»

«Und du sollst auf das hören, was deine Mutter sagt.»

Albert spürte ein steigendes Unbehagen bei diesem Gespräch. Er fürchtete, dass der Junge plötzlich anfangen würde zu weinen, dann hätte er keinen anderen Rat gewusst, als mit ihm wieder nach Hause zu gehen. Aber das ging nicht. Er konnte nicht mit einem weinenden Kind zurückkommen. Das wäre eine Niederlage, genau wie der Verlust der Fracht oder der Untergang eines Schiffs. Er versuchte, die Aufmerksamkeit des Jungen abzulenken. Der Hafen war voller Schiffe. Einige ließen die Eigner wegen des Krieges nicht auslaufen, andere waren über den Winter zurückgekommen. Momentan sah es nicht so aus, als wäre Marstals Zeit als Seefahrtsstadt allmählich vorbei.

Albert deutete auf die Schiffe.

«Willst du mal Seemann werden?», fragte er den Jungen und bereute die Frage sogleich.

«Ertrinke ich dann, so wie mein Vater?»

«Die meisten Seeleute kommen wieder nach Hause. Dann werden sie alt, so wie ich, und sterben schließlich in ihrem Bett.»

«Ich möchte Seemann werden, wie Vater», erklärte der Junge. «Aber ich habe keine Lust zu ertrinken und von einem Fisch gefressen zu werden, und ich will auch nicht in meinem Bett sterben, denn das ist dazu da, um darin zu schlafen. Gibt es denn keine Möglichkeit, dem Tod zu entwischen?»

«Nein», erwiderte Albert, «gibt es nicht. Aber du bist noch so klein. Du hast noch so viele Jahre zu leben. Das ist so gut wie entwischen.»

«Willst du gern sterben?»

«Das macht nichts. Ich bin so alt. Es ist egal, ob ich sterbe.»

«Dann bist du nicht traurig darüber?»

«Nein, ich bin nicht traurig.»

«Mutter ist traurig. Sie weint die ganze Zeit. Dann tröste ich sie.»

«Du bist ein guter Junge», sagte Albert.

Er zeigte über das Wasser.

«Sieh mal, da liegt ein Dampfer. Wenn du Seemann wirst, dann fährst du bestimmt auf einem Dampfer.»

«Können Dampfer nicht sinken?», fragte der Junge.

Albert schaute auf den schwarz bemalten Rumpf des Schiffs. *Erindring* stand in weißen Buchstaben auf dem Steven.

«Doch», sagte er, «das können sie schon.»

Er hatte die *Erindring* in einem seiner Träume untergehen sehen.

«In einem Dampfer brennt ganz unten immer ein Feuer; das ist so heiß wie eine Waschküche, wenn der Kessel angefeuert ist. Dort füttern Männer das Feuer, Tag und Nacht. Die sehen niemals die Sonne oder den Mond. Sie kommen nur herauf, um zu essen oder zu schlafen. Aber hoch oben im Ruderhaus steht der Steuermann, die Hände am Ruder, und führt den Dampfer sicher über das Meer.»

«Der will ich sein», sagte der Junge.

«Ja, der sollst du auch sein. Aber dann musst du in der Schule gut zuhören. Sonst kommst du nicht auf die Navigationsschule.»

Sie hatten den Hafen für die Beiboote hinter sich gelassen und gingen ein Stück weiter an den Werften der Holzschiffe vorbei. Regelmäßige Hammerschläge drangen durch die rot bemalten Bretterwände der Werftgebäude. Nur in dem neu errichteten Gebäude der Marstaler Stahlschiffswerft an der Buegade war es still. Ingenieur Henckel prahlte bei seinen Besuchen mit all den Aufträgen, die er aus Norwegen mitgebracht hatte. Doch noch war nichts geschehen.

Der Junge schien in Gedanken versunken. Er blickte zu Albert auf.

«Wie sieht das aus, wenn ein Dampfer sinkt?»

Albert kramte in seinen Erinnerungen. Er hatte es nie real gesehen, doch seine Träume hatten ihm in allen Details gezeigt, wie die *Erindring* kenterte und in den Wassermassen verschwand.

«Aus dem Inneren des Rumpfs ist das Geräusch von Explosionen zu hören», antwortete er dem Jungen. «Es ist das kalte Meerwasser, das auf das glühende Innere der großen Feuerkessel trifft. Dann dringt der kochend heiße Dampf aus allen Öffnungen des Schiffs. Große Kohlenbrocken fliegen durch den Schornstein und die *skylights*.»

Er deutete auf die *Erindring*.

«Da und da. Dann kentert das Schiff und liegt einen Moment lang kieloben da.»

«Kieloben!», rief der Junge aus.

Er blickte begeistert übers Wasser.

«So ein großer Dampfer – und dann kieloben!»

«Ja», sagte Albert, verblüfft über die Wirkung, die seine Geschichte auf den Jungen hatte.

«Erzähl noch mehr», bat Knud Erik und sah erwartungsvoll zu ihm auf.

«Dann fängt der Dampfer an zu sinken, mit dem Achterende zuerst. Am Ende steht der Vordersteven nahezu senkrecht in der Luft. Das Letzte, was man sieht, bevor die Wellen sich über dem Dampfer schließen, ist der Name.»

Albert schwieg. Der Junge zog ihn am Arm.

«Mehr.»

«Mehr gibt es nicht.»

Der Junge sah ihn enttäuscht an. Albert wurde bewusst, dass er zum ersten Mal einen seiner Träume in allen Details nacherzählt hatte. Eine geschlossene Tür hatte sich unerwartet geöffnet. Für den Jungen stellte das Ganze nur ein Märchen dar. Das sah er an dem Leuchten, das plötzlich in seine Augen getreten war. Ihm könnte er alles erzählen, ihn sogar in die Quelle seines Wissens einweihen, die unerklärlichen nächtlichen Träume, und der Junge würde all das als Teil einer Märchenwelt akzeptieren, in der nichts erklärt werden musste und niemand als seltsam abgestempelt wurde, nur weil er in die Zukunft sehen konnte.

Nein, er verstand nichts von Kindern, aber in diesem Augenblick lernte er, dass das kindliche Gemüt keine Vorbehalte kennt. Es gab viel Tod in seinen Träumen. Es gab beinahe nichts anderes. Doch er ahnte, dass der Tod in einer Geschichte für den Jungen eine Sache war und der Tod in der wirklichen Welt eine ganz andere. Er hatte von einem Schiff erzählt, das von einem U-Boot versenkt wurde, und er wusste, dass der Vater des Jungen zusammen mit dem Rest der Besatzung der *Hydra* spurlos im Meer versunken war. Es schien jedoch nicht so, als würde der Junge die beiden Ereignisse miteinander in Verbindung bringen.

Albert wusste nicht genau, was es bedeutete, dass er nun zum ersten Mal einen seiner Träume erzählt hatte, aber er wusste, dass es wichtig war.

«Mehr gibt es nicht», wiederholte er, «aber ich kann dir beim nächsten Mal eine andere Geschichte erzählen.»

«Kannst du viele Geschichten?»

«Ja, ich kann viele Geschichten. Und wenn es Frühjahr wird, werde ich dir das Rudern beibringen. Komm, nun müssen wir heim.»

Das Gesicht des Jungen war rot glühend vor Kälte. Er machte ein paar Tanzschritte. Dann steckte er seine kalte Hand in Alberts, und zusammen gingen sie die Havnegade zurück.

*　*　*

Albert begann, bei Knud Erik ein und aus zu gehen. Anne Egidia konnte ja nicht ewig als Vermittlerin herhalten, nun holte und brachte er den Jungen selbst. Ja, der Junge hätte auch allein kommen und gehen können. Groß war die Stadt ja nicht, obwohl beide an ihrem jeweils entgegengesetzten Ende wohnten. Aber er hatte das Gefühl, dass man ihm den Jungen anvertraute. Er hatte eine Verantwortung, also hielt er sich an das Formelle. Er brachte ihn bis zur Tür in der Snaregade und holte ihn dort auch ab.

Die Mutter war jedes Mal stumm vor Befangenheit. Sie hatte entbunden, und wenn er kam, hielt sie den Säugling im Arm, als sollte er sie vor einer Nähe schützen, die sie unsicher werden ließ. Beim ersten Mal hatte er ihre Einladung zu einem Kaffee abgelehnt, weil er keine Umstände machen wollte. Beim zweiten Mal nahm er an. Er hatte Angst, dass sie seine Ablehnung sonst als Ausdruck von Geringschätzung auffassen würde.

An Bord eines Schiffs gab es Unterschiede. Da waren das Vor- und das Achterschiff, und er selbst hatte in dem unantastbaren Bereich gelebt, der dem Kapitän vorbehalten war und den er im Stillen «Insel der Einsamkeit» genannt hatte. Doch diese Unterschiede hatten etwas mit Rang und Autorität zu tun. Sie entsprangen der praktischen Notwendigkeit. Er hatte dabei nie an einen Klassenunterschied gedacht. Bei dem Jungen zu Hause wurden ihm die Augen geöffnet. Knud Eriks Vater, Henning Friis, war Matrose gewesen. Er hatte Klara früh geheiratet und war nicht weitergekommen. Die meisten warteten, bis sie Ende zwanzig wurden, bevor sie heirateten. Dann konnten sie es sich leisten, dann hatten sie ihr Steuermannspatent und besaßen Anteile an einem Schiff. Hier war es Liebe auf den ersten Blick gewesen oder vielleicht auch einfach Leichtsinn.

Wenn ein Mensch es in seinem Leben nicht weit brachte, hatte Albert es immer als einen Beweis mangelnder persönlicher Tüchtigkeit angesehen. Nun ging ihm auf, dass es auch andere Gründe haben konnte. Er sah es an der Mutter des Jungen und ihrer Scheu. Woher kam diese Lähmung in der Nähe der Vornehmen? Denn vornehm war er in ihren Augen. «Das sollten Sie nicht ...» und «Das ist zu viel ...» oder «Sie müssen wirklich nicht ...» Über ihre Lippen kamen nur halb erstickte Sätze. Die Augen waren stets auf den Boden oder den Säugling gerichtet. Ihr Gebaren hatte seine Wurzeln in der Verhaltensweise von Generationen. Sie war von einem anderen Menschenschlag als er, keinem untüchtigen, sondern einem, der durch Mechanismen ausgegrenzt wurde, die kaum zu übersehen waren.

Alles wirkte sauber und ordentlich, im Fenster standen Geranien und Goldlack. Doch die Möbel waren ein zufälliges Sammelsurium, und an den Wänden hingen keine Bilder. Stattdessen beulten große feuchte Flecken die Tapete aus. Dagegen half auch Reinlichkeit nicht. Die Feuchtigkeit kam aus den Mauern und lag an der schlechten Bauweise des Hauses. Man hatte es für die Armen errichtet. Besonders nachlässig war man beim Bau des Hauses nicht vorgegangen – das ganze Haus bestand ganz einfach aus Nachlässigkeit.

Im Winter herrschte in den Kammern entweder bittere Kälte, oder es war wie in einem Treibhaus, je nachdem, ob man sich Koks leisten konnte. Entweder stand einem der Atem in weißen Wolken vor dem Mund, oder man saß in einem Dampfbad aus Feuchtigkeit und Hitze, wenn der übervolle Kachelofen in seiner Ecke glühte. Kam er den Jungen unangemeldet holen, war Ersteres der Fall. Wenn sie ihm aber vorab eine Einladung zum Kaffee hatte zukommen lassen, war Letzteres die Regel – beides gleichermaßen ungesund und unangenehm.

Noch nie hatten sie sich ernsthaft miteinander unterhalten. Ihre Scheu lag wohl an ihrer Dankbarkeit. Doch ihm in die Augen zu schauen und etwas zu sagen, was von Herzen kam, konnte sie nicht. Immer gab es diese Kluft.

Als das Meer zufror, nahm Albert Knud Erik zu einem Spaziergang zwischen den eingefrorenen Schiffen mit aufs Eis. Es gab kleine Holzbuden, in denen Apfelscheiben und heißer Holundersaft verkauft wurden. All die Menschen, die ihre Schlittschuhe ausprobieren wollten, sorgten für guten Umsatz; durch die klare Winterluft schallten muntere Rufe. Albert brachte dem Jungen bei, die verschiedenen Schiffstypen zu unterscheiden. Es gab kleine Frachtsegler und Galeassen mit runden, bauchigen Formen und flachem Achterspiegel. Es gab die vielen unterschiedlichen Schonertypen, den Gaffelschoner, den Toppsegelschoner und den Bramsegelschoner. Es gab auch eine Schonerbrigg und große Barkentinen, für die sich der Junge am meisten begeisterte; es hatte wohl etwas mit ihrer Größe zu tun. Die Anordnung der Segel zu begreifen war für den Jungen schon eine etwas schwierigere Angelegenheit, zumal jetzt, da die Schiffe ohne Segel im Hafen lagen und nur die gegen den Winterhimmel schwarz gezeichneten Striche der Rahen und Takelagen das Geheimnis verrieten.

«Es ist wie in der Schule, wenn du lesen lernst», erklärte Albert, «die Anordnung der Segel ist das ABC des Seemanns.»

«Erzähl eine Geschichte», erwiderte der Junge.

Dann erzählte Albert eine Geschichte. Er nahm sie aus seinem Leben oder aus seinen Träumen. Es machte für den Jungen keinen Unterschied und mit der Zeit auch nicht mehr für ihn. Als würde etwas, das gewaltsam abgetrennt worden war, wieder zusammenwachsen.

Hin und wieder verfolgte der Junge mit den Augen die Schlittschuhläufer, und Albert sah, dass er mit seinen Gedanken woanders war.

«Kannst du Schlittschuh laufen?», wollte Albert wissen.

Der Junge schüttelte den Kopf.

«Tja, dann müssen wir zusehen, dass wir es dir beibringen.»

Ihre Ausflüge endeten immer zu Hause bei Albert in der Prinsegade. Dort wurde der Junge vor den Kachelofen gesetzt. Die Holzstiefel hatte er im Flur abgestellt. Nun zog er die Wollstrümpfe aus und wackelte mit den roten Zehen in der Hitze des Ofens. Albert stellte seine Stiefel neben Knud Eriks. Im Winter kam es vor, dass er noch immer Laurids' alte Stiefel trug, da es in ihnen genügend Platz für ein zusätzliches Paar Wollsocken gab. Nun standen sie mit ihren halblangen Lederschäften und den dicken eisenbeschlagenen Sohlen neben Knud Eriks Stiefeln.

Die Haushälterin kam mit heißer Schokolade und frisch geschlagener Sahne. Albert saß am Tisch und zeichnete. Er war ein guter und penibler Zeichner, und in seinen Zeichnungen hielt er detailliert die Takelage und Anordnung der Segel bei den verschiedenen Schiffstypen fest. Es gab Möwen und guten Wind. Die Schiffe krängten ein wenig, so dass sich das Deck übersehen ließ. Hinter dem Ruder stand ein Männchen von der Größe eines Streichholzes und rauchte eine Pfeife. Es gab eine Kombüse, Lukendeckel und Luken. Vor die Schiffe zeichnete er immer eine Spirale.

«Was ist das?», fragte ihn der Junge eines Tages.

«Das ist ein Strudel.»

«Was ist ein Strudel?»

«Das ist ein Wirbel im Meer, der alles in die Tiefe saugt. Gleich wird das Schiff verschwunden sein.»

Der Junge blickte zu ihm auf. Dann zeigte er auf das Streichholzmännchen hinter dem Rad.

«Der Steuermann rettet das Schiff. Er segelt es einfach woanders hin.»

«Kann er nicht», sagte Albert, «es ist zu spät.»

Der Junge starrte auf die Zeichnung des zum Tod verurteilten Schiffs. In seinen Augen standen Tränen.

«Das ist ungerecht», brach es aus ihm heraus.

Mit einer raschen Bewegung griff er nach der Zeichnung und begann sie in Stücke zu reißen. Albert wollte seinen Arm packen, dann besann er sich.

«Entschuldige», sagte er.

«Das machst du immer», sagte der Junge, «immer zeichnest du diesen ...»

Ihm fiel das Wort nicht ein.

«Den da. Wieso machst du das?»

«Ich weiß es nicht», antwortete Albert, und ihm wurde klar, dass er die Wahrheit sagte. Er hatte nie darüber nachgedacht, warum er jedes Mal, wenn er ein Schiff zeichnete, auch einen Strudel vor den Steven setzte. Die Spirale kam einfach mit einer unwiderstehlichen Kraft aus seinem Bleistift. Er zog seine Striche nach einem geheimen Diktat, das nur sein Bleistift hören konnte, nicht einmal er selbst.

«Es ist schade um die schönen Schiffe», meinte der Junge.

«Ja», sagte Albert, «es ist schade im die schönen Schiffe. Aber ihre Zeit ist vorbei. Die Zeit der Segelschiffe ist vorbei.»

«Es sind doch aber jede Menge Segelschiffe im Hafen», wandte der Junge ein.

«Tja, das ist richtig. Aber es will ja niemand mehr Seemann werden.»

«Ich schon», sagte der Junge, «ich werde Seemann.»

Er drehte sich um und sah Albert trotzig an.

«Genau wie mein Vater.»

＊　　＊　　＊

Knud Eriks Mutter wurde nach und nach ein wenig unbefangener. Die Gram wich aus ihrem Gesicht, und Albert hatte den Eindruck, dass das Leben sie zurückrief. Ihr Mann war tot, doch sie hielt ein lebendiges Kind in ihren Händen, und mit der Zeit musste die Waagschale von der einen auf die andere Seite zurückpendeln. Das Kind – ein Mädchen, das von Pastor Abildgaard auf den Namen Edith getauft wurde – brauchte sie, für Trauer gab es keinen Platz mehr. Sie sprach deshalb nicht häufiger, doch ihr Blick war nicht mehr ganz so starr auf den Boden gerichtet.

Es war Knud Erik, der das Eis zwischen ihnen brach. Albert gegenüber hatte er seine Scheu längst abgelegt. Ein wenig war davon noch zu spüren, wenn sich die Mutter in der Nähe befand – als würden die Mutter und Albert zwei völlig verschiedene Welten repräsentierten, zwischen denen er unmöglich eine Brücke zu schlagen vermochte. Nun berichtete er aber mit lauter, aufgeräumter Stimme über die vielen Abenteuer, die er an diesem Tag erlebt hatte. Anfangs bedeutete die Mutter ihm noch, still zu sein, doch da sie selbst nichts zur Unterhaltung beizutragen hatte, endete es schließlich damit, dass er zu Wort kommen konnte.

Hin und wieder bemerkte Albert, dass sie ihn verstohlen ansah. Sie schlug dann sofort den Blick nieder.

Ihr Gesicht war nicht mehr verschwollen, und die Haare hatten wieder ihren alten Glanz. Auch zog sie sich recht hübsch an, wenn er zu Besuch kam. Da war er wieder, der Standesunterschied, dachte Albert. In vornehmer Gesellschaft hat man sich hübsch anzuziehen.

«Ich kann jetzt auf Schlittschuhen stehen, und Kapitän Madsen will mir Rudern und Schwimmen beibringen. Dann ertrinke ich nicht und werde ein guter Seemann.»

Diese Proklamation wurde eines Tages verkündet, als sie in der Stube bei ihrem obligatorischen Kaffee saßen.

Die Stimme der Mutter nahm einen scharfen Ton an, und ihr Gesicht bekam einen harten Ausdruck unter der weichen Fülle der Wangen.

«Ich will solches Gerede nicht hören! Du wirst kein Seemann!»

Knud Erik schaute zu Boden.

«Los, ab in die Küche mit dir!»

Der Junge verschwand mit gesenktem Kopf. Klara Friis drehte sich zu Albert um. Er war aufgestanden.

«Ich gehe jetzt wohl besser.»

«Sie müssen nicht gehen», sagte sie. Ihre Stimme klang plötzlich sehr besorgt.

Albert blieb stehen.

«Sie dürfen nicht zu hart mit ihm sein», meinte er.

Sie erhob sich von ihrem Stuhl und kam auf ihn zu.

«Sie dürfen das nicht missverstehen … ich wollte nicht …»

Sie stockte und stand einen Moment ratlos und mit flackerndem Blick da. Dann weiteten sich ihre Augen und wurden rot. Er legte ihr die Hand auf die Schulter. Sie trat einen Schritt vor und stand ganz dicht bei ihm. Dann legte sie die Stirn an seine Brust. Unter seiner Hand zitterte ihre Schulter.

«Entschuldigung», sagte sie mit bebender Stimme. Er hörte, wie sie schluckte, um ein aufsteigendes Schluchzen zu unterdrücken.

«Es ist nur so … schwer.»

Er ließ die Hand auf ihrer Schulter liegen und hoffte, dass das Gewicht seiner Hand sie in irgendeiner Weise beruhigen würde. Sie rührte sich nicht von der Stelle und ließ ihren Tränen freien Lauf. Er spürte die Wärme ihres Körpers. Mit beiden Händen hielt sie das Revers seiner Jacke, als fürchtete sie, weggestoßen zu werden. Er war ein gutes Stück größer als sie, und sie verschwand an seinem massigen Brustkorb. Das ungewohnte Gefühl, ein Mann zu sein, der einer Frau gegenüberstand, stieg in ihm auf.

Er klopfte ihr ungelenk auf den Rücken.

«Na, na», sagte er, «setzen Sie sich doch wieder. Und nehmen Sie noch eine Tasse Kaffee, Sie werden sehen …»

Er nahm sie sanft bei den Schultern und führte sie zurück zu dem Stuhl, den sie einen Augenblick zuvor verlassen hatte. Sie sank vornüber und begrub ihr Gesicht in den Händen. Er goss ihr eine Tasse Kaffee ein und reichte sie ihr. Von einer plötzlichen Zärtlichkeit gepackt, strich er ihr übers Haar. Sie sah auf, doch anstatt der angebotenen Tasse ergriff sie mit beiden Händen seine freie Hand und blickte ihn flehend an.

«Knud Erik braucht Sie so sehr. Sie wissen überhaupt nicht, was das für ihn bedeutet – für uns. Ich weiß nicht …»

Wieder stockte sie, und Albert nutzte die Gelegenheit, um seine Hand zu befreien. Er setzte sich ihr gegenüber.

«Glauben Sie mir, Frau Friis», sagte er, «ich verstehe Sie gut. Ich weiß, wie schwer Ihre Situation ist. Ich werde alles tun, was ich kann, um Ihnen zu helfen.»

Die letzten Worte überraschten ihn selbst. Er hatte immer scharf zwischen dem Jungen und seiner Mutter getrennt. Er hatte sich für den Jungen eingesetzt. Nun fiel eine Barriere.

Sie hatte ein Taschentuch hervorgezogen und trocknete sich die Tränen. Ihre Stimme klang rau.

«So ist es nicht», sagte sie, «wir kommen ja zurecht. Es ist nur …»

Sie hielt inne und kämpfte erneut mit den Tränen.

«Es ist so schwer ...»

Tränen rollten ihr über die Wangen. Die Hand mit dem Taschentuch lag im Schoß. Sie hatte es vergessen.

Plötzlich stand Knud Erik in der Tür zur Küche. Seine Augen waren ängstlich aufgerissen.

«Was hast du, Mutter?»

Sie machte eine abwehrende Handbewegung, außerstande zu sprechen. Er lief zu ihr, und sie drückte ihr Gesicht an seine Brust. Er umarmte sie.

«Du musst nicht traurig sein, Mutter.»

Es klang erwachsen. Albert wurde klar, dass Knud Erik zusammen mit ihm ein Kind war, daheim bei seiner Mutter aber ein erwachsener Mann mit der Verantwortung und den Pflichten eines erwachsenen Mannes.

«Ich gehe jetzt», sagte er leise.

Keiner von beiden blickte auf.

Als er die Tür hinter sich schloss, hörte er Knud Eriks Stimme.

«Ich verspreche es, Mutter, ich verspreche es. Ich werde bestimmt kein Seemann.»

* * *

Wenn das Wetter für ihre Spaziergänge zu schlecht war, machten sie Besuche. Albert war in den letzten Jahren sonderbar geworden und hatte sich zurückgezogen. Nun sahen wir ihn überall. Sie klopften bei Christian Aaberg. Als der Kapitän, der ungefähr Mitte fünfzig war, die Tür öffnete, stellte Albert den Jungen vor.

«Das ist Knud Erik, er möchte gern etwas über Afrika hören.»

Der Junge verbeugte sich und gab die Hand, doch er blieb nicht mehr länger mit gesenktem Kopf stehen, als hätte jemand vergessen, ihn aufzuziehen. Stattdessen ging er ohne Umschweife mit ins Wohnzimmer. Der Kapitän erzählte von damals, als er Afrika durchquerte und über zweiundzwanzig Neger auf einem Boot auf dem Tanganjikasee geherrscht hatte.

«Willst du meinen Negerspeer sehen?», fragte er ihn.

Knud Erik nickte.

In Aabergs Wohnzimmer standen zwei eiserne Kisten.

«Die sind mit mir bis nach Afrika und wieder zurück gereist», erklärte er.

«Hast du sie selbst getragen?», wollte Knud Erik wissen.

Aaberg lachte.

«In Afrika trägt kein weißer Mann etwas selbst», antwortete er.

Er öffnete eine der Kisten.

«Schau, ein Negerspeer. Und ein Schild. Nimm das mal für mich.»

Er gab Knud Erik den Speer und zeigte ihm, wie er den Schild zu halten hatte.

«Jetzt bist du ein richtiger Negerkrieger.»

Knud Erik richtete sich auf und hob den Arm, als wollte er werfen.

«Nicht hier», warnte ihn Christian Aaberg. «Diese Spitze kann einen Mann töten.»

Der Telegrafist Black, der in China gewesen war, hatte Mandarintrachten und Essstäbchen. Nur zu Josef Isager gingen sie nicht. Albert war der Ansicht, dass abgehackte Hände nichts für Kinder seien. Aber sie besuchten Emanuel Kroman, der Kap Hoorn umsegelt hatte und seine Stimme unheimlich klingen ließ, wenn er auf dem gefährlichsten aller Meere das Heulen des Sturms in der Takelage nachmachte.

«Ich hörte den Schrei des Pinguins in der pechschwarzen Nacht», erzählte er. «Wir waren zweihundert Tage auf See. Das Wasser war aufgebraucht, und wir tranken geschmolzenen Schnee aus Weingläsern. Als wir in Valparaiso eintrafen, aßen wir einen ganzen Sack Kartoffeln. Wir haben sie nicht einmal gekocht. Solchen Hunger hatten wir.»

«Habt ihr sie wirklich roh gegessen?», fragte der Junge.

Überall, wo sie hinkamen, gab es Schiffskisten voller merkwürdiger Dinge. Es gab Haifischgebisse, Igelfische und die Säge eines Sägerochens, eine Hummerschere aus der Barentsee von der Größe eines Pferdeschädels, vergiftete Pfeile, Lavabrocken und Korallen, ein Antilopenfell aus Nubien, Krummsäbel aus Westafrika, eine Harpune aus Feuerland, Kalabassen aus Rio Hash, einen Bumerang aus Australien, eine Reitpeitsche aus Brasilien, Opiumpfeifen, ein Gürteltier aus La Plata und ausgestopfte Alligatoren.

Und jedes einzelne Ding war eine Geschichte. Wenn der Junge eines

dieser niedrigen Häuser mit den hohen Dachfirsten verließ, tat er es jedes Mal mit einem Gefühl des Schwindels über die Unendlichkeit der
Welt. Und in seinen Ohren flüsterten sie weiter: das lederne Tamtam
vom Fluss Calabar, die Amphoren aus Kefalos, das indische Amulett,
die ausgestopfte Zibetkatze im Kampf mit der Brillenschlange, die tür-
kische Wasserpfeife, der Zahn eines Flusspferdes, die Maske von den
Tongainseln und der Seestern mit den dreizehn Armen.

«Einen halben Kilometer in dieser Richtung», erklärte Albert und wies
die Prinsegade hinauf zum Marktplatz, «beginnt das Bauernland. Dort
leben Menschen, die nur ihre eigene Erde kennen. Von der Welt über ihre
Flurgrenze hinaus wissen sie nichts. Sie werden alt, und wenn sie eines
Tages sterben, haben sie weniger gesehen als du schon jetzt.»

Der Junge blickte zu ihm auf und lächelte. Albert spürte, wie die Sehnsucht des Jungen sich in alle Richtungen ausdehnte. Knud Erik besaß
keinen Vater, aber Albert war dabei, ihm die Stadt und die See zum Vater werden zu lassen.

So wurde es Frühjahr, und Albert brachte dem Jungen das Rudern bei.

«Was für ein schönes Geräusch», stellte Knud Erik fest, als er auf der
Ducht saß und die glucksenden Töne des Wassers hörte, das an beiden Seiten des klinkerbeplankten Boots, dessen schmale Holzplanken
dachziegelartig übereinanderlagen, entlangleckte. Er hatte das Geräusch
schon früher am Rand des Kais gehört. Nun umschloss es ihn von allen
Seiten. Das war etwas anderes.

Albert nahm seine Hände und legte sie auf die Ruder.

Albert wusste nur zu genau, dass er Knud Erik ermunterte, aber ermunterte er ihn denn zu etwas anderem, als für einen Jungen in Marstal üblich war? Es hätte gar nicht anders sein können. Aber Klara Friis konnte er es nicht offen sagen. Er erkannte, wie verletzlich und unsicher sie
durch ihr ungewohntes Leben als Witwe war. Vielleicht war es Feigheit,
dass er Knud Erik nicht verteidigte. Er dachte nur, es sei noch zu früh.
Eines Tages würde auch sie ihrem Sohn Lebewohl sagen müssen, doch
es wäre ein anderes Lebewohl, nicht zu einem Toten, sondern zu einem
Lebenden, der hinausmusste, um den Tod herauszufordern.

Knud Erik lebte zwei Leben. Eines zu Hause, wo er seiner Mutter versprechen musste, niemals Seemann zu werden. Und ein anderes mit Albert, in dem er davon träumte, so zu werden wie sein Vater. Blaues Meer und weiße Segel, das war die Farbpalette seines Gemüts. Seemann bedeutete das. Es hätte ebenso gut auch nur Mann heißen können. Es war das Versprechen der Männlichkeit, das einen Jungen aufs Meer zog.

Warum verliebte sich eine Frau in einen Seemann? Weil ein Seemann verloren war, gebunden an etwas Fernes, auch für ihn selbst Unerreichbares, eigentlich Unbegreifliches? Weil er hinausfuhr? Weil er wieder nach Hause kam?

In Marstal beantwortete sich die Frage von selbst. Es gab kaum andere, in die man sich verlieben konnte. Für die einfachen Leute stellte sich die Frage nicht, ob ein Sohn zur See gehen sollte oder nicht. Er gehörte vom ersten Tag an dem Meer. Es stellte sich lediglich die Frage nach dem Namen des Schiffs, auf dem er zum ersten Mal anmusterte. Das war die Wahl, die es gab.

Klara Friis stammte aus Birkholm. Es war eine kleine Insel, an der wir vorbeisegelten, wenn wir im Frühjahr den Hafen verließen und durch die Fahrrinne bei Mørkedybet in See stießen. Albert erinnerte sich an die Frühjahrstage mit weitem Himmel und frischem Wind, wenn das Eis aufgebrochen war und in Marstal hundert Schiffe auf einmal ausliefen. Als ob die ganze Stadt dem Frühling mit gesetzten Segeln entgegenkam, so weiß wie die letzten, rasch tauenden Eisschollen. Er erlebte es, als ob die Sonne und nicht der Wind die Segel bauschte. Es war diese helle, erwachende Wärme, die uns antrieb. Das halbe Inselmeer konnten wir mit unserer Frühjahrsparade füllen. Wir schauten uns von Deck zu Deck an, auf dem Weg in hundert verschiedene Häfen, aber für eine kurze Weile vereint. Es gab ein Gefühl der Gemeinschaft, das anschwoll und schließlich zu einer Art von Glück wurde.

Auf den kleinen bewohnten Inseln kamen die Bauern zum Strand und winkten uns zu, wenn wir vorbeisegelten. Wie winzige, rasch verschwindende Punkte standen sie im weißen Sand, gebunden an ihre eigenen begrenzten Parzellen, von allen Seiten umgeben vom endlosen Meer, das sie täglich einlud und dem sie sich täglich verweigerten. Sie begnügten sich damit zu winken.

Hatte Klara Friis so ihren Seemann gefunden? Wollte sie fort und hatte sich dann in jemanden verliebt, der noch weiter fortwollte als sie? Sah sie in den weißen Segeln ein Versprechen und hatte nicht verstanden, dass die Segel etwas anderes versprachen als das, wovon sie träumte? Die Segel gaben ihr Versprechen den Männern, nicht den Frauen.

Er fragte sie beim Kaffee nach Birkholm. Sie war nicht auf der Insel geboren worden, und es war auch nicht klar, wann ihre Familie dorthin zog. Er erkundigte sich nach ihren Eltern, von denen man ihm erzählt hatte, dass sie gestorben seien. Nur wusste er nicht, wann.

Sie biss sich auf die Unterlippe.

«Der Lehrer war ein richtiger Kinderschreck», sagte sie in einem Ton, als fühlte sie sich verpflichtet, irgendetwas über ihre Zeit auf Birkholm zu berichten, als hätte sie einen Ausweg gefunden, damit er sie nicht allzu sehr bedrängte.

«Immer taten mir die Ohren weh. Er drehte sie allzu gern um.»

Albert nickte. Er wusste ein bisschen über die schulischen Verhältnisse auf Birkholm, wo man sich den Lehrer mit der Nachbarinsel Hjortø teilte. Vierzehn Tage wurde unterrichtet, dann gab es eine vierzehntägige Pause. Viel Wissen wurde den Kindern nicht vermittelt.

Sie saß eine Weile da und betrachtete ihre Hände, schien zu grübeln. Dann schaute sie auf, und er erkannte etwas Dunkles in ihrem Blick. Es war nicht diese Trauer wie bisher, sondern etwas anderes, Tieferes, ein Schrecken wie bei einem Tier, das um sein Leben fürchtet, aber den Namen seines Feindes nicht kennt.

«Waren Sie schon mal auf Birkholm?», wollte sie wissen.

Er schüttelte den Kopf.

«Ich bin daran vorbeigesegelt. Viel gibt's ja nicht zu sehen. Die Insel scheint völlig flach zu sein.»

«Ja, der höchste Punkt ist zwei Meter hoch.»

Sie lächelte einen kurzen Augenblick, gleichsam entschuldigend. Dann kehrte das Dunkle in ihren Blick zurück.

«Da gab es diese Sturmflut», sagte sie.

Ein Kälteschauer durchfuhr sie.

«Ich vergesse es nie. Ich war acht Jahre alt damals. Das Wasser stieg und stieg. Die Insel war einfach weg. Wir konnten sie nicht mehr sehen. Nur noch das Meer. Überall nur Meer. Ich versteckte mich auf dem Dachboden. Aber ich traute mich nicht, dort zu bleiben. Es war so dunkel. Also kletterte ich aufs Dach. Die Wellen schlugen gegen das Haus, die Schaumspritzer flogen bis aufs Dach. Ich wurde so nass. Und ich habe so gefroren.»

Sie schüttelte sich, als ob die Kälte noch immer in ihr steckte.

«Und was passierte mit Ihrer Mutter und Ihrem Vater?», fragte er.

Sie kauerte sich zusammen, während sie sprach. Ihre Stimme wurde leiser, sie klang verängstigt. Es war ein Kind, ein hilfloses und erschrockenes Kind, das sich ihm anvertraute. Und er sprach zu diesem hilflosen Kind, obwohl er es selbst gar nicht so wahrnahm. Er fragte nicht nach ihren Eltern, er beschwor sie herauf. Irgendjemand müsse doch auf sie aufgepasst haben? Er wollte, dass eine rettende Hand in ihrem Bericht erschien, ein Vater, der sie in seinen starken Armen hielt, eine Mutter, die sie an sich drückte und sie mit ihrem Körper wärmte. Doch sie erzählte, als wäre sie mitten in einer Sturmflut ganz allein auf dem Dach gewesen.

«War denn niemand sonst auf dem Dach?»

«Doch, Karla.»

«Ihre Schwester?»

Er siezte sie. Alles andere wäre herabsetzend gewesen, Aber in diesem Moment schien er ein Kind zu siezen.

«Nein, Karla war meine Stoffpuppe.»

«Ja aber, was war denn mit Ihren Eltern?»

«Ich saß dort auf dem Dachfirst und hielt mich am Schornstein fest. Und dann wurde es dunkel. Ich konnte nichts mehr sehen. Als hätte man mir einen Kohlensack über den Kopf gezogen. Auf der ganzen Welt gab es nur noch mich und Karla. Der Wind heulte so schrecklich im Schornstein. Die Wellen schlugen gegen das Haus wie an einen Schiffsrumpf. Ich dachte, die Mauern stürzen ein. Und dann muss ich doch geschlafen haben. Es kann nur eine Minute gewesen sein. Als ich aufwachte, war Karla weg. Ich hatte sie wohl losgelassen, dann ist sie vom Dach gefallen. Ich rief und rief. Aber sie kam nicht zurück.»

Plötzlich lächelte sie.

«Was für ein Blödsinn. Sie bringen mich dazu, die verrücktesten Sachen zu erzählen. Es muss doch für Sie der reine Humbug sein, sich so etwas anzuhören. Sie sind so viele Jahre auf See gewesen. Sie haben bestimmt viel Schlimmeres erlebt.»

Er sah sie eindringlich an.

«Nein, Frau Friis, das habe ich nicht. Ich habe niemals irgendetwas erlebt, das sich mit Ihrer Nacht allein in der Sturmflut vergleichen lässt.»

Ein Röte überzog ihre Wangen. Er hatte das Grauen in ihrem Blick gesehen. In diesem Moment wurde ein Band zwischen ihnen geknüpft, das er seither nicht mehr lösen konnte. Sie hatte ihm etwas sehr Kostbares geschenkt. Sie hatte ihm ein Geheimnis verraten, möglicherweise den Kern ihres Wesens. Er wusste noch immer sehr wenig über sie, aber er hatte den Schrecken gesehen. Das reichte ihm. Es verpflichtete.

«Karla», sagte er nachdenklich, als würde er ein lautes Selbstgespräch führen. «Das ist ja beinahe derselbe Name. Als wäre sie Ihre Zwillingsschwester gewesen.»

«Ja», sagte sie nur. «Beinahe wie Klara.»

Sie warf ihm einen dankbaren Blick zu. Sie wusste jetzt, dass er sie in Ruhe lassen und nicht weiterbohren würde. Nun kannte er Karla und Klara, mehr brauchte er nicht zu wissen. Es gab nichts, was sie noch beweisen, nichts, was sie erklären oder beantworten musste. Unter seinem Blick veränderte sie sich in etwas, das sie nie zuvor gewesen war: ein unbeschriebenes Blatt. Er schenkte ihr einen neuen Anfang.

Er fragte nie wieder nach ihren Eltern.

*   *   *

Es wurde Sommer, und der Krieg ging weiter. Albert träumte jetzt seltener, und die Träume besaßen nicht mehr diese Wirkung wie früher. Er hatte Knud Erik.

«Hattest du einen Traum?», wollte der Junge wissen, wenn sie sich trafen.

«Heute Nacht nicht», antwortete er.

«Heute Nacht nicht», wiederholte der Junge enttäuscht. «Du musst aber bald mal wieder träumen.»

Knud Eriks Träume waren verwirrt und sonderbar, wie Träume nun einmal sind. Aber er erzählte sie stets mit dem gleichen munteren Erstaunen in der Stimme.

Ein Traum war anders. Er träumte, dass er ertrank.

«Ich hab nach meinem Vater gerufen. Aber er kam nicht.»

Sein Blick wurde leer. Einen Moment saß er so da, wie Albert ihn beim ersten Mal gesehen hatte, mit hochgezogenen Schultern und hängendem Kopf.

«Und dann bin ich ertrunken», sagte er tonlos.

Sie saßen sich im Ruderboot gegenüber. Albert nahm den Kopf des Jungen zwischen seine Hände und sah ihm in die Augen.

«Du ertrinkst nicht. Es war nur ein Traum. Wenn du jemals ertrinken solltest, dann rufst du mich. Ich komme sofort.»

Die hochgezogenen Schultern entspannten sich. Als ginge eine Art von Erleichterung durch den Körper des Jungen. Einen Augenblick später hatte er alles vergessen. Er legte sich in die Ruder, noch nicht wirklich routiniert, aber wagemutig. Seine Augen funkelten.

«Wohin soll ich uns heute rudern?»

Sie lagen mitten in der Hafeneinfahrt und sahen die *Erindring* an der Dampskibsbro vorbeifahren. In einem schwarzen Band kam der Rauch aus dem hohen, schlanken Schornstein. Albert schaute dem Dampfer lange nach. Er wusste, dass er nicht zurückkehren würde. Der taube Sandgräber der Stadt ruderte in seinem Boot an ihnen vorbei, und der Junge winkte ihm zu.

«Du sollst den Rhythmus halten», ermahnte ihn Albert.

In dieser Nacht hatte er seinen letzten Traum. Er wusste, dass es der letzte war, denn er begann ebenso wie der erste dreißig Jahre zuvor. Er hörte dieselbe Stimme: «Du steuerst auf Gefahr zu.»

Er erwachte nicht.

Er war auf keinem Schiff wie beim ersten Mal, als er die Stimme des fremden Gastes in seinem Kopf hörte. Auf einem Schiff war er schon viele Jahre nicht mehr gewesen. Er hätte aus seinem Bett springen, auf den Balkon laufen und hinaus in die Dunkelheit blicken können. Aber es gab niemanden vor einem Schiffsuntergang zu retten. Er befand sich an Land. Doch er wusste nicht mehr, ob es ein sicherer Ort war.

Es war ein seltsamer Traum, voller schrecklicher Ereignisse, und genau wie die Träume, die ihm einst den Ausbruch des Krieges angekündigt hatten, verstand er ihn nicht.

Am nächsten Tag erzählte er dem Jungen seinen Traum.

«Ich hatte heute Nacht den seltsamsten Traum», begann er.

Der Junge sah ihn erwartungsvoll an.

«Erzähl schon», sagte er ungeduldig, als er merkte, dass der alte Mann einen Augenblick zögerte.

«Ich sah ein Phantomschiff», begann Albert. «Ja, ich sah so viele Phantomschiffe. Aber das war nicht das Merkwürdigste.»

«Was ist ein Phantomschiff?», wollte der Junge wissen.

«Ein Geisterschiff.»

«Wie, ein Geisterschiff?»

«Nun ja, alles an dem Schiff war grau. Es gab überhaupt keine anderen Farben, nur diese eine.»

«So wie bei einem Kriegsschiff?», fragte Knud Erik, obwohl er nicht alt genug war, um sich an den Besuch der Torpedojäger im Hafen zu erinnern.

«Ja, genau wie bei einem Kriegsschiff, aber es war kein Kriegsschiff. Es war ein Frachtschiff, ein Dampfer, etwa so wie die *Erindring*, nur ganz grau.»

«Und was dann?»

«Tja, nun kommt das Merkwürdigste. Es war mitten in der Nacht und dennoch so hell wie am Tag. Hoch oben am schwarzen Himmel hingen die klarsten Lichter. Nur hingen sie nicht still, nicht so wie die Sterne. Sie bewegten sich langsam auf das Wasser zu, und wenn sie es berührten, erloschen sie. Aber es kamen ständig neue. An Land brannten Gebäude, aber sie sahen nicht wie Gebäude aus, wie wir sie kennen. Sie waren groß, kreisrund und ohne Fenster. Und die Flammen, die aus ihnen schlugen, waren noch höher als die Gebäude selbst. Und überall schossen Kanonen, es war ein Dröhnen, wie du es dir überhaupt nicht vorstellen kannst. Und Flugzeuge. Weißt du, was Flugzeuge sind?»

Der Junge nickte.

«Was haben die Flugzeuge gemacht?»

«Sie warfen Bomben, und die Schiffe wurden in Brand gesteckt und sanken.»

Der Junge saß ganz still.

«War das das Ende der Welt?»

«Ja, vielleicht.»

«Weißt du was?», sagte Knud Erik. «Das ist die beste Geschichte, die du je erzählt hast.»

Albert lächelte und schaute übers Meer. Es gab einen Teil des Traums, den er für sich behalten hatte. In der Dunkelheit war es nicht möglich gewesen, den Namen des Phantomschiffs zu lesen. Aber mit der besonderen Gewissheit des Wiedererkennens, die seine prophetischen Träume ihn gelehrt hatten, wusste er eines genau: Der Junge befand sich an Bord. Er war dort, mitten im Ende der Welt.

*   *   *

Albert hatte das Gefühl, dass auch in seinem Leben sich etwas einem Abschluss näherte. Es war nicht nur der Krieg. Er hatte noch offene Rechnungen. Die Negerhand auf Pastor Abildgaards Schreibtisch geisterte noch in seinem Kopf herum. Auch er besaß die Reste von jemandem, der einmal ein Mensch gewesen war, und glaubte, dass Josef Isager, den er für einen Menschenverächter hielt, moralischer gehandelt habe als er. Zumindest hatte Isager um ein christliches Begräbnis der Hand gebeten, die irgendwann einmal in seinem Koffer gelandet war, als wäre sie ein billiges Souvenir und nicht ein Körperteil, das brutal von einem Menschen abgetrennt worden war.

Ein abgeschnittener Kopf in einer Schachtel – war das denn besser? Schuldete er nicht auch James Cook ein Begräbnis?

Er ging zu Josef Isager in die Kongegade und klopfte an die Tür. Von drinnen war Lärm zu hören, aber niemand kam, um zu öffnen. Albert klopfte noch einmal. Der Lärm hielt an. Er wurde von der Tür gedämpft, so dass er ihn nicht genau identifizieren konnte, aber es klang wie eine Prügelei. Jemand rannte, dann folgte ein Prusten, ein Körper klatschte schwer gegen eine Wand. Albert drückte die Klinke herunter, und sofort ging die Tür auf. Er stand in einem kleinen dunklen Flur und klopfte fest an die Tür zum Wohnzimmer.

«Ist da jemand?»

Drinnen wurde es ruhig. Er öffnete die Tür. Josef befand sich mitten im Zimmer, einen Stock zum Schlag erhoben. Maren Kirstine stand auf dem Sofa und sah aus wie ein kleines Mädchen, das man bei einem verbotenen Spiel erwischt hatte. Aber sie war eindeutig vor Angst dort hinaufgeklettert. Ihr Haar, das sie sonst unter einem Haarnetz trug, war in Unordnung geraten und hing in grauen Strähnen über ihrem verzerrten Gesicht. Sie hielt eine Hand vor den Mund, als wollte sie einen Schrei unterdrücken.

Josef wandte sich dem unerwarteten Gast zu.

«Willst du auch etwas abhaben?», brüllte er und trat drohend einen Schritt vor.

Sein Gesicht mit dem schweren, herabhängenden Schnauzbart und dem kalten arroganten Blick war furchteinflößend wie immer, doch der gealterte Körper war ausgezehrt und gebeugt. Albert riss ihm den Stock aus der Hand und zerbrach ihn über seinem Oberschenkel. Ein leises Triumphgefühl durchfuhr ihn. Er konnte es noch.

«Hier schlagen wir keine Frauen», sagte er und drückte Josef mit einer Hand aufs Sofa, die andere reichte er der wie gelähmt dastehenden Maren Kirstine. Sie ergriff sie und stieg mühsam vom Sofa herunter.

«Ist Ihnen etwas passiert?», wollte er wissen.

Sie schüttelte den Kopf, doch die alten Augen mit den roten Rändern standen voller Tränen. Mit unsicherem Gang verschwand sie schlurfend in der Küche und schloss die Tür hinter sich. Beim Anblick ihres geschundenen Rückens stieg Wut in Albert auf. Er packte Josef, der so verwirrt war, dass er selbst nicht vom Sofa aufstehen konnte, am Revers seiner Jacke und begann, ihn zu schütteln.

«Du schlägst deine eigene Frau?», schrie er ihn an.

Der Adlerkopf schaukelte hin und her. Der Blick war so kalt wie immer. Aber Albert erkannte, wie hinfällig der ehemalige Lotse geworden war. Wenn es noch Kraft in ihm gab, dann nur noch in seinem Willen, nicht mehr in den Händen, die seinen Willen ausführen sollten.

«Ha!», Josef Isager schnaufte verächtlich. «Ich bin zu alt geworden. Sie merkt es nicht einmal, wenn ich sie schlage.»

Hinter ihnen wurde die Küchentür vorsichtig geöffnet.

«Seien Sie nicht zu hart mit ihm», bat Maren Kirstine mit kläglicher Stimme.

Albert ließ Josef los und richtete sich auf. Hilflos stand er mitten im Zimmer und wusste nicht, was er mit sich anfangen sollte. Josef sackte auf dem Sofa zusammen, den Blick gesenkt. Sein Gesicht schien wie tot, als hätte er mit dem Bekenntnis der mangelnden Schlagkraft seiner Muskeln die letzte Energie verbraucht und würde sich nun ohne weitere Proteste dem Alter ergeben.

«Setzten Sie sich doch, Kapitän Madsen. Ich mach uns ein wenig Kaffee.»

Es war Maren Kirstine, deren Stimme zu einer normalen Tonlage zurückgefunden hatte, als wäre es ein alltäglicher Vorgang, dass die Gäste den Wirt durchschüttelten und ein wenig herumschubsten, bevor der Kaffee serviert wurde.

Schweigend saßen sie sich gegenüber, während Maren Kirstine in der Küche rumorte. Sie kam herein und deckte den Esstisch. Dann brachte sie den Kaffee und je ein Stück Kuchen. Sie hatte ihr Haar unter dem Netz wieder in Ordnung gebracht und sich die noch immer geröteten Augen ausgewischt. Als sie den Kaffee in die Tassen gegossen hatte, verschwand sie wieder in der Küche.

Josef tauchte den Schnurrbart in den Kaffee und schlürfte. Dann stopfte er sich ein Stück Kuchen in den Mund und begann zu kauen, wobei eine Wolke von Krümeln aus seinem Mund regnete.

«Wieso bist du gekommen?», fragte er.

Er hatte noch immer Kuchen im Mund. Er wollte dem Mann seine Verachtung zeigen, der ihn gerade in die Schranken verwiesen hatte.

«Die Negerhand …», antwortete Albert.

«Ja, was ist damit?», unterbrach ihn Josef.

«Wieso hast du sie Pastor Abildgaard gegeben?»

«Geht dich gar nichts an.»

Josef kniff den Mund zusammen und sog die Lippen ein. Er kaute noch immer. Trotz des hängenden Schnurrbarts glich er plötzlich einem zahnlosen alten Weib, das auf ihrem empfindlichen Zahnfleisch mümmelte.

«Kannst du nichts anderes sagen?»

«Doch, das kann ich, verdammt noch mal, das kannst du mir glauben!»

Josef hatte den Kuchen aufgegessen, und es schien, als würde er mit leerem Mund zu seiner vollen Sprachfähigkeit zurückfinden. Er stand unvermittelt auf und stieß gegen den Tisch, dass die Kaffeetasse umfiel und sich ihr Inhalt über die gestickte Decke ergoss.

«Maren Kirstine!», brüllte der Mann, den wir nach einem großen Gebiet der afrikanischen Landmasse nannten. «Maren Kirstine! Was, zum Teufel, machst du denn da für einen Kaffee! Der ist ja dünn wie Pisse! Ich will einen Kaffee, wie es sich für Männer gehört!»

Mit der Kaffeetasse in der Hand zog er die Küchentür auf und schloss sie hinter sich. Man hörte das Klirren, als er die Tasse auf den Boden warf.

Albert starrte auf die Tür. Er wirkte, als hätte er einen Entschluss gefasst. Dann erhob er sich und verließ das Haus.

Am nächsten Tag versenkte er James Cooks Kopf im Meer.

Die Untiefe Mørkedybet stellte eine passende Ruhestätte für den großen Entdeckungsreisenden dar. Hier waren so viele andere Weltreisen begonnen worden, wenn die Marstaler Flotte mit dem ersten Frühjahr auslief. Der Friedhof war einfach zu unsicher, und Abildgaard hatte sicher auch nicht die Nerven dazu.

Albert kam auf die Idee, Knud Erik auf James Cooks letzte Reise einzuladen. Den Schrumpfkopf hatte er ihm nie gezeigt. Das sei nichts für ein Kind, dachte er immer. Nun hatten sich seine Bedenken erübrigt. Er erzählte dem Jungen Schreckensberichte über sinkende, brennende Schiffe, und Knud Erik liebte diese Geschichten. Sicherlich würde er auch einen Spukkopf zu schätzen wissen.

Der eigentliche Anlass, den Jungen mitzunehmen, war allerdings, dass er dem Schrumpfkopf gern ein paar Worte mit auf den Weg geben und Knud Erik als Zuhörer dabeihaben wollte. James Cooks Geschichte besaß eine Moral, glaubte er. Doch je länger er darüber nachdachte, desto größer wurden seine Zweifel, worin diese Moral eigentlich bestand.

Auf seinen ersten beiden Reisen hatte James Cook die Eingeborenen, denen er begegnete, mit Respekt behandelt. Er ging mit ihnen wie mit seinesgleichen um. Aber sie lohnten es ihm mit Geringschätzung. Dann lernte er aus seinen Fehlern und wurde brutal und gefühllos. Im Grunde endete er wie Josef Isager und die Weißen in Afrika.

Wo war das Gleichgewicht in James Cooks Leben?

Auf einem Schiff hatte der Kapitän die Aufgabe, die Balance zu halten. Doch die Welt war kein Schiff, sondern weitaus größer. Wo befand sich das Gleichgewicht in der Welt?

Wusste er es überhaupt? Hatte er etwas gefunden, was er einem siebenjährigen Jungen weitergeben konnte?

James Cook hatte unter einem ungeheuren Druck gestanden, musste sich und anderen stets seinen Wert beweisen. Und obwohl Cook der große Kartograf des Stillen Ozeans war, gab es in seinem eigenen Leben keine Karte, nach der er navigieren konnte.

Albert hatte nach einem Vater gesucht und ihn nicht gefunden. Er hatte seinen Weg selbst finden müssen, und dies galt auch für Knud Erik. Das konnte er sagen. Er konnte natürlich auch gar nichts sagen. Vielleicht lief es ja auf dasselbe hinaus.

Trotzdem nahm er den Jungen mit.

Er hatte den Beutel mit dem Schrumpfkopf in eine mit Steinen gefüllte Holzkiste gelegt, die als Sarg dienen musste. Er stellte die Kiste zwischen sich und den Jungen auf die Ruderbank.

«Es ist eine Überraschung», sagte er zu Knud Erik. «Wir machen sie erst auf, wenn wir dort sind.»

Sie wechselten sich beim Rudern ab. Albert machte die längeren Schläge. Wenn der Junge an der Reihe war, legte er sich jedes Mal mit ganzer Kraft in die Riemen. Dann lagen sie bei Mørkedybet und blickten auf das flache Birkholm.

«Von dort stammt deine Mutter.»

Er zeigte auf den Strand.

«Dort stand sie an einem Frühlingstag und sah deinen Vater herausgehen. Und dann hatte sie sich in ihn verliebt.»

Jetzt dichtete er. Klara Friis hatte ihm nie von ihrer ersten Begegnung mit Knud Eriks Vater erzählt, aber der Junge nahm keinen Schaden, wenn er die Liebe auch mit Bildern und Landschaften versah.

«Sie wusste, dass er Seemann war?»

Albert nickte.

«Aber wieso darf ich es dann nicht werden?»

«Du wirst es eines Tages dürfen. Deine Mutter braucht nur ein bisschen Zeit. Sie ist noch immer traurig wegen deines Vaters.»

Der Junge saß eine Weile still da.

«Ich will die Überraschung sehen», sagte er dann.

Albert öffnete die Kiste und holte den Schrumpfkopf heraus. Er war noch immer in dasselbe verschlissene Tuch eingewickelt wie damals, als er ihn vom Kapitän der *Flying Scud* erbte. Er entfernte das Tuch und hielt ihn hoch, damit sie sich ihn ansehen konnten.

Knud Erik starrte auf das dunkle Gesicht, das faltig und runzlig war wie eine Walnuss.

«Was ist das?»

Er klang keineswegs erschrocken.

«Das ist ein Menschenkopf. Er starb vor vielen Jahren.»

«Wird man so klein, wenn man tot ist?»

Albert lachte und erklärte ihm, wie Schrumpfköpfe gemacht werden.

«Wie ist er gestorben?»

«Er starb am Strand von Hawaii. Er kämpfte um sein Leben, aber es waren zu viele Eingeborene für ihn. Schließlich unterlag er.»

«Und dann haben die ihn zu einem Schrumpfkopf gemacht?»

Albert nickte.

Knud Erik betrachte James Cook eine Weile.

«Darf ich ihn haben?», fragte er.

«Nein, er soll nun auf den Grund des Meeres.»

«Und er kommt nie wieder herauf?»

«Nein. Er war der größte Entdeckungsreisende der Welt. Aber nun braucht er Ruhe.»

«Darf ich ihn mal halten?»

Ohne eine Antwort abzuwarten, nahm Knud Erik James Cooks Kopf in die Hände.

«Du bist am Ende gestorben», sagte er zu dem Schrumpfkopf, «aber zuerst hast du gekämpft.»

Er strich James Cook über das trockene, ausgeblichene Haar, als wollte er seinen Einsatz loben.

Sie wickelten ihn wieder in das Tuch und legten ihn zurück in die Kiste.

«Ich möchte ein paar Worte sagen», erklärte Albert. Dann betete er das Vaterunser, wie er es getan hatte, als Jack Lewis in seinem blutigen Hemd und eingenäht in ein Segel über die Bordwand glitt. Seit damals hatte er nicht mehr gebetet.

Die Kiste schaukelte einen Moment auf dem Wasser. Dann wurde sie von den Steinen hinuntergezogen. Ein paar Luftblasen stiegen auf, dann verschwand sie in der grünblauen Tiefe.

Albert dachte an die Worte des Jungen zu dem Schrumpfkopf. Knud Erik hatte seine eigene Moral aus dem wenigen, das Albert erzählt hatte, gezogen. Es war auch eine Art von Lebensweisheit, vielleicht sogar die wesentlichste: «Du bist am Ende gestorben, aber zuerst hast du gekämpft.» Hielt er daran fest, würde es ihm nie ganz schlecht ergehen. Das Leben könnte später immer noch seine eigenen Nuancen hinzufügen.

Als sie an der Prinsebro festmachten, fiel der Junge ins Wasser. Er wollte aus der Gig auf die Brücke springen, verschätzte sich aber mit dem Abstand. Albert griff ins Wasser und zog ihn heraus.

Knud Erik lachte. «Mach das noch mal!»

«Jetzt bist du getauft», meinte Albert. «Einmal in der Kirche und einmal im Meer. Nun bist du ein Seemann.»

«Wäre ich jetzt beinahe ertrunken?», fragte der Junge und versuchte, sich wichtig zu machen.

«Ja, prahl du nur damit. Aber nicht bei deiner Mutter. Einmal unter Wasser, zweimal, aber niemals dreimal. Denk dran.»

«Was passiert beim dritten Mal?»

«Das dritte Mal ist die kürzeste Reise», antwortete der alte Mann. «Die Reise, die in den Tod führt. Sie dauert nur zwei Minuten. Geh immer auf die längste Reise, wenn du einmal Seemann wirst. Niemals auf die kürzeste. Denk daran.»

Der Junge sah ihn an und nickte ernst. Er hatte nichts begriffen, aber das Gefühl, dass Albert etwas Wichtiges gesagt hatte.

Albert zog ihm die Kleider aus und legte sie zum Trocknen auf die vorderste Ruderbank.

«Komm», sagte er, «wir rudern noch eine Runde. Damit dir warm wird.»

*　*　*

«Das kann doch nicht ewig so weitergehen», sagten wir über den Krieg. «Irgendwann muss doch mal Schluss sein.»

Aber wir wussten nichts und verstanden auch nichts von Politik.

«Jetzt sind die guten Zeiten bald vorbei», sagten die alten Skipper, die in der Sommersonne auf ihren Bänken am Hafen saßen. Ihre gefurchten Gesichter mit der gegerbten Lederhaut verrieten nichts. Sie verbargen ihre Blicke unter den glänzenden, schwarz lackierten Schirmen ihrer Mützen. Man konnte nicht sagen, ob es Galgenhumor war oder sie wirklich meinten, was sie sagten.

Auch Albert hatte das Gefühl, dass der Krieg bald vorbei sein musste. Seine rechte Spalte war beinahe ebenso lang wie die linke. Es wurde September. Der Junge war eingeschult worden, doch an den Nachmittagen trafen sie sich wie immer. Sieben Schiffe gingen unter, das letzte, das verschwand, war der Dampfer *Erindring*. Nun hatte es ein Ende. Albert machte seine letzte Runde bei den Hinterbliebenen. Der Krieg zog sich noch ein paar Monate hin, aber in Marstal war er vorbei.

Albert setzte sich zu den Kapitänen am Hafen, die in der Septembersonne hockten und ihre alten Knochen vor dem Winter ein letztes Mal wärmten. Ein unruhiger Ruck ging durch die Gruppe. Sie waren seine Gesellschaft nicht gewohnt.

«Ja, die guten Zeiten sind jetzt vorbei», sagte er und verbarg den Sarkasmus in seiner Stimme nicht. Wieder zuckten sie zusammen.

«Vierhundertsiebenundvierzig dänische Seeleute sind tot», erklärte er. Er hatte seine Zahlen im Kopf.

«Davon dreiundfünfzig aus Marstal. Das heißt, so gut wie jeder neunte Ertrunkene kam hier aus der Stadt.»

Er machte eine Pause, damit sie diese Tatsache verdauen konnten. Dann fuhr er mit seiner Arithmetik fort.

«Obwohl die Anzahl der Einwohner von Marstal nur ein Tausendstel der Gesamtbevölkerung des Landes beträgt. Und was lehrt uns diese Rechnung, meine Herren? Dass das Ergebnis gute Zeiten heißt?»

Er stand von der Bank auf und grüßte mit einem Finger an seinem Strohhut.

Sie sahen ihm nach, als er den Stock schwang und zur Havnegade hinaufschlenderte. Doch, Albert konnte gut rechnen.

«Dreiundfünfzig Tote», dachte Albert, als er die Havnegade entlangging. «Vielleicht bin ich ungerecht. Eine Stadt vergisst schnell. Eine Mutter, ein Bruder, eine Frau oder eine Tochter nicht. Aber eine Stadt schon. Eine Stadt schaut nach vorn.»

Ingenieur Henckel kam noch immer nach Marstal. Groß und breit schritt er mit hellen, hinter ihm herflatternden Frackschößen durch die Kirkestræde zum Hotel Ærø, in dem stets ein Zimmer für ihn bereit stand. Seine Aufenthalte wurden mit großartigen Champagnergelagen für Investoren und andere Interessierte gefeiert, von denen es immer eine Menge gab. Herman hatte nicht nur die *Tvende Søstre,* sondern auch das Haus in der Skippergade verkauft.

Er war nun ohne festen Wohnsitz und logierte im Hotel Ærø, wo rasch eine hohe Rechnung auflief, die er nicht bezahlen konnte, da er sein gesamtes Vermögen in Ingenieur Henckels Projekte investiert hatte. Aber das hätte gar nichts zu bedeuten, meinte Orla Egeskov, der Hotelbesitzer, der ihm und dem Ingenieur gern Kredit gab. Egeskov war selbst Investor und wusste, dass er alles zehnfach zurückbekommen würde. Jede Champagnerflasche war ein Wechsel auf die Zukunft, und Herman trank nur Champagner.

Henckel hatte am Ende der Reeperbahn Wohnungen für die Werftarbeiter bauen lassen, dort, wo einst der Idiot Anders Nørre seinen Schuppen hatte. Es war ein beeindruckendes Haus mit zwei Treppenhäusern, acht Wohnungen und einem Mansardendach.

Es hatte nichts von den kleinlichen Proportionen der Stadt. Das war kein Haus, das sich in engen Straßen versteckte, als ob es Schutz vor dem Wind suchte. Es stand im freien Gelände, mit Luft nach allen Seiten und der Aussicht auf die Ostsee, so als wollte der Ingenieur den Wind und die See gleichzeitig herausfordern. Nach der Schule in der Vestergade und dem stattlichen Posthaus in der Havnegade mit seinem Granitfundament und den geschwungenen Girlanden als Zementrelief unter jedem Fenster war Henckels Arbeiterwohnhaus das größte Gebäude, das je in Marstal errichtet worden war. Hier sollten gewöhnliche Menschen übereinander wohnen, ohne Innenhof oder eine eigene Tür zur Straße.

«Sie sind das Arbeitsheer», erklärte Henckel begeistert. «Das ist erst der Anfang. Es kommt der Tag, an dem wir den ganzen alten Mist niederreißen, damit der Platz sinnvoll genutzt werden kann.»

Neben den Schiffswerften in Marstal, Korsør und Kalundborg gehörte ihm auch eine Ziegelei.

«Ich habe genügend Backsteine für ein ganz neues Marstal, wenn es sein muss. Ihr braucht es nur zu sagen.»

Und dann gab er mit rot gesprenkelten Augen und großen Schweiß-
flecken auf dem Hemd eine Runde an der Bar des Hotel Ærø aus, und
wir stießen auf die neue, ungestüm vorandrängende Zeit an. Wir hatten uns an den Champagner gewöhnt. Die Bläschen stiegen zur Oberfläche auf und zerplatzten mit einem kleinen Blubb, das die Lippen kitzelte. Und die Bläschen wollten kein Ende nehmen, ebenso wenig wie
die Ideen des Ingenieurs.

Herman stieß ebenfalls an. Er lief nicht mehr mit aufgekrempelten
Ärmeln herum, sondern trug stattdessen Manschettenknöpfe an seinem
Hemd. Wir alle hatten von den zwei Rechtschreibfehlern in seiner Tä-
towierung gehört.

Marstal bekam eine Bank. Vorher hatten wir nur eine Sparkasse. Es
war die Handels- und Kreditbank aus Svendborg, die in Marstal einzog.
Mit seiner großen Fassade hinaus zur Prinsegade lag das Gebäude gegenüber von Alberts Maklerkontor und war noch größer als die Schule,
das Postamt und Henckels Arbeiterwohnhaus. Die Treppe bestand aus
Granit und hatte breite Stufen, die parallel zur Straße zu einer lackierten, glänzenden Eichenholztür mit einer Klinke aus Messing führten. Es
sah aus wie der Eingang zu einer Burg.

Von der neuen Schiffswerft konnte man hin und wieder den Lärm eines
Niethammers hören, aber noch immer war nicht ein Schiff vom Stapel
gelaufen.

Albert grüßte den Bootsbauer Peter Raahauge, dem er zur Feierabend-
zeit auf dem Heimweg durch die Buegade begegnete. Raahauge erwiderte den Gruß mit einem Finger an der Schlägermütze und blieb stehen.
Albert fragte ihn nach der Arbeit auf der Werft.

«Sehen wir denn bald, wie ein Schiff zu Wasser gelassen wird?»

Der Bootsbauer stellte den Werkzeugkasten auf die gepflasterte Straße
und verschränkte die mächtigen Unterarme. Über seinen dicht behaarten Armen hatte er die Ärmel aufgekrempelt. Er schob die Unterlippe
vor und schnaubte verächtlich in seinen Schnurrbart, bevor er vernei-
nend den Kopf schüttelte.

«Das ist schon ein merkwürdiges Unternehmen», antwortete er.
«Wenn es denn so wäre, dass man bereits ein Schiff gebaut hat, sobald
man es nur auf Kiel legt, dann habe ich in meiner Zeit dort schon viele

Schiffe gebaut. Spanten und Stahlplatten habe ich jedenfalls noch nicht gesehen.»

«Und wie rechnet sich so was?», fragte Albert. «Ich begreif's nicht.»

«Tja, wir anderen Sterblichen verstehen das auch nicht. Aber das liegt nur daran, dass wir nicht so klug sind wie Henckel. Sehen Sie, Kapitän Madsen ...»

Raahauge neigte seinen Kopf ganz dicht zu Albert hinüber. Die Stimme sank in eine vertrauliche Tonlage.

«Der Ingenieur hat es doch so eingerichtet, dass die Norweger die erste Rate bereits bezahlen, sobald der Kiel gelegt ist. Er lädt sie hierher zu Champagner ein und präsentiert ihnen den Kiel, und dann glauben sie, das Schiff sei so gut wie fertig. Sie wissen ja nicht, dass die letzte Gruppe sich denselben Kiel angesehen hat. Es ist immer derselbe Kiel, den wir die ganze Zeit präsentieren.»

«Dann kassiert Henckel also große Summen für Schiffe, die er nie liefert. Ja, aber das ist doch Betrug.»

Albert war verärgert.

«Das haben jetzt Sie gesagt, Kapitän Madsen, nicht ich. Aber ich werde mich schon bald nach einer anderen Arbeit umsehen. Denn das hier – das geht nicht lange gut.»

Peter Raahauge grüßte mit einem Finger am Mützenschirm und verschwand in der Straße.

*   *   *

Albert hatte viele Jahre Krabben gefischt. Viele von uns taten es, wenn wir an Land gingen. Einige aus purer Not. Für Albert stellte es einen Zeitvertreib dar. Das Inselmeer war das Meer der Kinder und der alten Männer. Albert war von Kindheit an mit all den kleinen Inseln, Buchten, Landzungen, Fahrrinnen, Sandbänken und unsichtbaren Strömungen vertraut. Zusammen mit den anderen Jungen der Stadt hatte er das Inselmeer damals erkundet, jetzt suchte er die vertrauten Orte wieder auf. Zwischen Kindheit und Alter lagen die Weltmeere. Nun kehrte er zurück zu den kleinsten Buchstaben der Seekarte. Er hatte in den guten Jahren vor dem Ersten Weltkrieg begonnen, und als er unter dem fürchterlichen Regiment seiner nächtlichen Traumankündigungen stand, konnte er sich in die Krabbenfischerei flüchten. Wenn er in Gedanken versunken seine Krabbenreusen einholte, herrschte Waffenstillstand unter den am Himmel dahintreibenden Wolken.

Eines Abends dachte Albert an die Krabben, als er sich von Knud Erik und seiner Mutter verabschiedet hatte und durch die Nygade nach Hause in die Prinsegade spazierte. Krabben. Er wollte Knud Erik mitnehmen, wenn er das nächste Mal nach seinen Reusen sah. Dann lernte der Junge auch dies, und mit einem Eimer voll Krabben konnte er immer zu seiner Mutter nach Hause kommen. Die übrigen Krabben könnten sie am Hafen verkaufen, dann hätte Knud Erik Geld und würde als stolzer kleiner Mann seine Einnahmen heimbringen. Es wäre zum Teil ein Spiel, andererseits aber auch in der schwierigen Situation eine wirkliche Hilfe für die Witwe, die bestimmt keine andere Form von Unterstützung annehmen würde. Er selbst verschenkte seinen Krabbenüberschuss normalerweise an Leute, die in sein Kontor kamen, oder er gab ihn Lorentz auf der anderen Straßenseite.

In diesem Sommer legte er seine Reusen an der Küste von Langeland aus. Er hatte oben bei Sorekrogen begonnen und sich in Richtung Ristinge vorgearbeitet. Er fischte in den hellen Sommernächten. Das Wasser war spiegelblank. Wenn er in die Hafeneinfahrt ruderte, flammte die erste Glut der Sonne im Nordosten auf, und das Geräusch der Ruder war weit über das Wasser zu hören.

Nun fragte er den Jungen, ob er mitkäme.

Die Sommerferien hatten begonnen, am nächsten Tag wartete keine Schule auf Knud Erik. Er langweilte sich an den langen freien Tagen, wenn das Wetter nicht zum Schwimmen am Strand einlud. Nach kurzem Zögern willigte Knud Eriks Mutter ein. Inzwischen war ein gewisses Band zwischen ihnen geknüpft. Er spürte es deutlich, obwohl er jeden Gedanken an die Natur dieses Bandes von sich wies. Dennoch stellte er sich immer häufiger vor den Spiegel. Und es kam vor, dass inmitten des dichten, grau gesprenkelten Barts ein Lächeln erschien. Es lag ein Wiedererkennen in diesem Lächeln. Es war ein alter Bekannter, der ihn aus dem Spiegel grüßte, ein Bekannter, den er viele Jahre nicht mehr gesehen hatte: sein eigenes jüngeres Ich.

Er wollte den Jungen gegen Abend abholen. Dann konnte Knud Erik auf dem Sofa im Wohnzimmer schlafen, bis sie gegen drei Uhr morgens gemeinsam zum Hafen aufbrachen. Klara buk dicke Pfannkuchen, als er kam. Es war ein Gericht aus der Gegend, das sie frisch zubereitete, denn die Pfannkuchen mussten heiß auf den Tisch kommen. Albert stellte sich in den Türrahmen und betrachtete sie, während sie den Teig geschickt in Achterkringeln in die große Pfanne goss. Die Hitze ließ sie rasch zu kleinen, kompakten Plinsen aufgehen, die sie, sobald sie eine goldene Farbe angenommen hatten, auf braunes Packpapier legte, damit das Fett abtropfen konnte. Knud Erik stand daneben und wartete aufgeregt auf den ersten Pfannkuchen, den er sofort mit Zucker bestreute.

Solange sie die Pfannkuchen zubereitete, wurde kein Wort gewechselt, doch die Stille hatte überhaupt nichts Gespanntes. Er stand mit verschränkten Armen im Türrahmen und bemerkte, dass er sich in der Nähe der jungen Frau wie zu Hause fühlte.

Sie hatte sich ein Tuch um die Haare gebunden, um sie vor dem Fettdunst zu schützen. Als sich eine Locke löste und ihr in die Augen fiel, pustete sie sie zur Seite, wobei sie ihm einen amüsierten Blick zuwarf. Er lächelte sie an.

Sie servierte Stachelbeerkompott zu den Pfannkuchen, und er wollte wissen, ob sie das Kompott selbst eingekocht habe. Sie nickte. In dem kleinen Garten hinter dem Haus gab es Stachelbeerbüsche. Selbst die schäbigsten Katen in der Stadt verfügten über einen kleinen Garten. Sie hatte weit mehr Pfannkuchen gebacken, als sie essen konnten, die Reste gab sie ihnen zusammen mit einer Schale Stachelbeerkompott in ein Küchentuch gewickelt mit.

«Falls ihr heute Nacht Hunger bekommt», sagte sie.

Dann wandte sie sich an Knud Erik und reichte ihm einen Wollpullover.

«Es wird kalt draußen auf dem Wasser.»

«Ich friere nicht», entgegnete Knud Erik in einem Ton, der zeigte, dass er sich in seiner neu erworbenen Männlichkeit gekränkt fühlte.

«Ich nehme meinen Pullover aber auch mit.»

Albert legte dem Jungen eine Hand auf die Schulter.

«Sag deiner Mutter auf Wiedersehen.»

Klara stand in der Tür und winkte ihnen nach, als sie zur Kirkestræde hinaufgingen.

Der Horizont leuchtete, aber die Dunkelheit hatte ihren Zenit noch nicht überschritten und hielt die letzten Sterne noch am Leben, als Albert den Jungen weckte. Er reichte ihm eine Tasse heißen Kaffee.

«Der wird dich aufwecken.»

Knud Erik kratzte sich mit einer Hand am Kopf, während er mit der anderen die Tasse entgegennahm.

«Du musst pusten.»

Der Junge pustete und spitzte zögernd die Lippen, bevor er schlürfend den ersten Schluck trank. Er schnitt eine Grimasse. Albert nahm ihm die Tasse ab und schüttete einen Teelöffel Zucker hinein.

«Jetzt ist er besser.»

Der Junge trank wieder, und ein zufriedenes Lächeln breitete sich auf seinem Gesicht aus.

Er hatte in Hemd und Hose geschlafen. Albert, der seinen Islandpullover schon anhatte, zog ihm den Wollpullover über den Kopf.

Sie machten an der Prinsebro die Leinen los und begannen die Hafeneinfahrt hinauszurudern. Der Junge kauerte auf der Ruderbank und zitterte vor Müdigkeit und Kälte.

Albert gab ihm einen Riemen.

«Hilf mir ein bisschen», sagte er.

Der Junge stellte sich an die hintere Ruderbank. Dann tauchte er den Riemen ins Wasser und begann ihn zwischen seinen Händen in einer rollenden Bewegung zu drehen, die den gleichen Effekt hatte wie eine Schiffsschraube. Diese Technik war ihm von Albert beigebracht worden, wir Marstaler nannten es «wriggen».

Sie kamen an der Dampskibsbro vorbei und nahmen Kurs auf Ristinge. Knud Erik war wieder warm geworden, und in rascher Fahrt glitten sie durch das spiegelblanke Wasser. Sie waren als einziges Boot so früh draußen. Eine Stunde später erreichten sie Sorekrogen. Die Reusen waren voller Krabben.

«Da sind auch ein paar für deine Mutter dabei», sagte Albert.

Sie machten es sich mit den Pfannkuchen auf der Ruderbank gemütlich. Die Sonne hatte sich über den Horizont erhoben und mit ihrem Licht einen tief hängenden Wolkenstreifen angezündet. Sonst war der Himmel klar.

«Das wird heute Strandwetter», stellte Albert fest.

«Erzähl vom Schrumpfkopf», bat Knud Erik.

Einige Stunden später näherten sie sich wieder der Hafeneinfahrt. Die Sonne stand jetzt höher am Himmel, und er konnte bereits ihre Wärme spüren, obwohl es noch früh am Morgen war. Sie passierten die Dampskibsbro und hielten auf die Prinsebro zu.

Knud Erik ging zum Vordersteven und bereitete sich mit sicheren Bewegungen darauf vor, das Boot zu vertäuen. Albert füllte einen Eimer mit Krabben. Dann begleitete er Knud Erik nach Hause in die Snaregade. Der Junge stürmte mit dem Eimer in der Hand durch die Tür. Drinnen war seine Stimme zu hören.

In der Haustür tauchte die Mutter auf.

«Danke für die Krabben, Kapitän Madsen. Aber wieso stehen Sie denn dort draußen, kommen Sie doch herein.»

Sie ging zur Seite und ließ ihn durch die enge Türöffnung eintreten. Er versuchte, sich dünn zu machen, streifte sie aber dennoch mit dem Arm. Er kannte die Wohnung und fand selbst zum Sofa. Dort stand bereits eine Tasse für ihn. Sie ging in die Küche und kehrte mit der Kaffeekanne zurück.

«Die Krabbenfischerei lässt sich gut an», erklärte Albert. «Knud Erik wird ein gemachter Mann.»

«Wir können das Geld nicht annehmen.»

Ihre Miene verhärtete sich.

«Das ist durchaus kein Geschenk, Frau Friis. Er arbeitet hart, und selbstverständlich soll er dafür seinen Anteil bekommen.»

Knud Erik begann begeistert, auf dem Fußboden auf und ab zu hüpfen.

«Hol deine Badehose und ein Handtuch. Und dann ab zum Strand.»

«Darf ich, darf ich?»

Er hatte nun seinen Rhythmus gefunden und hüpfte weiterhin auf und ab.

«Ja, natürlich darfst du. Ab mit dir.»

Er lief in die Küche und kam einen Augenblick später mit einem zusammengerollten Handtuch unter dem Arm zurück. Gerade wollte er mit zum Abschied erhobener Hand in den Flur hinausrennen, als er unvermittelt stehen blieb. Dann ging er auf Albert zu und streckte eine Hand aus. Mit einem steifen Diener bedankte er sich für die Fahrt. Albert legte eine Hand auf seinen Kopf und fuhr ihm leicht durch die Haare.

«Ich habe zu danken.»

«Er ist ein wunderbarer Junge», sagte er, als Knud Erik verschwunden war. «Sie müssen gut auf ihn achtgeben.»

«Das tun Sie doch bereits für mich.»

Wieder lächelte sie. Er schaute auf. Ihre Blicke trafen sich, und er wusste nicht, ob es Zufall war. Er spürte, dass er woanders hinsehen sollte, konnte es aber nicht. Er merkte, wie ein unkontrolliertes Lächeln sich auf seinem Gesicht ausbreitete. Klara Friis' Wangen röteten sich. Auch sie schien nicht imstande zu sein, sich von dem Augenblick loszureißen, der länger und länger wurde, bis es ihnen vorkam, als wüchse er von Sekunden zu Minuten und dann zu sonderbar schwerelosen Stunden. Endlich senkte sie den Blick. Er empfand eine plötzliche Scham, als hätte er sich an ihr vergriffen, und musste an sich halten, um sich nicht zu entschuldigen, obwohl doch nichts geschehen war.

Er räusperte sich.

«Danke für den Kaffee.»

Sie sah ihn verwirrt an, als hätte er sie aus einem Traum geweckt. Ihre Wangen waren noch immer gerötet.

«Müssen Sie gehen?»

«Ja, das sollte ich wohl besser», sagte er und hoffte, dass die Worte neutral klangen, damit der Abschied nicht wie ein Urteil über die merkwürdige Situation aussah, in der sie sich gerade befunden hatten.

«Ach», sagte sie, als käme der Aufbruch für sie überraschend.

Er blieb sitzen und wartete, dass sie weitersprach. Sie starrte auf ihre Hände.

«Nun ja, ich hoffe, Sie finden mich nicht aufdringlich. Aber hätten Sie nicht Lust, heute Abend zu uns zum Essen zu kommen? Wir haben doch jetzt die Krabben.»

Sie sah ihn an.

«Ich komme wirklich sehr gern. Ich werde eine Flasche Wein mitbringen.»

«Wein?»

Sie wirkte noch verlegener.

«Oh, vielleicht trinken Sie gar keinen Wein?»

Sie strich sich über die Stirn. Dann lachte sie plötzlich hinter vorgehaltener Hand.

«Ich habe noch nie Wein probiert.»

«Einmal ist immer das erste Mal. Also bis heute Abend.»

Als er das Haus verließ, bemerkte er Hermans kräftige Gestalt. Er hatte seine Mütze in die Stirn gezogen und lief mit hastigen Schritten in Richtung Hafen. Unter dem Mützenschirm blickte er auf und warf einen prüfenden Blick auf das Haus, das Albert gerade verlassen hatte; dann sah er Albert und grüßte ihn lässig mit einem Finger am Mützenschirm. Albert grüßte zurück, allerdings wurde kein Wort zwischen den beiden Männern gewechselt.

Albert ging in Richtung Kirkestræde, wobei er über den Blick nachdachte, den der junge Mann ihm gerade zugeworfen hatte. Beobachtete er ihn? Ahnte er etwas? Dann zuckte er mit den Achseln. Was war denn das für ein Blödsinn? Es war doch nichts passiert zwischen ihm und Knud Eriks Mutter. Aber die Einladung zum Abendessen? Der Wein? Es war noch nicht so lange her, dass er eine weinende Witwe in seinen Armen gehalten hatte. Nun hatte ein beinahe koketter Ton zwischen ihnen geherrscht, als sie über den Wein sprachen. Ihr Lachen hinter der vorgehaltenen Hand. Verliebte sie sich etwa in ihn? Oder war es umgekehrt? Interpretierte er alles in einem besonderen Licht, weil sie es ihm angetan hatte?

Er schüttelte über sich selbst den Kopf. Allein schon den Gedanken fand er unpassend. Er kannte nicht den genauen Altersunterschied zwischen ihnen. Doch er war groß. Er könnte nicht nur ihr Vater, sondern sogar ihr Großvater sein.

Er hatte sein Leben und seine Kreise. Die wollte er nicht gestört sehen. Er hatte mehr gesehen und gehört, als er brauchte. Seine nächtlichen Träume hatten ihn bis in die Grundfesten erschüttert. Er hatte sie als einen grausamen und boshaften Punkt erlebt, den ein Gott in sein Leben setzte, dessen Unbarmherzigkeit ihn abstieß und der ihm weder das Bedürfnis vermittelte zu glauben noch um Gnade zu bitten. Der Glaube, den er einmal gehabt hatte, der Glaube an die Menschen, war verloren gegangen. Er war verendet wie ein schwer verletzter Schiffbrüchiger an der Knochenküste am Ende der Welt.

Aber dann hatte sein Leben unerwartet neu begonnen. Es war ein siebenjähriger Junge, der ihm den Glauben zurückgegeben hatte. Nun war die Mutter des Jungen dazugekommen, und die Verlockungen dieses neuen Lebens erschienen ihm anziehender als je zuvor. Er konnte nicht abstreiten, dass er in der Nähe von Klara Friis eine sonderbare Erregung empfand. Knud Erik hatte die erste Bresche in diese Mauer der Einsamkeit geschlagen, hinter der er lebte. Wenn Klara da war, hatte er das Gefühl, als wäre die gesamte Mauer im Begriff einzustürzen.

Ja, es war unschicklich. Und doch konnte er sich ein Lächeln nicht verkneifen.

Am späten Nachmittag saß er in seiner Badewanne und bereitete sich auf das Abendessen vor, als er eine Art Stich in seinem Herzen spürte. Ein weniger stolzer und unbeugsamer Charakter als er hätte es Angst genannt. Wieder kreisten seine Gedanken um Klara Friis. Bei den Leuten gab es dieses Moralinsaure. Was würden sie wohl sagen, wenn sie ihn plötzlich mit einer Frau zusammen sahen, die so viel jünger war als er? Das Monster O'Connor hatte mit seinen Fäusten zugeschlagen, aber man konnte einem Mann auch auf andere Weise Schaden zufügen. Die Zunge war vielleicht die gefährlichste Waffe. Wurde er vor den Gerichtshof des Klatsches gezerrt, gab es keine Berufung. Hier bedeutete das Gesetz gar nichts.

Aber konnte es ihm nicht egal sein? Er hatte in seinem Leben mehr als genug getan. Er hatte sich Achtung erworben. Er hatte eine Flotte von Schiffen aufgebaut. Seine Arbeit war beendet. Aber er lebte weiter – und gab es denn in diesem Nachleben nicht auch eine neue Freiheit?

Er stieg aus der Badewanne und begann sich abzutrocknen. Er schaute zum Spiegel, der vom Dampf des heißen Wassers beschlagen war, und rieb mit dem Handtuch ein rundes Bullauge in die matte Fläche, um sich betrachten zu können. Er hatte seinen Körper selten mit den Augen anderer gesehen. Für ihn war es ein Arbeitsgerät. Stärke und Ausdauer waren der Maßstab, den er anlegte, egal, ob er an Deck eines Schiffs stand und gegen die See kämpfte oder seine harten Muskeln einsetzen musste, um sich bei Männern Respekt zu verschaffen, die ihren Platz nicht kannten. Wie lange konnte er sich wach halten, wenn ein Sturm seine ständige Anwesenheit auf Deck erforderte? Wie groß war die Autorität, die er ausstrahlte?

Im Spiegel sah er, dass sein Brustkorb eingefallen war und sich lange Hautfalten von den Schultern zu den schlaffen Muskeln zogen, die ihr eigenes Gewicht nicht länger tragen konnten. Das gekräuselte Haar, das seine Brust bedeckte, war schon seit vielen Jahren grau. Bekleidet erschien ihm sein Körper noch genauso stramm wie früher.

An einem Sommerabend hatte er Cheng Sumei in ihrer großen Vorstadtvilla in Le Havre geliebt und nicht gewusst, dass es das letzte Mal sein sollte. Es war ein Abend wie so viele andere gewesen. Die Flammen der Wachskerzen, die an diesem windstillen Abend senkrecht brannten, dufteten nach Weihrauch. Sie hatte sich über ihn gebeugt und ihn den Seidenkimono lösen lassen, der sich öffnete und ihren nackten Körper entblößte, so weiß wie die Kronblätter der chinesischen Baumrose, mit einem ganz schwachen Glanz von etwas, das er nicht gelblich nennen wollte, sondern eher cremefarben. Ihre Haut war glatt wie bei einer polierten Jadefigur. Er verstand dieses Mysterium nicht, das er nicht mit dem Fernen Osten verband, sondern mit ihr: Sie alterte nicht. Nur ein paar Linien um ihren Mund wurden in der Zeit, in der er sie kannte, markanter und verrieten eine reife Frau. Wie nachgezogene Striche auf einer Zeichnung. Sie waren da, um ihre Schönheit zu betonen.

Cheng Sumei band ihr langes Haar auf und ließ es vornüberfallen. Er verschwand in der Dunkelheit ihrer dichten Haarpracht. Das war der Auftakt ihres Liebesakts, jedes Mal. Er schloss die Augen und ergab sich ihren Händen, die ihm sanft über die Wangenknochen strichen. Dann drückte sie ihre Lippen auf seine.

Am nächsten Morgen wachte sie nicht auf. Mit ihrem schwarzen Haar, das sich über das weiße, bestickte Kopfkissen ausbreitete, lag sie da wie Dornröschen. Sie starb, als hätte sie nur ihr Gesicht abgewandt und woanders hingesehen, niemals gealtert, ohne jede Krankheit, und doch war ihr Leben zu Ende.

Cheng Sumei ging fort. Genau so hatte er es sich vorgestellt: Sie war mitten in der Nacht aufgestanden und fortgegangen, fort von ihm. Er schaute auf ihren toten Körper auf dem Laken, als wäre es ein Kimono, den sie abgelegt hatte. Lange wartete er jede Nacht darauf, das wohlbekannte Knistern der Seide zu hören, wenn sie sich vor ihm auszog. Er schloss die Augen, obwohl es im Zimmer dunkel war, und wartete auf die Berührung ihrer Hände, wenn sie sie über sein Gesicht gleiten ließ.

Tagsüber arbeitete er hart. Aber in der täglichen Arbeit fand er keine Abwechslung, keine Fluchtmöglichkeit. Denn auch in der Arbeit hatten sie sich nahegestanden. Er hatte sie ins Maklerkontor begleitet, abends hatten sie die Telegramme und Zeitungen mit nach Hause genommen. Dann sprachen sie über Frachtraten und die politischen Ereignisse überall auf der Welt.

Er lernte von ihr. Und sie lernte von ihm. Er kannte ja die See aus erster Hand, und wenn es Probleme mit der Mannschaft gab oder sie unzufrieden mit den Dispositionen eines Kapitäns war, traf er die Entscheidungen. Betraf es die Frage eines neuen Marktes, der sich ihnen eröffnete, entschieden sie beide, nach langen Überlegungen. Sie fanden in ihrem Maklergeschäft zu einer Gemeinschaft, und das war im Grunde das stärkste Band zwischen ihnen.

Er erinnerte sich noch immer an den Augenblick, an dem er sich in sie verliebte. Luis Presser hatte ihn zum Abendessen in seine Villa eingeladen, in der er später so viele Nächte zubringen sollte. Bei Tisch hatte er sie fasziniert angestarrt, musste sich zwingen, die Augen abzuwenden und der Konversation am Tisch zu folgen, die auf Englisch geführt wurde. Nach einer Weile empfand er es selbst als auffällig, ja geradezu peinlich, dass er sich überhaupt nicht an sie wandte oder in ihre Richtung sah, abgesehen von den verstohlenen Seitenblicken. Wenn er etwas fühlte, dann war es Ehrfurcht. Ihre Schönheit hatte etwas Durchsichtiges, das sie in seinen Augen geheimnisvoll erscheinen ließ, geradezu überirdisch. Er erwartete überhaupt nicht, dass sie sich mit so profanen Dingen abgab, wie den Mund aufzumachen und zu sprechen, und daher erschrak er regelrecht, als sie das Wort an ihn richtete. Wie ein frommer Mensch, wenn die Lippen der Götterstatue, vor der er kniet, sich plötzlich teilen und der Gott ihn jovial grüßen würde.

«Monsieur Madsen, möchten Sie, dass ich Ihnen von dem Moment erzähle, in dem ich mich in den Westen verliebt habe?», fragte sie.

Sie sprach seinen Namen mit einem starken französischen Akzent aus, aber ihr Englisch war fehlerfrei.

Ihr Blick war lebhaft, voller Neugier und einer spielerischen Ironie, als ob sie seine Verlegenheit ahnte und sich nun selbst entmystifizieren wollte. Er hatte ihren Blick vorher nicht bemerkt, nur ihre langen, dichten Wimpern, wenn sie ihn senkte, nicht die Augen dahinter.

«Als ich das erste Mal sah, wie ein Brand gelöscht wurde», sagte sie. «Verstehen Sie, in China glauben wir, dass ein Brand von bösen Geistern verursacht wird. Wenn in einem Haus Feuer ausbricht, versuchen wir, die Geister zu vertreiben.»

Sie machte eine kleine Kunstpause, um die Fortsetzung zu betonen.

«Mit Lärm. Mit Trommeln und Becken. Ich habe so viele Häuser zur Begleitung von Trommelschlägen bis auf die Grundmauern niederbrennen sehen. Wir haben eine fünftausend Jahre alte Kultur, und in all diesen fünftausend Jahren sind wir nicht auf die Idee gekommen, Feuer mit Wasser zu löschen.

Die Engländer bauten in Schanghai eine freiwillige Feuerwehr auf. Dann brach ein Brand in einem Haus auf der anderen Seite der Straße aus, in der ich wohnte. Es passierte abends, und die englischen Gentlemen, die freiwillig arbeiteten, kamen direkt von einem Abendessen, bekleidet mit Zylindern, Schoßröcken und weißen steifen Hemdbrüsten, die vom Ruß schnell schwarz wurden. Sie richteten lange Wasserschläuche auf die Flammen. Als das Feuer mit einem Brodeln erstarb und der größte Teil des Hauses noch stand – das war der Moment, an dem ich mich in den Westen verliebte. Verstehen Sie, was ich meine, Monsieur Madsen? Meine Philosophie ist im Grunde genommen einfach. Man löscht Feuer mit Wasser. Darum lebe ich hier und nicht in China.»

Sie lachte ihm zu. Er lachte zurück und nickte.

«Ja, und meine Philosophie ist, dass das Wasser da ist, um darauf zu segeln. Aber so ganz verschieden sind wir wohl nicht.»

In diesem Augenblick schlug seine Ehrfurcht in Liebe um. Hier war eine Frau mit einer Lebenseinstellung, die seiner nahekam. Ihre heitere Gradlinigkeit war befreiend. Ihre Schönheit wurde für ihn plötzlich erreichbar. Dass Cheng Sumei nach dem Tod ihres Mannes das Geschäft übernahm und erfolgreich weiterführte, wunderte ihn nicht eine Minute. Er hatte es längst in ihr gesehen.

Er war nicht nur ein Mensch, wenn er mit ihr zusammen war. Er war viele Menschen. So ist ein Seemann notwendigerweise. Er ist jemand daheim, ein anderer auf Deck und ein Dritter in einem fremden Hafen. Und doch ist er niemals mehr als ein Mensch auf einmal. Seine inneren Menschen sind durch Ort und Zeit getrennt, immer mit einem großen Abstand zueinander. Wie ein Schiff hatte er wasserdichte Schotten in sich, die es vor dem Sinken bewahrten. Aber zusammen mit Cheng Sumei konnte Albert mehrere Menschen gleichzeitig sein. Er war zuallererst das, was er als Kern seiner selbst ansah, Seemann und Kapitän, und er dachte oft, dass sie beide, Cheng Sumei und Albert Madsen, wie zwei Kapitäne auf demselben Schiff waren, ein ungleiches Paar, das dennoch niemals die Autorität des anderen in Frage stellte oder die Sicherheit des Schiffs aufs Spiel setzte.

Aber er war auch der junge Mann, an den er sich von den Bordellbesuchen seiner Jugend erinnerte. Da war es ja nicht immer nur rau zugegangen. In den Bordellen von Bahia oder Buenos Aires war der junge Seemann in den Marmorpalästen mit ihren Springbrunnen und Palmen, Seidenlaken und spiegelverkleideten Decken und Wänden ein verlegener Gast gewesen. Und das Mädchen, ja, sie war ein dienstbarer Geist, sie war auf der Welt, um seine Wünsche in einer kurzen, treulosen Stunde zu erfüllen; und obwohl sie ihn bediente, war sie doch auch ein überlegener Geist. Wie unsicher und unglaublich schüchtern, wie bodenlos unwissend und dankbar zur gleichen Zeit hatte er sich unter diesen kundigen Händen gefühlt, die so viel über seinen Körper wussten, wovon er selbst keine Ahnung hatte. Über diesen geschundenen Körper mit den ständig schmerzenden Muskeln, gepeinigt von den Anstrengungen im Rigg, voller Salzwasserbeulen und nicht ausgeheilten Wunden, stets auf der Hut, immer bereit, aus der bitteren Notwendigkeit der Selbstbehauptung zurückzuschlagen.

Er hatte sich in diesen Bordellen nie als Herr über irgendjemanden gefühlt. Er ging nicht dorthin, um die zweifelhaften Privilegien eines Herrn zu genießen. Er fühlte sich als Gast, und er benahm sich mit der abwartenden Höflichkeit eines Gastes. Seine ständig geballten Fäuste öffneten sich für eine Weile. Doch er lernte nichts. Er ging nicht als ein besserer Liebhaber. Er blieb der gleiche plumpe, ungeschickte, aus lauter Unsicherheit ziemlich brutale Mann, wenn es um andere Frauen ging.

Mit Cheng Sumei war es wie bei den Bordellbesuchen seiner Jugend. Im Schlafzimmer war sie sein dienstbarer und doch überlegener Geist. Er wurde einen Augenblick lang wieder zu seinem jugendlichen Ich während eines Bordellbesuchs. Ob er ein guter Liebhaber wurde, wusste er nicht. Die Begierde war nie zu einem fordernden Begleiter geworden, dem es gelang, einen Platz in seinem Leben einzunehmen. Es war nicht der Liebesakt, den er in seinen durchwachten Nächten vermisste, sondern ein Mensch.

Albert trocknete sich ab und ließ eine Hand durch das kurze gestutzte Haar gleiten, das trotz der Feuchtigkeit im Badezimmer bereits anfing zu trocknen. Er holte eine Schere und begann, sich den Bart zu trimmen. Er studierte sein Gesicht im Spiegel und überlegte, was er wohl in Klara Friis geweckt haben könnte. Sein Alter und seine Position gaben Sicherheit. Sicherlich suchte sie die. Er hatte die Dankbarkeit in ihrem Blick gesehen, als er ihrer Beschreibung der Sturmflutnacht auf Birkholm lauschte.

Was wollte er von ihr? War es ausschließlich Eitelkeit? Er fand sie nicht sonderlich hübsch. Aus ihrem Gesicht waren die Spuren des Kummers verschwunden, die es aufgequollen und ausdruckslos hatten erscheinen lassen. Sie kleidete sich mit größerer Sorgfalt als früher. Das Unförmige hatte sie abgelegt, und er bemerkte, dass sie eine zierliche Figur besaß. Aber das war es nicht, was ihn anzog. Es war auch nicht ihre Persönlichkeit. Er kannte sie ja im Grunde gar nicht. Sie sprach nur wenig und wenn, dann mit einer Zurückhaltung, die von einem Standesunterschied zeugte, über den sie sich beide allzu bewusst waren. Etwas ganz Unpersönliches hatte dieses Gefühl in ihm erweckt, und noch zögerte er, es als Begierde anzuerkennen. Nein, es war nicht sie. Es war nicht einmal die Frau in ihr. Es war die Jugend, eine ganz elementare Naturkraft, die mit dem Sommer in ihr erwacht war; ein letzter Abglanz von dem, was sie einmal gewesen war, bevor Geburten und Armut an ihr zehrten und sie Trauer tragen musste. In gewisser Weise war es sein Werk. Es war seine Aufmerksamkeit, die zunächst nichts anderes als Freundlichkeit hatte sein wollen, die in ihr die Jugend wiedererweckte.

Zuerst war es der Junge gewesen. Dann hatten sie zu dritt beieinandergesessen und plötzlich einer Familie geglichen, der Familie, die er nie gehabt hatte, der Familie, die sie verloren hatte. Aber konnten sie denn diese kleine Familie sein, ohne dass er und sie sich verhielten wie Mann und Frau?

Er war ein alter Mann. Er erinnerte sich selbst wieder daran. Alte Männer haben ihre festen Bahnen, genau wie die Planeten, die um die Sonne kreisen, doch die Sonne, die sie umkreisten, war eine Sonne, die abkühlte. An dieser Stelle beendete er die Diskussion. Er musste in seiner Bahn um eine verglühende Sonne bleiben. Er befand sich mitten in der Eiszeit des Lebens, und auf den offenen Flächen, die der Schnee noch nicht bedeckt hatte, konnten lediglich Flechten gedeihen.

Doch seine Hände sprachen eine andere Sprache, als er seine weißen Leinenschuhe band und sich einen Strohhut auf den Kopf setzte. Am Esstisch blieb er stehen und zupfte eine weiße Margerite aus dem Strauss, den die Haushälterin mitten auf den Tisch gestellt hatte. Vor dem Spiegel im Eingang ließ er noch einmal seine Hand durchs Haar gleiten, bevor er die Margerite ins Knopfloch seiner hellen Sommerjacke steckte. Dann öffnete er die Tür und ging die Treppe zur Prinsegade hinunter, voll des blinden Triumphes, den Menschen manchmal empfinden, wenn sie ihren eigenen gesunden Menschenverstand besiegen.

*　*　*

Knud Erik war zu Hause, als er hereingebeten wurde. Klara Friis hatte das lange Haar aufgesteckt, und er bemerkte, dass es frisch gewaschen war. Er verfolgte die wechselnden Moden nicht, die jede Saison in den Schaufenstern bei I. C. Jensen in der Kirkestræde ausgestellt wurden, aber er konnte am Schnitt ihres Kleides, das ihr bis zur Mitte der Waden reichte, erkennen, dass es nicht neu war. Es handelte sich um ein Kleid, das sie anlässlich dieses Abends herausgesucht haben musste, aus den ersten Jahren ihrer Ehe vielleicht oder sogar noch aus einer Zeit, als auch sie voller Hoffnungen steckte – und Jugend.

Es war für drei gedeckt, was ihn gleichzeitig enttäuschte und beruhigte. Knud Eriks Blick würde sie daran hindern, Dummheiten zu begehen, dennoch war Klara Friis rot geworden, als sie die Tür öffnete. Sie trat wie am Morgen für ihn zur Seite und neigte leicht den Kopf. Ihr bloßer Nacken unter dem aufgesteckten Haar wirkte so zerbrechlich, dass er einen Anflug von Lust unterdrücken musste, die Hand so darauf ruhen zu lassen, bis in dem Griff der Drang zu beschützen von dem zu erobern nicht mehr zu unterscheiden gewesen wäre.

Er konnte die kleine Edith nirgendwo entdecken und erkundigte sich nach ihr. Sie war bereits gefüttert und schlummerte im Schlafzimmer.

Knud Erik stand neben seinem Stuhl, als sie ihn zu Tisch bat. Sein Haar war mit Wasser gekämmt und klebte ihm am Kopf. Er zog als letzter seinen Stuhl unter dem Tisch hervor, saß unnatürlich steif da und starrte vor sich hin. Eine große Schüssel frisch gekochter Krabben stand auf dem Tisch. Albert hatte den Wein in einem Korb mitgebracht, die Flasche war in eine Damastserviette gewickelt. Nun nahm er sie heraus und öffnete sie mit einem kleinen Plopp. Er hatte sich zunächst nicht entscheiden können, ob er auch Weingläser mitnehmen solle. Ihm war klar, dass sie keine besaß. Doch wenn er mit Gläsern kam, könnte sie es möglicherweise als Kritik auffassen, als Betonung, wie dürftig ihr Haus und ihr Leben war. Aber dann hatten seine Gewohnheiten gesiegt. Er wollte den guten Wein nicht aus simplen Wassergläsern trinken und hatte zu seinen besten Kristallgläsern gegriffen. Tja, alte Männer und ihre Bahnen um eine sterbende Sonne. Auch einen Korkenzieher hatte er mitgebracht.

Er schenkte die Gläser ein und warf einen Blick auf Knud Erik, der alles aufmerksam verfolgte.

«Fast hätte ich dich ja vergessen», sagte er und griff noch einmal in den Korb, um eine Flasche Saft vor Knud Erik hinzustellen. Der Junge lachte.

«Es ist wie bei einem Ausflug», sagte er.

Er sah, dass die Flasche beschlagen war, und fasste sie vorsichtig an.

«Sie ist kalt.» Seine Stimme klang sehr verwundert.

Albert stieß mit Klara Friis an. Sie hielt das Glas, als hätte sie Angst, es fallen zu lassen. Er schaute sie einen Moment über den Rand seines Glases an. Sie errötete und wandte verwirrt den Blick ab, unvertraut mit den Ritualen, die den Genuss von Wein betrafen. Dann beugte sie den Kopf zurück und trank einen Schluck, als ob es sich bei dem hellen Inhalt des Glases um Medizin handelte, die es rasch zu schlucken galt. Ihr Gesicht verzog sich zu einer Grimasse. Wieder wurde sie rot.

«Ich möchte auch mal probieren», sagte der Junge.

«Das ist nichts für Kinder.»

Die Mutter sah ihn streng an. Albert fiel auf, wie sie hinter der Zurechtweisung ihre Verwirrung über diese Mahlzeit zu verbergen suchte, die sich mit nichts vergleichen ließ, was sie irgendwann einmal erlebt hatte.

«Ich bin aber kein Kind mehr», widersprach Knud Erik. «Ich verdiene mein eigenes Geld.»

«Dann darfst du auch probieren.»

Albert blinzelte der Mutter zu und reichte dem Jungen sein Glas. Der nahm es vorsichtig mit beiden Händen und führte es mit einer zögernden Bewegung zum Mund, als würde er bereits seinen Vorwitz bereuen.

«Nur einen kleinen Schluck», ermahnte ihn seine Mutter.

Knud Eriks Gesicht unter dem hellen Sommerhaar verzog sich.

«Igitt!», stieß er aus. «Schmeckt das sauer.»

Albert lachte. «Das findet deine Mutter auch.»

Er blickte hinüber zu Klara, die zu lachen begann.

«Ja», räumte sie ein, «Wein ist offenbar nichts für mich.»

«So ist es am Anfang immer. Doch dann lernt man ihn zu schätzen.»

«Ich nicht», erklärte Knud Erik, «ich werde das nie zu schätzen lernen.»

Albert wünschte sich in diesem Augenblick, dass die Zeit stehen bliebe. Er besaß eine Familie. Er saß hier mit einem Kind, das sein Enkel, und einer Frau, die seine Tochter sein könnte, mehr wünschte er sich nicht. Er hatte die Einsamkeit der Kriegsjahre hinter sich gelassen und beinahe das Gefühl, ein Zuhause zu haben, das nicht nur aus ihm und seinen Erinnerungen bestand.

Er dachte an den Nachmittag in der Badewanne und die Koketterie vor dem Spiegel. Er hatte sich mit der hellen Sommerjacke, dem Strohhut und der Blume im Knopfloch hübsch gemacht. Vielleicht war noch eine letzte Glut in ihm. Aber es war wie eine Glut, die plötzlich zu einem Feuer aufflammt, das bereits die ganze Nacht gebrannt hatte. Es findet in der Asche keine Nahrung mehr und erlischt bald wieder. Einen Augenblick hatte er seiner Eitelkeit nachgegeben. Aber er brauchte keine Frau. Diesen beiden Menschen hier konnte er etwas bedeuten, und mit ihrer bloßen Anwesenheit konnten auch sie ihm etwas bedeuten.

Er drehte am Stiel des Weinglases und lachte vor sich hin.

«Worüber lachen Sie?»

«Ach, ich weiß es auch nicht, ich fühle mich nur so wohl hier. Wahrscheinlich lache ich aus Zufriedenheit.»

«Das ist schön zu hören.»

Sie stand auf.

«Jetzt kommt der Nachtisch.»

Sie brachte eine Schüssel mit Roter Grütze und eine Kanne Sahne herein. Knud Erik folgte ihr mit den tiefen Tellern, die er vor jeden Stuhl auf den Tisch stellte.

«Du hilfst deiner Mutter aber tüchtig, wie ich sehe.»

«Ja, er ist ein guter Junge.»

Sie setzte sich und begann, die Teller zu füllen.

«Wenn du mit dem Essen fertig bist, darfst du hinausgehen und spielen.»

Knud Erik schaufelte die Rote Grütze in sich hinein, dass die Sahne über die Tischdecke spritzte. Seine Mutter runzelte die Stirn, sagte aber nichts. Dann verschwand er aus der Tür. Sie sah ihm nach und lachte.

«Da hat es aber einer eilig.»

«Es ist Sommer», meinte Albert.

In der niedrigen Stube war es halbdunkel, doch die Straße lag noch in vollem Licht. Er schob seinen Stuhl zurück.

«Danke für das Essen. Tja, jetzt ist es wohl an der Zeit, dass ich nach Hause komme.»

Sie senkte den Kopf, als hätte er sie abgewiesen.

«Bleiben Sie doch noch ein bisschen», bat sie und sah ihn an. «Schauen Sie, ich habe ja noch nicht einmal meinen Wein ausgetrunken. Sie haben doch versprochen, mir beizubringen, wie ich ihn schätzen lerne. Dann können Sie doch jetzt nicht einfach so gehen.»

Ihre Stimme klang kokett, es hatte den Anschein, als erlaubte sie sich eine größere Ausgelassenheit, wenn der Junge nicht da war. Er goss ihr Wein nach.

«Dann bleibe ich noch ein wenig. Darf ich vorschlagen, dass wir in den Garten gehen und den Sommerabend genießen?»

Der Vorschlag überraschte sie. Der kleine Garten war ein Nutzgarten, zur Not ein Ziergarten, aber kein Ort, an dem sie Gäste empfing oder ihre freien Stunden verbrachte.

«Lassen Sie mich», sagte er und griff sich zwei der dunkel lackierten Esszimmerstühle mit den hohen Rückenlehnen. Er trug sie durch die Küche und stellte sie nebeneinander in den Garten. Sie verschwand im Schlafzimmer, um nach Edith zu sehen, die während des ganzen Essens ruhig geschlafen hatte. Kurz darauf erschien sie wieder und setzte sich neben ihn. Er reichte ihr das Weinglas und prostete ihr zu, und als er versuchte, über den Rand des Glases ihren Blick zu erhaschen, ließ sie es geschehen. Das weiche Abendlicht kaschierte ihre Blässe und gab ihrer Haut ein geheimnisvolles, intensives Glühen. Sie lächelte ihn an. Er lächelte zurück. Einen Moment waren beide verlegen.

Er sah sich den kleinen Garten an. Hinten standen Büsche mit schwarzen Johannis- und Stachelbeeren. Es gab Kartoffeln und Rhabarber. Ein schmaler Gang mit Kieselsteinen führte um die Blumenbeete, die alle mit von Sonne und Salz gebleichten Muschelschalen eingefasst waren, so wie in den meisten Gärten von Marstal üblich. Direkt am Haus lag ein kleines Rosenbeet. Es gab keine Terrasse, und die Stühle balancierten auf den holprigen Pflastersteinen, die mit großen Zwischenräumen in der Erde verlegt waren. Zwischen den Steinen wucherte kein Unkraut. Albert fiel auf, dass der Garten sorgfältig gepflegt war.

Von der Straße her waren Kinderstimmen zu hören. In den Nachbargärten unterhielten sich Frauen gedämpft. Ein Außenstehender hätte das Fehlen von Männerstimmen nicht bemerkt, aber Albert tat es. Der Sommer war die Jahreszeit der Frauen. Mit den ersten Anzeichen des Frühjahrs wurden die Schiffe als frachttauglich gemeldet, und schon bald verließen sie die Leeseite hinter der schützenden Mole. Einige Schiffe kehrten zur Weihnachtszeit wieder heim. Doch viele Seeleute befanden sich auf Langfahrt und blieben jahrelang fort. In ihrer Abwesenheit waren es die Frauen, die das Sagen im Ort hatten. Nun saß er inmitten dieses Frauenlebens in einem Duft von Flieder und Sommer und fühlte sich als Teil des Lebens in der Stadt, wie er es seit Jahren nicht mehr erlebt hatte.

Er bückte sich und hob eine Muschelschale vom Boden auf. Er hielt sie ans Ohr und lauschte dem brausenden Geräusch, das aus dem gewundenen Gang der Muschel drang.

«Hör», sagte er und reichte sie ihr.

«Sie haben jetzt das Radio erfunden. Als ich Kind war, hatten wir nur Muscheln. Das war unser Radio.»

Sie folgte seiner Aufforderung nicht und legte stattdessen die Muschel mit einer Miene an ihren Platz im Blumenbeet, als hätte er im Garten eine heimliche Harmonie gestört, als er sie aufhob.

Eine Muschel hatte viele Melodien, für jeden ihrer Zuhörer eine andere. Für die jungen Leute sang die Muschel von Fernweh und fremden Küsten, für die Alten von Abwesenheit und Kummer. Sie hielt ein Lied für die Jungen und ein anderes für die Alten bereit, eines für Männer und eines für Frauen. Für die Frauen sang die Muschel stets dasselbe: Verlust, Verlust, mit der Monotonie des Wellenschlages am Ufer. Für sie ertönte kein Lockruf, wenn sie das Ohr daran legten, nur Klagegesang.

Sie saßen eine ganze Weile im Garten. Die Sonne verschwand hinter einem Dachfirst. Eine körnige Dämmerung stieg zwischen den Johannis- und Stachelbeerbüschen auf, während der Himmel eine immer violettere Tönung annahm.

«Nein, nun ist es aber Zeit, dass er hereinkommt!»

Klara stand unvermittelt auf. Ihr war der Junge eingefallen. Es war Zeit zu gehen, doch bevor er aufstehen und sich verabschieden konnte, war sie durch die Küchentür verschwunden. Er wartete in der Stube, als sie mit Knud Erik zurückkam. Albert hatte die Stühle wieder mit hereingebracht und an ihren Platz am Esstisch gestellt.

«Ich bin schon viel zu lange hier», meinte er entschuldigend.

«Aber Sie haben ja Ihren Kaffee noch gar nicht bekommen!»

Sie führte ihn zum Tisch und drückte ihn auf einen der Stühle, bewegte sich mit einer Freiheit, die er vorher an ihr nicht gekannt hatte.

«Sie bleiben jetzt hier, bis ich Kaffee gemacht habe.»

Sie zog eine Schublade mit Bettzeug auf und bereitete Knud Erik auf dem Sofa sein Bett. Der Junge zog sich aus und kroch unter die Decke.

«Gehen wir morgen früh fischen?», fragte er.

«Nein, morgen nicht. Wir können nach Langholm rudern und baden gehen, wenn du willst.»

Es kam keine Antwort. Der Junge schlief bereits.

Klara kam mit einer Kaffeekanne aus der Küche.

«Es war ein langer Tag.»

Sie setzte sich ihm gegenüber und goss seine Tasse ein. Die Lampe in der Stube war nicht angezündet, und im Halbdunkel leuchtete die blasse Haut um ihren Halsausschnitt. Sie saßen eine Weile da, ohne ein Wort zu sagen, während es um sie herum immer dunkler wurde. Auf dem Sofa hörte er Knud Erik im gleichmäßigen Rhythmus des Schlafs atmen. Irgendwo in der Nähe schlug eine Uhr mit einem tiefen, dröhnenden Klang. In der zunehmenden Dunkelheit waren ihre Gesichtszüge nicht mehr zu erkennen, sie verschwammen vor seinem Blick, als würden sie sich zu unbeschreiblichen Grimassen verformen.

«Ich bedanke mich für den Abend», sagte er und stand auf.

Sie fuhr zusammen, als hätte man sie abrupt geweckt.

«Sie gehen jetzt?»

Sie sah auf, ihr Gesicht war ein weißer Fleck in der Dunkelheit, den Ausdruck darin konnte er nicht lesen. War sie etwa angetrunken? Sie hatte das erste Glas Wein geleert, und er hatte ihr nachgeschenkt. Mehr war es nicht gewesen, aber Frauen vertrugen weniger als Männer. Er empfand einen plötzlichen Widerwillen gegen die ganze Situation und wollte fort.

Sie stand auf und begleitete ihn in den Flur, zündete jedoch kein Licht an und schloss die Tür zur Stube hinter ihnen. Sein Herz schlug heftig, wie bei einem Gefangenen, der darum bittet, herausgelassen zu werden. Wieder spürte er diesen stechenden Schmerz in seinem Herzen, dann spürte er sie. Ihre Hände fanden ihren Weg über seine Brust, ohne von seinem klopfenden Herzen Notiz zu nehmen, bis sie unvermittelt die Arme um seinen Hals schlang.

«Ich muss Ihnen doch ordentlich Lebewohl sagen», murmelte sie.

Ihre Lippen glitten suchend über sein Gesicht, bis sie seinen Mund fand und ihren darauf presste. Sein Herzklopfen nahm zu, eine schwarze Welle stieg in ihm auf und machte ihn willenlos. Er wollte sie von sich wegstoßen, doch dazu war er nicht in der Lage. Mit ihrem ganzen Gewicht presste sie sich an ihn. Er spürte den weichen Druck ihrer Brüste. Ihr Schoß rieb sich an seinem Körper. Ein klagender Laut entfuhr ihr, es konnte der Auftakt zu einem Weinkrampf sein.

«Mutter!», war aus der Stube zu hören.

Sie erstarrte und hielt die Luft an.

«Mutter, wo bist du?»

Klara atmete mit einem keuchenden Geräusch ein. Ein Ruck ging durch ihren Körper.

«Ich bin hier, im Flur.»

«Du klingst so komisch. Ist irgendetwas mit dir?»

«Nein, schlaf jetzt. Es ist spät.»

«Mutter, was machst du?»

«Ich sage gerade Kapitän Madsen auf Wiedersehen.»

«Ich will auch auf Wiedersehen sagen.»

Sie hörten Schritte auf dem Boden. Dann stand Knud Erik als dunkle Silhouette in der Tür.

«Wieso ist das Licht nicht an?»

Klara fand den Schalter und knipste das Licht an. Albert ließ eine Hand durch das Haar des Jungen gleiten.

«Gute Nacht, mein Junge. Zeit, schlafen zu gehen, wie deine Mutter sagt.»

Er wandte sich Klara zu, vermied es aber, ihr ins Gesicht zu sehen.

«Gute Nacht, Frau Friis, und nochmals danke für den Abend.»

Er gab ihr die Hand. Ihre Handfläche war heiß und verschwitzt. Selbst dieser formelle Kontakt war ihm plötzlich zu intim. Er zog die Hand zurück und nahm den Strohhut vom Kleiderhaken. Dann öffnete er die Tür. Er hörte, wie sie hinter ihm geschlossen wurde, und lief hinunter zum Hafen. Er war viel zu aufgewühlt, um direkt nach Hause gehen zu können.

Als er in die Havnegade einbog, bemerkte er, wie sich eine Gestalt von der Skipperbank gegenüber vom alten Hafen Sønderrenden erhob.

«Guten Abend, Kapitän Madsen.»

Albert nickte kurz unter dem Strohhut. Er mochte sich jetzt nicht auf ein Gespräch einlassen. Aber der andere kam auf ihn zu und hielt auf der Havnegade Schritt mit ihm.

«Sie sind noch spät unterwegs.»

Albert erkannte in der massigen Gestalt Herman.

«Ihnen muss ich gewiss keine Rechenschaft über mein Verhalten ablegen», sagte er abweisend.

«Hübscher Anzug.»

Herman zeigte sich unbeeindruckt von seinem feindseligen Tonfall. Albert erhöhte das Tempo. Herman tat es ihm gleich.

«Sie wirken ja so jugendlich heute Abend», sagte er mit einschmeichelnder Stimme, deren Falschheit er nicht einmal zu verbergen suchte.

Albert blieb unvermittelt stehen und baute sich vor dem jungen Mann auf.

«Sagen Sie mal, was wollen Sie eigentlich von mir?»

Herman breitete die Arme aus.

«Von Ihnen wollen? Was meinen Sie? Ich will doch nichts von Ihnen.

Nur eine Weile in Ihrer Gesellschaft verbringen. Aber möglicherweise ziehen Sie ja die Einsamkeit vor?»

Albert erwiderte nichts, sondern drehte sich um und ging weiter die Havnegade entlang.

«Schlafen Sie gut!», rief Herman ihm nach. «Nach den Anstrengungen des Abends werden Sie es sicher nötig haben.»

Es durchzuckte Albert, und seine Hand verkrampfte sich um den Spazierstock. Einen Augenblick überlegte er zurückzugehen und den Lumpenhund zu bestrafen. Er verwarf den Gedanken jedoch auf der Stelle. Diese Zeiten waren längst vorbei. Er und Herman waren ungefähr gleich groß und breit, aber der Unterschied betrug ein halbes Jahrhundert. Es würde ein ungleicher Kampf werden und er nicht nur die Prügelei verlieren, sondern auch seine Würde. Und diese Einsicht überwältigte ihn mit einer Kraft, als läge er bereits blutend am Boden.

Er ging die Steintreppe seines Hauses hinauf und schloss auf. Im Wohnzimmer zündete er kein Licht an, sondern ließ sich schwer aufs Sofa fallen. Woher wusste der Schurke, was bei der Witwe vorgefallen war? Spionierte er ihm nach? Oder riet er bloß? War es so offensichtlich, was dort passierte? Aber es hatte ihn doch selbst überrascht. Sahen andere, was er selbst nicht sehen konnte?

Sicher, er hatte mit diesem Gedanken gespielt, als er sich auf das Abendessen bei der Witwe vorbereitete. Das musste er sich selbst eingestehen. Aber ihm war klar, dass er es nicht wirklich gewollt hatte. Es war lediglich ein eitles Spiel mit den Möglichkeiten gewesen. Nun war es geschehen, und plötzlich fühlte er sich nackt. Was Herman sehen konnte, konnte die ganze Stadt sehen. Er musste damit aufhören. Er begriff, was es gewesen war, was er empfunden hatte, als Klara Friis sich ihm im Flur hingab. Es war Furcht. Furcht, dass sein gewohntes Leben aus der Bahn geriet, Furcht vor der Nichtbeherrschbarkeit des Daseins, Furcht, dass alles, was er als Vorbereitung auf den Herbst seines Lebens hinter sich gelassen hatte, wieder auf ihn zukam.

Er war der Schwache. Das spürte er. Sie war die Starke, auf die gleiche Weise wie Herman: weil sie jung waren.

Eine keuchende Umarmung in einem dunklen Flur, eine Schlägerei auf der Straße, das war das Vorrecht der Jugend, nicht des Alters, und wehe dem Greis, der der Jugend zu nahekam und glaubte, er könne sich an deren Feuer wärmen. Lächerlich und zum Narren gemacht zu werden, das war der Preis, den er dafür zahlen musste.

Die Alten sollten sich an ihre eigene sterbende Sonne halten. Das Haus, in dem er seine Reederei aufgebaut und sein Maklergeschäft betrieben hatte, das waren seine Sonne und seine Bahn. Er sollte nicht gegen das Gesetz von der Last des Alters rebellieren. Er war während des Krieges in den Ruf geraten, sonderbar zu sein. Vielleicht hing ihm dieser Ruf ja noch immer an, aber damit konnte er leben. Er wollte indes nicht in dem Ruch stehen, ein Narr zu sein. Bekleidet in der Stadt herumzugehen und doch für jedermanns Blicke nackt zu sein war eine Schande, mit der er nicht leben konnte.

Am nächsten Tag schlief er lange und ging nicht aus. Am darauffolgenden Tag ruderte er allein hinüber nach Sorekrogen und sah nach seinen Krabbenreusen. Wie gewöhnlich waren sie voll, sie wogen gut zehn Pfund. Er leerte die Reusen in einen Fischkasten und kam über dem Gewimmel der kleinen Tiere ins Grübeln. Er sah Knud Erik vor sich, wie er mit einem Eimer voller Krabben stolz zu seiner Mutter nach Hause lief. Dann hob er den Fischkasten auf die Reling und schüttete den Inhalt ins Wasser. Die Krabben bildeten einen Moment lang eine braune Wolke, bevor sie verschwunden waren.

Er fand auf dem Wasser keine Ruhe, er vermisste den Jungen. Aber da war noch etwas anderes, Stärkeres, das an ihm zehrte, ein innerer Druck, der nur wuchs, weil er ihn nicht wahrhaben wollte. Er hatte nicht nur Furcht empfunden, als sich Klara im Flur an ihm rieb. Da war auch eine sinnliche Erregung gewesen, wie seit vielen Jahren nicht mehr. Der bloße Gedanke an den Vorfall verhalf ihm zu einer ungewohnten Erektion.

Er war ein alter Mann, der an einem Sommermorgen in einem Ruderboot auf dem Meer saß und eine Erektion hatte. Er war wütend über sich selbst und gleichzeitig unbefriedigt. Er war ein Kranker in einer kritischen Phase. Die Zeit musste ihren Gang gehen, und die einzige Kur hieß Abstand.

* * *

Es vergingen vierzehn Tage. Dann kam er nach Hause und fand Klara Friis in seinem Wohnzimmer. Sie saß auf der Sofakante und erhob sich, als er eintrat. Sie trug dasselbe Kleid wie an jenem verhängnisvollen Abend. Er ahnte die Umrisse ihres Körpers unter dem dünnen Stoff.

«Ihre Haushälterin hat mich eingelassen. Ich habe gesagt, dass ich eine wichtige Nachricht für Sie hätte.»

Er blieb in der Tür stehen und sah sie abwartend an. Er wusste, dass er sich unhöflich benahm, aber ein Gefühl, dass er etwas Unüberlegtes tun könnte, wenn er einen Schritt näher trat, hielt ihn zurück. Es war der Trieb, zu dem er sich in den unruhigen Stunden auf dem Wasser nicht zu bekennen gewagt hatte. Nun ergriff er Besitz von ihm, wie an jenem Abend in der Dunkelheit des Flurs: Furcht und Erregung zur gleichen Zeit.

«Es geht um Knud Erik», fuhr sie fort. «Er versteht nicht, warum wir Sie nicht mehr sehen. Er fragt jeden Tag nach ihnen, traut sich aber nicht, selbst zu kommen. Wollen Sie denn gar nichts mehr von ihm wissen?»

Sie richtete ihren Blick auf ihn, und er hatte das Gefühl, dass Knud Eriks Name seine Furcht verschwinden ließ.

«Meine liebe Klara», sagte er und ging auf sie zu.

Er nahm die Hände in die seinen.

Sie schaute ihn an. Ihre Augen röteten sich.

«Da ist noch etwas anderes. Ich vermisse Sie so sehr.»

Sie riss ihre Hände los und schlang die Arme um seinen Hals, während sie ihre Lippen auf seine drückte. Mit einem Mal packte ihn die Wut. Er wollte sie wegstoßen, aber stattdessen taten seine Hände das Gegenteil. Er drückte sie an sich, küsste sie hart und schob sie rücklings aufs Sofa. Schwer landete er auf ihr und zerrte an ihrem Kleid.

«Warte, warte», stöhnte sie.

Sie zog das Kleid hoch und machte sich bereit für ihn. Sein Zorn verflog nicht. Als er mit einem Keuchen in sie drang, schlug er ihr hart ins Gesicht. Im Augenblick der Erregung kam es ihm vor, als schlüge er in Notwehr, aus Protest gegen ihre Jugend und das, wozu sie ihn verführt hatte. Dann fiel er stöhnend über ihr zusammen, bereits erlöst, aber eher von seinem Schlag als von ihrem willigen Körper, den er kaum gesehen oder wahrgenommen hatte. Sie drückte sich an ihn, offensichtlich unbeeindruckt von dem Schlag, der ein brennend rotes Mal auf ihrer Wange hinterlassen hatte.

Sein Kopf lag an ihrer weichen Brust. Er spürte es mit Unbehagen: In ihren Armen war er ein wehrloses Kind. Er wusste schon jetzt, dass er gefangen war. Er würde zurückkommen, und er würde sie wieder schlagen. Schamesröte stieg in ihm auf. Er befreite sich aus ihren Armen und begann, seinen Anzug zu richten. Sie setzte sich neben ihm auf und lehnte ihren Kopf an seine Schulter.

«Mögen Sie mich?», fragte sie. «Mögen Sie mich wirklich?»

«Ja, ja», erwiderte er mit einer gewissen Irritation in der Stimme. «Aber lassen Sie mich jetzt meine Kleider in Ordnung bringen.»

Er kannte sich selbst nicht wieder. Er empfand keinerlei Triumph bei dieser Eroberung. Stattdessen wuchs in ihm das Gefühl einer Katastrophe.

Sie stand auf und ging zu einem Kommodenspiegel, um ihr Haar zu richten. Als sie fertig war, drehte sie sich zu ihm um.

«Was soll ich Knud Erik sagen?»

Er zuckte mit den Achseln und wandte den Kopf ab.

«Er weiß, dass ich hier war. Er würde sehr enttäuscht sein, wenn Sie sich nicht mehr um ihn kümmerten.»

«Ich komme und hole ihn morgen. Dann fahren wir raus zum Krabbenfischen.»

Im Flur lief zwischen ihnen wieder alles ganz formell ab, sie gaben sich zum Abschied die Hand. Der kleine dunkle Raum war wie eine Schleuse zur Stadt und ihren stets forschenden Blicken. Er blieb in der Tür stehen, als sie auf die Straße trat. Gegenüber stieg die Frau des Manufakturhändlers Jensen die Granittreppe der Bank hinab. Er nickte ihr zu. Unter der Krempe ihres schwarz lackierten Strohhuts warf sie einen prüfenden Blick auf Klara, bevor sie mit einem verhaltenen Nicken zurückgrüßte. Seine Entblößung hatte begonnen.

Als er am nächsten Tag kam, um Knud Erik abzuholen, war der Junge nicht da. Sie habe ihn in die Stadt geschickt, um Milch zu holen, aber er sei gleich wieder zurück, erklärte die Mutter. Die kleine Edith hielt ihren Mittagsschlaf. Erschrocken bemerkte er, dass eine von Klaras Wangen geschwollen und gelb und blau war.

«Sehen Sie mich nicht so an», sagte sie.

Sie nahm seine Hand und legte sie mit einer zärtlichen Geste an ihre Wange.

«Das macht nichts.»

Sie lehnte am Küchentisch und streckte die Hände aus, um ihn an sich zu ziehen. Er wandte das Gesicht ab, doch sein Körper folgte ihrer Einladung. Er spürte sie wieder, seine unerhörte Altmännererektion. Er hasste sich, aber er zerrte an ihrem Kleid, um es an der Hüfte zu lösen. Wieder drang er in sie ein, doch diesmal erschlaffte er schnell und glitt heraus. Er hatte den Jungen vergessen, doch plötzlich erinnerte er sich an ihn, und das Unverantwortliche ihrer überstürzten Paarung wurde ihm bewusst.

Sie hielt ihn noch immer fest an sich gedrückt. Diesmal hatte er sie nicht geschlagen, nun riss er sich jedoch mit einer heftigen Bewegung los. Er wusste nicht, was sie sich voneinander erhofften, und sagte es ihr.

«Da kommt nichts Gutes bei heraus.»

Sie antwortete nicht, sondern legte nur den Kopf an seine Brust. Sie war von einer tauben und stummen Ergebenheit, die in ihm keinen Widerhall fand, sondern nur seinen Zorn steigerte.

«Hörst du?», sagte er und schüttelte sie.

Ihr Kopf wackelte hin und her, als wäre sie kaum bei Bewusstsein. Dann hörten sie den Jungen an der Tür und trennten sich rasch. Knud Erik trug die Milchkanne in die Küche und stellte sie auf den Tisch.

Albert kam es vor, als wäre der Junge besonders wachsam, doch rasch wurde ihm klar, dass er selbst diese Wachsamkeit ausstrahlte. Sie gingen hinunter zum Hafen und waren bereits die ganze Einfahrt hinausgerudert, als er wieder zu einem natürlichen Ton zurückfand. Er hatte geglaubt, seine lange Abwesenheit erklären zu müssen, aber der Junge fragte nicht. Vor Eifer und Anstrengung rot im Gesicht, saß er auf der Ruderbank und demonstrierte seine neu erworbenen Fähigkeiten als Ruderer.

Albert vermutete, dass die Mutter das Bedürfnis des Jungen nur als Vorwand benutzt hatte, um ihn aufzusuchen. Könnte er doch nur diese beiden Dinge trennen, seine Liebe zu dem Jungen und seine Faszination für die Mutter. Aber sie wollte ihn ja nicht in Ruhe lassen. Wer hatte damit angefangen? War sie es oder er? Sollte er nicht ehrlich genug sein und sich eingestehen, dass nicht sie es war, sondern etwas in seinem Inneren, das ihm keine Ruhe ließ? War es plötzlich entflammte Begierde? Oder eher die Erinnerung an die Begierde? War es all das Unterlassene in seinem Leben, das sich in der Gestalt von Klara Friis ein letztes Mal anbot?

Was immer es war, es durfte seine Verbindung zu dem Jungen nicht aufs Spiel setzen. Es musste aufhören. Nur wie?

Klara und Albert sprachen nicht viel miteinander, meist über alltägliche Dinge, als würden sie sich schon lange kennen und alles Wichtige wäre längst gesagt. Sie hatten sich wohl auch nichts zu sagen, dachte er. Wenn sie alle vier zusammen waren, hatte es anfangs eine gewisse Geborgenheit in ihrem stummen Beisammensein am Esstisch oder bei einer Tasse Kaffee gegeben. Nun lag über ihren Begegnungen eine angespannte, wie elektrisch aufgeladene Ungeduld; sie warteten nur darauf, allein zu sein, ohne den Jungen.

Die kleine Edith krabbelte auf dem Fußboden und sprach ihre ersten Worte. Er war immer verlegen, wenn sie an seinen Hosenbeinen zog und ihm einen erwartungsvollen Blick zuwarf. Dann bückte er sich, hob sie hoch, setzte sie aufs Knie und ließ sie hüpfen. Sein Gesichtsausdruck war starr, und er wusste nicht, was er sagen sollte. Wahrscheinlich «Hoppe, hoppe Reiter». Doch er blieb stumm.

«Papa», sagte sie eines Tages.

Er sah hinüber zu Klara, die verlegen lächelte.

«Ich weiß nicht, woher sie das hat. Von mir stammt es nicht.»

Wuchs in einem Kind die Sprache so wie die Milchzähne? War das Wort «Papa» bloß ein Teil eines größer werdenden Wortschatzes?

Er hörte auf, mit dem Knie zu schaukeln. Schluss mit «Hoppe, hoppe Reiter». Er sah das Kind vor sich eindringlich an.

«Nein», sagte er. «Nicht Papa. Albert.»

Edith begann zu weinen.

Irgendeine Vertraulichkeit entwickelte sich zwischen ihnen nicht. Nie verbrachten sie eine Nacht miteinander, ja, sie erlebten sich auch niemals entkleidet oder nach dem Liebesakt ermattet in einem Augenblick zärtlicher Ruhe. Im Gegenteil, immer waren sie hektisch, beinahe feindselig bei ihren Begegnungen. Nie nahm er sie in die Arme, ohne dass sich seine Brust in ein Schlachtfeld verwandelte. Er sperrte sich dagegen, doch die Anziehungskraft war stärker, und als Resultat nahm er sie jedes Mal mit einer Rücksichtslosigkeit, die er hinterher bereute. Wenn sie sich laut seinen Stößen hingab, wusste er nie, ob es aus Ekstase oder Schmerz geschah. Er selbst kam mit einem Laut zum Höhepunkt, als hätte ihm jemand einen Schlag in den Magen versetzt.

Er schlug sie nicht mehr, aber er wusste genau, dass er es nur deshalb nicht tat, weil sein erster Schlag einen Beweis in ihrem Gesicht hinterlassen hatte, der für die ganze Stadt sichtbar war. Nur die Angst um seinen Ruf gab ihm die Kraft, seine Hand im Zaum zu halten, wenn ihn der Drang überkam, ihr wehzutun. O ja, sein erigiertes Glied konnte denselben Effekt erzielen wie ein Schlag, konnte ihr Schmerzen zufügen – doch hier wurde er von seinem Alter gebremst. Er war nicht mehr so ausdauernd wie früher.

Sie liebten sich wie zwei Menschen, die bereits an andere gebunden waren und sich nur heimlich treffen konnten, kurz und atemlos. Und tatsächlich verhielt es sich ja auch so: Sie waren beide mit der Gegenseite verheiratet, er mit dem Alter und sie mit der Jugend. Die Brücke, auf der sie sich treffen konnten, wurde brüchig, sobald sie sie betraten. Er verstand sich nicht, er verstand sie nicht, und er wusste, dass er keine Antwort bekäme, wenn er sie nach ihren Gefühlen für ihn fragte.

Es hörte nicht auf. Knud Erik ging wieder zur Schule, und ein regnerischer Herbst vertrieb sie vom Meer. Sie mussten sich andere Dinge überlegen. Knud Erik besuchte ihn häufig am Nachmittag. Sie machten Schularbeiten, während es draußen dunkel wurde. Albert besuchte sie in der Snaregade, doch Klara kam nie zu ihm nach Hause. Es wurde zu einem ungeschriebenen Gesetz. Niemand hatte die Worte ausgesprochen, doch sie standen zwischen ihnen. Er konnte sich in ihrer Welt bewegen, sie aber nicht in seiner.

Die Witwe des Marinemalers besuchte Albert nicht mehr. Es war das sicherste Zeichen, dass er sich schämte. Wusste die ganze Stadt, was hier vorging? Er war davon überzeugt. Er konnte es nicht wirklich beweisen, doch Signale dafür fand er überall. Ein Starren von Passanten, ein Gespräch auf einer Bank, das unterbrochen wurde, wenn er vorbeikam, der Gruß eines Händlers, in dem plötzlich etwas Zurückhaltendes über das Heitere triumphierte.

Bisweilen begegnete er Herman. Nach ihrem Zusammenstoß sprach ihn der junge Mann nicht mehr an. Er grüßte lediglich ironisch mit einem Finger am Hut oder grinste unverfroren, als wären sie Verschworene. Albert ignorierte ihn, und doch war er beunruhigt darüber, dass sie sich so häufig begegneten, wenn er auf dem Weg in die Snaregade war oder von dort kam. Hatte dieser Herumtreiber nichts anderes zu tun, als ihm nachzuspionieren?

Wir sahen ihn spätabends im Erker zur Prinsegade sitzen. Er hatte ein Buch in der Hand und versuchte zu lesen. Doch die meiste Zeit starrte er bloß in die Luft.

Woran dachte er wohl? Er war alt. Aber Frieden hatte er nicht gefunden.

Hatte er begriffen, dass Weisheit kein selbstverständliches Resultat eines langen Lebens war?

Wenn es etwas gab, das Albert und Klara verband, so war das die Sorge um Knud Erik. Sie hatte ein ungeheures Vertrauen in all seine Ansichten über den Jungen, obwohl er selbst kinderlos geblieben war.

Klara war nicht wie der größte Teil der Frauen in Marstal. Wenn die Männer sich auf See befanden, mussten sie gezwungenermaßen die Rolle von Vater und Mutter übernehmen. Sie hatten keine Wahl. Waren sie unsicher, verbargen sie es hinter einem herrischen, beinahe harten Ton. Viele Monate in jedem Jahr, manchmal auch mehrere Jahre, durchlebten sie die Generalprobe zum Witwenstand.

Klara Friis hatte nun das für eine Frau aus Marstal so seltene Privileg, einen Mann im Haus zu haben, und durch diesen unerwarteten Luxus gab sie einer inneren Schwäche nach, die sie eigentlich hätte bekämpfen müssen.

Sie gab die Dinge aus der Hand. Sie traf keine Entscheidungen. Sie schaute auf Albert, als erwartete sie, dass er von nun an das Leben für sie regelte.

Nur in einem Punkt gab sie nicht nach. Knud Erik durfte seinem Vater nicht folgen. Sie hatte in der Muschel das Rauschen des Todes vernommen. Ihr Sohn sollte niemals zur See gehen. Als würde sie bei diesem Thema aus einem Phlegma erwachen, in das sie bei Alberts Anwesenheit sonst versunken zu sein schien. Sie richtete sich dann in ihrem Stuhl auf, und in ihrer Stimme lag eine ungewohnte Schärfe.

Der Junge zog den Kopf ein, wenn Klara Friis dieses Thema anschnitt. Albert hatte gehört, wie er der Mutter das Versprechen gab, niemals Seemann zu werden. Nun sah er das schlechte Gewissen in seinem Gesicht. Er spürte es geradezu körperlich, obwohl er persönlich längst entschieden hatte, dass es gar nicht anders vorstellbar war. Er stellte ja einen Teil der Inspiration des Jungen dar. Alberts Geschichten, ihre endlosen Gespräche über fremde Länder und Schiffe, der Unterricht im Rudern und Wriggen, alles trieb den empfänglichen Jungen doch in eine einzige Richtung. Und dann gab es noch all die Dinge, die außerhalb der Kontrolle einer Mutter oder eines Vaters lagen, das ewige Rauschen des Meeres vor der Mole, der bloße Anblick der Topp- und Bramsegelschoner, der Barkentinen, wenn die Segel sich im ersten Frühjahr mit Wind füllten und der große Zug über die Weltmeere begann: mit Anlauforten wie Rio Plata, Neufundland, Oporto, Le Havre, Valparaiso, Callao und Sydney, legendäre Häfen, die selbst kleine Jungen kannten und ihre Seelen lockten.

Klara Friis wusste das. In ihrer Schärfe lag auch eine Bitte, und sie war an Albert gerichtet. Er verfügte über die Mittel, den Jungen von der vorgezeichneten Bahn abzubringen.

Sie sah von ihrem Sohn zu dem alten Mann und wieder zurück, ahnte eine Verschwörung zwischen ihnen.

«Was macht das Lesen?», fragte sie.

«Gut», erwiderte Knud Erik mit dieser Einsilbigkeit, die Kinder an den Tag legen können, wenn es um Fragen der Schule geht.

«Er hat gerade erst mit der zweiten Klasse begonnen, aber er liest bereits fließend», lobte Albert den Jungen anerkennend.

Klara sah Albert an.

«Er versteht sich also auf Bücher», konstatierte sie. «Vielleicht würde er sich zum Schiffsmakler eignen?»

Die Frage überrumpelte Albert. Er musste sich eingestehen, dass ihm dieser Weg für den Jungen nie in den Sinn gekommen war. Seiner Meinung nach begann die Karriere eines guten Schiffsmaklers niemals in einem Kontor. Die Grundlagen wurden an Deck gelegt, erst dann konnte an die eher abstrakte Welt der Frachtraten gedacht werden. So war es bei ihm gewesen, und er hätte es gern gesehen, wenn die Schiffsmakler es auch in Zukunft so hielten.

«Das würde er ganz sicher», erwiderte er, aber es schwang etwas Ausweichendes in seiner Antwort mit. Er brachte es nicht über sich, ihr seine Ideen zu erklären.

Sie spürte seine mangelnde Begeisterung und fasste seine Antwort so auf, als wollte er dem Jungen nicht helfen. Ihr Mund wurde zu einem schmalen Strich, und sie sagte kein weiteres Wort mehr.

«Mit guten Noten kann man ja vieles werden. Es ist wohl auch noch zu früh, um …»

«Ich weiß genau, was du sagen willst», unterbrach sie ihn. «Du willst sagen, dass man mit guten Kenntnissen auch das Steuermannspatent machen kann. Aber glaub mir, das ist nicht der Weg, den mein Sohn gehen soll.»

Sie wandte sich an den Jungen. «Hörst du, Knud Erik.»

Der Junge nickte stumm und schlug die Augen nieder. Eine Träne kullerte über seine Wange, und er zog mit einem lauten Schniefen Luft durch die Nase ein. Dann sprang er von seinem Stuhl und lief hinaus in die Küche.

Sie schaute Albert vorwurfsvoll an, als ob er und nicht sie der Anlass für die Tränen des Jungen war.

«Es gibt ja einige Maklerbüros in der Stadt», lenkte er ein, «ich kann ihn selbstverständlich unterbringen, wenn es so weit ist.»

«Das wäre großartig.»

Ihr Gesicht entspannte sich, und sie belohnte ihn mit einem Lächeln. Dann ging sie in die Küche, um Knud Erik zurückzuholen. Von draußen hörte er ihre Stimme.

Er blieb allein zurück und wusste um das Hohle seines Versprechens.

«Wenn es so weit ist …», wiederholte er für sich und rechnete im Kopf rasch hoch. «Wenn es so weit ist, bin ich tot.»

* * *

Klara erwartete Alberts Besuch, als es plötzlich an der Tür klopfte. Sie öffnete. Auf der Treppe stand Herman. Sie kannten sich aus der Zeit, als ihr Mann noch lebte. Henning war mit Herman gesegelt und hatte von ihm erzählt. Natürlich kannte Henning die Gerüchte über den Mord an dessen Stiefvater, hatte jedoch nie daran geglaubt. Er wäre ein guter Kamerad, sagte er immer von Herman.

Beide waren von ähnlich leichtsinnigem Wesen, und sie vermutete, dass sich ihre Kameradschaft wohl vor allem in den Hafenkneipen entwickelt hatte.

Als Herman in Marstal auftauchte, hatte er sich die Zeit genommen vorbeizuschauen und wegen Henning zu kondolieren. Das hatte sie ihm nicht vergessen und sie ihm gegenüber milder gestimmt, bis sie schließlich den berüchtigten Herman beinahe mit den Augen ihres verstorbenen Mannes sah.

Seither hatte sie ihn nicht wieder gesprochen. Aber er grüßte stets freundlich, wenn sie sich auf der Straße begegneten. Ein einziges Mal war er stehen geblieben, um sie zu fragen, ob es ihr an irgendetwas fehle.

Nun stand er vor ihrer Tür. Überrascht tat sie einen Schritt zurück.

«Ich wollte nur mal sehen, wie du zurechtkommst», sagte er und trat über die Schwelle, ohne ihre Einladung abzuwarten.

Einen Augenblick standen sie nahe beieinander in dem engen Flur. Dann ging er in die Stube.

«Tag auch», sagte er jovial zu Knud Erik und fuhr ihm durch das helle Haar, als wären sie alte Freunde.

Knud Erik kannte ihn nicht und versuchte ihm auszuweichen.

Klara blieb in der Tür stehen.

«Er ist müde.»

«Ich bleibe auch nicht lange.»

Herman setzte sich aufs Sofa und schlug die Beine übereinander.

«Ich höre, es geht dir gut.»

Klara gab keine Antwort. Er musterte sie.

«Der alte Madsen ist keine schlechte Partie.»

Sie starrte mit festem Blick zurück.

«Was meinst du?»

«Was ich meine? Dasselbe wie alle anderen hier in der Stadt. Dass

Hochzeitsglocken in der Luft hängen. Dann seid ihr, du und deine Kinder, abgesichert. Das ist klug eingefädelt.»

Klaras Gesicht war flammend rot geworden. Sie schlug die Augen nieder und biss sich auf die Unterlippe. Als sie wieder aufsah, vermied sie es, ihren Gast anzuschauen.

«Das ist doch nur Gerede», sagte sie mit schwacher Stimme.

Herman lehnte sich mit einem Gesichtsausdruck auf dem Sofa zurück, als gehörte ihm das Haus.

«Nimm's gelassen», sagte er, «ein Junge braucht einen Vater. Ich verstehe, der Alte ist gut zu Kindern. Vielleicht ist er nicht immer so umsichtig, aber ein bisschen Wasser hat ja noch niemandem geschadet.»

«Was meinst du?»

Ihre Frage kam wie ein Flüstern. Knud Erik stand zwischen ihnen und sah von einem zum anderen, doch Klara hatte seine Anwesenheit vergessen.

«Na ja, der Junge ist doch eines Tages aus dem Boot gefallen und wäre beinahe ertrunken. Aber das hat Madsen dir doch wohl erzählt?»

Klara durchfuhr ein Schreck. Sie wandte sich an Knud Erik.

«Stimmt das, was Herman erzählt? Wärst du beinahe ertrunken?»

Knud Erik sah auf den Boden und wurde rot.

«Das war nichts. Ich bin nur ins Wasser gefallen.»

Klara öffnete die Tür zum Flur.

«Ich glaube, du musst jetzt gehen», sagte sie mit einer Stimme, die plötzlich wieder an Kraft gewonnen hatte.

«Um Himmels willen, wenn man nicht willkommen ist.»

Hermans kräftiger Körper erhob sich aus dem Sofa. Er ging auf die Tür zu.

«Ich schau ein andermal vorbei.» Die Haustür fiel hinter ihm ins Schloss.

Klara setzte sich auf einen Stuhl und faltete die Hände. Ihre Knöchel wurden weiß, und ihr Gesicht bekam einen konzentrierten Ausdruck. Der Junge starrte sie ängstlich an.

Kurz darauf unterbrach sie die Stille.

«Warum hast du mir nicht gesagt, dass du ins Wasser gefallen bist.»

«Aber da war doch nichts.»

«Nichts! Du hättest ertrinken können. Warum hast du es nicht erzählt?»

Knud Erik kniff die Lippen zusammen.

«Hat Kapitän Madsen gesagt, dass du es nicht erzählen darfst? Antworte!»

Er blinzelte und schaute weg. Eine Träne lief ihm über die Wange. Er schob die Unterlippe vor und schluckte.

Dann nickte er.

Als Albert eine Stunde später erschien, empfing Klara ihn mit Edith auf dem Arm.

«Was willst du?», fragte sie, ohne seinen Gruß zu erwidern.

Ihre Stimme klang scharf, und ihr Blick funkelte vor Zorn, und dieser Zorn gab ihrer Weiblichkeit etwas Animalisches.

Ein Muttertier, das seine Jungen verteidigt, dachte Albert und begriff sofort, dass er wohl draußen bleiben musste. Sie stand in der Tür, um ihm den Zutritt zum Haus zu verwehren. Er sollte keine Gelegenheit bekommen, seine Autorität auszuspielen. Er sollte auf der Straße stehen und der Erniedrigte sein.

Knud Erik tauchte neben ihr auf.

«Rein mit dir!», sagte sie im Befehlston.

Der Junge verschwand im Haus. Sie wandte sich wieder Albert zu und warf den Kopf zurück. Als ob sie mir einen Kopfstoß versetzen will, dachte Albert und trat unwillkürlich einen Schritt zurück.

«Ich verstehe nicht …», begann er.

«Was verstehst du nicht?»

Ihr Ton war herrisch, als ob sie noch immer mit dem Jungen sprechen würde.

«Ich verstehe, dass du wütend auf mich bist, aber ich verstehe nicht, warum.»

«Du verstehst nicht, warum?»

Die Wut in ihrer Stimme steigerte sich.

«Sieh dir dieses Kind an, sieh es dir genau an. Du sollst mich und mein Kind ansehen. Dieses Kind, das niemals seinen Vater kennengelernt hat.»

Sie sprach noch immer laut. Edith erschrak und begann zu heulen. Sie wand sich auf dem Arm der Mutter, um herunterzukommen. Dann streckte sie ihre kleinen Arme Albert entgegen.

«Papa», sagte sie.

Klaras Wut hielt an.

«Du willst Knud Erik zum Seemann machen. Er soll dort draußen ertrinken wie sein Vater! Das willst du doch, stimmt's? Er soll werden wie sein Vater, wie du, wie diese ganze verdammte Stadt, auf See ertrinken wie ein richtiger Mann.»

Sie sprach das letzte Wort mit spöttisch verzerrter Stimme aus.

«Aber der Krieg ist doch vorbei», entgegnete er beschwichtigend.

Er kannte den Vorwurf, er hatte ihn von ihr allerdings nie mit einer solchen Vehemenz gehört.

«Und deshalb ertrinken keine Seeleute mehr? Gibt es keine Schiffe mehr, die untergehen? Halten jetzt plötzlich alle im Winter ein paar Tage im Wasser des Nordatlantiks durch – oder schwimmen vielleicht sogar heim nach Marstal, wenn sie das Pech haben und ihr Schiff untergeht? Wenn kein Krieg ist, ertrinkt niemand mehr? Atmen wir möglicherweise mit Kiemen? Willst du mir das etwa erzählen?»

Er brachte kein Wort heraus bei dem Ausbruch dieser Frau, die er inzwischen beinahe für stumm gehalten hatte. Er breitete bedauernd die Arme aus. Hinter der Fensterscheibe entdeckte er das Gesicht des Jungen.

Und als ob sie Knud Eriks starrenden Blick ahnte, rief die Mutter sofort: «Mach, dass du vom Fenster wegkommst!»

«Frau Friis …», setzte er an.

Er redete mit ihr wie mit einer Fremden.

«Sei still!», brüllte sie. «Ich bin noch nicht fertig mir dir. Und jetzt höre ich auch noch aus der Stadt, dass der Junge beinahe ertrunken ist. Dass er ins Wasser gefallen ist und du ihn ruhig herausgezogen und ihm hinterher verboten hast, es mir zu sagen! Ja, das ist schön. Ich, seine eigene Mutter, muss es von anderen erfahren. Und dann diese Geschichten, mit denen du ihn vollstopfst. Sinkende Schiffe, Untergänge, Schrumpfköpfe, verrückte Abenteuer! Glaubst du, so hilft man einem Kind, das seinen Vater auf See verloren hat? Sag es mir!»

Sie starrte ihm in die Augen. Er schlug den Blick nieder, wusste nicht, was er ihr antworten sollte. Sie hatte wahrscheinlich recht. Er sagte es laut.

«Du hast wahrscheinlich recht», entgegnete er. «Ich verstehe nichts von Kindern.»

«Von Kindern», wiederholte sie schnaubend. «Nein, du verstehst nichts von Kindern. So ein ...»

Sie musterte ihn von oben bis unten, während sie nach dem richtigen Wort suchte.

«So ein Junggeselle.»

«Ich habe doch mein Bestes getan», erklärte er. «Ich hatte gehört, dass der Junge ab und zu die Gesellschaft eines Erwachsenen braucht, also kam ich.»

«Ja, also kamst du. Aber jetzt kannst du ebenso gut auch wieder gehen. ‹Ich will Seemann werden, wie mein ertrunkener Vater!› Ja, einen schönen Nutzen hat Knud Erik von deiner Gesellschaft gehabt!»

Am Fenster tauchte der Junge wieder auf.

«Wirst du da wohl verschwinden!», schrie sie.

«Papa», sagte Edith wieder.

Klara Friis drehte sich um und knallte die Tür zu.

Er grüßte mit dem Hut die geschlossene Tür, dann machte er kehrt und ging die Snaregade hinunter. Ihm war, als spürte er den Blick des Jungen im Rücken.

Es fiel ein schwerer Novemberregen. Ein kalter Tropfen traf ihn in den Nacken und rann unter sein Halstuch.

* * *

Albert schloss die Haustür auf, wanderte in den Zimmern umher und schaltete das Licht an. Er war nervös und wusste nicht, was er mit sich anfangen sollte. Er stieg nach oben und trat auf den Balkon. Noch immer hatte er seinen Mantel an. Er spürte, wie der Regen sein Haar nass werden ließ. Er schaute hinüber zur Mole. In der Dämmerung flimmerte die lange Feldsteinmauer vor seinem Blick und wirkte, als wäre sie aus Nebelschwaden erbaut.

Er ging wieder hinein und ließ sich von seiner Haushälterin eine Kanne Kaffee bringen. Dann setzte er sich in den Erker. Draußen war es dunkel geworden. Ihm war, als hielte er die Luft an, und wenn er wieder zu atmen begänne, würde etwas Gewaltiges und Unvorhersehbares geschehen. Möglicherweise würde er anfangen zu schreien, zu weinen oder etwas ganz anderes tun, wozu nicht einmal er die Phantasie besaß, um es sich vorzustellen.

Ihn erfasste ein Gefühl, für das er ganz zurück in seine Kindheit musste, um sich daran zu erinnern. Er rief sich das Gefühl ins Gedächtnis, das er gehabt hatte, als er am Fuß der Steilküste bei Drejet stand und entsetzt den kleinen Karo betrachtete, der mit gebrochenem Rückgrat zwischen den Steinen am Strand lag. Er hatte versucht, ihm das Fell zu streicheln, und gehofft, diese Zärtlichkeit könne ihn wieder gesund werden lassen. Doch das Gefühl, dass etwas Irreparables geschehen war, hatte sich in ihm mit einem langen und erschreckenden Echo festgesetzt. Und nun hörte er es wieder.

Albert trank einen Schluck heißen Kaffee, wie immer ohne Zucker, und versuchte, sich zu beruhigen. Er musste seine Gedanken ordnen. Er hatte nie in einer Ehe gelebt und somit auch keine Erfahrung mit weiblichen Gefühlsausbrüchen. Seine Beziehung zu Cheng Sumei wurde von etwas beherrscht, das er scherzhaft eine Übereinstimmung der Seelen nannte, und von dieser Art Übereinstimmungen hatte es weit mehr gegeben, als zwischen ihm und der jungen Seemannswitwe existierten. Hatte Klara es wirklich so gemeint? Ging es bei ihrer Wut tatsächlich um sein Verhalten gegenüber Knud Erik? Herrgott, alle Jungen fielen doch früher oder später einmal ins Wasser. Dann wurden sie herausgezogen, und das war's.

Auf jeden Fall glaubte er nicht, dass der Junge das Problem war. Es musste etwas zwischen Klara und ihm sein. Doch was es war, wollte ihm einfach nicht aufgehen. Eigentlich hatte er gedacht, das Problem liege bei ihm. Er wollte sie und wollte sie doch wieder nicht. Sie war das verstörende Element seines Lebens.

Doch sie hatte ihn abgewiesen. Wäre es nicht am klügsten, wenn er die schmerzhafte Abfuhr, die ihm gerade erteilt worden war, akzeptierte?

Aber was geschah dann mit dem Jungen?

Könnten die beiden Dinge doch nur auseinandergehalten werden. Aber sie waren hoffnungslos miteinander verbunden, und er selbst hatte für diese Verknüpfung gesorgt.

Seine Gedanken drehten sich im Kreis. Sie führten nirgendwohin. Er trank Kaffee und starrte hinaus in die Dunkelheit.

Die Haushälterin kam herein und fragte, wann er das Abendessen serviert bekommen wolle. Er hatte keinen Appetit und bat sie, damit bis acht zu warten. Er zog sich den Mantel an und ging wieder hinaus in den Novemberregen. Einige Minuten später stand er vor dem Haus der Witwe Rasmussen in der Teglgade. Es war so lange her, seit er sie das letzte Mal besucht hatte. Was dachte sie wohl über ihn? Sie waren Vertraute gewesen, aber zu ihr zurückkehren konnte er nicht. Sie würde ihn prüfend ansehen und in ihrer direkten Art nach seinen wunden Punkten fragen. Mit der besten Absicht, darüber gab es gar keinen Zweifel. Doch hier halfen keine guten Absichten. Er fühlte sich vollkommen verloren.

Er bog in den Filosofgang. Dann lief er am Hafen in südliche Richtung und stand bald vor Klara Friis' Haus. Es brannte Licht, doch die Scheiben waren von der feuchten Wärme beschlagen, und er konnte nicht hineinsehen. Unschlüssig blieb er vor dem Haus stehen, ängstlich, dass ihn jemand beobachten könnte. Dann setzte er seine Wanderung fort. Eine Stunde später stand er zum dritten Mal dort, wütend über sich selbst.

Es war die Sehnsucht, die ihn immer wieder zurückführte. Es war die Angst, die ihn jedes Mal wieder forttrieb.

Nun begann für ihn eine Zeit des Wartens. Worauf wartete er? Er wusste es nicht. Doch er hatte ein Gefühl, als ob er sich dem Ende seines Lebens näherte. Wieder betrachtete er sich im Spiegel. Wo er zuvor Beweise seiner ungeminderten Kraft gefunden hatte, sah er jetzt nur noch den Verfall des Alters. Er hatte nicht gewusst, was seinem Leben fehlte, bevor er mit Knud Erik und Klara zusammentraf. Ohne sie war sein Alter wie ein Ithaka ohne Penelope und Telemachos. Und mit ihnen? Gab es überhaupt eine Fortsetzung?

Ein Herunterzählen hatte begonnen, das sich nicht aufhalten ließ. Er ging nicht mehr auf die Straße, solange es hell war, aus Angst, Knud Erik zu begegnen. Er wusste nicht, was er dem Jungen sagen sollte. Vor ihm zu stehen, zu sehen, wie sein Gesicht strahlte, oder, schlimmer noch, wie er sich enttäuscht abwandte, das brachte er nicht fertig.

Am Abend, nach der letzten Mahlzeit des Tages, die er meist unberührt stehen ließ, trieb die Rastlosigkeit ihn hinaus in die Novemberdunkelheit. Wir sahen ihn durch die Straßen laufen. Eiskalte Regentropfen schlugen ihm ins Gesicht.

Wieder stand er in der Snaregade und sah hinter den Scheiben das Licht glimmen.

Die Zeit des Wartens fand ein Ende. Eines Tages stand Klara vor seiner Tür und bat, eingelassen zu werden. Ihr Gesicht zeigte keinerlei Wiedersehensfreude. Es war hart und verschlossen, als hätte sie einen wichtigen Entschluss gefasst, den sie ihm nun mitteilen wollte. Er half ihr aus dem Mantel und führte sie ins Wohnzimmer. Sie setzten sich gegenüber, und sie hielt den Blick gesenkt, während sie redete. Ihre Stimme war neutral, beinahe tonlos, als würde sie nur etwas Auswendiggelerntes aufsagen.

«Ich meine, wir müssen eine Regelung für das finden, was zwischen uns entstanden ist», begann sie und holte tief Luft.

Die unregelmäßige Atmung war das einzige Zeichen ihres inneren Gefühlsaufruhrs, während sie sprach.

«So kann es nicht weitergehen. Sie – ich meine du – kommst immer zu uns nach Haus. Das kann nicht richtig sein. Es werden Bemerkungen gemacht, ich bekomme Blicke zugeworfen, und ich weiß schon, was die Leute denken. Sie denken, dass ich so eine ausgehaltene Frau bin, und ich will nicht, dass die Leute so über mich denken.»

Sie hielt inne. Die Hände, die in unnatürlicher Ruhe in ihrem Schoß gelegen und das Mechanische ihres Auftretens betont hatten, ballten sich plötzlich zu Fäusten, dass die Knöchel weiß hervortraten.

«Ja, aber, liebste Klara ...»

Er streckte die Hand aus, um sie zu berühren. Aber sie erstarrte und zog sich zurück.

«Lass mich ausreden. Es hilft nichts, wenn Sie sagen, so ist es nicht, denn so ist es, und ich weiß besser als Sie, was die Leute denken.»

Sie blickte noch immer nicht auf, sondern studierte eingehend ihre Knöchel.

«Ich kann so nicht leben», sagte sie. «Henning ist tot. Ich bin Witwe. Aber Knud Erik und Edith brauchen einen Vater, und wenn du es nicht wirst, so muss es ein anderer werden. So ist das.»

Sie wechselte ständig zwischen Sie und Du. Er verstand nicht, worauf sie hinauswollte.

«Ich bin ein alter Mann», sagte er hilflos.

«Nicht so alt, dass wir nicht – ja, Sie wissen genau, was ich meine.»
Er sah verlegen zu Boden.

Sie atmete tief ein, als ob sie eine Botschaft mitzuteilen hätte, die nicht nur ungeheuerlich war, sondern auch völlig ihrer eigenen Natur widersprach.

«Ich schlage daher vor, dass Knud Erik, Edith und ich hier einziehen und wir zwei heiraten. Damit – damit die Dinge in Ordnung kommen.»

Plötzlich sackte sie in sich zusammen. Die geballten Fäuste öffneten sich wieder. Sie hatte ihre Botschaft verkündet. Nun ergab sie sich erschöpft ihrem Schicksal.

Alles in ihm verkrampfte sich. Das hatte er nicht erwartet. Er ahnte, dass die Situation eine umgehende und unmissverständliche Antwort erforderte, aber ihm fiel keine solche Antwort ein.

«Aber, lieben Sie mich denn?», fragte er.

In diesem Augenblick gab es keinerlei Vertraulichkeit zwischen ihnen. Er sprach sie mit der gleichen pflichtschuldigen Höflichkeit an, die er gegenüber jeder anderen Fremden auch eingesetzt hätte.

«Lieben Sie denn mich?», fragte sie in scharfem Ton zurück.

«Ich habe dich vermisst.»

Seine Stimme war belegt. Mit einer Liebeserklärung konnte er nicht kommen. Und präzisere Worte fand er in dem Chaos nicht, das in seinem Inneren herrschte. Es klang, als bäte er um Gnade.

Ein Augenblick des Schweigens folgte. Dann durchfuhr ein Zucken ihren Körper. Sie ergriff seine Hände und umklammerte sie mit ihren.

«Ich habe dich auch vermisst.»

Sie schluckte. Dann lehnte sie sich an ihn und ließ ihren Tränen freien Lauf. Erlöst gab sie sich ihren Gefühlen hin. Albert strich ihr mechanisch über den Rücken. Seine Lähmung war nicht verschwunden, im Gegensatz zu ihr verspürte er keine Erleichterung. Die Situation hatte sich lediglich in einer Weise verschärft, dass er das Gefühl hatte, ihr unmöglich abschlagen zu können, worum sie bat. Die Worte wurden ihm ja geradezu aufgezwungen.

Wollte er es denn? Die Frage war ebenso unmöglich zu beantworten wie die, ob er sie liebte.

«Dann soll es so sein», sagte er schließlich.

Seine Stimme hatte einen beruhigenden Klang. Aber es lag ein Unterton von Resignation darin, der ihr nicht entgehen konnte.

Sie hatte gesiegt. Doch es war für beide ein Sieg ohne Freude.

Am nächsten Tag zeigten sie sich öffentlich zusammen. Sie promenierten auf der Kirkestræde. Sie hielt ihn am Arm, und er drückte den Rücken durch. Nicht aus Stolz, sondern vor allem, um an ihrer Seite nicht hinfällig zu erscheinen. Sie kam mit Knud Erik und Edith zu Besuch. Sie aßen zusammen mit ihm, aber sie blieb nicht über Nacht. Sie hatten noch nie eine Nacht miteinander verbracht, und sie taten es auch jetzt nicht. Noch immer ruhten die Augen der Stadt auf ihnen. Beide spürten, dass es hier eine Grenze gab, die sie nicht überschreiten durften. Noch waren sie nicht verheiratet.

Knud Eriks Haltung zu Albert änderte sich unerwartet. Als ob ihm erst jetzt klar wurde, dass sein Vater nie wieder zurückkehren würde. Ein anderer übernahm den leeren Platz an der Seite seiner Mutter. Früher hatte er sich geradezu magnetisch zu Albert hingezogen gefühlt. Nun war es so, als ob der Magnet umgedreht worden wäre und zum gegenteiligen Effekt führte.

Er begleitete die Mutter widerstrebend, wenn sie Albert besuchte. Und er blieb verschlossen, wenn Albert der Weg in die Snaregade führte. Als ob er jeden der beiden für sich behalten wollte.

Als sich die Welten von Albert und seiner Mutter endlich trafen, hatte er das Gefühl, als verlöre er sein Eigentumsrecht auf sie. Nur unter vier Augen lebte die alte Vertrautheit mit Albert wieder auf.

Albert sprach Klara nicht darauf an. Es gab so viel Ungesagtes zwischen ihnen. Das Unausgesprochene kann bisweilen die bevorzugte Sprache der Liebenden sein. Für ihn aber war es eine unbekannte Sprache, für die er kein Wörterbuch besaß. Er verspürte einen ständigen Druck, dessen Ursache er nicht kannte. Weder küssten sie sich in Knud Eriks Nähe, noch umarmten sie sich. Auch vorher hatten sie es nicht getan, doch da mussten sie ja etwas verbergen. Nun war alles öffentlich, doch noch immer taten sie es nicht, nicht einmal ein kleines vertrauliches Drücken der Hände, wenn sie sich begegneten.

Gab es tatsächlich noch etwas anderes zwischen ihnen als diese rohe

Leidenschaft, die sich mit plötzlichen, stets heimlichen Ausbrüchen zufriedengab? Erguss, nicht Erlösung, war das etwa alles?

Albert war mit den Konventionen der Ehe nicht vertraut, er wusste nicht, wie er den einen oder anderen Vorfall zwischen ihnen interpretieren sollte. Er hatte mit Cheng Sumei zusammengelebt. Da hatte es stets einen gewissen zurückhaltenden Respekt dem anderen gegenüber gegeben. Er hatte immer gedacht, das wäre das Chinesische an ihr. Und vielleicht das Dänische an ihm. Aber wenn sie sich gegenübersaßen und die Telegramme und Dokumente mit den Frachtraten auf dem Tisch zwischen sich ausgebreitet hatten, konnten sie plötzlich aufschauen und in ein erstauntes Lächeln verfallen, als ob sie sich zum ersten Mal sehen würden. Nie hatte sich eine Gewohnheit zwischen ihnen entwickelt.

Sie waren vertraut. Aber Vertraulichkeit war nicht dasselbe wie Routine. In der Vertraulichkeit gab es immer eine Glut, die aufflammte.

Er vermisste sie.

«War sie hübsch, deine Chinesin?», fragte Klara unvermittelt.

Die Frage verblüffte Albert. Er hatte nicht gewusst, dass sie die Gerüchte auch kannte.

Er zuckte mit den Achseln, er mochte nicht darüber sprechen.

«Hatte sie diese winzig kleinen Chinesinnenfüße?»

«Nein, sie hatte keine gebundenen Füße. Die hatten nur die Töchter der Reichen. Die Armen machten so etwas nicht. Und sie hatte sich von klein auf selbst versorgen müssen.»

Klara starrte vor sich hin. Es schien, als brächte sie diese Information vom Kurs ab.

«War sie Waise?»

Ihm fiel auf, dass sie das Wort gebrauchte, das sie nicht aussprechen wollte, als er sie über ihre Kindheit auf Birkholm befragte.

«Das kann man so sagen.»

«Also ganz allein auf der Welt», sagte sie.

Er hatte weitere Fragen erwartet, nicht nur über Cheng Sumeis Aussehen, sondern auch über die Gefühle, die sie füreinander hegten. Er fürchtete, dass ihr Gespräch in verminte Bereiche führen könnte, wo jede Antwort einen Anlass für unvorteilhafte Vergleiche und Anflüge von Eifersucht lieferte. Und er wusste, wie er geantwortet hätte. Mit kühler Distanz in der Stimme. Dies war privates Terrain.

Stattdessen verstummte sie. Es vergingen mehrere Tage, bevor sie wieder auf das Thema zurückkam. Nun ging ihre Frage in eine ganz andere Richtung, als hätte sie in der Zwischenzeit über etwas anderes nachgedacht.

«War die Chinesin sehr reich?», wollte sie wissen.

Er erklärte ihr, dass sie durch die Ehe mit Presser reich geworden sei und nach dessen Tod sein Geschäft mit großem Erfolg weitergeführt habe.

«Sie war eine unabhängige Frau», sagte er. «Eine Geschäftsfrau.»

«Ganz allein in der Welt», sagte Klara und wiederholte sich. «Und dann wurde sie reich und unabhängig.»

Sie starrte grübelnd vor sich hin, als würde sie aus dieser Zusammenfassung von Cheng Sumeis Geschichte eine Schlussfolgerung ziehen, die nur sie selbst betraf.

Weihnachten rückte näher. Für Albert war es ein Vorwand, die Heirat auf einen unbestimmten Termin im neuen Jahr zu verschieben. Erst musste Weihnachten überstanden sein, dann könnten sie heiraten und zusammenziehen. Viel Mobiliar würde sie aus der Snaregade nicht mitbringen. Im Vergleich mit seinen Möbeln war der größte Teil Gerümpel, aber vielleicht hing sie ja dennoch daran?

Er fragte nicht, sondern registrierte, wie sie sich in seinen Räumen mit einem neuen Blick umsah. Sie ging prüfend umher, stellte versuchsweise einen Sessel oder einen Tisch um, lediglich einige Zentimeter, oder verschob, wenn sie glaubte, er sähe es nicht, ein Sofa. Aber ihr Blick kündigte Änderungen an, die sich nicht in Zentimetern messen lassen würden.

Große Umwälzungen standen seiner Welt bevor, der einzigen, die ihm noch geblieben war – ein beschränktes Königreich, aber doch ein Königreich, ebenso sehr aus Gewohnheiten wie aus Möbeln und Quadratmetern erbaut. Aber nun sollte er auch dies aufgeben.

Jedes Mal, wenn sie einen Heiratstermin nannte, wurde der Abstand zwischen ihnen größer, und er gab ausweichende Antworten. Sein Widerwille war nicht zu übersehen. Er hatte sein großes Ja gegeben, ließ aber jeden Tag eine lange Reihe gemurmelter Neins folgen.

Er dachte an den Augenblick, an dem er zu Pastor Abildgaard gehen musste, um ihn zu bitten, in der Kirche seinen Segen zu sprechen, und alles in ihm verkrampfte sich. Der Geistliche, mit dem er so viele Diskussionen geführt hatte, dessen Pflicht, die Angehörigen zu informieren, er in den schweren Jahren des Krieges hatte übernehmen müssen, weil Abildgaard nicht die Kraft besaß, sich um seine Gemeinde zu kümmern, wie ein Pastor es tun sollte, dessen Tränen er gesehen hatte – vor ihn sollte er nun mit all seinen eigenen Schwächen hintreten.

Bestimmt würde Abildgaard sich ironisch, ja geradezu herablassend verhalten, wenn er mit aufgesetzt väterlicher Miene daranging, den weitaus älteren und erfahreneren Mann zu ermahnen, der in so vielen Fragen sein Gegner gewesen war. Albert zweifelte nicht daran. Hier kam Abildgaards Chance, das gestörte Gleichgewicht zwischen ihnen wiederherzustellen. Obwohl er eigentlich der Ansicht war, dass er die Machtkämpfe der Stadt längst hinter sich gelassen hatte, musste er bei dem Gedanken, im Büro des Pastors vorstellig zu werden, dennoch an sich halten.

So sehr hatte er sich wohl doch nicht verändert. Ein letzter Rest seiner Kämpfernatur existierte noch. Doch nun sollte er auf seine Würde verzichten.

Er wusste, dass er es tun musste. Die Würde eines anderen Menschen stand auf dem Spiel. Klara würde länger als er mit einem ruinierten Ruf leben müssen. Sie hatte sich um einen kleinen Jungen und ein noch kleineres Mädchen zu kümmern. Für sie ging das Leben weiter, wenn er längst fort war. Das war der Grund für den ganzen Auftritt, als sie zu ihm zurückkam. Ihre Schüchternheit war verschwunden. Die Selbstverleugnung hatte sie abgelegt. Sie war eine Mutter, die ihre Nachkommen verteidigte.

Heiligabend verbrachten sie in der Prinsegade. Im Esszimmer war der Tisch mit Damastdecke, Silber und Porzellan gedeckt. Im Wohnzimmer wartete der Weihnachtsbaum. Albert hatte Knud Erik gebeten, ihm beim Schmücken zu helfen, und er war ihm mit dieser neuen Verschlossenheit zur Hand gegangen, an die sich Albert so schwer gewöhnen konnte. Er verstand ihn nicht und ertappte sich immer wieder dabei, Knud Eriks Verhalten als Undankbarkeit auszulegen; ein Gedanke, der ihm vollkommen fremd war, da er nie der Ansicht gewesen war, dass die Empfänger seiner Geschenke ihm etwas schuldeten. Es endete damit, dass er gleichermaßen über sich und den Jungen irritiert war und ihn mehrmals zurechtwies.

Er spürte nicht, dass der Junge durch seine Verschlossenheit selbst in Verlegenheit geriet und sich wünschte, sie zu durchbrechen. Doch es gelang ihm nicht. Und Alberts plötzliche Ausbrüche machten die Situation nur noch schlimmer.

Sie brachten die schlechte Stimmung mit zum Weihnachtsessen. Knud Erik sagte während der gesamten Mahlzeit kein Wort. Klara hatte sich wieder in ihr altes scheues Ich verwandelt, verhielt sich wie ein Dienstmädchen, das durch einen Zufall an den Tisch der Herrschaft gebeten worden war und jeden Augenblick damit rechnete, zurück in die Küche geschickt zu werden. Albert saß düster und angespannt da, voller dunkler Vorahnungen. Die Haushälterin servierte mit einer vor Missbilligung eisigen Miene. Klara sah sie verstohlen an, und Albert wusste sofort, dass er nach der Hochzeit als Erstes die Haushälterin würde entlassen müssen, die ihm fünfzehn Jahre treu gedient hatte.

Edith kletterte auf seinen Schoß und begann, mit ihrem Löffel in den Reispudding zu schlagen.

«Papa», sagte sie und zog ihn mit der freien Hand am Bart.

Er schwieg. Er hatte es aufgegeben, sie zu korrigieren.

Sie standen vom Tisch auf, um sich um den Weihnachtsbaum zu scharen. Doch der Baum war zu ausladend, sie konnten ihn nicht umfassen, und wie in stiller Übereinkunft versuchten sie erst gar nicht, sich an den Händen zu nehmen. Es wurde auch nicht gesungen.

Wir werden nie eine Familie sein, dachte Albert, wir sind bloß die Wrackreste von etwas, das einmal Familien waren. Sie eine Witwe mit zwei Kindern und ich ein sonderbarer Einsiedler, der nie aus seiner Höhle hätte kommen sollen.

Unter dem Baum lagen einige Päckchen. Klara hatte nicht viele Geschenke besorgt, und Albert war, als hätte ihm die neue Situation die Freude am Schenken verdorben. Ihr hatte er ein Paar Fellhandschuhe gekauft und Knud Erik eine Schachtel Zinnsoldaten. Edith bekam eine Puppe. Er erhielt einen Tabaksbeutel. Still packten sie ihre Geschenke aus und bedankten sich höflich.

Als sie aufbrachen, um zurück in die Snaregade zu gehen, drehte Klara sich in der Tür um. «Nun musst du aber einen Termin finden und mit Pastor Abildgaard sprechen», sagte sie.

Zwischen Weihnachten und Neujahr sahen sie sich häufiger. Alberts Schwester kam aus Svendborg zu Besuch, außerdem machten sie Emanuel Kroman ihre Aufwartung. Alle betrachteten sie nun als Paar. Niemand zweifelte daran, dass bald die Hochzeit stattfinden würde, und daher erkundigte sich auch niemand nach dem Datum.

Die gedrückte Stimmung zwischen ihnen hielt an, doch schließlich einigten sie sich auf einen Sonnabend Ende Januar. Nach Neujahr musste er dem Pfarrhof einen Besuch abstatten und dafür sorgen, dass sie den Segen bekamen.

Der Januar war grau, mit Temperaturen, die sich um den Gefrierpunkt bewegten. Regen- und Schneeregenschauer fegten durch die Straßen, die verlassen dalagen. In den Geschäften brannte den ganzen Tag über Licht. Auch im Pfarrhaus an der Kirkestræde war das Licht eingeschaltet. Albert ging im Regen daran vorbei. Aber er klopfte nicht. Es war wie bei Klaras Haus in der Snaregade, damals während der Wartezeit. Er kam häufig vorbei, ging jedoch nicht hinein. Es war nicht allein die Begegnung mit Abildgaard. Das würde er, verdammt noch mal, überleben. Es war etwas anderes und Stärkeres, das ihn zurückhielt, doch wie sehr er sich auch bemühte, er konnte es nicht benennen. Als würde er auf der Spitze eines steilen Abhangs stehen und überlegen, einen Schritt ins Leere zu tun. Es war dieser Selbsterhaltungstrieb, der ihn am entscheidenden Schritt hinderte, nichts anderes.

«Wieso hast du die Chinesin nicht geheiratet?»
Er brauchte nicht zu antworten. Er konnte es in ihrem Gesicht sehen. Sie hatte bereits ihre eigene Erklärung parat.
«So ist es eben mit dir», sagte sie, «du hast nie eine von ihnen geheiratet.»

«Hast du mit Pastor Abildgaard gesprochen?», wollte sie wissen, als Albert das nächste Mal in die Snaregade kam.
Er sah weg.

«Noch nicht.»

«Aber wieso nicht?»

Er schwieg. Eine Ohnmacht überkam ihn, ebenso Scham. Er wusste nicht, was er antworten sollte.

Sie biss sich auf die Unterlippe, war sich unschlüssig, was sie mit ihm anfangen solle. Sie spürte nicht die Angst in ihm, nur den Widerstand, und in ihr wuchs das Gefühl, abgewiesen zu werden.

«Bin ich nicht gut genug für dich?», fragte sie. «Ist es das?»

Er antwortete nicht.

«Du hast es versprochen.»

Ihr Blick wurde fest.

«Ich werd's schon noch machen.»

Er murmelte. Es war eine ungewohnte Stimme für einen Mann, der an Deck gestanden und Kommandos in den Wind gebrüllt hatte und diese Angewohnheit beibehielt, als er an Land ging. Diese Antwort war schlimmer, als hätte er nichts gesagt.

«Ich weiß nicht, was ich glauben soll», sagte sie und schüttelte den Kopf. «Im Grunde ist es ja auch egal. Ich dachte nur, du hättest es dir auch gewünscht.»

«Ich werd's schon noch machen», wiederholte er.

Er hasste sich und sie, weil sie mit ihm wie mit einem Kind redete und er selbst Schuld daran hatte.

«Ja, dann tu es doch endlich. Dann mach es gleich morgen.»

Er hielt das Demütigende der Situation nicht mehr aus, stand auf und ging, ohne sich zu verabschieden.

«Du schämst dich wegen mir!», schrie sie ihm nach.

*   *   *

Am Abend der Fastnacht brannte die Lampe über Alberts Tür. Für uns bedeutete das eine Einladung. Es war ein ungeschriebenes Gesetz an diesem Abend. Alle Türen standen offen. Wer keine Gäste wünschte, löschte das Licht zur Straße.

Es war die Haushälterin, die unser Klopfen beantwortete und uns einließ. Es sah aus, als hätte sie sich auf unser Kommen vorbereitet. Die

Punschbowle stand auf einem Aufsatz bereit. Wir wollten uns gerade auf dem Sofa und den umstehenden Stühlen niederlassen, als der Gastgeber den Raum betrat. Als wir sein verblüfftes, ja unangenehm überraschtes, geradezu missbilligendes Gesicht sahen, wurde uns klar, dass wir einen Fehler begangen hatten.

Es konnte natürlich sein, dass die Haushälterin und er sich missverstanden hatten. Später dachten wir, dass es sich durchaus auch um einen Racheakt ihrerseits gehandelt haben könnte. Sie war ja nicht gerade begeistert über die Aussicht, dass eine andere Frau ins Haus kommen sollte, und vielleicht wollte sie ihn auf diese Weise bestrafen.

Wir hätten uns für unser Missverständnis natürlich entschuldigen und gehen müssen.

Doch uns trieb an diesem Abend etwas Sonderbares an. Wir waren nicht so einfach zu bändigen.

War es unsere Schuld, dass er sich später verrannte? Es war doch vor allem sein eigener Fehler. Der Skandal blieb an ihm hängen, nicht an uns. Man muss sich schon etwas gefallen lassen können an Fastnacht. Wir hatten nichts Böses im Sinn, jedenfalls nicht viel. Außerdem stand es dem Gastgeber frei, es uns zurückzuzahlen und sich selbst an den Scherzen zu beteiligen.

Das Ganze war ein Spaß. Nichts als ein Spaß.

Irgendeine Verantwortung für das spätere Unglück hatten wir jedenfalls nicht.

Wir empfanden doch alle nur Sympathie für Albert Madsen. Er war für Marstal ein guter Mann. Wir gönnten ihm, dass er auf seine alten Tage noch einmal ein bisschen über die Stränge schlug. Wenn es also das war – und nicht irgendetwas anderes, was sein ständiges Zögern anzudeuten schien, wenn es um die Hochzeit mit Klara Friis ging.

Aber was für einen Anblick müssen wir geboten haben, als er die Tür öffnete und uns plötzlich in seinem Wohnzimmer sah.

Auf seinem Sofa saß eine Kuh und neben der Kuh eine spanische *señorita* mit einem Fächer in der Hand. Ihre roten Lippen waren auf einen Seidenstrumpf gemalt, den sie sich über den Kopf gezogen hatte. Die Lippen standen ein wenig offen, gleichsam als Aufforderung zu einem Kuss. Eine Bauersfrau mit einem Lampenschirm auf dem Kopf stand mitten im Zimmer, schwer und massig, in den Handschuhen steckten

Hände von der Größe eines Mannes. Es roch nach Klebstoff und Naphthalin, nach alten Kleidern und merkwürdigem Parfüm. Aus einem Nasenloch der Kuh baumelte eine knallgelbe Luftschlange, an der sie mit ihrer klauenähnlichen Hand ununterbrochen zog, so dass es vor dem teerschwarzen Maul zu blitzen schien. Ein Wilder Mann hatte seine Keule an der Wand abgestellt. Eine Chinesin, deren schräge Augen mit schwarzer Farbe auf eine gelbe Pappmaske gemalt waren, zog ein paar Stricknadeln aus dem wollenen Garnknäuel, das sie auf ihrem Kopf trug, und klapperte damit. In einer Ecke des Wohnzimmers grunzte vergnügt ein rosa Schwein auf zwei Beinen, während ein Pirat danebenstand und drohend seinen Säbel schwang, als bereitete er sich vor, es mit einem Hieb zu schlachten.

«'n Abend, Albertchen», tönte es wie aus einem Mund.

Dem kleinen Albert hatte es die Sprache verschlagen, und das war ein schlechtes Zeichen.

Die Haushälterin schenkte von der Punschbowle ein und reichte uns die Gläser. Wir hatten vor dem Mund kleine bequeme Löcher in die Masken und Strümpfe gebohrt. Strohhalme brachten wir selbst mit, so dass niemand die Maske abnehmen musste und so verriet, wer sich dahinter versteckte.

Schließlich war Fasching.

Es gab überwiegend Damen an diesem Abend, massive, breitschultrige Frauen mit enormem Busen, durch deren Gewicht sie eigentlich hätten vornüberkippen müssen; doch stattdessen wurden die Brüste herumgeschoben und hochgehoben, als würden sie nicht mehr als ein oder zwei mit Daunen gefüllte Kissen wiegen. Sie trugen Beiderwandröcke mit Samtbändern, stramme Blusen mit Abnähern, bestickte Schürzen und lange Schals, die sich um den Kopf, die Brust und die Lenden wickeln ließen. Alles direkt aus der Wühlkiste von Hausierern, jahrelang aufbewahrt, immer wieder geflickt und an ebendiesem Abend hervorgeholt.

Wir wiegten uns in den Hüften und ließen die Hände in einer Ausgelassenheit herumflattern, die nicht nur an den vielen Gläsern Punschbowle lag, die wir im Lauf des Abends schon geleert hatten, sondern auch an diesem merkwürdigen Gefühl von Leichtigkeit, das sich einstellt, wenn ein Mann sich Damenkleider anzieht. Verborgen unter

Hauben, Kapotthüten, Mützen, Lampenschirmen und Perücken, mit Masken, die aus nichts anderem bestanden als rot gemalten Schmollmündern und aufgerissenen Augen mit langen schwarzen Wimpern, die uns wie Fächer von der Stirn standen, lehnten wir uns die ganze Zeit an die nächste männliche Brust und gurrten wie die Tauben. Die mit hohen, verzerrten Fistelstimmen gemachten Bemerkungen kamen direkten Zoten so nah, wie es aus dem Mund einer ehrbaren Dame überhaupt nur möglich schien.

Die Derbste an diesem Abend war die Braut. Sie trug einen Unterrock und hatte sich einen fleischfarbenen Hüfthalter um die massive Taille geschnallt. Unter der schneeweißen Seidenbluse schaukelten zwei Brüste, jede in eine andere Richtung. Sobald sie ihren Oberkörper kokett bewegte, stießen die Brüste mit einem hörbaren Klatschen zusammen. Die dicken Zöpfe ihrer blonden Perücke standen ihr vom Kopf ab. Der gestärkte Schleier hing in der Luft wie ein Schneegestöber aus Spitze.

Sie ging auf Kapitän Madsen zu und kraulte ihn am Ohrläppchen. Mit einer gereizten Bewegung wandte er den Kopf ab.

«Was macht die Liebe, Albertchen?», fragte die Braut mit ihrer hohen, klagenden Stimme, die die Frauen auf dem Land früher bei Beerdigungen hören ließen.

«Wird's denn noch was mit der Hochzeit?»

Kapitän Madsen schaute mit einem Gesichtsausdruck, als handelte es sich um eine Geduldsprobe – als würde alles von allein verschwinden, wenn er nur lange genug wartete.

Die Braut legte eine große Hand, die in einem Handschuh steckte, auf seinen Schenkel, nahe am Schritt.

«Kneift's?»

Einen Augenblick fiel sie aus der Rolle und ließ ein lautes wieherndes Gelächter hören.

Das Schwein riss sich in der Ecke vom Piraten los und baute sich vor Albert auf. Aus seinem rosa Bauch ragten zwei spitze Brüste heraus, steif und unbeweglich wie anklagende Zeigefinger.

«Hast du denn keinen Appetit, Albertchen?», sagte das Schwein.

Die Braut produzierte Kussgeräusche. Das Schwein bot grunzend seinen Rüssel an.

Es war Fastnacht, alles nur Spaß.

Die Haushälterin war gegangen und die große Punschbowle auf dem Tischaufsatz beinahe leer.

«Albertchen», wiederholte das Schwein, das offenbar eine poetische Ader hatte. Jedenfalls begann es, ein Gedicht auf unseren Gastgeber zu improvisieren.

> «Du hast keinen Appetit?
> Das ist aber gar nicht nett.
> Ist das Mädel dir zu kalt?
> Oder du schlichtweg zu alt?»

Kapitän Madsen stand noch immer wie versteinert da und blickte auf den Boden.

Das Schwein hob die Hand wie ein Dirigent, der um die Aufmerksamkeit des Orchesters bittet. Im Chor wiederholten wir den Schmähvers. Es kam ganz von allein. Wir waren wirklich in guter Stimmung.

Albert sah auf. Seine große Faust schoss mit einer Geschwindigkeit hervor, die wir einem Mann niemals zugetraut hätten, den wir gerade noch wegen seines hohen Alters verhöhnt hatten. Er traf das Schwein mitten auf den Rüssel, der vollkommen eingedrückt wurde. Obwohl die Maske den Schlag abmilderte, war er dennoch hart genug, um das Schwein rücklings durch das Zimmer und gegen den Aufsatz mit dem leeren Bowletopf taumeln zu lassen, der klirrend zu Boden fiel. Das Schwein blieb inmitten der Glassplitter liegen. Blut lief aus einem Riss seines demolierten Rüssels.

Die Braut, die noch immer neben Kapitän Madsen stand, schlug unserem Gastgeber mitten ins Gesicht. Sein Hinterkopf knallte an die Wand, und er schwankte. Dann fand er sein Gleichgewicht wieder. Er starrte mit einem leeren Blick vor sich hin, während er einen Finger prüfend über die Unterlippe gleiten ließ, die aussah, als wäre sie aufgeplatzt.

Die Braut machte Anstalten, ihm noch einmal einen Schlag zu versetzen, aber wir griffen ein und zogen sie fort. Die Geschichte war vollkommen außer Kontrolle geraten, nun musste es ein Ende haben. Hatten wir über die Stränge geschlagen? Aber das war doch der Sinn von Fastnacht. Es gab keine Grenzen, die man nicht überschreiten durfte. Alles war an diesem Abend erlaubt und, wenn man es genau betrachtete, hatten wir nichts anderes getan als in jedem Jahr; außerdem hatten wir auf witzige Weise ein paar Wahrheiten ausgesprochen. Es gab keinen Grund auszurasten.

Wir stellten den umgestürzten Aufsatz wieder auf. Bei dem zerbrochenen Bowlegefäß war nichts mehr zu machen. Das musste die Haushälterin erledigen. Dann trugen wir das bewusstlose Schwein über den Flur und die Treppe zur Prinsegade hinunter.

Es regnete, und in dem kalten Februarregen begannen unsere Masken sich aufzulösen. Wir drehten uns um und sahen hinauf zum Erker. Albert stand dort und schaute auf uns herab.

Die Braut winkte dem dunklen Schatten im Fenster.

«Ist das Mädel dir zu kalt? Oder du schlichtweg zu alt?», rief sie.

Einer ihrer Ärmel war zurückgeschoben und entblößte einen kräftigen Unterarm mit einer Tätowierung, auf der ein Löwe sich zum Angriff duckte. Die Worte konnten wir in der Dunkelheit nicht lesen.

Der Polarstern

Am Vormittag hatte es geregnet, aber dann war das Wetter umgeschlagen. Die graue Wolkenschicht, die über der Insel hing, war einem hohen, blauen Himmel gewichen, der davor warnte, dass es Frost geben würde.

Albert hatte blinde Verzweiflung gepackt.

«Du schämst dich wegen mir!», hatte Klara ihm nachgerufen. Nein, er schämte sich nicht wegen ihr. Er selbst war es, über den er sich schämte. Er musste fort, spazieren gehen, um zu einer Klärung zu kommen, zu einer unzweideutigen Aussage, einem Ja oder Nein, mit dem er dann zu leben hatte. Nur eines wusste er genau: Er wollte das Ja, aber er konnte es nicht. Und er konnte das Nein, aber er wollte es nicht. Hier galt nicht: Wo ein Wille ist, ist auch ein Weg. Hier war alles Wille, doch der Weg führte ins Leere. Er war zu alt. Sie hatten ja recht, die Masken an diesem peinlichen Fastnachtsabend. Darum hatte er zugeschlagen. Weil sie die Wahrheit gesagt hatten. Mit einer so großen Veränderung seines Lebens kam er nicht zurecht.

Er registrierte es mit einer hartnäckigen Verbitterung, einer ohnmächtigen Wut, die er allerdings nirgendwo auslassen konnte, die sich nur nach innen richtete.

Er ging zum Strand. Ein Stück weiter draußen tauchte eine Gestalt auf. Als er näher kam, sah er, dass es Herman war. Er bereitete sich auf eine Konfrontation vor. Er hatte durchaus erraten, wer an jenem Abend, an dem man ihn gedemütigt und in seinem eigenen Haus geschlagen hatte, die Braut gewesen war.

Trotz der Kälte trug Herman lediglich ein Hemd, das bis zum Gürtel offen stand. Man konnte seine hängende, behaarte Wampe sehen, die durch das mehrmonatige Wohlleben im Hotel Ærø nicht kleiner geworden war. Er hatte vor Kälte rot glühende Wangen und starrte mit einem glasigen Blick vor sich hin. Er lief an Albert vorbei, ohne ihn zu bemerken. Es war, als hätte er jenseits der Häuser ein fernes Ziel und bereitete sich darauf vor, alle Mauern zu durchbrechen, die sich ihm in den Weg stellten.

Albert ging weiter, erleichtert, einen Zusammenstoß vermieden zu haben. Er war völlig mit sich selbst und seinem Schwanken beschäftigt. Er wollte fort, hinaus aus der Stadt, dahin, wo es nur das Meer und den Himmel gab – in der Hoffnung, dass sich dort eine Antwort finden ließe.

«Ha», verhöhnte er sich selbst, «für immer hier draußen zu bleiben, das wäre die einzige Antwort.»

Albert marschierte in der unbewussten Hoffnung, dort draußen auf dem schmalen Sandstreifen einen ruhigen Platz zu finden, wo niemand ihm eine Stellungnahme abverlangte.

In dem feuchten Sand ließ es sich nur schwer gehen. Nach einer Weile wurde der Sand durch Geröll abgelöst, das die Brandung angespült hatte, und er stampfte unsicher voran, bis er zum dicht bewachsenen Ende der Landzunge kam, wo sich ausgetretene Pfade durch die Vegetation schlängelten. Dann erreichte er die Stelle, an der die Landzunge abknickte wie das Ellbogengelenk eines Arms. Das Wasser lag schwer und ölig vor ihm, als ob es bereits auf die Ankunft des Frostes und eine beginnende Kristallisation wartete. Zwischen der Landzunge und der Mole gab es kleine, mit Schilf und Rohrkolben bewachsene Inseln, dazwischen breitete sich ein saugender, schwerer Schlickboden aus. Die Mole lag zwischen ihm und der Stadt. Er konnte die Masten der Schiffe sehen, die im Hafen überwinterten. Und dahinter die roten Ziegeldächer und den neu errichteten Kirchturm aus Kupfer.

Er starrte auf die Stadt, die sich wie ein Panorama an der Küste entlangzog, als ließe sich hier eine Lösung des Dilemmas finden, in dem er steckte. Plötzlich bemerkte er, dass er nicht mehr vorankam. Unvorsichtigerweise hatte er die sandige Landzunge verlassen und stand nun am Ufer einer der schilfbewachsenen Inseln im flachen Wasser.

Der Schlickboden zerrte an ihm. Er zog erst das eine Bein heraus, dann das andere; er verlor beinahe das Gleichgewicht, doch er konnte nicht weiter. Mit einem Mal schien er zu erwachen. Er spürte, wie ihm das eiskalte Wasser in die Stiefel lief. Ungläubig schaute er an sich herab. Dann stieß er ein lautes, künstliches Lachen aus, als ob er damit seine eigene Lächerlichkeit zur Schau stellen wollte. Er spannte die Muskulatur seines rechten Beins an und zog erneut. Der linke Fuß sank tiefer ein, als das ganze Gewicht plötzlich auf ihn verlagert wurde. Es war kein Treibsand. Er wurde nicht hinabgezogen. Er steckte nur fest. Das war doch kein Problem. Er musste es noch einmal versuchen. Er beugte sich vor, um die Stiefel herauszuziehen, und fiel beinahe vornüber. Er war ein großer Mann in einem schweren Wintermantel, der längst seine Gelenkigkeit eingebüßt hatte. Er spürte, wie sich Ratlosigkeit in ihm ausbreitete, aber er weigerte sich zu akzeptieren, dass er sich in einer gefährlichen Situation befand. Einer lächerlichen Situation, ja, aber nicht gefährlich. Und wenn er sich nach vorn ins Schilf warf? Würde er festen Grund finden und die Füße herausziehen können? Nur wusste er nicht, was sich unter dem dicht wuchernden Schilf befand. Möglicherweise wuchs es auf dem gleichen Schlickboden, in dem er festsaß, dann würde er seine Situation nur verschlimmern.

Die Sonne stand knapp über dem Horizont, und mit der Dunkelheit würde der Frost kommen. Er geriet nicht in Panik bei dem Gedanken. Noch immer fühlte er sich vor allem wie ein Trottel, der sich nur durch einen Moment der Unachtsamkeit in eine missliche Situation gebracht hatte, die bald nur eine peinliche Erinnerung wäre. Für seine Dummheit würde er höchstens mit einer Erkältung bezahlen müssen. Dann spürte er, wie die eisige Kälte von den Füßen in die Beine kroch. Einen Augenblick zitterte er. Um sich aufzuwärmen, schlug er mit den Armen, doch ziemlich schnell musste er vor Erschöpfung aufgeben; kraftlos sanken ihm die Arme herab. Doch hier konnte er nicht bleiben. Er musste sich irgendetwas einfallen lassen. Wieder spannte er die Beinmuskeln an – ohne Resultat. Der Schlickboden gab nicht nach.

Alles warf nun Schatten. Die Masttopps und Takelagen zeichneten ein Spinngewebe über dem Schilf. Der Kirchturm wuchs quer über die Landzunge und erreichte das Wasser hinter ihm. Er stand dort wie auf den Dächern der Stadt. Dann versank die Sonne hinter einem der Häuser, und die dunkle Masse der Stadt verschlang ihn. Die Stadt war so nah, und doch hätte sie ebenso gut auf einem anderen Stern liegen können.

Plötzlich wurde Albert klar, dass er die Mole viele Jahre nur von innen gesehen hatte, als eine schützende Mauer. Nun erblickte er sie zum ersten Mal von außen. Sie beschützte ihn nicht mehr. Sie schloss ihn aus.

Er schaute sich um. Die Dunkelheit schien direkt aus der Erde und dem Meer herauszukriechen, und er musste an die Schilderungen vom Dämmerreich der Toten in der *Odyssee* denken, wo alle Freude erstarb – dort war er nun angekommen. Er spürte die Schärfe des Frostes auf seiner Haut. Bald würde er ihm in die Glieder dringen. Zum ersten Mal dachte er an die Möglichkeit, dass er sterben könnte.

Die Sterne erschienen, und der Schlick zwischen seinen Füßen gefror. Er stand in einem Zementblock aus Kälte. Er schaute auf, und sein Blick fiel auf den Polarstern. Er dachte an Klara Friis. Im letzten Moment, bevor das Alter sich um ihn schloss, hatte er die Hand nach der Jugend ausgestreckt. Doch für einen alten Mann war die Jugend so fern wie der Polarstern in einer Winternacht. Nun kam die Gewissheit. Es war vorbei. Sein Leben sollte enden, so unvorhergesehen wie ein Schiffsuntergang während eines plötzlich aufgekommenen Sturms.

Er war starr vor Kälte, stand aber noch immer gerade im Schlick, als hätte er sich vorgenommen, aufrecht zu sterben. Er dachte an Knud Erik, und ein Gefühl der Wärme erfüllte ihn. Es war das Herz, das seine letzten Ressourcen mobilisierte. Dann drang die Kälte vor und begann, die Blutzirkulation zu blockieren.

*   *   *

Wir wissen nicht, ob es sich so abgespielt hat. Wir wissen nicht, was Albert in seinen letzten Stunden dachte und tat. Wir waren nicht dabei. Wir haben nur die Aufzeichnungen, die er uns überließ – und das, was zum Anfang vom Ende für unsere Stadt wurde. Wir haben seine Geschichte erzählt, und jeder von uns hat ein bisschen von seiner eigenen hinzugefügt. Tausend Gedanken, Wünsche und Beobachtungen gehen in unser Bild von ihm ein. Er ist ganz er selbst und doch unser, obwohl er nicht immer so war wie wir.

Wir sind als Gruppe auf die Halbinsel gegangen. Wir haben die Stelle aufgesucht, an der Albert starb. Wir haben unsere Stiefel in den Schlick gesteckt. Wir haben versucht, uns aus dem saugenden Boden zu befreien. Einige meinten, ja, er saß fest. Andere sagten, nein, er hätte sich herausziehen können. Oder er hätte sich aus der Falle, die ihm die Kälte und der Schlick gestellt hatten, herauswälzen können. Ein tropfnasser Mantel und durchweichte Hosen sind doch kein Preis, wenn man dadurch dem Tod entgeht. Sogar eine Lungenentzündung ist besser als ein derart jähes Ende, und er war stark.

Wir wissen nichts, und jeder denkt sich seinen Teil. Jeder von uns sucht ein wenig von sich selbst in ihm. Einige würden ihn gern verdammen, andere finden ihn über jede Kleinlichkeit erhaben. Jeder von uns hat seine eigene Vorstellung von Albert. Wir folgten ihm, wohin er auch ging. Durch unsere Fenster und Straßenspiegel beobachteten wir ihn. Sein Wort ging von Mund zu Mund, häufig nicht immer zu seinem Vorteil; aber vielleicht waren es auch nicht immer Worte, die er selbst gesagt hatte, sondern die ihm nur zugeschrieben wurden, weil wir sie zu ihm passend oder wahrscheinlich fanden.

Wieder und wieder haben wir sein ganzes Leben auf den Kopf gestellt, so wie wir auch unsere Leben in unseren bisweilen flüsternden, bisweilen lautstarken Gesprächen auf den Kopf stellen. Albert war ein Monument, das wir zusammen gemeißelt und errichtet hatten.

Wir glaubten, dass wir alles über ihn wussten. Aber so ist es nicht. Wenn es wirklich darauf ankommt, weiß niemand etwas vom anderen.

Albert wurde am folgenden Tag gefunden.

Es hatte die ganze Nacht geschneit, und morgens tauchten ein paar Jungen an der Mole auf. In einem Boot waren sie durch das frische Eis bis zur Insel Kalkovnen gekommen; zum Teil konnten sie rudern, zum Teil hatten sie das Eis zerschlagen müssen. Wären sie bei dieser lebensgefährlichen Dummheit erwischt worden, hätte sie eine ordentliche Abreibung durch ihre Eltern oder sonst jemanden erwartet. Wenn es sich um Jungen handelt, die gegen sämtliche Regeln verstoßen, die auf dem Wasser gelten, hat jeder Einzelne von uns die Rechte und Pflichten eines Vaters.

Doch einer Abreibung entgingen sie.

Sie entdeckten ihn von der Spitze der schneebedeckten Feldsteine aus, auf denen sie wie die Bergziegen herumhüpften.

«Ein Schneemann!», rief einer der Jungen, der auf den Namen Anton hörte. «Wer hat denn hier einen Schneemann gebaut?»

Und dann rannten sie durch das steif gefrorene Schilf, das wie ein Wald aus Stahlklingen klang, als es gegeneinanderschlug, über den steinharten Schlick und die bis auf den Grund gefrorenen Wasserpfützen und niedrigen Buchten.

Da war er.

Sie vergaßen ihn nie. Einen solchen Anblick erlebt man selten. Einige sagen nie.

Albert stand aufrecht – er war zwischen der Stadt und dem Meer gestorben und in Laurids' Stiefeln festgefroren.

III

DIE WITWEN

In den Monaten nach Alberts Tod hatte Klara einen Gesichtsausdruck, als wäre ihr Hirn außer Betrieb gesetzt. Sie saß in ihrem Wohnzimmer in der Snaregade und starrte mit abwesendem Blick vor sich hin. Wir sahen es, wenn wir vorübergingen und in die erleuchtete Stube schauten, in der sie vergessen hatte, die Gardinen zuzuziehen.

Anfangs dachten wir, sie trauere.

Es sollte einige Zeit vergehen, bis uns klar wurde, was bei Klara zu dieser tiefen Nachdenklichkeit geführt hatte, die sich leicht mit der Versteinerung des Gemüts verwechseln ließ, die Trauer so häufig hervorruft.

Es kommt ja vor, dass das Leben plötzlich ein Meer aus Möglichkeiten bietet – so viele, dass allein der Gedanke an die Auswahl zur vollständigen Lähmung eines Menschen führt. Wurde ihr dadurch der feste Boden unter den Füßen entzogen, durch diese unendlichen Möglichkeiten, diese Sturmflut von Freiheiten, in der ein gewöhnlicher Mensch, der es nicht gewohnt ist, selbst zu entscheiden, ertrinken konnte?

Eines Tages bestellte sie einen Pferdewagen, um ihre Möbel abholen zu lassen. Dann rief sie Edith und Knud Erik und spazierte mit ihnen an der Hand in die Prinsegade, wo sie mit einem Schlüssel, den sie aus ihrem Portemonnaie holte, Albert Madsens leer stehendes Haus aufschloss. Die mitgebrachten Möbel ließ sie auf den Speicher bringen, Alberts Möbel blieben unangetastet. Sie saß auf seinem Sofa und schlief in seinem Bett, als wäre sie zu Gast im Leben eines Fremden. Die Haushälterin kündigte von sich aus.

Klara saß im Erker zur Straße und starrte weiter vor sich hin.

Klara Friis, eine Seemannswitwe von bescheidener Herkunft, hatte ein Herrschaftshaus, ein Maklerkontor und eine Flotte Schiffe geerbt. Mit einem Schlag war sie zu einem der größten Schiffsreeder der Stadt geworden. Mit der letzten Glut der Jugend auf den Wangen hatte sie nach dem großen Preis gegriffen und ihn gewonnen.

Albert hatte sie nicht geheiratet, als er noch lebte. Doch im Tod war er ihr entgegengekommen.

Wir begannen sofort darüber zu diskutieren, wie viel Geld sie wohl besaß.

Wir begriffen nicht, dass das Interessante an Alberts Erbe nicht die Höhe der Summe war, sondern die Macht, die sie verlieh. In diesen Monaten, in denen Klara wie festgefroren im Erker hockte, wurde über unser Schicksal entschieden.

Als sie mit ihren Überlegungen ans Ende gekommen war, begab sie sich als Erstes zur Witwe des Marinemalers in die Teglgade. Die lebenserfahrene Anna Egidia hatte erkannt, wie bedrückt der vaterlose Knud Erik gewesen war; sie hatte verstanden, dass es hier ein Kind gab, das einen erwachsenen Mann brauchte, an den es sich halten konnte. So war Klara Friis Albert begegnet, und nun wollte sie sich dafür revanchieren. Sie teilte der Witwe mit, dass sie sie gern bei ihrer unermüdlichen Hilfsarbeit unterstützen möchte. Und sie bot noch mehr an. Sie saß in dem Wohnzimmer mit den hohen Fenstern und den vielen Bildern an den Wänden und entwickelte ihren Plan, eines Tages in Marstal ein Kinderheim zu errichten.

«Es soll kein Kinderheim wie andere werden», erklärte sie. «Hier sollen die Kinder sich geliebt fühlen. Nicht als Wesen, die im Weg sind oder im besten Fall am Leben bleiben dürfen, weil sie sich nützlich machen können. Nein, sie sollen erfahren, dass sie aufgrund ihrer eigenen Persönlichkeit ein Recht darauf haben, auf der Erde zu sein. Diejenigen, die am wenigsten gewünscht sind, sollen hier das Gefühl haben, erwünscht zu sein.»

Sie sprach diese Worte, die eigentlich durchdrungen von Licht und Energie sein sollten, mit einer seltsam zittrigen Stimme aus, obwohl es sich doch um Pläne handelte, die irgendwann einmal das Leben für die Stiefkinder des Daseins verbessern sollten.

Die Witwe Rasmussen sah sie lange an.

«Sie haben wahrscheinlich selbst einmal ein Kinderheim von innen kennengelernt, nicht wahr?», fragte sie sanft.

Klara Friis nickte und begann zu weinen. Es war tatsächlich ihre Geschichte, das Unsagbare, das sie nicht einmal Albert Madsen hatte erzählen können, sogar in ihrem vertrautesten Moment nicht, als er das Geheimnis der Stoffpuppe Karla verstand, die in den schwarzen Wassermassen der Sturmflut verschwand.

Sie war im Kinderheim von Ryslinge auf Fünen aufgewachsen. Dann hatte man sie abgeholt. «Abgeholt» sagte sie nur, nun, da unter dem mütterlichen Blick der Witwe endlich der Augenblick vertraulicher Mitteilungen gekommen war. Nicht adoptiert, das war nicht der Ausdruck, den sie benutzte, denn für sie gab es kein elterliches Mitgefühl oder Fürsorge, als ein Hofbesitzer aus Birkholm sie im Alter von fünf Jahren abholte. Er brauchte eine zusätzliche Hand, eine Hand, keinen Menschen; billig im Unterhalt, soweit es Lohn, Kost und Gefühle betraf.

Sie lachte bitter.

Nein, wenn es um Gefühle ging, hatte sie überhaupt nichts gekostet, denn Liebe war eine Luxusware, die allen anderen vorbehalten war, nicht aber einem Waisenkind.

Jeden Tag hatte sie das Meer vor Augen gehabt. Es war die Grenze der Insel, die Mauer um ihr eingesperrtes Leben, aber auch die Chance zu entfliehen. Sie träumte von keinem Prinzen auf einem weißen Pferd, sondern von einem Prinzen unter einem weißen Segel, und jedes Frühjahr sah sie ihn kommen. Hunderte von Segeln fuhren an der Insel vorbei – und verschwanden wieder. Sie kamen aus Marstal, und die Stadt wurde zum Ziel ihrer Sehnsucht.

Und dann kam eines Tages das Meer zu ihr, aber wie das Jüngste Gericht brach es als Sturmflut über die Insel herein. Es brachte keinen weißen Prinzen, sondern nahm ihr Karla.

Jetzt hatte sie endlich die notwendigen Mittel. Jetzt tauchte sie ihre Hand ins Wasser und zog Karla wieder herauf.

«Wollen Sie wissen, wie ich Henning begegnet bin?», fragte sie.

Die Bekenntnisse brachen aus ihr heraus, und bevor die Witwe antworten konnte, fuhr sie fort.

«Ich traf ihn in einer Winternacht auf dem gefrorenen Meer.»

«Auf dem Eis?»

Die Witwe schaute sie verblüfft an.

«Ich war so jung. Erst sechzehn Jahre alt. Ich wollte zu einem Ball nach Langeland.»

Das Meer lag zugefroren vor ihr, als hätte die flache Insel sich ausdehnen und unbedingt mit all den umliegenden Inseln verschmelzen wollen. An einem mondhellen Samstagabend, an dem leuchtende Schneekristalle ihr den Weg hinaus in die Welt wiesen, hatte das Fernweh sie unwiderstehlich gepackt. Sie hatte sich von einem der Mädchen auf dem Hof ein Ballkleid geliehen, sie selbst besaß ja keins, sich ein Fahrrad gegriffen und war hinaus aufs Eis in Richtung Langeland gefahren. Sie flüchtete nicht, radelte nur auf die erleuchteten Häuser auf der fernen Insel zu und suchte nach dem Vergnügen des Augenblicks.

Damals hatte sie noch den Traum in sich.

Weit war sie jedoch nicht gekommen, denn sie stieß auf das dunkle Wasser. Eine Fahrrinne hatte offen vor ihr gelegen, eben aufgebrochen von der *A.L.B.*, der Fähre zwischen Svendborg und Marstal, die mit ihrem schwarzen, massiven Stahlrumpf als Eisbrecher diente. Glut stieg aus dem Schornstein auf. Die Luft und das Eis unter ihren Füßen bebten. In der gerade aufgebrochenen Fahrrinne folgte der Fähre die *Hydra* mit gesetzten Segeln, um auf der Heimfahrt in der frostigen Nacht auch noch die kleinste Bö zu nutzen.

Die Besatzung hatte sich an der Reling versammelt. Mit einem Mädchen im Ballkleid mitten auf dem Eis hatten sie bestimmt nicht gerechnet.

«Wo willst du hin?», hatten sie gerufen.

«Zum Ball nach Langeland», war ihre Antwort.

Sie luden sie stattdessen zum Ball nach Marstal ein und hoben sie mitsamt dem Fahrrad über die Reling.

«Du siehst so durchgefroren aus», sagte Henning. Er war der Schönste von ihnen. Und durchgefroren war sie, bis weit die nackten Beine unter dem Kleid hinauf. Er hatte sie mit in die Mannschaftsunterkunft genommen, damit sie sich in einer der oberen Kojen aufwärmen konnte; so war sie seine Frau geworden, mit zitternden blauen Lippen und einer drohenden Blasenentzündung in dem armen Eisklumpen, in den sich ihr ungeschützter Unterleib verwandelt hatte. Sie wurde nicht sofort schwanger, Knud Erik kam erst später. So verhielt es sich auch mit Hennings Sauferei, den Wirtshausbesuchen und den endlosen Reisen.

Eines Tages war Henning mit einer Meerkatze zu Hause aufgetaucht.

«Meerkatzen sind die gottlosesten aller Tiere», hatte er gesagt, «der Sohn, der Enkelsohn und der Sohn des Enkelsohns der Ungerechtigkeit.»

Das hatte ihm ein Araber erzählt.

«Und was soll ich damit?», fragte sie.

«Du kannst sie dir ja ansehen, wenn du mich zu sehr vermisst», hatte er erwidert, und seine Stimme troff vor Hohn. So stand es zwischen ihnen.

«Das Schlimmste an einem Seemann ist nicht, dass er dir deine Unschuld raubt. Das Schlimmste ist, dass er dir deine Träume nimmt», sagte sie zur Witwe des Marinemalers.

Und nun war die *Hydra* verschwunden und Henning mit ihr.

«Marstal soll ein guter Ort werden, um hier aufzuwachsen», erklärte sie. «Kein Ort, in dem man die Jungen zu Fischfutter und die Mädchen zu Witwen macht.»

«Glauben Sie wirklich, Sie können den Marstalern den Seemann austreiben?», fragte die Witwe.

«Ja, ich glaube schon. Ich habe die Mittel. Ich weiß, wie man so etwas machen muss.»

Eine neue Form der Verbissenheit war in Klara Friis' Stimme zu hören, ihr Gesicht wurde hässlich vor Trotz.

Die Witwe fragte sich, ob der Verstand der jüngeren Frau möglicherweise Schaden genommen hatte, entweder vor Trauer oder weil ihr das viele Geld zu Kopf gestiegen war.

Sie lenkte das Gespräch sofort zurück auf das Kinderheim, und Klara Friis wurde zu ihrer Erleichterung wieder vernünftig.

Über den wichtigsten Teil ihres Plans sprach Klara niemals.

*   *   *

An dem Tag, an dem Albert starb, ging Ingenieur Henckel bankrott.

Auf einer Generalversammlung der Aktiengesellschaft Kalundborg Skibsværft, an der er neunundneunzig Prozent des Aktienkapitals besaß, trat er zur allgemeinen Überraschung für eine Liquidierung seiner eigenen Gesellschaft ein. Hinterher zeigte sich, dass die Werft der Bank von Kalundborg zwölf Millionen Kronen schuldete. Die Bank brach zusammen, und die Dominosteine begannen zu purzeln. Der letzte Stein war die Stahlschiffswerft von Marstal, die in Erfüllung von Bootsbauer Raahauges längst geäußerter Prophetie kollabierte: «Denn das hier – das geht nicht lange gut.»

Nein, es ging nicht gut. Alles war verloren. Beinahe eine Million Kronen war in die Stahlschiffswerft investiert worden. Nun wurde sie versteigert und für fünfunddreißigtausend Kronen verkauft. Der Hotelbesitzer Egeskov würde überleben. Er besaß das Hotel, auf das er zurückgreifen konnte. Aber Herman hatte das Haus in der Skippergade und die *Tvende Søstre* eingesetzt, nun stand er mit leeren Händen da und hatte Schulden.

Gerichtsverfahren folgten. Edvard Henckel und der Direktor der Bank von Kalundborg wurden verhaftet. Doch selbst der Teufel fand sich in dieser Buchführung nicht zurecht. Henckel war zu schlau für sie gewesen. Er war offensichtlich eine Art Genie, das lediglich die Gesetze des Landes nicht berücksichtigt hatte und auf die falsche Seite geraten war. Ganz offen gestand er alles ein. Er war unverantwortlich gewesen, ja gedankenlos. Aber er hatte doch nur das Beste gewollt.

Wir sahen ihn vor uns. Er erhob sich von der Anklagebank, schwer und massig, mit dem breitkrempigen Hut und den flatternden Rockschößen, als hätte er den frischen Wind der Unternehmungslust, der ihn stets umgab, mit in den Gerichtssaal gebracht. Seine rot gesprenkelten Augen strahlten vor Energie. Er breitete die Arme wie zu einer Umarmung aus, während er all seine Fehler eingestand, als ob er den Richter, die Journalisten, den Verteidiger und den Staatsanwalt zu einer Runde Champagner einladen wollte.

Im Übrigen war er gar kein Ingenieur. Es stellte sich heraus, dass der Titel – wie alles in seinem Leben – *selfmade* war. Nun musste er ins Gefängnis. Das Urteil von drei Jahren nahm er erhobenen Hauptes entgegen. Er ließ sich nicht unterkriegen, er stürmte durchs Leben, voller großer Pläne für sich und andere. Und wenn sein Weg dabei in eine verschlossene Zelle führte, dann doch nur für eine gewisse Zeit. Er kam ja auch wieder heraus, und dann würden wir schon sehen.

Wir gingen nicht mehr ins Hotel Ærø. Die weißen Hemden ließen wir zu Hause. Sie waren wieder Hochzeiten, Konfirmationen und Begräbnissen vorbehalten. Wir kehrten zurück zu dem abgestandenen Bier in Webers Café, an dessen Geschmack wir uns erst wieder gewöhnen mussten. Wir triumphierten nicht, als wir von der Verurteilung hörten. Wir konnten nicht einmal richtig wütend auf Henckel sein. Sicher, er hatte uns betrogen. Aber zu einem Betrug gehören zwei, und wir hätten unserem eigenen Urteilsvermögen nur etwas mehr vertrauen müssen. Wir fanden nichts Boshaftes an ihm, sein Eifer und sein Tatendrang waren echt gewesen. Sein Problem war nur, dass er seine vielen Ideen selbst nicht mehr im Griff gehabt hatte, bis sie so hoffnungslos verworren waren, dass sie ihm aus den Händen glitten. Aber der Mann war gewillt, etwas aufs Spiel zu setzen. Davor hatten wir Respekt. Wir selbst taten ja nichts anderes. Irgendetwas in Ingenieur Henckel erkannten wir in uns wieder. Nicht seine Schwindeleien, sondern sein Draufgängertum.

Wir stießen auf ihn an, wie wir auf ein Schiff anstießen, das mit Mann und Maus untergegangen war.

Herman suchte die Reedereibüros auf und fragte nach einer Heuer. Wir hatten erwartet, dass er einfach alles liegen und stehen lassen würde, so wie er es damals getan hatte, als Hans Jepsen ihn zurechtstutzte und ihn nicht als Matrose auf der *Tvende Søstre* anheuern ließ. Er war als großer Mann zurückgekommen. Nicht nur mit dem Mundwerk, sondern eine Weile auch mit dem Geldbeutel, aber dann hatte er alles verloren und war schließlich wieder dort gelandet, wo er begonnen hatte. Man hatte ihn an der Nase herumgeführt. Aber da war er nicht allein. Nicht wenigen von uns war es ebenso ergangen. In gewisser Weise saßen wir im selben Boot.

Wir hatten nicht erwartet, dass Herman aufgrund seiner Niederlage devot würde. Das lag nicht in seiner unbeugsamen, stolzen Natur. Wir waren davon ausgegangen, dass er vor der Demütigung fliehen und erst wieder auftauchen würde, wenn er Geld in der Tasche hatte und sich auf die großsprecherische Art präsentieren konnte, die seinem Wesen nun einmal entsprach. Stattdessen blieb er in der Stadt, die Zeugin seiner Niederlage war, und wollte auf der *Albatros* anheuern. Uns schien es, als hätte er seine Lektion gelernt und eingesehen, dass das Leben nicht vorhatte, ihn anders zu behandeln als alle anderen, und eine gewisse Bescheidenheit daher angebracht war.

Im Übrigen benahm er sich so wie immer: angriffslustig und unberechenbar.

Allerdings verstand Herman sein Handwerk an Deck, und daher fiel es ihm nicht schwer, eine Heuer zu finden.

Nach der ersten Reise kehrte er nach Hause zurück wie ein Held, obwohl der Krieg längst vorbei war. Seine Tat für Dänemark hatte er in einem Wirthaus in Nyborg vollbracht, zusammen mit zwei anderen Marstallern, die ebenfalls auf der *Albatros* angemustert hatten. Es waren Ingolf Thomsen und Lennart Krull.

Er saß in Webers Café und berichtete ausführlich über seinen Einsatz. Ingolf und Lennart nickten. Hin und wieder flochten sie eine Bemerkung ein, die jedoch zumeist darin bestand, «ja», «na klar» oder «bestimmt» zu sagen, wenn Herman ihnen einen auffordernden Blick zuwarf.

Wie gesagt, er hatte mit der Besatzung in einem Wirtshaus in Nyborg gesessen und dann eine Unterhaltung mit diesem Automechaniker begonnen. Ravn hieß er, ein schmieriger kleiner Kerl mit einer Knollennase voller Mitesser und Motoröl an den Händen. Als er hörte, dass sie Seeleute aus Marstal waren, zog er seine Brieftasche heraus und zeigte ihnen die Fotografie eines Schoners, der in Flammen stand.

Sie schauten genau hin, es war die *Hydra,* die im September 1917 spurlos auf dem Atlantik verschwunden war. Sechs Männer waren umgekommen, der Kapitän stammte aus Marstal, ebenso der Matrose Henning Friis, der eine Witwe, Klara, und den Sohn Knud Erik hinterließ. Spurlos verschwunden. Das bedeutete: nie wieder gesehen, nicht eine Leiche, die es zu bergen und zu begraben gab, nicht einmal ein Rettungsring mit dem Namen darauf, gar nichts.

Ravn stammte aus Sønderborg. Er war während des Krieges von den Deutschen eingezogen worden und hatte auf einem U-Boot gedient. Dort wurden sämtliche Schiffe fotografiert, die das U-Boot versenkte, und die Mannschaft bekam einen Abzug. Zu Hause hatte er ein ganzes Fotoalbum.

«Ich habe die Fotografie hier», sagte Herman, «wollt ihr sie sehen?»

Er reichte das Foto quer über den Tisch und bestellte eine weitere Runde.

Wir erkannten die *Hydra* sofort. Fast mussten wir seufzen beim Anblick des brennenden Schiffs. Aus dem Schwarzweißfoto hörten wir das Echo all der anderen Schiffsuntergänge, die wir erlebt hatten.

«Nun ja», sagte Herman. «Ravn läuft jedenfalls nicht mehr herum und prahlt damit, dänische Schiffe versenkt zu haben.»

«Wir haben ihn vielleicht ein bisschen zu hart angefasst», sagte Lennart.

Wir bemerkten eine gewisse Unsicherheit in der Stimme.

«Es war ein ehrlicher Kampf. Ravn hätte nur zurückschlagen brauchen. Es gibt keinen Grund, etwas zu bereuen.»

Herman klang wie ein Priester, der die Absolution erteilte.

«Er bekam, was er verdient hat», sagte er zu uns. «Ich schlug für die Toten. Ich schlug für die *Hydra*.»

Herman absolvierte einen Besuch bei Klara Friis, um ihr die Geschichte von Ravn zu erzählen. Er hoffte wohl, davon profitieren zu können.

«Ich schlug für Henning», sagte er diesmal.

Klara öffnete die Tür.

«Was willst du?», fragte sie unhöflich, als sie Herman draußen auf der Treppe stehen sah. Als er sie das letzte Mal aufgesucht hatte, war nichts Gutes dabei herausgekommen.

«Ich habe Neuigkeiten über Henning», antwortete er.

Sie schwieg, als er seine Geschichte erzählte. Sie war weiß geworden, als er erklärte, er bringe Neuigkeiten über Henning. Sie wurde rot, als er ihr gegenübersaß und damit angab, dass er den Mann windelweich geprügelt habe, der die *Hydra* versenkt hatte. Als er schließlich behauptete, dass er es für Henning getan habe, wechselte ihre Farbe zurück ins Weiße, und ihr Mund wurde zu einem schmalen Strich, während sie ihn durch ihre zusammengekniffenen Augen anstarrte.

Es war nicht klar, was dieser Gesichtsausdruck bedeutete, und einen Moment wurde er unsicher.

«Sie machen sich möglicherweise nichts aus Prügeleien?»

Plötzlich verfiel er ihr gegenüber ins Sie.

Noch immer sagte sie kein Wort. Herman rutschte auf seinem Stuhl herum und bereute, gekommen zu sein.

Schließlich war sie es, die das Schweigen brach.

«Ich möchte Sie bitten, mich nach Kopenhagen zu begleiten», sagte sie.

Klara Friis hatte ein Dienstmädchen eingestellt, das sich während ihrer Abwesenheit auch um die Kinder kümmern sollte. Sie war bei I. C. Jensen gewesen und hatte neue Teppiche bestellt und Schreiner Rosenbæk wegen der Größe eines neuen Betts, das ihrem Status als Witwe entsprach, um Rat gefragt. Sie war voller Tatendrang, doch was sie wollte – abgesehen davon, dass sie sich ein Leben einrichtete, das ihren neuen Vermögensverhältnissen entsprach –, wusste niemand.

Auch auf der Fähre verriet sie Herman nichts. Sie war ihm gegenüber wenig entgegenkommend, was er allerdings auch nicht anders erwartet hatte. Sie hatte ihn neugierig werden lassen, aber er machte sich keine Hoffnungen über das Ergebnis dieser Reise nach Kopenhagen. In ihrem Blick hatte keinerlei Versprechen gelegen. Seine eigene Neugierde war der Grund, dass er sie begleitete. Er war ein Mann, der im Leben nach Möglichkeiten Ausschau hielt, und hier ergab sich vielleicht eine Gelegenheit, obwohl er nicht einzuschätzen vermochte, welcher Art sie sein könnte.

«Sie kennen doch die Geldleute in Kopenhagen», sagte sie zu ihm.

Sie verwendete noch immer das formelle Sie, und er zog es ebenfalls vor. Es entwickelte sich dadurch ein geschäftsmäßiger Ton zwischen ihnen, und an Geschäften hatte er Interesse.

«Ich wünsche, dass Sie mich mit ihnen in Verbindung bringen.»

Er starrte sie an. War sie dumm oder nur hoffnungslos naiv? Saß sie wirklich da und bat darum, getäuscht zu werden? Er hatte sich keine Gedanken über Klara Friis' Verstand gemacht, aber es gab keinerlei Grund zu der Annahme, dass sie einfältig war. Vielleicht wollte sie ihn ja nur auf die Probe stellen? Er entschied sich, ihr gegenüber ehrlich zu sein. Das bedeutete allerdings auch, dass er sich selbst gegenüber einen Augenblick lang ungewohnt ehrlich sein musste.

«Meinen Sie Ingenieur Henckel? Na ja, er war ein Schwindler. Wissen Sie denn nicht, dass er im Gefängnis sitzt?»

«Das weiß ich wohl. Aber Sie müssen doch noch andere als ihn gekannt haben. Sie verkehrten immerhin an der Börse. Ich muss mit jemandem sprechen, der etwas von Geld versteht.»

«Meinen Sie Leute wie Negerklatscher oder den Rollenden Fußweg? Ich fürchte, das sind Leute vom gleichen Schlag wie Henckel. Von ihnen sollten Sie nichts Gutes erwarten, wenn Ihnen Ihr Geld lieb ist.»

«Sie können doch wohl nicht allesamt Betrüger sein?»

«Vielleicht nicht. Aber für uns gewöhnliche Menschen ist das schwer auseinanderzuhalten.»

Er sah auf seine großen Hände. Einen Moment hörte er seine eigene Stimme. Es schwang Demut darin mit. Er war es nicht gewohnt, so zu reden. Er sprach über seine eigene Niederlage. Eine Ehrlichkeit lag darin, ja ein geradezu reuevoller Ton, der sich so gut wie nicht mehr verstellte. Er war der Himmelsstürmer, der bereute und aus seinen Fehlern gelernt hatte.

«Ich bin klüger geworden», sagte er, «ich habe mich an der Nase herumführen lassen. Wieso lassen Sie Ihr Geld nicht einfach dort, wo es ist? Es liegt doch gut da.»

«Sie verstehen nicht», sagte sie, «ich will etwas anderes.»

Als sie am Kopenhagener Hauptbahnhof ankamen, schwand ihre Entschlossenheit. Sie fasste ihn unter den Arm wie ein Kind, das vor lauter Angst, in der Menschenmenge verloren zu gehen, die Hand seines Vaters sucht. Er hatte es bereits geahnt, als sie in Korsør den Zug bestiegen. Sie trug den Kopf hoch, als sie den Fuß auf das Trittbrett setzte, und doch durchfuhr sie ein Beben, geradezu ein Schreck, den zu beherrschen sie außerstande war. Steif saß sie ihm im Abteil gegenüber und vermied es, aus dem Fenster zu sehen. Erst nach Slagelse erwachte sie aus ihrer hypnotischen Starre und fing an, die vorbeiziehende Landschaft zu betrachten – sie musste sofort die Augen schließen. Sie hatte nie etwas anderes gesehen als die flachen Wiesen Birkholms. Für sie war Marstal die Stadt, aber eine Stadt, die mit dem Markt, der Kirche und der Hauptstraße bequem unter der Deckenwölbung des Hauptbahnhofs Platz gefunden hätte, wo der Lärm der unzähligen Reisenden sich in einem großen brüllenden Echo sammelte.

Er ging mit ihr direkt zur Börse. Er wählte absichtlich einen Zeitpunkt am späten Nachmittag, an dem die Tageskurse feststanden und in dem großen Vestibül der grobe Zirkus begonnen hatte, der sich Nachbörse nannte. Seine Absicht war es ganz einfach, sie abzuschrecken. Er entdeckte in sich einen Beschützerinstinkt, den er, hätte er sich über seine eigene Psychologie Gedanken gemacht, uneigennützig genannt hätte. Es gab keinen Grund, dass man ihr das Geld abschwatzte, so wie man es ihm abgeschwatzt hatte. Und wollte sie mit ihm nicht über die vagen Pläne sprechen, die sie offensichtlich mit großer Entschlossenheit auszuführen bereit war, so konnte er zumindest sich selbst als Spielball der abschreckenden Mächte anführen.

In der Mitte des Vestibüls war mit Hilfe von Pfosten und Seilen ein Platz eingefriedet, der an einen Boxring erinnerte. Hier standen die Effektenhändler und schrien ihre Angebote hinaus.

Vom anderen Ende des Vestibüls kam ein Mann mit einem eigentümlich schaukelnden Gang auf sie zu. Die Menge wich ihm aus, um nicht mit ihm zu kollidieren. Er glich ganz und gar einem Seemann, der versucht, bei Sturm auf einem Schiff das Gleichgewicht zu halten; seine Kollegen, die niemals auf einem Schiffsdeck gestanden hatten, nannten ihn deshalb «Der Rollende Fußweg».

Er lüpfte den Bowlerhut, als er Herman erblickte. Sie waren alte Bekannte. Herman erwiderte seinen Gruß mit einem Lächeln, und sofort ging der Mann auf sie zu.

«Ajax Hammerfeldt», sagte er und nahm galant Klaras Hand, auf der er mit spitzen Lippen einen Kuss platzierte.

Bei der ungewohnten Begrüßung zuckte sie zusammen. Dann schlug sie den Blick nieder, wurde rot und vergaß vollkommen, sich vorzustellen.

Herman tat es für sie und fügte hinzu: «Frau Friis hat gerade ein größeres Vermögen geerbt. Sie braucht einen guten Rat.»

«Dann sind Sie bei mir an dem Richtigen, liebe Frau Friis», sagte der Rollende Fußweg und hob noch einmal den Hut, als würden sie sich erst jetzt wirklich kennenlernen. Er warf einen raschen Blick auf Herman, um sich zu vergewissern, dass er für das nun Folgende sein Einverständnis hatte.

Herman stand reglos da, und der andere fasste es als Zustimmung auf.

«Ja, die Schiffsindustrie ist stark auf dem Vormarsch», sagte er. «Haben gnädige Frau schon von den schornsteinlosen Schiffen gehört?»

Klara schüttelte beeindruckt den Kopf.

«Der Dampfer ist der Nachfolger des Segelschiffs. Doch das schornsteinlose Schiff ist der Nachfolger des Dampfers. Das ist die Zukunft, und Sie haben die Möglichkeit, zu den Ersten zu gehören, die ihr Geld darin investieren. Sie sind jung ...»

Er warf ihr einen einschmeichelnden Blick zu und fügte in einem Ton hinzu, der andeutete, dass er nun sein entscheidendes Argument anführte: «... und der Jugend gehört die Zukunft.»

Herman sah von einem zum andern. Er konnte nicht anders, als den Rollenden Fußweg zu bewundern. Der verstand sein Metier, auch wenn dieses der Betrug war, diese durchtriebene Mischung aus Wahrheit und Lüge. Das schornsteinlose Schiff! Es klang wie ein geschickter Kniff, entsprach jedoch der Wahrheit. Einige Jahre zuvor war das dieselbetriebene Motorschiff *Selandia* auf der B & W-Werft vom Stapel gelaufen und ohne Zweifel der Nachfolger des Dampfers. Er wartete nur darauf, dass der Rollende Fußweg fortfuhr. Erst die Wahrheit, dann die Lügen.

«Die Kalundborger Werft», erklärte der Rollende Fußweg, «hier werden die Schiffe der Zukunft zu Wasser gelassen. Die Aktien sind soeben aufgelegt worden. Wenn der Tag vorbei ist, wird die letzte verkauft sein. Es geht darum, sofort zuzugreifen, nicht wahr, Seemann?»

Er blinzelte Herman zu, den er noch immer für einen Mitverschworenen hielt.

Klaras Gesichtsausdruck zeigte Verblüffung, als könnte sie nicht glauben, was sie da gerade hörte.

«Die Kalundborg Skibsværft! Ja aber, ist das nicht Ingenieur Henckels Betrieb? Der sitzt doch im Zuchthaus.»

Sie sah Herman hilfesuchend an. Er nickte.

«Tja», sagte er, «das hat seine Richtigkeit.»

Sie wandten sich beide dem Rollenden Fußweg zu. Doch der selbstsichere Feilbieter zukünftigen Reichtums war bereits in der schreienden Menge verschwunden.

Klara Friis hatte ihre Lektion erhalten.

Über die Brücke an der Börse gingen sie zur Schlossinsel. Auf dem Kai pulsierte das Leben. Mit frisch duftendem Holz aus dem Bottnischen Meerbusen beladene bark- oder brigggetakelte Schiffe aus Finnland lagen hier vertäut und wurden gerade gelöscht. Er sah verstohlen zu ihr hinüber. Die Ängstlichkeit in ihrer Miene war zurückgekehrt. Er wollte ihr eigentlich nur die Augen öffnen, nun hatte er ihr jedoch den Mut genommen; das war keineswegs seine Absicht gewesen, obwohl er sich noch immer fragte, was sie mit ihrem Wagemut letztlich beabsichtigte. Was wollte sie wirklich?

Sie überquerten den Platz an der Ecke Holbergsgade und Niels Juelsgade. Er sah hinauf zur Bronzestatue des Seehelden, der mit ausgestrecktem Arm dastand, als dirigierte er den Verkehr.

«Das ist Niels Juel», sagte er.

«Genauso wie zu Hause?»

Sie dachte offenbar an die Niels Juelsgade zu Hause. Marstal war ihr Maßstab für alles. Vielleicht glaubte sie, die Statue habe ihren Namen nach einer Straße in ihrem kleinen Flecken erhalten. In Marstal gab es keine Statuen. Es gab lediglich den Gedenkstein, den Kapitän Madsen für die Einigkeit gesetzt hatte. Nun konnte sie vergleichen und ein Gespür für den Mangel an Format bei ihrem Wohltäter bekommen. Hier war die wirkliche Welt. Hier wuchtete man keinen alten Stein aus dem Meer und stellte ihn mit einem in den Granit geschlagenen Spruch auf. Hier dachte man groß und schuf etwas Großes.

Herman hatte plötzlich einen Einfall. Er deutete auf ein fremdartig aussehendes Gebäude an der Ecke, dessen hohe, schmale Fenster mit asiatisch anmutenden Spitzbogen bekränzt waren. Das Dach lag darauf wie ein schwerer Deckel, der auf die Straße zu rutschen drohte. Eine Treppe führte zu einer massiven Holztür, die in die meterdicke Mauer eingefügt war. Das Haus sah aus, als würde es der übrigen Stadt den Rücken kehren.

«Fernöstliche Gesellschaft» stand auf einer Messingplatte neben der Tür.

«Dort wohnt ein Mann, der Ihnen gute Ratschläge erteilen kann.»

Sie sah ihn fragend an. Dann drehte sie den Kopf und betrachtete das sandfarbene Gebäude mit skeptischer Miene.

«Wer ist er?», wollte sie wissen.

«Er ist ein ganz gewöhnlicher Mann und heißt Markussen. Früher war er einmal Matrose. Jetzt verkehrt er beim König. Er behauptet, er bestimme über den König. Er kann Ihnen helfen.»

Sie überquerten den Platz in Richtung des Eckhauses. Vor dem Eingang blieben sie stehen. Ihr Blick wanderte die Fassade hinauf.

«Es ist ein großes Haus.»

«Seine Häuser in Wladiwostok und Bangkok sind ebenso groß».

«Soll ich wirklich hineingehen?», fragte sie.

Er nickte ermunternd, obwohl er seinen Einfall bereits bereute.

Etwas anderes war es ja nicht. Er hatte ein Gefühl von Edelmut verspürt, als sie die Börse verließen. Dann hatte er bemerkt, wie ihr Gesichtsausdruck immer mutloser wurde, und sich verpflichtet gefühlt, irgendetwas zu unternehmen, damit ihre Stimmung sich wieder besserte.

Edelmut war ein neues und unbekanntes Gefühl für ihn. Es gefiel ihm eigentlich gut, und er hatte Lust, noch eine gewisse Zeit im Licht der Uneigennützigkeit zu baden. Doch dieser Vorschlag war einfach töricht. War sie zuvor enttäuscht worden, würde ihre Enttäuschung durch die Zurückweisung, die sie jetzt erwartete, nur noch größer werden. Innerlich fluchte er. Zum Teufel aber auch! Er hätte sie niemals auf diese mysteriöse Mission nach Kopenhagen begleiten dürfen, aber er war einen Moment lang schwach genug gewesen, um der Versuchung nachzugeben, in den Augen eines anderen Menschen bedeutungsvoll zu erscheinen.

«Ich warte hier auf Sie», sagte er und lächelte ihr aufmunternd zu.

Es wird nicht lange dauern, dachte er.

Sie verschwand durch die schwere Tür. Es verging einige Zeit, ohne dass sie zurückkam. Herman begann, auf dem Bürgersteig auf und ab zu laufen, bald in die eine, bald in die andere Richtung. Wieso schickte man sie nicht wieder weg?

Er stieg die Treppe hinauf und öffnete die schwere Tür. Ein uniformierter Mann trat ihm in den Weg und erkundigte sich nach seinem Anliegen. Herman war verwirrt, wusste keine Antwort. Er warf einen Blick über die Schulter der Wache, konnte Klara aber in der großen Vorhalle nicht ausmachen. Der Mann bat ihn noch einmal, sein Anliegen zu nennen. Herman zuckte mit den Achseln und ging die Treppe wieder hinunter.

Eine Stunde später erschien sie.

«Ich muss mich heute Abend noch einmal mit dem Etatrat treffen», erklärte sie.

Hermans Gesicht war ein großes Fragezeichen.

«Ja, also Markussen. Er hat mir viele gute Ratschläge gegeben. Und bei dir möchte ich mich für die Hilfe bedanken, so wie es sich gehört.»

Er verstand kein Wort. Ihr Ton hatte sich verändert. Sie duzte ihn. Eine Weile hatte sie ihn mit Sie angeredet, und er hatte es als Zeichen des Respekts aufgefasst. Nun war sie auf einer Audienz bei Markussen gewesen und er auf das Niveau eines Dienstboten gesunken.

Sie griff in ihre Tasche und zog ein Portemonnaie heraus.

«Ich bin sehr froh, dass du mich mit Markussen zusammengebracht hast», erklärte sie. «Ich möchte dir gern etwas für deine Mühe geben.»

Sie zog einen Hundertkronenschein aus dem Geldbeutel. Sein erster Impuls war, das Geld abzulehnen. Wofür hielt sie ihn? Glaubte sie, er hätte nicht auch seinen Stolz? Dann dachte er noch einmal darüber nach. In der Tat hatte er ihr einen Dienst erwiesen, außerdem seine Zeit geopfert. Und hundert Kronen waren viel Geld. Er wollte sich mal wieder ordentlich besaufen und sich mit einer Frau vergnügen. Ein guter Grund nach dem anderen fiel ihm ein, das Geld zu nehmen, bis die Waagschale, in die er seinen kostbaren Stolz gelegt hatte, zu leicht wurde und in die Höhe ging. Er steckte den Schein in die Innentasche seiner Jacke, ohne sich zu bedanken.

«Na, und was hast du mit Markussen vereinbart?», fragte er in einem Tonfall, der mit Absicht beiläufig klingen sollte.

«Der Etatrat meinte, dass unser Gespräch *entre nous* bleiben solle.»

Klara Friis sprach diesen Begriff langsam und sorgfältig aus, als wollte sie sichergehen, dass Herman jede Silbe davon verstand. Der Begriff *entre nous* war ganz sicher auch für sie neu. Dann lächelte sie.

Es war das erste Mal, dass er sie lächeln sah.

Sie war in das Gebäude gelangt, dessen Inneres ebenso abweisend wirkte wie sein Äußeres. Sie hatte die schwere Tür kaum zufallen hören, als bereits ein uniformierter Mann mit einem Gesichtsausdruck auf sie zutrat, als wollte er sie darüber informieren, dass sie den Haupteingang mit dem Kücheneingang verwechselt habe. Sie wusste sofort, dass sie unmöglich durchgelassen würde.

Ein kleiner Mann mit einem schwarzen Seidenhut trat auf sie zu und fragte höflich, ob er ihr irgendwie behilflich sein könne.

Es war Markussen.

Sie war schrecklich verwirrt. Sie hatte Alberts Namen genannt, sein Erbe, und beobachtete, wie in seiner Miene die Höflichkeit der Ungeduld wich. Er war schlank, die Augenbrauen und der gepflegte Schnurrbart sahen weiß aus. Er hatte markante Gesichtszüge, eine große Nase und ein kantiges Kinn, aber seine Züge wirkten eingefallen; ein Beleg dafür, dass das Alter begonnen hatte, sich bemerkbar zu machen. Sein Blick wurde inquisitorisch. Wieder trat der Türwächter heran, als wartete er nur auf ein Zeichen, bevor er sie des Gebäudes verwies.

Das Schlimmste war, dass sie ihren hektischen Redestrom nicht unterbrechen und gehen konnte. So hätte sie sich zumindest ein wenig von ihrer Würde bewahrt. Stattdessen verstrickte sie sich immer weiter in ihrer Geschichte, die im Grunde gar keine Geschichte war, sondern nur wahllos aneinandergereihte Erklärungen. Irgendein Anliegen hatte sie offenbar nicht vorzubringen. Sie brauchte lediglich einen Zuhörer.

Plötzlich veränderte sich sein Blick. Sie konnte sich diesen Ausdruck, der sich nun auf seinem Gesicht spiegelte, nicht erklären, obwohl sie es später häufig versuchte, denn sie spürte, dass er der Schlüssel zu weit mehr als nur zu Markussen gewesen war. Plötzlich geweckte Neugierde? Ja, durchaus. Dunkelheit, Schmerzen, Sehnsucht, Reue? Vielleicht.

Jedenfalls war die Ungeduld mit einem Schlag verschwunden. Er beugte sich zu ihr hinüber und starrte ihr mit einer Intensität in die Augen, die sie erschreckte. Sie verstummte.

Was habe ich gesagt?, dachte sie. Wieso sieht er mich so an?

Er nahm ihre Hand.

«Kommen Sie», sagte er nur.

Sie nahmen den Fahrstuhl zu seinem Büro im dritten Stock. Es war der erste Fahrstuhl, in dem sie stand. Als der Boden unter ihren Füßen bebte, zitterte ihre Hand auch in seiner.

Er gab seinem Sekretär Bescheid, eine Sitzung, zu der er gerade auf dem Weg gewesen war, telefonisch abzusagen. Noch immer hielt er sie an der Hand. Als würde er fürchten, dass sie ganz einfach verschwände, wenn er sie auch nur einen Moment losließe.

Mit einer Handbewegung lud er sie in sein Büro ein.

«Ich will nicht gestört werden», wies er den Sekretär an. Er zog ihr einen Stuhl heran und setzte sich ihr gegenüber auf die andere Seite eines großen Schreibtisches aus dunklem Holz. Durch das Fenster konnte sie nach unten auf die Statue von Niels Juel schauen.

«Der Zufall ist etwas Merkwürdiges», sagte er und strich sich über den weißen Schnurrbart. «Sie suchten mich aus Gründen auf, die mir vollkommen unklar erschienen, und ich war drauf und dran, Sie wegzuschicken. Aber in Wahrheit haben wir beide sehr viel mehr gemein, als Sie sich vorstellen können.»

«Irgendetwas habe ich gesagt», murmelte sie und blickte zu Boden.

«Ja, es war durchaus etwas, das Sie gesagt haben. Aber möglicherweise sind Sie sich gar nicht im Klaren darüber, was es war?»

Sie schüttelte den Kopf. Wieder spürte sie ihre Unzulänglichkeit und Hilflosigkeit.

«Ich habe verstanden, dass Sie Papiere besitzen, die Sie mir gern zeigen wollen. Lassen Sie uns das zuerst hinter uns bringen.»

Er streckte seine Hand aus. Sie griff gehorsam in ihre geräumige Wachstuchtasche und reichte ihm das Konvolut, in dem sich das Testament zusammen mit den dazugehörigen Kaufverträgen und Wertpapieren befand.

Ein Weile saß er über den Papieren. Hin und wieder schaute er auf und warf ihr einen prüfenden Blick zu. Sie sagte nichts. Schließlich schob er die Papiere auf dem Schreibtisch zur Seite.

«So, wie ich dachte», sagte er. «Die Reederei ist lediglich die Spitze des Eisbergs. Das eigentliche Vermögen ist in Plantagen in Südostasien und Fabriken in Schanghai investiert. Sie sind reich, Frau Friis, nicht ganz so reich wie ich, aber doch beachtlich reich. Ihre Besitztümer in Asien sind praktisch eine Art Zwillingsunternehmen meiner eigenen. Das ist gar nicht so seltsam, wie es sich vielleicht anhören mag. Es handelt sich nämlich um dieselbe Person, die beide Vermögen erwirtschaftet hat.»

Sie starrte ihn verblüfft an.

«Sie haben doch selbst ihren Namen genannt. Ich spreche von Cheng Sumei. Soweit ich verstanden habe, war sie die Geliebte dieses Albert Madsens – und einst auch meine. Sie war keine Frau, die ihre Männer mit leeren Händen zurückließ.»

Er faltete die Hände vor sich auf dem Schreibtisch und hing einen Moment seinen Gedanken nach. Sein Blick verdunkelte sich.

«Ich habe viele Jahre nichts über ihr Schicksal gewusst», sagte er.

Dann riss er sich los und sah sie mit neuer Energie an.

«Jetzt möchte ich aber von Ihren Plänen erfahren.»

Sie legte sie ihm dar. Da sie sie nie zuvor jemandem erzählt hatte, war sie unsicher, wie sie in den Ohren anderer klangen. Einen Moment durchbrach sie die Einsamkeit, in der sie so viele Monate gelebt hatte. Als ihr Redestrom schließlich versiegte, saß er lange still da.

«Haben Sie je von dem persischen König Xerxes gehört?», fragte er. «Es war Xerxes, der die Idee hatte, das Meer zu bestrafen, weil vor einer entscheidenden Schlacht gegen die Griechen ein unerwarteter Sturm aufkam und das Meer seine Flotte in Wracks verwandelt hatte. Die Methode, die er wählte, war ein wenig ungewöhnlich. Er ließ das Meer mit Eisenketten auspeitschen. Frau Friis, Sie sind ein moderner Nachkomme des Xerxes.»

Er sah sie an, wie um die Wirkung seiner Worte zu prüfen. Sie reagierte nicht. Seine Worte hatten keinen Eindruck auf sie gemacht.

«Aber Sie verstehen hoffentlich, dass Ihre Pläne vernichtende Konsequenzen für Ihre kleine Stadt haben werden?»

«Es verhält sich genau umgekehrt», antwortete sie, indem sie all ihren Mut aufbot. «Ich will die Stadt retten.»

* * *

Noch am selben Abend aß sie mit Markussen in einer Suite des Hotel d'Angleterre, die zu seiner ständigen Verfügung stand. Er benutzte sie für Geschäftsessen und wichtige Treffen. An diesem Abend war sie für die Geschichte von Cheng Sumei reserviert.

«Frauen», sagte er, «sehen sich selbst als Versöhner. Sie sind stets diplomatisch, nicht von Natur aus, sondern aus Not. Frauen müssen geschickte Hände haben. Die besaß Cheng Sumei auch. Aber nur, bis sie ihr Ziel gefunden hatten. Dann wurden ihre Hände hart wie Stahl.»

Während er sprach, begriff sie instinktiv, dass er diese Geschichte noch nie einem anderen Menschen anvertraut hatte. Ihr ging es ganz genauso. Nur einem Fremden hatte sie ihr Herz öffnen können.

Sie brauchten einander.

Markussen war Cheng Sumei in Schanghai begegnet. Er hatte versucht, in den chinesischen Markt zu kommen, aber es war ihm übel ergangen. Er war zu unerfahren und zu schlecht gerüstet, um die Verluste aufzufangen, die den Neuling stets erwarten.

Cheng Sumeis Hintergrund war ungewöhnlich, jedenfalls für dänische Ohren, allerdings nicht außergewöhnlich für die Art von Frauen, die Ausländern in einer Stadt wie Schanghai begegneten. Sie hatte früh ihre Eltern verloren und als Blumenverkäuferin auf der Straße überlebt. Und sie verkaufte nicht nur Blumen. Dennoch hatte Markussen sie nicht auf der Straße getroffen. Ein wohltätiger jüdischer Geschäftsmann aus Bagdad hatte sie adoptiert, ein gewisser Mr. Silas Hardoon, der sich der Unglücklichen der Straße annahm, um ihnen ein Heim, eine Erziehung und eine Schulausbildung zu geben, in der sie über die konfuzianische Ethik hinaus auch Englisch und Hebräisch lernten. Er war früh gestorben und hatte jedem seiner zwölf Adoptivkinder einen gewissen Betrag vererbt. Diese Summe hatte es ihr ermöglicht, einen Anteil der populären Bar «Saint Anna» zu erwerben. Hier hatte Markussen ihre Bekanntschaft gemacht. Sie war auf ihn, der sich dort als Außenseiter fühlte, zugegangen.

Er hatte durchaus bemerkt, dass sie hübsch war, doch es war ihre Intelligenz, die ihn anzog, nicht die vollkommenen Züge ihres Gesichts.

Sie hatten nie über etwas anderes als Geschäfte miteinander gesprochen.

«Ich kann ja über nichts anderes reden», meinte Markussen kokett.

Klara Friis erkannte es als eine Bemerkung, die er häufiger benutzte.

Er war nach China gekommen, um – wie es damals hieß – dabei zu sein, wenn der Kuchen verteilt wurde. Doch andere hatten sich bereits vor ihm ihre Stücke gesichert: die Engländer, die Franzosen, die Amerikaner, sogar die Norweger standen besser da als ein einsamer Däne ohne Verbindungen.

In Anbetracht der Umstände hatte er sich gut geschlagen. Er ließ sich am Bund in Schanghai nieder, charterte Schiffe für die Küstenschifffahrt, baute Packhäuser und gründete eine Werft. Doch der Gewinn blieb aus.

«Füll die Packhäuser», hatte Cheng Sumei ihm geraten.

Er hatte sie verwundert angesehen. Womit denn? Mit noch mehr Waren, die er nicht loswurde?

Sie hatte den Kopf geschüttelt und ihn ausgelacht.

«Auf dem Papier, *lao-yeh*. Füll die Warenlager, aber nur in deinen Büchern.»

«Und wenn es entdeckt wird, dass ich die Bücher gefälscht habe?»

«Besetz den Aufsichtsrat deiner Firma mit bedeutenden Männern aus der Spitze der Gesellschaft. Dann wird es nicht entdeckt. *That is the Shanghai way, lao-yeh.*»

Als die Krise überstanden war, schlug sie vor, dass er die Aktivitäten der Reederei nach Port Arthur verlegte; denn hier hatte der russische Expansionsdrang in China sein Zentrum, nicht in Schanghai.

«Aber es kommt zum Krieg.»

Er wusste über die politische Entwicklung Bescheid. Das war einfach notwendig. Er hatte den russischen Innenminister Plehve sagen hören, dass nicht Diplomaten, sondern Bajonette Russland groß machen würden. Und Japan hatte die gleichen Pläne wie Russland. Die Frage, wer das Recht bekam, den wehrlosen Giganten China auszuplündern, würden Waffen entscheiden, und er hatte keinen Zweifel, wer gewänne.

«Genau», sagte sie. «Aber es kommt eine Zeit nach dem Krieg, aus der du deinen Vorteil ziehen kannst.»

Der Krieg kam. Port Arthur wurde belagert. Auf ihren Rat hin hielt er aus, statt sein Personal abzuziehen und sein Engagement zu beenden, wie es die meisten anderen taten. Konnte er den Verlust verkraften, wenn die Stadt fiel? Die Belohnung kam unerwartet. Als die Stadt fiel, wurden die russischen Truppen und Flüchtlinge an Bord der Schiffe seiner Reederei evakuiert, und er ließ es sich gut bezahlen. Es waren seine Schiffe, die Kriegsmaterial zu den bedrängten Russen schafften, als Wladiwostok von der japanischen Flotte blockiert wurde und man neutral aussehende Schiffe benötigte, die beladen und umgeladen werden konnten, bis ihre Fracht endlich die russischen Befestigungen bei Nikolajewsk an der Mündung des Amurflusses erreichten.

«Hast du die Lektion jetzt begriffen?», fragte sie, indem sie die Einsicht, die sie ihm vermitteln wollte, wie immer als spöttische Frage formulierte.

Wieder hatte sie ihn auf ein Fragezeichen reduziert.

«Hör auf dein kleines *sampan girlie*. Es gelang dir in Port Arthur aus genau dem gleichen Grund, aus dem es dir in Schanghai misslungen ist, *lao-yeh*.

Es misslang dir in Schanghai, weil die Großmächte den Kuchen bereits unter sich aufgeteilt hatten. Dort war kein Platz für einen kleinen Dänen. Ein englischer, französischer oder amerikanischer Geschäftsmann kann seine Forderungen immer mit Kanonenbooten unterfüttern. Ein Däne kann das nicht, und daher gibt es Orte auf der Welt, an denen gerade er willkommen ist, weil niemand ihn verdächtigt, dass im Kielwasser seiner Handelsschiffe Kriegsschiffe folgen. Als Däne verfügst du über nichts anderes als deine geschickten Hände. Die hast du zu gebrauchen, denn es gibt viele Orte auf der Welt, an denen der Gast am liebsten gesehen ist, der seine Hände ausstreckt, ohne dass sich darin Waffen befinden. Ein Mann aus einem kleinen und schwachen Land ist so gut wie vaterlandslos. Wedle nur mal mit deiner Flagge. Ein weißes Kreuz auf rotem Untergrund. Sie werden darin nicht das Symbol der christlichen Kreuzfahrer sehen, sondern lediglich einen weißen Lappen. Hüll dich in den weißen Umhang der Unschuld, *lao-yeh*.»

Er war nicht beleidigt, er war kein Patriot. Sein Vaterland war seine Buchführung, wenn auch eine gefälschte, und er erkannte die Klugheit ihres Rats.

Er nutzte seine dänische Staatsbürgerschaft, um damit seine Ungefährlichkeit zu signalisieren, bevor er zuschlug. Er bekam die geschickten Hände einer Frau.

«Wieso habt ihr euch getrennt?», wollte Klara wissen.

Ihre Vertrautheit hatte dazu geführt, dass sie sich duzten, ohne groß darüber nachzudenken.

«Eines Tages verrate ich es dir. Aber nicht jetzt. Ich habe dir die Geschichte erzählt, weil ich möchte, dass du etwas daraus lernst, nicht über mich, sondern darüber, wie eine Frau Geschäfte macht. Ich habe drei Kinder, aber nur meine Tochter kommt nach mir. Meine beiden Söhne sind vollkommene Versager. Würde ich ihnen das Geschäft überlassen, würde es den augenblicklichen Ruin bedeuten. Meine Tochter verfügt über das Talent – doch ihr Geschlecht steht ihr im Weg. Also muss ich einen Strohmann einsetzen, obwohl ich sie gleichzeitig zur eigentlichen

Leiterin des gesamten Unternehmens ernenne. Sie wird nie Anerkennung für ihre Arbeit finden. Das wird ihre Tragödie sein. Sie wird durch Betrug agieren, aber das wiederum wird ihre Stärke sein. Du musst das Gleiche tun. Von nun an bist du eine Betrügerin.»

* * *

Klara Friis bekam einen unerwarteten Verbündeten.

Es war der Tod.

Die Spanische Grippe brach in Marstal aus und forderte wie überall auf der Welt auch hier ihre Opfer. Die Grippe war nicht wie das Meer, das nur die Männer nahm. Die Spanische Grippe nahm, wer auch nur in ihre Nähe kam. Sie ließ ihre Opfer gnädig im Bett sterben, und es gab ein Grab, das man besuchen konnte.

Pastor Abildgaard machte seine Runden, sprach mit den Hinterbliebenen und führte die Beisetzungszeremonien durch. Die Grippe fürchtete er längst nicht so wie den Krieg. Der Friedhof bekam neue Grabstätten, die jeden Sonntagnachmittag begossen wurden. Die Trauernden sprachen leise mit den Toten. Hin und wieder war ein Schluchzen zu hören, doch wenn sie aufschauten und ihr Blick auf den Nachbarn an der Grabstelle gegenüber fiel, begannen sie sofort eine eifrige Unterhaltung über die jüngsten Neuigkeiten. Die Kinder vergaßen sich und liefen lärmend über die frisch geharkten Wege, bis jemand ihnen bedeutete, leise zu sein.

Es war schlimm für die Hinterbliebenen. Und doch war es das Leben, wie es nun einmal ist. Wir hatten die Köpfe zu senken und es zu akzeptieren. Niemand empörte sich oder schimpfte, weder auf die höheren noch auf die irdischen Mächte.

«Es geht. Es muss ja», antworteten wir, wenn wir uns begegneten und nachfragten.

Die Spanische Grippe unterschied nicht zwischen oben und unten. Dennoch schien es, als hätte sie ein besonderes Auge auf die Nachkommen von Bauern-Sofus geworfen. Er selbst hatte schon vor vielen Jahren das Zeitliche gesegnet, doch die Reederei war in den Händen der Familie Boye geblieben. Im Jahr nach Henckels Konkurs gründeten sie eine neue Stahlschiffswerft etwas weiter nördlich am Hafen. Jedes Mal, wenn wir hörten, wie die Niethämmer ihre glühenden Nägel in einen dröhnenden Stahlrumpf rammten, dachten wir das Gleiche: «Noch können wir es.» Es war eine Familie aus unserer eigenen Stadt, die die Werft begründet hatte. Während sich in diesen Jahren alles andere als flüchtig und zum Niedergang verurteilt erwies, blieb das, was wir selbst geschaffen hatten, genauso stehen wie die Mole, die den Hafen schützte und es bis in alle Ewigkeit tun würde.

Poul Victor Boye indes blieb nicht stehen. Er war groß und stattlich, mit einem wogenden Vollbart bis über die Brust, ein Schiffszimmermann und ausgebildeter Schiffsingenieur, der die Werft gegründet hatte und leitete; er bewies ebenso viel Tüchtigkeit im Büro wie an der Helling, wo er jederzeit bereit war, mit anzufassen, wenn die Werft mit den Aufträgen nicht nachkam. Die Grippe hauchte ihn mit ihrem kranken Atem an, und sein Licht verlosch.

Einen Monat später hatten seine beiden Schwestern, Emma und Johanne, ebenfalls von ihren Ehemännern Abschied nehmen müssen. Solide, grundvernünftige Männer, die an der Spitze der Reederei gestanden und während des Krieges die heikle Balance zwischen Gewinn und Verlust gemeistert hatten. Sie verloren Männer und Schiffe, jedoch kein Geld. Sie glaubten, dass jetzt die Zeit für den großen Wechsel vom Segel- auf das Dampfschiff gekommen sei.

Die Grippe war anderer Meinung.

Dreimal folgte die halbe Stadt einem Sarg den Ommelsvej hinaus. Vorn liefen Mädchen, die das Pflaster mit Blumen bestreuten, um so den Weg ins Paradies vorzubereiten. Wer statt auf See zu Hause starb, verdiente doch, dass ein wenig Aufwand getrieben wurde. Es war ein alter Brauch, an dem wir festhielten. Dann folgte der von einem schwarzen Pferd gezogene Leichenwagen.

Mit wenigen Wochen Zwischenraum kamen sie unter die Erde. Einer nach dem anderen.

Zunächst ahnten wir nichts. Doch beim dritten Mal wussten wir es. Wir hatten mehr als nur Männer begraben.

«Jetzt sind nur noch die Matrosen übrig», sagte der Steinmetz Petersen und kratzte sich mit seiner Schiebermütze, die er nur selten vom Kopf nahm, im Nacken. «Die Kapitäne und Steuermänner haben wir beerdigt.»

Wir nannten Steinmetz Petersen auch den Totensammler, weil er jeden Verstorbenen als Holzfigur schnitzte. Unter dem Mützenschirm befanden sich scharfe Augen, und wir wussten, dass er Maß bei uns nahm, nicht wie der Totengräber, aber beinahe so. Kaum war jemand beerdigt, schon tauchte eine kleine Figur im Regal der Werkstatt des Totensammlers auf. Die Werkstatt lag dem Friedhof gegenüber. Das war nicht nur praktisch für diejenigen, die einen Grabstein bestellen wollten, sondern auch für ihn, denn so brauchte er die blank geschliffenen Steine mit Kreuzen, Engeln und Ankern nicht so weit zu schleppen. Die Werkstatt des Totensammlers stellte einen Friedhof im Puppenstubenformat dar, nur mit dem Unterschied, dass sich die Toten hier betrachten ließen. Seine Figuren den Angehörigen schenken wollte der Totensammler nicht, und wenn er gefragt wurde, warum er nicht die Lebenden aus Holz schnitzte, antwortete er stets, dass er niemanden verärgern wolle. Seine kleinen Holzfiguren waren schon sehr ähnlich, allerdings auf eine etwas grobe Art. Eine große Nase wurde größer, ein gekrümmter Rücken noch ein wenig gebückter, und O-Beine wirkten, als hätte ihr Besitzer eine unsichtbare Tonne zwischen die Beine geklemmt. Die Toten besaßen ja nahezu alle Spitznamen, denen sie auch ähnlich sahen, wenn der Totensammler sie nach ihrem Fortgang verewigte. Er lächelte entschuldigend und meinte, das reine Unvermögen sei schuld an den möglicherweise etwas übertriebenen Extremitäten seiner Figuren, kein böser Wille.

«Habt Nachsicht mit mir», bat er, «ich kann es nicht besser.»

Der Totensammler hatte viel zu tun während der Grippeepidemie. Tagsüber schleppte und bearbeitete er seine Steine. Und abends saß er mit der Pfeife im Mund da und schnitzte. Immer mehr Figuren standen auf seinem Regal.

«Wer soll denn jetzt das Kommando übernehmen?», fragte er Kapitän Ludvigsen, den man den Kommandeur nannte, als der einen Grabstein für seine Frau bestellte.

Der Totensammler beantwortete seine Frage selbst.

«Es werden die Frauen machen. Warten Sie nur ab. Oder schauen Sie sich Klara Friis an. Denken Sie an meine Worte. Die Frauen werden es jetzt übernehmen.»

Ludvigsen schüttelte den Kopf.

«Den Verstand dazu haben Frauen doch gar nicht.»

«Ich habe auch nicht gesagt, dass sie den Verstand dazu hätten. Ich habe nur gesagt, dass sie von nun an bestimmen werden.»

*　*　*

Knud Erik weinte nachts. Er weinte allein.

Vor der Mutter konnte er nicht weinen. Er war doch ihr kleiner Mann, und ein Mann, egal, ob groß oder klein, weinte nicht vor einer Frau. Er hatte sich auf ihr Weinen vorbereitet, als Albert starb. Er wollte der Tröstende sein, der Mann an ihrer Seite, nun, da ein weiterer fortgegangen war. Es war seine Aufgabe, sich ganz ihres Kummers und ihrer Trauer anzunehmen. Das konnte er. Darauf hatte er sich vorbereitet, und ihre geröteten Augen und ihr freudloses Gesicht versicherten ihm immer wieder, dass er unentbehrlich war. Nur er verstand sie und hörte ihr ernsthaft zu.

Eines Tages, als sie wieder nur dasaß und vor sich hin starrte, legte er eine Hand auf ihren Arm.

«Mutter, bist du traurig?», fragte er. Seine Stimme klang einladend. Sie konnte sich ihrem kleinen Mann anvertrauen.

Ihr Weinen war eine Last, die ihn niederdrückte. Darauf verzichten konnte er allerdings auch nicht. Mit der Last auf seinen Schultern war er jemand. Ohne sie wusste er nicht, ob sie ihn wahrnahm.

«Nein, ich bin nicht traurig», sagte die Mutter. «Lass mich ein bisschen in Ruhe. Ich denke nach.»

Er begann mit Edith zu spielen.

«Wo ist Vater? Wo ist der Mann?», fragte sie.

Ihre Fragen waren nicht ernst gemeint, sie hatte Albert kaum gekannt. «Vater» war nur ein Wort für sie. Wahrscheinlich glaubte sie, es sei sein Name gewesen. Sie war nur ein Kind.

Doch auch Knud Erik wusste inzwischen nicht mehr, was er war. Seine Mutter reagierte auf das Angebot, sie zu trösten, mit einem nie zuvor an ihr gesehenen stieren Blick. Der Pakt zwischen ihnen war aufgehoben, also war er auch nicht länger ihr kleiner Mann. Aber was war er dann?

Knud Erik hatte als ganz kleiner Junge gelernt, dass die Welt einem abhanden kommen und dann von ganz allein wieder auftauchen konnte. Ein Rollo wurde herabgelassen, und alles war verschwunden und finster. Mit einem Knall rollte es wieder nach oben, und die Welt erschien aufs Neue. Das leuchtend blaue Zelt des Tages wich der dunklen Nacht und kam dann erneut zurück.

Verlust bedeutete, dass das Rollo nicht wieder in die Höhe schoss. Verlust war eine Nacht, die niemals zu Ende ging.

Sein Vater war nachts verschwunden, doch lange Zeit hatte er gehofft, dass das Rollo, hinter dem er verschwunden war, sich wieder aufrollen würde. Er suchte am Horizont nach einer Schnur, um kurz daran zu ziehen, damit der Vorhang in die Höhe ging und der Vater zum Vorschein kam. Der Vater, dessen Gesichtszüge sich bereits in einem Nebel auflösten, die er sich jedoch immer wieder heraufzubeschwören versuchte, niemals sicher, ob es tatsächlich dasselbe Gesicht war, an das er sich zuletzt erinnerte. Zurück blieb nur dieses eine Wort. Vater. Einst hatte er einen Vater gehabt, und diese Gewissheit bohrte sich wie ein Loch in sein Gemüt, wie ein weißer Fleck auf der Leinwand seiner Erinnerung.

Nun musste er den Verlust von Albert überwinden.

Er erinnerte sich bei Albert nur an all das Gute und was er ihm bedeutet hatte. Sie waren doch Kameraden gewesen, Freunde; alles war Albert für ihn gewesen, eine ganze Welt in einer Person, die ihn mit Armen umschlang, die so stark waren, dass nichts Böses ihm etwas anhaben konnte. Er wusste, dass der alte Mann ihn geliebt hatte, obwohl dieses Wort nie ausgesprochen worden war.

Im Tod sollte Albert ihm ein letztes Mal helfen.

Anton war rothaarig, und in seinem sehnigen Körper, der mit Sommersprossen übersät war, die die Farbe von Brotsuppe hatten, steckte so viel Kampfeslust, dass Jungen, die weitaus größer waren als er, ihm respektvoll aus dem Weg gingen. Er besaß eine halbzahme Sturmmöwe, die er «Tordenskjold» getauft hatte. Die Möwe ließ es zu, dass er sie in einen aus Peddigrohr zusammengeflickten Bauer steckte, der im Garten seiner Eltern stand. Wenn jemand sich mit Anton gut stellen wollte, betrug der Eintrittspreis einen Hering, der an Tordenskjolds gierigen Schlund zu entrichten war. Die Möwe hatte er als Jungtier auf Langholms Hoved gefunden, wohin er jedes Frühjahr ruderte, um Eier aus den Nestern zu stehlen, die er Bäcker Tønnesen verkaufte. Der verwendete sie für Sandkuchen und Vanillekringel und hieß daher nur noch «der Möwenbäcker».

Anton wurde als der Schrecken Marstals bezeichnet. Er hatte seinen Spitznamen erworben, als er mit einem Schuss aus einem Luftgewehr die Porzellanisolation an der Spitze einer Straßenlaterne zerschoss, woraufhin die Hälfte der Stadt im Dunkeln lag. Das Gewehr, das er sich von einem Vetter geliehen hatte, benutzte er im Übrigen dazu, für einen Hofbesitzer in Midtmarken Spatzen zu schießen, der ihm vier Öre für jeden Vogel gab. Die Vögel schmiss der Hofbesitzer auf den Mist, wo Anton sie wieder einsammelte und ihm dieselben Spatzen noch einmal verkaufte. Er konnte denselben Vogel bis zu viermal an den gutgläubigen Bauern verkaufen, der inzwischen eine ziemlich übertriebene Vorstellung von der Größe der Spatzenpopulation hatte, die seine Äcker heimsuchte.

Anton stammte aus dem Møllevej, der im nördlichen Teil der Stadt lag, während Knud Erik, der in der Prinsegade wohnte, zum südlichen gehörte. Zwischen den beiden Stadtteilen verlief eine Grenze, die in den Augen der Jungen nicht weniger ernst genommen wurde als die Fronten des gerade überstandenen Weltkriegs. Es gab zwei Banden, die einen gnadenlosen Krieg gegeneinander führten, die Südbande und die Nordbande. Und Knud Erik und Anton gehörten wie selbstverständlich jeder zu ihrem Teil der Stadt. Knud Erik, der auch auf dem Schulhof und dem Heimweg von der Schule für sich blieb, gehörte ganz sicher zu keiner Bande, Anton jedoch war ein geachtetes Mitglied der Nordbande.

An einem Frühlingstag, als der Wind draußen vor der Mole mit den Wellenkämmen spielte, passte Anton Knud Erik auf dem Nachhauseweg von der Schule ab. Knud Erik wusste um Antons Ruf und zog aus Gründen des Selbstschutzes die Schultern hoch. Er war kein Raufbold und wusste daher nicht, dass eine solche Haltung genau die Prügelei provozierte, die er am liebsten vermeiden wollte.

«Ich habe Kapitän Madsen gefunden», prahlte Anton.

Knud Erik machte sich noch kleiner. Er wünschte sich plötzlich, dass der andere es dabei belassen würde, ihn zu verprügeln.

«Ich will dir bloß sagen, dass ich ihn ganz unglaublich finde», sagte der ältere Junge. «Mit Stiefeln an den Füßen zu sterben. Aufrecht. So würde ich auch gern sterben.»

Knud Erik wusste nicht, was er sagen sollte, doch die Anspannung fiel von ihm ab.

«Du kanntest ihn doch. Er war doch so etwas wie ein Großvater für dich, oder?»

Es lag kein Spott in Antons Tonfall.

«Schon», antwortete Knud Erik. Noch immer lag ein Zögern in seiner Stimme.

«Wie sah er aus?», fragte er kurz darauf.

Er wollte wissen, ob Albert in seinen letzten Stunden gelitten hatte. Konnte man seinem Gesicht etwas ansehen? Aber die Frage war möglicherweise zu rührselig.

«Er hatte Raureif im Bart und im Haar, ja, am ganzen Kopf. Das sah ziemlich toll aus», meinte Anton.

Knud Erik nahm all seinen Mut zusammen.

«Und wie sah er sonst aus?»

«Was meinst du? Er sah eigentlich ziemlich normal aus. Er war doch tot.»

Ohne ein weiteres Wort liefen sie eine Weile nebeneinander her. Über ihren Köpfen zogen sich die Wolken zusammen und nahmen eine dunklere Färbung an. Sie gingen durch die Markgade und überquerten den Marktplatz. Knud Erik war gleich zu Hause, und Anton würde ihn vielleicht nie wieder ansprechen. Aber er wollte die Freundschaft des großen Jungen gewinnen, und er bekam einen abwesenden Blick, als er sein Gehirn zermarterte, was er Interessantes sagen konnte.

Dann hatte er eine gute Idee.

«Hast du jemals einen Schrumpfkopf gesehen?», fragte er.

Einen erwachsenen Mann gab es in Knud Eriks Leben nicht mehr. Doch nun hatte er Anton, der über seine eigene Lebenserfahrung verfügte, die er in unzähligen Konfrontationen mit den Erwachsenen erworben hatte. Er kannte ihre Welt, allerdings auf die gleiche Art, wie der Spion eines aufständischen Heeres das Lager des Feindes kennt: Je mehr man darüber weiß, desto besser lässt es sich einnehmen.

Eines Tages nach der Schule ging er mit Knud Erik nach Hause in die

Prinsegade. In seinen Augen hatte er während des ganzen Besuchs beinahe den Status eines Beobachters. Er kam hierher, um seinen Gegner besser kennenzulernen.

Sie wurden von dem jungen Mädchen empfangen, das sich der im Haus anfallenden Arbeit annahm. Sie trug eine gestärkte Schürze und hatte das Haar aufgesteckt. Anton musterte sie mit Kennermiene von oben bis unten, als überlegte er, sie an diesem Abend einzuladen. Sie schaute nur auf seine Füße und beschied ihm in barschem Ton, dass er seine Holzschuhe auszuziehen habe, bevor er das Wohnzimmer betrete.

Klara Friis gegenüber benahm er sich vorbildlich. Er antwortete höflich auf alle Fragen nach seinen Eltern und seinen Noten in der Schule. Er erwähnte nicht, dass er das monatliche Notenheft, von dessen Existenz seine Mutter überhaupt nichts wusste, stets selbst unterschrieb. Klara war beeindruckt von diesem Musterschüler, dessen Freundschaft ihr Sohn errungen hatte. Bestimmt könnte er ihm mit gutem Beispiel vorangehen. Das Einzige, was sie an Anton nicht mochte, war sein unsteter Blick, der die ganze Zeit über im Wohnzimmer umherschweifte, als würde er sämtliche darin befindlichen Gegenstände registrieren. Unter dem Tisch schwang sein Bein unruhig hin und her. Es kostete ihn gehörige Mühe, sich so ruhig zu verhalten, wie es die Etikette verlangte, wenn man zusammen mit Müttern war.

Sie erkundigte sich nach seinen Plänen für die Zukunft. Vielleicht war es eine etwas seltsame Frage an einen Jungen im Alter von nur elf Jahren, aber schließlich wurde er in zwei oder drei Jahren konfirmiert und verließ die Schule; daher hielt sie es nicht für abwegig, dass er sich bereits Gedanken in dieser Richtung machte.

«Ich werde zur See fahren», erklärte Anton nüchtern, eine Feststellung, die weder Begeisterung noch Resignation ausdrückte, höchstens eine gewisse Verwunderung, dass jemand überhaupt auf die Idee kam, danach zu fragen.

«Knud Erik wird kein Seemann», stellte Klara fest.

Sie sagte es mit Absicht. Ihr Sohn sollte sich von seinen Kameraden unterscheiden. Sie sollten wissen, mit wem sie es zu tun hatten. Mit einem Jungen, der zu etwas anderem bestimmt war als sie.

Anton schaute schnell zwischen Klara und Knud Erik hin und her.

478

Wieder machte es den Eindruck, als legte er eine Liste über das Inventar des Wohnzimmers an. Sie bemerkte seinen Blick und wusste nicht, wie sie ihn einordnen sollte. Dieser Blick ließ sie unruhig zurück.

«Sie ist ausgefuchst», sagte Anton zu Knud Erik, als sie sich das nächste Mal trafen.

Er klang wie ein Boxtrainer, der seine Einschätzung über einen Gegner liefert. Als er die Wehrlosigkeit in Knud Eriks Gesicht bemerkte, legte er ihm eine Hand auf die Schulter.

«So sind sie alle», meinte er tröstend.

«Sie will dich in irgendein Maklerkontor stecken. Dort sollst du den ganzen Tag im steifen Kragen herumsitzen und aussehen, als wärst du ausgestopft. Aber so geht das nicht.»

«Nein, so geht das nicht.»

Knud Erik sprach die Worte zögernd aus. Er versuchte sich an einem von Antons Sprüchen.

«Es gibt eine sichere Methode, es zu vermeiden», erklärte Anton. «Du musst in der Schule nur schlechter werden.»

In der Schule schlechter zu werden ist schwerer, als man glaubt. Es war ausgesprochen verlockend, den Finger zu heben, wenn man die Antwort kannte. Zu Hause vorbereitet hatte er sich ja. Das tat er geradezu instinktiv. Er wollte ein guter Junge sein.

Bisher hatte Knud Erik zum Klassendurchschnitt gehört. Nun sank er freiwillig ans untere Ende. Seinem Ruf unter den Klassenkameraden schadete es nicht. Allerdings musste man ständig mit einer Strafe rechnen. Der größte Teil des Lehrkörpers bestand aus unverheirateten Fräulein. Einige waren dick, andere mager, aber alle schlugen, keilten, rissen und kniffen mit einer Energie, die ihnen niemand zugetraut hätte. Fräulein Junckersen zog an den Ohren, Fräulein Lærke an den Nackenhaaren, und Fräulein Reimer schlug mit dem Handrücken. Fräulein Katballe legte die Ungehorsamen übers Knie und verabreichte ihnen eine Tracht Prügel, und nur der abgehärtete Anton fürchtete sich nicht davor. Wenn sie zuschlug, lief ihr Gesicht vor Zorn blauschwarz an, und diese unheimliche Farbe und das schmatzende Geräusch, das sie mit Speichel vermischt ausstieß, fürchteten wir mehr als ihre Schläge.

Nur bei Lehrer Kruse konnte man sich nicht drücken. Er war ein Mann mit erheblicher Kraft in den Armen. Faulenzer hielt er aus dem offenen Fenster des zweiten Stocks und drohte damit loszulassen. Auf das blanke Entsetzen, das von dem leeren Raum unter unseren Füßen ausging, konnte sich niemand vorbereiten. In Kruses Stunden wurde jede Frage von einem Wald erhobener Finger beantwortet.

Knud Erik bereitete sich zu Hause vor und hielt in der Schule den Mund. Er fühlte sich nicht sonderlich wohl dabei, aber er verließ sich auf Antons Rat und rechnete mit einer Belohnung in jenem Jenseits, das der langen Wartezeit der Schule folgen würde.

Neben ihm saß Vilhjelm, der stotterte. Die Lehrer hatten keine Geduld mit ihm, weshalb er selbst die Geduld verlor und aufgab, bevor er die Worte ausgesprochen hatte. Knud Erik flüsterte ihm die richtigen Antworten ins Ohr oder schrieb sie ihm auf einen Zettel. Vilhjelm wurde zu seiner Bauchrednerpuppe. Das Wissen, das er den Lehrern vorenthielt, konnte er mit Vilhjelm als seinem Stellvertreter beweisen. Mit der Zeit entwickelte sich eine Freundschaft zwischen ihnen.

Vilhjelm kam mit einem besseren Zeugnis nach Hause, Knud Erik mit einem schlechteren.

Die Mutter sah ihn vorwurfsvoll an.

«Was ist los mit dir in der Schule?», fragte sie in einem Ton, aus dem er Sorge, ein wenig Panik und Zorn heraushören konnte. Der Zorn siegte. Sie hatte sich verändert, und er empfand ein Gefühl der Dankbarkeit über diese Veränderung. Hätte sie noch immer so schnell zu weinen begonnen wie früher, hätte er es nicht ausgehalten – er wäre wieder zu ihrem Helfer und Tröster geworden. Nun schimpfte sie ihn aus, und er machte es wie in der Schule und verschloss sich. Sie war ein Teil des Frauenregiments, mit dem er sich abzufinden hatte, bevor er in die Freiheit entkam.

«Du bist ein merkwürdiger Junge», sagte sie.

Die Worte brannten in ihm. Er fühlte sich von ihr verstoßen. Einen Moment lang hätte er sich gern in ihre Arme geworfen und um Verzeihung gebeten. Ein Teil von ihm hätte sich bereitwillig mit ihr versöhnt, um wieder zu den alten Rollen zurückzufinden – er hätte ihr großer Junge sein können und sie seine arme kleine Mutter, die ihn so dringend brauchte. Aber sie war nicht mehr länger hilflos, und ihr Zorn half ihm, sich zu widersetzen und standhaft zu bleiben.

Anton verhielt sich Vilhjelm gegenüber reserviert. Mit den Schwächlingen des Schulhofs gab er sich nicht ab, und sein Interesse an Knud Erik lag vor allem an seiner Verbindung zu dem verstorbenen Albert, der in Antons Augen immer bedeutender wurde, je mehr Knud Erik ihm von dessen Abenteuern berichtete. Anton wusste von Schiffsuntergängen und verwegenen Begebenheiten in fremden Häfen. Allerdings gehörten derartige Berichte zum Alltag eines jeden Jungen, von Schrumpfköpfen hatte ihm jedoch bisher niemand erzählt. Was spielte der stotternde Vilhjelm, der kaum einen Satz zu Ende brachte, schon für eine Rolle im Vergleich zu all diesen phantastischen Geschichten?

Nein, das Reden war wirklich nicht Vilhjelms starke Seite. Dafür hatte er es in den Armen und Beinen. An einem Wintertag turnten sie auf den Schiffen im Hafen herum, und plötzlich kletterte Vilhjelm in die Takelage. Er stieg immer weiter hinauf, bis er die Mastspitze erreicht hatte, den glänzenden Mastknopf, den er in fünfundzwanzig Metern Höhe enterte. Er legte sich mit dem Bauch darauf und breitete Arme und Beine aus, als würde er fliegen. So etwas hatten sie seit dem letzten Sommer nicht mehr gesehen, damals gastierte der Zirkus Dannebrog, und da war es jedenfalls nicht in fünfundzwanzig Metern Höhe passiert.

Niemand von ihnen traute sich, es ihm nachzumachen. Die Mutigsten kletterten hoch bis zum Mastknopf, aber dann zögerten sie und kehrten um. Auch Anton musste die weiße Flagge hissen. Von Marstals Schrecken hätte man eigentlich erwartet, dass er verächtlich mit den Achseln zucken und erklären würde, das sei doch gar nichts. Was er nicht wagte, war ohnehin nicht wert, getan zu werden.

Doch so war Anton nicht, er reagierte vollkommen anders.

«Teufel auch, das war verdammt mutig», sagte er, «ich hab mich jedenfalls nicht getraut, als ich da oben war.»

Er schlug Vilhjelm anerkennend auf die Schulter, dessen Glück nun vollkommen war. Er stand nicht mehr länger abseits.

Eine Geschichte konnte Vilhjelm gut erzählen. Sie dauerte allerdings ziemlich lange, und diese Zeit hatten wir gewöhnlich nicht. Aber einmal hörten wir ihm zu. Vilhjelm wäre nämlich beinahe gestorben, und nur ein Zufall hatte ihn gerettet.

Es geschah an einem Sonntagmorgen, ganz früh. Er hatte seinen Vater zum Hafen begleitet, um nach dem Boot zu sehen. Sein Vater war Sandgräber und außerdem taub, und natürlich war die Taubheit auch für die ganze Spannung in der Geschichte entscheidend, sonst wäre es lediglich ein gewöhnlicher Sturz ins Wasser gewesen, den viele von uns erlebt hatten. Es gehörte einfach zur Lebenserfahrung eines ordentlichen Jungen, dass er einmal unter die Wasseroberfläche geriet und die Tiefe erforschte, noch bevor er schwimmen konnte.

Vilhjelm war drei oder vier Jahre alt gewesen, und sein Vater hatte ihn mit dieser schleppenden Stimme ermahnt, die immer klang, als spräche er ins Leere, als müsste er sich jedes Wort überlegen, um sicher zu sein, was er sagte.

«Setz dich dorthin», hatte er gesagt. «Da bleibst du still sitzen, und wenn du was willst, dann stupst du mich an.»

Er hatte Vilhjelm den Rücken zugedreht und begonnen, die Planken des Schandecks zu reparieren. Vilhjelm hatte ins klare, ruhige Wasser geblickt, und er konnte noch immer den Eindruck beschreiben, den es damals auf ihn machte. Die Steinmauer des Kais war grün und mit Algen überzogen, ein Märchenland wechselnder Farben, wenn die Sonnenstrahlen auf ihren Streifzug durchs Wasser gingen, das voller Seesterne und wandernder Krebse war, oder Krabben, die sich mit ihren flimmernden Antennen nicht von der Stelle rührten.

Voller Entdeckerdrang hatte Vilhjelm sich nach vorn gelehnt und war plötzlich kopfüber in das Märchenland gefallen. So war es uns auch ergangen, jedenfalls den meisten von uns, nur hatte niemand außer Vilhjelm einen tauben Vater, der auf ihn aufzupassen hatte und den einzigen Unterschied zwischen Rettung und Untergang verkörperte.

Vilhjelm tauchte wie ein Korkpfropfen wieder auf und bekam die Reling zu fassen. Mit den Füßen fand er an einem der glitschigen Feldsteine des Kais Halt, aber er rutschte ab und hing mit schwerelosen Beinen über der dunkelgrünen Tiefe. Ein eiskalter Unterstrom hatte ihn erfasst und wollte ihn unter das Boot ziehen.

Die Holzschuhe waren ihm bereits von den Füßen geglitten und schwammen um ihn herum wie Rettungsboote um ein sinkendes Schiff.

Die nasse Kleidung, die eben noch ein so vertrauter Teil seiner selbst gewesen war, fühlte sich an wie eine fremde Hülle. Er konnte nur den Rücken seines Vaters sehen, und in diesem massigen, blau gekleideten Körperteil schien die ganze Welt sich zu vereinen und ihn abzuweisen.

Verzweifelt schrie er, doch der taube Vater hörte nichts. Er schrie noch einmal, dass es durch den leeren Hafen gellte.

«Hilfe! Vater!»

Dann konnte er nicht mehr. Seine Finger verloren den Halt, und er verschwand im Wasser. Er strampelte, biss und schlug um sich, als würde er mit einem wilden Tier kämpfen, und doch war es nur das sanfte, weiche Wasser, das ihm seine Bettdecke über den Kopf zog, als wäre es nun an der Zeit einzuschlafen – das Wasser wünschte ihm eine gute Nacht.

Und dann – dann war der große Arm des Vaters gekommen. Der Arm, dieser gewaltige Arm, der bis zum Meeresgrund reichte und, wenn es sein musste, bis hinunter in den Tod, hatte ihn wieder heraufgezogen.

«Im aller-, aller-, allerletzten Augenblick», sagte er.

Wir wussten, dass er diesmal nicht stotterte. Es war tatsächlich im aller-, aller-, allerletzten Augenblick passiert.

«Und dann hast du wohl Prügel bezogen?», fragte Anton.

So war es zu Hause bei ihm.

Aber Vilhjelm war nicht geschlagen worden, weder bei dieser noch bei anderen Gelegenheiten; und wir begriffen, warum, als wir zum ersten Mal seinen Vater sahen, der eher wirkte wie sein Großvater. Es lag nicht nur an seiner Taubheit, sondern auch an seinem grauen Haar. Vilhjelm war ein Nachzügler, und sein Verhältnis zu seinen Eltern war so, wie wir es zu unseren Großeltern hatten. Er war nett und zuvorkommend und unterhielt sich leise mit ihnen, als wäre das Problem der Familie nicht die Taubheit, sondern eher eine Überempfindlichkeit gegen Lärm. Durch einen merkwürdigen Zufall war seine Mutter ebenfalls taub.

Jeder kann sich vorstellen, dass in dieser Familie nicht allzu viel geredet wurde. Wenn die Eltern endlich einmal etwas sagten, geschah es immer in einem ernsthaften, eindringlichen Ton, als würden sie ein demütiges Gebet sprechen. Dafür berührten sie sich ständig gegenseitig. Sie fassten sich an den Händen oder strichen sich über Haare und Wangen, und nicht nur bei Vilhjelm. Er streichelte auch seine Eltern. In Vilhjelms Familie wurde nicht geschlagen.

Daher entdeckte Vilhjelm von seinem Vater auch etwas anderes, nachdem er beinahe ertrunken war. Um was es sich handelte, wurde uns erst klar, als er uns eine sehr merkwürdige Antwort auf die Frage gab, die Anton stellte: «Was meinst du, was ist das Schlimmste am Ertrinken?»

Anton wusste erstaunlich viel über die Welt außerhalb von Marstal, persönlich war er der Ansicht, dass das Schlimmste all die Erfahrungen wären, die ihm entgehen würden, sollte er ertrinken. Er konnte die Namen der berühmtesten Bordellstraßen der Welt aufzählen, und bestimmt hatte er nicht in den Geografiestunden der Schule in der Vestergade vom Oluf Samson Gang in Flensburg, der Reeperbahn in Hamburg, dem Schiedamsche Dijk in Rotterdam, der Schipper Straat in Antwerpen, der Paradise Street in Liverpool, der Tiger Bay in Cardiff, dem Vieux Carré in New Orleans, der Barbary Coast in San Francisco oder der Foretop Street in Valparaiso gehört. Über so etwas wurde in Webers Café gesprochen, und mit Kennermiene, die nicht zu einem Jungen seines Alters passte, versicherte er uns, dass die französischen Mädchen die Besten und die Portugiesinnen zu aufdringlich seien, außerdem würden sie nach Knoblauch riechen. Wenn wir nachfragten, was Knoblauch sei, verdrehte er die Augen gen Himmel, als wären wir wirklich zu blöd. Er kannte die Namen einer Unmenge verschiedener Arten von Schnaps, als würde er sich darauf freuen, sie eines Tages alle einmal zu probieren. Amer Picon, Absinth und Pernod, erklärte er, das haut dich wirklich um. Was Bier betraf, wollte er sich jedoch stets an «Hof» halten, egal, wo auf der Erde er sich befand. Das von vielen so gelobte belgische Bier war doch dünne Pisse.

«Zählt sämtliche Puffstraßen der Welt auf», sagte er, «und alle Schnapsmarken, dann rechnet sie zusammen, und ihr werdet eine Zahl herausbekommen, die der mathematische Beweis dafür ist, dass es furchtbar dumm ist zu ertrinken.»

Knud Erik antwortete, das Schlimmste beim Ertrinken sei, dass er dann seine Mutter nie wiedersehen würde. Er sagte es wohl eher aus Pflichtgefühl, weil er dachte, er müsse so etwas sagen, aber auch, weil es diese ungestillte Sehnsucht in ihm gab.

Vilhjelm meinte, das Schlimmste sei, dass seine Eltern traurig sein würden.

«Das bedeutet, du lebst nicht wegen dir, sondern wegen deines Vaters und deiner Mutter», wandte Anton ein.

Er erklärte uns, dass er etwas herausgefunden habe. War man gehorsam, artig, höflich, wohlerzogen oder pflichtbewusst, hieß das, dass man sich nur nach den anderen richtete und nicht sein eigenes Leben lebte.

«Darum bin ich das alles nicht», sagte er, «weil ich mein eigenes Leben lebe.»

Als Vilhjelm klatschnass am Arm seines Vaters strampelte, hatte er diesem in die Augen gesehen und in dessen Blick weder Zorn noch Erschrecken gefunden. Sondern Kummer. Welche Art Kummer es war und welche Ursache er hatte, wusste er nicht, aber er spürte sofort, dass er dafür sorgen musste, dass sein Vater nie wieder Grund zu Kummer haben sollte. Instinktiv erkannte er, wie er ihm helfen konnte: indem er so wenig wie möglich Aufmerksamkeit erregte. Am besten war es, unsichtbar zu sein, am zweitbesten, wenn er so unauffällig wie möglich durchs Leben ging. So wurde Vilhjelm zu einem wortkargen und pflichtbewussten Kind. Vielleicht stotterte er auch deswegen. Er musste sich dermaßen anstrengen, um auf sich aufmerksam zu machen, dass es ihm nie richtig gelingen wollte.

Anton lebte sein eigenes Leben, und wenn Vilhjelm fünfundzwanzig Meter über dem Deck mit ausgebreiteten Armen und Beinen auf dem Mastknopf lag, tat er das Gleiche wie Anton. Einen Augenblick lang vergaß er, unsichtbar zu sein.

Selbstverständlich hatte Anton auch eine Mutter und einen Vater, aber wie er selbst sagte, hätte er ebenso gut auch keine Eltern haben können. Seiner Mutter Gudrun konnte er erzählen, was er wollte. Als sie entdeckte, dass er sie mit dem Zeugnisheft belogen hatte und es immer selbst unterschrieb, weinte sie und sagte, er solle nur warten, bis der Vater nach Hause käme, dann würde es schon etwas setzen. Eigentlich war sie groß und kräftig genug, um diese Angelegenheit selbst zu regeln. Der Vater schlug ihn mit schlaffer Hand.

Er hatte anderes zu tun, wenn er endlich nach Hause kam, als seine Kinder wegen alter, längst vergessener Vergehen zu bestrafen. Er konnte durchaus hart zuschlagen, aber dann musste es sich auch um Barzahlung handeln, wie er es ausdrückte, nicht um Abschlagzahlungen alter Schulden.

«Ab-Schlag-Zahlung! Hast du's kapiert?», sagte er zu Anton und ließ ein Lachen hören, das Anton dumm fand.

Ungefähr zur gleichen Zeit, als Vilhjelm den Kummer in den Augen seines Vaters sah, machte Anton eine Entdeckung von ähnlich weitreichender Bedeutung. Es ging um seinen Vater Regnar, der den Nachnamen Hay trug. Anton hieß selbstverständlich auch Hay, aber er hatte den Zwischennamen Hansen, den Mädchennamen seiner Mutter.

Als er vier Lenze zählte, nahm ihn sein Vater, der gerade nach mehreren Jahren auf See nach Hause zurückgekehrt war, auf den Schoß. Erst hatte er Anton ein paar Ohrfeigen verpasst, da er wie gewöhnlich der Bitte der Mutter nachgekommen war, die Kinder für die Streiche zu bestrafen, die sie während seiner jahrelangen Abwesenheit ausgeheckt hatten. Er hatte keinerlei Kraft in die Schläge gelegt und war daher auch nicht der Ansicht, dass irgendetwas Ernstes zwischen ihm und Anton stehen würde. Freundlich fragte er Anton nach seinem Namen. Es ging wohl nur darum, dass Anton seinen Namen sagen sollte, als Zeichen, dass zwischen ihnen wieder Harmonie herrschte; obschon man es natürlich auch so verstehen konnte, dass Regnar sichergehen wollte, den Richtigen geohrfeigt zu haben. In beiden Fällen hätte er seine Vaterpflichten erfüllt und könnte das Heim im Møllevej verlassen, um in Webers Café zu gehen.

«Anton Hansen Hay», sagte Anton.

«Was, zum Teufel, sagst du da, Bursche?», brüllte der Vater, der urplötzlich einen zornesroten Kopf bekam.

Er begann Anton zu schütteln, der nun auf dem Knie hin- und herschaukelte, auf das er noch einen Moment zuvor als Beweis der Versöhnung zwischen Vater und Sohn gesetzt worden war. Dann stieß der Vater ihn auf den gewachsten Holzboden, über den der verwirrte Anton eine erhebliche Strecke rutschte, bevor er sich unter dem Esstisch in dem Wirrwarr der Stuhlbeine verfing.

«Glaubt nur nicht, dass ich lüge», sagte Anton, als er die Geschichte erzählte. «Der Idiot wusste nicht mal, wie sein eigenes Kind heißt.»

Anton wurde getauft, als sein Vater sich auf See befand, und Regnar hatte sich nie die Mühe gemacht, einen Blick auf den Taufschein zu werfen oder nach der Taufe zu fragen. Er hatte nicht erwartet, dass seine Frau dem Jungen ihren Mädchennamen als Mittelnamen geben würde, denn er hatte nie damit hinter dem Berg gehalten, dass er ihre Familie nicht ausstehen konnte. Doch Antons dicke, umgängliche Mutter wollte sich mit niemandem überwerfen. Sie war ihrem Mann gegenüber ebenso nachsichtig wie ihrer eigenen Familie. Sie wollte gern alle zufriedenstellen, und so hatte sich ihre Familie in Form eines Zwischennamens zwischen Anton und seinen Vater schieben können. Antons voller Name entsprach im Grunde einer Familienfehde.

Anton war es egal. Er hielt sich ohnehin an niemanden. Seinen Vater bezeichnete er als Narren. Die meisten von uns nennen die Väter «den Alten», und darin liegt durchaus ein gewisser Respekt. Auf den Schiffen werden so die Kapitäne von der Mannschaft genannt. Doch Anton hatte keinen Respekt. «Der Ausländer» war sein Spitzname für den Vater.

Und doch vertrugen sie sich einigermaßen, denn der Ausländer war die wesentliche Quelle von Antons Kenntnissen über die Welt; nicht weil Regnar dem Sohn Geschichten über seine Bordellbesuche in der Fremde anvertraute, sondern weil er ihn als Zuhörer dabeisitzen ließ, wenn sich die heimgekehrten Seeleute in Webers Café trafen und prahlten.

Anton wollte im Grunde so sein wie sein Vater, obwohl es niemanden gab, der ihn jemals ein freundliches Wort über Regnar hatte sagen hören. So war es seit dem Tag gewesen, als der Vater ihn unter den Tisch warf, nur weil er den falschen Zwischennamen trug.

Das war der Tag, an dem er begann, sein eigenes Leben zu leben.

*　　*　　*

In Boyes Reederei gab es nur noch die Witwen. Sie waren wie gelähmt, nicht nur vor Trauer über den plötzlichen Verlust ihrer Ehemänner, sondern auch aufgrund der ungewohnt titanischen Aufgaben, die auf sie zukamen. Marstals Zukunft lag in ihren Händen. Nur sie hatten genügend Kapital, um vom Segelschiff aufs Dampfschiff umzurüsten, und genau dies erforderte die Zeit. Die Ära der Segelschiffe war vorbei. Ihre Ehemänner hatten es geahnt, und nun sollten sie die Visionen der allzu früh Dahingerafften Wirklichkeit werden lassen. Fünf Dampfer gehörten der Reederei bereits. Die *Enigheden,* die *Energi,* die *Fremtiden,* die *Maalet* und die *Dynamik* – Namen, die Programm waren.

Im Prinzip wussten die Witwen genau, was zu tun war. In die Praxis umsetzen konnten sie es indes nicht. Jeden Tag versammelten sie sich in der Reederei und ließen sich Kaffee servieren, zu dem ihnen die täglichen Unterlagen präsentiert wurden. Und während sie die mitgebrachten selbsgebackenen Vanillekringel mümmelten, brüteten sie über Frachtangeboten, den Kosten für Instandhaltung und Mannschaften und zerbrachen sich den Kopf über Kauf oder Verkauf. Die ganze Welt schien ihre Aufmerksamkeit zu verlangen. Jede Information, jede Zahl, jedes Fragezeichen war eine schier unüberwindlich scheinende Herausforderung. Niemand hat sie je mit an den Ohren gepressten Händen gesehen – es war aber durchaus vorstellbar. Jeder einzelne Beschluss wurde so lange gedreht und gewendet, bis es für eine Entscheidung zu spät war. Die Dampfer *Enigheden, Energi, Fremtiden, Maalet* und *Dynamik* waren gebaut worden, um große Lasten sicher übers Meer zu transportieren, nun lagen sie den größten Teil der Zeit ungenutzt im Hafen – nicht nur wegen der ungünstigen Zeiten oder der schlechten Konjunktur, sondern auch wegen der Unentschlossenheit ihrer Eigentümerinnen.

Ellen, die Älteste, war die Witwe von Poul Victor, groß gewachsen und stattlich wie er. Doch die Willensstärke, die sie einstmals besessen zu haben schien, hatte sie ihrem geschäftstüchtigen Ehemann übertragen, und er hatte sie ihr nicht zurückgegeben, als er ins Grab sank. Emma und Johanne, die beiden Schwestern, waren selbstbewusster – in ihrem eigenen Heim waren sie die Alleinherrscherinnen, auf fremdem Grund jedoch hilflos. Sie schielten hinüber zu Ellen und erwarteten ihren Entschluss. Und Ellen schielte zum Friedhof, von dem allerdings nicht der geringste Hinweis kam.

Die Witwen besaßen erhebliche Ländereien in der Stadt, die sie nun zu verkaufen begannen. Klara Friis erwarb sie. Sie saß in der Prinsegade und belauerte die drei Witwen, wie ein Geier ein armes Tier belauert, das vor Durst und Erschöpfung zu straucheln beginnt. Mit dem Ankauf von drei Grundstücken schnappte sie sich den ersten großen Happen.

Die drei Grundstücke lagen alle an der Havnegade; das erste an der Ecke zur Sølvgade, das zweite an der Ecke der Strandstræde, und das dritte war ein großes eingezäuntes Feld, das am Ende der Havnegade die Stadt begrenzte. Hinter der Einzäunung hatte Bauern-Sofus seinerzeit Schafe grasen lassen und Hühner und Schweine gehalten, als lebenden

Proviant für seine ständig wachsende Schiffsflotte. Diese Zeiten waren längst vorbei. Das Feld lag brach, und der Kauf leuchtete allen ein; bei den anderen ungenutzten Grundstücken verhielt es sich ebenso. Hier konnte gebaut werden.

Doch Klara Friis unternahm nichts. Die Brennnesseln auf den drei Grundstücken wucherten immer höher, und die von Bauern-Sofus gepflanzten Apfel- und Birnbäume mussten ihre Früchte den Vögeln und diebischen Burschen überlassen. Marstal wunderte sich. Was hatte sie vor?

Wir fragten, aber wir fragten nicht eindringlich genug, sonst hätten wir geahnt, was uns erwartete.

Äußerlich hatte Klara Friis sich nicht verändert. Noch immer kleidete sie sich bescheiden, als wäre sie sich der Veränderung ihres Standes überhaupt nicht bewusst; daher hinterließ sie bei den drei Witwen, die Sparsamkeit als eine Tugend betrachteten, einen guten Eindruck. Sie waren keineswegs hochmütig und sahen auch nicht auf Klara Friis herab, obwohl ihr eigener Reichtum weit ältere Wurzeln hatte. Klara Friis war das Geld ja eher zugefallen. Die Witwen waren seit mehreren Generationen von Dienstboten umgeben, und doch übernahmen sie ihren Teil der täglichen Hausarbeit. Die Vanillekringel hatten sie selbst gebacken. Jedes Jahr zu Weihnachten produzierten sie eine große Menge, die mit der Zeit ebenso hart wurde wie der Schiffszwieback, aus dem die tägliche Kost an Bord der Schiffe ihrer Reederei bestand – nur mit dem Unterschied, dass aus den Vanillekringeln kein Wurm fiel, wenn man damit fest auf den Tisch klopfte.

Bauern-Sofus war ein einfacher Mann aus dem Volk gewesen, und mit seinen Kindern und Enkelkindern verhielt es sich ebenso. Sie bildeten keine eigene Kaste, sie gehörten zur Stadt wie alle anderen. Sie wussten, dass das Geld durch die Schufterei der Seeleute verdient wurde. Jeder der späteren Eigentümer hatte sich erst durch die brutale Hierarchie der Schiffsbesatzungen arbeiten müssen, bevor er ins Maklerkontor oder in die Leitung der Reederei übernommen wurde. Jedes Wort, das man auf den täglichen Konferenzen sprach, war für sie erlebte Wirklichkeit gewesen. Für ihre Witwen jedoch, die ganz unvermittelt mit dieser neuen Welt konfrontiert wurden, war es ein Schlachtfeld, auf dem ihnen unbekannte Worte und Begriffe wie todbringende Projektile um die Ohren flogen.

Es kam vor, dass Klara Friis ihnen einen guten Rat gab oder eine plötzliche Initiative zeigte, die sie vollkommen verblüffte. Als gutartige Naturen hielten sie diese junge Witwe für ein hilfloses Wesen, das ihrer Unterstützung bedurfte. Wenn der umgekehrte Fall eintrat, erstaunte sie das jedes Mal wieder, und doch war es Klara Friis, die ihnen mehrfach aus der Klemme half. Da die Witwen allerdings nicht sonderlich viel Zutrauen zum weiblichen Geschäftssinn hatten, nahmen sie in ihrer Naivität an, dass Klara Friis eher zufällig auf ihre guten Ratschläge gekommen war.

Sie konnten ja nicht wissen, dass sich Klara durch ihren Schriftverkehr zur Maklerin, Schiffsreederin und noch einigem mehr fortbildete. Die Mittel, in deren Besitz sie durch Alberts Tod gelangt war, hatten wie durch Zauberhand ihren schlummernden Verstand geweckt. Bis dahin hatte sie ein Kleinmut gelähmt, der nicht allein an bestimmten, allzu eindrücklichen Erlebnissen ihrer Kindheit gelegen hatte, sondern auch an ihrer Gesamtsituation, die ja nicht unbedingt dazu ermutigte, den Kopf ebenso wie die Hände einzusetzen.

Nun gab es wieder einen Mann in ihrem Leben, doch dieses Mal hatte sie es nicht nötig, vor Verzweiflung ihre schon etwas abgenutzten weiblichen Reize einzusetzen. Markussen war im Gegensatz zu dem unglückseligen Albert weder an Küssen noch an Zärtlichkeiten oder ihren möglichen Folgen interessiert. Es war der Name Cheng Sumei, der sie verband. Und die Aufgabe, die Markussens Neugier auf seine alten Tage ein allerletztes Mal geweckt hatte: Xerxes zu helfen, den richtigen Weg zu finden, um das Meer zu züchtigen.

Sie schrieben sich eifrig und telefonierten häufig miteinander. Hin und wieder reiste Klara Friis auch nach Kopenhagen. Sie schaffte es jetzt allein und brauchte weder Herman noch irgendjemand anderen als Begleitung.

«Du bist nicht daran interessiert, eine Reederei zu übernehmen, die am Rande des Ruins steht», sagte Markussen. «Und die Werft kann rasch wieder rentabel werden. Gib ihnen gute Ratschläge, aber nicht zu gute. Sie sollen kein Selbstvertrauen entwickeln. Du musst ihnen auch weiterhin das Gefühl vermitteln, dass die Katastrophe nur eine falsche Entscheidung entfernt lauert. Erzähl ihnen, wie gefährlich die Welt ist.»

Er schrieb es ihr auf. Es war nicht einfach, alles im Kopf zu behalten. Klara Friis bekam die Unterstützung, die sie brauchte.

Doch sie bestimmte den Kurs.

Die drei Witwen täuschten sich in jeder Beziehung in Klara Friis. Sie überschätzten ihr Wesen und unterschätzten ihre Fähigkeiten. Sie glaubten, ihre Hilfsbereitschaft geschehe ohne Hintergedanken, und das war ihr Irrtum. Sie glaubten, dass ihre oft verblüffend guten Ratschläge reiner Zufall seien, und damit irrten sie sich ebenfalls. Im Grunde waren die Witwen der Ansicht, dass sie Klara einen Gefallen erwiesen, wenn sie ihr zuhörten. Sie boten ihr ihre Gesellschaft und ein wenig Aufmerksamkeit an, und war es nicht das, was eine junge Frau in ihrer Situation – getroffen von einem furchtbaren Verlust und allein mit zwei Kindern – brauchte?

Sie schenkten ihr selbstgebackenes Brot.

«Meine Liebe», sagte Johanne und tätschelte ihr die Wange.

Sie erkannten sich in ihr wieder. Sie war eine Frau und daher per definitionem ebenso hilflos wie sie, wenn es um die Angelegenheiten der großen weiten Welt ging.

Lange zögerten sie, doch dann endlich dämmerte es ihnen. Um der unangenehmen Situation zu entkommen, in die sie ihr Witwenstand gebracht hatte, brauchten sie etwas, das Frauen zu allen Zeiten gebraucht haben, wenn sie im Dschungel überleben wollten: einen Mann.

Und der Mann kam. Er hieß Frederik Isaksen, war dänischer Konsul in Casablanca und Angestellter bei einer angesehenen französischen Maklerfirma. Begonnen hatte er bei Møller in Svendborg. Dann war er bei Lloyd in London gewesen. Eine Reihe von Kapitänen der Reederei, die Casablanca regelmäßig anliefen, hatte ihn empfohlen. Kompetent, ein Mann mit Weitblick, hatte der Kommandeur gesagt. Er war zum Sprecher der Kapitäne ernannt worden.

«Nun ja, aber geht er denn seiner Arbeit auch ordentlich nach? Kann man mit ihm reden?», hatte Ellen gefragt.

· «Hoffentlich nicht zu draufgängerisch?», ergänzte Johanne ängstlich, als der Kommandant den Begriff «Weitblick» erwähnte.

«Ja, ich habe von ihm gehört», sagte Markussen am Telefon. «Einen

Mann wie Isaksen könnte ich selbst gut gebrauchen. Er ist ein Mann mit Schwung und würde nicht nach Marstal gehen, wenn er in der Stadt lediglich ein Provinznest sähe. Der alte Boye hat es offenbar besser angestellt, als wir geahnt haben. Gespartes Kapital, keine Schulden. Ein Mann mit der entsprechenden Einsatzbereitschaft kann die Reederei richtig groß machen. Also, Isaksen könnte deinen Plänen sehr wohl in die Quere kommen.»

Isaksen wurde auf Empfehlung der Kapitäne eingestellt und kam an einem Sommertag Mitte August. Er hatte das verwirrende System von Fähren und Zügen, das eine Reise aus der Hauptstadt nach Marstal so beschwerlich gestaltete, einfach ignoriert und war direkt mit dem Paketboot gekommen, das sonst nur Passagiere gewöhnlicherer Art beförderte. Er stand an Deck und warf den Wartenden am Kai geschickt die Trosse zum Festmachen zu, dann sprang er selbst hinauf und grüßte mit dem breitkrempigen Strohhut, als wollte er der ganzen Stadt guten Tag sagen.

Er trug einen weißen Flachsleinwandanzug. Im Knopfloch steckte eine frische Nelke, und unter dem Strohhut war dunkle Haut zu sehen – sonnengebräunt wie ein Seemann, oder war das möglicherweise seine normale Gesichtsfarbe? Er hatte braune Augen, bekränzt von dichten Wimpern, die ihm ein gleichzeitig sanftes wie geheimnisvolles Aussehen verliehen.

Er war ohne Zweifel ein Weltmann, und als er den Hut hob, grüßten wir zurück. Wir hatten nichts gegen Weltmänner. Wir waren selbst welche und hatten an Menschen, die sich klein machten und schüchtern verhielten, um sich bei uns einzuschmeicheln, keinen Bedarf. Sie durften gern prahlen, Hauptsache, sie hatten etwas, womit sie prahlen konnten.

Und Isaksen hatte etwas, und je mehr Tage vergingen, desto größer wurde es. Der Skipper des Paketboots, Asmus Nikolajsen, hatte sich den ganzen Weg von Seeland bis Marstal mit ihm unterhalten und schätzte ihn als offenen und kenntnisreichen Mann, der sich neugierig nach allen möglichen Dingen erkundigte. Dieser Fremde, dessen Aussehen, gemessen am üblichen Standard, durchaus eine Spur exotisch war, wusste bald mehr über die Transportfahrten mit dem Paketboot als er selbst. Isaksen kannte sich offensichtlich gut mit Schiffen aus, und obwohl er routiniert mithalf, hatte er es während der ganzen Zeit geschickt vermieden, sich seinen eleganten Anzug schmutzig zu machen. Eine Tatsache, die Nikolajsens nur noch mehr Respekt abnötigte, denn ein Seemann legt Wert auf Sauberkeit.

Die große Frage war natürlich: Fand Isaksen eine Gesprächsbasis mit den Witwen?

Zunächst sprach er mit uns. Er ging im Hafen umher und setzte sich zu den alten Kapitänen auf die Bänke. Er klopfte an die Türen der Maklerkontore, trat ein, lüpfte den Hut und teilte sogleich mit, dass er nicht als Konkurrent komme, der beim Feind spionieren wolle. Er kam, weil er spürte, dass diese Stadt aus einer Gemeinschaft bestand. Und nur wenn alle zusammenstanden und alle gegenseitigen Empfindlichkeiten vergessen würden, wenn sie kurz gesagt wagten, Großes zu denken, könnten sie die Herausforderungen der Zukunft meistern.

Es war, als hörte man noch einmal Albert und seine Rede am Gedenkstein. Vor wenigen Jahren erst hatten wir davor gestanden, doch uns kam es bereits vor, als wäre es Menschenalter her. Wir verstanden nun, dass 1913, an jenem Tag am Hafen, eine Epoche zu Ende gegangen war, ohne dass ein Einziger von uns es geahnt hatte.

Es lag Zauberei in Isaksens Rede: Er brachte uns dazu, die Dinge von außen zu betrachten. Die Anteilsreedereien hatten uns ein gutes Stück des Weges vorangebracht. Nun war die Zeit des kleinen Geldes vorbei. Kapital war in anderen, größeren Summen erforderlich als das, was ein Dienstmädchen oder ein Schiffsjunge, ja sogar ein tüchtiger Kapitän aufbringen konnte. Investitionen waren notwendig, und große Investitionen erforderten großes Geld. Kapital gab es in der Stadt ja genug. Es ging nur darum, es richtig einzusetzen.

«Ich schlage vor, dass das Kapital der Stadt in einigen wenigen Händen versammelt wird. Das ist der einzige Weg, wie wir die Schifffahrt und die Kontrolle darüber hier in Marstal behalten können.»

Was wollte er damit andeuten? Es gab einige, die meinten, dass er zu sehr an den Projektemacher Henckel erinnerte, der uns die halbe Welt versprach, uns stattdessen jedoch das Geld aus den Taschen zog. Aber eigentlich war klar, dass es sich mit Isaksen genau umgekehrt verhielt. Er wollte nicht unser Geld haben, sondern unser Kompass sein. Er wollte den Kurs abstecken, nicht nur für eine Reederei, sondern für die ganze Stadt.

Nur an einem Ort stieß er auf Feindseligkeit: bei seinem Zusammentreffen mit Klara Friis. Er hatte sich vorbereitet und war nicht verwundert, als er eine jüngere, bescheiden gekleidete Frau an der Spitze einer der renommiertesten Reedereien der Stadt antraf. Er wusste von Albert Madsen und seiner Allianz mit der Witwe in Le Havre; er wusste, dass die letzten großen Barken des Landes, die wunderbaren Schiffe *Suzanne*, *Germaine* und *Claudia* hier in der Prinsegade beheimatet waren. Es gab nur eine einzige Sache, die er bei seinen Vorbereitungen nicht mit einbezog. Er hatte nicht in Klara Friis' Herz oder ihr Bankschließfach sehen können. Er wusste nicht, wie hoch ihr Vermögen war, und vor allem wusste er nichts von ihren Geldanlageplänen. Nur wenn er wie ein Dschingis Khan gekommen wäre, um die Stadt in Schutt und Asche zu legen, hätte sie ihn willkommen geheißen. Aber er kam als ein Alexander der Große, um noch eine Stadt zu gründen, und daher empfing sie ihn als Feindin.

Aus den Überresten der Segelschifffahrt, die Marstal einst hatte erblühen lassen, wollte er ein neues Marstal bauen. Kein Ende, sondern eine neue Blüte bot er uns an. Hier sollte kein Schwanengesang ertönen, sondern ein Willkommenssalut an die neue Zeit.

Er rührte etwas in uns an. Einst hatten wir den Fortschritt kommen sehen, lange vor den meisten anderen, und wir waren aufgestanden, um ihn zu begrüßen. Nun bat Isaksen uns, es erneut zu tun.

Klara Friis hatte sich lange überlegt, was sie tragen solle, wenn sie Frederik Isaksen empfing. Sie entschloss sich, in ihren gewöhnlichen, bescheidenen Sachen zu erscheinen und in keiner Weise aufzufallen; weder wollte sie ihren Reichtum noch ihre frisch erworbene Zielstrebigkeit zur Schau stellen, und vor allem keinen verführerischen Eindruck machen. Für diese Rolle besaß sie im Übrigen auch nicht die Voraussetzungen; nicht weil sie verblüht gewesen wäre, sondern weil sie nicht allzu viel von ihrem eigenen Aussehen hielt. Sie fand es passender, in die Rolle zurückzufallen, die sie jahrelang gespielt hatte; so gut, dass sie am Ende selbst ganz und gar überzeugt davon war: ein bis zur Selbstentäußerung bescheidenes

Wesen, das keine anderen Gefühlsregungen zuließ als eine bittere Bemerkung über ihre stiefmütterliche Behandlung durch das Leben. Sie konnte so tun, als wäre sie nicht gerade beschränkt, aber doch starr vor Angst und den mangelnden Fähigkeiten, die große, weite Welt zu verstehen, in der die Männer sich bewegten – es war ungefähr der gleiche ohnmächtige Zustand, den sie den drei Witwen empfahl. Was immer Isaksen auch sagte, sie behielt denselben Gesichtsausdruck bei, ein zögerndes, mechanisches Lächeln und Nicken, dessen Bedeutung sofort durch die Leere in ihrem Blick – der deutlich zu verstehen gab, dass sie nichts von all dem verstand, was gesagt wurde, sondern lediglich mit der üblichen Nachgiebigkeit reagierte, die so kennzeichnend für ihr Geschlecht und dessen Unterwürfigkeit war – aufgehoben wurde.

Doch Isaksen ließ nicht locker. Er begann, seine Argumente anders zu formulieren, seine Bilder einfacher und verständlicher zu beschreiben. Er sprach sogar vom unsicheren Leben der Seeleute und wollte sie überzeugen, dass das, was er vorschlug, ein Leben war, das auch den Familien helfen und sie von der ständigen Angst um das Schicksal der Männer befreien würde.

«Denken Sie daran, was eine große, gut geführte Reederei für die Lebensbedingungen der Seeleute tun kann. Regelmäßiger Urlaub, Sicherheit an Bord, keinerlei Not, die die kleinen Skipper zwingt, wie momentan auf einem gefährlichen Meer ein unnötiges Risiko einzugehen.»

Er suchte mit seinen braunen Augen ihren Blick. Dass sie von dichten Wimpern bekränzt wurden, sah sie erst jetzt. Seine Stimme wurde eindringlich. Er fand sich nicht ab mit diesem leeren Blick als Reaktion auf seine Worte. Sie spürte die Versuchung nachzugeben und wurde im selben Augenblick von einem wohlbekannten Entsetzen gepackt. Wieder sah sie vor ihrem geistigen Auge das dunkle Wasser in der Sturmnacht, das sich auftürmte und nach dem Dach griff, auf dem sie saß. Karla, die in den Wassermassen verschwand, der Dachfirst, der ihr in den Schritt drückte, als sie auf ihm ritt wie auf einem der Holzpferde, die in den Geschichtsbüchern aufsässigen Bauern als Strafe vorbehalten waren. Kalter Schweiß stand ihr auf der Stirn.

Sie wurde blass und musste aufstehen; bat ihn zu gehen, während sie sich mit schwacher Stimme für ihre plötzlichen Kopfschmerzen entschuldigte.

Isaksen verabschiedete sich mit gerunzelter Stirn. Er spürte, dass er gleichzeitig ein Schauspiel und durchaus Authentisches erlebt hatte, aber er verstand nicht, welchen Sinn diese Komödie haben sollte. Dass er gerade in Gestalt dieser Frau, die eher einem verzagten Dienstmädchen glich, seinem Hauptfeind begegnet war, begriff er nicht.

Wenn er nicht seine Besuche bei den Reedereien der Stadt absolvierte, bearbeitete Isaksen die drei Witwen. Er sprach mit ihnen eine Sprache, von der er glaubte, sie würden sie verstehen. Er redete über den Haushalt, über Einkäufe und Ausgaben, über Rechnungen und Dienstboten. Er verglich die See und die Schiffe mit der Haushaltsführung, denn er wusste, dass sie gute Hausfrauen waren, und versuchte, ihnen begreiflich zu machen, dass es tatsächlich keinen wesentlichen Unterschied zwischen einer Reederei und der Arbeit, die sie aus ihrer täglichen Erfahrung kannten, gab.

Womit er gerechnet hatte, traf ein. Die Witwen beruhigten sich. Sie hörten nicht länger, wie ihnen die Kugeln um die Ohren flogen. Isaksen hatte getan, worum er gebeten worden war. Er hatte sie vom Schlachtfeld geführt und ihnen die Verantwortung abgenommen.

*   *   *

Isaksen hielt eine Versammlung für die Eigentümer und das Personal der Reedereien sowie die Kapitäne, die in diesen Tagen zu Hause weilten, ab. Er lud auch ihre Ehefrauen ein. Er war klug genug einzusehen, dass die Frauen einen Machtfaktor darstellten, nicht nur bei den häuslichen Angelegenheiten, sondern auch bei den die See betreffenden Dingen. Er reservierte die Marinestube im Hotel Ærø. An den Wänden hingen blaue Wandteller aus königlichem Porzellan, die Dannebrogs-Flagge und Gemälde der Schiffe, die in der Stadt ihren Heimathafen hatten. Er ließ drei Gänge servieren und gab dem Hotelkoch das Rezept einer Bouillabaisse, von der er wusste, dass viele Kapitäne sie von ihren Reisen ins Mittelmeer kannten. Als Hauptgericht wählte er einen traditionellen Rinderbraten mit Fettkruste. Zwischen Suppe und Hauptgericht hielt er seine Rede.

Er sprach über die Zukunft.

Er erzählte von seinen Erlebnissen in Casablanca, der Hafenstadt, aus der er hierhergerufen worden war, weil so viele Kapitäne aus Marstal ihn kennengelernt und er offenbar einen guten Eindruck bei ihnen hinterlassen hatte. Nun wollte er die Gelegenheit nutzen, sich dafür zu bedanken. Und doch, so sagte er, hätte er immer mit Wehmut im Herzen gesehen, wenn ein Schiff aus Marstal Casablanca verließ, denn jedes Mal hatte er gespürt, dass er es dort zum letzten Mal auslaufen sehen würde. Er hatte nicht daran gedacht, dass das Schiff auf der Heimfahrt sinken könnte, obwohl diese tragische Möglichkeit selbstverständlich immer bestand. Nein, er dachte an etwas ganz anderes: dass das Schiff schlichtweg verschwand und nie wieder gesehen wurde. So merkwürdig dies in den Ohren der sehr verehrten Zuhörer auch klingen mochte, dieses Schicksal war weitaus wahrscheinlicher als irgendein Untergang, ja, tatsächlich war dieses Schicksal den Schiffen aus Marstal so sicher, wie die Sonne am Abend unter- und am Morgen wieder aufgeht. «Ihr werdet», erklärte er, «ziemlich verblüfft sein, mich so etwas sagen zu hören.»

Er konnte sich der vollkommenen Aufmerksamkeit seiner staunenden Zuhörer sicher sein. Nicht einer von uns ahnte, worauf er mit dieser merkwürdigen Behauptung hinauswollte.

«Aber hört mir zu», fuhr er fort, «ich kann euch meine seltsame Prophezeiung nicht nur erklären, sondern euch darüber hinaus auch zeigen, wie ihre Erfüllung zu vermeiden ist. Die Ursache meiner Verzagtheit, wenn ich verfolgte, wie ein Schoner aus Marstal vor Casablancas Reede den Anker lichtete ...»

Er senkte den Blick, so dass die langen Wimpern seine sonnengebräunten Wangen berührten und bis zum Ende des großen Tisches gesehen werden konnten – mit dem Ergebnis, dass die Brust der einen oder anderen Kapitänsgattin sich in ungewöhnlicher Weise hob, als litte sie unter Luftmangel.

«Die Ursache meiner Verzagtheit» – er wiederholte diese effektvollen Worte – «ist» – hier schlug er einen ausgesprochen prosaischen Ton an –, «dass ich über Pläne der französischen Behörden informiert bin, in Casablanca einen Hafen anzulegen. Und ihr wisst, was das bedeutet.»

Hier machte er wieder eine Pause und sah dabei eindringlich in die

Runde, als wollte er uns an etwas erinnern, das uns zwar bewusst war, das wir aber in diesem Augenblick möglicherweise vergessen oder verdrängt hatten. Die eine oder andere Kapitänsgattin beantwortete seinen Blick mit einem strahlenden Augenaufschlag, als hätte sie eine Einladung erhalten, einige Kapitäne jedoch schlugen die Augen nieder, als würden sie nur allzu genau wissen, dass sie längst die Worte hätten aussprechen oder zumindest denken sollen, die nun bestimmt folgten.

Isaksen nahm seine Rede wieder auf, und seine Worte fielen nun wie Peitschenhiebe.

«Das bedeutet, dass die Schoner aus Marstal nie wieder eine Fracht für Casablanca erhalten werden. Der einzige Grund, warum die Dampfschiffe sich bisher von den wichtigsten Hafenstädten der nordafrikanischen Küste ferngehalten haben, war der Mangel an geeigneten Hafenanlagen. Nun werden die Dampfer kommen, mit größerer Ladekapazität und schnellerem Tempo. Ihre Ankunft kann auf den Glockenschlag vorhergesagt werden. Der Kompass zeigt den Kurs, und das Dampfschiff folgt ihm ohne Abweichungen oder Verspätungen.

Und ich rede nicht nur von Casablanca», sagte Isaksen.

Seine Stimme wurde lauter und lauter, eine Art Weltuntergangsstimmung lag in ihr.

«Es geht auch um die Frachten aus den französischen Kanalhäfen, die durch den Tidenhub bisher nur von Segelschiffen angelaufen werden konnten. Nun übernimmt die Eisenbahn. Und ich denke an den Rio Grande in Brasilien und die Maracaibo-Lagune in Venezuela. Das niedrige Wasser über den Sandbänken hat an beiden Orten nur euch passieren lassen. Aber für die Dampfer werden jetzt auch diese Hindernisse beseitigt.»

Bei jedem Hafen, den er erwähnte, durchzuckte es die Kapitäne und Steuermänner, als hätte er ihnen mit einer Faust gedroht, gegen die sie sich nicht zu wehren wussten.

«Das Meer ist euer Amerika gewesen. Aber jetzt schließt Amerika seine Grenzen. Für eure Dienste gibt es zunehmend weniger Bedarf. Die Frachten werden ganz einfach ins Blaue hinein verschwinden. Und das bedeutet, dass auch eure Schiffe ganz einfach ins Blaue hinein verschwinden werden. Ihr könnt sie ebenso gut verkaufen. Aber denkt nach. Wer würde sie kaufen? Es bleibt nur noch, sie abzuwracken, die

Leichenverbrennung einer ganzen Epoche, aufgegangen in Rauch, der sich schließlich auch ins Blaue verliert. Aber alle Hoffnung ist noch nicht dahin ...»

Isaksens Stimme nahm einen zuversichtlichen Ton an, so wie ein Priester, der, nachdem er die Hölle beschrieben hat, den Himmel als Alternative für all diejenigen ausmalt, die bereuen.

«... noch immer gibt es Orte, die niemand sonst anfahren kann, Häfen, die sich nicht ausschachten lassen, wo es sich nicht lohnt oder wo Meeresströmungen, Felsenriffe und häufige Stürme sich verschworen haben, um für alle Zeiten den Zugang für Dampfer unmöglich zu machen. Neufundland ...», das Zuversichtliche verschwand nun abrupt aus seiner Stimme, «... die ungastlichste Küste der Welt, das gefährlichste Fahrwasser auf Erden. Dort werden die Schoner aus Marstal auch weiterhin willkommen sein, um stinkenden Klippfisch zu laden. Die Häfen und Frachten, mit denen niemand sonst etwas zu tun haben will, die könnt ihr bekommen. Ihr werdet darauf angewiesen sein, von den Resten des Weltmarkts zu leben. Ihr werdet zu Parias der sieben Meere, Unratbeseitigern ähnlich. Ihr werdet die Übriggebliebenen sein.»

Wir dachten, er wolle uns ermutigen. Stattdessen endete er wie bei einer Grabrede. Es herrschte Totenstille rund um den Tisch. Ellen Boye starrte auf den Boden. Ihre Wangen brannten. Emma und Johanne schauten sie an, um Halt zu finden, doch Ellens verzerrte Gesichtszüge berührten sie so unangenehm, dass sie beinahe in Tränen ausbrachen.

Dann ergriff Isaksen wieder das Wort. Tatsächlich hatte er es nie abgegeben. Aber die Pause, die er um des Effekts willen eingeschoben hatte, klang wie ein Schlusspunkt. Was konnte nach diesem vernichtenden Urteil noch kommen?

«Marstal hat eine große Zukunft», sagte er, und wieder hoben wir aufmerksam die Köpfe, dieses Mal im Bewusstsein, dass wir nichts anderes als seine Marionetten waren und er statt der Schnüre lediglich seine kunstfertigen Worte geschickt einzusetzen verstand.

«Marstal steht eine große Zukunft bevor, weil die Stadt auf eine große Vergangenheit zurückblicken kann», erklärte Isaksen. «Es ist nicht immer so, dass das eine die Garantie für das andere ist. Tradition kann auch zur Last werden. Wir glauben, dass eine bestimmte Methode immer funktionieren wird, nur weil sie einmal funktioniert hat. So stecken wir in der Vergangenheit fest und verpassen den Anschluss an die Zukunft. Doch mit Marstal verhält es sich anders. Ihr habt einen eigenen Schiffstypus geschaffen und nach eurer Stadt benannt – ein Schiff mit einem herzförmigen Achterspiegel und einem abgerundeten, stumpfen Bug. Ihr habt so lange probiert, bis es euren Zwecken am ehesten entsprach. Eure Tradition ist die Umtriebigkeit. Vielleicht haltet ihr das für ein hässliches Wort, und aus dem Mund eines Bauern ist es das auch; denn ein umtriebiger Mensch ist ein Mensch, der nicht verwurzelt ist und dem es daher scheinbar an Stabilität fehlt, eben weil er nicht das tut, was sein Vater vor ihm getan hat. Aber denkt nach über das Wort als die Seeleute, die ihr seid. Umtriebigkeit – das ist die Gabe, den richtigen Moment zu erwischen, wenn der Wind und die Strömung mit euch sind, und dann den Anker zu lichten und die Segel zu setzen. Ihr habt doch bestimmt von dem Engländer Darwin und seiner berühmten Theorie über *the survival of the fittest* gehört, und wahrscheinlich hat auch irgendjemand euch schon einmal erklärt, dass *the fittest* ‹der Stärkste› bedeutet und Darwin der Ansicht war, nur die Stärksten würden überleben. Aber das meint er nicht. *The fittest* bedeutet ‹die Umtriebigsten›, und das seid ihr. Ihr habt eure Stadt auf die gleiche Weise geschaffen, wie ihr segelt: Ihr habt es verstanden, euch durch alle Widrigkeiten des Lebens zu manövrieren. Diese Fertigkeit nehmt ihr mit euch, aber die Schiffe, auf deren Deck ihr sie gelernt habt, müsst ihr verlassen, denn sie sinken unter euren Füßen. Die Ära der Segelschiffe ist längst vorbei, aber das Zeitalter der Seeleute hat gerade erst begonnen. Glaubt mir, eine Stadt, die seit Generationen die Heimat von Seeleuten ist, besitzt ein einzigartiges Kapital in einer Welt, in der alles transportiert werden muss, weil die Kontinente näher zusammenrücken. Nur müsst ihr von nun an eure Fertigkeiten auf einem Schiffsdeck entfalten, das unter den Vibrationen der kraftvollen Maschinen erzittert, die darunter arbeiten.»

Er präsentierte uns die gleiche Vision, die er in den vorhergegangenen Tagen in den Maklerbüros der Stadt entwickelt hatte. Allerdings ging er noch einen Schritt weiter. Er vertraute uns die Geheimnisse über die Zukunft der Reederei an, die er den anderen vorenthalten hatte. Er prophezeite, dass die Reederei im Lauf der Zeit mit den übrigen Reedereien der Stadt zusammengelegt werde, bis es in der Stadt nur noch eine einzige große Schifffahrtsgesellschaft gebe, die nicht nur über reichlich Kapital verfüge, sondern vor allen Dingen über Erfahrung, jahrhundertelange Erfahrung – diese Kombination aus Überlebenswille, Einfallsreichtum, Beharrlichkeit und Weitsicht, die hinter dem Bau der Mole, der Einführung des Telegrafen und dem Aufbau einer der größten Handelsflotten des Landes stand. Und die selbst jetzt, in der Zeit des Niedergangs der Stadt, dazu beitrug, dass wir niemals den Kampf aufgaben, neue, vergessene Ecken auf diesem Planeten zu entdecken, die wir mit unseren längst veralteten Schiffen ansteuern konnten.

Isaksen hielt die Finger in die Höhe und zählte sie ab: Überlebenswille, Einfallsreichtum, Beharrlichkeit, Weitsicht und vor allem die Fähigkeit, sich als Gemeinschaft zusammenzufinden, wenn für den Einzelnen etwas undurchführbar schien. Es waren fünf Finger, eine ganze Hand. Es war die Hand der Umtriebigkeit, welche die sich bietenden Chancen immer ergriff.

«Die beste Hand, die es gibt», sagte Isaksen, «denn mit ihr könnt ihr die Zukunft nach eurer eigenen Vorstellung formen, und genau das sollt ihr tun.

Eine Werft besitzt die Reederei bereits. Das ist wichtig, denn es geht darum, alle Bereiche der Schifffahrt zu kontrollieren, beim Bau des Schiffs angefangen bis hin zur Fracht. Aber die Werft muss komplett umgestellt werden, nicht nur auf Stahlschiffe, sondern auch auf Dampf- und Motorschiffe. So können wir den Preis jedes einzelnen Schiffs kontrollieren, das wir im Namen der Reederei vom Stapel lassen. Auch hier sind die Voraussetzungen bereits gegeben. An tüchtigen und erfahrenen Schiffbauern fehlt es in der Stadt ja nicht. Aber eine größere Tonnage ist notwendig. Die Fahrrinne zur Stadt muss vertieft werden, damit die neuen Schiffe auslaufen können. Wir müssen unseren eigenen Suezkanal quer durch das flache Inselmeer Südfünens bis zum offenen Wasser der Ostsee bauen.

Auch um den Schiffsproviant müssen wir uns kümmern und einen eigenen Handel aufbauen, der nicht nur unsere Schiffe versorgt, sondern auch fremde. Und eines Tages werden wir uns auch mit der Rohstoffbeschaffung befassen. Es ist notwendig, Kohlengruben zu besitzen und irgendwann in der Zukunft auch Ölfelder, denn das Motorschiff ist der sichere Nachfolger des Dampfschiffs. Auf diese Weise können wir für die Flotte Brennstofflieferungen zu stabilen Preisen sicherstellen.»

Wir sollten die halbe Welt nicht nur befahren, wir sollten sie anführen, und im Zentrum all dessen lag Marstal.

Das erzählte uns Isaksen.

Als er seine Rede schließlich beendete, hatten wir rote Wangen und waren erschöpft, verwirrt und guter Dinge – glückselig wie nach einer Karussellfahrt. Wir erhoben uns und klatschten Beifall, die Makler, die Kontorangestellten, die Kapitäne und Steuerleute und ihre erhitzten Frauen. Sogar Ellen, Emma und Johanne standen auf und applaudierten. Sie mussten sich nicht erst verstohlen ansehen, wie sie es gewöhnlich taten. Das Zögern, ihr Verteidigungswall gegen alle anstehenden Beschlüsse, war gebrochen. Zusammen mit uns anderen riss es sie von den Stühlen.

Es lag eine derartige Kraft in Isaksens Begeisterung, dass sie sich wie eine innere Schwerelosigkeit in uns ausbreitete. Hätte er nur lange genug geredet, wären wir aus den Fenstern des Hotel Ærø geschwebt.

*   *   *

Isaksen hatte auf den Kompass gesehen und den Kurs abgesteckt. Er hatte so eindrucksvoll über unsere Fähigkeit gesprochen, uns durch das Leben zu navigieren, auch wenn es besonders schwierig war, doch er hatte etwas Wesentliches über die Kunst, ein Schiff zu steuern, vergessen. Du hast nicht nur ein Auge auf den Kompass, du hast es auch auf das Rigg, du liest die Zeichen der Wolken, du behältst die Windrichtung im Blick, die Strömung und die Farbe des Meeres, du hältst Ausschau nach einer plötzlich auftauchenden Brandung, die vor einem Riff warnt. Vielleicht ist das nicht so bei einem Dampfschiff, aber so ist es auf einem Segelschiff, und in dieser Hinsicht ist ein Segelschiff dem Leben näher als ein Dampfer: Es reicht nicht zu wissen, wohin du willst, denn das Leben besteht wie der Kurs eines Segelschiffs fast nur aus Umwegen, für die mal Windstille und mal Sturm verantwortlich sind.

Wir können bis in alle Ewigkeit diskutieren, ob Klara Friis Schuld an Isaksens Fiasko hatte oder ob es an den Vanillekringeln lag, dass er versagte. In jedem Fall fehlte es ihm an Erfahrung mit dem weiblichen Geschlecht. Er hatte geglaubt, dass eine von Ängsten gelähmte Frau, um erlöst zu werden, einen Mann braucht, der voller Initiative steckt. So sah er die drei Witwen und die Reederei, ja die gesamte Stadt – als wären sie eine Braut und er der Bräutigam. Er sollte uns von der Willensschwäche erlösen, an der wir litten. Doch in einigen Fällen kann ein Wirbelsturm aus Energie, wie Isaksen ihn verkörperte, auch den gegenteiligen Effekt haben. Dann verstärkt er die weiblichen Ängste nur.

Als ihre Ehemänner innerhalb von drei Wochen einen plötzlichen und sinnlosen Tod gestorben waren, hatte der Verstand der Seemannsfrauen fluchtartig das Haus der drei Witwen verlassen – und mit ihm verschwand das bisschen Mut und Ausdauer, das sie besessen hatten. Zur Hintertür trat nun die Bauersfrau ein, die im Rückenmark einer jeden Frau steckt, egal, wie lange es her ist, dass ihre Familie die Scholle verlassen hat – misstrauisch, sparsam, stets ihren Besitz zusammenhaltend, mit einer Schicksalsergebenheit, die sie zu einem Leben passiver Grübelei verurteilt.

Zunächst verstand Isaksen überhaupt nichts. Dachte er doch, er hätte den Witwen einen Eid abgenommen. Hatten sie denn nicht dagestanden und zusammen mit den übrigen Angestellten der Reederei geklatscht? Er hatte durchaus die Gerüchte über ihre mangelnde Entschlusskraft gehört. Die Kapitäne, mit denen er in Casablanca verhandelte, hatten ihm nicht verheimlicht, dass sie «schwierig» seien, «nicht leicht, mit ihnen umzugehen», aber sie hatten doch übereinstimmend erklärt, dass sie «bloß eine feste Hand benötigten» und er der richtige Mann dafür sei.

Er hatte die Witwen als die geringste all seiner Herausforderungen angesehen. Nun erwies sich, dass sie das größte Hindernis waren. Sie saßen bei ihren alten, harten Vanillekringeln, die sie in den Kaffee stippten und dann eine Ewigkeit im Mund zergehen ließen. Wie Biber prüften sie mit ihren Vorderzähnen die Härte der Vanillekringel; ja, genau so waren sie, Biber, die Dämme um seine hochfliegenden Pläne errichteten und verhinderten, dass sie auch nur ansatzweise umgesetzt werden konnten.

In seiner Ungeduld kam er zu einer Unterredung mit einer Tüte frisch gebackener Kekse von Bäcker Tønnesen aus der Kirkestræde, aber auch damit bewirkte er nur das Gegenteil. Emma und Johanne wechselten Blicke. Er verschmähte also ihr Selbstgebackenes. Er war ein Verschwender. Und dann noch Kekse vom Möwenbäcker. Dachte er, sie wüssten nicht, dass Tønnesen den Jungen in der Stadt Möweneier abkaufte, die sie auf den Werden draußen vorm Hafen sammelten? Und so etwas bot er ihnen an!

Die Kekse waren eine diplomatische Katastrophe. Dann stieß er auf weitere Hindernisse.

«Das ist zu unsicher», sagte Ellen Boye, als er vorschlug, ein neues Dampfschiff auf der Stahlschiffswerft zu bauen.

Er erklärte, dass der Frachtmarkt gerade dabei war, sich zu erholen, und die Investition sich rasch amortisieren würde.

«Ist damit nicht ein großes Risiko verbunden?», fragte Emma nach einer langen Pause, in der sie die Mümmelei an den Vanillekringeln wieder aufnahm. Er hörte, dass es keine Frage, sondern eine Feststellung war.

Isaksen erklärte mit fester Stimme, dass sie ihm schon freie Hand lassen müssten, wenn sie ihm das Vertrauen erweisen wollten, das sie gezeigt hatten, als sie ihn einstellten.

«Ja sicher, aber Sie haben doch vollkommen freie Hand», erwiderte Ellen mit einer gewissen Strenge in der Stimme. «Es ist nur so, dass die Zeiten so unsicher sind.»

«Ich benötige eine Vollmacht.»

Eine Vollmacht? Die drei Frauen sahen sich an und verstanden ihn nicht. Wieder befanden sie sich auf schwankendem Grund. Vertraute er ihnen etwa nicht?

«Klara Friis sagt, dass ...»

«Klara Friis?»

Isaksen erwachte aus der Apathie, die immer häufiger von ihm Besitz ergriff, wenn er sich in Gesellschaft der drei Witwen befand.

«Was sagt Klara Friis?»

Er ahnte plötzlich eine Verbindung.

Was Klara Friis gesagt hatte, wurde nicht klar. Aber sie hatte etwas gesagt, und es hatte Eindruck hinterlassen, das spürte er. Worte wie «Unsicherheit» und «Risiko» schienen ihre bevorzugten Vokabeln zu sein. Klara Friis fütterte die Bauersfrauen in ihnen. Mit ihren Worten nährte sie das Misstrauen der Witwen und bestärkte sie in ihrer schlichten Lebensphilosophie, dass man durchaus weiß, was man hat, aber nicht, was man bekommt. Daher war es am besten, sich an das Bewährte zu halten.

«Aber diese Philosophie hält doch nicht stand», entgegnete Isaksen verzweifelt. «Auch das Bewährte geht verloren, wenn man sich nur daran hält. So sind die Zeiten. Nur der, der sich ins Unbekannte wagt, hat die Chance, etwas zu erreichen.»

«Ich verstehe nicht», meinte die groß gewachsene Ellen in einem verletzten Ton, «wir haben nichts dergleichen gesagt.»

Er stellte fest, dass er laut mit sich selbst sprach und sie für einen Moment den inneren Dialog hatte mithören lassen, den er die ganze Zeit mit ihnen führte. Darin versuchte er sie zu überreden, ihn endlich das tun zu lassen, wozu sie ihn eingestellt hatten.

Isaksen erhob sich und entschuldigte sich mit einem plötzlichen Unwohlsein. Er brauchte frische Luft. Er wusste, dass sie ihm mit den Blicken folgten und, sowie er aus der Tür war, ein Gespräch beginnen würden, das weitaus lebhafter war als alles, was er bisher erlebt hatte.

Er trat auf die Havnegade, bog in die Prinsegade ein und klopfte an Klara Friis' Tür. Ein Dienstmädchen mit steif gestärkter Schürze führte ihn ins Wohnzimmer. Klara Friis erhob sich aus dem Sofa. Er las mehr als nur Überraschung in ihrem Blick. Auch Erschrecken, als würde sie auf frischer Tat dabei ertappt, eine andere zu sein als die, für die sie sich ausgab.

«Was wollen Sie?», entfuhr es ihr.

Isaksen bemerkte, dass sie vergeblich versuchte, ihre Mimik in diese unbedarfte Vertrauensseligkeit zu zwingen, die sie ihm präsentiert hatte, als er sie das letzte Mal aufsuchte. Stattdessen signalisierte sie ihm Wachsamkeit, eine Alarmbereitschaft, die sein Misstrauen bestätigte und ihn direkt zur Sache kommen ließ.

«Ich würde gern wissen, wieso Sie gegen mich arbeiten», sagte er. «Ich verstehe Ihre Beweggründe nicht. Ist es so, dass Sie mich als Rivalen ansehen? Als Schiffsreederin müssten Sie doch auch am Wohl der Stadt interessiert sein.»

Er sprach mit ihr wie unter Ebenbürtigen und hoffte, dass es Eindruck machen und sie mit ihrem mysteriösen Spiel aufhören würde.

«Sie reden, als wären Sie der Bürgermeister», erwiderte sie. «Aber den gibt es bei uns bereits.»

Sie sah ihn trotzig an. Die Maske war gefallen. Immerhin etwas, dachte er. Jetzt brauche ich mir wenigstens die üblichen Andeutungen nicht anzuhören, diese besondere Art, in der Frauen ihre Macht ausüben, indem sie mit ihrem Unverstand kokettieren.

«Ein Bürgermeister verfügt nicht über sonderlich viel Macht. Ich hätte sie, wenn man mich nur meine Aufgaben erledigen ließe. Sie haben sie auch. Ich verstehe, dass Sie die Reederei geerbt haben und selbst weiterführen, noch dazu mit sicherer Hand.»

«Ich kümmere mich nur um meine Angelegenheiten», entgegnete sie, «und das sollten Sie auch tun.»

Oh, durchfuhr es ihn. Dann sind wir wieder da, wo wir begonnen haben, Beschränktheit als letztes Bollwerk, wenn der Kampf nicht auf offenem Feld ausgefochten werden kann.

«Das würde ich auch gern tun», versetzte er. «Aber jedes Mal, wenn ich die Witwen von einem meiner Vorschläge zu überzeugen versuche, höre ich dasselbe. Zu unsichere Zeiten. Zu großes Risiko. Jemand sagt, es wäre klug zu warten. Und es ist immer wieder derselbe Name, der dann auftaucht. Ihrer.»

Isaksen spürte, dass er dabei war, wütend zu werden. Er dachte an die Grundstücke, die sie an der Havnegade aufgekauft hatte und die nun brachlagen. Man hätte dort eine geschäftige Hafenfront entstehen lassen können. Doch die Grundstücke glichen Scheiterhaufen von Ideen, die abgebrannt waren, noch ehe man sie realisieren konnte.

«Ich gehe täglich an den Grundstücken vorbei, die Sie erworben haben und die nun schändlicherweise Brachland bleiben. Vielleicht ist das ja ein ausgezeichnetes Bild für die Pläne, die Sie hegen. Sie haben vor, die ganze Stadt brachzulegen. Aber ich will Ihnen etwas sagen, Frau Friis …»

Er fühlte, wie eine seit langem angestaute Gereiztheit Besitz von ihm ergriff.

«Das, was Sie ‹sich um die eigenen Angelegenheiten kümmern› nennen, das nenne ich ‹andere Menschen vernachlässigen, eine ganze Stadt, ihre Geschichte und Tradition›.»

«Ich hasse das Meer.»

Es brach urplötzlich aus ihr heraus. Hätte Isaksen richtig zugehört, hätte er begriffen, dass sich hier eine unerwartete Blöße zeigte, und die Chance ergriffen. Vielleicht gab es einen Weg zu ihr. Doch die Wut hatte ihn vollkommen im Griff. Er war sich ganz sicher, dass er der Ursache all seiner Probleme gegenüberstand, dem ersten und, wie er hoffte, einzigen Fiasko seiner Karriere, das sich immer deutlicher abzeichnete.

«Das ist allerdings eine eigenartige Äußerung», erwiderte er in ätzendem Ton, «so, als würde ein Bauer erklären, er hasse die Erde. In diesem Fall kann ich Ihnen nur sagen, dass Sie sich am falschen Ort zur falschen Zeit befinden.»

«Nein, im Gegenteil, ich befinde mich am richtigen Ort zur richtigen Zeit.»

Sie war jetzt ebenso wütend wie er. Aber er hörte noch etwas anderes aus ihrer Stimme, nämlich seine eigene verspielte Chance und die Bitterkeit dessen, der sich abgewiesen fühlt. Er hatte nicht richtig zugehört, und nun versuchte er im letzten Augenblick, seinen Fehler zu korrigieren, indem er einen versöhnlicheren Ton anschlug.

«Es tut mir leid, wenn ich ungerechtfertigte Anschuldigungen gegen Sie erhoben habe», sagte er. «Sollten wir nicht versuchen, vernünftig miteinander zu reden? Ich glaube, wir haben vieles gemeinsam.»

«Ich muss Sie bitten zu gehen», antwortete sie mit fester Stimme.

Er nickte ihr kurz zu, drehte sich um und verließ das Haus. Erst als er auf der Straße stand, wurde ihm klar, dass sie ihn überhaupt nicht gebeten hatte, sich zu setzen. Während ihrer Auseinandersetzung hatten sie sich gegenübergestanden. Sie verfügt über keinerlei Erziehung, dachte er.

Isaksen suchte noch einmal die Witwen auf, um seine Forderung nach einer Vollmacht vorzubringen. Er wollte endlich seine Pläne für die Werft wie für die Reederei umsetzen.

«Ich muss darauf aufmerksam machen, dass meine Forderung nach einer Vollmacht ultimativ ist», sagte er.

Sie fragten, was «ultimativ» bedeute. Der Ton zwischen ihnen war allmählich so gereizt, dass er sich immer häufiger der kalten, formalistischen Sprache der Juristen bediente als seinen oft gelobten Überredungskünsten. Er erklärte, ultimativ bedeute, dass er sein Entlassungsgesuch einreichen und sich andernorts eine Stellung suchen müsse, sollte er die Vollmacht nicht erhalten.

«Ja, aber um Himmels willen! Geht es Ihnen denn nicht gut hier?»

Er antwortete, ja, es gehe ihm gut hier, und nein, gleichzeitig gehe es ihm nicht sonderlich gut. Er möge die Stadt. Er sei der Ansicht, dass die

Reederei ein großes und vielversprechendes Potential besitze, aber seine Handlungen würden tagtäglich sabotiert. Wieder stieg die Wut in ihm auf.

«Ich verstehe, dass Sie lieber Klara Friis zuhören. Aber ich warne Sie. Sie will nichts Gutes für die Reederei.»

Ellen sah ihn bestürzt an, und er wusste, dass er verloren hatte.

«Klara Friis, das arme Kind. Wenn Sie wüssten, was sie durchgemacht hat. Und dann sprechen Sie so von ihr!»

Das Urteil war gefallen. Er sah es ihren Gesichtern an. Er war ein schlechter Mensch. Er hatte seine Pflicht getan. Nun konnte er gehen. Oder richtiger: Seine Pflicht hatte er eben nicht getan, und das setzte ihm verdammt schwer zu. Er hatte eine Chance gesehen und durfte sie nicht ergreifen. Tatsächlich wurde hier sein moralischer Grundsatz in Frage gestellt: eine Aufgabe so gut lösen, wie es sich machen lässt. Er hatte versagt. Er hatte die Reederei, die Stadt und sich selbst enttäuscht. Sein Talent, andere zu überzeugen, hatte nichts bewirkt. Seine psychologischen Erkenntnisse hatten zu kurz gegriffen. Er, der als Einziger von allen den rechten Kurs kannte, durfte nicht am Ruder stehen und das Schiff führen – und er konnte niemand anderem als sich selbst einen Vorwurf machen. Er war nicht der Typ, der Sündenböcke brauchte, obwohl die Stadt ihm einige zu bieten schien.

Am folgenden Tag schrieb er sein Entlassungsgesuch.

Als Isaksen die Stadt verließ, nahm er die Fähre wie jeder andere Reisende.

Er passte nicht hierher, lautete das Urteil über ihn.

Doch nicht bei allen. Einige erkannten, dass die Weltuntergangsszenarien, die er bei seiner Antrittsrede während des Festessens im Hotel Ærø entworfen hatte, sich nun erfüllen würden. Der Einzige, der sie hätte verhindern können, war fort. Denn nicht nur Frederik Isaksen wandte uns den Rücken zu, als er an Bord der Fähre ging, sondern auch die Welt.

Am Kai stand eine Delegation aus Kapitänen und Steuermännern. Sie alle waren an dem Abend im Hotel Ærø gewesen, als er seine große Rede hielt.

Der Kommandant trat vor die Gruppe. Er war Isaksens treueste Stütze gewesen. Er selbst konnte sich im Traum nicht vorstellen, seinen Fuß auf das Deck eines Dampfers zu setzen. Aber er rühmte sich, ein weitsichtiger Mann zu sein.

Es war ein Herbsttag, und es schüttete. Isaksen hielt einen Regenschirm in der Hand. Ein starker Westwind wehte, und die Schulterstücke seines Baumwollmantels hatten bereits eine dunklere Farbe angenommen.

«Es tut mir leid, dass es so enden musste», sagte der Kommandant.

«Sie müssen mich nicht bedauern», erwiderte Isaksen und lächelte aufmunternd, als bräuchte der Kommandant und nicht er den Trost. «Es war mein eigener Fehler, dass es so kam, wie es gekommen ist. Ich hätte ein besserer Zuhörer sein sollen.»

Der Kommandant war nicht sicher, ob er verstand, was Isaksen meinte. «Die verdammten Weiber», sagte er bloß.

«Sie dürfen ihnen nichts vorwerfen», erwiderte Isaksen. «Sie befinden sich in einer für Frauen ungewohnten Situation. Sie tun bloß das, wovon sie glauben, es sei das Beste.»

Die Fähre tutete warnend, es war Zeit zum Ablegen.

«Wohin geht die Reise?», wollte der Kommandant wissen.

Er hatte eine kleine Rede vorbereitet, nun aber die Worte vergessen.

«Nach New York. Møller eröffnet ein neues Büro. Schaut rein, wenn ihr vorbeikommt. Einen Marstaler können wir immer gebrauchen.»

Isaksen gab dem Kommandant die Hand. Dann machte er die Runde und sagte jedem Einzelnen der Männer Adieu. Von der Fähre wurde etwas gerufen. Er hob den Schirm und lüpfte den Hut. Dann verschwand er über die Laderampe.

Nun gab es niemanden mehr, der verhindern konnte, dass wir so wurden, wie Isaksen es in seiner Rede vorausgesagt hatte: Übriggebliebene.

Der Möwenmörder

Wo hat Albert James Cook begraben?»

Anton schmiedete große Pläne. Er war inzwischen der Anführer der Nordbande, aber er war unzufrieden. So lange irgendjemand denken konnte, hatte es zwei und nur zwei Banden gegeben, die die Stadt unter sich aufteilten. Die Nordbande und die Südbande. Und nun hatten die Jungen in der Niels Juelsgade und der Tordenskjoldsgade angefangen, ihre eigenen Banden zu gründen. Beide waren noch nicht ganz von der Südbande abgefallen, nur Kristian Stærk aus der Lærkestræde hatte diesen Schritt getan. Er besaß den richtigen Nachnamen und taufte seine Bande aus der Lærkestræde entsprechend: die Starken.

Anton gefiel diese Entwicklung gar nicht. Er hatte immer gern der Vorreiter sein wollen, doch nun fürchtete er, achteraus zu segeln, wie er es nannte.

Er überredete Knud Erik, Alberts Stiefel zu stehlen, die auf dem Dachboden der Prinsegade standen und darauf warteten, dass jemand die Initiative ergriff und das Museum gründete, für das sie testamentarisch bestimmt waren.

Anton hatte die Idee, eine neue Bande nach Albert zu benennen; sie sollte ausschließlich aus Mitgliedern bestehen, die zu schwören bereit waren, dass sie in ihren Stiefeln sterben würden. Anton probierte sie als Erster, allerdings waren ihm die riesigen und ziemlich ramponierten Seestiefel viel zu groß.

Dennoch fand er sie brauchbar. Er würde sie anziehen, wenn neue Mitglieder der sogenannten Albert-Bande ihren Eid ablegten. Sie sollten sich niederknien und die Stiefelspitzen küssen.

Knud Erik und Vilhjelm gaben zu bedenken, dass kein richtiger Junge so etwas tat, und richtige Jungen würde Anton in seiner Bande brauchen, wenn sie irgendeinen Sinn haben sollte. Sie selbst würden sich im Übrigen auch weigern, es zu tun.

Ihr spontaner Protest überraschte sie selbst.

Schließlich musste Anton nachgeben, und sie beschlossen gemeinsam, dass neue Mitglieder beim Schwur in den Stiefeln zu stehen hätten, statt sie zu küssen. Es war die würdigere Form, das sah sogar Anton ein. Das Herz der Bande sollte der Kopf von James Cook werden. Das war ein Geheimnis, das eine Schar von Jungen wirklich zusammenschweißen konnte.

Es gab nur ein Problem. James Cooks Kopf lag auf dem Meeresgrund.

Helmer, der in der Skovgyde wohnte und Mitglied der Nordbande war, konnte sich die Schmack seines Großvaters leihen. Sie waren zu siebt an Bord, doch nur Vilhjelm und Knud Erik gehörten zu den Eingeweihten. Den Übrigen erklärte Anton, dass sie am Mørkedybet nach einem Schatz tauchen wollten. Er beschrieb die Holzkiste, in der James Cooks Kopf begraben lag. Er verriet nicht, was sich in der Kiste befand. Er sagte nur, dass es nichts für Leute mit schwachen Nerven sei.

Tordenskjold saß neben ihm auf der Ruderbank und schaute sich mit ihren blanken, unergründlichen Möwenaugen um. Ab und zu flog sie hoch hinauf in den Himmel, aus dem sie sich unvermittelt ins Wasser stürzte. Dann kehrte die Möwe zum Boot zurück und ließ sich wieder auf der Ducht nieder. Sie legte den Kopf mit dem scharfen Schnabel in den Nacken, und in ihrer federbedeckten Kehle arbeitete es. Sie war dabei, einen Fisch zu verschlingen, und beachtete uns gar nicht.

«Gut gemacht, Tordenskjold», sagte Anton.

Er sprach mit der Sturmmöwe wie mit einem Hund.

«Hat der Schatz etwas mit den Engländern zu tun?», wollte Olaf wissen, ein großer, kräftiger Junge mit in die Stirn gekämmten Haaren.

«In gewisser Weise», antwortete Anton. «Aber mehr verrate ich nicht.»

Knud Erik und Vilhjelm warfen sich einen Blick zu.

Am Mørkedybet begannen sie zu tauchen. Es war ein wolkenloser Tag Anfang Juni, es herrschte kein Seegang. Sie konnten durch die Wasseroberfläche weit in die Tiefe hinabblicken, doch den Grund verbarg ein wogender Schleier aus Grün und Dunkelblau. Einer nach dem anderen verschwand im Wasser, und mit jedem Meter, den sie tiefer tauchten, wurde es unmöglicher, irgendetwas zu erkennen. Der Meeresgrund erschien ihnen als ein undurchdringlicher Schatten. Ein Schauder durchfuhr sie, wenn Tang und Seegras ihnen über den Bauch oder die Brust strichen, als hätte das Meer lange, weiche Finger, die versuchten, nach ihnen zu greifen. Eine Kolonie schwebender Quallen leistete ihnen Gesellschaft, eine Scholle schoss plötzlich aus ihrem Versteck. Von einem Schatz war nichts zu sehen. Sie ruderten hin und her, während sie langsam zu frösteln begannen. Am ausdauerndsten war Anton, dessen Lippen jedes Mal zitterten, wenn er wieder an die Wasseroberfläche kam.

Tordenskjold war aufgeflogen und schwebte hoch oben unter dem blauen Himmel, als ob sie auf die Jungen aufpasste.

Es war ein hoffnungsloses Unterfangen, und sie verstanden nicht, wie sie jemals hatten glauben können, den Kopf von James Cook auf dem Meeresgrund zu finden. Allmählich verloren sie nicht nur den Mut, ihnen ging auch der Atem aus, und sie begannen zu frieren. Die Sonne schien, aber das Meer hatte seine sommerliche Temperatur noch nicht erreicht.

Der Einzige, der nicht vor Kälte bebte, war Helmer. Er saß auf der hinteren Ruderbank und pulte sich Hautfetzen von der Schulter, die sich nach einem Sonnenbrand zu schälen begann. Währenddessen starrte er skeptisch aufs Wasser.

«Es ist mein Boot», sagte er.

Er meinte, sein Eigentum wäre Beitrag genug an dem Unternehmen.

«Du bist doch nur wasserscheu!», riefen die anderen ihm zu.

Das wiederum beleidigte Helmers Männlichkeit, und er schwang sich am Fockstag heraus. Als er merkte, wie kalt das Wasser war, vergaß er seine Ehrenrettung sofort. Er packte das Stag, um sich wieder in die Jolle zu ziehen, doch das unerwartete Gewicht brachte das leere Boot zum Kentern.

Niemand bekam Panik, es versuchte auch keiner, auf die gekenterte Jolle zu klettern. Sie war zu schwer, um sie wieder aufzurichten, also schoben und schleppten die Jungen das Boot nach Birkholm, um es dort im seichten Wasser umzudrehen und zu lenzen.

Knud Erik und Vilhjelm blieben zurück, um die Kleidungsstücke einzusammeln. Hemden, Pullover und schaukelnde Holzschuhe schwammen wie ein Algenteppich auf dem Wasser. Ein paar Sachen hängten sie zum Trocknen an die Pricken, die die Fahrrinne markierten, die anderen nahmen sie mit zum Strand. Nur Anton tauchte weiterhin nach James Cooks Kopf. Erst als sie nackt im Sand auf Birkholm lagen, um sich aufzuwärmen, sahen sie ihn auf den Strand zukommen. Er schwamm auf dem Rücken und hielt etwas im Arm. Es sah aus, als würde er einen Ertrunkenen retten.

«Er hat den Schatz gefunden! Er hat den Schatz gefunden!», schrie Helmer aufgeregt.

Knud Erik und Vilhjelm sahen sich an. Sollte es wirklich der Kopf von James Cook sein?

Anton stolperte den Strand herauf. Sein Kopf leuchtete hellblau, und er klapperte so heftig mit den Zähnen, dass er die ersten paar Minuten außerstande war, irgendetwas zu sagen. Er saß in der Hocke, holte tief Luft und röchelte, als hätte er eine Menge Wasser geschluckt, während er den Schatz mit beiden Armen umklammerte.

Er wechselte einen kurzen Blick mit Knud Erik und schüttelte den Kopf. Dann erhob er sich und streckte die Arme triumphierend in die Luft. Sein Oberkörper zitterte noch immer vor Kälte, aber sein Gesicht leuchtete vor Freude.

«Seht, was ich gefunden habe!», brüllte er.

Sie starrten auf den Gegenstand, den er in den Händen hielt. Zunächst konnten sie nicht erkennen, was es war.

Dann entfuhr Helmer ein Keuchen.

«Das ist ein Toter!»

Nun sahen es die anderen auch. Anton hielt einen Schädel in seinen Händen. Das Wasser hatte ihn grünlich verfärbt, und der Seegrasbewuchs hing von der Schädeldecke wie die Haare eines Ertrunkenen. Der Unterkiefer fehlte. Wo die Augen hätten sein sollen, gab es nur zwei leere Löcher, die die Jungen mit dem unergründlichen Blick der Toten anglotzten. Die entblößten Zähne im Oberkiefer grinsten in einem boshaften Triumph, als würde der Kopf das Schicksal voraussehen, das sie erwartete, wenn auch sie sich irgendwann einmal in die gleichen traurigen Reste eines Menschen verwandelten.

«Nein», sagte Anton, «das ist kein toter Mann. Das ist etwas viel Besseres. Das ist ein ermordeter Mann.»

Er ließ die Arme sinken und hielt uns den Schädel hin.

«Seht selbst.»

Sie umringten ihn. Er drehte den Schädel des Ermordeten um, damit sie ihn von allen Seiten betrachten konnten. Der Hinterkopf wies ein großes Loch auf.

«Das ist ein Steinzeitmensch», sagte Knud Erik. «Er hat eine Axt über den Kopf bekommen.»

«Das ist kein Steinzeitmensch», widersprach Anton.

Er sah sie an.

Und machte eine Pause, um die Spannung zu erhöhen, während er weiter seinen Blick von einem zum anderen wandern ließ.

«Ich weiß, wer das ist.»

«Wer denn?», fragten wir wie aus einem Mund.

«Das sage ich noch nicht. Aber das war der Schatz, nach dem ihr suchen solltet.»

Knud Erik und Vilhjelm wussten genau, dass Anton log. Sie hatten den Kopf von James Cook nicht gefunden, stattdessen etwas anderes, und Anton verstand es stets, das Unerwartete zu seinem eigenen Vorteil zu nutzen.

«Legt die Hand auf den Kopf des Ermordeten», erklärte er, «und schwört, dass ihr es niemandem erzählen werdet. Sonst sage ich niemals, wer es ist.»

Alle legten sie eine Hand auf den Schädel. Das Seegras, das auf der Decke klebte, fühlte sich widerlich an, sie schauderten.

«Schwört», sagte Anton.

Sie schworen im Chor, dass sie das Geheimnis niemals verraten würden.

«Sag schon, wer ist es?»

«Später», erwiderte Anton und machte eine abwehrende Handbewegung, als wollte er sie bitten, sich nicht allzu sehr aufzuregen.

Sie ruderten zu den Pricken und sammelten den Rest ihrer Kleider ein. Die Sonne und der Wind hatten sie trocken werden lassen, doch niemand hatte daran gedacht, die Holzschuhe aus dem Wasser zu holen, als Helmer mit der Jolle kenterte. Sie waren mit der Strömung fortgetrieben.

Vilhjelm konnte seine Hose nicht finden und begann schlimmer als je zuvor zu stottern.

«Gib ihm deine», sagte Anton zu Knud Erik, «dann regt sich deine Mutter erst richtig auf.»

Noch immer lautete Antons Rezept von Freiheit: Mach deine Eltern so wütend wie möglich.

Die Leute gafften, als die Jungen barfuß und ohne Hosen durch die Straßen liefen. Sie wussten, dass es etwas setzen würde, wenn sie nach Hause kamen. Aber es war ihnen egal. Durch nichts ließen sie sich an diesem Tag irritieren, an dem sie den ermordeten Mann fanden. Sie hatten ein Geheimnis, und ein Geheimnis bedeutete Macht.

* * *

Ein paar Tage später traf sich Anton mit Kristian Stærk und schlug ihm vor, zusammen eine neue Bande zu gründen, die seiner Meinung nach die stärkste der Stadt sein würde. Das letzte Wort benutzte er nur, um dem Anführer der Starken zu schmeicheln. Er hatte Knud Erik und Vilhjelm als seine Adjutanten mitgenommen. Deren wichtigste Aufgabe war es, eine Holzkiste zu tragen, in der der Schädel des Ermordeten lag. In den schwierigen Verhandlungen, die nun bevorstanden, sah Anton den Schädel als ein wichtiges und überzeugendes Argument an.

Antons größte Probleme waren sein Alter und seine geringe Größe, als er Kristian Stærk gegenüberstand. Kristian war fünfzehn Jahre alt und erheblich größer als er, mit breiten Schultern und einem dicken Hals, auf dem ein Kopf saß, der im Verhältnis zum restlichen Körper verblüffend klein wirkte. Er hatte große, abstehende Ohren, und Anton hatte mal gesagt, dass Kristians Kopf die Flügel ausgefahren hätte und überlegen würde fortzufliegen, um sich einen passenderen Körper zu suchen. Niemand sagte so etwas, wenn Kristian Stærk es hören konnte, denn er teilte gern «Pferdeküsse» aus oder verdrehte mit seinen feuchten Händen die Haut am Handgelenk zu «Tausend Stecknadeln».

Kristian Stærk ging beim Eisenwarenhändler Samuelsen in der Kongegade in die Lehre, und es gab niemanden, der verstand, wieso er sich noch immer mit den Banden herumtrieb und prügelte. Niemand von den Erwachsenen nahm Kristian Stærk ernst. Aber sämtliche Kinder der Stadt fürchteten ihn, und das war wohl auch der Grund, warum er sich weiterhin so kindisch benahm. Er zog einen Umgang vor, in dem er der Größte und Stärkste sein konnte.

Bei Anton verhielt es sich umgekehrt. Die Erwachsenen, zumeist die Mütter, hielten nicht sonderlich viel von einem Jungen, der mit einem einzigen Schuss in halb Marstal das Licht gelöscht hatte. Die Jungen der Stadt indes sahen zu ihm auf. Anton selbst war es egal, ob die Leute größer oder kleiner waren als er, denn er hielt sich in jedem Fall für den Gerissensten von allen.

Kristian Stærk empfing Anton freundlicher, als er es erwartet hatte. Anton eilte sein Ruf voraus. Aber er wusste genau, dass sein stärkstes Argument in den nun folgenden Verhandlungen der Inhalt der Holzkiste war, die seine beiden Adjutanten Knud Erik und Vilhjelm mitgebracht hatten. Er bestand darauf, dass der Name der Bande «Albert-Bande» sein solle, und er hatte das Aufnahmeritual erweitert. Die zukünftigen Mitglieder sollten nicht nur in Alberts Stiefeln stehen und den Eid ablegen, sondern gleichzeitig auch eine Hand auf den Kopf des Ermordeten legen. Anton hatte das Seegras abgewaschen, den Schädel mit dem großen Loch im Hinterkopf blank poliert und entschieden, dass der Name des Ermordeten für alle Zeiten ein Geheimnis bleiben solle, davon ausgenommen waren nur die beiden Anführer der Bande, nämlich Kristian Stærk und er selbst.

Er bat Knud Erik, den Deckel der Kiste zu öffnen. Mit feierlicher Miene nahm er den Schädel heraus und reichte ihn Kristian Stærk, der ihn in die Hand nahm und dabei unablässig mit seinen abstehenden Ohren wackelte. Wir sahen, dass er Angst vor dem ermordeten Mann hatte, aber auch, dass sein durchtriebenes Jungenhirn im Körper eines erwachsenen Mannes mit Hochdruck arbeitete. Der Schädel appellierte auf eine ganz unwiderstehliche Weise an seine Phantasie, und Kristian wusste instinktiv, dass er auf alle anderen die gleiche Wirkung haben würde, die so dachten wie er. Derjenige, der den Kopf besaß, würde auch die größte und stärkste Bande haben. Als Zeichen, dass er Antons Bedingungen akzeptierte, nickte er stumm.

«Das ist kein Steinzeitmensch, dem man eins mit der Axt übergezogen hat», erklärte Anton. Er forderte Kristian auf, sich zu bücken, so dass sich ihre Köpfe auf gleicher Höhe befanden. Dann flüsterte er ihm den Namen des Ermordeten ins Ohr. Hinterher sahen sie sich in die Augen, um den Pakt zu besiegeln, den sie eingegangen waren.

Als erste Aufgabe musste die neue Bande Waffen und Ausrüstung für die dazukommenden Rekruten beschaffen. Der Margarinemann, der von seinem Pferdewagen aus den Hausfrauen Butter und Margarine verkaufte, schenkte uns die Deckel gebrauchter Fässer. Wir banden Riemen daran, und es waren Schilde.

Kristian Stærk erwies sich als nützlich, da er vom Eisenwarenhändler Samuelsen Rohrstöcke besorgte, aus denen wir Flitzebogen bastelten. Blumenstäbe wurden zu Pfeilen, aber im Grund waren sie nicht sonderlich effektiv, obwohl sie durchaus einen blauen Fleck hinterlassen konnten, wenn man von ihnen mit dem flachen Ende mitten auf die Stirn getroffen wurde. Wir versuchten, sie mit einem Messer anzuspitzen, aber das Holz war nicht hart genug. Anton kam auf die Idee, an den Spitzen der Pfeile Segelmachernadeln zu befestigen. Dann taten sie nicht nur weh, sondern drangen ins Fleisch und blieben dort stecken. Wer aus einer Schlacht kam, glich einem Igel, vor allem im Sommer, wenn die Nadeln nicht erst die Kleidung durchbohren mussten, sondern direkt auf die nackte Haut trafen.

Das war in Ordnung. Nun wurde es gefährlich, und gefährlich sollte es sein. Wir hatten einen Namen, der verpflichtete, und den Kopf eines Ermordeten als gemeinsames Symbol. Nur die Gefahr eines wirklichen Todes war es wert, sich zu prügeln.

Wir hatten gewisse Regeln. Alle Mitglieder mussten älter als zehn Jahre sein. Knud Erik und Vilhjelm waren zehn, andere im gleichen Alter wurden dennoch nicht aufgenommen. Denn die Aufnahmeprüfung war nur etwas für Verwegene. Man musste mit einem großen Stein in den Händen in den Hafen springen und sich ganz bis auf den Grund sinken lassen. Dann hatte man unter dem Kiel eines Schiffs hindurch- und auf der anderen Seite wieder aufzutauchen. Wenn der Stein dort unten verloren ging, konnte man sich ebenso gut gleich von der Albert-Bande verabschieden. Es gab viele Erwachsene, die es nicht geschafft hätten, doch statt abzuschrecken, zog die Mutprobe jede Menge neuer Rekruten an. Alle wollten wir unsere Fähigkeiten unter Beweis stellen. Wir stolperten mit aufgeschürften Wangen und Augen, die uns vor Sauerstoffmangel aus dem Kopf traten, in der flaschengrünen Dunkelheit umher, während der Kiel des Schiffs, der vor schwojendem Seegras, Muscheln und Krebsen zu leben schien, sich wie der bewachsene Bauch eines Pottwals über uns wölbte. Einer zerplatzenden Luftblase ähnlich tauchten wir von dem schlammigen Boden auf. Sobald sich unsere Lungen mit Luft gefüllt hatten, stießen wir einen Triumphschrei aus und kämpften, um nicht noch einmal mit dem Stein unterzugehen, der in dem Moment, in dem wir ihn über die Wasseroberfläche hoben, urplötzlich seine Schwerelosigkeit verlor.

Dachten wir jemals daran, dass wir uns dort aufhielten, wo so viele unserer Väter ihr Ende gefunden hatten? Wir schworen, dass wir in den Stiefeln sterben wollten. Aber das taten Ertrinkende auch.

Wir hatten Mitglieder aus allen Straßen der Stadt, auch aus dem südlichen Teil, der eigentlich immer das Territorium der Südbande gewesen war. Natürlich gab es auch einige alte Mitglieder der Nordbande, von denen wir uns verabschieden mussten. Es ging einfach darum, die Probe zu bestehen. Dann war es egal, aus welchem Teil der Stadt man kam. Es gab einen harten Kern in der Südbande, der sich nicht unterkriegen lassen wollte, und das kam uns nur gelegen. Wir mussten uns ja mit irgendjemandem prügeln. Wir setzten ihnen ziemlich zu, und meist waren sie es, die in der Klemme saßen. Manchmal prügelten wir uns auf den Holzflößen im Hafen oder gingen in gestohlenen Ruderbooten aufeinander los. Am häufigsten trafen wir uns aber auf einem Feld an der Vestergade, wohin die Erwachsenen nie kamen. Wir mussten ungestört bleiben, wenn wir uns Schrammen und Wunden, blaue Augen und Löcher im Kopf zufügten.

Bis das Furchtbare mit Kristian Stærk passierte, war Henry Levinsen der Einzige gewesen, der bei all unseren Schlachten zu Schaden gekommen war. Er brach sich die Nase, als Kristian Stærk ihm einen Übertopf aus

Kupfer, den Henry als Helm benutzte, mit einem Reusenpfahl über die Ohren schlug. Klempner Groth in der Nygade musste den Kupfertopf aufschneiden, und seither stand Henry Levinsens Nase schief. Die Erwachsenen nannten uns *pikininis*. Das bedeutete «Kinder» in einer Sprache, die weder Englisch, Deutsch noch Französisch war, sondern irgendwo weit weg in der Fremde gesprochen wurde – und genau dieses Gefühl hatten wir auch bei dem Wort. Wir fühlten uns wie Fremde, Eingeborene oder Wilde auf einer unentdeckten Insel.

Hätten wir je darauf geachtet, dann wäre uns aufgefallen, dass es viele unter uns gab, die irgendwann auf der Straße oder im Schulhof standen und plötzlich zu weinen anfingen, weil sie an einen Vater dachten, den sie bei einem Schiffsuntergang oder im Krieg verloren hatten – immer der gleiche Tod durch Ertrinken, dem nie ein Begräbnis folgte.

Aber mit dieser Art von Gedanken befassten wir uns nicht, obwohl es sicher einen Grund gab, dass wir härter zuschlugen als andere, wenn wir uns prügelten, und warum es uns egal war, wie weh es tat, wenn die anderen sich wehrten. Wir schlugen aufeinander ein, wie ein Schmied auf heißes Eisen schlägt. Wir prügelten uns, um uns selbst in eine Form zu bringen.

Anton behauptete, der Ermordete stünde jede Nacht unter seinem Giebelfenster und riefe mit hohler Stimme zu ihm herauf, dass er ihm seinen Kopf zurückgeben solle. Wir glaubten ihm nicht. Wie sollte er denn rufen können, wenn sein Kopf sich zusammen mit Anton im Giebelzimmer befand?

Ob wir denn nicht bemerkt hätten, dass der Unterkiefer fehlte?, wollte Anton wissen. Dort säße die Stimme. Er zeigte uns Fußspuren in den Kartoffelbeeten unter dem Giebel.

Wir dachten, er habe sie selbst hinterlassen.

Anton seufzte und sagte, diese Bürde müsse er wohl auf sich nehmen; nicht einmal seine Vertrautesten schenkten ihm Glauben, obwohl ihn ein großes und schwerwiegendes Wissen belaste. Denn er wusste nicht nur, wer der Ermordete war, er kannte auch den Mörder. Er warf uns einen Blick zu, der uns schaudern ließ.

Wir glaubten ihm nicht alles. Trotzdem konnte er uns durchaus Angst einjagen.

Wir konnten ja nicht ahnen, dass eines Nachts wirklich ein Mann im Garten stehen und nach Anton rufen würde.

Es war nicht der Tote, der seinen Kopf wiederhaben wollte.

Es war der Mörder. Und es war Kristian Stærk, der ihn geschickt hatte.

* * *

Alles begann, als Anton weniger Geld als bisher zur Verfügung hatte und seine tägliche Zahl an *Woodbine*-Zigaretten reduzieren musste, die ihm diese männliche Stimme gaben, durch die er erheblich älter wirkte, als er tatsächlich war. Er sagte, irgendetwas sei mit der Knallbüchse nicht in Ordnung, wie er das Luftgewehr seines Vetters nannte, denn plötzlich erlegte er weniger Spatzen als gewöhnlich. Die Möglichkeit, dass er allmählich am Ende des Bestandes angelangt war, wies er als Quatsch zurück. Das Gewehr war die einzige Erklärung.

Er wollte die Knallbüchse daher einer endgültigen Probe unterziehen und beschloss, einen wirklich großen Vogel zu schießen; tatsächlich handelte es sich um den größten Vogel, den es in Marstal gab. Es war ein Entschluss, der unserer Ansicht nach sein wirkliches Format zeigte, der aber gleichzeitig Bedenken bei uns hervorrief, ja uns nachgerade betrübte. Denn es war ein Vogel, den die ganze Stadt mochte. Er hatte sogar einen eigenen Namen. Den hatten die zahlreichen Arapa-Papageien, Kakadus, Nymphensittiche, Beos und Kanarienvögel, die die Seeleute im Lauf der Jahre mit nach Marstal gebracht hatten, natürlich auch. Doch die Papageien saßen in ihren Bauern und knabberten Würfelzucker, das war also etwas anderes. Anton selbst besaß die halbzahme Sturmmöwe Tordenskjold. Aber der Vogel, dem er nun ans Leder wollte, war ein freier und stolzer Vogel, der jedes Jahr so weit fortzog, wie die Seeleute segelten. Wir waren stolz darauf, dass er sich unsere Stadt ausgesucht hatte, um sein Nest zu bauen.

Es war der Storch auf dem Dach von Goldsteins Haus. Wir nannten ihn Frede.

Der Storch hatte sich einen eigenartigen Platz zum Wohnen ausgesucht. Störche bauen gern hoch, aber Goldsteins Haus, das am Ende der Markgade lag, war ein niedriges, gelb gekalktes Fachwerkgebäude mit einem roten Ziegeldach, das aussah, als ob es über die zusammengesunkenen Mauern gerutscht wäre. Abraham Goldstein war Schuhmacher, ein weißbärtiger, sanftmütiger Mann mit tief liegenden Augen. Niemals schaute er jemanden an, und dafür gab es einen Grund. Es hieß, er habe den bösen Blick. Begegnete ihm ein Kapitän auf dem Weg zu seinem auslaufbereiten Schiff, verschob er die Reise auf den nächsten Tag. Einige hatten Abraham Goldstein am frühen Morgen im Frühjahr auf dem Marktplatz stehen sehen und gehört, wie er die Spatzen zu sich rief. Die Spatzen setzten sich auf seine Hände und die ausgestreckten Arme, bis hin zu seinen hängenden Schultern. Auch auf seinem Hut ließen sie sich nieder.

Andere sagten, es sei alles Blödsinn, Goldstein sei ein ganz gewöhnlicher Mann, den man nach seinen Fähigkeiten beurteilen solle, ein Paar Stiefel zu besohlen. Und was das anging, so gab es niemanden, der sich beklagen konnte.

Wir liefen an einem Sonntagnachmittag im Juli zu Goldsteins Haus; die Hitze hatte alle an den Strand getrieben, und wir gingen davon aus, dass Anton den Storch ohne Zeugen erschießen konnte. Die ganze Angelegenheit hatte etwas unendlich Trauriges. Trotzdem mussten wir es sehen, obwohl wir damit rechneten, dass wir in dem Moment die Augen schließen würden, wenn der Storch zum letzten Mal mit den schwarzweißen Flügeln schlug, seine roten Beine hob und aus dem großen Reisighaufen taumelte, aus dem sein Nest bestand. Wir hatten das unbestimmte Gefühl, dass große Männer und sinnlose, traurige Ereignisse zusammengehörten; so jedenfalls erging es uns mit Anton. Aber wir waren sicher, dass er für etwas Großes ausersehen war, und wir wollten dabei sein, wenn es geschah.

Anton legte das Gewehr an und kniff ein Auge zu. Lange stand er so da, als wäre er sich seines Ziels nicht sicher; uns schien seine Hand ein wenig zu zittern. Wir schauten auf den Storch. In diesem Augenblick nahmen wir Abschied von ihm und glaubten, dass Anton das Gleiche tat. Dann drückte er den Abzug.

Wie auf Kommando schlossen wir die Augen. Eine ganze Weile verharrten wir so. Es war ganz still nach dem Schuss. Wir vermuteten, dass man den Knall bis auf die Halbinsel vernommen hatte. Dann hörten wir

Anton fluchen. Wir öffneten die Augen und blickten zum Dachfirst hinauf. Der Storch stand ungerührt in seinem Nest und machte den Eindruck, als wäre er eingeschlafen.

Bleiben Störche einfach stehen, wenn sie erschossen werden? Es sah aus, als hätte die Kugel den stolzen Vogel ausgestopft, statt ihn in einen kläglichen Haufen aus Federn und langen roten Beinen zu verwandeln.

Es verging einige Zeit, bevor uns der Grund für die Reglosigkeit des Storchs klar wurde.

Anton hatte danebengeschossen.

Mit einer wütenden Bewegung lud er das Luftgewehr und schoss noch einmal. Er schoss, bis er keine Patronen mehr hatte. Der Storch rührte sich nicht. Man konnte meinen, er sei taub. Doch ob er nun taub war oder nicht, eines war ganz sicher: Trotz Antons Kanonade mit der Knallbüchse hatte Frede keinerlei Schaden genommen.

Plötzlich wurde die Tür von Goldsteins Haus aufgerissen, und ein Mann tauchte in der Türöffnung auf. Statt auf Goldsteins gedrungene Altmännergestalt fiel unser Blick auf einen Hünen, der sich bücken musste, um durch die kleine Tür zu kommen. Er trug einen blauen Overall. Darunter war der sonnengebräunte Oberkörper nackt, und wir sahen seine kräftigen Oberarme und Tätowierungen, die sich blau und rot über seine Muskeln schlängelten. Es war Goldsteins Schwiegersohn, Bjørn Karlsen, der als Takler auf der Werft für die Stahlschiffe arbeitete. Er hatte seinen Mittagsschlaf gehalten und war von Antons Knallerei aufgewacht.

«Zum Teufel noch mal, Bursche!», brüllte er und schwang drohend die Faust. «Schießt du etwa auf den Storch?»

Es hatte den Anschein, als würde Anton ihn nicht hören. Er hielt die Knallbüchse in den Händen und starrte sie mit einem so hasserfüllten Blick an, dass wir nur hofften, er würde sie niemals auf uns richten. Am liebsten wären wir abgehauen, aber wir hatten das Gefühl, dass wir Anton in diesem Augenblick nicht allein lassen durften. Wir begnügten uns damit, ein paar Schritt zurückzuweichen.

Anton stand ganz allein auf dem Bürgersteig, als Bjørn Karlsen mit Riesenschritten über die Straße kam und ihn am Nacken packte. Er riss Anton am Hemdkragen hoch, bis die Füße hin- und herbaumelten, als wäre er ein kleines Kind – und wahrscheinlich war er auch nichts anderes in den Augen des wütenden, beinahe zwei Meter großen Taklers.

Für uns stellte Anton natürlich alles andere als ein kleines Kind dar, aber in diesem Moment ahnten wir, dass man ihn durchaus unterschiedlich betrachten konnte.

Bjørn Karlsen schleppte Anton die Markgade entlang. Unterwegs verhörte er ihn über das Luftgewehr.

«Gehört es dir?», fragte er.

Anton sagte einfach Ja. Er hatte keine Lust zu erklären, dass es seinem Vetter gehörte, und im Grunde war es jetzt auch egal.

«Ich werde dir zeigen, was man mit einem wie dir macht», sagte der Takler.

Er überquerte den Marktplatz, noch immer mit einem festen Griff an Antons Kragen. Wir folgten in sicherem Abstand und verstanden nicht, warum Anton schwieg. Niemand konnte ihm imponieren, und wir hatten noch keinen Erwachsenen erlebt, den er mit seiner Schlagfertigkeit nicht außer Gefecht gesetzt hatte. Nun schien ihm alles egal zu sein. Eine merkwürdig gleichgültige Neugierde stieg in uns auf. Wir hätten ihm etwas Aufmunterndes zurufen oder Bjørn Karlsen mit Beschimpfungen bombardieren können. Doch wir sagten kein Wort.

Bjørn Karlsen ging die Prinsegade hinunter und die Havnegade entlang bis zur Dampskibsbro. Unterwegs begegneten wir niemandem. Die Stadt war wie ausgestorben, sie erschien uns wie eine Theaterbühne, die auf ein großes, trauriges Ereignis wartete. Vielleicht sollten wir heute Antons Fall erleben.

Der Takler blieb direkt am Rand des Kais stehen.

«Jetzt werde ich dir mal zeigen, wozu so ein verdammtes Gewehr gut ist», sagte er.

Er nahm Anton die Knallbüchse ab und schlug sie hart auf das Bollwerk. Der Holzkolben splitterte. Anton schwieg. Er starrte noch immer vor sich hin, so wie er es die ganze Zeit über getan hatte. Bjørn Karlsen schmiss das zerstörte Gewehr in die Hafeneinfahrt. Man hörte ein leises Platschen, dann verschwand es unter der Oberfläche. Noch immer hielt Karlsen Anton am Kragen gepackt. Nun griff er auch noch nach seiner Hose und schickte ihn mit einem gewaltigen Schwung auf denselben Weg wie die Knallbüchse.

Als Anton wieder auf dem Kai stand, tat er so, als wäre nichts gewesen, obwohl er vor Nässe triefte. Er sah uns mit zusammengekniffenen Augen an.

«Auf diese Weise sind wir das Scheißgewehr los», sagte er.

Er wollte etwas beweisen, vielleicht uns, am meisten aber sich selbst. Es hatte mit Treffsicherheit zu tun, nur verstanden wir nicht, warum. Niemand begriff, wie er, der einen Spatzen oder Hasen auf der Flucht auch aus großer Entfernung immer getroffen hatte, bei einem Storch vorbeischießen konnte, der still dasaß. Also musste es die Knallbüchse gewesen sein.

Solange es das Gewehr war, lag es nicht an Anton. Diesem Gedankengang konnten wir folgen, weiter dachten wir nicht.

Anton kam auf die Idee, jemandem einen Apfel vom Kopf zu schießen. Er wollte es wie Wilhelm Tell mit Pfeil und Bogen schaffen. Selbstverständlich an einem windstillen Tag. Der Pfeil würde ihn nicht im Stich lassen. Pfeil und Bogen waren uralte Waffen, und alles hing vom Bogenschützen ab – nicht wie im Fall des Scheißgewehrs, das jetzt auf dem Boden des Meeres lag, wo es hingehörte, von irgendeinem zufälligen Fehler der Technik. Kristian Stærk sollte seinen Kopf hinhalten. Etwas anderes kam gar nicht in Frage. Es war einfach unter Antons Würde, seine Untergebenen für lebensgefährliche Aufgaben abzukommandieren, wenn er sich nicht selbst auch in die Gefahrenzone begab. Er und Kristian Stærk waren ebenbürtig. Er brauchte nur anzudeuten, was er vorhatte, und schon meldete sich Kristian. Er wackelte mit den Ohren, wie immer, wenn er Angst hatte. Aber er konnte nicht ablehnen. Dann wäre er abgeschrieben gewesen.

Wir überlegten hin und her. Wenn Kristian Stærk nun im letzten Moment der Mut verließ? Oder Antons Treffsicherheit noch einmal versagte?

Dann kam der Tag, an dem Anton und Kristian Stærk ihre Probe bestehen sollten. Wir gingen zu dem Feld an der Vestergade, auf dem wir so oft die großen Schlachten mit der Südbande geschlagen hatten. Henry Levinsen war mit seiner schiefen, aber inzwischen verheilten Nase erschienen und stand beim Rest seiner Bande. Ihre Waffen hatten sie nicht dabei. Sie waren ebenso wie wir Übrigen gekommen, um an dem Ereignis teilzunehmen, das ebenso gut Antons Triumph wie seine Niederlage bedeuten konnte. Alles in allem waren wir wohl um die fünfzig Jungen. Es hatte geregnet, und es war anstrengend, sich auf der schwarzen Erde zu bewegen.

Kristian Stærk stellte sich mitten aufs Feld, und Knud Erik versuchte, ihm einen Apfel auf den Kopf zu legen, der allerdings ständig herunterfiel. Wir hatten eine Generalprobe für überflüssig erachtet, und die meisten hielten es für ein schlechtes Zeichen. Kristian musste sich sein halblanges fettiges Haar zerwühlen, bis sich ein Kissen auf seinem kleinen Kopf gebildet hatte und der Apfel liegen blieb. Seine Ohren wackelten unablässig. Wir dachten an Antons Witz, dass seine Ohren wie Flügel aussahen, die mit dem Kopf davonfliegen wollten. Wir hatten keinen Zweifel, was Kristian Stærks Ohren in diesem Moment getan hätten, wenn es wirklich möglich gewesen wäre.

Anton stand ihm gegenüber, sie starrten sich an wie zwei Duellanten. Dann begann Anton rückwärtszugehen, während er seine Augen zusammenkniff, als konzentrierte er sich. Er ging so lange rückwärts, bis er überhaupt keine Chance mehr hatte, den Apfel zu treffen. Ja, wir zweifelten, ob der Bogen überhaupt so weit schießen konnte.

Knud Erik rief, er solle stehen bleiben und wieder ein Stück nach vorn gehen.

Anton weigerte sich, und wir mussten ziemlich lange mit ihm diskutieren, bevor er einwilligte, in fünfzehn Schritt Abstand zu Kristian zu stehen, der inzwischen so konfus war, dass der Apfel noch einmal herunterfiel.

Endlich war alles bereit. Anton spannte den Bogen und legte den Pfeil an. Er kniff die Augen so fest zusammen, dass es aussah, als versuchte er, den Apfel mit geschlossenen Augen zu treffen.

Ziemlich viele von uns glaubten, dass es so ausgehen würde wie bei dem Storch. Anton hatte sich nicht mehr im Griff.

Doch dieses Mal schoss Anton nicht daneben. Nur war es nicht der Apfel, den er traf – sondern Kristian Stærk.

Wir hatten kaum das Geräusch der gespannten Bogensehne gehört, als der Pfeil abgeschossen wurde, als Kristian sich mit einem Aufschrei nach vorn beugte und seine Hände vors Gesicht schlug. Der unversehrte Apfel fiel auf die Erde, allerdings bemerkte es niemand von uns. Wir sahen, dass der Pfeil feststeckte, aber wegen der Hände, wussten wir nicht, wo. Dann richtete sich Kristian auf und brüllte zum Himmel, als hätte er den Verstand verloren. Es klang unheimlich, denn er war ja ein beinahe erwachsener Mann. Er legte den Kopf in den Nacken, um noch lauter schreien zu können. Der Pfeil folgte kurz seiner Bewegung, dann fiel er zu Boden. Die Spitze war rot.

Vilhjelm war als Erster bei Kristian. Er hielt ein Taschentuch in der Hand.

Anton rührte sich nicht. Es war, als müsste er erst seine Niederlage verdauen, bevor er überhaupt begriff, dass er Kristian Stærk angeschossen hatte. Später haben wir uns oft darüber unterhalten, was für Anton wohl schlimmer gewesen ist, sein durch den Fehlschuss beschädigter Ruf oder die Wunde, die er Kristian zufügt hatte.

Dann kam er endlich zu sich. Er lief zu Kristian, blieb aber ein paar Meter vor ihm stehen.

«Er muss zu Doktor Kroman», sagte er, wobei es ihm gelang, seine Stimme ganz nüchtern klingen zu lassen.

Er war noch immer unser Anführer, und in diesem Moment wurden wir ganz ruhig, obwohl einige der kleineren Jungen vor Schreck aufschrien, als sie sahen, wie Vilhjelms Taschentuch sich von Blut rot färbte.

Anton trat auf Kristian zu, der sich noch immer die Hände vors Gesicht hielt und schrie.

«Lass mich mal sehen, wo ich dich getroffen habe», sagte er und strich Kristian das Haar aus der Stirn.

«Du fasst mich nicht an!», schrie Kristian.

Dennoch nahm er die Hände vom Gesicht, und wir sahen aus seinem rechten Auge Blut fließen. Es war ein ganzer See aus Blut.

Anton nahm Kristian bei der Hand, genau so, wie er es mit Henry Levinsen gemacht hatte, als ihm der Topf über die Ohren geschlagen worden war. Und Henry hätte sich bestimmt an diesen Tag erinnert, wenn er noch da gewesen wäre, aber die Südbande hatte sich längst davongemacht.

«Wir sagen, dass er einen Ast ins Auge bekommen hat», erklärte Anton und sah sich mit der alten Autorität im Blick in der Gruppe um. Dann marschierten wir wie bei einem Umzug durch die Stadt zu Doktor Kroman. Kristian hörte nicht auf mit seiner Schreierei, und allen, denen wir begegneten, sagten wir dasselbe: «Er hat einen Ast ins Auge gekriegt.»

Wir hatten nicht das Gefühl, dass wir Anton deckten. Wir deckten uns selbst. Wie es dazu gekommen war, dass Blut aus Kristian Stærks Auge floss, ging die Erwachsenen nichts an. Das Auge ging nur Doktor Kroman etwas an. Er war der Einzige, der etwas tun konnte. Nun überließen wir Kristians Schicksal ihm.

Wir ahnten allerdings nicht, dass an diesem Tag in Doktor Kromans Behandlungszimmer nicht nur über Kristians Schicksal entschieden wurde, sondern auch über Antons. Schon bald sollten wir ihn für alle Zeiten als unseren Anführer verlieren.

* * *
.

Als wir Doktor Kromans Praxis erreichten, war es zu einem regelrechten Auflauf gekommen. Abgesehen von den Mitgliedern der Albert-Bande hatten sich wohl zwanzig bis dreißig Menschen versammelt. Wir kamen außerhalb der Sprechstunde, also hämmerten wir gegen die Tür und riefen nach dem Doktor. Kroman öffnete, packte Kristian Stærk sofort bei den Schultern und nahm ihn mit. Kristian hörte sofort auf zu schreien, als wüsste er, dass er sich nun in guten Händen befand; vielleicht wollte er vor dem Arzt aber auch nur angeben.

Der Rest von uns versuchte, ihm ins Behandlungszimmer zu folgen.

«Euch geht's wohl zu gut!», schimpfte Doktor Kroman. «Macht, dass ihr wegkommt!»

Nur Anton, Vilhjelm und Knud Erik durften mit hinein.

Der Arzt sah Kristian an und fragte, was passiert sei.

«Er hat einen Ast ins Auge bekommen», sagte Anton.

«Kannst du nicht selbst antworten?», fragte Kroman.

«Ich hab einen Ast ins Auge bekommen», wiederholte Kristian Stærk, und in diesem Moment waren wir wirklich stolz auf ihn.

Doktor Kroman hatte Kristian inzwischen auf eine Liege gelegt und begann, das Blut aus seinem Gesicht zu waschen. Er griff vorsichtig an sein Lid und öffnete das Auge. Wir wandten uns ab. Wir hatten keine Lust zuzusehen.

«Doktor Kroman», fragte Kristian, und seine Stimme war ganz ruhig, «werde ich mit diesem Auge wieder sehen können?»

«Ich will ehrlich zu dir sein», antwortete der Doktor. «Das Auge ist nicht mehr zu retten.»

«Bekomme ich ein Glasauge?»

Kristians Stimme klang noch immer ruhig, als ob die gerade von Kroman erhaltene Mitteilung nicht sonderlich von Bedeutung wäre.

Unser Respekt vor ihm stieg enorm.

«Nicht unbedingt», erwiderte der Arzt.

«Sehr gut», meinte Kristian, «am liebsten hätte ich sowieso eine Klappe.»

Als wir später darüber redeten, verstanden wir natürlich, was Kristian plante. Ihm war klar, dass Anton am Ende war, und nun sah er neue Möglichkeiten. Er würde der unangefochtene Anführer der Albert-Bande werden. Er würde eine Klappe über dem Auge tragen, und der Kopf des ermordeten Mannes würde zusammen mit dem Geheimnis über seinen Mörder an ihn übergehen. Doch in Doktor Kromans Behandlungszimmer sahen wir nur, dass Kristian Stærk letztlich doch seinem Namen entsprach. Unsere Bewunderung für die Art, wie er diesen harten Schlag des Schicksals hinnahm, kannte keine Grenzen.

Wir hatten ganz vergessen, dass Anton auch noch da war.

Doktor Kroman allerdings nicht.

«Ich habe den Eindruck, dass du dich jedes Mal in der Nähe befindest, wenn irgendjemandem etwas passiert», sagte er und sah Anton prüfend an. «Warst du es nicht, der mit Henry Levinsen kam, als sich ein Übertopf an seinem Kopf verklemmt hatte?»

«Ja», antwortete Anton, «das stimmt. Aber ich habe es nicht getan.»

«Und du hast natürlich auch nicht versucht, den Storch abzuschießen?», bohrte der Doktor nach.

Anton sagte nichts. Er starrte vor sich hin und schien mit seinen Gedanken ganz woanders zu sein. Wieder kniff er die Augen auf diese irritierende Weise zusammen, die wir in der letzten Zeit so oft bei ihm beobachtet hatten – als würde er noch immer mit der Knallbüchse herumlaufen und auf irgendwelche Ziele anlegen.

«Und hiermit hast du also auch nichts zu tun?»

«Er hat einen Ast ins Auge bekommen», erklärte Knud Erik.

«Ich habe einen Ast ins Auge bekommen», bestätigte Kristian von der Liege her, auf der er noch immer lag.

«Es ist meine Schuld», sagte Anton plötzlich. «Ich war es, ich habe ihm ins Auge geschossen.»

Wir glaubten unseren eigenen Ohren nicht zu trauen. Erst hatte Anton die Geschichte mit dem Zweig erfunden, und nun verriet er, wie es sich wirklich zugetragen hatte.

«Ich habe mit Pfeil und Bogen geschossen», fuhr er fort. «Es war nicht meine Absicht, sein Auge zu treffen. Ich habe auf einen Apfel auf seinem Kopf gezielt. Trotzdem ist es meine Schuld. Ich hab's getan.»

Er sah Doktor Kroman direkt in die Augen, als er sein Geständnis ablegte.

Einen Moment lang hatten wir ihn vergessen. Nun erinnerten wir uns, wer er war, und wussten, dass er immer unser Anführer sein würde, egal, was passierte. Es gab nur einen Anton, und es mochte sein, dass er nicht der beste Schütze der Welt war; doch es gab niemanden, der ihm das Wasser reichen konnte, auch der drei Jahre ältere und sehr viel größere Kristian Stærk mit einer Klappe über dem Auge nicht.

Doktor Kroman schwieg. Wir hatten erwartet, dass er Anton den Kopf waschen würde, so wie die Lehrer in der Schule es immer taten. Wir glaubten, er würde ihn einen üblen Burschen nennen, ein schlechtes Beispiel, einen Lümmel und Gewohnheitsverbrecher und ihm dann sein verantwortungsloses Benehmen vorwerfen, ja ihm möglicherweise sogar damit drohen, ihn in eine Erziehungsanstalt zu schicken oder ins Gefängnis zu bringen. Doch der Doktor war ein nüchterner Mann. Er verstand sich auf den Körper und seine Funktionen und hielt sich an das, wovon er etwas verstand. Er forderte uns auf zu verschwinden, damit er in Ruhe Kristians Auge behandeln konnte.

Wir gingen zur Tür.

«Einen Moment noch, Wilhelm Tell», sagte Kroman. «Du kommst morgen früh zu mir. Es gibt da etwas, das ich mir näher ansehen möchte.»

«Vielleicht ist es mein Gehirn», meinte Anton. «Er will untersuchen, ob es jemanden in Marstal gibt, der blöder ist als ich.»

Er sah ziemlich zerknirscht aus. Es gab im Grunde nichts zu sagen. Es war ja seine Schuld. Er hatte Kristian Stærks Auge zerstört. Obwohl wir gelogen hatten, als er uns darum bat, wussten wir doch genau, dass er etwas so Schlimmes getan hatte, dass es nicht einmal nutzte, sich dafür zu entschuldigen.

Als wir Anton das nächste Mal sahen, trug er eine Brille.

Sein Gesicht, das vorher immer so entschlossen gewirkt hatte, ja beinahe hart, wirkte blass und wehrlos hinter dem dunkelbraunen Horngestell, das ihn zu Boden zu drücken schien. Er machte den Eindruck, als würde er am liebsten seinen Namen ändern, und wenn es eine Botschaft in seinem Blick hinter den Brillengläsern gab, dann hieß sie: «Tu bitte so, als hättest du mich nicht gesehen.»

Die Brille bedeutete nicht nur sein Ende als Anführer der Albert-Bande, sie bedeutete, dass er überhaupt am Ende war. Eines Tages hätte er Seemann werden wollen. Das war der Sinn seines Lebens, denn was hätte er sonst machen sollen? Aber ein Seemann kann nicht mit einer Brille herumlaufen. Das ist schlichtweg verboten. Er muss so gut wie ein Adler sehen. Er kann als älterer Mann ruhig weitsichtig werden, aber als kurzsichtiger junger Mann braucht er gar nicht erst anzufangen.

Und es war Schluss. Nicht nur mit Antons Plänen – doch im Grunde war es ja eigentlich gar kein Plan, dass er Seemann werden sollte. Es war eher ein Naturgesetz, der unumgängliche Kulminationspunkt seines Aufwachsens. Er wurde mit jedem Jahr, das verging, größer, stärker und älter, und eines Tages wären all diese Veränderungen, die keine irdische Macht stoppen konnte, darauf hinausgelaufen, dass er das Deck eines Schiffs betrat und dort für den Rest seiner Tage blieb. Die Brille jedoch bedeutete den Abschied von der Shipper Street in Antwerpen, der Reeperbahn in Hamburg, der Paradise Street in Liverpool, der Tiger Bay in Cardiff, dem Vieux Carré in New Orleans, der Barbary Street in San Francisco und der Foretop Street in Valparaiso; es war ein Abschied von Amer Picon, Absinth und Pernod. Als hätte ihm jemand sämtliche Inspirationen genommen und auf ihnen herumgetrampelt, bis eine nach der anderen ausgelöscht war.

Doktor Kroman hätte ihm ebenso gut sagen können, dass er niemals ein erwachsener Mann würde. Ein Anton mit Brille war kein Anton mehr. Nun verstanden wir, warum er ständig mit zusammengekniffenen Augen herumgelaufen war und wieso er den Storch nicht getroffen hatte. Es hatte nicht an der Knallbüchse gelegen. Mit Anton war etwas nicht in Ordnung. Er war nicht der, für den wir ihn hielten.

Das Merkwürdige war, dass uns Anton mehr leid tat als Kristian Stærk. Vielleicht lag es daran, dass wir alle zu Anton aufgesehen hatten, während Kristian mit seinen Wackelohren und der allzu lockeren Hand, wenn es um Kleinere ging, niemand richtig mochte. Kristians Leben veränderte sich nicht, weil er ein Auge verloren hatte. Er setzte seine Lehre als Eisenwarenhändler fort. Aber für Anton wurde alles anders.

Die Lehrer nahmen die Brille zunächst ernst und vermuteten, Anton hätte Interesse an Büchern gefunden, ja möglicherweise sei er sogar zu einer Leseratte geworden. Aber schon bald mussten sie einsehen, dass er so unmöglich war wie immer. Der einzige Unterschied bestand darin, dass sie ihn nun aufforderten, die Brille abzunehmen, bevor sie ihm eine Ohrfeige gaben.

Für uns waren die Brillengläser wie zwei verschlossene Türen. Er versteckte sich dahinter und schloss uns aus. Er überließ die Führerschaft der Albert-Bande Kristian Stærk, doch es zeigte sich rasch, dass Kristian an seiner neu erworbenen Macht keine rechte Freude fand. Der einzige Vorteil, den er uns anderen gegenüber besaß, waren seine Kräfte, doch das lag ausschließlich am Altersunterschied. Sonst konnte er nichts, was wir nicht ebenso gut konnten, und er konnte überhaupt nichts, was Anton nicht sehr viel besser gekonnt hätte. Kristian hatte keine besonderen Ideen, wie wir unsere Position innerhalb der Banden der Stadt festigen sollten, und die Schläge, die die Südbande gegen uns richtete, weil sie unsere Schwäche nach dem Verlust von Anton spürte, wusste er nicht so zu beantworten, dass sie Respekt vor uns bekamen. Kristian Stærk war ratlos und ohne Ideen. Er gängelte uns und teilte «Pferdeküsse» und «Tausend Stecknadeln» aus, um seine Angst nicht zu zeigen, die er letztlich doch nicht verbergen konnte, denn seine wackelnden Ohren verrieten ihn immer wieder.

Es half nicht, dass er eine Klappe über dem Auge trug und gefährlich aussah. Und es half ihm noch weniger, dass Anton sich weigerte, ihm Alberts Stiefel und den Kopf des Ermordeten zu überlassen. Doch ohne sie konnte er das Aufnahmeritual der Albert-Bande nicht durchführen, und er besaß einfach zu wenig Phantasie, um ein neues Ritual zu erfinden.

Als Kristian es aufgab, an die Stiefel und den Schädel zu kommen, wurde uns allen klar, dass die Albert-Bande ihre Seele verloren hatte. Diese Seele stellte Anton dar, Kristian Stærk war nie etwas anderes gewesen als Antons verlängerter Arm. Jetzt war er ein Arm ohne Kopf, und das bedeutete das Ende.

Die Bande löste sich auf, es wurden neue gegründet. Aber es war nie wieder dasselbe. Es ist nicht gelogen, wenn wir behaupten, dass Marstal zu einem friedlicheren Ort wurde, als Anton seine Brille bekam. Er saß allein in seinem Giebelzimmer im Møllevej. Wenn wir in der Schule etwas über General Napoleon hörten, der auf Sankt Helena hatte leben müssen, dachten wir immer an Anton. Aber wir waren der Ansicht, dass Antons Schicksal noch trauriger war als Napoleons, denn der hatte selbst Schuld an seiner Niederlage. Er hatte seine letzte, entscheidende Schlacht verloren, während das bei Anton nicht der Fall war – er war bloß kurzsichtig geworden.

Kristian zog sich aus dem Bandenleben zurück und musste nicht mehr länger Jungen verprügeln, die kleiner waren als er, nur um zu beweisen, dass er es noch konnte. Stattdessen kümmerte er sich nun um seine Lehre bei Samuelsen. Er glaubte, erwachsen geworden zu sein. So sah es auch der Eisenwarenhändler, der feststellte, dass als erster Effekt von Kristian Stærks Eintritt ins Erwachsenenalter der Schwund des Rohrstockbestandes, den Kristian als sein Waffenlager angesehen hatte, abrupt abnahm.

Kristian war ursprünglich der Ansicht gewesen, er und Anton hätten ihre Differenzen in aller Güte beigelegt. Anton hatte sich entschuldigt, und Kristian erklärte, dass ihm der kurzsichtige arme Kerl beinahe leid tue, der mit dieser hässlichen Brille herumlaufen müsse. Doch als Anton sich weigerte, den Schädel herauszurücken, stellte Kristian fest, dass es noch immer viele Gründe gab, Anton nicht gewogen zu sein. Zunächst einmal natürlich die Sache mit dem Auge. Außerdem hatte Anton ihn immer zum Narren gehalten und versucht, ihn auszumanövrieren. Es war seine Schuld, dass Kristian den Zugriff auf die Albert-Bande verloren hatte, eine Machtposition, die er jedes Mal aufs Neue vermisste, wenn er einen Rohrstock zur Hand nahm. So weit ging sein Bekenntnis zum Leben der Erwachsenen letztlich dann doch nicht. Die Summe all dieser Gründe ergab auch ein Resultat, und dieses hieß Rache. Boshaft, wie er war, wählte er die raffinierteste und grausamste Form, die man sich vorstellen konnte.

Anton hatte ihm den Namen des ermordeten Mannes anvertraut, und wenn man wusste, wer das Opfer war, kannte man automatisch den Täter. Kristian entschloss sich, dem Mörder zu verraten, dass Anton seine Schuld beweisen konnte.

Als Herman eines Tages die Eisenwarenhandlung betrat, um einen Zollstock zu kaufen, und sie einen Augenblick allein waren, erzählte Kristian es ihm. Dass er nicht unbedingt die intelligenteste Methode wählte, um sein Geheimnis preiszugeben, mag zum Teil an der großen Angst gelegen haben, die seine Ohren schlimmer als je zuvor wackeln ließ.

«Anton Hansen Hay weiß genau, dass du Jepsen ermordet hast. Als Beweis hat er seinen Kopf, in dem oben ein großes Loch ist.»

Wäre Herman dümmer gewesen, hätte er Kristian Stærk auf der Stelle am Kragen gepackt und ihn gründlich durchgeschüttelt, um herauszubekommen, wo Anton den Kopf versteckte. Stattdessen spielte er vernünftigerweise die Rolle des Unschuldigen und gab Kristian eine Ohrfeige, dass er in die Schubladen mit dem Werkzeug flog.

«Zum Teufel, was willst du mir da anhängen, Bursche?», brüllte er aufgebracht.

Samuelsen stürzte aus dem Hinterzimmer.

«Was geht hier vor?»

Seine Stimme klang erschrocken. Wie die meisten anderen hatte auch er Angst vor Herman.

«Ich versuche, deinen Lehrling zu erziehen», erklärte Herman ruhig.

Er drehte sich um und verließ den Laden, ohne den Zollstock gekauft zu haben. Kristian rieb sich seine schmerzende Wange, auf der sich rote

Flecken zeigten, wobei er versuchte, ein Lächeln zu unterdrücken. Seine Ohren hatten sich beruhigt.

Ihm war nicht entgangen, dass Hermans Hände zitterten, er wusste, dass er etwas losgetreten hatte.

* * *

Anton hatte versucht, uns weiszumachen, dass der Ermordete jede Nacht im Kartoffelbeet stehen und nach seinem Kopf rufen würde, doch wir hatten ihm nie geglaubt. In dieser Nacht jedoch verwandelte sich seine Lüge in Fleisch und Blut. Unten im Küchengarten stand eine gebückte schwarze Gestalt und verlangte mit einer Stimme, die sich zwischen Flüstern und heiserem Rufen bewegte, den Kopf, nicht seinen eigenen, sondern den des Opfers.

Anton, der tief schlief, glaubte zunächst, er sei in der Schule oder bei seinem Vater, denn nur die Lehrer und sein Vater benutzten seinen vollen Namen, wenn er gemaßregelt wurde – und der Mann in den Kartoffelreihen rief in diesem Moment alle drei Namen, um auf sich aufmerksam zu machen.

«Anton Hansen Hey», hörte er an seinem Fenster.

Es dauerte eine Weile, bis Anton aufwachte, und es verging noch mehr Zeit, bis er begriff, woher die Stimme kam. Er sah aus dem Fenster, konnte aber nicht erkennen, wer dort unten stand. Da er schon lange nicht mehr an den Kopf des Ermordeten gedacht hatte, verstand er im ersten Moment nicht, worum es ging. Er hatte nie an seine eigene Geschichte von dem Gespenst, das ihn in der Nacht heimsuchte, geglaubt, und daher empfand er im ersten Moment auch keine Angst. Außerdem war nicht zu übersehen, dass die schwarze Gestalt dort unten im Garten ihren Kopf noch besaß.

Dann aber wachte er richtig auf, und obwohl der Mann unter dem Fenster nicht sagte, wie er hieß, war es Anton doch sehr schnell klar. Nun bekam er Angst, größere Angst, als er je vor irgendeinem Gespenst haben würde, größere Angst, als er je in seinem Leben gehabt hatte, was allerdings nicht viel hieß. Wenn Herman seinen Stiefvater ermorden konnte, konnte er auch ihn umbringen. Das wäre überhaupt kein Problem.

Als Anton mit seinen Überlegungen so weit gediehen war, schloss er rasch das Fenster und lief die Treppe hinunter, um zu prüfen, ob die Türen im Haus auch alle verriegelt waren. Sie waren es nicht, aber glücklicherweise steckten die Schlüssel innen. Hektisch sperrte er eine Tür nach der anderen zu, bevor er in sein Zimmer zurücklief und sich unter dem Bett versteckte.

Nach einer Weile wurde es still unter dem Fenster. Anton war zu erschöpft, um wieder ins Bett zu kriechen. Sein letzter Gedanke, bevor er auf dem Boden einschlief, war: Gut, dass niemand ihn so sehen konnte.

Antons Vater war nicht zu Hause und bereits neun Monate auf See, und es würde noch mindestens ein Jahr vergehen, bis er wieder zurückkam. Er wusste nichts von Antons Brille, aber Anton war sicher, dass er im Willkommensgruß das Wort «Brillenschlange» verwenden würde, wenn der Vater am Tag seiner Rückkehr die Veränderung im Gesicht seines Sohnes sah. Doch seinem Vater wollte er sich ohnehin nicht anvertrauen, ebenso wie er sich nicht vorstellen konnte, sich bei seiner Mutter oder irgendeinem anderen Erwachsenen auszusprechen. Anton war der Ansicht, dass ein Junge seine Probleme selbst zu lösen habe und keine Hilfe von anderen erwarten dürfe, schon gar nicht von Erwachsenen, den natürlichen Feinden der Kinder. Vor die Wahl gestellt, ob sie einem Kind oder ihresgleichen glauben sollten, würden sie niemals dem Kind Glauben schenken, und schon gar nicht dem Schrecken Marstals, der Kristian Stærk ein Auge ausgeschossen hatte und seit geraumer Zeit den Kopf eines ermordeten Mannes in seinem Zimmer versteckt hielt – obwohl er wusste, wer der Ermordete war und zur Aufklärung des Mordes hätte beitragen können. Aber das war Anton immer schon egal gewesen. Seinetwegen mochte Herman frei herumlaufen. Nun wurde ihm schlagartig bewusst, wie leichtsinnig dieser Gedanke gewesen war. Und er sah keinen Ausweg aus der Klemme, in der er sich befand.

Am nächsten Morgen fand er Tordenskjold tot in ihrem Bauer. Jemand hatte der Sturmmöwe den Hals umgedreht. Die Flügel waren gebrochen und beinahe ausgerissen, als hätte eine Person mit ungewöhnlicher Kraft und unbändiger Wut die Kontrolle verloren. Antons Hände begannen bei diesem Anblick zu zittern, und es verging einige Zeit, bis er sich zusammenriss und die tote Möwe begraben konnte.

An diesem Abend ging er durchs Haus und verriegelte sämtliche Türen.

«Schließt du jetzt auch noch die Türen ab?», fragte seine Mutter. «Ich finde, du verhältst dich in letzter Zeit merkwürdig.»

Sie hatte durchaus bemerkt, dass Anton sich verändert hatte, aber sie wusste nicht, ob sie sich darüber freuen sollte. Sie fragte ihn nicht, ob irgendetwas nicht stimmte. Alles in Antons Dasein erschien ihr so fremd, so geheimnisvoll und unbekannt, dass sie sich manchmal fragte, ob sie dieses Kind wirklich zur Welt gebracht hatte, das alle anderen den Schrecken Marstals nannten. Sich bei ihm zu erkundigen, ob er ein Problem hätte, war so, als würde man ihn fragen, wer er eigentlich sei; und sie wusste aus bitterer Erfahrung, dass die einzige Antwort darauf ein Achselzucken wäre.

«Haben wir einen Nachttopf?», fragte Anton.

«Bist du krank?»

«Ja», antwortete Anton.

«Du willst doch nicht etwa morgen die Schule schwänzen?»

«Ich gehe schon zur Schule. Gib mir jetzt den Nachttopf.»

Seine Mutter tat wie ihr geheißen, und bedachte Anton mit einem seltsamen Blick. Oben in seinem Zimmer entleerte er sich gründlich, und das Ergebnis konnte sich sehen lassen, schließlich hatte er es den ganzen Tag zurückgehalten. Als Herman in der Nacht erneut kam und anfing, nach Anton zu rufen, goss er ihm den Inhalt des Topfs über den Kopf.

Es funktionierte. Herman erschien nicht noch einmal, doch der Sieg hob Antons Laune nicht. Er begann, ein Messer mit sich herumzutragen, und hörte auf zu essen. Nachts schlief er in Alberts Stiefeln. Er wusste nicht, warum, aber er fühlte sich sicherer, wenn er sie anhatte. Möglicherweise bereitete er sich auf den Tod vor. Sein Gesicht fiel ein und nahm einen harten Zug an. Hatte ihn die Brille anfangs wie einen kleinen Jungen aussehen lassen, glich er nun einem alten Mann. Er bekam kohlschwarze Ringe unter den Augen. Einmal wies sein Kopf Blutergüsse, Schnittwunden und Beulen auf, ja und sogar richtig blaue Augen, die allmählich ins Purpurne wechselten, um schließlich gelb zu verblassen. Für einen Jungen waren das alles Zeichen von guter Gesundheit. Nur nicht die schwarzen Ringe: Es sah aus, als wäre er vom Tod gezeichnet, so wie der Förster im Wald mit Kreidestrichen die Bäume markiert, die gefällt werden sollen.

Seine Mutter machte sich jetzt ernsthaft Sorgen, und diesmal konnte sie nicht mit Strafen drohen, wenn der Vater heimkam. «Lass mich in Ruhe», sagte er jedes Mal, wenn sie sich ihm näherte. Ständig spielte er mit seinem Messer. Er hatte den Plan, Herman zu töten, aber er wusste nicht, wie er es anstellen sollte. Er war schneller als Herman und konnte ihm durchaus entkommen, aber was würde das bringen? Er konnte schließlich keinen Mann umbringen, indem er davonlief.

Immer seltener ging er vor die Tür; ununterbrochen schaute er sich um, wenn er auf dem Weg zur Schule oder zurück nach Hause war. Früher hatte er eine Gruppe, die zusammenhielt. Jetzt war er allein.

Einige Tage später hörte er wieder, dass aus dem Küchengarten nach ihm gerufen wurde. Inzwischen schloss er sämtliche Türen des Hauses schon am helllichten Tag ab, und als er seinen Namen hörte, während die Nachmittagssonne ihre schrägen Strahlen durch sein Giebelfenster warf, war er froh, dass er es getan hatte. Dann bemerkte er, dass die Stimme nur seinen Vornamen rief. Es war nicht die übliche heiser flüsternde Stimme, die versuchte, ihre einschüchternde Lautstärke zu unterdrücken, und sie dennoch verriet. Es war eine Jungenstimme wie seine eigene, und Anton wagte sich ans Fenster, um hinunterzusehen. Unten stand Knud Erik.

«Du bist es?», fragte Anton verblüfft.

Und Knud Erik sagte etwas, das er schon lange hatte sagen wollen. Egal, wie oft er es probiert hatte, es klang jedes Mal wieder falsch und hoffnungslos, ja beinahe verzweifelt mädchenhaft. Aber er musste es sagen. Er wusste nicht, wohin er mit seinem Bedürfnis zu helfen und zu trösten sollte, seit er und seine Mutter sich verändert hatten und auch die kleine Schwester Edith nicht mehr sein Ein und Alles sein konnte.

«Ich vermisse dich», sagte er.

Knud Erik wusste sofort, wie hilflos es klang. Er war der Kleine, Anton der Große, und natürlich vermisste der Kleine den Großen. Und was kümmerte es den Großen? Die Großen haben immer genug mit sich selbst zu tun. Die Kleinen konnten sie dabei nicht brauchen.

Er war daher geradezu erschüttert, ja beinahe zu Tode erschrocken über Antons Reaktion.

Anton begann zu weinen.

Anton war nicht wie andere Menschen, und daher weinte er auch nicht wie andere. Sein Weinen war voller Widerwillen. Es klang, als ob ein Marder, den er unter seinem Pullover verbarg, ihm den Bauch aufriss und er einfach einem furchtbaren physischen Schmerz Ausdruck verleihen musste. Während er weinte, bekam er einen Gesichtsausdruck, als würde er am liebsten auf sich selbst eindreschen, um dieses unnatürliche Weinen zu beenden, das er so gar nicht unter Kontrolle hatte. Er hielt beide Hände vor den Mund und heulte durch die Finger. Er weinte Herman heraus, er weinte die Angst und die Einsamkeit heraus, und man sollte meinen, er weinte sich nun auch die Philosophie aus dem Leib, dass er nur für sich selbst lebte und andere nicht nötig hatte. Das jedoch tat er nicht. Als er endlich wieder sprechen konnte, war seine Stimme vollkommen nüchtern, obwohl die Augen hinter den Brillengläsern rot aussahen.

«Was, zum Teufel, willst du?», fragte er.

Knud Erik spürte bereits die Niederlage. Er hatte es doch gesagt, und es war ihm so schwergefallen; tatsächlich hatte er seine ganze, noch zarte Männlichkeit aufs Spiel gesetzt. Ich vermisse dich. Verstand er diese Worte denn nicht? Was sollte er sonst noch sagen? Ich möchte dir gern helfen, für dich da sein, dir eine Hand reichen? Diese Worte würden helfen.

Doch Knud Erik schwieg. Er war am Ende, nicht nur mit den Worten, sondern auch mit seinem Mut. Er wusste nicht mehr, was er sagen sollte, und es war sein Schweigen, das ihn rettete. Als Knud Erik stumm blieb, konnte Anton sich beruhigen und ihn bitten, ins Giebelzimmer zu kommen.

Hier platzte er mit der ganzen Geschichte heraus. Knud Erik war zu jung, um von Jepsens Verschwinden auf einem Törn zwischen Marstal und Rudkøbing gehört zu haben. Anton musste ihm alles erzählen. Die Geschichte war im Grunde schon schrecklich genug, und doch war es eher die Art, wie Anton sie erzählte, die Knud Erik beeindruckte. Er hörte, wie sich in jeder Pause zwischen den Worten ein Schluchzen versteckte, das Anton nur mit größter Mühe zurückhalten konnte. Der Marder fraß sich tiefer und tiefer in seine Eingeweide, und bald würde er wieder zu schreien beginnen.

«Er hat Tordenskjold ermordet», sagte er.

Das machte Eindruck auf Knud Erik. Holger Jepsen kannte er nicht, aber Tordenskjold hatte er gekannt. Er war oft dabei gewesen, wenn Anton die Sturmmöwe mit Fischen und Spatzen fütterte, die zu übel aussahen, um sie dem Bauern aus Midtmarken noch einmal zu verkaufen. Auch Knud Erik konnte sich dem Grauen nicht entziehen.

«Er bringt mich bestimmt auch um.»

Anton schloss die Augen, als würde er jeden Moment den tödlichen Schlag empfangen.

«Wieso gibst du ihm nicht einfach den Kopf?»

«Das kann ich nicht.»

Einen Augenblick lang war sie wieder da, die alte Unbeugsamkeit. Dann kehrte die Mutlosigkeit zurück.

«Es ist hoffnungslos. Er bringt mich trotzdem um.»

«Blödsinn», sagte Knud Erik, der überrascht war, wie viel Mut in ihm steckte. «Ganz sicher war es Kristian, der Herman von dem Kopf erzählt hat. Er war doch der Einzige außer dir, der wusste, wer es war.»

Anton bebte vor Wut.

«Ich bringe Kristian um», zischte er. «Herman kann ich nicht erwischen, aber ihn schon.»

«Du hast ihm bereits ein Auge ausgeschossen. Meinst du nicht, das reicht?»

Knud Erik überraschte sich mehr und mehr selbst. Nie hätte er gedacht, dass er so mit Anton reden könnte. Doch Anton war ein anderer als früher, also änderte er sich auch.

«Ich habe eine Idee», sagte er.

*　*　*

Als Herman ein paar Tage später Webers Café verließ, standen zwei Jungen auf dem Bürgersteig gegenüber und starrten ihn an. Er ging die Kirkestræde entlang, und sie folgten ihm auf der anderen Straßenseite. Erst glaubte er an einen Zufall, aber als er um die Ecke in Richtung Südstadt bog, hingen sie noch immer an ihm. Er kannte keinen von beiden. Herman blieb stehen und drehte sich um. Sie sollten wissen, dass er sie bemerkt hatte. Sie blieben, wie erwartet, ebenfalls stehen und starrten ihn weiterhin an. Er stampfte mit einem Fuß aufs Pflaster. Erschrocken zuckten sie zusammen und wichen ein paar Schritte zurück. Aber sie starrten noch immer. Als er das Ende der Kirkestræde erreichte, verschwanden sie. Doch in der Snaregade standen erneut zwei Burschen, und als er zum Wasser hinunterlief, folgten sie ihm, die ganze Zeit mit diesem geheimnisvollen, permanenten Starren.

«Sehe ich vielleicht anders aus als andere?», rief er einem von ihnen zu. «Was glotzt ihr so?»

Sie antworteten nicht. Er sah, dass sie erstarrten, wahrscheinlich hatten sie Angst. Aber sie verschwanden nicht. Sie riefen ihm auch nichts nach. Das verwirrte ihn am meisten. Es hatte keinen Sinn, ihnen hinterherzulaufen. Er war groß und schwer, sie waren schneller als er. Er musste sich beherrschen und so tun, als würde er sie ignorieren.

Er, der sein Leben deutlich sichtbar und in aller Öffentlichkeit führte, war es gewohnt, in Marstal angestarrt zu werden. Er selbst hatte es nicht so gewollt, aber dass es so war, wusste er für sich zu nutzen. Er besaß Macht – vielleicht nicht über ihren Geist, doch zumindest über die Ausflüchte des Geistes, die Phantasie. Er war aus dem Stoff, aus dem Klatsch und Furcht gemacht sind, und in seinem Fall vermischte sich beides. Sie ergötzten sich daran, wenn er fiel, so wie er gefallen war, als Henckel ins Gefängnis musste, die Stahlschiffswerft in Konkurs ging und er alles verlor. Aber sie ergötzten sich nur, weil sie ihn fürchteten. Damals glaubten sie, er sei am Ende. Aber er war niemals am Ende, er würde immer zurückkommen. Er erkannte, was in ihren Blicken lag: Hass, Furcht, Schadenfreude, Neid, Angst, und sein Geist labte sich daran.

Das Glotzen der Jungen verstand er nicht. Sie warteten auf ihn vor der Pension in der Tværgade, in der er wohnte, wenn er sich in Marstal aufhielt. Er konnte in einen Laden gehen und wieder herauskommen, er konnte einen Spaziergang am Hafen machen, er konnte sich in Webers Café verstecken, stets standen sie da und warteten auf ihn, und immer öfter suchte er Schutz und hatte Verstecke nötig. Eine Tür zu etwas Unbekanntem wurde in ihm aufgestoßen. Damals an Bord der *Tvende*

Søstre hatte er etwas getan. Manchmal erfreute er sich an der Erinnerung, manchmal verdrängte er sie. Nun verspürte er Angst bei dem Gedanken an die Enthüllung und die mögliche Strafe, und er verstand instinktiv, dass in diesen unergründlichen Blicken der Jungen eine Kraft lag, gegen die er nichts auszurichten vermochte. Er hatte geglaubt, den verfluchten Anton erschrecken zu können. Doch alle Jungen der Stadt waren seine Mitwisser, Hunderte von ihnen, die ganze Zeit neue Gesichter, ein unberechenbares Volksgericht; die Anklage kannte er genau, aber er hatte keine Ahnung von den Regeln dieses Gerichts oder die Art des Urteils. Die starrenden Blicke verfolgten ihn überallhin, zuletzt bis in die Dunkelheit seines Betts und seiner Träume – wie ein Wahnsinn, der drohte, seinen Verstand zu überschwemmen. Er konnte sie doch, verdammt noch mal, nicht alle erschlagen, obwohl seine Fäuste sich wie in alten Tagen ganz von allein zu öffnen und zu schließen begannen, als wäre etwas in ihm bereit. Er trank mehr als gewöhnlich und geriet in Webers Café häufiger in Schlägereien. So hatten die Fäuste erst einmal Beschäftigung.

Der Genever schmeckte ihm nicht, und der Rigabalsam verlor seine heilsame Wirkung, für die er jahrhundertelang bei den Kapitänen Marstals berühmt war. Der Whisky, die Medizin überhaupt, hatte keine größere Wirkung auf ihn als Wasser. Seine Hände fingen an zu zittern, wenn er ein Glas zum Mund führte. Er mied Gesellschaft und trank allein.

Eines Tages gab Herman auf und stapfte mit einem Seesack über der Schulter zur Fähre, um nach Kopenhagen zu fahren und in Jepsens Büro eine Heuer zu suchen. Auch das wussten die Jungen, als ob sie seine Gedanken lesen konnten. Er machte sich nicht die Mühe, sie zu zählen, aber als eine Art Abschiedsdelegation standen mindestens zwanzig bis dreißig von ihnen am Fähranleger.

Mit dem gewohnten unergründlichen Schweigen blickten sie ihm nach, als Herman an Bord der Fähre verschwand. Er ging nicht wie sonst sofort nach oben in den Salon, um eine Zigarette zu rauchen und auf diese Stadt zu schauen, die er hasste und an die er doch auf so unerklärliche Weise gebunden war. Er blieb im Dunkel des geschlossenen Wagendecks, bei den Pferdefuhrwerken und Lastautos, im Gestank nach Motoröl und Mist, bis er sicher war, dass er von Land aus nicht mehr gesehen werden konnte.

Er bemühte sich, das Zittern seiner Hände unter Kontrolle zu halten, als er endlich den Salon betrat und sich die erste Zigarette anzündete.

Die Idee war Knud Erik auf eine sehr einfache Weise gekommen. Er hatte sich gefragt, was ihm eigentlich am unangenehmsten war, und dann hatte er gedacht, dass es Herman ebenso gehen müsse. Prügel zählten nicht, das befand sich außerhalb ihrer Möglichkeiten, außerdem war er sich nicht sicher, ob Herman überhaupt etwas gegen eine Schlägerei hatte, selbst wenn er am meisten abbekommen würde. Es gab eine andere Erfahrung, die sich in Knud Eriks Seele eingebrannt hatte. Die Erinnerung an den Blick, mit dem seine Mutter ihn nach dem Tod seines Vaters angesehen hatte. Er konnte diesen Blick nicht vorwurfsvoll nennen. Sie hatte ihn lediglich stumm und prüfend angeschaut, und dieser Blick war ihm überall mit einer offenen Frage gefolgt, die er nicht beantworten konnte.

Was wollte sie?

Das Gewicht dieses Blicks, der alles, was er tat, mit einem Fragezeichen versah, ohne dass ihm eine Alternative angeboten wurde, hatte ihn niedergedrückt. Das war es: Jemand starrte einen permanent an, und ständig hatte man die Absicht dieses Blicks zu erraten; man sollte begreifen, dass keine Antwort jemals die Bürde erleichtern würde.

Knud Erik stellte sich einfach vor, dass er diese Last an Herman weitergab, dass die vage Anklage der Blicke selbst diesen abgebrühten und skrupellosen Mörder zusammenbrechen lassen würde, der bereits als Kind einen Menschen umgebracht hatte.

Herman würde nie erfahren, was ihm eigentlich widerfuhr. Das war das Beste daran, denn natürlich hatte Knud Erik den Jungen, die er anstiftete, an Hermans Verfolgung teilzunehmen, den eigentlichen Grund ihres Rachefeldzugs nicht anvertraut. Es wäre viel zu riskant gewesen, sie alle in das Geheimnis des Mordes an Holger Jepsen einzuweihen. Möglicherweise hätten sie gefragt: «Wer ist Jepsen?», und sich blöderweise mit ihrer Frage an einen Erwachsenen gewandt; dann wäre der Ärger da gewesen. Nein, Knud Erik war auf eine ganz andere Idee gekommen. Er hatte sie in Antons Garten mitgenommen und vor ihren Augen Tordenskjold ausgegraben. Er hatte ihnen den schlaffen Hals gezeigt, die toten Augen, den aufgesperrten Schnabel, die gebrochenen Flügel, die ihres Glanzes beraubten Federn. Den Körper voller Würmer.

«Seht her», hatte er gesagt, «das hat Herman getan.»

Und die Jungen hatten sich gewünscht, den Möwenmörder in einen blutigen Klumpen verwandelt zu sehen, der ihnen zu Füßen lag. Seine Knochen sollten zu Knochenmehl zermahlen, seine Haut abgezogen und an einen Baum gehängt, seine Eingeweide durch die Straßen geschleift werden. Doch Knud Erik hatte ihnen etwas weit Besseres vorgeschlagen. Sie sollten sehen, wie Herman zu jemandem wurde, den man nicht mehr als Mann bezeichnen konnte. Sie sollten sehen, wie seine Hände vor Angst zitterten.

Die Augen, die den unheimlichen Totschläger überall verfolgten und anstarrten, waren nichts anderes als die Imitation des besorgten, ernsten Blicks einer Mutter.

Nein, Herman würde nie erraten, was ihn eigentlich aus der Stadt getrieben hatte. Es war nicht der Mord an einem Mann, dessen wir ihn anklagten.

Es war der Mord an einer Möwe.

*   *   *

Die Hornbrille saß noch immer mitten in Antons Gesicht, und noch immer hatte er keine Zukunft. Der «Ausländer» war noch nicht wieder heimgekehrt; es hieß, er käme im Sommer, doch in der Zwischenzeit wartete die Konfirmation. Ohne sich mit seiner Mutter abzusprechen, ging Anton zu seiner Klassenlehrerin, Fräulein Katballe, und erklärte ihr, dass er nun, nach sieben Jahren, die Schule verlassen würde. Es sei der schönste Tag ihres Lebens, bekam er zur Antwort. Anton verbeugte sich mit unerwarteter Höflichkeit und erwiderte: «Danke, gleichfalls.»

Er wurde konfirmiert und schwor öffentlich dem Teufel und allen seinen Geschöpfen ab. Er wusste nicht, ob die Hölle mit dem Sengen des Feuers oder dem Nagen des Wurms gleichzusetzen war. Er wusste nur, dass er sich bereits dort befand, denn die Hölle war ein Leben fern des Meeres und all seiner Verlockungen. Niemals würde er herausfinden, ob die französischen Mädchen wirklich lebhafter waren als andere, ob die portugiesischen nach Knoblauch rochen und was Knoblauch überhaupt war. Er stand unter dem Altarbild des Marinemalers, das Jesus zeigte, wie er seine Jünger vor dem Wüten des Sturms rettete. Doch Anton wollte nicht vor dem Meer gerettet werden, er wollte aufs Meer.

Als Pastor Abildgaard die Hand auf seinen Kopf legte, presste er die Augen hinter den Brillengläsern zusammen. Er war in der Hölle, und doch wünschte er sich nicht, im Himmel zu sein. Er fühlte sich als Heimatloser.

Regnar kehrte nach Hause zurück und warf einen Blick auf seinen Sohn.

«Zum Teufel», sagte er, «bist du noch nicht auf See? Ich habe dir übrigens einen Seesack gekauft.»

Anton sagte nichts. Er wartete auf den Spott.

«Ist es wegen der Brille?», fragte der Vater. «Das hast du jedenfalls nicht von fremden Leuten. Ich bin so kurzsichtig, dass ich nicht weiter als bis zu meinem Bierbauch sehen kann. Hat nur noch keiner gemerkt.»

Er lachte laut auf.

«Man kann kein Seemann werden, wenn man eine Brille trägt», sagte Anton in einem Ton, als würde er einem Kind etwas erklären.

«Nein», entgegnete der Vater ungerührt, «wenn du dein Leben an Bord eines erbärmlichen Schoners vergeuden willst, dann kannst du nicht mit 'ner Brille kommen. Aber werd stattdessen ein richtiger Seemann, werd Maschinenmeister auf einem Dampfer. Da fragt dich niemand nach deiner Brille.»

Anton kam in die Lehre bei Hans Baldrian Ulriksen, dem Schmied von Ommel. Er lernte zwischen Senkhammer und Setzhammer, Lochhammer, Stempelhammer und Beschlaghammer zu unterscheiden. Er wusste, ob ein Pferd Keileisen oder Rundeisen brauchte. Er konnte mit Wirkeisen, Reißeisen, Feile und Raspel umgehen, so wie er früher mit dem Kopf des Ermordeten oder Alberts Stiefeln umgegangen war. Sie nannten ihn den «Pferdefreund». Er baute sich ein eigenes Fahrrad, mit dem er jeden Abend die drei Kilometer bis Marstal fuhr, um auf die technische Schule zu gehen. Er hatte eine Freundin, die ebenso rothaarig war wie er. Sie hieß Marie und schnitt sich jede Woche ihr Haar selbst, weil sie nicht wollte, dass es zu lang wurde. Anton hatte beobachtet, wie sie einem

Jungen die Nase blutig schlug, weil er sie mit ihrem roten Haar aufgezogen hatte. Hinterher war Anton ritterlich auf sie zugegangen, um ihr zu erklären, dass sie die Faust falsch hielt, wenn sie zuschlug. Der Daumen durfte nicht in der geballten Faust liegen, sondern darauf.

Marie war ein rücksichtsvolles Mädchen. Wenn sie den ekelhaften Sterne-Jens ärgerten, der am Markt wohnte, warf sie Backsteine an seine Tür wie alle anderen auch. Aber sie packte die Steine vorher in ein Rhabarberblatt, damit die Tür nicht verkratzt wurde.

Anton machte eine Entdeckung. Hatte er ein Pferd beschlagen, fühlte er das gleiche seltsame Sausen in seinem Kopf, das er nur als Anführer der Albert-Bande gekannt hatte, wenn er, wie häufig mit zerschlagenen Gliedern und blutenden Wunden an Kopf und anderen Stellen, wo ihn ein Pfeil oder ein Stock getroffen hatte, das Schlachtfeld verließ. Dann hatte er in der unkartografierten Dunkelheit seines Gehirns das Gefühl, als würde sich ein großes Segel mit Wind füllen und mit einem Knall entfalten.

Als er die Brille bekam, war er überzeugt, nie wieder dieses Triumphgefühl zu erleben, das das Wissen um die eigene Macht ihm gab. Nun hatte er die Macht über andere Menschen mit der Macht über Dinge getauscht. Es war eine andere Art von Triumph, wenn er den Nutzen seiner Hände Arbeit sah. Er fühlte sich wie jemand, der für das Funktionieren der Welt mitverantwortlich ist.

«Präzision ist die Seele der Mechanik, und derjenige, der die Mechanik beherrscht, herrscht über mehr als nur sie», erklärte der Schmied, der ein belesener Mann war und es liebte, sich in philosophischen Wendungen auszudrücken.

Anton hatte einen Kurs gefunden, und er steuerte danach.

Eines Tages standen auch Knud Erik und Vilhjelm in der Kirche und wurden konfirmiert. Sie öffneten den Mund und starrten an die Decke auf die Schiffsmodelle mit ihren schwarz lackierten Rümpfen. Dort hing ihre Zukunft. Und wie Pastor Abildgaard es ihnen beigebracht hatte, sangen sie – wie Generationen vor ihnen – den alten Psalm, der dem Seemannsstand zugedacht war: über die Vergänglichkeit von Schiffsplanken, Gottes Stärke und die eigene Ohnmacht.

«Das böse Meer wird unser Grab,
Wenn du nicht bei uns bist.
Wenn Sturm und Wellengang
Und Blitze uns umtosen,
Sei du an Bord und sprich ein Wort –
Und ruhig wird es werden.»

Knud Erik schielte hinüber zu Vilhjelm. Er hatte erwartet, dass der den Mund gar nicht erst aufmachte. Während des Konfirmationsunterrichts hatte er es nicht getan. Doch nun sang er mit. Er stotterte nicht. Er stimmte mit den anderen ein, und es schien, als ob der Psalm ihm über die Hürden der Worte half. Vilhjelm schien es nicht zu bemerken, aber Knud Erik hörte es und änderte seine Ansicht über den Kirchengesang.

Irgendein Wunder Gottes war es allerdings nicht. Auf dem Weg nach Hause stotterte Vilhjelm genau so wie vorher.

Wir wussten es nicht, doch wir waren die Letzten. Unsere Kinder würden nicht mehr in der Kirche stehen und den Psalm singen, und sie würden auch nicht auf dem Deck eines Schoners stehen und von der Gnade des Windes abhängig sein. Sie würden in alle Ecken dieser Welt reisen, aber nicht mehr mit der Kraft des Windes.

Alles passierte nun zum letzten Mal. Zum letzten Mal wurden die Segel gesetzt. Zum letzten Mal lag der Hafen voller Schiffe, und weil es das letzte Mal war, kam es genauso, wie Frederik Isaksen es vorausgesagt hatte: Uns blieben nur die schlimmsten Reisen, die ungastlichsten Küsten und die aufgewühltesten Meere.

Aber wir waren jung. Wir wussten es nicht. Für uns passierte alles zum ersten Mal.

DER SEEMANN

Der Steuermann an Bord der *Activ* duldete keine Schwäche, und wenn er zuschlug, dann jedes Mal gezielt. Er schlug dorthin, wo es am meisten wehtat, und er schlug mit geballter Faust. Allerdings war Anker Pinnerup kein starker Mann. Er war Ende vierzig und näherte sich dem Alter, in dem ein Seemann an Land geht. Die Gicht und der Alkohol hatten ihn gezeichnet, er war ein Schläger ohne Muskeln.

Pinnerup war unter dem Namen «der Alte» bekannt, ein Spitzname, der an Bord eines Schiffs eigentlich dem Kapitän vorbehalten ist, aus Respekt vor seinen Kenntnissen und seiner Erfahrung. In Pinnerups Fall war es nicht freundlich gemeint, sondern zielte auf die deutlichen Zeichen seiner beginnenden Hinfälligkeit. Aus seinem grauen Bart stach ein spitzes, glatt rasiertes Kinn hervor wie der hoch aufgerichtete Vordersteven eines Schiffs, das in einem Meer aus Schmutz und Verkommenheit versinkt. Das glatte Kinn war allerdings auch der einzige Beweis, dass er sich überhaupt um seine persönliche Hygiene kümmerte. Unter einer Mütze, die vor Dreck starrte, klebten ein paar Haarzotteln von unbestimmter Farbe an seiner ungewaschenen Kopfhaut. In dem vom Bart halb verdeckten Mund steckte stets eine zerbrochene Meerschaumpfeife, die von ein paar Holzsplittern zusammengehalten wurde, die er mit Segelmachergarn umwickelt hatte. Hinter seinem Rücken flüsterten die Matrosen, dass seine Jacke und Hose an Orgien in Finnmarken erinnern würden: Lappen auf Lappen.

Als Knud Erik ihm zum ersten Mal Kaffee brachte und hinterher Tasse und Untertasse in die Abwaschschüssel legen wollte, stieß Pinnerup ein Brüllen aus und versetzte Knud Erik einen Kinnhaken. Kaffeetasse und

Untertasse waren sein persönliches Eigentum, das niemand anzufassen hatte. Und wie um seinen sorgfältigen Umgang mit seinem Eigentum zu beweisen, spuckte er in die Tasse und begann sie mit seinem dreckigen Daumen sauber zu wischen.

«Schmutzfink», fluchte er, «Mistvieh, Rotzbengel, Höllengezücht.»

Jeden zweiten Morgen, wenn er auf Wache war und Knud Erik wecken musste, tauchte er mit einem dicken Tampen im Mannschaftslogis auf. Er blieb einen Moment stehen, um seine Kräfte zu sammeln, und schlug dann auf den schlafenden Jungen ein. Er zielte auf den Kopf, aber durch die schräge Unterkoje war es unmöglich, einen ordentlichen Treffer zu erzielen oder wirklich Kraft in die Schläge zu legen. Knud Erik erwachte beim ersten Schlag, rollte ans Schott und kroch ans Fußende der Koje, wo der Steuermann ihn nicht erreichen konnte. Er gab keinen Ton von sich. Etwas in ihm wusste, dass es eine Niederlage wäre, die er nur schwer ertragen könnte, wenn er seine Angst verriet.

Später tauchte ein paar Minuten vor dem Steuermann immer der Jungmann auf. Es war Olav, den Knud Erik noch von der Albert-Bande kannte. Olav stupste ihn an die Schulter.

«Aufstehen», flüsterte er.

Dann legte Knud Erik das Kopfkissen und die Decke so zurecht, dass man sie im Halbdunkel durchaus mit seiner schlafenden Gestalt verwechseln konnte. Der Steuermann prügelte los wie gewöhnlich. Als ihm klar wurde, dass man ihn an der Nase herumgeführt hatte, brach er regelrecht zusammen. Die Hand mit dem Tampen fiel schlaff herab. Er stand auf den Kajütendielen und zitterte, als hätte er hohes Fieber.

«Beim glühenden Satan», zischte er, «eines Tages wirst du den Belegnagel kennenlernen.»

Dann stürmte er die Leiter hoch auf Deck.

Wenn der Steuermann Nachtwache hatte und am Ruder stand, wurde Knud Erik regelmäßig geweckt. Dann hatte er Kaffee zu kochen oder an Deck zu kommen, um im strömenden Regen ein Segel zu reffen. Unter ihm kochte das Meer. Selbst in der Dunkelheit konnte er tief unter sich den Schaum erkennen. Auf seinen Wangen mischten sich kalte Regentropfen mit Tränen. Aber er weinte nicht aus Ohnmacht oder Selbstmitleid. Er weinte aus Wut und Trotz.

Zu Anfang der ersten Reise hatte er den Kopf in die Koje gepresst und geweint. Er weinte um seinen toten Vater und um seine abweisende Mutter, für deren Kälte er sich selbst die Schuld gab; und er weinte über sich und sein vages Gefühl, der Arbeit nicht gewachsen zu sein. Obwohl er den Entschluss, Seemann zu werden, selbst gefasst hatte, war er sich nicht mehr sicher in seiner Entscheidung; und nun kam es ihn teuer zu stehen. Doch es war nicht mehr zu ändern. Alles andere wäre eine Niederlage gewesen, deren Ausmaß er überhaupt nicht übersehen konnte. Der Steuermann setzte den Schlaf gegen ihn ein. Es kam vor, dass Knud Erik ganze Tage nicht schlief. Ständig wurde nach ihm gerufen, auch in finsterster Nacht, und er musste, nur mit seiner Unterhose bekleidet, ins Rigg. Aus den Berichten der anderen wusste er, dass es so ablief, wenn man der Jüngste an Bord war. Die Bramsegel in fünfundzwanzig Metern Höhe waren der Arbeitsplatz der Unerfahrenen. Die Matrosen enterten dorthin nicht auf. Man wurde in den Großmast geschickt, um die Großbramstagsegel zu bergen, und schlingerte in den Fußpferden; eine Hand am Handpferd und die andere am Segel. Was immer man gelernt haben mochte oder auch nicht, egal, ob man nun schwindlig wurde oder einfach nur ein ungeschickter Trottel war, der sich selbst in Gefahr brachte, es ging nur darum hochzukommen und zu hoffen, dass man auch wieder herunterkam.

Das Spiel in der Takelage der Schiffe im Hafen von Marstal war eine Art Vorschule gewesen, doch hier ging eine höllisch hohe See, und es blies ein heulender Wind. Alle hielten es für selbstverständlich, dass man lebend wieder herunterkam. Niemand schien zu bemerken, dass sich danach ein Überlebender auf Deck bewegte.

Knud Erik hatte dort oben gehangen, das schmale Schiffsdeck unter sich, ängstlich wie nie zuvor in seinem Leben, so verkrampft und kraftlos in all seinen Muskeln, dass er glaubte, seine Hände würden von allein loslassen, um sich von der Spannung zu befreien. Er hatte derartige Angst, dass er schrie. Niemand hörte ihn, doch es war dieser Schrei hinaus in den leeren Raum, der ihn rettete, der das Leben in seine Gliedmaßen zurückkehren ließ und ihm zu Kraft in den Händen und der Besonnenheit in dem schwindelnden Kopf verhalf, die ihn wieder hinunterbrachte.

Für Knud Erik personifizierte sich das unerbittliche Gesetz des Schiffs im Steuermann. Und hinter dem Steuermann fand er das Meer. Pinnerup war wie das Meer, gefährlich und gierig. Wurde man nicht hart, ging man zugrunde. Er hörte auf, sich über Ungerechtigkeiten Gedanken zu machen. Er hörte auf, die Schläge und die groben Beschimpfungen als Angriffe zu betrachten. Stattdessen überkam ihn ein Gefühl, das er bisher nicht kannte. Er hasste den Steuermann. Er hasste das Schiff. Er hasste das Meer. Und der Hass hielt ihn auf den Beinen, wenn er auf dem schrägen Deck mit der Kaffeekanne durch die dunkle Nacht balancierte und ihm die brühheiße Flüssigkeit plötzlich über die Finger lief. Der Hass ließ ihn die Salzwasserbeulen am Hals und an den Handgelenken ertragen, wo der ewig nasse Wollpullover scheuerte und die betroffenen Hautpartien große Blasen bildeten, die sich mit Flüssigkeit füllten. Der Hass führte dazu, dass er nicht protestierte, wenn der Steuermann ihn am Nacken packte oder sein Handgelenk an genau der Stelle verdrehte, wo die Beulen am empfindlichsten und kurz vorm Platzen waren.

Der Hass war der Ort, an dem er wuchs und lernte.

Es war hart, ein Mann zu werden. Aber er wollte es. Er wurde zäh, stumpf und hart. Sein Kopf und sein ganzer Körper wurden zu einem Rammbock.

Er begriff, dass er nur ins Leben treten konnte, wenn er die Tür dazu selbst aufstieß.

Der Kapitän der *Activ,* Hans Boutrop, kam aus der Søndergade. Er war ein rundlicher, jovialer Mann, dessen beträchtlicher Körperumfang unmöglich an dem bevorzugten Kochbuch der Marstaler Kapitäne liegen konnte, auf dessen Vorderseite mit großen Buchstaben das Wort «Sparsamkeit» gedruckt stand. Er brachte Knud Erik bei, Suppe zu kochen. Wie er selbst sagte, erinnerte das Rezept ein wenig an Specksuppe – nur mit dem wesentlichen Unterschied, dass in diese Suppe kein Speck kam. Die einzigen Geschmacksstoffe waren reichliche Mengen an Farin und Essig, die er zusammen mit einer kleineren Portion Zwiebackklöße ins heiße Wasser warf.

Wenn sie in einem Hafen lagen, kam sonntags Schmorbraten auf den Tisch. Das Sonntagsgericht hatte seinen eigenen Topf, mit einem Holzdeckel, den das Alter hatte schwarz werden lassen. Für diese Mahlzeit galt wie für alle anderen Fleischgerichte: Die Schmorzeit betrug unabänderlich drei Stunden.

Selten gab es Nachtisch. Und wenn, dann handelte es sich um einen Pudding, der in den Kaffeetassen steif werden durfte und hinterher portionsweise serviert wurde. Dann lag er auf dem Teller und wackelte mit einer kleinen Kuppel, die direkt in eine Hand passte. Die Männer nannten ihn «Nonnenbrüste». Das faserige Konservenfleisch aus Argentinien hieß «Kabelgarn», gesalzenes Fleisch «Indianerarsch» und die Dauerwurst nannte man nie anders als «Landstraße nach Roskilde».

Häufig wurde Knud Erik schlecht vom Essensdunst und der stickigen Luft; dann machte er die Kombüsentür auf und übergab sich an Deck. Bei schwerem Wetter wurde das Deck meist von Wellen überspült, so dass es niemanden gab, der die Essensreste bemerkte, die er gerade geopfert hatte. Wenn er nicht seekrank war, aß er mit großem Appetit sein eigenes Essen und wunderte sich immer wieder aufs Neue, dass er es selbst gekocht hatte.

Das Mannschaftslogis im Bug war so klein, dass sich lediglich zwei Männer gleichzeitig dort aufhalten konnten, wenn sie sich anzogen. Unter den Bodendielen lag die Kohle für den Ofen in der Kombüse, und hinter der Leiter stand die Kartoffelkiste, die einen durchdringenden Gestank von gärender Scheiße verströmte, wenn ihr Inhalt zu faulen begann. Auch aus dem Kettenkasten, in dem die Ankerkette lag, kam ein merkwürdiger Geruch. Es war der Geruch von getrocknetem Schlick und altem Tang, der beim Lichten des Ankers hängen geblieben war und den ein Besen nicht hatte entfernen können.

Nur aus der Tauwerkskoje drang ein angenehm kräftiger Duft nach braunem Teer.

Ihre Notdurft verrichtete die Mannschaft auf einem abgesägten Bierfass. Der Rand bestand aus einem rohen Eisenring, der Schrammen in die Hinterbacken riss. Bei schwerem Wetter, wenn die See übers Deck ging, kam es vor, dass Knud Erik mit dem Fass umstürzte. Bei gutem Wetter kletterte er auf den Bugspriet und kackte in die Gischt. Es war beinahe so wie die Porzellanschüssel mit Wasserspülung daheim in der Prinsegade.

Frischwasser gab es nur zum Trinken, also wusch man sich nicht. Das

Deck war sauberer als er. Einmal in der Woche musste Knud Erik zusammen mit dem Jungmann auf die Knie und das Deck mit Marstal-Soda scheuern: Mit einem Backstein schrubbten sie über eine Schicht aus nassem Sand.

Vilhjelms Vater hatte ihm als Abschiedsgeschenk zwei Lederlappen mit einer Schnur darum überreicht.

«Das ist für deine Hände», hatte er ohne irgendwelche weiteren Erklärungen in seiner gewohnt wortkargen Art gesagt.

Erst als die *Activ* in Egersund Backsteine für Kopenhagen an Bord nahm, begriff Knud Erik, was Vilhjelms Vater sich bei seinem Geschenk gedacht hatte. Pinnerup zeigte es ihm. Er band Knud Erik die Lederlappen fest um die Hände und gab ihm zur Aufmunterung eine Ohrfeige.

Ein bisschen Fürsorge steckt also doch in ihm, dachte sich Knud Erik.

Die Backsteine wurden vom Kai aufs Schiff weitergegeben. Dann wanderten sie in einer Kette bis zum Steuermann im Laderaum, der sie weiter an die Stauer reichte. Von Hand zu Hand flogen sie durch die Luft, aber nicht jeweils einer, sondern als Bündel zu je vier Steinen. Ein Bündel wog ungefähr zehn bis fünfzehn Kilo und warf Knud Erik beinahe um, wenn es in seinen ausgestreckten Händen landete. Wären die Lederlappen nicht gewesen, hätte er sich hinterher die Haut abziehen können.

In der Fürsorge des Steuermanns lag also durchaus Eigennutz. Einen Koch mit kaputten Händen konnte er nicht gebrauchen.

Knud Erik blieb stehen und verschnaufte, bevor er ein paar wacklige Schritte auf den Hafenarbeiter zutrat, der als Nächster in der Kette stand.

«Hör mal, Kamerad», sagte der Arbeiter, «du darfst die Kette nicht unterbrechen. Das halten deine Arme nicht aus. Du musst die Steine in Bewegung halten. Sonst werden sie zu schwer.»

Er zeigte Knud Erik, wie er seinen Körper drehen musste, bevor er die Steine weiterwarf. Nun blieb Knud Erik im Rhythmus der Kette, aber jedes Mal, wenn ein Bündel Steine seine Hände durchlief, war ihm, als würden ihm die Arme aus den Gelenken gerissen. Er stand mit bleischweren Gliedern da und schnappte nach Luft, aber er gab nicht auf. Er rief seinen Trotz zu Hilfe, dieses Ungestüme, von dem er nicht wusste, dass er es in sich trug; und es kam nicht aus seinen schmächtigen Jungenmuskeln, sondern aus einer unbekannten Quelle, die viele Jahre verschüttet gewesen war.

Der Hafenarbeiter warf ihm hin und wieder einen Blick zu. «Du machst das gut», sagte er, aber das Mitleid in seinem Blick widersprach seinen aufmunternden Worten. Er war ein älterer Mann und schwitzte heftig, aber er besaß Routine. Bald vergaß er Knud Erik wieder. Er hatte den Akkord einzuhalten.

Jedes Mal, wenn eine Unterbrechung bei der Lieferung eintrat, war aus dem Laderaum Pinnerups raue Stimme zu hören.

«Liegt es wieder an diesem verdammten Bengel?»

In Kopenhagen hatte die Besatzung der *Activ* beim Löschen der Ladung zu helfen. Sie lagen im Frederiksholms-Kanal mit seinen hohen Kais aus Granit, und es war ein langer Weg bis nach oben. Der Steuermann beteiligte sich nicht an der harten Arbeit. Er saß auf einem Lukenrand und beobachtete Knud Erik, der wieder und wieder aus dem Rhythmus kam. Diesmal hatte er nicht nur die schweren Steinbündel in der Kette weiterzugeben, diesmal sollte er sie hochwerfen. Er musste jedes Mal tief in die Knie gehen, um Anlauf zu nehmen.

«Faules Schwein, Schlappschwanz, Landratte», beschimpfte ihn Pinnerup und nahm die zerbrochene Meerschaumpfeife aus dem Mund, um auf Deck zu spucken. Einer der Hafenarbeiter legte die Steine aus der Hand und ging auf den Steuermann zu.

«So etwas wollen wir hier nicht sehen», sagte er und deutete auf Knud Erik. «Das ist viel zu schwer für einen Jungen. Jetzt löst du ihn ab, damit er eine Pause machen kann.»

Pinnerup grinste und zog seine Mütze in die Stirn.

«Hast du hier vielleicht das Sagen?»

«Nein», erwiderte der Schauermann, «ich bin hier, um zu löschen. Aber vielleicht willst du es ja lieber allein erledigen?»

Er wandte sich an seine Kollegen.

«Hier ist einer der Ansicht, dass er uns nicht braucht.»

Die Schauerleute schwangen sich hoch aufs Kai und setzten sich. Einer von ihnen zog eine Zigarette heraus und zündete sie an, bevor er sie an die anderen weitergab. Sie blickten nicht in Pinnerups Richtung, sondern begannen, sich zu unterhalten. Dabei baumelten sie lässig mit den Beinen.

Knud Erik blieb verwirrt stehen. Was hier passierte, verstand er nicht. Die Hafenarbeiter hatten unvermittelt für ihn Partei ergriffen. Sie gehörten nicht zum Schiff, sie kannten weder seine Hierarchie noch die unsichtbaren Kämpfe auf Leben und Tod. Sie schienen ihren eigenen Gesetzen zu folgen und bewiesen ihre eigene Stärke.

«Ist die Pause bald vorbei?», kam es sarkastisch von Pinnerup.

«Ja, wenn du die Hände aus den Taschen nimmst», versetzte einer der Hafenarbeiter.

Die anderen lachten beifällig.

Pinnerup schrumpfte, hier war er ein Nichts.

Plötzlich konnte Knud Erik ihn sehen: einen lächerlichen, schmutzigen Mann in geflickten Klamotten, mit einer zerbrochenen Pfeife im Mund und einem glatt rasierten Kinn, das aus einem Bart hervorstach, der am ehesten an die Behaarung eines ergrauten Orang-Utans erinnerte. Er hatte gelernt, Pinnerup zu widerstehen, und doch bestimmte der Steuermann wie eine Naturkraft oder ein Unwetter seine gesamte Wahrnehmung. Nun sah er ihn aus der gleichen Perspektive wie aus dem Masttopp – als einen ameisengroßen Mann auf einem Schiffsdeck. Er sah ihn mit dem Blick der Schauerleute.

Knud Erik kletterte aufs Kai und setzte sich neben die anderen. Er begann ebenso mit den Beinen zu baumeln wie sie.

Das war das Signal für Pinnerup. Er stand auf und ging auf Knud Erik zu. Die Hafenarbeiter richteten sich wachsam auf. Einer von ihnen schnipste die Zigarette fort. Sie landete Pinnerup vor den Füßen. Dann sprang er aufs Deck und baute sich vor Pinnerup auf.

Pinnerups Gesichtszüge erstarrten.

«Kommt schon, worauf wartet ihr?», fragte er und hob ein Bündel Steine vom Deck auf.

Die Schauermänner sahen sich an und zwinkerten. Einer von ihnen schlug Knud Erik auf die Schulter und bot ihm eine Zigarette an. Dann stellten sie sich auf ihre Plätze und bildeten wieder eine Kette.

Knud Erik blieb auf der Kaimauer sitzen. Es war die erste Zigarette seines Lebens. Er inhalierte, ohne zu husten. Er schaute auf seine Hand, die die Zigarette hielt. Jeder einzelne Finger wies eine lange, schmerzhafte Wunde auf. «Seeschrunden» hießen sie bei ihnen. Das Salzwasser und das steife Tauwerk rissen die dünne Haut zwischen den Fingern auf. «Piss drauf!», hatte Boutrup gesagt. «Das reinigt. Und dann mach dir ein Takling aus Wollgarn. Das hält die Risse zusammen.» Die Sonne schien Knud Erik ins Gesicht, und er verspürte ein plötzliches Wohlbehagen.

* * *

Als er von der *Activ* abmusterte, fragte seine Mutter nach dem Füllfederhalter. Sie hatte ihm einen zur Konfirmation geschenkt, damit er nach Hause schreiben könnte.

«Viel Freude hast du daran offenbar nicht gehabt», stellte Klara fest.

Knud Erik hatte zur Konfirmation außerdem ein Kopfkissen, eine Ober- und Unterdecke mit den dazugehörigen Bezügen sowie fünfundachtzig Kronen geschenkt bekommen. Die holzbesohlten Stiefel hatten fünfundvierzig Kronen gekostet, dafür würden sie aber auch ein Leben lang halten, erklärte der Schuhmacher. Sein Ölzeug kaufte er bei Lohse in der Havnegade, dort besorgte er sich auch ein zusammenklappbares Löwenmesser mit weißem Elfenbeingriff. Die Tangmatratze hatte zwei Kronen gekostet, außerdem hatte er eine grün lackierte Schiffskiste mit flachem Deckel erworben. Die Arbeitskleidung bestand aus einem Pullover und einer Hose aus Moleskin. Damit war er komplett ausgerüstet und die fünfundachtzig Kronen bis auf die letze Öre los.

Im Lauf der fünfzehn Monate, die er fort gewesen war, hatte er seiner Mutter zweimal geschrieben. In beiden Briefen stand das Gleiche: «Liebe Mutter, es geht mir gut.»

Er hatte nicht schreiben können, als sich Zweifel in ihm regten, ob seine Entscheidung, zur See zu gehen, richtig gewesen war. Damit hätte er ihr doch recht gegeben, wenn sie ihm erklärte, dass das Seemannsleben roh und erbärmlich sei. Er hatte ihr aber auch nicht schreiben können, als seine Zweifel überwunden waren, denn dann wäre klar gewesen, dass er seinen Entschluss gefasst hatte: Er wollte Seemann werden.

Er versteckte sich in seinen Briefen. Zwischen dem einleitenden

«Liebe» und dem abschließenden «liebe Grüße» gab es nichts als Schweigen.

Sie begriff, dass er ein erwachsener Mann geworden war. Doch sie sah mehr als nur das. Denn mit jedem Zentimeter, den Knud Erik in die Höhe schoss, entfernte er sich von ihr. Fast schien es, als wüchse er aus Trotz und Ungehorsam. Immer deutlicher zeichneten sich die Züge seines Vaters in seinem Gesicht ab. Er hatte dessen helles, lockiges Haar und das kräftige Kinn. Doch er besaß die braunen Augen seiner Mutter, und wenn sie ihn in einem unbeobachteten Moment betrachtete, spürte sie, dass sie noch immer im Besitz eines Pfandes war. Wenn er auch nur einen Hauch von Verstand besaß, würde er früher oder später des Seemannslebens überdrüssig werden.

Es hatte keinen Sinn, ihm etwas sagen zu wollen oder ihn unter Druck zu setzen. Stattdessen servierte sie ihrem Sohn in den Monaten, in denen er zu Hause war und auf seine nächste Heuer wartete, seine Leibgerichte. Eine unvermutete Herzlichkeit entstand zwischen ihnen, doch Klara spürte, dass er sie missverstand. Knud Erik glaubte, sie habe seine Wahl endlich akzeptiert. Er zeigte ihr die Narben der Seeschrunden und Salzwasserbeulen und erzählte von dem abstoßenden Pinnerup. Es war sein neu erworbener Status als erfahrener Seemann, den er ihr stolz präsentierte.

«Dann bist du inzwischen hoffentlich klüger geworden!»

Ihr Ton war scharf. Wut stieg in ihr auf, als sie sah, was das Meer aus ihm gemacht hatte. Die Worte brachen aus ihr heraus, bevor sie überhaupt darüber nachdenken konnte. Sie hörte, wie verzweifelt ihre eigene Stimme klang.

Knud Erik schaute sie an und erwiderte nichts; er ging auf Distanz. Sie las es in seinem Blick: Du verstehst nichts.

Nein, sie verstand nichts. Sie spürte ihre eigene Ohnmacht. Die Herzlichkeit, die eine Weile zwischen ihnen geherrscht hatte, war verschwunden. Sie wurden sich wieder fremd und nahmen die gemeinsamen Mahlzeiten schweigend ein. Ihr hübscher Sohn hatte die Augen, aber sonst nichts von ihr.

In diesem Herbst kaufte Klara den Witwen die fünf Dampfer *Enigheden*, *Energi*, *Fremtiden*, *Maalet* und *Dynamik* ab.

Der Kauf überraschte uns. Ihre Handlungsweise zeugte von Entschlossenheit und Willenskraft; es war eine Investition in einer Größenordnung, von der wir nie vermutet hätten, dass sie das Kapital dazu besaß. Wie groß ihr Vermögen tatsächlich war, wussten wir nicht, aber es musste sich um mehrere Millionen handeln. Eine ganze Weile sprachen wir von nichts anderem. Sie war von etwas Rätselhaftem umgeben, das vorher nicht existiert hatte. Wir begriffen, dass sie auf irgendetwas aus war, wir wussten nur nicht, auf was.

Die Witwen hatten nie einen Nachfolger für Isaksen gefunden. Es gab mehrere Bewerber für die Position als Geschäftsführer, aber niemand erwies sich als wirklich geeignet, und die Kapitäne der Reederei schüttelten den Kopf. Die Gerüchte über die Hintergründe von Isaksens Kündigung hatten sich herumgesprochen. Schließlich blieben qualifizierte Bewerber aus, und die Reederei lag praktisch still.

Doch eines Tages würde möglicherweise ein Mann erscheinen, der die notwendige Kraft aufbrachte, sich gegen die Witwen durchzusetzen und den Schlingerkurs zu beenden. Dann würde die Stadt wieder erblühen. Und dieses Risiko wollte Klara Friis nicht eingehen.

«Aber meine Liebe, das solltest du nicht tun», meinte Ellen, als Klara nach langen Beratungen mit Markussen ihr Angebot unterbreitete. Es hatte den Anschein, als wäre Ellen der Ansicht, dass Klara sich nur für die Vanillekringel revanchieren wolle, die ihr so oft mit dem Kaffee serviert worden waren.

«Na, das fehlte ja gerade noch», erwiderte Klara, und es klang, als wäre die enorme Kaufsumme tatsächlich ein Zeichen von Hilfsbereitschaft. Sie hörte das Wahnsinnige in der Art, wie sie sich unterhielten. Die Witwen möglicherweise auch. Jedenfalls wurde Ellen ungewöhnlich blass, und bei Emma und Johanne zeichneten sich rote Flecken auf den Wangen ab. Sie schauten sich verstohlen an, und Klara wusste, dass die übliche Unentschlossenheit ihre Zustimmung befördern würde.

Sie nutzte die Witwen nicht aus und bezahlte weder zu viel noch zu wenig für die Dampfer, wenn man die ungünstige Situation auf dem Weltmarkt in Betracht zog. Sie war nicht auf Profit aus.

Klara erwarb die Dampfer wegen der Seeschrunden. Der Anblick der Narben, die Risse und Salzwasserbeulen an Knud Eriks armen Fingern, an seinen Handgelenken und am Hals hinterlassen hatten, empörte sie.

Sie hatte an afrikanische Sklaven denken müssen, die in Ketten quer über den großen Kontinent geschleppt wurden, bevor man sie auf Schiffe verlud und später verkaufte. Solche Narben mussten sie dort gehabt haben, wo das Eisen an der nackten, ungeschützten Haut scheuerte. Und genau darum ging es. Sie wollte die Sklaven befreien. Sie wollte Knud Erik von den Ketten befreien, die eine verrückte und missverstandene Männlichkeit ihm angelegt hatte. Kaum waren die Seeleute erschöpft von ihrer ewigen Schlacht gegen das Meer heimgekehrt, standen sie wieder auf und baten um mehr, als könnten sie nicht genug bekommen von den Peitschenhieben, die von allen Seiten auf sie niederprasselten: Sturm, Wellen, Kälte, miserables Essen, elende Hygiene, ein rauer Umgangston und Gewalt, die stets an den Schwächsten ausgelassen wurde. Es musste ein Ende haben.

Ein paar Tage später teilte Knud Erik ihr mit, dass er eine neue Heuer gefunden habe.

Den Seesack und die Schiffskiste wollte er selbst packen.

* * *

Die *Kristina* war ein Bramsegelschoner von einhundertfünfzig Bruttoregistertonnen, Theodor Bager, der Kapitän, ein hagerer Mann mit einem ängstlichen, eingefallenen Gesicht, dem weder Sonne noch Wind zugesetzt hatte. Sommers wie winters blieb er gleichermaßen blass, egal, ob er sich in südlichen oder nördlichen Breitengraden aufhielt. Es hieß über ihn, dass sein Herz nicht mehr so recht wollte und er eigentlich längst hätte an Land gehen sollen, aber er war zu sparsam, um diesen Entschluss zu fassen.

Bager hatte in seinem Leben eine große Leidenschaft, seine achtzehnjährige Tochter Kristina, nach der das Schiff benannt war.

Die Besatzung bestand aus fünf Männern.

Knud Erik war fünfzehn Jahre alt und hielt sich für voll befahren, weil er aus der Kombüse aufrückte und als Jungmann auf Deck kam. Die Kompassstriche kannte er längst. Einen Augspleiß und einen Kurzspleiß beherrschte er ebenfalls; auch konnte er ein Takling nähen, über Stag gehen, halsen und die Kuhwende fahren.

In der Kombüse saß nun ein blasser kleiner Junge und achtete auf das Feuer im Ofen, während er grün im Gesicht mit der Seekrankheit kämpfte. Vierzehn Jahre alt war er, so wie Knud Erik vor einer Ewigkeit. Es war Helmer, der Wasserscheue, der einmal am Fockstag gehangen und die Schmack seines Großvaters zum Kentern gebracht hatte. Der Steuermann der *Kristina*, ein älterer Mann namens Hermod Dreymann stammte auch aus Marstal.

Die beiden Matrosen, Rikard und Algot, waren Seemänner auf großer Fahrt aus Kopenhagen. Sie kamen aus Familien, in denen es keine Tradition gab, zur See zu gehen. Knud Erik sah es an ihrer Ausrüstung. Schiffskisten und Bettzeug hatten sie nicht. Außer dem unentbehrlichen Segelsack mit dem Kuhhorn für Fett und Segelnadeln, einem Marlspieker, einer Ahle und einem Segelhandschuh besaßen sie nichts anderes als einen Seesack mit einer Decke und eine Zigarrenkiste mit Rasierzeug. Ihre Kleidung für den Landgang sah aus wie ihr Arbeitszeug, ein paar blaue Kattunhosen und ein Wollpullover in der gleichen Farbe. Rikard hatte sich auf den rechten Arm eine nackte Meerjungfrau mit dem Dannebrog in der Hand tätowieren lassen. Ihre Zigaretten rauchten beide in Pfeifen mit einem flachen Kopf – so konnten sie die Pfeife abstellen, wenn kein Aschenbecher in der Nähe war.

Die Grundstimmung auf der *Kristina* war weitaus angenehmer als auf der *Activ*, doch noch immer spürte Knud Erik seinen alten Plagegeist. Wenn er in den Nachtstunden allein am Ruder gegen die Müdigkeit kämpfte, während die hohe, eisige Dünung sich über dem Schiff auftürmte, dachte er stets an Pinnerup. Im Geheul des Windes hörte er sein Fluchen. Er sah sein Gesicht in den aufgepeitschten weißen Schaumkronen der Wellen. Er fühlte, wie seine unbarmherzige Hand sich auf die Salzwasserbeulen presste, wenn die Müdigkeit ihn in ihren Würgegriff nahm, und er wusste mit einem Gefühl des Triumphs, dass er ihn besiegt hatte. Noch immer konnte er in kindlichem Trotz das Meer hassen, aber er spürte keine Angst mehr vor ihm.

Er hatte den Steuermann klein werden sehen. Er hatte am Kai des Frederiksholms-Kanals gesessen, in gespielter Lässigkeit mit den Beinen gebaumelt und nicht richtig gewusst, was er gerade gelernt hatte, als er den Steuermann beim Zusammenstoß mit den Hafenarbeitern einlenken sah. Nun war es ihm klar. Es gab Dinge, die konnte man nur auf die harte Tour lernen, aber es gab keinen Grund, irgendjemanden zu demütigen, nur weil er neu und unerfahren war. Der Erfahrene konnte dem Unerfahrenen auch die Hand reichen. Und so half er Helmer in der Kombüse, wenn er vor Müdigkeit und Seekrankheit aufgeben wollte.

«Sieh mal», sagte er zu Helmer, «dein Brot ist viel zu klebrig, die Leute beschweren sich ständig darüber. Das Problem ist das Aufgehen. Die gekaufte Hefe taugt nichts.»

Er nahm ein paar große Kartoffeln und forderte Helmer auf, sie zu schälen und hinterher in kleine Stücke zu schneiden.

«Hol mir mal eine Flasche», fuhr er mit seinen Ratschlägen fort.

Die Kartoffelstücke kamen in die Flasche, bis sie drei viertel voll war, dann wurde Wasser aufgegossen. Knud Erik drückte einen Korkpfropfen auf die Flasche und befestigte ihn sorgfältig mit Segelgarn.

«Jetzt musst du die Flasche an einen warmen Ort stellen, dann hast du in ein paar Tagen Hefe. Du kannst sie dann durch ein Sieb in den Teig streichen. Aber pass auf! Die Flasche darf nicht zu lange stehen, sonst riskierst du, dass der Korken mit einem ordentlichen Knall das Segelgarn sprengt.»

Helmer starrte ihn an, als hätte er ihn gerade in ein Zauberkunststück eingeweiht.

So ist es, erwachsen zu sein, dachte Knud Erik. Dann erhält man solche Blicke.

Die *Kristina* fuhr regelmäßig auf der Neufundlandroute. Davon hatte Knud Erik nicht gerade geträumt. Aber es gab die Heuer, und so wurde die Reise über den kalten Nordatlantik zu einer weiteren Probe seiner Männlichkeit. Mit Holz segelten sie von Oskarshamn in Schweden nach Ørebakke auf Island. Sie brauchten zweiundzwanzig Tage bis dorthin. Unterwegs kam die Seekrankheit wieder und schlug eine Scharte in sein Gefühl, voll befahren zu sein. Das Löschen der Ladung dauerte vierzehn Tage.

Mit Ballast aus schwarzem Strandsand segelte die *Kristina* weiter nach Little Bay in Neufundland. Das war im November. Nach einer Woche auf See gerieten sie in dichten Nebel, der sich gegen Mittag verzog und wie eine Mauer am Horizont stand; über dem restlichen Himmel schien die Sonne. Dann kam der Nebel zurück, die Segel wurden dunkelgrau vor Feuchtigkeit, und schwere Tropfen klatschten auf das Deck. Mal sahen sie den Himmel, dann konnten sie nicht einmal die Nock des Außenklüvers ausmachen.

Am dritten Nebeltag hatte Knud Erik gerade den Rudergänger abgelöst, als der Nebel sich erneut hob. An Backbord sah er hohe, eisbedeckte Berge. Zu seiner Überraschung waren sie nicht weiß, sondern blau, lila und von einem beinahe durchsichtigen Meeresgrün. Einer der Berge türmte sich auf wie ein gigantisches aufrecht stehendes Quadrat mit einer flachen Spitze und Hörnern, die im rechten Winkel abstanden. Der Berg sah aus, als hätten Menschenhände ihn geformt. Er erschien ihm so unnatürlich, dass ihm ganz unheimlich zumute wurde. Er hatte nie etwas anderes gesehen als die niedrigen, flach gescheuerten Felsküsten Skandinaviens, schon gar nicht diese wilde, chaotische Welt aus Eis und Schnee.

«Grönland in Lee, wir haben Grönland in Lee!», schrie er und hörte sein eigenes Entsetzen.

Kapitän und Steuermann hasteten aus der Kajüte. Bager starrte einen Augenblick auf die imposante, auf sie einstürzende Berglandschaft.

«Das ist nicht Grönland», stellte er fest. «Das sind Eisberge.»

Er wies mit einer Bewegung zum Horizont. Auch an der Luvseite tauchten Eisberge auf, jetzt in verstreuten Formationen, die jede Illusion über eine zusammenhängende Küstenlinie zerstörten. Dann kehrte der Nebel zurück, und wieder waren sie an Deck sich selbst überlassen.

Der Kapitän schaute besorgt vor sich hin. Seine eingefallenen Wangen wirkten noch bleicher als sonst.

«Nun sind wir in Gottes Hand», sagte er.

Die Nebelbank hielt sich vierzehn Tage. Es gab nicht viel Wind, und die feuchten Segel hingen die meiste Zeit schlaff herunter. Die langen Wellen des Atlantik liefen ohne Kräuseln in einem langsamen Rhythmus unter dem verwundbaren Rumpf der *Kristina* entlang. Das Wasser wirkte ölig glatt, als ob es sich in der feuchten Kälte verdicken und zu Eis werden wollte. Um sie herum herrschte absolute Stille, und Knud Erik dachte anfangs, es sei der Nebel, der sämtliche Geräusche dämpfte, ebenso wie er allen die Sicht nahm. Dann wurde ihm klar, dass die Besatzung im

Nebel nur flüsterte. Als wären die unsichtbaren Eisberge, die die *Kristina* von allen Seiten umgaben, böse Geister, deren Aufmerksamkeit man nicht erregen durfte. Die Stille setzte ihnen zu, dennoch wagte es niemand, sie zu brechen. Knud Erik überlegte, ob der Herrgott sie inmitten dieses dichten Nebels wohl sehen und seine Hand über sie halten mochte, so wie der Kapitän es hoffte.

Als sich der Nebel schließlich lichtete und sie ein eisfreies Meer um sich herum sahen, brachen sie in Gebrüll aus. Sie hätten Hurra! rufen können, aber sie taten es nicht. Es war ein unbestimmtes Brüllen, nur um den Klang ihrer eigenen Stimmen zu hören. Jeder war für sich in dieser Stille eingeschlossen gewesen, isoliert voneinander, nun gehörten sie wieder zusammen. Kein Eisberg lag mehr auf der Lauer, sie durften brüllen.

Einen Tag später kam die Küste von Neufundland in Sicht. Seit Island waren sie vierundzwanzig Tage unterwegs gewesen.

Als sie Little Bay angelaufen hatten, ruderte Knud Erik den Kapitän an Land. Er wollte mit den Maklern und der Hafenbehörde reden und befahl Knud Erik zu warten. Als er zurückkam, hatte er einen merkwürdigen Gesichtsausdruck. Knud Erik legte die Riemen ein und ruderte auf die *Kristina* zu.

«Tja, Knud Erik», sagte Bager in einem vertraulichen Ton, den Knud Erik nicht gewohnt war. Der Kapitän wandte sich sonst nur an ihn, wenn er ihm einen Befehl gab.

«Die *Ane Marie* ist nicht angekommen.»

Die *Ane Marie* war ein Schoner aus Marstal, der acht Tage vor der *Kristina* in Island abgelegt hatte. Der Kapitän seufzte und schaute übers Wasser.

«Dann ist sie sicher verloren. Wahrscheinlich auf einen Eisberg aufgelaufen.»

Er blickte weiterhin übers Wasser und schwieg den Rest der Fahrt.

Vilhjelm – er fiel Knud Erik bei den Worten des Kapitäns als Erster ein. Vilhjelm war an Bord der *Ane Marie*. Er sah hinunter auf seine Hände, die sich um die Riemen klammerten, dass die Knöchel weiß hervortraten. Er tat einen gewaltigen Zug, als wollte er die Betäubung abschütteln, und wäre beinahe von der Ruderbank gefallen.

«Pass auf, wohin du ruderst», ermahnte ihn Bager.
Seine Stimme klang abwesend, nahezu sanft.

Am Abend lag Knud Erik in der Koje und trauerte um Vilhjelm. War Vilhjelm zweimal aufgetaucht? Oder war er sofort untergegangen, herabgezogen von den holzbeschlagenen Stiefeln und dem schweren Ölzeug? Was hatte er zuletzt gesehen? Blasen im Wasser? Oder das erstarrte Chaos des Eisbergs? Er erinnerte sich an den unnatürlich viereckigen Eisberg, den er am ersten Tag ihrer Fahrt entdeckt, und an das unheimliche Gefühl, das er in ihm geweckt hatte. War es derselbe Eisberg, auf den die *Ane Marie* gelaufen war? Was hatte Vilhjelm sich gedacht? Hatte er um Hilfe gerufen? Aber wieso sollte er das tun? Es gab ja niemanden, der ihnen dort draußen auf dem offenen Nordatlantik hätte helfen können.

Er dachte an den Konfirmationsunterricht, das Ende ihrer Kindheit, als sie jeden Sonntag in der Kirche unter den Schiffsmodellen saßen, die an schweren Stahlseilen von der Decke hingen und ein Symbol des Christenheils waren. Er hatte zum Altarbild hinaufgesehen, auf dem Jesus mit einer Handbewegung das Wasser nach dem Sturm auf dem See Genezareth glättete. Er hatte die alten Psalmen gesungen, die die Konfirmanden auswendig lernen sollten, da man sie einst in Gedanken an die Seeleute geschrieben hatte.

> «Der Wolken, Luft und Winden,
> gibt Wege, Lauf und Bahn,
> der wird auch Wege finden,
> da dein Fuß gehen kann.»

So hatten sie gesungen. Ob Vilhjelm in den letzten Minuten, bevor das Schiff unterging, sang? Oder war das Gleiche passiert, was Knud Erik so oft vor der Altartafel mit ihrem Gemälde von Jesus auf dem See Genezareth widerfuhr? Dass ihm Zweifel kamen?

Wo war der Herrgott gewesen, als die *Hydra* mit seinem Vater spurlos verschwand? Möglicherweise war der Herrgott wie Vilhjelms Vater? Vielleicht kehrte er uns den Rücken zu und hörte nichts, wenn es wirklich darauf ankam?

Es war Zufall, wer nach Hause zurückkehrte. Knud Erik konnte keinen Sinn darin sehen, und er dachte, so musste es Vilhjelm ergangen sein, als er schließlich doch unterging: Der Herrgott war taub und hörte ihn nicht.

Der Laderaum musste gesäubert werden, damit alles bereit war für den Klippfisch. Sie spülten und schrubbten fünf Tage. Dann wurde der Boden mit einer dicken Lage Tannenzweige bedeckt. Darauf kam Birkenrinde. Auch die Seitenwände des Laderaums verkleideten sie mit Birkenrinde, die mit Nägeln befestigt wurde. Es roch intensiv und frisch, ein ungewohnter Duft nach Gebirge und Wald. Als würde eine Hütte am Boden des Schiffs gebaut. Der Klippfisch war ein vornehmer Gast, und nun war seine Unterkunft vorbereitet und wartete auf ihn.

Jeden Vormittag ereignete sich etwas, das für einen Augenblick die einförmige Routine des Ladens unterbrach. Ein Boot wurde nahe an der *Kristina* vorbei durch den Hafen gerudert. An den Riemen saß ein junges Mädchen mit kurz geschnittenen schwarzen Haaren, die den Blick auf den Nacken freigaben. Sie war sonnengebräunt und hatte volle Lippen, asiatische Augen und kräftige Brauen. Sie ruderte wie ein Mann, mit langen, kraftvollen Schlägen, und kam rasch voran. Ihr Blick war auf die *Kristina* gerichtet. Die Besatzung stand an der Reling und beobachtete sie. Sie schaute nicht weg. Als ob sie nach einem bestimmten Gesicht suchte.

Nach ein paar Tagen war Knud Erik überzeugt, dass sie nach ihm Ausschau hielt. Ihre Blicke trafen sich, und er wurde rot und musste wegsehen.

Rikard und Algot unterhielten sich nachher über sie. Sie hatte einen locker sitzenden Pullover und eine Moleskinhose getragen, so dass es schwer fiel, etwas über ihren Körper zu sagen. In jedem Fall aber wirkte sie schlank, so viel hatten sie erkennen können, und das führte rasch zu weiteren Mutmaßungen.

Aufgrund ihrer dunklen Augen und ihres asiatischen Aussehens vermuteten sie, dass sie von der Mösenstiege stammte.

«Das ist die Leiter, auf der die Huren in Bangkok die Schiffe entern», erklärte Rikard.

Knud Erik sagte nichts. Er dachte über den Blick nach, den er mit dem Mädchen gewechselt hatte, und errötete jedes Mal aufs Neue, wenn er in Gedanken nachvollzog, wie ihre Augen auf ihm ruhten. Am meisten dachte er jedoch an Vilhjelm. Nachts konnte er nicht schlafen, und auch tagsüber ging er ihm im Kopf herum.

Am nächsten Tag winkte Dreymann dem Mädchen zu. Sie winkte zurück, und das entspannte die Situation. Sie ruderte immer dieselbe Strecke, bis zu einer Klippe, hinter der sie verschwand. Ein paar Stunden später tauchte sie wieder auf, doch nun kam sie nicht so nahe ans Schiff und schaute auch nicht in dessen Richtung. Stattdessen starrte sie vor sich hin und legte sich kräftig in die Riemen.

Auch die Frage, wohin sie wollte und was sie an der Klippe tat, gab Anlass zu Diskussionen. Rikard nahm einen Zug aus seiner Zigarette und meinte, sie hätte einen Liebhaber, den sie dort traf. Dreymann wies das als Unfug zurück.

«Seht sie euch an», sagte er, «sie ist nicht älter als sechzehn, siebzehn Jahre.»

Rikard erwiderte, dass sie in Neufundland früh anfangen; er sah aus, als würde er gern über den Hintergrund seiner Kenntnisse der Mädchen auf Neufundland befragt werden.

Dreymann vertrat die Ansicht, das Mädchen gehe zum Klavierunterricht.

«Auf der Klippe?», fragte Rikard spöttisch.

Zumindest wussten sie, wer sie war, nämlich die Tochter von Mr. Smith, einem stattlichen, kräftig gebauten Mann, der stets in Knickerbockern und schottisch karierten Strümpfen herumlief. Er wohnte in einer großen Villa aus grün gestrichenem Holz, die auf einem kleinen Hügel hinter der Stadt lag. Mr. Smith war der Verlader des Klippfischs, weshalb sie davon ausgingen, dass er Little Bays mächtigster Mann war.

Ab und zu kam er an Bord, sprach aber nie mit jemand anderem als Bager. Manchmal warf er einen Blick auf Knud Erik, sagte jedoch nichts.

Eines Tages verließ er nach einem weiteren Besuch in der Kajüte des

Kapitäns die *Kristina,* wie gewöhnlich ohne ein Wort an die Besatzung zu richten. Bager tauchte direkt nach ihm an Deck auf und ging auf Knud Erik zu. Er stellte sich mit den Händen auf dem Rücken vor ihn. Dann beugte er sich vor und sagte mit tiefer Stimme, als hätte er Angst, nicht verstanden zu werden: «Miss Smith würde gern von dir besucht werden. Morgen um vier Uhr. Du bekommst Landurlaub.»

Knud Erik schwieg.

Bager beugte sich noch weiter vor.

«Hast du verstanden, was ich gesagt habe? Es kommt ein Mann aus Mr. Smiths Büro und holt dich ab.»

Knud Erik nickte.

«Also gut», sagte der Kapitän und ging. Plötzlich blieb er stehen, als gäbe es noch etwas, das er zu übermitteln vergessen hatte.

«Pass auf bei dieser Göre.»

Er sah Knud Erik warnend an. Dann machte er auf dem Absatz kehrt und ging mit eiligen Schritten fort, als hätte er gerade etwas Peinliches hinter sich gebracht.

Die anderen hatten nicht mitbekommen, was geschehen war, und so machte auch niemand Bemerkungen. Knud Erik konnte keinen klaren Gedanken fassen. Er hatte keine Angst vor Mädchen, er musste ja oft genug auf seine kleine Schwester aufpassen. Aber erst als Anton einen Blick auf Marie geworfen hatte, war ihm klar geworden, dass Mädchen auch etwas anderes sein konnten als nur Kameraden. Er wusste nicht, was Miss Smith wollte, aber er hatte Angst, dass ihr Interesse ihn vielleicht als «mädchenhaft» abstempeln könnte. Er würde sich von den anderen unterscheiden, und wenn es etwas gab, was er auf gar keinen Fall wollte, dann – sich unterscheiden.

Am nächsten Tag wurde Knud Erik kurz vor vier abgeholt. Rikard und Algot gafften und riefen ihm Bemerkungen nach. Nur sein Begleiter ignorierte ihn auf dem ganzen Weg bis zur grün gestrichenen Villa, als wäre auch ihm die ganze Geschichte peinlich. Er machte den Eindruck, als würde er am liebsten mit all dem nichts zu tun haben. Als sie das Haus erreichten, ließ er Knud Erik ohne ein Wort stehen.

Knud Erik trat auf die Veranda und klopfte vorsichtig an die Tür. Eine ältere Dame in einem langen altmodischen Wollkleid öffnete ihm und führte ihn durch eine große Vorhalle in ein angrenzendes Wohnzimmer. Bisher hatte niemand auch nur ein Wort von sich gegeben. Sie schloss die Tür, und Knud Erik war allein. Auf einem kleinen von einem Tuch bedeckten Tisch war der Tee vorbereitet. Neben den Tassen und einer Teekanne aus Silber stand eine Porzellanschale mit Keksen. Knud Erik blieb an der Tür stehen, unsicher, ob er sich auf einen der gepolsterten Stühle setzen sollte. Da noch immer nichts passierte, begann er auf und ab zu gehen und nahm zerstreut einen Keks aus der Schale. In diesem Moment wurde hinter ihm die Tür geöffnet. Er drehte sich erschrocken um und versteckte die Hand mit dem Keks auf dem Rücken. Es war das Mädchen aus dem Ruderboot.

Sie trug nicht mehr den Pullover und die Männerhose, sondern ein Kleid, was ihn auf der Stelle beunruhigte. Ähnlich erging es ihm auch mit ihrem Gesicht, das er nun wesentlich deutlicher sah als bisher. Ihre Augenpartie war jetzt weitaus dunkler, und ihr großer Mund leuchtete rot, wodurch er noch größer wirkte.

Er blickte zu Boden, als würde der Eindruck ihn überwältigen.

Sie ging auf ihn zu, und er bemerkte, dass sie größer war als er. Sie war ja auch älter.

Sie reichte ihm die Hand.

«Miss Sophie», sagte sie.

«Knud Erik Friis», antwortete er, unsicher, ob er seinem Namen ein «Mister» hätte hinzufügen sollen oder ob diese Bezeichnung nur Männern wie ihrem Vater vorbehalten war, dem mächtigen Mr. Smith.

«*Sit down please*», sagte sie und machte eine einladende Handbewegung.

Knud Erik setzte sich. Noch immer hielt er die Hand mit dem Keks auf dem Rücken. Da es seltsam ausgesehen hätte, wenn er mit einer Hand auf dem Rücken dasäße, ließ er den Keks fallen, kurz bevor er Platz nahm. Einen Moment später spürte er, wie der Keks unter ihm zerbröselte. Es war ihm so peinlich, dass er sich nicht auf Miss Sophie konzentrieren konnte, die nun auf ihn einredete. Doch Knud Erik verstand ohnehin kein Wort. Das Ganze war grundfalsch. Er saß auf einem zerbröselten Keks und trank Tee mit einem Mädchen, das größer war als er und merkwürdig auffällige Farben im Gesicht trug. Und aus ihrem Mund kamen unverständliche Worte, auf die sie eine Antwort erwartete.

Er starrte in den bernsteinfarbenen Tee, als würde er ihm nicht schmecken. Hin und wieder nickte er in vorgetäuschtem Ernst. Das musste sein Beitrag zur Konversation sein, dachte er. Besser konnte er es nicht. Plötzlich lachte sie laut auf.

«Du sitzt einfach nur da und nickst. Aber du verstehst doch überhaupt nicht, was ich sage.»

Überrascht sah er auf.

«Ja, ich spreche Dänisch.»

Sie hörte nicht auf, mit ihrem großen Mund zu lachen.

«Meine Mutter kam aus Dänemark. Aber sie ist schon lange tot.»

Die letzten Worte sagte sie in einem unbekümmerten Tonfall, als messe sie dem Verlust ihrer Mutter keine allzu große Bedeutung bei. Sie beugte sich zu ihm vor.

«Bist du verlegen?», wollte sie wissen.

«Natürlich nicht.»

Plötzlich reagierte er trotzig, obwohl ihm nicht bewusst war, dass der Trotz jetzt anstelle seiner Verlegenheit trat. Er war wütend. Sie hatte ihn dazu gebracht, sich wie ein kleiner Junge zu fühlen. Auf dem Schiff war er sich wie ein Mann vorgekommen, und diese neu erworbene Würde wollte er auch hier respektiert wissen. Und dann verstand sie Dänisch. Immerhin glaubte er sich hier wieder auf sicherem Grund. Miss Sophie musste man nur wie Marie behandeln.

«Bestimmt weißt du, dass wir auf der *Kristina* über dich reden», sagte er. «Die anderen zerbrechen sich den Kopf, was du eigentlich treibst. Ein paar glauben, du gehst zum Klavierunterricht. Aber es gibt auch jemanden, der meint, dass du einen Liebsten hast, den du jeden Tag draußen bei der Klippe triffst.»

Miss Sophie blickte ihn spöttisch an.

«Einen Liebsten. Hm, vielleicht ist es ja so. Und, was sagst du nun?»

Knud Erik sagte nichts.

«Nein», fuhr Miss Sophie fort, «es wartet kein Liebster draußen auf der Klippe auf mich. Ich habe dort einen Ort zum Träumen. Weißt du, was das ist, ein Ort zum Träumen?»

Er schüttelte den Kopf.

«Das ist ein Ort, an dem man verweilt und träumt. Es gibt einen schmalen Sandstrand direkt vor dem Hafen. Dort sitze ich und schaue übers Wasser. Und dann träume ich. Von Passagierdampfern, Flugzeugen und Zeppelinen, von großen Städten, von Straßen, die voller Autos und Schaufenster entlang der Bürgersteige sind, von Filmtheatern und Restaurants.»

Es war eine Auflistung, die sie atemlos werden ließ, als ob eine lang zurückgehaltene Sehnsucht sich endlich löste.

«Hast du keine Träume?»

«Doch», antwortete Knud Erik, «ich träume davon, Kap Hoorn zu umrunden.»

«Kap Hoorn?» Miss Sophie lachte überrascht. «Ja, du bist Seemann. Aber warum gerade Kap Hoorn? Es ist kalt, überall stürmt es, und die Schiffe gehen unter.»

«Das mag sein», erwiderte Knud Erik, «aber man ist kein richtiger Seemann, wenn man nicht Kap Hoorn umrundet hat.»

«Wer sagt das?»

«Das weiß doch jeder.»

«Hast du keine Angst zu ertrinken?», fragte Miss Sophie.

Knud Erik zögerte einen Augenblick. Sollte dieses fremde Mädchen mit diesem ebenso seltsamen wie hübschen Gesicht ihn wirklich dazu bringen, alles zu erzählen?

«Doch», entgegnete er ehrlich, «ich habe große Angst zu ertrinken.»

«Warst du schon einmal kurz davor?»

Miss Sophie sah ihn mit einem durchdringenden Blick aus ihren dunklen Augen an.

«Ja, einmal.»

«Und wie war das?»

Er hatte keine Lust zu antworten.

«Mein bester Freund ist gerade ertrunken. Er ist mit der *Ane Marie* untergegangen, die auf dem Weg hierher war», sagte er stattdessen.

Sie sah zu Boden. Einen Moment schien sie sich sammeln zu müssen. Als sich ihre Blicke wieder trafen, lächelte sie aufmunternd.

«Du wirst sicher auch eines Tages ertrinken.»

Sie sagte es in einem vollkommen alltäglichen Ton, als würde sie ankündigen, dass in Kürze das Abendessen serviert wird.

Knud Erik dachte sofort, was für ein Blödsinn, so etwas zu sagen. Was meinte sie? Glaubte sie etwa, in die Zukunft sehen zu können?

Wieder spürte er, wie sie ihren Blick auf ihn richtete. Sie schaute ihn prüfend an, als wollte sie herausfinden, welche Wirkung ihre Worte hatten.

Knud Erik blickte zur Seite. Die Vertrautheit zwischen ihnen war zerstört. Ihn überkam die Trauer über Vilhjelms Tod, und er wurde wütend.

«Verwünscht du mich etwa?»

«Bist du schon mal in einer Großstadt gewesen?», fragte sie mit einem unsicheren Klang in der Stimme.

«Ich war in Kopenhagen.»

«Das ist keine richtige Großstadt, glaube ich. Träumst du nie von London oder Paris, von Schanghai und New York?»

Knud Erik schüttelte den Kopf.

«Ich träume von Kap Hoorn», antwortete er.

«Wie schade. Dann können wir also nicht zusammen fliehen. Denn zum nassen, kalten Kap Hoorn will ich nicht. Uff, bist du langweilig.»

Sie fing an zu lachen. Dann beugte sie sich vor und nahm seinen Kopf in ihre Hände.

«Aber du sollst trotzdem einen Kuss bekommen, bevor du gehst.»

Sie sah ihm in die Augen. Einen Moment dachte er daran, sich loszureißen, aber dann sah er ein, dass es kindisch wäre, Widerstand zu leisten. Er musste es wie der Mann hinnehmen, zu dem er in den letzten Monaten geworden war. Er hielt ihrem Blick stand, und in diesem Moment geschah etwas Merkwürdiges mit ihm. Ihn durchfuhr so etwas wie ein Schaudern, aber nicht aus Unbehagen, sondern aus einem anderen, ihm unbekannten Grund. Etwas Großes und Wunderbares ahnend, lief ein leises Zittern durch seinen Körper. Er schloss die Augen, um den Kuss zu empfangen, dann wurde er an einen Ort geführt, von dem er instinktiv wusste, dass kein Schiff ihn jemals dorthin würde bringen können.

Er spürte ihre Lippen, deren weiche Fülle sich mit einem leichten Saugen an seinen Mund presste, und er wünschte, dass sie nie wieder getrennt würden. Mit einem elektrischen Knistern glitten seine Hände, die auf den Armlehnen des Stuhls gelegen hatten, ihren Rücken hinauf. Als er den bloßen Nacken unter dem kurz geschnittenen Haar erreichte, strich er vorsichtig über dessen Rundung. Er öffnete ein wenig den Mund und wünschte, sie würde das Gleiche tun; er wünschte, ihr Atem würde sich treffen, und er könnte ihre Luft ganz tief in seine Lungen saugen und durch sie atmen. Als würde er ertrinken. Doch im Wasser ließ sich nicht atmen. Nun öffnete er sich für ein anderes Element, das ihn ebenso erfüllen sollte. Er spürte, wie sie ihm folgte und ihre Lippen sich ganz vorsichtig teilten. Sie atmeten durch den Mund des anderen, sie sogen sich gegenseitig die Luft aus den Lungen. Er küsste Miss Sophie, als küsste er die Welt, und die Welt gab ihm diesen Kuss zurück und erfüllte ihn mit ihrem süßen Atem.

Dann entzog sie sich, griff sich mit der Hand an die Bluse und lachte.

«Also küssen kannst du.»

Sie reichte ihm eine Serviette vom Tisch.

«Besser, du wischst dir den Lippenstift ab.»

Abwehrend hob er die Hand, als würde sie ihm etwas Wertvolles rauben wollen.

«Doch, komm schon.»

Wieder lachte sie. Dann fasste sie ihn an den Schultern und wischte ihm den Mund mit der Serviette ab.

«Du kannst doch Mr. Smiths Haus nicht mit einem von Lippenstift verschmierten Gesicht verlassen.»

Sie schaute ihn prüfend an.

«Hat dir eigentlich schon mal jemand gesagt, wie hübsch du bist?»

Ihre Stimme klang neckend. Sie stand auf, nahm ihn bei der Hand und führte ihn an die Tür zur Halle.

«Hier sagen wir uns Lebewohl.»

«Sehen wir uns wieder?», fragte er und wusste sofort, dass er sich mit dieser Frage verraten hatte.

Sie gab ihm die Hand und blinzelte ihm zu.

«Gute Reise nach Kap Hoorn.»

Am nächsten Tag erschien sie nicht. Am Nachmittag lief er ständig zur Reling, um über den Hafen zu schauen. Seine Ruhe war dahin, seit er Mr. Smiths Haus verlassen hatte. Eigentlich glaubte er nicht, dass es sich um Liebe handelte. Es war etwas anderes, beinahe so, als müsste man nach einem festen Halt auf dem krängenden Deck suchen, wenn die *Kristina* unerwartet überholte.

Er dachte mit einer gewissen Gereiztheit an sie, ja geradezu mit Wut und einer unbändigen Rachsucht. Sie hatte ihn gedemütigt, ihm den Mund mit der Serviette abgewischt, als wäre er ein Kind. An den Kuss, den sie ihm gegeben hatte, mochte er nicht denken. All die widersprüchlichen Gefühle, die die Erinnerung daran in ihm wachrief, ließen sich kaum in Worte fassen. Er hatte sich sehr klein und gleichzeitig sehr groß gefühlt. Der Kuss hatte eine Sehnsucht in ihm geweckt, die schmerzte; ein Brennen tief in seinem Selbstgefühl.

Den anderen fiel seine Unruhe auf.

«Hältst du Ausschau nach etwas Besonderem?», erkundigte sich Dreymann.

Die Matrosen grinsten, auch Helmer, der kleine Scheißkerl. Sie hatten ihm viele Fragen gestellt, als er von seinem Besuch zurückkam, aber er hatte nur wortkarg und abweisend geantwortet.

«Wie war sie?», wollte Rikard wissen und wackelte mit der nackten Meerjungfrau am Arm.

«Sie ist schon in Ordnung», sagte er nur, «wir haben Tee getrunken und Kuchen gegessen.»

«Habt ihr nichts anderes gemacht?»

Sie sahen ihm prüfend ins Gesicht.

«Schaut euch die hübschen braunen Augen an.»

Rikard sprach mit spöttisch verzerrter Stimme.

«Weißt du, warum deine Augen braun sind?»

Knud Erik schüttelte hilflos den Kopf. Er wusste, dass er die eine oder andere Grobheit zu erwarten hatte.

«Weil dir jemand als Kind so hart in den Arsch getreten hat, dass die Scheiße den umgekehrten Weg nahm.»

Er stand da und wurde lächerlich gemacht, es war ihre Schuld.

Und dann erschien sie nicht.

Die Tage vergingen, einer nach dem anderen, und alle waren gleich. Der Klippfisch wurde unter einer unverändert grauen Wolkendecke geladen, und sie tauchte nicht auf. Er hing auf dem krängenden Deck herum und litt.

Die anderen zogen ihn auf. Er spürte, wie er jedes Mal rot wurde, wenn sie eine Andeutung machten.

«Knud Eriks Liebste» wurde sie genannt.

«Hast du heute schon deinen Kuss bekommen?», erkundigte sich Rikard.

Oder am allerschlimmsten: «Sie hat doch nicht etwa schon genug von dir?»

Der Klippfisch reichte jetzt bis fast an den Lukenrand. Bald war es vorbei, und die Reise nach Portugal begann. Er würde Miss Sophie nie wiedersehen.

In seiner Verzweiflung beschloss er, das Unerhörte zu tun. Er musste sie in der großen grün gestrichenen Villa aufsuchen. Vielleicht sogar auf die Erde spucken. Irgendetwas tun, damit ihr klar wurde, dass sie ihm nichts bedeutete und er seine eigene Welt hatte, die sie nicht erschüttern konnte.

Am Tag vor der Abreise machten sie das Schiff klar zum Ablegen. Knud Erik wusste nicht, wie er es anstellen sollte, sie noch einmal zu sehen. Seine Unruhe schlug in Panik um. Er hatte das Gefühl, in seiner Welt würde eine Katastrophe geschehen, wenn er sie nicht ein letztes Mal sähe. Mit einem Satz sprang er über die Reling aufs Pier und rannte hinauf zur grünen Villa. Er hörte Dreymann hinter sich herrufen, aber er drehte sich nicht um.

Obwohl man die Villa von der *Kristina* aus sehen konnte, hatte er einen langen Weg zurückzulegen, und den größten Teil ging es bergauf. Als er ankam, rang er nach Luft. Dennoch zögerte er vor der großen Haustür nicht, sondern klopfte energisch an. Bei dem Versuch, Atem zu schöpfen, musste er die Hände auf die Oberschenkel stützen.

Als die Tür geöffnet wurde, hatte sich seine Haltung nicht verändert. Doch nicht Miss Sophie stand vor ihm, so wie er es sich die ganze Zeit über ausgemalt hatte, wenn er mit glühenden Wangen über dieses Treffen phantasierte: Es sollte ihr letztes sein – dann wäre er endlich wieder frei. Es war die ältere Frau, die ihn bei seinem ersten Besuch ins Haus geführt hatte.

Sie starrte ihn fragend an, als ob sie erwartete, dass er eine wichtige Nachricht für den Besitzer des Hauses hätte, den mächtigen Mr. Smith.

«Miss Sophie», keuchte er, außerstande, sich aufzurichten und nach dem langen Spurt Atem zu holen.

Sie schüttelte den Kopf und sagte einige Worte auf Englisch, von denen er lediglich die beiden letzten verstand.

«*… not here.*»

Es war ihr Kopfschütteln, das ihm den Sinn dieser Worte erschloss, und hätte er sich nicht in einer so erbärmlichen Verfassung befunden, wäre er sicherlich auf sie losgegangen – als könnte er sie für die Abwesenheit des begehrten Objekts seiner ambivalenten Sehnsucht persönlich verantwortlich machen.

«Wo?», stöhnte er heiser, noch immer außer Atem.

Die Frau schaute ihn missbilligend an, so als müsste sie überlegen, ob sie diesen verwilderten Burschen überhaupt einer Antwort für würdig hielt.

«St. John's», sagte sie und schaute ihn mit einem Blick an, in dem, wie er glaubte, sowohl Boshaftigkeit als auch Mitgefühl lagen, wenn so etwas überhaupt möglich war.

St. John's. Jetzt begriff er. Die größte Stadt Neufundlands, ein Hafen, der häufig von Schonern aus Marstal angelaufen wurde. So viel wusste er. Er wusste auch, dass es nicht der Zielhafen der *Kristina* war.

Miss Sophie war verreist. Daher zeigte sie sich nicht mehr auf ihren täglichen Rudertouren. Sie befand sich an einem anderen Ort auf dieser großen Erde; sie würden sich niemals wiedersehen.

Etwas, das ungewiss begonnen und alle Möglichkeiten offengelassen hatte, war bereits zu Ende.

Bager erwartete ihn.

«Was fällt dir ein, Junge?», schimpfte er und versetzte Knud Erik einen Schlag in den Nacken.

«Wie weit ist es bis St. John's?», erkundigte Knud Erik sich, ohne den Schlag zu beachten.

«Hat dich der Teufel geritten?», polterte der Kapitän und schlug ihn noch einmal. «Einhundertachtzig Seemeilen. Aber wir wollen nicht nach St. John's und Schürzen jagen. Wir müssen nach Setubal, mit Klippfisch für die Katholiken.»

Die Schläge waren nicht sonderlich hart, es waren eher Klapse. In Bagers Stimme hatte sich ein persönlicher Ton eingeschlichen. Er sah aus, als amüsiere er sich.

«Spinnkopf», sagte er, «bestimmst du jetzt etwa den Kurs? Ich habe
es Mr. Smith gleich gesagt. Ich habe gesagt, er soll mehr auf dieses Mädchen achten. Sie macht die Leute verrückt. Verzogene Göre!»

Das Barometer war gefallen, als sie am nächsten Morgen Little Bay verließen und durch die Notre-Dame-Bucht ausliefen. Regenschauer kamen
und gingen, aber das Meer blieb ruhig. Am späten Nachmittag hatten
sie als Landmarke den Leuchtturm auf Fogo. Sie mussten bis St. John's
der Küste folgen, bevor sie in den Atlantik gelangten.

In der Nacht frischte es zu einem Südoststurm auf, und sie begannen,
auf die Felsküste zuzutreiben. Knud Erik hatte die hohen schwarzen
Gesteinsformationen tagsüber durch den Nebelregen ausgemacht. Nun
rückten sie in der undurchdringlichen Dunkelheit der Nacht unsichtbar
näher, und das ferne Dröhnen der Brandung warnte uns vor ihnen. Die
Freiwache wurde geweckt und bekam den Befehl, sich Ölzeug anzuziehen, so dass sie jederzeit an Deck kommen konnte.

Suchend glitten die Lichtstrahlen des Leuchtturms an Kap Bonavista
über das aufgewühlte Meer und ließen die Segel über ihren Köpfen einen
Moment lang gespenstisch aufleuchten. Sie befanden sich nahe der Küste
und refften die Segel, bis das Schiff nur noch unter der Stagfock segelte. Die *Kristina* verlor jeglichen Vortrieb und stampfte in ihrem Kampf
mit dem Sturm nur noch in den aufgepeitschten Wellen.

Die Blinkzeichen des Leuchtturms erschienen und verschwanden wie
ein Stern, der dem Wasser zu nah kommt, von einer Welle verschluckt
wird und sich dann wieder freikämpft. Aus der Dunkelheit tauchten
Wolken auf, die aussahen wie die Bäuche großer, sich am Himmel ja-
gender Haifische. Das Morgengrauen kündigte sich an, und das Leucht-
feuer erlosch. Doch der Sturm hielt an.

Der Kapitän klopfte an das Barometer.

«Das wird dauern», sagte er in düsterem Ton und griff sich ans Herz,
als fürchtete er um dessen Durchhaltevermögen.

Knud Erik hätte es nie für möglich gehalten, aber man kann sich tatsächlich inmitten von Lebensgefahr unendlich langweilen. Der Sturm
hielt an, Tag um Tag. Unablässig hämmerte er auf den Rumpf der *Kristina* ein, heulte in der Takelage, riss am Ruder und zwang sie in stän-

diger Anspannung an Deck. Sie befanden sich in einem Alarmzustand, der dennoch zu einer Betäubung der Nerven führte, zu einem Gefühl der grenzenlosen Leere.

Das Deck stand permanent unter Wasser. Es sah aus, als würden nur noch Heck und Vordersteven schwimmen, zwei losgerissene Wrackteile, die eine unerklärliche Gesetzmäßigkeit inmitten dieses Chaos aus sich brechenden Wellen und kochendem Schaum in exakt demselben Abstand hielt.

Knud Erik starrte auf die tief hängenden, sich jagenden Wolken, auf die Wellen in ihrem endlosen Rollen auf eine Küste zu, die unverändert ihre schwarz drohende Barriere errichtete und nicht Land oder Rettung verhieß, sondern das Ende ihres Lebens, wenn sie ihr zu nahe kamen – und er dachte an nichts.

Der Sturm hielt an, aber die *Kristina* trotzte ihm, und selbst die Angst vor dem Ertrinken wurde von der Eintönigkeit und den ständigen Schmerzen der Salzwasserbeulen verdrängt, die sich an seinen Armen und um seinen Hals gebildet hatten. Dass sich keine der offenen Wunden entzündete, lag am reinigenden Salzwasser, das ihn ständig durchnässte.

Dreißig Tage stampften sie so durch das Meer. Manchmal sank der schwarze Küstenstreifen so tief hinter den Horizont, dass er sich wie ein Bleistiftstrich zwischen Himmel und Meer dahinzog, dann wuchs er erneut und türmte sich über ihnen auf wie ein Amboss, auf dem der Hammer des Meeres schon bald den zerbrechlichen Rumpf der *Kristina* zerschmettern würde.

Ob sich die Küste nah oder fern befand, bedeutete schließlich überhaupt nichts mehr. Die schwarzen Felsmassive stellten weder Rettung noch Bedrohung dar. Sie waren nicht einmal Land, sondern ein Teil der Monotonie, ebenso wirklich oder unwirklich wie die regenschweren Wolken über ihren Köpfen. Tage und Nächte kamen und gingen.

Hatte er mitten am Tag Freiwache, taumelte er wie betäubt zum Bug, wobei er sich an das Tau klammerte, das ins Rigg gespannt war, um Halt zu geben, wenn man das Deck überqueren wollte. Er stand bis zum Bauch im Wasser, wenn eine See mittschiffs überkam, und spürte den Sog an den Beinen, während der Schaum um ihn herum kochte. Er fühlte sich wie ein Seiltänzer, der keinen festen Grund mehr unter den Füßen hat und an den Armen an einem Seil hängt, das zwischen zwei Punkten am Himmel gespannt war. Als würde er sich nicht mehr auf einem Schiff befinden, sondern allein über dem leeren Meer hängen.

Dann erreichte er das Logis und stolperte die Leiter hinunter in die dunkle, übelriechende Unterkunft, deren Boden überschwemmt war. Der Ofen blieb kalt, aus Angst vor den Abgasen. Er kroch in seine Koje, ohne sich auszuziehen. Wozu auch? Wie sollte er seine Sachen trocknen? Sie waren voller Salz, und das Salz zog Feuchtigkeit und Gischt an. Er krümmte sich zusammen und fiel in einen bewusstlosen Schlaf, bis eine Hand ihn rüttelte und er aus der Koje torkelte. Die Stiefel platschten im Wasser auf den Bodendielen. Dann ging es die Leiter hinauf und hinein in die Dunkelheit oder das graue Licht – es war längst einerlei. Er empfand sich als Diener des Schiffs, als dessen blindes Werkzeug im Kampf gegen den Sturm. Er dachte nicht länger an sein eigenes Überleben, nur an Segel, die gerefft oder geborgen werden mussten, an Tauwerk, das festzumachen war.

Dann endlich legte sich der Wind. Das Meer ging noch immer mit schwerer Dünung, aber es heulte nicht mehr in der Takelage, und auf den Wellen bildete sich nicht mehr dieser unheilvolle Geifer aus Schaum. Die Sonne brach durch die Wolkendecke, die Haifischbäuche unter dem Himmel waren verschwunden. Die schwarze Küstenlinie wurde wieder zu Land, zu einem Ort, der erreicht werden konnte, zur Erfüllung eines unmöglichen Traums: festen Boden unter den Füßen zu haben. Es brauchte Zeit, um sich nach dreißig Tagen im Epizentrum des aufgewühlten Meers daran zu gewöhnen.

Zwei schwarze Felsen mit senkrechten Kanten tauchten voraus auf. Dazwischen klaffte eine Öffnung.

«Das schwarze Loch», sagte Bager, bleicher als je zuvor, «die Einfahrt nach St. John's.»

Er wandte sich an Knud Erik, der am Ruder stand.

«Nun bekommst du doch noch deinen Willen», sagte er lachend, «wir laufen St. John's an, um Proviant zu bunkern.»

*　　*　　*

Knud Erik hatte Miss Sophie nicht vergessen. Er hatte sich selbst vergessen, und die Eintönigkeit des Sturms hatte zusammen mit allem anderen auch sie verdrängt. Mit den Worten des Kapitäns und dem Anblick der Öffnung zwischen den beiden Felsen, die er «das schwarze Loch» nannte, kehrte Miss Sophie zurück. Mehr denn je war es ihm wichtig, sie wiederzutreffen. Er bekam noch eine Chance und spürte plötzlich, dass es kein Zufall sein konnte. Alles hatte wieder einen Sinn, und dieser Sinn wies in eine einzige Richtung: auf Miss Sophie.

Er vergaß die Salzwasserbeulen und sein nasses Zeug. Die Willensanstrengung, die er dreißig Tage hatte aufbringen müssen und die ihm mehr Schmerzen zugefügt hatte als irgendeine physische Anstrengung, wich von ihm. Erst jetzt wurde ihm bewusst, dass der Sturm vorüber war, doch in seinem Inneren kam sofort ein neuer auf. Bei den Worten des Kapitäns spürte er, wie ein ungeduldiger Wind sein Blut peitschte und das Herz kräftiger schlagen ließ.

Bager übernahm das Ruder, und sie passierten «das schwarze Loch». Dahinter öffnete sich St. John's schmale Hafeneinfahrt, voll von Fischerbooten, Schonern und kleinen Dampfschiffen. Holzhäuser zogen sich die Felsen hinauf. Entlang des Hafens standen die Häuser in dichten Reihen, die Giebel in Richtung Hafen ausgerichtet, dazwischen Speicher und Schiffsausrüster. Die Kais wimmelten von Menschen und Pferdewagen. Der Straßenlärm mischte sich mit dem Schreien der Möwen, und es stank penetrant nach Fisch und Tran.

St. John's war keine Großstadt, das sah er sofort. Kopenhagen war größer, doch die Kais am Frederiksholms-Kanal waren öde, verglichen mit dem Leben, das sich hier vor seinen Augen entfaltete. Er hatte sich St. John's als eine etwas größere Ausgabe von Little Bay vorgestellt. Irgendwo hinter der Stadt besäße Mr. Smith ein ähnliches Haus wie in Little Bay, und Knud Erik würde hinaufspazieren, an die Tür klopfen und Miss Sophie wiederbegegnen.

Nun verlor er den Mut. Hier würde er sie nie finden. Hier gab es bestimmt nicht nur einen Mr. Smith, sondern Hunderte, und – der Gedanke lähmte ihn geradezu – vielleicht nicht nur eine Miss Sophie, sondern Hunderte.

Im Mannschaftslogis heizten sie den Ofen. Dann trockneten sie ihre Sachen und wuschen sich prustend mit heißem Wasser aus einem Eimer, bevor sie saubere Kleidung aus den Seesäcken holten. Eine Weile hockten sie um den Tisch des Logis und sahen aus, als säßen sie dort zur Zierde. Einer nach dem anderen begann erschöpft vor sich hin zu nicken. «Verflucht, ich fühl mich wie ein entbeintes Hähnchen. Nicht ein Knochen mehr im Körper», meinte Rikard.

Am nächsten Morgen teilte der Kapitän mit, dass sie an diesem Abend Landurlaub hätten. Gemeinsam gingen sie in die Stadt, sogar Helmer durfte mit. Der Sturm war seine Taufe gewesen. Mit seinen pünktlichen Kaffeelieferungen hatte er sich Eintritt in die Gruppe verschafft. Sie nahmen Kurs auf die Water Street direkt hinter der Hafenzeile.

Dreymann blinzelte Knud Erik zu.

«Dort triffst du Miss Sophie bestimmt.»

Sie betraten ein Wirtshaus und bestellten Bier. Das Lokal war voller Frauen, eine von ihnen kam an ihren Tisch. Sie hatte sich geschminkt und lachte mit einem großen roten Mund.

Algot legte einen Arm um ihren gewaltigen Leib.

«Nimm sie stattdessen», sagte er zu Knud Erik, «da bekommst du mehr für dein Geld als bei der mageren Miss Sophie. Ist es nicht so, Sally oder wie, zum Teufel, du auch heißen magst.»

«*Julia*», sagte die Frau, «*my name is Julia.*»

Sie war skandinavische Seeleute gewohnt und verstand ein wenig von dem, was gesagt wurde.

Aufreizend lehnte sie sich an Knud Erik, dem ein Duft nach Schweiß und Parfüm in die Nase stieg. So nah kam sie ihm, dass er die Risse in dem mehlartigen Puder auf ihrem Gesicht sehen konnte, die die Falten darunter verrieten. Sie warf ihm einen Kussmund zu, und er wandte sich instinktiv ab. Dann packte sie ihn im Nacken und versuchte, sein Gesicht an ihren halbnackten Busen zu ziehen.

«*Such a pretty boy shouldn't sleep alone.*»

Er riss sich los und kehrte ihr den Rücken zu. Die anderen lachten dröhnend. Um seine Verlegenheit zu verbergen, nahm Knud Erik einen Schluck aus der Bierflasche. Doch das Bier schmeckte bitter und zog ihm den Mund zusammen. Gut, dass er mit dem Rücken zu ihnen saß und niemand sein verzerrtes Gesicht sah. In der Hoffnung, dass es ihm diesmal besser schmecken würde, nahm er noch einen Schluck. Doch es war wie zuvor. Musste er so etwas wirklich trinken?

Er drehte sich zu seinen Kameraden um. Mit einer Flasche am Mund saß die Frau nun auf Algots Schoß. Die anderen waren in irgendeinen Disput vertieft.

«Warte bis Setubal, das hier ist nichts», entgegnete Rikard.

«Setubal!», höhnte Algot. «Nein, du, Martinique. Da tanzen sie nackt auf den Tischen.»

«Ja, und stecken dich mit Syphilis an», versetzte Rikard. «Wir hatten da einen Bootsmann. Eine Nacht mit einem dieser Weiber, und drei Monate später war er an Syphilis gestorben. Der Teufel soll mich holen, das war die teuer bezahlteste Fotze der Welt. Also, deine Negerweiber kannst du für dich behalten.»

«Redet ihr nur, Jungs», sagte Dreymann nachsichtig. «In England sollen wir die Tochter des Skippers abholen. Und wenn Fräulein Kristina erst mal an Bord ist, dann müsst ihr euch ein bisschen zurückhalten, wenn ihr den Mund aufmacht.»

Knud Erik sah zu Helmer, der mit seiner Bierflasche in der Hand still dasaß. Auch ihm schien das Getränk nicht zu schmecken.

«Kann man hier nichts anderes trinken?», fragte Knud Erik und versuchte, weltläufig zu erscheinen.

«Meinst du Limonade?», brüllte Rikard und lachte über seine eigene Bemerkung.

«*Gin*», sagte die Frau. «*Give him some gin.*»

Dreymann schaute Knud Erik nachdenklich an.

«Pass mit Gin auf», warnte er ihn, «der ist genauso stark wie unser Schnaps.»

«Blödsinn!», schrie Algot. «Sieht aus wie Wasser, schmeckt wie Wasser und hat auch die gleiche Wirkung wie Wasser!»

Er schob Knud Erik ein Glas mit einer klaren Flüssigkeit zu.

«Runter damit!»

Erleichtert, den bitteren Biergeschmack loszuwerden, nahm Knud Erik einen ordentlichen Schluck. Die anderen sahen ihn abwartend an. Der Geschmack war kräftig, aber ohne Schärfe. Zögernd probierte er noch einen Schluck. Der Gin füllte seinen Mund mit einer wohligen Milde, doch statt die Kehle hinunterzulaufen, schien er in die entgegengesetzte Richtung, ins Schädelinnere zu fließen. Er hatte das Gefühl, als streichelte jemand seinen Kopf von innen.

Algot nickte anerkennend. Die Frau lachte ihm zu und spitzte die Lippen wieder zu einem Kussmund. Dann drehte sie sich um und konzentrierte sich auf Algot, der eine Hand unter ihren Rock geschoben hatte. Knud Erik spürte ein angenehmes Prickeln in seinem Gehirn. In ihm steckte eine Heiterkeit, die nur darauf wartete, sich einen Weg nach draußen zu bahnen. Er lachte Helmer zu, der zurücklächelte, dankbar für die Aufmerksamkeit.

«Du solltest den Gin probieren», erklärte Knud Erik abgeklärt, «der ist viel besser als Bier.»

Helmer schüttelte den Kopf.

«Ich bin nicht so durstig.»

«Es geht doch gar nicht darum, durstig zu sein. Es geht darum, besoffen zu werden!»

Helmer schüttete den Kopf.

Knud Erik ließ sich nicht beirren.

«Na, scheißegal. Prost!»

Er schwang sein Glas und erblickte sich in einem großen goldgerahmten Spiegel. Eine blonde Locke fiel ihm in die Stirn. Seine Augen waren braun. Er hatte sie von seiner Mutter. Vielleicht war er ja wirklich ein *pretty boy*.

Die Welt war in Bewegung geraten, aber im Gegensatz zu einem abschüssigen Schiffsdeck war diese Bewegung nicht berechenbar. Der Boden krümmte sich ständig in neuen und überraschenden Winkeln, in denen er in Schieflage geriet, und obwohl Knud Erik rasch lernte, dass der Stuhl der sicherste Aufenthaltsort war, musste er sich doch immer wieder auf den Boden stellen und ein paar unsichere Schritte tun. Es war derart aufgekratzt, dass die Gesellschaft am Tisch ihm nicht reichte. Er musste sich die Tanzenden ansehen, sich ganz sanft zur Musik wiegen, sich am Tisch festhalten, die Arme ausbreiten. Hin und wieder glitt eine Frauenhand über seine Hemdbrust oder streifte seinen Hosenboden. Doch sein Blick sagte ihnen sofort, dass er diesen Weg heute Abend nicht gehen würde. Sie eilten in der sich drängenden Menge mit schwingenden Hüften weiter.

Er selbst ließ sich freiwillig schubsen und schieben. Der Druck der Umstehenden verhinderte, dass er umfiel, und plötzlich kam ihm der Gedanke, dass Miss Sophie irgendwo dort draußen stand und auf ihn wartete. Er brauchte nur vor die Tür zu treten, dann würde er sie schon finden. Nun drängelte er gezielt. Er erreichte die Tür und verschwand auf der Water Street.

Er wusste nicht, wie spät es war, doch auf der Straße herrschte noch immer großes Gedränge. Meist waren es Männer, die schwer und unsicher über den Fußweg schwankten oder mitten auf der Straße liefen, auf der wiehernde Pferde und hupende Automobile versuchten, ihnen auszuweichen. Vereinzelt gab es auch Frauen, die sich aus schwarz umrandeten Augen suchend umsahen.

Knud Erik kam ans Ende der Water Street. Die Menge lichtete sich. Er ging ein Stück zurück und trat in eine Seitengasse. An der Ecke der Duckworth Street fiel sein Blick auf ihren Nacken. Sie hatte ihm den Rücken zugewandt und ging ein Stück vor ihm; sie trug einen langen Wintermantel, darunter ein Paar Stiefel. In der Hand hielt sie eine Tasche. Alles andere mochte falsch sein, doch nicht dieser nackte, entblößte Nacken, der sonnengebräunt aus dem Pelzkragen ihres Wintermantels ragte. Sie war es!

Er setzte ihr nach, verlor sie jedoch plötzlich aus den Augen. Einen Moment steckte er auf dem Bürgersteig in der Menge fest und wurde gegen eine füllige Frau gedrückt, die versuchte ihm auszuweichen, indem sie auf dieselbe Seite trat wie er. Sie stießen noch einmal zusammen, und Knud Erik roch ihren scharfen Schnapsatem. Dann gelangte er auf die Straße. Ein Kutscher fluchte und schlug mit der Peitsche nach ihm. Knud Erik begann, im Rinnstein zu laufen. Er kam zur Kreuzung an der King's Road und entdeckte sie auf der anderen Straßenseite. Kurz darauf verlor er sie wieder aus den Augen, war sich nun aber sicher, dass er ihr auf der Spur war. Er hörte auf zu laufen. Es war ein Teil des Spiels. Er wollte sie nicht zu schnell einholen.

Sie mussten sich noch einmal küssen. Und danach? Nichts. Der Kuss war genug. Noch einmal die Luft ihrer Lungen einatmen.

Knud Erik ging nun wieder schneller. Eine schwebende Leichtigkeit erfüllte seinen ganzen Körper. Noch nie hatte er einen solchen Glauben an sich selbst gehabt wie in diesem Augenblick.

Die Straße lag jetzt vollkommen leer vor ihm. Die Signal Hill Road begann langsam den Berg anzusteigen, der hoch oben vom Cabot Tower gekrönt wurde. Er sah die Festung als schwarze Silhouette vor dem sich schlängelnden Band der Milchstraße. Es schien ihm, als würde der Sternenhimmel seine Bewegungen nachvollziehen – wie ein Schwarm schimmernder Zugvögel auf ihrer herbstlichen Reise durch die Nacht.

Er sah sie ein gutes Stück weiter oben am Hang, eine schwarze Gestalt, die sich von der mit weißem Raureif bedeckten Straße abhob. Sie glitt nach oben, als würde sie von einer unsichtbaren Schnur gezogen.

Wieder begann er zu laufen, geriet außer Atem und musste einen Moment stehen bleiben, um Luft zu holen. Als er seinen Spurt wieder aufnahm, rannte er an einem See und ein paar Bäumen vorbei. Alles war durch den Raureif versilbert, der wie die Sterne am frostklaren Nachthimmel schimmerte. Unter sich erblickte er den schwarzen Wald aus Masten und die hell erleuchteten Wirtshäuser entlang der Water Street.

Sie hatte den Cabot Tower erreicht, bevor er sie einholte. Noch immer wandte sie ihm dem Rücken zu, als sie stehen blieb und über das Meer starrte, das sich vor dem Hafen in alle Richtungen erstreckte. Einen Moment blieb auch er wie verzaubert vom Anblick dieser enormen Ausdehnung stehen.

«Sophie!», rief er.

Er fühlte sich mit einem Mal unsicher. Sie drehte sich um. In ihrem Gesicht war keinerlei Überraschung zu sehen.

«Ja, Knud Erik», sagte sie nur.

Ihre Lippen wirkten schwarz in dem schwachen Sternenlicht.

«Was willst du von mir?»

Der Rausch gab ihm seinen Mut zurück. Er breitete die Arme aus und wollte sie umarmen.

«Bist du betrunken? Warst du in einem Wirtshaus in der Water Street?»

Er sah sie gekränkt an.

«Ich bin nicht betrunken. Ich will nur einen Kuss.»

Ein Lächeln breitete sich auf seinem Gesicht aus. Er hatte bereits vergessen, dass er eigentlich hätte beleidigt sein sollen. Er befand sich an einem Ort, an dem nur freudiger Gesang für ihn Sinn ergab.

Knud Erik umfing sie mit einer unerwartet heftigen Umarmung. Er beugte sich vor und fand ihre Lippen. Sie rührte sich nicht. Er hatte die Augen geschlossen, öffnete sie nun aber wieder. Sie starrte vor sich hin und schien ihn nicht zu sehen. Vorsichtig presste er seine Lippen auf ihre und hoffte, dass sich der Zauber des ersten Kusses wiederholen würde, aber nichts geschah.

Dann stieß sie ihn von sich.

«Geh!», sagte sie. «Hörst du! Lass mich in Ruhe!»

Diesmal schrie sie, und ihre Augen bekamen einen feuchten Glanz. Sie stampfte mit ihrem Stiefel auf die gefrorene Erde.

«Hör auf, mir nachzulaufen wie ein Hund!»

Urplötzlich packte ihn eine Wut, die ebenso heftig war wie zuvor seine Liebe.

«Du nennst mich nicht einen Hund!», schrie er.

Knud Erik packte sie an den Schultern und fing an, sie zu schütteln. Sie war größer als er, aber er war der Stärkere. Ihr Kopf flog hin und her, aber ihre Augen starrten ihn weiterhin trotzig an.

«Hund!», sagte sie noch einmal.

Er ließ sie unvermittelt los, atmete schwer und erregt.

«Schlampe!»

Er spuckte ihr zwischen die Stiefel.

Dann drehte er sich um und lief den Signal Hill hinunter.

«Knud Erik!», rief sie ihm nach.

Er blieb nicht stehen. Mehrmals stolperte er bei seinem wilden Lauf über die gefrorene Erde, doch der Rausch war noch nicht verflogen und verhalf ihm zu einer seltsamen Leichtfüßigkeit. Die Kälte versetzte ihm eine Ohrfeige nach der anderen.

Er erreichte den Fuß des Berges und fand eine veränderte Stadt vor. Die Wirtshäuser am Hafen hatten geschlossen. Die dichte Menschenmenge, die die Bürgersteige der Water Street bevölkert hatte, war verschwunden. Eine dünne Schicht Raureif bedeckte die Straße und unterstrich mit ihrem kalten Schimmer die unnatürliche Stille, die sich über die zuvor so lärmende Hafenzeile gelegt hatte. Auch den Wald aus Masten an den Kais hatte der Raureif versilbert, wie einen Gespensterwald, den ein Brand in weiße Asche verwandelt hatte und der nur darauf wartete zu zerfallen.

Knud Erik fand die *Kristina* und stolperte die Leiter hinunter ins Logis, wo ihn schließlich der Rausch überwältigte. Ihm war schwindelig, als er in seine Koje rollte, wo ihm sofort die Augen zufielen.

Am nächsten Morgen weckte ihn Rikards Fluchen.

«Wo, zum Teufel, bist du gewesen, Bursche? Du kannst doch nicht einfach so abhauen.»

Aber ihr Grinsen verriet ihm, dass sie zu betrunken gewesen waren, um sich ernsthaft Sorgen um ihn zu machen. Er erinnerte sich an den Mahlstrom von Menschen im Wirtshaus. Von der Verfolgung Miss Sophies durch St. John's gab es nur vage Bruchstücke in seiner Erinnerung. Dasselbe galt für die Begegnung auf dem Signal Hill, die sich auf der anderen Seite der Tür zwischen Traum und Wirklichkeit abgespielt zu haben schien.

Ein Gefühl der Zurückweisung schwelte noch in ihm. Er erinnerte sich verschwommen, dass sich plötzlich ein Abgrund aufgetan hatte, aber die Ursache dieses schwindelerregenden Erlebnisses ließ sich nicht rekonstruieren.

Es arbeitete in seinem Kopf, aber er kam damit nicht weiter.

Die Kälte war hereingebrochen. Es herrschten zehn Grad Frost, und auf dem Wasser des Hafens bildete sich bereits eine dünne Haut aus Eis.

Am Nachmittag erschien der Kapitän bei ihm. Knud Erik hatte eine Standpauke erwartet, doch Bager bat ihn stattdessen, ihn am nächsten Tag in die Stadt zu begleiten.

«Such dir einen sauberen Sack», sagte er, «wir werden morgen zum Schlachter in die Queen's Road gehen und frisches Fleisch kaufen.»

Als sie am nächsten Tag zusammen durch die Stadt gingen, beobachteten sie, wie die Leute in kleinen Gruppen auf der Straße standen und sich unterhielten. Eine merkwürdig elektrisch aufgeladene Atmosphäre lag über den Straßen, eine Unruhe, die eilige Fußgänger plötzlich stehen bleiben und mit wildfremden Menschen reden ließ, bis sie sich wieder losrissen, um nur einen Moment später bei der nächsten Gruppe aufgeregt diskutierender Menschen hängen zu bleiben.

Bager, der ein wenig Englisch verstand, fragte den Schlachter, was denn los sei? Der Mann war ein mit einer blutbespritzten Gummischürze bekleideter Hüne, der sich auf einem weiß gescheuerten Hackklotz den Weg durch Berge von rotem Fleisch bahnte. Er ließ sich viel Zeit mit der Antwort. Hin und wieder legte er das Hackmesser beiseite und breitete die Arme aus, während er traurig seinen rot geäderten Kopf schüttelte. Dann wandte er sich wieder seiner Arbeit zu. Das Schlachtermesser drang tief ins Holz ein.

Knud Erik verstand die Worte nicht, aber er hörte den Namen von Mr. Smith.

Bagers Gesicht verdüsterte sich, und er warf einen Blick auf Knud Erik.

«Ich wusste es», murmelte er, «ich habe es ja immer gesagt. Es endet nicht gut mit dieser Göre. Aber traurig ist es schon.»

«Was hat er gesagt?», erkundigte sich Knud Erik, als sie den Metzgerladen verließen.

Bager antwortete nicht, sondern schritt schneller aus, so dass er schon bald ein Stück vorweg lief. Den ganzen Weg bis zum Hafen wechselten sie kein Wort, und der Kapitän hielt auch weiterhin Abstand zu ihm.

Das Blut sickerte durch den Sack und hinterließ große dunkle Flecken auf dem grauen Sackleinen. Knud Erik hatte das Gefühl, als würde er von den Leuten angestarrt; ihn durchfuhr der Gedanke, dass er aussehen musste wie ein Mörder, der am helllichten Tag die Reste seines zerstückelten Opfers durch die Stadt trug.

Als sie an Bord kamen, forderte Bager ihn auf, ihm in die Kajüte zu folgen.

«Setz dich», sagte er und ließ sich ihm gegenüber nieder. Bager beugte sich vor und faltete die Hände auf dem Tisch vor sich.

«Miss Sophie», begann er und brach ab. Er starrte auf die Tischplatte und seufzte tief. «Miss Sophie …», wiederholte er dann, «… ist verschwunden.»

Er schlug hart mit der Hand auf den Tisch.

«Zum Teufel aber auch!»

Knud Erik verschlug es die Sprache. Ihm wurde nicht schwarz vor Augen, nur in seinem Kopf wurde es tiefdunkle Nacht. Sehen konnte er alles messerscharf, doch keinen Gedanken fassen.

«Sie ist bereits seit zwei Tagen fort. Niemand weiß, wo sie steckt. Ein Unglück, ein Verbrechen – persönlich glaube ich ja, dass sie mit irgendeinem Seemann durchgebrannt ist. Sie ist ein verrücktes kleines Ding. Ja, ich weiß, ich sollte das nicht sagen, aber sie war nicht ganz richtig im Kopf. Ihre Mutter ist tot, das hat sie dir wahrscheinlich erzählt, und Mr. Smith ist mit zu vielen anderen Dingen beschäftigt, als dass er sich ordentlich um sie hätte kümmern können. Sie bekam ständig ihren Willen, und das ist nie gut für ein Mädchen in ihrem Alter. All dieser Blödsinn, die Jungmänner der Schiffe zum Tee einzuladen, sich dann wie eine Dame anzuziehen und ihnen den Kopf zu verdrehen. Ja, du bist nicht der Einzige gewesen.»

Bager sah Knud Erik direkt an.

«Herrgott, du hast dich in sie verknallt. Ja, das mache ich mir zum Vorwurf. Ich hätte dich nicht gehen lassen sollen. Aber Mr. Smith ist nun einmal unser Verlader, da ist es nicht leicht, Nein zu sagen. Ich dachte, es wäre harmlos. Und nun, schau dir doch an, was passiert ist.»

Knud Erik sagte noch immer nichts. Nun wusste er, was ihm in seinem Rausch widerfahren war. Aber wusste er es wirklich? Er sah, wie sich Miss Sophies schlanke, mit einem Mantel bekleidete Gestalt den Signal Hill hinaufbewegte, auf dem der Cabot Tower sich als dunkle Silhouette vor der Milchstraße abzeichnete. Er sah ihr Gesicht und die Lippen, die ihm im blassen Sternenschimmer schwarz erschienen, und er fand schließlich die Ursache dieses ohnmächtigen Gefühls, im Stich gelassen worden zu sein, das die letzten Tage an ihm genagt hatte. Er erinnerte sich an seinen wilden Lauf den Signal Hill hinunter und an die stille Stadt, die vom Leichentuch des Raureifs bedeckt war. Er hatte Miss Sophie dort oben unter den kalten Sternen zurückgelassen. Hatte er Schuld an dem weiteren Verlauf, weil er einfach weggerannt war? Aber sie selbst hatte ihn doch fortgeschickt. Hatte mit dem Fuß aufgestampft und ihn einen Hund genannt.

Alles kam ihm vor wie ein Traum. Durfte er seiner eigenen Erinnerung trauen? Und wenn nun etwas ganz anderes geschehen war? Hatte er sie geschlagen? Er fühlte sich plötzlich unsicher, und sein Blick wurde abwesend.

«Es tut mir leid», sagte der Kapitän.

Bager schaute wieder auf den Tisch und klang, als führte er Selbstgespräche.

«Es tut mir leid, dass du ihr begegnet bist. Ich weiß, das ist meine Schuld.»

Er sah auf und bemerkte Knud Eriks nach innen gekehrten Blick.

«Sag mal, hörst du mir überhaupt zu, Bursche?»

Als Knud Erik an Deck kam, sah er sofort, dass die anderen Bescheid wussten. Die Geschichte musste sich bereits von der Stadt in den Hafen und von dort aus auf die Schiffe verbreitet haben. Sie schauten ihn ernst an und schwiegen. Nur um Rikards Mund zuckte es, als ob er an seinem Vorrat noch nicht ausgesprochener Gemeinheiten innerlich erstickte.

Was dachten sie über ihn? Verdächtigten sie ihn? Wenn sie die Wahrheit über seine Nacht auf dem Signal Hill kennen würden, was würden sie wohl denken?

Ja, was dachte er selbst?

Weiß man denn immer, was man getan hat, wenn man besoffen war?

In diese Frage verbiss er sich. Er hatte überhaupt keine Erfahrung mit dem Betrunkensein und so wenig Erfahrung mit sich selbst. Es schien ihm, als wäre in der Nacht auf dem Signal Hill irgendetwas Verhängnisvolles geschehen.

Doch nicht nur deshalb hielt er den Mund. Die ganze Geschichte ging ihm einfach viel zu nah. Er hätte nicht darüber sprechen können, ohne seine Niederlage einzugestehen. Er hatte das Bedürfnis, sich jemandem anzuvertrauen und ein wenig Klarheit in die Ereignisse auf dem Signal Hill zu bringen, aber sein Überlebensinstinkt versiegelte ihm den Mund. Die anderen würden sofort über ihn herfallen. Das wusste er.

Knud Erik kroch an diesem Abend in die Koje, ohne mit irgendjemandem ein Wort gewechselt zu haben.

Die Temperatur lag nun jeden Tag zwölf bis vierzehn Grad unter dem Gefrierpunkt. Morgens bedeckte Schnee das Schiff. Ein Schneeball sauste durch die Luft und zerplatzte, als er die Takelage traf. Sofort brachen Schneeballschlachten zwischen den Schiffen aus, die in St. John's enger Hafeneinfahrt dicht nebeneinander ankerten.

Knud Erik nahm nicht daran teil. Er hatte die Hände in den Taschen seiner rauen Moleskinhose und schauderte in der Kälte.

* * *

Vier Tage, nachdem der Frost eingesetzt hatte, liefen sie aus. Ein Schlepp-
boot zog sie durch das «Schwarze Loch». Aus Norden blies ein frischer
Wind, und der Polarstrom war mit ihnen. Sie segelten durch dicke Pack-
eisfelder, machten aber dennoch gute Fahrt. Gegen elf Uhr am Vormittag
befahl der Kapitän Knud Erik, den Fockmast zu entern, um nach offenem Wasser Ausschau zu halten. Er kletterte ins Rigg, bis er die Bram-
segelrah erreichte. Unter ihm waren die Segel steif gefroren. In Richtung
Süden erstreckte sich das Eis bis zum Horizont. Die große glatte Fläche,
die in der Sonne weiß glitzerte, bereitete ihm eine merkwürdige Übelkeit, die ihn auch unten auf Deck nicht wieder verließ.

Es gab Schmorbraten zum Abendessen, aber Knud Erik dachte an
den Hackklotz des Schlachters und an den Sack, auf dem sich langsam
große Blutflecken ausbreiteten. Er konnte nichts zu sich nehmen, wollte seinen Teller aber auch nicht unberührt stehen lassen. Er steckte sich
ein Stück Fleisch in den Mund und spürte, wie es immer größer wurde
und gegen den Gaumen drückte. Er rannte auf Deck und erbrach sich
über der Reling.

Zwei Tage später zeigte sich im dichten Packeis offenes Wasser. Allerdings frischte der Wind immer mehr auf, und das Wasser geriet zunehmend in Bewegung. Die Temperaturen blieben weiterhin sehr niedrig,
und die *Kristina* begann zu vereisen. Im Lauf der Nacht und des folgenden Tages wurde das Schiff von einem dicken Panzer aus Eis eingeschlossen. Das gesamte laufende Gut war ein eisiger Klumpen, das
Schanzkleid bedeckte eine schräge Eismauer, und auf dem Großdeck
lag einen Fuß dick das Eis. Der Bugspriet war bis zum Stampfstock ein
kompakter Eisblock.

Durch das zusätzliche Gewicht von mehreren Tonnen lag das ohnehin vollbeladene Schiff noch tiefer im Wasser. Der Vordersteven tauchte bereits bedrohlich weit ein. Das Deck befand sich auf gleicher Höhe
mit dem Meer auf der anderen Seite des vereisten Schanzkleids. Die Segel nahmen mehr und mehr die Form schwerer Bretter an, die aus un-
erfindlichen Gründen an den Masten hingen.

Alle hatten das Gefühl, sich an Bord eines riesigen Eisblocks aufzuhalten, mit dem ein Bildhauer verbissen kämpfte, um daraus die Form
eines Schiffs zu hauen. Doch das Eis widersetzte sich. Es war wider-

spenstig und vereitelte ständig die Absichten des Künstlers: Jede Form, die er schuf, strebte in ihre ursprüngliche Formlosigkeit zurück. Das Rigg, das Schanzkleid, der Bugspriet, alles, was ein Schiff ausmachte und half, das Meer zu besiegen, wollte nun wieder zu Vierecken und Geraden werden. Es gab nicht mehr länger Tauwerk oder hübsch geschwungenes Holz, sondern lediglich Klötze in den ungeschickten Händen eines Kindes. Es handelte sich nicht mehr um ein Schiff, nicht einmal um die Imitation eines solchen, sondern um ein Todesurteil, das die Unterschrift der Kälte trug. Die ungebetene Last des Eises nahm der *Kristina* den letzten Rest an Seetüchtigkeit und verwandelte sie in eine zum Sinken verurteilte Tonnage aus Eis und Klippfisch, der nur noch kurze Zeit beschieden war.

Das Schicksal der Besatzung hing vom Ausgang des Kampfes mit dem Eis ab. Sie wussten es, öffneten die Werkzeugkisten und nahmen sich jeder einen Schlägel. Dann rückten sie gegen das Eisschloss vor, das sich um sie herum auftürmte. Es klang so heiter, als das Eis vom Rigg und den Fallen sprang und an Deck zersplitterte. Das Deck jedoch widerstand all ihren Anstrengungen. Sie hämmerten, bis sie schwitzten und rote Köpfe bekamen, doch alles, was sie zustande brachten, war allenfalls ein Riss. Das Eis blieb, wo es war. Das Schanzkleid umschloss noch immer eine schräge Mauer, und in die Nähe des Bugspriets gelangten sie nicht einmal. Allein schon sich auf diesen gefrorenen Block hinauszuwagen war lebensgefährlich.

Anfangs hatten sie noch gute Laune und trieben Schabernack miteinander, dann verstummten sie. Schließlich hörten auch die Hammerschläge auf. Bager war der Erste, der innehielt. Er griff sich an die Brust und bekam glasige Augen, während er nach Luft schnappte. Ihm folgte Dreymann. Sie blieben erschöpft sitzen, eingeschlossen in die eigene Einsamkeit, als wären sie bereits zu einem Teil des Eisbergs geworden, der immer höher um sie herum anwuchs.

In Dreymanns Schnauzbart hingen Eiszapfen; er hatte Raureif in den Augenbrauen und unter den Nasenlöchern. Auf den Wangen von Rikard und Algot, auf denen einen Tag alte Bartstoppeln sprossen, breitete der Frost sich aus wie ein weißes Pulver, das ihre Gesichter gespenstisch blass erscheinen ließ.

Würden ihnen die Augenlider zusammenfrieren, so dass sie die Augen nicht mehr öffnen könnten? War das die letzte Gnade der Kälte, ein Tod, der ihnen die Augen schloss, damit sie nicht mit gebrochenem Blick zum grauen Dach des Himmels sterben mussten?

*　*　*

Das Eis, das sie mit dem Tod bedrohte, brachte ihnen auch die Rettung. Sie gelangten in Fahrwasser voller Eis. Doch diesmal war es kein Packeis, sondern eine kompakte Eisdecke, die sich im Lauf von nur wenigen Stunden um sie herum schloss und den schweren Rumpf der *Kristina* halb aus dem Wasser hob. Die Gefahr zu sinken war damit gebannt. Das schwere Holz ächzte unter dem Druck des Eises. Der Rumpf eines Stahlschiffs hätte dieser gewaltigen Kraft nicht standgehalten, sie wären verloren gewesen. Während das Eis mit ihnen spielte, wurde ihnen ein Aufschub gewährt.

So sehr waren sie mit dem Kampf ums Überleben beschäftigt gewesen, dass sie den Horizont völlig aus dem Blick verloren hatten. Nun schauten sie auf und entdeckten weit entfernt ein Schiff, das ebenso wie sie im Eis festsaß. Es handelte sich um einen Schoner, dessen Schäden allen Anschein nach erheblich waren: Der Großmast war gebrochen, und die Takelage hing herunter.

Dreymann nahm ein Fernglas und richtete es auf das havarierte Schiff. Wortlos stand er eine Weile da und versuchte, den Namen am Bug des Schiffs zu entziffern.

«Hol mich der Teufel. Das ist die *Ane Marie*.»

«Ist noch jemand an Bord?»

Bagers Stimme klang hoffnungsvoll. Knud Erik stand neben ihm. Sein Herz hämmerte, er dachte an Vilhjelm.

«Nicht, soweit ich sehen kann.»

«Lass mich mal.»

Bager griff mit einer ungeduldigen Bewegung zum Fernglas und begann, das Eis abzusuchen.

«Bin ich jetzt völlig verrückt, oder was?», stieß er aus. «Pinguine – die leben doch am Südpol, stimmt's?»

«Ja», bestätigte Dreymann, «Pinguine bedeuten Südpol. In diesen Breiten gibt es jedenfalls keine Pinguine.»

«Das denke ich auch. Nennt mich verrückt oder wie ihr wollt, aber dort auf dem Eis vor der *Ane Marie* steht ein Kaiserpinguin.»

Das Fernglas machte die Runde. Es stimmte. Vor dem zerstörten Schoner watschelte ein Kaiserpinguin in der weißen Einöde.

«Er kommt hier rüber», sagte Knud Erik.

Sie drängten sich an der Reling. Der Kaiserpinguin kam langsam näher, mit diesem seltsamen Gang, langsam und schaukelnd, als ob er eine große Last übers Eis zöge.

«Das wird 'ne üble Enttäuschung, kleiner Pinguin», meinte Dreymann. «Das bisschen Essen, das wir haben, brauchen wir selbst. Nicht mal einen Krümel bekommst du ab.»

Knud Erik stand ganz still. Er kniff die Augen zusammen und schien nicht zu hören, was gesagt wurde.

«Das ist kein Pinguin», stellte er fest.

Dreymann hielt erneut das Fernglas an die Augen.

«Der Junge hat recht. Wenn das ein Pinguin ist, dann ist er jedenfalls alt und grau geworden.»

Er kratzte sich unter der Mütze.

«Aber was es ist, wissen die Götter.»

«Pinguine haben eine weiße Brust», erklärte Algot. Er hatte sein Wissen aus dem zoologischen Garten in Kopenhagen.

«Es ist ein Mensch!», rief Knud Erik.

Mit einem Satz war er über der Reling und landete mit einem dumpfen Geräusch auf dem Eis. Er rannte auf das merkwürdige Wesen zu, das unbeeindruckt seinen beschwerlichen Weg in Richtung auf das Schiff fortsetzte. Bager brüllte, er solle zurückkommen, doch Knud Erik kümmerte sich nicht darum. Er rannte, so schnell er konnte. Nun sah er, dass der Mann, den sie zunächst für einen Pinguin gehalten hatten, einen Wintermantel trug, der ihm bis zu den Füßen reichte, so dass seine Beine nicht zu erkennen waren. Er musste darunter viele Lagen Kleidung tragen, denn der Mantel hatte sich kaum zuknöpfen lassen. Wie zwei Flügel standen seitlich die Ärmel ab. Um den Kopf hatte er ein Tuch gewickelt, und eine viel zu große Mütze war so weit über eine gefütterte Kappe mit Ohrenschützern gezogen, dass der Schirm beinahe das Gesicht verbarg. Aus der Ferne hatte der Mützenschirm wie ein Schnabel ausgesehen.

Knud Erik war nun fast bei ihm, und die Person im Mantel machte den Versuch zu winken, was wiederum so wirkte, als würde ein Pinguin mit den Flügeln schlagen. Dann standen sie sich gegenüber. Bei all der Kleidung ließ sich das Gesicht nicht erkennen. Der andere stand regungslos da, als hätte er einen Schlüssel im Rücken und wartete darauf, dass irgendjemand ihn wieder aufziehen würde. Mit zitternder Hand nahm Knud Erik ihm die Schirmmütze ab. Er wusste nicht, ob es aus Ungeduld oder Angst geschah – was würde er hinter den Lagen von Stoff finden? Ein kleines Gesicht, mit eingefallenen Wangen und tief liegenden Augen tauchte auf. Die Haut war rot geädert vor Kälte und voller großer offener Frostbeulen. Auf dem Kinn wuchs ein feiner Teppich aus Flaum, keine langen männlichen Borsten, aber doch so viel, dass man es einen Bart nennen konnte. Darin hing Raureif, so wie an allen anderen noch lebendigen Körperteilen.

«Knud Erik», sagte das Gesicht.

«Du hast ja einen Bart.»

Knud Eriks Stimme erstickte in Tränen, und er brach in ein lautes Schluchzen aus, das ihn selbst überraschte.

Vilhjelm lächelte vorsichtig. Seine Lippen waren rissig und überall aufgesprungen. Dann verdrehte er die Augen, und seine pinguinähnliche Gestalt sank aufs Eis.

Hinter sich hörte Knud Erik Rikard und Algot kommen. Endlich hatten sie ihn eingeholt.

Sie saßen in Bagers Kajüte und starrten den kleinen Menschen an, der eingewickelt in Decken und Federbetten in der Koje lag. Vilhjelm schlief ruhig, das eingefallene Gesicht lag auf dem weißen Kopfkissenbezug. Sie warteten darauf, dass er aufwachte.

Rikard und Algot waren auf der *Ane Marie* gewesen. Sie hatten Kapitän Ejvind Hansen und Steuermann Peter Eriksen, die beide aus Marstal stammten, gefunden. Sie lagen in ihren Kajüten und sahen aus, als wären sie im Kältetod eingeschlafen. Von den Matrosen gab es keine Spur; sie gingen davon aus, dass sie über Bord gespült worden waren, bevor das Schiff im Eis einfror. Der Sturm hatte das Deck leergefegt und Fock- und Großmast über Bord gerissen. Die Besatzung hatte versucht, mit dem Ladebaum, den sie am Stumpen des Fockmasts festzurrten, einen Notmast zu riggen. Unter dem Eis, welches das Deck des halb gekenter- ten Schiffs einschloss, waren Takelage, Rundhölzer und Segel ineinander verknäuelt. Neben dem Schiff lagen festgefrorene Wrackteile.

Als Rikard und Algot ihren Bericht erstattet hatten, sagten sie kein Wort mehr. Sie saßen nur da und zitterten, als würden sie frieren, ob- wohl die enge Kajüte gut geheizt war.

Sie hatten dem bewusstlosen Vilhjelm sämtliche Kleider ausgezogen. Sie zählten vier Lagen. Er musste an Bord der Kleinste gewesen sein, sonst wäre es nicht möglich gewesen, so viele Schichten übereinander- zuziehen.

«Was hat er gemacht, wenn er scheißen musste?», fragte Algot.

«Ich glaube kaum, dass das sein größtes Problem war, eher das Ge- genteil: oben etwas reinzubekommen.»

Dreymann wies auf den ausgehungerten Jungenkörper, dessen hervor- stechende Knochen ihre eigene Sprache sprachen.

«Ihm die Klamotten auszuziehen war genauso, als würde man eine Büchse Sardinen öffnen, um dann festzustellen, dass in der Dose nichts anderes ist als ein Haufen Gräten.»

Sie hatten den nackten Körper mit Rum eingerieben, ihm dann sau- bere Sachen angezogen, in eine Decke gewickelt und in die Koje gelegt. Bei der Wache wechselten sie sich ab. Vilhjelm schlief anderthalb Tage. Knud Erik saß die ganze Zeit an seiner Seite, Bager gestattete es ihm. Rikard und Algot gingen nach vorn ins Mannschaftslogis, um zu schla- fen. Bager und Dreymann schliefen abwechselnd in der Kajüte des Steu- ermanns. Die Regeln galten nicht mehr. Die Kälte schmiedete sie zusam- men, und die Silhouette der zerstörten *Ane Marie*, die sich gegen den grauen Himmel abzeichnete, erinnerte sie unablässig an das Schicksal, das auf sie wartete, wenn das Glück ihnen nicht hold war.

Mitten in der Nacht schlug Vilhjelm die Augen auf. Das einzige Licht in der Kajüte kam von der Petroleumlampe, die festgebolzt am Schott hing.

«Ich habe Hunger», sagte er nur. Er klang wie ein kleines Kind.

Bager, der neben Knud Erik auf dem Sofa saß und eingenickt war, fuhr hoch.

«Zum Teufel auch», sagte er schlaftrunken, «der Bengel des Sandgräbers ist aufgewacht.»

Er ging mit der Rumflasche in der Hand zur Koje, legte eine Hand unter Vilhjelms Kopf und setzte ihm die Flasche an die Lippen.

«So, Junge, jetzt nimm erst mal einen Schluck. Das bringt dich auf die Beine.»

Vilhjelm trank, begann aber sofort zu spucken, als der scharfe Geschmack des unverdünnten Rums seinen Mund füllte.

Bager richtete sich auf.

«Dreymann!», brüllte er, so dass es auf dem ganzen Achterschiff zu hören war. «Der Bursche ist wach. Es gibt Rinderbraten.»

Der Steuermann stolperte in die Kajüte.

«Wird gemacht, Kapitän.»

Er stand in Habtachtstellung und salutierte im Scherz.

«Dreymann wird dir jetzt einen Sonntagsbraten machen, den du nie vergessen wirst.»

Er zwinkerte Vilhjelm zu, der schwach zurücklächelte.

«Aber ich denke, wir sollten dem Jungen erst mal ein paar Kekse geben, Kapitän.»

Bager holte die Dose heraus und reichte Vilhjelm ein paar Kekse. Er kaute mit starren Kiefern, als müsste er die Bewegung erst wieder lernen.

Alle drei beobachteten sie ihn, als hätten sie noch nie jemanden essen sehen.

«Was hast du gegessen?», wollte Knud Erik wissen.

Vilhjelm hatte von Schiffszwieback gelebt, bis er vor einigen Tagen ausgegangen war. Eine Sturzsee hatte das Deck leer gefegt, dabei waren die Kombüse und der Proviant verloren gegangen. Der Küchenjunge war zu diesem Zeitpunkt bereits tot. Während des Sturms hatte sich das Rettungsboot losgerissen, war übers Deck geschleudert und hatte ihn am Schanzkleid zerschmettert. Was aus den Matrosen geworden war, wusste er nicht. Vilhjelm vermutete, dass sie über Bord gespült worden waren. Im Übrigen hatte er keinerlei Zeitbegriff und keine Vorstellung davon, wie lange die *Ane Marie* schon im Eis festsaß.

Er sprach mit sehr leiser Stimme und langen Pausen zwischen den Sätzen. Es klang überhaupt nicht nach Vilhjelm.

«Der Schiffszwieback war furchtbar», sagte er. «Total gefroren, ich musste ihn lange im Mund behalten, um ihn aufzutauen. Ich hatte solche Angst, dass die Würmer anfangen würden, mir im Mund herumzukriechen, wenn ihnen wieder warm geworden war. Aber sie waren vor Kälte gestorben. Also habe ich sie mitgegessen.»

«Du kannst dich bei den Würmern für dein Überleben bedanken», sagte Dreymann nur.

Knud Erik starrte Vilhjelm an. Er wusste jetzt, warum der ausgezehrte Junge in der Koje des Kapitäns nicht so klang wie sein Freund aus den Kindertagen in Marstal.

«Du stotterst nicht mehr!», entfuhr es ihm.

«Nicht mehr?»

Rikard und Algot waren dazugekommen. Sie standen um Vilhjelm herum und starrten ihn an, als wäre er das Merkwürdigste, das sie je gesehen hatten. Hier lag ein Junge, der nicht nur einen Keks essen, sondern auch einwandfrei sprechen konnte.

«Jetzt habe ich auch so was noch erlebt», sagte Dreymann. «Wenn man nur lange genug die Klappe hält, hört man also auf zu stottern.»

«Ich habe den Mund nicht gehalten», widersprach Vilhjelm mit seiner neuen Stimme.

«Und mit wem hast du geredet, wenn ich fragen darf?»

«Ich habe laut im ›Andachtsbuch für Seeleute‹ des Kapitäns gelesen. Jeden Tag viele Stunden. Ich bin an Deck auf und ab gegangen. Die anderen waren ja tot. Es war so still.»

«Helmer!», brüllte Bager. «Wo ist der verdammte Kerl? Wir müssen den Rinderbraten aufsetzen.»

Sie wandten sich wieder Vilhjelm zu.

Sein Kopf lag auf der Seite, und er hatte die Augen geschlossen. Er war wieder eingeschlafen.

Rikard und Algot holten den Steuermann und den Kapitän der *Ane Marie*. Sie transportierten sie auf Verschalbrettern übers Eis und bahrten sie an Deck auf. Dreymann wickelte die Leichen in ein Segel. Sie lagen auf dem Rücken, die Nasen nach oben, und warteten auf das Aufbrechen des Eises, damit sie im Meer bestattet werden konnten. Kapitän Hansen war einmal ziemlich dick gewesen. Unter dem Segeltuch war noch immer eine Wölbung zu erkennen, Kälte und Hunger hatten seinen Körper nicht ganz auszehren können. Es waren wohl eher das Alter und der Kräfteverfall, die ihn hatten aufgeben lassen. Hansen war Ende fünfzig gewesen, viel zu alt für den Nordatlantik.

Der Steuermann, der siebenundzwanzigjährige Peter Eriksen, benötigte neben seinem Kapitän nicht viel Platz. Daheim in Marstal hinterließ er eine Frau und zwei kleine Mädchen. Noch gab es für sie nur die Ungewissheit. Aber wieso hatte es ihn erwischt, während Vilhjelm es schaffte? Der Steuermann der *Ane Marie* lag an Deck wie ein großes Fragezeichen, auf dessen Frage es keine Antwort gab. Knud Erik betrachtete die Konturen des Gesichts, die sich schwach unter dem Segeltuch abzeichneten, und dachte an seinen Vater.

Bager stand ebenfalls oft bei den Toten und grübelte. Er hatte Kapitän Hansen gut gekannt und stellte sich wohl ähnliche Fragen. Die beiden Schiffe waren im Abstand von einer Woche in Island ausgelaufen. Ebenso gut hätte er dort liegen können. Er hielt das Andachtsbuch in der Hand. Hin und wieder las er darin. Vilhjelm hatte es ihm geschenkt, und nun stand Bager da und musste sich die Sakramente für die Seebestattung ins Gedächtnis rufen.

Vilhjelm hatte sich so weit erholt, dass er aufstehen und an Deck gehen konnte. Er bat darum, ein bisschen in der Kombüse mithelfen zu dürfen. Proviant gab es vorläufig genug, und wenn die wiedervereinten Freunde allein sein wollten, lösten sie Helmer ab und schickten ihn ins Mannschaftslogis. Er ging nur widerwillig, denn abgesehen von der Kajüte des Kapitäns war die Kombüse der wärmste Raum des Schiffs. Außerdem vermutete er, dass die beiden sich ihre Geheimnisse anvertrauen würden, sobald er aus der Tür war; er hatte den Appetit des Jüngeren auf die Erlebnisse der Lebenserfahreneren.

Doch sie sprachen nicht sonderlich viel über die Tage, die Vilhjelm allein auf der *Ane Marie* zugebracht hatte. Wenn Knud Erik danach fragte, verstummte Vilhjelm und sah zu Boden, und Knud Erik fürchtete, dass er wieder anfangen könnte zu stottern.

Vilhjelm, der gern über etwas anderes sprechen wollte, spürte, dass Knud Erik irgendetwas bedrückte, und er brachte ihn dazu, von seiner

Begegnung mit Miss Sophie zu erzählen. Knud Erik belastete nicht die Zurückweisung, nicht der Hohn in ihrer Stimme in dieser Nacht auf dem Signal Hill, als sie ihn aufforderte, ihr nicht mehr wie ein Hund zu folgen. Doch die Ungewissheit über ihr Schicksal und sein eigener Anteil an ihrem Verschwinden verfolgten ihn weiterhin wie eine nagende, unbestimmte Schuld.

Vilhjelm durchschaute ihn sofort.

«Du glaubst, es hat alles etwas mit dir zu tun», sagte er mit seiner neuen, klaren Stimme, als Knud Erik seinen Bericht beendet hatte. «Aber sie ist einfach verrückt. Das ist alles.»

«Ja, aber …», wandte Knud Erik ein.

«Ich weiß genau, was du sagen willst. Du kannst dich nicht daran erinnern, was in der Nacht passiert ist, also glaubst du, dass du möglicherweise irgendetwas Schlimmes getan hast. Aber das ist Blödsinn. Sie ist mit einem anderen abgehauen.»

Es war nicht so, dass Vilhjelm mehr Verstand besaß als Knud Erik, er war einfach nur unbefangener. Vilhjelm hatte sich nicht in Miss Sophie verliebt und konnte die Dinge deshalb von außen betrachten und besser einschätzen, was geschehen war.

Knud Erik war sichtlich erleichtert.

Als sie so weit gekommen waren, begann Vilhjelm, ihn näher zu dem Kuss und seiner Wirkung zu befragen.

«Das habe ich noch nie probiert», sagte er grübelnd, als seine Neugierde endlich befriedigt war.

«Das kommt schon noch.»

Nun waren die Rollen vertauscht. Knud Erik fühlte sich plötzlich als der Erfahrenere.

«Ja, aber ich war kurz davor, es mir entgehen zu lassen.»

Das war Vilhjelms äußerstes Zugeständnis, dass er sich in Lebensgefahr befunden hatte.

Sie warteten auf das Aufbrechen des Eises. Es herrschte südliche Strömung. Die Erlösung musste kommen und damit das erste offene Wasser, damit sie von ihren toten Passagieren Abschied nehmen konnten. Aus der Takelage begann es zu regnen. Große Eiszapfen lösten sich und krachten aufs Deck. Die Segel waren zu steif gewesen, sie hatten sie nicht bergen können. Nun strömte die Feuchtigkeit heraus und durchnässte alles an Deck, als hätte die *Kristina* wie eine Insel ihr eigenes Klima. Ein plötzlich aufkommender Wind kündigte das Aufbrechen des Eises an. Dann folgte ein Regenschauer. Sie zogen ihr Ölzeug an.

Ein großer Riss zog sich nahe des Rumpfes durch das Eis, dann ein weiterer. Es wurde Zeit, die Toten zu bestatten.

Bager lag in seiner Kajüte und weigerte sich herauszukommen. Er murmelte durch die geschlossene Tür, dass er sich nicht wohlfühle und sie ihn in Ruhe lassen sollten.

Dreymann ging hinein, um das «Andachtsbuch für Seeleute» zu holen, in dem auf den letzten Seiten die Anweisungen für die «Feierliche Einsenkung einer Leiche ins Meer» standen. Sie brachten die Verschalbretter mit den Toten so auf der Reling an, dass sie wie auf einer Rampe lagen; nun konnten sie über die Bordwand gleiten und im Meer verschwinden. Beklommen standen sie mit den Südwestern in den Händen daneben.

Dreymann nahm das Buch zur Hand. Es war in Frakturschrift gedruckt. Er kniff die Augen zusammen. Der Regen lief ihm über die Wangen.

«Teufel auch», murmelte er, «ich bin einfach zu alt. Ich kann die kleinen Buchstaben nicht mehr lesen. Wie wär's, wenn das einer von euch jungen Leuten machen würde?»

Er wollte das Andachtsbuch an Rikard oder Algot weitergeben. «Lass mich», sagte Vilhjelm. «Ich kann's sowieso auswendig.»

Dreymann sah ihn an.

«Du willst mir doch nicht erzählen, dass du auf der *Ane Marie* herumgelaufen bist und dir die Sakramente für Seebestattungen vorgelesen hast?»

«Doch», sagte Vilhjem, «ich kann das ganze Andachtsbuch auswendig.»

Ohne Dreymanns Reaktion abzuwarten, begann er sie herunterzuleiern.

«Der Glaube an unseren Herrn Jesum Christum soll unser Steuer sein, und die Hoffnung des ewigen Lebens soll die Segel schwellen, bis wir dereinst landen im Hafen der ewigen Heimat, der seligen Ruh.»

Helmer trat vor. In der Hand hielt er eine kleine Schaufel mit Asche aus dem Ofen der Kombüse. Sie musste für die Erde herhalten, die auf die eingewickelten Leichen geworfen werden sollte, bevor sie dem Meer übergeben wurden.

«Von Erde bist du gekommen», sagte Vilhjelm mit seiner neuen Stimme, an die sich Knud Erik noch immer nicht gewöhnt hatte.

Helmer streute Asche über die Toten. Der Regen war jetzt stärker geworden. Die Asche löste sich auf und breitete sich in großen Flecken auf dem grauen Segeltuch aus.

«Zu Erde sollst du wieder werden.»

Noch eine Schaufel voll. Die Asche landete diesmal an einer anderen Stelle, und das Segeltuch wurde noch dreckiger.

«Jesus Christus unser Erlöser wird dich auferwecken am Jüngsten Tage.»

Rikard und Algot traten an die Verschalbretter und hoben sie nacheinander an. Das verschnürte Segeltuchbündel, das die Überreste von Kapitän Hansen enthielt, fiel senkrecht ins Wasser und verschwand mit einem Plumpsen, das von dem fallenden Regen gedämpft wurde. Dann folgte Peter Eriksen.

Das Meer wirkte schwarz unter den Sturmwolken, die sich allmählich zusammenzogen. Um sie herum leuchtete das Eis gelblich. Dann zerbrach es in unzählige Schollen, die sich senkrecht aufbauten und gegeneinanderschlugen, als hätte das Meer endlich die Geduld mit dieser Last, die es zu tragen gezwungen war, verloren und schüttelte nun missmutig seinen gewaltigen Rücken. Weit entfernt holte die *Ane Marie* in einer langsamen Bewegung über und legte sich auf die Seite. Das Eis hatte den havarierten Rumpf an der Wasseroberfläche gehalten. Nun entrang das Meer die *Ane Marie* der schmelzenden Umarmung des Eises und holte sich das Schiff zurück, um nach der erzwungenen Pause sein Zerstörungswerk zu vollenden.

Dreymann schickte sie sofort in die Masten. Die Nimbuswolken sahen aus wie große Granitfäuste, die sich zum Schlag ballten. Die Erlösung vom Eis war gekommen, aber sie bedeutete eine weitere Bedrohung ihres Lebens. Sämtliche Segel wurden geborgen, bis sie nur noch unter der Stagfock und einem dicht gerefften Schonersegel liefen. Eine Hagelbö ging über sie hinweg, das Meer fing an zu kochen. Die Wellen bauten sich an allen Seiten auf. Im Schaum der sich brechenden Wellenkämme flogen Eisschollen und krachten mit einem Klirren und Splittern gegen alles aufrecht Stehende, wenn die Wogen das Deck überspülten. Es klang, als würde der heulende Teufelschor in der Takelage von dumpfen, unregelmäßigen Trommelschlägen begleitet.

Jedes Mal, wenn sie das Deck überqueren mussten, zählten sie. Nach drei großen Seen kam fast immer eine weniger kräftige, dann arbeiteten sie sich über das überschwemmte Deck, um zum Mannschaftslogis zu kommen.

Bager lag noch immer in seiner Kajüte. Dreymann übernahm die erste Wache zusammen mit Knud Erik. Rikard und Algot wurden nach vorn geschickt, um ein wenig zu schlafen. In der Kombüse klammerte Helmer sich fest wie ein Affe an einem umstürzenden Baum. Sein Talent, Kaffee zu kochen, auch wenn das Schiff auf dem Kopf stand, hatte er bereits bewiesen. Dreymann hatte Vilhjelm in seine eigene Kajüte geschickt.

«Welche Windstärke haben wir?», fragte Knud Erik.

Er krallte sich neben Dreymann, der auf dem stark krängenden Deck souverän die Balance hielt, ans Ruder.

Mal hob sich das Heck auf einem Berg aus Wasser, während der Bug tief in die schäumende See tauchte. Dann stieg der Bug, bis das ganze Schiff auf einen fernen Punkt oben am Himmel zu zielen schien. Es war, als verlangte das Meer, das sie so oft herausgefordert hatten, nun seine Revanche.

Knud Erik hatte inzwischen gelernt, dass Seemannschaft bei einem Sturm auf dem Nordatlantik eine wesentliche Voraussetzung war, aber bei Weitem nicht ausreichte. Niemand konnte sich gegen eine Sturzsee wappnen, die das Deck leer fegte und die Masten mit sich riss. Entscheidend war das Glück. Einige nannten es Vorsehung, andere den Herrgott, doch wenn es um den Nordatlantik ging, hatte der Herrgott mit dem Glück gemeinsam, dass sein Eingreifen immer zufällig war. Peter Eriksen und Kapitän Hansen, deren Leichen sie gerade im Meer versenkt hatten, waren bestimmt nicht besser oder schlechter gewesen als andere Menschen, die durch die verheerendsten Stürme segelten. Aber spekulieren nutzte nichts. Es half auch nichts, ein Gebet zu sprechen. Ein Gebet konnte höchstens die innere Unruhe dämpfen. Knud Erik glaubte nicht, dass ein Gebet irgendeinen Einfluss darauf hatte, ob das Schiff einen Sturm sicher überstand. Er verstand gut, warum Vilhjelm, als er allein an Bord der *Ane Marie* laut im «Andachtsbuch für Seeleute» gelesen hatte. Es war sein inneres, nicht sein äußeres Stottern, das er hatte kurieren wollen, dieses Stottern der Seele, das seinen Überlebenswillen bedrohte. Aber Knud Erik hatte nicht Vilhjelms Gabe, Gottes Wort in sich wirken zu lassen.

«Welche Windstärke haben wir?», fragte er noch einmal.

«Orkan», antwortete Dreymann.

Zehn Tage später erreichten sie den Hafen von Newcastle. Bager war wieder aus seiner Kajüte aufgetaucht, mürrisch und verschlossen. Es sprach eine Angst aus seinem Blick, die nichts mit dem Orkan zu tun hatte.

Zusammen mit Dreymann verschaffte er sich einen Überblick über die Schäden am Schiff. Das Beiboot hatten sie verloren. Zwei Wassertonnen waren über Bord gegangen. Die Kajütentür war zerborsten, der Mastkoker des Besanmasts gesplittert, die Schonergaffel gebrochen, das Segel in Fetzen, das Schanzkleid einhundertneunzig Fuß lang eingeschlagen und das Namensschild achtern an der Steuerbordseite zerbrochen. Das Gleiche galt für das Laternenbrett an steuerbord.

Die Schäden mussten repariert werden. Aber nicht nur deshalb hatten sie Newcastle angelaufen. Bagers Tochter Kristina wurde an Bord erwartet. Sie sollte mit nach Setubal segeln. Sie sollte in den Süden, ins warme, sonnige Portugal.

Knud Erik nahm seinen Füllfederhalter zur Hand und schrieb einen Brief an seine Mutter. Er bat sie, alle zu grüßen, und beschrieb dann das gute Wetter, das sie den ganzen Weg über den Atlantik gehabt hatten.

Es gab keinen Grund, seine Mutter zu ängstigen.

Außerdem schrieb er, dass er sich auf die Reise nach Portugal freue.

Später räumte er ein, dass er in Newcastle von Bord gegangen wäre, hätte er gewusst, was ihn erwartete.

*   *   *

Herman hatte die Geschichte schon früher zum Besten gegeben und damit immer Erfolg gehabt. Nun hatte er sie Fräulein Kristina erzählt und das genaue Gegenteil bewirkt. Irgendetwas erschreckte sie, was eigentlich auch die Absicht war. Aber irgendetwas hatte sie so erschreckt, dass sie aufstand, ihm den Rücken zukehrte und in ihre Kajüte ging. Mit diesem kleinen Schwung der Hüfte. Teufel noch mal, wie sie ihn verwirrte!

Frauen sollte man nie das geben, worum sie bitten. Am liebsten wollen sie doch weinend vor einer verschlossenen Tür stehen und betteln. Du sollst nicht freundlich zu ihnen sein, obwohl du es vielleicht möchtest. Das macht es so verdammt schwer. Du sollst sie ein wenig erschrecken. Nicht zu viel und nicht zu wenig. Zu viel, und schon geraten sie in Panik – dann bekommst du nicht, was du willst. Zu wenig, und sie putzen ihre niedlichen kleinen Füße an dir ab. Es erfordert Erfahrung, die richtige Dosis zu finden. Man musste sich vortasten.

Frauen mögen einen Mann, der sie zum Lachen bringt. Aber sie lieben einen Mann, der sie zum Weinen bringt. Sie respektieren nur das, was sie nicht verstehen. Und um Respekt ging es. Herman hatte genug von der Welt gesehen, um zu wissen, dass nicht die Liebe das Leben eines Mannes erträglich machte. Es war der Respekt, und Respekt hatte immer auch ein wenig mit Angst zu tun.

Knud Erik und Vilhjelm hatten auf dem Lukenrand gesessen und gehört, wie Herman die Geschichte von Ravn, dem Automechaniker, erzählte, der während des Krieges auf einem deutschen U-Boot gefahren war und dänische Schiffe versenkt hatte, bis er eines Abends in einem Torweg in Nyborg bekam, was er verdiente.

Fräulein Kristina hatte interessiert zugehört, bis er an die Stelle mit der Bestrafung im Torweg gekommen war. Da stand sie auf und ging ohne ein Wort.

Hinterher hatte Herman angefangen, Knud Erik und Vilhjelm über die schwierige und im Grunde unbegreifliche Natur der Frauen zu belehren. Sie hatten über seine Bemerkungen gelacht, aber die ganze Zeit diesen wachsamen Ausdruck in den Augen gehabt, wenn er in der Nähe war.

Als Herman an Bord auftauchte, hatte er sie mit einem prüfenden

Blick angesehen, als suchte er etwas in seiner Erinnerung. Sie hatten beide weggesehen. Er hatte es auf sich beruhen lassen.

«Da kommt der Möwenmörder», hatte Vilhjelm gesagt, als er Herman auf die *Kristina* kommen sah.

In Newcastle war alles schiefgegangen. Dreymann hatte ein Telegramm erhalten, dass seine Frau ernsthaft erkrankt sei und möglicherweise nicht mehr lange zu leben habe.

«Es ist nicht meine Art, mich zur Unzeit davonzumachen», erklärte er. «Aber ich habe vier Kinder. Drei von ihnen wurden ohne mich getauft, zwei wurden konfirmiert, und eine hat geheiratet, ohne dass ich dabei war. Ich halte den Gedanken einfach nicht aus, dass Gertrud die Holzschuhe in die Ecke stellt, ohne dass ich da bin, um ihre Hand zu halten.»

Rikard und Algot musterten ebenfalls ab und hielten mit dem Grund nicht hinterm Berg. Sie hatten genug von Schiffen aus Marstal, die nichts anderes taten, als von einem Sturm in den nächsten zu segeln; und wenn sie Leichenbestatter hätten werden wollen, wären sie bei einem Beerdigungsinstitut in die Lehre gegangen.

Sie überließen die *Kristina* gern ihrem Schicksal – viel Glück für die Reise.

Sie griffen sich die Segelsäcke und halbleeren Seesäcke und steckten sich die Pfeife mit der Zigarette in den Mund.

Bager bot Knud Erik an, als Leichtmatrose mitzufahren. Eigentlich hatte er noch nicht genügend Zeit auf See verbracht, aber er beherrschte den größten Teil der Arbeiten, und das Flicken der Segel, das zu den Pflichten eines Matrosen gehörte, würde er auch noch lernen. Allerdings sollte er nicht damit rechnen, eine höhere Heuer zu bekommen.

«Und was ist mit mir?», fragte Vilhjelm.

Er und Knud Erik hatten verabredet, dass sie sich nicht wieder trennen würden.

Bager dachte lange nach.

«Du bekommst Verpflegung», sagte er schließlich.

Es fehlte ein Steuermann. Niemand war aufzutreiben, als zufällig Herman, der mit dem Kapitän der *Uranus* aneinandergeraten war, in Newcastle abmusterte. Er verfügte über Erfahrung, er hatte reichlich Zeit auf See verbracht, doch ihm fehlte das Patent. Er hatte sich nie zusammenreißen können, um auf die Navigationsschule zu gehen. Bager bot ihm den Job an.

Herman verlangte die gleiche Heuer wie ein Steuermann. Bager rechnete es im Kopf nach. Er hatte bereits die Heuer für zwei Matrosen gespart. Es gab noch Spielraum.

«Deine Papiere sind nicht in Ordnung», sagte er. «Eigentlich erweise ich dir doch einen Gefallen. Aber ich lege fünfundzwanzig Kronen auf deine übliche Heuer als Matrose.»

«Vierzig Kronen», sagte Herman.

Sie einigten sich bei fünfunddreißig Kronen.

In Wahrheit waren Bagers Papiere nicht in Ordnung. Darauf machte ihn Mr. Mattheson vom Heuerbüro in der Waterloo Street aufmerksam. Nun ja, sie waren bereit, bei Herman eine Ausnahme zu machen. Schließlich hatten sie der *Kristina* keinen Steuermann beschaffen können, und nun wollten sie einem Mann nicht im Weg stehen, der nur seine Arbeit machen wollte. Aber es ging nicht, dass Bager zwei Jungen an Bord hatte, die er als Matrosen ausgab. Mindestens einen ordentlichen Matrosen musste er noch anheuern, sonst würde Bericht erstattet werden.

So kam Ivar an Bord.

Die *Kristina* hatte kaum in Newcastle abgelegt, als es zum ersten Zusammenstoß kam.

Knud Erik und Vilhjelm war Ivar sofort sympathisch gewesen. Er war in seiner Landgangskleidung an Bord gekommen, mit französischen Manschettenknöpfen, weißem Kragen, einem in Buenos Aires gekauften Seidenschlips und einem maßgeschneiderten zweireihigen Anzug aus Cheviotwolle. Ivar war ein Mann von Welt.

Er musste nicht einmal von all den Orten berichten, an denen er gewesen war, von Südamerika bis Schanghai. Man sah es ihm an. Ivar hatte seine Erfahrungen auf Dampfschiffen gemacht, auf einen Segler kam er nur aus Neugierde. Er war der Sohn eines Kapitäns aus Hellerup, hatte sich aber noch nicht entschieden, ob die See überhaupt für ihn in Frage kam. Ivar war groß und kräftig gebaut, hatte dichtes blauschwarzes Haar, und präsentierte sich mit einem Selbstbewusstsein, das davon zeugte, dass er mehr als einmal als Sieger aus einer Schlägerei hervorgegangen sein musste.

Ivar hatte ein Händchen für Technik. Er brachte einen selbstgebauten Radioapparat mit. Er konnte ihn zerlegen und wieder zusammensetzen, ganz wie er wollte. Wenn sie im Hafen lagen, stellte er ihn auf die Luke und hängte die Antenne ins Rigg.

«Der funktioniert doch nie», meinte Herman, als Ivar den Apparat das erste Mal aufstellte. Dumm, wie er war. Denn selbstverständlich funktionierte er. Sie hatten die Bruchstücke fremder Stimmen von anderen Orten der Welt empfangen und Tanzmusik, die man sonst nur in den Varietés der französischen Kanalhäfen hörte.

Sogar Herman erschien, wenn Ivar das Radio aufbaute. Ivar sah auf und lächelte ihn an.

«Ah, auch der Steuermann kommt», sagte er.

Herman drehte sich auf dem Absatz um und ging.

Sie lachten, wenn sie sicher waren, dass er außer Hörweite war.

Knud Erik und Vilhjelm nannten Herman immer nur den «Möwenmörder», obwohl Vilhjelm längst über den vollen Umfang von Hermans Verbrechen informiert war. Eines Tages, als Ivar ihnen zuhörte, fragte er sie nach dem merkwürdigen Namen. Sofort taten sie so, als handelte es sich lediglich um einen Scherz. Es sei einfach ein Spitzname, der Steuermann sehe doch so aus, als könne er auf die Idee kommen, einer Möwe mit bloßen Händen den Hals umzudrehen.

Ivar zuckte die Achseln. Er spürte, dass etwas an dieser Erklärung nicht stimmte, aber er fragte nicht weiter nach.

Später bereuten sie, ihm nicht die Wahrheit gesagt zu haben. Sie wussten ja, was Herman getan hatte. Sie hatten den Kopf seines Opfers in den Händen gehalten und benutzten diesen Spitznamen nur, um die Angst zu bekämpfen, die sie in seiner Nähe immer spürten.

Daher suchten sie Ivars Gesellschaft. Ihnen war klar, dass sie einen Beschützer brauchten.

Ivar war noch nicht lange an Bord, als er seinem Ärger über die Verpflegung Luft machte. Vor allem das Abendessen fand er unzureichend. Zweimal die Woche, jeden Mittwoch und Sonnabend, wurden ein Käse, eine Dauerwurst, eine Dose Leberpastete und eine Büchse Sardinen ausgegeben. Davon sollten vier Männer leben. Das Ergebnis war demnach immer das gleiche. Den größten Teil der Ration aßen sie gleich am ersten Abend auf, und den Rest der Woche mussten sie sich dann von Schwarzbrot ernähren.

«Es ist doch nicht meine Schuld», sagte Helmer und breitete hilflos die Arme aus.

Ivar ging zum Kapitän und beklagte sich im Namen der Mannschaft, dass die Portionen zu klein seien. Mit der Mannschaft meinte er die drei Jungen, mit denen er das Logis teilte.

Fräulein Kristina saß in der Kajüte, als Ivar erschien. Sie war groß gewachsen und schlank, mit einer langen Mähne kastanienbraunen Haars und einem freimütigen, energischen Wesen, das die meisten Mädchen aus Marstal auszeichnete. Es lag an der Erziehung. Sie wussten, dass sie eines Tages zu Hause geradezu absolutistisch herrschen würden. Fräulein Kristina hatte Grübchen und einen Schönheitsfleck auf dem rechten Nasenflügel, der sie immer so aussehen ließ, als hätte sie sich gerade erst hübsch gemacht.

Bager sagte zunächst nichts. Aus den Augenwinkeln sah er seine Tochter an, als würde er sie gern nach ihrer Meinung fragen. Er befand sich eindeutig in einem Dilemma zwischen seiner Knauserigkeit und dem Wunsch, auf seine Tochter einen guten Eindruck zu machen.

«So ein Dampfschiffmatrose», knurrte Herman.

Er war ebenfalls anwesend und betrachtete sich als Sprachrohr des Kapitäns.

«Ich kenne das Seerecht», sagte Ivar ruhig, «wir bekommen nicht das Essen, auf das wir Anspruch haben. Ich verlange, künftig beim Abwiegen der Rationen dabei zu sein.»

Er wandte sich lächelnd an Fräulein Kristina.

«Wahrscheinlich finden Sie es eigenartig, dass wir uns so für ein paar Gramm Essen einsetzen, Fräulein?»

Sie schüttelte den Kopf und erwiderte sein Lächeln, unbeeindruckt von der gespannten Atmosphäre in der Kajüte.

Herman sah mit lauerndem Blick von einem zum anderen. Man konnte ihm seine Gedanken ansehen. Ivar versuchte, den Kapitän mit Hilfe seiner Tochter zu beeinflussen.

«Sie dürfen nicht glauben, dass ich Angst vor der Arbeit hätte, mein Fräulein. Wir arbeiten hart, aber die meisten von uns sind ja noch nicht einmal zwanzig; sehen Sie sich bloß den Koch und die beiden Jungmänner an, die sind erst fünfzehn, nicht einmal ordentlich ausgewachsen. Und dann arbeiten wir den ganzen Tag an der frischen Luft. Sie haben bestimmt schon selbst festgestellt, dass Seeluft Appetit macht.»

Herman räusperte sich drohend. Er war von Ivars Eloquenz wie gelähmt und versuchte, Zeit zu gewinnen.

Ivar würdigte ihn keines Blicks. Er lächelte noch immer Fräulein Kristina an, die sein Lächeln erwiderte, als gäbe es tatsächlich eine heimliche Verbindung zwischen ihnen.

Bager schien nichts zu bemerken. Stattdessen begann er zu reden, und was er sagte, war so ungewöhnlich, dass jeder sich ausrechnen konnte, dass irgendetwas an Bord der *Kristina* schiefgehen musste.

«Fünf Brote und zwei Fische», sagte er mit einer bemüht energischen Stimme, die aber dennoch so merkwürdig abwesend klang, als befände er sich in Gedanken ganz woanders.

«Entschuldigung?» Ivar versuchte, höflich zu sein. «Ich habe Sie gewiss nicht richtig verstanden.»

Bager wurde lauter. «Ich sagte fünf Brote und zwei Fische. Das war alles, was unser Herr Jesus Christus benötigte, um fünftausend Menschen zu speisen. Und ihr habt nicht genug an einem Käse, einer Wurst, einer Leberpastete und einer Dose Sardinen, obwohl ihr doch nur zu viert seid?»

«Nun, es geht hier nicht um eine biblische Geschichte. Wir sind an Bord der *Kristina* aus Marstal, und das Seerecht sagt ...»

«Verleugnest du den Herrn, deinen Gott?», fragte Bager in scharfem Ton und sah Ivar anklagend an. «Wie ist es möglich, dass du, nachdem Gott dich geboren, dich gekleidet und so viele Tage versorgt hat, nun daran zweifelst, ob Er nun mehr kann oder will?»

Sogar Ivar, der nicht auf den Mund gefallen war, wusste dieser Suada nichts entgegenzusetzen, die für den sonst so wortkargen Kapitän äußerst ungewöhnlich war.

Fragend sah er hinüber zu Kristina. Sie breitete ratlos die Arme aus. Man konnte bei einem Kapitän aus Marstal so manches erleben. Er konnte unbarmherzig hart vorgehen, unzumutbare Anforderungen stellen und bisweilen ungerecht sein. Vor allem aber konnte er geizig sein. Genügsamkeit war die Voraussetzung seines Überlebens. Aber es hatte noch nie jemand gehört, dass er seine Zumutungen mit religiösem Geschwätz begründete, und schon gar nicht mit so nebulösen Aussagen wie diesen.

Herman musste sich beherrschen, um nicht laut loszulachen. Die Geschichte versprach wirklich komisch zu werden.

«Ich spreche vom Seerecht», sagte Ivar mit fester Stimme.

Fräulein Kristina beugte sich hinüber zu Bager und legte die Hand auf die ihres Vaters.

«Sei vernünftig, Vater. Du büßt doch nicht wirklich etwas ein, nur weil die Besatzung etwas mehr zu essen bekommt.»

Bager griff sich an die Brust. Es hatte den Anschein, als durchlitte er eine innere Krise.

«Wie du willst», sagte er mit matter Stimme. Er sank in einem Stuhl zusammen und hielt sich noch immer die Brust.

«Vater, geht es dir nicht gut?», erkundigte sich Fräulein Kristina besorgt.

Im Mannschaftslogis erstattete Ivar Bericht. Er sah Knud Erik an.

«Du bist derjenige, der am längsten mit ihm unterwegs ist. Ist er immer so?»

«Geizig ja», erwiderte Knud Erik, «aber dass er redet wie Pastor Abildgaard?»

Er schüttelte den Kopf.

«Wiederhol noch mal, was er gesagt hat», bat Vilhjelm.

«Das war diese Geschichte aus der Bibel, mit den fünf Broten und zwei Fischen.»

Ivar versuchte sich zu erinnern.

«Er fragte, wie es möglich sei, dass wir am Herrn zweifeln, der uns gekleidet und versorgt hat.»

«Das stammt aus dem ›Andachtsbuch für Seeleute‹«, erklärte Vilhjelm. «Siebter Sonntag nach Trinitatis. Eine Predigt für Arme und Reiche. Seemannspastor Jonas Dahl aus Bergen. Bager hat sie auswendig gelernt. Es muss ihm wirklich schlecht gehen.»

Es kam vor, dass Fräulein Kristina die ganze Mannschaft zu Pfannkuchen einlud oder an Deck mit der Kaffeekanne herumging. Helmer in der Kombüse strahlte. Sie tauchte häufig dort auf und half ihm bei der Zubereitung des Essens. Es war so eng, dass sie dicht nebeneinander stehen mussten. Das Rascheln des Kleiderstoffs und die Nähe einer Frau verwirrten ihn. Sie lobte ihn für sein Können, und er gab sich besonders viel Mühe. So wie alle. Es war gut, eine Frau an Bord zu haben.

Häufig leistete Fräulein Kristina dem Rudergänger Gesellschaft und unterhielt sich mit ihm; der hatte dann ein Auge auf die Takelage und das andere auf sie gerichtet.

Eines Abends, als sie sich der portugiesischen Küste näherten, spazierte Fräulein Kristina im Mondschein mit Ivar an Deck.

Herman stand an der Reling und versuchte, von ihrem Gespräch etwas aufzuschnappen, doch es war zu gedämpft, um etwas zu verstehen. Sie hatte ihm den Rücken zugedreht, als er ihr die Geschichte von Ravn in Nyborg erzählte. Aber reserviert verhielt sie sich eigentlich nicht. Nur ihm gegenüber wahrte sie Abstand.

Nach der Auseinandersetzung um die Verpflegung war ihm klar, dass seine Chancen schlechter standen als je zuvor.

Er empfand Fräulein Kristinas Nähe, als hätte sich etwas Giftiges und gleichzeitig unendlich Süßes in sein Blut gemischt. In seinem Inneren trugen Willenlosigkeit und eine ungeheure Anspannung einen verbissenen Wettkampf aus. Herman fühlte sich gleichzeitig schwach und rasend vor Wut. Er ballte die Fäuste wie zu einer Schlägerei und hätte doch am liebsten jemanden umarmt oder sich umarmen lassen.

Die *Kristina* kreuzte gegen den Südwind, der wie gewöhnlich an der Küste Portugals wehte. Hatte Ivar Wache, saß Fräulein Kristina neben ihm am Ruder. Herman trat auf die beiden zu, steif und abweisend, ganz in der Rolle des Steuermanns.

«Der Rudergänger hat nicht gestört zu werden», sagte er barsch und blieb mit den Händen auf dem Rücken stehen, bis sie aufstand und ging.

Ja, sie hatte sich zu fügen. Aber er wusste nicht, ob es ein Sieg oder eine Niederlage war. Er kam nicht näher an Fräulein Kristina heran. Er hielt sie und Ivar für ein «Paar». Und offenbar wurden sie es tatsächlich gerade.

Eines Nachmittags unterbrach eine Gruppe Delphine die Eintönigkeit.

«Tümmler!», rief der Rudergänger.

Die Besatzung machte die Harpunen klar. Ivar führte sie an. Er sprang auf den Bugspriet und stieß die Harpune in dem Moment ins Wasser, in dem das Schiff eintauchte und der Abstand zu den springenden Tieren am kürzesten war. Der Delphin wand sich, als Ivar die Leine einzog. Dann kam Knud Erik zu Hilfe und band ein Tau um seinen Schwanz. Herman verschwand in der Kajüte und suchte irgendetwas in seiner Koje. Er kam mit einem Revolver in der Hand zurück an Deck. Die Besatzung stand in einem Kreis um den Delphin, dessen glatter, geschmeidiger Körper in Krämpfen zuckte, während er mit seinem kräftigen Schwanz auf das Deck einschlug. Blut floss in einem breiten Strom über die Deckplanken. Fräulein Kristina stand ein Stück weit entfernt, die Hände vor dem Mund. Irgendjemand musste dem zuckenden Tier endlich den Todesstoß versetzen und es erlösen.

«Aus dem Weg!», rief Herman.

Sie drehten sich um und starrten ihn an. Er beschrieb mit dem Revolver einen Kreis, der alle Männer einbezog, als hätte er noch nicht entschieden, wen er als Ziel auswählte. Sie traten einen Schritt zurück. Er ging auf den Delphin zu und zielte sorgfältig, bevor er zweimal abdrückte. Das große Auge explodierte vor Blut. Der Delphin schlug noch einmal mit dem Schwanz, dann lag er still da.

Herman schaute auf und bemerkte, dass Fräulein Kristina ganz dicht bei Ivar stand. Sie starrten ihn beide an, er lächelte sie an. Dann steckte er den Revolver in den Gürtel und ging zurück in seine Kajüte.

Er setzte sich auf den Kojenrand. Er lächelte noch immer. Es war ein vollkommen reiner Moment gewesen. Niemand hatte gewusst, das er einen Revolver besaß. Er hatte sie überrascht, als er damit auftauchte, und er hatte die Furcht in ihren Augen gesehen. Erst hatten alle den Delphin angestarrt, dann ihn. Er verfügte über die Kontrolle. So sollte es sein.

Eines frühen Morgens legte sich der Wind. Sie kamen nur langsam voran. Gegen Mittag sahen sie Setubal voraus. Große, weiße Villen thronten auf den Gipfeln steiler Felsen, und eine üppig grüne Vegetation hing wie ein Schleier über den Abhängen. Als die Segel geborgen waren, machte Fräulein Kristina ihre Runde auf Deck und bot jedem der Männer ein Glas Wein an. Es war ein alter Brauch.

Sie warf Ivar einen langen Blick zu. Als sie bei Herman anlangte, wandte sie ihr Gesicht halb ab, als könnte sie es nicht erwarten, zum Nächsten in der Runde zu kommen.

Im Hafen lag bereits ein Schoner aus Marstal, und in den folgenden Tagen kamen noch weitere dazu; bald war es eine ganze Gruppe: die Ørnen, die Galathea und die Atlantic, alles Veteranen der Neufundlandroute. Sie kamen hierher, um für Neufundland zu laden, danach würden sie einmal mehr mit dem Laderaum voller Klippfisch über den Atlantik kreuzen.

Fisch gab es hier im Übrigen genug. Der Hafen wimmelte von Sardinen, die in diesen Breiten so groß wie Heringe wurden. Die Fischer standen mit nacktem Oberkörper in der Sonne. Sie hatten schlanke, sehnige Körper, unter deren sonnengebräunter Haut sich deutlich die Muskeln abzeichneten. Sie riefen und winkten. Als sie Fräulein Kristina erblickten, blitzten ihre weißen Zähne unter den schwarzen Schnurrbärten. Sie winkte zurück, und die Fischer hoben große Körbe voller glänzender Fische, als wollten sie einen begeisterten Tribut an das weibliche Geschlecht zollen, dessen Auftauchen an Bord eines Schiffs so ungewöhnlich war.

Bager wurde zum Proviantfassen an Land gerudert, doch er kam unverrichteter Dinge zurück. Es gab weder Kartoffeln noch Brot. Setubal war blockiert durch Streiks, oder waren es Aussperrungen? Das schien nicht eindeutig festzustehen, jedenfalls war es eine Art Revolution. Nach neun Uhr abends herrschte Ausgangsverbot und jeder, der nach Einbruch der Dunkelheit auf der Straße angetroffen wurde, konnte erschossen werden.

«Wieso ist hier Revolution?», fragte Fräulein Kristina mit Augen, die vor Neugierde glänzten.

Ihr Vater zuckte die Achseln.

«Vermutlich hungern sie», erwiderte er. «Hier sind die Armen sehr arm.»

«Aber das ist ja furchtbar», sagte Fräulein Kristina, «die armen Menschen.»

«Nimm's nicht so ernst», warf Herman ein. «Es ist das Übliche. Hier unten ist immer Revolution. Es gibt einen Aufschrei, und dann schießen sie aufeinander. Dann soll alles anders werden, und wenn du das nächste Mal herkommst, ist alles beim Alten. Es ist ihr Temperament. Sie können ihr Temperament nicht im Zaum halten. Aber die Zustände verändern können sie auch nicht.»

Das Wort «Revolution» machte die Runde an Deck. Sie mussten es in den Mund nehmen und schmecken. Es war wie eine exotische Frucht, voller fremder, erregender Aromen. Die Revolution gehörte hierher, in den Süden. Nun konnten sie nach Hause zurückkehren und erzählen, sie hätten es gesehen. Allerdings gab es so gut wie nichts zu sehen. Die Sardinenfischer schienen die Umwälzungen nicht zu betreffen – wenn es denn überhaupt eine Revolution war. Sie kamen jeden Tag mit schwer beladenen Booten heim. Doch dann weitete sich der Streik aus, und es ging das Gerücht, dass nun auch die Sardinenfabriken bestreikt wurden.

In den kommenden Tagen liefen die Fischer nicht aus, und um die *Kristina* wurde es ruhig. Die *Nauta* und die *Rosenhjem* liefen ein. Es entstand ein kleines schwimmendes Marstal mit einem lebhaften Verkehr zwischen den Schiffen. Besuche wurden gemacht, und man trank Kaffee. Fräulein Kristina setzte ihre Spaziergänge mit Ivar aus, um die Kapitäne zu unterhalten; alles Bekannte ihres Vaters, die auch zu Hause in Marstal bei ihnen ein und aus gingen. Mit ihnen besuchte sie die Stadt, die trotz der Revolution ruhig war. Sie ruderte das Boot, das sie an Land brachte. Ja, sie war eine richtige Kapitänstochter.

Sie kam mit einem Blumenstrauß zurück, der ihr von einem Gärtner in einem Park geschenkt worden war, und berichtete munter von einem großen Café am Marktplatz, auf dem ein Militärorchester spielte.

«Herrlich, mal wieder ein Blasorchester zu hören», sagte sie.

Herman zuckte die Achseln. So redete wohl eine Dame von Welt, aber er konnte sich nicht erinnern, jemals davon gehört zu haben, dass ein Blasorchester in Marstal ein Konzert gegeben hatte. Im Kino war sie auch gewesen, und hier wurde der Film von einem Streichorchester begleitet – mit mindestens zwanzig Musikern, behauptete sie mit glänzenden Augen.

Auf den Schiffen aus Marstal hatten einige Matrosen ihre Musikinstrumente dabei; es gab zwei Ziehharmonikas, drei Mundharmonikas und eine Violine. In den Freiwachen fanden sie sich zu einem ganzen Orchester zusammen. Ivar verfügte über eine hübsche Gesangsstimme, aber es war vor allem sein Radio, das ihn bei den anderen Besatzungen so beliebt machte. Auf der *Kristina* waren sie stolz auf ihn. Er gehörte zu ihnen, und es gab kein anderes Schiff, das jemanden wie Ivar vorzuweisen hatte. Er drehte an seinem Radio, und aus der ganzen Welt flogen die Stimmen heran, und natürlich Musik, der portugiesische Fado. Ivar kannte das Wort und erklärte ihnen diese melancholische Musik. Aus dem Radio kamen aber noch merkwürdigere Töne. Arabische Musik von einem Sender aus Casablanca. Hier musste sogar Ivar passen, auch er wusste nicht, wie man sie nannte.

Die Kapitäne traten aus der Kajüte, in der sie bei Genever und Rigabalsam gesessen hatten. Dem Radio konnten sie nicht widerstehen. Und Fräulein Kristina ging mit der Kaffeekanne herum und fragte, ob jemand Pfannkuchen wolle – und sofort war ein begeistertes Ja zu hören.

*　*　*

In Setubal befand sich Herman unter seinesgleichen. Es waren Seeleute, und sie kamen aus Marstal. In Nyborg hatte er in einem Torweg einen Mann niedergeschlagen und erklärt, er hätte es für die Stadt getan. Nun fühlte er sich isoliert. Es lag nicht an der Eifersucht. Möglicherweise hatte sie nicht einmal etwas damit zu tun. Eher lag es daran, dass er nicht wusste, wo er hingehörte. Er fühlte sich eigentlich nur zu Hause, wenn er den Ton angeben konnte und ihn eine Aura von Respekt und Furcht umgab.

Er spürte eine Verwandtschaft mit der Gesetzlosigkeit, die in der unberechenbaren Macht des Windes und der Wellen lag. Er spürte es in dem Moment, als er an Land ging. An Land bekam das Leben seine liliputartige Dimension zurück, und er taumelte umher wie ein tölpelhafter, heimatloser Riese, der sich nicht durch die Türen drücken konnte, die andere willkommen hießen.

Es lag eine Milde über diesem Abend, eine Weichheit, die mit der warmen Luft des Südens kam, mit der Stille des Meeres, die die Sterne einlud, sich im Wasser zu spiegeln, mit dem geheimnisvollen Schweigen der nahe gelegenen Stadt. Alles war zart, die Musik und die Stimmen, die Kapitäne, die mit ihren Gewohnheiten brachen und sich unter die Mannschaften mischten, der Duft der Pfannkuchen, der sich von der Kombüse her ausbreitete.

Herman war unter seinesgleichen, aber er gehörte nicht zu ihnen. Wie ein plötzliches Brennen war es über ihn gekommen, dieses grauenerregende Gefühl, nicht mehr unversehrt, sondern ein Krüppel zu sein. Einen schrecklichen Augenblick lang betrachtete er sich selbst aus der Distanz und erblickte ein Monster. Er wollte sich verstecken und einer Welt entfliehen, die er nicht beherrschen konnte, als würde er einsehen, dass er sich auf einem Gleis befand, das nirgendwohin führte. Er verspürte weder das Bedürfnis zu trinken noch sich zu schlagen.

Er musste einfach weg.

Er ging in seine Kajüte und holte den Revolver. Dann kletterte er über die Reling ins Beiboot, das am Rumpf vertäut lag. Er stieß ab und begann mit langsamen Schlägen loszurudern.

Wo wollte er hin? Er wusste es nicht. Ratlos ruhte er auf den Riemen aus. Einsam lag das Meer vor ihm. Kein Licht brannte, und die Stille der menschenleeren Stadt schien vom Nachthimmel gefallen zu sein; als hätte die große Leere des Universums die Stadt in dem Moment verschlungen, an dem die Ausgangssperre in Kraft trat.

Dann wurde ihm klar, was er wollte. Er wollte in die verdunkelten Straßen. Das war sein Territorium, ein verbotener Bereich, in der es das Leben kosten konnte, gesehen zu werden.

Kurz zuvor hatte noch ein Sturm in ihm getobt. Nun kehrten die Gezeiten in seine Adern zurück. Und mit der Ebbe kam eine gefährliche Ruhe in ihm auf.

So lautlos wie möglich ruderte er langsam zum nächstliegenden Kai. Nur ein leises Platschen war zu hören, das sofort von der undurchdringlichen Dunkelheit verschluckt wurde. Die Musik und die Stimmen, die von der *Kristina* herüberschallten, waren nun so weit entfernt, dass sie aus einer anderen Welt zu kommen schienen, einer Welt, die er verlassen hatte und in die er nie wieder zurückkehren konnte.

Er dachte nicht voraus. Er wusste nicht, was ihn in den leeren Straßen erwartete, es war ihm auch egal. Ein Magnet zog ihn, und er gehorchte willenlos. Dorthin gehörte er, in das Kraftzentrum des Magneten aus Stille, Tod und kaltem Metall. Er spürte das Gewicht des Revolvers in seiner Tasche und war bereit.

Er vertäute das Ruderboot und kletterte auf den Kai. Es gab keinen Mond, und doch verschwand die Stadt in der Dunkelheit nicht ganz. Hier und da fiel Licht aus einem der Fenster oder durch die Ritzen der Fensterläden. Er hörte Stimmen, dann den Klang eines Klaviers, ein leises Geräusch, das gegen die Stille zu protestieren schien, um dann sofort von ihr aufgesogen zu werden.

Herman stand zwischen zwei Häuserreihen und legte den Kopf in den Nacken. Er betrachtete die Milchstraße, eine mit glitzernden Steinchen gefüllte himmlische Schotterstraße, die sich quer durch die Einöde der Nacht zog. Er erinnerte sich daran, wie er sie zum ersten Mal gesehen hatte. Er war noch ein Junge gewesen, allein in der Nacht. Er hatte am Strand gestanden und voller ungeduldiger Hoffnungen nach oben gestarrt. Aber nun, in dieser Nacht, hatte er all dem den Rücken gekehrt. Er war allein mit der Milchstraße und einem Revolver.

Wünschte er sich, diese Nacht zu überleben? War es eine Probe, der er sich selbst unterzogen hatte, oder wollte er etwas ganz anderes? Er wusste es nicht. So gut verstand er die Sprache der Sterne nicht.

Herman stand mitten auf der Straße und schaute gen Himmel. Die weißen Mauern der Häuser schimmerten bläulich, als würden sie den Sternenglanz reflektieren. Die Tore und Türen pulsierten schwarz. War es klug, mitten auf der Straße zu stehen?

Einen Moment ließ der Rausch nach, den nicht irgendeine Form von Alkohol, sondern die Einsamkeit unter dem Nachthimmel hervorgerufen hatte. Er lief über den Bürgersteig und presste sich an die Mauer eines Hauses. Aber hier war er wahrscheinlich ebenso sichtbar, eine verdichtete schwarze Masse an einer bläulich schimmernden Mauer.

Er war nicht gekommen, um sich zu verstecken. Er trat mitten auf den Bürgersteig und marschierte los.

Plötzlich hörte er Schritte. Er blieb stehen. Sie klangen taktfest. War es einer, oder handelte es sich um mehrere? Wieder horchte er. Es war jedenfalls keine Gruppe, beschloss er. Vielleicht waren es nur zwei? Soldaten auf Nachtpatrouille? Wer sonst sollte sich nach Einbruch der Dunkelheit in einer Stadt bewegen, in der Ausgangssperre herrschte? Herman sah die breite Straße entlang. Die Straße war breit. Er konnte die Kronen der Palmen erahnen, von denen die Sterne verschattet wurden. Er befand sich offenbar auf einem der Boulevards. Er sollte die schmalen, gewundenen Gassen aufsuchen, in denen man leichter entkommen konnte. Unentschlossen blieb er stehen. Dann hob er den Revolver und drehte sich langsam um die eigene Achse. Dunkelheit, nichts als Dunkelheit. Er hörte die Schritte. Gleichmäßig und im Takt. Kamen sie näher, oder entfernten sie sich?

Zögernd lief er weiter. Wieder hielt er den Revolver im Anschlag. Begegnete er ihnen, hieß es er oder sie. Das war ihm bewusst.

Weiterhin Schritte.

Ja, sie kamen ganz sicher näher, aber er konnte nicht ausmachen, aus welcher Richtung. Er konnte ebenso gut auf dem Weg zu ihnen sein oder sich von ihnen entfernen.

Herman ging weiter geradeaus, dann sah er sie. Sie standen direkt vor ihm, nur drei, vier Meter entfernt, als ob sie auf ihn gewartet hätten. Er hielt auf der Stelle inne.

Einer von ihnen rief etwas.

Der Ruf ging in einer ohrenbetäubenden Explosion unter. Herman spähte nach vorn, um die Ursache der Explosion zu erkunden, und schaute auf den Revolver, den er in der Hand hielt. Er hatte geschossen.

Ihm blieb keine Zeit herauszufinden, ob er getroffen hatte, bevor er losrannte. Hinter sich hörte er weder Schritte noch Schüsse. Er war kurz davor, stehen zu bleiben und sich umzusehen, aber das Herz hämmerte wie wild in seinem Körper, und die Flucht hatte ihre eigene Dynamik. Er fühlte sich vollkommen klar im Kopf. Nur seine Beine arbeiteten wie Trommelstöcke. Sie hatten ihren eigenen Willen.

Herman bog um eine Ecke und lief noch ein Stück weiter. Dann hatte er seine Muskeln wieder unter Kontrolle. Er blieb stehen und drückte sich an eine Mauer, während er in die Nacht hineinlauschte. Zunächst herrschte Stille. Dann vernahm er weit entfernt die Schritte von Laufenden. Sie kamen erst aus einer Richtung, dann aus einer anderen. Ein Schuss war zu hören, denn mehrere in rascher Reihenfolge, bis die

Schüsse zu einem langen Rattern verschmolzen, das von einem Maschinengewehr stammen musste. Nun waren auch Kommandorufe und das Trampeln von Stiefeln auszumachen, als ob sich ein ganzes Heer in Bewegung setzte. Irgendwo wurde der Motor eines Automobils angelassen.

Mit seinem Revolverschuss hatte er die Stille durchbrochen, und es schien, dass der Schuss eine Mine losgetreten hatte, die nun explodierte – und die gesamte Stadt war diese Mine.

Die verdunkelte Stadt kreiste ihn mit ihren Schusssalven ein. Mal nahm die Intensität der Salven zu, dann folgte abwartende Ruhe. Wer schoss auf wen? Feuerte das Militär auf die Streikenden, oder waren sie es, die die Schüsse beantworteten? Oder herrschte nur Chaos? War das die Revolution? Raubtiere, die sich in der Dunkelheit zusammenrotteten und fauchend mit ihren Klauen nacheinander schlugen, um sich dann wieder in den Schatten zurückzuziehen? Oder war die Revolution der Aufstand der Revolver, dieser Revolver, die nachts die Macht über ihre Besitzer ergriffen und ein mörderisches Gespräch begannen, das Blut riefen und lockten, damit es in den Straßen der Stadt anstieg wie eine Überschwemmung?

Schossen sie aufeinander, um zu feiern, dass es nun kein Gut oder Böse mehr gab, weder eine Ordnung noch ihr Gegenteil, nur noch ungezügeltes Leben, eine Stadt aus Stein, bespritzt mit dem Symbol des Lebens, mit Blut?

Wieder begann er zu laufen. Er hatte Schwierigkeiten beim Atmen, aber er hielt durch. Sein schwerer Körper rannte wie ein heranstürmendes Nashorn durch die Gassen. Irgendwo wurde auf ihn geschossen. Er hörte, wie eine Kugel in die Mauer hinter ihm einschlug. An einer anderen Stelle stieß er auf zwei Männer, die sich in einem Torweg versteckten. Er schoss hinein und setzte seinen wilden Lauf fort. Wer waren sie? Hatte er sie getroffen?

Es war ihm egal.

Herman sah eine Abteilung Soldaten heranmarschieren und fand eine schützende Toröffnung; kaum hatten sie ihn passiert, war er schon wieder draußen. Er drehte sich, während er rannte, um und feuerte einen Schuss in ihre Richtung.

Irgendjemand hatte quer über die Straße eine Barrikade errichtet. Dahinter bewegten sich Schatten. Die Dunkelheit war zu undurchdringlich, um festzustellen, was dort vorging, aber er wusste es instinktiv. Es war die Revolution, der Aufstand der Revolver, sie waren hier, um sich gegenseitig das Blut abzuzapfen. Es gab eine Brüderschaft zwischen den Soldaten und den Aufständischen. Die gemeinsame Lust zu töten vereinigte sie.

Sie riefen ihn an. Er antwortete in seinem gebrochenen Seemannsspanisch. Sie forderten ihn auf, sich denen anzuschließen, die hinter den Barrikaden standen. Sie schlugen ihm auf die Schulter und nannten ihn *compañero,* als er ihnen seinen Revolver zeigte, ein Wort, das er gut verstand und so naiv fand wie sie selbst. Ihn kümmerte ihre Sache nicht. Sie brauchten ein Alibi, um ihre Revolver abzufeuern. Er nicht.

Die Barrikade wurde beschossen. Sie antworteten mit Schüssen in die Dunkelheit. Herman sah das Mündungsfeuer der Revolver. Er spürte etwas Warmes an seiner Wange. War er getroffen? Dann sank der Mann neben ihm gegen seine Schulter. Der Kopf blieb einen Moment dort liegen, als wäre er eingeschlafen. Durch seinen Hemdsärmel sickerte Blut. Der Verletzte glitt langsam zu Boden.

Die Schießerei nahm an Intensität zu. Am anderen Ende der Straße flammte das Mündungsfeuer auf wie ein Feuerwerk. Der Lärm war ohrenbetäubend und berauschend.

Er spürte, wie eine wilde, trockene Hitze sich ihren Weg durch die Haut bahnte, als hätte das Herz Feuer gefangen: Er war am Leben!

Die Schüsse kamen näher. Die Soldaten stürmten jetzt. Die Männer um ihn herum gaben die Barrikade auf und verschwanden in der Dunkelheit. Er selbst jagte mit verwegenen Sprüngen davon. Er hörte jemanden lachen, er war es selbst. Dann lag eine ausgestreckte Gestalt vor ihm auf der Straße. Mit einem Satz sprang er darüber hinweg. Irgendjemand packte ihn am Arm und zog ihn in eine Seitenstraße, in einen Torweg. Sie kletterten über eine Mauer, dann über eine weitere. Er murmelte ein *gracias,* obwohl es ihm eigentlich egal war. Sein Körper schrie ihm ein ekstatisches Zeugnis seiner eigenen Unsterblichkeit zu. Den Revolver hielt er noch immer in der Hand.

Er hatte das Gefühl, schon immer in dieser verdunkelten Stadt gewesen zu sein; alles, was ihm je widerfahren war, verblasste und wurde bedeutungslos. Es war wie eine Befreiung. Dort, in den dunklen Straßen, wo die Mündungsfeuer der Revolver die Funktion der Straßenlaternen übernommen hatten und die Rinnsteine voll Blut liefen, dort konnte er sich bewegen, ohne sich lediglich wie ein halber Mensch zu fühlen. Er existierte einfach nur. Er hatte sein Blut, seinen Körper, seine Instinkte und seine Reflexe. Er war sein Revolver, und durch ihn war er mit all den anderen verbunden, die wie er bewaffnet durch die Nacht hasteten. Er war mit allen Männern vereint, mit Leben und Tod.

Von den Hügeln hinter der Stadt rollte eine große rote Kugel über den Boulevard auf ihn zu. Langsam ging die Sonne auf. Um ihn herum begannen die Farben zu leuchten, erst in einem schwachen Glimmen, dann stärker. Er begrüßte das Morgengrauen mit einer Mischung aus Enttäuschung und Erleichterung. Es schien, als würde das Sonnenlicht mit dem nächtlichen Chaos aufräumen und den Häusern und bald auch den Menschen wieder ihren Platz zuweisen.

Er sah an sich herab. Sein Hemd war voller Blut. Er riss es sich vom Körper und warf es auf die Straße. Er spürte das Gewicht des Revolvers in seiner Hand und zögerte einen Moment. Dann ließ er ihn fallen und ging weiter.

Herman kam an einen großen Platz. Überall lagen umgeworfene Tische und Stühle. Männer in Uniformen trugen Leichen fort. Bald würde auch das Blut vom Pflaster gewaschen sein. Der Tag kehrte zurück.

Er überquerte ruhig den Platz. Ein Soldat rief ihn an und ging auf ihn zu. Zwei andere folgten. Sie musterten ihn von oben bis unten. Herman stand mit nacktem Oberkörper da, umhüllt von einem scharfen Schweißgeruch und einem von Wind, Alkohol und Sonne geröteten Gesicht. Was war er? Ein Seemann, der in einem Augenblick der Erregtheit Zeit und Raum und das Ausgangsverbot vergessen hatte?

Er stank.

Sie hielten es für den Geruch von Bettwäsche und einer Frau. Er konnte es ihren Mienen ansehen und lachte ihnen zu. Sie lachten zurück. Der größere Soldat deutete auf seine Wange. Er hob die Hand und spürte blutigen Schorf, wo ihn eine Kugel gestreift hatte.

«*Mujer*», sagte er. Frau.

«*Mujer*», lachten sie.

Einer von ihnen machte mit der Hand eine Katzenpfote mit ausgefahrenen Krallen nach.

Er hatte in der Nacht auf sie geschossen, und sie hatten auf ihn geschossen, Schatten, die auf Schatten schossen. Nun waren sie bloß Männer im ersten Licht des Tages. Sie ließen ihn ziehen. Er kam zum Hafen, fand das Ruderboot, löste das Tau und begann mit langsamen Schlägen, zurück zur *Kristina* zu rudern.

* * *

Am nächsten Tag verhielt Herman sich ruhig. Die Besatzung beobachtete ihn verstohlen. Sie hatten seine Abwesenheit bemerkt, aber nichts gesagt. Ab und zu verzog er sein Gesicht zu einem merkwürdigen Lächeln, das keinen Adressaten zu haben schien und noch nie jemand an ihm gesehen hatte. Sie schauten sich warnend an.

Was kam nach der Ruhe?

Ivar warf einen prüfenden Blick auf Hermans breiten Rücken. Nur Bager schien nichts mitzubekommen.

Herman entgingen ihre Blicke nicht. Was dachten sie über ihn? Was, glaubten sie, hatte er während des Ausgangsverbots in Setubal getan? Dachten sie, er wäre bei einer Hure gewesen? Wieso fragten sie dann nicht? Hatten sie Angst vor der Antwort?

Der Streik war vorbei. Die *Kristina* legte am Kai an. Ein paar Latten wurden zwischen Kai und Bordwand gelegt, und die Hafenarbeiter begannen, den Klippfisch zu löschen. Bager war in der Stadt, um Proviant zu besorgen, und hatte Fräulein Kristina mitgenommen. Sie kam fröhlich zurück und berichtete, dass der Schiffsausrüster sie eingeladen hätte. Sie hatte Fisch mit gebratenen Oliven gegessen.

«Aber stellt euch vor, sämtliche Fenster des Restaurants waren zerbrochen. Ob letzte Nacht wohl Revolution gewesen ist?»

Herman lächelte, sagte jedoch nichts. Die anderen musterten ihn skeptisch.

Er schaute auf die Männer an Bord. Er schaute auf die Hafenarbeiter, die im Lastraum und am Kai arbeiteten. Er sah die Fischer mit ihren leeren Booten aus dem Hafen rudern. Er sah sie mit vollen Netzen zurückkommen. Er sah Soldaten mit aufgepflanzten Bajonetten. Er sah die Einwohner von Setubal. Sein Blick schweifte über die Welt. Er spürte, dass die Zeit stillstand und er mitten in dieser Stille alle Rätsel der Welt gelöst hatte.

Kam er in diesem Augenblick zu der fatalen Gewissheit, dass Fräulein Kristina ihm gehörte?

Die *Kristina* wurde seeklar gemacht, und sie verließen Setubal. Die ersten beiden Tage hatten sie den Südwind im Rücken. Dann wurde es windstill. Sie hatten die Stagfock und das Toppsegel gesetzt, das Ruder hielt den Kurs allein. Die See war noch voller alter Dünung, und die Wellen schlugen hoch bis ans Schanzkleid. Die Mittagssonne brannte die Farben aus Meer und Himmel, bis alles in einem weißen Dunst aus Hitze verschmolz. Die *Kristina* hob und senkte sich im Takt der langsamen Atemzüge der See. Es hatte den Anschein, als wäre die Welt in einen tiefen Schlummer gesunken. Sie bewegten sich wie Schlafwandler und atmeten im Rhythmus der Dünung.

Fräulein Kristina saß an Deck und stickte. Niemand sprach. Bager setzte sich mit dem «Andachtsbuch für Seeleute» zu seiner Tochter. Sie redeten nicht und machten den Eindruck, als müssten sie es auch nicht, um einander nahe zu sein. Er blätterte in seinem Buch eine Seite um, sah zerstreut übers Meer und wandte sich dann wieder dem Buch zu. Fräulein Kristina war in ihre Stickerei vertieft. Die Sonne hatte ihr das Gesicht gebräunt. Sie trug das Haar offen. Helmer ging mit Kaffee herum.

Es waren die letzten warmen Tage, bevor sie sich der Biscaya näherten.

Am nächsten Tag herrschte noch immer Flaute. Gegen sieben Uhr abends kam der erste Wind auf, und Ivar und Knud Erik enterten auf, um die Segel zu setzen. Im Laufe der Nacht frischte es auf, und als Fräulein Kristina sich am Vormittag an Deck zeigte, wurde sie von einer See empfangen, die ihr direkt ins Gesicht schwappte. Sie wischte das Salzwasser ab und lachte Ivar zu, der am Ruder stand. Dann warf sie einen kundigen Blick in die Segel. Die Gaffelsegel hatten sie in der Nacht gerefft, und von den Rahsegeln standen nur noch die Breitfock und das Untertoppsegel. Der Außenklüver blähte sich und müsste schon bald eingeholt werden.

«Das geht ordentlich in die Plünnen», meinte sie lachend.

Sie trug die Seestiefel ihres Vaters und eine Öljacke, die ihr viel zu groß war. Das Tuch, das sie sich ums Haar gebunden hatte, war durchnässt. Sie wrang es aus und steckte es in die Tasche ihrer Jacke. Ihr fülliges braunes Haar flatterte im Sturm.

Wir segelten an zwei kleinen Fischerbooten vorbei, die in südlicher Richtung unterwegs waren. Fräulein Kristina stellte sich neben Ivar und sah ihnen nach. Die Boote stampften heftig in den Wellen, dann verschwanden sie in einem Wellental, tauchten aber sofort wieder auf und ritten auf dem Kamm der nächsten Welle. Sie folgte ihnen mit dem Blick, als suchte sie einen festen Haltepunkt. Etwas Angestrengtes lag in ihrer Miene, bis sie sich plötzlich die Hand vor den Mund hielt und zur Reling lief. Ivar schaute diskret zur Seite.

Sie kam zu ihm zurück.

«Ich glaube, ich gehe besser in die Kajüte», sagte sie.

Er nickte.

Gegen Mittag drehte der Wind. Wind und Strömung liefen nun gegeneinander, und die *Kristina* stampfte hart in den Wellten. Der Bug verschwand wieder und wieder in den Wassermassen.

Herman übernahm das Ruder.

«Wir müssen den Außenklüver bergen», sagte er zu Ivar.

Ivar starrte ihn an. «Du willst, dass ich auf den Bugspriet klettere?»

«Bist du schwer von Begriff?»

«Siehst du, was ich sehe?»

Ivar widersprach ihm nun ganz offen.

«Ich sehe, dass der Außenklüver geborgen werden muss.»

«Und ich sehe, dass der Bugspriet die Hälfte der Zeit unter Wasser ist.»

«Du hast wohl Angst vor einer kalten Dusche?»

Herman tat nichts, um seine Verachtung zu verbergen.

«Wenn du das Schiff nicht in den Wind drehst, damit wir langsamer werden, gehe ich da nicht raus.»

Sie sahen sich an.

«Gibst du mir etwa Befehle?»

«Du bist der Steuermann, ich der Matrose. Ich fordere dich bloß auf zu tun, was jeder tun würde, der ein bisschen Kenntnis von der Segelei hat. Oder ich lasse den Außenklüver Außenklüver sein.»

Herman wandte den Blick ab. Er wusste, dass Ivar recht hatte. Es wäre unverantwortlich, einen Mann auf den Bugspriet zu schicken, wenn der Vordersteven so tief eintauchte. Er lockerte den Griff um das Ruder und ließ das Schiff in den Wind drehen. In diesem Augenblick trat Fräulein Kristina wieder aus der Kajüte. Sie hielt die Hand vor den Mund, als müsste sie erneut dem Meer opfern. Dann blieb ihr Blick an den beiden Männern hängen, die sich feindselig gegenüberstanden. Sie sah von einem zum anderen, die Hand hielt sie noch immer vor den Mund.

Ivar lief übers Deck. Die Stampferei hatte aufgehört, der Außenklüver schlug im Wind. Der Bugspriet zeigte triefend nass in den verhangenen, schiefergrauen Himmel. Ivar enterte auf den Bugspriet und begann, den Klüver einzurollen.

Herman beobachtete ihn, diese große, schlanke Gestalt, die so sicher dort draußen auf dem glatten Bugspriet stand und sich über der kochenden Tiefe darunter festhielt.

Die Zeit zog sich zusammen und stand still.

Es ist nicht nur die Stärke eines Mannes, die ihn stark macht. Es ist auch sein Wissen um die Schwächen der anderen. Herman hatte Ivar vom ersten Augenblick an verachtet, aber mit einer merkwürdig unklaren Verachtung, die sich an keinem konkreten Punkt festmachen ließ. Hatte Ivar einen schwachen Punkt? Konnte er in einer entscheidenden Situation dem Druck standhalten?

Herman spürte das Ruder in seinen Händen, wie es schlug und ruckte, dieses ewige Armdrücken zwischen dem Rudergänger und dem Meer. Er musste ständig austarieren, um die Steuerfahrt zu halten. Dann zögerte er eine Sekunde. Mit dem Geräusch einer Explosion füllte der Wind die Segel. Der Bug hob sich auf einem rollenden Wellenkamm hoch gegen den Himmel, und dann fiel das Schiff, fiel und fiel durch die Luft, bis es auf der Wasseroberfläche aufschlug, wo eine Fontäne aus Schaum zu beiden Seiten aufspritzte. Die *Kristina* schnitt sich wie ein Messer durch die Wassermassen, und der gesamte Vordersteven tauchte ein, als wollte er Kurs auf den Grund nehmen.

Es verging eine Ewigkeit – als hätte die Sonne ihre Bahn auf einen unsichtbaren Schwerpunkt irgendwo in eine ferne Galaxie verlegt –, und doch ging es so schnell, dass niemand reagieren konnte. Fräulein Kristina stand noch immer mit der Hand vor dem Mund da, die Augen weit aufgerissen. Langsam hob sich das Schiff. Das Wasser schäumte achteraus über Deck, der Bugspriet wies triumphierend zum Himmel. Ivar hing noch dort. Er klammerte sich wie ein Affenjunges an den Bugspriet, weiß im Gesicht. In diesem kurzen Moment erkannte Herman, dass Ivar wie gelähmt war. Jetzt müsste er sich auf die Back werfen. Wenn das Schiff wieder eintauchte, würde er es nicht schaffen. Dies war sein Augenblick, so wie Herman ihn in Setubal gehabt hatte.

Doch Ivar hing dort, Wille und Muskeln waren gelähmt. Seine Fingerspitzen klammerten sich an den Bugspriet, als würde er sich in seiner Angst für ein Tier halten, das seine Klauen in das harte Holz schlagen und sich daran festhalten konnte.

In einer plötzlichen Eingebung hielt Herman die Hände an den Mund und brüllte ihm etwas zu.

«Nun spring endlich, Matrose, spring, zum Teufel noch mal!»

Er wusste nicht, ob er es tat, um Ivar aus seiner Lähmung zu reißen oder um ihn zu verspotten.

Das Schiff tauchte wieder ein. Als es sich aufrichtete, war Ivar verschwunden. Der leere Bugspriet wies einen Moment auf einen Punkt in den Wolken, als wäre er dorthin verschwunden und nicht in der schäumenden Gischt des Bugs.

Herman drehte am Ruder und ließ das Schiff in den Wind drehen. Der Himmelsflug des Bugs wurde aufgehalten.

Nun ging alles sehr schnell. Fräulein Kristina lief auf ihn zu.

«Du Schwein!», schrie sie halb erstickt. «Ich habe genau gesehen, was du …»

Dann konnte sie die Übelkeit nicht länger zurückhalten und erbrach sich in einem Strahl, der Herman mitten auf die Brust traf. Sie krümmte sich mit Magenkrämpfen zusammen. Diesmal traf der Strahl das Deck. Als sie sich keuchend wieder aufrichtete, hing ihr flüssige, gelbweiße Masse am Kinn.

Sie starrte ihn mit aufgerissenen Augen und verstörter Miene an. Ein Strom von Beschimpfungen kam aus ihrem Mund.

«Du Schwein, du Ungeheuer, du ekelhafter … du … du …»

Ihr Ausbruch endete in abruptem Stammeln, das wiederum von hemmungslosem Weinen abgelöst wurde.

Fräulein Kristina hatte verfolgt, was geschehen war, und sie war Kapitänstochter genug, um die Bedeutung dessen zu verstehen, was sie beobachtet hatte. Sie hatte gesehen, wie Herman wieder auf Kurs ging, und sie wusste, was das bedeutete, wenn ein Mann sich in dieser Situation auf dem Bugspriet befand.

Und es stimmte ja, er konnte nicht leugnen, was er getan hatte. Dennoch würde er stets behaupten, dass sie im Irrtum war. Nicht er hatte Ivar das Leben genommen, sondern das Meer. Es war das Meer, das Ivar besiegt hatte, weil dieser im entscheidenden Moment zu schwach war. Das Meer hatte ihn genommen, weil er auf dem Meer nicht zu Hause war. Er, Herman, war lediglich das Werkzeug gewesen.

Es gab einen zweiten Zeugen. Helmer, der am Niederholer bereitgestanden hatte, als Ivar versuchte, den Außenklüver zu bergen. Doch er verstand nichts von dem, was er gesehen hatte, und sollte er doch behaupten, er hätte etwas begriffen, so gab es für Herman Mittel und Wege, ihm den Mund zu stopfen. Er konnte für nichts verantwortlich gemacht werden. Und dafür gab es einen guten Grund: Er hatte nichts getan.

«Mann über Bord!», brüllte er.

Sein Schrei stoppte den Ausbruch. Fräulein Kristina gewann ihre Fassung zurück. Sie zog den Sicherungssplint aus der Rettungsboje und warf sie ins Meer, um die Stelle zu markieren, an der Ivar verschwunden war. Knud Erik und Vilhjelm stürmten aus dem Logis.

«Wer? Wer?», riefen sie aufgeregt.

«Ivar!», schrie Helmer mit Panik in der Stimme.

Herman befahl ihm aufzuentern und Ausschau zu halten, ob Ivar auftauchen würde. Dann befahl er backzubrassen. Fräulein Kristina stand an der Reling und übergab sich erneut.

Diesmal ist es der Schock, dachte Herman.

Bager stürzte aus seiner Kajüte, Herman gab ihm einen kurzen Bericht. Mit Absicht gab er seiner Stimme einen tonlosen, nüchternen Klang.

«Ivar fiel vom Bugspriet über Bord. Er wollte den Außenklüver bergen.»

«Wie konnte das passieren? Haben Sie nicht in den Wind gedreht?»

«Selbstverständlich. Aber plötzlich war er weg.»

Herman zuckte die Achseln, eine Geste, die andeutete, dass das Unglück ganz allein Ivars Schuld war.

Knud Erik und Vilhjelm waren dabei, das Beiboot ins Wasser zu fieren. Bager lief zu ihnen und übernahm das Kommando. Dann sprang er selbst hinein. Herman sah Fräulein Kristina über die Reling klettern. Sie stieß sich ab und verschwand hinter der Bordwand.

Einen Augenblick später tauchte das Beiboot auf. Am Bug stand Fräulein Kristina mit wild flatterndem Haar und hielt wie ein erfahrener Seemann das Gleichgewicht. Noch immer hingen ihr Reste von Erbrochenem am Kinn. Bager saß zusammengesunken auf der hinteren Ruderbank. Knud Erik und Vilhjelm pullten.

Herman blieb am Ruder. Immer deutlicher hatte er das Gefühl, dass nun er auf dem Schiff bestimmte.

Sie ruderten in unregelmäßigen Kreisen, bald befanden sie sich auf dem Kamm einer Welle, dann wieder außer Sicht. Die *Kristina* trieb im Wind, ebenso wie die Rettungsboje. Wo genau war Ivar verschwunden? Das Meer besaß keine Kennzeichen. Sie trieben immer weiter fort, bis das Beiboot in dem aufgewühlten Meer nur noch eine weiß lackierte Nussschale in der wechselnden Landschaft der Wellen war, die sich aufbäumten und auf ihrer Jagd nach dem fernen Horizont müde liefen.

Draußen schien irgendetwas zu passieren. Die kleinen Gestalten im Boot standen auf, es wurde gewunken. Dann lehnten sie sich hinaus. Es sah aus, als ob sie an etwas zerrten. Hatten sie ihn gefunden?

Herman rief zu Helmer hinauf ins Rigg: «Siehst du etwas?»

«Ich glaube, sie haben ihn!»

Helmer winkte mit einem Arm, als bereitete er sich bereits darauf vor, Ivar mit einem «Willkommen unter den Lebenden» zu begrüßen.

Es war unklar, was im nächsten Augenblick geschah. Die Gestalten lehnten sich noch weiter aus dem Boot. Das Beiboot schwankte bedrohlich unter dem plötzlichen Ungleichgewicht. Dann richteten sie sich wieder auf. Nur einer von ihnen blieb zusammengekauert sitzen.

Herman rief wieder hinauf zu Helmer.

«Was passiert da? Haben sie ihn?»

Er empfand gar nichts, während er auf die Antwort wartete. Schaffte es Ivar, dann schaffte er es. Das Leben ging weiter, egal, was dort draußen auf dem Wasser passierte. Herman war ruhig und beinahe gleichgültig.

«Ich glaube ...»

Helmer zögerte und kniff die Augen zusammen.

«Ich glaube, sie haben ihn wieder verloren … ich kann ihn jedenfalls nicht sehen.»

Sie lagen noch immer im Wind. Die Segel klatschten im Sturm. Das Beiboot begann im Kreis zu fahren. Eine Weile geschah nichts anderes, dann nahmen sie Kurs zurück aufs Schiff. Bager kam als Erster an Bord. Er hielt die Hand auf die Brust gepresst und war bleich. Dahinter folgte Fräulein Kristina. Sie begrub das Gesicht an der Schulter ihres Vaters und zitterte am ganzen Körper. Sie weinte laut und hemmungslos. Bager drückte sie an sich. Dann führte er sie, einen Arm um sie gelegt, zum Kajütniedergang, wobei er noch immer die andere Hand an die Brust drückte. Der Mund war nur noch ein Strich in seinem gequälten Gesicht.

Herman rief Knud Erik zu sich.

«Was ist geschehen?», wollte er wissen.

«Wir hatten ihn gefunden. Er schwamm noch, aber er war schon halb ertrunken, und seine Augen sahen so merkwürdig aus.»

«Merkwürdig?»

«Ja, ich weiß nicht, wie ich es sonst nennen soll. Als ob es nicht seine wären. Als ob er verrückt geworden wäre. Er schlug wild um sich, als wir versuchten, ihn an Bord zu bekommen. Wir konnten ihm nicht ordentlich unter die Arme greifen. Als wir dann zu ziehen begannen … ja, dann passierte es einfach.»

«Was passierte?»

«Nun ja, also seine Öljacke muss aufgegangen sein. Er rutschte aus ihr heraus. Plötzlich standen wir mit leeren Ärmeln da.»

Knud Eriks Stimme war belegt, er konnte kaum noch weitersprechen.

«Er ging sofort unter. Wir sahen ihn nicht wieder. Wir hatten ihn doch. Wir sahen ihm ins Gesicht. Ich war näher an ihm als ich jetzt an dir bin. Er war gerettet. Und dann …»

Er unterbrach sich und starrte Herman mit einem eigenartigen Blick an.

«Aber so hast du es ja auch gewollt … ist es nicht so?»

Knud Erik schüttelte den Kopf und drehte sich um.

Herman sah ihm lange nach. Dann wurde er von einem lauten Klatschen abgelenkt. Es war der Außenklüver, der im Sturm schlug. Er schrie übers Deck.

«Wir haben noch immer einen Außenklüver, der geborgen werden muss. Irgendein Freiwilliger?»

Helmer hing im Rigg. Herman befahl ihm herunterzukommen und mit dem Mittagessen anzufangen. Es gab ein Schiff, das geführt werden musste; das Leben ging weiter.

Er begann, über Knud Eriks Worte und diesen eigenartigen Blick zu grübeln, mit dem er ihn angesehen hatte. Ihm war, als hätte der Junge direkt durch ihn hindurchgesehen. Er erinnerte sich an Kristian Stærks Warnung vor Anton Hansen Hay, der den Schädel seines Stiefvaters gefunden hatte. Der Junge könnte etwas wissen. Diese verfluchten Burschen hatten ihn angeglotzt, dass ihm ganz unheimlich zumute geworden war und er schließlich die Stadt verließ. Aber es war ja nie etwas herausgekommen. Wahrscheinlich hatte man die Geschichte vollkommen vergessen.

Herman aß zusammen mit den drei Jungen. Die Stimmung war gedrückt, sie nahmen ihre Mahlzeit schweigend ein. Er musste daran denken, sie wieder auf die alte Ration zu setzen. Nun gab es ja keinen Ivar mehr, der Partei für sie ergreifen konnte.

«Will jemand etwas sagen?», fragte er.

Helmer kauerte sich zusammen und konzentrierte sich auf das Essen. Herman sah hinüber zu Knud Erik und Vilhjelm. Sie schüttelten beide den Kopf.

«Wir haben heute einen Kameraden verloren», erklärte Herman. «Das ist schon früher passiert, und es wird wieder passieren. So etwas kommt vor auf See. Es gibt tüchtige Seemänner, und es gibt Seemänner, die nicht so tüchtig sind …»

Er sprach den letzten Satz nicht aus.

«Ivar war ein tüchtiger Seemann», sagte Knud Erik.

Herman beherrschte sich. Er hätte dem Burschen gern eins übergezogen.

«Es war das Meer», sagte er schlichtend. «Wenn das Meer sich von dieser Seite zeigt, können wir überhaupt nichts machen.»

Er hörte selbst, wie hohl seine Worte klangen.

«Aber ihr habt Ivar doch gehabt. Was ist passiert? Hat er Panik bekommen?»

Knud Erik schüttelte den Kopf, er wollte nicht antworten.

Herman wusste, dass er den wunden Punkt gefunden hatte. Sie hatten Ivar gefunden. Er lebte noch. Er hätte gerettet werden können. Er selbst hatte es verhindert. Ein tüchtiger Seemann, ja sicher. Aber benahm sich ein tüchtiger Seemann so, wenn sein Leben auf dem Spiel stand? Es könnte sein, dass Knud Erik ihn verdächtigte, für das Unglück verantwortlich zu sein. Aber der Junge hatte den Feigling in Ivar gesehen, und das ließ ihn bei seiner Anklage unsicher werden.

Er wiederholte seine Frage: «Hat er Panik bekommen?»

Die Frage hing so lange in der Luft, bis sie sich selbst beantwortete.

Helmer stand auf und ging mit Kaffee in Bagers Kajüte.

Knud Erik blickte auf. Ein gefährlicher Trotz lag in seinen Augen.

«Ich erzähle alles dem Kapitän», erklärte er.

«Erzählst ihm was? Du hast doch im Logis gelegen und geschlafen.» Hermans Stimme war ruhig.

«Vilhjelm weiß es auch. Wir erzählen es Bager.»

«Diese alte Geschichte!» Herman lachte. «Fünfzehn Jahre hat Marstal darüber geredet, dass ich Jepsen erschlagen hätte.»

Er breitete die Arme aus und lachte.

«Und schaut her! Ich sitze immer noch hier!»

Helmer kam mit den Tellern aus der Kajüte des Kapitäns zurück. Weder Bager noch Fräulein Kristina hatten das Essen angerührt.

«Der Kapitän will mit dir reden», sagte er.

Herman erhob sich von der Bank. Auf Deck holte er tief Luft. Er musste sich zusammennehmen und seine Kräfte sammeln. Er hatte keine Ahnung, wie er sich rechtfertigen würde. Er verließ sich auf seinen Überlebensinstinkt. Nun sollte er seine Probe bestehen. Er sah, dass Fräulein Kristina zusammen mit Vilhjelm am Ruder stand. Er würde mit Bager allein sein. Das war sicherlich das Beste.

Herman öffnete die Kajütentür und trat über die hohe Schwelle. Er war schon früher hier gewesen, doch nun schien es, als würde er Bagers Kajüte zum ersten Mal betreten. Sein Blick glitt über die Familienfotografien, deren Rahmen ans Schott geschraubt waren, statt an einer Schnur zu hängen. Über dem lederbezogenen Sofa hing ein festgeboltes

Regal voller Bücher. Schließlich fiel sein Blick auf den Kapitän. Bager schien in kurzer Zeit eine dramatische Veränderung durchgemacht zu haben. Noch immer hielt er eine Hand an die Brust gepresst, während sich die andere an die Tischplatte klammerte, als würde er gleich vom Sofa rutschen und nur der Kontakt mit dem Tisch ihn an seinem Platz halten. Er wirkte noch blasser, und seine Augen waren tief in den Kopf gesunken. Das dünne Haar war feucht, kleine Schweißperlen hingen am Haaransatz. Er blinzelte nervös.

Herman blieb an der Tür stehen. Er hielt sich aufrecht und ließ seine Stimme so formell wie möglich klingen. Wenn es um Willensstärke ging, war er stärker als Bager. Daran hatte er nie gezweifelt, aber in diesem Moment war es deutlicher denn je. Doch der Kapitän war ranghöher. Herman durfte Achtung einflößen und einschüchtern, aber er durfte nicht den Eindruck erwecken, als wollte er die Hierarchie verletzen, der er unterworfen war, egal, wie sehr er deren Repräsentanten auch geringschätzte. Er war kein Meuterer.

«Sie wollten mich sprechen», begann er.

Bager starrte auf den Tisch, als hätte er vergessen, was er sagen wollte, und würde nun nach der Antwort auf dem lackierten Holz suchen. Dann löste sich sein Griff um die Tischkante, und die Handfläche glitt über den Tisch. Plötzlich schlug er hart mit der Hand auf den Tisch. Es war offenbar ein Signal an sich selbst, nun die Unterredung zu beginnen. Im nächsten Augenblick sah er auf und heftete seinen Blick auf Herman.

Das nervöse Blinzeln blieb.

«Gegen Sie wurde eine ernsthafte Anschuldigung erhoben», sagte er und stockte, als erwartete er eine Reaktion von Herman.

Herman schaute ihn abwartend an.

Es wäre komisch, wenn er jetzt anfangen würde, aus dem «Andachtsbuch für Seeleute» zu zitieren, dachte er.

Bager wandte den Blick ab und richtete dann mit deutlicher Selbstüberwindung seine Augen wieder auf Herman.

«Jemand …»

Er zögerte und suchte nach dem richtigen Wort.

«Jemand … jemand, an dessen Worten ich keinen Grund zu zweifeln habe, behauptet, dass Sie Ivar absichtlich in Lebensgefahr gebracht haben, als er auf den Bugspriet stieg, um den Außenklüver zu bergen.»

Er stockte erschöpft und wartete auf eine Antwort. Herman reagierte nicht, sondern blieb ruhig in seiner bisherigen Position stehen. Bager trocknete sich die Stirn mit einem Taschentuch. Das dünne, schweißdurchtränkte Haar geriet durcheinander und stand senkrecht in der Luft. Sein ratloses Gesicht bekam eine absurde Ähnlichkeit mit einem großen Fragezeichen.

Herman sagte noch immer nichts, und wieder musste Bager das Schweigen brechen.

«Sie standen am Ruder, und in dem Augenblick, als Ivar sich auf dem Bugspriet befand, änderten sie den Kurs, so dass das Schiff abfiel und der Vordersteven eintauchte.»

Herman trat einen Schritt vor. Bager zuckte zusammen.

«Wer hat das behauptet?»

«Das geht Sie nichts an. Im Übrigen sind es nicht Sie, der die Fragen stellt. Ich bin es, der hier ein Verhör führt. Vergessen Sie nicht Ihren Platz!»

Bager trocknete sich erneut die Stirn mit dem Taschentuch. Einen Moment hatte es den Anschein, als ob er irgendetwas hörte, das an einem ganz anderen Ort vor sich ging. Herman kam auf den Gedanken, dass nicht die Situation den Kapitän einschüchterte, sondern etwas ganz anderes. Dann ergriff Bager wieder das Wort.

«Sie haben nicht nur unverantwortlich und wider jeden guten Seemannsbrauch gehandelt. Alles deutet darauf hin, dass Sie den Kurs absichtlich änderten.»

«Was wollen Sie denn damit andeuten?»

Herman konnte sich nicht länger beherrschen. Er bemerkte, dass er sich nun mit beiden Händen auf den Tisch stützte und sich drohend dem Kapitän entgegenbeugte.

Bager presste seine Hand auf die Brust. Er atmete stoßweise und hatte es aufgegeben, sich den Schweiß von der Stirn zu wischen. Die Haare standen noch immer senkrecht. Aber seine Stimme klang ruhig.

«Ich deute nichts an, nein, ich sage es geradeheraus: Sie haben Ivar das Leben genommen.»

Er unterbrach sich, um Luft zu schöpfen. Die Atemzüge kamen stoßweise. Herman stand wie erstarrt da, sein gesamtes Gewicht ruhte auf der Tischplatte.

Bager hatte sich wieder erholt.

«In Kopenhagen wird ein Seeverhör stattfinden. Und ich verspreche Ihnen, dort wird die Wahrheit ans Licht kommen.»

«Es war Fräulein Kristina, stimmt's? Sie hat Ihnen diese Lügen erzählt! Dieses verdammte Frauenzimmer. Er hat Panik bekommen. Darum ist er doch ertrunken. Er war ein Schwächling. Diese Sorte passt nicht auf See. Das ist alles. Mehr habe ich dazu nicht zu sagen.»

Hermans Gesicht war jetzt dem des Kapitäns bedrohlich nahe. Er musste gegen den Impuls ankämpfen, ihn zu packen und den mageren Altmännerkörper gegen das Schott zu hämmern.

Bagers Blick war auf ihn gerichtet, wirkte jedoch abwesend. Der Schweiß lief ihm über die blasse Stirn. Wieder hatte er diesen Gesichtsausdruck, als würde er auf etwas sehr weit Entferntes lauschen und überhaupt nicht mehr von Hermans Anwesenheit Notiz nehmen.

«Hören Sie überhaupt, was ich sage!», brüllte Herman. «Es ist dieses Frauenzimmer, sie war doch scharf auf ihn!»

Ihm war egal, was er sagte. Er hatte den Kopf verloren, doch noch immer seine Hände unter Kontrolle, obwohl es ihn große Anstrengung kostete. Sein ganzer Körper bebte. Verdammt noch mal, sah dieser Trottel denn nicht, dass er mit dem Feuer spielte? Wie viel durfte ein Mann sich gefallen lassen?

«Beschuldigen Sie mich, ein Mörder zu sein?», brüllte er und spürte die Erleichterung, diese Worte herauszuschreien. Ein Gefühl von Selbstgerechtigkeit stieg in ihm auf, er gewann die Beherrschung über sich zurück.

Der Gesichtsausdruck des Kapitäns blieb unverändert. Sein Blick richtete sich noch immer auf einen weit entfernten Punkt, und der lauschende Ausdruck hatte sich noch verstärkt. Plötzlich holte er tief Luft. Ihm entwich ein Hicksen, möglicherweise sogar der Auftakt zu einem Rülpser. Dann erstarrten seine Gesichtsmuskeln. Er riss die Augen weit auf, und der Unterkiefer fiel kraftlos herab. Einen Moment später kippte Bager vornüber. Sein Kopf schlug zwischen Hermans Händen auf dem Tisch auf.

Herman machte einen Satz rückwärts. Er starrte auf das Haar des Kapitäns, das sich in dünnen Lagen über den Scheitel zog. Die Kopfhaut war grau wie ausgedörrte Erde. Er griff nach der Hand und fühlte den Puls. Es war nichts zu spüren. Herman kletterte die Leiter hinauf an Deck.

Vilhjelm stand am Ruder, Knud Erik daneben. Fräulein Kristina konnte er nirgendwo sehen. Wahrscheinlich saß sie bei Helmer in der Kombüse.

Er ging auf die beiden Jungen zu.

«Habt ihr was gegen Leichen?»

Sie sahen ihn verständnislos an. Er zeigte auf Knud Erik.

«Du kommst mit.»

Zusammen mit dem Jungen ging er zurück in Bagers Kajüte. Knud Erik erstarrte, als er die Gestalt erblickte, die über dem Tisch lag.

«Was ist passiert?»

«Was glaubst denn du?»

«Ist er tot?»

«Ich habe seinen Puls gefühlt. Da ist nichts. Also gehe ich davon aus.»

Knud Eriks Schulter begann zu beben.

«Wir müssen ihn in die Koje legen.»

Herman nahm Bager unter die Arme und zog ihn seitwärts vom Sofa. Knud Erik griff mit einem Arm unter die Beine. Vorsichtig legten sie den mageren Körper in die Koje. Die Augen waren noch immer aufgerissen. Auch der Mund stand offen. Herman schloss die Augen des Toten und drückte den Unterkiefer hoch.

«Es war ein Unglück.»

Er spürte Knud Eriks Blick und hielt ihm stand. Knud Erik schaute weg.

«Ein Unglück kommt selten allein», fügte Herman besänftigend hinzu.

Er gab jetzt nur Gemeinplätze von sich. Vollkommen sinnloses Gerede, platte Volksweisheiten. Dennoch lag etwas Beruhigendes in den Worten, fast schien es, als wollte er nicht nur Knud Erik trösten, sondern auch sich selbst. Bagers Tod hatte ihn erschreckt, so als hätte ihm jemand unerwartet «böh!» ins Gesicht geschrien. Den Mann an sich würde er nicht vermissen. Er hatte sofort begriffen, dass Bagers Tod für ihn nur von Vorteil sein konnte. Er würde einer Menge unangenehmer Beschuldigungen entgehen.

«Ich muss mit Fräulein Kristina sprechen», sagte er und stieg die Leiter hinauf.

Knud Erik folgte ihm. Herman öffnete die Tür zur Kombüse. Zusammengekauert saß sie auf der kleinen Bank. Helmer stand mit dem Rücken zum Herd. Sie sah zu ihm auf. Ihr Gesicht war blass und verweint, die Augen rot gerändert. Wegen des Salzwassers klebte ihr Haar in unordentlichen Strähnen flach am Kopf.

«Fräulein Kristina», begann Herman, «ich muss mit Ihnen reden. Es geht um Ihren Vater.»

«Meinen Vater?» Ihre Stimme klang verwundert.

«Lassen Sie uns hinausgehen.»

Er ging zur Seite, so dass sie durch die Kombüsentür treten konnte. Sie gehorchte ohne weitere Fragen. Ihre Bewegungen hatten etwas Schlafwandlerisches. Er führte sie zur Reling an der Lee-Seite. Sie standen sich gegenüber und hielten sich fest, während das Schiff in der schweren See auf- und niederging. Er wusste nicht, was nun passieren würde, aber er spürte, wie angespannt sie war. Würde sie zusammenbrechen? Oder rasend vor Zorn neue Anklagen gegen ihn ausstoßen? Ihn vielleicht sogar beschuldigen, ihren Vater umgebracht zu haben? Die Unsicherheit, die er immer in ihrer Nähe empfand, war wieder da. Nur schien sie jetzt tausendmal stärker zu sein. War er der Situation überhaupt gewachsen?

Mit einer Kraftanstrengung bemühte er sich um einen nüchternen Tonfall.

«Fräulein Kristina», hörte er sich sagen, «es tut mir furchtbar leid, dass ich es bin, der Ihnen diese traurige Nachricht überbringen muss, aber Ihr Vater ist soeben verstorben. Er bekam einen Herzanfall.»

Er vermied ihren Blick, während er sprach, und sah auf den Boden. Man hätte dies als Zeichen seiner Anteilnahme und den Respekt vor ihrer Trauer werten können. Aber er wusste selbst, dass sein gesenkter Blick nur an seiner Unsicherheit lag. Er spürte, dass er das Spiel bereits verloren hatte und irgendetwas Schreckliches direkt vor seinem Gesicht explodieren würde, eine Kettenreaktion von Ereignissen, die ihn mitreißen und zu seinem Untergang führen würde.

Herman hatte die Worte ausgesprochen und wartete nun auf ihre Reaktion, aber es geschah nichts. Er hielt die Wartezeit nicht aus und schaute auf. Sie stand ihm noch immer gegenüber. Ihr Gesichtsausdruck war unverändert, als hätte sie nicht gehört, was er gesagt hatte.

Was dann passierte, überraschte ihn vollkommen. Sie trat einen Schritt vor und senkte den Kopf. Ihre Stirn lag an seiner Schulter, und sie begann zu schluchzen. Ein paar Sekunden stand er wie gelähmt da, die Arme hingen ihm herunter. Dann umarmte er sie, wobei er sich langsam im Takt des Schiffs bewegte, damit sie nicht das Gleichgewicht verloren und aufs nasse Deck fielen. Sämtliche Schleusen in ihm öffneten sich gleichzeitig. Die Unsicherheit, in deren Griff er sich noch einen Augenblick zuvor befunden hatte, verwandelte sich in ein Gefühl des Triumphs, das in ihm aufstieg wie ein Geysir.

So standen sie eine Weile da. Er hätte für immer so verweilen können. Er spürte seine eigene Stärke. Der leichte Druck ihrer Stirn an seiner Schulter ließ nicht nach. Er strich ihr über das nasse, verfilzte Haar, während er unablässig tröstende, sinnlose Worte murmelte. Plötzlich gab es ein Band zwischen ihnen, und er wusste nicht, wie es zustande gekommen war. Aber es existierte. Er spürte dessen Kraft und beantwortete es mit einem Ausbruch plötzlicher Fürsorge. Als hielte er ein Kind in seinen Armen.

«Kommen Sie», sagte er, «Sie müssen hingehen und sich Ihren Vater ansehen.»

Er begleitete Fräulein Kristina zur Kajütentür und öffnete sie für sie.

«Ich glaube, es ist am besten, wenn Sie ein wenig allein mit ihm sind», sagte er rücksichtsvoll.

Dann löste er Vilhjelm am Ruder ab.

Er befahl, mehr Segel zu setzen. Er segelte hart. Das Schiff krängte unter dem Druck des Windes, so dass die Reling beinahe auf Höhe des Wassers lag. Er bemerkte, dass die Jungen beunruhigt dreinschauten, aber keiner sagte etwas. Er rief sie zu sich.

«Bager ist tot. Ich bin jetzt der Kapitän.»

Dann stand er wieder allein am Ruder. Durch das Ruder spürte er die Kraft des Meeres bis in seine Hände. Die Fürsorge, die er empfunden hatte, wurde mehr und mehr zur Gewissheit. Sie war sein. Es war unwiderruflich.

Er dachte an den toten Mann in der Kajüte. Am liebsten hätte er die Leiche in ein Segeltuch gepackt und ohne allzu viel Umstände über Bord befördert. Aber er sah ein, dass das nicht möglich war. Saint Malo war nicht der nahegelegenste Hafen, aber wenn der Wind anhielt und er weiterhin so riskant segelte, würden sie ihn in zwei Tagen erreichen. Bager musste natürlich aus der Kajüte geschafft werden, denn Fräulein Kristina konnte schließlich nicht bei ihrem toten Vater schlafen. Das Mannschaftslogis bot da eine Möglichkeit. Dort war ja eine Koje frei.

Ihm entfuhr ein Lachen. Das würde ihnen recht geschehen, diesen beiden Rotzbengeln. Sie durften zusammen mit einer Leiche nächtigen.

Herman blieb den Rest des Tages am Ruder. Er hatte keine Lust, sich irgendwo anders aufzuhalten. Das Schiff gehörte ihm. Er segelte mit einem toten Kapitän und einer Frau, die in der Kajüte auf ihn wartete, über das Meer. Er summte den alten Shanty von dem besoffenen Seemann, der mit der Tochter des Kapitäns in der Kajüte landet.

Ja, es war ein Traum. «*Put him in the bed to the captn's daughter.*» Und nun war er für ihn in Erfüllung gegangen.

Am Abend brachte er Fräulein Kristina einen Teller Suppe. Es war dunkel in der Kajüte. Er nahm ein Streichholz und zündete die am Schott festgeschraubte Petroleumlampe an.

«Sie müssen essen», sagte er und reichte ihr den Teller.

Sie führte gehorsam den Löffel zum Mund. Herman blieb stehen und wartete still, bis sie fertig war. Dann nahm er den Teller mit in die Kombüse.

Um Mitternacht stand er noch immer am Ruder. Es waren jetzt drei Wachen hintereinander. Nun begann die Hundewache. Herman band das Ruder fest und ging zum Mannschaftslogis. Er kletterte die Leiter hinunter und weckte Vilhjelm. Der Junge taumelte aus der Koje, er hatte in seinen Sachen geschlafen. In der Hand hielt er das Löwenmesser, das er zur Konfirmation geschenkt bekommen hatte. Aus der anderen Koje sprang Knud Erik auf den Boden. Auch er war bewaffnet.

Die *Kristina* segelte noch immer hart am Wind, und es dröhnte im Logis, wenn das Vorschiff auf eine See traf. Herman warf einen Blick auf die Messer und schüttelte den Kopf.

«Da habt ihr ja ein paar schöne Nagelreiniger», sagte er in einem umgänglichen Ton. «Steckt sie lieber in den Gürtel. Sonst könnte ich noch auf die Idee kommen, dass ihr Meuterer seid.»

Er sah, dass sie bei jedem Wort, das er sagte, zusammenzuckten. Sie waren kurz davor, vor Angst in Tränen auszubrechen.

Er teilte Vilhjelm den Kurs mit und kletterte die Leiter wieder empor. Dann überquerte Herman das Deck und streckte die Hand aus nach der Türklinke der Kapitänskajüte. Die Tür war unverschlossen, und einen Augenblick später stand er auf den krängenden Dielen in der Dunkelheit. Er lauschte. Er konnte Fräulein Kristinas Atemzüge nicht hören, doch er wusste, dass er nun handeln musste. Es war eine Gewissheit, die dort oben bei Dunkelheit und Sturm in ihm gewachsen war.

Herman streckte die Hand in die Koje. Er tastete über die Bettdecke und berührte ihr Haar. Sie musste mit dem Rücken zu ihm liegen. Diesem Rücken, von dem er geträumt hatte. Er strich ihr übers Haar, das vom Salzwasser steif war. Sie reagierte nicht. Er war überzeugt, dass sie schlief. Er ließ die Hand weiterwandern, über ihren Nacken, der sich warm und weich anfühlte. Seine große Hand umschloss ihn. Er spürte die zarten Halswirbel, Zärtlichkeit erfüllte ihn. Noch immer keine Reaktion von ihr. Er konnte sie nicht atmen hören, und er musste seinen Drang beherrschen, ihren Puls zu fühlen. Schlief sie noch? Hielt sie vor Angst den Atem an? Nein, er war sicher, sie wartete auf ihn. Das sagte ihm ihr ganzer Körper. Er schlug die Decke zur Seite. Dann packte er ihr Nachthemd und zog es bis zu den Schultern hoch.

Er zögerte einen Moment.

Ich kenne sie nicht, dachte er, vielleicht ist sie stärker als ich.

Eine plötzliche Angst erfasste ihn. Dann knöpfte er seine Hose auf und legte sich zu ihr in die Koje. Er sagte nichts, fühlte sich unbeholfen, so bekleidet. Er hätte sich erst ausziehen sollen. Jetzt war es zu spät. Herman legte einen Arm um sie und presste sich an ihren Körper. Der Wollpullover musste an ihrer nackten Haut kratzen. Er spürte, dass er in diesem Augenblick ihre Wehrlosigkeit ausnutzte, statt sie zu beschützen. Der Kontakt mit ihr ließ sein Glied hart werden, doch die Hitze wich aus seinem Kopf, und zurück blieb kühle Nüchternheit. Er sah sich, als würde er neben sich stehen, und die Selbstbetrachtung ließ ihn unsicher werden. Seine Erektion hielt an. Es war wie bei einem Tier. Er reagierte nur auf die Wärme eines anderen Körpers und suchte blind nach einer

Erlösung. Noch immer sah er sich gleichsam von außen: einen großen, massigen Mann, der sich in Seemannsstiefeln und Pullover mit einer passiven Frau in einer engen Koje wälzte. Plötzlich bewegte sie sich. Sie murmelte schlaftrunken etwas vor sich hin und versuchte, sich in der Koje umzudrehen. Instinktiv verstärkte er seinen Griff in ihrem Nacken und presste ihr Gesicht in die Koje. Sie schrie, aber der Schrei wurde durch das Kissen erstickt. Protestierend verspannte sich ihr Körper, sie schlug mit den Armen um sich. Es war ein Seufzen zu hören, als er in sie eindrang, aber es war nur Luft, die entwich, als hätte jemand in ihrem Inneren etwas verschoben. Es kam ihm vor, als wäre es ein Seufzen ohne Gefühl gewesen, das Geräusch sich entleerender Lungen, wie bei einem Sterbenden, der nach einer langen Zeit der Bewusstlosigkeit schließlich seinen letzten Atemzug tat. Sie wurde ganz still, als hätte er sie mit einem Spieß durchbohrt.

Er hielt inne und lauschte angespannt, um zu hören, ob sie noch atmete. Dann kam er bereits, in einer unfreiwilligen Kapitulation, die ihm das Gefühl gab, unerwartet auf einen Abgrund zugetreten zu sein und plötzlich in die Tiefe zu stürzen. Seine Hüften zuckten noch lange danach. Sie lag weiter regungslos da. Er drückte die passive Frau an sich. Unzählig viele Worte schossen ihm durch den Kopf. Er wollte mit ihr reden, aber nicht ein Ton kam über seine Lippen. Für ihn war sie Fräulein Kristina. Aber das konnte er doch nicht in diesem Augenblick sagen, in dem er sich mit ihr vereint hatte. Mitten in seinen Überlegungen schlief er ein.

Er erwachte, vielleicht war es nur einige Sekunden später, als sie sich plötzlich aus seinem Arm wand. Noch bevor er reagieren konnte, hatte sie sich aufgesetzt und nach ihm getreten. Herman flog aus der schmalen Koje und landete schwer auf den Kajütendielen. Er kam auf die Beine und versuchte, die Hose zu schließen. Um seinen Hosenschlitz war es feucht.

Sie schrie und schrie.

Er empfand nichts, außer einem Unbehagen über ihre Schreierei, die die ganze Kajüte erfüllte und ihn mit einem nahezu physischen Druck aus der Tür trieb.

So taumelte er an Deck. Es hatte aufgefrischt, und die Segel waren gebläht. Herman blieb einen Augenblick stehen und blickte über das Meer.

Schaumkronen leuchteten in der Dunkelheit. Er hörte lediglich das Geheul des Windes in der Takelage und die dumpfen Schläge der Sturzseen, die über das Deck schwappten. Er ging Vilhjelm am Ruder ablösen und beschloss, die Segel stehen zu lassen, obwohl er wusste, dass dieser Törn riskant war. Ein schwerer Regen schlug ihm ins Gesicht. Er war kein Mann, der seine Chancen abwog. Er war völlig frei von jeglichen Gedanken und hieß diese Leere willkommen, so wie er es zuvor mit dem Schlaf gemacht hatte.

Als Herman sie beim nächsten Wachwechsel aufforderte, ihn am Ruder abzulösen, weigerten sie sich.

«Wollt ihr gern untergehen?», fragte er sie.

Sie antworteten nicht. Sie standen nur da und zückten ihre lächerlichen Konfirmationsgeschenke, die sie für gefährliche Mordwaffen hielten. Der Wind hatte abgeflaut, das Schiff lag jetzt ruhiger in der See. Herman zurrte das Ruder fest und ging zur Kapitänskajüte. Sie waren ihm zuvorgekommen und stellten sich vor die Tür, noch immer mit den Messern in der Hand. Fräulein Kristina musste ihnen alles erzählt haben. Nun hielten sie sich für ihre Beschützer. Er hatte ihren Sinn für Gerechtigkeit gekränkt, und das war das Schlimmste, denn der Sinn für Gerechtigkeit ließ die Leute aggressiv und wahnsinnig werden. Er gab ihnen Mut und raubte ihnen die Vorsicht, ja sogar den Überlebensinstinkt.

«Wenn du näher kommst, bringen wir dich um», drohte Knud Erik mit bebender Stimme.

Helmer schluchzte laut auf, aber er hielt das Messer fest. Sie waren blind vor Angst, und in ihrer Blindheit fanden sie nur einen Halt im Löwenmesser in ihren Händen. Herman zweifelte nicht daran, dass sie damit zustechen würden – es war das einzige Heilmittel gegen die Angst, die er in ihnen weckte. Sie waren unberechenbar und deshalb eine Gefahr.

Er begriff, dass seine vagen Pläne, worauf sie auch immer hinausgelaufen wären, sich nicht erfüllen würden. Fräulein Kristina hatte er verloren. Er war allein mit drei Jungen, die in ihrer Panik auf alle möglichen Gedanken kommen konnten und für die es einerlei war, ob sie am Leben blieben oder starben. Er konnte jedem Einzelnen die Wirbelsäule brechen. Aber was würde das bringen?

Ekel überkam ihn. Es war an der Zeit, das zu tun, was er in derartigen Situationen immer tat, wenn es keinen Ausweg mehr gab: der Welt zeigen, dass es ihm egal war; sich all dem entziehen. Sein Leben war wie die unbeständigen Wellen des Meeres, die sich gleichzeitig aufbauen und wieder einstürzen.

Er ging zurück ans Ruder. Von nun an war es eine Frage des Durchhaltevermögens. Er würde keinen Schlaf mehr bekommen. Ostwärts erstreckte sich die französische Atlantikküste mit einer Brandung, die bei schwerem Wetter für einen Schoner den Untergang bedeuten konnte, vor allem, wenn er ohne seekundige Offiziere segelte.

Im Lauf des Tages änderte er den Kurs.

DIE HEIMKEHR

Monsieur Clubin, der Lotse von Royan, bemerkte als Erster, dass der Bramsegelschoner, der vor dem Pointe de Grave durch das Meer stampfte, sich in Seenot befand. Zunächst war er unsicher, ob sich überhaupt jemand an Bord aufhielt, aber nachdem er das Schiff einige Minuten durch sein Fernglas beobachtet hatte, war ihm klar, dass irgendein Verzweifelter darum kämpfte, das Schiff von dem gefährlichen Strand fernzuhalten. Es hatte kein Notrufsignal gegeben, aber mit dem Pflichteifer, der ihn seit dreißig Jahren als Lotsen in Royan auszeichnete, ließ sich Monsieur Clubin trotzdem zu dem Schiff hinausbringen.

An Bord der *Kristina* aus Marstal fand er drei Jungen und eine junge Frau, die alle einen verstörten Eindruck auf ihn machten. Während ihres gesamten Aufenthalts in Royan sollte die Frau nicht ein Wort sagen. Im Mannschaftslogis lag der Kapitän tot in einer Koje. Von Matrosen oder dem Steuermann keine Spur. Das Rettungsboot fehlte.

Die Erklärung der Jungen, die den Hafenbehörden und später der Polizei in Royan vorgelegt wurde, lautete, der Steuermann habe zuerst einen Matrosen und den Kapitän ermordet und danach die Tochter des Kapitäns überfallen. Was sie genau mit dem Begriff «Überfall» meinten, konnten oder wollten die Jungen nicht darlegen, und die junge Frau weigerte sich, den Mund aufzumachen.

Die Jungen behaupteten darüber hinaus, dass der Steuermann in seiner Heimatstadt, aus der auch sie stammten, einen Mord begangen habe, für den er offenbar nie bestraft worden war. Der Steuermann hatte das Schiff am frühen Morgen jenes Tages verlassen, an dem Monsieur Clubin an Bord kam, und zu seiner Flucht das Beiboot benutzt.

Die Polizei sah nach einem gründlichen Verhör keinerlei Anlass, Anklage gegen den verschwundenen Steuermann zu erheben. Es fanden sich keine Zeichen von Gewaltanwendung an der Leiche des Kapitäns, und eine anschließende Obduktion bestätigte, dass er an den Folgen eines Herzversagens gestorben war. Die näheren Umstände des Todes eines Matrosen waren nicht eindeutig genug, um eine Anklage zu erheben, sein Tod wurde nicht weiter verfolgt. Auch bei dem späteren Seeverhör in Kopenhagen wurde Ivars Tod als eine Art unverschuldetes Unglück gewertet, das auf einem Schiff geschehen kann, obwohl eingeräumt werden musste, dass das Verschwinden des Steuermanns Anlass für die unterschiedlichsten Verdachtsmomente gab. Nur konnte nichts bewiesen werden.

Letzten Endes lag es an der mangelnden Urteilskraft des Kapitäns, der einen berüchtigten Mann ohne die erforderlichen Papiere als Steuermann angeheuert hatte, durch die diese unglückliche Kettenreaktion von Ereignissen ausgelöst wurde, an deren Ende die *Kristina* aus Marstal vor dem Pointe de Grave trieb.

Auch der behauptete Überfall auf die junge Frau führte nicht zu einer Anklage. Dies lag vor allem an ihrem beharrlichen Schweigen sowie an der unpräzisen Beschreibung der Art des Überfalls durch die Jungen.

Der Kapitän wurde auf dem Friedhof von Royan begraben. Da die örtliche Zeitung *Le Dépêche du Ouest* über das Unglücksschiff, «*le navire maudit*», geschrieben hatte, erschien eine Reihe von Neugierigen auf der Beerdigung.

Auch Monsieur Clubins massige Gestalt saß unter den Trauernden, allerdings nahm er eher aus Pflichtgefühl an dem Begräbnis teil. Schließlich hatte er das Schiff gerettet und sicher in den Hafen gebracht und sich der jungen Besatzungsmitglieder angenommen, die in seinen Augen nichts anderes als Kinder waren. Sie wurden in sein Haus eingeladen, und Madame Clubin hatte der jungen Frau ein Zimmer zur Verfügung gestellt und außerdem dafür gesorgt, dass Fräulein Kristina zur Beerdigung mit einem schwarzen Hut und dem dazugehörigen Schleier passend angezogen war.

Die junge Frau ließ alles mit sich geschehen, als wäre sie in den hilfsbereiten Händen der Lotsengattin auf den Status einer Anziehpuppe reduziert. Sie ließ keinerlei Anzeichen von Dankbarkeit erkennen, ebenso wie keinerlei Ausdruck von Trauer in der blassen, erstarrten Maske zu sehen war, zu der ihr Gesicht nach der Ankunft in Royan geworden war. Madame Clubin war erfahren genug, um Äußerlichkeiten nicht allzu hoch zu bewerten; also versuchte sie auch gar nicht, ihrem jungen, so hart geprüften Gast irgendeine Gefühlsäußerung zu entlocken. Nur bei den Mahlzeiten war sie entschieden. Madame Clubin kam aus dem französischen Teil des Baskenlandes, und mit einer Stimme, die keinen Widerspruch duldete, befahl sie ihrem Gast jeden Tag, die Teller mit *ttoro, gabure, cannot* und *couston* leer zu essen, die sie ihr vorsetzte. Die junge Frau gehorchte, ohne dass sie sich für die Mahlzeit bedankte oder mit irgendeinem Wort äußerte, ob es ihr geschmeckt habe. Aber sie aß auf, und Madame Clubin teilte – wie so häufig zuvor – ihrem Mann als Summe ihrer Lebenserfahrung mit, dass alle Unglücklichen vor allem eines brauchten: mütterliche Fürsorge und gutes Essen.

Einer der jungen Männer blieb auf Anordnung der dänischen Reederei an Bord der *Kristina,* wo er die Ankunft einer neuen Besatzung abwartete. Die beiden anderen verließen Royan zusammen mit der jungen Frau, die bis zuletzt ihr Schweigen nicht brach.

Als sie in den Zug stieg, trugen ihre beiden Begleiter mit einer geradezu rührend brüderlichen Fürsorge ihre Koffer und Taschen. Sie selbst kam lediglich mit einen Seesack, der dem Vernehmen nach dem ertrunkenen Matrosen gehört hatte.

* * *

Kristina saß im Wohnzimmer und wartete, als Klara Friis nach Hause kam. Klara kannte ihre Geschichte gut. Wir alle kannten sie. Vilhjelm und Helmer hatten gesagt, sie sei von Herman überfallen worden, aber jeder konnte sich ja seinen Teil denken. Natürlich hatte Herman sich an ihr vergriffen. Darin waren wir uns alle einig. Jedes Mal, wenn einer der Jungen das Wort «Überfall» sagte, nickten wir besserwisserisch auf eine Weise, die sie mehr als nur irritierte. Natürlich wussten sie genau, was geschehen war. Jungen wissen so etwas. Aber sie hatten ihr Wort mit Bedacht gewählt. Sie wollten Kristina beschützen.

Wir nannten Kristina Bager «den armen Wurm», aber dass sie in mehrfacher Hinsicht ein armer Wurm war, erfuhr Klara als Erste.

Kristina erhob sich vom Sofa und starrte sie an. Sie sagte nichts. Seit ihrer Heimkehr hatte sie nichts gesagt. Dann deutete sie mit einer Hand auf ihren Bauch, während sie mit der anderen vor ihrem Bauch einen Bogen in der Luft beschrieb. Klara verstand die Zeichensprache der Stummen gut, und nicht nur ihr Herz, auch ihre Augen flossen über vor Mitleid. Sie fühlte sich so hilflos. Der arme Wurm war nicht nur vergewaltigt worden, sie ging auch noch schwanger mit dem Kind des Gewalttäters. Etwas Schlimmeres war kaum vorstellbar, aber ob Geld in einer derartigen Situation eine Hilfe sein konnte, mochte Klara nicht entscheiden. Sie ging davon aus, dass das Mädchen wegen Geld gekommen war.

Sofort ergriff sie die Hand der jungen Frau und bat sie, ihr zu folgen. Sie gingen hinüber in die Teglgade zur Witwe Rasmussen. Anna Egidia ließ Kristina auf dem Sofa Platz nehmen. Sie servierte Kaffee und stellte ihr eine Schale mit selbstgebackenen Keksen hin, wobei sie ein Summen von sich gab, das ebenso wie ihre gemächlichen, alltäglichen Verrichtungen darauf abzielte, den notleidenden Gast zu beruhigen; ein Ritual, das Klara schon oft beobachtet hatte und das stets erfolgreich zu sein schien. Anna Egidia legte ihre Hand auf den Bauch des Mädchens und streichelte darüber, und als hätte sie mit ihrer Berührung irgendeine Vorrichtung in dem Mädchen aktiviert, öffnete Kristina den Mund und begann zum ersten Mal seit vielen Wochen zu sprechen.

«Ich will nach Amerika», sagte sie.

Die beiden Frauen schauten einander an.

«Ich will das Kind nicht hier in Marstal bekommen», fuhr Kristina fort, «und ich will auch nicht fortgeschickt werden, um heimlich zu gebären und das Kind dann zur Adoption freizugeben. Ich will nach Amerika und mit meinem Sohn ein neues Leben beginnen.»

«Mit deinem Sohn?», fragte Klara verblüfft.

Aber Anna Egidia, die in Herzensdingen klüger war als Klara, fragte nicht, warum Kristina annahm, dass das Kind ein Junge würde. Sie hörte stattdessen die Zärtlichkeit in ihrer Stimme, als sie über das ungeborene Kind sprach, und verstand sofort, dass diese Zärtlichkeit andere Ursachen haben musste und nicht das Resultat einer Vergewaltigung war.

«Dann ist Herman also nicht der Vater des Kindes?», fragte sie.

Kristina schüttelte den Kopf. Ihr Gesicht leuchtete in einem plötzlichen Glück auf, das bald wieder der Trauer wich, die sie hinter ihrem

Schweigen und der erstarrten Miene verbarg. Sie begann zu weinen, und die beiden Frauen setzten sich zu ihr und umarmten sie.

Der Vater, so erzählte sie, war Ivar, ein Matrose, dem sie ihr Herz geschenkt hatte, ja, mehr als nur ihr Herz. Sie hatte ihm ihre Tugend geschenkt, die natürliche Begleiterin des Herzens, die aber angesichts von großer und wahrer Liebe nicht wert ist, aufrechterhalten zu werden, denn er war der hübscheste Mann, dem sie je begegnet war, der schönste und klügste und überhaupt nicht wie dieses Tier, dieses herzlose Schwein von Herman, dieses Ungeheuer, der den besten Mann der Welt ermordet hatte.

«Meinen Mann», sagte sie, «er war mein lieber, lieber Mann. Wir wollten heiraten. Das weiß ich. Es gab niemanden sonst auf der Welt für mich.»

Sie begriffen, dass sie nicht von einer Tatsache, sondern von einer Hoffnung sprach, als sie Ivar als Vater ihres Kindes angab.

«Amerika ist keine schlechte Idee», meinte Klara.

Anna Egidia nickte. Eine ihrer Töchter war dort während des Krieges gewesen. Anna Egidia sprach mit Kristinas Mutter. Klara beschaffte ein Billett für das Schiff nach Amerika und arrangierte, dass sie in New York in Empfang genommen wurde. Nun konnte man nur noch auf das Kind warten. Wem würde es ähnlich sehen, wenn es den Kopf in die Welt streckte? Entweder kam es mit dem Muttermal des Verbrechens im Gesicht auf die Welt oder mit dem Beweis der Liebe.

Am Telefon aus New York war eine freudestrahlende, jubelnde frischgebackene Mutter.

«Wenn es ein Junge wäre, hätte er Ivar heißen sollen», sagte Kristina. «Aber es ist ein Mädchen, und darum wird sie Klara heißen. Muss ich noch mehr sagen?»

Ein kleines Gesicht, noch zu klein, um zu lächeln, aber nicht zu klein, um ein Zeugnis seiner Herkunft zu tragen; es bestätigte, dass es für den Sieg der Liebe niemals zu spät war. Die Natur hatte ihr Geschenk abgeliefert, und der wahre Vater hatte es aufgegeben: Ivar hatte aus dem Jenseits einen letzten Gruß in Form eines markanten Kinns, einer geraden Nase, einer klaren Stirn, dunklen Augenbrauen und schwarzer Haare geschickt.

Klara teilte ihre Freude. Als hätte Kristina dem Schicksal ein Schnäppchen geschlagen. Und doch war Klara zum Weinen zumute, als wäre sie erneut verlassen worden. Wenn wir unglücklich sind, sehnen wir uns nach der Gesellschaft anderer, denen es ähnlich geht, nach dieser bittersüßen Bestätigung, dass wir nicht leiden, weil wir glücklos sind oder die falsche Wahl getroffen haben, sondern weil es das Gesetz des Lebens ist. Klara hatte das Gefühl, dass ihr Schicksal nach diesem Tag schwerer zu ertragen war.

Ihr eigenes Kind war auf dem Unglücksschiff gewesen, allein mit einem Menschen, bei dem in Marstal niemand mehr zweifelte, dass er ein Mörder war. Knud Erik hätte tot sein können, und sie wusste, dass sie seinen Tod erlebt hätte wie sie Hennings und Alberts Tod erlebt hatte – als eine schmerzhafte Zurückweisung durch das Leben. Niemand wollte etwas von ihr wissen. Sie wandten sich ab, gingen in die Dunkelheit, in die Tiefe oder zur See – was dem Tod letztlich gleichkam.

Helmer und Vilhjelm waren zusammen mit Kristina nach Hause gekommen. Vilhjelm hatte die harte Reise über den Atlantik noch immer nicht überstanden. Und Helmer heulte laut los, als er seinem Vater und seiner Mutter gegenüberstand. Er begann eine Kaufmannslehre bei Minor Jørgensen.

Und Knud Erik?

Er war in Royan geblieben, um auf das Schiff zu achten, bis eine neue Besatzung angeheuert war. Klara ging davon aus, dass es sich um einen Befehl handelte. Sie besuchte den Reeder, den Bruder des verstorbenen Kapitän Bager, Herluf Bager. Sie hatte sich den Besuch als ein Treffen von Reeder zu Reeder, von Mann zu Mann vorgestellt. Das waren ihre eigenen Worte, bevor sie Bagers Büro in der Kongegade betrat.

«Ich verstehe gut, dass der Junge einiges durchgemacht hat», sagte Bager, der sich wieder in seinen ledergepolsterten Bürostuhl gesetzt hatte, nachdem er aufgestanden war, um sie zu begrüßen. Nun schien er mit dem Stuhl zu dem Bild einer unangreifbaren – und sie konnte es nicht anders bezeichnen –, männlichen Autorität verschmolzen.

«Aber einer musste doch zurückbleiben, um nach dem Schiff zu sehen.»

«Er ist erst fünfzehn!», rief sie.

«Er ist ein robuster Junge. Ich habe nur Gutes über ihn gehört. Selbstverständlich kann er jederzeit abmustern, obwohl das die Dinge für uns nicht leichter machen würde. Aber er hat nichts Dementsprechendes geäußert.»

Er schätzte sie mit den Augen ab, und sie verstand sofort: Wenn er ihrem Wunsch, Knud Erik nach Hause zu schicken, nicht nachkommen wollte, dann lag es an einem Punkt, den sie von Anfang an missverstanden hatte. Hier fand kein Treffen unter Reedern statt. Es war ein Treffen zwischen einer Frau und einem Mann, und eine besorgte Mutter hatte keine Ahnung von der Seefahrt.

Sie stampfte mit dem Fuß auf und ging, ohne sich zu verabschieden. Wenn er wollte, könnte er nun mit dieser Geschichte hausieren gehen. Ihre Machtlosigkeit ließ sie wütend werden. Für wen hielt er sich denn, dieser kleine, selbstzufriedene Fettsack? Sie könnte ihn ruinieren, ohne dass es ihr etwas ausmachte, sie könnte ihn unter ihrem Absatz zerquetschen, mit dem sie gerade auf den Boden gestampft hatte.

Dann beruhigte sich Klara wieder. Die Erregung wich der Nüchternheit. So ungewöhnlich war es nicht, dass sie Knud Erik nicht zur Vernunft bringen konnte. Die ganze Stadt hielt ja an dem Irrglauben fest, dass die Zukunft auf dem Meer zu finden sei. Und doch gab es dort nichts anderes als Verrohung und den kalten Tod durch Ertrinken.

*   *   *

Es kam ein Tag, an dem sie geglaubt hatte, Knud Erik sei tot.

Als sich zeigte, dass er noch lebte, beschloss sie, dass die Zeit reif war, um ihn selbst umzubringen.

Knud Erik war zwanzig Jahre alt, als er ihr in seiner üblichen wortkargen Art erzählte, dass er an Bord der *København* angemustert habe. Einige Monate später verschwand die große Bark auf einer Reise zwischen Buenos Aires und Melbourne und wurde überall gesucht; auf Tristan da Cunha, den Prince-Edward-Inseln und den Inseln von Neu Amsterdam. Nichts wurde gefunden, kein Namensschild, kein gekentertes Rettungsboot, kein Rettungsgurt.

Als die Liste mit den vierundsechzig verschwundenen Besatzungsmitgliedern veröffentlicht wurde, war Knud Erik nicht darunter. Er hatte stattdessen auf einem ihrer eigenen Schiffe, der Bark *Claudia*, angemustert. Oft hatte er Klara um Erlaubnis gebeten, aber sie hatte jedes Mal abgelehnt. Allerdings hatte sie die Besatzungsliste der *Claudia* auch nicht kontrolliert, und so wurde Knud Erik hinter ihrem Rücken vom Kapitän angeheuert.

In den furchtbaren Tagen und Nächten, in denen sie glaubte, er sei mit der *København* untergegangen, rief sie sich wieder und wieder das letzte Gespräch ins Gedächtnis, das sie miteinander geführt hatten. Knud Erik hatte sie gefragt, ob er auf der *Claudia* anmustern dürfe. Es war eines der wenigen Male, in denen er ihr eine gewisse Vertraulichkeit entgegenbrachte, und sie hatte ihn abgewiesen. Und nun war er tot. Sie hatte ihn mit ihrem Starrsinn in den Tod geschickt.

«Weißt du», hatte er zu ihr gesagt, «dass die Barken, die du von Albert geerbt hast, die letzten großen Segelschiffe auf der Welt sind?»

Sie waren nicht nur die letzten, sie waren auch die schönsten, der Schwanengesang einer ganzen Ära. Unter dünnen Sommersegeln fuhren sie mit der Nordostpassage über den Atlantik nach Westindien, um Farbhölzer zu transportieren. Einmal im Leben musste ein Seemann dieses Erlebnis gehabt haben: Unter den weißen Türmen der Segel stehen, unter glühend heißer Sonne im günstigen Wind des Passats zwanzig Meter hoch auf der Nock der Großrah sitzen und die ganze Welt besitzen.

Knud Eriks Augen hatten aufgeleuchtet. Er hatte sie in sich hineinsehen lassen.

Er war jetzt ein Mann. Langgliedrig, doch das Schlaksige hatte sich verloren. Muskulös, aufrechte Haltung. Sie konnte Henning in ihm erkennen. Das hatte sie schon immer gekonnt. Aber nun sah sie noch mehr, etwas Besseres und Stärkeres.

«Nein», hatte sie nur gesagt.

Als er nach dem Untergang der *København* nicht auf der Liste der Ertrunkenen gestanden hatte, wusste sie nicht, ob er überhaupt ums Leben gekommen war. Wo befand er sich? Sie war an der Werkstatt des Totensammlers vorbeigekommen und hatte nicht gewagt hineinzusehen. Was hätte sie getan, wenn er in diesem Moment dagesessen und ihren ertrunkenen Jungen aus Holz geschnitzt hätte?

Es waren Nächte gewesen, in denen sie rastlos in den Zimmern auf und ab ging und sich selbst, ihre Einsamkeit und den Verlust beklagte, an dem sie sich so schrecklich schuldig fühlte. Edith hatte mit einem Kissen über dem Kopf in ihrem Zimmer gelegen. Auch sie hatte ihren Bruder beweint, beide glaubten, dass er ertrunken sei. Aber Edith hatte auch Angst um die Mutter, als sie hörte, wie hemmungslos sie sich ihrer Trauer hingab.

Die Passanten, die auf der Straße vorbeigingen, hielten Klara nicht für wahnsinnig. Wir wussten genau, wo die Grenze zwischen Trauer und Wahnsinn lag und dass es manchmal keinen anderen Ausweg gab, als zu schreien.

Dann war ein Brief von Knud Erik gekommen, abgestempelt in Haiti. Ihre Hände hatten gezittert. Lange hatte sie mit dem Brief in der Hand dagestanden, bevor sie ihn öffnete. Sie dachte, es sei ein Brief aus dem Jenseits, den ihr der Teufel persönlich geschrieben habe, um sie für ihren Hochmut zu bestrafen, als sie glaubte, sie könne verhindern, dass das Meer ihren Sohn bekomme.

Aus dem Brief hatte Klara erfahren, dass Knud Erik von dem Untergang der *København* nichts wusste und daher auch nicht ahnte, was sie durchgemacht hatte. Er schrieb nur, um sich zu entschuldigen. Er hatte sie angelogen, als er ihr erzählte, er hätte auf der *København* angemustert. In den letzten Monaten war er auf der *Claudia* gefahren. Er schloss mit der üblichen Phrase, die sie immer wieder wütend machte, weil sie wusste, wie viel dieser Satz ihr verheimlichte: «Mir geht es gut.»

Ihre Antwort erfolgte umgehend. Die Reue der durchwachten Nächte war verflogen. Sie verkaufte das Deck unter seinen Füßen. Als die *Claudia* St. Louis du Rhône anlief, hatte sie die Bark an Gustaf Eriksen aus Mariehamn auf den Ålandinseln abgestoßen. Die übrigen Barken folgten bald darauf.

Damit hatte sie so gut wie jegliche Seefahrt in Marstal zunichte gemacht. Und nun beschloss sie, auch ihren Sohn zu vernichten. Sie wollte ihrer ständige Sorge, ihn zu verlieren, ein Ende bereiten.

Einige schreckliche Monate lang hatte sie ihn für tot gehalten und sich selbst angeklagt. Nun hatte sich das Ganze als eine einzige Lüge herausgestellt.

Knud Erik kehrte nach Marstal zurück, um an der Navigationsschule in der Tordenskjoldsgade sein Steuermannspatent zu machen. Als er ihr einen Besuch abstatten wollte, sah sie ihn von ihrem Erker aus kommen und gab ihrem Dienstmädchen sofort die Anweisung, ihn abzuweisen.

«Sag ihm, er sei tot», befahl sie.

«Das werde ich nicht sagen», erwiderte das Mädchen.

«Tu es!», schrie Klara sie unbeherrscht an.

Das Mädchen öffnete die Tür. Doch statt in der Türöffnung stehen zu bleiben und den Bescheid von Klara weiterzugeben, trat sie auf die oberste Treppenstufe und schloss die Tür hinter sich.

«Sie will Sie nicht sehen», sagte sie. «Ich weiß nicht, was mit ihr los ist. Sie sollten es lieber ein andermal versuchen, wenn sie bessere Laune hat.»

Vom Erker aus beobachtete Klara ihren toten Sohn, als er zurück zum Hafen ging.

War sie ein guter Mensch? Oder ein schlechter? War sie ein Mensch, der das Gute wollte, stattdessen aber das Gegenteil erreichte.

Diese Fragen hatte sie sich in ihren durchwachten Nächten gestellt, als sie an Knud Eriks Tod glaubte und ihre Schuld spürte. Ihr waren Zweifel gekommen, und die einzige Möglichkeit, sie zu betäuben, war, Knud Erik ganz aus ihrem Leben zu verbannen.

Klara hatte ein Kinderheim gebaut. Aus der Schule hörte sie, dass die Kinder zu den Besten der Klasse gehörten und vor Selbstvertrauen strotzten. Das war sehr gut. Sie hatte der Stadt eine Bibliothek geschenkt und die finanziellen Voraussetzungen für das Seefahrtsmuseum geschaffen. Sie hatte es nicht einmal in ihrem eigenen Namen getan. Sie spendete für das Ostseeheim, das große Altersheim, das im Süden der Stadt lag; von dort konnte man über die Strandwiesen und die Badehäuser auf dem langen Schwanz der Insel schauen. Sie gab Geld für den Ankauf von Gerätschaften im Krankenhaus des Nachbarorts Ærøskøbing.

Kristina war nicht das einzige junge Mädchen, dem sie das Reisegeld nach Amerika vorgestreckt hatte. Manchmal dachte sie, sie sollte alle Frauen der Stadt über den Atlantik schicken, damit die Männer spürten, wie so etwas war. Sie hielt Kontakt zu den Lehrern in der Schule, und zeigte ein Mädchen Begabung fürs Gymnasium, schaltete sie sich ein und bezahlte für eine Schule außerhalb der Insel. Diese Zukunft hatte sie auch für Edith vorgesehen. Sie wollte die Frauen selbständiger machen. Sie mussten mithelfen, ein Gegengewicht zur Tyrannei des Meeres zu schaffen.

Marstals Straßen kreuzten sich, aber Hauptstraßen waren immer die Straßen gewesen, die auf den Hafen und das Meer zuliefen. Dann war die Kirkestræde mit ihren Geschäften dazugekommen, in denen die Frauen ein- und ausgingen. Für die Frauen, für ihr Leben wollte Klara eine neue Stadt auf den Ruinen der alten bauen. Das Kinderheim, das Altersheim, die Bibliothek, das Museum. Frauen, die die Insel verließen und stärker und klüger heimkehrten – es war erst der Anfang.

Es war eine geheime Verschwörung, und sie stand an ihrer Spitze.

* * *

«Nun hast du deine große Chance», sagte Markussen in seiner trockenen, unbeeindruckten Art. «Krieg in Asien, Bürgerkrieg in Spanien, Missernten in Europa. Es sind herrliche Zeiten. Jetzt steigen die Frachtraten wieder.»

Er sah Klara prüfend an, mit diesem Blick, den sie nie ganz hatte ergründen können und der ihr bisweilen ein gleichermaßen sicheres wie unsicheres Gefühl gab. Er kümmerte sich um sie, daran gab es keinen Zweifel. Nicht einer seiner Ratschläge in all den Jahren war schlecht gewesen.

Er hatte sie erzogen, und sie war eine gelehrige Schülerin gewesen, und jedes Mal, wenn sie eine richtige Entscheidung traf, hatte sie diesen anerkennenden Blick erhalten, der sie ahnen ließ, dass sie ihre Möglichkeiten noch nicht ausgereizt hatte. Aber auf dem Grund seines Blicks gab es auch eine kühle Neugier. Sie vermutete, dass es ihn nicht sonderlich berühren würde, wenn sie einen Fehler beging und sich zugrunde richtete. Er würde ihren Fall beobachten, als wäre er nur ein weiteres Kapitel in dem endlosen Lehrbuch, das das Leben für ihn bedeutete. Möglicherweise würde er sich sogar von dem neuen Wissen bereichert fühlen, das das Studium ihres Untergangs ihm vermittelte.

Es war ein Balanceakt. Er war wie ein Vater für sie. Sie hatte niemals einen Vater gehabt und sich immer danach gesehnt, aber da sie ihre Sehnsucht niemals an einem realen Menschen hatte erproben können, wusste sie auch nichts von den Grenzen eines Vaters. Erst jetzt lernte sie diese Grenzen kennen. Doch, er war ein Fels, auf den sie bauen, aber auch ein Riff, an dem sie zerschellen konnte. Sie lernte, Abstand zu halten, und auf diesem Abstand beruhte ihr Verhältnis. Abstand war das Innerste seines Wesens.

Markussen war alt geworden. Die Gicht hatte ihn gebeugt, er schien nach unten zu wachsen. Er ging neben ihr, über seinen Stock gebückt und mit vorsichtigen Schritten, als bezweifelte er die Solidität der Erde unter seinen Füßen. Seine Hilflosigkeit rief ein Gefühl mütterlicher Fürsorge in ihr hervor, wie sie es lange nicht mehr empfunden hatte. Aber sie wusste, dass sie ihre Gefühle beherrschen musste. Nicht weil sie ihn kränken würde, wenn sie ihn an seine größer werdende Hinfälligkeit erinnerte, damit kokettierte er selbst. Er hatte die Fähigkeit der Mächtigen, die eigenen Schwächen zur Schau zu stellen. Es ging um Macht. Das erkannte sie deutlich. Er war umgeben von Menschen, die von ihm abhängig waren, und in deren Aufmerksamkeit und Hilfsbereitschaft sah er nichts anderes als ein vernünftiges Eigeninteresse. Selbstverständlich wollten sie sich mit ihm gut stellen. Es kam ihnen ja nur selbst zugute.

Sie nahm ihn mit auf einen Spaziergang durch Marstal. Markussen hatte darauf bestanden. Sein Bild war nie in den Zeitungen gewesen, also gab es niemanden, der ihn kannte. Klara hatte eindeutig vornehmen Besuch, aber mehr wussten sie auch nicht.

Sie gingen an den unbebauten Grundstücken vorbei. Er sah die wild wuchernden Brennnesseln hinter dem geteerten Bretterzaun, und sie bemerkte, dass ihn der Anblick beschäftigte. Er schaute sie verstohlen an und lächelte. Dort hätte anstelle von Unkraut Geld wachsen können. Es war ihre Willenskraft, die er mit seinem Lächeln anerkannte.

«Was denken sie von dir?», wollte er wissen.

«Möglicherweise glauben sie, ich sei ein wenig sonderbar. Aber sie denken nicht schlecht über mich.»

«Das sollten sie aber.»

Er lachte verschwörerisch. Das war sein Bild von ihr. Die Zerstörerin. Die Rächerin. Eine strafende Furie, die es vorzog, im Verborgenen zu wirken. Das faszinierte ihn, das war der Pakt, den sie miteinander eingegangen waren. Er stellte Klara all seine Erfahrung zur Verfügung und ließ sie das Gegenteil dessen tun, was er getan hätte. Er war ein Erbauer, während sie diejenige war, die zerstörte.

Was sie sonst noch wollte, verstand er nicht.

Sie bogen zum Hafen ab. Vertäut an schwarz geteerten Duckdalben lagen die wirklichen Monumente ihres Einsatzes. Dieser Anblick ließ ihn wiederholen, dass sie nun ihre große Chance hätte.

Dort lagen sie, mit gewaltigen schwarzen Rümpfen und langen, schlanken Schornsteinen, die ebenso hoch ragten wie die kleinen Masten, die sie nur der Lastbäume wegen brauchten. Zwei Drittel der gesamten Tonnage der Stadt, verteilt auf fünf Dampfschiffe: *Enigheden, Energi, Fremtiden, Maalet* und *Dynamik*. Der Rest waren kleinere Schiffe, die letzten drei, vier Neufundland-Schoner und einige umgebaute Segelschiffe mit eingebautem Motor, die nur im Küstenbereich eingesetzt wurden. Die Hoffnung auf Fortschritt, gestrandet an einer Klippe. Und diese Klippe war sie.

«Meine Dampfer bleiben, wo sie sind», sagte sie. «Ich lasse sie nicht wieder auslaufen.»

Markussen nickte. Klara Friis war eine gelehrige Schülerin. Nun setzte sie den Würgegriff um Marstal an. Eigentlich wäre es nötig gewesen, dass die Stadt sich nach der jahrelangen Krise erholte, die auf den Börsenkrach 1929 gefolgt war und einen Großteil der Handelsflotte zur Passivität verurteilt hatte.

Stattdessen sorgte sie dafür, dass nichts geschah.

Die außer Dienst gestellten Dampfer repräsentierten eine Zeit, die dank ihr unwiderruflich vorbei war.

Die Leute redeten darüber, das wusste sie genau. Aber sie hatte nicht gelogen, als sie sagte, dass sie nicht schlecht über sie redeten. Sie sahen auf die aufgelegten Dampfer im Hafen und dachten, es sei ein typischer Ausdruck ihrer weiblichen Unentschlossenheit und Unkenntnis, wenn es um die Angelegenheiten der Männer ging. Sie verziehen ihr und führten ihr unmögliches Geschlecht als Begründung an. Sie waren nachsichtig, beinahe herablassend, auch die Frauen. Klara Friis erntete keinen Dank für das, was sie für die Stadt tat, und doch genoss sie heimlich den Triumph, das Richtige getan zu haben. Sie betrachtete sich selbst als einen Wellenbrecher, der das Land gegen die vernichtende Kraft des Meeres schützte.

Erst als sie am Abend bei einer Mahlzeit saßen, die die Haushälterin gerade aufgetragen hatte, kam Markussen mit einem Einwand, der sie einen Augenblick in ihren Plänen unsicher werden ließ.

«Und wenn», sagte er und lächelte, als wollte er nur ihre Intelligenz auf die Probe stellen, «und wenn die Männer trotzdem zur See gehen? Es gibt inzwischen keine bedeutende Reederei mehr, die in Marstal ansässig ist, aber sie brauchen sich doch nur von einer der Reedereien außerhalb der Insel anmustern lassen. Sie werden kein Problem haben, eine Heuer zu finden. Die Marstaler verfügen über den besten Ruf. Sie haben ihre Tüchtigkeit doch jahrhundertelang bewiesen.»

Sie hatten einen Moment den Eindruck, dass er klang wie Frederik Isaksen.

«Das werden sie nicht tun», erwiderte sie scharf. «Auf der Navigationsschule gibt es jedes Jahr weniger Schüler hier aus der Stadt.»

«Glückwunsch», sagte er und hob sein Glas, «dann hast du dein Ziel ja so gut wie erreicht.»

Es ließ sich nicht vermeiden, dass sie den Sarkasmus in seiner Stimme hörte, dennoch prostete sie ihm über den Rand ihres Glases zu.

«Du verstehst mich nicht», sagte sie.

«Du hast recht. Ich verstehe dein Ziel nicht. Du scheinst etwas zu tun, aber gleichzeitig unternimmst du das genaue Gegenteil. Bibliothek, Kinderheim, Museum, Altersheim, du trittst als Wohltäterin der Stadt auf und gleichzeitig entziehst du ihr die Existenzgrundlage.»

«Das Meer war niemals eine wirkliche Existenzgrundlage.»

«Ich habe die größte Firma des Landes aufgebaut. Ich bin Schiffsreeder.»

Beide schwiegen. Sie waren an dem Punkt angelangt, an den sie immer kamen.

«Dein Sohn ist Seemann», sagte er plötzlich.

Sie senkte den Blick.

«Und sein Vater kam auf See um. Du brauchst mich nicht daran zu erinnern. Siehst du denn wirklich nicht, was ich will?»

«Doch», sagte er, «du willst das Unmögliche. Du willst das Meer peitschen, bis es um Gnade fleht.»

Es war das letzte Mal, dass sie sich sahen. Sie hatte es die ganze Zeit gewusst. Sie hatten sich nichts mehr zu sagen. Klara hatte gelernt, was sie sollte. Er hatte ihr erzählt, was er wusste. Damit hatte er ein Monument für Cheng Sumei gebaut, und obwohl es für dieses Monument nur einen einzigen Ort gab, ihren Kopf, war er doch nicht mehr länger allein mit seiner Geschichte. Ihren Sinn zu verstehen, überließ er ihr. Er selbst tat es offensichtlich nicht.

Klara Friis sah sich selbst an Cheng Sumeis Stelle. Wie sie war sie eine Betrügerin, die niemals mit offenen Karten spielte, aber beide hatten sie eine Entschuldigung. Cheng Sumeis Entschuldigung war die Liebe gewesen. Sie wollte für einen Mann unentbehrlich sein, der niemals das Gefühl gehabt hatte, einen anderen Menschen um seiner selbst willen zu brauchen. Um ihn herum hatte sie ein Imperium errichtet. Für ihr Herz hatte er keinen Bedarf, für ihren Schoß und ihre Lippen auch nicht. Doch ihr Geschäftstalent, die zynischen Methoden, die sie in einer Stadt ohne Gesetze gelernt hatte, konnte er nicht entbehren. Und so wurde das zum Geschenk ihrer Liebe.

Auch Klara hatte eine Liebesgabe zu verschenken. Nicht an einen Mann, sondern an eine ganze Stadt. Sie wollte die Stadt vor dem Meer retten. Sie wollte der Stadt ihre Söhne zurückgeben, den Müttern ihre Jungen, den Frauen ihre Männer, den Kindern ihre Väter.

O ja, sie wusste es genau. Die Sturmflutnacht würde nie vorbei sein. Wieder und wieder tauchte sie ihre Hand in die Wassermassen und suchte nach Karla. Jedes Mal, wenn sie ein Schiff verkaufte oder außer Dienst stellte, jedes Mal, wenn ein weiteres Schiff aus dem Register in Marstal gestrichen wurde, jedes Mal, wenn die Werft einen kleineren Auftrag von einem der Reeder der Stadt bekam, jedes Mal, wenn ein junger Mann seine Bestimmung an Land fand, jedes Mal, wenn die Zahl der Schüler aus Marstal an der Navigationsschule sank – war es, als ob ihre Hand tief im dunklen Wasser Karla ergriff und nach oben zog.

Sie sah das Wasser fallen. Sie spürte, wie ihr innerer Druck für einen Augenblick nachließ. Sie träumte von einer Erde, auf der sich die Meere zurückzogen und das Land auftauchte, um den Menschen ein Zuhause zu geben, in dem sie zusammen sein konnten – Vater, Mutter und Kinder für immer vereint.

«Jetzt hast du deine große Chance», hatte Markussen zu ihr gesagt, als sie zum letzten Mal Abschied nahmen.

Er hatte die Kriege in Spanien und Asien gemeint. In seinen Ohren waren es gute Neuigkeiten, wenn Tausende von Menschen sich umbrachten. Dann boomte der Frachtmarkt, und die Schiffe waren ausgelastet wie nie.

Nicht aber ihre Dampfschiffe. Sie lagen mit kalten Kesseln still.

Nun wollte sie handeln. Nun wollte sie ihre Chance ergreifen. Aber sie wollte nicht ihre Schiffe aussenden, um sich an Profitorgien zu beteiligen, während die Ertrunkenen im Kielwasser der Schiffe trieben.

Sie ging in ihr Büro und erkundigte sich nach den Schiffspreisen. Es war so, wie sie es erwartet hatte. Wenn die Frachtpreise stiegen, zogen die Schiffspreise nach. Es war an der Zeit zu verkaufen. Zehn Jahre zuvor hatte sie den Witwen die Dampfer abgekauft, als der Frachtmarkt am Boden lag und alle Verluste zu verkraften hatten. Nun konnte sie mit großem Gewinn verkaufen, und sie wusste, was die Männer im Geschäftsleben der Stadt sagen würden.

«Verdammt noch mal!», würde einer von ihnen ausstoßen.

Die anderen würden zustimmend nicken. Widerwillig käme ihre Anerkennung. Nur einen Fluch würden sie an sie verschwenden. Doch den bekam sie als Tribut für ihre Fähigkeiten. Hatten sie doch geglaubt, dass ihr Gehirn in typisch weiblicher Weise aussetzte, wenn es um den Gewinn ging, und dass ihre Schiffe nur stilllagen, weil dies ein Spiegel ihrer mangelnden Entschlusskraft war. Nun würden sie erkennen, dass es sich in Wahrheit um kühle Kalkulation gehandelt hatte.

Andere sahen es möglicherweise anders. Sie könnten der Ansicht sein, dass damit der Stadt die Lebensgrundlage entzogen werde – und sie wären weitaus näher an der Wahrheit.

Nahm sie mehr, als sie gab?

Was würde von Marstal noch übrig sein, wenn sie ihre Dampfer verkaufte? Eine Handvoll Schoner mit Hilfsmotoren, viele von ihnen zu

Galeassen umgerüstet, angewiesen auf Fahrten in der Ostsee, vielleicht hin und wieder einem Abstecher in die Nordsee. Der Kreis hatte sich geschlossen.

Die Stadt würde dort enden, wo sie sich befunden hatte, als all dies vor über hundert Jahren begann.

Das Meer wäre der Verlierer. Seiner unbarmherzigen Majestät würde nicht mehr länger geopfert.

Und der Gewinner?

Es wären die Frauen.

Oder verhielt es sich so, wie Markussen es angedeutet hatte? Würden die Männern bei Reedereien außerhalb der Insel anheuern und eine ständige Adresse am Ende der Welt bekommen?

Hörte es denn nie auf?

IV

Das Ende der Welt

Es war das Ende der Welt. Er befand sich auf einem anderen Planeten oder in einer unbekannten Zukunft. Wo immer es auch war, es war ein Ort, der seinem Untergang entgegenging. Knud Erik glaubte, dass er sterben würde, er schloss die Augen. Dann begriff er. Er befand sich mitten in einem Traum. Aber es war nicht sein eigener.

Er befand sich im Traum eines anderen Mannes.

Er war sieben Jahre alt und saß auf der Ruderbank in Albert Madsens Boot, während sie aus der Hafeneinfahrt von Marstal ruderten. Wieder hatte er den alten Mann von einem grau bemalten Phantomschiff erzählen hören, von großen runden Gebäuden, die unter einem Nachthimmel brannten, der von einem blendenden, phosphorweißen Schimmer erleuchtet wurde, während die Luft unter dem Druck explodierender Bomben und zusammenstürzender Häuser bebte.

Dort befand er sich. Im Traum des alten Mannes.

Er öffnete die Augen und sah, was Albert Madsen zwanzig Jahre zuvor gesehen hatte. Zum ersten Mal verstand er, dass Albert Warnträume gehabt hatte und die Geschichten, die sich für das Kind wie Märchen anhörten, für den alten Mann Schreckensvisionen gewesen waren.

«Die beste Geschichte, die du je erzählt hast», hatte der Junge gesagt. Jetzt war er mittendrin. Er hatte nie den Schluss gehört. Nun wurde die Geschichte gerade zu Ende erzählt, und der Schlusspunkt wäre sein eigener Tod.

Er sah einen Stuka in steilem Sturzflug auf das Schiff zukommen und die Bombe abwerfen. Die Zeit blieb stehen, während er die fallende Bombe mit den Augen verfolgte. Ihm schoss durch den Kopf, dass sie den grau bemalten Schornstein durchschlagen würde, bevor sie mit ihrem alles zerstörenden Effekt im Maschinenraum detonierte. Die Muskeln seines Körpers spannten sich. Er machte sich bereit für die Umarmung des Todes.

Jetzt!

Mit einem Klatschen verschwand die Bombe im Fluss, wenige Meter vom Bordrand entfernt. Er hatte die Richtung falsch eingeschätzt. Seine Muskeln waren noch immer angespannt. Knud Erik wartete auf die Wassersäule und das plötzliche Krängen des Schiffes, wenn die Stahlplatten unter der Druckwelle barsten und das Wasser hereinzubrechen begann. Aber nichts geschah. Ein Blindgänger.

Er wartete auf die nächste Bombe.

Der Lärm war ohrenbetäubend. Zwei Öltanks an der Nordseite der Themse standen in Brand. Aus dem Flammenmeer kam ein frustriertes Brüllen wie von einem Fenriswolf, der an seiner Kette heult, um auf die ganze Welt loszugehen. Der schwarze Rauch war eine Faust, die sich gegen die fernen Sterne reckte, die nacheinander erloschen, bis die Nacht mit den vergifteten Rauchwolken verschmolz. Unter dem Deckel der Dunkelheit war alles erleuchtet, als hätte jemand die Sonne abgeschossen, die nun ein letztes Mal inmitten der zerstörten Öltanks aufflackerte.

Das gesamte Southend stand in Flammen. Die Fenster der Mietkasernen leuchteten im Schein des Brandes, während das Feuer auf den Dächern sich erhob wie eine seltsame, sich explosionsartig ausbreitende Vegetation, die dort angepflanzt war, um die Erde zu vernichten, in der sie wuchs. Die Docks zitterten in krampfhaften Zuckungen der Zerstörung, als wäre irgendwo in ihren Eingeweiden eine Kettenreaktion der Vernichtung ausgelöst worden, die sich nun mit einer nicht zu stoppenden Kraft fortsetzte.

Von den Flugabwehrbatterien auf den Dächern, die noch nicht brannten, blitzte es auf. Auch von den Schiffen auf dem Fluss wurde gefeuert. In seiner Nähe hörte Knud Erik das alte Lewis-Maschinengewehr, das ein paar Monate zuvor an Bord der *Dannevang* montiert worden war. Vier Besatzungsmitglieder hatten in der englischen Flotte ein Waffentraining absolviert. Er war einer von ihnen gewesen. Ihnen war rasch klar geworden, dass dieses Maschinengewehr, das aus dem Ersten Weltkrieg stammte, nichts nutzte, wenn es darum ging, das Schiff zu verteidigen. Aber es hatte eine andere, wichtigere Funktion. Es war besser als Whisky und Gebete, wenn es denn noch immer jemanden gab, der auf die Idee kam zu beten: Man wurde so herrlich ruhig, wenn man das Maschinengewehr in den Händen hielt, obwohl es für seine Dienste einen hohen Preis forderte. Das überhitzte Metall verbrannte die Handflächen, und durch den hackenden Lärm klingelte es in den Ohren, bis man mehr oder weniger nichts mehr hörte. Doch wenigstens für einen Augenblick war die Wartezeit vorbei.

Du hast geantwortet. Du hast etwas getan.

Merkwürdigerweise war der Platz des Maschinengewehrs der sicherste Ort, an dem man sich während eines Angriffs auf das Schiff aufhalten konnte, obwohl derjenige, der es bediente, sich inmitten des Kugel- und Bombenhagels für jedermann sichtbar an Deck befand, ja sogar dessen bevorzugtes Ziel war. Und doch war es der einzige Ort, an dem man nicht riskierte, durch die eigene Wehrlosigkeit wahnsinnig zu werden.

Als der Luftalarm ertönte, hatten sie sofort die Leinen losgemacht und die Bojen auf der Themse angelaufen. Das war ein stehender Befehl. Es war den Schiffen verboten, während eines Luftangriffs am Pier zu liegen. Wurden sie getroffen, vergingen oft Wochen, bis man das Wrack entfernt hatte, und in der Zwischenzeit blockierte es andere Schiffe. Sie fuhren mit einem Gefühl der Resignation hinaus aufs offene Wasser; dort konnten sie nicht an Land springen, wenn das Schiff getroffen wurde.

«Jetzt geht's hinaus auf den Friedhof», hieß es untereinander.

Aber nicht das Grab eines Verwandten wollten sie besuchen, sie nahmen Kurs auf ihr eigenes. Die Bojen im Fluss waren für die zum Sterben Verurteilten reserviert.

Da war es gut, eine Lewis in den Händen zu halten.

Mehrere Schiffe brannten. Eines der ihren holte langsam über und begann zu sinken. Die Mannschaft war in die Boote gegangen und ruderte ziellos auf dem Wasser umher. Die Kaianlagen brannten, und ein Kran war zur Hälfte ins Hafenbecken gestürzt.

Hoch oben entfaltete sich ein Fallschirm nach dem anderen. Mit langsam wiegenden Bewegungen näherten sie sich dem Fluss. Als sie tief genug flogen, erkannte Knud Erik, dass am Ende der Leinen keine Piloten hingen. Die Fallschirme trafen aufs Wasser, und die großen Seidenschirme falteten sich langsam zusammen, bevor sie auf dem Fluss zur Ruhe kamen. Sie sahen aus wie Blumen, die man über ein Grab gestreut hatte. Eine Stunde später wurde Entwarnung gegeben. Auf den Kais brannte es noch immer. Mit unverminderter Stärke schickten die Öltanks ihre schwarzen Rauchwolken in den Nachthimmel. Es hing ein durchdringender Geruch nach Öl, Ruß und dem Staub von Ziegelsteinen über dem Fluss. Man roch auch Schwefel, konnte jedoch nicht ausmachen, woher er kam.

Seine Augen brannten vor Müdigkeit.

Knud Erik hatte dasselbe in Liverpool, Birthenhead, Cardiff, Swansea und Bristol erlebt. Manchmal kam es ihm vor, als würden sie durch ein Meer von Flammen fahren und die Formationen am Himmel über ihm nicht aus Kumulus-, Stratus- oder Zirruswolken bestehen, sondern aus Junkers 87 und 88 oder Messerschmitt 110. Wenn sie den Kanal passierten, gerieten sie in den Radius der weitreichenden deutschen Batterien bei Calais. In der Nordsee warteten die U-Boote. Sie waren überall, immer. Die ganze Welt zog sich zusammen und wurde schwarz wie eine Kanonenmündung. Sie nannten es nicht Angst. Sie empfanden keine Panik. Es gab eine andere Ausdrucksform: Schlaflosigkeit. Auf See gingen sie in zwei Schichten Wache. Wurden sie angegriffen, war an Schlaf nicht zu denken. In den Häfen mussten sie ständig das Schiff verholen, und dazu hatte jedes Mal die gesamte Besatzung anzutreten. Auch hier gab es keinen geregelten Schlaf. Schliefen sie überhaupt jemals? Sie schlossen die Augen. Sie waren einen erinnerungslosen Moment fort. Dann schreckten sie auf, weil der Tod ihnen seinen Schrei ins Ohr brüllte, und taumelten mit weit aufgerissenen Augen aus den Kojen – als befänden sie sich noch immer in einem Traum, in dem sie unablässig nach einem Ausgang suchten. Aber es gab keinen Ausgang, keine Bodenluke zum Himmel, keine Falltür auf Deck, keinen Horizont, hinter den man flüchten konnte. Sie waren umgeben von den drei Elementen, aber es waren nicht das Meer, der Himmel und die Erde, sondern das, was sie verbargen: die U-Boote, die Bomber und die Kanonen. Sie lebten auf einem Planeten, der im Begriff war zu explodieren.

Albert Madsen hatte recht gehabt. Es war das Ende der Welt, das er damals in seinen Träumen gesehen hatte. Aber der alte Mann hatte vergessen, ihm zu erzählen, dass Knud Erik sich mittendrin befand.

Er konnte noch zwei Stunden schlafen, bevor er die Mannschaft zu wecken hatte. Mit der Flut sollten sie die Themse ein Stück hinauffahren, und er hatte den Ehrgeiz, vor den anderen Schiffen klar zu sein. Er bat um einen traumlosen Schlaf.

Er wusste nicht, dass er am nächsten Tag ein neues Wort lernen sollte. Es war wie alle anderen Wörter, die er in diesen Monaten lernte, ein technischer Begriff und sagte vor allem etwas über den grenzenlosen Erfindungsreichtum des Menschen aus. Er würde nie imstande sein, diesem Erfindergeist auf seinen verschlungenen und oft genug widersprüchlichen Wegen zu folgen. Aber das Ziel kannte er, und obwohl sein Wortschatz täglich wuchs, waren die Botschaften der Worte doch stets gleich. Sie erzählten von den ständig größer werdenden und immer phantasievolleren Möglichkeiten seiner eigenen baldigen Auslöschung.

Er bekam den Schlaf, um den er gebeten hatte. Die Dunkelheit senkte sich über ihn und hielt ihn fest, diese seltene, begehrte Dunkelheit, in der er neue Kräfte sammelte. So lange war er darin gefangen, dass er mit diesen aufgerissenen Augen aus der Koje taumelte, die sonst nur ein Angriff verursachte. Er hatte seine Pflicht verletzt. Er hatte verschlafen.

Knud Erik rannte aus der Kajüte. Bei vielen anderen Schiffen dampfte bereits Rauch aus den Schornsteinen.

Ohne Vorwarnung dröhnte ein gewaltiger Donner über den Fluss, der an das nächtliche Bombardement erinnerte. Dann ein weiterer. Der Vordersteven der *Svava* wurde in die Luft gehoben und zerbrach. Das Schiff begann sofort zu sinken, während Rauch und Flammen sich mittschiffs zum Steuerhaus fraßen. Er sah Männer, die sich in den Fluss warfen. Das Feuer hatte einen von ihnen am Rücken erfasst, als er sprang.

Dann erwischte es die *Skagerak*. Wieder war es der Bug, der explodierte. Zwei norwegische Dampfer flogen in die Luft, dann folgte ein Holländer.

Sein erster Gedanke war Flucht. Aber wovor sollten sie fliehen? Wo war der Feind? Der Himmel war klar, und ein U-Boot konnte es unmöglich sein.

Von einem der englischen Geleitboote näherte sich ein Ruderboot. Am Bug stand ein Mann mit einem Megafon und rief ihn an.

Das war das neue Wort, das er lernte.

«Seismische Minen», brüllte er.

Knud Erik brauchte keine Erklärung. Die Erschütterungen der Schiffe hatten die Minen ausgelöst, als die Schrauben angeworfen wurden. In der Nacht zuvor hatte er die Minen gesehen, als sie an ihren Fallschirmen sanft durch die Luft schaukelten. Nur war es kein Grab gewesen, über das die blumenähnlichen Fallschirme gestreut wurden. Sie hatten den Fluss in einen neuen Friedhof zu verwandeln.

Weitere Schiffe explodierten. Die übrigen blieben mit gelöschten Kesseln liegen. Um sie herum brannten Schiffe, die in Sekundenschnelle in sinkende Wracks verwandelt worden waren. Tote und verbrannte Körper schwammen zwischen den Wrackteilen auf dem Wasser.

Etwas später bekamen sie den Befehl, sich mit der Flut den Fluss hinauftreiben zu lassen. Sie mussten ohne Maschinenkraft fahren.

Das Einzige, was sie hörten, war das Geräusch der Wellen, die gegen den Rumpf schlugen.

Es war so leise wie zur Zeit der Segelschiffe.

*　*　*

Sie waren im Konvoi von Bergen nach England unterwegs gewesen, als über Funk die Mitteilung der Besetzung Dänemarks durch die Deutschen kam. Daniel Boye, der Kapitän, rief sie sofort zu einem Schiffsrat zusammen. Er überließ ihnen die Wahl. Sollten sie weiterhin Kurs auf den englischen Hafen nehmen oder umkehren und einen dänischen oder norwegischen Hafen anlaufen?

In gewisser Weise hatten sie sich bereits entschieden. Sie fuhren im Konvoi unter dem Schutz englischer Kriegsschiffe. Bedeutete das, dass sie mit Deutschland Krieg führten, ebenso wie die Schiffe, die sie begleiteten?

Die Antwort kannten sie genau. Die Frachtraten waren hoch. Dies galt auch für die Heuern, dreihundert Prozent Kriegszulage. Mit Überstunden und diversen anderen Zulagen bedeutete das eine Vervierfachung, manchmal sogar Verfünffachung ihrer Heuer. Sie waren wegen des Geldes unterwegs. Und nun sollten sie für einen Krieg votieren, bei dem sie in die vorderste Linie geraten würden. Das hatte sie der Frieden bereits gelehrt. Allein während des gerade vergangenen Osterfestes hatten neunundsiebzig dänische Seeleute ihr Leben gelassen. Über dreihundert Männer waren seit Kriegsausbruch gestorben, obwohl alle auf Schiffen gefahren waren, die am Rumpf den neutralen Dannebrog als Bemalung trugen. Die Torpedos der U-Boote kannten keinerlei Unterschied. Ein Schiff auf dem Weg in einen feindlichen Hafen war ein Schiff auf dem Weg in einen feindlichen Hafen, egal, welche Motive diejenigen haben mochten, die an Deck arbeiteten.

Alle in der siebzehn Mann zählenden Besatzung an Bord der *Dannevang* hatten dafür gestimmt, den Kurs auf England beizubehalten. Es steckte ein Trotz in ihnen, der möglicherweise mit dem Krieg gar nichts zu tun hatte. Sie wollten Seeleute sein, und niemand hatte sie von Deck zu jagen.

Sie ahnten instinktiv, dass dieser Trotz sie am Leben erhielt. Nicht Patriotismus, nicht Vaterlandsliebe und auch nicht die eine oder andere Ideologie oder irgendein Verständnis dafür, worum es bei diesem Krieg ging. All das gab es, mal mehr, mal weniger ausgeprägt, aber nach ihrer Meinung über den Krieg wurden sie nicht gefragt. Ihnen wurde ein Entschluss abverlangt, der ganz entscheidende Konsequenzen für den Rest ihres Lebens hatte – wie groß diese Konsequenzen waren, konnten sie selbst gar nicht abschätzen. Doch sie wussten mit all ihren Instinkten als Seeleute, dass es hier um Leben oder Tod ging. Ob es sich nun um einen Orkan oder eine Messerschmitt 110 handelte, es war der Eigensinn des Seemanns, wenn er mit einer Übermacht konfrontiert wird, der sie zustimmen ließ.

Sie stimmten nicht dafür, in den Krieg zu ziehen. Sie setzten nur einen Kampf fort, der schon lange währte. Sie stimmten nicht für England, sondern für den Weg nach England, für das Meer und die Herausforderung, durch die sie sich als Männer fühlten.

Bereits am 10. April liefen sie Methil an und bekamen den Befehl, die Reise sofort nach Tynedock fortzusetzen, wo das Schiff der britischen

Admiralität übergeben wurde. Eine Übergabezeremonie fand nicht statt. Ein Offizier der englischen Flotte hängte einen Anschlag an den Achtermast, auf dem in aller Kürze mitgeteilt wurde, dass man das Schiff im Namen des englischen Königs als Prise übernommen habe. Der Dannebrog wurde gestrichen und stattdessen der *Red Duster* gesetzt, ein roter Lappen mit dem Union Jack in einer Ecke.

Sie hatten nie sonderlich gut auf die dänische Flagge geachtet. Das weiße Kreuz war vom Rauch des Schornsteins rußig, das Tuch selbst an den Kanten ausgefranst. Aber es war ihre Flagge. Es war die Hälfte dessen, was sie in der Fremde ausmachte. Nun hatten sie das Recht darauf verloren. Ihr Land hatte sich kampflos den Deutschen ergeben, und ihnen wurde die Flagge genommen. Sie zählten nur, wenn sie sich nicht länger als Dänen betrachteten.

In diesem Moment wurde es ihnen klar: Sie würden nackt in den Krieg gehen, und die Entkleidung hatte begonnen.

Der zweite Ingenieur wollte wissen, wie hoch eigentlich die Heuer unter der englischen Flagge sei.

Drei Pfund und achtzehn Shilling wöchentlich, dazu ein Pfund und zehn Shilling als Kostgeld, antwortete der Offizier.

Der zweite Ingenieur rechnete es rasch aus. Er warf einen Blick auf die restliche Besatzung und zuckte die Achseln. Sie konnten auch rechnen. Die Heuer betrug ein Viertel von dem, was sie bisher erhalten hatten. Aber es gab ja auch keinerlei Familien mehr zu versorgen. Von ihnen waren sie auf unbestimmte Zeit abgeschnitten.

«*Don't worry, you will be home for Christmas*», behauptete der Offizier, der sich ihre Gesichter genau angesehen hatte.

Sie vergaßen zu fragen, in welchem Jahr.

Ihnen wurde befohlen, die *Dannevang* grau anzustreichen, wie einen Wintertag auf der Nordsee. Nicht einmal die glanzlackierten Eichenholztüren und die Fensterrahmen am Steuerhaus waren davon ausgenommen. Es war ihr Schiff gewesen. Sie hatten Rost geklopft und jeden Quadratzentimeter lackiert, den schwarzen Rumpf, der unter der Wasserlinie rot war, die weißen Aufbauten, die roten und weißen Streifen, die sich wie ein Band um den Schornstein zogen. Bei den weißen Buchstaben am Vordersteven hatten sie das Schiff mit dem Pinsel gestrichen.

Die *Dannevang* war von ihnen so sauber gehalten worden, dass man sich in Landgangskleidung an Bord bewegen konnte, auch wenn sie eine Ladung Kohle gelöscht hatten. Sie führten den Dampfer im alten Stil der Segelschiffe, wie sie es nannten, mit gescheuertem Deck und gewaschenen Schotten. Es war eine saure und harte Arbeit, aber es lag auch ein gewisser Stolz darin. Nun verschwand ihnen die *Dannevang* unter den Händen. Fast schien es, als würde das Schiff in dem grauen Wintermeer versinken, dessen Farbe sie zu verwenden hatten.

Marstal war ehemals der Heimathafen der *Dannevang* gewesen. Klara Friis hatte den Dampfer besessen und mehrere Jahre außer Dienst gestellt, bevor sie ihn einem Reeder in Nakskov verkaufte. Der Kapitän und der erste und zweite Steuermann stammten aus Marstal. Sie kamen aus einer Seemannsstadt, die über keine eigenen Schiffe mehr verfügte. Stattdessen waren sie zu einer Art Aristokratie der dänischen Handelsflotte geworden. Überall gab es Marstaler, und immer als Steuermänner oder Kapitäne auf der Kommandobrücke. Fuhren sie als Matrosen, dann lag es lediglich an ihrer Jugend, dass sie keine höhere Position bekleideten. Daniel Boye, ein entfernter Nachkomme von Bauern-Sofus, war auf dem Schiff schon als Kapitän gefahren, als es sich noch im Besitz der Familie befand und unter dem Namen *Energi* lief.

Damals hatte er zu denjenigen gehört, die Isaksen empfohlen hatten. Und er war am Kai, als Isaksen nach seiner Niederlage die Fähre nach Svendborg nahm.

«Du erinnerst dich nicht mehr an ihn», sagte er zu Knud Erik, «aber er erinnert sich noch an deine Mutter.»

Knud Erik schüttelte sich. Die Mutter war ein heikles Thema. Seit zehn Jahren hatte er sie weder gesehen noch mit ihr gesprochen. Isaksen kannte er inzwischen jedoch gut. Er hatte sich seine Liebe zu den Marstalern bewahrt und versperrte ihnen nie seine Tür, wenn eine Reise sie nach New York führte. Außerdem war Isaksen mit einem Mädchen aus Marstal verheiratet. Es war Fräulein Kristina.

In New York hatte Isaksen, dieser Gentleman, am Pier gestanden und sie erwartet. Klara Friis hatte ihm geschrieben. «Ich weiß, dass Sie mir nichts schuldig sind», hatte in dem Brief gestanden, «aber ich halte Sie doch für einen Mann mit Verantwortungsgefühl.»

Isaksen war es. So sehr, dass er Kristina Bager schließlich heiratete. Knud Erik hatte sie hin und wieder besucht. Isaksen war ein guter Vater, aber eigene Kinder bekamen sie nicht. Knud Erik wusste nicht recht, ob sie zusammen glücklich waren. Er hatte seine Zweifel, was Isaksens Verhältnis zu Frauen anging. Isaksen freute sich über die lebenspraktische Kristina und hatte sicher allen Grund dazu. Doch soweit Knud Erik es beurteilen konnte, freute er sich nicht in der Weise, wie ein Mann sich über seine Frau freuen sollte. Allerdings hatte er nie nachgefragt, obwohl sein Verhältnis zu Kristina Isaksen eigentlich ein vertrautes war.

«Mein kleiner Ritter», nannte sie ihn wie eine große Schwester, obwohl er ihr längst über den Kopf gewachsen war.

Knud Erik hatte sich in New York aufgehalten, als Kristinas Tochter konfirmiert wurde. Es war ein eigenartiges Erlebnis, in der protestantischen Kirche an der Upper East Side zu sitzen und die vierzehnjährige Klara zu sehen. Sie war nach der Mutter benannt, die sich ihm entzog, nachdem sie erklärt hatte, dass er in ihren Augen ebenso gut tot sein könne. Hilfsbereitschaft war eine Seite seiner Mutter, die er niemals erlebt hatte.

Wenn jemand mit ihm darüber sprechen wollte, dass sie ihn verleugnete, wandte Knud Erik den Kopf ab und schwieg.

Kapitän Boye bekam am Morgen des 9. April zwei Telegramme. Eines kam von der Reederei Severinsen in Nakskov, das die *Dannevang* zurück nach Dänemark oder in den nächsten neutralen Hafen beorderte. Das andere kam von Isaksen.

Auch dieses Telegramm las Boye seinem ersten Steuermann vor.

«Isaksen fordert uns auf, einen englischen Hafen anzulaufen», sagte er. «Eigentlich geht ihn das ja nichts an, schließlich ist er nicht der Reeder des Schiffs, aber ich bin einer Meinung mit ihm.»

«Isaksen ist ein Ehrenmann», sagte Knud Erik.

Der größte Teil der dänischen Reeder hatte so gehandelt wie Severinsen. Møller, der offenbar gut informiert war, hatte noch in der Nacht vor dem Einmarsch der deutschen Truppen mit seinem Sohn den Schiffen der Reederei telegrafiert und sie angewiesen, einen neutralen Hafen anzulaufen. Auf der *Jessica Mærsk* war es zu einer Meuterei der Mannschaft gekommen. Sie hatten den Steuermann gefesselt und ins Kartenhaus gesperrt. Das Schiff hatte Kurs auf Irland genommen, das sich aus dem Krieg heraushielt. Nun zwang die Besatzung den Kapitän, nach Cardiff zu fahren. Schon bald ging das Gerücht um, dass auch die *Jessica Mærsk* ein Telegramm von Isaksen erhalten hatte. In seinem New Yorker Büro war er offenbar ebenso beschäftigt wie sein alter Arbeitgeber. Isaksen hatte sich, wie Boye richtig bemerkte, in etwas eingemischt, das ihn eigentlich nichts anging. Aber so handelte ein Ehrenmann. Auf der anderen Seite war es schwierig, sich an Bord der *Dannevang* als Ehrenmann zu fühlen.

Auf jeden Fall fühlte man sich wie ein bis auf die Unterhose ausgezogener Ehrenmann.

Sie konnten in einem Pub in Liverpool, Cardiff oder Newcastle stehen und so viel Guinness hinunterstürzen, wie es zwischen zwei Luftalarmen möglich war. Immer gab es irgendjemanden, der fragte, wenn er ihren Akzent hörte: «*Where are you from, sailer?*»

Das war der Augenblick der Nacktheit.

Sie lernten es rasch. Wenn sie eines nicht sagen sollten, dann die Wahrheit. Sagten sie «Dänemark», wurde die Auskunft mit Schweigen, Kälte oder offener Verachtung beantwortet. «Halbe Deutsche» wurden sie genannt.

Im Pub «Sally Brown» bei Brewers Wharf war ein Mädchen mit tiefem Ausschnitt und auffallend roten Lippen auf Knud Erik zugekommen. Er hatte sie zu einem Drink eingeladen. Sie hatten sich zugeprostet, sie hatte ihm über den Rand des Glases tief in die Augen gesehen. Er kannte das Spiel und wusste, wie der Abend enden würde. Das war schon in Ordnung. Er brauchte es.

Dann war die Frage gekommen, und damals hatte er noch keine Erfahrung damit, kannte den Effekt der Wahrheit noch nicht, wenn er antwortete: aus Dänemark.

«*Why aren't you in Berlin with your best friend Adolf?*»

Knud Erik tobte. Zum Teufel, er war hier, in einer Kneipe, in der die Hälfte der Fenster herausgeflogen waren, in einer ausgebombten Stadt; er setzte für eine geringe Heuer sein Leben aufs Spiel, abgeschnitten von Familie und Freunden. Er hätte in Dänemark gemütlich unter der Bettdecke liegen können. Stattdessen hatte er als tägliche Gesellschaft explosives Teufelszeug in allen erdenklichen Formen, das nur dazu diente, seine Opferbereitschaft mit einem plötzlichen Ende seines erbärmlichen Lebens zu quittieren.

Als sie ging, wackelte sie in ihrem engen Rock mit dem Hintern. Er sollte wissen, was er verpasste, nur weil er aus dem falschen Land kam.

Ihre Reeder, ihre Regierung, alle hatten die dänischen Seeleute aufgefordert, neutrale Häfen anzulaufen, als die Nachricht von der Besetzung Dänemarks kam. Sie hatten das Gegenteil getan, hatten sich darüber hinweggesetzt. Aber es hatte ihnen nichts geholfen. Es gab beim Barkeeper kein Guinness umsonst und bei Damen mit tiefem Ausschnitt und roten Lippen keinen Sympathiefick für einen Halbdeutschen.

Stattdessen konnten sie sich am Glück anderer erfreuen. Am anderen Ende der Bar stand ein minderjähriger Bursche mit blauen Augen und blonden Locken, die ihm in die Stirn fielen. Dort hatte es kein Ende mit Schulterklopfen und schelmischen Blicken, ausgegebenen Bieren und Einladungen zu einer Gratisfahrt mit der Berg- und Talbahn in irgendeiner Kammer, in der eine Matratze mit defekten Federn darauf wartete, sich durch die Nacht zu quietschen.

Der Junge konnte nicht einmal Englisch, abgesehen von einem einzigen Satz: «*I come from Norway!*»

In Norwegen kämpften sie. Der König und die Regierung befanden sich im Exil in London; dreißigtausend Norweger fuhren auf alliierten Kriegsschiffen. Und das Wichtigste überhaupt, sie fuhren unter eigener Flagge. Die norwegische Handelsflotte war an den Staat übergegangen und der König nun ihr offizieller Reeder.

Skandinavier hatten gute Karten, wohin sie auch kamen. Aber in den Augen der Engländer war ein Skandinavier gleichbedeutend mit einem Norweger. Dänemark war von der Landkarte gestrichen, und wenn ein Seemann den Mund öffnete, um mitzuteilen, dass er aus Dänemark stammte, klang es wie eine beschämende Erinnerung an etwas, das irgendwann einmal existiert hatte. Am 9. April wurde die Besatzung der *Dannevang* zu einer Mannschaft ohne Vaterland.

Schweigend tranken sie ihr Guinness.

Sie waren nackte Männer in der Schusslinie.

Das Ende kam an einem frühen Januarmorgen gegen vier Uhr. Die *Dannevang* war mit Kohle auf dem Weg von Blyth nach Rochester. Hinterher wussten sie nicht, ob es sich um eine seismische, eine akustische, eine magnetische Mine oder nur um eine altmodische Seemine gehandelt hatte. Der Vordersteven war aufgerissen. Das Schiff nahm sofort Wasser auf, sank aber nicht auf der Stelle. Sie waren verdunkelt unterwegs gewesen. Als sie in die Boote gingen, befahl Kapitän Boye, die Lichter einzuschalten.

Sie stellten das Rudern ein, als sie Abschied von der *Dannevang* nahmen. Eine Flasche Rum ging herum. An Bord wurde selten getrunken. Silvester hatte Kapitän Boye eine lange Diskussion mit seinen Steuermännern geführt, bevor er sich dazu entschloss, jedem der Männer ein Glas Kirschwein auszuschenken. Als er die Rumflasche zurückbekam, war sie noch immer nicht leer. Siebzehn Mann! Er starrte sie voller Anerkennung an.

Die *Dannevang* begann zu krängen. Aus dem Maschinenraum waren Explosionen zu hören, als das Wasser die unter Feuer stehenden Kessel erreichte. Kohlestücke flogen durch das weggeplatzte *skylight*. Der Achtersteven hob sich aus dem Wasser, einen Augenblick lief die Schraube in kreischendem Leerlauf. Dann stand sie still, und überall auf dem Schiff gingen die Lichter aus.

Knud Erik schloss die Augen. Albert hatte auch von einem sinkenden Dampfer geträumt und ihm diesen Traum erzählt.

Als er die Augen wieder öffnete, hatte das Meer sich über der *Dannevang* geschlossen.

Die Männer hielten ihre wollgefütterten Kappen in der Hand. Niemand sagte ein Wort. Knud Erik fand, der Kapitän hätte ein Gebet sprechen müssen. Oder eine Grabrede halten. Aber so etwas konnte man doch, verflucht, bei einem Schiff nicht machen.

Der Zahlmeister zündete sich eine Zigarette an, die rot in der Dunkelheit aufglimmte.

«Jetzt tut eine Zigarette gut.»

Es war Boye, der das Schweigen brach. Er sah zum Zahlmeister.

«Hammerslev, hast du die Kartons mitgenommen?»

Der Zahlmeister stupste den Schiffsjungen an.

«Die Kippen, Niels.»

Der Schiffsjunge kroch unter die hintere Ruderbank und hielt triumphierend einen Karton in die Luft. Jeder bekam ein Päckchen. Seekisten und Seesäcke hatten sie gezwungenermaßen an Bord lassen müssen, dafür gab es im Rettungsboot keinen Platz. Sie besaßen jetzt nur noch das Zeug, das sie am Leib trugen.

Sie hatten ihr Seefahrtsbuch und den Pass, der bewies, dass sie zu einer Nation gehörten, die es nicht mehr gab, weil der Krieg sie geschluckt hatte.

Dazu eine Schachtel Zigaretten.

Es ging. Sie würden es schaffen. Sie waren am Leben, und gleich würden sich ihre Lungen mit Rauch füllen.

«Die Streichhölzer», sagte Boye, «wo, zum Teufel, sind die Streichhölzer?»

Er sah den Schiffsjungen vorwurfsvoll an.

«Ich schmeiß dich über Bord, wenn du die Streichhölzer vergessen hast.»

Der Schiffsjunge breitete hilflos die Arme aus.

«Es ging so schnell», sagte er.

Der Zahlmeister ließ seine Zigarette rund gehen. Bald glühten siebzehn kleine Punkte in der winterlichen Dunkelheit. Bis zum Morgengrauen waren es noch ein paar Stunden.

«Niels», sagte der Kapitän zu dem Schiffsjungen. «Es ist deine Aufgabe, dafür zu sorgen, dass mindestens eine Zigarette immer angezündet ist, und wenn du im Schlaf rauchst. Hast du verstanden?»

Der Schiffsjunge nickte ernst, wobei er paffte, als hinge sein Überleben von dem kleinen glutroten Punkt vor seiner Nase ab.

Knud Erik sah sich um. Es war eine gute Besatzung gewesen. Er hatte die letzten drei Jahre als erster Steuermann auf der *Dannevang* verbracht. Es gab sieben Marstaler an Bord, einer stammte aus dem Nachbarort Ommel. Der Rest kam aus Lolland und Falster. Nun würden sie in alle Winde zerstreut werden.

Ein paar Jahre später sollte er sich an diesen Augenblick erinnern und in Gedanken eine Rechnung aufmachen. Von den siebzehn Männern würden acht tot sein. Der Kapitän, der zweite Steuermann, der Zahlmeister, ein Matrose, zwei Leichtmatrosen, der Jungmann und der erste Maschinist. Fünf von ihnen kamen aus Marstal.

Kapitän Boyes Schiff wurde von einem amerikanischen Konvoischiff gerammt. Der Jungmann war an Bord eines Munitionsschiffs, das von einem Torpedo getroffen wurde. Von der Besatzung, die aus neunundvierzig Männern bestand, überlebten drei, doch er war nicht darunter.

Doch in diesem Augenblick saßen sie nur da und warteten auf den Tagesanbruch. Sie befanden sich in der Nähe der englischen Küste und wussten, dass sie bald jemand entdecken würde.

Sie dachten nicht an den Tod.

Sie hatten nur eine Sorge: die rote Glut einer Zigarette nicht ausgehen zu lassen, bevor sie geborgen wurden.

* * *

Die Besatzung der *Dannevang* verbrachte einige Wochen arbeitslos in Newcastle. Die meiste Zeit hielten sie sich in dem neu eröffneten dänischen Seemannsklub auf, in dem sie ihre Fähigkeiten beim Billard verbesserten. Nicht dass sie sich nach Luftangriffen, Minen und U-Booten sehnten. Ihre Sehnsucht nach Bomben konnten sie durchaus befriedigen, wenn sie in die Docks gingen. Es war nicht ganz so schlimm wie in London, aber beinahe. Doch sie hatten ihre Entscheidung getroffen, und nun kam es ihnen verrückt vor, einen Weltkrieg damit zu verbringen, Billard zu spielen. Außerdem war das Essen an Land fürchterlich. Eipulver, Frühstücksfleisch, graues Brot, das mit einer stinkenden, ölartig aussehenden Substanz bestrichen wurde, die sich «Bovral» nannte; Fleisch war gleichbedeutend mit *corned beef*. Doch es war nicht Geiz, der den Speiseplan der Engländer diktierte, sondern der Krieg, und entsprechend sahen sie aus. An ihrer geflickten Vorkriegskleidung ließ sich ablesen, wie sehr sie abgenommen hatten. An Bord der *Dannevang* war die Verpflegung besser gewesen, dort hatte es ab und zu ein richtiges Ei oder eine Scheibe Rindfleisch gegeben.

«Die Engländer essen genau wie auf den alten Neufundlandschonern», sagte Knud Erik.

Er war seit der unseligen Reise mit der *Kristina* nicht mehr nach Neufundland gesegelt. Die *Claudia* war sein letztes Segelschiff gewesen. Nach dem Steuermannsexamen hatte er auf einem Motorschiff fahren wollen. Er hatte es auf der *Birma* und der *Selandia* versucht, die beide der Fernöstlichen Gesellschaft gehörten. Er war jedes Mal abgelehnt worden und hatte nicht verstanden, warum. Von der Verbindung zwischen seiner Mutter und dem Inhaber der Reederei, dem alten Markussen, wusste er nichts. Dann hatte er sich für die Dampfer entschieden.

Helge Fabricius, der zweite Ingenieur der *Dannevang,* lachte. Er war Mitte zwanzig und nicht alt genug, um noch nach Neufundland gesegelt zu sein. Knud Erik mit seinen dreißig Jahren, war nicht einmal zehn Jahre älter, aber sie waren beide auf ihrer Seite der großen Grenze geboren, die das Verschwinden der Segelschiffe gezogen hatte. Nicht einmal eine Generation lag zwischen ihnen, und doch waren sie Kinder verschiedener Welten.

Hinter dem Billardtisch hing eine schwarze Schiefertafel, auf der man die mit Kreide geschriebenen Worte «Freie Heuern» lesen konnte. *Nimbus aus Svendborg* stand dort. Nichts anderes. Brauchten sie einen Steuermann, einen Zahlmeister oder einen ersten Maschinisten? Sie gingen zum Konsul Frederik Nielsen, um sich zu erkundigen. Zu ihrer Überraschung bot er ihnen das ganze Schiff an. Die Mannschaft war abgehauen. Sie konnten die *Nimbus* übernehmen, wenn sie wollten. Knud Erik wurde zum Kapitän ernannt.

Auch das war Krieg. Er zog nicht nur Grenzen, er bot auch Möglichkeiten.

Sie fuhren hinaus, um sich das Schiff anzusehen. Am Vordersteven stand *Nimbus* und am Achterspiegel *Svendborg.* Zumindest sah es so aus, als hätte es einmal dort gestanden. Keines der Worte war lesbar, wenn man nicht seine Phantasie zu Hilfe nahm.

Helge Fabricius begann zu zählen. Sie schritten am Kai auf und ab und sahen sich das Schiff an, während er seine eintönige Zählerei fortsetzte. Knud Erik musste ihn nicht fragen, was er zählte.

«Die Mannschaft ist nicht abgehauen», sagte er. «Sie ist tot.»

«Einhundertundvierzehn», sagte Helge.

«Der einzige Käse, den sie auf diesem Schiff bekommen haben, muss Schweizerkäse gewesen sein.»

«Ich hätte gern gesehen, wie sie Kaffee gekocht haben», sagte Helge, der es aufgegeben hatte weiterzuzählen.

«Ich hätte lieber gesehen, wie sie ihn getrunken haben.»

Sie lachten und gingen die Gangway hinauf. Sie hatten Schiffe gesehen, bei denen das halbe Schanzkleid abgerissen und die Aufbauten weggeschossen waren; Schiffe, die große Löcher in der Seite aufwiesen und sich dennoch über Wasser hielten. Aber noch nie hatten sie so etwas gesehen. Die *Nimbus* hatte nicht nur einen Volltreffer abbekommen, sondern tausend. Der Dampfer war gleichermaßen intakt wie vollständig zerstört. Die Messerschmitts mussten eine Angriffswelle nach der anderen auf das Schiff geflogen sein. Die Bomben und Torpedos hatten ihr Ziel nicht gefunden, denn sonst läge die *Nimbus* am Grund des Meeres – aber die Maschinengewehre hatten es getan. Der Anblick besaß etwas Ehrfurchteinflößendes. Die durchlöcherten Aufbauten des Schiffs strahlten eine Form von Trotz aus, die beinahe menschlich zu nennen war.

Sie gingen in die Messe. Auf dem Herd stand eine Kaffeekanne aus blauem Email. Sie war trotz all ihrer Prophezeiungen heil geblieben.

«Teufel auch», meinte Helge.

Sie fanden englischen Kaffee-Ersatz aus Eicheln in einem Schrank und setzten sich an den Tisch, während sie darauf warteten, dass das Wasser kochte.

«Wir nehmen dieses Schiff», sagte Knud Erik.

Helge goss das kochende Wasser auf und sah ihn fragend an.

«Das Schiff hat Glück gehabt.»

«Du meinst, die Kaffeekanne hier hat Glück gehabt. Es ist wahrscheinlich das einzige Ding an Bord, das keine Löcher an den falschen Stellen hat.»

Knud Erik schüttelte den Kopf.

«Nein, es ist das Schiff. Das Schiff hat Glück gehabt. Hast du jemals so viele Treffer auf einem Haufen gesehen? Aber die *Nimbus* ist noch da. Sie schwimmt noch immer. Und sie will ihr Glück mit uns teilen.»

Sie wussten beide, dass es abergläubisches Gerede war. Auf dem Schlachtfeld – und das Meer war ein Schlachtfeld – gab es keine Regeln, wer verschont blieb und wer auf Grund ging. Dort herrschte der unergründliche Zufall. Also konnten sie sich ebenso gut auf das Glück verlassen. Auf der *Dannevang* hatten sie ein Lewis-Maschinengewehr. Das Glück war ein effektiverer Schutz.

Sie gingen zu Nielsen und bestätigten die Übernahme des Schiffs. Der Konsul wirkte erleichtert.

«Wir stellen Bedingungen», erklärte Knud Erik. «Diesen Durchzug brauchen wir auf dem Atlantik nicht, also möchten wir, dass sämtliche Löcher repariert werden. Außerdem wollen wir ordentliches Handwerkszeug an Bord, damit wir uns verteidigen können. Und wir kümmern uns selbst um die Anmusterungen. Wir bestimmen, mit wem wir fahren.»

Während die *Nimbus* in der Werft war, richteten sich Knud Erik und Helge in einer Ecke des Seemannsklubs ein, nicht weit vom Billardtisch. Auf die Schiefertafel schrieben sie eine Liste der Männer, die sie brauchten. Nun warteten sie.

Nach einigen Tagen hatten sie den ersten Steuermann, einen Schiffsjungen, einen Donkeymann und ein paar Matrosen. Ihnen fehlten noch immer ein zweiter Steuermann, ein Zahlmeister und ein erster Maschinist. Auch bei den Matrosen und Leichtmatrosen waren sie noch nicht vollzählig. Die Besatzung bestand aus zweiundzwanzig Mann.

Knud Erik hatte nicht damit gerechnet, so früh in seinem Leben Kapitän zu werden. Es war nicht so, dass er an seinen Fähigkeiten zweifelte. Er wusste nur nicht, ob er die notwendige Autorität besaß. Konnte er einen Mann gut genug beurteilen, um seine Stärken zu nutzen und ihn seine Schwächen vergessen zu lassen? Und was war mit zweiundzwanzig Mann auf einmal?

Am vierten Tag trat Vilhjelm durch die Tür und bat, als zweiter Steuermann angemustert zu werden. Es war zwei Jahre her, dass Knud Erik und er sich das letzte Mal in Marstal gesehen hatten. Vilhjelm besaß jetzt eine Familie. Zusammen mit der Tochter eines Fischers aus der Brøndstræde, die so alt war wie er, hatte er einen Jungen und ein Mädchen. Er hatte nie wieder angefangen zu stottern. Wenn er in Marstal war, ging er jeden Sonntag in die Kirche. Das «Andachtsbuch für Seeleute» lag zu Hause. Vilhjelm brauchte es nicht, er konnte es noch immer auswendig.

«Wie geht's deinem Vater?», erkundigte sich Knud Erik.

Vilhjelms Vater hatte seit Langem mit der schweren Arbeit als Sandgräber aufgehört und sich stattdessen auf die Fischerei verlegt, obwohl er eigentlich auch dafür zu alt war. Aber er machte weiter, eingesperrt in seine taube Welt.

«Er hat drüben bei Ristinge gefischt, als die Deutschen kamen. Den

Lärm der Flugzeuge konnte er ja nicht hören. Er schaute auf, weil ein Schatten nach dem anderen über das Wasser glitt, für Wolken viel zu schnell. Ansonsten hat er nicht weiter darüber nachgedacht. Er war wohl zu sehr mit der Zahl der Krebse in seiner Reuse beschäftigt. Das ist der Krieg für ihn.»

Als Nächster tauchte Anton auf. Er wurde sofort zum ersten Maschinisten ernannt und wollte alles über die Maschine erfahren.

«Ich weiß nicht recht», sagte er und fummelte an seiner schwarzen Hornbrille herum, als er hörte, dass die *Nimbus* nur über achthundert PS verfügte. «Ist ja nicht sonderlich viel *top steam* in dem Kahn.»

Er erkundigte sich, welche Kohle verwendet würde.

«Es muss Kohle aus Wales sein», sagte er. «Die Newcastle-Kohle rußt einfach zu sehr.»

«Du kannst die Kohle haben, die du willst.»

Das war eine Antwort ins Blaue. Knud Erik wusste nichts über Kohle und hatte keine Ahnung, woher er sie beschaffen sollte.

Anton saß einen Moment da und grübelte missmutig vor sich hin. Knud Erik rechnete damit, dass er aufstehen und gehen würde. Einst waren sie Freunde gewesen, und eigentlich waren sie es noch immer, obwohl sie sich oft genug an den gegensätzlichsten Ecken der Welt aufgehalten hatten. Aber Anton war nicht sentimental, sondern professionell und wollte sein Talent für Mechanik an etwas Sinnvollem einsetzen. Daher überraschte er Knud Erik auch mit seiner Antwort.

«Egal, scheiß drauf», sagte er. «Wir Marstaler müssen zusammenhalten. Ich schlage ein. Ich werd ihn schon zum Laufen bringen.»

Ein schwarzer Mann kam an den Ecktisch und wollte als Matrose anmustern. Unter einem offen stehendem Hemd trug er ein weißes Unterhemd, das die Farbe seiner matt schimmernden Haut betonte. Sie hielten ihn für einen Amerikaner.

«Ich soll übrigens von Fritz grüßen», sagte er auf Dänisch.

Knud Erik sah ihn verblüfft an. Er hatte völlig überhört, dass der Mann ihn in seiner Muttersprache angeredet hatte.

«Ist Fritz nicht in Dakar?»

«Doch», anwortete der Mann, «jedenfalls war er da, als ich ihn zum letzten Mal gesehen habe.»

Er streckte die Hand aus.

«Ich stelle mich wohl besser mal vor. Absalon Andersen aus Stubbekøbing. Ja, ich weiß, ich bin ein Neger. Schwarzer Sambo und all das. Aber ich bin in Stubbekøbing aufgewachsen, und wenn ihr mich nicht fragt, wo ich Dänisch gelernt habe, dann frag ich euch auch nicht.»

Er lächelte sie an, als wäre die Vorstellung damit beendet und sie könnten nun zu Wesentlicherem übergehen.

«Ich war zusammen mit Fritz in Dakar», sagte er. Er zog sich einen Stuhl heran und setzte sich. Knud Erik bot ihm eine Zigarette an. «Ja, den Teil der Geschichte kennt ihr sicher?»

Knud Erik nickte. Dakar in Französisch-Westafrika – der Albtraum aller Seeleute. Gegen die Stadt selbst war nichts einzuwenden. Aber als Frankreich in die Hände der Deutschen fiel, verkündete der Gouverneur von Dakar zunächst, aufseiten der Alliierten zu stehen. Ein paar Tage später hatte er es sich anders überlegt und die zahlreichen Schiffe, die in den Hafen eingelaufen waren, um sich den Alliierten anzuschließen, wurden festgehalten. Man verurteilte die opferbereiten Seeleute zu monatelangem nutzlosem Müßiggang auf den brennend heißen Decks. Wichtige Maschinenteile wurden konfisziert, so dass sie nicht versuchen konnten zu fliehen. Die Engländer bombardierten den Hafen, und plötzlich befanden sich die Seeleute auf der falschen Seite. Es war eine schreckliche Situation. Ein norwegisches Schiff entkam. Die Besatzung hatte behauptet, dass die Maschine des Schiffs rosten würde, wenn sie nicht hin und wieder liefe. Die dummen Franzosen lieferten ihnen die fehlenden Maschinenteile, von der Besatzung bekamen sie Attrappen zurück. Mitten in der Nacht machten sie sich dann auf und davon. Der Rest – darunter sechs dänische Schiffe – lag noch immer im Hafen und moderte vor sich hin. Der Krieg rief sie, und sie konnten nicht kommen. Sie mussten sich vollkommen nutzlos und überflüssig fühlen.

«Du bist kein Norweger», meinte Knud Erik, «wie bist du entkommen?»

«Ich bin was Besseres als ein Norweger», entgegnete Absalon Andersen und grinste selbstbewusst. «Ich bin schwarz. Ich bin einfach aus Dakar herausspaziert. Da war niemand, der versucht hat, mich aufzuhalten. Ich habe doch ausgesehen wie all die anderen Neger. Nach vielen Umwegen bin ich dann in Casablanca gelandet. Ich soll übrigens auch von Kapitän Grønne grüßen. Es ist schon verrückt mit euch Marstalern. Ihr seid überall.»

«Wie bist du weitergekommen?»

«Tja, dafür kann ich dem Bier dankbar sein.»

«Dem Bier?», fragte Helge und beugte sich interessiert vor. «Bist du etwa von Casablanca nach Gibraltar in einem Bierkasten gerudert?»

«Nicht ganz», erwiderte Absalon, «aber fast. Viele versuchen abzuhauen, aber nur wenigen gelingt es. Die Franzosen passen ziemlich gut auf. Wir fanden am Fluss ein altes, vergammeltes Fischerboot, da schöpften sie überhaupt keinen Verdacht. Denn man musste schon ein Loch im Kopf haben, wenn man in einem solchen Seelenverkäufer in See stechen wollte. Das Problem war das Wasser. Wir brauchten auf der Überfahrt doch etwas zu trinken. Aber wir konnten ja nicht einfach mit einem ganzen Wasserfass durch die Stadt marschieren. Dann hätten sie doch sofort gewusst, was wir vorhatten. Grønne schenkte uns ein paar Kisten Bier. Die Franzosen lachten nur, als sie uns die Kisten schleppen sahen. Sie glaubten, wir machten einen Ausflug. Wir setzten den Mast und die Segel und brachen spät abends auf. Den ganzen Weg über mussten wir lenzen, der Kahn leckte wie eine Heringskiste. Nach vier Tagen erreichten wir Gibraltar. Das Boot sank uns unter den Füßen weg, als wir in den Hafen einliefen.»

«Also im letzten Augenblick», sagte Knud Erik beeindruckt.

«Ja.» Absalon nickte ernst. «Das kannst du wohl glauben, es war wirklich im letzten Augenblick. Wir hatten kein Bier mehr.»

Als der nächste Mann am Ecktisch erschien, musterte Knud Erik ihn prüfend. Dann hob er eine Hand, als wollte er den anderen zum Schweigen bringen, noch bevor er überhaupt den Mund aufgemacht hatte.

«Lass mich raten, wie du heißt. Svend, Knud oder Valdemar.»

«Valdemar», sagte der Mann, ohne eine Miene zu verziehen.

«Wie kann ein Chinamann Valdemar heißen?», fragte Helge und musterte den schlanken jungen Mann, der vor ihnen stand, von oben bis unten. Er war vielleicht zwanzig Jahre alt, konnte aber auch jünger sein. Er hatte die hohen Backenknochen der Asiaten und schmale Augenschlitze. Ein spöttisches Lächeln umspielte seine wohlgeformten Lippen. Er war hübsch, aber auf eine überraschend weiche, weibliche Art.

«Ich bin kein Chinese», antwortete er in geduldigem Tonfall. «Meine Mutter stammt aus Siam, und mein Vater ist ein getaufter Jørgensen.»
«Und du hast natürlich einen dänischen Pass», sagte Helmer inquisitorisch. Die Antwort des jungen Mannes hatte ihn unsicher werden lassen, nun wollte er seine Autorität wieder herstellen.

«Hauptsache, du hast dein Seefahrtsbuch, dann ist alles in Ordnung», meinte Knud Erik schlichtend.

In Valdemar Jørgensens dunklen Augen war ein hartes Glitzern getreten.

«Ich wurde in Siam geboren», erwiderte er. «Ich habe einen siamesischen und einen dänischen Pass. Den dänischen Pass habe ich mir nicht ganz legal besorgt. Ich bin Mitglied der Seamen's Union of the Pacific. Ist das gut genug für euch Burschen?»

Er starrte sie kampfeslustig an.

Knud Erik lachte.

«Die Heuer ist dein, wenn du sie haben willst.»

«Ich würde gern wissen, ob es nach Amerika geht.»

«Frag die Engländer. Aber du solltest schon damit rechnen, dass wir in den Nordatlantik müssen.»

«Ich kann euch nur einen guten Rat geben: Seht zu, dass ihr nicht eines dieser amerikanischen Mädchen heiratet.»

«Was hast du denn gegen amerikanische Mädchen?»

«Die machen alles mit, *real hot*. Aber dann wollen sie heiraten. Ich bin auf Schiffen gefahren, auf denen die Kerle mit ihren Eroberungen prahlten. Eheringe, Hochzeitsbilder, ewige Liebe – *the works*. Und dann gibt es plötzlich zwei, die entdecken, dass sie mit der gleichen Frau verheiratet sind. Ich werde euch sagen, wieso. Diese *broads* bekommen zehntausend Dollar Witwenrente, wenn ein Seemann im alliierten Kriegsdienst untergeht. *Pain in the ass. You know what I mean?*»

«*Sure do.*»

Knud Erik konnte sich das Lachen kaum verkneifen. Aber der Junge schien nichts zu bemerken.

«Na ja, du bist nicht verheiratet, oder? Die armen Kerle, die schon etwas älter sind, fallen leichter auf solche Tricks herein. *Take care, buddy!*»

Der Bursche hatte seine Augen tatsächlich überall und bemerkt, dass Knud Erik keinen Ehering trug. Knud Erik beugte sich vor.

«Hör mal», sagte er, «ich bin nicht dein *buddy*. An Bord der *Nimbus* bin ich der Kapitän, und wenn du auf meinem Schiff fahren willst, dann gewöhn dir einen anderen Ton an. Bist du dabei?»

Valdemar knallte die Hacken zusammen und salutierte.

«*Aye, aye, captain*», antwortete er.

Er hatte die Kneipe bereits halb durchquert, als er sich umdrehte und wieder zurück zu Helge ging.

«*Listen.* Wenn du ein Problem mit Valdemar hast, nenn mich einfach Wally.»

*   *   *

Sie fuhren im Konvoi, erst von Liverpool nach Halifax und zurück, dann über Gibraltar nach New York. Westwärts hatten sie Ballast aufgenommen, zurück brachten sie Bauholz, Stahl und Eisenerz. Vier Zwanzig-Millimeter-Geschütze waren installiert worden: eines am Bug, eines achtern, und die übrigen beiden saßen auf der Brückennock und zielten von dort aus bedrohlich über das Meer. Die Mannschaft musste sie nicht bedienen, dafür waren vier britische *gunner* an Bord.

Die *Nimbus* war nicht für den Nordatlantik gebaut. Wofür das Schiff überhaupt gebaut worden war, fanden sie nicht heraus. Anton tat im Maschinenraum, was er konnte, aber es gelang ihm nie, das Schiff über neun Knoten zu bringen. Wenn sie im Konvoi fuhren und es kam eine U-Boot-Warnung, hatten sie Befehl, einen Zickzackkurs zu steuern, um den Torpedos auszuweichen.

Die vierzig Schiffe des Konvois verließen Liverpool in einer geraden Linie, gruppierten sich dann aber zu einem Viereck mit mehreren Reihen von Schiffen nebeneinander, und es war schwierig, die Position zu halten. Die *Nimbus* war nicht manövrierfähig genug und fiel immer wieder zurück.

Kapitän Boye hatte irgendwann einmal zu Knud Erik gesagt, dass der Kapitän in einer Katastrophensituation – wenn das Schiff drohe, vernichtet zu werden – nicht über Vorschriften und Paragraphen nachzudenken habe. Auch solle er keine Rücksicht darauf nehmen, ob das Schiff versichert sei oder nicht. Er müsse nach einem einzigen ungeschriebenen Gesetz handeln: Verhalte dich gegenüber anderen so, wie du von ihnen behandelt werden möchtest!

Boyes Worte fassten Knud Eriks gesamte Erfahrung als Seemann zusammen. Später erfuhr er, dass Boye ertrunken war, weil er seine Schwimmweste einem Heizer gab, der in Panik seine eigene Weste im Maschinenraum vergessen hatte. Mehr als einmal hatte er erlebt, wie ein Kapitän sein Schiff aufs Spiel setzte, um einer in Not geratenen Besatzung zu helfen. Er hatte einfache Seeleute gesehen, die das Gleiche füreinander taten.

Ein Seemann war weder besser noch schlechter als andere Menschen. Es war die Situation, die ihn zur Loyalität zwang. Die begrenzte Welt des Schiffsdecks ließ ihre gegenseitige Abhängigkeit so deutlich werden, dass der individuelle Überlebensinstinkt betäubt wurde. Sie wussten, dass sie es ohneeinander nicht schaffen würden.

In seiner Naivität glaubte Knud Erik, dass der Krieg die ganze Welt in ein Schiffsdeck verwandeln würde und der Feind, den sie zusammen bekämpften, in all seiner ungehemmten, brutalen Kraft dem Meer ähnlich war. Er wusste nicht, dass der Krieg ihn zwingen würde, mit diesem einfachen Loyalitätsgefühl zu brechen, das sein ganzes Leben als Seemann bestimmt hatte und zum Fundament seines Wesens geworden war. Er fuhr mit Ballast über den Nordatlantik und kam mit Holz und Stahl zurück. Er tat es mit einer bewaffneten Eskorte und setzte sein Leben aufs Spiel. Er war in den Krieg gezogen, weil er an Deck gelernt hatte, dass kein Mensch sich vom Schicksal der anderen abwenden konnte.

Und doch sollte der Krieg ihn zu einem Menschen werden lassen, der etwas einbüßte.

Doch das begriff er erst, als es zu spät war.

Es sollte eine Zeit kommen, in der Knud Erik das Gefühl hatte, sein Leben hinge von den roten Lichtern ab.

Nicht von den Torpedos, die dieses Leben beenden konnten.

Die roten Lichter würden Schlimmeres anrichten.

Es gab Regeln im Konvoi. Vor dem Ablegen fand stets eine Zusammenkunft an Land statt, und der Befehl des Konvoikommandanten war jedes Mal identisch. Fahrt und Kurs mussten gehalten werden. Jedes Schiff hatte seine Position, die es nicht verlassen durfte. Es gab noch eine Regel, und mit der Zeit wuchs sie in ihnen wie eine Geschwulst. In Seenot geratenen Schiffen durften sie nicht zur Hilfe kommen und die Überlebenden nicht aufnehmen. Lagen sie auch nur einen Moment still, wurden sie zum Ziel der angreifenden U-Boote und Flugzeuge, und es drohte der Verlust der Ladung. Sie waren wegen der Ladung unterwegs, nicht um ertrinkende Seeleute zu retten.

Es war eine Regel, die der bitteren Notwendigkeit entsprang. Knud Erik wusste es. Und doch empfand er sie als Übergriff auf alles, was ihn ausmachte. Nicht ein Torpedo würde ihn vernichten, es war diese Regel, die ihn zwang, die Hilferufe der Ertrinkenden zu ignorieren.

Am Ende des Konvois fuhren die Begleitboote. Ihre Aufgabe bestand darin, in Seenot geratene Männer an Bord zu nehmen, doch häufig wurden sie von den massiven Angriffen der Flugzeuge oder den weißen Kielwasserstreifen der Torpedos, die sie zu gewagten Ausweichmanövern zwangen, daran gehindert. Dann blieben die Überlebenden zurück und verschwanden in der weiten See. Das Letzte, was sie von ihnen sahen, waren die roten Notfeuer an ihren Schwimmwesten.

Sie waren die Glücklichen.

Mit unterkühlten Körpern schliefen sie erschöpft in den Tod. Oder sie gaben auf, zogen die Schwimmweste aus und ließen sich in die auf sie wartende Dunkelheit sinken. Die roten Lichter glühten noch einige Zeit weiter, bevor eins nach dem anderen erlosch.

War ein Schiff getroffen und konnte das angreifende U-Boot lokalisiert werden, eilten die Zerstörer herbei und warfen ihre Wasserbomben. Gab es noch Überlebende im Wasser, wurden sie von dem enormen Druck, der die armierten Stahlplatten eines U-Boots sprengen konnte, innerlich zerrissen. In dem dickflüssigen Geysir aus Wasser, der eine unterirdische Detonation verkündete, wurden sie in die Luft geschleudert; die Lungen traten ihnen aus dem Mund; es waren zerfetzte Menschenstumpen, von denen nicht einmal ein Schrei zurückblieb.

Knud Erik hatte es auf dem Weg zurück nach Halifax gesehen.

Sie hatten den Befehl, nicht vom Kurs abzuweichen, weil ständig die Gefahr der Kollision mit anderen Schiffen des Konvois drohte, wenn sie auf der Flucht vor den U-Booten auf *top steam* gingen. Er hatte mit dem Ruder in der Hand auf der Brücke gestanden und war direkt in ein ganzes Mohnfeld roter Notsignale gesteuert, die warnend vor dem Bug der *Nimbus* leuchteten. Er hatte das wilde Trommeln am Schiff gehört, wenn die Überlebenden in ihren Schwimmwesten den Rumpf entlangglitten und verzweifelt dagegen traten, um nicht in der Schraube zu enden. Als er sich umsah, färbte der Schaum des Kielwassers sich rot von zerstückelten, herumwirbelnden Körperteilen.

Don't look back hieß die Regel in einem solchen Moment, und er tat es nie wieder.

Doch etwas in ihm sah auch weiterhin das, was noch vor einer Minute ein Mensch gewesen war, und er schaute so lange hin, bis etwas in ihm versteinerte. Niemand – niemand – handelte gern so gegenüber einem anderen Menschen. Und doch hatte er es getan. Verhalte dich gegenüber anderen so, wie du von ihnen behandelt werden möchtest! Wenn er sich an diese Regel nicht mehr halten konnte, was blieb dann noch?

Nichts, absolut nichts.

In der Kapitänskajüte zählte er die roten Lichter. In ihrem Schein war er nackt. Er verlor seinen letzten Halt. Er lieferte seine Ladung ab. Aber er tat dennoch das Falsche. Er schadete anderen, und dadurch schadete er sich selbst. So eng fühlte er sich denen verbunden, die im Wasser nach seiner Hilfe schrien.

Wurde der Konvoi angegriffen, erschien Knud Erik mit einem starren, harten Gesichtsausdruck auf der Brücke. Er dachte nicht an die U-Boote. Er dachte auch nicht daran, dass zu den Schiffen, die getroffen wurden, ebenso gut auch die *Nimbus* gehören könnte. Er bereitete sich auf das Auftauchen der roten Lichter vor. Erschienen sie, schob er wortlos den Rudergänger zur Seite und übernahm selbst das Rad. Er befahl, die Brücke zu räumen. Er wollte allein sein, nicht nur, wenn er versuchte, den voraus schaukelnden Notfeuern auszuweichen, sondern auch, wenn er mitten in sie hineinsteuern musste, weil es keine andere Möglichkeit gab. Er war der Kapitän, er legte den Kurs fest, er hatte die Verantwortung.

Knud Erik schützte seine Besatzung. Er wollte nicht, dass sie belangt werden konnte. Wenn sie es für richtig hielten, könnten sie ihn als Schuldigen benennen.

Er wusste nicht, was sie dachten. Nie sprach er mit ihnen darüber.

Wenn es überstanden war, ging er in seine Kajüte und öffnete die

Whiskyflasche. Dann betrank er sich bis zur Bewusstlosigkeit. Das war sein Ersatz für Buße, denn er wusste, dass keine Buße möglich war. Er hatte etwas Nichtwiedergutzumachendes getan. Dort oben auf der Brücke hatte er das Recht auf sein eigenes Glück verloren. Jeder Gedanke an den Sinn seines eigenen Lebens verblasste. Er sah sich wie aus der Distanz, und er sah nichts mehr. Seine Seele hatte sich aufgelöst, der Mühlstein des Krieges hatte sie pulverisiert.

Knud Erik isolierte sich. Er kam nie in die Messe. Nicht einmal mit dem ersten oder zweiten Steuermann verbrüderte er sich. Auch mit den Kameraden aus der Kindheit in Marstal sprach er nicht mehr. Er nahm seine Mahlzeiten allein ein und öffnete den Mund nur, um Befehle zu geben.

Niemand versuchte, ihn aus seiner Einsamkeit herauszuholen. Niemand wendete sich mit einer lustigen Bemerkung an ihn oder stellte eine Frage, die sich nicht um die alltäglichen Verrichtungen an Bord drehte. Und doch halfen sie ihm. Sie halfen ihm, seine Einsamkeit zu erhalten, als wüssten sie, dass er den Preis, den er entrichtete, auch für sie bezahlte.

Andere hätten die Haltung der Mannschaft vielleicht als gefühllos bezeichnet – als würden die Männer seine Unzugänglichkeit mit Unzugänglichkeit vergelten, ja möglicherweise sogar mit Undankbarkeit. Sie taten das Gegenteil. Ein Schulterklopfen, ein freundliches Wort oder ein verständnisvoller Blick hätten ihn zusammenbrechen lassen.

Sie hielten ihn auf den Beinen. Sie schützten ihn, damit er sie in Ruhe beschützen konnte. Sie brauchten einen Kapitän und gaben ihm die Möglichkeit, es zu sein.

Lieber Knud Erik,

ich schreibe, um dir einen Traum zu erzählen, den ich letzte Nacht gehabt habe.

Ich stand am Strand und schaute über das Meer, wie ich es so oft als Kind tat. Wie damals spürte ich die gleiche Mischung aus Angst vor dem Meer und der Sehnsucht, darauf fortzusegeln. Plötzlich begann das Was-

*ser sich zurückzuziehen. Am Ufer war das Rasseln der Steine zu hören,
die vom Sog erfasst wurden. Das Wasser wurde plattgedrückt, als ginge
ein starker Wind darüber. Es dauerte lange, und schließlich war bis zum
Horizont nichts anderes zu sehen als der nackte Meeresboden.*

*Wenn du wüsstest, wie ich mich nach diesem Augenblick gesehnt
habe. Du weißt, wie sehr ich das Meer hasse. Es hat uns so viel genommen. Aber ich verspürte keinen Triumph, obwohl mein innigster Wunsch
endlich in Erfüllung gegangen war.*

Stattdessen erfasste mich die Vorahnung an etwas Furchtbares.

*Ich hörte ein Brüllen. Weit draußen erhob sich eine Mauer aus weiß
schäumenden Wassermassen, die rasch näher kam. Ich unternahm keinen Versuch zu fliehen, obwohl ich wusste, dass ich jeden Moment fort-
gerissen würde.*

Es gab keinen Ort, an den ich mich hätte flüchten können.

Was habe ich getan? Was habe ich nur getan?

Das war die Frage, die wie ein Schrei in mir klang, als ich aufwachte.

*Möglicherweise findest du, dass es verrückt klingt, aber ich empfinde
eine furchtbare Schuld, wenn ich durch die Straßen gehe. Ich sehe Jungen und Mädchen, ich sehe die Einkaufenden, ich sehe die Frauen – und
es gibt viele Frauen –, ich sehe die Alten. Aber ich sehe nur wenige Männer, und ich fühle, dass ich sie verjagt habe, als ich hier in der Stadt absichtlich die Voraussetzungen für die Seefahrt zerstörte.*

*In dieser Stadt ist es nicht üblich, die Vermissten zu zählen. Aber ich
tue es. Sicherlich sind es fünf-, sechshundert Männer, die nicht mehr
länger unter uns weilen. Söhne, Väter, Brüder. Ihr seid auf der anderen Seite dieser Mauer, die der Krieg rund um Dänemark gezogen hat
und die man «Demarkationslinie» nennt. Ihr fahrt im alliierten Kriegsdienst, und nur der Ausgang des Krieges entscheidet, ob ihr jemals wieder nach Hause kommen werdet. Doch auch der Sieg ist keine Garantie
für euer Überleben.*

*Die große Welle meines Albtraums ist über uns gekommen, und ich
bin es, die sie hervorgerufen hat.*

*Ich wollte den Seemann aus den Herzen der Männer jagen, und ich
habe das Gegenteil von dem erreicht, was ich wollte. Als es nahezu keine Schiffe mehr in dem Heimathafen Marstal gab, habt ihr eure Heuer
an anderen Orten gesucht. Ihr seid noch weiter fortgesegelt. Die Zei-*

ten, in denen ihr zu Hause bei uns sein konntet, wurden noch kürzer als früher. Nun seid ihr alle auf unbestimmte Zeit verschwunden, und einige von euch – viele, fürchte ich – für immer. Der einzige Beweis, den wir haben, dass ihr noch am Leben seid, sind eure Briefe, die wir in großen Abständen erhalten. Bleiben die Briefe aus, müssen wir die Ursache selbst erraten.

Lieber Knud Erik, ich habe einmal erklärt, dass du für mich gestorben wärst, und das ist das Furchtbarste, was eine Mutter sich antun kann. Ich weiß so wenig von dir, nur das, was ich von anderen höre, und in meiner Nähe schweigen sie. Ich spüre, dass sie mich als etwas Unnatürliches betrachten. Ob sie mir vergeben haben, was ich dieser Stadt antat, weiß ich nicht. Dass ich dahinterstehe, wissen sie wahrscheinlich nicht. Aber dass ich dir meine Hand entzog, hat mir niemand vergeben, und ich bin noch einsamer geworden, als ich es ohnehin schon war.

Du wirst diesen Brief nicht zu sehen bekommen. Ich schicke ihn nicht ab. Wenn der Krieg vorüber ist und du heimgekehrt bist, werde ich ihn dir überreichen.

Ich bitte um nichts anderes, als dass du ihn dann liest.

Deine Mutter

In New York ging Knud Erik nicht an Land. Er hatte größere Angst vor dem festen Boden unter den Füßen als vor dem Meer. Er ahnte, dass er nie wieder über eine Gangway gehen würde, wenn er erst einmal seinen Fuß auf den Kai gesetzt hatte. Und das hätte Verrat bedeutet. Er würde sich außerhalb des Krieges stellen. Doch auch wer sich im Krieg befand, übte Verrat. Das hatten ihn die roten Lichter gelehrt.

Das war die Wahl, die der Krieg bot, die Wahl zwischen zwei Arten von Verrat.

Auf der Brücke tat er seine Pflicht allein, seine Pflicht gegenüber den Alliierten, gegenüber dem Krieg und dem kommenden Sieg, gegenüber dem Konvoi und der Ladung. Aber er tat seine Pflicht nicht gegenüber den Menschen, die nach seiner Hilfe schrien. Er hatte den Eindruck, als riefen sie seinen Namen, jeder Einzelne von ihnen.

Vilhjelm ging zur Upper East Side, um Isaksen und Kristina zu besuchen. Eine Sekunde war Knud Erik versucht mitzukommen. Als er sie das letzte Mal gesehen hatte, war Klara konfirmiert worden, hinterher hatten sie ihn zum Mittagessen eingeladen. Einen Moment lang hätte er Vilhjelm gern Gesellschaft geleistet. Dann schüttelte er den Kopf. Er zog die Einsamkeit seiner Kajüte vor. Dort saß er wie in einem Schutzraum.

Es gab Männer, die anfingen, ihre Frauen zu zählen, wenn sie die Nerven verloren. Als hätten die Gedanken an all die Eroberungen, die sie in fremden Häfen gemacht hatten, einen stärkenden Einfluss. Frauen in die eine Waagschale, Tote in die andere. Es ergab durchaus eine Balance.

Knud Erik hätte in New York an Land gehen und einen Beitrag zu diesem Gleichgewicht leisten können. Er war einunddreißig Jahre alt und nicht verheiratet. Es war nicht zu spät, aber auch nicht zu früh, wie er sich selbst oft sagte. Er verspürte eine gewisse Unruhe, er hatte viele Frauen gekannt. Es war keine unreife Gier, die ihn von einer endgültigen Wahl abhielt. Es war Unentschlossenheit, ein Zaudern, das etwas Zwiespältigem in seinem Inneren entsprang. Nur wusste er es nicht zu benennen. Es kam vor, dass er noch immer an Miss Sophie dachte, diese verrückte Göre, die ihm den Kopf verdreht hatte, als er gerade mal fünfzehn war. Verflucht, sie konnte es doch wohl nicht sein. Schließlich hatte er sie kaum gekannt, und ihr Benehmen, das er zunächst geheimnisvoll und anziehend gefunden hatte, war nichts anderes als jugendliche Affektiertheit gewesen. Und doch schien sie ihn mit einem Fluch belegt zu haben. Mit ihrem plötzlichen Verschwinden, einem Verschwinden, das alles bedeuten konnte – Tod, Märchen und Abenteuer –, hatte sie ihn an sich gebunden. Er suchte sie weder in den Bars der Hafenviertel noch bei den bodenständigeren Mädchen aus Marstal. Aber es gab etwas, das ihm fehlte, und jedes Mal, wenn er es packen wollte, war es verschwunden.

Zu einer einzigen Verlobung war es in Marstal gekommen. Sie hieß Karin Weber und hatte sich wieder von ihm getrennt. «Du bist immer so merkwürdig abwesend», hatte sie gesagt und damit nicht die übliche Abwesenheit der Seeleute gemeint. Er wusste es selbst.

Etwas in ihm sehnte sich ungeheuer nach einer Familie. Er brauchte einen Menschen, den er vermisste. Er brauchte ein Gegengewicht zu all dem Furchtbaren, das der Krieg ihm antat, und das konnte er in den Bars der Hafenviertel nicht finden. Er war ein Schiff ohne Anker.

In seiner Kapitänskajüte saß er wie ein Mönch in seiner Zelle. Aber es gab nichts Erbauliches an dieser Einsamkeit. Er zählte die roten Lichter. Er zählte seine Seele kurz und klein. Sein Traum von einem Leben, das er gehabt haben könnte, zerfiel wie die Sandburg eines Kindes unter einer gnadenlosen Wüstensonne.

* * *

In Liverpool desertierte er. Er floh vor dem Pflichtbewusstsein. Der gleiche Whisky, der ihm half, das Gleichgewicht zu halten, konnte es auch kippen lassen.
In Liverpool kippte es.

Die tägliche Rasur wurde zu einer Anstrengung. Wie rasiert man sich, ohne in den Spiegel zu sehen?
Die Rasur war die letzte Bastion, bevor der endgültige Verfall einsetzte. Knud Erik wusste, dass dies ein ungeschriebenes Gesetz der Kriegsgefangenen in den deutschen Internierungslagern war. So fühlte er sich: als ein Gefangener des Krieges. Er war in die Hände des Feindes geraten, und der Feind saß in ihm selbst.
Auf der letzten Reise hatten sie Munition geladen. Ein Treffer hätte die augenblickliche Vernichtung bedeutet. Nicht ein Mann wäre mit flehend entzündetem rotem Notfeuer zurückgeblieben. Nicht einmal eine Kapitänsmütze würde sich finden, wenn die Nimbus in einer gigantischen Stichflamme verschwände. Knud Erik ertappte sich bei dem Traum an die Erleichterung, die der Tod bedeutete. Aber kein Torpedo traf sie, keine Bombe ging durch das Deck und fand ihren Weg in den Laderaum.
Die Nimbus war ein glückliches Schiff. Unbeirrt blieb sie auf ihrem Kurs durch die Ertrinkenden, und er verfluchte ihr Glück.

Der Bordfunk empfing den Kanal der englischen Luftwaffe, und wenn sie gegen Ende einer Atlantiküberquerung in die Nähe der englischen Küste kamen, versammelten sie sich auf der Brücke, um den Gesprächen zwischen dem Kommandeur und den Piloten der RAF zuzuhören. Sie hörten die Worte «*Good luck and good hunting*», das war das Zeichen für die Funkübertragung eines Kampfes auf Leben und Tod. Mit Rufen und Schreien unterstützten sie ihre Seite. Sie verfluchten den Feind, den sie nicht hören konnten, bisweilen aber sahen, wenn die Kämpfe sich direkt über ihnen am Himmel abspielten. Sie ballten die Fäuste, die Adern an der Stirn schwollen an. Sie feuerten die Piloten an, die ihre Warnungen oder Triumphrufe in den Äther schrien und manchmal zusammengeschossen in ihren Sitzen versanken. Es waren Männer, die sich für sie opferten, und doch wünschten sich alle, sie abzulösen und ihre ewige Warteposition auf Deck mit dem exponierten Platz eines Piloten zu vertauschen. Es gab niemanden, der in diesem Augenblick nicht den Wunsch hatte zu töten. Sie sehnten sich danach, für den Tod anderer verantwortlich zu sein, statt ständig auf ihren eigenen zu warten. Hätten sie einen Revolver zur Hand gehabt, hätten sie sich beherrschen müssen, um sich nicht wie Hunde niederzuschießen, so erregt waren sie.

Nur Knud Erik träumte nicht von einem Finger am Abzug. Er wollte bloß das Ziel der Kugel sein. Auf ihn hätten sie schießen können. Er hätte sie gern erlöst.

Er hielt Wally auf, als der mit einem Koffer in der Hand die Gangway hinunterwollte. Er hatte Wally von all den Dingen prahlen hören, mit denen er ihn in New York gefüllt hatte: Nylonstrümpfe, lachsfarbene Büstenhalter aus Satin, Spitzenhöschen.

Knud Erik musste sich zusammennehmen, um nicht zu schwanken.

«Nimm mich mit», sagte er mit belegter Stimme, «ich will sehen, was du dir für deine Unterwäsche kaufen kannst.»

Es war eine Bitte, doch aus seinem Mund klang es wie ein Befehl – ein Befehl, den kein Kapitän geben darf, wenn er sich den Respekt seiner Mannschaft bewahren will: Zeig mir den Weg in die Gosse, lass uns bei der Selbsterniedrigung Kameraden sein.

Knud Erik war aus seiner Zelle gekommen, um Selbstmord zu begehen, ohne den Revolver benutzen zu müssen.

Anton und Vilhjelm waren nicht da. Sie hätten ihn aufgehalten. Wally war weder alt genug, noch hatte er die Erfahrung. Knud Erik sah den Blick des Jungen unsicher werden, aber er wusste, dass Wally nicht wagen würde, etwas einzuwenden.

«*Aye, aye, captain*» war alles, was er sagte.

Absalon stand neben ihm.

«Aber Kapitän …», begann er.

Knud Erik hörte, dass es der Anfang eines Protestes war. Schließlich war er dabei zu desertieren. Die Docks in Liverpool wurden permanent bombardiert. Ständig mussten sie das Schiff verhohlen. In einer solchen Situation konnte der Kapitän nicht plötzlich verschwinden. Es war ein unverzeihlicher Verrat. Nun gut, also musste er diesen Verrat den übrigen noch hinzufügen.

Er hob abwehrend die Hand.

«Vilhjelm wird sich darum kümmern …»

Absalon schaute ihn nicht an.

Auf dem Weg zum Bahnhof hielten sie zwischen den zerbombten Häuserreihen, in denen magere Männer und Frauen Mauerbrocken wegräumten, Abstand zu ihm. Aber nicht aus Feindseligkeit, sondern weil er der Kapitän war. Sie wollten ihm den letzten Rest seiner Würde bewahren.

Knud Erik hatte einmal zu Wally gesagt, dass er nicht sein *buddy* wäre. Nun versuchte er es zu werden. Er spürte, wie das Gift der Selbstverachtung sich in ihm ausbreitete, und hoffte, dass er daran zugrunde gehen würde.

Im Zug nach London schlief er ein.

Wally weckte ihn, als der Zug außerhalb des Bahnsteigs anhielt. Knud Erik sah sich verwirrt im Abteil um. Die Reise zwischen New York und England war jedes Mal wie eine Zeitreise. Die Amerikaner befanden sich in einem Zeitloch, einem permanenten Vorkriegszustand, mit wohlgenährten Körpern und Gesichtern, die vor frivoler Gesundheit geradezu strotzten. Die Engländer hingegen sahen aus wie vergilbte Fotografien. Aus ihrer bleichen Haut war jegliche Farbe gewichen. Ihre Gesichter wirkten unscharf, wie Erinnerungen in einem alten Fotoalbum, das auf einem staubigen Dachboden vergessen wurde; sie vegetierten in einem Schattenland, das aus immer knapperen Rationen entstand.

Sie hatten kaum das Stationsgebäude verlassen, als der Luftalarm begann. Es war schon spät, und zwischen den Häusern herrschte tiefe Dunkelheit. Ratlos blieben sie stehen. Sie sahen Menschen rennen und liefen in dieselbe Richtung. Irgendwo leuchtete eine Lampe mit einem schwachen roten Schein. Es war der Eingang zu einem Luftschutzraum. Knud Erik entging die Ironie nicht. Auf dem Meer bedeutete ein rotes Licht noch ein Leben, das er auf dem Gewissen haben würde. Hier bedeutete es die Rettung. Einen Moment verspürte er Lust stehen zu bleiben und auf den Bombenregen zu warten.

Absalon bemerkte sein Zögern und packte ihn am Arm.

«Hier lang, Kapitän!»

Er ließ die Beine entscheiden und lief den anderen nach.

Im Luftschutzraum gab es kein einziges Licht. Eng saßen sie beieinander, umgeben von pechschwarzer Dunkelheit. Er hörte flüsternde Stimmen, ein Husten, ein weinendes Kind. Er hatte den Kontakt zu Wally und Absalon verloren. Es war eine Erleichterung, von lauter Fremden umgeben zu sein. Es roch nach ungewaschenen Körpern und muffiger Kleidung. Eine Luftabwehrbatterie direkt über dem Bunker begann zu schießen und ließ die Luft erzittern. Dann fielen die Bomben. Kalk und Staub rieselte von der Decke – als hätte der Tod Hände bekommen und versuchte, ihre Gesichter abzutasten, bevor er sie ergriff. Knud Erik hörte Seufzer und ein Wimmern. Irgendjemand weinte hemmungslos, jemand anderes tröstete mit monotonem Tonfall, bis auch diese Stimme in ein panisches *«Shut up for Christ's sake!»* überging.

«Leave her alone», mischte sich eine andere Stimme ein.

Nur die Dunkelheit verhinderte, dass es zu einem Handgemenge kam.

«I want to go home, please», bettelte eine Kinderstimme.

Ein kleines Mädchen rief nach seiner Mutter, und die Stimme einer alten Frau antwortete mit dem Vaterunser.

Der Boden bebte, als eine Bombe ganz in der Nähe einschlug. Einen Augenblick erwartete er, dass der Schutzraum über ihnen einstürzte. Es wurde so still, als hätte der Tod persönlich «psst» zu ihnen gesagt.

Dann spürte er eine Hand auf seiner. Es war eine Frauenhand, klein und zart, schien es ihm, aber hart in der Handfläche, eine Frau, die mit ihren Händen arbeitete. Er streichelte beruhigend darüber. Ein Kopf lehnte sich an seine Schulter. In der Dunkelheit umarmte er eine unbekannte Frau. Noch eine Bombe fiel ganz in der Nähe, die Druckwelle erschütterte die Betonwände des Bunkers. Ein hysterischer Schrei, dann ein weiterer, und nach und nach ergaben sich die Eingesperrten der unwiderstehlichen Macht der Massenhysterie, bis die Dunkelheit vor panischen Schreien vibrierte. Die Bomben fielen rhythmisch wie eine Begleitung aus Trommelschlägen.

Die Frau zog ihn zu sich heran und küsste ihn gierig auf den Mund, während ihre Hand seinen Schritt entblößte. Knud Erik schob eine Hand unter ihren Mantel und spürte die Konturen einer Brust. Dann umschloss ihn ihr heißer Schoß. Die Schreie standen wie eine Mauer um sie herum. Die Bombeneinschläge diktierten den Rhythmus seiner Stöße. Sie nahmen einander in einer blinden, brutalen Lust, aber gleichzeitig spürte er, dass dieser weiche anonyme Frauenkörper voller uneigennütziger Zärtlichkeit war. Sie schenkte ihm die eigentliche Wärme des Lebens, und er gab sie ihr zurück, bis ihre Schreie sich mit der Kakophonie von panischen Stimmen mischten.

Für einen Augenblick entkam er den roten Lichtern.

Nach einigen Stunden verstummte die Luftabwehrbatterie über dem Schutzraum. Wieder ertönten die Sirenen. Es wurde Entwarnung gegeben, und die Tür zu der verdunkelten Straße öffnete sich. Es musste mitten in der Nacht sein.

Knud Erik verlor sie, als die Menge zum Ausgang drängte. Vielleicht ließ er sie absichtlich gehen, und sie tat vermutlich das Gleiche. Draußen brannte es. In dem flackernden Licht suchte er die Gesichter ab. War sie es, sie oder sie? Es könnte das junge Mädchen mit dem Kopftuch über den Haaren sein, die ihren Blick auf den Boden gesenkt hielt. Aber es könnte auch die ältere Frau mit den harten Gesichtszügen und dem verschmierten Lippenstift sein, den sie im Schein der brennenden Häuser nachzuziehen versuchte. Er wollte es nicht wissen. Sowohl er als auch die unbekannte Frau hatten gefunden, wonach sie suchten. Ein Gesicht oder ein Name wäre nur ein überflüssiges Nachspiel.

Knud Erik blieb drei Tage in London.

Er trieb es in einem Hinterhof, auf der Toilette eines Pubs, in Hotelbetten, er trieb es zur Begleitung von Bombenangriffen, und er trieb es ohne jede andere Begleitung als den schweren, keuchenden Atemzügen von ihm und seinen zufälligen Partnerinnen, bis er den Punkt erreicht hatte, an dem sich Stille und Dunkelheit trafen und ihn mit sich rissen.

Er trank mit Männern und liebte Frauen, denen es ebenso ging wie ihm. Wenn die Bomben fielen, wussten sie nicht, ob sie sich schon bald der rasch wachsenden Zahl von Toten anschließen würden, ob ihre Arbeitsplätze in Mauerbrocken verwandelt waren oder ihre Familien unter zusammenstürzenden Häusern begraben lagen. So sehr lebten sie mit dem Entsetzen, dass sie schon von den Verlusten, die sie noch nicht erlitten hatten, aufgefressen wurden. Jede einzelne Sekunde war eine Wiedergeburt, jeder Kuss ein Aufschub, jeder stöhnende Atemzug eine Liebeserklärung an das Leben, das man in der Gestalt eines Unbekannten umarmte. Und der Rausch, dieser permanente Rausch, den er suchte und fand, war ein Geschenk, weil er wie eine Kugel im Gehirn all das nahm, was ihn ausmachte – sein Gesicht, seinen Namen, seine Geschichte –, um endlich den Hunger in seinem Körper zu stillen. Drei Tage schwelgte er in seinem rücksichtslosen Lebensappetit, in nichts anderem.

Am letzten Abend trugen sie den übrig gebliebenen Inhalt vieler Seemannskoffer zusammen, Unterwäsche, Nylonstrümpfe, Kaffee, Zigaretten und Dollars, vor allem Dollars. Sie gaben sich als *yanks* aus und kauften sich für eine Nacht eine Suite, die die ganze Etage des Hotels einnahm. Die Mädchen brachten sie mit, den Kellnern gaben sie großzügige Trinkgelder, und der Portier behielt die Rechnung im Auge, so dass sie wussten, wann das Geld verbraucht war. Dann aßen und tranken, tanzten und hurten sie sich durch eine weitere Bombennacht. Wally hatte das Grammofon zu bedienen. Sie tanzten zu Lena Horne, während sie Bier, Whisky, Gin und Cognac in sich hineingossen.

Um elf Uhr gab es Fliegeralarm.

Die Kellner polterten gegen die Tür und forderten sie auf, in den Keller zu gehen.

«Ich schlage vor, hierzubleiben», sagte Knud Erik.

Er hatte den Kommandoton abgelegt. Er war kein Kapitän, sondern ein *buddy* unter *buddies*.

«*Aye, aye, captain.*»

Wally salutierte und schenkte sich noch einen Cognac ein.

Sie löschten das Licht und zogen die Gardinen zu. Über den Nachthimmel strichen die Suchscheinwerfer. Die ersten Bomben fielen, zunächst weit entfernt, dann näher. Es klang wie bei einem Schlagzeuger, der vor dem großen Solo seine Trommeln prüft. Das Gebäude zitterte. Sie krochen unter die Betten. Sie wussten, dass die Matratzen sie nicht schützen würden. Die Nähe zweier Körper schon. Die Instinkte übernahmen die Herrschaft, die Liebe machte sie unverletzlich.

Immer dichter fielen die Bomben. Draußen vor den Fenstern blitzte ein blauviolettes Licht auf und verschwand wieder. Ein Flammenschein huschte über die Decke. Jedes Mal, wenn die Vernunft versuchte, Zugang zu ihren vernebelten Gehirnen zu erlangen – jetzt durften sie nicht mehr länger warten, jetzt mussten sie in den Keller gehen –, zogen sie ihre Partner enger an sich und stießen noch tiefer, wobei Angst und Lust sich gegenseitig anstachelten und zur Ekstase steigerten. Dann fielen sie erschöpft zusammen, die Glieder erschlafften. Sie breiteten die Arme in einem Augenblick seligen Dösens aus, als hätten sie diese Nacht bereits überstanden.

Aber noch gab es die Nacht, und die Bomben wollten sie nicht entkommen lassen. Wieder erwachte die Angst und damit ihre unvermeidliche Begleiterin, ihre Verschworene, ihre Freundin und Feindin, die Lust.

Plötzlich war aus der Dunkelheit unter einem der Betten eine Stimme zu hören.

«*Change?* – Wer will tauschen?»

Und ein Krabbeln begann, ein Aalen und Robben über den Fußboden zu neuen, unerprobten Liebeshöhlen, in denen neue Arme warteten, gierige Münder und Schöße, die überflossen, während die deutschen Bomber auf Londons Dächern die Pauke schlugen.

Schließlich wurde es still. Sie krochen unter den Betten hervor, zogen die Gardinen zur Seite und legten sich eng nebeneinander auf die unberührten Betten.

Sie hatten gewonnen.

*   *   *

Knud Erik war dabei, als die *Mary Luckenbach* in die Luft flog.

Sie waren in einem Konvoi nördlich des Polarkreises mit Nachschub für die Rote Armee unterwegs nach Russland, als es geschah. Es herrschte klares Wetter und gute Sicht.

Die anderen auf der Brücke verstummten bei diesem Anblick. Sie hatten schon früher miterlebt, wie Tanker einen Volltreffer abbekamen und eine zweihundert Meter hohe Stichflamme in die Luft schoss. Aber so etwas hatten sie noch nie gesehen.

Auch Knud Erik nicht. Aber es war nicht das Entsetzen, das ihn still werden ließ.

Es war die Erleichterung.

Sie lagen eine halbe Seemeile achteraus, als sich die Explosion ereignete.

Die deutsche Junkers war nur dreihundert Meter von der *Mary Luckenbach* entfernt, als sie ihre Torpedos abwarf. Sie flog tief über dem Wasser, und es sah aus, als wollte sie auf den Wellen hüpfen. Dann donnerte sie über das Schiffsdeck, wo sie von einem der Geschütze erfasst wurde. Kleine Flammen schlugen aus einem der Motoren des Flugzeugs.

Die Torpedos erreichten ihr Ziel.

Einen Augenblick war die *Mary Luckenbach* noch zu sehen. Dann gab es nichts mehr, und die darauffolgende Stille war ebenso furchteinflößend wie die vorhergehende Explosion. Eine schwarze Rauchwolke wälzte sich mit majestätischer Langsamkeit zum Himmel. Feuer war nicht auszumachen. Auf dem Meer schwammen keinerlei Wrackteile. Es sah aus, als hätte der dicke Rauch allein die Kraft, Tausende Tonnen von Stahl und Munition in die Luft zu heben und fortzutragen.

Der Rauch hörte erst auf zu steigen, als er mehrere Kilometer weiter oben die Wolkendecke erreichte. Langsam breitete er sich aus, bis er die Hälfte des Himmels bedeckte. Ein schwarzer Schnee aus Ruß rieselte leise hinunter aufs Meer, als wäre die Ursache der Explosion ein Vulkanausbruch und nicht der Krieg, in dem sie sich befanden.

Es würde keine roten Lichter geben.

Das war sein einziger Gedanke. Ein halbes Hundert Menschenleben war vor seinen Augen ausradiert worden. Durch das Fernglas hatte er gesehen, wie die Kanoniere sich hinter ihre Geschütze kauerten. Er hatte einen schwarzen Schiffsjungen gesehen, der ungerührt mit einem Tablett in der Hand übers Deck lief. Nun waren sie verschwunden, und er spürte lediglich ein Gefühl der Erleichterung. Ihm war es erspart geblieben. Nicht seinem jämmerlichen Leben, auf das er nichts mehr gab, sondern seinem ausgelöschten Gewissen.

Sie kamen in Angriffswellen von dreißig, vierzig Flugzeugen, in einer Höhe von nur sechs, sieben Metern über dem Wasser, ein schwarzer Schwarm auf dem grauen Meer. An ihren Flügeln waren Sirenen und Pfeifen montiert, die ein furchteinflößendes Heulen erzeugten, um den Gegner in den Wahnsinn zu treiben und seine Willenskraft zu lähmen. Ihre Zwanzig-Millimeter-Geschütze hämmerten, weiße und rote Leuchtspuren spritzten übers Deck, während ein Flugzeug nach dem anderen seine Torpedos ausklinkte. Die unerfahrenen *gunner* gerieten in Panik und schossen wild um sich. Ihre Kugeln durchlöcherten die Rettungsboote und Steuerhäuser der umliegenden Schiffe.

Vor Abscheu schaudernd, mussten sie den Mut der deutschen Piloten bewundern. Mit selbstmörderischer Zielsicherheit flogen sie in eine Feuerwand, die immer dichter wurde, sobald die begleitenden Zerstörer ihre Vier-Zoll-Kanonen eingerichtet hatten.

Die *Wacosta* und die *Empire Stevenson* wurden getroffen, dann die *Macbeth* und die *Oregonian*.

Nach fünf Minuten war es überstanden. Mitten im Konvoi war eine Heinkel auf dem Wasser notgelandet. Das Flugzeug schwamm, und die Besatzung kletterte auf einen der Flügel. Sie hoben die Hände, als Zeichen, dass sie sich ergaben. Sie waren keine Feinde mehr und ohne ihre Maschinen bloß wehrlose Menschen. Sie drehten sich im Kreis, als wollten sie mit jedem einzelnen der Seeleute Blickkontakt aufnehmen, die sich auf den vorbeifahrenden Schiffen an der Reling versammelt hatten. Dann senkten sie ergeben die Köpfe. Sie warteten auf das Urteil.

Es fiel ein Schuss. Einer der Männer griff sich an die Schulter und drehte sich halb herum, bevor er auf dem Flügel in die Knie ging. Ein weiterer Schuss tötete ihn. Er fiel vornüber und blieb, den Oberkörper halb im Wasser, liegen. Die drei übrigen Besatzungsmitglieder begannen panisch auf dem Flügel umherzulaufen, als würden sie nach einer Deckung suchen. Einer von ihnen versuchte, zurück ins Cockpit zu klettern. Er wurde in den Rücken getroffen und stürzte auf den Flügel; von dort rollte er ins Wasser. Die beiden Überlebenden sanken auf die Knie und falteten flehend die Hände.

Sie hatten begriffen, was geschehen war. Die Verwandlung war nicht gelungen, sie waren nicht zu Menschen geworden. Sie waren noch immer der Feind, und der Beweis hing über ihren Köpfen in Form der schwarzen Wolke, die einmal die *Mary Luckenbach* gewesen war. Die *Oregonian* lag nicht weit entfernt auf der Seite, sie sank allmählich, nachdem drei Torpedos sie auf der Steuerbordseite getroffen hatten. Die Hälfte der Besatzung war barmherzig ertrunken, der Rest hatte sich an Bord der *St. Kenan* retten können. Dort kotzten sie nun Öl. Sie hatten Erfrierungen an den Gliedern, und vermutlich würden Amputationen notwendig werden.

Es war wie ein Echo der Nächte, in denen die Besatzung der *Nimbus* den Funkverkehr der englischen Luftwaffe gehört und jeder von ihnen sich gewünscht hatte, dass ein Deutscher vor ihm stand, in den er seinen Revolver entladen konnte. Endlich hatten sie den Feind vor Augen, nicht eine Kriegsmaschine, sondern lebendige, verletzbare Menschen, denen sie Schmerzen zufügen, an denen sie sich rächen konnten. Endlich gab es eine Chance, das enorme Ungleichgewicht, mit dem sie lebten, auszugleichen.

Damals hatte Knud Erik auf der anderen Seite gestanden und gehofft, er wäre das Ziel der Kugeln. Nun spürte er dieselbe Mordlust wie die anderen, unvermittelt und heftig.

In ihm war das Ungleichgewicht größer als bei manchem anderen.

Er sah die beiden Männer, die auf dem Flügel des abgeschossenen Flugzeugs knieten. Er sah die Seeleute, von denen Hunderte an der Reling der vorbeifahrenden Schiffe standen, einige mit Gewehren in der Hand, die Kanoniere auf ihren Plätzen hinter den Geschützen. Sie schossen mit leichtem Herzen, als stünden sie an einem Schießstand auf dem Jahrmarkt. Sie hatten wohl das Gefühl, wieder zu Männern zu werden, denn nur auszuhalten und zu erdulden war kein Leben für Männer. Nun antworteten sie wieder.

Die Kugeln peitschten das Wasser um das abgeschossene Flugzeug auf. Ein weiteres Besatzungsmitglied wurde getroffen. Er wurde nach hinten geschleudert, wie weggefegt von einer mächtigen Hand, die die Sinnlosigkeit seines Lebens und der Gebete demonstrieren wollte, die er aufsagte, um dieses Leben zu retten. Der Schuss musste aus einem der großkalibrigen Geschütze gekommen sein. Der Mann landete im Wasser und war sofort verschwunden.

Der Letzte der Überlebenden sank in sich zusammen. Seine gefalteten Hände lösten sich voneinander und fielen auf die Oberschenkel. Den

Oberkörper beugte er vornüber. Er entblößte den Nacken, als erwartete er einen Genickschuss.

Es wurde still. Die Männer senkten die Gewehre. Etwas Feierliches lag in diesem Augenblick. Es schien, als hielten sie die Luft an, bevor sie die Hinrichtung vollendeten. Langsam wurde ihnen klar, was sie getan hatten. Ihr Blutdurst war gestillt, noch bevor der Feind ausgelöscht war. Knud Erik schob den Kanonier zur Seite. Er war ein untrainierter Schütze. Die Kugeln, die aus dem Maschinengewehr spritzten, zogen einen langen Schaumstreifen über das Wasser, bevor er mit seinen Schüssen das Flugzeug erreichte. Dann trafen sie ihr Ziel.

Er hatte einen Menschen getötet, und alles in ihm drehte sich um.

Schluchzend sank er über dem Geschütz zusammen, ohne das erhitzte Metall zu beachten, das sich durch die Haut seiner Hände brannte.

*   *   *

Sie hatten die Bäreninsel auf dem 74. Breitengrad nördlich hinter sich gelassen, als der Befehl der britischen Admiralität kam. Verteilen. Knud Erik wusste von der vorbereitenden Sitzung in Hvalfiorður auf Island, dem Ausgangspunkt des Konvois, und von jedem anderen Konvoi, mit dem er bisher gefahren war, dass dieser Befehl nur ein Todesurteil sein konnte. Es galten viele Regeln bei einer Fahrt im Konvoi, eine war jedoch die wichtigste von allen: zusammenbleiben. Nur zusammen kommt ihr durch. Allein seid ihr verloren, eine leichte Beute für die U-Boote, ohne Schutz, ohne jemanden, der euch aufnimmt, wenn ihr versenkt werdet.

Wie oft hatte die Besatzung der *Nimbus* diese Anweisung nicht von einem vorbeifahrenden Zerstörer über Megafon gehört, wenn sie trotz Antons Anstrengungen im Maschinenraum zurückfielen. *«Stragglers will be sunk.»*

Sie wussten, dass es keine Warnung war, sondern ein Urteil, ein Abschied, der nicht von der üblichen aufmunternden Versicherung begleitet wurde, man würde sich wiedersehen.

Sie wussten nur eines: dass die Ladung anzukommen hatte, dass die Panzer, Fahrzeuge und Munition, mit denen ihr Laderaum gefüllt war, auf langen Umwegen bei anderen landen würden, an weit entfernten Fronten, an denen die Kraftprobe zwischen Deutschen und Russen den Ausgang des Krieges entschied – und damit auch ihr eigenes Schicksal. Sie wussten es, aber ohne die Gewissheit, dass es sich wirklich so verhielt. Was sie sahen, waren das Meer, die angreifenden Junkers und Heinkels, die Kielwasserstreifen der Torpedos, explodierende und sinkende Schiffe, Männer, die im eiskalten Wasser um ihr Leben kämpften.

Ihr Einsatz im Krieg war wichtig. Daran mussten sie glauben. Aber in dem Moment, als sie den Befehl bekamen, ihren Platz im Konvoi aufzugeben und sich allein nach Molotovsk durchzuschlagen, begriffen sie, dass es nur ein Glaube gewesen war. Nun verloren sie ihn. An seine Stelle trat das Rätselraten über den Grund dieses verhängnisvollen Befehls; und wie immer, wenn eine Situation ungewiss und der Druck groß ist, fügten sich die Reste der Gewissheit zu einem Verdacht. Es war ein Gerücht, das jeden einzelnen Konvoi begleitet hatte, der je nach Russland gefahren war; und das Gerücht folgte den Konvois mit der gleichen Unvermeidbarkeit, wie der Rauch dem Schornstein folgt, das Kühlwasser der Schraube und der Torpedo der wertvollen Last: Sie waren lediglich ein Köder.

In einem der norwegischen Fjorde lag das fünfundvierzigtausend Bruttoregistertonnen große deutsche Schlachtschiff *Tirpitz* auf der Lauer. Es war das größte Schlachtschiff der Welt, eine Bedrohung für alles, was sich auf dem Nordatlantik bewegte, ein Symbol für den Traum der Nazis von der Weltherrschaft. Und vielleicht war das Schlachtschiff als Symbol am wertvollsten. Nur selten wagte es sich aus seinem Versteck zwischen den schützenden Felswänden des Fjords. Stattdessen drohte es wie der angekettete Fenriswolf mit einem Ragnarök, das niemals kam. Aber sie waren überzeugt, dass es nun geschehen würde: Der Fenriswolf würde seine Ketten zerreißen, und sie waren der Köder.

Als die sechsunddreißig Schiffe des Konvois der Befehl erreichte, die Formation aufzugeben und sich auf eigene Verantwortung nach Murmansk und den Häfen des Weißen Meeres, nach Molotovsk und Archangelsk, durchzukämpfen, wussten sie mit all der teuer erkauften Erfahrung, die Furchen in ihre Gesichter geschnitten und ihnen zu unzähligen Frostbeulen verholfen hatte, dass die Deutschen die überwältigende Feuerkraft der Fünfzehn-Zoll-Kanonen der *Tirpitz* gar nicht brauchten, um dem ein Ende zu bereiten, was ehemals ein Konvoi gewesen war. Das konnten auch die U-Boote erledigen. Denn die sechsunddreißig Schiffe des Konvois sollten die Fahrt ohne die britischen Zerstörer und Korvetten fortsetzen, die sie bisher begleitet hatten. Sie waren wehrlos.

Aber nicht nur das. Ihre eigenen Beschützer hatten sie in den Hinterhalt gelockt.

Verbittert erkannten sie ihre Bedeutungslosigkeit. Sie waren entbehrlich.

Aber war es ihre Ladung denn auch? In Hvalfiorður hatte man ihnen gesagt, dass die sechsunddreißig Schiffe des Konvois insgesamt zweihundertsiebenundneunzig Flugzeuge, fünfhundertvierundneunzig Panzer, viertausendzweihundertsechsundvierzig militärische Fahrzeuge und einhundertfünfzigtausend Tonnen Munition und Sprengstoff für Russland geladen hatten. Sollte all dies geopfert werden, damit britische Flottenoffiziere sich rühmen konnten, die *Tirpitz* auf den Grund des Meeres geschickt zu haben?

Sie begriffen es nicht. Sie verstanden nichts von diesem Krieg, nur, dass sie sich ausschließlich auf sich selbst verlassen konnten, wenn sie überleben wollten. Nicht einmal die letzte Ehre des Soldaten, dass sein Opfer doch eine Art von Sinn ergibt, durften sie in Anspruch nehmen. Wenn sie untergingen, würden sie verschwinden, ohne irgendeine Spur zu hinterlassen – als ob es sie nie gegeben hätte.

Trotz wurde in ihnen wach. Es war nicht nur Trotz gegen den Feind, sondern auch gegen den Freund, so als hätten sie nicht mehr die Kraft, zwischen den beiden zu unterscheiden.

Für Knud Erik stellte der Befehl eine Befreiung dar. Er musste sich nicht länger um die Ertrunkenen sorgen. Nun ging es nur um ihn und seine Besatzung. Endlich konnte er sich dem Zynismus hingeben, der immer dann zutage tritt, wenn eine Gewissenskrise lang genug anhält. Sie waren allein auf dem Meer, so wollte er es. Allein, ohne die roten Lichter.

Er änderte den Kurs und steuerte nördlich auf Hope Island zu, dem Eisrand so nah wie möglich. Dichter Eisnebel lag über dem gesamten

Gebiet. Er befahl der Mannschaft, das Schiff weiß zu streichen. Sie blieben einige Tage liegen. Sie löschten die Kessel, damit der Rauch des Schornsteins sie nicht verriet. Das Packeis scheuerte am Rumpf. Die Stahlplatten des Schiffs gaben mit einem bedrohlichen Knarren nach, hin und wieder schlug es in ein lautes Diskantgeräusch um, das an einen Schrei erinnerte. Die *Nimbus* war ein glückliches Schiff, doch nun warnte der Rumpf unter dem Druck des Eises, dass auch das Glück sich verbrauchen konnte.

Knud Erik dachte an die *Kristina,* die einst im Eis festgesessen hatte. Das schwere Schiffsholz war anders mit dem Druck umgegangen. Es musste nicht wie der Stahl seine Stärke beweisen. Das Eis hatte sich abgenutzt, bis es das Gewicht, das das Schiff zu zerdrücken drohte, einfach anhob.

Er ignorierte den kreischenden Stahl. Lieber das Eis als die U-Boote. Es schien, als würde er davon träumen, die *Nimbus* einfrieren zu lassen, bis die Welt wieder auftaute und die Waffen schwiegen. Sein ganzes Leben hatte er als Seemann gegen das Meer gekämpft. Nun suchte er das gefährliche Eis, als wäre es ein Freund.

Knud Erik schaltete das Funkgerät ein und versammelte die Besatzung darum, so wie sie es getan hatten, als sie die Frequenzen der britischen Luftwaffe abhörten. Sie vernahmen nichts anderes als Notrufe, ein S.O.S. nach dem anderen tönte aus dem Äther, und jeder Notruf war bereits eine Todesnachricht. Es lagen nur Minuten zwischen dem Angriff und dem Ende des Schiffs. Niemand kam ihnen zu Hilfe. Jedes Schiff versank allein in dem eiskalten Wasser. Die *Carlton,* die *Daniel Morgan,* die *Honomu,* die *Washington* und die *Paulus Potter.* Sie zählten zwanzig Schiffe. Es gab keine Verstecke, auch nicht hier im Eisnebel am Ende der Welt.

Sie brachen auf und folgten der Packeisgrenze ostwärts. Sie hielten sich noch immer nördlich des 75. Breitengrades, bis sie Novaja Zemlja erreichten. Von dort aus ging es südlich in Richtung Weißes Meer. Auf offener See stießen sie auf vier Rettungsboote. Es waren die Überlebenden der *Washington* und der *Paulus Potter.* Beide Schiffe waren von einer Formation Junkers 88 versenkt worden, deren Besatzungen sie überflogen, als die Mannschaften in die Boote gingen. Die Piloten hatten ihm munter zugewinkt, während ein Kameramann sie für die deutsche Wochenschau filmte. Sie hatten nicht zurückgewinkt.

Kapitän Richter von der *Washington* kam an Bord. Er bat um die Erlaubnis, eine Seekarte einsehen zu dürfen. Nachdem er eine Weile über den Kartentisch gebeugt dagestanden hatte, fragte er, ob sie einen Kompass entbehren könnten.

Seine Männer saßen noch immer in den Rettungsbooten.

«Was wollt ihr mit einem Kompass?», fragte Knud Erik. «Wir nehmen euch an Bord.»

Richter schüttelte den Kopf.

«Wir ziehen es vor, auf eigene Faust weiterzufahren.»

«In einem offenen Boot? Es sind vierhundert Seemeilen bis zur nächsten Küste.»

«Wir wollen sie gern lebend erreichen», erwiderte Richter und sah ihn ruhig an.

Knud Erik dachte einen Moment, dass der Kapitän noch unter der Schockwirkung der Granaten stand.

«Das meine ich doch», sagte er in einem Ton, als müsste er ein widerspenstiges Kind überzeugen. «Kojen können wir euch nicht bieten, aber einen warmen Platz zum Schlafen finden wir schon. Wir haben reichlich Proviant, und bei diesem Wetter machen wir neun Knoten Fahrt. In ein paar Tagen sind wir da.»

«Du bist dir doch im Klaren darüber, was mit dem Rest des Konvois geschehen ist?», fragte Richter in unverändert ruhigem Tonfall.

Knud Erik nickte.

«Ein Rettungsboot ist der sicherste Ort, an dem man sich aufhalten kann. Die Deutschen vergeuden ihr Pulver nicht an ein paar Männer in einem Boot. Sie suchen nach den Schiffen. Euch werden sie auch noch erwischen. Ich danke für das Angebot, aber wir ziehen es vor, uns allein durchzuschlagen.»

Richter kletterte mit dem Kompass die Leiter hinunter. Seine Männer saßen da und schlugen mit den Armen, um sich warm zu halten. Wenn es auffrischte, würde das Wasser über sie hinweggehen und in einen Panzer aus Eis einschließen.

Dennoch zogen sie das Rettungsboot vor.

Die Männer legten sich in die Riemen, und Knud Erik befahl volle

Kraft voraus. Er stand auf der Brücke und schaute den Booten, die rasch kleiner wurden, lange nach.

Am folgenden Tag tauchte eine einzelne Junkers am Horizont auf und flog direkt auf sie zu. Ihre Maschinengewehre begannen bereits aus weitem Abstand zu rattern, und die Kanoniere auf der Brücke schossen zurück. Das Steuerhaus wurde mehrfach getroffen, aber keiner der Männer auf der Brücke. Dann klinkte die Junkers die Bombe aus. Das Flugzeug flog so niedrig, dass es beinahe mit dem Mast kollidierte. Die Bombe explodierte unweit der Steuerbordseite im Wasser, nicht dicht genug, um den Rumpf aufzureißen, aber nah genug, um die *Nimbus* durch die Detonation halb aus dem Wasser zu heben und mit einer Gewalt wieder eintauchen zu lassen, dass ein Dampfrohr im Maschinenraum platzte und die Maschine aussetzte. Sie waren nicht mehr manövrierfähig.

Die Junkers wendete und kam heulend zurück. Die Geschütze feuerten mit voller Kraft. Noch einmal wurde das Steuerhaus durchlöchert. Die Männer warfen sich auf den Boden. Nur der Kanonier auf der Brückennock stand noch aufrecht. Sie warteten auf die Explosion, die signalisierte, dass die *Nimbus* den Todesstoß empfing. Das Schiff war beladen mit britischen Valentin-Panzern, Lastwagen und TNT. Bekamen sie einen Volltreffer, wäre keine Zeit mehr, in die Boote zu gehen. Sie alle wussten es.

«Komm schon, zum Teufel!» Knud Erik hörte sich selbst fluchen.

Draußen schoss der Kanonier weiter, als hätte er einen Krampf in den Händen. Hinter dem Hacken der Geschütze hörten sie, wie der Motorenlärm des Flugzeugs langsam erstarb. Sollte der Pilot wirklich beschlossen haben, sie zu verschonen? Sie blieben auf dem Kajütboden liegen, außerstande zu glauben, dass die Gefahr vorüber war. Jeden Moment konnte der Lärm der Flugzeugmotoren wieder anschwellen, und dann wäre es vorbei. Es blieb ruhig. Dann registrierten sie, dass das Geschütz auf der Brückennock still war.

«Es ist vorbei», sagte der Kanonier.

Sie zitterten, als sie auf die Beine kamen.

Die Junkers war ein kleiner Fleck dicht am Horizont.

Der Pilot musste auf dem Heimweg von einer Jagd gewesen sein, als er sie entdeckte. Er verfügte nur noch über eine Bombe und hatte es versucht.

Die *Nimbus* hatte einmal mehr bewiesen, dass sie ein glückliches Schiff war.

Lieber Knud Erik,

tritt einen Mann in den Dreck und beobachte, was er unter deinem Stiefel macht. Kämpft er, um wieder hochzukommen? Schreit er über die Ungerechtigkeit, die ihm widerfährt? Nein, er liegt dort, stolz auf all die Tritte, die er erträgt. Seine Männlichkeit ruht in seiner törichten Hartnäckigkeit.

Was macht so ein Mann, wenn er unter Wasser gehalten wird? Kämpft er, um wieder hochzukommen?

Nein, sein Stolz liegt in seiner Fähigkeit, die Luft anzuhalten.

Ihr lasst die Wellen über euch strömen, ihr habt gesehen, wie das Schanzkleid eingeschlagen wird, wie Masten über Bord gehen, wie das Schiff ein letztes Mal eintaucht und sich nicht wieder aufrichten kann. Ihr habt zehn Jahre lang die Luft angehalten, zwanzig Jahre, hundert Jahre. In den Jahren um 1890 hattet ihr dreihundertvierzig Schiffe, 1925 waren euch noch einhundertzwanzig Schiffe geblieben, zehn Jahre später war auch diese Zahl halbiert. Wo sind sie hin? Uranus, Svalen, Smart, Star, Kronen, Laura, Frem, Saturn, Ami, Danmark, Eliezer, Ane Marie, Felix, Gertrud, Industri *und* Harriet? *Spurlos verschwunden, zerquetscht vom Eis, kollidiert mit Trawlern und Dampfern, untergegangen, zu Wracks geworden, bei Sandø, Bonavista, gestrandet in der Bucht von Waterville und bei Suns Rock.*

Weißt du, dass jedes vierte Schiff, das auf Neufundlandfahrt ging, nie zurückkam?

Was braucht es, um euch davon abzuhalten? Fallende Frachtraten? Aber die Frachten fallen und fallen, seit zehn Jahren um die Hälfte. Und ihr habt weniger Heuer bekommen, die Verpflegung war noch elender als vorher, aber ihr habt die Zähne zusammengebissen. Ihr habt geübt, unter Wasser die Luft anzuhalten.

Ihr seid dorthin gefahren, wohin es niemand wagte oder wollte. Ihr wart die Letzten.

Chronometer hattet ihr nicht mehr an Bord, ihr konntet sie euch nicht mehr leisten. Den Längengrad konntet ihr nicht bestimmen, und wenn ein Dampfer vorbeikam, musstet ihr die Signalflagge hissen und fragen: Wo sind wir?

Ja, wo seid ihr?

Verzweifelt …

Deine Mutter

Wally sah es als Erster.

Sie standen auf der Brücke und überwachten die Löscharbeiten, als er sich an die anderen wandte.

«Seht ihr nicht, was für ein herrlicher Ort das hier ist?», fragte er begeistert.

Sie schüttelten sich in ihren Dufflecoats und schauten über Molotovsk. Im Hafen lagen halb versunkene, zerschossene Schiffe. Am Kai türmten sich große Trümmerhaufen, die einmal Lagerhäuser gewesen waren. Ein Stück weiter entfernt ragten einige barackenähnliche Gebäude aus der flachen, felsigen Landschaft, viele von Ruß geschwärzt und mit Planen bedeckt. Es war Hochsommer, doch obwohl die Sonne fast vierundzwanzig Stunden am Himmel stand, sorgte sie kaum für eine mildere Luft. Das konstante Licht vermittelte ihnen eher das Gefühl, als hätte man ihnen die Lider abgeschnitten, als befänden sie sich in einer Welt, in der der Schlaf abgeschafft war. Als wüchse in ihren Köpfen eine graue Wollmasse, eine lauernde Apathie, die der grauen Felslandschaft, dem Licht und dem Bewusstsein entsprang, sich verteufelt weit von jedweder vernünftigen Zivilisation zu befinden.

«Holt die Zwangsjacke», sagte Anton mürrisch, «der Bursche kriegt den Koller. Er glaubt, er ist in New York.»

«Das hier ist besser als New York. Nur weil der erste Ingenieur dort unten in der Dunkelheit blind wie ein Maulwurf geworden ist, müssen wir andere es doch nicht sein.»

Endlich sahen sie es auch, und hinterher verstanden sie nicht, dass sie es nicht sofort gesehen hatten, als sie Molotovsk anliefen.

Es gab nicht einen Mann am Kai. Es waren Frauen, die die Ladung löschten und die Kisten mit Munition im Laderaum an Taljen befestigten. Es waren Frauen, die mit Maschinenpistolen in den Händen auf dem Kai patrouillierten, wo magere, dürftig bekleidete deutsche Kriegsgefangene die Kisten für den Weitertransport auf die Ladeflächen der Lastwagen stapelten. Es waren Frauen, die hinter dem Steuer saßen und darauf warteten, die Fracht an die Front zu bringen.

«Schau dir den Arsch an», sagte Helge und deutete darauf.

Viel gab es indes nicht zu sehen. Die Frauen trugen Filzstiefel und weite, lose sitzende Overalls, die die Körperformen kaschierten. Sie konnten allenfalls die Statur ahnen, die sich unter den faltigen Anzügen verbarg – ob sie schlank oder kräftig, groß oder klein war. Vereinzelt gab es junge Frauen, die meisten sahen jedoch aus, als wären sie über dreißig, aber es fiel schwer, ihr Alter zu schätzen. Sie hatten breite Gesichter und eine graue, ungesunde Hautfarbe. Die Haare verbargen sie unter Schirmmützen oder Kappen, nur vereinzelt trug jemand ein Kopftuch.

Es war drei Monate her, dass die Männer zuletzt Landurlaub gehabt hatten, und der Anblick der Frauen im Laderaum und auf Deck reichte, um die wichtigste Komponente ihrer Begierden zu wecken, die Phantasie. Jeder fing an, von seinem bevorzugten Teil der weiblichen Anatomie zu schwärmen, während sie den Frauen mit den Augen ihre grobe, dreckige Arbeitskleidung und die Uniformen auszogen, in der wahnsinnigen Hoffnung, dass sich unter jeder einzelnen Uniform ein Pin-up-Girl verbarg – wie ein Schmetterling in einer schmutzig grauen Puppe.

Knud Erik trug seine Kapitänsuniform, die er sonst nie anzog. Doch man wusste, dass die Kommunisten nur Uniformen respektierten, daher war es kluge Diplomatie, so offiziell wie möglich auszusehen, wenn er irgendetwas in den Verhandlungen mit den sowjetischen Behörden erreichen wollte. Er bemerkte eine Soldatin, die ihn unverwandt anstarrte. Ihr gefällt die Uniform, dachte er. Er suchte ihren Blick und hielt ihn fest. Sie war schlank, hatte das aschblonde Haar stramm im Nacken hochgebunden und war ungefähr in seinem Alter. Er wusste nicht, warum er ihren Blick erwiderte. Es war ein Reflex, der sich nicht beherrschen ließ, obwohl er sich darüber im Klaren war, dass sie es als Provokation auffassen könnte. Sie schlug die Augen nicht nieder, sondern hielt seinem Blick stand. Es war eine Kraftprobe. Anders konnte er es sich nicht erklären, obwohl er nicht wusste, worin der Sinn bestand.

Seine Konzentration wurde durch ein lautes Krachen abrupt unterbrochen. Eine Munitionskiste hatte sich aus dem Flaschenzug gelöst, war auf den Kai gefallen und aufgeplatzt. Einer der deutschen Gefangenen begann sofort, darin herumzuwühlen. Er ging offenbar davon aus, dass die Kiste Essbares enthielt, und suchte nun irgendetwas, womit er für einen Moment seinen Hunger stillen konnte. Zwei Hafenarbeiterinnen packten ihn und zogen ihn fort. Er kämpfte einen Moment, um sich loszureißen, gab dann aber auf und ließ sich widerstandslos den Kai hinunterschleppen. Die Löscharbeiten waren unterbrochen.

Die Soldatin, die noch einen Augenblick zuvor Knud Erik angestarrt hatte, brüllte einen kurzen Befehl, und die Arbeiterinnen ließen den Gefangenen los. Die Soldatin trat auf ihn zu, entsicherte ihre Maschinenpistole, die sie an einem Riemen über der Schulter trug, und feuerte aus kurzer Entfernung. Sie blieb einen Moment stehen und schaute auf den Boden, um sicherzugehen, dass die magere Gestalt nicht mehr am Leben war, die ausgestreckt vor ihr lag. Dann hob sie den Blick, und wieder starrten sie sich an. Diesmal hatte er keinen Zweifel über die Absicht ihres Blicks. Sie forderte ihn heraus.

Tagsüber blieb er immer nüchtern. Aber wenn er abends allein in seiner Kajüte saß und sein Verstand sich durch die Flasche Whisky, die vor ihm stand, langsam eintrübte, wusste er genau, wem er begegnet war. Sie war ein Todesengel und gekommen, um ihn zu holen; und auf eine widerwärtige Weise, gegen die er sich nicht zur Wehr setzen konnte, erregte ihn dieser wahnsinnige Einfall. Zum ersten Mal seit den Bombennächten von London spürte er eine Erektion.

Die Stadt lag ein paar Kilometer vom Hafen entfernt und bestand lediglich aus ein paar Holzhäusern rund um einen Platz. Wenige hundert Meter entfernt begann die Wildnis, und die Straßen, die wie Speichen an einem Rad von dem Platz ausgingen, führten nirgendwohin.

Abends suchten sie den International Club auf. Das Erste, was sie dort sahen, war ein schlecht ausgestopfter, mager wirkender Bär, der auf den Hinterbeinen stand; aufrecht und mit einem eine Reihe gelblicher Zähne entblößenden offenen Maul. Die Eckzähne waren ausgeschlagen oder absichtlich abgebrochen, als ob jemand fürchtete, dass der Bär plötzlich zum Leben erwachen und die Gäste des Klubs angreifen könnte. Hinter einem Tisch in der Ecke saß ein kahlköpfiger Mann in einem weißen Hemd und roten Hosenträgern, der eine Kasse vor sich hatte. Neben ihm lag eine Krücke. Auf die aus ungehobelten Brettern zusammengezimmerte Bühne hatte ein Ziehharmonikaspieler seinen Stuhl gestellt; auch er war außerstande, sich ohne Krücke zu bewegen. Beide waren um die fünfzig und trugen etliche Orden auf der Brust. Sie schienen die einzigen Männer zu sein, die die Besatzung der *Nimbus* je im International Club sah.

Inzwischen hatten sie sich einen Überblick über die Verluste verschafft, die der Konvoi erlitten hatte. Von den sechsunddreißig Schiffen hatten zwölf ihr Ziel erreicht, die meisten waren nach Murmansk oder Archangelsk gefahren; die *Nimbus* war das einzige Schiff des Konvois in Molotovsk, und das bedeutete, dass sie in einer Stadt, die von Frauen bevölkert war, konkurrenzlos waren. Sie sahen andere Männer auf der Straße, aber wie der Kassierer und der Musikant im International Club waren es Krüppel oder weißhaarige Greise.

Kinder gab es nur wenige. Sie kamen zu ihnen, um Zigaretten oder Schokolade zu erbetteln. Ihre seltsam altklugen Gesichter leuchteten in einem beflissenen Lächeln auf.

«*Fuck you, Jack!*», sagten sie.

Es war ein Gruß, den sie von englischen Seeleuten gelernt hatten.

«*Fuck you, Jack!*», grüßte Wally zurück und steckte ihnen eine Zigarette zu.

Das Bier im Klub schmeckte nach Zwiebeln, also hielten sie sich an den russischen Wodka, der stark wie Fensterspiritus war. Setzte man sich, stiegen aus den roten Plüschsofas, die zusammen mit Tischen ohne Tischdecken die Einrichtung des Klubs ausmachten, jedes Mal Staubwolken auf. Auch der Boden starrte vor Dreck, und Anton behauptete, dass Frauen keine Lust mehr hätten, den Fußboden zu schrubben, wenn sie erst einmal eine Maschinenpistole in die Hand bekämen.

Die Besatzung der *Nimbus* saß in der einen Ecke des Klubs, die Frauen in der anderen. Sie hatten ihre Arbeitskleidung abgelegt und trugen stattdessen Kleider, die aussahen wie umgearbeitete Kittel. Das Haar hatten sie aufgesteckt, aber ihre breiten, herzförmigen Gesichter wirkten ebenso farblos wie bei Tageslicht. Schminke gab es nicht.

Es ging das Gerücht, dass sie allesamt Spioninnen seien, die sich nur mit fremden Seeleuten zusammentaten, um ihnen ihre Geheimnisse zu entlocken. Aber das machte sie nur interessanter, und außerdem hatte die Besatzung der *Nimbus* keine Geheimnisse.

«Sie sollen nur kommen», meinte Wally, «ich lass mich gern ausspionieren.»

Er ging über die Tanzfläche auf die Damen zu und zog einen Lippenstift aus der Tasche. Sie sahen mit leuchtenden Augen zu ihm auf und kicherten. Er reichte den Lippenstift einer üppigen Blondine in einem blassblauen Kleid, die sofort begann, die Lippen ihrer Nachbarin nachzuziehen. Der Lippenstift ging reihum, und die roten Münder drehten sich ihm in einem gemeinsamen Lächeln zu. Er spitzte die Lippen zu einem Kuss, und ein erneutes Kichern lief wie eine Welle durch die Frauen.

Wally ging zur Bühne, auf der der Ziehharmonikaspieler noch nicht mit dem abendlichen Unterhaltungsprogramm begonnen hatte, und steckte ihm ein paar Zigaretten zu. Der Musiker klemmte sie hinters Ohr und griff zur Harmonika. Ein klagendes Geräusch ertönte, als er die Luft herausdrückte. Dann spielte er einen schweren, stampfenden Rhythmus.

Wally kehrte zu den Frauen zurück und verbeugte sich vor einer von ihnen. Mit einer überraschend behänden Bewegung sprang sie auf und führte ihn mitten auf die Tanzfläche, wo sie ihm eine Hand auf die Schulter legte. Er beantwortete ihre Geste, indem er seinen Arm um ihren fülligen Leib schlang. Sie war älter als er und führte ihn ohne zu zögern durch die ungewohnten Tanzschritte. Als das Stück zu Ende war, verbeugte sie sich und kehrte an ihren Platz zurück.

«Na ja, da hast du aber nicht viel von gehabt.»

Es war Anton. Wally wandte sich ihm zu.

«Das hier sind lediglich die einleitenden Verhandlungen. Erst zeige ich eine kleine Auswahl meines Warensortiments. Sie brauchen dann eine gewisse Bedenkzeit.»

«Du scheinst ja nicht viel Selbstvertrauen zu haben, wenn du sie so kaufen willst.»

Helge sah ihn spöttisch an. Die anderen protestierten.

«Hör doch auf mit diesem scheinheiligen Mist», meinte Absalon.

«Das machen wir doch alle ab und zu so. Du hättest doch mit dieser Kartoffelfresse gar keine Chance, wenn du nicht ein paar Scheine auf der Kommode lassen würdest.»

Die anderen lachten.

«Ach, die sind genau wie wir», sagte Wally. Es lag eine ungewohnte Zärtlichkeit in seiner Stimme. «Die brauchen es auch. So wie wir. Wir könnten so eine Kommunistenmöse total umsonst vögeln. Aber es schadet doch nichts, vorher ein bisschen Wind zu machen. Mal ehrlich, die sehen doch nicht gerade aus, als ob es hier besonders lustig ist.»

Knud Erik beteiligte sich nicht an dem Gespräch. Er saß abseits und ließ den Blick prüfend über die Frauen am anderen Ende des Saals gleiten. Befand sich sein Todesengel unter ihnen? Er war sich nicht sicher, ob er sie ohne Uniform wiedererkennen würde. Eine Maschinenpistole in den Händen einer Frau war ein ungewöhnlicher Anblick, der seine Aufmerksamkeit erregt hatte. Sie hatten sich in die Augen gesehen, und er fühlte sich merkwürdig sicher, dass sie, wenn sie an diesem Abend hier wäre, wieder versuchen würde, seinem Blick zu begegnen. Er brauchte nicht nach ihr zu suchen. Sie würde ihn finden.

Dennoch fuhr er fort, ein Gesicht nach dem anderen zu mustern. Die meisten wirkten plump und verhärmt. Sie drückten eine unendliche Müdigkeit aus, so dicht am Aufgeben, dass ein Gefühl des Mitleids in ihm aufstieg; aber er suchte keinen Menschen mit seinen Problemen. Er suchte die Selbstvergessenheit in ihrer extremsten Form.

Sie kamen drei Abende in den Klub, ohne dass er diese Unruhe spürte, die der prüfende Blick einer Frau stets auslöst. Es gab andere, die ihn ansahen. Er trug seine Kapitänsuniform, um ihr zu erleichtern, ihn wiederzuerkennen, aber mit den Goldstreifen am Ärmel und an der Mütze zog er auch andere Blicke auf sich, allerdings nicht den, den er suchte. Es gab eine junge Frau in einem grünen Kleid, beinahe hatte es die gleiche Farbe wie ihre Augen, die ihn unablässig anstarrte. Er schaute weg und reagierte nicht auf ihr offensichtliches Interesse.

Es wurde jetzt eifrig getanzt. Männer und Frauen setzten sich zueinander an die Tische. Die Barriere zwischen den russischen Frauen und den fremden Seemännern war durchgebrochen. Wally, der erfahrene große Junge mit seinem gewaltigen Appetit auf Frauen, stand überall im Mittelpunkt.

Knud Erik blieb auf dem roten Plüschsofa sitzen, ihn drängte es nicht auf die Tanzfläche.

An diesem Abend wurde Molotovsk aus der Luft angegriffen. Die deutschen Junkers hatten es auf die Hafenanlagen abgesehen. Die Mitternachtssonne glühte am Horizont, als der Fliegeralarm begann. Die *Nimbus* war das einzige Schiff im Hafen und als Ziel wie geschaffen. Halb betrunken sprangen sie aufs Kai und rannten ziellos umher. In der Umgebung gab es keinen Luftschutzraum, und die ersten Bomben fielen bereits. Die Luftabwehrbatterien rund um den Hafen schossen wütend zurück. Auch sie waren mit Frauen besetzt.

In der Nähe entdeckten sie einige große Zementrohre, die ihnen Schutz vor den Bomben bieten konnten. Die Rohre waren hoch genug, um aufrecht darin zu stehen. Eines der bereits zerbombten Lagerhäuser erhielt einen weiteren Treffer. Etwas weiter entfernt explodierte ein Lastwagen. Dröhnende Schläge auf dem Zementrohr ließen sie zusammenzucken. Es waren die großkalibrigen Geschosshülsen der Luftabwehrbatterien, die, ohne ihr Ziel getroffen zu haben, wie ein schwerer Regen aus Metall herabfielen. Dann hörten sie das kreischende Geräusch einer Junkers, die ins Trudeln geriet, gefolgt von einem dumpfen Knall. Es konnte eine Bombe, es konnte aber auch eine Maschine gewesen sein, die abgeschossen am Boden aufschlug.

Die Luftabwehrbatterien schossen weiter. Im Licht des brennenden Lastwagens sahen sie einen geöffneten Fallschirm über dem Boden schweben; der Pilot hing schlapp in den Seilen. Er erreichte den Boden, und der Fallschirm schlug über ihm zusammen. Er kam nicht wieder zum Vorschein, unter dem dünnen Stoff bewegte sich nichts.

Als kurz darauf Entwarnung gegeben wurde, lag die *Nimbus* noch immer dort, wo sie sie hinterlassen hatten. Das Schiff sah nicht aus, als hätte es einen Treffer abbekommen, aber die Bombenkrater auf dem Vorplatz des Kais bewiesen, dass nicht viel gefehlt hatte.

Einer plötzlichen Eingebung folgend, ging Knud Erik zu dem Fallschirm. Anton kam mit. Er packte den Stoff und zog daran, bis das Gesicht des Piloten auftauchte. Die blauen Augen waren aufgerissen, und sein Mund stand offen, als hätte ihn sein eigener Tod überrascht. Er lag in einer dunkelroten Lache aus Eingeweiden. Der Unterkörper und die Beine hatten sich in einem grotesken Winkel zum Rest des Körpers verdreht; sie sahen, dass es ihn in der Mitte beinahe zerrissen hätte. Das konnte keine Wunde sein, die ihm zugefügt worden war, als die Maschine getroffen wurde. Er hätte das Cockpit niemals so verlassen können. Die Frauen an den Luftabwehrgeschützen hatten gezielt auf ihn geschossen, als er am Fallschirm zur Erde schwebte; die schweren Geschosse, die zum Abschuss eines Flugzeugs gedacht waren, hatten seinen Körper zerfetzt. Dunkle Blutflecken bildeten sich auf der Fallschirmseide. Er war gelandet, als das Blut sich wie ein Platzregen aus seinen heraushängenden Eingeweiden ergoss.

Sie blieben bei diesem Anblick wie erstarrt stehen.

«Es nützt nichts, Skipper», sagte Anton schließlich.

Knud Erik sah auf. Anton hatte ihn noch nie «Skipper» genannt. Dennoch hatte er das erste Mal seit Monaten das Gefühl, dass ein Mensch sich an ihn wandte.

«Was meinst du?»

«Ich weiß, woran du denkst. Es nützt nichts, dass du versuchst, irgendeinen Sinn darin zu finden, was du in diesem Krieg erlebst. Es nützt auch nichts, dass du dich selbst anklagst. Das Einzige, was hilft, ist vergessen. Vergiss, was du selbst getan hast, vergiss, was andere getan haben. Wenn du leben willst, dann vergiss.»

«Das kann ich nicht.»

«Du musst aber. Uns allen geht es doch genauso. Aber es hilft nichts, darüber zu reden. Das macht es nur schlimmer. Eines Tages ist der Krieg vorbei, dann wirst du wieder zu dem, der du mal warst.»

«Genau das glaube ich nicht.»

«Wir müssen daran glauben», erwiderte Anton, «sonst wüsste ich nicht, was aus uns werden soll.»

Er legte die Hand auf Knud Eriks Schulter und schüttelte ihn sanft.

«Komm schon, Skipper. Es ist Zeit, zu Bett zu gehen.»

Am nächsten Tag sah er sie wieder. Sie stand in ihrer Uniform am Kai, die Maschinenpistole hing am Schulterriemen. Wieder spürte Knud Erik ihren Blick auf sich ruhen, bevor er aufschaute und sie erkannte. Es gab eine heimliche Verbindung zwischen ihnen, eine Art gemeinsamer Empfindsamkeit für die Nähe des anderen, die sie beide mit einem Band verknüpfte, über dessen Natur er sich nicht im Klaren war. Ihrem Blick folgte nie ein Lächeln oder ein Nicken, nichts, was ihre eigentliche Absicht verriet. Knud Erik hielt sich ebenfalls zurück. Es gab nur ihre Blicke, die sich suchten, und in ihrem starren Gesichtsausdruck, der die ganze Unnahbarkeit des Soldaten ausdrückte, fand er keinerlei Zeichen, dass es sich um etwas anderes handelte als um eine Kraftprobe. Sie konnte nur so enden, dass schließlich einer von ihnen vor dem anderen auf die Knie fiel, um seine Kapitulation zu signalisieren.

Ein plötzliches Entsetzen erfasste ihn bei dem Gedanken, dass sie noch einmal einen der deutschen Gefangenen, die im Hafen arbeiteten, niederschießen und es seinetwegen tun würde. So als wäre der tote Körper ein weiteres Glied ihrer heimlichen Verbindung, die mit jedem Tag, der verging, größer und stärker wurde. Zu seiner Erleichterung geschah nichts.

Die Löscharbeiten kamen nur langsam voran, und es war anzunehmen, dass noch Monate vergehen würden, bevor sie wieder in See stechen konnten. Die meisten Besatzungsmitglieder hatten jetzt eine Freundin. Alle Frauen erschienen inzwischen mit roten Lippen, einige hatten sich auch die Augen schwarz angemalt, und in den Tanzpausen wurde ganz offen Händchen gehalten.

Es vergingen weitere sieben Tage, bis sie im Klub auftauchte.

Knud Erik war enttäuscht, als er sie entdeckte. Es war der Blick, der wie gewöhnlich eine kitzelnde Unruhe in seinem Nacken hervorrief. Sonst hätte er sie wohl nicht wiedererkannt. Das kräftige aschblonde Haar war zu einem Seitenscheitel gekämmt und fiel ihr mit einer dicken Locke in die Stirn. Wie die anderen hatte sie sich die Lippen rot angemalt und schaute ihn unverwandt an. Sie saß ganz allein am Tisch, die anderen schienen Abstand zu ihr zu halten. Sofort erhob er sich und ging zu ihr, um sie zum Tanz aufzufordern. Die anderen – Männer wie Frauen – starrten ihn an. Es war das erste Mal, dass der Kapitän der *Nimbus* die Tanzfläche betrat.

Sie trug ein weißes, frisch gebügeltes Hemd. Ihre Haut wirkte blass, Augen und Haare waren beinahe farblos. Sie hatte Falten um den Mund, aber sie war nicht unattraktiv.

Nicht ihr Aussehen enttäuschte ihn. Aber sie hatte die Uniform ausgezogen und die Maschinenpistole abgelegt. Sie war eine Frau wie jede andere – nicht länger sein Todesengel, und plötzlich verstand er, dass er einem Irrtum unterlegen war. Sie hatte ihn angesehen wie eine Frau einen Mann ansieht. Nichts anderes war es gewesen. Nur hatte ihn diese ständige Vernichtung, die um ihn herum stattfand und an der er selbst teilhatte, so erschüttert, dass seine normalen Reaktionen verzögert waren. Alles, was er suchte, war ein so intensives Vergessen, dass es sich von dem Wunsch, zugrunde zu gehen, nicht mehr unterscheiden ließ.

Er legte den Arm um sie, und sie schmiegte sich an ihn. Sie war eine gute Tänzerin; sie blieben lange auf der Tanzfläche. Noch immer schaute sie ihn unverwandt an, und er sah die Sehnsucht in ihrem Blick. Sie suchte das, was er seinem eigenen Gefühl nach nicht mehr länger war: ein Mensch. Sie wollte seine Zärtlichkeit, seine Liebkosungen. Aber er hatte niemandem etwas zu bieten, außer den brutalen, drängenden Trieb, der nur nach seiner eigenen Befriedigung strebte.

Wie konnte sie hoffen, sie, die einen wehrlosen Menschen vor seinen Augen erschossen hatte und ein Teil des Schreckens war, der ihn umgab? Wie konnte sie Zärtlichkeit, Zuneigung, Sehnsüchte in sich haben, Liebe? Sah sie etwas in ihm, das er selbst nicht sehen konnte? Glaubte sie, in ihm Frieden zu finden, glaubte sie, dass eine Nacht ihr das zurückgeben könne, was sie für immer verloren hatte, als sie einen anderen Menschen tötete?

Woher kam dieser Optimismus?

Oder war sie einfach schon so abgestumpft, dass sie in zwei verschiedenen Welten gleichzeitig leben konnte, in der Welt des Tötens und der Liebe? Er konnte es nicht. Er wusste es mit Bestimmtheit, aber als sie sich an ihn presste, reagierte sein Körper, als wäre ein Teil von ihm im Besitz einer Hoffnung, die er selbst verloren geglaubt hatte.

Einige Stunden später verließen sie zusammen den Klub. Sie hatten kein Wort miteinander gewechselt. Knud Erik hatte sich nicht wie die anderen an Bord der Mühe unterzogen, die paar Worte zu lernen, die eine Situation auflockern konnten. Ja, nein, guten Tag, gute Nacht, auf Wiedersehen, du hübsch, wir Liebe machen, ich niemals vergessen. Sie hatte versucht, etwas zu sagen, doch er hatte jedes Mal den Kopf geschüttelt.

Draußen war es noch immer hell, dieses glimmende, sterbende und dennoch kräftige Licht, das die Sommernächte nördlich des Polarkreises erfüllt. Sie lehnte ihren Kopf an seine Schulter. Das Einzige, was Knud Erik von ihr wusste, war ihr Name, obwohl er selbst darauf keinen Wert legte. Sie hieß Irina. Er überlegte, ob es dem dänischen Irene entsprach. Er war nie einem Mädchen mit diesem Namen begegnet, hatte aber immer gedacht, dass der Name die Inkarnation von weiblicher Anmut und Zartheit sei. Nun begleitete er eine kaltblütige Mörderin, die diesen Namen trug.

Sie gingen auf die schwarz verbrannten Baracken zu, die statt eines Dachs mit einer Plane abgedeckt waren. Er vermutete, dass es sich um eine Kaserne handelte, allerdings gab es keine Wachposten oder Absperrungen. Er hatte von der Geschichte eines Seemanns gehört, der von einem Mädchen in eine derartige Baracke geschmuggelt worden war. Sie hatten sich auf ein Bett in einem großen verdunkelten Schlafsaal gelegt, und gerade als er die Hose ausgezogen und sich bereit gemacht hatte, wurde das Licht eingeschaltet. Er lag da mit einer beachtlichen Erektion. Und um ihn herum stand eine Gruppe Frauen und starrte ihn an.

Die Baracke erwies sich als leer. Sie blieben vor einem Verschlag stehen, dessen Tür mit einem Vorhängeschloss verriegelt war. Sie holte einen Schlüssel heraus und öffnete. Dann zog sie das Verdunklungsrollo herunter und zündete eine Petroleumlampe an. Es gab nichts anderes als ein Bett und einen Tisch. Auf dem Tisch sah er die Fotografie einer Frau, von der er vermutete, dass sie es war. Sie stand auf einer Lichtung zwischen Bäumen, zusammen mit einem Mann in Uniform und einem Mädchen, das ungefähr fünf Jahre alt war. Licht flimmerte über dem Waldboden, und der Mann und die Frau lächelten dem Fotografen zu. Beide hielten das Mädchen an der Hand. Der Soldat hatte die Mütze abgenommen und einen Arm um Irinas Schulter gelegt. Sie trug genau so ein weißes Hemd wie an diesem Abend.

Wo befanden sie sich jetzt? Der Mann wahrscheinlich an der Front oder tot. Und wo das Mädchen war, wussten die Götter. In Molotovsk jedenfalls nicht. Vielleicht hatte man sie an einen sichereren Ort in diesem riesigen Land gebracht.

Irina wandte ihr Gesicht ab, als sie bemerkte, dass er sich die Fotografie ansah; er vermutete deshalb, dass der Mann und das Kind tot waren. Sie legte sich aufs Bett und wartete auf ihn. Er kroch zu ihr und legte einen Arm um sie. Seine Hand suchte ihre Brust. Wie warm und weich sich ihre Haut anfühlte. Er wünschte sich nichts anderes als diese Weichheit und Wärme. Es war ein Bedürfnis, mehr als nur reines Begehren, animalisch, aber ohne wild zu sein. Ein Stück lebendige, atmende Haut zu berühren, das war alles, was er wollte, auch wenn diese Wärme von einer Frau kam, die gewohnt war, Leben zu nehmen, und es ohne mit der Wimper zu zucken tat.

Was war ihr durch den Kopf gegangen, als sie ihn ansah, nachdem sie ihre Maschinenpistole abgefeuert hatte? Hatte sie Vergebung gesucht, Verständnis? Hatte sie sich selbst oder vielleicht auch ihn gefragt, ob er sie noch immer als Mensch betrachten konnte?

Er spürte die Wärme ihrer Haut unter seiner Handfläche, diese unendliche, schmiegsame, umfassende Weichheit, und er legte seine Wange an ihre nackte Brust wie ein Schiffbrüchiger, der seinen Kopf auf den Strand bettet und die rettende Erde umarmt, nachdem er sich aus dem eiskalten Wasser befreit hat. Er wünschte, immer so liegen bleiben zu können und sich nie wieder bewegen zu müssen. Er wollte nur noch auf einem Kontinent nackter, warmer Frauenhaut sein, die sich endlos in alle Richtungen erstreckte.

In diesem Moment fing sie an zu weinen. Sie presste ihn an sich, ihre Hände fuhren ihm durchs Haar; inbrünstig wiederholte sie unablässig seinen Namen. Sie war eine Ertrinkende, genau wie er. Alles in ihm verkrampfte sich. Zwei Ertrinkende können sich nicht retten. Sie können sich nur gegenseitig hinabziehen.

Er kämpfte sich aus ihrer Umarmung frei. Er konnte nicht. Er war doch die ganze Zeit allein gewesen, auch als er mit seiner Wange an ihrer nackten Brust lag. Er war dazu verurteilt, allein zu sein. Er hatte einen Todesengel gesucht und einen Menschen gefunden, und dieser Situation war er nicht gewachsen.

Abrupt stieg er aus dem Bett und lief durch die leere Baracke, in der seine Schritte hallten, als ob all die Soldaten, die irgendwann einmal in diesem Gebäude gelebt hatten und nun tot waren, für einen Moment zurückgekommen wären.

*   *   *

Knud Erik wurde kurz nach Mittag abgeholt. So empfand er es jedes Mal, wenn er zu einer Besprechung mit den sowjetischen Behörden vor Ort bestellt wurde. Er fühlte sich abgeholt. Es kamen eine Soldatin und eine Dolmetscherin. Wie gewöhnlich waren beide Frauen. Die Dolmetscherin trug ebenfalls Uniform, aber sie war jung und strahlte ein Selbstbewusstsein aus, das verriet, dass sie sich als Repräsentantin von etwas Großem sah. Der Sowjetstaat sprach durch ihre Worte, die stets im Kommandoton vorgebracht wurden, allerdings in einem Englisch, das besser war als seines.

Sie hatte ganz leicht Lidschatten aufgetragen. Er konnte sich nicht erklären, woher sie ihn hatte. Im Klub hatte er sie nie gesehen, und er war sicher, dass sie keinerlei Umgang mit irgendwelchen Seeleuten pflegte, die Molotovsk anliefen. Knud Erik dachte, wenn die Gerüchte, die unter den Männern kursierten, der Wahrheit entsprachen und einige der Frauen Spioninnen waren, dann wäre sie eigentlich der richtige Typ dafür.

In der Regel ging es bei den Treffen um die Fracht. Details, die nicht stimmten, führten zu endlosen Diskussionen, und er kam zu diesen Sitzungen immer in der gleichen resignierten Stimmung. Er wusste, dass er nur einen weiteren Tag mit bürokratischen Schikanen vertrödelte, während er sich beleidigende Bemerkungen über den mangelhaften Kriegseinsatz der Alliierten anhören musste.

Ein einziges Mal jedoch hatte ihn eine Überraschung erwartet. Man überreichte ihm einen Umschlag mit Schecks für die Besatzung. Ein Kriegszuschlag der Russen, hundert Dollar pro Mann, persönlich unterschrieben von Josef Stalin.

«Ihr seid schön blöd, wenn ihr damit einfach in eine Bank spaziert und euch die hundert Dollar ausbezahlen lasst», hatte Wally gesagt, als er seinen Scheck in der Hand hielt.

«Vielleicht sind sie falsch», hatte Helge erwidert, «und wir werden verhaftet.»

«Einer meiner Freunde, er heißt Stan, hat einen dieser Schecks bekommen und ging damit in eine Bank auf der Upper East Side, um seine hundert Dollar von Väterchen Stalin zu kassieren. Der Kassierer hat ihn hin- und hergedreht. ‹Wart einen Moment›, sagte er zu Stan und brachte den Scheck dem Bankdirektor im vierten Stock, der ihn ebenfalls anglotzte, als hätte er noch nie einen Scheck gesehen. Mein Freund glaubte genau wie Helge, dass irgendetwas faul sei. ‹Ich werde dir zweihundert Dollar dafür geben›, sagte der Bankdirektor. ‹*What?*›, fragte mein Freund. Er verstand überhaupt nichts. ‹Okay, okay›, sagte darauf der Bankdirektor, ‹dreihundert Dollar.›»

«Ich versteh die Geschichte nicht», hatte Helge eingeräumt.

«Es ist die Unterschrift. Stalins persönliche Unterschrift. Die ist viel mehr wert als der Scheck.»

Diesmal ging es jedoch nicht um eine Besprechung über den Inhalt des Laderaums.

Die Dolmetscherin teilte ihm mit, dass er sie ins Krankenhaus zu begleiten habe.

«Ich bin aber nicht krank», erwiderte Knud Erik sarkastisch. Er war sicher, dass es sich um ein Missverständnis handelte.

«Es geht nicht um Sie», sagte die Dolmetscherin in einem Ton, als genösse sie es, ihn zurechtzuweisen. «Es geht um einen Patienten, den Sie auf unseren Wunsch mit zurück nach England nehmen sollen.»

«Die *Nimbus* ist kein Lazarettschiff.»

«Der Patient ist so gesund, wie er sein kann. Er kann auf sich selbst achten. Wir können ihn nicht behalten.»

«Er ist also imstande, an Bord zu arbeiten?»

«Das kommt ganz darauf an, wie Sie ihn einsetzen. Er ist im Übrigen Däne, genau wie Sie.»

Er hatte ihr nie erzählt, dass er Däne war. Sie war gut informiert.

«Lassen Sie uns aufbrechen», sagte sie kurz angebunden.

Er hatte erwartet, dass das Krankenhaus von Molotovsk sich in der Nähe des Hafens befand. Stattdessen lag es ein Stück weit außerhalb der Stadt, an einer der Straßen, von denen er geglaubt hatte, sie verlören sich in der Einöde. Ein langes flaches Holzgebäude ohne jegliches Anzeichen, dass sich hinter den ungestrichenen Bretterwänden ein Krankenhaus verbarg. Eine kräftige Frau in einem dreckigen Kittel hatte den Boden in eine Lache aus Wasser und Schlamm verwandelt, in der sie mit einem Schrubber herumfuhrwerkte und vergeblich versuchte, so zu tun, als würde sie den Boden wischen. Es platschte laut unter ihren Füßen, als sie in einen langen halbdunklen Korridor bogen, der voller Betten mit Patienten stand, die, nach den Geräuschen zu urteilen, die sie von sich gaben, alle im Sterben lagen.

In einem Krankenzimmer, in das kaum noch ein weiteres Bett passte, saß eine zusammengesunkene Gestalt in einem Rollstuhl mit hoher Rückenlehne am Fenster. Allem Anschein nach schlief der Mann, aber als er den Gruß der Dolmetscherin hörte, erwachte er und sah sich schlaftrunken um. Er war in eine Decke gehüllt, die den größten Teil seines Körpers bedeckte, doch Knud Erik sah, dass ihm der linke Arm fehlte. Das Gesicht war geschwollen und glühend rot.

Den Informationen nach, die Knud Erik erhalten hatte, befand sich der Mann seit vier Monaten im Krankenhaus; er konnte sich also ausrechnen, dass übertriebene Sonnenbäder nicht die Ursache dieser Gesichtsfarbe waren. Er befand sich in Russland. Auch in einem Krankenhaus floss der Wodka in Strömen.

Sein Gesicht verzog sich zu einem falschen Lächeln, als er Knud Erik erblickte, der seine Kapitänsuniform trug. Der Mann war eifrig bemüht, einen guten Eindruck zu hinterlassen, was Knud Erik verstand. Er sehnte sich fort aus dieser Einöde von Molotovsk, zurück in die Zivilisation, wie zerstört sie auch sein mochte.

«Du bist Däne, höre ich», sagte der Mann mit einer rauen Stimme, als wäre es lange her, seit er das letzte Mal gesprochen hatte.

Knud Erik nickte. Er streckte die Hand aus und nannte seinen Namen. Der andere ergriff enthusiastisch die Hand, schien aber einen Augenblick zu zögern, als hätte er Zweifel bei seinem eigenen Namen oder überlegte, ob er einen falschen angeben solle. Dann nannte er ihn.

Knud Erik wandte sich an die Dolmetscherin, die mit einem wohlwollenden Lächeln um ihren sonst so verkniffenen Mund hinter ihnen stand; sie sah aus, als würde sie zwei Familienmitgliedern nach vielen Jahren der Trennung zum Wiedersehen gratulieren wollen.

«Sie können mit dieser Kreatur hier machen, was Sie wollen. Sie können ihn von mir aus mit in den Keller nehmen und auf der Stelle erschießen. Oder ihn nach Sibirien schicken oder wohin auch immer ihr hier in Russland unerwünschte Personen schickt, verdammt noch mal. Aber es gibt einen Ort, an den er nicht kommt, und das ist an Bord meines Schiffs.»

Knud Erik verließ das Krankenzimmer, ohne sich noch einmal umzusehen. Er patschte durch den Korridor, auf den die Putzfrau mit ihrem schier unerschöpflichen Wassereimer nun ihre Bemühungen verlegt hatte.

«Kapitän Friis!», rief die Dolmetscherin ihm nach, und wieder bewunderte er ihre perfekte Aussprache, auch seines dänischen Nachnamens.

Dann war er aus dem Krankenhaus heraus und begann zu Fuß nach Molotovsk zurückzulaufen. Er war ein gutes Stück weit gekommen und konnte bereits die niedrigen Holzhäuser der Stadt erkennen, als ein Auto ihm den Weg verstellte. Die Dolmetscherin trat auf die Straße. Erst jetzt bemerkte er, dass ein schwarzes Pistolenholster an ihrem Gürtel hing.

«Ich glaube nicht, dass Sie den Ernst der Situation verstanden haben, Kapitän Friis. Das war ein Befehl, den ich Ihnen gegeben habe. Sie haben keine Wahl.»

«Sie können mich meinetwegen erschießen», erwiderte Knud Erik ruhig und nickte in Richtung ihres Holsters, «und diese Missgeburt hinterher zum Ehrenbürger der Sowjetunion ernennen. Mir ist es egal. Aber an Bord meines Schiffs kommt er nicht.»

«Sie sollten aufpassen, was Sie sagen, Kapitän.»

Sie machte auf dem Absatz kehrt und stieg wieder in den Wagen, der wendete und zurück zum Krankenhaus fuhr.

Knud Erik kam an Bord der *Nimbus* und gab den Befehl, auf der Stelle auszulaufen.

Der erste Steuermann schaute ihn nachsichtig an.

«Das geht nicht, Kapitän. Wir brauchen erst Feuer unterm Kessel. Außerdem fehlen uns noch eine Unmenge Papiere. Die würden uns zurückholen.»

«Zum Teufel aber auch!»

Knud Erik begann auf der Brücke auf und ab zu gehen, während er ungeduldig das Unvermeidliche abwartete.

Es verging nicht mehr als eine halbe Stunde, bis ein Lastwagen auf dem Kai vor der *Nimbus* hielt. Auf der Ladefläche saß ein Mann in einem Rollstuhl mit hoher Rückenlehne. Die Dolmetscherin stieg aus der Fahrerkabine. Die Besatzung lief an der Reling zusammen und betrachtete den Mann, der einen Arm hob und ihnen zuwinkte.

«He, Leute!», rief er munter.

Die Dolmetscherin befahl zwei Besatzungsmitgliedern, den Mann zusammen mit seinem Rollstuhl von der Pritsche zu heben und ihn die Gangway hinaufzutragen. Als man ihn aufs Deck gestellt hatte, machte sie eine ironische Ehrenbezeigung vor Knud Erik.

«Er gehört Ihnen, Kapitän.»

«Er fliegt über Bord, sobald wir außerhalb des Hafens sind.»

«Das liegt ganz in Ihrem Ermessen, Kapitän.»

Sie drehte sich um und nahm sich wieder auf den Beifahrersitz des Lastwagens Platz. Der Fahrer gab Gas und fuhr aus dem Hafen.

Der Mann im Rollstuhl saß abwartend da. Knud Erik trat neben ihn und wandte sich an die Besatzung, die in einem Halbrund auf Deck stand und den Neuankömmling neugierig betrachtete.

«Ich möchte euch gern unseren Gast vorstellen», sagte Knud Erik. «Sein Name ist Herman Frandsen.»

Vilhjelm und Anton rissen schockiert die Augen auf. Es war achtzehn Jahre her, dass sie ihn zuletzt gesehen hatten. Herman hatte sich verändert, er sah verlebt und mitgenommen aus, und man musste schon seinen Namen hören, um ihn wiederzuerkennen.

«Einigen von uns hier an Bord ist er bekannt. Aber nicht wegen seiner guten Taten. Er ist ein Mörder und Notzuchtverbrecher, und wenn einer von euch ihn unglücklicherweise über Bord schieben sollte, steht darauf eine Flasche Whisky als Belohnung.»

Herman sah vor sich hin und schien unbeeindruckt von der Rede, die Knud Erik gerade über ihn gehalten hatte.

«In der Zwischenzeit müssen wir wohl eine Arbeit für dich finden», fuhr Knud Erik fort. «Du hast dich genug ausgeruht. Steh auf!»

«Ich kann nicht.»

Mit seinem verbliebenen Arm schlug Herman ruhig die Decke zur Seite. Seine Hosenbeine waren von den Knien abwärts leer. Er hatte nicht nur einen Arm verloren. Man hatte ihm auch beide Beine amputiert.

*　*　*

Herman wurde nicht über Bord geworfen, als sie Molotovsk verließen.

Es gab auch niemanden, der sich darum bemühte, die Flasche Whisky zu gewinnen, die Knud Erik in Aussicht gestellt hatte, wenn jemand Herman zu einer wohlverdienten Ruhestätte am Meeresgrund verhalf.

«Ich habe noch das Wichtigste», erklärte Herman der Gruppe, die sich in der Messe um ihn versammelt hatte. «Meine rechte Hand, den besten Freund des Seemanns auf langen Freiwachen. Und ich bin immer noch in der Lage, einen zur Brust zu nehmen. Was kann ein Mann sich mehr wünschen?»

Seine «Wichshand» nannte Herman die Hand, die ihm noch geblieben war.

«*Shake hands*», sagte er und streckte die Pfote aus, nachdem er ihr diesen Namen gegeben und erklärt hatte, was damit alles noch möglich war.

«Ich hab sie gewaschen.»

Er ließ die Tätowierung auf dem Arm spielen.

«Der alte Löwe brüllt noch.»

Sie stellten sich in einer Reihe auf, um ihn zu begrüßen.

Herman hielt sich den größten Teil des Tages in der Messe auf. Er half mit, wenn gegessen werden sollte. Er deckte den Tisch und räumte wieder ab. Das gelang ihm mit dem einen Arm gerade noch. Es war eine demütigende Tätigkeit, aber es schien Herman nichts auszumachen. Es gab immer jemanden, der mit ihm eine Runde an Deck drehte, wenn das Wetter es zuließ. Irgendjemand, Knud Erik wusste nicht, wer, hatte eine Talje zugerüstet, mit der Herman sich auf die Brücke hochziehen konnte. Eines Tages saß er dort auf einem hohen Stuhl und bediente mit seiner kräftigen Hand das Ruder.

Knud Erik hatte den strikten Befehl gegeben, dass Herman keinen Alkohol bekommen dürfe, allerdings wusste er selbst, dass dieser Befehl nur seinem heimlichen Wunsch entsprang, Herman das Leben so unerträglich wie möglich zu machen. Dennoch traf er Herman immer wieder deutlich alkoholisiert an. Irgendwo an Bord gab es ein heimliches Wodkalager, und daraus versorgte ihn die Mannschaft. Sie behandelten ihn, als wäre er ein Maskottchen und kein Mörder.

Es gab drei Menschen an Bord, die nicht mehr leben würden, wenn es nach Herman gegangen wäre. Vilhjelm, Anton und Knud Erik selbst. Auch Fräulein Kristinas Leben hätte ohne ihn einen anderen und glücklicheren Verlauf genommen. Ivar würde noch leben. Dasselbe galt für Jepsen. Die Götter mochten wissen, wie vielen Menschen auf der Welt

Herman seither das Leben genommen hatte, weil sie ihm auf die eine oder andere Weise im Weg standen.

Und dennoch saß er hier, ruhig, unbeeindruckt, gemütlich und umgänglich, und machte sich bei der Besatzung beliebt, als wäre er kein Ungeheuer und nur deshalb nicht mehr gefährlich, weil man ihm die Glieder abgeschnitten hatte. Vor allem die Jüngeren schienen von ihm fasziniert zu sein. Als der Schiffsjunge mit Kaffee auf die Brücke kam, beschrieb er ihn als einen interessanten Mann, der eine Menge erlebt hatte.

«Er kann gut erzählen», sagte Duncan. Er war siebzehn Jahre alt und stammte aus Newcastle.

«Hat er dir auch erzählt, wie er seinem Stiefvater den Schädel einschlug, so dass die Gehirnmasse herausquoll? Da war er noch nicht mal so alt wie du.»

Knud Erik beobachtete den Jungen von der Seite, ob seine Worte irgendeinen Eindruck auf ihn machten. Sie taten es nicht. Der Junge starrte vor sich hin, sein Blick war verbissen. Er hatte seine eigene Meinung über Herman, da brauchte der Kapitän gar nicht erst versuchen, sie zu ändern.

Knud Erik wusste genau, warum es so war. Vor dem Krieg wären sie alle schaudernd vor Herman zurückgewichen, wenn sie die Wahrheit über ihn erfahren hätten. Sie hätten seine Gesellschaft gemieden und ihm ihre Verachtung gezeigt, wenn sie mutig genug gewesen wären. Doch der Krieg hatte ihre Abwehrmechanismen zerstört. Sie hatten zu viel gesehen und möglicherweise auch bei zu vielen Dingen mitgemacht. Wieso sollte der Schiffsjunge die Warnung seines Kapitäns ernst nehmen? Er hatte doch nur wenige Monate zuvor gesehen, wie der einen notgelandeten Piloten abgeschossen hatte, der auf den Knien lag und um sein Leben bettelte. Wo war der Unterschied zwischen ihm und Herman?

Der Krieg machte sie alle gleich, und er hoffte nur, dass Herman niemals zu Ohren kommen würde, was er getan hatte. Knud Erik konnte sich seinen Blick vorstellen.

«Ich hätte nicht gedacht, dass so etwas in dir steckt», würde Herman sagen, voller boshafter Freude darüber, dass ein anderer seinen schlimmsten Regungen nachgegeben hatte.

Herman war für den Krieg wie geschaffen. Er war die Sorte Mensch, die sich darin zu Hause fühlte. Er verfügte über die Fähigkeit, von der Anton behauptete, dass man sie sich erwerben müsse, um zu überleben. Er konnte vergessen. Aber er war kaum noch ein Mensch. Das große brutale Kraftbündel war reduziert auf einen hilflosen Fleischklumpen, und doch gab er nicht auf. Herman hängte sich nicht an die Vergangenheit, er stellte sich auf das ein, was war. Einst hatte er vier Gliedmaßen besessen. Das war die eine Art von Leben. Nun hatte er nur noch einen Arm. Das war ein anderes Leben, aber es war doch ein Leben. Herman schien wie ein Regenwurm zu sein, den man in der Mitte durchschneidet, ohne ihm zu schaden. Er stellte tatsächlich so etwas wie einen Pionier dar: Im Krieg mussten alle so werden wie er oder untergehen.

«Er hat an der Schlacht um den Guadalkanal im Pazifik teilgenommen, Sir.»

Der Schiffsjunge stand noch immer neben ihm.

«Hat er dir das erzählt?»

«Ja, Sir. Sein Schiff wurde versenkt, und er schwamm eine Stunde im Wasser und kämpfte mit einem Hai. Er sagt, dass man einem Hai nur aufs Maul oder ins Auge schlagen muss. Das sind seine wunden Punkte. Aber der Hai kam immer wieder zurück. Die Haut eines Hais fühlt sich an wie Sandpapier, und wenn man ihn berührt, kommt es zu Hautabschürfungen.»

«Er schlug den Hai in der dritten Runde k. o. und hatte nur eine Hautabschürfung?»

Knud Erik konnte den Sarkasmus in seiner Stimme nicht unterdrücken.

«Nein, Sir», antwortete der Schiffsjunge.

Die Treuherzigkeit in seiner Stimme beschämte Knud Erik.

«Der Hai wurde von einem Schiff abgeschossen, das ihm zu Hilfe kam. Vorher hatte er ihm aber noch ein Stück seines Beins und ein bisschen von seinem Unterarm abgebissen.»

«Wahrscheinlich hat er dir die Narben gezeigt?»

«Nein, Sir. Er sagt, die säßen auf den Teilen, die amputiert wurden.»

«Dann hat er seinen Arm und die Beine also nicht durch den Hai verloren?»

«Nein, Sir. Das war erst später. Das waren Erfrierungen.»

Der Kern der Besatzung kam aus Marstal. Knud Erik, Anton, Vilhjelm und Helge. Dann gab es Wally, einen Halbsiamesen, und Absalon, der zwar in Stubbekøbing aufgewachsen war, dessen Wurzeln aber vermutlich in Westindien lagen, da sich irgendwann einmal ein paar von den Inseln in dänischem Besitz befunden hatten. Das waren die Dänen an Bord der *Nimbus*. Der Rest kam aus aller Herren Länder. Es gab zwei Norweger, einen Spanier und einen Italiener, zwei Inder, einen Chinesen, drei Amerikaner und einen Kanadier; die Kanoniere waren alle Briten, ebenso wie der Schiffsjunge. Die *Nimbus* war ein schwimmendes Babel im Krieg gegen einen Gott, der den Turm in Schutt und Asche legen wollte.

Was hielt sie zusammen?

Er war es, der Kapitän. Er war ein schwaches Zentrum, zerrissen von seinen eigenen inneren Widersprüchen, und doch auch die Verkörperung der Befehle, die auf dem Schiff gegeben wurden und denen sie zu folgen hatten, wenn sie mit heiler Haut im Hafen ankommen wollten.

Dachten sie je darüber nach, warum sie noch zur See fuhren? War es Pflicht, Überzeugung oder etwas Tieferes, das sie wieder und wieder die Gefahr suchen ließ?

Zu Beginn des Krieges hatte Knud Erik geglaubt, sie hätten sich für den Krieg aus den gleichen moralischen Grundsätzen entschieden, die die Besatzung eines Schiffs zusammenhalten und sich gegenseitig zu Hilfe kommen ließen, wenn irgendetwas schiefging. Das glaubte er inzwischen nicht mehr. Nur dass der alte Gedanke bisher durch keinen neuen ersetzt worden war.

Es kam vor, dass er Anton recht gab. Es war das Schweigen, das auf dem Schiff den Zusammenhalt garantierte. Wenn sie erst einmal darüber redeten, was sie innerlich beschäftigte, würden sie sich gegenseitig wahnsinnig machen, und alles würde auseinanderbrechen.

Es war ein Waffenstillstand, und Knud Erik wusste, dass er nicht ewig halten würde.

«Was hat er jetzt wieder erzählt?»

Er selbst ging nicht in die Messe, also fragte er jedes Mal Duncan aus, wenn der Junge mit Kaffee auf die Brücke kam. Er entschuldigte sich damit, dass er als Kapitän wissen musste, was auf dem Schiff vor sich ging.

«Er hat erzählt, wie sie torpediert wurden und in die Boote gehen mussten. Das Wasser war genauso klar wie Gin. Er hatte die beiden rot-weißen Streifen auf den Torpedos sehen können, bevor sie einschlugen. Der Koch hatte eine Axt mit aufs Boot genommen und fing an, auf die Reling einzuhacken. ‹Was, zum Teufel, machst du da, Koch?›, hatte der Kapitän gefragt. ‹Ich hacke eine Kerbe in die Reling, damit wir die Übersicht behalten, wie viele Tage wir hier im Boot sitzen.› ‹Wenn du so weitermachst, werden es jedenfalls nicht sehr viele.›»

Duncan unterbrach sich und schaute Knud Erik an. Man sah ihm an, dass er die gleiche Reaktion erwartete wie in der Messe, wo die Zuhörer Hermans Geschichte mit brüllendem Gelächter aufgenommen hatten.

Knud Erik verzog keine Miene. Er trank einen Schluck heißen Kaffee.

«Und was hat er noch erzählt?»

«Na ja, nach ein paar Tagen haben sie einen Korken gesehen, aber kein Land. Trotzdem hat es sie ziemlich aufgemuntert, denn der Korken musste ja ein Zeichen dafür sein, dass Land in der Nähe war. Es vergingen ein paar Stunden, dann trieb noch ein Korken vorbei. Sie konnten noch immer kein Land sehen und fanden es eigenartig mit all diesen Korken, die mitten im Meer trieben. Und dann entdeckten sie, dass einige von den Männern im Vordersteven ein Whiskylager versteckt hatten und eine Flasche nach der anderen leerten, ohne dass es die anderen mitbekamen. Bei der Gelegenheit holte sich Herman seine Erfrierungen.»

«Und wie kam es dazu?»

«Ja, sehen Sie, Sir. Sie fingen an, sich um den Whisky zu prügeln. Und dabei wurde er ins Wasser gestoßen. Herman sagt, es hätte ziemlich lange gedauert, bis sie ihn wieder an Bord zogen.»

Herman machte sämtliche Tragödien des Krieges, inklusive seiner eigenen, zu einem Witz. Mit seinen Geschichten kam er dem Unsagbaren so nah wie überhaupt nur möglich, ohne dass er die Worte laut aussprechen musste. Darum hörten sie ihm zu.

Als sie ihm den Spitznamen Old Funny gaben, begriff Knud Erik, dass die Mannschaft nicht länger durch Schweigen zusammengehalten wurde.

Sondern durch Herman.

Herman konnte wissenschaftlich trinken. Das war die neueste Geschichte, die aus der Messe kam. Old Funny waren bei einer Operation einige überflüssige Eingeweide entfernt worden, und nun hatte er viel Platz dort unten. Es sei wie beim Stauen der Ladung, erklärte er, es müsse möglichst viel Frachtgut hineinpassen. Man musste nach einer Methode vorgehen, und diese Methode hatte er gefunden, basierend auf wissenschaftlichen Erkenntnissen.

Ehrlich gesagt konnten die Männer nicht sehen, dass er anders trank als sie.

Er schüttete es einfach in sich hinein, der Unterschied war nur, dass Old Funny weitertrinken konnte, wenn andere zu Boden gingen. Und genau das sei der Beweis, dass er wissenschaftlich trinke, behauptete er: Er könne ewig weitertrinken. Was das anging, mussten sie ihm recht geben. Wenn sich einer nach dem anderen zurückzog, um in die Koje zu gehen, saß er noch immer in der Messe und trank weiter.

Nur einmal hatte Old Funny seinen Meister gefunden.

In Bristol war damals ein junger Offizier von der Heilsarmee an Bord gekommen, um die Besatzung zum Herrn Jesus Christus zu bekehren. Old Funny hatte ihm eine Wette vorgeschlagen. Wenn ihn der Missionar unter den Tisch trinke, würde er gläubig werden. Wenn er hingegen gewinne, sollte der junge Mann von der Heilsarmee für den Rest seines Lebens die Uniform ablegen.

«Das war ja nicht nur eine Frage, wer am meisten vertragen konnte», sagte Old Funny, «das war eine Kraftprobe zwischen Glaube und Wissenschaft. Er hatte seinen Jesus, ich meine Methode. Aber trotzdem hat er gewonnen. Um vier Uhr morgens fiel ich unter den Tisch. Ich begreif nicht, wie's zuging.»

«Also bist du jetzt gläubig?»

«Ich bin ein Mann, der sein Wort hält», antwortete Old Funny, «ich glaube an den Herrn Jesus Christus, und ich schwöre dem Teufel und all seinen Wesen ab. Unser Herr beschützt mich. Es liegt an ihm, dass ich noch immer meinen Wichsgriffel habe.»

Er stellte das Glas auf den Tisch und schlug das Kreuzzeichen. Der linke Armstumpf wackelte, als wollte er an dem Spaß teilhaben.

«Aber du trinkst noch immer», wandte Wally ein.

«Nur wenn ich zum Altar gehe, und ich bin ein fleißiger Kirchgänger.

Außerdem finde ich, dass ich es dem Mann von der Heilsarmee schuldig bin. Seht ihr ...»

Er sah sich um, und sie konnten sich denken, dass die Geschichte noch nicht zu Ende war.

«Als er mich unter den Tisch getrunken hatte und begriff, dass er gewonnen hatte, stand er auf und schmiss seine Jacke auf den Boden. ‹Ich bin fertig mit der Heilsarmee!›, brüllte er. Niemand verstand, was er meinte. Aber dann erklärte er es uns. ‹Als ich mein erstes Glas leerte, wurde es mir klar: Ich trinke gern. Ich habe nicht gewonnen, weil mir der Herr beistand. Ich habe gewonnen, weil ich nicht genug kriegen kann!›»

Um den Tisch in der Messe brüllten sie vor Lachen. Old Funny genoss den Beifall, während er die durchsichtige Flüssigkeit in seinem Glas betrachtete. Dann führte er es zum Mund und leerte es in einem Zug.

«Prost auf Jesus!», sagte er und rülpste.

*   *   *

Aus Archangelsk und Murmansk schlossen sich Schiffe der *Nimbus* an, so dass insgesamt acht Frachtschiffe Kurs auf Island nahmen. Sie wurden begleitet von einem Zerstörer und zwei umgebauten und mit Wasserbomben bestückten Trawlern. Es war kein großer Schutz, aber abgesehen vom Ballast liefen sie leer zurück. Die britische Admiralität vermutete wohl, dass die Deutschen kein Pulver an Schiffe vergeudeten, die kein Kriegsmaterial an Bord hatten. Die Deutschen waren allerdings anderer Ansicht, wie sie bald erfahren sollten.

Es war bereits Oktober, und der Rand des Packeises hatte sich nach Süden verlagert. Sie fuhren so dicht wie möglich heran, doch für die deutschen Bomber, die auf den Luftstützpunkten in Nordnorwegen starteten, war dies keine Entfernung. Die Herbststürme wurden zu einer unerwarteten Hilfe. Den größten Teil der Zeit hatten sie schweres Wetter, und bei heftigen Windböen und Sturm blieben die Flugzeuge am Boden. Den U-Booten war ein Sturm über der Barentsee egal.

Wally stand am Bug und hielt Ausschau. Im Lauf einer Stunde gelang es ihm, dreimal falschen Torpedoalarm auszulösen.

«Es sind die Schaumstreifen auf den Wellen», entschuldigte er sich.

«Es sind die Nerven», meinte Anton, der aus dem Maschinenraum auf die Brücke gekommen war, um sich darüber zu beschweren, dass so häufig ohne Anlass *back* oder *full stop* signalisiert wurde.

Knud Erik stand eine Weile da und überlegte.

«Besser, ich finde einen anderen», sagte er.

«Ich werde verrückt, wenn ich da oben allein stehe und mit niemandem reden kann», meinte Wally und warf ihm einen dankbaren Blick zu.

Knud Erik ging in die Messe. Herman saß wie gewöhnlich am Tisch und sorgte für die Unterhaltung. Er hatte lediglich Duncan und Helge als Zuhörer, die das Abendessen vorbereiteten. Helge hatte sich an Herman gewöhnt und nannte ihn Old Funny wie der Rest der Besatzung. Es kam vor, dass sie über Marstal sprachen.

Knud Erik hatte nicht mit Herman gesprochen, seit er an Bord gekommen war.

Er ging auf ihn zu, ohne zu grüßen.

«Es wird Zeit, dass du dich mal nützlich machst.»

Er befahl ihm, sich einen Islandpullover, einen Dufflecoat und Ölzeug anzuziehen, bevor er seinen Kopf in eine Kappe und einen Wollschal einpacken ließ. Über die Hand bekam er einen Fausthandschuh. Der Unterkörper wurde mit einer Decke und einer Persenning bedeckt. Dann befahl Knud Erik, ihn an den Rollstuhl zu binden.

Herman blieb unbeeindruckt.

«Ich fühle mich wie ein Säugling, der spazieren gefahren wird.»

Er fragte nicht einmal, wozu der Kapitän ihn einsetzen wollte.

«Ich hoffe, du stirbst vor Kälte», sagte Knud Erik.

Zwei Männer bugsierten Herman auf den Vordersteven, wo sie den Rollstuhl befestigten, damit das schwere Rollen des Schiffs ihn nicht umwarf. Die *Nimbus* ging nicht tief genug in die Wellen, um den ganzen Bug unter Wasser zu setzen, aber es sprühte dennoch eiskalt über das Vordeck.

Knud Erik stand auf der Brücke und blickte auf die kompakte Gestalt herab, die den ganzen Bug auszufüllen schien. Der Kreis hatte sich geschlossen. Einst hatte Herman Ivar auf den Bugspriet geschickt. Nun war er es, der ihn in eine ähnlich exponierte Position brachte.

Er sah, wie Herman den Arm anwinkelte und etwas zum Mund führte. Irgendjemand hatte ihm eine Flasche Wodka zugesteckt.

Doch, Old Funny war einer von ihnen.

Zwei Stunden waren vergangen, als Herman den Arm hob. Sie wurden mit einem Torpedo beschossen.

Knud Erik befahl *back,* und unten im Maschinenraum reagierte Anton sofort. Knud Erik dachte noch, es ist doch sonderbar, dass sie in diesem Moment beide unbedingtes Vertrauen in den Mann setzten, der einst ihr Leben in Gefahr gebracht hatte. Dann sah er den Schaumstreifen direkt vor dem Vordersteven. Hermans Warnung war im letzten Moment gekommen.

Der Torpedo schoss auf eines der Konvoischiffe zu, den Tanker *Hopemount.* Parallel tauchte ein weiterer Schaumstreifen auf. Die Torpedos trafen die *Hopemount* im Abstand von zehn Sekunden mittschiffs. Das Schiff brach auseinander. Die beiden Hälften trieben in der heftigen See in entgegengesetzte Richtungen, der vordere Teil begann sofort zu sinken. Die See rund um das zerborstene Schiff war voller Männer, die mit oder ohne Schwimmwesten darum kämpften, in dem eiskalten Wasser nicht unterzugehen.

Die *Nimbus* lief noch immer mit voller Kraft zurück. Sie waren nun das letzte Schiff des Konvois. Einer der Trawler näherte sich. Knud Erik hoffte, dass er die Überlebenden an Bord nahm. Warf er Wasserbomben, würde das den sicheren Tod für die Seemänner im Wasser bedeuten.

Auf dem hinteren Teil der *Hopemount,* der sich noch immer über Wasser hielt, tauchte eine halbnackte Gestalt an Deck auf. Der Seemann hatte es geschafft, eine Rettungsweste unter dem gewaltigen Bauch festzuzurren, aber die Beine waren nackt. Er kletterte auf die Reling und fiel vornüber ins Wasser. Knud Erik sah ihn wieder auftauchen und mit raschen Schwimmzügen versuchen, dem Sog des halb aufgerichteten Achterstevens zu entkommen, der durch das eindringende Wasser kurz davor war, auf den Grund des Meeres zu sinken. Das Notfeuer der Schwimmweste leuchtete mitten in den grauen Wellen rot auf.

Er hatte es schon so oft gesehen und wusste, was es bedeutete: noch ein Verrat, noch ein Stück seiner ohnehin schon havarierten Menschlichkeit, das untergehen würde.

In diesem Moment verlor er die Besinnung.

Er schob den Rudergänger zur Seite, gleichzeitig befahl er volle Kraft voraus und legte das Ruder hart Backbord. Sie näherten sich schnell dem sinkenden Heck der *Hopemount*. Noch immer hatte Knud Erik seine Augen auf den Mann gerichtet, der in den Wellen kämpfte.

Der Schwimmende legte den Kopf in den Nacken und sah hinauf in den bedeckten Himmel, als würde er nach Luft ringen. Eine schwere See hob ihn an und brachte ihn außer Sichtweite. Als man ihn wieder ausmachen konnte, schien er zu schreien. Der Lärm der Maschinen verhinderte, dass Knud Erik irgendetwas hörte. Dann färbte sich das Wasser um ihn herum rot.

Einen Augenblick glaubte Knud Erik, der Trawler hätte die Wasserbomben abgefeuert, und der Seemann würde mit geplatzter Brust aus dem Wasser schießen, aber nichts geschah. War er von einem Hai angegriffen worden? Nicht sehr wahrscheinlich. Möglicherweise hatte er sich verletzt, als er ins Wasser sprang.

Ein paar Minuten waren vergangen. Der Seemann befand sich nun ganz in der Nähe. Aber seine Zeit schien bald zu Ende. Niemand überlebte lange in dem eiskalten Wasser.

Knud Erik ordnete *full stop* an und lief von der Brücke. Er kletterte auf die Reling, dort stand er einen Moment und schwankte, als wüsste er nicht, zu welcher der beiden Seiten er sich fallen lassen sollte.

Dann sprang er.

Wenn er es später vor sich selbst rechtfertigen wollte, dachte er: Ich tat es, um mein Leben wieder ins Lot zu bringen. Aber in dem Moment, als er sprang, dachte er an gar nichts. Er sprang, wie man sich mit einem Finger im Auge reibt, wenn dort etwas stört. Ein rotes Notfeuer leuchtete, und das störte ihn gewaltig.

Er brach mit der Grundregel der Konvoifahrt, dass ein Schiff niemals stoppen durfte, um Überlebende aufzunehmen. Die Regel hatte man nicht nur aufgestellt, um zu verhindern, dass sie zu einem leichten Ziel für die angreifenden U-Boote wurden. Damit wurde auch verhindert, dass nachfolgende Schiffe kollidierten. Es gab zahlreiche Beispiele, wie ein einzelnes Abweichen vom Kurs eine ganze Kettenreaktion von Kollisionen ausgelöst hatte, häufig mit vernichtenden Konsequenzen für die beteiligten Schiffe.

Die *Nimbus* war im Konvoi ganz zurückgefallen, so dass kein Schiff auf sie auffahren konnte. Knud Erik setzte nur seine eigene Besatzung aufs Spiel, als er von der Brückennock ins Meer sprang. Es war eine von vielen typischen Handlungen während eines Krieges: Moralische Grundsätze und Überzeugungen wurden verteidigt, aber nur, um dafür mit anderen zu brechen. Es war gleichermaßen richtig wie entsetzlich falsch.

Das kalte Wasser traf Knud Erik wie ein Tritt an den Kopf. Er spürte sofort, wie die Kälte durch die nasse Kleidung drang. Mit einem Keuchen tauchte er aus dem Wasser auf und schaute sich hektisch um, schon fast in Panik. Er sah den ertrinkenden Seemann nicht. Dann wurde er von einer Welle angehoben und konnte ihn erkennen. Er kraulte auf ihn zu, und die ungestüme Bewegung ließ sein Blut schneller zirkulieren. Der Mund des Ertrinkenden stand noch immer offen. Nun hörte er diesen Schrei, der sowohl aus Schmerz als auch aus Ekstase zu bestehen schien. Das Licht der Schwimmweste warf einen roten Schimmer auf das Gesicht. Und zu seiner Überraschung stellte er fest, dass es sich nicht um einen Mann handelte, sondern um eine Frau mit kurzen schwarzen Haaren und schmalen, asiatisch wirkenden Augen. Sie hatte die Augen verdreht, und wenn dieser Schrei nicht gewesen wäre, hätte er sie für tot gehalten.

Dann war er bei ihr. Die Augäpfel kehrten an ihren Platz zurück, doch ihr Blick war noch immer seltsam abwesend, als ob sie sich auf etwas konzentrierte, das in ihrem Inneren vorging. Er vermutete, dass sie unter Schock stand, und begann, sie zum Schiff zu schleppen. Jetzt musste alles schnell gehen. Die Kälte breitete sich lähmend in seinem Körper aus. In wenigen Augenblicken musste er aufgeben, und er hatte keine Schwimmweste, mit der er sich über Wasser halten konnte.

Die meisten Männer standen an der Reling und feuerten ihn an, als wäre er ein Läufer kurz vor dem Ziel. Sie hatten eine Leiter am Rumpf heruntergelassen. Absalon stand auf der untersten Stufe und hielt sich mit einer Hand fest, die andere hatte er ausgestreckt. Er war von den hochschlagenden Wellen durchnässt. Irgendjemand warf eine Leine aus. Knud Erik bekam sie zu fassen und ließ sich zur Leiter ziehen. Absalon packte seine Hand und zog ihn herauf. Mit der anderen Hand hielt Knud Erik den Arm der Frau, die noch immer den Eindruck machte, als wäre ihr nicht klar, was hier eigentlich geschah. Erst jetzt bemerkte er, dass sie aufgehört hatte zu schreien. Stattdessen zeigte sich ein selbstvergessenes Lächeln auf ihrem Gesicht.

Er zerrte sie aus dem Wasser. Ihr nackter Unterkörper tauchte auf, und er sah, dass ihr die Eingeweide aus dem Leib hingen. Die Nähe des Todes hatte ihren Blick so fern werden lassen. Da sie nicht mehr schrie, musste der Todeskampf schon weit fortgeschritten sein.

Knud Erik versuchte, sie sich über die Schulter zu legen, aber irgendetwas war im Weg. Sie hielt etwas in den Armen. Da begriff er, dass es nicht ihre Eingeweide waren, die aus einer klaffenden Wunde ihres Unterleibs hingen. Es war eine Nabelschnur. Sie hielt ein Kind in den Armen, ein runzliges, rotfleckiges kleines Menschenbündel, das sie unter Wasser zur Welt gebracht hatte.

Die Geburt musste bereits begonnen haben, bevor die *Hopemount* torpediert wurde. In dem eiskalten Wasser, in dem die Kälte ihr lediglich einige wenige Minuten Zeit ließ, hatte die Mutter nicht nur um ihr eigenes Leben, sondern auch um das ihres Kindes gekämpft.

Knud Erik fasste der Frau um die Schenkel. Dann hob er sie hinüber zu Absalon. Von der Reling streckten sich ihnen unzählige Hände entgegen.

In diesem Moment hörte er das dumpfe unterseeische Dröhnen der Wasserbomben, gefolgt von dem Geräusch einer in sich zusammenstürzenden Wassersäule. Er schloss die Augen und wusste, dass die Frau, die er in seinen Armen hielt, nun die einzige Überlebende der *Hopemount* war.

Lieber Knud Erik,

heute Nacht wurde Hamburg bombardiert, der Flammenschein erleuchtete den ganzen Himmel. Es heißt, das Feuer habe mehrere Kilometer hoch in der Luft gestanden, und der Asphalt in den Straßen sei geschmolzen. Die ganze Nacht dröhnte es, als würden die Bomben hier auf der Insel fallen. Das Steilufer bei Voderup ist abgerutscht, zuletzt passierte das 1849, als die Christian VIII. *in der Eckernförder Bucht explodierte, und Hamburg ist doch viel weiter weg.*

An der Halbinsel wurde ein ertrunkener amerikanischer Pilot gefunden, er hing noch an seinem Fallschirm. Die Deutschen haben befohlen, ihn um sechs Uhr morgens zu beerdigen. Bestimmt, um irgendwelche Zwischenfälle zu vermeiden, aber wir sind alle mit einer Harke und einer Gießkanne auf dem Friedhof erschienen und haben erklärt, dass es in Marstal üblich sei, die Familiengräber frühmorgens zu pflegen. Geglaubt haben uns die deutschen Soldaten bestimmt nicht.

Ansonsten sind die Deutschen hier auf der Insel ruhig und besonnen.

In Marstal ist alles friedlich. Wie immer kommt der Tod vom Meer.

Die Fischer haben Angst, dass ihnen eine Wasserleiche ins Netz geht, und es gibt niemanden, der in diesem Sommer Aal isst, obwohl sie fetter sind als gewöhnlich.

In jedem zweiten Hinterhof werden jetzt Schweine gehalten, obwohl es verboten ist. So muss Marstal vor hundert Jahren ausgesehen haben, als es noch Ställe mitten in der Stadt gab. In südlicher Richtung brennt es, wir hören die Bomber Tag und Nacht.

Es gibt nur noch wenige Schüler an der Navigationsschule, aber die, die noch da sind, genießen die ganze Aufmerksamkeit der vielen Frauen, die ihre Männer seit über zwei Jahren nicht mehr gesehen haben. Ich verurteile sie nicht. Es mangelt an allem, auch an der Liebe. Ich selbst habe mich schon vor langer Zeit damit abgefunden, aber nicht alle sind wie ich, und je älter ich werde, desto mehr Verständnis bekomme ich. Ich habe so vieles versäumt. Manches ist selbstverschuldet, anderes nicht. Ich hatte eine große Mission. Ich wollte den Frauen die Möglichkeit geben zu lieben. Heute glaube ich, dass ich verloren habe. Ein wenig habe ich wohl erreicht, allerdings nicht für mich selbst. Im Gegenteil: Dich habe ich verstoßen, und Edith, die inzwischen in Aarhus wohnt, sehe ich nur selten.

Ich dachte einmal, dass eine Frau nicht nur ihre Tugend verliert, wenn sie einem Mann begegnet, sondern auch ihre Träume. Und wenn sie dann einen Sohn zur Welt bringt, erhält sie die Belohnung für ihre verlorene Tugend, aber ihre Träume verliert sie ein zweites Mal.

Ich hatte so vieles mit dir vor. Du wolltest etwas anderes, und so entzog ich dir enttäuscht meine Liebe. Ich habe nie gelernt, bedingungslos zu lieben. Ich hatte nicht den Eindruck, dass das Leben mir etwas

schenkte, also dachte ich, ich müsste es mir selbst nehmen, aber das Le-
ben war an einem Handel mit mir nicht interessiert. Vielleicht ist das
Größte, was man erreichen kann, zu lieben, ohne irgendetwas als Gegen-
leistung zu verlangen. Ich weiß es nicht. Ich kann es wohl nicht mehr un-
terscheiden. So vieles von dem, was «Liebe» genannt wird, ist für mich
nur bitterer Zwang oder Selbstaufgabe.
   Ich denke jeden Tag an dich.
   Deine Mutter

Jede Gemeinschaft hat ihre eigenen Mythen. Dies galt auch für die Schif-
fe, die im Konvoi nach Russland fuhren. Die Mythen schienen unglaublich, gingen bis an die Grenzen des Naturwidrigen. Sie ließen dich zu-
hören und staunen, und doch waren sie im Gegensatz zu den meisten
anderen guten Geschichten wahr.
   Eine von ihnen handelte von Moses Huntington.
   Moses Huntington kam aus Alabama, war schwarz, Stepptänzer und
Seemann. Es besaß eine tiefe, melodische Stimme, mit der er sich beim
Steppen begleitete. Aber nicht durch seine Fähigkeit als Stepptänzer oder
Sänger wurde Moses Huntington, den die Männer um ein Autogramm
baten, wenn sie ihn trafen, zu einem Mythos.
   Es lag an der *Mary Luckenbach*.
   Knud Erik hatte Moses durchs Fernglas mit einer Kanne Kaffee an
Deck der *Mary Luckenbach* gesehen. Das war der erste Augenblick gewesen. Im nächsten existierte die *Mary Luckenbach* nicht mehr. Stattdessen stieg eine dunkle, schwelende Rauchwolke in den Himmel, an
dem sie sich mehrere Kilometer weit ausbreitete und schwarzen Ruß
regnete, als hätte ein Vulkanausbruch und nicht ein Torpedo das Schiff
zerstört.
   Die *Mary Luckenbach* war verschwunden. Doch Moses Huntington
gab es noch.
   Er tauchte eine halbe Seemeile weiter im Konvoi auf und wurde vom
britischen Zerstörer *HMS Onslaught* aus dem Meer gefischt. Wie so
etwas möglich war, konnte niemand erklären, auch Moses nicht. Sein

Überleben war wider die Natur. Aber es gab ihn. Er lebte, tanzte seine Stepptänze und fuhr weiterhin zur See.

Die Männer, die Moses Huntingtons Geschichte hörten, fassten wieder Mut und glaubten, dass es doch ein Leben nach dem Krieg geben könne.

Dann gab es Kapitän Stein und seine chinesische Besatzung an Bord der *Empire Starlight*. Die *Empire Starlight* war das am häufigsten bombardierte Schiff der Geschichte. Vom 4. April bis zum 16. Juni 1942 wurde das Schiff beinahe täglich von deutschen Bombern angegriffen. Messerschmitt, Focke-Wulf, Junkers Ju 88, *you name it,* manchmal bis zu siebenmal am Tag. Die *Empire Starlight* erhielt einen Treffer nach dem anderen. Sie lag in Murmansk vor Anker, und die Besatzung hätte an Land gehen können, wenn sie gewollt hätte. Aber sie wollte nicht. Die *Empire Starlight* war ihr Schiff, das die Mannschaft nicht aufzugeben bereit war. Jedes Mal, wenn es getroffen wurde, reparierten die Männer alles, was es zu reparieren gab. Sie nahmen Überlebende von anderen Schiffen an Bord. Sie schossen vier feindliche Bomber ab. «Kommt nur her!» – das war ihre Einstellung. Es handelte sich nur um einen Haufen Chinesen mit einem amerikanischen Kapitän, aber sie ergaben sich nicht.

Die letzten Tage campierten sie an Land. Die *Empire Starlight* war so zerschossen, dass die Besatzung nicht länger an Bord bleiben konnte. Aber sie ruderten weiterhin hinaus und flickten das Schiff, das mit jedem Tag mehr wieder zu ihrem Schiff wurde.

Sie wollten sich nicht ergeben.

Es war wie mit Moses Huntington. Eigentlich hätte es gar nicht sein dürfen. Es war wider die Natur. Aber es war so, und jeder, der die Geschichte hörte, biss die Zähne zusammen und schöpfte neuen Mut.

Und dann gab es noch Harald Blauzahn.

Der Junge, der in einem Meer voller U-Boote, Torpedos, Wasserbomben und ertrunkener Seeleute geboren worden war, in einem Meer, in dem alle untergingen und nur er auftauchte, in einem Meer, in dem das Leben endete, seines aber begann.

Alle glaubten, er sei tot, als er an Deck kam und keinen Ton von sich gab. Aber er war nicht tot. Knud Erik schnitt die Nabelschnur durch, die Männer wickelten ihn in Wolldecken, und alle dachten, dass er innerhalb weniger Tage dem Meer zurückgegeben werden müsse. Aber so war es nicht.

Es waren die Dänen auf der *Nimbus,* die ihn Harald Blauzahn tauften. Es gab schließlich schon einen Valdemar und einen Absalon an Bord, warum also nicht auch einen Harald Blauzahn? Aber die Dänen waren an Bord in der Minderheit, so dass man ihn am Ende natürlich Bluetooth nannte.

Und unter diesem Namen wurde er zum Mythos. Wie Moses Huntington und die *Empire Starlight*. Mit ihnen hatte er gemeinsam, dass er im Grunde nichts anderes getan hatte, als weit jenseits dessen zu leben, was man erwarten durfte. In seinem Fall sogar vom ersten Atemzug an.

Seine Mutter hatte keine Einwände gegen den Namen, als sie wieder bei Bewusstsein war. Und das ging schnell. Junge Mütter sind zähe Wesen. Sie war im Übrigen auch Dänin, obwohl sie nicht so aussah. Ihre Großmutter und Mutter stammten aus Grönland, aber die Eskimos waren schließlich auch eine Art Dänen. Ihre Großmutter war eine *k'ivitok* gewesen, eine Eigenbrötlerin, die allein auf dem Inlandeis umherwanderte und sich nicht unter andere Menschen mischen wollte. Aber dann tat sie es doch, und sogar ziemlich gründlich. Er war Däne und Kunstmaler, ein älterer Mann, dem es niemals vergönnt war, die Tochter zu sehen, deren Vater er war. Das Mädchen hatte dann einen Kanadier namens Smith geheiratet.

Die Männer saßen im Halbkreis um sie herum. Sie lag in der Koje der Kapitänskajüte, alles andere wäre undenkbar gewesen. Der Ehrengast jedoch war Harald Blauzahn. Er lag an der Brust seiner Mutter und schlief, als hätte er nicht erst vor Kurzem etwas durchaus Ungewöhnlicheres erlebt als eine normale Geburt.

An dieser Stelle ihres Berichts beugte sich Knud Erik vor und schaute sich Harald Blauzahns Mutter etwas genauer an.

«Miss Sophie?», fragte er zögernd.

«Mich hat schon lange niemand mehr so genannt. Weder Misses, noch Miss, obwohl ich nicht verheiratet bin. Nicht dass es irgendeine Bedeutung hätte. Ich habe noch meinen Mädchennamen, Sophie Smith. Ja, das bin ich.»

«Little Bay?», fragte Knud Erik.

Nicht weil er eine zusätzliche Bestätigung brauchte. Er wusste nur nicht, was er sonst sagen sollte.

«Ja, Knud Erik, du bist wiedererkannt. Du brauchst dich nicht vorzustellen. ‹Schlampe› hast du mich genannt, als wir uns voneinander verabschiedeten. Du bist noch immer der gleiche hübsche Bursche. Und du bist groß geworden. Aber du warst damals ja wohl auch noch nicht ausgewachsen. Und dann deine Augen – sie sind nicht mehr ganz dieselben.»

«Ich dachte, du wärst tot, als du damals verschwunden bist.»

«Ja, ich muss mich wohl bei dir entschuldigen. Ich war vollkommen verrückt damals. Ich wollte hinaus, die Welt sehen, und dann bin ich mit einem Seemann durchgebrannt. Aber er war mich schon bald leid und ich ihn. So wurde ich selbst Seemann. Ich war Zahlmeister auf der *Hopemount.*»

Sie blickte sich in der Runde um.

«Wo sind die anderen?»

«Du bist die einzige Überlebende.»

Sie schaute auf Harald Blauzahn und streichelte mit einem Finger sein Gesicht. Eine Träne rollte ihr über die Wange.

«Es war Knud Erik, der ...», sagte Anton.

Sie schaute Knud Erik an.

«Ich habe dir einmal prophezeit, dass du ertrinken würdest. Das war nur, um mich interessant zu machen. Nun hast du mich stattdessen gerettet.»

«Ich kann es noch schaffen», sagte er. «Also zu ertrinken, meine ich.»

Wer Harald Blauzahns Vater war, verriet Sophie nicht, und es schien auch nicht so, als würde sie besonderen Wert darauf legen. Es war niemand von den ertrunkenen Seeleuten der *Hopemount,* wie die Männer zunächst vermutet hatten; und so gingen sie davon aus, dass Harald Blauzahn die Frucht einer der vielen zufälligen Mütter war, von denen es in Zeiten des Krieges viele gab. Sie versicherte ihnen, dass sie nicht geplant hatte, während einer Konvoifahrt auf der gefährlichsten Route des Krieges mitten auf hoher See ihr Kind zu gebären. Sie hatte damit gerechnet, vor dem Geburtstermin wieder in England zu sein, aber die

Hopemount war fünf Monate in Murmansk aufgehalten worden, und vor die Wahl zwischen einem russischen Krankenhaus und dem Meer gestellt, hatte sie die See vorgezogen.

Sophie ging Duncan und Helge in der Messe zur Hand. Ein Heizer zimmerte eine Wiege für Harald Blauzahn. Wie üblich saß auch Herman dort, wenn er nicht in den Bug geschickt wurde, um Ausschau zu halten. Und wenn er nicht gerade den Wodka nach seiner hausgemachten wissenschaftlichen Methode hinunterkippte, benutzte er die Wichshand, um Harald Blauzahn zu wiegen. Zusammen wurden Old Funny und Bluetooth, der hässliche Götze des Krieges und der kleine aufkeimende Samen eines trotzigen, hoffnungsvollen Lebens, zum Mittelpunkt des Schiffs.

Die *Nimbus* lief Island an, von dort ging es weiter nach Halifax. Von Halifax kehrten sie nach Liverpool zurück. Weihnachten feierten sie auf dem Atlantik.

Old Funny erzählte seine Geschichten. Von Bluetooth verlangte die Besatzung nichts, Hauptsache, er existierte. Und das tat er wirklich, mit vollgepinkelten und verdreckten Windeln, die aus Geschirrtüchern und Spüllappen bestanden, in die er sich unter Rülpsen und Gurgeln, Schmatzen und Tränen entleerte. Mal hatte er einen roten Po, dann wieder eine Kolik, und doch überwogen die freundlichen Stunden, in denen seine Augen die Messe wie Teleskope erforschten – als wäre sie das Universum, dem er gerade seine Geheimnisse entlockte. Zwanzig erwachsene Männer starrten ihn an, als säßen sie im Kino. Sie mussten ihn anfassen und kitzeln, sich in den Finger beißen lassen und mit den Ohren wackeln. Sie boten sich zum Windelnwechseln und zum Aufpassen an und gaben gute Ratschläge zur Ernährung. In nüchterner Selbsterkenntnis musste Sophie zugeben, dass sie zusammen einen Sachverstand besaßen, der den ihren bei Weitem übertraf. Natürlich hatte sie Bluetooth geboren, aber ausgelernt hatte sie deshalb noch nicht; schließlich war es das erste Mal gewesen, und wenn jemand ihr einen guten Rat geben konnte, nahm sie ihn auch an.

«Er ersetzt ein ganzes Degaussing», sagte Anton über Bluetooth.

Zum Degaussing diente ein elektrisches Kabel, das an der Wasserlinie rund um das Schiff lief. Es kehrte den Magnetismus des Schiffes um und entmagnetisierte es, damit die *Nimbus* keine Minen anzog. Genauso war Harald Blauzahn. Er sorgte nicht nur für den Zusammenhalt der Mannschaft, er schützte sie, am meisten vielleicht gegen etwas in ihrem eigenen Inneren. Mitten auf dem wogenden Meer schlugen sie in gewisser Weise Wurzeln.

Deine Wurzeln liegen nicht in deiner Kindheit. Es ist dein Kind, das dich mit der Erde verbindet. Zu Hause ist dort, wo dein Kind ist. Knud Erik begriff dies plötzlich.

Er fühlte sich mit Bluetooth verbunden. Nicht mit Sophie.

Sie waren sich zweimal in ihrem Leben begegnet, jedes Mal durch einen Zufall, doch zwei Zufälle ergeben noch kein Schema. Das erste Mal war es nichts anderes gewesen als eine unreife Jugendliebelei – und von Sophies Seite her nicht einmal das, sondern lediglich ein frivoles Spiel mit einem leicht zu beeinflussenden Jungen. Das gab sie selbst zu, als sie darüber sprachen. Er kannte sie also kaum. Das Einzige, was ihn an sie gebunden hatte, war das Ungeklärte ihres seltsamen Abschieds und ihres plötzlichen Verschwindens.

Für Knud Erik hatte sie ihre Anziehungskraft verloren. Doch er fühlte sich grundsätzlich nicht von Frauen angezogen. Das war das Problem. Ihn erregte die Ekstase des Augenblicks beim Explodieren der Bomben, nichts anderes. Er zog es vor, in der Dunkelheit zu lieben, ein Gesicht wollte er nur im Phosphorschein einer Bombe sehen, die möglichst nahe detonierte. Er hatte den Verdacht, dass Sophie wie er war und Bluetooth irgendwo unter den Blitzen und Explosionen einer Bombe empfangen hatte.

Etwas verband sie, aber es war keine aufkeimende Begierde. Es waren die eiskalten Minuten kurz vor dem Tod, die sie zusammen im Wasser verbracht hatten, als er ins Meer gesprungen war, um sie zu retten. Und doch wollte er im Grunde nur sich selbst retten, sie war lediglich ein zufälliger Anlass.

Sie sprachen oft miteinander, und das war die eigentliche große Veränderung seines Lebens. Sie zog aus der Kapitänskajüte aus. Helge überließ ihr seine Kajüte und quartierte sich beim zweiten Steuermann ein. Doch obwohl sie nicht mehr in seiner Kajüte schlief, war es mit der Einsamkeit der Kapitänsunterkunft vorbei. Sophie war ein paar Jahre älter als Knud Erik und gleichermaßen erfahren wie desillusioniert. Ihre Jugend hatte sie im Überfluss genossen, doch diesem Leben war sie

743

inzwischen entwachsen, ohne dass etwas wirklich Neues an seine Stelle getreten wäre. Sie hatte die Welt gesehen. Er konnte eine Hafenstadt nach der anderen aufzählen, und sie antwortete ihm wie ein Seemann. So war der Ton zwischen ihnen.

Es gab einen Punkt, den er nie überschritt – und er versuchte es auch nicht. Er suchte nie nach der Frau in ihr, und wahrscheinlich akzeptierte sie ihn deswegen. Einst hatte sie sich hinter der hochgestochenen literarischen Sprache eines belesenen und verträumten jungen Mädchens versteckt, jetzt war sie ein mit allen Wassern gewaschener Seemann in einer Welt, die er kannte und in der er sich sicher fühlte. Er hatte gar nicht den Wunsch herauszufinden, was sich dahinter verbarg. Er hatte weder die Kraft noch den Mut dazu. Antons Rat galt noch immer: Am besten ist es zu vergessen.

Er wollte niemanden allzu gut kennenlernen, denn er fürchtete, etwas zu finden, das ihn vernichten könnte.

Knud Erik stellte die Whiskyflasche in den Schrank und nahm sie nicht wieder heraus. Er überwand seine Abscheu vor Herman und fing an, die Messe aufzusuchen. Bluetooth zog ihn an. Obwohl er das Kind nicht mit seinem Samen gezeugt hatte, wäre es doch ohne ihn nicht auf die Welt gekommen. Er hatte auf der großen Schwelle zwischen Leben und Tod gestanden und das Neugeborene auf die richtige Seite gezogen. Nein, er wusste nicht, ob er sich selbst gerettet hatte. Aber er wusste, dass er Bluetooth gerettet hatte, und das war wichtiger. Er hatte keine Kinder und empfand es plötzlich als sein größtes Versäumnis. Harald Blauzahn war nicht sein Kind. Aber er hatte sich mit seinem Todessprung in die nur zwei Grad warmen Wellen das Recht auf ihn erworben.

Es war ein Zufall, dass er Miss Sophie wiedergetroffen, aber es war keiner, dass er Bluetooth gerettet hatte.

Das Leben hatte auf ihn gezeigt und ihn benutzt.

*   *   *

Am Tisch in der Messe erzählte Anton von einem Mann, den er Laurids nannte und der vor beinahe hundert Jahren an einer Schlacht in der Eckernförder Bucht teilgenommen hatte. Er stand an Deck eines Schiffs, das in die Luft flog. Es war ihm ungefähr so ergangen wie Moses Huntington. Er war auf den Füßen gelandet.

Anton erzählte von einem Lehrer namens Isager, dessen Schüler versucht hatten, ihn zu verbrennen, und von Albert, der den gesamten Stillen Ozean nach seinem verschwundenen Vater abgesucht hatte und mit dem Schrumpfkopf von James Cook nach Hause zurückgekehrt war.

Knud Erik, der von den Geschichten auch gehört hatte, ja für einen Teil davon sogar Antons Quelle war, unterbrach ihn. Es gab Dinge, die er besser wusste. Er ergriff das Wort und erzählte vom Ersten Weltkrieg und Alberts Visionen. Allerdings erklärte Anton, dass es sich nicht ganz so verhalten habe, und Knud Erik verstand, dass auch Anton in Alberts Aufzeichnungen gelesen haben musste, als er damals dessen Stiefel bekam.

Anton erzählte, wie er Albert tot aufgefunden habe, und zusammen berichteten sie von der Bande, die sie nach dem verstorbenen Kapitän benannt hatten. Vilhjelm erwähnte den Fund des Schädels des ermordeten Jepsen. Knud Eriks Blick fiel auf den Mann, den die Besatzung «Old Funny» nannte, um zu sehen, welche Wirkung die Geschichte auf ihn ausübte.

Jetzt redet er sich heraus, jetzt leugnet er alles, dachte er.

Herman sah einen Moment vor sich hin.

«Ich bin es, über den Vilhjelm da gerade berichtet», sagte er dann nachdenklich, als würde er erst jetzt von dem Mord an seinem Stiefvater erfahren.

«Ich habe meinen Stiefvater umgebracht. Er stand mir im Weg. Ich war jung. Ich war so ungeduldig.»

Er begann zu erzählen, wie er als Fünfzehnjähriger allein einen Bramsegelschoner zurück nach Marstal gesegelt hatte. Als wäre der Mord nur der Auftakt zu einem wesentlich interessanteren Teil der Geschichte gewesen.

Die Besatzung starrte ihn an, sie ließen sich von der spannenden Geschichte mitreißen. Old Funny, der geborene Erzähler, war ein gefährlicher Mörder, nun ja. Also hatte der Kapitän doch recht gehabt. Aber schaute man ihn sich jetzt an, so hatte er doch seine Strafe bekommen.

Knud Erik wurde klar, dass Hermans jämmerlicher Zustand – beinlos und einarmig – ein Gnadengesuch war, dem jederzeit stattgegeben wurde. Er brauchte um das Mitleid seiner Zuhörer nicht zu bitten. Er hatte es von vornherein. Einst war Old Funny ein Mann gewesen, der die Macht besaß, andere umzubringen – und was war er nun?

Anton, Knud Erik und Vilhjelm sahen sich an. Ein Geständnis hatten sie nicht erwartet, gern hätten sie jetzt nachgebohrt. Aber die Geschichte war noch nicht zu Ende, und die Zuhörer wollten mehr hören.

«Und was ist dann passiert?», fragten sie, und Anton musste von Kristian Stærk und dem Mord an Tordenskjold erzählen.

«Hast du das wirklich gemacht?», fragte Wally und warf Herman einen vorwurfsvollen Blick zu.

Knud Erik konnte den Triumph in seiner Stimme nicht unterdrücken, als er berichtete, wie sie Old Funny nur durch Anstarren aus der Stadt vertrieben hatten, obwohl die meisten Bandenmitglieder nicht einmal wussten, dass er ein Mörder war, sondern glaubten, es ginge bloß um den Tod einer Möwe.

Old Funny bekam einen ärgerlichen Gesichtsausdruck, als würde er seine Flucht damals vor vielen Jahren bereuen. Dann blinzelte er Knud Erik zu und lachte.

«Da habt ihr mich drangekriegt», sagte er.

Dann fing er an, von der Kopenhagener Börse und Henckel zu erzählen und wie er das geerbte Geld verlor, auf das er so viele Jahre gewartet hatte. Er war ein Mensch, der Höhen und Tiefen erlebt hatte.

Vilhjelm berichtete über den Schiffbruch der *Ane Marie* und das «Andachtsbuch für Seeleute», das er noch immer auswendig konnte. Sie sollten es überprüfen, wenn sie wollten.

«Also seid ihr schon mal im Eis gewesen und kennt die Verhältnisse», warf einer der britischen Kanoniere ein. «Da habt ihr ja geradezu eine Art Generalprobe für die Konvois veranstaltet.»

«Verdammte Marstaler», warf ein Kanadier ein. «Überall müsst ihr eure Nasen reinstecken, und überall seid ihr schon gewesen.»

Die Geschichte war jetzt bei Fräulein Kristina und Ivar angelangt, und Knud Erik erzählte sie in einem Tonfall, der immer deutlicher nach einer Anklage klang.

Old Funny verteidigte sich.

«Ich gebe überhaupt nichts zu», sagte er, «denn es war kein Mord. Manche konnten ihren Kram, andere nicht. Ich hab ihn ganz einfach getestet, mehr gibt's dazu nicht zu sagen.»

Er sah sich in der Runde um, einige nickten.

«Und Fräulein Kristina?», hakte Knud Erik nach.

Ja, das war dumm. Das räumte Herman bereitwillig ein. Dann machte er mit der Wichshand eine Bewegung, als wäre das letztlich doch nur eine Bagatelle.

«Du hast Leben zerstört!»

Knud Erik war wütend.

Ja, ja, das war wohl so. Er sagte nicht: Seht mich jetzt an. Aber sein Körper sprach für ihn, und das reichte aus. Es war alles Vergangenheit. Von ihm war nichts Böses mehr zu erwarten.

Knud Erik stand auf und ging.

Aber die Geschichte wurde weitererzählt. Es gab nichts, was sie jetzt noch aufhalten konnte.

Old Funny beschrieb seine Nacht in Setubal. War es Angabe oder die Wahrheit? Schwer zu sagen. Ein Teufelskerl war er jedenfalls gewesen. Das konnte jeder aus den Blicken der Zuhörer herauslesen.

Die Geschichte hatte sich in alle Richtungen ausgedehnt und wieder zusammengezogen, bis sie sich wie ein schützender Ring um die *Nimbus* legte.

Bluetooth lag in der Wiege und ließ die Teleskopaugen von Gesicht zu Gesicht wandern. Er war wie gewöhnlich auf Entdeckungsreise im Universum und vermittelte den Eindruck, als verstünde er alles.

Um den Tisch in der Messe wurden sie zu einer verschworenen Gemeinschaft, unwillig und widerstrebend. Zu einer Gemeinschaft, wie ein Schiff sie braucht, das musste sogar Knud Erik einräumen.

*   *   *

Als sie Liverpool erreichten, bat Herman, beim Kapitän vorgelassen zu werden. Knud Erik empfing ihn an Deck, dort, wo er vor einiger Zeit Hermans Ankunft mitgeteilt und die leeren Hosenbeine entblößt hatte. Herman kam nicht, um sich zu verabschieden oder sich zu bedanken. Er bat um Erlaubnis, an Bord der *Nimbus* bleiben zu dürfen. Sie wären doch Landsleute, aus derselben Stadt. Und in der Messe und als Ausguck hätte er sich schließlich bewährt, meinte er. Auch wollte er daran erinnern, dass er bei einer Gelegenheit das Schiff vor einem Torpedo gerettet hatte.

Knud Erik schüttelte den Kopf.

Es sah aus, als würde Herman bei Knud Eriks Ablehnung zusammenbrechen. Es war das erste und einzige Mal, das Knud Erik ihn so erlebte.

«Schau mich an», sagte er. «Die sperren mich weg, in irgendein Heim.»

«Meiner Meinung nach müsstest du in ein Gefängnis gesteckt werden.»

«Und was soll aus mir werden?»

Herman starrte auf den Boden. Er wirkte jetzt bemitleidenswert, aber seine Erbärmlichkeit erregte lediglich Knud Eriks Zorn.

«Soweit ich weiß, gibt es keinen Grund, einen Mann nicht zu hängen, nur weil er nur einen Arm und keine Beine hat.»

Die Besatzung stand ein wenig abseits und murrte. Sie sahen Old Funnys zusammengesunkener Gestalt an, wie die Verhandlungen standen. Absalon kam auf sie zu.

«Kapitän», sagte er, «wir haben Unterschriften gesammelt.»

Er reichte Knud Erik ein Stück Papier. Knud Erik ließ die Augen über die Liste gleiten. Die Besatzung bat geschlossen darum, Old Funny an Bord zu behalten. Nur Anton und Vilhjelm hatten nicht unterschrieben. Sophies Name stand ebenfalls nicht auf der Liste. Wahrscheinlich wollte sie sich nicht einmischen. Und im eigentlichen Sinn war sie ja auch kein Mitglied der Besatzung.

«Ich werde darüber nachdenken.»

Er bat Anton und Vilhjelm in die Kapitänskajüte.

«Wenn ich ihn behalte, mustert ihr dann ab?»

Sie schüttelten beide den Kopf.

«Wir bleiben», sagte Anton. «Die *Nimbus* ist ein gutes Schiff, und ich glaube, Herman hat seinen Teil dazu beigetragen, obwohl ich es nur ungern zugebe. Wir wussten, dass du ablehnen würdest, und wir wollten dir nur sagen, dass wir auf deiner Seite stehen. Ich hasse das Schwein, aber manchmal muss man sich über seine Gefühle hinwegsetzen.»

Knud Erik grübelte eine Weile. «*All right*, ich lasse ihn bleiben», sagte er. «Um des Schiffes willen.»

Die Mannschaft feierte den Beschluss, indem sie Old Funny mit in die Stadt nahm. Am nächsten Morgen saß er mit blutunterlaufenen Augen und einer Gesichtsfarbe, die noch röter war als gewöhnlich, auf seinem Platz in der Messe.

«Es soll der Tag kommen», sagte er in feierlichem Ton, als würde er aus der Bibel zitieren, «an dem alle Weiber der Welt in der Grube liegen und nach einem Schwanz schreien, aber nicht einen einzigen Zoll sollen sie dann bekommen.»

«Muss ich das so verstehen», fragte Knud Erik, «dass es keine gab, die dich wollte?»

Es war Knud Erik, der Sophie bat zu bleiben.

«Ich freue mich, dass du es sagst», erwiderte sie, «sonst hätte ich dich gefragt, ob ich darf.»

«Du kannst weiter in der Messe arbeiten, ich habe mit Helge gesprochen.»

Eine Weile saßen sie wortlos beieinander. Er fühlte sich erleichtert, wusste aber nicht, wie er seine Freude über ihren Entschluss ausdrücken sollte.

«Die Besatzung wird sich freuen, wenn sie es erfährt», sagte er stattdessen. «Alle lieben Bluetooth.»

«Ich weiß nicht, ob es nicht unverantwortlich ist, im Krieg mit einem Kind zur See zu fahren. Aber wenn ich an Land bleibe, müsste ich den ganzen Tag in einer Munitionsfabrik arbeiten und würde ihn nie zu sehen bekommen. Er ist erst zwei Monate alt. Ich würde es nicht aushalten.»

«Es gibt überall Bomben», sagte er.

Ihm ging auf, dass sie zusammensaßen und sich über Bluetooth unterhielten wie ein Ehepaar über ihr Kind.

«Ich weiß nicht, was ich mit mir anfangen sollte, wenn ich nicht zur See fahren könnte», sagte sie. «Es ist mein Leben. Ich kann nicht anders.»

Er verstand, was sie meinte. Er selbst hatte sich entschieden, Seemann zu werden, doch irgendwann hatte das Meer ihn gewählt, und diese Wahl ließ sich nicht mehr rückgängig machen. Damals, als sie sich zum ersten Mal begegneten, hatten er und Sophie so unterschiedliche Ansichten gehabt, doch seither war ihr Leben parallel verlaufen. Trotzdem gab es etwas, das ihn zurückhielt, und er spürte das Gleiche bei ihr.

Er war keineswegs impotent, aber irgendwo in seiner Seele war er es doch. Im Augenblick der Ekstase suchte er das Vergessen. Das war alles, wozu er in der Lage war. Er konnte nicht gleichzeitig in ein Gesicht sehen und lieben.

«Ich komme nach meiner Großmutter», erklärte sie. «Sie war so eine Verrückte, die nicht mit anderen zusammenleben konnte. Sie konnte sich nicht einordnen. Ihr Drang nach Selbständigkeit war zu groß, ihr blieb nur die Einöde. Sie hatte das Eis. Ich habe das Meer. Aber im Grunde ist es das Gleiche, denke ich.»

«Jetzt hast du ein Kind. Du bist gezwungen, dich anzupassen. Bluetooth hat nur dich.»

«Er hat uns», erwiderte sie.

Er wusste nicht, ob sie mit dem Wort «uns» ihn oder die Besatzung des Schiffs meinte, deren Teil sie nun war. Er hätte sie gern gefragt, wagte es aber nicht, weil er fürchtete, mit seiner Frage etwas zu zerstören.

Sie war es, die das immer verlegenere Schweigen zwischen ihnen brach.

«Ich weiß sehr wohl, wer Bluetooth' Vater ist», sagte sie. «Er ist nicht, wie die meisten von euch wahrscheinlich glauben, irgendein Seemann, dem ich zufällig bei einem Landgang über den Weg gelaufen bin. Ich kenne seinen Namen und seine Adresse, ich habe seine Eltern und seine Freunde getroffen. Wir waren verlobt und wollten heiraten.»

«Und was war nicht in Ordnung?»

«Nicht in Ordnung war, dass er aussah wie James Stewart, du weißt schon, dieser amerikanische Schauspieler, der eins neunzig groß ist und ein Gesicht wie ein Junge hat.»

«Na ja, aber er ist doch nett.»

«Ja, er ist so *damn nice,* dass ich nicht weiß, ob ich heulen oder kotzen soll. Ich habe mich für Letzteres entschieden. Er war nett, ordentlich, grundsolide, er liebte mich und hatte eine gut gehende Anwaltskanzlei in New York. *Plenty money, plenty everything,* wir sollten in Vermont wohnen, unsere Kinder sollten auf dem Land aufwachsen, der Krieg sollte weit weg sein, und selbst wenn sie die größte Bombe der Welt schmeißen würden, hätten wir es nicht einmal gehört.»

«Und das hast du nicht ausgehalten?»

«Doch, das war es ja, was ich am liebsten wollte. Aber ich bin einem anderen versprochen. Wie heißt es doch, dieses kleine hässliche Männlein, Rumpelstilzchen? Es gibt keinen Prinzen, der mich retten kann. Einen Augenblick glaubte ich, James Stewart könne es. Aber in Wahrheit wollte ich am liebsten bei Rumpelstilzchen sein. Weißt du, was ich am Ende an ihm hasste, bei meinem James-Stewart-*boyfriend*? Seine verdammte Unschuld. Es endete damit, dass ich ihn für unehrlich hielt. Er führte mich zum Essen aus. Wir prosteten uns mit einem Glas in der Hand zu. Wir planten unsere Zukunft. Der Krieg hätte ebenso gut nicht existieren können. Wir saßen nur da und ließen es uns auf unsere eigene ordentliche, bescheidene Art gut gehen, und hinterher gingen wir nach Hause und schliefen in unseren weichen Betten – und das würden wir bis an unser Lebensende tun. Ich hielt es nicht aus. Statt ihm zuzuprosten, schmiss ich ihm eines Abends das Glas an den Kopf. Es war nicht seine Schuld. Er konnte ja nichts dafür, dass er nie gesehen hatte, wie vor den eigenen Augen hundert Männer ertrinken oder ein Schiff in die Luft fliegt. In Wahrheit bin ich es, mit der etwas nicht stimmt. Aber ich empfand seine Unschuld als Beleidigung.»

Sie breitete die Arme aus.

«Nicht unbedingt, weil ich das hier so liebe. Ich kann nicht einmal erklären, warum ich hier bin. Ich passe nirgendwohin. Doch – hierher. Oder besser ...»

Sie lächelte plötzlich erleichtert, als ob ihr Redestrom endlich zu dem erlösenden Wort gefunden hätte.

«... es ist die *k'ivitok* in mir.»

Die Vertraulichkeit zwischen ihnen wuchs, aber es gab auch eine Distanz, die nicht kleiner werden wollte. Sie hat recht, dachte Knud Erik. Es war der Krieg. Sie beide waren darin verstrickt. Erst wenn der Krieg vorbei wäre, könnte es zwischen ihnen klappen. Aber wann würde das sein? Wären sie noch da, wenn es irgendwann dazu käme? Er wünschte sich ein Kind mit ihr. Es gab einen blinden Trieb in ihm, aber wie lange konnte sie warten?

Sie war ein paar Jahre älter als er, vierunddreißig oder fünfunddreißig. Wie lange war eine Frau gebärfähig?

Er gab es auf. Es gab Bluetooth. Er war sein Kind – und das der ganzen Besatzung.

Sie feierten Weihnachten nördlich von Irland. In Halifax war Wally mit einem Tannenbaum auf der Schulter an Bord gekommen. Er hatte ihn auf den Vordersteven gebunden, und erst als sie ihn in der Messe aufstellten, begann der Baum zu nadeln. Helge hatte irgendwo eine Tüte Haselnüsse aufgetrieben. Es gab vier für jeden. Er hatte die Nüsse in rosa Krepppapier eingewickelt, das musste als Geschenk reichen. Dennoch stapelten sich unter dem Weihnachtsbaum die Pakete. Sie waren alle für Bluetooth, obwohl er noch viel zu klein war und nichts von all dem verstand. Sophie packte sie aus. In ihnen lag die Welt, die er erst kennenlernen durfte, wenn der Krieg vorüber war. Es handelte sich um Kühe und Pferde, Schweine und Schafe, einen Elefanten und zwei Giraffen. Die meisten Figuren hatten die Schenkenden selbst geschnitzt und dann mit den vorhandenen Farben sorgfältig bemalt. Es waren die Farben der Welt, in die sie der Krieg gesperrt hatte, überwiegend schwarz, grau und weiß.

Bluetooth nahm eine Figur nach der anderen – Kühe, Pferde und Elefanten – in den Mund und kaute darauf herum.

*　　*　　*

Bluetooth war ungefähr ein Jahr alt, als Sophie eines Abends mit der Mannschaft in Liverpool an Land ging. Er schlief im Matrosenlogis bei Wally, seinem besonderen *buddy,* der sich freiwillig zum Aufpassen gemeldet hatte.

Knud Erik wusste nicht, was sie suchte. Suchte sie nach etwas, das sie einander nicht geben konnten, sondern nur bei Fremden zu finden war?

Er ging allein an Land. Den Whisky hatte er in den Schrank gestellt und nicht wieder herausgenommen. Aber auf die Nächte an Land konnte er nicht verzichten.

Sie trafen sich in einem Pub an der Court Street. Sie trug ein dunkelrotes Kleid und hatte sich die Lippen geschminkt; er musste an das erste Mal denken, als er sie im Haus ihres Vaters in Little Bay besuchte. Wie in beidseitiger Absprache schauten sie weg und taten so, als ob sie sich nicht gesehen hätten.

Er kehrte kurz darauf aufs Schiff zurück und ging sofort ins Bett. Eine halbe Stunde später wurde die Tür seiner Kajüte geöffnet, und ein unerwarteter Duft nach Parfüm erfüllte den engen Raum.

Hatte er absichtlich vergessen, die Tür abzuschließen?

«Wir können so nicht weitermachen», sagte sie und begann sich in der Dunkelheit auszuziehen.

«Ich habe einen Menschen getötet», sagte Knud Erik. «Er lag auf den Knien und bat um Gnade, dann habe ich ihn erschossen.»

Sie legte sich neben ihn in die Koje und nahm seinen Kopf in ihre Hände. Im schwachen Schein des *skylights* konnte er kaum ihre Gesichtszüge erkennen.

«Mein Knud Erik», sagte sie, und ihre Stimme klang rau. Es lag eine Zärtlichkeit darin, die er nie zuvor gehört hatte.

Er befreite sich aus ihrem Griff und stieg aus der Koje.

«Ich brauche Licht», sagte er.

Er schaltete die elektrische Lampe ein und legte sich wieder zu ihr.

«Die roten Notfeuer.»

Er wusste nicht, warum er es sagte. Es waren die verbotenen Worte, die verbannte Erinnerung, die er auf Abstand hielt, damit er überleben konnte. Aber etwas in ihm verstand, dass er die Worte aussprechen musste, wenn er lieben wollte.

«Es gibt niemanden unter uns, der nicht an sie denkt», sagte sie.

«Ich bin über sie hinweggefahren.»

«Wir», sagte sie, «wir sind über sie hinweggefahren.»

Er ließ seine Hand über ihr Gesicht gleiten und spürte, dass ihre Wange feucht war.

Er zog sie an sich und blickte ihr in die Augen.

Um sie herum war es ganz ruhig. Es heulte kein Fliegeralarm, es fielen keine Bomben, keine Wellen, die über das Deck schwappten, kein Krachen explodierender Munitionsschiffe. Es gab nur das Geräusch eines Dynamos, der im Bauch des Schiffs arbeitete.

Er hielt sie noch immer fest.

«Meine Sophie», sagte er.

*   *   *

Im August 1943 kam es in Dänemark zum Aufstand, in Kopenhagen und anderen Städten wurden Barrikaden errichtet. Die Regierung beendete ihre Zusammenarbeit mit der deutschen Besatzungsmacht und trat zurück. Die Offiziere der Flotte versenkten ihre eigenen Schiffe, die auf dem Grund des Kopenhagener Hafenbeckens endeten.

Der Dannebrog wurde wieder zu einer Flagge, die an einem Schiff in alliierten Kriegsdiensten wehen durfte. Inzwischen hatten sie sich allerdings an den Red Duster gewöhnt und beließen es dabei. Außerdem waren ungefähr ebenso viele Nationen an Bord, wie es Besatzungsmitglieder gab, und selbst die wenigen Dänen stellten eine bunt gemischte Truppe dar.

Und Bluetooth? Er war im Atlantik geboren und Ehrenbürger dort.

Sie waren ein seefahrendes Babel im Krieg mit dem Herrgott.

«Wir könnten doch Bluetooths Windeln vom Mast wehen lassen», schlug Absalon vor.

«Sauber oder dreckig?», fragte Wally nach.

Er war der *Nimbus*-Meister im Windelnwechseln.

Sie scheuerten das Deck und seiften die Schotten ab. Es herrschte Sauberkeit, der Stil der Segelschiffe, wie auf der alten *Dannevang*, Friede sei mit ihr. Es lag alles an Bluetooth.

Sie konnten an Land gehen und an einer Bar stehen. Nun nannte sie niemand mehr halbe Deutsche oder Adolfs bevorzugte Freunde. Wenn Seeleute hörten, dass sie auf der *Nimbus* fuhren, fragten sie sofort: «Und wie geht es Bluetooth?»

Gut, danke. Er verlor seine Haare und bekam neue, schwarz wie die seiner Mutter. Und den ersten Zahn, ein bisschen weh tat es ihm schon. Dann die ersten Schritte, er lernte auf einem Schiffsdeck laufen. Wahrscheinlich dachte er, dass die ganze Welt aus Wellenbergen bestand –

hoch, runter, hoch, runter –, und war enttäuscht, wenn die Erde unter seinen Füßen nicht schwankte. Es kam vor, dass er hinfiel und sich verletzte. Dann saß er bei seiner Mutter auf dem Schoß. Oder bei einem seiner vielen Väter. Es war gar nicht so einfach zu lernen, in siebzehn Sprachen «Vater» zu sagen. Seekrank? Bluetooth? Niemals! Es gab niemanden in der ganzen alliierten Handelsflotte, der seetauglicher war als er.

Die *Nimbus* war ein glückliches Schiff.

Bis zu einem Frühjahrstag im Jahr 1945.

Sie befanden sich auf dem Weg nach Southend. Zum ersten Mal seit vier Jahren fuhren sie durch die Nordsee. Noch immer gab es U-Boote, aber nur in großen Abständen, und die Berichte über Verluste wurden immer seltener. Es war gegen zehn Uhr abends. Ruhige See. Im Nordwesten schimmerte noch etwas Licht, der Sommer war nicht mehr weit. Dann endlich wurden sie von dem Torpedo gefunden, auf den sie all die Jahre im alliierten Kriegsdienst gewartet hatten. Der Krieg schickte ihnen einen Abschiedsgruß, als Erinnerung, dass man sich niemals auf ihn verlassen konnte, selbst wenn das Ende so nahe schien.

Der Torpedo traf sie unterhalb der Ladeluke Nummer drei, und die *Nimbus* begann sofort Wasser aufzunehmen. Die Rettungsboote an Steuerbord und Backbord waren unbeschädigt und hingen wartend in den Davits. Die Heizer kamen in ihren verschwitzten Unterhemden an Deck. Die Männer der Freiwache erschienen in Unterwäsche. Knud Erik herrschte sie an, denn er hatte den Befehl gegeben, in den Kleidern zu schlafen – für den Fall, dass sie von einem Torpedo getroffen würden. Niemand hatte mehr daran geglaubt. Es hatte mal eine Zeit gegeben, in der sie mit angelegten Schwimmwesten schliefen. Nun konnten sie sich kaum daran erinnern, wann sie zuletzt das Geräusch eines herabstürzenden Stukas gehört hatten. Und die U-Boote – gab es überhaupt noch welche?

Drei Minuten später waren alle in den Booten und stießen sich ab. Als der Torpedo sie traf, war die *Nimbus* bei dem ruhigen Wetter *top steam* gelaufen, und noch immer fuhr sie mit unverminderter Geschwindigkeit, während der Vordersteven immer tiefer im Wasser versank. Es sah aus, als rutschte das Schiff auf einer Rampe, die zum Meeresgrund führte. Als das Wasser die Decksaufbauten erreichte, war aus dem Maschinenraum ein Knall zu hören, und eine Säule aus Dampf und Rauch stieg in den wolkenfreien Frühjahrshimmel, an dem die ersten Sterne leuchteten. Die *Nimbus* hielt ihren Kurs Richtung Meeresgrund. Das Letzte, was sie sahen, war der Achterspiegel mit dem Namen des Schiffs und dem Heimathafen Svendborg. Dann war es verschwunden. Kaum dass sich eine Welle erhob, die den Blick aufs Meer störte.

«Weg», sagte Bluetooth. Er saß bei seiner Mutter auf dem Schoß, eingepackt in eine Decke, aus der nur sein Kopf ragte. Er gab ein Schniefen von sich, als hätte er sich in der kühlen Abendluft erkältet. Dann begann er zu weinen.

«Lass die Tränen nur laufen, mein Junge. Du hast wahrlich das Recht dazu.»

Es war Old Funny, der mitten im Rettungsboot in seinem Rollstuhl thronte. Er sah sich um, als wäre er eine Art Sprecher für Bluetooth.

«Das war das Elternhaus unseres Kleinen, das da gerade in die Luft geflogen ist!»

Schweigend ließen sie die Worte nachklingen. Es stimmte ja. Bluetooth war jetzt zwei Jahre und sieben Monate alt. Er hatte nie etwas anderes als die *Nimbus* kennengelernt, und nun war das Schiff verschwunden. Auch für sie war es in gewisser Weise ein Zuhause gewesen. Die wenigsten von ihnen glaubten an die Geschichte von der *Nimbus* als einem glücklichen Schiff. Doch Stück für Stück hatte ein Glaube den anderen abgelöst. Es war ihre Willenskraft, die Sorgfalt, die sie auf die Instandhaltung des Schiffs verwendeten, und vor allem ihre Liebe zu Bluetooth gewesen, die die Torpedos und Bomben abgehalten hatten.

Nun spürten sie plötzlich, wie ihr Wille erlahmte. Der Krieg war für sie in diesem Moment vorbei – nicht weil er gewonnen war, sondern weil sie ihn einfach nicht mehr ertrugen. Es lag kein Triumph in diesem Augenblick. Sie wussten nicht wirklich, ob sie Gewinner oder Verlierer waren. Sie waren Überlebende, und nun wollten sie heraus. Sie balancierten auf Messers Schneide zwischen Kapitulation und Erleichterung, und als sie die Stimme des Kapitäns hörten, war es, als würde er für alle sprechen.

«Ich glaube, wir können jetzt nach Hause gehen», sagte Knud Erik.

Nach Hause, das war leichter gesagt als getan, denn die Besatzung hatte mehr Zuhause, als es Ecken auf dieser Welt gibt.

«Soweit ich es sehen kann», fuhr er fort, «befinden wir uns irgendwo in der Mitte zwischen England und Deutschland. Diejenigen, die sich in England zu Hause fühlen, rudern dorthin …»

Er deutete in Richtung Westen.

«Und der Rest …»

«Der Rest …?»

Er wurde von Old Funny unterbrochen.

«Was meinst du damit? Soweit ich weiß, haben wir keinen Deutschen an Bord?»

«Wir wollen ja auch nicht nach Deutschland. Wir wollen nach Hause.»

«Nach Dänemark?», fragte Sophie.

«Nach Marstal.»

Sie verteilten sich auf die beiden Rettungsboote. Old Funny blieb in Knud Eriks Boot. Er war es offenbar leid, immer wieder davonzulaufen. Nun wollte er nach Hause. Anton, Vilhjelm und Helge waren ebenfalls dabei. Knud Erik schaute einen Moment lang Sophie an. Dann nickte sie. Auch Wally und Absalon waren neugierig, den kleinen Ort kennenzulernen, der offenbar der Nabel der Welt zu sein schien – also warum nicht?

Sie verteilten die Vorräte auf beide Boote. Es gab drei Wollpullover und drei Garnituren Ölzeug für jedes Rettungsboot. Sie wurden an die frierenden Heizer ausgegeben. Die Boote lagen schaukelnd nebeneinander, während sie sich über der Reling die Hände reichten. Bluetooth ging von Arm zu Arm und wurde von jedem umarmt.

Er wurde unruhig und verstand nichts. Gerade noch hatte er sich von seinem Elternhaus verabschiedet. Nun sollte er auch von mehr als der Hälfte der Menschen Abschied nehmen, die es bewohnt hatten. Er rief nach seiner Mutter, als wäre sie der einzige Halt, der ihm noch auf der Welt blieb.

Sie begannen zu rudern. Old Funny verlangte, aus seinem Rollstuhl befördert und auf eine der Ruderbänke gesetzt zu werden, damit er seinen Teil tun konnte.

Mit seinem verbliebenem Arm zog er kräftig am Ruder, allerdings fiel es ihm nicht leicht, auf der Ducht das Gleichgewicht zu halten, so dass Absalon näher heranrücken und ihn mit der Schulter stützen musste.

In der zunehmenden Dunkelheit verschwand das andere Boot rasch außer Sichtweite.

Lieber Knud Erik,

als ich damals glaubte, du wärst ertrunken, habe ich etwas getan, an das ich seither nie wieder denken wollte.

Ich habe mein wahres Ich erlebt, und das ist nie besonders angenehm.

Es war an einem Nachmittag, ich ging ziellos auf dem Friedhof umher, als ich plötzlich vor einer Grabstätte in der nordwestlichen Ecke stand. Dort, wo Albert liegt. Ich habe mich nie um sein Grab gekümmert, obwohl er doch mein Wohltäter gewesen ist.

Der alte Thiesen, der Totengräber, war dabei, mit einem Pinsel den schmiedeeisernen Zaun um den Grabstein zu streichen. Das Unkraut hatte er bereits gejätet, und es war abzusehen, dass die vernachlässigte Grabstelle sich unter seinen sorgfältigen Händen zu einer Gedenkstätte für einen der großen Reeder der Stadt verwandeln würde.

Ich hatte das Gefühl, als ob alles in mir, meine Angst, mein Kummer und die Ungewissheit, das ständig Verheimlichte und Einsame meines Lebens, die Selbstvorwürfe, die bedrückende Verantwortung, die nahezu ungeheuerliche Aufgabe, die ich mir vorgenommen hatte – es war, als ob sich all dies zu einem großen Ausbruch zusammenballte, zu einem hemmungslosen Wutanfall, der seinen Ausgangspunkt nicht in einer bestimmten Kränkung hatte, sondern dessen Ursache eher das Gefühl von Machtlosigkeit war, das mich mein ganzes Leben verfolgt hatte. Ich packte den Eimer Farbe und warf ihn gegen die raue, grauweiße Marmorsäule, in der die Daten von Alberts Geburt und Tod eingraviert sind.

Wieder und wieder schrie ich die gleichen drei Worte heraus. Ich wollte wohl, dass es wie eine Verwünschung klang, ja geradezu wie das Jüngste Gericht, aber ich kann mir vorstellen, dass diese Worte in je-

dem, der sie hörte, das tiefste Mitleid ausgelöst haben müssen, denn mein Wahnsinn schien offensichtlich.

«Alles muss weg! Alles muss weg!»

Ich verriet meinen Plan – aber zum Glück gab es nur Thiesen, der mich hörte. Er verstand sicher die Worte, aber nicht den dahinterliegenden Sinn.

Der Totengräber kannte meine Geschichte gut. Er wusste, dass ich viele Tage in qualvoller Ungewissheit über dein Schicksal zugebracht hatte. Nun ergriff er meine Hände. So, als wollte er mich beschützen statt verhindern, dass ich noch weitere Verwüstungen anrichtete.

«Beruhigen Sie sich, Frau Friis, es wird schon wieder. Gewiss sind Sie nicht ganz bei sich», sprach er besänftigend auf mich ein.

Das Fürchterliche war ja, dass ich gerade in diesem Augenblick ganz bei mir war. Ich war mehr ich selbst als jemals zuvor und als ich es jemals wieder sein würde. Die Worte kamen direkt aus meinem Herzen: Alles muss weg. Ich gab das ganze Ziel meines Lebens preis.

Alles muss weg.

Endlich hatte ich es ausgesprochen.

Erschöpft sank ich vor Thiesens Füßen ins Gras.

«Entschuldigung», sagte ich, als er mir auf die Beine half. «Ich war gewiss nicht ganz bei mir.»

Ich bekräftigte seinen Irrtum. Ich gab ihm recht. Das musste ich tun, wenn ich weiterhin unter Menschen leben wollte.

«Nein, ich war gewiss nicht ganz bei mir», wiederholte ich.

Alles muss weg. Jetzt ist alles weg, und ich weiß, dass ich es niemals so gewollt habe. Ich gehe in den Straßen dieser Stadt umher, die wie unter einem Fluch steht. Die Stadt ist um die Hälfte ihrer Einwohner geschrumpft – um die Männer. Und ich sehe mehr und mehr Frauen, die diesen Ausdruck in den Augen haben, der besagt, dass es nun schon so lange her ist, seit sie den letzten Brief von der anderen Seite der Grenze erhielten, so lange, dass sie schließlich die Hoffnung aufgegeben haben.

In unserer Stadt ist es nicht üblich, über die Toten Buch zu führen. Aber ich weiß, dass weit mehr Männer dort draußen bleiben werden, als Marstal je auf der Neufundlandroute und im letzten Krieg verlor. Es geht den Ertrunkenen, wie es ihnen schon immer ergangen ist. Sie haben keine Erde als letzte Ruhestätte.

Jeden Tag gehe ich auf den Friedhof und lege Blumen und Kränze auf die wenigen Gräber, die wir haben. Und ich pflege Alberts Grab.

Ich bitte dich noch einmal, mir zu vergeben, dass ich dich einst zu den Toten verbannt habe.

Deine Mutter

Sie brauchten drei Tage, um die Küste zu erreichen, und landeten im ersten Morgengrauen. Der Himmel war bedeckt. Ein rosa Streifen über dem Land kündigte den Sonnenaufgang an. Den ganzen Weg über hatten sie ruhiges Wetter gehabt, nun sahen sie einen endlosen Sandstrand mit weißen Dünen vor sich. Sie manövrierten durch die Brandung, und Absalon und Wally sprangen ins Wasser, um das Boot auf den Strand zu befördern. Dann hievten sie Old Funny aus dem Boot und setzten ihn in seinen Rollstuhl. Es war schwierig, ihn durch den Sand zu schieben. Bluetooth lief nebenher. Er hatte das Bedürfnis, nach der langen Untätigkeit die Beine zu bewegen. In der Hand hielt er den Stoffhund Skipper Ruf, der, wie er behauptete, auch auf dem Meer geboren war. Für sie beide sollte ein neues Leben beginnen. Das ewige Auf und Ab der Wellen hatte nun ein Ende. Jetzt waren sie auf dem langweiligen Festland, und hier sollten sie bleiben, jedenfalls für eine Weile.

«Wo sind die Häuser?», wollte Bluetooth wissen. Er hatte noch nie einen Strand gesehen. Das Meer und zerbombte Kaianlagen stellten die Welt dar, die er kannte.

Etwas war jedoch gleich geblieben. Er sah sich um. Dort ging Papa Absalon, hier sein besonderer *buddy* Wally, dort Papa Knud Erik, Papa Anton und Papa Vilhjelm. Old Funny saß wie immer in seinem Rollstuhl, und hier war seine Mutter.

Sie fanden rasch eine Straße, die vom Strand wegführte. Es gab keinerlei Verkehr. Knud Erik trug in der Hand einen Lederkoffer, den er vom Schiff mitgenommen hatte.

«Was ist da drin?», wollte Wally wissen.

«Geld.»

«Hast du deutsche Mark?»

Wally schaute ihn überrascht an.

«Ich habe eine bessere Währung. Ich habe Zigaretten.»

«Du bist ein vorausschauender Mann», meinte Sophie.

«Manchmal», erwiderte er. «Nur manchmal.»

Sie wussten nicht genau, wo die Front verlief, ob sie sich davor oder dahinter befanden und ob die Deutschen überhaupt noch Widerstand leisteten oder bereits überrannt worden waren. Die Russen befanden sich in weiter Ferne. Hier rückten die Amerikaner vor. Sie waren irgendwo in der Deutschen Bucht gelandet. Nun mussten sie hinüber zur Ostsee kreuzen. Das letzte Stück nach Marstal konnten sie nur auf dem Seeweg bewältigen.

Die ersten paar Stunden entdeckten sie keine Kriegsspuren. Die Straße verlief durch ein flaches Marschland mit vereinzelten Bauernhöfen. Die Landstraße vor ihnen war nach wie vor menschenleer. Bluetooth war seine ausgelassene Springerei leid und kletterte auf den Schoß von Old Funny, der wie durch ein Wunder eine Flasche Rum unter seiner Decke hervorgezaubert hatte. Wally behauptete einmal, er habe einen doppelten Boden in seinem Rollstuhl, in dem er ein Lager flüssiger Ware verstecke.

Im Lauf des Vormittags erreichten sie ein Dorf. Aus einem Schornstein stieg Rauch auf. Knud Erik ging den Gartenweg entlang und klopfte an. Niemand kam, um zu öffnen, aber er sah ein Gesicht, das ihn hinter der Gardine verborgen durchs Fenster anstarrte. Auf der Landstraße tauchten die ersten Bombenkrater auf. Sie standen voller Wasser, in dem sich der blaue Frühlingshimmel spiegelte. Schon bald mussten sie Kratern und ausgebrannten Lastwagen ausweichen. Sie näherten sich einer Stadt, auf der Landstraße tauchten Menschen auf. Unrasierte Soldaten in dreckigen Uniformen schlenderten wie zufällig vorbei. Es war nicht klar, ob sie auf der Flucht waren oder einen Befehl ausführten, an den sie längst nicht mehr glaubten. Pferdewagen mit Bergen von Möbeln und Matratzenstapeln auf der Ladefläche rumpelten vorüber.

Ihnen folgten Menschen mit ausdruckslosen Gesichtern. Sie bewegten sich mit mechanischen Schritten wie aneinandergekettete Gefangene. Andere trotteten mit Schubkarren oder Handwagen dahin. Alle hielten die Augen niedergeschlagen und schienen in sich selbst versunken zu sein.

«*Look a horsey!*», rief Bluetooth in seinem Kinderenglisch und zeigte mit dem Finger darauf. Sie zischten ihm zu, still zu sein; nicht weil sie Angst hatten, sich von der ständig größer werdenden Menge zu unterscheiden, sondern weil sein fröhlicher Ausruf frivol klang in diesem stummen Leichenzug. Ihnen wurde rasch klar, dass sie aussahen wie alle anderen. Ein Mann im Rollstuhl mit einem Kind auf dem Schoß, eine Frau, eine Gruppe Männer, die vor sich hintrotteten – eine Gruppe auf der Flucht, die sich zufällig gefunden hatte. In ganz Europa waren die Landstraßen voll von Menschen wie ihnen. Sie hatten ihr Zuhause verloren und hielten Ausschau nach einem anderen, noch nicht vom Krieg zerstörten. Doch im Unterschied zu den meisten anderen hatten sie ein Ziel und eine Hoffnung, und dies galt es zu verbergen. Sie mussten ihre Blicke senken und ihre Stimmen dämpfen, damit sie nicht zu fröhlich klangen.

Sie machten eine Entdeckung: Niemand schaute den anderen an oder beachtete die Zerstörungen um sich herum. Alles, was diese Menschen sahen, waren ihre eigenen Schuhspitzen, als ob es auf der Welt nichts anderes mehr gab als diesen blinden Impuls, der sie von einem Ruinenhaufen zum nächsten trieb. Knud Erik hatte befürchtet, dass Absalons Hautfarbe sie verraten würde, aber niemand würdigte ihn eines Blicks. Die Deutschen sahen nur sich selbst und ihre zerstörten Leben und Träume. Nur wenn die Flüchtlinge der *Nimbus* begannen, sich umzuschauen, nur wenn ein wenig Leben in ihren Augen aufleuchtete, würden sie sich unterscheiden und auffallen.

Sie kamen in eine Stadt. Der größte Teil der Häuser war ausgebombt, doch Ruinen hatten sie auch in Liverpool, London, Bristol und Hull gesehen. An einigen Stellen standen die Fassaden noch, vier, fünf Etagen hoch, mit leeren Fensteröffnungen, umgeben von rußgeschwärzten Mauern. In anderen Straßen waren die Fassaden eingestürzt; sie sahen die nackten Böden und Zwischendecken der einzelnen Etagen. Sie schauten in Räume, von denen sie sich vorstellen konnten, dass es irgendwann einmal Schlafzimmer oder Küchen gewesen waren. Sie erwarteten jeden Moment, dass die Menschen auf der Straße in ihre halben Häuser zurückkehrten, deren Türen mit Brettern vernagelt waren, um ein neues Schattenleben zu beginnen, das zu ihren leblosen Gesichtern und den gesenkten Blicken passte.

Bluetooth fand Ruinen und ausgebrannte Häuser normal. Und so war es auch nicht die düstere Ruinenlandschaft, die seine Aufmerksamkeit erregte, sondern ein großer weißer Vogel, der ganz oben auf einem zerschossenen Kirchturm saß.

«Schaut mal», sagte er, «dort sitzt Frede.»

Er sagte es diesmal auf Dänisch. Er konnte problemlos zwischen den beiden Sprachen wechseln. Von dem Storch auf Goldsteins Dach in Marstal hatten sie ihm erzählt, allerdings nichts von Antons Mordversuch. Nun glaubte er, Frede zu sehen.

«Nein, das ist nicht Frede. Das ist ein Storch, so wie Frede.»

Knud Erik konnte ein Lachen nicht unterdrücken, und ein Passant starrte ihn an, als wäre sein Lachen eine Art Landesverrat, als hätte er lauthals Hitler verflucht.

Der Storch breitete seine Flügel aus und flog mit schweren Flügelschlägen die Straße entlang. Sie folgten ihm. Als sie den Bahnhof erreichten, saß er auf dem zerstörten Dach, als würde er ihnen den Weg weisen.

Wasserpfützen auf dem Steinboden verrieten, dass es erst kürzlich geregnet haben musste. Überall saßen oder lagen Menschen. Sie hatten sich in den Mauerresten eingerichtet, als wären es Bänke und Stühle, die ihnen von vorausschauenden Behörden zur Verfügung gestellt worden waren. Die meisten von ihnen mussten obdachlos sein, sie erweckten nicht den Eindruck, als hätten sie irgendein Ziel. Wohin sollten sie auch reisen? Zum nächsten zerschossenen Bahnhof?

In einer Ecke wurden Kaffee und Brot verteilt. Auf einem Schild hieß es, dass später am Tag eine dünne Suppe ausgegeben würde. Obwohl sie hungrig waren, wagten sie nicht, sich anzustellen; sie fürchteten, entdeckt zu werden. Knud Erik machte mit einem Päckchen Zigaretten die Runde und kam kurz darauf mit einem Brot, einer Wurst und einer Flasche Wasser zurück. Bluetooth aß mit großem Appetit. Die anderen kauten lange. Sie wussten nicht, wann sie wieder etwas zwischen die Zähne bekämen.

Sie übernachteten in der Bahnhofshalle und stiegen am nächsten Morgen in einen Zug nach Bremen. Dort wollten sie nach Hamburg umsteigen. Fahrkarten besaßen sie nicht. Wieder waren es Knud Eriks Zigaretten, die das Problem lösten. Der Bahnsteig war überfüllt, aber sie benutzten Old Funny als Wellenbrecher. Die Leute wichen aus, sie glaubten tatsächlich, er sei ein armer Kriegsinvalide. Ihm fehlte nur das Eiserne Kreuz an der Brust.

Eine Frau in einem viel zu großen Wintermantel stand mitten auf dem Bahnsteig. Sie sah nicht aus, als wollte sie mitfahren, stand einfach nur da. Ihr bleiches, ausgezehrtes Gesicht, das zur Hälfte von einem unter dem Kinn festgebundenen Kopftuch bedeckt war, zeigte den verlorensten Ausdruck, den Knud Erik jemals gesehen hatte. Sie war nicht in sich gekehrt wie die anderen, sondern überhaupt nicht vorhanden. Ihre Augen waren leerer, als sie es gewesen wären, hätte sie das Weiße nach außen gekehrt. Sie wurde von der drängelnden Menge hin und her geschubst, und plötzlich sprang der Koffer auf, den sie in der Hand hielt. Ein kleines Kind fiel heraus. Er sah es ganz deutlich. Es war eine verkohlte Kinderleiche, verschrumpelt und nahezu unkenntlich wie eine Mumie, eingetrocknet von der Hitze des Feuers, das offensichtlich auch der Mutter den Verstand geraubt hatte. Sie wurde von einem Mann zur Seite gestoßen, der seinen Blick stur auf die Wagenreihe richtete. Dann trat er, ohne darauf zu achten, wohin er seine Füße setzte, auf die Leiche, die vor ihm lag. Knud Erik wandte sich ab.

«Schaut mal!», rief Bluetooth. «Die Frau hat ihre Negerpuppe verloren.»

Ein paar Stunden später näherten sie sich Hamburg. Beinahe eine halbe Stunde lang erblickten sie nichts als Ruinenfelder. Sie dachten, sie hätten gesehen, was Bomben in einer Stadt anrichten können, doch nun begriffen sie, dass sie vorher nichts gesehen hatten. Hier erhoben sich keine demolierten und verrußten Hausfassaden mehr aus Haufen von Schutt und Mauersteinen. Hier konnten sie nicht einmal mehr die Straßen erahnen, die es einmal gegeben hatte. Die Vernichtung war vollkommen, es war kaum vorstellbar, dass dies durch Menschenhand geschehen sein konnte. Nach einer Naturkatastrophe sah es allerdings auch nicht aus. Dann wäre zumindest irgendetwas stehen geblieben, es hätte eine Art Zufälligkeit geherrscht, aber über dieser Zerstörung lag etwas Systematisches, so, als hätte eine vollkommen andere Existenzform sie betrieben, weder Mensch noch Natur, ein Wesen, dem statt Wasser und Luft das Feuer und die vollkommene Destruktion als Elemente zur Verfügung standen.

Zum ersten Mal in den beinahe sechs Jahren, die der Krieg nun dauerte, hatten sie das Gefühl, sich nur an seiner Peripherie befunden zu haben. Sie machten es wie die übrigen Passagiere in dem überfüllten Zug, schauten nicht hin und schlugen die Augen nieder. Sie hielten den Anblick nicht aus. Es war das unvorstellbare Ausmaß an Zerstörung, vor dem ihre Gedanken kapitulierten. Sie wussten, dass sie enden würden wie all die Menschen um sich herum, wenn sie sich noch länger hier aufhielten. Sie würden die Hoffnung verlieren, die sie antrieb.

Sogar Bluetooth sah nicht mehr hin und spielte stattdessen an einem Knopf seines Mantels herum. Er wollte nichts wissen, und Knud Erik dachte, er fragt nicht, weil er klug genug ist, die Antwort nicht hören zu wollen.

*　　*　　*

Am 3. Mai stahlen sie um halb fünf Uhr morgens im Hafen von Neustadt einen Schlepper. Sie hatten geplant, sich nach Kiel durchzuschlagen, doch sie mussten sich mit den Transportmöglichkeiten begnügen, die sich boten. Das letzte von Knud Eriks Zigarettenpäckchen hatte ihnen zu einer Passage auf der Ladefläche eines Lastwagens mit Verdeck verholfen, der nach Neustadt fuhr. Der Hafen war menschenleer, als sie den Kai entlanggingen und nach einem Boot Ausschau hielten, das für ihr Vorhaben geeignet war. Bluetooth lag wie ein Hundewelpe zusammengerollt auf dem Schoß von Old Funny und schlief. Es war Anton, der sich für den Schlepper mit dem Namen *Odysseus* entschied. Als sie an Deck kletterten, erwachte Bluetooth. Er lag in den Armen seiner Mutter, wollte aber sofort an Deck. Er streckte sich und gähnte. Dann gingen die Teleskopaugen auf ihre ewige Jagd nach Neuem im Universum.

«Seht mal», sagte er und deutete zum Himmel.

Sie legten den Kopf in den Nacken und schauten hinauf.

Hoch oben über ihnen flog ein großer Vogel mit langsamen Flügelschlägen in nordwestliche Richtung.

«Das ist der Storch», erklärte Bluetooth, «das ist Frede.»

«Ich fange allmählich an, es zu glauben», murmelte Anton. «Sieht aus, als wäre er auf dem Heimweg nach Marstal.»

Auf der Fahrt durch die Lübecker Bucht kamen sie an drei Passagier-schiffen vorbei, der *Deutschland,* der *Cap Arcona* und der *Thielbeck.* Sie sahen keinerlei Beatzungsmitglieder, weder auf der Brücke noch auf den Decks. Sie hatten Angst, dass der Diebstahl entdeckt würde und je-mand versuchte, sie zu verfolgen. Als sie Abstand zu den Schiffen gewon-nen hatten, gingen sie auf volle Kraft. Sie planten, Fehmarn nördlich zu umfahren. Dieser Kurs führte sie ziemlich weit hinaus auf die Ostsee, beinahe ganz bis Gedser, aber dann konnten sie einen westlichen Kurs südlich von Langeland halten. Es war ein Umweg, doch sie wagten nicht, der deutschen Küste zu nahe zu kommen.

Am frühen Nachmittag hallte ein dumpfes Dröhnen über das Meer. Es folgten weitere, und einen Moment hatten sie das Gefühl, als würde der Himmel über ihnen vibrieren. Rauchfetzen stiegen in der Bucht auf, und sie vermuteten, dass Neustadt angegriffen wurde. Vielleicht waren die Schiffe getroffen worden, die sie vor Anker hatten liegen sehen. Im Lauf des Tages wurde ihnen klar, dass ihre Furcht, der deutschen Küs-te zu nahe zu kommen, unbegründet gewesen war. Es gab keine Schif-fe mehr, die sie hätten verfolgen können. Die Deutschen schienen die Kontrolle über die Ostsee verloren zu haben, stattdessen patrouillierten britische Hawker-Typhoon-Jagdbomber. Wieder und wieder vernahmen sie weit entfernt das schwache Echo explodierender Bomben.

Es herrschte reger Verkehr auf dem Wasser, aber die meisten Schiffe kamen aus dem östlichen Teil der Lübecker Bucht, wo die russischen Streitkräfte vorrückten. Es waren alle möglichen Boote, Fischer, Frach-ter, kleine Motorschiffe und Jachten, Küstensegler und Ruderboote mit notdürftig geriggtem Mast und Segeln. Überall am Horizont stiegen nun die Rauchsäulen auf. Ständig sahen sie Wrackteile, und beinahe wären sie in eine Gruppe verkohlter Leichen gefahren, die mit dem Kopf nach unten auf der Wasseroberfläche trieben. Aus der Ferne hatten sie die To-ten für Tang gehalten, allerdings entdeckten sie ihren Fehler rechtzeitig genug, um den Kurs zu ändern. Unter den Ertrunkenen befanden sich Frauen und Kinder. Niemand trug eine Schwimmweste. Sie vermuteten, dass es sich um Flüchtlinge wie sie handelte.

Hört es denn niemals auf?, dachte Knud Erik.

Die Euphorie, entkommen zu sein, war verschwunden. Sie begriffen, dass sie noch immer auf ihr Glück setzen mussten, wenn sie lebend über die Ostsee kommen wollten. Sie fuhren auf einem deutschen Schiff, und es gab nichts, was die nächste Hawker Typhoon, die sie überflog, daran hindern sollte, ihre todbringende Last abzuwerfen. Fünf Jahre hatten sie keine Dannebrog-Flagge mehr gesehen. Nun wünschten sie, sie hätten eine. Aber möglicherweise würde nicht einmal die Flagge nützen. Es war, als würde das Meer sich umstülpen und die Tausende ausspeien, die über Jahrhunderte auf seinem Grund ihr Ende gefunden hatten. Es war das Meer der Ertrunkenen, über das sie fuhren, und sie fühlten sich mit ihnen verbunden.

Knud Erik stand am Ruder. Er befahl, die Schwimmwesten anzuziehen. Es gab nicht genug für alle. Knud Erik sah einen Augenblick hinüber zu Herman, der in seinem Rollstuhl saß. Dann zuckte er resigniert die Achseln. Kapitän Boye war ertrunken, weil er seine Rettungsweste einem Heizer gab, der seine eigene im Maschinenraum vergessen hatte. Nun reichte er seine Weste Wally und befahl ihm, Herman dabei zu helfen, sie anzuziehen. Wurden sie versenkt, opferte er sein Leben für einen Mann, den er verachtete, aber er hatte keine Wahl. Eines hatte der Krieg ihn gelehrt. Es mochte sein, dass die Alliierten dafür kämpften, der Gerechtigkeit zum Sieg zu verhelfen, aber das Leben selbst kannte keine Gerechtigkeit. Er war der Kapitän und hatte die Verantwortung für seine Besatzung. Diese Pflicht war das Einzige, was ihm blieb, wenn er sich nicht der reinen Sinnlosigkeit ergeben wollte.

«Ziehst du keine Schwimmweste an?», fragte Sophie, die den Blick nicht bemerkt hatte, mit dem er Herman bedachte.

Er tat es mit einem Lächeln ab.

«Der Kapitän ist immer der Letzte, der das Schiff verlässt. Er ist auch der Letzte, der eine Schwimmweste anzieht.»

«Du bist ein richtiger Odysseus», sagte sie und erwiderte sein Lächeln. «Und du hast sogar so viel Glück, dass deine Penelope bei dir an Bord ist.»

«Wir Seeleute sollten uns besser nicht mit Odysseus vergleichen», erwiderte er. «Wir sind eher Odysseus' Leute.»

«Was meinst du?»

«Hast du die Geschichte gelesen?»

Sie zuckte die Achseln.

«Nicht so richtig.»

«Eigentlich ist es eine ziemlich deprimierende Lektüre. Odysseus ist der Kapitän, *right?* Er erlebt ein phantastisches Abenteuer. Aber es gelingt ihm nicht, einen einzigen seiner Männer lebend nach Hause zu bringen. Das ist die Rolle, die wir Seeleute in diesem Krieg spielen. Wir sind Odysseus' Männer.»

Sie sah ihn an.

«Dann musst du dich wohl mehr ins Zeug legen, Kapitän Odysseus», erwiderte sie. «Dieser Seemann hier ist nämlich zufällig schwanger.»

*   *   *

In der Nacht liefen sie mit halber Kraft und löschten die Positionslampen. Sie waren dem Ziel so nah, und doch hatte es den Anschein, als würde die Nähe ihre Angst, Marstal nicht zu erreichen, nur vergrößern. Bisher hatten sie in der Zeitdimension gelebt, in der alle leben, die ihr Vertrauen auf das sich ständig verändernde Glück setzen: dem Augenblick. Nun wagten sie wieder, daran zu glauben, dass sie eine Zukunft hatten, und mit einem Mal war die Angst da, ihr Leben zu verlieren. Die alte Angst aus der Zeit der Konvoifahrten kehrte zurück. Der Himmel über ihnen und das Meer unter ihnen füllten sich aufs Neue mit verborgenen Gefahren.

Es war windstill. Die Meeresoberfläche breitete sich vor ihnen aus wie dunkelblaue Seide; die helle Frühlingsnacht war wolkenlos. Eine angenehm milde Luft kündigte den Sommer an, und wäre da nicht der Geruch des Schleppers nach Kohlen und geteerten Hanftauen gewesen, hätten sie den Duft der blühenden Apfelbäume auf dem Land wahrnehmen können. Aber das Wasser war kalt. Noch steckte der Winter darin, und das Einzige, an das sie denken konnten, war diese Kälte. Als ob sie noch immer im nördlichen Eismeer fuhren. Noch einmal hielten sie Ausschau nach Schaumstreifen auf dem Wasser, dem Zeichen der Torpedos, und nach roten Notfeuern, die ihren moralischen Bankrott verkündet hatten und es wieder tun konnten. Sie horchten auf Ruderschläge, einen Hilfeschrei. Sie hielten ihre ewige Generalprobe für den Kältetod ab. Das Frühjahr entbot ihnen einen Willkommensgruß, doch die Erinnerung an den fünf Jahre währenden Winter, den sie durchgemacht hatten, wollte sie nicht loslassen.

Hinter ihnen, in der Bucht, die sie an diesem Morgen verlassen hatten, verbrannten achttausend Häftlinge aus Konzentrationslagern, als die Passagierschiffe bombardiert wurden, die man für ihren Transport benutzt hatte. Weitere zehntausend waren auf der Flucht in dem Meer ertrunken, auf dem sie fuhren. Sie wussten es nicht. Sie hatten Schiffe sinken sehen, aber sie hatten niemals ein Schiff mit zehntausend eingesperrten Menschen untergehen sehen. Sie hatten nie diesen kollektiven Schrei gehört, der sich erhob, wenn das Wasser plötzlich überall hereinströmte und das Schiff sinken lässt; diesen Schrei, der nach dem letzten Gebet um Hilfe folgt, wenn die noch Lebenden die bittere Wahrheit erkennen, dass Rettung nur ein Wort ist. Nein, sie wussten nichts davon. Sie hatten diesen ungeheuren Schrei nicht vernommen, und doch spürten sie etwas in dieser Nacht.

Sie verbrachten die ganze Nacht an Deck, wagten nicht, unter Deck zu gehen. Sie wickelten sich in Decken, die sie auf dem Schiff gefunden hatten. Sie schliefen nicht, sie saßen mit unstetem Blick da und lauschten.

Auch Bluetooth schlief nicht. Stumm betrachtete er die Sterne, die blasser zu werden begannen.

Er hörte es zuerst, dieses tiefe Rauschen von Flügeln.

«Der Storch», sagte er nur.

Sie schauten auf. Er flog tief über sie hinweg. Noch immer mit Kurs Nordwest. Weit entfernt sahen sie den Leuchtturm von Kjeldsnor im frühen Morgenlicht. Sie näherten sich der Südspitze Langelands.

Am späten Nachmittag tauchte Ærø auf. Sie waren den größten Teil des Tages an der Küste von Langeland entlanggefahren. Die *Odysseus* ging auf halbe Kraft. Anton reduzierte die Kohle, die allmählich zu Ende ging. Im Norden erkannten sie die Felsen von Ristinge. Dann kam das offene Wasser. Weit draußen im Westen lag Drejet und die Steilküste bei Vejsnæs. Und mittendrin erhoben sich Marstals rote Dächer. Hoch über ihnen ragte der grünspanfarbene Kirchturm mit dem großen Zifferblatt. Die wenigen Masten im Hafen sahen aus wie die Reste eines Palisadenzauns, den man einst errichtet hatte, um die Stadt zu beschützen, der nun aber von einer unbekannten Kraft überrannt worden war. Aus dieser Entfernung konnten sie die flache Landzunge und die Mole nicht ausmachen, die wie ein Arm, der sie nicht länger verteidigen konnte, um die Stadt lagen.

Ein Stück außerhalb des Hafens wälzten sich schwarze Rauchwolken in die stille Luft. Als sie näher kamen, sahen sie Flammen emporschlagen. Es waren zwei Dampfer, die im Klørdybet brannten. Der Krieg war vor ihnen angekommen. In dem Augenblick, als Marstal auftauchte, war Knud Erik sich so sicher gewesen, dass sie es überstanden hatten. Nun überkam ihn eine große Müdigkeit, fast eine Lähmung, und er dachte, wäre er ein Schwimmer, der versuchte, sich an Land zu retten, dann würde er jetzt aufgeben.

In Höhe der Dampfer hörten sie das Heulen eines Jagdflugzeugs im Anflug. Sie schauten zum Himmel und entdeckten eine Hawker Typhoon. An einem der Flügel blitzte es auf, und eine Rakete schoss auf sie zu, einen weißen Schweif hinter sich herziehend.

Dann tat es einen Schlag, der das ganze Schiff erzittern ließ.

*　　*　　*

Es war keine gute Zeit für Kinder. Jeden Tag wurden am Strand und auf den Werdern rund um die Stadt Ertrunkene angetrieben, und es waren die Kinder, die sie fanden. Immer holten sie einen Erwachsenen, aber im Grunde war es zu spät. Sie standen da und starrten auf die halb verwesten, halb weggefressenen Gesichter der Toten, und hinterher hatten sie so viele Fragen, die wir nur schwer beantworten konnten.

Am frühen Morgen des 4. Mai lief eine Fähre in den Hafen ein. Sie kam aus Deutschland und war voller Flüchtlinge. An Bord befanden sich nur wenige Männer, alles Soldaten mit blutigen Bandagen um Arme und Beine. Der Rest bestand aus Frauen und Kindern. Die Kinder sagten kein Wort.

Sie saßen nur da und starrten vor sich hin. Sie waren blass und hatten dünne Hälse, die aus ihren Wintermänteln herausragten. Die Mäntel sahen aus, als wären sie ihnen viel zu groß, als wären die Kinder wider die Natur kleiner geworden und darin geschrumpft. Offenbar hatten sie lange nichts Ordentliches mehr gegessen. Aber es war vor allem ihr Blick, der uns verstörte. Sie sahen nichts, und wir dachten, dass sie wahrscheinlich zu viel gesehen hatten. Wenn der Kopf eines Kindes mit so vielen hässlichen Eindrücken gefüllt wird, kann er schließlich nichts

mehr aufnehmen. Dann streiken die Augen und bekommen diesen vollkommen leeren Blick.

Wir gaben ihnen Brot und Tee. Sie machten den Eindruck, als bräuch-
ten sie etwas Warmes. Wir benahmen uns ihnen gegenüber anständig,
obwohl wir nicht behaupten konnten, dass sie willkommen waren.

Gegen elf Uhr vormittags liefen die beiden deutschen Dampfer auf
Grund, als sie versuchten, sich durch die südliche Fahrrinne zu manövrieren. Englische Bomber hatten die Insel in den letzten Tagen mehrfach überflogen, und wir sahen sie häufig draußen über dem Meer. Nun
tauchten zwei von ihnen auf. Sie feuerten ihre Raketen ab, und sofort
brach auf beiden Dampfern Feuer aus. Am Bug und achtern waren Maschinengewehre installiert, und die Deutschen beantworteten den Beschuss. Die englischen Flugzeuge griffen weiterhin an. Einer der Dampf-
fer erhielt mehrere Treffer und stand bald vollständig in Flammen.

Erst als die Schießerei aufhörte, wagten wir, uns den Schiffen zu nähern,
um den Überlebenden zu Hilfe zu kommen. Das Wasser war voller Menschen, viele von ihnen wiesen Brandwunden auf oder waren durch Splitter verletzt. Sie schrien und jammerten, wenn wir sie an Bord zogen, aber
wir konnte sie doch nicht in dem kalten Wasser liegen lassen. Es war ein
schrecklicher Anblick. Ihre Haare waren versengt, sie waren schwarz vor
Ruß, und am blutigen Fleisch ließ sich erkennen, wo die Haut verbrannt
war. Viele von ihnen trugen nicht einmal Kleider. Wir hatten Decken mitgenommen. Aber es war sinnlos, sie den frierenden armen Teufeln umzu-
legen, die Wolle blieb an dem blutigen Fleisch kleben. Wir wagten kaum,
sie anzufassen, als wir ihnen am Kai an Land halfen.

Die Toten ließen wir im Wasser liegen, die Überlebenden waren wichtiger.

Die Verletzten wurden ins Krankenhaus von Ærøskøbing gefahren,
die anderen in dem Haus einquartiert, das wir «die Loge» nannten,
oben in der Vestergade. Dann begannen wir, die Toten zu bergen. Es
waren ziemlich viele. Wir betteten sie auf den Kai an der Dampskibsbro, direkt am Eingang des Hafens. Zwanzig Leichen brachten wir an
Land. Sie lagen in einer langen Reihe, mit Decken bedeckt. Einem der
Toten fehlte der Kopf, und in gewisser Weise war es diese Leiche, die
uns die geringste Angst einjagte. Denn hier gab es kein Gesicht, in das

wir schauen mussten, keine Augen, die wir zu schließen hatten, keinen offen stehenden Mund, aufgerissen zu einem stummen Schrei, der ihm ins Grab folgen würde.

Am Hafen hatten sich inzwischen einige hundert Menschen versammelt, um sich die brennenden Dampfer anzusehen. Einer war nahezu ausgebrannt, aber noch immer qualmte es gewaltig. Der andere brannte mittschiffs. An Bord befand sich eine Gruppe betrunkener deutscher Soldaten, die auf dem Vordeck mit einigen halb entkleideten Frauen herumschäkerten. Todesangst und Schnaps hatten sie alle Hemmungen verlieren lassen.

Am späten Nachmittag kehrten die Engländer zurück und nahmen den Beschuss der beiden Dampfer wieder auf. Inzwischen war der Hafen schwarz von Menschen. Wir waren alle gekommen, um das traurige Ereignis mitzuverfolgen, das sich draußen auf dem Wasser abspielte. Viele von uns hatten in diesem Krieg Ehemänner, Brüder und Söhne verloren, und der Gedanke hätte nahegelegen, dass nun die Deutschen bekamen, was sie verdienten. Aber so dachten wir nicht. Unzählige Male waren wir, unsere Väter oder Großväter an Bord von Schiffen gewesen, die untergingen oder ausbrannten – wir wussten, wie so etwas war. Ein sinkendes Schiff ist ein sinkendes Schiff. Es ist vollkommen egal, wen es trifft.

In der südlichen Fahrrinne tauchte ein Schlepper auf. Wir waren so mit den brennenden Dampfern beschäftigt, dass wir ihn gar nicht bemerkt hatten. Die Stelle ist schwierig für jemanden, der das Fahrwasser nicht kennt, aber der Schiffsführer kam sehr gut zurecht, bis einer der Engländer tief über das Boot hinwegflog und seine Raketen abfeuerte. Es folgte eine Explosion, die bis an Land zu hören war. Das Schiff hatte einen Treffer abbekommen und stand sofort in Flammen.

Gunnar Jakobsen, der mit seiner Gig draußen war, sagte später immer, dass er wohl selten eine buntscheckigere Versammlung gesehen habe. Neger und Chinesen waren dabei, sogar ein Mann im Rollstuhl. Der wurde über Bord gekippt, bevor die anderen sprangen. Er hatte weder Arme noch Beine, hielt sich aber mit Hilfe einer Schwimmweste über Wasser. Auch eine Frau mit einem Kind tauchte im Wasser auf. Es war die halbe Welt, die dort herumschwamm. Umso größer war Gunnars

Überraschung, als er sie an Bord hievte und sowohl der Schwarze wie der Chinese anfingen, Dänisch zu reden, während der Rest Marstaler Dialekt sprach.

«Ist das nicht Gunnar Jakobsen?», fragte einer von ihnen.

Gunnar Jakobsen kniff die Augen zusammen, nicht weil er kurzsichtig war, sondern weil er erst einmal nachdenken musste.

«Der Teufel hol mich», sagte er schließlich, «wenn das nicht Knud Erik Friis ist.»

Dann erkannte er Helge Fabricius und Vilhjelm. Der Mann ohne Arme und Beine sagte nichts, und auch keiner der anderen stellte ihn vor.

«Anton», sagte Knud Erik plötzlich und sah sich verwirrt um, «wo ist Anton?»

«Meinst du den Schrecken von Marstal?», fragte Gunnar Jakobsen.

Sie sahen sich um.

«Er ist nicht da», stellte Vilhjelm fest.

Im Wasser war er auch nicht. Die *Odysseus* begann sich bereits auf die Seite zu legen, die Flammen schlugen meterhoch in die Luft. Niemand konnte sich noch auf dem Schiff aufhalten und am Leben sein.

Sie fuhren eine Weile im Kreis, während sie nach Anton riefen.

Wieder und wieder griffen die Flieger die Dampfer an, als hätten sie ein Lager von Raketen und Bomben, das es zu leeren galt, bevor der Krieg zu Ende war.

In Gunnar Jakobsens Gig wollten sie gerade aufgeben und Kurs auf den Hafen nehmen, als die *Odysseus* noch einen Volltreffer erhielt. Diesmal schien das Schiff unter der Wasserlinie getroffen zu sein, denn der Schlepper holte sofort über und begann zu sinken. Gunnar Jakobsen erstarrte bei diesem Anblick. Er stellte den Motor ab, als wäre er der Ansicht, dass der Schlepper während seines Todeskampfs eine Schweigeminute verdient hätte. Sie sahen, dass dort, wo das Schiff verschwunden war, irgendetwas auf dem Wasser schwamm. Gunnar Jakobsen startete den Motor und steuerte die Stelle an. Zunächst konnten sie nicht erkennen, was es war. Dann wurde ihnen klar, dass es sich um die fürchterlich verbrannten Reste eines Menschen handelte. Sie sahen einen Rücken und einen Kopf. Anton war nackt und hatte kein Haar mehr auf dem Kopf. Die Schwimmweste konnten sie nicht erkennen, und wenn noch etwas davon übrig war, so wussten sie nicht auszumachen, was zu ihm und was zu der Weste gehörte. Sein Rücken war schwarz und sah aus wie Holzkohle.

Sophie hielt Bluetooth die Hand über die Augen. Knud Erik griff mit den Händen ins Wasser, um die verkohlte Leiche in die Gig zu holen. Er dachte nicht darüber nach, was er tat. Er konnte ihn doch nicht einfach so liegen lassen. Doch in dem Moment, in dem er den Körper aus dem Wasser ziehen wollte, löste sich ein Arm. Erschrocken ließ Knud Erik los, und als die Leiche zurück ins Wasser glitt, sah es aus, als würde sich all das, was einmal Fleisch an Antons Körper gewesen war, von den Knochen trennen und sofort in der Tiefe verschwinden.

Der Motor tuckerte heftig.

Gunnar Jakobsen wollte so schnell wie möglich an Land.

Niemand von den Geretteten der *Odysseus* sprach ein Wort. Sie hatten den gleichen Ausdruck in den Augen, den Gunnar Jakobsen bei den deutschen Kindern gesehen hatte und den er bei seinen eigenen Kindern niemals sehen wollte. Er wusste nicht viel mehr über den Krieg als das, was in den Zeitungen stand. Er hatte es im Süden dröhnen hören, wenn die Engländer ihre Bombenangriffe flogen, und am Horizont aufflammen sehen, als es Hamburg und Kiel traf. Nun lernte er plötzlich mehr als in den fünf Jahren zuvor, und in den folgenden Monaten hatte er jedes Mal das gleiche Gefühl, wenn er einen Menschen traf, der den Krieg außerhalb von Dänemark erlebt hatte. Irgendetwas stimmte nicht mit ihnen, er konnte sich nur nicht erklären, was es war. Es hatte nichts zu tun mit dem, was sie sagten, denn sie sagten nichts, beinahe so, als würden sie alle ein großes Geheimnis hüten, das sie aber nur bewahrten, weil es ohnehin nichts änderte, anderen davon zu erzählen. Sie bildeten eine verschworene Gemeinschaft, in die kein anderer eindringen konnte und der sie selbst nicht entkamen.

Der Junge weinte. Er hatte nichts gesehen, aber er ahnte, was geschehen war.

«Sehen wir Anton jetzt nie wieder?», fragte er.

«Nein», antwortete die Frau, von der Gunnar Jakobsen annahm, dass es sich um die Mutter des Kindes handelte. «Anton ist tot. Er kommt nicht zurück.»

Das war ziemlich brutal, fand Gunnar Jakobsen, mit seinen eigenen

Kindern hätte er nie so geradeheraus gesprochen. Und doch akzeptierte er im Grunde die direkte Antwort der Frau. Kriegskindern sagte man die Wahrheit.

Hoch über ihnen flog ein Storch. Er kam den brennenden Dampfern recht nahe und schien einen Moment in den Rauchwolken zu verschwinden. Dann tauchte er unverletzt auf der anderen Seite wieder auf und flog weiter über die Stadt. Als er das Ende der Markgade erreichte, schlug er die Flügel zusammen und bereitete sich auf die Landung im Nest auf dem Dach von Goldsteins Haus vor.

Gunnar Jakobsen legte an der Dampskibsbro an. Hier standen die meisten Menschen, und obwohl ihn der Anblick von Antons Leiche erschüttert hatte, war er doch der Ansicht, mit einer phantastischen Geschichte zurückzukommen, die ein großes Publikum verdient hatte. Hier brachte er die ersten Marstaler nach Hause, die nach mehr als fünf Jahren Abwesenheit aus dem Krieg zurückkehrten.

Gunnar Jakobsen hatte nicht daran gedacht, dass die Toten noch immer dort lagen, doch nun wurde der kräftige Mann ohne Beine auf den Kai gehoben und zwischen die zugedeckten Leichen gesetzt. Wir starrten ihn neugierig an, und plötzlich rief Kristian Stærk: «Das ist ja Herman!»

Je weiter sich die Nachricht verbreitete, desto unruhiger wurden wir, und diejenigen, die nicht wussten, wer Herman war, bekamen es in einer Weise erklärt, die ihm nicht gerade zur Ehre gereichte. Herman hatte sich zwanzig Jahre nicht in Marstal blicken lassen, aber die Erwähnung seines Namens reichte noch immer aus, um diejenigen von uns, die von den Ereignissen auf der *Kristina* gehört hatten, mit Abscheu zu erfüllen. Er saß so merkwürdig verloren zwischen den Toten und glich mit seinem Arm- und Beinstümpfen einem gestrandeten Walross, das mit den Flossen schlägt. Aber seine Hilflosigkeit brachte uns nicht dazu, ihn weniger zu verachten.

«Helft mir hoch», sagte er.

Wir blieben bloß stehen und glotzten. Niemand von uns mochte ihn anfassen, und so blieb er dort sitzen, während eine Wasserpfütze sich unter seinen nassen Kleidern ausbreitete und der massive Körper vor Kälte zu zittern begann.

In der Kongensgade brüllte ein Mann. Er kam uns entgegengelaufen und wedelte mit den Armen, wobei er weiterhin irgendetwas schrie, das wir aufgrund der Entfernung aber nicht verstanden.

Im selben Augenblick begannen die Glocken der Kirche zu läuten, in einem wilden, atemlosen Rhythmus, den wir nie zuvor gehört hatten. Als ob jemand nach einer Melodie suchte, die zu einer Begebenheit passte, die sich noch nie zuvor in der Geschichte der Stadt ereignet hatte, weder zu einem Begräbnis noch zu einer Hochzeit, weder zu einem Gottesdienst noch zum Auf- oder Untergang der Sonne.

Irgendwie, wir wussten selbst nicht, warum, wurde uns klar, dass etwas Großes geschehen sein musste, etwas weit Größeres als die brennenden Dampfer draußen auf dem Wasser oder Hermans überraschendes Auftauchen.

Denn endlich verstanden wir die Schreie.

«Die Deutschen haben sich ergeben! Die Deutschen haben sich ergeben!»

Wir sahen Herman, Knud Erik, Helge und die anderen Männer an, deren Namen wir noch nicht kannten, wir sahen die Frau und das Kind an, und wir verstanden, dass sie nur die Ersten waren. Nun würde das Meer die Toten zurückgeben.

Wir hoben sie auf die Schultern und trugen sie durch die Straßen. Nicht einmal Herman ließen wir in der Pfütze sitzen, die sich unter seinen nassen Sachen gebildet hatte. Wir besorgten einen Handwagen und zogen ihn hinter uns her. Wir riefen Hurra! und marschierten durch die Kongensgade zur Kirkestræde, die Møllergade hinunter, weiter zur Havnegade, die Buegade hinauf, durch die Tværgade und die Prinsensgade hinab, in der Klara Friis wie immer in ihrem Erker saß und mit blassem Gesicht in Richtung Hafen starrte.

Wir gingen die Havnegade entlang, und während unseres Marsches wurden wir immer mehr. Hier tauchte eine Ziehharmonika auf, dort eine Trompete, ein Kontrabass, eine Tuba, eine Mundharmonika, eine Trommel, eine Violine, und wir sangen «Kong Kristian» und «Whisky, Johnny», «Dies ist ein schönes Land» und «What Shall We Do With The Drunken Sailor» durcheinander. Es gab Whisky und Bier, es gab Rum und noch mehr Bier, es gab Rigabalsam und Genever, alles war für diesen Tag, von dem wir immer wussten, dass er kommen würde, zurückgehalten worden. In den Fenstern wurden Kerzen angezündet, und in den Straßen brannten die Verdunkelungsgardinen mit einem trockenen Knistern.

Wir endeten auf der Dampskibsbro, auf der die Toten in einer Reihe lagen und auf uns warteten. Wir tranken und tanzten zwischen den Leichen, fast stolperten wir über sie, und genau so sollte es sein. Unser ganzes Leben lang hatte es immer mehr Tote gegeben, Ertrunkene, Verschwundene – und jahrhundertelang hatten sie alle nicht begraben werden können. Sie hatten sich ferngehalten, sogar vom Friedhof; und sie hatten unser Leben mit unstillbarer Sehnsucht aufgezehrt. Nun erhoben sie sich und fassten uns an den Händen. Wir tanzten und tanzten in einem großen Kreis, und mittendrin saß Herman und prostete uns mit einer bereits halbleeren Whiskyflasche zu, nicht mehr zitternd vor Kälte, sondern mit vor Trunkenheit rot glühenden Wangen. Er sang mit einer Stimme, die heiser war von Anstrengung, Suff und Bosheit, von Ungeduld, Gier und verzehrter Lebenslust.

> *«Shave him and bash him,*
> *Duck him and splash him,*
> *Torture him and smash him*
> *And don't let him go!»*

Mit dabei waren ein schwarzer Mann, ein Chinese, ein Eskimo, ein Kind, das wir nicht kannten; mit dabei waren Kristian Stærk und Henry Levinsen mit der schiefen Nase; mit dabei waren Doktor Kroman, Helmer und Marie, die gelernt hatte, die Hand zur Faust zu ballen, aber noch nicht wusste, dass sie an diesem Tag Witwe geworden war. Das musste Vilhjelm ihr mitteilen. Mit dabei waren Vilhjelms Vater und Mutter, beide taub, aber mit einem Lächeln auf den Lippen; mit dabei waren die Witwen Boye, Johanne, Ellen und Emma, die an diesem Abend nicht zögerten, sondern uns bei der Hand nahmen und mittanzten; mit dabei war ihr entfernter Verwandter Kapitän Daniel Boye; und dann kam Klara Friis die Havnegade entlanggelaufen und brach in den Kreis ein, bis sie Knud Erik fand. Und er nickte ihr zu, und der kleine Junge, dessen Namen wir nicht kannten, ging auf sie zu und sagte: «Großmutter» – wir sind überzeugt, dass Knud Erik es ihm beigebracht hatte.

Und das Kind nahm ihre Hand und zog sie mit in den Tanz, und unser Tanz war wie ein Baum, der wuchs und wuchs. Ständig kamen weitere Jahresringe hinzu.

Teodor Bager war mit dabei und hielt wie immer die Hand auf das Herz gepresst; mit dabei war Henning, einst der hübscheste Kerl auf der *Hydra* mit seinem hellen Haar und der Stirnlocke, die Knud Erik geerbt hatte; mit dabei war die unermüdliche Anna Egidia und ihre sieben toten Kinder – sie schlossen sich der noch lebenden Tochter in unserem Tanz an. Mit dabei war Pastor Abildgaard, der vor seinem Tod noch eine ländliche Pfarrstelle gefunden hatte, in die er besser passte als zu uns. Er sah uns durch seine Stahlbrille an und machte unter seinem Pastorenornat einen unsicheren Schritt. Nun folgte Albert mit Raureif im Bart und dem Kopf von James Cook unter dem Arm, dann kam Lorentz, schnaufend und mühsam, doch vom Tanz konnte ihn niemand abhalten; Hans Jørgen, der mit der *Mageløs* unterging, Niels Peter und sogar Isager tauchten auf; seine dicke Gattin hielt den wiedergefundenen Karo unter dem Arm. Seine Söhne Johan und Josef mit der Negerhand, und hinter ihnen kamen Bauern-Sofus, dann Lille Clausen, Ejnar und Kresten, der arme Kerl mit dem ewig nässenden Loch in der Wange; Laurids baute sich in seinen schweren Seestiefeln auf, und hinter ihm erschienen weitere, und dann, ganz am Schluss – Anton. Er lächelte mit tabakgelben Zähnen in dem verkohlten Gesicht. Es folgten die Besatzungen der *Astræa* und der *Hydra*, der *Freden*, der *H. B. Lindemann*, der *Uranus*, der *Svalen*, der *Smart*, der *Star*, der *Kronen*, der *Laura*, der *Frem*, der *Saturn*, der *Ami*, der *Danmark*, der *Eliezer*, der *Felix*, der *Gertrud*, der *Industri*, der *Harriet* und der *Erindring*, all die Ertrunkenen. Und dort im äußersten Kreis, mit halb im Nebel der Ungewissheit verborgenen Gesichtern, tanzten all jene, die auf fremden Schiffen gefahren und in den fünf Jahren, die der Krieg gedauert hatte, verschwunden waren.

So viele von ihnen waren tot. Ihre genaue Zahl kannten wir nicht.

Morgen würden wir sie zählen. Und in den folgenden Jahren würden wir um sie trauern, so wie wir es immer getan hatten.

Aber an diesem Abend tanzten wir mit den Ertrunkenen – und sie und wir waren eins.

Ein langer Weg nach Hause

Es gibt mehrere Gründe, weshalb ich einen Roman über die Seeleute von Marstal schreiben wollte.

Einer der Gründe ist völlig banal und ziemlich einleuchtend. Ich wurde auf Ærø geboren. Ich verbrachte die Hälfte meiner Kindheit in Marstal und kann hinzufügen, ganz bestimmt die bessere Hälfte. Mein Vater war ein Seemann wie die Seeleute in *Wir Ertrunkenen,* und ich hatte immer das Gefühl, dass ich in einer Dankesschuld gegenüber der Stadt und ihren Menschen stand. Und wie bezahlt man eine Dankesschuld, wenn man Schriftsteller ist? Selbstverständlich mit Worten.

Doch wenn die Erinnerung mein einziges Motiv gewesen wäre, *Wir Ertrunkenen* zu schreiben, hätte ich eine Autobiografie verfasst und keinen Roman.

Einen anderen Grund könnte ich als historisch bezeichnen – und vielleicht auch ein wenig als politisch. Wenn man vor ein paar Generationen, sagen wir in den fünfziger Jahren, einen ganz gewöhnlichen Durchschnittsdänen gefragt hätte, was Dänemark für ein Land sei, hätte er ohne einen Moment zu zögern geantwortet, eine Seefahrernation. Aber nicht, weil damals mehr Menschen als heute in der Handelsflotte beschäftigt gewesen wären, schon damals war die Anzahl bescheiden. Es handelte sich um eine besondere Selbsteinschätzung, die wir Dänen hatten und die sich unter anderem in der königlichen Nationalhymne spiegelt: *Kong Christian stod ved højen mast* («König Christian stand am hohen Mast»). Der Weg der Dänen zu Ruhm und Macht führte über das Meer.

Stellt man dieselbe Frage heute, bekommt man ganz andere Antwor-

779

ten. Eine erste Antwort ist richtig und leuchtet ein: Wir sind ein Wohlfahrtsstaat – und wenn der Befragte etwas intellektueller ist, wird er nachdenklich hinzufügen: ein postindustrieller Wohlfahrtsstaat. Präzisiert man die Frage und erkundigt sich nach unserer historischen Identität, bekommt man eine Antwort, die sich dramatisch von der Antwort unterscheidet, die ein gewöhnlicher Däne noch vor fünfzig Jahren gegeben hätte. Der moderne Däne spricht nicht mehr von Dänemark als einer Seefahrtsnation. Wir sind eine Bauernnation gewesen, wird er sagen. Daher kommen wir. Unsere Wurzeln wachsen im Ackerboden.

Dieser Wechsel der nationalen dänischen Selbsteinschätzung hat viele Ursachen. Einige Jahre wurden wir von einer Partei regiert, deren Wurzeln im Bauernstand zu finden sind. Der rigorose Protestantismus des 19. Jahrhunderts war schon immer die bevorzugte Ideologie der Dänen und in den letzten Jahren tauchen mehr und mehr Pastoren in den Medien auf. Dies alles sind Stimmen, die naturgemäß in den Kulturkreis des Bauern gehören. Wenn jemand von seiner ethnischen Herkunft so besessen ist, wie die Dänen es seit einigen Jahren sind – unserem sogenannten Dänentum –, liegt es näher, die Antwort in der Ackerfurche zu suchen als auf dem Meer, denn ein Seemann gibt unklare, vage Antworten, wenn es um die nationale Identität geht.

Wir leiden an einem historischen Erinnerungsverlust. Ich sehe es als einen tragischen Erinnerungsverlust an, denn er tritt zu dem ungelegensten Zeitpunkt unserer Geschichte auf; einem Zeitpunkt, an dem uns eine Entwicklung, für die wir keinen anderen Begriff haben als ein Fremdwort – die Globalisierung –, in die Pflicht nimmt zu lernen, mit dem und mit den Fremden zu leben. Ob wir wollen oder nicht.

Das konnte der Bauer nie. Er wusste kaum von der Existenz des Fremden, sondern blieb stattdessen auf seinem Grund und Boden. Der Seemann besuchte die Fremde. Er umarmte sie vielleicht nicht, aber stets nahm er von dort etwas mit nach Hause. Vor allem brachte er das Wissen mit, dass man die Dinge auf mehr als nur eine Weise tun konnte. Ein Seemann hatte nicht nur die tägliche Aussicht auf einen weiten Horizont. Er wusste auch, dass es auf der anderen Seite des Horizonts noch etwas gibt und dass es nicht notwendigerweise dasselbe sein muss wie hier. Der Bauer blickte nicht weiter als bis zu seiner eigenen Flurgrenze, sein Weltbild gründete sich auf einer kleinen Parzelle.

Daher ist der Seemann im Zeitalter der Globalisierung ein besserer Stammvater als der Bauer, und daher ist es tragisch, dass wir uns entschieden haben, ihn zu vergessen.

Der einzige Ort, an dem die Tradition Dänemarks als Seefahrernation noch in Ehren gehalten wird, ist das Königshaus. Die königliche Familie hat ein königliches Schiff. Niemand hat je von einem königlichen Pflug oder einem königlichen Traktor gehört. Wenn ein dänischer König sein Recht und seine Fähigkeit beweisen soll, an der Spitze des Reiches zu stehen, dann hat er keine gerade Furche zu ziehen, sondern am Ruder eines Schiffes zu stehen. König Frederik war ein Seemannskönig und auch Kronprinz Frederik weiß, wie er sich auf der Brücke eines Schiffes zu verhalten hat. Prinz Joakim, der unglücklicherweise zu spät geboren wurde und daher nichts Besonderes werden musste, hat logischerweise eine landwirtschaftliche Ausbildung erhalten.

Aber wenn mich wirklich diese Überlegungen getrieben hätten, dann hätte ich ein alternatives Geschichtsbuch oder einen polemischen Essay geschrieben. Aber das habe ich nicht getan, stattdessen schrieb ich einen Roman.

Es muss also eine weitere Erklärung geben – und tatsächlich gibt es sie auch.

Ein Roman ist ein Spiel mit der Wirklichkeit. Er ist aber auch ein Spiel mit Worten. Ein Roman erzählt die Wahrheit mithilfe einer Lüge, hat ein kluger Autor einmal gesagt. Wenn ich formulieren sollte, woher die Idee zu *Wir Ertrunkenen* stammt, dann würde ich sagen: Von ein paar fantastischen Worten, die ich einmal gehört habe und die in mir wuchsen, bis sie wie eine Eichel, die zu einer Eiche wird, eines Tages zu einem Roman wurden.

Ich würde gern die Umstände beschreiben, unter denen ich diese Worte hörte, denn diese Umstände sind ein wichtiger Teil der Geschichte. Ich war damals siebzehn Jahre alt. Meine Familie war aus Marstal fortgezogen und ich ging aufs Gymnasium in Aalborg. Mein Vater arbeitete aber noch immer als Seemann. Ihm gehörte ein eigenes Schiff, das zweihundertzwanzig Registertonnen große, 1916 in Holland gebaute Frachtschiff *Abelone*. Die *Abelone* war noch immer in Marstal registriert, doch die Zeit für die alte Schute war längst abgelaufen. Zu diesem Zeitpunkt, um 1970, gab es in den skandinavischen Fahrwassern so gut wie keinen Frachtmarkt mehr für kleine Schiffe. Der größte Teil der Güter wurde in großen Lastzügen auf den neu gebauten Autobahnen oder in den Waggons der Eisenbahn transportiert.

In den sechziger Jahren stiegen die Ansprüche der Dänen an Wohlstand und Komfort. Die Heuer, die mein Vater anbieten konnte, und die Verhältnisse, die die Mannschaft an Bord der MS *Abelone* zu ertragen hatte, gehörten einem anderen Zeitalter an. Die Männer hausten vor dem Mast in einem Mannschaftsraum, in dem man vier Kojen ins Schott eingebaut hatte. Es war dunkel und feucht. Zusammen mit einer dösigen Glühbirne, die nur funktionierte, wenn der Generator eingeschaltet war, bildete eine Petroleumlampe die einzige Licht- und ein Petroleumofen die einzige Wärmequelle. Die dünnen Kapok-Matratzen lagen in den engen Kojen direkt auf dem Bretterboden, und bei hartem Wetter schlugen die Brecher in die Kajüte, sodass man bis zu den Knöcheln in eiskaltem Wasser stand, wenn man die schlingernde Koje verließ. Gewaschen hat man sich an der frischen Luft an Deck, egal zu welcher Jahreszeit. Um seine Notdurft zu verrichten, gab es eine kleine Bude aus Eisen am Achtersteven des Schiffes. In der Bude stand eine Toilettenschüssel aus Porzellan, allerdings gab es keine Spülung oder einen Abzug. Man hatte direkten Zugang zum Meer. Stürmte es kräftig – und das passiert ja häufig auf See – musste man sich beeilen, es sei denn, man sonderte etwas so Schweres ab, das es tatsächlich dem Gesetz der Schwerkraft gehorchte, anderenfalls spritzte alles wie ein großer, sprudelnder Geysir aus der Toilettenschüssel.

Für meinen Vater war es schwierig, eine Mannschaft zu finden. Es gab alte, pensionierte Skipper, die aus Nostalgie zum Meer manchmal mit ihm fuhren. Es gab ein paar havarierte menschliche Schicksale, die er in den Hafenvierteln aufsammelte. Ihr Arbeitseinsatz beeindruckte ihn selten, ihre meist eigenartige und verzerrte Sicht auf das Dasein erschrak ihn dafür umso häufiger. Und dann gab es noch seinen siebzehnjährigen Sohn. Ich fuhr mit ihm, wenn ich im Gymnasium Ferien hatte.

Mein Vater und ich hatten ein ziemlich kompliziertes Verhältnis. Er war ein militanter Anti-Intellektueller mit der festen Überzeugung, dass alle Menschen, die nicht mit ihren Händen arbeiteten, Schmarotzer an der Gesellschaft wären. Dies galt auch für normalerweise so respektierte Berufe wie Lehrer und Bibliothekare – obwohl er mit der letzten Berufsgruppe nie irgendwelchen Kontakt hatte. Ich hingegen lebte in der Überzeugung, dass der liebe Gott dem Menschen Hände gegeben hatte, weil es anderenfalls schwierig wäre, die Seiten eines Buches umzublättern. Ich war bewusst und militant unpraktisch und daher an Bord eines Schiffen von keinerlei Nutzen. Und ich lernte auch nichts.

Ich tat so, als würde ich mich nützlich machen, und mein Vater tat so, als würde er es schätzen. Es war sehr kompliziert und anstrengend, und wenn mich dieses Verhältnis überhaupt an irgendein bekanntes literarisches Vorbild erinnert, dann an eine Geschichte, die in der einzigen Publikation erschien, die mein Vater aufzuschlagen gewillt war, nämlich dem wöchentlichen Micky Maus-Heft. Ede Wolf, der große böse Wolf, ist ein ganz normaler Wolf, der Schweine in Form von Schweinebraten, Koteletts und Nackenkamm schätzt. Sein Sohn hingegen, der missverständlicherweise der kleine böse Wolf heißt, ist ein anormaler Wolf. Gewiss, auch er schätzt Schweine, allerdings als Spielkameraden und Freunde. Mit meinem Vater und mir verhielt es sich ungefähr genauso. Alles, was mir lieb und teuer war, verachtete er, und das Leben, das er lebte, interessierte mich nicht. Und doch waren wir in einer Beziehung verbunden, die auf gegenseitiger Loyalität basierte, daher fuhr ich jedes Mal mit ihm, wenn er mich darum bat.

Bei einer derartigen Gelegenheit hörte ich die Worte, um die sich alles dreht. Unten in dem dunklen Mannschaftsraum befand sich außer mir ein in meinen Augen uralter Mann, der wohl um die vierzig gewesen sein muss. Als Vierzehnjähriger hatte er viele Jahre zuvor an Deck meines Vaters begonnen, zur See zu fahren. Mein Vater hatte ihn angelernt und sein Talent zur Seefahrt entdeckt. Also hatte er ihn aufgefordert, sich die Welt anzusehen, auf große Fahrt zu gehen und sich dann auf der Navigationsschule weiter ausbilden zu lassen.

«Ins Warme segeln» heißt im dänischen Seemannsjargon der Begriff für «auf große Fahrt gehen». Im Warmen, d.h. in den Tropen, ist es, wie der Name schon sagt, warm, und wo es warm ist, wird man durstig. Der Lehrling meines Vaters wurde durstig. Er wurde sogar sehr durstig. Und als er seinen Durst gelöscht hatte, waren viele Jahre vergangen und sämtliche Träume, daheim auf der Navigationsschule das Steuermanns- oder Kapitänspatent nachzuholen, waren im Alkoholnebel verdampft.

Nun lebte er wieder bei meinem Vater vor dem Mast, wo er als Junge begonnen hatte, und hatte es zu nichts weiter gebracht. Es waren Herbstferien und wir standen um sechs Uhr auf, um das Schiff zum Löschen klar zu machen. Ich hatte ihn gegen Morgen von einer Kneipentour zurückkehren hören, als er die steile Leiter, die zum Mannschaftsraum führte, mehr herabgefallen als -geklettert war. Viel Schlaf konnte er nicht bekommen haben. Sein aufgedunsenes Gesicht war rot und er hatte «Haarschmerzen», wie er es ausdrückte. Wir deckten die Luken ab und plötzlich hielt er mitten in der harten Arbeit inne. Aus einem tiefhängenden, grauen Oktoberhimmel fiel ein steter kalter Regen. Er hielt sein Gesicht in den Regen und seufzte tief.

Und dann sagte er mit einer tiefen, prophetischen Stimme, als würde er eine Passage aus dem Alten Testament vorlesen, folgende Worte: «Es soll der Tag kommen, an dem alle Weiber der Welt in der Grube liegen und nach einem Schwanz schreien, aber nicht einen einzigen Zoll sollen sie dann bekommen.»

Meine Güte, dachte ich, als er seinen Fluch beendet hatte, hier steht ein Mann mit einer Vision!

Ich will rasch hinzufügen, dass es sich nicht um eine Vision handelte, die ich teilte. Ich hatte weder das Alter noch die Erfahrung, um die Bitterkeit zu verstehen, die in diesen Worten lag. Aber ich spürte wohl, dass hier ein Mann sprach, der in seinem Leben ein Nein zu viel gehört hatte.

Später habe ich herausgefunden, dass dieser Fluch keine individuelle Eingebung war, nicht das Produkt eines frühmorgendlichen Katers. Seemänner haben ihn schon immer verwendet, vielleicht nicht zu allen Zeiten, aber doch sehr oft und an vielen Orten. Ein norwegischer Leser erzählte mir, dass er die Worte 1977 in Haugesund gehört hat. Es gibt auch noch eine andere Version, eine präzisere oder, wenn man so will, begrenztere Fassung, in der sich die Wut gegen die Schiffreeder richtet. In dieser Variante liegen die Ehefrauen der Reeder in der Grube und vorbeikommende Matrosen, die darüber hinaus auf weißen Pferden reiten, verweigern ihnen den Zugriff auf ihre Männlichkeit.

Doch als ich die Worte hörte, dachte ich an all so etwas nicht. Ich dachte nur, das ist doch eine fantastische Art zu reden. Und mein nächster Gedanke war: Eines Tages will ich ein Buch schreiben, in dem so geredet wird.

Sechsunddreißig Jahre später habe ich es geschrieben. Und oben auf Seite 749 gibt es eine Person, die genau diese Worte sagt.

Es war ein langer Anlauf, aber schließlich habe ich es getan.

Als ich mich entschloss, mit dem Buch zu beginnen – an einem Tag im Jahr 2000 – reiste ich nach Marstal und ging dort ins Seefahrtsmuseum. Allerdings ist dieses Seefahrtsmuseum kein gewöhnliches Museum, sondern eher eine exzentrische Volksbewegung. Ich erzählte von meinen Plänen, die damals noch sehr unklar waren, und fragte, ob das Museum mir auf die ein oder andere Weise behilflich sein könnte. Ich wurde umgehend an die Archive verwiesen.

Und es dauerte nicht lange, bis ich begriff, dass ich als Einziger wusste, dass es in Kalifornien Gold zu finden gab.

Hunderte von Jahren waren die Marstaller über alle Weltmeere gesegelt und zu Zeugen oder Teilnehmern von dramatischen historischen Begebenheiten geworden. Während der Napoleonischen Kriege im frühen 19. Jahrhundert hatten die Engländer ihre Stadt beschossen. Jahrzehnte später wurden die Seeleute der Stadt in den Seeschlachten des dreijährigen Krieges 1848–1851 zerfetzt. Ihre Schoner wurden versenkt, als Deutschland während des Ersten Weltkriegs den unbeschränkten U-Boot-Krieg erklärte, und während des Zweiten Weltkriegs verschwanden nahezu einhundert Marstaller im eiskalten Nordatlantik, nachdem sie sich freiwillig zu den Konvois der Alliierten gemeldet hatten.

Hier gab es einen Goldschatz von fantastischen Geschichten, Lebensläufen und dramatischen Ereignissen. Die Marstaller hatten sich nicht nur an den außergewöhnlichsten Orten des Erdballs aufgehalten, sie waren in den letzten zweihundert Jahren auch Augenzeugen eines großen Teils der Weltgeschichte gewesen, auf jeden Fall des Teils der Weltgeschichte, der sich auf See abspielte.

Mir wurde schnell klar, dass in den vergangenen zwanzig Jahren die eine Hälfte der Marstaller Bevölkerung nicht viel mehr getan hatte als die andere Hälfte zu interviewen. Nicht weil die Marstaller besonders egozentrisch wären – oder richtiger: das sind sie auch –, sondern vor allem, weil sie ein stolzes und selbstbewusstes Gefühl für das Einzigartige ihrer eigenen Geschichte hatten.

Die Geschichte von Marstals Größe und Fall ist eng mit der Geschichte der Segelschiffe verbunden. Als der Schwanengesang der Segelschiffe einsetzte, weil erst Dampfer und dann Motorschiffe den gesamten Frachtmarkt übernahmen, wurde auch für Marstal die letzte Strophe gesungen. Und so, wie man vor wenigen Jahrzehnten die letzten Überlebenden des Ersten Weltkriegs befragte und heute die letzten Augenzeugen des Zweiten Weltkriegs um Auskunft bittet, wussten die Marstaller, dass es etwas Wichtiges festgehalten werden musste, bevor es zu spät war. Also kam es, vom Seefahrtsmuseum in der Prinsegade organisiert, zu einer regelrechten Volksbewegung in Marstal, bei der man mit Tonbandgeräten und Schreibblöcken bewaffnet die kleinen Skipperhäuser und das Østersø-Altenheim besuchte.

«Hier», hieß es, «schreib all deine Erinnerungen an die große Zeit auf. Und wenn du nicht schreiben magst, dann sprich es aufs Tonbandgerät. Hast du noch Tagebücher oder Briefe, die wir lesen dürfen? Was immer du auch tust, tritt ja nicht ab, bevor du uns deine Geschichte nicht ein letztes Mal erzählt hast.»

Und was ist das für eine Geschichte?

Es ist eine Geschichte, die vor fünfhundert Jahren begann, ungefähr zu der Zeit, als Christoph Kolumbus Amerika entdeckte. Die Marstaller galten damals als «Strandhocker», so die Bezeichnung der Historiker, d. h., sie waren mit leeren Händen übrig geblieben, als der Ackerboden auf der Insel Ærø verteilt wurde. Sie ließen sich auf einem langen, zur Ostsee abfallenden Hügel nieder, der sich zum Ackerbau nicht eignete. Dort wohnen sie noch heute. Und hier entdeckten sie dasselbe wie Kolumbus. Sie entdeckten nicht nur das Meer, sie entdeckten auch Amerika. Auf dem Meer gab es keine Herren, keine Flurgrenzen, keine kleinen, unergiebigen Parzellen, keine soziale Hierarchie, die darauf abzielte, sie zu unterdrücken und ihre Fantasie und Tatkraft zu ersticken. Auf dem Meer gab es, genau wie im zukünftigen Amerika, Grenzenlosigkeit und Freiheit. Hier konnte der Schiffsjunge Kapitän werden, wenn er wollte, und wenn er ein Marstaller war, dann wollte er.

Schon bald wurden die Marstaller von ihren Nachbarn wegen ihrer Energie und Rücksichtslosigkeit gehasst. Ende des 18. Jahrhunderts stand die Stadt in ihrer Blüte. Dann kam der fatale Krieg gegen die Engländer und Marstal versank in schlimmste Armut, von der die Stadt sich mit gewohnter Unbeugsamkeit jedoch schon bald wieder erholte. Durch eine kilometerlange, selbst angelegte Mole verhalfen die Marstaller ihrem Hafen zu einem effektiven Schutz gegen die Kräfte der Natur. Der König verweigerte ihnen seine Hilfe beim Molenbau. Also bauten sie die Mole allein. Vierzig Jahre arbeiteten sie, bis die Mole schließlich fertig war. Um es mit einem Wort zu sagen, das ihre ganze Mentalität und Geschichte zusammenfasst: Sie taten es selbstständig, aus eigener Kraft.

Und sie gingen es mit derselben Energie und Rücksichtslosigkeit an wie immer. Um das Baumaterial für ihre Mole zu beschaffen, rissen die Marstaller die Steinwälle ein, die als Erinnerung an die Zeit der Herzöge überall auf Ærø standen. Auch die Steinzeitgräber der Insel wurden geplündert. Sonderliche Ehrfurcht vor der Vergangenheit hatten sie nicht. Sie dachten an ihre eigene Zukunft und legten mitten in der schlimmsten Not das Fundament dazu.

Knapp vierzig Jahre nach Beginn des Molenbaus wiederholten die Marstaller das Kunststück. Wieder taten sie etwas gleichermaßen Unvorhersehbares wie Epochemachendes, das aber erneut dazu diente, ihre Zukunft abzusichern. Diesmal bauten sie kein körperlich aufreibendes, deutlich sichtbares Monument. Eigentlich gab es so gut wie gar nichts zu sehen, doch genau das war der Witz. Die Marstaller hatten die Idee, dass die Stadt eine Telegrafenstation benötigte. Wiederum baten sie den König, einen neuen König, um Hilfe, aber wie der alte lehnte er die Bitte ab. Mag sein, dass es sich um den König von Dänemark handelte, doch bis Marstal reichte seine Fürsorge nicht. Also sorgten die Marstaller selbst dafür, dass von der Insel Langeland ein Telegrafenkabel nach Marstal gelegt wurde. Wie gesagt, sie waren selbstständig und nicht auf fremde Hilfe angewiesen.

Sie waren die Einwohner eines kleinen Fleckens auf einer kleinen übersehenen Insel in einer vergessenen Ecke der Ostsee; so klein, so übersehen und so vergessen, dass Ærø nach dem deutsch-dänischen Krieg 1864 von Deutschland unbeachtet blieb, obwohl die Insel historisch zu Schleswig gehörte, das Deutschland eingenommen hatte. Es wäre völlig normal gewesen, wenn auch Ærø Deutschland zugeschlagen worden wäre. Aber die Deutschen vergaßen Ærø, so wie der dänische König seine Insel vergessen hatte.

Die Einwohner des Fleckens Marstal jedoch wussten, dass sie nicht länger am Rand der Welt leben würden, wenn sie eine Telegrafenstation hätten. Dann befänden sie sich in der Mitte der Welt und müssten sich nicht länger damit begnügen, auf der Ostsee oder den skandinavischen Fahrwassern Korn zu verschiffen. Mit einer Telegrafenstation stünde ihnen der Weltmarkt offen und Marstal würde neu verortet, nicht nur auf der Landkarte von Dänemark, sondern auf der Weltkarte.

Es war die Zeit, als das von der ungeheuren Niederlage 1864 gegen Deutschland völlig traumatisierte Dänemark introvertiert und in frommer Selbstbeweihräucherung eine Formel für das Überleben als Nation fand: «Was außen verloren ist, muss innen gewonnen werden». Die Marstaller taten das Gegenteil. Sie wandten sich nach außen. Sie umarmten die ganze Welt. Und gewannen dadurch auch innen.

Dreißig Jahre später gab es nur eine einzige Stadt in Dänemark, in deren Hafen eine größere Handelsflotte registriert war als in Marstal. Kopenhagen. Obwohl es in Dänemark eine Vielzahl alteingesessener Hafenstädte gab, viele von ihnen ungefähr ebenso alt wie das Königreich und alle sehr viel größer als Marstal. Aber weder Aalborg noch Randers, Århus, Nyborg, Korsør oder Svendborg nahmen den zweiten Platz hinter der Hauptstadt des Reiches ein. Sondern der Flecken Marstal, der nach der Einwohnerzahl noch immer ein Flecken, nach anderen Maßstäben allerdings eine kosmopolitische Weltstadt war.

Diese einzigartige Geschichte wollte ich gern erzählen.

Ich besuchte Marstal häufig und machte während meiner Streifzüge durch die Stadt eine Entdeckung: In Marstal war das Fernsehen nicht die einzige Quelle der Unterhaltung. Es gab noch ein zweites Programm, das Wohnzimmerfenster: Aus dem Fenster schauen und beobachten, wer draußen vorbeigeht. Wo sie wohl hin will – und um diese Uhrzeit? Bei der Abfahrt der Fähre nach Rudkøbing handelte es sich um einen weiteren Höhepunkt des Tages, der an Spannung nur von der Ankunft der Fähre übertroffen wurde.

Und nun kam ich plötzlich an oder fuhr ab. Ich spürte, wie mir die Augen durch die Straßen folgten. Irgendetwas musste ich tun, um die neugierigen Marstaller von ihrer inneren Spannung zu erlösen.

Ich ging zur örtlichen Bibliothek und verbündete mich mit dem Personal. Zusammen veranstalteten wir eine lange Reihe von Treffen für die Bürger der Stadt, auf denen ich die Marstaller in mein Vorhaben einweihte. Ich erzählte über meine Pläne und Ideen und las Auszüge aus dem bereits Geschriebenen vor. Nun gab es die Möglichkeit, in die Werkstatt eines Schriftstellers zu schauen und einer Geschichte zu folgen, die ständig ihre Form und Richtung veränderte.

Allerdings machte ich den Zuhörern auch klar, dass ich an eine Art Tauschhandel dachte. Die Marstaller bekamen etwas von mir und ich wollte etwas von ihnen dafür haben. Zu jedem Treffen brachte ich eine Liste der Dinge mit, über die ich gern mehr erfahren wollte. In den Pausen wurde ich nach Hause zum Kaffee eingeladen. Und dann wurden mir bei Kaffee und Kuchen auf dem Sofa eine Sammlung von Briefen präsentiert; Liebesbriefe des Großvaters an die Großmutter, die er als junger Mann in den zwanziger Jahren geschrieben hatte, als er auf der gefährlichen Neufundland-Route quer über den Nordatlantik segelte. Ob ich sie gern lesen würde?

Oder es gab den Bericht eines Onkels, der während des Zweiten Weltkriegs auf einem Kriegsschiff fuhr. Als er zurückkam, konnte er nachts nicht schlafen und seine kluge Frau riet ihm, seine Erlebnisse aufzuschreiben, damit der innere Druck sich legte. Es wurden achtzig mit der Maschine beschriebene Seiten, die bisher niemand außerhalb der Familie gelesen hatte. Wäre das etwas für mich?

Auf der Straße kamen Marstaller auf mich zu, um sich zu erkundigen, über welche Familien ich schrieb. Ich antwortete, alle Personen des Romans wären fiktiv, außerdem handele es sich nicht um eine Familienchronik. «Ja sicher, aber …», wandten sie dann ein und sahen mich eindringlich an. Sie hatten einen Urgroßvater, einen Onkel mütterlicherseits oder ein anderes Familienmitglied mit einer ausgesprochen interessanten Geschichte. Und sie waren sicher, dass ich schon einen Platz für ihn im Buch finden würde.

Ich bekam allmählich den Eindruck, dass der Roman in den Augen einiger eine Art Aktiengesellschaft war, in die man sich einkaufen konnte. Also musste ich den Marstallern erklären, dass es sich durchaus um ihre Geschichte handelte, aber um mein Buch, und dass ich unempfänglich für jede Form von Bestechung war.

Bei den Treffen in der Bibliothek gab es eine Reihe engagierter Stamm-
gäste, die jedes Mal erschienen. Sie besetzten buchstäblich eine ganze
Reihe, die hinterste im Saal, und machten von dort aus durch charak-
teristische Geräusche auf ihre Anwesenheit aufmerksam. Es handelte
sich um die alten Damen des Ortes und ihr Strickzeug, das den ganzen
Abend lebhaft klapperte. Still wurde es nur, wenn ich eine Frage stellte.
Dann sank das Strickzeug in den Schoß und sämtliche Hände gingen
in die Luft. Sie hatten alles gesehen, sie hatten alles gehört und sie erinnerten sich an alles. Die alten Damen waren Marstals Antwort auf die
Dänische Enzyklopädie.

Ich möchte ein Beispiel ihres allumfassenden Wissens geben. Es gibt
eine vierteljährliche Zeitschrift, die für die vermutlich unglücklichsten
Menschen der Welt herausgegeben wird. Es handelt sich um die Bewohner von Ærø, die gezwungen sind, außerhalb der Insel im Exil zu leben,
und daher heißt die Zeitschrift logischerweise auch *Ærøboen* («Der
Ærøer»). Darin gibt es eine Rubrik, die «Von drüben» überschrieben
ist. Die Rubrik gibt vor, sachliche Informationen zu liefern, in Wahrheit
handelt es sich allerdings um den saftigsten Klatsch.

Auf der Jagd nach Inspiration habe ich sämtliche achtzig Jahrgänge
dieses lokalen Klatschblatts gelesen, und eine Notiz vom 4. Mai 1945
erregte tatsächlich meine Aufmerksamkeit. Eine Frau aus der Møllegade
war von den Ordnungskräften abgeholt worden, weil sie von ihrem Balkon eine Volksmenge, die sich vor ihrem Haus auf der Straße versammelt hatte, mit geladener Pistole bedroht hatte.

Ich fragte, ob jemand der Anwesenden mir mit einer Erklärung für
das drastische Benehmen der Frau helfen könnte.

Sofort wurde es in der hintersten Reihe still, das Strickzeug sank in
den Schoß und sämtliche Hände hoben sich. Die Repräsentantinnen der
Marstaller Enzyklopädie wussten nicht nur, wer die Dame war. Sie kannten nicht nur ihren Namen und ihr Alter (es war ja auch erst sechzig
Jahre her). Nein, sie wussten etwas für die Geschichte noch viel Wichtigeres. Sie wussten, wie viel sie wog.

Es stellte sich heraus, dass sie ziemlich dick gewesen sein musste. Das
war der eine erzählenswerte Punkt. Und zum anderen mochte sie Männer sehr gern. Nun gibt es viele Kulturen, in denen diese beiden Faktoren – dick zu sein und Männer sehr zu mögen – eine glückliche Kombi-

nation eingehen. Nur nicht zu dieser Zeit in Marstal, und die Frau aus der Møllegade hatte daher ein recht unbefriedigtes Leben geführt. Bis an einem schönen Frühlingstag ganze Wagenladungen von frischen jungen Männern auf der Insel ankamen, die mit nicht sonderlich kritischen Augen das andere Geschlecht betrachteten, Hauptsache, es war willig. Und die Dame in der Møllegade war willig. Es folgen fünf glückliche Jahre, die der Rest der dänischen Bevölkerung mit Sicherheit als die fünf verfluchten Jahre bezeichnete. Wir sprechen von der Zeit der Besatzung, denn die hübschen jungen Männer waren deutsche Soldaten. Doch alles hat ein Ende, sogar das Schönste im Leben, und so erging es auch der Dame aus der Møllegade. Sie war allerdings vorausschauend genug gewesen, von ihrem letzten Liebhaber ein Abschiedsgeschenk zu fordern, eine Pistole mit der dazu gehörigen Munition und einen schnellen Kurs in ihrem Gebrauch.

Als am 4. Mai 1945 die Nachricht der Befreiung über Radio London verkündet wurde, zeigte sich, dass es in Marstal eine Gruppe von Männern gab, die ganz ausgezeichnet ein Geheimnis bewahren konnten. Sie gehörten zum Widerstand gegen die Deutschen. Niemand in der Stadt wusste davon, auch die Deutschen nicht. Und als die deutsche Armee kapitulierte, traten diese Männer mutig vor und zeigten ihre ehrlichen dänischen Gesichter, bevor sie sich geschlossen zur Møllegade begaben, wo der Gerechtigkeit umgehend Genüge getan und dem Feind eine entscheidende Niederlage zugefügt werden sollte. Aber die dicke Dame war bereit. Sie stand auf dem Balkon und zielte drohend mit der Pistole auf sie, worauf sämtlichen Männern einfiel, dass sie noch unaufschiebbare Angelegenheiten in der Stadt zu erledigen hatten. Soweit ich weiß, entging die Frau dem Schicksal, sich das Haar abschneiden zu lassen und nackt, den entblößten Körper mit Hakenkreuzen bemalt, durch die Straßen paradieren zu müssen. Ein Haufen guter Marstaller wurde somit daran gehindert, ihren Mut zu beweisen, der gewaltig groß gewesen sein muss, nachdem er sich doch in fünf langen Jahren nicht hatte abnutzen müssen.

Die Episode habe ich allerdings nicht in *Wir Ertrunkenen* aufgenommen. Der Roman beginnt im Frühjahr 1849 und endet exakt am 4. Mai 1945 abends um 20:30 Uhr. Die dicke Dame aus der Møllegade begann erst eine Stunde später mit ihrer Pistole herumzufuchteln, daher taucht sie im Buch nicht auf.

Ich bin oft nach Wirklichkeit und Fiktion in *Wir Ertrunkenen* gefragt worden. Mit anderen Worten: Was habe ich in den Archiven gefunden und was habe ich erfunden?

Gewöhnlich antworte ich, dass in diesem Fall eine schlichte Daumenregel gilt: Je unwahrscheinlicher sich etwas anhört, desto sicherer kann man sein, dass es tatsächlich passiert ist. Und je gewöhnlicher und alltäglicher etwas klingt, desto sicherer ist es, dass ich es erfunden habe. Dieses Verhältnis liegt an der, wie ich es nennen will, anekdotischen Struktur in autobiografischen Darstellungen.

Was meine ich damit?

Wenn ich einen alten Seemann aus Marstal bitte, sein Leben zu erzählen, wird er selbstverständlich mit seiner Kindheit beginnen, aber er wird von seinen Jugendstreichen erzählen. Die Schule, sein Verhältnis zur Mutter, die den Haushalt ganz allein zu bewältigen hatte, der häufig abwesende Vater und seine Sehnsucht nach ihm –all diese Dinge wird er mit keinem einzigen Wort erwähnen. Aber die Geschichte, wie er mit dem Luftgewehr seines Vaters eine Straßenlaterne am Møllevej zerschoss, sodass in halb Marstal das Licht ausfiel – darüber wird er ausführlich berichten. Dasselbe Muster wiederholt sich, wenn ich ihn bitte, über seine Jahre auf See zu erzählen. Er wird sich an einen Schiffsuntergang an der Felsküste Neufundlands erinnern, an einen Torpedoangriff oder eine Minenexplosion im Zweiten Weltkrieg. Sein Gesicht wird aufleuchten, wenn er von einer wunderbaren Wirtshausschlägerei in Buenos Aires erzählt, und wenn die Ehefrau einen Moment in die Küche geht, um Kaffee und Kuchen vorzubereiten, wird er die Stimme senken und sich seinen Erinnerungen an die hübschen Frauen in den Hafenstädten Mexikos hingeben.

Doch was waren seine Jugendträume? Seine Liebschaften? Was fühlte er dabei, Vater zu sein und seine Kinder doch nie zu sehen? Wie erlebte er die Einsamkeit auf den langen Nachtwachen, die Angst, wenn Sturzseen über das Schiff brachen?

Kein Wort.

Nicht, weil dem alten Skipper für seine Gefühle die Worte fehlen würden. Natürlich ist er es nicht gewohnt, darüber zu reden, aber nicht deshalb bleibt er stumm. Er hält es schlichtweg für überflüssig, darüber zu reden. Es ist ja das Leben, so wie es ist und wie es von allen gelebt wird.

Alle wissen um diese Dinge und daher gibt es keinen Grund, Worte dafür zu verschwenden.

Wenn ein Seemann nach Hause zurückkehrt, erzählt er über das Unbekannte, das nie zuvor Gesehene, das absolut Ungewöhnliche. Seine eigene Gefühlswelt oder das tägliche Leben auf heimischem Grund und Boden taugt in seinen Augen überhaupt nicht, um darüber zu erzählen. Er nimmt ganz einfach an, dass es niemanden interessiert, darüber zu hören, denn das ist ein Leben, das alle teilen und kennen. Es ist nichts Besonderes.

Er weiß nicht, dass er ein Repräsentant einer aussterbenden Lebensform ist und daher alles aus seinem Leben interessant ist. Die vielen Freiwilligen des Seefahrtsmuseums, die die alten Seeleute aufsuchten und sie baten, aufs Band zu sprechen oder ihre Erinnerungen aufzuschreiben, teilten diese Ansicht. Auch sie wollten das Ungewöhnliche hören.

Und genau da begann mein Problem. In den Archiven des Seefahrtsmuseums von Marstal fand ich Material für zehn James-Bond-Romane. Aber von den Menschen, die all diese halsbrecherischen Abenteuer erlebt hatten, fand ich nur wenige Spuren. Sie versteckten sich hinter den Ereignissen mit einer Sprache, die häufig so lakonisch daherkam wie die isländischen Sagen. Ich hätte durchaus einen atemlos spannenden Roman schreiben können, der auf tatsächlichen Begebenheiten beruht. Aber es hätte keine glaubhaften oder ganzheitlichen Menschen darin gegeben, niemanden, den ein Leser hätte annehmen oder ablehnen, mit dem er hätte leben oder leiden, über den er hätte nachdenken oder sich wundern können.

Ich hatte das Gefühl, ein Haus bauen zu wollen. Die Steine hatte ich. Aber all das, was die Steine verbindet, der Mörtel im Menschen, Träume, Sehnsüchte und Hoffnungen, Mut, Ausdauer, Liebe und Freundschaft, all das fehlte. Ich musste es selbst erfinden. So bestand die Herausforderung meiner Fantasie nicht im Abenteuerlichen eines seemännischen Lebens, sondern, wenn man so will, im Alltäglichen und allgemein Menschlichen.

Was ist Fantasie? Ein akutes Erleben der Grenzen der Wirklichkeit? Ein übertriebener Glaube an seine eigene Schöpfungskraft? Das Einleben in einen anderen Menschen, weit über die Schwelle hinaus bis zu den Türen, die er oder sie vor anderen verschlossen hält, weil sie in allzu private Räume führen? Bei Fantasie handelt es sich möglicherweise um all diese Dinge gleichzeitig, mit einem ständig wechselnden Gleichgewicht zwischen den vielen Waagschalen der Einbildungskraft.

Das Personal des Romans habe ich selbst erfunden, allerdings häufig inspiriert vom realen Marstal. Einige Personen begegneten mir als vollkommen anonyme Schicksale, von denen mir am Kaffeetisch oder bei einem Spaziergang erzählt wurde, ein paar Worte nur, die ein Leben zusammenfassten, das eine seltsame oder tragische Wendung genommen hatte. Auf andere bin ich in den Archiven gestoßen. Einige Marstaller haben umfassende schriftliche Zeugnisse über das Leben, das sie gelebt, und die Gedanken, die sie sich gemacht haben, hinterlassen.

Der Sprachmächtigste und Nachdenklichste von allen, denen ich bei meiner Suche auf die Spur gekommen bin, ist sicherlich der Schiffsmakler Albert E. Boye, der zur Inspirationsquelle für Albert Madsen wurde. Beide haben dieselbe Lebenshaltung. Viele der Gedanken, die Albert Madsen durch den Kopf gehen, habe ich von Albert E. Boye geliehen. Auch das Aussehen des Schiffsmaklers verrät eine Verwandtschaft. Sogar die Fähigkeit, in Träumen fremde Orte zu besuchen – viele Rezensenten sahen daher in *Wir Ertrunkenen* Elemente des sogenannten magischen Realismus – teilt Albert Madsen mit seinem Vorbild. Der sonst so nüchterne Albert E. Boye war überzeugt, dass seine Seele nachts auf eigene Faust Expeditionen in die ganze Welt unternahm. Doch die Lebensläufe der beiden sind grundverschieden. Albert Madsen ist wie alle Figuren des Romans eine Art Patchwork, aus vielen Elementen zusammengesetzt. Meine Fantasie ist der Faden, der diese Stücke verbindet.

Eine Figur wie Herman hat in Marstal nie gelebt. Der Mörder und Vergewaltiger, der sich so sehr nach der Anerkennung der Stadt sehnt, ist meine Erfindung. Ebenso Klara Friis, der Todesengel der Stadt, obwohl gewisse Teile ihrer Biografie durchaus der Stadtgeschichte entliehen sind, ja sogar von der Nachbarinsel Birkholm, auf der eine junge Frau lebte, mit der Klara einige Ähnlichkeiten verbinden. Klara Friis' Sohn Knud Erik, der so viel Fürchterliches und Traumatisierendes während des Zweiten Weltkriegs erlebt, trägt denselben Vornamen wie ein alter Seemann aus Marstal, und das ist kein Zufall. Im Gegenteil, ich habe ihn ganz bewusst eingesetzt, es ist als Verbeugung gedacht. Knud Erik Madsen fuhr während des Zweiten Weltkriegs fünf Jahre in alliierten Kriegsdiensten zu See, und er hat es mir ermöglicht, den Krieg aus der Sicht eines Seemanns zu schildern. Von Gemüt und Lebenslauf unterscheidet er sich allerdings sehr von meiner Romanfigur, aber viele Erlebnisse sind ihnen gemeinsam. Knud Erik Madsen ist die einzige meiner Figuren, der die Möglichkeit hatte, das Buch als einen Roman über sich selbst zu lesen. Er war einundneunzig Jahre alt, als *Wir Ertrunkenen* erschien, und seine Nichte hat ihm das Buch vorgelesen, während er in seinem Lieblingssessel im Marstaller Altenheim Østersøhjemmet saß.

Es gab einen alten Seemann im Alter von dreiundachtzig Jahren, der glaubte, sich in Vilhjelm wiederzuerkennen, dem Jungen, der akrobatische Übungen auf einem fünfundzwanzig Meter hohen Schonermast unternimmt. Ich kannte den alten Mann noch gut aus meiner Kindheit, in der er mir einmal in bester Absicht eine schallende Ohrfeige gegeben hatte. Aber ich hatte keinen Moment an ihn gedacht, als ich die Szene schrieb, brachte es allerdings nicht übers Herz, es ihm zu sagen.

Er blickte einen Augenblick vor sich hin. «Aber im Grunde ist es auch egal», sagte er dann. «Wir alle kommen darin vor. Aber so nebenbei, dass wir es selbst gar nicht bemerken.»

Mich haben seine Worte sehr berührt. Er hatte direkt ins Herz des Romans gesehen und verstanden, was ich wollte.

Es gab viele, die so nebenbei sich selbst oder jemanden, der ihnen nahe stand, in *Wir Ertrunkenen* wiederfand. Es gab auch einige, für die die Lektüre zu einem dramatischen Erlebnis wurde. Am Gepäckband des Kopenhagener Flughafens Kastrup kam ein Mann in meinem Alter auf mich zu. Sein Vater war während des Zweiten Weltkriegs in den Konvois gefahren, hatte sich aber strikt geweigert, von seinen Erlebnissen zu erzählen.

«Erst als ich dein Buch las, wurde mir klar, was er durchgemacht hat.» Der Mann zögerte einen Moment. Dann bekam er einen roten Kopf. «Ich habe einen halben Tag geweint», sagte er, «ich konnte einfach nicht mehr aufhören.»

Nur sehr wenige Personen wurden direkt aus der Wirklichkeit in den Roman übernommen. Ein Beispiel ist der sadistische Lehrer Isager, der mehrere Generationen von Marstaller Jungen zerstört. In seinen Erinnerungen hat Albert E. Boye mit großem Detailreichtum ein bitteres Porträt von Isager gezeichnet. Der wirkliche Name des Lehrers ist Ishøj gewesen, und durch einen Zufall fand ich seinen Grabstein auf dem Friedhof von Marstal, nachdem ich den Roman beendet hatte. In einer früheren Version des Buches tritt er noch unter seinem richtigen Namen auf. Ich dachte, es sei so lange her, das es niemanden stören würde, aber die Marstaller warnten mich. «Er hat Nachkommen auf Langeland», sagten sie, «und die sind für ihre Querulanz bekannt.»

Ich bin häufig gefragt worden, ob es so einen Lehrer wirklich in Marstal gegeben hat. Jedes Mal wurde die Frage in einem fast bittenden Ton vorgebracht, als wollte sich der Fragende vergewissern, dass eine derart kinderfeindliche und gewalttätige Person niemals in einer dänischen Volksschule unterrichten durfte. Ich musste dann jedes Mal die Wahrheit erzählen. Als ich einmal bei einer solchen Gelegenheit Isagers Existenz bestätigte, streckte ein korpulenter Herr die Hand in die Luft: «Wir haben uns in unserer Familie sehr über dieses Porträt amüsiert», erklärte er mit einem breiten Lächeln. «Es handelt sich nämlich um den Ur-Ur-Urgoßvater meiner Frau.»

Einige Kritiker haben *Wir Ertrunkenen* vorgeworfen, eine undifferenzierte Huldigung an die Marstaller zu sein, voller heroisierender Porträts der edlen Einwohner der Stadt. Lehrer Isager dürfte wohl ein deutliches Gegenbeispiel dieser lächerlichen Behauptung sein. Laurids kehrt seiner Familie den Rücken und endet als Säufer auf einer Südseeinsel. Sein Sohn Albert Madsen kann nur schwer seine Neigung zu Gewalt beherrschen und schlägt bei einer Gelegenheit seiner weitaus jüngeren Geliebten hart ins Gesicht. Herman ist ein Mörder und Vergewaltiger. Knud Erik hat nicht nur ein Alkoholproblem, er erschießt auch einen wehrlosen Mann, einen deutschen Piloten, der auf dem Flügel seines abgeschossenen Flugzeugs kniet und um Gnade bittet. Sie alle sind Marstaller. Niemand aus Marstal hat sich über diese Porträts beschwert oder bestritten, dass Einwohner ihrer Stadt nicht auch imstande wären, derartige Handlungen zu begehen. Sie wissen aus eigener Erfahrung, dass der Mensch ein vielschichtiges Wesen ist, mit der Anlage zu Gut und Böse, und dieses Wesen finden sie im Buch wieder.

Ich habe erlebt, wie Wirklichkeit und Roman auf seltsame Weise verschmelzen und eins werden. Es passierte während einer Lesung in der Bibliothek von Vanløse. In der Pause kamen drei ältere Menschen mit einer Tasche zu mir, die eindeutig etwas Schweres enthielt. Sie stellten sich als Geschwister vor, die ursprünglich aus Marstal stammten.

«Du erinnerst dich doch», sagte einer von ihnen, «dass du am Anfang deines Buches beschreibst, wie eine Kanonenkugel während der englischen Belagerung durch das Dach des Hauses in der Korsgade 3 fliegt?»

Ich nickte. Sicher, daran erinnerte ich mich. Ich hatte im Lauf meiner Recherchen herausgefunden, dass tatsächlich eine Kanonenkugel das Dach eines Hauses in der Korsgade durchschlagen hatte, und ich hatte diese Episode benutzt, um der Geburt von Laurids eine fantastische Dimension zu geben. Als die Kanonenkugel durch das Dach fliegt, bringt ihn seine Mutter vor lauter Schreck mitten auf dem Küchenboden zur Welt.

Die drei Geschwister stellten die Tasche vor mir auf den Tisch. Dann öffnete eine von ihnen, eine ältere Dame, die Tasche und suchte etwas in ihren Tiefen. Einen Augenblick später streckte sie mir den gefundenen Gegenstand entgegen.

«Hier ist die Kanonenkugel», sagte sie.

An jenem Apriltag im Jahre 1808 schlugen über zwanzig Kanonenkugeln in Marstal ein, und ich hatte mir häufig überlegt, was wohl aus ihnen geworden war. Ich hatte gelesen, dass einzelne Kugeln in den Küchen der Stadt als Mörser verwendet wurden, um Senfkörner für die Senfsoße zu zerstoßen, die ein wesentlicher Bestandteil des bevorzugten Marstaller Rezepts für gekochten Dorsch ist. Ich hatte mir allerdings niemals vorgestellt, dass eine der Kanonenkugeln noch existierte, von Generation zu Generation vererbt worden war und nun, zweihundert Jahre später, die Erinnerung an den Tag lebendig hielt, an dem Marstal beschossen wurde.

Ich durfte die Kanonenkugel in den Händen halten. Sie war verrostet, klein, kompakt und sehr, sehr schwer. Es war ein sehr merkwürdiger und bewegender Moment.

Die Verschmelzung von Wirklichkeit und Roman erlebte ich noch auf eine andere und einigermaßen überraschende Weise. Nachdem das Buch erschienen war, kam es hin und wieder vor, dass auf der Straße Marstaller auf mich zukamen und behaupteten: «Selbstverständlich haben wir all diese Geschichten schon als Kind gehört.»

Ich starrte sie staunend an. Sie konnten die Geschichten unmöglich als Kinder gehört haben. Ich hatte sie doch erfunden.

Aber in der Erinnerung der Stadt hatte es eine Veränderung gegeben. Das, was die Marstaller kürzlich gelesen hatten, überschattete das, was sie einmal gehört hatten, und nun vermischten sich das Geflunker ihrer Kindheit und die Geschichten des Romans und wurden eins. Ich bin sicher, dass zukünftige Historiker mich verfluchen werden, denn ich habe wirklich alles getan, was ich konnte, um die Grundlagen ihrer Arbeit zu zerstören.

Ich habe behauptet, es gälte die Faustregel, je unwahrscheinlicher etwas klingt, desto sicherer kann der Leser sein, dass es wirklich passiert ist. Gibt es denn keine Ausnahme von dieser Regel?

Tatsächlich gab es einen Seemann, der während der Schlacht in der Eckernförder Bucht in die Luft flog und lebend wieder auf Deck landete, als die *Christian VIII.* explodierte, genau wie Laurids. Es gab auch einen Küchenjungen, der in achthundert Metern Entfernung und noch immer am Leben aufgefischt wurde, nachdem ein Munitionsschiff im Zweiten Weltkrieg während einer Konvoifahrt pulverisiert wurde.

Nach einer meiner Lesungen kam eine gepflegte Dame zu mir, um mir eine Frage zu stellen, deren Antwort sie offenbar gern für sich behalten wollte, wie ein Geheimnis, das wir beide von nun an miteinander teilten. «Wo kann ich in Marstal den Kopf von James Cook sehen?», fragte sie vertraulich flüsternd.

«Nirgendwo», antwortete ich und klopfte mir selbst an die Stirn. «Er existiert nur hier oben.»

Hier ist die Ausnahme. Dass James Cooks Kopf in Marstal gelandet sein soll, ist nicht nur unwahrscheinlich. Es ist eine Lüge.

Auf die Idee, James Cooks Kopf im Roman zu verwenden, kam ich, als ich den Reisebericht des jungen Mark Twain über Hawaii las, das damals noch Sandwich Insel hieß. Darin findet sich eine verblüffend respektlose und ironische Beschreibung über das Ende des englischen Entdeckungsreisenden. Mark Twain hat offensichtlich nicht viel von James

Cook gehalten und scheint sich beinahe über das Schicksal zu amüsieren, das seinen verschiedenen Körperteilen widerfuhr, nachdem ihn aufgebrachte Eingeborene ermordet hatten. So wurden Cooks Eingeweide über dem offenen Feuer gegrillt und von einem Haufen Kinder verspeist, die meinten, es handele um die Eingeweide eines Hundes.

Als ich den Bericht las, überlegte ich mir, was wohl aus einem ausgesprochen wichtigen Körperteil geworden sein könnte, nämlich James Cooks Kopf. Es gibt keine Zeugnisse darüber, daher kam mir der Gedanke, das Mysterium um den verschwundenen Kopf des berühmten Entdeckers selbst zu lösen. Ich dachte, hier ist meine Chance, mich in die Weltliteratur einzuschreiben. Und in aller Bescheidenheit, ich finde, es war eine gute Idee, den Kopf von James Cook in Marstal enden zu lassen, aber rein historisch ist dieser Einfall natürlich in jeder Beziehung inkorrekt. Die Eingeborenen auf Hawaii kannten die Technik zur Herstellung von Schrumpfköpfen gar nicht, und obwohl es Kopfjäger im Gebiet des Stillen Ozeans gab, kam nur ein Indianerstamm im Dschungel des Amazonas auf die Idee, die Schädel ihrer toten Feinde zu häuten und die Haut dann über dem Feuer zu räuchern.

Hätte die gepflegte Dame ihre Frage ein Jahr später gestellt, hätte ich ihr eine ganz andere Antwort geben können. Das exzentrische Seefahrtsmuseum von Marstal lieh sich nämlich von einem Sammler auf der Insel einen Schrumpfkopf, stellte ihn in einem Glassturz aus und behauptete frech, dass es sich um den seltsamen Kopf handele, von dem man in meinem Roman lesen kann.

Es gibt eine Episode in *Wir Ertrunkenen,* bei der der eine oder andere Leser resignierend den Kopf schüttelt. Im letzten Teil des Romans, während einer Konvoifahrt im Nordatlantik, wirft sich Knud Erik, der Kapitän der *Nimbus,* verzweifelt ins eiskalte Wasser, um einen ertrinkenden Seemann zu retten, den letzten Überlebenden eines gerade torpedierten Schiffs. Als er den Ertrinkenden packt, entdeckt er nicht nur, dass es sich um eine Frau handelt, sondern obendrein um eine schwangere Frau, die soeben unter Wasser ein Kind geboren hat.

Ist diese Geschichte tatsächlich passiert? Ist so etwas überhaupt möglich?

Es dauerte nach dem Erscheinen des Romans nicht lange, bevor mich eine Freundin, die von Beruf Hebamme ist, darauf aufmerksam machte, dass eine Geburt im eiskalten Meer, nur wenige Minuten nach einem so ungeheuren Ereignis wie der Torpedierung eines Schiffes, vollkommen unmöglich ist, selbst dann nicht, wenn der Geburtsvorgang möglicherweise bereits eingesetzt hat, bevor das Schiff von dem Torpedo getroffen wurde.

«Das Erlebnis wäre schlichtweg so traumatisierend, dass die Geburt zum Stehen kommen würde», sagte sie mit der unbestreitbaren Autorität, die man ausstrahlt, wenn man Hunderten von Kindern auf die Welt geholfen hat. Oder um es auf eine andere Art und Weise auszudrücken: Das Kind würde sich vernünftigerweise überlegen, dass es auf keinen Fall heraus wollte, wenn die Welt sich so präsentierte.

Wenn ich öffentlich über *Wir Ertrunkenen* spreche, weiß ich nie, ob eine Hebamme anwesend ist. Wenn die Frage nach der dramatischen Unterwassergeburt gestellt wird, bin ich jedes Mal sicher, dass sie von einer Hebamme gestellt wird.

Einmal war es jedoch ein Mann, der sich nach der Geburt erkundigte, aber nur, um den ganzen Roman gereizt als «zu weit hergeholt» abzutun. Ich wandte kleinlaut ein, der Roman würde doch bereits auf seiner ersten Seite mit Laurids, der den Arsch des heiligen Petrus sieht, signalisieren, dass er «weit hergeholt» ist, also hätte ihn diese Passage doch nicht überraschen müssen. Und dann fügte ich mit etwas kräftigerer Stimme hinzu, es wäre durchaus möglich, dass ich mit dieser Szene die Naturgesetze übertreten hätte, aber es wäre mir scheißegal.

Eine Leserin fand in der Fragerunde nach einer Lesung die erlösenden Worte: «Mir ist es egal, ob so etwas in Wirklichkeit möglich ist. Als ich an diese Stelle des Romans kam, war ich einfach nur verzweifelt. Nichts als Tod und Zerstörung, alles ist vollkommen aussichtslos, und dann kommt mitten in diesem Weltuntergang ein Kind zur Welt. Und plötzlich kehrt die Hoffnung zurück.»

Ich antwortete ihr, der Autor hätte genau dasselbe empfunden, als er die Szene schrieb. Aus eben diesem Grund hätte er sie überhaupt geschrieben.

Es gab eine Person, die lange nach Erscheinen von *Wir Ertrunkenen* immer wieder auftauchte. Mein Vater. Natürlich war er tot, aber wenn ich irgendwo über das Buch sprach, erinnerte ich mich jedes Mal wieder an ihn.

Ich habe meinem Vater nie über meine Pläne zu dem Roman erzählen können. Ich erzählte es den Menschen in Marstal, aber er wusste nichts davon, obwohl ich doch seine Welt beschreiben wollte. Eine eigentümliche Form von Befangenheit hielt mich zurück, als würde ich mich unrechtmäßig auf sein Terrain drängen. Ohne dass ich es mir selbst klar machte, war das Buch ein letzter Versuch, die Gegensätze zu überbrücken, die es immer zwischen uns gegeben hatte. Ich hatte durchaus gelernt, mit ihnen zu leben, aber ich hatte auch ein Alter erreicht, in dem man einsieht, dass man seinen Eltern immer etwas schuldet, egal, wie sehr sich der eigene Lebensweg von ihrem unterscheidet. Mein Vater war in erster Linie ein großer Erzähler, der mit farbigen Details ebenso großzügig umging wie mit der Wahrheit, wenn er aus seinem Leben als Seemann berichtete. Über ein halbes Jahrhundert hatte er auf See gearbeitet, als er sich zurückzog. Nun wollte ich, dass er die Geschichten wiederholte, die er einst erzählt hatte; Geschichten, die in einer Kindheit, die mir manchmal als eng und verschlossen vorkam, geholfen hatten, ein Fenster offen zu halten.

Zum ersten Mal seit vielen Jahren hatte ich wieder Marstal besucht und fuhr weiter nach Tåsinge, wo meine Eltern ihre letzten Jahre verbrachten. Doch mein Vater war plötzlich krank geworden. Er blieb verschlossen und unzugänglich. Kurze Zeit später starb er und mir ist es nie gelungen, ihm zu erzählen, dass ich ein Buch über das Leben von Seeleuten schreiben wollte.

Mit dem Tod meines Vaters begann die Arbeit an dem Roman, aber ich habe bald eingesehen, dass er nicht darin auftreten sollte. Ich zwang mich zu einer schlichten Regel, damit es ein Roman wurde: Es durften keine privaten Erinnerungen darin auftauchen. Dadurch würde die Perspektive des Buches eingeschränkt und ich würde in meiner eigenen Familiengeschichte stecken bleiben. Aber nun war mein Vater wieder da.

Er war da in den Gestalten der alten Seemänner und Skipper, die nach Lesungen zu mir kamen. Sie alle hatten ihn gekannt, einige waren sogar mit ihm auf See gewesen. Mit einem wehmütigen Seufzen, als hielten sie eine Grabrede, sagten sie alle dasselbe. «Dein Vater und ich – wir haben so manches Bier zusammen getrunken.»

Ich habe diesen Satz so oft in so ähnlichen Formulierungen gehört, dass ich schon bald das Gefühl hatte, diese Worte hätten auf seinem Grabstein stehen müssen, wenn er denn einen bekommen hätte. Er wollte es nicht. Stattdessen wurde er verbrannt und seine Asche in einer Urne im Svendborg Sund versenkt, vor den alten Skipperhäuschen von Tåsinge. Er endete in dem Meer, auf dem er so viele Jahre zugebracht hatte und das ihn bei einem Schiffsuntergang längst hätte verschlingen können.

Etwas sagten die alten Seeleute und Skipper nicht. Aber ich hörte es in ihren Stimmen und sah es in ihren Blicken. Mit *Wir Ertrunkenen* hatte ich meinem Vater den Grabstein gegeben, den er selbst nicht wollte. Und auch ihnen hatte ich einen Gedenkstein gesetzt, denn sie fühlten sich alle als ein Teil dieser Gemeinschaft, deren unbarmherzigen Bedingungen vom Meer diktiert werden.

Mehrere Jahre, bevor ich *Wir Ertrunkenen* beendete, führte ich an einem Sommertag am Strand ein ernstes Gespräch mit meiner Cousine, die einige Jahre älter ist als ich und trotz meines fortgeschrittenen Alters noch immer mütterlich besorgt sein kann, wenn es um meine Zukunftsaussichten geht.

«Lieber Vetter», sagte sie zu mir. «Ich mache mir solche Sorgen um dich. Ich sehe, wie hart du an deinem Buch arbeitest. Aber glaubst du wirklich, dass es irgendjemand außerhalb der Insel interessieren wird?»

Ich brauchte ziemlich lange, um zu antworten, und endlich erwiderte ich einigermaßen nichtssagend, ich würde es hoffen. Selbstverständlich hoffte ich, viele Leser zu finden. Aber meine Cousine rührte an einen wunden Punkt, denn gewiss sein konnte ich mir dessen natürlich nicht. Je mehr ich über ihre Worte nachdachte, desto mehr sah ich ein, dass die Antwort nicht nur die schwere Frage über das Wesen des Romans enthielt, sondern auch die Frage, wer eigentlich die Leser eines Romans sind.

Ein Journalist einer Tageszeitung weiß genau, wer seine Leser sind. Die Leseruntersuchungen haben längst analysiert, auf welche soziale Gruppe die Zeitung abzielt, und wenn der Journalist sich nicht in die Vorurteile und Präferenzen seiner Leser hineinversetzt, werden ihn die Leserbriefe und allzu häufige Aufforderungen zu einem Gespräch im Büro des Chefredakteurs rasch klüger werden lassen. Für einen Autor ist es rätselhafter. Er weiß nur selten, wer seine Bücher liest, obwohl man getrost annehmen darf, dass die Mehrzahl seiner Leser der Gruppe der Kulturträger, den gut ausgebildeten Frauen über vierzig, angehört.

Vor vielen Jahren habe ich in dem Buch *Af en astmatisk kritikers bekendelser* («Aus den Bekenntnissen eines asthmatischen Kritikers») versucht, eine Antwort zu finden. Ich nannte den Bewohner dieses dunklen Landes, in das der belletristische Schriftsteller seine Depeschen sendet, den ›unbekannten Freund‹. Doch dieser Begriff zielt eher auf den Ton ab, in dem Bücher geschrieben werden: An einen Mann oder eine Frau auf gleicher Augenhöhe, scherzhaft oder im Ernst, aber doch immer mit einem Unterton von verpflichtender Wahrheit, so wie man sich unter Freunden unterhält.

Aber wer oder besser was ist ein Leser?

Ich bin, was die Antwort auf diese Frage angeht, ein Gegner jeglichen Versuchs einer psychologischen oder soziologischen Reduktion von Lesern. Ich halte die soziologische Aufteilung von Menschen in sogenannte Segmente, also soziale Gruppen mit vorhersagbaren und exakt zusammenhängenden Verhaltensmustern, für einen völlig destruktiven Gedanken, wenn es darum geht, irgendetwas zu verstehen oder zu erklären – abgesehen davon, dass eine Firma so am einfachsten ihre überflüssigen Produkte oder ein Politiker seine geisttötenden Klischees absetzen kann. Es ist eine Form von Stammesdenken, von der wir Abstand nehmen würden, wenn ihr das Prädikat ethnisch angehängt würde. Aber da die moderne Soziologie dieses Denken abgesegnet und es sich für Marktanalysen als nützlich erwiesen hat, akzeptieren wir diesen Gedanken, obwohl er in seiner Reduktion der menschlichen Komplexität auf eine eindimensionale Vorhersagbarkeit von Gruppenidentität ebenso abscheulich ist wie ein ethnischer oder nationalistischer Gedankengang.

Mit meinem Manuskript in der Hand hätte ein Soziologe oder Marktanalytiker also gefragt: Wer ist deine Zielgruppe? Menschen mit einer Verbindung zu Marstal und Ærø? Seeleute und ihre Familien? Ältere, Pfeife rauchende Männer mit einer Vorliebe für Seeschlachten? Onkel, bei denen man nicht weiß, was man ihnen zum Geburtstag schenken soll? Bei jeder Frage hätte ich den Kopf geschüttelt, bis der Marktforscher resignierend die Arme ausgebreitet und erklärt hätte, dass er die Sorgen meiner Cousine in jeder Hinsicht teilt.

Währenddessen hätte ich an ein Gespräch gedacht, das ich einmal mit einem engen Freund hatte, dessen neuen Roman ich gelesen und in behutsamen, aber doch unmissverständlichen Wendungen kritisiert hatte – was immer ein delikater Balanceakt ist, sogar bei den engsten Freundschaften. Es folgte eine lange Pause, in der er über meine Kritik nachdachte. Dann sagte er in einem Tonfall, der verriet, dass er über meine Kritik nicht diskutieren wollte: «Ich glaube, dein Problem ist, dass dich das Thema nicht interessiert.»

Ich habe Bücher über masturbierende College-Studenten in den USA gelesen, über Drachenläufer in Kabul, über Leibärzte am dänischen Hof, über die Musiker auf der Titanic, über stark behaarte Frauen in der norwegischen Provinz, über die Absurditäten des österreichisch-ungarischen Rechtssystems, über die Waljagd im Stillen Ozean, über jugendliche Verbrecher im zaristischen Russland, und in keinem Fall geschah es, weil mich ›das Thema‹ interessierte. In jedem einzelnen Fall lag es daran, dass es sich bei diesen Romanen um großartige Literatur handelte, die sich über die Zeit und den Ort erhoben, an dem sie geschrieben wurden, und an etwas in mir appellierten, das sich ebenfalls außerhalb von Zeit und Raum befand.

Das ist die Antwort auf die Frage meiner Cousine: Ich schrieb nicht nur für die Marstaller oder die Seeleute und ihre Familien, nicht für salzwasserverliebte Männer oder die unmöglichen Onkel. Ich schrieb auch nicht für den Leser in mir. Ich schrieb in dem Glauben, dass es im Menschen etwas soziologisch Undefinierbares gibt, das uns mit allen anderen verbindet und die Triebkraft ist, wenn wir lesen und wenn wir schreiben: Der Drang, einen sich weit erstreckenden inneren Kontinent zu erforschen – und für die Bewohner dieses Kontinents schrieb ich.

Das ist die heimliche Utopie eines Schriftstellers: Für alle zu schreiben, egal, ob es sich um Männer oder Frauen handelt, um Alte oder Junge, Seeleute oder Funktionäre. Egal, ob sie sieben Jahre Schule hinter sich haben oder zwanzig, ob sie Dänen, Norweger, Deutsche, Polen, Spanier, Engländer, Inder, Chinesen oder Amerikaner sind. Ja, möglicherweise sogar für einen Vater, der militant antiintellektuell ist und Bücher und ihre Verfasser verabscheut.

Seeleute und Schriftsteller haben etwas gemeinsam: Sie träumen davon, überall hin zu reisen, der Seemann mit seinem Schiff, der Autor mit seinen Worten.

Und das ist die unausgesprochene Voraussetzung für alles, was ein Schriftsteller schreibt: Wir Menschen haben allen äußerlichen Unterschieden zum Trotz etwas gemeinsam, und bei diesem Gemeinsamen handelt es sich nicht um das, was Marktforscher und Fernsehdirektoren so beschämend als «den kleinsten gemeinsamen Nenner» bezeichnen, sondern im Gegenteil, es ist das Allerhöchste in uns. Es vereint uns und hält unsere Neugierde am Leben.

Carsten Jensen

QUELLEN

Wir Ertrunkenen ist Fiktion. Zu dem Roman inspiriert hat mich die Geschichte Marstals in den Jahren 1848 bis 1945, der das Buch in groben Zügen folgt. Ich habe die traditionellen Familiennamen der Stadt verwendet, die Karten allerdings neu gemischt, so dass jede Ähnlichkeit mit noch lebenden oder verstorbenen Personen rein zufällig ist.

Der Roman basiert auf Recherchen in den Archiven von Marstals Seefahrtsmuseum und den zahlreichen Publikationen des Museums. Darüber hinaus fand ich wertvolles Material in den Zeitungen *Ærø Folkeblad* und *Ærø Tidende* sowie in der Vierteljahreszeitschrift *Ærøboen*.

Zu Anregungen und notwendigem Wissen bin ich durch folgende Autoren und Bücher gelangt: Henning Henningsen, *Crossing the Equator, Sømanden og kvinden, Sømandens våde grav, Sømandens tøj;* Ole Lange, *Den hvide elefant, Jorden er ikke større;* H. C. Røder, *Dansk skibsfarts renæssance Bd. 1 und 2, De sejlede bare;* Holger Drachmann, *Sømandshistorier, Poetiske Skrifter Bd. 4;* Joseph Conrad, *The Shadowline;* H. Tusch Jensen, *Skandinaver i Congo;* Adam Hochschild, *Kong Leopolds arv;* Søndagstanker – kristelige Betragtninger pa Søn- og Helligdage af ærøske Præster; Sømandspostillen; Knud Ivar Schmidt, *Fra mastetop til havneknejpe;* Harriet Sergeant, *Shanghai;* E. Kromann, *Marstals søfart indtil 1925, Dagligliv i Marstal og pa Ærø omkring år 1900, Hans Christian Svindings Dagbog vedrørende Eckernførdetogtet og Fangenskabet i Rendsborg og Glückstadt, Danske Magazin, Række 8, Bd. 3;* «Marstalsøfolkenes visebog»; J. R. Hübertz, *Beskrivelse af Ærø*

1834; C. T. Høy, *Træk af Marstal Historie*; Victor Hansen, *Vore søhelte. Historiske Fortallinger*; Salmebog til Kirkeog Husandagt 1888; Anne Salmond, *The Trial of the Cannibal Dog – Captain Cook in the South Seas*; Homer, *Odyssee*; Nordahl Grieg, *Skibet går videre*; W. Somerset Maughan, *The Trembling of a Leaf*; Herman Melville, *White Jacket*; Robert Louis Stevenson, *Tales of the South Sea, A Footnote to History*; Mark Twain, *Roughing it in the Sandwich Islands*; Victor Hugo, *Les Travailleurs de la Mer*; F. Holm Petersen, *Langfarere fra Marstal*; Knud Gudnitz, *En Newfoundlandsfarers erindringer*; Rauer Bergsttrøm, *Kølvand*; Per Hansson, *Hver tiende mand måtte dø*; Martin Bantz, *Mellem bomber og torpedoer*; Andrew Williams, *Slaget om Atlanten*; Richard Woodman, *Arctic Convoys*; Claes-Göran Wetterholm, *Dødens hav. Østersøen 1945*; Edward E. Leslie, *Desperate Journeys, Abandoned Souls*; Anders Monrad Møller, Henrik Detlefsen, Hans Chr. Johansen, *Dansk søfarts historie, Bd. 5, Sejl og Damp*; Mikkel Kühl, «*Marstallerne solgte væk*», *Marstals handelsflåde 1914–1918*, in: *Maritim Kontakt 26*; Karsten Hermansen, *Søens købmænd*; Karsten Hermansen, Erik Kroman u. a., *Marstals søfart 1925–2000*; H. Meesenburg und Erik Kroman, *Marstal – et globalt lokalsamfund*, in: *Bygd 17. årgang, no. 4*; Tove Kjærboe, *Krampebånd og Klevesnak*; Finn Askgaard (Red.), *Fregatten Jylland, Samling af søforklaringer over forliste danske Skibe i Årene 1914–1918*; Christian Tortzen, *Søfolk og skibe 1939–1945*; Ole Mortensøn, *Sejlskibsøfolk fra Det Sydfynske Øhav*; Poul Erik Harritz, *Rundt om Selma fra Birkholm*.

DANK

Ich möchte mich bei den Bürgern Marstals bedanken, die vor der Veröffentlichung des Romans zu meinen regelmäßigen Lesungen in der Navigationsschule und der Bibliothek in der Skolegade gekommen sind. Außerdem bedanke ich mich bei den folgenden Personen, von denen jeder auf seine Weise eine unverzichtbare Hilfe bei der Arbeit an dem Roman gewesen ist: Lis Andersen, Iben Ørum, Henning Therkildsen, Jens und Hanne Lindholm, Henry Lovdall Kroman, Knud Erik Madsen, Connie und Lars Mikkelsen, Lars Klitgaard-Lund, Nathalia Mortensen, Annelise und Poul Erik Hansen, Astrid Raahauge, Pulle Teglbjerg, Leif Stærke Kristensen und Berit Kristensen, Regitze und Ole Pihl, Hjørdis und Kaj Hald, Erik und Lilian Albertsen, Hans Krull, Karla Krull, Erna Larsen, Adam und Anne Grydehøj, Søren Bull und Marjun Heinesen, Gunnar Rasmussen, Pastor emeritus Finn Poulsen, Lars Kroman, Lone Søndergaard, Frans Albertsen, Kristian Bager. Einen besonderen Dank richte ich an Erik Kroman, den Direktor von Marstals Søfartsmuseum, der mir die Archive des Museums zur Verfügung stellte. Und Karsten Hermansen, der nicht nur seine hausgemachten Rosinenbrötchen mit mir geteilt hat, sondern auch sein unerschöpfliches Wissen.

Einen großen Dank schulde ich Christopher Morgenstierne, der mir bei allen maritimen Ausdrücken half. Noch eventuell verbliebene Fehler bei Segelführung oder Windstärken sind ausschließlich dem Autor anzulasten.

Ein großes Dankeschön meiner allerliebsten Laura. Es hat mich die Hälfte deines Lebens gekostet, diesen Roman zu schreiben, und du hast mir mit nie nachlassendem Enthusiasmus die ganze Zeit über deine eindeutigen Ansichten darüber mitgeteilt.

Meiner geliebten Liz gegenüber stehe ich in dankbarer Schuld, und es wird wohl mehr als ein Leben brauchen, um sie abzutragen. Du hast mich mit einer einzigartigen Mischung aus Sachkenntnis und Liebe unterstützt, und dir ist es zu verdanken, dass ich den Hafen schließlich erreicht habe.

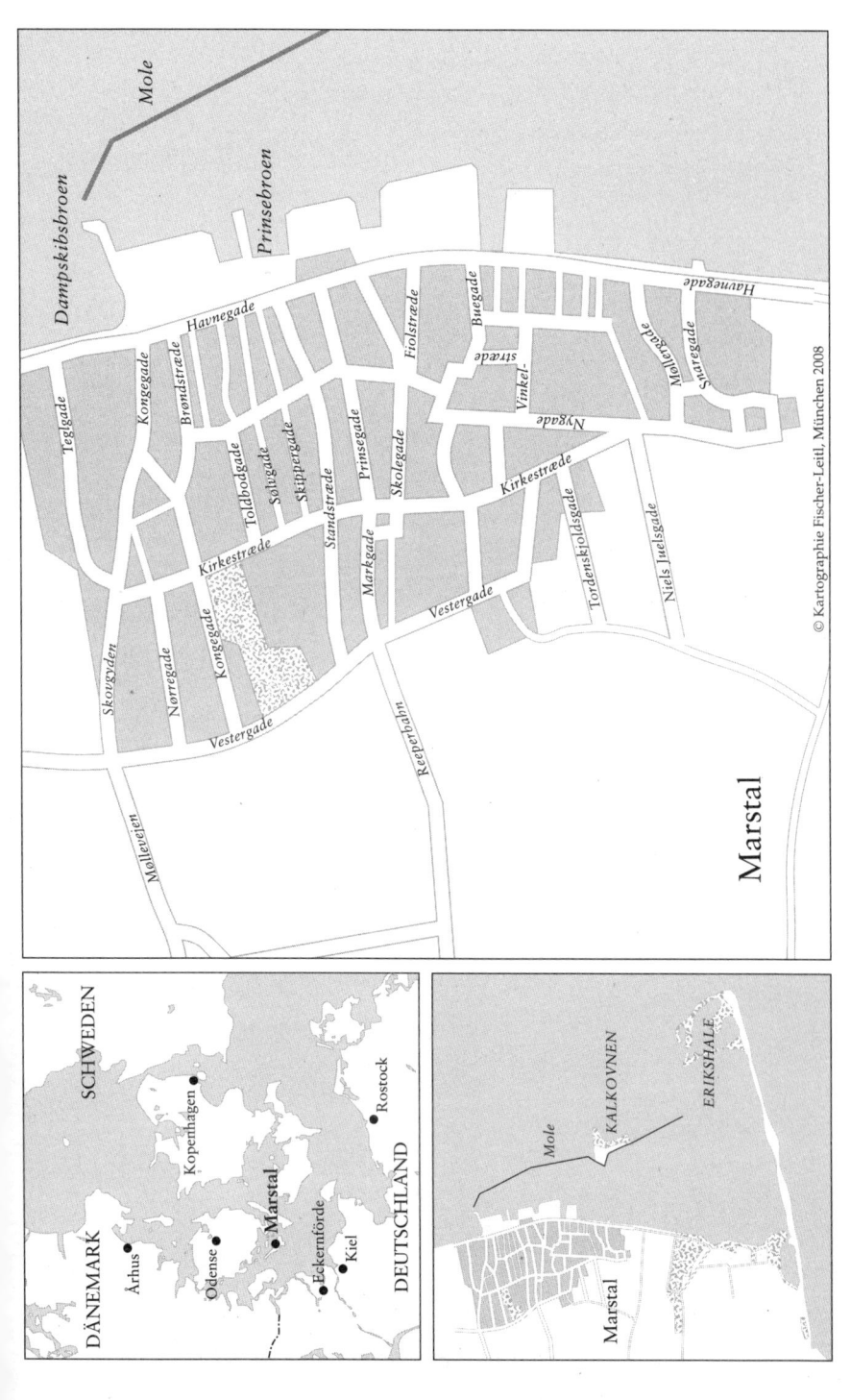

Mole

Dampskibsbroen

Prinsebroen

Havnegade

Teglgade

Kongegade

Brøndstræde

Toldbodgade

Sølvgade

Skippergade

Standstræde

Kirkestræde

Skovgyden

Nørregade

Kongegade

Vestergade

Reeperbahn

Markgade

Prinsegade

Skolegade

Fiolstræde

Buegade

Vinkel-stræde

Nygade

Møllergade

Snaregade

Havnegade

Kirkestræde

Vestergade

Tordenskjoldsgade

Niels Iuelsgade

Mølleveien

Marstal

© Kartographie Fischer-Leitl, München 2008

SCHWEDEN

DÄNEMARK

Århus

Odense

Kopenhagen

Rostock

Marstal

Eckernförde

Kiel

DEUTSCHLAND

Mole

KALKOVNEN

ERIKSHALE

Marstal

Segelnd durch die Weltgeschichte

Thomas Käsbohrer fühlt sich dort am wohlsten, wo nur noch Himmel, Wind und Wasser sind. Neun Monate im Jahr verbringt er auf dem Segelschiff und trotzt der Unwirtlichkeit des Meeres. Für »Die vergessenen Inseln« reist er durch das Mittelmeer, steuert große Eilande wie Sizilien an, aber auch fast vergessene wie Palagruza. Auf jeder Insel entdeckt er eine Geschichte, die über den Ort hinausweist und zeigt, warum unsere Welt so wurde, wie sie ist. Käsbohrer erzählt von dem Abenteuer, allein auf offener See zu sein, er bringt uns die Sehnsucht nach Weite nahe, die wir alle in uns tragen, und verdichtet seine Reise zu einer Geschichte der Welt, die so noch nicht erzählt wurde.

PENGUIN VERLAG

»Ein zeitloser Roman mit dem Zeug zum Klassiker und eine großartige Geschichte über Freundschaft.« *Vanity Fair*

Wagemutig erkunden Pietro und Bruno als Kinder die verlassenen Häuser des Bergdorfs, streifen an endlosen Sommertagen durch schattige Täler, folgen dem Wildbach bis zu seiner Quelle. Als Erwachsene trennen sich die Wege der beiden Freunde: Der eine wird das Dorf nie verlassen und versucht die Käserei seines Onkels wiederzubeleben, den anderen drängt es in die weite Welt hinaus, magisch angezogen von immer noch höheren Gipfeln. Das unsichtbare Band zwischen ihnen bringt Pietro immer wieder in die Heimat zurück, doch längst sind sie sich nicht mehr einig, wo das Glück des Lebens zu finden ist. Kann ihre Freundschaft trotzdem überdauern?

Jetzt reinlesen auf www.penguin-verlag.de

Als Kinder vertrauten sie einander stets alle Geheimnisse
an – und nun ist ihr wunderbarer Bruder Liam tot.
Mit Steinen in den Hosentaschen hat er sich ins Meer
gestürzt. War er, das schwarze Schaf der Familie, wieder
einmal nur betrunken? Während Veronica im Dubliner
Elternhaus die Beerdigung vorbereitet, überwältigen sie
die Erinnerungen: an ihre Mutter, an ihre Großmutter
und an all die anderen Mitglieder der weitverzweig-
ten, blauäugigen, trinkfesten Familie Hegarty. Und
schließlich an jenen Tag, an dem Liam, gerade mal
neun Jahre alt, im Haus der Großmutter etwas angetan
wurde, vor dem sie ihn hätte bewahren müssen.